国家哲学社会科学成果文库
NATIONAL ACHIEVEMENTS LIBRARY
OF PHILOSOPHY AND SOCIAL SCIENCES

中日文学经典的传播与翻译（上）

王晓平　著

中华书局

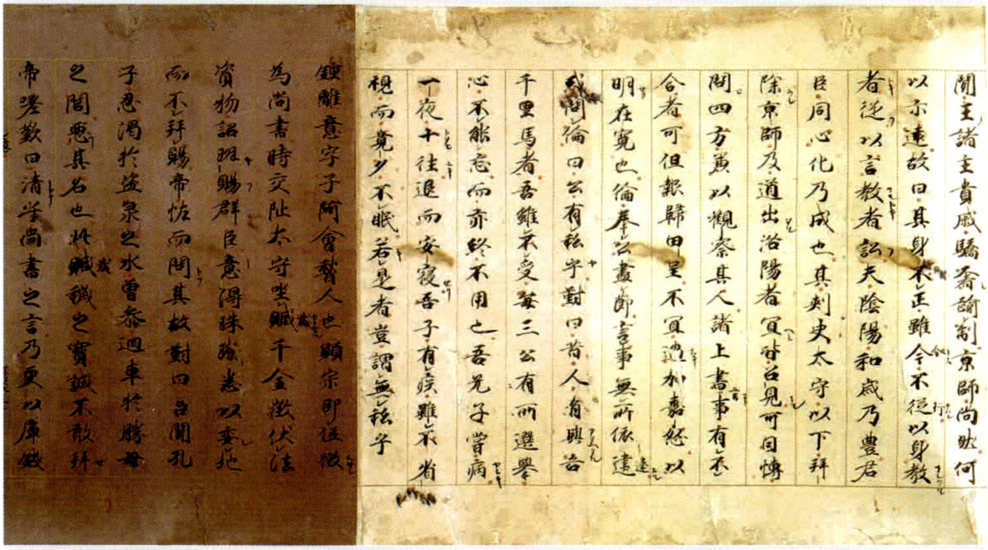

图1 《群书治要》写本

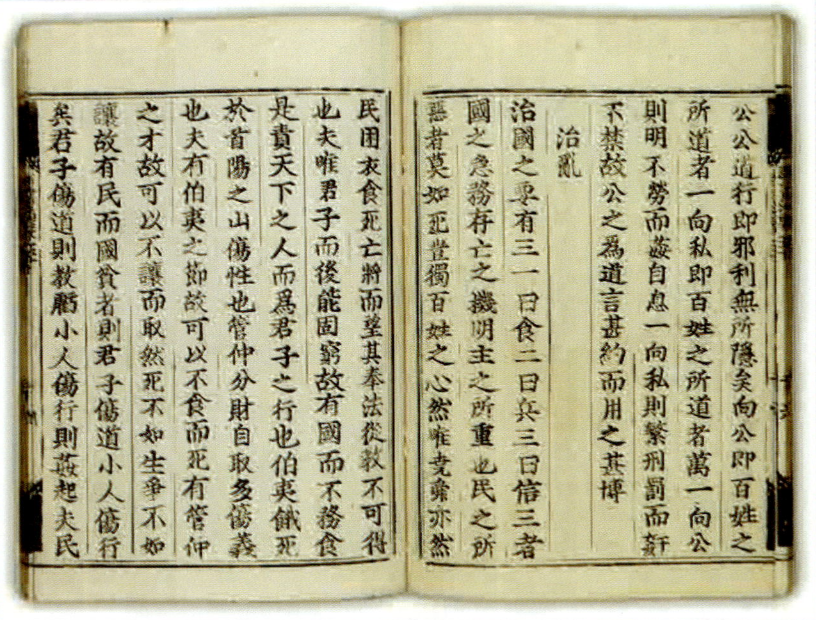

公道行即邪利無所隱矣向公即百姓之所道者一向私即百姓之所道者萬一向公則明不勞而姦自息一向私則繁刑罰而姦不禁故公之為道言甚約而用之甚博

治亂

治國之要有三一曰食二曰兵三曰信三者國之急務存亡之機明主之所重也民之所惡者莫如死豈獨百姓之心然唯吏亦然

民用衣食死亡辦而後其奉法從教不可得也夫唯君子而後能固窮故有國而不務食是責天下之人而為君子之行也伯夷餓死於首陽之山傷性也管仲分財自取多傷義也夫有伯夷之節故可以不食而死不如生爭不讓故有民而國貧者則君子傷道小人傷行之才故可以不讓而取然死不食而死不如夫君子傷道則教虧小人傷行則姦起夫民

图2 《群书治要》刊本

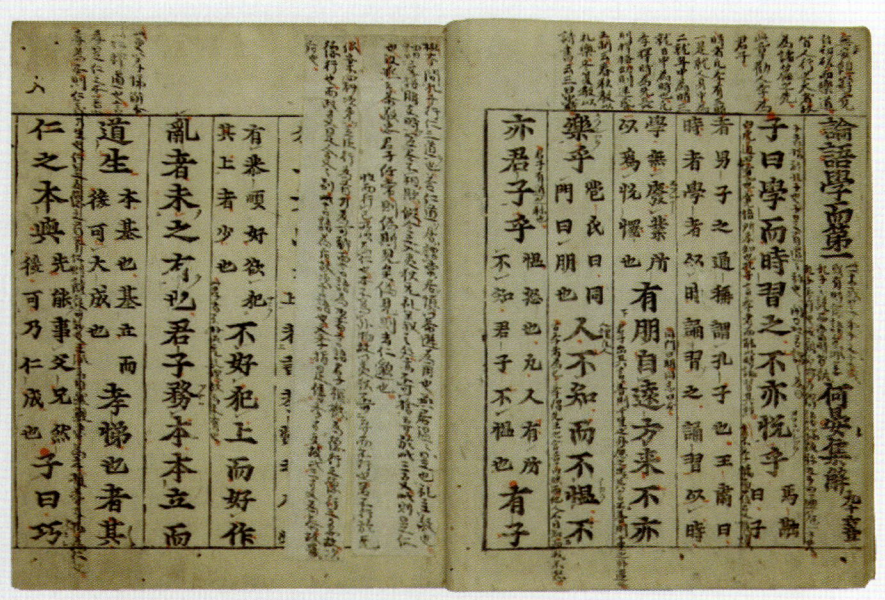

图3 林罗山存《论语集解》

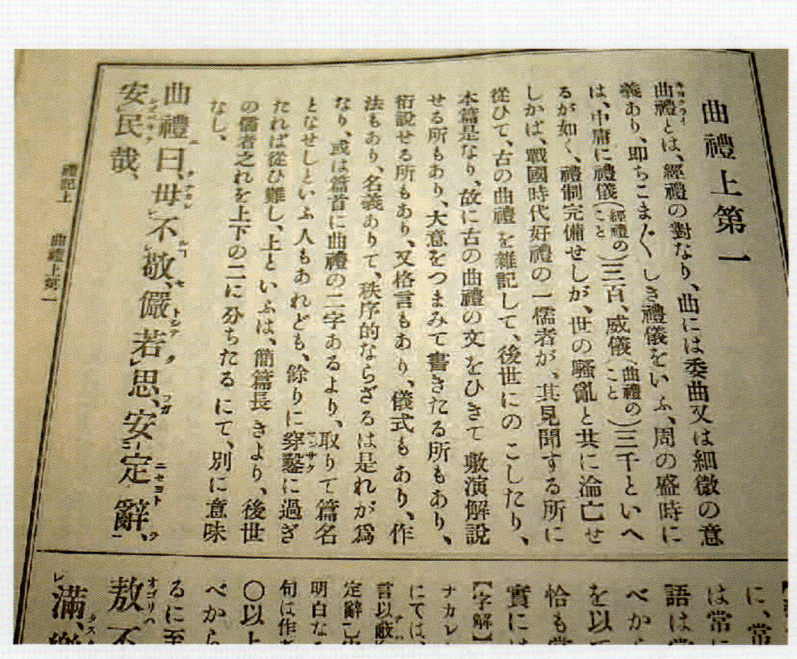

图4 《汉籍国字解全书》中的《曲礼》

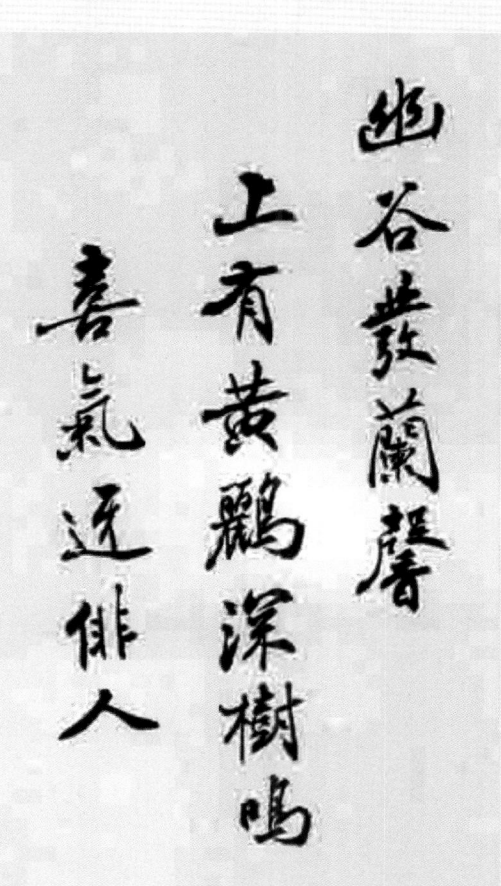

图5 赵朴初汉俳书法

《国家哲学社会科学成果文库》出版说明

为充分发挥哲学社会科学研究优秀成果和优秀人才的示范带动作用，促进我国哲学社会科学繁荣发展，全国哲学社会科学规划领导小组决定自 2010 年始，设立《国家哲学社会科学成果文库》，每年评审一次。入选成果经过了同行专家严格评审，代表当前相关领域学术研究的前沿水平，体现我国哲学社会科学界的学术创造力，按照"统一标识、统一封面、统一版式、统一标准"的总体要求组织出版。

全国哲学社会科学规划办公室
2011 年 3 月

目　录

序 ……………………………………………………………………… （1）

引证凡例 ……………………………………………………………… （1）

上　编

第一章　中国文学经典在日传播的文化考察 ……………………… （3）
　第一节　中国文学经典的传播与日本文学的发生与演进 ………… （4）
　第二节　日本文化转型中的中国文学经典的传播与翻译 ………… （32）
　第三节　现代传媒与中国文学经典的传播 ………………………… （68）
　第四节　随笔在经典传播中的效用 ………………………………… （80）

第二章　中国文学经典在日传播载体的历史考察 ………………… （95）
　第一节　日本现存诗经古写本与当代诗经学 ……………………… （96）
　第二节　抄物识读的方法 …………………………………………… （114）
　第三节　中国文学的和刻本传播 …………………………………… （134）

第三章　中国文学经典日译类型研究 ……………………………… （173）
　第一节　文学交流史中翻译之位相 ………………………………… （174）
　第二节　从点与圈出发的译读史
　　　　　——训读的精神遗产 ……………………………………… （183）
　第三节　训译的外部渊源和内部依据 ……………………………… （202）

第四节　荻生徂徕的训读批判 …………………………………… （214）
　　第五节　意译论 ……………………………………………………… （233）
　　第六节　日本学人文学经典汉译的文化东输意图 ……………… （268）

第四章　改写与派生文学论 ……………………………………… （280）
　　第一节　"超译"论 ………………………………………………… （282）
　　第二节　翻案论 ……………………………………………………… （302）
　　第三节　《庄子》的传播与派生文学 ……………………………… （324）

中　编

第五章　《论语》的传播与翻译 ………………………………… （349）
　　第一节　《论语》环流的文献学研究 ……………………………… （350）
　　第二节　《论语》中日环流主要文献考察 ………………………… （377）
　　第三节　仓石武四郎的《口语译论语》 …………………………… （403）
　　第四节　超实用主义的《论语》口语歪译与"日本式歪曲" …… （422）

第六章　楚辞传播与日本文学中的屈原形象 …………………… （432）
　　第一节　楚辞东渐与日本文学传统 ………………………………… （433）
　　第二节　"仿楚辞"与汉诗文中的屈原形象 ……………………… （454）
　　第三节　青木正儿的楚辞翻译 ……………………………………… （479）

第七章　中国诗歌的传播与翻译 ………………………………… （493）
　　第一节　日本中国诗歌译介要籍概述 ……………………………… （495）
　　第二节　从庞德、韦利到日译唐诗中的自由译风 ………………… （517）
　　第三节　唐诗的歌译、俳译与唱和 ………………………………… （537）

第八章　中国散文传播翻译与日本汉文 ………………………… （569）
　　第一节　《文心雕龙》在日本的传播与翻译 ……………………… （570）
　　第二节　中国散文传播与日本的文话研究 ………………………… （583）

第九章　中国史传文学经典的日本传播与研究 (609)
　第一节　中国史传文学的东渐历程 (610)
　第二节　《史记》的现代传播与解读 (639)

第十章　元杂剧的传播与翻译 (648)
　第一节　前近代学者对《西厢记》和元曲的深情一顾 (649)
　第二节　近代以来的元曲翻译与传播 (663)
　第三节　盐谷温《歌译西厢记》 (678)
　第五节　池田大伍的元曲研究和翻译 (692)

第十一章　中国小说经典的传播与翻译 (707)
　第一节　中国古典小说日本传播史概述 (707)
　第二节　曲亭马琴的《水浒传》翻译和翻案的文化嫁接
　　　　　和传播考量 (738)

第十二章　《聊斋志异》在日传播与翻译 (756)
　第一节　《聊斋志异》日本翻案的跨文化操控 (756)
　第二节　《聊斋志异》与日本明治大正文化的浅接触 (770)
　第三节　《聊斋志异》日译本的随俗与导俗 (784)
　第四节　《聊斋志异》异人幻象在日本短篇小说中的变身 (801)

第十三章　翻译中的卡点——俗语问题 (818)
　第一节　日本翻译家的俗语考证 (819)
　第二节　中野美代子译本《西游记》俗语翻译中的语际转换 (836)

下 编

第十四章 日本古典文学翻译的"前翻译" …………………………（859）
   第一节 翻译者的文字学功课 ……………………………………（862）
   第二节 日本古典文学校注中的汉语研究
         ——以《句双纸》为中心 ………………………………（881）

第十五章 《今昔物语集》汉译的文字学研究 ………………………（898）
   第一节 日本文学翻译中的"汉字之痒" …………………………（899）
   第二节 《今昔物语集》翻译研究中的俗字问题 …………………（916）
   第三节 敦煌俗字研究与日本平安时代佛教文学写本的校读 ……（929）
   第四节 敦煌俗字研究方法对日本汉字研究的启示 ………………（946）
   第五节 《今昔物语集》难解词语字源考 …………………………（960）

第十六章 《万叶集》在华传播与翻译 ………………………………（983）
   第一节 《万叶集》研究中的中国话语 ……………………………（983）
   第二节 钱译万叶论 ………………………………………………（992）
   第三节 万叶集译者的文化认知与表述 …………………………（1009）
   第四节 短歌汉译形式美讨论和实践 ……………………………（1026）
   第五节 俗字通例研究在日本写本考释中的运用 ………………（1051）

第十七章 俳句汉译与汉俳 ……………………………………………（1067）
   第一节 俳句翻译的言文雅俗之选 ………………………………（1067）
   第二节 汉俳的中国现代诗歌本色与异色 ………………………（1078）

第十八章 互读与共享——开创中日互译研究的新生面 …………（1095）
   第一节 翻译中的注释 ……………………………………………（1096）
   第二节 误译与"非善译"论 ……………………………………（1115）
   第三节 日本汉文学与文化翻译
         ——以论《源氏物语》诗为中心 ……………………（1130）

结　语 ……………………………………………………………（1144）
附录一：日本中国文学主要大型丛书一览表 ……………………（1158）
附录二：中国文学经典在日本传播与翻译年表 …………………（1170）
附录三：日本文学典籍在中国传播与翻译年表 …………………（1210）
附录四：主要参考书目 ……………………………………………（1213）
　　中文版 …………………………………………………………（1213）
　　日文版 …………………………………………………………（1218）
附录五：初出一览 …………………………………………………（1233）

Table of Contents

Book Images ·· (1)
Introduction ·· (1)
Explainary Notes ·· (1)

Part One

1. **Evaluation of Communication and Reception of Chinese Literary Classics in Japan: from Cultural Perspective** ·· (3)
   1.1 The Communication and Reception of Chinese Literary Classics and the Generation and Development of Japanese Literature ···················· (4)
   1.2 The Communication, Translation and Introduction of Chinese Literary Classics under the Circumstances of Japanese Cultural Transformation ·· (32)
   1.3 Modern Mass Media and the Communication of Chinese Literary Classics ··· (68)
   1.4 Effect of Essay on the Communication of Literary Classics ············ (80)

2. **Analysis of the Media of the Communication of Chinese Literary Classics in Japan: from Historical Perspective** ··························· (95)
   2.1 The Old Manuscripts of *Classic of Poetry* in Japan and Modern Japanese Study of *Classic of Poetry* ··· (96)
   2.2 Means of Manuscript Interpretation ··· (114)

2. 3 The Communication of Chinese Literary Classics Printed in Japan .... (134)

3. Analysis of Different Types of Japanese Version of Chinese Literary Classics .... (173)

3. 1 The Function of Interpretation in Respect of History of Literature Exchange .... (174)

3. 2 The History of Kun-reading and Interpretation—the Spiritual Heritage .... (183)

3. 3 Sources and Rationales for Kun-reading Interpretation .... (202)

3. 4 Evaluation of Ogyū Sorai's Approach of Kun-reading Interpretation .... (214)

3. 5 On Paraphrasing / Kun-reading Interpretation of Chinese Literary Classics .... (233)

3. 6 The Intension of Cultural Communication Eastwards: Chinese Versions of Japanese Literary Classics by Japanese Scholars .... (268)

4. On the Adaptations and Derivative Works .... (280)

4. 1 On Treason in Translation .... (282)

4. 2 On Derivation of Literary Works .... (302)

4. 3 The Communication of *Chuangtse* and Derivative Works .... (324)

Part Two

5. The Communication and Interpretation of *The Discourses and Sayings of Confucius* .... (349)

5. 1 Bibliographical Study of the Communication of *The Discourses and Sayings of Confucius* .... (350)

5. 2 On Major Bibliography of the Circulation of *The Discourses and Sayings of Confucius* Between China and Japan .... (377)

    5.3 On Takeshiro Kuraishi's *Oral Interpretation of The Doscpirse And Sayings Of Confucius* ·· (403)

    5.4 Pragmatic Interpretating *The Discourses and Sayings of Confucius* Treasonously and Treasonous Translation in Japanese Style ·········· (422)

6. Communication of *The Songs of Chu* and the Image of Quyuan in Japanese Literature ·· (432)

    6.1 Communication of *The Songs of Chu* Eastern-ward and Japanese Literary Heritage ·· (433)

    6.2 Imitative *Songs of Chu* and the Image of Quyuan in Chinese Poetry and Prose ·· (454)

    6.3 Translation of *The Songs of Chu* by Aoki Masaru ···················· (479)

7. The Communication and Translation of Chinese Poetry ·············· (493)

    7.1 Basic Writings of Chinese Poetry Translation in Japan ·············· (495)

    7.2 Free Translation: from Pound and Waley to Japanese Version of the Poetry of the Tang Dynasty ·· (517)

    7.3 Japanese Approach of the Poetry of the Tang Dynasty Translation: into Short Songs, Haiku and Waka ·· (537)

8. The Communication and Translation of Chinese Prose and Chinese Prose Writing in Japan ·· (569)

    8.1 The Communication and Translation of *The Literary Mind and the Carving of Dragons* ·· (570)

    8.2 The Communication of Chinese Prose and the Study of Chinese Prose in Japan ·· (583)

9. The Communication and Study of Chinese Historical Classic in Japan .... (609)

9. 1 The Communication of Chinese Historical Classic Eastern-ward ... (610)

9. 2 The Modern Communication and Interpretation of *The Records of the Grand Historian* .... (639)

10. The Communication and Translation of Drama of Yuan Dynasty .... (648)

10. 1 Studies of Yuan Drama and *The Romance of the Western Chamber* by the Japanese Scholars before Modern Period .... (649)

10. 2 The Translation and Communication of Drama of Yuan Dynasty since Modern Period .... (663)

10. 3 Shiotani's Translating *The Romance Of The Western Chamber* into Japanese Short Song .... (678)

10. 4 Ikeda Daigo's Studies and Translation of Yuan Drama .... (692)

11. Communication and Translation of Chinese Classical Novels ...... (707)

11. 1 A Brief Survey of History of Communication of Traditional Chinese Novels in Japan .... (707)

11. 2 Communication and Cultural Grafting: Translation and Derivation of *Water Margin* by Kyokutebakin .... (738)

12. Communication and Translation of *Strange Stories from a Scholar's Studio in Japan* .... (756)

12. 1 Intercultural Awareness of Japanese Derivation of *Strange Stories from a Scholar's Studio* .... (756)

12. 2 Slight Contact Between Japanese Meiji and Taisho Culture and *Strange Stories from a Scholar's Studio* .... (770)

12. 3 Derivation of Pu Songling's Images of Ghosts and Foxes in Japanese Short Stories .... (784)

12. 4 From Strange Stories from a Chinese Studio to Japanese Short Stories
—— the Transformation of Unhuman and Vision ·················· (801)

13. Matters of Delicacy in Translating Chinese Slangs, Local Dialects and Proverbs, etc. ·· (818)

13. 1 Research on Chinese Slangs, Local Dialects and Proverbs, etc. by Japanese Translators ·· (819)

13. 2 Interlingual Transfer of Slangs, Local Dialects and Proverbs, etc. in Miyoko Nakano's Version of *Pilgrimage to the West* ············ (836)

Part Three

14. From Ancient to Modern Japanese Language: Preparation for Ancient Japanese Literary Classic Translation ························ (859)

14. 1 Philological Imprudent—an Absolute must for Translators ········· (862)

14. 2 Chinese Language Study in Collating and Annotating Ancient Japanese Literary Works—Writings of the Zen Master *as the Prime Example* ·· (881)

15. The Philological Study in the Chinese Version of *Konjaku Monogatarishū* ··· (898)

15. 1 Matters of Delicacy in Translating kanji for Chinese Translators ··· (899)

15. 2 On the Translation of Slangs, Local Dialects and Proverbs, etc. in *Konjaku Monogatarishū* ······································· (916)

15. 3 Study of Slangs, Local Dialects etc. in the Dunhuang Documents and Collating and Interpratating Buddhist literary Manuscript in Heian Period ·· (929)

15. 4 Approaches of Study of Slangs, Local Dialects etc. of the Dunhuang Documents as Inspiration for kanji

Study ……………………………………………………… (946)
15.5 On the Etymology of Difficult Words and Expressions of
Konjaku Monogatarishū ……………………………… (960)

16. Communication and Translation of *Man'yōshū* in China ………… (983)
16.1 The Chinese Discourse on the Study of *Man'yōshū* ……………… (983)
16.2 Discussion on the Chinese Version of *Man'yōshū* by Qian
Dao-sun ……………………………………………… (992)
16.3 The Cultural Awareness and Expression of the Translators …… (1009)
16.4 On the Beauty of Form of the Chinese Version of Short Poetry:
Discussion and Practice ……………………………… (1026)
16.5 Study of the General Regulations of Slangs, Local Dialects etc.
Application in the Collation and Interpretation of Japanese
Manuscript …………………………………………… (1051)

17. Haiku: Chinese Translations and Written in Chinese ………… (1067)
17.1 Elegant or Popular-Discussion on the Choice of Styles of
Haiku Translation ……………………………………… (1067)
17.2 Inherent and Foreign Qualities of Haiku Written in
Chinese ………………………………………………… (1078)

18. Exchanging and Sharing- A New Era of Translating Literary Works Between China and Japan ………………………………… (1095)
18.1 Translator's Notes During then Process of Translation ……… (1096)
18.2 Mistranslations: Rational and the Irrational ……………………… (1115)
18.3 Literary and Cultrul Translation Between China and Japan—*The
Tale of Genji* as the Prime Example ………………… (1130)

Conclusion …………………………………………………………… (1144)
Appendix ………………………………………………………………… (1158)
Summary Table of Major Series of Books of Chinese

Literature in Japan ·· (1170)
Chronology of Communication and Translation of Classical Japanese Literary
　　Works in China ·· (1210)
Chinese Version ·· (1213)
Japanese Version ·· (1218)
Related Books and Journal Articles by the Same Author ················ (1233)

序

一个伟大的民族，需要有属于她的思想文化巨人，也需要她能够世代共享的经典。

一个时代的经济不论多么发达，如果没有时代文化巨匠和思想的代言人，说明这个时代的精神是贫瘠、空洞、苍白的，缺乏文化独创性的，至少是非多元的、民族精神有所欠缺的。

同样，如果一个民族没有共享的经典，那么她的信仰、凝聚力、文明高度，就会暴露出诸多问题，至少是亟需提升的。

悠久的文明仅仅意味着经典资源的丰厚，并不意味着每时每刻都能为人所用，而这些资源只有经过反复翻译、不断重读与创造性开发，才会具有历久弥新的魅力。

被称为日本"知识巨人"、"时代代言人"的加藤周一（1919—2008），在《为活出希望的读书指南》一文中，曾向日本人推荐《论语》，在谈到为什么要这样做的时候，他说，在第二次世界大战以前，日本还有一些共通的古典，而在今天，对于日本人来说，《论语》早已不是共通的古典了，近代日本文化有点怪、有点蹊跷的事情，就是奉为古典的《论语》的缺失。他这里所说的古典，就是自古相传的文化经典。值得注意的是，他特别强调了曾对日本文化产生深远影响的中国的《论语》的缺失。他列举了西语圈包括《旧约》在内的《圣经》被广泛阅读的事实，从 17 世纪的莫里哀、笛卡尔等法国人共通的古典说起，警告说："不具有共通的古典的社会，不也就近乎野蛮了吗？"①

---

① 〔日〕加藤周一『日本文学史序說補講』，かもかわ出版 2006 年版，第 238—239 頁。

这并不是耸人听闻。当今的文化巨匠和共通的经典，实际上是紧密相连的两个方面。将过去的一切清洗掉了，哪会有什么知识巨人？而没有知识巨人，那过往的古典也就逃脱不了被遗忘的命运。

本书作者怀着对中日两国文学经典的尊重，开始了对两国间文学经典的传播与翻译问题的初步探讨。

一　文学经典的传播与翻译是人文力与科技力的综合

文学经典的传播、接受和影响当然不是一个单纯的文学问题，国际间的文学接受和影响无不有着极为复杂的思想史、文化史和文学史背景，往往是社会思潮、文化需求、时尚趣味、名人效应乃至传播方式等多种因素、多重合力共同相互作用的结果。近代以来，文学的传播更与文学教育体系、新闻出版及各种媒体的参与和推动密不可分。总之，离开了对文化相关诸因素的研究，文学传播的很多疑点便找不到有力的答案。

文学经典传播与翻译整体研究，就是采用文字学、语言学、翻译学和文艺学结合的方法，对中外文学经典在对方国家的传播和翻译作出描述，以便对两国通过以文学经典的互译为中心的文化交流活动有一个全面整体认识，为进一步展开各种题材、各类作品的翻译介绍的个案研究提供良好的基础。

从宏观的角度讲，中国的文学经典在日本被传播和翻译的历史长达一千多年，而中国传播和翻译日本文学经典的历史也已过百年，两者之间存在着复杂而丰富的文化纠葛和文学因缘，这本身是一个尚未很好总结、需要长期研究和讨论的学术领域，一部著述是不可能将一切都说得清清楚楚的。在学术研究的国际交流日渐深入的今天，历史需要总结，而当前面临问题的历史和现实因素更需要面对。因而，笔者围绕日本翻译中国文学经典中的诸多理论问题、日本对中国文学经典传播与翻译的个案研究，以及中国对日本文学经典翻译的主要问题，将全书分为三编，根据课题需要，回溯相关历史渊源，对准问题症结，分别加以讨论。即上编历时性探讨中日文学经典传播与翻译涉及的多种要素和各类问题，中编对中国文学经典作品在日本的传播、研究和接受择要论述，下编则关注日本文学经典在中国翻译中一度较为普遍存在的"过度归化"与文字学修养问题。

我们这里所说的文学经典，是指那些权威、典范的伟大文学著作，是经过反复不断被阅读、被解释、被评价之后，其价值才被认定，并最终成为后人心目中的经典的文学著作。以往的文学经典还会经受现代人的重读与检验。现代性的内核是对个人的尊重，以及基于这种尊重而衍生的自由、平等、民主等观念，凡是盗用经典的名义而铸造思想牢笼的行为，其实都是与民族精神的精髓毫不相干的。经典教会我们不做权奴、钱奴，也不做物奴、思奴。经典滋养心灵，丰润人生，壮美民族。在经典面前，无需屈膝跪拜与献上廉价的赞辞，只需要与之展开诚挚的对话与沟通。

中国的文学经典是我们实现民族振兴的重要文化资源。它的多样性与丰富性，以及它在文化传承与发展过程中所起到过的不可替代的作用，都是中国文化有别于其他文化的特点之一。近几十年来，我们目睹了中国文学经典遭受形形色色怪论的焚毁与供奉、棒杀与捧杀、毒语的曲解与蜜语的误读，但经典依然是经典，而那些点火者、上供者、自唾者、织谎者都只不过是过眼烟云。

在漫长的历史发展过程中，中日之间通过人员、图书、教育等多种形态来传播彼此的经典，而图书是经典传播的最常态、最重要的方式。汉字是记录中华文明的直接工具，也是传播中华文明的直接工具，并且还曾经是日本人在文明曙光期以及相当长时期中记录生活状态和意识形态的直接工具。隋唐时代的遣唐使及其随员是中日之间的"带书者"，也是中国经典最早的传播者，由他们将经典的魅力扩散到皇族和贵族；以后，五山僧侣和江户儒者先后成为中国经典传播的中坚力量。明治维新之后，现代教育体系和学术体系逐渐形成，中日经典才开始了双向传播的历程。由于中国图书传入日本后得到了良好的再生产，中国典籍的传播才可能具有如此可观的规模。

还应该强调的是，中国文学经典只不过是中国文化传播的一个侧面。中国文学本身所具有的文史一体的传统、特有的文学范畴，都成为中国文学经典传播的独有风景。这种传播不仅形成了中国文学翻译世间罕见的深度与广度，而且造就了日本自身的汉文化、汉文学体系，它们在以文为政、以文为教、以文为礼、以文为戏等诸方面，都与中国本土的汉文化、汉文学的文字血脉相通而又精神各异。

不妨将中国典籍的日本再生产，分成四个如下阶段来描述：

写本再生产传播时代。最早登陆日本的图书形态便是汉字写本（包括木简写本），在相当长的时期内汉字写本是中日两国知识的共有载体，是文明积累和进步的重要手段，也是中华文明对外传播的主要媒介。据阿部隆一《本邦现存汉籍写本类所在略目录》，现存日本各地的汉籍写本多达七百余通[1]，值得注意的是，这些仅是汉籍（中国人著述）的写本，反映中国典籍传播而出自日本人之手的写本文献还不包括在内。在刻本普及之后，写本作为一个时代宣告终结，但写本在文学传播中的功能仍在继续，因为在汉籍阅读者人数有限的情况下，得不到刊印机会的写本仍在门人、弟子、子孙、学友之间传播着中国文学和文化。在近代的文化发展中，写本仍然发挥着文人交往、启蒙教材、保存学者个人著述、美化文人日常生活等特殊作用。

刻本再生产传播时代。五山僧侣曾是中世传播汉文化最重要的担当者，五山版汉籍和五山文学成为中世文化的最亮点。文学的刻本传播时代在江户时期全面到来。京都、大阪、江户三城市连手的发行销售系统，书店兼顾出版发行和行商坐贾兼备的体制，质地优良的纸张等都为和刻本争得了荣耀。除日本保存的宋元版本之外，和刻本也保留了大量的中日文学传播的信息，还有待于学者们去开掘。文学刻本时代到来之后，加速了文化的传播，但并没有终结写本的功用。写本是和刻本的前身，也是和刻本的补充与后备军。

近现代机器印制传播时代。机器印制图书的出现，将新思想、新文化的传播推向了前所未有的规模，也将两国文学长达千年以上的单向传播主潮迅速转换为广泛意义上的双向对流。明治初期乘江户汉学的余波，东京凤文馆印制大型图书《佩文韵府》《资治通鉴》等，也开现代出版商与学者携手推进大项目出版的先河[2]。自大正年间国民文库刊行会出版《国译汉文大成》、早稻田大学出版会推出《物语支那史》以来，隔若干年，出版业便会与学界合作出版一些中国相关典籍的大型丛书，每一次出版便会出现一个中国典籍宣传阅读的小高潮。

计算机文明、网络再生产传播时代。这一时代为文学传播提出了崭新的

---

[1] 〔日〕阿部隆一『本邦現存寫本類所在略目録』、『阿部隆一遺稿集』、汲古書院1993年版、第211—241頁。

[2] 〔日〕ロバート・キャンベル「東京鳳文館の歳月」、中野三敏監修『江戸の出版』、ぺりかん社、第174—232頁。

课题，国际间的文化文学交流被提到增强国家软实力、关乎国家形象和文化影响力的前所未有的高度，得到从官方到民间广泛的参与。漫画、动画、影视、各类大众文化中都有中国文学经典被简俗化、时尚化、娱乐化乃至被恶搞的变体。

除了文字材料之外，中国文学经典还靠其他途径来传播，如音声（如古代的朗咏、流传至今的诗吟等）、表演（如平安时代流觞曲水中的赛诗活动、中世谣曲中中国题材的剧目等）和图像（描绘入唐经历的绘卷、版本插图与现代动画）等。它们有时传播的不是中国文学经典的本身，而是日本化了的作品，但在扩大中国文学经典的声誉和影响方面具有独特的传播功效。

不难看出，文化与文学交流每一阶段的进展，既是中国文学与日本文化结合的过程，也是其人文力与科技力的合力作用。

本国或本民族被奉为经典的文学著作，其在本国本民族的经典地位，十分有利于它们的对外传播。不过，也并不是所有的文学经典，都会在他国享有同样崇高的声誉和受到同等的推崇。文学经典作品在跨疆越土进入到他文化之后，就开始了自身命运的独特旅程。译者是使它们实现文化跨越的首功之臣；同它们在本国本民族一样，在它们成为他者文化中的经典的蜕变中，那些具有权威或大师地位的学者或批评家的肯定，具有奠基性的作用。同时，教育在经典的传承过程中意义重大，而经典所具有的丰富性、创造性和可读的无限性，则需要通过无数读者的阅读和判断得以验证。因而，当我们探讨文学经典在国外的命运时，也会把目光紧紧盯在译者、阐释者、教育者和阅读者四者身上。这四者的身份有时交叉，有时重合，即有时译者兼为阐释者，译者、阐释者、教育者，同时必然是阅读者，只不过他们的阅读感受通过媒体或著述传播具有比一般读者更为强大的影响罢了。总之，同它们在本国一样，只有当集体的阅读经验经过一代又一代的积淀变成了集体的无意识时，经典才可以形成。

随着科技将地球的每一个角落联系到了一起，人际之间的交往、国家之间的来往、观点之间的交流方式较之以往悄然发生着巨大的转变。这种态势，让"关起门来做皇帝"的思维显得更为可笑，那些自我陶醉的虚谈也显得更为苍白无力。传播者要让本土经典走向世界，仅仅让自己的精神、自己的见识走向世界还是很不够的，还要让自己的本领走向世界。在文化冲撞之中，没有喊出来的精彩，只有走出来的精彩。

二 传播与翻译的语境与"字境"

　　词源学上，传播具有信息分享和传递这两方面含义，就人文和社会科学而言，传播是个人和团体主要通过符号向其它个人和团体传递信息、观念、态度和表情。一般说来，传播是由传播者、媒介（信道）、内容（信息）、受众以及传播者与受众之间的关系、效果、传播发生的场合、信息所涉及的一系列事件组构而成，也就是传播学上著名的"5W"所概括的传播模式——传播者（Who）、内容（Says What）、媒介（In Which Channel）、受众（To Whom）、效果（With What Effects）——在一定"环境"中的传播是一个流动过程，因此它呈现着动态且复杂的特征。[①] 由此划分了传播理论研究的五个方面：控制研究、媒介研究、受众研究、内容分析、效果分析。当我们在突破了这种理论的单线模式，将回馈问题和传播中的噪音问题也考虑在内的时候，对传播的研究就变得更为全面和完整。

　　在不同文化传播的流动过程中，翻译起着至关重要的作用。从中国文学在日本被翻译和解读的形态来分析，大致可分三个阶段。即汉文直读期、文言训读期和白话口语期。

　　奈良时代以前日本人如何阅读和翻译中国典籍的，文献无考，但活跃于日本朝野归化人的存在，表明已经存在各种形式的口译和笔译活动。在中国典籍进入日本文化的早期，根据文献分析，日本人很可能是采用直接阅读汉文的方法来读解中国典籍的，《万叶集》时代使用的万叶假名采用了以汉字记音来记录日本和歌的办法，可以推测当时对中国典籍是采用按照中国读音（尽管可能已经在转读过程中发生了音变）的方法，日本人不仅由此开始具有了阅读中国典籍的能力，而且进而发明了一字记录日语一音的独特技法。《古事记》序中所说的"上古之时，言意并朴，敷文构句，于字即难。已因训述者，词不逮心；全以音连者，事趣更长。是以今或一句之中，交用音训，或一事之内，全以训录。即辞理叵见，以注明；意况易解，更非注。亦于姓

[①]〔英〕邓尼斯·麦奎尔、〔瑞典〕斯文·温德尔：《大众传播模式论》，祝建华、武伟译，上海译文出版社1987年版，第5页。

日下，谓玖沙诃；于名带字，谓多罗斯。如此之类，随本不改。"① 这里谈到的是《古事记》写作中的文字问题，从当时日本仅仅存在汉字典籍的情况来推断，也可以推测这些是从阅读汉文典籍中总结和发展出来的原则和方法，并不难看出后来风靡千年的训读的萌芽。

上述方法已经包含着丰富的翻译学内容，但仍不免繁难。从奈良时代流传的《游仙窟》读法神授和《文选》读法鬼授的传说，可以想见汉文阅读翻译之难。直到平安时代训读法成型，日本的读书人才找到打开汉籍阅读翻译大门的金钥匙。这把钥匙，通过对汉文文法的分析，将文法简单化，对汉语中没有语法明确标识的词语关系，用日语的助词明确起来，大大简化了理解原文仅靠语序难以理清的内部关联，并通过颠倒词序的技巧，极大简化了译解的过程。训读将汉语文言的阅读程序化，创造了直接借用汉字文化的途径，将两种文化的沟通，变成了汉字内部的翻译活动。训读在一千多年的日本汉字教育、文化传播中发挥了巨大的引渡、吸附、消纳作用。假名的创制和训读法的普及，在保留原文文本全貌的前提下，解决了将孤立语的汉语一步转换成黏着语的日语的复杂问题，具有文法简略、音声单纯、应变力强的特点，读者经过一定训练，就可自行将未经文字转换的源语文本大体直接读通，这可以说是对"原装"文本的接受。诚如日本学者市来津由彦在谈到前近代日本的中国古典传播与消化时所指出的那样："读解中国古典，发挥着面向当时的现代表述有关政治与伦理的思想的功能。江户时期提供了政治理念与儒教价值观的这种功能，甚至起到了建构制度的作用，这虽与中国并非完全相同，但基本上是类似的，在翻译文言文化的世界中特许的训读，这种翻译技法，不单是为了阅读，还对将日文思考引导向汉文标记作文方面发挥了作用。"②

尽管江户时代已经出现了将中国典籍用日语口语说解的"国字译"、"谚解"和白话小说中的口语附注等将文言文或白话作品转换为日语的尝试，但这些终究是训读的补充手段。训读不仅在传播中国经典过程中的作用是不容抹杀的，就是在延续日本学人的汉字感情方面，也是不可忽略的因素。

训读毕竟是用一把钥匙去开中国典籍的万把锁，对于中国经典接受来说，

---

① 〔日〕倉野憲司、武田祐吉校注『古事記　祝詞』、岩波書店1982年版、第46—48頁。
② 〔日〕市来津由彦『中国思想古典の文化象徴性と明治・大正・昭和』、中村春作、市来津由彦、田尻祐一郎、前田勉編『統訓読論』、勉誠社2010年版、第409頁。

功也训读，罪也训读。明治时期西方文学的翻译和翻译理论，缓慢地影响到中国典籍的翻译，新的翻译浪潮很难立即动摇延续千数百年的训读传统，虽然有森鸥外等少量以当代日语翻译中国古典诗歌的尝试，但恋旧的汉学者不忍割舍对汉语文言文特殊韵味的喜好和对训读的依恋，《国译汉文大系》中训读依然是译读汉籍最有效的手段。首先呼吁改变这种状态的是那些与中国人有过近距离接触的学者。宫原民平（1884—1944）在《由岛国观照到大陆观照》一文中批评当时的汉学者，不去研究现代中国的文章，一味徘徊于历史废墟，现代日本汉学教育者则做着浅薄颠倒的违背常识的模仿，而在中国现代语言方面，连一点儿打招呼的话也不会说，一封信也不会写，反而在那里大谈苏东坡怎么样，韩退之怎么样，以此来理解现代中国和中国人什么的，真是太自我了："在这种意义上，日本的支那研究像要拉开架势凑趣上路，就不能不说是本末倒置。"他本人就是"试着做支那人，与支那人一起生活，与他们一起住、吃饭、干事、睡觉，时而争吵，时而亲近，来把他们的日常生活看个通透"。（《支那研究的一方面》）① 较长时间在中国生活过的星野苏山、井上红梅（1881—1949）、宫原民平等人在中国人的帮助下，开始将中国的古典作品和现代小说翻译成近代日语。由设在上海的日本人出版社"至诚堂"刊行。加之一些受到理雅各、庞德、韦利等中国古典翻译影响的研究者的参与，中国作品的现代日语翻译逐渐成为风气。与此同时，传统的训读也在文学教育和学术研究领域保持着活力。日本学者对中国文学的研究，也由全员面对古典，转向建立起现代中国文学研究的队伍，战后不仅各自独立的研究领域平行推进，而且形成了研究者兼作翻译者的翻译队伍。

继承了前近代至近代的传统做法，又顺应现代出版业和媒体发展的需要，日本的中国文学经典大体形成了三种体式，也可以说构建了三个系统，当然，这并不是中国经典传播所独有的体式和系统，也可以说是日本本土经典现代传播方式的复制和改装。这三种方式是：

念及公众的文献整理体。这类著述主要面向学术界，多采用原文照录、训读随后、词语注释、现代语翻译的方式，注释中不能详说的考证内容，则以补说的形式附在原文后，或者书籍前一部分，以训读翻译为主，后一部分

---

① 〔日〕勝山稔「近代日本における白話小説の翻訳文体について——「三言」の事例を中心に」、中村春作、市来津由彦、田尻祐一郎、前田勉編『続訓読論』、勉誠社 2010 年版、第 360 頁。

则附以原文，语词等各类索引和参考文献也必不可少。为让经典吸引青年研究者，在译文和注释等方面往往化难为易。

直接诉诸公众的现代翻译体。作品转换为流畅的现代日语，简化注释，不出原文，以序跋、解说对作者、作品作简单介绍和评论。

面向不谙经典的一般读者的改写体。采用翻案、超译、自由译等方式或漫画、戏剧等形式对原作加以改写，使用时尚表述对原作有较大改动。虽然改写的形式不断变化，但这些改写在不同时期内为日本文学的演进吹入外来的新风，却是一以贯之的。从《日本书纪》中改写的《汉书》故事，直到现代小说中的"文艺中国"，这类作品深深影响着日本人的中国观和中国文学观。

日本的中国经典传播，用的是这"三条腿"。这三条腿各有自己的读者群。随着汉字水平的降低，网络媒体对读者群的分离以及消费文化的鼎盛，这三条腿中后两条腿越做越粗，而前一条腿却相对细小。但虽然世风多变，学界震荡，毕竟有一批学者还在坚守。

今天，日本的中国文学翻译早已结束了蹒跚学步的阶段，不仅古代经典有了多种口语的名译，而且当代小说也不乏既快且佳的译品，但是日本译者并没有丢弃训读的工具。一方面是口语的盛行，一方面是训读辅之以白话散文语体的解说，中国文学始终由这三种形态传播与流通。这正是百年来日本传播和翻译中国文学特有的多轨并行的特色，而中国方面还缺少前一条腿，第三条腿更为无力。不论是出于提高研究水平的目标，还是培养研究——翻译型学者的需要，加强这两条腿都是十分必要的。

比较文学研究大家凡·保罗（Van Tieghem Paul，1871—1948）曾说："翻译在大多数情况下是文学传播的必要手段，翻译研究在大部分比较文学研究中是不可缺少的前提。"[①] 岛田谨二在《翻译文学》（1951）中也说："从世界文学的视野来大观，现代文学不正是日本人将欧洲文艺的特征化为己物挣扎苦斗的历史吗？"中国文学在其发展过程中，与其它各国文学不断交流、交融与交响，积累了丰富的翻译文献，这正是近年来兴起的译介研究的基础。然而，与汉语——英语间的翻译研究相比，汉日语之间的文学翻译研究却显

---

① 〔日〕現代日本文學大系74『中島健藏　中野好夫　河盛好藏　桑原武夫集』，筑摩书房1972年版。

得相当落寞。

诚如加藤周一所说,"在东北亚,即多民族国家的中国的国内外,古典中国语的诗文曾作为一种国际语起作用。当时的状态和中世纪欧洲的拉丁语很相似。再加上中文中的很多词汇,即其表意文字作为中介组合到日语中去,有的词汇通过日语训读法,甚至对一部分日语文法的表现也带来了影响。正是以这样的情况为前提,才使直接训读法的日语训读法变为可能"①。除少数学习过汉语的日本人之外,日本学人不仅阅读,而且翻译也是以日语训读直译法为主。汉语在东亚地域的国际性,是构成中日翻译文化语境的根本因素。这种影响通过汉字一直延续至今。因而,对中日之间的文化翻译研究,不仅要深入到两国语言,而且要深入到两国共同使用的汉字,才能道破其在世界翻译史上的独特意义。

一般的看法可能认为中国文学在国外的传播和翻译,那主要是外国人的研究课题,至于谈到日本,很多中国文学作品都已经译成日语,而且译得很好,那就更不用我们"费心"了。然而,国际文化交流发展到今天,如何将中国文学经典推向世界已是我们必须认真对待的问题,日本也不例外。而做好这一工作,就必须要研究中国文学在日本传播和译介的历史和现状,分析其中的经验,学习相关的理论。日本历代学人已经做了哪些工作,是怎样做的,我们可以从中汲取哪些经验,还有哪些事情需要我们一起来做,都是需要从理论和实践两个方面努力的。中国学人为推进中国文化与世界文化的交流,不应对相关的现象一无所知,也不能做冷漠的旁观者,而是应该知其然与所以然。

近年,我国学术界多借用语言学中"语境"的概念,来描述话语的环境。一般习惯于将"语境"一词分为狭义和广义两种:狭义指书面语的上下文或口语的前言后语所形成的言语环境;后者是指言语表达时的具体环境(既可指具体场合、也可指社会环境)。对于两国之间文学经典的传播和研究来说,我们不妨也借用这一概念来描述影响传播和翻译的诸多背景和参与因素。然而,对于中日两国来说,由于具有文字的共有项,传播和翻译都不能离开汉字各自不同时期不同的文字政策、文字演进和文字相关相涉的不同情

---

① 〔日〕加藤周一:《文学和翻译》,加藤周一著、彭佳红译:《21世纪与中国文化》,中华书局2007年版,第211页。

况。为了更精准地描述传播和翻译的情境，也为了进一步提高我国传播和翻译的水平，我们可以更多关注两国的"字境"。鉴于此，本书在第三部分，用了较大篇幅来讨论《日本灵异记》《今昔物语集》《源氏物语》等古典名著汉译的文字问题，论述了翻译者的文字学修养的重要性。

加藤周一说："翻译是理解异文化的过程。异文化与自我的距离，是空间或是时间的场合，翻译随之成为共时的或历时的，可当其距离是时空双方的场合，翻译就成为共时的以及历时的。"[①] 中日双方的古典传播，在彼此之间，既存在着时间上的距离，也存在着空间的距离，我们必须相互克服双重的距离。

本书以较大的篇幅研究中国文学在日本的传播和翻译，这既是因为日本在这方面具有丰富的历史经验和丰厚的积累，也还因为我国学者对这一方面的深入研究较少且不够系统，而这一研究对于中国文学对外传播的课题，无疑具有较强的借鉴意义。每一个国家和民族都希望自己的文学遗产能够成为本土文化与域外文化沟通的桥梁，也无不希望本国文学遗产迅速为外部世界所理解与接纳，20世纪后半期，日本先于中国开始注重将本国名著翻译成各国语言的工作。然而，这一工作绝不是有了推销的意愿、资金投入和官方的运作就可以立即奏效的，而是需要各方协同，长期努力。从学术层面来讲，对于两国文学交流史的研究、对于不同国家文学传播和翻译规律及运作规则、实施现状的研究，都是不可缺少的。"自说自话"不等于真实的沟通和理解。

说到底，不论是将中国文学译成日语在日本传播，还是将日本文学译成中文在中国传播，都可以看做我们事业的两个方面。同时，做好这两件事，虽然各有自己必要的学问，但也有极大的共同点，那就是都离不开对两种文化和语言的科学把握。本书采用的是"互读"的方法和立场。

加藤周一说："理解异文化到底是怎么回事呢？所谓对一个概念的理解，就是把这个概念容纳到自己的概念体系中去，在那里定位，并和其它的概念加强关系，也就是说对一个事物的理解，不单是把新的要素附加到自己的世界观去就行了，而是怎样把新的要素组合到体系中去的问题。这体系一般是存在于特定的文化之中，至少在大致上，是一种既存概念的框架、翻译就是

---

① 〔日〕加藤周一：《文学和翻译》，加藤周一著、彭佳红译：《21世纪与中国文化》，中华书局2007年版，第222页。

把异文化的，即其它的概念框架中的特定概念，拿到自己的框架中来重新下定义。"① 不论是一词一句的处理，还是整部作品风格的再现，都是译者翻译策略选择和将其付诸呈现的结果，而这种选择和操控又无不与译者对原有文本在本土文化中的定位相关。定位的方式不止一种，主要有填补定位、归属定位、对应定位、比况定位等等。

填补定位，即原文本乃是本国文化中所缺失的部分。如日本文明早期，众多概念和文学形式直接从中国典籍引进而新建。这种定位，一度产生了合盘吸纳的翻译策略。

归属定位，即对原文本性质的认知。如周作人、钟敬文对日本古典俳句采用白话翻译，是出于对俳句俗文学性质的判定，而另外一些译者对其用古典语来翻译则出于另一种判定。这种归属的判断，往往决定译者对原文本采用何种翻译态度。批判性翻译往往出于对原文本的负面认知。

对应定位，即将原文本与本国文化的某一时期、或某一种文体对应。如李芒等人认为《万叶集》产生于我国唐代同一时期，即设定以唐诗体式与风格来翻译它，同样，杨烈认为它主要接受了六朝诗歌的影响，便用那时盛行的五言诗去翻译。

比况式定位，即将原文本视同本国某类作品。如中国早期译者多将《万叶集》说成是"日本的《诗经》"，把《源氏物语》说成是"日本的《红楼梦》"，并在译作中袭用相近的表现手法。

当然，对于原文本来说，这种定位既不是"一次性用品"，也不会"一译定终生"，而是伴随着重译本生产有所变化的、传播和翻译研究不仅要考察和描述这种定位和转换的历史，而且在有条件的时候还要对其做出反思。

三 中日文学经典传播与翻译的"互读"

"中国文学经典在日本的传播和翻译"和"日本文学经典在中国的传播和翻译"，由于有着不同的内容，习惯上会作为两个课题分别研究，这里放在一起，希望以"互读"的视点，来谋求扩大对经典的共识和传播，探讨翻译

---

① 〔日〕加藤周一：《文学和翻译》，加藤周一著、彭佳红译：《21世纪与中国文化》，中华书局2007年版，第222页。

的历史遗产和现实性问题。

文学经典的对外传播和翻译研究之所以需要一个"互读"的视角,首先是因为传播与翻译的对象与运作策略的选择都关涉两种文学在比较中显现的不同特性。在谈到日本对中国文化及文学接受问题的时候,井波律子说:"从《怀风藻》《万叶集》时代到江户时代,日本文化以强劲的咀嚼力不断接受中国文化,但是这种接受绝不是无限定的,而是常常伴随着自己的志向相契合、或是选择甄别、或是加以转化的操作,这种与中国文化这种异文化持续相互面对的经验,在明治以来面对西方文化这一新的异文化的时候,可以说是发挥了巨大的有效性。"① 虽然具体圈定哪些是在日本流传的中国文学经典可能仁者见仁、智者见智,但是至少以下的事实反映了这种"咀嚼力"与中国本土对这一问题看法的差异:在《日本书纪》中特别记载的是《论语》与《千字文》东传的传说,在《怀风藻》中最突出显现的是六朝诗歌、初唐应诏诗、应制诗的影响,《枕草子》中提到的"文"是《文选》《白氏文集》和博士所作的申文,江户时代最流行的中国白话小说是"三言"、《西游记》《三国演义》《水浒传》和《金瓶梅》,在教育中享有地位的是《蒙求》《三体诗》《古文真宝》……同样,尽管中国对日本古典文学经典的翻译没有这样漫长的历史,但相似的选择性和转换操作也反映到翻译和传播之中:《万叶集》《源氏物语》《今昔物语集》收获了多次重译,俳句的翻译和传播培育出了汉俳这一新诗体而显示出比日本俳句更强的抒情性和整体性,同时也还有相当多的日本优秀文学遗产还没有翻译并获得传播的机缘。今后,会有更多的日本文学经典进入中国人的阅读鉴赏范围,这种甄别与选择也会继续。不难看出,这些都不过是两种文学不同特性在交流中的突出反映。

文学经典的对外传播和翻译研究之所以需要一个"互读"的视角,还因为外部传播和翻译本身就是一种跨文化的行为。日本对中国文学经典的传播和翻译,以及中国对日本文学经典的传播和翻译都是两种文化、两种语言的转换,其中有许多共同点。20 世纪的文学研究被划分为本国文学和外国文学两个领域,但两者无不在各自的一个文化系统中运行,离不开"语境"和"字境"的共有空间。由于译者和学者在这样的教育体系中接受学术训练,

---

① 〔日〕井波律子「日本人の教養の伝統をめぐって—中国文学、文化受容史」,芳賀徹編『翻訳と日本文化』,精興社 2000 年版,第 37 頁。

往往造成认知的割裂。人们无不希望对方理解自身文化，然而事实证明，这不是仅有主观的推销愿望和经济力的支撑就能当下奏效的，国际化、信息化时代的文化和文学交流，对对方理解越深，越有望将对外传播的工作做得好些。因而，从事日本文学翻译的人，不妨从日本翻译中国经典的业绩中受到启迪，而从事中国经典外译工作的人，就更有必要了解相关的历史和现状了。

文学经典的对外传播和翻译研究之所以需要一个"互读"的视角，还因为两种语言和文字的特性在"互读"中才会更为鲜明。译者追求形神兼备的翻译效果，读者期盼读到具有异国情调而又"不隔"的精品，传播者希冀达到最佳反响，而这一切都不是一种语言文字孤立作用的结果，但最终则与引"外"入"内"的文化更新相关，指向本国文化新的创造。

愿本书对中日文学经典翻译和传播的探讨，能够为从事日本文学经典翻译的译者提供一些基础性的材料和参照，也为从事中国文学经典日译工作的学者带来域外接受的准确信息，以迎接中日文学和学术交流新局面的到来。

引证凡例

一　本书参照的日文原著，多达数百册，其中多有国内难寻者，亦有日本稀见者。为避免断章取义，引录时不避繁复。唯求精要之读者，阅读时不妨跳过。

二　本书所引日本文献，凡原文为汉文文体的，均由笔者按照我国行文规范加以分段标点，使用我国现代标点符号。

三　凡原文是假名文体的，除了特别注明以外，皆为笔者翻译。如果涉及翻译内容，尽可能附上原文，以便对照比较。

四　由于日本现在使用的汉字和我们国内使用的汉字不论是形还是义，都有差别，为避免误解，注释中出现书名的时候，为便于读者查找，尽量原文照录；考虑到行文时避免两种文字混杂，文章中引述则译成汉语。注解中日文文献保留日文原貌，中文文献按中文规范统一处理。

上 编

第一章

中国文学经典在日传播的文化考察

诚如加藤周一在《日本文化史序说》中所指出的那样,文学和美术在日本文化中发挥着重要的作用。他从四个转型期("転换期")的角度来对日本文化的演进做了分析:9 世纪为第一转型期,由于假名的创制,日本文学不仅从中国的语言,而且在内容上从中国文学独立出来;13 世纪为第二转型期,其中主要特征可以从新兴佛教及其新兴阶级的关联、武士权力强大的社会中被疏远的贵族阶级的反应、读者(听众)层的扩大与大众世界的表现这样四方面来加以说明;16 世纪中叶至 17 世纪中叶的约百年间为第三转型期,伴随建筑、园林、绘画、陶器等造型艺术的新风,町人文学兴盛起来;19 世纪则为第四转型期,近代文学的曙光正是在这一时期出现的①。尽管日本文化的形态有着这样的变化,每一次转型都没有离开中国文学的传播和翻译。几乎是伴随日本文学的发生,中国文学经典开始了在日传播和翻译的最初旅程,为了适应日本文化发展的需要,也就被赋予不同的使命和内涵。从百济王仁博士带入《论语》《千字文》的传说开端,到当代日本媒体热播的《西游记》影视,中国文学经典为日本文化和文学增添异彩,而且融入时需,化为血肉,带来新鲜的活力。

---

① 〔日〕加藤周一『日本文学史序說』上、下、筑摩書房 1970 年版。加藤周一:『日本文学史序說補講』、かもがわ出版 2006 年版。

第一节　中国文学经典的传播与日本
　　　　文学的发生与演进

　　知识和信息的暴增，现代学术分科的细密，在很大程度上决定了学者观察分析问题的角度和方法。在研究中日文学关系的时候，以小说对小说、以诗歌对诗歌来加以探讨成为一种通常的方式。这当然有助于将问题的范围缩小，便于把握，然而纵观日本文学发生和发展的轨迹也不难发现，中国文学传播造成的影响，并非如此单纯和对应。在古代日本人的文化生活中，学人对于种种文学的认识也大不同于近现代，他们不仅仅将中国经典作为娱乐和消遣的家什，也不仅仅是像近现代人那样只把这些作品当做精神享受和文学爱好者群体鉴赏的对象。从一开始，中国文学经典就与日本文化的成形和创造紧密相关，与他们的语言、文字，乃至学人的地位也都不无关联。本章选取数个光点，管窥其中诸要素的相互作用。

一　"读法神授"与"读法鬼授"——"归化人"、异国体验与中国文学的接受

　　从现代学术观点来看，《游仙窟》与中国文学经典风马牛不相及，就是在奈良时代，它也受到空海的批评，空海《聋瞽指归》认为"始有唐国张文成著散劳书，词贯琼玉，笔翔鸾凤，但恨滥纵淫事，曾无雅词。面卷舒纸，柳下兴叹；临文味句，桑门营动。"[①] 说它词句虽美而滥说淫事，柳下惠面对这样的书要叹息，僧侣也坐不住了。但是，从《万叶集》等作品和保留至今的写本来看，当时的贵族知识分子对这部书相当熟悉，不怕它骈四俪六，字句难读，语义双关，意隐义晦，下功夫去硬啃，甚至把它当做学习语言的教材。这很像江户时代的学者，将中国白话小说当做学习中国白话的教材来用。从流传后世的《游仙窟》读法神授故事来看，《游仙窟》实际上在当时爱文之士心目中就享有文学经典的地位。

　　最早的有关《游仙窟》神授的传说，见于醍醐寺本的题记。醍醐寺本

---

① 〔日〕渡邊照宏、宮阪有勝校注『三教指歸　性靈集』、岩波書店1976年版、第542頁。

是康永三年（1344）法印权大僧都宗算书写的正安二年（1300）古写本。这个本子的题记说，应和年间村上天皇时，木岛神社神主曾向大江维时传授《游仙窟》训读。这个写本误书很多，年号应和写成了康和，木岛写成了木古岛，古字为衍文。校正之后，传说的面目大致清晰。文中还说，其时维时是乘坐毛车前往受教的，神主身着布衣，从文库中取出多被虫蛀过的书册。

奥野信太郎（1899—1968）在《关于〈游仙窟〉训读的传说》一文中认为，《游仙窟》虽然是用文言写成的，但是讲述时代的原型则是很久远的口语化的，现在见于《游仙窟》中的一些俗语，可以说是口耳相传时代的遗存。可以想象，《游仙窟》传到日本的时候，被倍加珍重爱护，是因为人们被眼花缭乱的美妙修辞所吸引。在日本也有浦岛太郎那样朴素的民间故事，而《游仙窟》却把这样的故事华丽包装，这一点对于《万叶集》时代的人们来说，充满道不出来、写不出来的魅力。扬弃民间故事而把它升华为文学作品，这吸引着当时的人们。《游仙窟》在内容上富有亲近感，而被盛放进一个意想不到的珍稀的容器当中送到手中，让人感到欣喜。《游仙窟》可能是由山上忆良或者同伴带回到日本的，但是，在此之前，所谓前《游仙窟》，即类似的传说故事，却可能早已由所谓"归化人"带到了日本。

奥野信太郎注意到，在那些关于《游仙窟》训读故事的传说当中出现的木岛神社，本来是归化人秦氏一族的神社。在大秦一带，除了木岛神社之外，还有松尾神社、月读神社等，它们都是秦氏的族神。木岛神社供奉着木岛明神，木岛明神与《游仙窟》联系起来被讲述，正说明木岛明神的原祭神就是古代中国的蚕织之神①。

张鷟所作《游仙窟》等在唐代已传国外，新旧《唐书》均有记载。《游仙窟》给日本文学的影响，可以追溯到日本最早的和歌总集《万叶集》。书中卷5的《沉痾自哀文》是山上忆良老病卧床时写作的汉语散文，文中有"《游仙窟》曰，九泉下人，一钱不直（值）"。卷4《更大伴宿祢家持赠坂上大娘十五首》多吸取《游仙窟》中诗文语句的构思，如第一首（741）"梦

---

① 〔日〕奥野信太郎『奥野信太郎随想全集』四福武书店1984年版、第132—141頁。

里相逢事，终归是苦辛，醒来探索遍，触手竟无人"，出自"梦见十娘，惊觉揽之，忽然空手"。小说方面在《源氏物语》中也可看到《游仙窟》的影响。另外，《唐物语》《宝物集》《源平盛衰记》（卷16，48）都有作者张文成的故事，其中《唐物语》更演化出张文成因与则天武后相爱耽于相思而作《游仙窟》的传说。到了江户时代，印有头注的元禄刊本广为流传，模拟之作也大为畅行，如俳书《纪行俳仙窟》、草双纸《游仙沓春雨草纸》（绿亭川柳著）、滑稽本《风俗游仙窟》（古谷知新著，1769年刊行）、洒落本《游仙窟烟之花》，都借《游仙窟》之名广为宣传。井原西鹤《好色一代女》，也曾受到《游仙窟》的影响。《游仙窟》的情味与日本文学的欣赏趣味吻合，是它在日本受到青睐的重要原因。《游仙窟》一书在中国早已散佚，而日本传本甚多，有出自京都醍醐寺三宝院的醍醐寺古抄本（日本正安二年，1300年）、日本康永三年（1344）宗算大僧都的手抄本、名古屋市大须真福寺宝生院所藏真福寺本，此外，还有1349年的僧俊觉抄本、室町中期的成篑堂文库本等。

    对于奈良、平安时代的日本学者来说，学会汉字并不意味着能够阅读中国传来的典籍。中国秦汉至晋唐的每一部典籍，都具有深邃的文化底蕴，需要掌握极其丰富的文化和语言知识才能精通。这对于一般读书不多的人来说，更有难以想象的困难。像《文选》中收录的汉赋，难字连篇，如同天书，如果不能一字一句读通，便不能完成训读过程。即便后来的人们，手捧《文选》，也会为前人何以能够读懂它而惊叹不已。今天我们虽然不能再现当年的日本学人开始学会训读《文选》的经过，却也不妨从平安时代的传说故事中看出一点蛛丝马迹。

    如果说《游仙窟》之难，催生出了"读法神授"的故事的话，那么《文选》之难，就催生出了"读法鬼授"的传说。"读法神授"的传说投射出大陆"归化人"的文化传播作用，而"读法鬼授"则涉及到来到中国的遣唐使和留学生的异国文化体验。平安时代大江匡房（1041—1111）所著《江谈抄》中的《吉备入唐问事》记述了吉备真备学读《文选》的传说，将功劳归于滞留唐国的老留学生身上。

图 6 《吉备真备入唐绘卷》描绘的围棋传日故事

原文是用变体汉文写成的，若原文照录则语义不明，这里将它译作文言：

　　吉备大臣入唐学道之时，诸道艺能博达聪惠，唐土之人，颇感羞辱，私下商议道："此乃我等不安之事也。不可输于他，令其前往日本国使住过之楼去住，此事不可泄露，让外人知晓。此楼住过之人，皆难活命，让其先上此楼一试。杀之是不忠，亦无理由令其回国，若留于此处，我等脸面无光，就令其住于此楼。"

　　吉备真备遂被送往此楼，深更半夜，风雨交加，有鬼隐身前来。

　　吉备真备问道："你是何人？我乃日本国王使也。王事靡盬，汝来何为？"

　　鬼道："甚好！吾亦日本国遣唐使，欲承其教。"

　　吉备真备道："快请进来，然勿作鬼形，可也。"

　　于是鬼归去着衣装来相见。鬼先言道："我乃遣唐使也。我子孙为安倍氏。欲知子孙之事，今却不能也。我身为大臣来到之时，令我登上此楼，不予食物，饥饿而死，后即为鬼。我无心加害登此楼之人，实其自然受害也。如此相逢，欲问本朝之事，若不回答，其即死也。今与汝相遇，甚喜，我子孙有官职否？"

吉备真备曰某任某官，子孙七八人，一一说来，鬼闻之大为感动，云："闻此甚喜。欲将此国之事，悉数相告，以报恩德。"吉备真备大悦，尤为敬重。

天明，鬼退归，清晨打开楼门送来食物。吉备真备不为鬼害而活命，唐人见之，备感稀奇。

其夜，鬼又来，告知此国有议，言日本人才能奇异也，将令其读书，读错则取笑之。吉备真备问到："何书也？"

鬼云："此朝极难读古书也。号《文选》，一部，三十卷，撰集诸家集之神妙者也。"其时吉备真备云："可否为我讲授此书？"

鬼云："我不能。令汝到其讲书之处听讲，如何？"

吉备真备云："楼门紧闭，怎可出之？"

鬼云："我有飞行自在之术，可令出而听之。"乃自楼门间隙而出，同至讲授《文选》之处。于帝王宫，终夜皆有三十儒士讲授，吉备真备终夜听之，一同归楼。

鬼云："闻之如何？"

吉备真备云："皆闻不遗，能否为我找来旧历十余卷？"

鬼应之，而后持来历书十卷，吉备真备得之，将《文选》上帙一卷工整书写于三四枚纸上，历一二日，则皆熟读成诵。侍者受命持食物来，将《文选》送至楼上，儒者一人为敕使，欲考吉备真备。《文选》之端破，残破置于楼中。唐人之使来见之，各自称怪，乞曰："此书尚有乎哉？"答曰："多也。"

敕使大惊，将此情形禀报帝王，问此书本朝有否？答曰："已经年序，号《文选》，人皆读诵者也。"

唐人云："此土有之也。"与吉备真备见之，云乞请取三十卷，令写得，令传之日本也。①

这个传说虽是谈鬼说怪，却也反映出平安时代翻译文化的一个侧面。日本人从未接触过文字到阅读《游仙窟》这样语义丰富的文学作品，《文选》这样内容丰富、体裁多样的选集，是一个复杂的学习过程。训读的发明在一定程度上解决了日本语言和异国文字的矛盾，也搭建起理解异国文化的桥梁。训读本来是长期摸索的结果，如金文京等学者研究的那样，是借鉴了佛经阅读或者其它非汉文化民族阅读汉籍的经验，《文选》和《游仙窟》虽然文学体裁不同，日本人却都是采用训读方式来阅读的。这在后来人看来，实在是神奇的事情。

古代日本人阅读面临的困难，可能是每天使用汉字、熟读诗书的中国人难以体会的。日本人为超越阅读困难所作的努力，通过"读法神授"、"读法鬼授"这样的传说传给了后人。在这些传说中，阅读是关乎生死的行为，也是关乎文明和发展的行为。训读开创了日本人阅读中国典籍的道路，也就开启了接受中国文学的门窗。这两个传说，也是日本文学从诞生走向成熟时期两国文学关系的一个缩影。

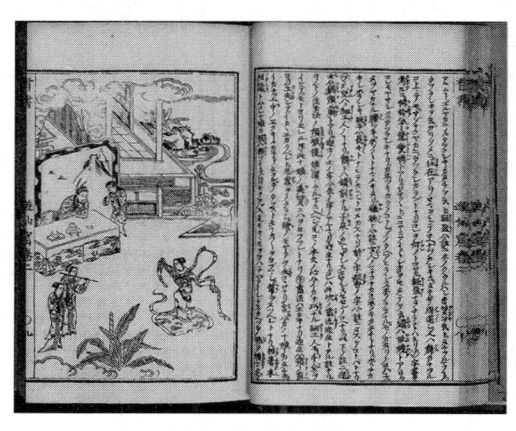

图 7　游仙窟刻本

---

① 〔日〕後藤昭雄、池上洵一、山根對助校注『江談抄　中外抄　富家語』岩波書店1997年版，第496—497頁。

这个产生于平安时代的传说,不仅传达了当时学人汉文阅读意识,而且也吐露出更具普遍性的大国小国意识和文化后进国意识,以及与此相关的文化危机感。此三者连环相套,小国要用全力与大国较量,后进国要拼命赶上先进国,而这一切要从知晓对手开始。这使日本社会在何种情况下都不缺少对紧邻大国中国、中国文化的关注,学者也就不难找到钻研中国文化的理由。即便近代以来社会普遍将中国从"先进国"的名单中删除、中国由"师视"对象沦为鄙视对象的时代,学者们仍以知晓"支那人心"为由加紧对中国各类文化的调查研究。这些都是导致戴季陶在《日本论》中所讲到的"'中国'这个题目,日本人也不晓得放在解剖台上解剖了几千百次,装在试验管里化验了几千百次"现象的重要社会心理因素。与此相关,戴季陶接着谈到的"我们中国人却只是一味的排斥反对,再不肯做研究工夫,几乎连日本字都不愿意看,日本话都不愿意听,日本人都不愿意见,这真是'思想上闭关自守''智识上的义和团'了"①,实际上这也与某些中国人视日本为小国、日本文化为"小文化"的固有思维有关,这种思维在中日交恶的情况下更容易与民族主义情绪结盟,让我们的日本研究被狭隘的民族优越感、实利主义所捆绑。如果是这样,那么中国将"日本"放在"解剖台上解剖几千百次"的事业会变得困难起来,就是对中国文化、中国文学传播与翻译这样的题目也不可能有正确的把握。

二 冯梦龙作品的翻译改写的三百年简史

根据中村幸彦(1911—1998)《古义堂的小说家们》一文记载,伊藤仁斋(1627—1705)日记1683年记录,他曾从唐本屋宇兵卫那里借《醒世恒言》来读。其子伊藤东涯所著《纪闻小牍》中可以看到,在1705年起笔、1707年搁笔的卷13的《释诂随笔》里,有从《古今小说》中摘出的语汇,1710年起笔的《释诂录》中有从《拍案惊奇》中摘出的语汇。古义堂书库里收藏有《拍案惊奇》《水浒传》等。②

江户时代翻译冯梦龙作品的有石川雅望、淡斋主人等。前者所译《通俗

---

① 〔美〕本尼迪克特、〔日〕新渡户稻造、戴季陶、蒋百里:《日本四书》,线装书局2007年版,第185页。

② 〔日〕中村幸彦『中村幸彦著述集』第八卷、中央公論社1982年版、第195頁。

醒世恒言》，译出《醒世恒言》的四篇。该书有宽政二年（1790）大田南亩序，以后印本题为《通俗小说奇事》。后者所译《通俗古今奇观》，译出《今古奇观》三篇。有1814年自序，由尾阳书房风月堂孙助刊行。另外，1768年京都圆屋清兵卫发行摘译本《笑府》，译者不详，1776年又有风来山人（平贺源内的别号，恐为假托）译的《删笑府》问世，对江户时代的笑话影响很大。

18世纪中叶，由龙洲先生冈白驹、风月堂主人泽田一斋两人训点翻译的《小说精言》（1743刊行，冈白驹译）、《小说奇言》（1753年刊行，冈白驹译）、《小说粹言》（1758年刊行，泽田一斋译）相继出版，均为京师书坊风月堂庄左卫门刊①。三书被称为"和刻三言"。三本书共训点、翻译了从冯梦龙"三言"中选出的十四篇作品。其篇目如下：

《小说精言》：

卷一《十五贯戏言成巧祸》（《醒世恒言》卷33）

卷二《乔太守乱点鸳鸯谱》（《醒世恒言》卷8）

卷三《张淑儿巧智脱杨生》（《醒世恒言》卷22）

卷四《陈达寿生死夫妻》（《醒世恒言》卷9）

《小说奇言》：

卷一《唐解元玩世出奇》（《今古奇观》卷33）

卷二《刘小官雌雄兄弟》（《醒世恒言》卷10）

卷三《滕大尹鬼断家私》（《今古奇观》卷3）

卷四《钱秀才错占凤凰俦》（《今古奇观》卷27）

卷五《梅屿恨迹》（《西湖佳话》卷14）

江户时代的翻译文体，保留着原文中的大量汉语词汇。1789年刊行的逆旅主人石川雅望为其所译《通俗醒世恒言》撰写的《跋》中说："《醒世恒言》书多磨灭，不可读者，今略读其可读者，而译以国字。先是西播冈氏（冈白驹——引者注）译载《奇言》《精言》诸书者，不复载也。且名物称呼，彼此异趣，聊解大意，以止儿啼，杜撰之责，未必辞之。"其时石川雅望用作原本的本子，字迹磨灭，本非善本，而他的翻译也仅是"聊解大意"而已。在他之前冈白驹的译本也同样是"聊解大意"的水准。就是这样的译本

---

① 〔日〕尾形仂解说『岡白駒・澤田一齋施訓小說三言』、ゆまに書房1976年版。

依然受到读者的欢迎。

此外"三言"中不少作品又陆续由都贺庭钟（1718—1794）、上田秋成（1734—1809）、村田春海（1746—1811）等读本人情本作者改写成发生在日本历史上的故事。其中又以都贺庭钟改编的篇目最多，他以近路行者、千里浪子的名义，先后出版了《古今奇谈英草纸》、《古今奇谈繁野话》、《古今奇谈莠句册》（分别简称《英草纸》《繁野话》《莠句册》）。以上三书书名都冠以"古今奇谈"三字，实模仿"三言"①。

"三言"在日本的流播，适逢町人文学兴起，西田维则所译《通俗赤绳奇缘》四卷、石川雅望所译《通俗醒世恒言》四卷、江东月池睡云庵主所译《通俗绣像新裁绮史》、淡斋主人所译《通俗古今奇观》五卷等译本，成为新兴的读本体裁的向导。敏感的操觚之士将其翻案改写成发生在日本的故事刻板刊行，以博"润笔"（稿酬），主要作品有云府观天步根据《张淑儿巧智脱杨生》翻案的《栈道物语》、村田学海根据《蔡小姐忍辱报仇》翻案的《竺志船物语》等。石崎又造《近世日本的支那俗语文学史》对这些作品设专节予以详考，并对"三言"在促进读本发展中所起的领路人的作用予以充分评价②。

图 8　劝惩绣像奇谈第一编

明治维新以后，西方的文学概念传入日本，追逐新潮的汉学者急于对中

---

① 严绍璗、王晓平：《中国文学在日本》，花城出版社 1990 年版，第 139 页。
② 〔日〕石崎又造『近世日本における支那俗語文学史』、清水弘文堂書房 1967 年版、第 176—216 页。

国典籍对号入座，"三言"被视为契合泰西"小说"概念的作品，而获得了重译理由。1883 年，东京九春社刊行了服部诚一（字抚松，1842—1908）主编的《劝惩绣像奇谈》，收录《三孝廉让产立高名》《杜十娘怒沉百宝箱》《李汧公穷邸遇侠客》《玉娇鸾百年长恨》。其序曰：

> 天下谁善作小说者？虽徒缀锦绣文字，非隐讽时事，劝诱风化，则不足读也；天下谁善读小说者？虽好传奇怪说话，非晓寓意所在，讽诲所存，则读无益也。
>
> 小说者，正史之余也，劝惩之器也；作者不可轻轻下笔也。夫蜃楼、焰山，吞刀吐火之奇，则出于想像，故易说而读无益也；忠孝节烈善恶应报之事，则出于实见，故难说而读有益也。作小说譬则如作画，描妖怪则最易，描牛马则却难矣。妖怪则非耳目经验之物，故描想象犹能惊人；牛马则人常观之，故失真样则人不曾感，小说亦然矣。读之不含寓意，不存讽诲，宛如嚼蜡者，此妄谈耳，非小说也。读之晓醒世讽时之寓意，观人情世态之真像，余意袅袅，欲新又续，使人或悲或叹，或喜或惊者，而始可谓得小说之体矣。于是乎小说之益亦不让正史也。
>
> 本邦小说之多，虽埋书簏，其文字不流于鄙俚，则贻讥于淫猥，仅仅之外未有得。小说，体者也，如此则盖非因无善作小说者以无善读小说者也。世人视小说以为徒说奇怪异淫猥之书，未知小说之真味也，小说者有益于世，岂其仅少哉！
>
> 泰西人善作小说，又善读小说，贵重之不异正史。其说曰：由人情世态而能诱风化、开文明，能导思想于政治者，莫如于小说，由小说而施诱导，则易入而感深，此说实是矣。
>
> 余亦好读小说，有暇则又自起稿。既附欹剔止二三也。顷者又读支那小说，其最有益与风化者，则拔写以备忘，积为数卷，书肆来乞，曰此书篇篇金玉，空藏簏底，则憾其矣，愿上梓以别同好者，余不能辞，令少施加削，且加评点，名为"劝惩绣像奇谈"。此篇虽未足以成风化之美，亦庶几以有裨益于讽诲欤？于时明治十有六年初秋抚松居士书于汤岛菅庙畔之吸霞楼。①

---

① 〔日〕服部誠一（撫松）編『勸懲繡像奇談』第一編、九春社 1883 年版、第 3—4 頁。

据日本学者德田武分析，森鸥外的《舞女》的构思便与根据《杜十娘》改编的《江口》有联系。这些作品由于吸取了中国小说的技法，较之日本古代的鬼怪故事更为动人。日本近代小说家幸田露伴 1889 年在东京杂志《都之花》上连载的小说《露团团》，构思受到《钱秀才错占凤凰俦》的启发。创作生涯横跨明治、大正、昭和三个时代的小说家泉镜花（1873—1939）的中篇小说《义血侠血》情节与《玉堂春落难逢夫》有共通点。

1905 年东京藤井利八刊行了詹詹外史评释、田中正彝（嘲嘲醉士）主编的《情史抄》，共三册，上册载《情史抄引》：

> 凡事偏理则其弊也梗，偏情则其弊也滥。滥与梗，此非社会通义也。近世洋学之行，人争唱自由，说权利，是如唯鹜乎理论，而不复问情艺何如者。
>
> 予常忧之，乃所以有此抄也。庶几世之开化者流，法理论究际，少读斯书，以和其脑浆，则为有免前之所谓滥与梗者焉。
>
> 嘲嘲醉士田中彝撰并书于东京飞二长坊之草庐时明治十一年秋九月也。①

该书所列"凡例"如下：

> 书中务采事之风雅、文之清丽者，若夫猥亵乱俗者一切省而不收，欲少益于世教，并供后进学文之一助也。
>
> 此书虽有近刊本，误谬颇多，今以一二旧本校订之，然犹有意义难通者，姑存其原文，以俟博雅君子之是正焉。②

在冯梦龙的短篇小说中，收于《醒世恒言》卷 3、《今古奇观》卷 7 的《卖油郎独占花魁》在日本江户时代有多种译本和改编本：

《卖油郎独占花魁》的节译本如《通俗赤绳奇缘》，八回四卷 2 册，近江赘世子译，有日本宝历十二年（1761）无怀散人的序，同年京都风月堂钱屋三郎兵卫刊行。这是最早的译本。

---

① 〔日〕詹詹外史評釋、田中正彝編『情史抄』、東京藤井利八刊 1905 年版，第 1 頁。
② 〔日〕詹詹外史評釋、田中正彝編『情史抄』、東京藤井利八刊 1905 年版，第 2 頁。

《通俗绣像新裁绮史》八卷，江东睡云庵主译。将原文分为八回，书中注明"宽政十一年（1797）十一月己未九月二十二夕一发誊写毕"，以抄本流传，今藏静嘉堂文库。据盐谷温 1926 年发表在《斯文》上的《关于明小说"三言"》一文，本书翻译与上述《通俗赤绳奇缘》颇为不同。

《通俗古今奇观》，五卷五册，淡斋主人译，选译了《今古奇观》中的三篇，其第三篇便是《卖油郎》。书中有文化十一年（1814）的序，同年尾阳书房风月堂孙助刊行。该书 1932 年经青木正儿校注收入岩波文库，译文不免杜撰之讥。

由此看来，除写本流传和冈白驹《小说三言》外，江户时代刊行的译本还有《通俗古今奇观》中的译文和《通俗赤绳奇缘》等。

1926 年佐藤春夫用日语口语译出《卖油郎独占花魁》，题为《称心如意》[①]，收入《支那文学大观》第十一卷《今古奇观》。

从以上描述中不难看出，冯梦龙作品由于与江户町人对市井情欲的渴望同趣合拍，曾经广受青睐。其中《卖油郎独占花魁》的故事被反复翻案改写成日本"游廊"即花街柳巷的町人与妓女的艳遇情话，尽管官方推崇的是否定"人欲"的朱子哲学，但在市井却有这种张扬情欲的外来文学流行，这种对情的颂扬到了明治时代还成为汉学者宣扬"泰西"即西方重视小说的文学观的东方论据和"情"·"理"不可偏废思想的理由。在那些后来翻案改写的戏作小说中放大了冯梦龙卖油郎故事中的情色趣味。芝屋芝叟翻案的《卖油郎》、德叟翻案的《廊话》都在译写的同时增添了颇多滑稽和讽刺的成分，将卖油郎秦重变成余兵卫或与兵卫，王美娘变成身着和服、手持折扇的"游女"，看来完全是土生土长的日本人[②]。"三言"的翻译和翻案促进了读本体裁的诞生与成熟，这是"三言"给日本小说发展吹进的第一次新风。

"三言"的翻译给日本文学吹进第二次新风，是在大正（1912—1926）年间。著名小说家佐藤春夫开始尝试用日本口语来翻译改写中国古代小说，首先选中了《今古奇观》中的作品，他的《百花村物语》开口语翻译中国古典小说的先河，在宫原民平的劝说和支持下，佐藤春夫主编的《支那文学大

---

① 原文为"願事叶ふ"。
② 〔日〕石崎又造『近世日本における支那俗語文学史』、清水弘文堂書房 1967 年版、第 266—283 頁。

观》收入的《剪灯新话》《聊斋志异》等也放弃训读而以口语译出①。这在日本的中国小说翻译史上是值得大书特书的事件，新的翻译文体的诞生为中国古典小说在新的文化语境中的传播破冰起航，从此，用口语来翻译中国古典小说便蔚然成风。

多样性与丰富性是中国文学经典的重要特点。雅有雅的经典，俗有俗的上品。我们所说的文学经典，并不等同于儒家经典，也不等同于高雅文学。像冯梦龙的作品，并非皆堪称经典，甚至其中还有许多与经典相抵触的东西，然而其中也确有称得上经典的部分，至少我们不应该因其攀不上经典的级别而轻视它们，雅俗绝非天壤之别的概念，雅俗相生，文白互映，各擅其美，才是中国文学的历史真面目。武田泰淳（1912—1976）在《中国文学与人学》一文中谈到中国人学之发达时说："因为观察人的眼光是冷静的，不性急的，所以就能很好看穿人所具有的脆弱和可厌，这一点不是在正史，而是在元曲、明代小说这样与民众比较容易亲近形态的文学中常常表现出来。"②元曲、明代小说揭示的人性内容也还绝不止这一点。

冯梦龙在中国作家中是否享有经典作家的地位，或许会众说纷纭，而从他在日本反复被翻译、阅读和评价的情况来看，他的一些作品至少一度曾经被当做"亚经典"受到模仿。他的《笑府》对江户时代的小笑话（所谓"小咄"）的发展颇有影响③，他的"三言"是继《剪灯新话》之后享有极高声誉的中国小说选集，对读本短篇创作起到示范与引领作用。他的"三言"至今是日本中国古典小说选本不可遗漏的部分。从这种意义上说，不论中国学界对文学经典的定义有何种变化，冯梦龙也是中日文学交流史上不能不提的屈指可数的小说作家。

三 《三国志演义》与四百年的日本文学家

在日本庆长（1596—1615）年间《三国演义》已传入日本。在《罗山文集》附录卷1年谱里，《三国演义》作为庆长九年（1604）林罗山二十二岁

---

① 〔日〕勝山稔「近代日本における白話小説の翻訳文体について—「三言」の事例を中心に」、中村春作等編『統訓読論』、勉誠出版2010年版、第339—365頁。
② 〔日〕武田泰淳著、石井恭二『武田泰淳エッセンス』、河出書房新社1998年版、第49頁。
③ 〔日〕松枝茂夫譯『笑府——中國笑話集』下、岩波書店1983年版、第258—264頁。

时的既见书目而录名。

1692年湖南文山译出《通俗三国志》五十卷，由此为中国军谈的盛行揭开序幕。书中有1689年撰写的序言①。

湖南文山是京都天龙寺僧人义辙与月堂两兄弟使用的笔名。该书是义辙着手翻译，义辙去世后弟弟月堂继续完成的。铿锵有力、生气勃勃的文体，与以宏伟规模展开的故事相应。山本健吉《小说的再发现》说它是"可以担当光辉的元禄文学高峰一角的作品"，在江户文学当中，"至少在小说里，可以说没有一部作品比《通俗三国志》更为精彩"。

陆续问世的有高井兰山的《通俗三国志》（收入有朋堂文库）、马场真意及中村昂藏的《通俗续三国志》三十七卷（收入《通俗二十一史》）、尾由玄吉的《通俗续后三国志》三十二卷，后编二十五卷（收入《通俗二十一史》）。

池田东篱亭的《绘本通俗三国志》七十五卷（1836年出版）。1836年（天保七年）刊行了初编、二编、三编各十卷计三十卷。五年后的1841年（天保十二年）刊行了八编五卷，大功告成。初编到七编各十卷，只有八编是五卷。天保八年大盐平八郎之乱爆发，天保十二年进行了天保改革，《绘本通俗三国志》是在一个社会不安定的时期完成的。

书名特意标出"绘本"二字，是因为它采用的是湖南文山《通俗三国志》为底本，由池田东篱校正，加上葛饰北斋的高足二代葛饰戴斗所绘四百多幅插图，封底有"皇都池田东篱亭主人校正"、"东武葛饰戴斗画图""净书浪速内山蠖窟"、"雕工京师井上治兵卫"的字样。发行者是在江户、京都、大阪三地经营的三都书林。

《绘本通俗三国志》的插图一直被认为是葛饰北斋所绘，从大正末到昭和初期刊行的有朋堂文库开始，1962年发行的《演义三国志图鉴》（国会新闻社版，还有使用该版的爱知县版）等，都表明插图作者为葛饰北斋。这是因为有一个时期葛饰北斋曾以戴斗为号，所以产生了这样的误解。根据铃木重三的考察，《绘本通俗三国志》所绘插图为葛饰戴斗，确切说来是二世戴斗。葛饰北斋生前改号80余次，后来将戴斗一号让给高徒，接受其号的高徒则以葛饰戴斗之号作插图。由于插图精彩，后人遂误读不疑。二世还有很多

---

① 〔日〕湖南文山文、葛飾戴門插畫，落合清彥校訂『繪本通俗三國志』、第三文明社、1982年版。

佳作，而以《绘本通俗三国志》最为精湛。

曲亭马琴的《椿说弓张月》《三七全传南柯梦》《南总里见八犬传》等，都可看到《三国志演义》的影响。草双纸中有《通俗女三国传》（德升）、《三国志画传》（一九）、《倾城三国志》（雪麻吕）、《世话字缀三国志》（雪麻吕），都是利用《三国志演义》受到青睐的风潮推出的通俗文学作品。

《通俗三国志》有湖南文山序：

> 夫史所以载道垂鉴于后世也。故君臣之善恶，政事之得失，邦家之治乱，人才之可否，无不一而录焉。凡读史者，读至其忠处，便思自己忠与不忠；读至其孝处，便思自己孝与不孝，而不忘劝惩惊惧之心，则修身之要，岂外焉哉！
>
> 呜呼！汉室倾颓之日，宦官弄权而坏乱国经，奸雄鹰扬而割据州郡，伟哉昭烈，身起于涿郡，结义桃园，顾贤草庐，创成大业，而使天下犹知有汉，其功可谓大也矣。痛哉后主失德，而谗佞毁忠，遂为亡虏，而社稷一旦休，岂不惜哉！
>
> 予每读史，未尝不叹息痛恨于此间也。况三国人才之盛，后世鲜及焉，而其真伪曲直炳然于百千载之后者乎！
>
> 故暇日本于东原罗贯中之说，参考陈寿之传，而讲演文义，分为五十卷，目之曰通俗三国志。始于汉建宁，终于晋太康。虽俚词蔓说不足以发蕴奥，要使幼学易解而已。洛汭有嘉长翁，淳朴而好古，与予结方外之交，累次请予锓诸梓而留后昆矣。实虽不免剟藤可怜之诮，读之者苟有善以为劝，恶以

图9　葛饰北斋绘三国英雄

为警,则幸予之原志也哉。

元禄己巳孟夏　　湖南文山①

1909年共同出版株式会社《校刻通俗三国志》小引中最后说:

支那小说,曰《水浒》,曰《金瓶》,多淫猥卑俗者,俗人娱乐之兴,而足以诱起所谓坚实之志操者甚少,独本书彻头彻尾,书中一页无一处不说忠孝仁义。余此点乃支那小说中罕见者,况以其说大体细大皆本于正史,读者以之兼通史,有不禁兴味津津者。如本书实足以扫青年社会浮华之毒习,鼓吹大奋起勇往直前之气概者。宜哉,文部省定其以适合中学生阅读之良书,盖无异论。②

1906年东京隆文馆刊行了久保天随(得二,1875—1934)著《三国志演义》(支那文学评释丛书,第一卷)不用回目,共十章,有小引:

《三国志演义》决非可推堪称支那小说巨擘者,唯作为演义体略可;以之与《庄子》《水浒传》等所谓才子书为伍,断不伦也。然世人之观支那文学,以严肃醇正为主,于轻文学,殆不予注意。如此书,唯不完全之译本独行于世,如自非好事者则见原本者极稀。予怀微志,于欲览支那小说传奇者,劝其读原本,且此书文辞几纯,最易读进,故第一欲荐之。因加评注,聊为鼎之一脔,一片婆心为初学,未必乞大方之指教。其冗杂卑近,幸望勿深咎。③

《三国志演义》有多种现代日语译本,均据百二十回本译出,共同特点是采用了平易晓畅的口语体,虽说如此,各本在语言推敲上,多有功夫,各有千秋。小说的开头,犹如钢琴定调,所以即便是三言两语,译者也是不敢懈怠。《三国志演义》以"话说天下大势,分久必合,合久必分"开头,下

---

① 〔日〕湖南文山訳『校刻通俗三国志』、共同出版1909年版、第1—4頁。
② 〔日〕湖南文山訳『校刻通俗三国志』、共同出版1909年版、第5—6頁。
③ 〔日〕久保天随『三国志演義』、隆文館1906版、第1頁。

面是各种译本的不同译法：

　　そもそも天下の体勢は、分かれること久しければ必ず合し、合することく久しければ必ず分かれるもの。
　　　（立间祥介译《三国志演义》，德间文库，全四卷）

　　そもそも天下の体勢は、分裂が長ければ必ず統一され、統一が長ければ必ず分裂するものである。
　　　（井波律子译《三国志演义》，筑摩文库，全七卷）

　　そもそも天下の体勢、分れて久しくなれば必ず合一し、合一久しくなれば必ず分かれるのが常である。
　　　（小川环树、金田纯一郎译《完译三国志》，岩波文库，全八卷）

　　ところで、（話説）天下の体勢を論じて、人々は言う。歴史は一治一乱にして、天下は統一と分裂を繰り返す。
　　　（安能务译《三国演义》，讲谈社文库，全六卷）

　　もともと天下の体勢は、分れて久しいと必ず合い、合って久しいと必ず分れる。
　　　（村上知行译《完译三国志》，光文社文库，全五卷）

吉川英治（1892—1962），享年70岁，有人把他称为"国民作家"，也有人说他的作品是"百万人的文学"。1937年8月45岁时，他曾作为每日新闻社特派员到中国。8月2日早晨从羽田机场乘飞机到中国，在以后的随笔中他写道："在书斋的日常神经，小市民狭隘的视野，到了天空马上支撑不下去了。重新再三考虑，就像被举上天空一样，心怀地上不曾怀有的人生观，胸襟自然开阔起来了。"他像从昨日的人间苦境中解放出来，悠久的大陆风光给他强烈震撼，在雄浑浩瀚的大自然面前，人显得多么渺小。他曾写道："从连一杯水也感觉到生命欢欣的这块土地上，一想起东京麻痹的生活，我就觉得人是多么不可思议。"他从战场见闻反省自己:"中国人的民族性,就像白河的流水、黑河的流水一样,实在源远流长。因为热爱生活、喜欢生活,便把不管什么都大大汇流在一起。"他睁大眼睛,贪婪地眺望着黄河流水,在发往国内的通讯中写道:"中国国民性就像黄河流水一样,与天地合在一起,在渺茫与无限之中活下去。"他后来在《三国志》开头所写道的"悠久与河水一同流逝",也出于同样感受。他把对大自然的感受写进了刘备的形象之中。

1939年吉川英治开始动手写作《三国志》,从1939年8月到1943年9月5日在《中外商业新报》等连载,后多次出版单行本或收入文集中。在写作过程中,他参考了几种版本,而最重要的依据是博文馆的《校订通俗三国志》。

吉川英治《三国志序》对创作《三国志》的意图做了说明。创作的动力来自他对《三国志演义》诗性的发现。他看到:"《三国志》里有诗。它与单纯记述宏大治乱兴亡的战记军谈之类的书籍不同,具有使东洋人热血沸腾的一种谐调、音乐和色彩。"如果从书中去掉了这种诗性的话,"所谓世界性的雄伟构想的价值也就成为枯燥无味的东西了。"因而,勉强对它做缩编、摘译,结果重要的诗味就会散逸,失去重要的打动人心的力量。正是出于这样的考虑,吉川英治决定不去做缩编、摘译,而尝试把它改写成长篇报刊连载小说,给书中主要人物加上个人的解释与创意,加上许多原书没有的情节与对话。

正因为如此,吉川英治的《三国志》并不是对《三国志演义》单纯的改写,他在写作中注入了对古代中国的思考与现代中国人的观察,尽管这种思考是浅层的,观察也是粗浅的。他曾经谈到自己感到《三国志演义》中的活跃的登场

图10 葛饰北斋绘 雪中张飞

人物直到现在仍在中国大陆各地，他在中国大陆接触形形色色的庶民、要人，特别试着和谁接近，就常常感到他必定像是书中出现的人物，或是和某个人物有共通之处。这一点正像芥川龙之介（1892—1927）到了江南，看到河边的普通中国人就想起《水浒传》中的好汉一样，通过阅读获得的形象记忆与现实画面自然叠合，起作用的依然是文学想象而不是现实体验，所以吉川英治《三国志》笔下的中国人，只不过是日本人自古以来的中国人想象的延伸。

吉川幸次郎这样评价《三国志演义》在世界文学史上的地位：

> 不用说《三国志》取材于中国历史，但不是正史。它巧妙自在地拉来历史上的人物，让他们生龙活虎。书中描写了从东汉帝十二代灵帝（日本成务天皇时代，公历118年）到武帝灭亡的太康元年约百十二年间的长期治乱。可以说，构想之宏阔、舞台地域之雄大，在世界小说史上无以伦比，而且登场人物细数一下多达成千上万，再加以中国一流的华丽豪壮的格调、哀婉切切的情感、悲歌慷慨的辞句、夸张幽幻的趣味、拍案三叹的热情娓娓道来，令读者掩卷浮现百年大地明灭的众多种种人们的沉浮与文化的兴亡，进而沉迷于深思的感慨。①

图11　吉川英治《三国志》

他又说：

> 一般来看，《三国志》可以说是一种民俗小说。见于《三国志》中的人们的爱欲、道德、宗教及其生活，以及主题的战争行为、群雄割据

---

① 〔日〕吉川英治『三国志』（一）、講談社1991年版、第3—4頁。

的状况等，是那里五彩缤纷的民俗画卷，其生气勃勃的奔流情景，可以让人观赏到一出以天地为舞台、以雄浑的音乐来伴奏、有精湛的演技的盛大人类戏剧。①

虽然他以写作现代人爱读的《三国志》为己任，但并不主张让书中的语言过于现代化：

> 因为现在的地名和原本所载地名因时代不同而很不一样，已经清楚的我加了注解，而尚不清楚的还相当多。登场人物的爵位官职等，大致由文字可以推断其意，我就原字照搬了。因为过于现代语化的话，就会失去文字具有的特有色彩和感觉了。②

他强调，自己的作品与原作有不同的作用：

> 原来已有《通俗三国志》、《三国志演义》等多种本子。我并不是依靠哪一种来作直译，便随处择其长处，照我的想法去写。一边写，一边想起少年时候热读久保天随的《演义三国志》，挑灯直到三更四更，满耳朵里是老爸"快睡""快睡"的喝斥声。本来要品尝原汁原味的《三国志》，不如去读原书，由于今天的读者忍耐不了它的难懂，而且一般追求的目的、意义也大不相同，我就顺应书肆的希望，再次修订上梓了。③

《三国志》分桃园卷、群星卷、草莽卷、臣道卷、孔明卷、赤壁卷、望蜀卷、图南卷、出师卷、五丈原卷和篇外余录。

《三国志》中登场人物在战乱中出生入死，作品着力表现他们在逆境与惨败中崛起抗争的精神。刘备为曹军所败垂头丧气，关羽便指着干涸的河滩那看不清是水虫还是水草的生物，告诉他说："那是泥鳅。这种鱼天生会活着。天旱河水干涸了，它就从头到尾泡在泥里，几天一动不动，找食的鸟儿

---

① 〔日〕吉川英治『三国志』（一）、講談社1991年版、第4—5頁。
② 〔日〕吉川英治『三国志』（一）、講談社1991年版、第5頁。
③ 〔日〕吉川英治『三国志』（一）、講談社1991年版、第3—5頁。

都啄不到它，即便在干涸的河床，它也不摆不动，而且自然渐渐将身边的水吸过来，很快进了泥水，摇摇摆摆游动起来。每回游出来，它们的世界里便有了浩浩荡荡的大江，有了雨水，自在极了，自由极了，造诣不再是山穷水尽的窘境了。这实在有趣啊。泥鳅与人生……我想，人生也会有几回要像一条泥鳅那么隐忍吧。"

《三国志》从汉末黄巾之乱写到孔明去世，主要人物有60余人，而以曹、刘、孙为主。刘备原则是不可为小利而失天下大义，为此他不肯占蜀为王，庞统等他等得不耐烦，劝说道："火场当中，天天讲礼法则寸步难行。你的话合乎天理人伦，但眼下正逢乱世，犹如火场。改晦聚弱，镇乱取逆，从顺乃兵家之任，亦保民之安息。蜀之状态，今正当此。代天定事，事既定报之以义，亦可也。今日你避不入蜀，明日或为他人夺之。"这一段话，被评为"《三国志》登场英雄豪杰之中一贯的道理"，"泡沫一样出现、泡沫一样消失的英雄们最叫绝的语句。"《三国志》被称为"古代中国反复展开的英雄豪杰的斗争与民族画卷"，认为它既写出了"乱世豪杰的刚强，也写出了民众的悲哀"，"是史实与虚构交织的吉川格调的长篇巨制"。

为什么吉川英治的《三国志》能够赢得那么多读者？评论家草野绅一在《对大陆空间的渴望》一文中特别从"规模"上来解释。他说上高三的时候，为了换换脑子，读了吉川英治《三国志》和他写的《鸣门秘帖》。读《鸣门秘帖》时很兴奋，读了还想再读一遍，但感到期待过大，有些不满足，而《三国志》那就太有意思了。"中国大地规模宏大，是不用说了。记住那接连出场的豪杰的名字，也很高兴，和肖洛霍夫的《静静的顿河》规模还不一样。"接着他又说：

  究竟什么是规模呢？我想简而言之就是空间。所谓规模宏大，也就是空间壮阔，既不是"以下"，也不是"以上"，还是这样单纯地考虑为好。如果空间不壮阔，不管构思怎样宏伟，也不能给人宏大规模的感觉。

  吉川英治想改写《三国演义》的动机之一，就是不满于日本风土。《鸣门秘帖》的舞台遍布整个日本，搜索记忆，登场人物你追我赶，让人眼花缭乱，跟走马灯似的，然而毕竟留下的是狭小纵深的空间。这是日本狭小，过不在作者。

……。

　　对岛国日本人来说，大陆空间是近乎渴望的对象，而要使这空间起作用，遗憾的是还必须让登场人物是那一土地上的人。而吉川英治《三国志》在规模感上的成功，原因不正在于没有把舞台转换到日本来吗？

　　泷泽马琴《南总里见八犬传》是改写《水浒传》的，但还是停留在日本的规模，没有满足人们对够不着的茫漠空间的渴望。①

　　正是因为有三国的大舞台，有大江南北、长城内外的险山壮水，英雄们的故事才格外褫人心魄。指出这一点是切中肯綮的。吉川《三国志》影响过当时很多年轻人。直到20世纪90年代末，日本共产党总书记不破哲三在与著名作家水上勉的对谈中，还兴奋地谈起当年津津有味阅读这本书的情景。

　　立间祥介在《三国志、三国演义与吉川三国志》一文中指出：从一开头《桃园之卷》便充满了原作想象不到的"创意"，令读者一下子就被带进《三国志》世界的精彩开端远轶原作。中国长篇小说大体是节奏迟缓。对于读惯了的人来说，那也是一种魅力，但对于日本一般读者，就有些不习惯了。而且旧作中多含有神出鬼没的描写。吉川从现代作家的眼光来看，删掉了冗长的部分，去掉了不必要的神怪描写，适当润色，给类型化的人物形象赋予血肉，成功地复活了中国大陆燃烧生命的人们②。

　　吉川《三国志》之新在于复苏了中国人读的《三国演义》的趣味性，从现代作家的眼光大胆进行了润色而创造出了适合于现代人的《三国志》。从刘备在黄河岸边思索汉族命运的形象写起的《桃园之卷》开头九章是为最。同样的地方，在《三国志演义》当中只有汉末朝纲紊乱与黄巾之乱爆发的简单史实介绍，仅有数页，而终于刘备、关羽、张飞的"桃园结义"。对于小时候便读过《三国志》的中国人来说，三人的性格是早已熟知的，不需要现在絮絮叨叨再说一遍吧。吉川把为中国人写的《三国志》变成为日本人写的《三国志》，不为原作所拘，大胆设定了卷进战乱漩涡的青年刘备的形象。因此读者亦开卷就被带进了波澜壮阔的故事世界，一口气读完《桃园之卷》，

---

① 〔日〕草野紳一「大陸空間への渇望」，『吉川英治全集』44・解說、講談社1981年版。
② 〔日〕立間祥介「『三国志』、『三国志演義』と吉川『三国志』」(二)、吉川英治『三国志』(六)，講談社1991年版、第491頁。

刘、关、张担任的人物形象就鲜活地铭刻在脑海里。为此，吉川驱使了"七实三虚"的方法。例如，原作中只有"刘备孝顺"一句话，吉川《三国志》则创造了高贵、严厉而和蔼可亲的母亲形象，可以说有了这样的母亲形象，才会诞生青年刘备形象。顺便说来，与青年刘备有一时关系的芙蓉也是吉川的创造①。

立间祥介把吉川《三国志》置于中国小说《三国志》的发展延长线，看做14世纪初成书的《三国志演义》赋予新鲜生命复苏于现代的作品。

桑原武夫（1904—1988），日本的法国文学、文化的研究者，是组织共同研究的先驱指导者和倡导者。他在1942年撰写的《为〈三国志〉而作》文中首先为翻译家不能在文学史上得到正确评价而鸣不平，提及法国文学史上必有翻译家一项，而日本《通俗三国志》的名译家湖南文山的事迹却鲜为人知，他确信"《三国志》是卓越的文学"，并主张《三国志》一定要读湖南文山的全译本，所谓"开快车式的"缩编，或者近来润色过的译本，真正价值就不得而知。

桑原武夫将《三国志演义》中的谋士说客形象与日本军记物语中的武士形象作了比较，又对村上知行、弓馆芳夫与吉川英治对《三国志演义》所进行的"现代化、常识化"改写提出异议，强调新译固然是必要的，但首先不能不尊重原著和理解它的性质：

> 谋士说客，即知识分子的活跃可以说构成了《三国志》兴味的一半。而且和我国的战记有显著的差异。《太平记》以下到《太阁记》等，多写些忠烈无双的行为，但说不上谋士暗中大为活跃，楠正成（即楠木正成，镰仓幕府末期至南北朝时期著名武将——译者注）、竹中半兵卫、黑田如水、真田幸村等，皆为一代智囊，而主要是攻城野战的勇士，而不属于文雅之士。实践行动方面倍受重视，而在中国自古以来围绕策略等，喜欢口出警句、征引故事、说服他人的深谙雄辩术的人物颇多。《三国志》里也有贾诩、荀彧、孔明、张松、周瑜、顾雍等等，可以立马数出很多来。并且孔融、祢衡、曹植等全是一流的文学家，而且还有身为

---

① 〔日〕立间祥介「『三国志』、『三国志演义』と吉川『三国志』」（三）、吉川英治『三国志』（八），講談社1991年版、第424頁。

统领的曹操。①

　　近来将这部古典常识译成日语或者翻案的诸君是怎样理解这部杰作上述的性质的呢？村上知行将这部作品比作"沾泥的樱蕾"，不想就这样吃进嘴里，给它洗干净了。弓馆芳夫将拖沓的原作比作慢车，给它提了速。吉川英治从《三国志》里有诗的观点出发，反对将其压缩，反而"加上了自己的解释和创意"。这样做失去了什么，得到了什么，一读就清楚了。总之，三位的工作，一言以蔽之就是现代化、常识化。我想到在《荷马史诗》以下西方古典的日本翻译方面，是如何细心注意，我想说为什么对东方的伟大文学竟然如此不予尊重！新译固然是必要的，但是首先不能不尊重原著和理解它的性质。②

　　桑原武夫也谈到，今天的青年人不去亲近《三国志演义》最大的理由——没写恋爱。这与《伊利亚特》是争夺一位美人，而展开战争描写不同。桑原指出，人的恋爱发生，社会就必须给人以大体的安定感，至少必须保留昔日和平和恋爱的记忆，战乱相继与儒教影响可能是书中恋爱描写缺失的原因。桑原武夫还正确指出，"将恋爱当作小说不可或缺的要素，也正同将恋爱从小说中驱逐出去一样，是一种固陋的看法。"

　　桑原武夫还注意到现代人阅读习惯对接受《三国志演义》的影响。《三国志演义》的对话，也就是和本文另外换行的对话很少，或许也使读惯现代小说的人们感到异样。对此，桑原武夫认为现代小说这种对话处理，并不是有则可，无则不可的事情，由此他发现了中国古典小说描写的特点：

　　原本《三国志》的人物并非无言。只是他们吐出的见解的话语，与日常对话别是一种。不如说是自己行为的要约、标示，近乎格言（maxim）。可以说言语本身就是行为，那是美丽的。《常山记谈》、《藩翰谱》、

---

① 〔日〕中島健藏等『中島健藏　河盛好藏　中野好夫　桑原武夫集』、筑摩書房1972年版、第309頁。
② 〔日〕中島健藏等著『中島健藏　河盛好藏　中野好夫　桑原武夫集』、筑摩書房、1972年、第311頁。

《武将感状记》等书记载的武士的话语也可以这么说("忌惮武略之一端"不是对话,而是栗山大膳一生的概括)。他们本人也讨厌饶舌,而且记录者更会将它压缩。总之,言语即行为这种昔人的话语,如果没有充分洞察其心理,就不能把它们变形写成现代范儿的会话。在所有这样写下来的东西里面,话语本身可以说就是史的事实,不尊重它们,历史就消失了。我觉得这不仅是《三国志》的翻译者,一般近来写历史小说的人也经常忘记的事。①

桑原武夫的这篇《为〈三国志〉而作》,在当时是一篇精采的比较文学论文,也常被列入法国文学研究者代表作的名录,文章对尊重翻译,翻译家的呼吁,对于种种改写本在尊重原著,理解原著方面缺课的提醒都很有见地。重要的是桑原不仅看到现代日本青年疏远原著的理由,而且能通过中法、中日小说特别是军事战争小说的比较,试图揭示其间产生异同的文化背景与艺术趣味形成的合理性。文中的一些看法,对于今天的中国文学翻译者,改写者来说,仍不失参考的价值。

宫崎市定(1901—1995),日本东洋史学家,战后日本"京都学派"导师,20世纪日本东洋史学第二代巨擘之一。他曾撰文谈到自己阅读《三国演义》的经历,他曾在中学修学旅行时到东京旧书店购得石印本的《三国志演义》便从头至尾看了几遍,熟悉了书中的人物故事,甚至能在历史课上纠正老师将孙坚、孙权搞混了之类的错误。进入京都大学,选择了最不吃香的历史专业。他认为,《三国志演义》的吸引力,一定程度上取决它塑造的挫折英雄孔明的形象:

> 人们对于百分之百成功的事或人,内心都较难持续地给与关怀。那可能是因为人们在那种场合,较难发现自己应该供给能源以填补对象所持有的空白及真空世界,所以不能持续地对该事件付与关怀,但就这一意义上来讲,病殁五丈原给孔明的事迹淘出一片具回响效果的感伤的真空地带。

---

① 〔日〕中岛健藏等『中岛健藏 河盛好藏 中野好夫 桑原武夫集』、筑摩书房1972年版、第312頁。

《三国演义》是一部最大限度地活用了因孔明的挫折所产生的心理上的空白、真空地带，以及更因此而产生的怜悯敬爱之情的历史小说。《三国演义》这部小说的产生，也可以看做是孔明的挫折和命运的乖违所辐射出来的共鸣幅度的永久化。

相信我们在读这部小说时，会在感到兴趣盎然的同时，同时又感到感慨无穷。对于在这广大空间的舞台所上演的机智、武斗和争战，步步逼人，场场扣人心弦，往往令人不禁拍案称好，但是反观从后汉献帝刘协到西晋武帝司马炎之间的百多年的时光里，无数事件和人物，出现了又消失了，却又使我们感到人生的短暂和虚幻。①

宫崎市定这里多少涉及到日本人文化心理对接受《三国志演义》的影响。诸葛亮"出师未捷身先死"的命运与遗恨，曾是中国诗人反复咏唱的主题，但这一主题在日本文学家那里显然再次放大了。显著的例子便是1899年土井晚翠（1871—1952）发表的长诗《星落秋风五丈原》②。这首诗聚焦五丈原诸葛亮病笃的场景，赞颂这位贤相"对愚昧后主尽其忠节"的精神。其时日本在帝国主义争夺亚洲殖民地的战争中受到欧美列强的挤压，没有获得预期的利益，社会上响起卧薪尝胆、以图再战的呼声。《星落秋风五丈原》与这种集体无意识十分合拍，发表后即被谱曲传唱。当时人们对这首长诗的欣赏，与宫崎市定所说的对《三国志演义》的欣赏，所反映的趣味颇为一致。人们在阅读外国古典文学作品的译本或改写文本的时候，有意无意联想到的却是本国的文化，这种联想或出于社会事件，或出于纯粹的个人遭遇，抑或两者兼而有之，但它们毫无例外地参与到读者——接受者与原著文本的互动之中。一部《三国志演义》在日本的传播史与接受史，其中重要的内容便是两者互动的历史。在这种过程中，译者、改写者、评论者的种种言论，便是我们管窥异国文化的窗口。

---

① 〔日〕宫崎市定『中国に学ぶ』、朝日新聞社1971年版、第133—134頁。〔日〕松浦友久著，加藤阿幸、金中译《诗歌三国志》，西安交通大学出版社2005年版，第145—146页。

② 〔日〕土井晚翠『天地有情』、博文館1899年版、第138—168頁。参阅〔日〕松浦友久著，加藤阿幸、金中译《诗歌三国志》，西安交通大学出版社2005年版。

四 《红楼梦》的早期翻译者

关于《红楼梦》在日本的传播与翻译，日本学者伊藤漱平（1925—2009）曾撰长文《〈红楼梦〉在日本的流传——江户幕府末年至现代的书志式素描》予以详尽梳理，中国学者孙玉明在《日本红学史稿》中也有所涉及①。尽管有文可考，18世纪末《红楼梦》便已船载入日，但关于《红楼梦》的翻译和研究却姗姗来迟。这部长篇小说的难读令人望而却步，要将其训读或者翻译成口语，需要更长时间的学术积累。

《红楼梦》，1916 年东京文教社岸春风楼译本这样评价这部清代名著：

——小说《红楼梦》乃清朝三百年第一杰作，兼与元代之《水浒传》同为整个上下四千年之无与伦比之巨篇，于崇尚儒教盛行甚为鄙视戏曲小说之支那，描绘金陵十二美人之情话，极为纤巧，配以二百三十五位男子与二百十三人之女子，风流幽艳之笔，至变为一百二十卷帙多，不失为文坛之一奇迹也。

——《水浒传》之译书既传，而无与之并称之《红楼梦》，日本文坛之耻辱也。本会兹不揣微力，先取本书译为现代语，荐于江湖，只企古之未有，后日俟博雅之士之教者想来不甚鲜也。

——于不损大体结构之程度，事件有关少之者，间予以省略之，欲以上中下三册完结，势或仅举其梗概，或不能写原作之妙微。如对话中出现现代俗语，于支那人方有趣味，邦人取之却催恶感者不少，是等或有原样译词，或取其意义，译为纯然之邦语者。②

这个译本共三十九回。前卷十回，分别题为魔手、咒玉、泪精、幻缘、红楼梦、妾甥、心与心、缘与缘、美少年、思嫁。显然这只是一个节译本，而且编译的部分占有极大比率。

关于《红楼梦》的评价，江户时代仅见只言片语，明治时代诞生的《支那文学史》之类大多对其语焉不详。直至大正时期和昭和初期，仍然很少像

---

① 孙玉明：《日本红学史稿》，北京图书馆出版社 2006 年版，第 2—17 页。
② 〔日〕岸春風楼『新譯紅樓夢』、文教社 1916 年版、第 1—2 頁。

样的评论。1926年高须芳次郎所著《东洋文艺十六讲》将《红楼梦》定位为代表写实主义的作品。他说：

> 本书发端和结尾确很荒唐，但其它部分则叙述家常菜饭，现实味道颇浓。即作者立足于写实主义，精细周到地描写男女情事而获得成功，整体之趣，看来总是有些像是我国《源氏物语》。
>
> 当然，《源氏物语》里面发端、结尾都没有采用《红楼梦》那样的荒唐之言，也没有露骨地道出作者的意图，但作品中寓有色即是空，空即是色的意旨，两者却很相似，而作品中的男主人公贾宝玉也有很多地方和光源氏很相像。宝玉最倾心的美女林黛玉和紫上也有相似之处。以贾宝玉为中心配以三十六美人，也与光源氏为中心点缀许多美女相似。从这几点来看，《红楼梦》有与《源氏物语》相似的部分，但不同的是，《红楼梦》描写的是支那情调彩饰的恋情，《源氏物语》描写的是浸润于日本情调的恋情，但两部作品均立足于写实主义之上，完美无缺，也是一样的。
>
> 表面上看，《红楼梦》是艳丽的，何等热闹，背后看来，人的恋爱是梦想，性欲也是梦想，执着也是梦想，显露于外的这种寂寞的氛围，贯穿全书，暗自流淌。①

就像我国早期学者对《源氏物语》的评介首先拿《红楼梦》说事一样，日本学者提到《红楼梦》先想到的是用《源氏物语》来类比。不论从学理上这种类比有何种弊病，但对于拉近外来作品与陌生读者的心理距离来说，无疑是有效的策略。

《红楼梦》不是那些只有勇敢便可染指翻译的巨著，译者不仅要有厚实的学养，而且要有倾其毕生精力以成其事的决心，才能担任全译的使命。直到20世纪30年代，对《红楼梦》的系统研究才由大高岩揭开序幕，但还不是在日本国内发表而是在中国东北出版的《满蒙》杂志上发表的《小说红楼梦与清朝文化》与《红楼梦新研究》。日本的《红楼梦》研究者和译者从明

---

① 〔日〕高須芳次郎『東洋文藝十六講』、新潮社1926年版、第424—425頁。

治时代的森槐南数起,直到大师级的伊藤漱平,也不过寥寥数人。经典的寂寞,由此可见一斑。尽其原因,固然有文字难懂的原因,在此背后,更深层的原因还是《红楼梦》体现的中国人"追雅"情怀与近代日本文化存在较大悬隔,需要更长期的磨合与互读。

第二节　日本文化转型中的中国文学
经典的传播与翻译

吉川幸次郎在谈到江户时代与明治时代学术取向和学风的演进时说:"江户时代的汉学以中国政治、哲学研究为目的,中国文学被视为其相关体而被提出,而明治时代以后,按照西方的学术体系和分类方法,出现了专门研究中国文学的学者,并建立了相应的教育体系和学术机构。"他还指出:"江户时代的学者在面对中国文学时,以鉴赏和仿做汉诗汉文为重要工作,很少尝试作学术分析,明治时代以后,写作汉诗汉文的能力渐次下滑,以至于终成绝响,学人以分析研究为事,逐渐确立了西方文学理论主宰下有别于中国本土研究的研究模式。"① 这是对两代学术简明扼要的概括。明治时代是明治文化的转型期,也就经历了学术结构的巨大调整。中国文学经典的传播和翻译,既受到前所未有的冲击,也在重压和激荡中获得了重生的土壤和雨水。

学术研究中传播一词具有多义性。词源上说,它具分享与传递信息这两方面的含义,就人文和社会科学而言,传播是个人和团体传递信息、观念的态度和表情。一般来说,传播是传播者、媒介(信道)、内容(信息)、受众之间的关系、效果、传播发生的场合、信息所涉计的一系列事件组构而成的,也就是传播学上注明的"5"所概括的传播模式——传播者(Who)、内容(Say What)、媒介(What Channal)、受众(To Whom)、效果(What Effect)——在一定的"环境"中的实现。传播是一个流动的过程,因此它呈现着动态且复杂的特征。从江户时代到明治时代,传播者、内容、媒介、

---

① 〔日〕吉川幸次郎「日本的中國文學研究」、『吉川幸次郎全集』第十七卷、筑摩書房1985年版、第415頁。

受众、效果都随着学术环境在发生巨变。这种变化看起来是日积月累的，没有经过中国五四运动那样的疾风暴雨，然而从变化前后的对比来看，其中剧烈的程度毫不逊色，从时间与变化剧烈程度的比率来看，甚至比中国要大。

一　传播者：从藩校走出的儒者到初代学士

奈良、平安时代的皇族贵族社会的学者文士、五山时代的文僧及江户时代学士儒官，都曾经是相应时代的中国文学传播者。江户时代，幕府立朱子学为官学，儒家受到礼遇，中国文学的传播也从贵族走向町人。不同于中国的是，由于权在武门，朝廷终不能起儒者于草莽，儒者不能修齐治之道见之施行，故如黄遵宪所言，唯有"区区掇拾而逐其末"。黄遵宪在《日本国志》中说："夫辞章之末艺，心性之空谈，皆儒者末流之失，其去道本不可以道里计；而日本之学者，乃惟此是求。"批评他们"拘迂泥古，浮华鲜实，卒归于空谈无补"①。他们所扮演的社会角色和社会使命，不具有社会实践者的意义，更多专注于学术文化的研究，其中一部分人能够眼光向下，将精力投入到为町人写作。

那么，传播者这样的身份特征，对于传播内容、方式与效果有着怎样的影响呢？

首先，除极个别的例子之外，传播者几乎不可能具有参与政治决策活动的机会，他们的接受与传播的内容也就偏重于黄遵宪所说的有关辞章与心性的部分。与日本体制与政治现实相抵触的部分被排斥与忽略，而有关辞章与心性的部分被扩大。

其次，由于传播者在某一时代具有相对单一的特征，加之日本社会的封闭性，也正是由于同样的原因，就使得某一时期的接受和传播的对象趋同。如平安时代《白氏文集》的传播、江户初期《剪灯新话》的传播与《论语》的传播，都成为一时的热点，有一哄而上之势。广濑淡窗批评读书人专以摩拟别人为意，"王朝之时，有好白乐天诗者，一代之诗尽学白乐天，李、杜、王、孟诸家之诗束之高阁，无读之人，惟其时书籍亦少也。近世行明调，徂

---

① 〔清〕黄遵宪著，吴振清、徐勇、王家祥点校：《日本国志》下，天津人民出版社，2005年版，第793页。

徕推尊李、王,一代之学明者,皆李王体也。李(梦阳)、何(景明)、徐(文长)、袁(宏道)诸子绝无读者。近又有学宋者,皆师陆放翁;有学清者,皆师袁子才。"① 这些群起仿学的对象,一时也就成为中国文学传播的闪光点,由于它们在好文之士中的影响远远盖过了其余的作家,也就成为后来研究中国文学的人特别关注的对象,延续了传播的态势。

其结果,就是在中国享有经典地位的作品,未必在日本享有同样尊贵的地位,而在中国并非能坐稳经典一席的作品,在日本却能像经典一样长期得到研究、翻译与传播。也就是说,日本学人的中国文学经典观,并不全同于中国学人的文学经典观。不过,他们的选择方式,由于适应了日本社会的需要,也就显出效果。黄遵宪说:"辞章之末艺,心性之空谈,在汉学固属无用,而日本学者,正赖习辞章、讲心性之故,耳濡目染,得知大义。尊王攘夷之论起,天下之士,一倡百和,卒以成明治中兴之功"②。当然,黄遵宪的议论中还有轻视"辞章之末艺"的意思。江户末期那些吟诵屈原、诸葛亮、文天祥的汉诗,虽被传统视为"辞章末艺",但其在唤起尊王攘夷意识方面的作用就是不宜轻看的。

传播者的学问世袭地位与单纯的学问活动受到政权保护的境遇,也会影响到他们本人的自我意识。黄遵宪曾经谈到当时的日本,"举国之人,以读书者少,群奉为难能可贵;而儒者以少为贵,遂益高自位置,峻立崖岸,诩诩然夸异于人曰:'吾通汉学'"③。这样的人在黄遵宪的眼中,自然是显得格外可笑。

如果说明治前期的中国文学经典传播者还是以江户时代学界的遗老为核心的话,二三十年的光景,所谓"开创派"便已经取而代之,活跃在变化莫测的学术舞台上。

---

① 〔日〕中村幸彦校注『近世文學論集』、岩波書店1978年版、第400頁。
② 〔清〕黄遵宪著,吴振清、徐勇、王家祥点校:《日本国志》下,天津人民出版社2005年版,第794页。
③ 〔清〕黄遵宪著,吴振清、徐勇、王家祥点校:《日本国志》下,天津人民出版社2005年版,第794页。

图12　江户时代水户藩藩校弘道馆

吉川幸次郎在描绘了两代交替期学术演变的时候，首先把关注的焦点放在学术体系的变化，而新型学者的诞生又离不开新型文学教育机构的创设。明治前期，作为江户时代的遗物，汉学在雨后春笋般兴起的西洋系统的学术与教养的压迫下惨淡经营。认准要在西化道路上迅跑的明治政府，为建立西学而创立的东京大学，开办之时全然不曾有过与中国相关的课程设置和研究设施，稍后设立的古典科也不算作正课。1890年以后才开设了作为正课的汉学课程，而担任汉学课程的则是旧幕府的遗老，他们有很深的汉诗汉文造诣，却没有推进改革的魄力，这样的责任只能由他们的学生来承担。

从东京大学的汉学科毕业的少年才俊，接受了西方学术的熏陶，以崭新的眼光来面对古老的中国文学，并开始将中国文学纳入西方文学的框架中加以清理，第一批《支那文学史》多出自他们之手。19世纪末刊行的古城贞吉的《支那文学史》，比德国人撰写的《中国文学史》早些。

1906年京都文科大学创立，设立了独立的教学单位——支那文学科，与支那哲学史、东洋史三足鼎立。文学史狩野直喜担任教授，东京大学支那文学科也相继独立，由文学士盐谷温担任教授。这些从西方留学归来的新锐学者，了解西方学者的方法，不仅与锁国时代的汉学家作派大不相同，而且即使在到中国留学、说中国话、与中国学者交游，直接输入当时中国的学风这一点上，也和江户时代那些与现实中的中国人毫无接触、常常输入落后于时代的学问、说不了中国话所以疏于汉语节律的汉学者大相径庭①。

由于吉川幸次郎自己有过到中国留学的经历，在他对两代学术担当者的描述中，特别强调了明治维新以后的日本学者与中国学者交往、说汉语、输入当时学风的特点。实际上在明治时代这样的中国文学传播者和翻译者，除了竹添光鸿等，人数并不太多，人数增加是大正、昭和时代的事，但他们的影响却不可小觑。这些人长于运用西方文学研究的模式整理中国材料。我们不妨把他们称为"开创派"。

开创派的首要功绩，就是"中国文学"概念的确立。他们按照西方文学的定义，将与之相符的部分作为文学研究对象，对原本不为正统文人高看的戏曲小说，舍得下大力气去整理和描述。

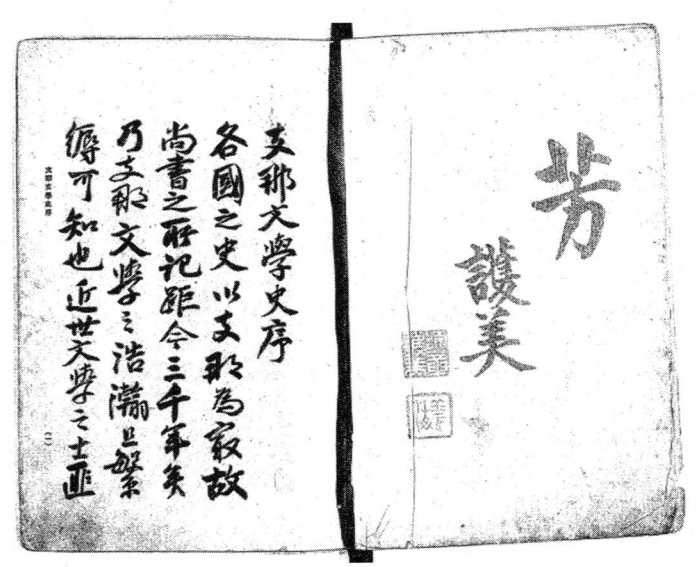

图 13　古城贞吉《支那文学史》

---

①〔日〕吉川幸次郎「日本的中國文學研究」、『吉川幸次郎全集』第十七卷、筑摩書房 1985 年版、第 415 頁。

明治维新以后，除了少数作家、报刊的自由撰稿人之外，中国文学的传播和翻译担当者的核心队伍，便是大学里的中国文学研究者。如果我们列举一下一百五十年以来在翻译中国文学经典方面业绩卓著的名单的话，主要的不应忘记下面这些人：田中贡太郎（1880—1941）、青木正儿（1887—1964）、村上知行（1899—1970）、增田涉（1903—1977）、吉川幸次郎（1904—1980）、贝冢茂树（1904—1987）、目加田诚（1904—1994）、松枝茂夫（1905—1995）、小野忍（1906—1980）、小川环树（1910—1993）、驹田信二（1914—1994）、竹内好（1910—1977）、常石茂（1915—1977）、金谷治（1920—2006）、伊藤漱平（1925—2009）、今村与志雄（1925—2007）、清水茂（1925—2008）、高桥和巳（1931—1971）、松浦友久（1935—2002）等，篇幅所限，还有很多未能列入，健在的翻译家也没有列入。已经列出的，只有田中贡太郎等有数几位不在大学任教，多数是研究、教学兼做翻译。专门的翻译家人数不多。这样的译者队伍，对翻译的影响至少有如下几个方面：

首先校注和译本具有较高的学术含量，能够较快、较多汲取最新的研究成果，由于对原作多有深入研究，因而也能对原文中的问题展开研究，较能做到研究和翻译两相结合、相互促进。

其次翻译中体现了译者的学者气质，对原文的热爱以及尊重，使译者对忠实于原文格外上心。

再次，日本的古典文学今译本，很早便采用原文、校注、训读与现代日语翻译合为一体的著述方式，译作的质量关乎译者的学术声誉，另外，一般译本为了方便读者阅读，也会在译作前冠以简明扼要的解说，译作后附上较多的注释，这种体例恰能发挥学者型译者的本领。

译者的学术背景和专业素养对于古典的翻译十分重要。这样的译者队伍对译作的影响也还会有另一方面，那就是并非具有专业素养的所有的译者都有很高的文学修养和文字表达能力，在强调"忠实于原文"的时候，稍一过度，便会在表达方式上陷入保守。所以有些在翻译方法上有所突破的译者，也并非是这一行当的专家。例如在《诗经》翻译上首先打破沉寂的冈田正三并不是中国文学研究者，而是西方哲学研究者。在《聊斋志异》翻译方面独树一帜的田中贡太郎，虽然对志怪传奇小说很有造诣，但并没有写出过这方面的研究著述，而是长期为报刊杂志写作。

二 传播内容：从汉学到支那学，再到中国学

中日之间有天海之隔，更有文化之异，中国某一时点的当代文学及其在日本的反响，不能不有时间差。这种时间差是随着两国交通的难易变迁和传播手段的刷新而趋于缩短。日本的学风、治学方式与习惯，也给传播内容以影响。中国的总集、文集和类书等，由于翻检之便格外受到日本学人的青睐，许多作品由于收于某部总集、文集、类书而流传更广，以至于出现章太炎在《与罗振玉书》一文所说的现象："有所答问，取给于《佩文韵府》诸书，虽经纪常言，不检故书，以短书类聚为本，亦其俗然也。"① 江户时代总集、文集、类书的和刻本数量可观，盖亦此俗所致。

传播内容不仅受到时空的限制，更会受到翻译和接受态度的制约。因为归根结底，中国文学必须经过翻译才能为日本人所阅读，尽管古代这种翻译是在保留汉字的前提下进行的所谓训读，但仍然与学会汉语而进行的阅读有很大的差别。

龟井俊一《日本翻译的特殊性》一文强调翻译在日本近代文化中起过巨大的作用，日本堪称翻译天堂，他说："幕府维新到文明开化时代，为了对付西方文明的力量，而且学习它，吸收它，在日本获得力量而进行的翻译工作，曾经是关乎国家存亡的事业。""纯粹的文学领域的翻译活动当是在那以后才盛行起来的，但是，连大众文学的东西也都囊括进来了"，对于翻译的反应，几乎形成了国民性的腾腾热气。或许翻译未必都是通过语言来进行的，西方的各种制度、设施、建筑、美术、音乐，或者连风俗习惯，也都在理解、吸收。"通过语言进行的纯文学意义上的翻译，也可以说是与之相互重合的。这在世界上也是罕见的事情。"②

龟井俊一将日本与翻译盛行时代的英美相比较。翻译的兴盛，反映着与文化的"中央"和"边境"的关系。日本作为"文化边境"，移植出于"中央"的中国的文化、文学，学习佛教和儒教，连都市的规划到建筑、美术也无不以中国为样本，而且发明了汉文加训点这样伟大的翻译方法，由此连寺子屋的儿童也都能会读汉文，但是从根本上日本与中国还是处于亚

---

① 章太炎：《章氏丛书》文录二、浙江图书馆 1919 年版。
② 〔日〕龟井俊介编『近代日本の翻訳文化』、中央公論社 1994 年版，第 2 頁。

洲文化圈。当然，文化、文学的异质性很大，但是在漫长的时期当中，同构型在扩大，日本知识分子自己也能用汉文写作，而且这也成了身为知识分子的证据。①

虽然从江户时代开始，就有学者尝试用日语口语对中国诗歌和小说进行翻译，但是直到明治初中期，对中国经典的翻译仍然以训译为主，口语翻译是在悄然兴起之中。1876年城井寿章在为他训译的《唐宋八大家译语》的序言中说：

> 余尝有诗曰："汗牛充栋皆无用，欲起秦皇焚五车。"盖慨今人着大概无用空谈，无裨益于世道人心也。余阅廿年前之立言者，虽有炫才衒技之病，夸多斗靡之弊，亦各有所得，或精经典，或善文章，或博闻强识，要不为无可观也。今之著书者则不然，唯投时好，而要利耳。故不蹈袭于彼，则必剽窃于此。偶有一新著，流行于世者，相争摹拟之，所谓屋下架屋，陈陈相因，是余之所以有此诗也。②

译者抨击那些无益于世道人心的文章，鄙夷那些忙于蹈袭剽窃的人，而情愿埋头为《唐宋八大家》作训译。当时汉学的衰微，并不能完全归咎于西方文化的冲击，其本身缺乏动力和生机，也是不可否认的。明治维新期间，关于汉学存废之争时起时伏，那些与中国学问有关的人们是在徘徊不安的氛围中做着自以为有裨益于"世道人心"的事情的。

日本自古以来所说的汉学，普遍泛指我国的学术，而在相当长的时期中，人们当作学问来研习的实际上就是汉学而已。汉学的核心，就是儒家即经学。江户时期，汉学一直都与洋学（欧美文学，最初称兰学，因主要由荷兰人输入而得名）、国学（和学，即日本学）鼎足为三。在那时，文学研究主要目的在于学作与鉴赏汉诗文。中国文学传入日本有一千五百年以上的历史。如果说援引袭用算作一种研究（必须以一定程度的研究为基础）的话，那么这种研究应该说也有一千三百年的文物可证可考，然而历来文学（主要是诗文）的研究都不能与经学争峰，最多只能做附庸和陪衬。汉诗文的研究在平

---

① 〔日〕龟井俊介『近代日本の翻訳文化』、中央公論社1994年版，第2—3頁。
② 〔日〕城井壽章訓譯『唐宋八大家譯語』、太田金右衛門1876年版。

安时代与江户时代最为繁荣，特别江户时代，多种多样的诗话、文话、序跋、论说，反映着那时日本儒者的中国文学观。但囿于劝善惩恶、讽刺教化的正统文学思想，小说戏曲的研究凤毛麟角。明治维新之后，汉学弊风日渐成为众矢之的。

1881年，明治政府在向地方官颁发了元田永孚编撰的《幼学纲要》，开始强调起儒家教育和振兴汉学研究，同时又推进振兴德意志学的政策，福泽谕吉曾在《时事新报》上发表文章予以批判。尾崎行雄（1858—1954）为之在1884年4月12日出版的《邮便报知新闻》上发表了《德意志学及支那学》一文，论述德意志学与支那学的关系。尾崎行雄是政治家，日本议会政治黎明期到战后的参议院议员，当选次数、任议员年头、年龄都为最高纪录。他的观点在日本政治界和学术界都有广泛的影响。尾崎的文章大论德意志学与支那学的异同，实际上反映了那时一部分知识分子对东西方学术的认识，文章发表后关于汉学存废之争更为激烈。文中说：

> 彼汉洋二学性质相异，岂非不啻熏莸哉？故汉学盛则洋学衰，洋学盛汉学则不能不衰。时而并行两立如呈鼎立之形相，亦非真并行两立，汉学唯赖洋学之哀怜而仅保地步，二者若实竞其功用，汉学岂为洋学之敌？未见明治初年之我洋学者虽然肤浅薄陋尚且压倒汉学使其几乎于本邦绝迹乎？然今在洋学中特带哲学之风气，万事万物皆据理论断之倾斜之德意志学，与顽固之支那学比肩为本邦所宠用，余辈见之，不能不有犬猿结伴、水火同处之感也。德意志学岂能容忍支那学乎？支那学岂能容忍德意志学乎？二中异性者之并立同处，何为哀怜他者而容忍之？即哪一方赖他者之恩惠而生存者也？二者如实相竞争，优劣之所在，胜败必伴之。若勉强对立并行之，则不得不抑制一方之长处，保护他者之短处，如之则非所以奖励知识之发达也。①

在明治时代的汉学存废之争中，也有少数坚持汉学不可废者。武士、幕臣、启蒙思想家中村正直（1832—1891）就是其中一人。中村曾担任东京

---

① 『郵便報知新聞』明治十七年四月十五日。

女子师范学校校长，东京帝国大学教授，同人社创始人。1887年5月，他在题为《汉学不可废论》的演说中谈及真理与妄想、论汉学者之弊、论支那历史无用论之谬、简论支那之近事、有汉学根基者于治洋学有非常效力。① 他说：

> 吾国之与支那为邻国，人种亦同，文学亦同。自千有余年之往昔至于中古，礼乐文物工艺器具，大抵无非自支那朝鲜输入者。儒佛二教皆自二国传来者也。故幕府时代谓朝鲜人来聘，其仪式甚殷勤，且接待陪同，选拔学士文人；学士文人亦以被选中为荣、笔谈问答诗文往复甚盛。长崎商船之支那人，偶有能文者，当时只汉学者敬重之，或共笔谈，请其批正诗文，得一言褒奖，奉若金玉。然自与欧美之外交，吾邦百事师视之，邦人或幻想自在支那人之上，生鄙视支那人之弊。夫鄙视人者，其人必自鄙、君子于童仆尚必敬之，况他人乎？纵然于较己小之国，未除鄙视之心之间，去文明已远矣。②

演说中还对日本汉学者尊古与脱离实际抵制欧美新思想的积习提出批评，认为这是汉学不振的原因：

> 吾邦汉学者多不研究尧舜禹汤之经济、文武周孔之薪传，不知钦崇天道，格知之学有名无实，所谓经学家大抵止于文字章句之论，不过如玩弄古董古物；所谓诗文家，大率流于浮华，疏于实际。此二教皆不与圣贤大学之道相关，不晓与时俱进，此所以洋学占上流也。更有甚者，忠孝仁义之名目之外，闻听自主、自由、权利、义务、君民同治、共和政治等说则惊，视为邪教，视开明诸国为夷狄，心怀井蛙之见，是以汉学与世日益卑微，非为自取，何哉？③

---

① 〔日〕中村正直述，木平讓編『敬宇中村先生演説集』、松井忠兵衛刊1888年版、第103—129頁。
② 明治二十年五月演说。
③ 明治二十年五年演说。

明治时期著名著作家、评论家、早期社会主义者田冈岭云（1871—1912）也发表过一些文章，力主汉学复兴。他在《汉学复兴之机》一文中说：

> 汉学于吾国思想上之关系，又如拉丁、希腊之古学于西欧诸国。吾国民之思想文物等，绎其渊源滥觞，无不归本于兹。斯学之灭即吾国民思想文物之川源干涸矣。欲培养根干，繁荣枝叶，则吾国民不可不修汉学自不待言，而吾人非敢或如顽迷之徒漫然一句抹杀摈斥西欧文物，吾人唯云先采西欧文物一度顾其根源而修汉学耳。取西欧之长最佳，而不可忘却我之长；若欲不忘我之长，则不可不顾其源，故善能知我；故善能知无，则我之长短炳然；我之长短既明，故善明他人之长短，知道他人之长短。①

在同一篇文章中，他还指出：

> 复兴支那古学，不唯其文学；其文华之灿烂，岂须赘言。在文学，有秦汉之简远，六朝之曲丽，唐代之逸宕；在哲学上，有周末诸子百家、老庄之虚无、孔孟之仁义，自其它杨墨韩申等值诸说，至程朱理气、阳明良知之说，蔚然盛哉。学之，固当然也。而支那不唯形而上学，莫言实验之科学部发达，茫茫极目无际大陆之大平野，唤起国民以天问之智识，读《尧典》，为其当时历数既已进步，其它如算数之学、医药之学，当观昔日既已发达。②

田冈岭云对于中国文学的论述尤其值得一读。他在《文学上崇拜西欧之残梦》中，反对独尊西欧文学、抹杀中国文学的风尚，认为"国异则好尚自异，彼此趣味不同则有之，而以趣味之异以此得谓不能胜于彼，可乎？"一针见血地指出"而今之世界的文学修养、言'世界的'，实以西欧文学化我者

---

① 〔日〕『幸徳秋水　大杉栄　堺枯川　荒畑寒村　田岡嶺雲　河上肇』、筑摩書房1972年版、第267頁。
② 〔日〕『幸徳秋水　大杉栄　堺枯川　荒畑寒村　田岡嶺雲　河上肇』、筑摩書房1972年版、第267頁。

也。夫彼自我化彼,则为我者必有一个主张本领方可得。"①

图 14　中根淑《支那文学史要》

在新时代新风气之下,这些学者对旧汉学多有不满。中村敬宇便指责汉学者墨守陈规,不知嬗变,唯谓孔子之学之外者皆异端邪说。天皇制政体虽曾扶植传统儒学与国粹主义以确保既得利益,但向欧美近代思想文化全面开放既已开始,便呈不可逆转之势,固陋的汉学者步步退守,终少建树,汉诗文制作在明治期虽曾几度柳绿花红,毕竟转瞬落花流水春去也,再无回春之望。

明治时代开创派的首要功绩,就是"中国文学"概念的确立。他们按照西方文学的定义,将与之相符的部分作为文学研究对象,对原本不为正统文人高看的戏曲小说,舍得下大力气去整理和描述。

1900 年东海义塾出版了《支那小说译介》两册,上册收录《游仙窟》

---

① 王晓平:《梅红樱粉——日本作家与中国文化》,宁夏人民出版社 2002 年版,第 232 页。

（阪本晃峰译）、《水浒传》（井上硕田译）、《西游记》（东吐山译）、《照世杯》卷10（东吐山译）、《海外奇谈译》（井上硕田译），下册收录《西厢记》卷1（阪本晃峰译）、《三国志演义》卷1（井上晃峰译）、《杜骗新书》（东吐山译）、《小说精言》卷1（东吐山译）、《李娃传》（阪本晃峰译），其题言曰：

> 象胥氏之书用字甚巧，设事甚奇，苟非其学则不能读其书。我邦古来专修儒道之学，而攻象胥之文者甚稀矣，是以译其书、解其文者寥寥无闻，其学渐以废置，不亦艺林之阙典乎？
> 我塾亦主讲儒道之学，旁及象胥之文。唯其来学者有数，未能广与江湖玩其味，向讲儒道之学以问于世，今又译象胥之文以颁同志好学之士，由以致远，则世将称我塾发轫之功也。①

例言称选择小说稗史戏曲之秀逸者，示句读，施训点，解字义，译文意，用平易之句，期待给读者以读邦文小说同样之感。有支那小说严格梗概之短文，每篇前有翻译序言。

20世纪初，日本继强占琉球群岛之后，又迅速侵占了台湾与朝鲜半岛，侵略的战刀直指中国大陆，中国文学的翻译与研究也被纳入亚细亚战略体系。1908年东京日高有伦堂刊行了伊藤银月（1871—1944）所译《新译水浒传》，序言毫不隐晦地将《水浒传》翻译与日本的大陆政策绑在一起。序言首先将《水浒传》定位为"支那叛骨养成之书也，支那革命经也，血文字也，火文字也""令人知大丈夫本色也，令人皆脱离局促猥琐有髯妇人、女子陋习之最高教育书也"。在这种定位之后，序言道出译出此书的目的，正是"昭告对邻大陆与日本、日本人之将来重大关系、管窥彼土暗潮如何变而为显潮者"。译者序断言"将来之支那，乃世界治乱之楔子也，世界之相信自己能力之国家，皆要对支那而施展野心"。在列强瓜分中国的热潮中，日本的目标，"第一步进台湾，第二步进朝鲜，继而要迈出第三步，第四步"，而"支那乃吾等面临当迈开第三步，第四步之前途者，支那即将

---

① 〔日〕馬場讓得閑『支那小說譯解』、東海義塾1900年版，第3—4頁。

为聚集世界有能力之各国野心之标的，扩大之山崎交战之天王山。"这些话的意图再明显不过了，译者已将中国视为列强争抢的美食，日本要在这场抢食大战中获取最大利益，对于中国，"作为有为之日本国民，作为富于膨胀性之日本民族，不能不深感注目之必要与兴趣。"至于谈到《水浒传》，译者序言中说：

> 《水浒传》（译者曰：《水浒传》，支那之怨骨养成书也，支那之革命经也）乃支那之叛骨养成书也，支那之革命经也。元代，反抗时代之不平郁勃之子，其一乃吐一腔蓄积之物寓于文学者也，字字皆讽刺，句句尽寓意，触之则灼手之热，立锥则喷如雾之血。元代此书一出，啸傲山泽之奇杰之士、沉沦市井之豪猾之客，喜悦如获生命食粮。尔来至今数百年，受此书之刺激奋起之风云儿，有几人哉？受此书之煽扬勃发之革命、叛乱、暴动，有几度哉？匹夫亦唾手而为帝王之时代中，帝王稍有不慎则萝卜蔓菁同被切割之支那，支那造此书，亦理所当然，此书进而造支那，亦理所当然。果然如前述于今日之时代，尽管前已有译书，自己从新译出《水浒传》之微意之所存，此当然非无苦于了解之读者。①

19世纪末20初，官方还在鼓吹汉学价值，留洋归来的青年学生却吹来新风。正是那时，日本人开始用以翻译欧美所谓"Sinology"一词的"支那学"来指称汉学，各校的支那学会也由此而得名。欧洲人以中国为远东，把研究中国史地文化国情的学问，称为"东方学"，日本的东方学会、东洋学会、东洋文学会等等，即源于此。"支那学"的第一代人在引入近代主义与理性主义以垦拓中国古典小说戏曲与中国文学综合研究方面有杰出的贡献，一部分人也曾将研究纳入天皇政府解决"支那问题"的轨道；第二、三代人大都在三十年代与当时日本外务省控制的东方文化学院及其后的东方文化研究所有各种关系，一些人在侵华战争中写过服务于军国主义目的的著作；战后美国势力涌入日本，"支那学"中具有亲美倾向的势力抬头。日本学者历

---

① 〔日〕伊藤銀月『新譯水滸傳』、日高有倫堂1908年版、第1—5頁。

来多有主张文学的"脱政治性"者，然而20世纪残酷的政治现实却总不愿让他们"脱"之而去；他们的研究对象是中国文学，但硝烟炮火不可能让他们看到真正的中国，侵华战争使日本文化在军刀下翻滚挣扎，而中国文学研究掌握在政府钳制下的大学教授们手中，给那时的成果打上了灰暗的烙印。

　　加藤周一将1885年以后称为工业化时代，在谈到这一时期日本的外国文学研究时，将中国历史和古典文学研究视为很早就达到高水平的一个领域，认为它继承了德川时代学问的积淀，加以实证的方法，京都帝国大学的内藤湖南（1866—1934）、桑原隲藏（1870—1934）、狩野直喜（1869—1907）、历史家贝冢茂树（1904—）、文学研究者吉川幸次郎（1904—）等都被列为得到中国为首的国际汉学界好评的研究者。加藤周一特别提到吉川幸次郎的《杜甫诗注》（1977），认为它在研究诗歌内容的同时也提供了唐代社会生活的丰富信息，特别是古典注释重新证明了一部文学作品的内涵，可以说将儒者的传统的学问方向与今天的文艺批评联系起来了。加藤周一特别肯定了吉川幸次郎在1975年出版的《仁斋　徂徕　宣长》和1977年出版的《本居宣长》，对于理解日本古典的启发和贡献。因为这些著述在与中国学术的比较中阐明了徂徕独创的评论，评价了宣长汉学的内容，揭示了文艺与思想的关系①。"支那学"的文学视野偏向于中国的古典。三十年代成立的中国文学研究会，把研究中国的现代文学视为己任。"中国文学"与"支那文学"当然绝不只是名词的简单更换，在这种变化之后，是对中国文化、中华民族认识与情感转变的聚光。战后日本民族中一部分知识分子反省思潮与民主思想的高涨，中国抗战文学与解放区文学的流布，鲁迅研究的不断深入，都在改变着原"支那学"中的文学研究的内容。五十年代以来经过艰辛奋斗建立起来的两国文学研究者的联系，为推动日本的中国文学研究发挥了重大作用。中国文学的翻译与研究业绩辉煌，据谭汝谦主编、实藤惠秀监修、小川博编辑的《日本译中国图书综合目录》，截止于上世纪70年代末，日译中文书属语言文学类的达1,015种，大部分是在1946—1978年间完成的，统计包括《论语》《孟子》《庄子》《荀子》《韩非子》《陶潜》《李白》《杜甫》《王维》《西厢记》《元曲选》《三国演义》《水浒

---

① 〔日〕加藤周一『日本文學史序說』、筑摩書房1980年版，第471—472頁。

传》《西游记》《红楼梦》这十五类的近二百种译本中，1660—1911年译出的是34种，1912—1937年译出4种，1938—1945年仅译出5种，1946—1978年译出的为118种，至于中国现代文学的翻译与研究更是历史上任何时期都无法比拟的。

日本学者重视实地查访，不弃书外之学。研究中国文学，读懂社会这部无字之书的重要性，有时不亚于吃透文献。过去由于中日两国的隔绝状况，许多在日本大学讲授中文或中国文学的人，终生未能满足踏上中国土地的夙愿，而今天长期短期留住中国或频繁往返者大有人在。这固然需要经济力量的支持，但注重实地目睹亲闻的风气也是重要因素。伊藤清司为文化溯源而深入我国华中、华南等少数民族地区考察，他的《文化溯源中国行》便凝聚了三次访问云、贵、桂、粤等地的心血，他对华中、华南少数民族地区神话传说的调查，为神话原始形态的复原工作提供了不可忽视的材料和启示。例如他认为陶渊明《桃花源记》描绘的是深山中的一个少数民族部落的生活，这一看法或许便与他远离都市深入边远地区产生的隔世之感有关，而陶渊明的构思未必没有类似传闻的启发。当然，也有几十年研究中国文化却从不想踏上中国国土的学者，他们心目中的中国永远是一个遥远的幻影，他们就活在幻影中写出一部又一部有关中国文明的论著。

日本学者著书通俗与专学，兼筹并顾。面向少数专家的学术专著，积数年之功，常有识者盖寡、销路不畅之忧。战后恢复时期，学者多缺乏资助，暂时丢开艰深的课题而从事通俗的写作，似乎是不得已的事。五十年代以来，日本经济高速发展，专著市场渐广，但由于那些面对大众的随笔之类的书写得深入浅出，雅俗共赏，虽时过境迁，也仍在一次一次地重印，而学者龙虫并雕、雅主俗辅的写作风气一直延续下来。正像梁容若概括的，普通学者不写他专攻以外的书和文章，为大学生写概论入门的书，为一般社会写通俗读物，是极流行的风气，以通俗的书吃饭，以专门的书对文化作交代。岩波书店、汲古书院、明治书院等以出版学术专著著称，其余出版社在出版专深的学术著作之外，也常组织学者编写中国古典文学的各种鉴赏性读物。如尚学图书出版的《中国古典聚花》，以政治与动乱、隐逸与田园、咏史与咏物等十一卷引导读者分类鉴赏中国古典诗歌，撰稿者便有前野直彬、横山伊势雄、石川忠久、高岛俊男等有名气的学者。写过多部开拓性专著的松浦友久也为袖珍本的《中国诗选》《中国名诗集》等系列丛书撰稿，在遵循传统唐诗研究路子的同时又给读者鉴赏提供新的视点。重视外来先进、优秀文化的普及，在日本知识分子中是有传统的。外来文化在一个民族中效应的发挥，不仅在于处于文化前沿的知识分子先觉者的敏捷反应，而且更在于民众接受的速率与方式。在中国，明清时代马坦奥·里奇（利马窦）等介绍西方文化的著述始终只有极少数官僚文士成为读者，而在日本江户时代的兰学研习者，不仅有青木昆阳那样的官僚（连青木昆阳也是鱼虾批发商出身），还有伞铺工匠（桥本宗吉）、浪人（平贺源内）、藩医（杉田玄白）等，兰学平民化为科技走向近代准备了条件。日本中国文学研究者对普及通俗读物的重视，使中国文学在广大市民中赢得了读者，也丰富了他们的精神生活。

支那学第一代学者多精通一门以上的欧洲语言。据说狩野直喜（1868-1947）在电话中说英语或法语，英国人和法国人常常以为是自己的同胞。他精于欧洲学术中的斯宾塞的学说，而在处理中国、日本、欧洲（尤其是法国）三者学术关系时，体现的是明治、大正年间日本知识分子的一种文化取向。在福泽谕吉代表的全面西化和冈仓天心代表的日本国家主义两种价值取向之间，还存在立足于东方并以日本为本位、但并不以日本为中心的文化立场。狩野称赞法国学术的"科学性"（亦即实证性），并指出中国与日本的治学方法中有很多含混与混乱的部分，但他仍然把清朝学术尤其是乾嘉学作为自己的学术取向，只是参照西方支那学的实证精神使其更精确而已。一方面，这是狩野不满于日本汉学重视宋明之学的传统，因而反其道而行之；另一方面，这也反映了他在倡导支那学时反复强调的研究世界文明之一的支那文化必须从支那自身的学问着手的基本态度。

在今天日本的中国文学研究中，狩野代表的研究方法依然存在广泛的影响。不少学者总是力图从欧美学者的成果中获取启示。20世纪欧美的新批评方法以及日新月异的新学科，如文化人类学、民族学、社会学、比较文学、比较文明的新著，总是在日本迅速翻译出版，给中国文学研究者或隐或显的影响。尽管从研究论著语言上不一定堆砌欧美的术语，但在分析方法与价值取向上不难察觉欧风美雨过后的痕迹。

与其它文学研究领域相比，中国文学特别是中国古典文学的论著毋宁说是忌讳满目外来语涂泽的文风，但这并不说明这是一块与欧美学术隔绝的桃花源。支那学第二代学者青木正儿用欧美文学史的框架来整理中国文学的资料,他的《中国古代文艺思潮论》《中国近世戏剧史》《中国文学概论》《清代文学评论史》等都是这一类著述。当今的中国文学研究者,很多人同样密切关注着欧美的研究新著,李约瑟、高罗佩享誉学界,援引西人有关思想文化的观点以解释中国文化与文学现象的尝试,不断见诸报端学刊。

日本思想史研究者通常将日本战败至60年代后期之间的时期称为"战后",认为它是近代日本的延长,而60年代末开始的大学动乱、公害问题、石油危机才标志着现代的开端。在近代日本历史中,确认个性价值与追求科学精神是齐头并进的,而现代社会则以大众化为标志,从而消解了绝对权威,实现多元共存。在"支那学"让位于"中国学"之后,伴随着文化反省思潮,中国文学研究出现了许多新的气象。以吉川幸次郎为代表的研究者在论著的引文中舍弃了沿用已久的贵族学究式的训读方法,而将原文译成流畅的现代日语口语,他的戏剧研究,不再以主观审美感受为唯一标准,而是将目光指向戏剧演出的"听众"。

在新干线建成、高速公路四通八达、通讯现代化成为身边眼睁睁的现实的时候,陶渊明诗中的田园、李白咏唱的月光与生活的距离越来越远,那么中国的古典还有什么意义吗?贝冢茂树(1904—1987)等面临的正是这样一个问题:

> 中国的古典,对于我们的祖先,曾经几乎是唯一的古典,至少对德川时代是知识分子的武士来说,以居于中国古典中心的孔子为鼻祖的儒教经典,是一切知识与道德的唯一源泉。但是,时代变了,明治以来中国古典的命运,是世人皆知的。中国的古典早已不是现代日本知识分子的古典了。我深信,虽然中国的古典已不是唯一的古典了,但它是现代日本人的一种古典。那么,中国的古典与现代日本怎样结合在一起呢?怎么理解中国的古典呢?不管怎样考虑,我也不能找到明确的答案,终于受到不尽的绝望感的袭击。①

---

① 〔日〕貝塚茂樹『古代中国の精神』、筑摩書房1985年版、第3頁。

正是在这样的背景下,贝冢茂树开始了理解中国古典、重新发现中国古典意义的尝试。他希望缩短古代与现代的距离,首先亲切地感受古典产生的时代氛围,并把这称为"古典的文化史解释"。

为了理解最高的儒教经典《诗经》与《尚书》,他抽出产生它们的时代的生命观,写下了《不朽》一篇。中国古代人过着氏族生活,要描绘个人的及未分化的时代的生活感情,他以贤相子产与儒教创始者孔子为代表,来表现个人从氏族逐渐分离出来、个人觉悟形成的过程。他通过汉帝国的开创者、中国政治家的典型汉高祖想描绘一下在个人觉悟达到最高潮的战国末期、秦汉帝国的交替期、汉帝国完成期产生的,古代专制帝国之下由于强大帝权的压抑,而使战国时代实现了的个人自由受到强大的局限而逐渐崩溃的过渡期。贝冢茂树力图通过诞生于那个时代并客观地描写了这一过程的《史记》去阐明历史的真相。他说:

> 我同子产一起,生在贤相的时代,和他一起体验严酷的国际关系;同孔子一起,在趋于崩溃的旧制度之下,在政治道德完全无政府状态之下,思考怎样重建秩序与道德;同汉高祖一起,度过变幻无穷的革命期;同司马迁一起,深入探求人的命运。总之,在古典之中,和古典时代的人们一起生活、一起思考、一起写作。①

他针对因 20 世纪科学高度发展而鄙视古代、以傲慢的态度来批判中国古典的"现代人眼光",倡导摆脱世人这种通行的观念,谦虚地倾听古典人的述说。看得出,贝冢茂树所要做的,正是用现代文化的观点来观照中国古代社会。他这样做的结果,决不是复制一个古代社会的真实模型,而只是现实世界的古代幻象。

沟口雄三(1932—2010)曾写过一本《作为方法的中国》,在书中他指出,日本人阅读中国古典时不关心它的时代与社会背景,他们读《唐诗》却不想了解唐代中国,他们心目中的中国已被日本化,是从日本文化传统的角度摄取中国文化的,这是一种文化混淆现象。毫不夸张地说,许多人读到的、

---

① 〔日〕贝塚茂樹『古代中国の精神』,筑摩書房 1985 年版,第 4—5 頁。

感受到的是一种"没有中国的中国文学"。强调在现代化的今天回顾中国古典的学者不乏其人，但根据他们的指告，可以说不一定能达到理解中国文化真面目、真价值和真精神的目的①。

驹田信二在《关于日本人对中国的憧憬》一文中，提出古典，特别是在中国，是今日的"远景"，只看今日中国转变的"近景"便不免目眩，因而希望既深入地观察中国的"远景"，又专注它的"近景"。② 他提出的古典，包括《诗经》和《论语》《老子》《庄子》《孙子》《荀子》《韩非子》等先秦诸子的著述，《史记》《十八史略》等历史著述，《长恨歌传》《杜子春传》等唐传奇，《唐诗选》里的唐诗，被称为"四大奇书"的长篇小说，还有《红楼梦》《剪灯新话》《聊斋志异》等。

这些是历来在日本脍炙人口的中国古典，也可看出，有些并非是中国第一流的作品，如《剪灯新话》，同时有些给中国精神生活重大影响的如屈原的作品却没有列入。日本学者对上述作品研究的兴趣也较浓厚，相比之下，对另一些领域，如楚辞、汉赋、政论散文、骈文等则较少建树。一位日本学者在参观完故宫之后，曾经感叹日本人没有学到中国文化的精髓，这固然可以看出日本人学习外国必欲超越的图强精神，但也并非纯属自谦，与某些以现代化大国自矜而鄙视中国的日本学者（这还是不难碰到的）来说，这位学者清醒得多。

三　团体：斯文会——中国文学会——日本中国学会

近代以前，中国文学的传播并非由有组织的团体来进行，而是由具有一定文化教养的知识者来担当的。由于中国文化的部分内容被日本化，成为日本文化肌体的有机组成部分，而日本文学和美术又在日本文化中占有特殊重要的位置，所以从事文化教育活动的人，都有可能成为中国文学的传播者和接受者。即只要社会文化集团的成员，就可能走向接近、接受与传播中国文学的道路。近代以来，学科逐渐细分，中国文学的传播，便主要成为以学习、研究中国文学专业的人员的工作，由他们组成的团体，也就在传播中发挥起推动、激励、组织等多方面的作用。

---

① 〔日〕沟口雄三『方法としての中国』、東京大学出版会 1989 年版。
② 〔日〕驹田信二『対の思想——中国文学と日本文学』、岩波書店 1992 年版、第 24—32 頁。

明治年间，面临西学的繁盛和汉学的衰退，冈本监辅、福地源一郎等人曾结成思斋会以称道复兴汉学、儒学，在此基础上，又组成了斯文学会，得到岩仓具视的支持，广募会员，一时间会员多达以前五百人之多。1880年2月发布的《斯文会开设告文》称：

> 本邦文物备具，风俗醇厚，夙得君子国之称，虽基于固有之美，原于太古之风，抑非不以支那文学早传，所谓道德仁义之说、制度典章之仪历朝采择之、举世崇尚之之故矣。是以朝野盛兴学黉，上下专修礼仪，政刑民彝，无不资于此道斯文。及外交始开，世态渐迁，大政维新，百度一变，人人竞讲欧美之学，户户争诵英法之书，骎骎乎将进于开明之域。而世之汉学者流，依然不通时务，尊大自居，徒玩虚文，不图实益，于是青衿子弟，往往存养无素，奔竞成风，修礼义者指为迂阔，励廉耻者目作因循，殆弃实践之学、经国之文，至于视之为土苴。呜呼！其亦甚矣。今欲矫救之，则老宿之儒渐凋落，斯文之运愈衰颓，恐不特不能持风教，且丧固有之美。我辈深慨于此矣。乃创斯文学会，遍谋于同志诸贤，欲振兴此道、兴隆斯文，以匡济时弊。固非泥古反今、徒出于迂阔之途，亦非贵此贱彼，偏安于固陋之域。唯望我邦礼仪廉耻之教，与彼欧美开物成务之学并行不悖，众美骈进，群贤辈出，以翼赞裨补明治之太平。①

该会从事"会员之编著，评定刊行，或稽古今，考证事物之原委。"②

30年代竹内好、武田泰淳等曾结成中国文学研究会，开始对中国现代文学展开研究。1947年创建了外务省管理之下得民间学术团体东方学会。1949年日本中国学会成立，这是研究中国学问的学者都可以参加的组织，研究者中有研究哲学、历史、文学各学科的学者。这些组织在促进中国学研究方面都曾做出贡献。

---

① 〔日〕明治十三年二月二十六日『朝野新聞』。
② 〔日〕明治十三年（1880）二月二十六日『朝野新聞』。

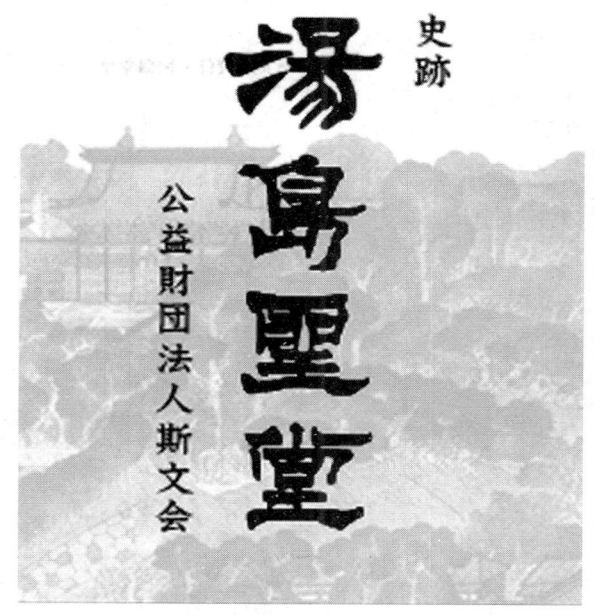

图 15　斯文会版《汤岛圣堂》

　　1949 年 1 月，日本出于对包括中国文学、语言学、哲学等研究领域研究费资助金额审查的需要，要求整合既有相关学术团体，开始启动建立统一学会的工作，10 月中国学会成立，同时召开了第一次学术会议。原有的学术团体，包括各大学研究室建立的团体东京支那学会（前身是汉学会）、京都支那学会、东京文理大学汉文学会、广岛支那学会、早稻田大学东洋史学、庆应大学三田史学会等，除了同窗组织之外，还有财团法人东方学会、中国语学研究会等各有关东洋史、语言学等领域的协会，予以整合，统一为中国学会，会员全部以个人参加。成员以东京、京都两地的帝国大学、文理大学和著名的私立大学早稻田大学。庆应大学的教师为主，共计二百余人。从那时起，中国学会每年举行一次学术年会，出版学术论文精选《日本中国学会报》。

　　几十年来，随着中文教育和中国研究的发展，会员逐渐遍布全国各地。经济高速发展之后，新增大学、新设专业和新批准成立的研究生院不断出现。

除国立大学之外,许多私立大学如日本大学、东洋大学、大东文化大学、二松学舍大学等相继设立与中国学相关的学科,研究者队伍日渐扩大。日本中国学会的建立,为全国的中国研究者提供了交流的平台,其旗下的中国语学会、道教学会、现代中国学会等学会也在促进专门研究中发挥独到的作用。中日邦交正常化之后,适应学科的细分和新学的兴起,中国出土资料学会、中唐文学会等各领域的新学术团体相继诞生。

全国性的汉文教育团体,有"大学汉文教育学会",其前身为1983年成立的"大学汉文教育研究会",1984年更名至今。它由全国大学、高中与初中里与汉文教学相关的教师组成,现有会员千余人。

图16　1990年九州中国学会的合山究(前右三)、笠征(左三)、竹村则行诸教授

与学会发展密切相关的,还有与中国学术交流的扩大。在中日邦交正常化之前,只有很少的日本学者到中国北京大学等院校留学,到日本留学的中国学生也十分罕见。中日邦交正常化之后,扩大两国文化交流的需求与日本政府强化文化外交、推行"文化立国"战略相重合。1968年,日本创设文部省的直属机构文化厅,负责掌管振兴艺术创作活动、保护文化遗产、改革和

普及日语教育，1972年日本外务省设立特殊法人国际交流基金，专门从事文化艺术、日语教育、日本研究等领域的国际文化交流事业，1988年又设立了文部省直属研究机构国际日本文化研究中心，吸引外国学者与日本学者展开日本文化共同研究。这些机构都把中国列为重要的工作对象，通过在中国开展日语教育、吸引中国学生留日、资助中国学者到日本研修、资助大学的日本研究机构等活动，造就了解和理解日本文化的青年才俊。这些措施带来的不仅是中国日语人才队伍的猛增，也多少带来了日本中国学队伍的变化。80年代成长起来的研究者多有留学中国的经历，日本中国学会中也出现了一些来自中国的新面孔，两国学者在交流时的语言障碍进一步缩小，来华参加中国学会活动也成为很多研究文学的学者每年的学术活动。

日本的这些学术团体在人数和规模上自然无法与中国学术团体媲美，在活动方式上也各有特点，不能简单校短量长。令日本学者自豪的是，有些学会的历史比中国同类学会还要早。20世纪70年代日本诗经学会成立，早于中国诗经学会数年。以东京大学东洋文化研究所中国思想史研究者为中心建立的中国出土文物研究会，1998年更名为中国出土资料学会，出版会刊《中国出土资料研究》，中国文艺研究会，1970年成立，有280名以上会员，中国文学研究团体。有《野草》会刊，每年两期，发行《中国文艺研究会会报》，每月一期。中国俗文学研究会，滥觞于1973年东京外国语大学中国语研究室的白话文学讲读会，1983年正式成立，有会刊。此外，尚有：

中国古典小说研究会，1986年由今西凯夫、西冈晴夫、大冢秀高、大木康等发起并在信州大学举办首次年会，现有会员百余人。

六朝学术学会，1997年设立总会，编有《六朝学术学会报》，会长为石川忠久，副会长为兴膳宏。

六朝史研究会，2003年正式成立。

中国中世文学会，1961年广岛大学小尾郊一教授创办的中国中世文学研究会，现名为中国中世文学会，发行有《中国中世文学研究》。

宋代诗文研究会。

日本中国当代文学研究会。

中国出土文献研究会，1998年大阪大学成立郭店楚简研究会，2010年更名为中国出土文献研究会。

日本大学的日中文学文化研究会，下设红楼梦研究会、现代文学研究会等分会。

出土资料与汉字文化研究会，东京大学东洋文化研究所，办有定期刊物《出土资料与秦楚文化》。

内陆亚细亚出土文献研究会，东洋文库。

图17　日本中国学会、东方学会书影

日本比较文学会最初以对日本近代文学接受的西方文学影响为中心研究课题，1983年创立的和汉比较文学会将目光转向中国，以研究日中文学关系为主，主体是日本各大学研究日本古代文学的学者，该学会出版的《和汉比较文学丛书》，收录了全面探讨日本自上代至近世文学中的中国文学各方面影响的几十篇论文。

有的学术团体人数很少，但干出来的事情却不算小。我国研究清末小说的学者人数很少，而日本的清末小说研究会就是一个小而强的团体．这个团体实际运行者其实就是樽本照雄一人，成立多年了，已刊行《清末小说》30余期，主要发表樽本照雄和中国研究者的论文。樽本本人无疑是发表文章最多的作者，他还编辑了《清末小说研究资料丛书》，其中收入的《官场现形记资料》《老残游记资料》《中国近现代通俗文学史索引》《清代小说研究指南2005》《清末小说论》《林纾冤罪事件簿》《清末小说研究指南2008》等都是樽本一人所编著，只有刘德隆《清末小说过眼录》等属于例外。樽本还著有《汉译天方夜谭论集》《商务印书馆研究论集》《阿英〈晚清小说史〉索引》《清末翻译小说论集》等。

四 受众：从武士、町人到国家公民

江户时代以前的识字率很低，王朝时代只有皇族与贵族能够享受文化教育，而中世五山文僧的文化活动多限于寺庙之内，文史典籍的传播主要依赖于抄写，因而传播者往往与接受者身份重合，至少可以说接受者与传播者之比率甚低。江户时代逐渐进入町人文化时代，识字率逐步攀升，刻版印刷日趋发达，不仅传统的汉诗文，以多种形式开始渗透进江户与京都、大阪等大都市的武士、町人生活，而且《三国志》《水浒传》等中国白话小说在改写译编之后成为町人喜爱的读物。町人趣味对这些改写之作给以切实的影响。

幕府末年，列强叩关，危机四伏，面临动荡的时局，谋求变革的武士和儒者，不再像奈良平安时代的贵族那样醉心于中国诗文的华美词藻，也不像五山僧侣那样为中国文学的动人幻境所倾倒，他们转而通过对中国经典的重新阐释乃至颠覆，为变革寻找方位，点亮人心。

幕府末年，二十五岁的吉田松荫（1830—1859）被捕入狱，以囚徒为对象讲授《孟子》，遂将这些讲义编为《讲孟札记》，后有改名为《讲孟余话》，藉以宣传他的"一君万民"的政治主张。在《讲孟余话》中，作者明确指出，他讲孟子，不是精其训诂，也不是喜其中文字，而是要将自己一忧一乐，尽寓之于《孟子》。汉文撰写的《讲孟余话序》说：

> 道则高矣，美矣，约也，近也。人徒见其高且美，以为不可及，而不知其约且近，甚可亲也。富贵贫贱，安乐艰难，千万变乎前，而我待之如一，居之如忘，岂非约且近乎？然天下之人，方且淫于富贵，移于贫贱，耽于安乐，苦于艰难，以失其素，而不能自拔，宜乎其见道以为高且美不可及也。孟子圣人之亚，其说道著明，使人可亲，世盖无不读。读而得于道者，或鲜矣，何也？为富贵、贫贱、安乐、艰难所累而然也。

然富贵、安乐，顺境也，贫贱、艰难，逆境也。境顺者易怠，境逆者易励。怠则失，励则得，是人之常也。

吾获罪下狱，得吉村五明、河野子忠、富永有邻三子，相共读书讲道，往复益喜。曰："吾与诸君其境逆矣，可以有励而得也。"遂抱《孟子》书，讲究砻磨，欲以求其所谓道者。司狱福川氏亦来会称善。于是悠然而乐，莞然而笑，不复知圜墙之为苦也。遂录其所得，号为《讲孟札记》。

夫孟子之说，固不待辨，然喜之不足，乃诵之口；诵之不足，乃笔之纸，亦情之所不能已。则札记之作，其可废哉？

抑闻往年狱中无政，酗酒使气，喧豗纷争，绝无人道。今公即位，庶政更张，延及狱人，百弊日改，众美并兴。盖司狱亦与有力焉。今乃与诸君悠悠讲学，以得乐其幽囚者，宁可不思所以对扬乎哉！①

该书之汉文跋，说明了自己改书名的理由：

《讲孟札记》已成，因复浏览一周，遂改名《讲孟余话》。盖札，针刺也。凡其所记，发精义，摘文藻，如针之刺肤，鲜血迸出，如针之刺衣，彩线絺绣，而后足以为称名已，而余之所著，岂其然乎哉！

余之在狱，囚徒胥居，其已归家，亲戚盍簪。时乃把《孟子》讲之，非精其训诂，非喜其文字，唯其一忧一乐、一喜一怒，尽寓诸《孟子》焉耳。故当其喜乐也，讲《孟子》复益喜乐；当其忧怒也，讲《孟子》复益忧怒。忧怒之不可抑，喜乐之不可歇，随话随录，稍积成卷者，即此著也。然则是特讲孟之余话耳何得为札记哉？余已与囚徒、亲戚，同其忧乐，共其喜怒，亦已足矣，而又录之成卷以问世，不太赘乎？且持此问经学先生与（欤）？经学先生将骂其杂驳粗豪也。持此问文章博士与（欤）？文章博士将笑其鄙俚芜陋也。然则当今之世，孰问而孰答耶？噫！是吾之所以不能已于余话之录也。

夫天下以经学文章为教，盖亦久矣！经学益明，文章益美，国威日

---

① 〔日〕吉田松蔭著，廣瀨豐校訂『講孟餘話』、岩波書店2006年版，第7頁。

绌，外夷日炽。斯道之所以为道者，果何在乎？则天下与吾同忧乐、共喜怒者，亦何独一二囚徒、亲戚而已哉！而余屏居谢世，世虽有其人，无由相从晤言，则《余话》之录，吾益不能已也。噫！天下之士，其何以教之！①

在《孟子序说》这一部分，吉田松荫首先要推倒的是讨好圣贤的态度，认为"不阿圣贤"是读经书之第一义。在讲解"孟轲，邹人也，游事齐宣王"这一句时，他借题发挥，攻击孔孟不该在国乱不遇之时离开故国，以此进入中日"君道"不同的议题。今摘译如下：

读经书之第一义，不阿圣贤，乃首要也。若少有所阿，则道不明，学亦无益而有害。孔孟离祖国，事他国而一事无成。凡君与父，其义一也。若以为我君愚且昏，乃离开祖国而往他处求君，与以为我父顽愚而出家以邻家翁为父，齐也。孔孟失此义，如何也无可辨（辩）。或曰孔孟之道大矣，欲兼济天下，何必本国？且得明君贤主行我道时，天下共蒙其泽，我祖国固亦不在其外。

曰：欲以天下为善而离我国，与欲治国而不修身同一。修身齐家治国平天下，《大学》之序，决非可乱。若离开身家治国平天下，亦管晏之所为，所谓诡遇获禽兽者也。论事奉世之君者所谓功业不立而于国家无益，是大谬也。云明道而不计功，正义而不计利，事君不遇之时，谏死可也，幽囚可也，饥饿可也。遇是等之事，其身即使无功业、无名誉，不失人臣之道，永为后世之模范，必有见之感其风而兴起者矣。其国风气遂定，贤愚贵贱皆崇尚其节义矣。然于其身，虽无功业名誉，经千百岁，其忠岂不举而数之哉！是曰大忠。然此论乃自国体上所出也。若在汉土，君道自别。大抵聪明睿智，杰出于亿兆之上者，以成为其君长之道，故尧舜让其位于他人，汤武放伐其主，圣人以为无害。我邦上至天朝，下至列藩，千秋万世，袭而不绝，非与汉土相比。故汉土之臣，纵如仅过半季之奴婢，亦择其善恶而转移，固有其所也。我邦之臣则为谱

---

① 〔日〕吉田松荫著，廣瀨豊校訂『講孟餘話』、岩波書店 2006 年版，第 287 頁。

第之臣，与主人共死生、同休戚，虽至死绝无弃而离之之道。呜呼！我父母何国之人？我衣食何国之物？读书、知道，亦谁之思？今以不遇其主，忽然而去，于人心如何？我欲起孔孟，与论此义。①

吉田松荫这里大讲臣仆当与主人休戚与共的道理，对孔孟的"不遇其主，忽然而去"大加讨伐，其着眼点就是此举不利人心。孟子是主张以民为本的，而吉田松荫却借否定"天下者，天下人之天下也"的儒家君臣观，以"天下者，一人之天下"的命题为基础，提出"一君万民"的理论。

《孟子·梁惠王下》载，齐宣王问汤武放伐的事，怀疑臣不可以弑君。孟子则直告以"贼仁者，谓之贼；贼义者，谓之残。残贼之人，谓之一夫。闻诛一人纣矣，未闻弑君也"。而吉田松荫却认为，孟子这些主张，不适于日本，在日本，"普天率土之人，皆以天下为己任"，不分贵贱尊卑，都要尽死以侍奉天子。"一君万民"的主张，是要在理论上掀倒幕府统治的合法性；这种主张也是针对"草莽之士"的反抗的，从上下两方面为天皇的专制统治扫清障碍。

在回答各国都在谋求变革，企图凌驾于日本之上，日本应该如何应对的问题时，吉田松荫告诫他的听众，坚守"臣为君死，子为父死"的志向，号召他们为抗拒外部势力而奋斗："无他，前所论，明我国体与外国之所以异之大义。邹国之人，为邹国而死，邹藩之人为邹藩而死，臣为君死，子为父死之志确乎不移，何畏诸藩？愿诸君从事于兹。"②

吉田松荫通过对《孟子》的重新阐发，向那些落难的囚徒传授"一君万民"思想，为确立天皇的绝对权威制造理论依据。他所面对的《孟子》接受者，在精神上仍然是武士道的奉行者。作为深受中国文化经典熏陶的武士知识分子，吉田松荫将狱友、狱卒作为一同乐读《孟子》的学友，他讲《孟子》，并不在乎是否忠实《孟子》的原意，有时恰是通过对《孟子》的评骘来宣传自己的主张，孟子"民为贵，君为轻，社稷次之"的观念反而成为他阐述日本国情特殊性的工具。在社会上尚对中国经典"师视"的背景下，吉田松荫因政治需要而对其采取了"平视"的态度。与此相反，到了社会上对

---

① 〔日〕吉田松蔭著，廣瀬豊校訂『講孟餘話』、岩波書店2006年版、第15—16頁。
② 〔日〕吉田松蔭著，廣瀬豊校訂『講孟餘話』、岩波書店2006年版、第16—17頁。

中国经典变"师视"为"鄙视"的变换过程中，也有知识分子主张从中国经典中寻找参照。

著名汉学者中村正直在明治维新后所撰《读水浒传》以汉喻日、借古讽今，也在大谈君臣之道。用意则是希望明治政府不蹈宋朝覆辙：

> 悲夫！宋江以下一百八人，皆天下之豪杰，而目之以盗也。夫既为盗矣，则不得不谓之盗。豪杰而为盗，岂其心哉！盖必有不得已者而出于此也。予尝考秦汉间事，以谓高祖、陈涉、项籍者，盗之魁首也；韩信、英布、彭越、樊哙、陈平诸人者，盗之帮手也。然使其攘臂一呼，而天下回应者，秦之失政使然也。使秦善用之，乌知其不为秦之忠臣哉！即不然而善处之，亦不至于蜂起为盗也。二世庸暗，制于赵高，群臣谏者以为诽谤，大吏持禄取容，所谓雄伟魁闳非常之士，欲进而无路，效用之无日，不宁唯是，又或蒙猜忌而受刑戮，于是乎逃而为盗。夫岂得已哉？《诗》曰："人之云亡，邦国殄瘁。"夫既已尽，驱豪杰于藋苻之泽，而秦由以不祀矣。
>
> 今夫宋江以下，固皆可使为宋之忠臣者也。诚使大臣有休休之度，藏垢纳污，各随其才而器使之，上者用以佐纶绋，参帷幄，下者用以乘亭障，充干城，夫何不可者？矧方是时，北患胡，西患辽，宜汲汲求材之弗暇，而蔡京、童贯之徒，度量褊隘，不能延揽贤士，以广咨询，智术浅短，不能驯扰奸雄，以供指嗾，使一百八人者不能为吾用，而反为吾害，譬之驭马，一遇踶弛，控馽失宜，缺衔脱缰，人受其伤，咎为在马耶？为在人耶？
>
> 且宋江以下，群聚为盗贼者，非有意于亡宋，不过以是为逃死之计，使世主果下悔过之诏，戮蔡、童以下误国者，谕以祸福，开其自新之路，则一百八人者，翻然而悔，感泣归罪者，不俟言也。不出于此，必欲竭泽而渔，屡取败衄，一之谓甚，而袭误于再，内外喧扰，日事纷纭，群盗未靖，而元虏已渡河矣。古不云乎：驭得其道，天下狙诈咸作使，驭失其道，天下狙诈咸作敌。呜呼！作使之与作敌也，孰智愚，孰失得，

读是书者，不可不鉴矣①。

与吉田松荫直接联系日本现实政治运动来解说《孟子》不同，以学者自命的中村正直并无一字言及日本，但他们利用中国文学经典的态度却颇具一致性，那就是将中国经典视为日本文化建设长期目标及当下需要的双重资源，为日本文化本身而钻研，利用中国经典的某些元素。不论是正向拿来，还是逆向引照，不论是显性采用，还是隐性变转，身负研究传播中国文学经典的有识之士，无不将这些工作视为日本文化建设本身的需要，为此，有时着力于延续精细考证的传统，有时致力于这些经典的普及与大众传播。1955 年在为朝日新闻社出版的《中国古典选》写的监修者的话中，吉川幸次郎写道："古典，就是古代人靠着卓越的直视吐出的不变的话语，永远是人生智慧的结晶。记录它们的书，不仅在中国有，但中国确实是有一些。它们是作为中国邻国的日本人长期阅读的书。它们稍被淡忘是因为想要独占它们的人在我们之间造成了恣意的围墙"②。吉川的话正道出了一部分学者对将中国古典与日本文化隔绝割裂的忧虑。白川静也曾对日本汉字文化与古典教育的日渐衰微缺失深感不安，认为废弃古典，源泉就会枯竭，没有源，就没有流③。

五 效果：翻译的选择与文化的困惑

德富苏峰（1863—1957），日本大正、昭和时期的记者、思想家、历史家、评论家、政治家，在战前、战中、战后都给思想界很大影响。他曾是一个热心的基督教信徒，但也有四岁诵唐诗、五岁读《大学》的读书经历。少年时代的汉学教养陪伴了他的一生。

1895 年，德富苏峰在所撰《与海舟先生读诗经》中谈到，读《诗经》仿佛在读明治维新以来的日本史：

> 海舟先生，凭几而坐，谈古涉今，兴风入云。先生笑曰："吾子请少宽。余有可示足下者。足下勿谓余老朽。以余陈腐，故宁斯为陈腐。"乃

---

① 〔日〕中村正直『敬宇文集』、東京：吉川弘文館 1903 年版、卷十五 20—21 頁。
② 〔日〕吉川幸次郎監修『中国古典選』、朝日新聞社 1955 年版、第 1 頁。
③ 〔日〕白川静『白川静著作集』第 12 卷、平凡社 2000 年版。

把架边之小册子，开之，即先生亲笔手写《诗经·北山》："陟彼北山，言采其杞。偕偕士子，朝夕从事。王事靡盬，忧我父母。溥天之下，莫非王土，率土之滨，莫非王臣。

（是王政维新，废藩置县哩。）大夫不均，我从事独贤，（是伊藤等人），四牡彭彭，王事傍傍。嘉我未老，鲜我力将，旅力方刚，经营四方"，（征清事件。）或燕燕居息，或尽瘁事国，或息偃在床，或不得已于行。或不知叫号，或惨惨劬劳。（国民之情体）或栖迟偃仰，或王事鞅掌。或湛乐饮酒，或惨惨畏咎，或出入风议。（足下们之事），或靡事不为（京城事变）。先生且读且解且语。

余曰："自先生高论。不料于《诗经》可见当今之活画乎？"

先生叹息曰：时无古今，世无东西。看来人间唯有反复彼此相同之事。生麦、东禅寺、御殿山，于维新前，实又大野蛮之观，而焉知明治之今日，又湖南事变，而亦见京城骚乱，今之见古，尚如古之见今。"

余曰先生既有大见解，敢起闻救济之经纶。先生掉头曰："是非老朽之口所能言。"哑然大笑，余亦一笑而去。①

文中的海舟先生，实为德富苏峰的代身，他将从江户末年尊王攘夷运动到包括侵华战争在内的诸多历史事件均与《北山》的诗句对应，以为《北山》活画出了明治维新前后几十年日本社会的世风民心。

在德富苏峰撰写的《读〈诗经〉》中又说：

春风和煦，晴禽嘻嘻相语，静窗兀坐，独读《诗经》。我尝在村塾学习句读，已是廿年之前的事情，今再翻阅诵读，恰如重新走过童年时旅行，其记忆正在模糊仿佛之中，而模糊仿佛，不觉无限妙趣。

历史却可求于历史之外。读雨果《九三年》法国革命内容了如指掌；读《水浒传》，宋末社会历历在目。今读《诗经》，上自东亚部落波动，下至闾巷小民情交模样，不仅描绘其社会之事，亦描绘出社会元素，各种分子，不，描绘出社会本身，不亦跃然乎？

---

① 〔日〕德富蘇峰『文學漫筆』、東京民友社1898年版、第113—115頁。

"七月流火",农事经济篇也;"彼黍离离",周室东迁之悲歌也:"天生烝民",仲山甫之人物论也。①

他说《秦风·无衣》,如同法国的《马赛曲》、德国的《保卫莱茵河》和日本《万叶集》中大伴家持的征战和歌,都富有马嘶风啸之气概,令人按剑而起。又说古人说《诗》到《蓼莪》不忍读之,知不欺我,乃千古之至情,千古之至文。他评《横门》,谓"天之乐,在安命,真个解平和者,真个得平和者"!说《陟岵》"自游子眼中,想见父母、兄弟之意中,一读二凄然、怆然、热泪潸潸"。说《谷风》"怨而不怒,诗人敦厚之情可掬,充满怀里一握之友谊,纵然是无情汉,其心岂能不戚戚焉?要之,《诗经》唱社会也,唱国民也,唱人情也,唱大事变也,唱历史也,唱时事也,唱人物也,唱风俗也,唱小民之心也,殆唱尽千古诗人之题目也。岂谓仅识与鸟兽草木之名哉"!②

德富苏峰将日本对中国的侵略当做"经营四方"的丰功伟绩,本出于他的政治立场。这里要说明的是,作为一个青少年时代接受了中国文学经典教育的学者,会很自然地将他对现实的理解与这些经典联系起来。在明治时代是这样,在以后的时代,中国文学经典在教育内容中逐渐减少,但是,凡是接受了一些影响的人,都可能在不同的时候想起它们来,让它们融合到自己对现实生活的感受中来。

芳贺彻说:"谈到过去的日本,翻译确是'第三文学'。从明治到大正、战前昭和,有外国文学,有日本文学,在两者之间,有日本的翻译文学。陀思妥耶夫斯基、托尔斯泰、波多莱尔,也就是这样被阅读的。实际上,它们不是纯日本文学,也不是原文阅读的外国文学,而与这些都不一样,然而它们是我们切实感受到的。"③

他还指出,从森田思轩(1861—1897)、黑岩泪香(1862—1920)这些初期翻译家时代到生田长江(1882—1936)、神西清(1903—1957),有一种可以称为翻译文体的东西吧。它们与日本作家写的纯粹日语不同,有时有些

---

① 〔日〕德富蘇峰『文學漫筆』、東京民友社 1898 年版、第 107—112 頁。
② 〔日〕德富蘇峰『文學漫筆』、東京民友社 1898 年版、第 108—113 頁。
③ 〔日〕芳賀徹編『翻訳と日本文学』、山川出版社 2000 年版、第 177 頁。

怪,而那正是富于魅力的翻译文体。这实际上也成为日语新语汇、语感的蓄水池,扩展了日本文学的世界。

翻译的历史是文化与文化之间选择的积累。芳贺彻还认为:"这种选择不仅取决于译者个人的好恶,假如在美国翻译的话,作者在选择作品时,也就要考虑美国人喜欢不喜欢。"①

芳贺彻指出:"阅读日本文化史,从古代起,就已经将中国、印度的东西以汉文、汉诗或者佛教这些形式吸收进来。这个过程,就是一种翻译。已经有一个德川兰学时代,明治以来就更不用说了。从政治、经济、哲学问题到文学表述,全都是通过翻译来摄取西方文化。我想,甚至可以说,翻译的日本文化史,正就是一部日本史,特别是在日本文化史进入一个巨大转型期的时候,翻译总是起着重大的作用。而且从战后以来,日本文学还被译为英语、法语、中文,出现了日本文化史上这种前所未有的事态。通过这些翻译,今天日本文学在全世界被阅读着。"②

芳贺彻所论,包括古代日本对中国文学的翻译和近代对西方文学的翻译,而很少涉及近代以来对中国文学的翻译。即便就后者而言,中国文学经典的翻译和传播,对于日本文学的发展也是有所贡献的,只不过是缺乏系统的研究。这种贡献,主要表现丰富作家的想象力、表现力和统领力等方面。尽管日本的近代以来的文学主要接收的是西方文学的影响,但是由于译者和研究者坚持不懈的努力,也让很多读者领略了中国文学经久不衰的魅力。

然而,一百五十多年以来,中国文学经典的传播翻译不能不受到日本文化战略的制约,一直是在艰难抗争中前行。20世纪40年代,吉川幸次郎曾经发表过《支那学的问题》《支那学的任务》等文章,批评日本社会对中国历史文化的淡漠和误解,在《支那语的不幸》《同文的功罪》《支那语及其翻译》《翻译的伦理》等文章中也着重谈到由于误认为中日"同文同种"而产生已经理解中国的错觉,特别是"同文"的错误认识导致对翻译与研究的轻视,对其中出现的问题熟视无睹③。不论吉川幸次郎的意图如何,这些指出都在一定程度上道出了当时翻译中国文学经典的症结。战后,中国的国际地

---

① 〔日〕芳賀徹編『翻訳と日本文学』、山川出版社2000年版、第178頁。
② 〔日〕芳賀徹編『翻訳と日本文学』、山川出版社、2000年版、第152頁。
③ 〔日〕吉川幸次郎『吉川幸次郎全集』第十七巻、筑摩書房1985年版、第420—457頁。

位不断提高，中国文化的价值也越来越为日本学界所认清，特别是20世纪后半叶以来，学习中文的人数大增，两国文化往来和留学生交换频繁，日本对中国古典文学的翻译水平大为提高。不过，时至今日，政治上两国存在的互信欠缺对文化交流的影响尚且不论，文化和文学方面的沟通的影响力依然显得微弱不振，因而，改善交流环境，加强在传播和翻译方面的进一步研究，就显得格外必要。

对于明治以来日本文学翻译的问题，1946年加藤周一《文学的交流》曾有严厉的批评："翻译的洪水来了。但是缺乏正确意义上的秩序和批判。种子是播下去了，收获却几乎没有。连要紧的种子，一过海洋，就屡屡被虫子吃了。""最糟糕的是连作家也在翻译文学中讨好一介读者。他们不是为自己学习而着手翻译书，那不过是消遣而已。""除了少数例外，有真正想由原书去研究外国作家。将其与自身文学相比较的人吗？"① 加藤周一对当时的西方文学翻译冷眼相看，鄙视那些粗制滥造的"代用品"译作。今天，这样的被虫子吃了的种子不那么多了，但也绝非罕见。

著名创作家、小说家、翻译家、评论家、演出家岸田国士（1890—1954）在谈到翻译的语言问题时说：

> 谈到现代日本文学，虽然它的范围很广，但比较年轻的一代当中，特别醒目的现象，不能不注意到非常接受一般西方格调的表述。所谓西方格调的表述，既有直接学习外语的影响，也有阅读外国文学翻译受到的影响。更大一层来考虑，可以说西方格调的想法、感知方法，深深渗透进了现代日本知性的范畴，以此说来，发生了这种现象，那么以纯粹日本格调的表述就不能充分表达自己的想法、感情了，从而所谓文学本来的反俗精神，便生发出超过必要的、厌倦一般用旧了的表述的倾向，例如，进而对日本人所谓普通使用的说法，当做俗的说法来加以排斥和避免，另一方面，对西方格调的说法，即便是司空见惯的表述，也当做新鲜的、独创的说法不知不觉接受了下来。这种情况，通过这种倾向，在作者努力创造出独特文体的时候，就把新的感觉主义和语言游戏混合

---

① 〔日〕『加藤周一　福永武彦　中村一郎』、筑摩書房1971年版、第9—10頁。

在了一起。①

从近现代的日本文学翻译来说，西方语言的影响一直是强化的趋势，而汉语的影响虽然不能说没有，却是不能与之同日而语的。

翻译研究的缺位及其与翻译实践的脱节，是另一个普遍存在的现象。译语研究者、比较文化研究者柳父章（1928—）讲到："大学里有从事 translation studies 研究的，虽为数很少但有还是有的，即日本是翻译实际和翻译研究彻底背离。"② 这种局面足以让我们窥视到日本翻译理论研究的程度了，在日本翻译理论研究没有得到应有的重视，更不可能具有应有的地位了。造成这种现状的思想根源在于翻译家山冈洋一所说的"翻译研究无用论"（translation studies は役に立たない）③。由于东方学术研究始终处于西方强势文化的阴影之下，对中国文学翻译的漠视就更为甚之。马克思主义经济学家河上肇在20世纪40年代在所撰《闲人诗话》中曾经批评《续国译汉文大成》所收释清潭所译《苏东坡诗集》不负责任，也指出佐藤春夫《车尘集》的翻译中存在误译，如把"杏花一孤村，流水数间屋"中的"数间屋"（数间の屋）误译成"数座房"（数軒の家）等④。但他的批评似乎并没有引起专业研究者和翻译者的响应。

鲁迅在谈到翻译批评问题时说："翻译的不行，大半的责任固然该在翻译家，但读书界和出版界，尤其是批评家，也应该分负若干的责任。要救治这颓运，必须有正确的批评，指出坏的，奖励好的，倘没有，则较好的也可以。"⑤ 后来他又补充说："倘连较好的也没有，则指出坏的译本之后，并且指明其中的那些地方还可以于读者有益处。"⑥ 这已将翻译批评、翻译研究的作用和任务说得恳切而明了，很值得今天的我们重温。

---

① 〔日〕现代日本文学大系74『中島健藏　中野好夫　河盛好藏　桑原武夫集』、筑摩書房1972年版、第105—106頁。
② 〔日〕柳父章『「翻訳学」はなぜないのか』、法政大学出版局。
③ 〔日〕柳父章『「翻訳学」はなぜないのか』、法政大学出版局。
④ 〔日〕杉原四郎編『河上肇評論集』、岩波書店1987年版、第254—288頁。
⑤ 《鲁迅全集》5卷，第303页。
⑥ 《鲁迅全集》5卷，第344页。

第三节　现代传媒与中国文学经典的传播

20世纪中叶之后，随着经济高速增长，日本建设文化大国的呼声渐高渐响，出版业空前繁荣，日本人也在世界上赢得了好读书的美誉。水涨船高，中日友好潮、汉语热顺风顺水，中国文学经典的传播和出版业也蓄势待发。然而时间并不太长，泡沫经济破灭，随之是长达十年以上的经济低迷，信息革命带来传媒产业的巨变，纸质出版物遇到了挑战，随着中国经济的崛起，中国威胁论和中国崩溃论在日走强，这诸多因素交织在一起，更加之"少子化"（出生率低下）带来的大学招生减少、学界改组和新老交替的各种矛盾显现，形成了中国文学经典在日传播和翻译格外复杂多变的现象。

一　文库本的中国文学传播

日本人长于把东西做小做精，有学者把这叫做"凝缩化倾向"。这表现在书籍上，就是文库本大行其道。不管你走进什么样的书店，都会一眼看到文库本的群落。书店往往把醒目的地方优待给它们，书架不高，便于挑选，一排一排，按种类整整齐齐列伍成队。在大书店里，它们占有一席之地；在小书店，它们常常与跟吃用有关的实用书和漫画之类的消闲通俗读物三分天下。在旧书店里，它们更是吸引着下班后不立即回家而来这里"立读"（站着读书）的工薪族。日本有历史的文库已超过三千种，它是书国的旺族、贫士的宠物，也是书商的"财布"（钱包）。有些"爱书家"说它是"每日的粮食、一生的朋友"。

日本文库本的历史，是从富山房的袖珍名著文库开始的，而它能以现在的形式兴旺起来，还应该归功于岩波文库。1927年，岩波茂雄创办这一文库，其用意主要是以一种不受预定（预先付款）等束缚的廉价丛书的形式，来普及古典名著及其经典评述。文库的诞生，正是出版家敏感地抓住中间读书层的结果。我们常说普及和提高，其实在普及和提高之间，有一个极大的中间带需要培育。岩波文库以古典为中心，不减少原著内容，装帧轻便，价格便宜，受到以大中学生为中心的广大知识分子的欢迎。有读者说：

"出了岩波文库，给我们这些渴求知识而又缺钱买书的人带来极大的喜悦和安慰！"

继岩波文库以后，各出版社纷纷推出各种文库。在激烈的市场竞争中，各种文库寿命有长有短，文库本的声誉也时高时低，然而整体上它始终拥有自己庞大的读书群。近百年来，到底出过多少种文库本的书，恐怕已很难统计。平凡社的东洋文库出过不少中国历史文化的书，常收入这类书的还有角川文库、讲谈社文库、新潮文库等等。

文库本是图书世界的小人国，一般都是大64开刊本，规格大小统一，书店图书馆可用专用书架摆放。书大都不厚，大部头的书往往分成几本陆续出齐。著名中国古典小说研究家小野忍和中野美代子翻译的《西游记》，收在岩波文库，分成了十本，为的是不失轻便省力的长处。东京市内电车站的流动售书摊，是把它们放在大抽屉式的匣子里卖的，收摊的时候，把大抽屉一摞，装车就走。上下班的工薪族，在电车里看完，顺手塞进西服口袋，不显得鼓鼓囊囊。好收藏的人喜欢它的不占地方，不好收藏的人喜欢他的好丢好卖；而许多新知识、新信息、新想法，正是在电车里举着它们轻轻晃动中获得的。

好读是文库本遭人喜欢的另一个原因，东洋文库收入的竹田晃译的《搜神记》，岩波文库收入的今村与志雄译的《唐宋传奇集》和立间祥介编译的《聊斋志异》，都在不损害内容的前提下，译成了流畅的现代日语，只有专用名词加了少量注释。这种做法，使各种古籍得以融入对汉文越来越疏远的当代日本人的生活。其它研究性质的书，也都文字精炼有趣，信息量大，涉及古籍的，尽量用现代口语转述，引文极少；至于空泛的议论、艰深的阐释、烦琐的引证，更是很少见到，这与某些学者写的那些引述不嫌其烦，而结论却迟迟寻觅不着的论文，风格完全不同。

在日本，堂而皇之的专著，大都要套上纸函，真有"自成一家"的派头。那书函是书的别墅，摆在那里大气而威严。一部书，就像一块大砖头。而文库本就没有那种贵族气了，不过巴掌大小，实在不起眼，然而因为其轻，所以好拿不累，可以揣在口袋里随时拿来读，也可以较长时间举着手不酸。许多大学者不以善小而不为，既抛大砖头，又抛巴掌头。有的作家同时给几个文库撰稿，有的大作是文库本在先，专著在后。这实际上不仅有惠于读者，也有惠于作者。不仅有惠于老学问，也有惠于新学问——那些没有被公认是学问、正在发展中的学问。

当然，文库本最诱人的地方，还是它的价格。一本三百页左右的书，一般不足一千日元，而同样厚的专著，大致要五千日元。只要读者需要，出版社就一印再印，或修订后再出，所以有些书是总可以找到的。竹田晃翻译的《搜神记》自1964年初版第一次印刷以来，至1998年已是第24次印刷了。在每个月出两期的全国书讯《近代图书情报》上，最后一项肯定是文库本。在流通领域中，文库本有它长期形成的管道。一般文库本书小字也小，老年人读起来费劲，岩波文库又推出宽版，白皮白纸大字，让目力不佳的人也可分享文库之乐，这大概也算是出版界对进入老龄化社会出现新需求的敏捷反映吧。

文库本好读好卖，但对学者来说，它决不是省力的同义语。东洋文库收入的今村与志雄（1925—2007）《酉阳杂俎》（分五册），以上海涵芬楼影印的明人赵氏脉望馆本（四部丛刊本）为底本，参照日本江户时代据毛氏汲古阁津逮秘书本翻刻的本子，其中缺页，据《和刻本汉籍随笔集》第六集（1978，汲古书院刊，东京）影印补定。对底本的错误，除参照以上两个本子外，又以《太平广记》（1959，人民文学出版社）及其它异本，并搜求与《酉阳杂俎》所载相同的有关文献比较对照，制为校本，由此译出，同时也参照了蒋光煦辑《涉闻梓旧》里《斠补隅录》中的《酉阳杂俎校》一卷。据作者称，除索引外，他大约写了200字稿纸8700张，又据编辑统计，参考过的书籍达704部，其中西文书籍20部，日文书籍120部。书后有段成式年表、《酉阳杂俎》刊本沿革、地图、索引等，大大方便了阅读者。

"新书"或"选书"是文库本的又一种形式，从版型上看，较文库本大些，算是文库的哥哥；从历史看，又较文库出现稍晚，又只能算是文库的弟弟了。它本来是岩波书店为出版岩波文库没有收入的时事性与教养性的著述而创立的，现在有名的新书还有中公社的中公新书、讲谈社的现代新书、朝日新闻社的朝日新书、集英社的集英新书、筑摩书房的筑摩新书、白水社的白水新书等。它们大都是出版社就社会关心的问题请有关专家为广大读者撰写的。有读者说，文库是罐头，新书是鲜货，从罐头鲜货各擅其场的意义上说，这个比喻倒是蛮恰当的。中野美代子为岩波新书写的《西游记》汇集并发展了她在《西游记的秘密》等著述中的观点，提出《西游记》中三藏法师为首的人物含有道教炼丹术的喻意，《西游记》第一至第十卷是以道教概念为基础编成的，这些看法是她进一步探讨《西游记》的文化内涵的最新思考。

图18　1986年早稻田大学教授，李白研究家松浦友久（右三）访问南开大学，与罗宗强（左三）、孙昌武（右二）等在一起

说来文库本在英德等国是伴随铁路的延伸而兴盛起来的，到了日本又大放异彩。文库本在日本能够大行其道，当然与日本人喜欢读书，生性喜欢小巧，长于筹算的民族传统和习惯有关系。虽然文库本出现过各种版型，但最后定形为现在这样的掌中物，不能不说是一种集体审美选择的结果。日本出版商始终盯住中间读者层的经验，早已引起过中国出版家与作家的关注。早年万有文库之类的刊行，80年代口袋小说的提倡，90年代袖珍本的再兴，都说明这种探索一直持续不断。或许是市场发育中存在的问题还有待解决，或许是适合中国读者心理的形式尚未确立，或许是撰述者、出

版家与读者还正在磨合，总之，在日本文库本的做法中，仍有值得玩味的地方。

二 艺术、传媒与互联网的中国文学经典传播

加藤周一在谈到日本文学的作用时，曾经将文学与造型美术相提并论，他说："在日本文化中，文学和造型美术的作用是重要的。各时代的日本人，不是在抽象的思辨哲学中，而是在具体文学作品中表达他们的思想。"① 他又说："日本人的感觉世界，不是在抽象的音乐中，而是主要在造型美术。特别具体的工艺作品中表现出来。""文学和美术出于文化的中心。"这些论述揭示了文学与美术在文化中的作用，也提示了文学和美术的相互关系。它们不仅同样表达了各时代日本人的思想感情和现实感觉，而且相互依存、彼此影响，在接受中国文化的过程中，文学和美术也扮演过亲密的伙伴。

在平安时代以来的佛教绘卷中，已有描绘日本僧侣在唐朝见闻的作品。在《白氏文集》风靡朝野之后，描绘唐玄宗、杨贵妃故事的画图也层出不穷，为白诗的扩大流布推波助澜。藤原通宪根据各种唐代文献，绘出《长恨歌画图跋》，并将其献纳于宝莲院，其所撰跋文收于《日次记辛集》五和《玉海》卷46：

> 唐玄宗皇帝者，近世字贤主也。然而慎其始，弃其终，虽有泰岳之封禅，不免蜀都之蒙尘。今引数家之《唐书》，及《唐历》、《唐纪》、《杨妃内传》，勘其行事，彰于画图。伏望后代圣帝明王，披此图，慎政教之得失，又有厌离秽土之志，必见此绘，福贵不常，荣华如梦，以之可知欤？以此图永施入宝莲院毕。于时平治元年十一月十五日。弥陀利生之日也②。

从这篇跋可以看出，藤原通宪是从佛教无常观的立场来解读《长恨歌》故事的，画图除了告诫君主汲取政教方面的教训之外，更传达出看淡人事荣

---

① 〔日〕加藤周一『日本文學史序說』、筑摩書房1970年版、第6頁。
② 〔日〕黑板勝美、國史大系編修會編『新訂增補國史大系』第三十卷『本朝文集』、吉川弘文館1966年版、第五十九卷第267頁。

华、追求西方净土的训诫。

图19 《长恨歌》的广泛流传，使杨贵妃的故事也搬上了能乐舞台，图为月冈耕渔的浮世绘《能乐图绘》中描绘的能乐《杨贵妃》。

在江户时代，通过长崎传入的中国白话小说，不仅为流行的画本提供了素材，而且书上的插图也为画工提供了形象的依据。有关《水浒传》画本，有鸟山石燕的《水浒画潜览》、山东京传的《梁山一声谈》、《天刚垂杨柳》、葛饰北斋《北斋水浒传》、山东京山《稗史水浒传》、月冈芳年《绣像水浒铭铭传》，书中的人物造型，既参考了中国绣像本的画法，而又适应日本町人的审美观，赋予不同的线条和色彩。20世纪以来，以中国小说创作的绘本也有相当数目，如以《聊斋志异》为题材的绘本就有峰岸义一的《绘本聊斋志异》（大法轮阁，1965年）、杉浦茂的《漫画聊斋志异》（コア出版，1989年）、蔡志忠作画的《漫画聊斋志异》（平河出版社，1991年）、森平夏生等作画的《聊斋志异》（一友社名作剧场，一友社，2006年）等。20世纪日本漫画、动画大行其道，风靡全球，动画和漫画《西游记》博得儿童喝彩，继而有画家以漫画来进行《论语》、《孟子》、《菜根谭》的大众化。社会派漫画的大家、日中友好运动的干将漫画家森哲郎（1928—2008）20 世纪 90 年代出版的《论语漫画》①，身着中国古装的人物与西服革履的现代日本人的生活，被描绘在相邻的画面中。

日本画家描绘的中国文学人物，折射出日本人审美观的变迁。在江户时代以葛饰北斋等浮世绘画家的笔下，三国的英雄多是威猛的武士，硬直的胡须，圆睁的鼓眼，浓重的粗眉，他们的脸孔和歌舞伎的壮士很相像，而体型高大壮硕，长着饱满肥大的肚子，与相扑选手不相上下，而今天那些通俗读物中描绘的三国水浒英雄，却大多身材修长，面嫩皮细，高鼻深眼，酷似欧美帅哥，与江户时代的形象相比，服饰与背景的描绘可能减少了很多差错，但精神气质与原作人物的差距却是拉大了许多。

诚如一位法国学者所指出的："电影的扩散非常迅速，以至于许多亚洲和拉丁美洲国家几乎与欧洲和美国在同一时期懂得了这项技术。"② 20 世纪五六十年代，日本电影获得了蓬勃发展，电影成为城乡最受欢迎的艺术形式，尽管中日两国的文化交流受到阻隔，但根据中国文学改编的电影也偶有所见。唐玄宗和杨贵妃的故事被搬上银幕，杨贵妃被赋予平民代表的意义，她将唐玄宗从寂寞的深宫带到长安街市，与民同乐，这位来自下层的女子，用纯朴和真情改变了帝王的性情。在日本古代文学中，杨贵妃或者被当做死后也忠于爱情的纯情女来描绘，如在《唐物语》中那样③；或被描写为水性杨花的女子、安禄山的情人，如在《续古事谈》中那样④，只有在新电影《杨贵妃》中才被描绘成具有民主思想的民间女子，这是战后民主思潮在文艺中的反映。60 年代以后，大众文学和纯文学的界线越来越模糊，电影市场上多元化、娱乐化倾向愈加显著，根据中国文学改编的作品也就越来越远离原作的趣味。一个知名的例子，就是 1984 年根据《西游记》改编的电影，让唐僧由一位女演员浜崎步来扮演，以提高影片的观赏性，竟然获得了广泛的认可。在李小龙、成龙成为日本观众熟悉的面孔的同时，中国中央电视台拍摄的长篇电视连续剧

---

① 〔日〕森哲郎繪『論語漫畫』、明治書院 1999 年版。
② 〔法〕阿芒·马特拉：《传播的世界化》，朱德明译、陈卫星审译，中国传媒大学出版社 2007 年版，第 42 页。
③ 〔日〕小林保治全譯注『唐物語』、講談社 2003 年版、第 174—266 頁。
④ 〔日〕川端善明、荒木浩校注『古事談　續古事談』、岩波書店 2005 年版、第 825—827 頁。

《西游记》《三国志演义》《水浒传》的录像带也在城镇的影像租赁商店里不难见到，相比之下，高雅的《红楼梦》的观众要少得多，这不难从日本大众文化的接受方面找到理由。

20世纪50年代以后，电视深入千家万户，逐渐成为最主要的传媒。中日恢复邦交之后日本学人开始学会用电视传播中国文学。80年代初在中国拍摄的电视专题片《敦煌》获得了很高的收视率，受此启发，一些学者与电视工作者携手，将唐诗的赏析与中国风光片结合起来，也取得了不错的效果。日本拍摄过电视剧《西游记》，虽然也标榜是喜剧，但悟空也好，八戒也好，都是一脸的沉重，一碰到妖怪危难，便是一本正经地策划对付，悟空也失去了"猴相"，变得认真有余而"猴气"不足。日本人一遇事，便要"顽张"（有鼓劲、拼命干、坚持等意，总之是身心紧张起来）一番，甚至事还没来，人们便要用"顽张"相互打气。这种行为方式也投射到对悟空、八戒的理解上，我们看了甚是滑稽。反过来，一般日本人看中国拍摄的《西游记》电视剧，则免不了嫌悟空、八戒话太多，生死关头还像在说"漫才"（一种类似相声的表演），简直是把性命当儿戏。鲁迅在《中国小说史略》中谈到《西游记》时说："作者禀性，'复善谐剧'，故虽述变幻恍忽之事，亦每多解颐之言，使神魔皆有人情，精魅亦通世故，而玩世不恭之意寓焉。"这些解颐之言，玩世不恭之意，对于现实生活中疲累不堪的人来说，当有消解身心紧张之效，但它们到了一般危机感、紧张感过剩而解放感、轻松感短缺的日本人耳朵里，则会变成无用之物。日本人改编《西游记》由于观众对原著的熟悉程度不如中国观众，也就没有"忠实于原著"的限制，所以也就更自由地注入了很多现代观念。

2006年上映的一部由当红小生香取慎吾扮演孙悟空的电视剧，一招一式太不靠谱，与原版《西游记》相距甚远，因而受到中国观众的诟病，不过，剧本的编剧和导演卖力所做的，是为日本观众调味，在看来好玩的故事中，多少穿插了些日本社会问题，如普遍关注的教育问题、家庭关系问题等。在所有的中国小说中，被影像化最多的当是《西游记》，这或许是因为只有它可以更多装进日本人的想象，也能更好地获取今天青少年的关注。

图20　香取慎吾主演的电视剧《西游记》剧照

　　取材于中国文学人物故事的戏剧，最早见于中世的谣曲，江户时代的通俗文艺中也时有所见。与中国的单口相声类似、席地而坐表演的语言类艺术"落语"中也有根据中国故事或笑话改编的节目，如《松山镜》《二十四孝》等①，有些至今还在上演。文乐是大阪地区的木偶剧，大阪国立文乐剧场上演的《西游记》，不光大量运用了声光电效果，而且在表演孙悟空腾云驾雾场面的时候，演员在剧场上空一边滑行一边操纵偶人，颇似杂技中的空中飞人。文乐这种一侧有人弹唱，中间有人操演偶人的古老艺术形式，由于注入了现代技术因素而让孩子们大饱眼福。不用说，孙悟空的形象也变得更合乎他们的口味了。

　　上面所举出的各类作品，传播的与其说是中国文学经典，不如说是中国文学经典的"派生物"（Derivaion）。90年代以来，互联网风靡全球，中国文学经典的传播也从中获益。图书销售的信息赖此以最快速度发布，日本旧书网（"日本古本屋"）成为购书者最乐于选择的网站。数字图库的建立，使得很多以前只能为少数人利用的珍贵数据，人们可以很容易地看到，其中

---

① 〔日〕武藤禎夫『落語三百題』上、東京堂出版1969年版、第34頁、67頁。

国立公文馆的"汉籍善本全文影像数据库"、东京大学东洋文化研究所的"汉籍善本全文影像数据库"以及各大学图书馆的网站公开的汉籍善本、珍本,网民可以方便地查询到需要的每一页的图像,国立图书馆的电子图书馆、青空文库等则可以查询到明治维新以来至今已经不在版权保护范围的很多珍贵图书。大学和各图书馆的馆际互借也因为联网而十分快捷。更不用说论著、论文的及时公开,给研究者带来的巨大便利了。互联网将各国各地分散的数据和成果连成一气,随时可以查询。古典文学方面,早稻田大学中国文学网站学术链接集、川口秀树的中国学网页搜寻器、北海道汉籍数据库、京都大学人文科学院中国关系档案集、宇佐美研究室、东洋文库、汉学研究中心、明清研究会等的网站都是对中国文学经典研究者有益的网站。

图 21　横山光辉漫画《三国志》中的张飞

人们在接受另一种文化时,总是一边接受,一边把它变形,这样的过程是无比丰富、趣味横生的,因而,接受史决不是枯燥无味的学问。今天,中国古典文学研究也越来越带有国际化的色彩了,诚如法国学者阿芒·马特拉所说:"在国际化的发展过程中,国际化本身既是一种成功的手段,又是一种风险,这比以往任何时候都更加明显。"①

面对形式色色的传播神话,如何与世界对话,已经是我们不能回避的课题了。

三 数字化时代的中国文学经典传播

中国文学经典有各国各地的电子版可以利用,如《论语》的电子版,便有雨栗庄、台湾中央研究院汉籍全文数据库、国立中央图书馆东坡数据库、China News Digest、金谷治岩波文库本等的电子版可以参照,对比分析②。雨栗庄的电子版《论语》《诗经》《书经》《易经》还收入了罕见的和刻本。这给古典文学的研究带来重大的变革。

日本互联网上的日本文学资料丰富,对于日本经典的翻译和汉译研究者来说,各种文本的数据库都是需要研究的。

日本的国立图书馆不设高门槛,便于国民利用,各大学图书馆和国立图书馆之间还保持着有效的互借关系。本世纪以来,日本各博物馆、图书馆加快了信息化的脚步,对珍贵资料逐步展开数字化处理。各类数据库犹如雨后春笋,中国文学经典的传播和研究也进入到一个崭新的阶段。

国立情报学研究所网以大学图书馆和研究机关为收录对象,便于查询图书、杂志、论文、学位论文、研究纪要、研究报告书等。查阅杂志,可以利用杂志记事索引集成数据库,每日新闻、朝日新闻、读卖新闻等各大报的网页可以查阅从明治年间至最近的报纸。

全国汉籍数据库、京都大学人文科学研究所的日本所藏中文古籍数据库,是研究日藏汉籍不能不利用的宝贵资源。研究日本汉籍善本,可以利用的还有岩崎文库善本图像数据库、日本儒林丛书全文数据库、古典籍综合数据库、

---

① 〔法〕阿芒·马特拉:《传播的世界化》,朱振明译、陈卫星审译中国传媒大学出版社 2007 年版,第 153 页。

② 〔日〕漢字文獻情報處理研究會编『電腦中國學』、好文出版 1998 年版、第 228—243 頁。

国指定文化财等数据库、庆应大学电子图书馆、九州大学电子图书馆、贵重资料画像、汉籍善本全文影像资料库、东京大学东洋文化研究所所藏汉籍善本全文影像资料库、东洋学文献类目检索、东方学数字图书馆、京都大学人文科学研究所附属汉字情报研究。

国宝资料中包括着日本保存的中国古籍，这些资料主要可以从东京国立博物馆、京都国立博物馆、奈良国立博物馆、九州国立博物馆等的网站中查询。研究中国文学的传播与翻译，还不能离开对日本文学的理解，这方面则可以充分利用青空文库、国文学研究资料馆的日本古典文学本文数据库、早稻田大学古典籍综合数据库等。

国立国会图书馆在资料数字化处理方面大步迈进。现已处理的文献，可从"近代数字图书馆"和"国会图书馆数字化资料"查询。这些资料，有些只能在馆内阅读，从东京本馆、关西馆、国际儿童图书馆的网站，就可以阅读"馆内限定公开"的数字化资料。

根津美术馆网站可以看到中国绘画藏品。

筑波大学的网站"林泰辅与日本汉学"有对该校所藏林泰辅旧藏图书的介绍，可以看到元龟本《论语集注》等旧抄本。"东北大学附属图书馆所藏贵重书展示室"网站刊出了"国宝"《史记·孝文本纪》等图像和解说，东京大学综合图书馆网、东洋文化研究所所藏中国书网、京都大学人文科学研究所网等都倍受中国文学研究者青睐。

学者渔书，经常利用的有国会图书馆和图书检索服务、图书馆流通中心（株式会社）、紫式部（旧书店指南）、日本古本屋、亚马逊日本等。

早稻田大学中国文学网页更新频繁，信息丰富。还有学者个人的网页，如川口秀树的"中国学网页搜寻器"，可以查询到包括唐代小说研究信息在内的各类信息。宗教研究方面，国立国会图书馆、花园大学国际禅学研究所、龙谷大学古典籍情报系统等网站资料最为完善。

自1964年以来，发表在包括各大学的纪要（类似中国的学报）和各学会学术刊物上的有关中国的论文，便经过遴选，编为《中国关系论说资料》，每年刊行，分历史、文学等分册出版。自2000年的第41号起，除了印本之外，又增加了电子版。

第四节　随笔在经典传播中的效用

　　随笔，日语作"随笔"、"随想"，或写作平假名的エッセイ、エッセー（法 essai，英 essay），不论是文艺随笔还是学术随笔，读者都是一般具有文学修养的学人，而作者或是专家，或是作家，都可以随兴而著，兴尽而止，不必长篇大论，不必字字确考。日本江户时期以来的学者多以随笔记录研读所得，形式灵活，话题多样，与我国古代学者的笔记多有相似之处。近代以来，报业发达，报纸上多辟有随笔专栏，发表学士文人的短小随笔。这些随笔以短小为武器，能够随时传递很多最新信息。日本学者撰写的随笔，与中国的同类文章相比，更为短小，文字更为活泼，周作人早年所发表的那些短文，就很有日本随笔的味道。

　　学术论文需要翔实的数据、严密的逻辑性和严谨的论述，客观科学的分析谢绝过多的个人情感因素的介入，因而在学术论文中很少容纳作者的经历。诚然，文学论文中阐述的思想，很多是与作者个人的情感经历相互关联的，但是作者需要跳出个人生活的圈子，从更广泛的视野去思考问题。从可读性考虑，这些特征都在一定程度上限制了那些喜爱叙事抒情文字的读者深层阅读。相比之下，文艺随笔或学术随笔文笔灵活，内容上可以更多贴近作者真实的生活和情绪，可以将自己最新的、实时的心得以第一时间呈现给读者。再次，从载体而言。论文刊登在大学纪要（学报）或者专业学术期刊上，发行量不大，面向的读者是闭锁性的，而文艺随笔或学术随笔刊载在报刊上，读者是开放性的，不论行业、年龄、性别，都可以接受，这些文章结集为单行本，也具有印数大、读者面宽的特点。因而，很多知名的学者都热衷于这类文字的写作，不少还是随笔家，明治时代的幸田露伴，大正昭和时代的青木正儿、吉川幸次郎、宫崎市定等，昭和、平成时代的中西进、兴膳宏等，都是著名的随笔家。日本的文艺随笔形成了自己的文学风格，在传播中国文学经典方面的作用，是专业论文所不能代替的。

　　随笔类著述在传播文学经典中的效用，还可以从它们再版次数来说明。日本的出版社在书籍脱销之后，经过市场调查，只有社会需求量达到一定数目时才会决定再版。一般由学术论文结集而成的学术专著再版的机会，与随笔类相比要小得多，这正是因为随笔类书籍的读者层人数巨大而形成的结果。

那些优秀的学术随笔，时出妙语，是文学性与学术性平衡的中间物。对于学者来说，它们也时有启迪。有些尚未成熟或有待深挖细掘的思想萌芽，通过随笔的传播，引发更多的人探索的欲望，就能赢得更多的支持者和理解者。中国学界对日本中国学随笔的关注，并非今日伊始，在20世纪30年代便有零星翻译，近年来除了中华书局出版了《日本中国学文萃》大型丛书，以介绍这类名著为主以外，各出版社也相继推出一批单行本。这些随笔也就不只在日本传播中国文学经典，而且也返回到这些经典的祖国，为传播经典再尽其力。

一 以一点之得触大题深思

中华书局自2005年以来出版的《日本中国学文萃》收录了以下20余种著述：

桑原骘藏	《东洋史说苑》
青木正儿	《中华名物考》
小川环树	《风与云——中国诗文论集》
兴膳宏	《中国古典文化景致》
佐竹靖彦	《梁山泊——〈水浒传〉108名豪杰》
入谷仙介	《王维研究》（节译本）
西原大辅	《谷崎润一郎与东方主义——大正日本的中国幻想》
广田律子	《"鬼"之来路——中国的假面与祭仪》
南方熊楠	《纵谈十二生肖》
后藤昭雄	《日本古代汉文学与中国文学》
中西进	《〈万叶集〉与中国文化》
池田温	《敦煌文书的世界》
加藤周一	《21世纪与中国文化》
静永健	《白居易写讽喻诗的前前后后》
筧文生筧久美子	《唐宋诗文的艺术世界》

一海知义	《陶渊明·陆放翁·河上肇》
青木正儿	《琴棋书画》
内藤湖南	《中国绘画史》
幸田露伴	《书斋闲话》
冈仓天心	《中国的美术及其它》
狩野直喜	《中国学文薮》

此外，21世纪初各出版社出版的随笔类日本中国文学研究书尚有：

松浦友久《诗歌三国志》，加藤阿幸、金中译，西安交通大学出版社2005年版。

兴膳宏：《异域之眼——兴膳宏中国古典论集》，戴燕选译，复旦大学出版社2006年版。

陈舜臣《龙凤之国》，曹志伟、华原月薇译，陕西人民出版社2010年版。

陈舜臣《中国随想》，曹志伟、陈晏译，陕西人民出版社2011年版。

井波律子《中国幻想故事漫谈》，孙立春译，浙江工商大学出版2012年版。

中国学者编译的书中收入日本学者中国文学经典研究相关的随笔有戴燕、贺圣遂选译《对中国文化的乡愁》，复旦大学出版社2005年版；钱婉约、宋炎编译《日本学人中国访书记》，中华书局2006年版；蒋寅编译《日本学者中国诗学论集》，凤凰出版社2008年版等。

在以上书目中，除了少数是学术专著的节译外，多数属随笔类。这里包括单篇随笔的汇集，也包括作者围绕一个题目而写作的文章。这后一种情况，全书也分章节或若干部分，并不严格遵循学术论文的写法，笔法自由度较大。日本的文库本常常采用这样的结构方式，即每一个专题，设置若干小标题，每个标题下谈一方面的现象，大都段落不多，每段文字不长。与中国的同类著述相比，文字要朴素些，不尚华彩，议论不多，更少空论，就事论事，显得质多而文少。日本读者也习惯阅读这样的文字。

在传播中国文学经典方面，这样的随笔是以富有个人体验的文笔独具魅力的。学术论文不能过多容纳作者本人的阅读体验和学人生活与经典的关系，而随笔却可以通过"忆旧谈"怀人，拉近书与人的距离，让古代的经典与今天的生活亲近起来。青木正儿《琴棋书画》中对幸田露伴、狩野直喜、辻听花的追忆都与他对中国戏剧的因缘有关，在平实的叙述中，充满对先贤的敬意，也是对中国文学学问的敬意。他这样描写自己听狩野讲中文的情景："汉语学习尚在幼稚阶段的我，在这方面带着满心的学习期望，这当儿听到狩野先生口中发出的中国语语音，惊叹和激动的心情真是无以言表，不禁胸口砰砰地狂喜起来。直到现在，我还清楚记得当时先生的发音，跟这位先生学习的话，自己的理想一定能实现——我开始确信这一点。"① 这些文字虽然没有直接涉及学术问题，但传达的是对中国语言的热爱，让人读后难忘。

兴膳宏《中国古典文化景致》的"研究中国文化的先驱们"部分，回忆了吉川幸次郎、小岛佑马、铃木修次、福永光司、日野龙夫、一海知义等京都学派的学界师长教学生活的细节，各位学者鲜明的个性通过作者充满真情实感的叙述跃然纸上。其中写到老年的吉川幸次郎在与学生同饮的时候，忽然谈到陶渊明的诗句："我无论怎样努力，也不可能像二十年前那样有生气了，但是我还要干，还要不停地攀登。陶渊明的诗中说：'从古皆有没，念之心中焦。'他谈到的关于'死'的问题，大概就是这样的。"② 作为学生，对德高望重的老师的那种既敬佩又害怕的心情，在文字中自然流露出来。这种文字的感染力是枯燥的论文中难以找到的。读者也会从吉川幸次郎的话语和心境中，去回味陶诗名句的深切含义。一海知义《矛盾与实事——河上肇和陆放翁》③，更是将河上肇对陆放翁的解读放在那一特定的年代予以剖析，"相同的情感产生于相似的遭遇"对河上肇倾倒于陆放翁的原因做了有说服力的阐释。

---

① 〔日〕青木正儿：《琴棋书画》，卢燕平译，中华书局2008年版，第186页。
② 〔日〕兴膳宏：《中国古典文化景致》，李寅生译，中华书局2005年版，第169页。
③ 〔日〕一海知义：《陶渊明·陆放翁·河上肇》，彭佳红译，中华书局2008年版，第142—165页。

图22　1995年本书作者与京都大学教授兴膳宏于京都

二　以穿越之法求文化越界

1926年，幸田露伴（1867—1947）曾发表《聊斋志异、西雅图艾克萨米娜和魔法》一文，把《聊斋志异》中《偷桃》描写的小孩爬绳登天视为印度式魔术表演。他介绍了一位欧美学者的文章，谈到《聊斋》写有人想用照相机把事情从头到尾一步步拍摄下来，发现人们是被施以可惊的催眠术，看到了本来一无所有的可惊的现象。幸田露伴说，这篇文章写到科学的照相机与神怪的魔术两者的接触，特别引起人们的兴趣。蒲松龄在清初就写出了这样的事情，写出了更为复杂的事象，非常有趣，笔墨十分精彩。这样看来，这种魔术很早便在中国议论纷纷，至少若有其事地口耳相传着。他说："只要有趣，虚谈也富有生命，然而想到从二百年前，从古代也像今天是那样信以为真去处理，就奇怪了。面对照相机的时候，怎么也是西洋式的瞎说好些。"①

---

①　〔日〕幸田成行编『露伴随筆』第四册、岩波书店1983年版、第167—168页。

从学术论文的要求来讲，将不同时空的事物牵合在一起，两者未必有紧密的逻辑联系，其说服力是会打折扣的，未必能作为确凿的证据来使用。但是在随笔中，幸田露伴这类联想，却可以扩展读者的想象，增强对这些事物内在逻辑联系探讨的兴趣。

加藤周一的文章具有很强的概括力，也极其善于将各国的文学现象放在一起来论述文学的共性。他的《渊明与一休》一文，谈到渊明与一休的世界都有三极构造，一休在表现"风流"和"吟怀"方面学了渊明，但在表现爱和恨的方面没有受到渊明的影响。又谈到诗人在感到孤独的时候会越来越多地诉说心中燃烧般的愤怒和由炽热的爱带来的陶醉。反之，诗人越被社会接受，至少在日本，就会出现越来越多吟咏花鸟风月的现象。而后作者说：

> 借幻想之兴，我联想到克鲁瓦赛的小说家福楼拜和爱尔兰的小说家斯威夫特。对于俗物咒骂不止的福楼拜甚至说"包法利夫人就是我"，那个被称为"被愤怒撕碎了"的斯威夫特，也留下了温情脉脉的《给斯特莱的信》。呈现在唐土渊明或本朝一休，隐士即诗人身上的三个方面的关联，在某种程度上，也许可以说是具有普遍性的。①

这一段文字用作者联想到的福楼拜和斯威夫特为例，谈到爱与恨在文学中的分量，深化了作者对陶渊明和一休宗纯共同点与不同点的分析，如果从论文的角度讲未必有分量，但是读过这段文字的读者会联想到更多的文学现象。阅读这类文字和阅读专业论文的心态应该说是不尽相同的，如果以论文来要求这类随笔，也可能很扫兴。

现代日本文化深受欧美的影响，不论文学研究方法还是概念，主要来自西方，有些中国文学研究者撰写的随笔喜欢随意拿来西方文学的概念描述中国古代文化现象，在中野美代子和井波律子的著述中可以找到直接用平假名写出的西方文学概念，这种平假名的概念使西方到中国的文化越境一步到位。

井波律子以"中国的アウトサイダー（Outsider，局外人）来概括明代

---

① 〔日〕加藤周一：《21世纪与中国文化》，彭佳红译，中华书局2007年版，第220页。

小品文作家张岱等人①，以"伸缩自在的ダイナミズム（dynamism，力动主义，未来派美术用语）来表达志怪小说的"鹅笼意境"②；用"壶中天的ミロコスモス（microcosmos，小宇宙）"来描述道家的壶中天想象③；在《中国式的大快乐主义》一书中，将"エピキユリアン（Epicurean，快乐主义，快乐主义者）和"エビクロス（希腊语 Epikonros，古希腊哲学家，其时间哲学是快乐主义，较之感性的快乐更注重精神快乐）为两大部分来描述中国作家的快乐生活哲学④；还以"中国的イメージ・シンポル（image・symbol，形象象征）来描述龙凤麒麟这类想象中的动物⑤。她有一本书名曰《中国のグロテスク・リアリズム》，グロテスク（greotesque，奇怪的，可笑的，变态的）・リアリズム（realism，写实主义，现实主义），可译成"怪现实主义"，其中有一部分以"エンターテイメントの快楽"⑥（entertainment，娱乐、余兴、演艺），评述的是变装故事一类作品。

　　用科学的概念来观照想象的世界，或者把想象的空间赋予现实的意义，探讨幻象世界的现实元素，可以说是一种科学与文学的穿越。中野美代子钦佩李约瑟和高佩罗的中国学研究方法，她的《葫芦漫游录》，关注中国人对乐园与地狱的想象，透过葫芦、铜镜、八卦、银河现象等管窥中国人的宇宙观、世界观、地狱设想等观念性特征⑦。她的《西游记的秘密》将《西游记》中出现的数字给以数学解释⑧。这种穿越虽然有趣，但也容易引起来自界域两边的责难：科学家怀疑其严肃性，文学家质疑其可靠性，不过也应当承认，中野美代子的有些发现的确新奇而机智。

三　以多彩之笔谈庄重之想

　　《聊斋志异》在日本声誉的建立，一方面得益于译作，一方面也得益于

---

①　〔日〕井波律子『中国ノアウトサイダー』、筑摩書房1993年版、第151頁。
②　〔日〕井波律子『中国ノアウトサイダー』、筑摩書房1993年版、第7頁。
③　〔日〕井波律子『中国ノアウトサイダー』、筑摩書房1993年版、第73頁。
④　〔日〕井波律子『中國的大快樂主義』、作品社1998年版。
⑤　〔日〕井波律子『中国文学　読書の快楽』、角川書店1997年版、第19頁。
⑥　〔日〕井波律子『中国のグロテヶ・リアリズム』、平凡社1992年版。
⑦　〔日〕中野美代子『ひようたん漫遊録—記憶の地誌』、朝日新聞社、1991年版。
⑧　〔日〕中野美代子『西遊記の秘密』、福武書店1992年版。中译本王秀文等译：《西游记的秘密》，中华书局2002年版。

译者和学者在普及方面付出的努力，译者田中贡太郎、稻田孝、增田涉等都撰写过有关随笔，作家陈舜臣、学者井波律子等也撰写过相关文章。这些随笔不少是先在报刊上发表，而后结集出版，有效地提高了译作的知名度，也对读者接受这些译作起到引导作用。

译写者田中贡太郎（1880—1941），字桃叶，出生于高知县，小说家、随笔家，自幼在汉学塾读书，做过代课教师、高知实业新闻社的记者，后到东京，师从于大町桂月、田山花袋、田冈岭云，与早期社会主义者幸德秋水有过交往。幸德被害之后，曾撰写《秋水先生印象》，便并说过："一步走错，险些自己也被卷了进去。"

田中贡太郎1909年参与协助田冈岭云写作《明治叛臣传》，此书大半出自田中之手，由此得到泷田阴的赏识，开始在《中央公论》的《说苑》栏里刊载情话和怪谈，与同在该刊连载的村松梢风相识并成为一生的好友。1911年，田中刊行了自己的第一部著述《四季与人生》。他的作品有记行文、随想、情话物、怪谈、奇谈等，并编纂了多种乡土史、明治维新资料，整理和撰写过土佐出生的滨口雄幸、西园寺公望等的传记。代表作有《田中贡太郎见闻录》、《旋风时代》、《日本怪谈全集》、《支那怪谈集》等。田中贡太郎虽然去世多年，但他的作品却仍在不断再版，举其要者，如：

《支那怪谈全集》，桃源社，1970年，再刊1975年。

《情鬼·朱唇》，桃源社，1971年。

《大众文学大系10·田中貢太郎·正木不如丘》，讲谈社，1972年，收入《旋风时代》。

《中国的怪谈》，河出文库全2卷，1986，87年。

《蒲松龄　聊斋志异》，田中贡太郎编译，明德出版社，1997年。

《新怪谈集　田中贡太郎》、《春阳文库：怪谈·传奇时代小说选》，春阳堂书店，1999年。

讲谈社1994年刊行的稻田孝《聊斋志异——玩世与怪异的机关》，是一本谈《聊斋志异》的书，作者写这本书，目的是"使我们的精神解放、跃动"，他要把重点放在将《聊斋志异》"从沉闷无聊的猎奇趣味中解放出来"，目标是宏大的，因为稻田孝认为在此之前对《聊斋志异》的阐释充满了猎奇趣味，而他要还《聊斋》的本来面目，贴近蒲松龄的本意。稻田孝认为狐在一切异类中占压倒多数。在作者蒲松龄看来，这些狐是他日常的玩具，正是在这些狐的活动中，作者"诙谐玩世"的精神巧妙地发挥出来。稻田孝以近乎杂谈的笔触，试图说明《志异》之"怪"，意思的重心不是放在"吓人"，而是"稀奇"，而且这种"怪"，几乎所有场合都在里侧附着有"调侃"、"戏弄"，有时候则是相当的"寂寥"。而且"不舒服"的故事多，这也与"怪"稍稍异质。

稻田孝多引入现代生活的概念来描述清人蒲松龄的生活和作品。他说：蒲松龄从素质来看，是幻想作家，但给祈祷师、占卜师、占卜的戏法和花招揭底的富有启发性的作品很多。他采用了一边将这些花招还原于他一流的幻想世界一边揭穿花招的方法。

地狱与冥土故事，蒲松龄像是很喜欢，为轮回世界所束缚这种现实观，冥土也好，现实也好，在作者头脑中是同一次元。人变为兽啦，我们前世为兽啦，与作者嗜好相一致，是经常的主题。

稻田孝还认为，《志异》内容、手法相当复杂多歧，是一部很有深度的书，因此作者的心情、思想也充满矛盾，它们相互碰撞，很难说是理路严整，但这种矛盾也是一种魅力吧。作为一个人的著作，它具有罕见的深度和广阔的视野，森罗万象，从天上到地狱的魂魄物体悉数登场，娓娓道来①。稻田孝是《聊斋》的翻译者，随笔中的想法很多都产生于翻译中对作品的咀嚼。

稻田孝认为：中国文学史一般将《志异》的构文类型及其内容搅在一起称为"志怪小说"，当然现代范儿的"小说"名称并不适当，极端短小的篇目等不具有完整的情节，篇幅较长的也缺乏小说式的纡余曲折。比起随笔，还是近乎故事，是故事本身。而且也与旨在吐露自己感慨和心情的文体——随笔性质不同，旨在故事有趣。虽说如此，《志异》还是小故事、conte 集。根据辞书，conte 就是"轻妙的短篇。比起小故事，更是短小的小说。掌话"，也是"富于讽刺、谐谑的小品"。那么《黄英》也可以说也无非就是 conte。也有不少例外，也有情节展开显示独特有趣的所谓故事，据称这些作品继承

---

① 〔日〕稻田孝『聊斎志異——玩世と怪異の覗きからくり』、講談社 1994 年版。

了中国文学史上唐代传奇的系统。但是，基于富于讽刺、谐谑的小品这一定义的话，说《志异》是 conte 集是恰当的。

中国文化的源泉可以追溯到春秋战国、先秦时代，conte 的表现手段也可以追溯到那个时候。《志异》从这一点来看是传统文学，取广义的文学概念，例如《孟子》里就有很多有名的小故事。具体引用作牺牲的动物的例子来说明"恻隐之心"，用宋人揠苗助长的故事来说明人只看眼前的愚蠢，它们推动谈话发展，但是仅这一部分独立出来无疑就是一个 conte。这种倾向在《庄子》《列子》里更为显著，《韩非子》等还特意设置了《说林》《内储》《外储》来收录小故事①。

收入陈舜臣《聊斋志异考——中国妖怪谈义》一书的文章最初是在《小说中公》上连载，而后结集成书的。他选择了《聊斋志异》中有代表性的篇目，对其中出现的诗语典故说明其原典和寓意。如《公孙九娘》一篇中外甥说："九娘，栖霞公子孙氏，阿爹故家子，今亦穷波斯。"对于"穷波斯"一词，陈舜臣举出吕湛恩注"未详"，何垠注："穷波斯，俗呼小录。跑谓之波，盖谓穷而奔忙也。"而后提出自己的看法，认为它本意就是"穷波斯人"的意思，这正是当时表述"该有却没有的东西"的一种方式，丝绸之路来的波斯人，一般是富有的，碰上的恰是没钱的，这正如说"瘦力士"、"不长胡子的阎王"一样。在作品中，栖霞公孙氏本是望族，现在却败落了②。

凡是涉及如复姓、习惯、行事家族来历等，甚至古代中国人的坐姿的介绍，陈舜臣都插入行文之中，不时引用原文，捎带介绍语言文字知识。对于今天的日本人来说，书中描写的一切事物都是很难想象的。陈舜臣的用意正是不仅是让他们体味《聊斋》的有趣故事，而且希望通过这些故事让他们对中国文化产生兴趣。

井波律子出版过多种学术随笔。江户川乱步（1894—1965）的杰作短篇小说集《贴花旅行男》③，栩栩如生地描写了一位男子狂热地爱上贴花里的美女，自己也跑进贴花的世界。井波律子认为，中国的画中美人怪异故事，例如《聊斋志异》中的《画壁》，写男子爱上画中人，进入画的世界当中，这

---

① 〔日〕稻田孝『聊斎志異——玩世と怪異の覗きからくり』、講談社1994年版、第23—24頁。
② 〔日〕陈舜臣『聊齋志異考——中國の妖怪談義』、中央公論社1994年版、第842—845頁。
③ 贴花，原文作押繪，用厚紙製成花鳥人物，墊上棉花包以絲綢而後贴起来。

个故事男子终究回归现实世界，但是这是例外中的例外，以画中美人为题材的怪异小说系谱，归根结底是画中美人从画里走出，来到现实世界是主流，正是这样的画中美人的类型，在中国幻想故事中，是直接表现出将幻想呼唤回到现实的倾向是很强烈的①。

井波律子说：《聊斋志异》作者蒲松龄，在《婴宁》中淋漓尽致地描写美少女狐无限天真无邪，在《武孝廉》中对若无其事地背叛狐的真情的卑劣的人受到死亡的制裁。对于在不遇中喘息、对人的世界的不合理非常厌恶的蒲松龄，狐毋宁说是可爱的存在，或许正是人这一方在做着瘆人的妖怪变化②。

或许是短篇小说的阐释鉴赏，更适宜用随笔风格的笔墨去写，有关的随笔性质的著述还有：

安冈章太郎：《花祭　私说聊斋志异》，岩波书店，1986年。
安冈章太郎：《私说聊斋志异》，朝日新闻社，1975年。
安冈章太郎：《私说聊斋志异》，讲谈社，1980年。
稻田孝：《读聊斋志异　妖怪与人的幻想剧》，讲谈社，2001年。
竹田晃：《中国幻想小说杰作集》，白水社，1990年。
伴野朗：《私本·聊斋志异》，祥传社，1991年。
森敦：《私家版聊斋志异》，潮出版社，1979年。
小林恭二：《本朝聊斋志异》，集英社，2004年。
稻田孝：《读聊斋志异　妖怪与人的幻想剧》，讲谈社，2001年。

四　以虚拟之境搭实论之台

一部文学经典的海外翻译和传播史，人员的交流和书籍的交流是其基本材料，依靠这些基础材料，才能进一步探讨其深层内涵，日本学者撰写的有关两国文化交往的回忆录，不仅为我们提供各个时期人缘和书缘的具体场景，而且还包含了对两国学者接触中的内心世界的窥察，可以由此考察会见与读书对双方日后学术活动的影响。

日本近代中国古典戏剧研究成就卓著，其中不能不提到王国维的影响。

---

① 〔日〕井波律子『中国幻想ものがたり』、大修舘書店2000年版、第225頁。
② 〔日〕井波律子『中国幻想ものがたり』、大修舘書店2000年版、第180頁。

诚如盐谷温在《中国文学概论讲话》中说："王氏游寓京都时，我学界也大受刺激。"王国维在日本期间，曾与狩野直喜、久保天随、铃木虎雄、西村天囚等交往，王国维去世后，狩野直喜曾撰《忆王静庵君》①，披露交往中的细节。铃木虎雄在《追忆王静安先生》一文中不仅自己的戏剧研究深得王国维启发，而且"有关典籍、清朝掌故、社会风俗、日常琐事等事项，我得先生启蒙之利，不遑枚举。"②青木正儿也曾撰文回忆在清华园拜访王国维时的所思所感。这些回忆文章的可贵之处，在于并不因为敬佩和友好而回避与之在学术问题上的当时的不同想法和叛逆心理。在探讨这些日本学者翻译和研究中国戏剧的著述时，当然不能漠视这种面对面交流的作用。

增田涉（1903—1974）作为鲁迅所著《中国小说史略》最早的日译者，早已为中日两国研究中国古典小说的学者所熟悉。他曾在上海亲耳聆听过鲁迅的教诲，在翻译《中国小说史略》过程中，鲁迅曾给他写过很多信给予具体指导。增田涉不仅翻译过鲁迅很多文章，而且是《聊斋志异》等中国古典小说的译者。在鲁迅对杂书研究的影响下，他还根据在中日两国搜集到的晚清和江户末期的大批杂书，撰写出《西学东渐与中国事情》一书，梳理了鸦片战争是怎样通过书与人的交流影响日本维新运动鲜为人知的史实③。增田涉撰写的《鲁迅的印象》也成为20世纪日本鲁迅研究不能不提到的文章。

对话，日语作"对谈"。学者的谈话论著述，包括对谈（二人谈）、鼎谈（三人谈）和四人谈等形式，往往在会议中公开进行，也有只在学者之间进行而后整理成书的。交谈的对象往往是不同领域或有不同学术背景、不同门派的学者，谈论的问题往往是社会上较为密切关注的敏感问题，或者需要跨学科、跨门类的专家共同面对的课题。知名学者多应会议、出版社、报刊之邀出席这种场合，也有学者们提出建议自己组织的。吉川幸次郎便曾与作家井上靖谈中国与日本文学，与作家中野重治杂谈中国文学，与作家石川淳谈中国古典与小说，与作家石川英一郎谈中国古典与现代，与诺贝尔物理奖得主汤川秀树谈中国的学问与科学精神，这些谈话，都收入《中国文学杂谈》④

---

① 〔日〕狩野直喜『支那学文藪』、みすず書房1973年版、第366—373页。中文版周先民译：《中国学文薮》，中华书局2011年版、第382—393页。
② 王晓平：《近代中日文学交流史稿》，湖南文艺出版社1987年版，第394页。
③ 〔日〕増田渉『西学東漸と中国事情—「雑書」札記』、岩波書店、1997年版。
④ 〔日〕吉川幸次郎『吉川幸次郎対談集—中国文學雜談』、朝日新聞社1977年版。

一书中。在70年代末中日友好的氛围中，这些对谈在社会上引起了强烈的反响。

对谈之后，整理成书，好的整理本可以做到声口毕肖，读者具有临场感。大学者的全集也多将这类著述单收一卷。在传播中国文学经典传播方面，这类著述由于面对公众，应时应景，而起到独到的作用。

浏览过《大汉和辞典》的读者，不会不知道诸桥辙次（1883—1982）的大名，也可能注意到这位倾注半生精力编纂这样一部前无古人的大辞书的长寿学者，也写过很多随笔来介绍中国文化，如《如是我闻　孔子传》《古典的睿智》《古典之镜》《十二支物语》等，不胜枚举。其中《孔子·老子·释迦"三圣会谈"》①用虚构的辩论会形式展开思想交锋，可谓别具一格。

《孔子·老子·释迦"三圣会谈"》虚构了一个穿越的故事，将老子、孔子和释迦牟尼齐聚一堂，就世界性的大问题展开鼎谈。这本书登场人物除了以上三人外，还虚构了一个名叫"尚由子"的人，穿针引线，此外还偶然出现像辅轩君、史部等人物出来客串一下，为讨论增加点热闹。开场是从选择会址起，最后一致同意将会场设置在中国的庐山。三圣会合，先谈各自的爱好，犹如今日朋友初识，先介绍兴趣爱好，而后谈及孔子出处进退、太上老君与释迦摩尼的生平，深入的讨论则从三人不同的"人间观"，即人性观开始，而后进入死生、释迦牟尼的"空"、太上老君的"无"和孔子的"天"，以及中国哲学中的"中"的概念，关于仁、慈、慈悲的概念，作者涉及各自的话语，如同话剧的台词。

设置虚构人物以展开思想论辩，远可追溯到中国的汉赋，而后来的阮籍所作《大人先生传》最为脍炙人口。在日本，空海的《三教指归》虚构了龟毛先生、虚亡隐士、假名乞儿三个人物分别为儒、道、佛三家代表，阐述自家的优越性。虽然后来也有一些模仿类似形式的书，但空海此书可谓诸桥辙次"三圣会谈"的源头。不过，虽然"三圣会谈"的构思源出《三教指归》，但"会谈"一词又为其带来足够的现代气息，也成为这本书引人注目的地方。诸桥辙次虽已经逝世多年，然而他的这本书仍在重印，其原因就在于他

---

① 〔日〕諸橋轍次『孔子・老子・釈迦「三聖会談」』、講談社1993年版。

提出了现代人关心的儒家的当下价值问题。

简而言之，上述随笔与我们常见的被称为"学报体"（由于日本各大学的学报往往被称为"纪要"，也可以说是"纪要体"），没有每句引言都必要详细注明出处等统一体例，不尽符合论证严密或者贯穿某一理论加以分析的硬性要求，也没有文章完整性的结构模式，往往意到笔至，言尽即止，篇幅有大有小，从论文的角度讲，多让人感到事肥而理瘦，杂与散有余而深与密不足。

学术随笔的特点是"随"（随机命笔，修短随心）、"杂"（杂叙杂议，杂录杂学）和"通"（横通内外，纵贯古今），这使它具有很大的包容性。也正是有这样的特点，随笔在传播文学经典方面起到了三根快捷纽带作用。其一是研究者与社会大众的纽带，作者迅速将自己研究成果向公众公开，获得最多的阅读者，二是古典与今日一般读者的纽带。其三是中国经典与日本文化以及现当代文学的纽带。这些并非纯粹面对研究界的书，更便于联系日本现当代作品对中国古典的接受。大木康的《不平的中国文学史》，评述了屈原、韩愈以及落第诗人的作品，自然谈及福泽谕吉的平等观[1]，谈及二叶亭四迷《浮云》的平等意识等。金海南（文京）的《水户黄门「漫游」考》，书名曰考，却不是枯燥的考据文字。这本解析日本水户黄门破案故事的书，其中涉及到中国公案小说对江户文学和朝鲜探安文学的影响，从歌舞伎、讲谈到现代电影都网罗其中[2]，考证、评述兼备，话题丰富多彩，让人耐读。

诚如加藤周一在《关于古典的意义》中所说："古典的效用不仅仅有节省时间和精力这种实际的一面，就阅读古典或者增广见闻来说，还有通过古典而超越时代的制约和直接面对事物的本质另一面。所谓越越时代的制约，是意味着在古典中我们去接近我们的视点不可能产生的作品。"[3] 脍炙人口而可读性强的随笔，正可以引导读者超越时代去亲近古典。从这一角度来说，优秀的随笔之作在一般读者中的影响，甚至会远远超过艰深的学术专著。

日本中国文学研究者撰写的学术随笔，将中国文化，中国文学的传播，扩展到与学术论著无缘的公众之中，确有其独到功效。不过，学界众生相自

---

[1] 〔日〕大木康『不平の中国文学史』、筑摩書房1996年版。
[2] 〔日〕金海南『水戸黄門「漫遊」考』、新人物往来社1999年版。
[3] 〔日〕加藤周一:《日本文化论》，叶渭渠等译，光明日报出版社2000年版，第69页。

然也会在这类文字中有所投影。功夫不在学问内，踏不下心来读书的人想用报刊版面、电视屏幕扩大知名度，写出来的不免东拉西扯，故作新奇而经不起推敲，多见木不见林之议论，而无探寻真知之诚意。其实，就文学的学术随笔而言，要达到短、精、美、新，更需要学者厚积薄发，意到笔随，才能做到文理兼备，行之能远。

第二章

中国文学经典在日传播载体的历史考察

  汉字手书是汉字文化圈特有的文化现象。中国文学赖书而传，而书之形态，自竹简易为缣帛，缣帛易而为纸，皆由书写，传抄困难。隋唐雕版术兴，至宋且有活字排印之法。自是印刷之术日新，致用之途益广。中国文学东传及在日本传播，也存在着写本和刻本的交替。

  古传写本，或称抄本，是古籍中的"元老"和珍品。保存在域外的汉字写本是东亚文化交流与中国文化影响世界的明证，反映了中国文化独特的发展模式与传播方式。日藏我国散佚文献写本是研究我国历史、文学与语言文字的重要数据。

  除敦煌石窟外，日本保存我国唐代以来汉字写本数目最多。日本遣唐使从中国带回的书籍都是写本，由于其特殊的历史条件，有些幸存至今，其中包括中国早已失传的《群书治要》《文馆词林》《雕玉集》《赵志集》等文学典籍；还有很多写本保存了唐代典籍的原貌，如《史记》《白氏文集》写本与今本多有不同；今人尊崇的《文选》宋刊本讹误颇多，其学术价值也远不如日本所藏古写本。

  隋唐虽有印书之风，但文学作品仍多赖手抄而传。遣唐使携写本而归，回国后抄写传递，世代不歇。与英国中世纪教会由抄写员来从事文本生产相似，日本奈良时代的经卷也是通过抄写来保障读经者需求，延续文本的功用。不过，那时的英国教会并没有设立抄写工作的场所，生产手抄本的僧侣们常常要在修道院里四处寻觅自己的工作场所，11世纪以后，修道院把这些工作包给职业"抄写员"①；不同的是，奈良时代设立了写经所，专门从事写经活动，除了佛经以外，还书写过一些儒家典籍和字书等②。

有一位西方修道士在谈到13世纪的文本生产时提出，书籍（这里指手抄本文献）的写作行为可以分为四种类型，即（一）抄写员：抄写其他人的撰著材料而不增加和改变任何东西；（二）编纂者：书写其他人的撰述，将其汇集在一起，但不加入任何自己的东西；（三）评注者：所写材料既有别人撰著的，也有自己的，但他人撰著部分最为重要，自己添加内容是为了使之更为明晰；（四）作者：所写内容既有自己撰著的，也有他人撰著的，自己部分最重要，把其他人材料包括进来是为了进一步证实自己的观点③。日本现存中国文学抄本也存在以上四种情况。

至江户时代，文学之传方得印刷之惠，以后印刷技术日新月异，中国书籍和日本人自己写作的和汉文作品在町人中广泛传布、日本人刻印的书，即所谓"和刻本"中，也有不少珍贵的典籍。不论是写本还是和刻本，都向我们述说着古代中日两国文学交流的生动细节。

第一节　日本现存诗经古写本与当代诗经学

日本诗经学文献中既有中国传入日本的善本，也有日本历代版本，即所谓和刻本；既有抄本，也有印本；既有中国学者的著述，也有日本学者的撰述。这些多样的文本，既与中国典籍整理与比较文学研究相关，也是日本书志学、历史语言学研究的重要数据。其中《毛诗》古写本是早期《诗经》东渐最重要的载体，本文拟先根据笔者搜集的资料对现存《毛诗》古写本的整理研究情况予以描述，而后就古写本在《诗经》传播中的地位及其与当代诗经学的关系略陈己见。

---

①　〔英〕戴维·芬克尔斯坦、阿利斯泰尔·麦克利里：《书史导论》，何朝晖译，商务印书馆2012年版，第118页。
②　王晓平：《日本诗经学史》，学苑出版社2009年版，第6—8页。
③　〔英〕戴维·芬克尔斯坦、阿利斯泰尔·麦克利里：《书史导论》，何朝晖译，商务印书馆2012年版，第118页。

一 日本现存《毛诗》古写本及其研究

岛田翰《旧抄本序》把日本所藏旧抄之书大分为三类，即唐抄本，渊源于隋唐者和出于宋、元、明、韩刊本者①。

其中自然数唐抄本最为珍贵，然而能够明确断定为唐抄本者，数目极少，只能举出日本所藏《汉书·扬雄传》及《庄子·刻意》篇等数通，它们的特点是"异同夥多，积多善处理"。就《诗经》而言，也只有东京博物馆藏《毛诗正义》卷 18、京都市藏《毛诗正义秦风》残卷和《毛诗唐风》残卷等，尚可断为唐抄本。

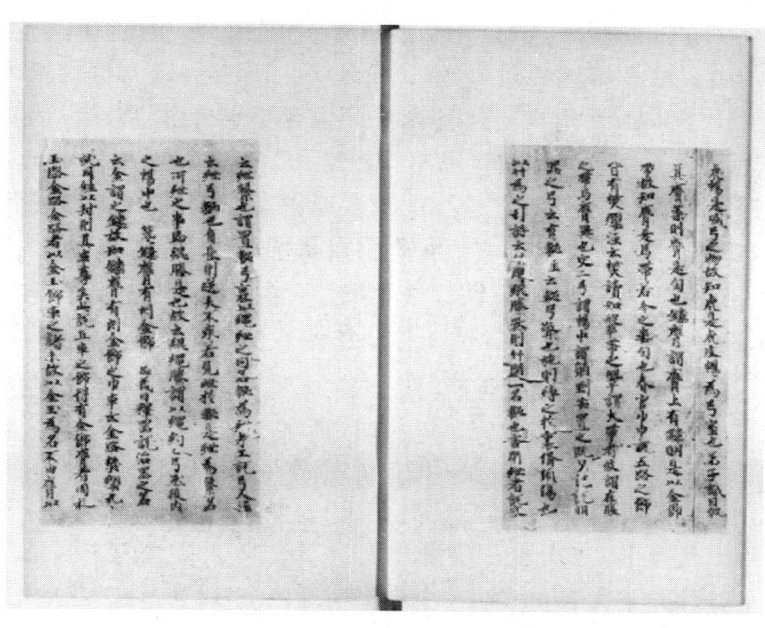

图 23　京都市藏《毛诗秦风正义》

其第二类，即所谓渊源于隋唐者，如《左氏集解》《礼记子本疏义》等。这些抄本"是皆当日古博士据旧本所传抄，误以传误，讹以传讹，真本面目，丝毫不改，故虽名为传抄，而实与隋、唐抄本无异矣"。属于这类的《诗经》

---

① 〔日〕岛田翰：《汉籍善本考》，北京图书馆出版社 2003 年版，第 41 页。

抄本，有大念佛寺所藏《毛诗二南》等，数量也并不多。

相比之下，现存第三类《诗经》抄本，不仅数量多些，而且和前两种皆为残卷相比，这一类多有完本，几乎全是《毛诗郑笺》。其中山井鼎《七经孟子考文》中提到的古本，也就是阮元《十三经注疏》中一再出现的所谓《考文》古本中的足利学校藏《毛诗》甲本和乙本，最早为我国学人所瞩目。

对这一类抄本，岛田翰的提醒耐人寻味。他说："独其出于宋、元、明、韩刊本者，虽间有据善本者，大抵皆是当日坊本为底本，而后之君子，不能识别其为隋、唐，为宋、元、明、韩，一逢旧钞之书，乃直以为隋、唐遗卷，故《七经孟子考文》之出，清人议其所载椠本可信，钞本可疑。彼夫治《考文》者，不知足利学所藏抄本，多出于宋、元之刻本，遂使有识之士，并疑其出于旧本者，不亦可憾乎。"① 岛田翰认为，阮元引以为据的《考文》古本，基本上出于宋、元刻本。这种说法，也是适合于清原宣贤为宣讲《毛诗》而抄写整理的证本，即教科书本、标准本。不过，清原宣贤又曾以自家所有旧本进行校勘，因而使这些抄本较多地保留了隋唐旧传的文字。因而，在宋元刊本所存寥寥的今天，它们仍然值得特别关注。

1933年服部宇之吉编纂《佚存书目》，著录《毛诗》抄本两种，其一为《毛诗正义》零本，唐孔颖达等撰，乃奈良朝抄本（富、京都小岛氏）；京大影印富冈氏所藏本，即《秦风》断简；富冈氏藏本，存《小戎》《蒹葭》六十七行。

服部宇之吉《佚存书目》著录的另一种抄本就是《毛诗正义》断简，唐孔颖达等撰，平安朝抄本（埼玉安倍贞氏），竹柏园影印本。写于信乐本神乐歌背面而流传至今。《大雅·荡之什》、《韩奕》六章之内末两章，《江汉》全篇六章的经注之下，有自《韩奕》第四章的一半，到《江汉》末章末尾前数行的《正义》文字，疏文字多脱文误字，让人感到是孔疏的摘抄，但《韩奕》第五章的疏中，有通行本缺少的一百九十八个字②。

吉川幸次郎在《东方文化研究所经学文学研究室毛诗正义校定资料解

---

① 〔日〕岛田翰《汉籍善本考》，北京图书馆出版社2003年版，第41—42页。
② 〔日〕服部宇之吉编纂发行『佚存書目』、春山治郡左卫门印刷1933年版。

说》一文中，提到的日本《诗经》古本，其中包括抄本数种①，后来小林芳规在他的《平安镰仓时代汉籍训读的国语史研究》一书中，则专门对日本训点《毛诗》写本做了疏理。他提到的写本包括岩濑文库藏《毛诗唐风》残卷，书陵部藏金泽文库《群书治要》卷3，九条家旧藏东山御文库藏《毛诗》镰仓初期加点本，大念佛寺藏《毛诗二南》残卷，大东急纪念文库藏《毛诗》永正十年清原宣贤加点本，静嘉堂文库藏《毛诗》永正18年清原宣贤加点本，以及包括名古屋市蓬左文库藏《毛诗》在内的清原宣贤加点本的重抄本②。

笔者根据这些线索，对所有写本做了寻访。下面，将这些写本的基本情况和迄今的研究成果略作探讨。

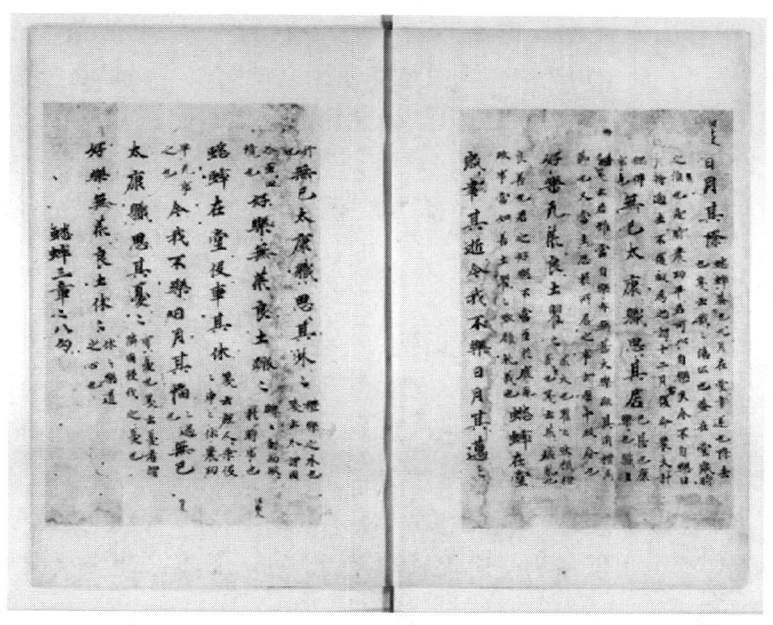

图24 《毛诗唐风残卷》

---

① 〔日〕吉川幸次郎「東方文化研究所經學文學研究室『毛詩正義』校定資料解說」、『吉川幸次郎全集』10、筑摩書房1984年版，第446—464頁。

② 〔日〕小林芳規『平安鎌倉時代における漢籍の訓読国語史的研究』、東京大学出版會。

1. 东洋文库本

也就是吉川幸次郎所说的岩崎本,一卷。本藏鸣泷的常乐院,经和田维四郎博士的云村文库,进入岩崎男爵家,保管在东洋文库。存卷6开头,也就是《唐风》的《蟋蟀》《山有枢》《扬之水》《椒聊》《绸缪》《杕杜》《羔裘》《鸨羽》八篇,缺《无衣》、《有杕之杜》、《葛生》、《采苓》四篇,为《毛诗郑笺》,纸本,纵27.4cm,长285.5cm,书于《两部仪轨》纸背。1922年影印出版,即《京都帝国大学文学部景印唐抄本》第1集(景东京和田氏藏本)。

关于此本的书写时代,有日本"奈良时代说",中国"初唐时代说"和"中唐时代说"三种。狩野直喜博士的跋说它"字体雅遒,其为奈良抄本无疑",吉川幸次郎根据这种说法,认为它"是日本写本中最早的,佳处颇多"。也有学者认为"此本笔致遒劲,笔锋有游丝,实书法精妙之古抄本,恐为初唐书写"。而中川宪一认为其同东京国立博物馆本,起笔、收笔一丝不苟,是用正确的楷书写成的,可以认为是唐中期的写本。从其正确的楷书风格看,可以认定为唐代风格,而很难赞同狩野直喜主张的"奈良说"。学界一般认为,属唐抄本。现被认定为日本"国宝"。① 释录见王晓平《东洋文库藏唐抄本〈毛诗残卷〉研究》②。

2. 东京国立博物馆本

这个本子,吉川幸次郎没有提到,一卷,存《毛诗正义》卷18,《大雅·荡之什诂训传第二十五》中《韩奕》末两句及《江汉》开头。纸本,纵29.4cm,长240.5cm,书于《神乐歌》纸背面。将《毛诗郑笺》和《毛诗正义》单疏本分上下两段书写,这是十分罕见的。

"民"字改为"人",乃避唐太宗名"世民"之"民",为太宗后书写。起笔、收笔谨严,可以认为是唐代风格无疑。列入日本"重要文化财"。《唐

---

① 〔日〕「毛詩卷第六解說」、『書道全集』26、平凡社1967年版。内藤干吉「毛詩卷第六解說」、『書道全集』26、平凡社1967年版。「毛詩正義卷第六」、東方文化研究所用京都小島氏藏抄本景照、1937年。石冢晴通「岩崎本古文尚書・毛詩の訓點」、『東洋文庫書報』第十五号、東洋文庫日本研究委員会編『岩崎文庫貴重書書志解題』、1990年。

② 王晓平:《東洋文庫藏唐抄本〈毛詩殘卷〉研究》,载《中国诗学》第十一辑,人民文学出版社2006年版,第1—9页;王晓平:《東洋文庫所藏唐抄本〈毛詩殘卷〉考》,《帝冢山学院大学人间文化学部研究年报》第8号,2006年12月。

抄本》据古抄本景照①。录考见王晓平《东京国立博物馆藏唐抄本〈毛诗正义〉卷十八研究》②。

3. 京都市本。

这个本子，吉川幸次郎亦未言及。共四页。

存《毛诗正义》卷第六四页（残缺）。《秦风》中《秦蟋蟀诂训传第十一》中《小戎》末尾"言念君子，载寝载兴。厌厌德音"的《疏》到《蒹葭》开头的《疏》，"溯游从之，宛在水中央"《疏》的一部分及该处稍后的《疏》的片断。纸本，四页分别为纵27.5cm，长50.4cm；纵27.4cm，长25.8cm；纵27.4cm，长25.4cm；纵25.5cm；长24.5cm。列为日本"重要文化财"。1922年影印出版，即《京都帝国大学文学部景印唐抄本》第1集③。释录见王晓平《京都市藏唐抄本〈毛诗正义秦风残卷〉研究》④。

以上三种，为日本学界公认的唐抄本，均收入《唐抄本》一书⑤。

4. 大念佛寺本

为大阪平野融通念佛宗的本山大念佛寺所藏，大阪市立美术馆陈列展出。传为平安时代的菅原道真（845—903）所书。菅原道真也称菅公，是否为菅公所书姑且不论，其为平安时代写本无疑。自卷1开头到《摽有梅》。

案：此本亦影印，即1942年6月《京都帝国大学文学部景印旧抄本》第10集，题作《毛诗二南残卷》。

另外，本卷之残卷《江有汜》和《野有死麇》亦收藏于某处，神田喜一郎学士曾将其照片赠送给吉川幸次郎，吉川幸次郎说这是特别值得记述的收

---

① 〔日〕服部宇之吉：「毛詩正義卷第六、十八解說」、『佚存書目』、1933年。吉川幸次郎「經學文學研究室毛詩正義校訂資料解說」、『東方學報』、京都13-2、1943年版。『吉川幸次郎全集』10。山本信吉「毛詩正義卷第十八解說」、『中國書法名跡』、每日新聞社1979年版。

② 王晓平：《日本诗经学文献考释》，中华书局2011年版，第61—72页。

③ 罗振玉：《毛詩正義卷第六跋》，《京都帝国大学文学部景印唐抄本》第1集；《羅雪堂先生全集》初一1，1913年；〔日〕狩野直喜「毛詩卷第六跋」、『史林』4——4。「旧抄本毛詩殘卷跋」、『京都帝国大学文学部景印唐抄本』第1集，1920年；服部宇之吉「毛詩正義卷第六、十八解說」、『佚存書目』、1933年。

④ 王晓平：《京都市藏唐抄本〈毛诗正义秦风残卷〉研究》，《天津师范大学学报》2005年第5期，第68—73页。

⑤ 〔日〕大阪市立美术馆编『唐鈔本』、同朋舍1981年版。

获。但笔者至今没有见到它的影印件①。王晓平《日本汉籍古写本俗字研究与敦煌俗字研究的一致性——以日本国宝〈毛诗郑笺残卷〉为中心》②对此写本俗字进行了考察。

5. 陈本

这是清末学者、第四届驻日公使黎庶昌的随员、贵阳陈矩（亦名陈榘，1851—1938）在日本购得的写本，保存了从卷4到卷6，即从《王风》到《秦风》的全部，卷6末尾有"文治二年大江公朝校毕"的跋文。但是其原本所在今已不明。由1913年成都的存古书局覆刻本只能了解它大致的面貌。按照日本旧抄本的惯例，原抄本可能会附加上日语的读法，以旁注说明其与其它本子的异同，但是存古书局本却一概没有③。

6. 九条本

为公爵九条道秀所藏，存卷15《鱼藻之什》和卷18《荡之什》全部。卷15末尾，写有"奉一览了菅在亲"、"应安□年二月十七□□□□□□讫菅在贯""应安二十五年八月二日一见之菅在丰"的字样，京都东方文化研究所藏有其照片。④

7. 秘府本

写在宫内厅图书寮珍藏的御物《和泉式部集》的背面。存从卷17《生民之什》的《公刘》的一半到卷末，末尾有"康历（己未）秋八武州之左足立郡客馆不住轩"的跋。京都东方文化研究所藏有它的照片。⑤

8. 足利本

足利学校遗迹图书馆所藏写本，也是山井鼎《七经孟子考文》引用的所谓古本。所存有两部，其一部缺卷11、12、17、18、19、20这六卷，另一部全二十卷完整保存下来。前者较后者为早。吉川幸次郎称前者为足利甲本，后者为足利乙本。京都大学东方文化研究所藏有照片。

---

① 〔日〕小川環樹「清原宣賢〈毛詩抄〉について」、『小川環樹著作集』第五卷、筑摩書房1997年版、第30—56頁。
② 王晓平：《日本汉籍古写本俗字研究与敦煌俗字研究的一致性——以日本国宝〈毛诗郑笺残卷〉为中心》，载《艺术百家》2010年第1期，第181—187页。
③ 〔日〕《毛诗（卷第四~六）》，存古书局刊，1950年。
④ 〔日〕『毛詩卷第十五、十八』、東方文化研究所用東京九条氏藏抄本景照
⑤ 〔日〕『毛詩卷第十二~十八』、京都大学圖書館藏。

《足利学校贵重书目录》两种①皆有载录。长泽规矩也在《足利学校贵重特别书目解题》中，对这两个本子作了描述。他首先提到的《毛诗郑笺》二十卷，旧题汉毛亨传，郑玄笺，古写本，十册，室町时代写本，九行二十字书写，按有敬复斋墨西印，上层之书入，传为九华、三要之笔，又各册末，有庆长二十年第十世龙派禅珠之大同小异之题记。

《毛诗郑笺》，二十卷，有缺，旧题汉毛亨传，古写本，七册，室町末期写本，卷11，12与17至20缺，七行十四字书写，有上层，旁注多摘抄《释文》《正义》，注文多"也"字，训点亦古风，按有野之国学之印记。

长泽规矩也开头提到的本子，就是吉川幸次郎所说的乙本，后者则为甲本。

笔者从京都大学借得这两个本子的照片。除山井鼎引用外，对这两个本子的研究尚不充分。笔者的研究见《日本诗经学文献考释》一书。足利学校尚存南宋十行本，上书有概述。另外，足利学校尚有《毛诗抄》残本，撰者未详，古写本，乃元和（1615—1624）宽永间（1624—1644）写本，缺卷1、2、4至10、18，封面书有共八册，不足五字，十一行二十二至八字书写，有《毛诗》的假名解说。

9. 龙谷本

龙谷大学图书馆所藏，据认为是室町时代的写本。存全二十卷，不过最后数卷因为虫蛀而破损严重。京都大学东方文化研究所藏有照片。此本上方时有"正一""正三"等标记，注明《毛诗正义》的卷数，这和内藤湖南所藏宋本单疏本相比较十分一致，可知所据即单疏，但卷7以前，标记不全，难以充分搞清内藤本残缺部分卷的分法，令人深感遗憾。

笔者从京都大学借得这个本子的照片，只有卷第11《鸿雁之什诂训传第十八》至卷18《荡之什诂训第二十五》，每篇后有章数及各章句数，每卷末有篇数、章数、句数，字右多标假名读法，亦有在左标注切音者。与静嘉堂本同样，皆书写《经》《序》《传》《笺》，但从其原文和标注来看，似又多有不同。如静嘉堂本《小雅·巷伯》《序》："巷伯，刺幽王也。寺人伤于谗，故作是诗也。"于"故"字右旁注："而，本乍"，"故"字左边亦有注"本

① 〔日〕『足利学校貴重書目録』、足利学校遺跡圖書館刊行、一種為1906年版、一種為1925年版。

乍",可能清原宣贤所见到的本子有两种作"而"字的。看龙谷本正作"而"字,且在"寺"字左旁注"或作侍"。这个本子有与通行本及其它日本传抄本不同处,亦偶有校勘标记。如《小雅·雨无正》:"云不可使,得罪于天子;亦云可使,怨及朋友。"《笺》云:"不可使者,不正不从也;可使者,虽不正从也。"龙谷本《笺》"虽不正从也","从"字前有"亦"字,且"亦"字左旁注:"本无。"静嘉堂本无"亦"字,似当以有为佳。

10. 京大本

为京都大学图书馆所藏写本,存卷12至卷18,每卷末尾抄录有环翠轩宗尤,也就是清原宣贤的题记,是清原氏所传本,有"尾藩水川进德堂记"的印。京都大学东方研究所藏有其照片①。

11. 静嘉堂本

此为静嘉堂文库所藏日本写本,完整保存二十卷,有清原宣贤写的题记,是宣贤亲自校定的本子。不过,吉川幸次郎认为,其本文与宋版完全一致,而与日本旧本不合,无疑是从宋本转写的。但是本文旁边精细地标出与清原氏家传旧本的异同,在这一点上看,是极为宝贵的资料。

1949年,当时静嘉堂文库为国立图书馆支部静嘉堂文库,便利堂书店曾将那里收藏的这个本子的第一卷题为《毛诗卷第一》,按照原卷尺寸影印。五十年后即2003年汲古书院将其全部二十卷作为古典研究会丛书籍之部第一卷分页影印出版②。

12. 久原本

即清原宣贤手抄本。为古梓堂文库所藏,根据题记,乃是日本永正九年,即公元1512年宣贤书写的。首尾完整,而仍为从宋版转写的,其行款也与上述静嘉堂本一致,其有关与清原氏家传旧本异同的旁注大体和静嘉堂本相同,也时有出入。这个本子的题记,在足利衍述的《镰仓室町时代之儒学》③ 中载录颇详。

笔者所见,乃京都大学图书馆所藏此抄本之照片,即清原家旧本景照,

---

① 〔日〕『毛詩卷第十二～十八』、京都大學圖書館藏。

② 〔日〕米山寅太郎、筑岛裕解题『毛詩鄭箋』(共三册)、古典研究会叢書漢籍之部、汲古書院1992年版。

③ 〔日〕足利衍述『鎌倉室町時代之儒教』、有朋書店1970年版。

全五帙，二十本。抄本字迹清秀，每卷末的题记，记其点校完成的日期，如第六卷末记："永正九年十二日于灯下终书写（右旁注：以唐本），即加朱墨迄，少纳言清原朝臣"，后又书："重以他唐本校之""加点一校"。最后还书写有："以当家累代之秘点校正之。"这些都表明这个本子是在清原家秘传训点本子的基础上，又取不只一种唐本（实指宋本）校勘过的。值得注意的是卷第三末尾还抄录了清原教隆的一段话，说明清原家兼取毛郑、各不偏废的说诗态度。王晓平《敦煌〈诗经〉残卷与日本〈诗经〉古抄本互校举隅》①，主要探讨的是这个写本。

另外，尚有清原宣贤加点本的转写本，其中包括：

（1）建仁寺两足院藏，为室町末年梅仙禅师亲笔书写本。该寺所藏《毛诗抄》，为清贤讲义的个人记录整理稿，是1539年（日本天文8年）一位名叫安盛的僧人在奈良书写的，其中一册旁书"天文四年（1535）四月廿日再兴，讲者环翠"，环翠即宣贤。此本现已影印出版。足利衍述《镰仓室町时代之儒教》附录收录整理了该书各卷题记。

（2）船桥家旧藏，京都大学附属图书馆。

（3）清家文库藏《毛诗郑笺》，庆长二年船桥贤好书写本，为宣贤传本，各卷末有"享禄年间讲了"的题识，今列入"重要文化财"。

（4）名古屋市蓬左文库藏《毛诗》，其第二册卷第四末尾有题识："宣贤天文四年六月廿日讲了"，天文四年为1535年，则此为室町时期加点本。此为明经博士家清原家讲筵相关的本子。据《名古屋市蓬左文库善本解题图录》第二辑载："毛诗，二十卷，七册。内题'毛诗'，外题'毛诗'。线装，薄茶装封面，26.8×19.8cm，四周单边，墨界，七行，十六字（注双行），ヲコト点，训点。"

（5）大英图书馆藏本，为室町末年至江户初年的本子。幕府末年到明治初期知名的日本学者萨道旧藏书三百多种凡八百册日汉书籍，先收藏于大英图书馆东洋书籍写本部，它们是萨道离开日本前往泰国赴任时转让给大英博物馆的。其中有《毛诗郑笺》二十卷。室町末期以后训点，庆长版。为古活字版。线装，茶皮封面，二十卷改装为一册，28.7×20.5cm，界高22.5，界

---

① 王晓平：《敦煌〈诗经〉残卷与日本〈诗经〉古抄本互校举隅》，载《敦煌研究》，2008年第1期，第86—91页。

横17.3cm，双边，1页8行，1行17字，共近800页。训点与静嘉堂文库藏宣贤亲笔本极为相近，忠实书写清原家历代《毛诗郑笺》训点①。

13.《毛诗小雅》残卷

吉川幸次郎未提到。为兵库上野淳一收藏。纵30.3cm，全长683.6cm，为镰仓时代书写，是《毛诗·大雅》中从《凫鹥》到《韩奕》的残卷，无题识，但据认为是镰仓中期的古抄本，文中有朱ヲコト点和墨书训点②。

14.《群书治要·诗》

吉川幸次郎未言及。宫内厅书陵部藏《群书治要》为镰仓时代书写，1989年由汲古书院影印出版，其中的《诗》部分，共六百余行，从《毛诗》中选出74篇，或摘选数章，或选录首章，最少的《有客》一篇，仅录两句，由于部分保存了唐代《毛诗》旧貌，颇具文献价值③。王晓平：《宫内厅书陵藏〈群书治要·诗〉录考》有评述④。

这些写本，有益于《诗经》异文考释。静嘉堂本《樛木》序："《樛木》，后妃逮下也，言能逮下而无嫉妒之心焉。"《传》："后妃能和谐众妾，不嫉妒，其容貌恒（缺笔），以善言逮下而安之。"在此句后，有小字："此注本无，扌有。"文中的"扌"字为"折"字省代号，此句意为这一句话，写本中没有，而"折本"，即宋本中有。小字本、相台本同。阮校也认为这句话必非郑注，各本乃沿崔《集注》之谬，当据《正义》《释文》正之。

以上写本，具有很高的文献价值。它们是研究古代中日两国学术交流历史的重要数据，这是无需赘言的，对于《诗经》研究的实际意义，则是

---

① 清原家旧抄本景照，京都大学图书馆藏、第一帙卷第一至卷四、第二帙卷第五至第八、第三帙卷第九至十二、第四帙卷十三至卷十六、第五帙卷第十七至卷第二十。稻垣瑞穗「大英図書館所蔵の訓點資料より—毛詩鄭箋卷第一訳文追考」、『訓點語と訓點資料』第88辑、1992年、第41—66頁。稻垣瑞穗「大英図書館所蔵毛詩鄭箋訓點の奥書」、『訓點語と訓點資料』第90辑、1993年、第2—14頁。西崎亨「蓬左文庫本毛詩卷—国語史的研究序説」、『訓點語と訓點資料』第67辑、第60—71頁。足利衍述『鎌倉室町時代之儒教』、有明書房、1970年版。

② 〔日〕每日新聞社図書编辑部『国宝·重要文化財大全』7『書迹』上卷、每日新聞社1998年版、第327頁。

③ 〔日〕尾崎康、小林芳规解题『群書治要』（一）、汲古書院1989年版、第143—219頁。

④ 王晓平：《宫内厅书陵部藏〈群书治要·诗〉录考》，载《国际中国文学研究》第一辑，上海古籍出版社2011年版。

为我们提供了一些《毛诗》的异文材料。大念佛寺本《卷耳》之"卷"有注:《唐韵》作"菤",《玉篇》同。《毛诗抄》《湛露》四章:"既见君子,鞗革冲冲。"注疏本作"忡忡",校勘记云:"冲冲是也。"《小雅·六月》《序》:"《南有嘉鱼》废,贤者不安,下民不得其所矣。"注疏本无"民"字。

这些写本,还是建立东亚写本学的一部分基础材料。在文字、体例等各方面,它们与敦煌写本有不少相似之处,对于探讨汉字写本的传播和借鉴影响关系有着明显的启示作用。敦煌写本的省代号问题,已有张涌泉等的研究①,日藏《诗经》写本的省代号,既有与之相似的形式,又有日本学者根据《诗经》研究的具体需要和日语的特点自创的略语和省代号形式。例如:"家本"为清原家家传的本子,"扌"为"折"字之省笔,即"折本"之意,即宋本。"江",为江家点。

"丨",在两个字中间的有竖线,表示此二字为一词,当作音读。在两个字右侧中间有竖线,表示此二字为一词,当作训读。汉字右边的竖立旁线表示该字音读,左边的竖立旁线表示此字训读,如"志大きに心劳して","心"字右旁有竖线,"劳"字左旁有竖线,那么"心劳して"就读作"こころラウして"。

"亻","传"字之省笔字,取"传"字之偏旁,意指《毛传》。

"ケ","笺"字之省笔字,取"笺"字"竹"头之一半,意指《郑笺》。

竖线"丨"用作省笔字,举凡韵书、字书、音义书、类书之属注文中字与正文同者,皆用省代号"丨"来代替。如《倭名类聚抄》。在《毛诗》抄本中,有些出现频率很高的字,写出前一字,就能猜出后一字时,也用"丨"省代。如足利学校本中的"正丨云",即是"《正义》云"。

自江户时代学者山井鼎、物观利用足利学校所藏古本著《七经孟子考文补遗》以来,安井息轩、竹添光鸿、吉川幸次郎、冈村繁、田中和夫等研究者都对日本现存《诗经》古写本予以高度重视,将这些写本用于原文考校,但在日本至今没有一本专著对它们逐一考释。因此,中华书局出版的《日本

---

① 张涌泉:《敦煌文献的写本特征》,载《敦煌学辑刊》,2010年第一辑,第1—10页;张涌泉:《敦煌写本省代号研究》,载《敦煌研究》,2011年第1期,第88—93页。

诗经学文献考释》①　此作为首要任务，为今后的《诗经》写本研究提供了基础材料。

二　写本在《诗经》东渐史中的地位

　　根据近代出土文物考察，中国文化典籍的东传早于五世纪。根据《宋书·蛮夷传》记载，从高祖永初元年（420）至顺帝升明二年（478）的59年间，两国9次交通，据《宋书》记载，刘宋升明二年，倭王（雄略天皇）向刘宋遣使上表，在其致顺帝的表文中，多四字句，多处出现全句或部分出自《毛诗》的语句，如"不遑宁处""累叶朝宗""偃息未捷"等②。

　　六世纪继体天皇时代（507—533）就有"五经博士"，也就是一人教授五经的学官进入了朝中。六至七世纪进入飞鸟时代，当时的知识分子对三国六朝的学问思想已经相当了解。那些读过经书、接触过经学的知识分子就成为大化改新的主力。推古天皇十二年（604）颁布的圣德太子十七条宪法中，有模仿《毛诗》句式或语句的，如第十六条中的"其不农何食，不桑何服"等。《毛诗》是延历十六年（797）年《太政官宣》规定的将要进入大学寮"明经道"学习的人首先要读诵的书。奈良正仓院文书中《读诵考试历名》中载有一位名叫"丹比真人气都"的人读诵了《毛诗》《论语》《孝经》。丹比真人气都很可能是一位下级官员或地方望族出身的女性。当时《毛诗》在贵族学人中流传的情况可见一斑。

　　神田喜一郎在《飞鸟奈良朝时代的中国学》一文中曾经指出，奈良朝时代书写的《毛诗正义》断简至今尚存。元明天皇和铜五年（712）太安万侣撰录《古事记》上奏的表文中，从文章结构来看，显然模仿了《五经正义》完成时长孙无忌上奏的表文，可见当时《五经正义》已经传到日本。从当时的情况看，说日本的经学承袭了中国南朝的传统，恐怕是不会错的③。

　　抄本，即抄写的书本，习惯上，唐以前称写本，唐以后称抄本。日本向中国派遣使节的隋唐时期，正是写本风行的时期，他们所接触的正是以手抄为主的典籍文化。

---

① 王晓平：《日本诗经学文献考释》，中华书局2011年版。
② 王晓平：《日本诗经学史》，学苑出版社2010年版，第2页。
③ 〔日〕神田喜一郎『神田喜一郎全集』第8卷、同朋舍出版1987年版、第13—14页。

诚如岛田翰在《旧抄本考·小引》中所指出的那样："盖王朝之盛，远通使隋唐，征遗经，广采普搜，舶载以归，守而不失，真本永传。是以夏殷三代之鼎钟，六朝隋唐遗卷，往往而有存者。"① 其幸存于今的那些隋唐抄本，不过是那个时代日本使节和留学者活跃的猎书活动的些微历史遗物。中国那些抄本，不少出自书法高手。陈继儒在《太平清话》中谈到那些古写本时说：抄本"书如古帖，不必全帙，皆是断珪残璧"。这种说法，大体也适合于日本保存至今的《诗经》写本。日本奈良平安时代流传下来的抄本，不少也堪称书法精品。

那些保存于今的《诗经》唐抄本和日人抄本，正是其中特别值得珍视的一部分。关于《诗经》抄本的研究，也需要和其它今存抄本放在一起来考察，才能更好地说明日人接受《诗经》的文化语境。从平安时代以来，训读的方法逐渐确立，而且各道博士皆形成了由一定家族世代相传研学一门的传统，连经书的训读方式也成为各家秘传。模仿唐制的学制在混沌的社会变动中不断作调整，但遵从唐代学术的风气却改变很慢。正如日本学者阿部隆一指出的，尽管宋学的影响自镰仓以来渐次浸润，但那只是部分的转变，与中世纪汉学不振相应，主流依然是唐的学风，宋后新学风靡，学风一变则是江户时代以后之事。王朝时代以来朝廷博士家，世代传授敷衍中国标准正统的注释，把纯粹传承唐时传来的本子视为家学的重要任务，直到十七世纪的庆长年间，一直在使用他们相延已久的家本。《诗经》的传承也概莫能外。

和日本这种世袭为学、关门授经、一根独传的学风不同，中国自唐至清，学风几变，每一变则多将旧风之书遗弃不顾，虽经朝廷整理抢救活动，散佚失传之书仍不可胜计。海外特别是日本传存的《诗经》写本以及与这些写本关系密切的印本，便成为窥察中国古代诗经学的一面镜子。

《诗经》在日本的声誉，是在尊经的前提下确立的，读经就要读《诗》。上至于天皇贵族、五经博士，下至藩士儒生、俳人歌人，因而接受的方式也呈现出多样性。

日本重视旧抄本的传统与日本吸收外来文化的独特方式有关，但同时也

---

① 〔日〕岛田翰：《汉籍善本考》，北京图书馆出版社2003年版，第37页。

有日本文学发展的限制在起作用。用"假名"写作的作品得到蓬勃发展，但这样也成为推迟引入中国印刷技术的最大原因。旧抄本中多添入了被后人称为"菅家点"或"江家点"的训诂注文，而文字密集、行间印有罫线的宋刊本则无空间写进此类文字。阅读者崇拜权威的心理，使他们不肯轻信新本。经学在日本的传播方式和范围，和中国存在极大的差异。在很长时期内日本读经者只限于有望继承父业跻身小小儒者队伍的那些人，面对的是一对一或者一对几的教学环境，有先生传给的抄本，就足以完成学业了。这种需要量是经书印刷姗姗来迟的重要原因。同时，这种传授也养成了重传承、守师说的传统。

宋明以来，由于朝廷对经学的统一措施，那些与定本不相一致的俗本，等于先后被剥夺合法存在的权利，不再进入学子的视野；而印刷技术的普及，加速了定本和敕撰注疏独霸经学讲坛的步伐，很少留给保存俗抄本的余地。而在日本，那些江家和清原家世代以儒学为业的人们，仍然珍视着祖上传来的学问，后来江户幕府官方学术对儒学的提倡，至少使这种数百年来的荣誉感延续了下来。在人们珍藏古代《诗经》抄本的心理深层，除了有汉字文化圈长期文化交流形成的文化认同感作为有力支撑之外，还有就是传承世袭以学名世的家风学风的夙愿。多种《毛诗》抄本均为各种和纸抄写的。抄本纸质精美，自然也是长久保存完好的重要条件。

从现存写本推测，《诗经》定本传入日本之前，六朝至初唐的俗本已在日本有传，亦不能排斥定本传入后仍有带入俗本归来者。总之，即使时在定本大行之后，日本也未将原来旧本舍弃殆尽，而仍有人以其为校勘之资。讲《毛诗》的清原、大江两家，各有自己的本子，各自珍惜。今存静嘉堂本《毛诗郑笺》、大念佛寺本《毛诗》等，皆多据俗本校勘的文字。孔颖达《毛诗正义》杂采众说而定为一尊，固可一去众说纷纭、无所是从之弊，而一尊之外，亦有多言而从此不得其传。而日本保存的古本，恰好可以在某种程度上有助于恢复我们对唐宋时代，特别是宋代经学的记忆。

《诗经》日藏资料，既为研究日本诗经学之基础材料，如与国内研究相辅相成，又于拓展中国古典文献学、中日文化交流史研究和比较文学研究，有所启发。各种写本印本，价值自然不尽相同，而其中有弥足珍贵者，可用于一考经文，二考《传》《笺》《疏》佚文，三考各本虚字之增删，四知定本前后俗本之旧貌，五考《毛诗》及三家诗散佚著述佚文，六考六朝初唐俗文异文，七明辨体式，其用不为少也①。

三 古写本与当代国际诗经学

《诗经》不仅是民族的，而且也是世界的。当代学术继承了传统的汉学、宋学和清学中的民族文化精神，而又必须面对世界文化前所未有的交流、交融和交锋的崭新局面，也就不能不承担与世界对话的使命。知己知彼，对话方能奏效。将民族化的《诗经》研究推向"民族化兼国际化"的诗经学，首先就要对保存在各国的历代文献数据进行基础性的考察，并对各国学者的研究成果给予充分的理解和尊重，由此构建平等对话和深入交流的平台。

日本诗经学文献包含着丰富的研究内容，和其它古代珍贵写本和印本一样，在日本被列入国宝和"重要文化财"名录，受到专业保护，有些还被影印或择机公开展出。自江户时代以来，便有学者不断阐述这些数据的价值，以期引起学界的关注。至今日本学者也从书志学、历史语言学等方面积累了相当的成果。他们的贡献在于基本查清了分散在各地的藏本的家底，在训点研究方面成绩尤著②。

然而，古代抄本和印本无一例外地面临着岁月的侵蚀，由于它们远离时尚和现代消费，其保护和研究的困境终究难以摆脱。清人严可均于《铁桥漫稿》卷8《书宋本后周书后》言："书贵宋、元本者，非但古色古香，阅之爽心豁目也；即使烂坏不全，鲁鱼弥望，亦仍绝佳处，略读始能知之。"（《书宋本后周书后》）《诗经》之古写本印本，唐抄宋椠，珍如珙璧，一旦散佚失坠，无以挽回，访书藏典之事，可谓大矣！其真价，固不当以藏于海内海外相议，而海外传者，得之不易，亦常令学子"望洋兴叹"矣！

---

① 王晓平：《〈诗经〉日藏写本的文献学价值》，载《天津师范大学学报》，2006年第5期，第57—63页。
② 王晓平：《论日本古代的"诗经现象"》，载《天津师范大学学报》，2007年第5期，第64—69页。

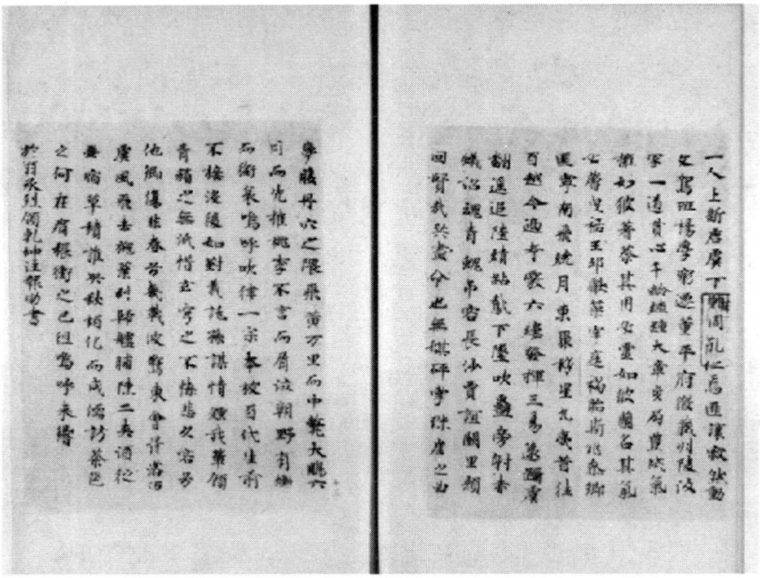

图 25　正仓院藏《王勃集》卷三十

　　这些凝聚了无数中日两国先人心血的遗产，研究者需要两国语言文化的全面知识，才能使之减少分科过细造成的方法论上的损失。特别让人感到遗憾的是，这些资料还没有引起《诗经》专门研究者的充分注意，至今还没有一部比较全面地描述这些数据状况的文章，对原件的释录也还存在较多的问题。

　　幸运的是，今天已经具备了弥补这些不足的条件。首先是学术观念的进步，使这些具有跨文化特征的数据的价值受到中日两国更多学者的认可，学术交流的发展帮我们克服了狭隘的民族文化观的偏见，切实把它们当做东亚文化的共同遗产来对待。其次，随着经济合作、文化交流的深化，汉字文化圈重新认识自身历史文化传统的呼声也越来越高，信息技术的改善也使得复制和传播这些数据更为容易，那些宝贵的数据也到了该结束"养在深闺人不识"状态的时候了。再次，《诗经》学本身需要扩大视野，谋求突破，而两国学会业已形成的交流管道也可以促进新成果的共享和人才培养的合作。这些因素都给我们以信心：一部专门研究《诗经》故纸堆的书，也可能找到它的读者。

　　日本保存至今的这些《诗经》抄本，本身便是中日文化交流的历史见证，也是东亚各国共同创造汉字文化的见证。对它们的研究，虽然不可能、也不必引导出什么宏大而炫目的结论，但至少让我们对汉文化的一个方面获得更为具体的认识。抄本是用汉字文化圈特有的笔墨书写的。由于这些抄本不仅是书写当时两国多项文化内容的载体，而且上面也承载着许多以前两国文化交往的痕迹，因而对它们的研究，就不能脱离当时两国文字变迁、书写通则以及相关文化现象的考察。与其源头大致同时的敦煌写本，由于与其书写时代和文字属性的类似，而具有特别的参照价值，对于迄今相对较少深入研究的日本抄本（日本学者的研究多集中在训点等方面）来说，可以充分分享敦煌研究的成果。因而，笔者不仅将对日本所传《诗经》抄本的研究，置于经学研究和中日文化交流的交叉点，而且将这种研究本质，也视为新的历史时期中日学术交流的一项课题。

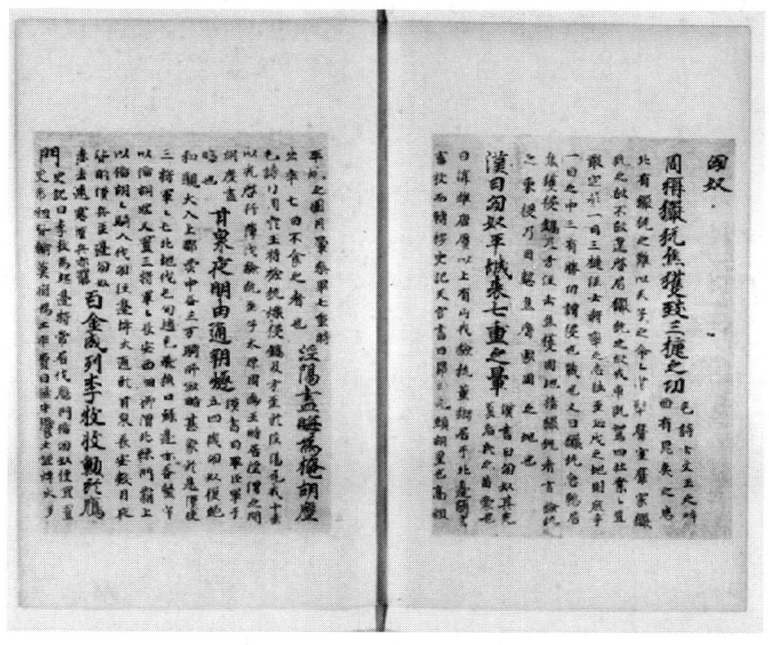

图 26　日藏中国散佚典籍《翰苑》写本

《诗经》抄本只不过是日本保存汉籍抄本很小一部分，很多抄本都需要从各方面来展开研究。如何使它们不再沉睡于密室的角落，全面享受信息化时代的恩惠，为中日新文化的创造作一点贡献，这就需要中日两国学者的共同努力了。抄本研究或者写本研究，必须以亲眼目睹写本原件为前提，否则任何推测都不过是无枝的花朵。最好的方法当然是在本书中影印全部原件。中华书局即将出版的《日本诗经学写本刻本汇编》① 以及《日本所藏中国文学写本汇编》将为今后的国际合作提供最基本的研究资料。

当代学术体系将中国的学问分属文史哲各门学科，文学和语言研究也分了家。当我们用这种固定思维来研究《诗经》这样的典籍时，就会看低它本身具有的学术价值。正如《诗大序》的影响不仅局限于对《诗经》的阐释，而且影响着历代学人对诗歌本质的理解一样，《毛诗故训传》作为最古老的经注撰著，文简义赡，同《尔雅》相表里，后世治故训者必由此而后能涉其涯涘。清代陈奂尝称是书为小学之津梁、群书之钤键，十分推崇其在文字语言研究中的价值。《毛诗》之《郑笺》、《孔疏》涉及的古代文化史内涵，也非文、史、哲分割的研究方法所能深究。日本诗经学文献的研究也需要打通壁垒，多方探究，从这一意义讲，《日本诗经学文献考释》② 一书也只能算是一个开端而已。

第二节　抄物识读的方法

抄物是日本室町中后期至江户时代汉籍、日本书籍、佛典的假名讲义和听课记录整理。至今保存的抄物数量颇大，内容有繁有简，既有文言为主的，也有接近口语的，既有讲述者亲笔书写的，也有听讲者笔录的。

中田祝夫所编《抄物大系》，收入了《四河入海》《玉尘抄》《毛诗抄》《蒙求抄》《人天眼目抄》《足利本论语抄》《应永二十七年论语抄》等，1970 年至 1977 年由勉诚社出版。1971 年至 1976 年大阪清文堂出版了冈见正雄、大冢光信主编的《抄物资料集成》，收入了《三体诗幻云抄》《江湖风月集抄》《灯前夜话》《史记抄》《四河入海》《毛诗抄》《蒙求抄》等。大冢光信主编的《续抄物资料集成》全十卷，收录了《杜诗续翠抄》《汉书抄》《百丈清规抄》《庄子抄》《日本书纪兼俱抄　日本书纪桃源抄》等，也由清

---

① 王晓平：《日藏诗经古写本刻本汇编》，中华书局 2014 年版。
② 王晓平：《日本诗经学文献考释》，中华书局 2011 年版。

文堂出版。2000年，大冢光信所编《新抄物资料集成》全五册问世，收录的是天文、永禄年间惟高妙安的抄物，包括京都府立总合资料馆藏《中兴禅林风月集抄》、市立米泽图书馆和西尾市岩濑文库藏《诗学大成抄》、庆应义塾大学图书馆藏《作物记抄》、睿山文库藏《玉尘抄》等。上述丛书主要是原文影印，部分属于释录，即日语所说的"翻字"。这些抄物丛书为今天的研究提供了方便，然而，即便翻字本也有很多问题没有解决，不能为读者提供顺畅阅读的条件。抄物的研究还存在极大空间，是今后深化日本中世学术史和文化史研究的重要课题。

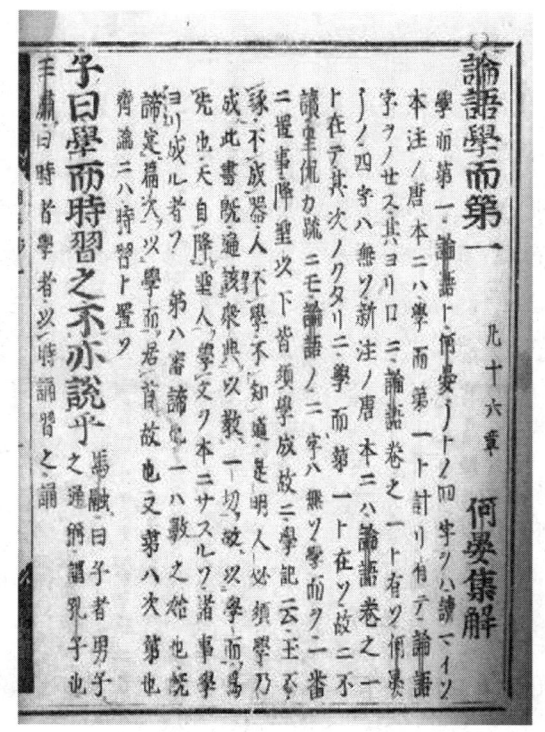

图27　船桥文库藏《论语抄》

中田祝夫等学者之所以重视抄物的影印出版，主要是把它们视为研究中世语言，特别是训读与口语的重要文献。其实，抄物的文献价值远不止于此。抄物中不少涉及到当时日本学人对《庄子》《论语》、唐诗、宋诗等中国典籍所作的讲解，是了解这些典籍在日本传播与接受历史的最重要材料。

我们要了解室町时代清原家宣讲《论语》的情况，就不能不读应永本《论语抄》，通过这本书，就可以知道当时哪些汉唐宋元《论语》研究著述传入日本，受到博士家的重视。书中《季氏第十六》"季氏将伐颛臾"章释"虎兕出于柙，龟玉毁於椟中，是谁之过也"："今季氏カ颛臾ヲ取ント云企ヲシテ悪行ナルハ、輔相ノ過也。冉求カ過也。云止ルコトカナハスンハ、其職ヲ去ヘキト云心也。率（？）肇（シウ）カ説二合臂（カツヒ）スル也。陽虎カ季氏カ家臣ニシテ叛ハ虎兕ノ樫（カウ）ヨリ出カ如シ。魯ノ邦内ノ颛臾ヲ伐ハ、龜玉ノ櫃ノ中ニ毀（ヤフルル）カ如シ。張憑カ説二軍兵ヲ余所ヘツカウハ、虎兕ノ樫ヨリ出カ如シ。仁義ヲ内ニ廃ハ、龜玉ノ櫃中ニ毀カ如シ。"（624）邢昺疏："虎、兕皆猛兽，故设槛以制之。龟、玉皆大宝，故设匮以藏之。若虎兕失出于槛，龟玉损毁于匮中，是谁之过与？言是典守者之过也，以喻主君有阙，是辅相之过也。"① 这是清原家讲说的重要依据。同时，讲说中还介绍了另外两位学者的看法。后面部分引述的是张凭的说法，即"張憑カ説二軍兵ヲ余所ヘツカラハ、虎兕ノ樫（檻—笔者注）ヨリ出カ如シ。仁義ヲ内ニ廃ハ、龜玉ノ櫃中ニ毀カ如シ。"是说张凭认为军兵使于外，如虎兕出于槛，内废仁义，如龟玉毁于椟中。这里的张凭当指约公元371年前后在世的吴郡人张凭，他撰有《论语张氏注》一卷，今佚，清人马国翰所辑收于《玉函山房辑佚书》。不过，在此之前出现的另一种说法，却因为文字障碍而理解困难。"率（？）肇（シウ）カ説二合臂（カツヒ）スル也"一句当作何解？据笔者考证，"率肇"当为"欒肇"之讹，因"欒"俗字写作"欒"，而室町时期的汉字相同部件又常用两点来省代，故"欒"字又多写成"㡿"，不识者很容易将其与"率"字相混。栾肇，晋人，撰有《论语栾氏释疑》一卷，原书亦佚，清人马国翰辑录亦有《玉函山房辑佚书》本。这一问题解决后，原文就一目了然了。可以译为："今季氏将伐颛臾为恶，是辅相之过也，冉求之过也。云其未予制止，则当免职也。此合于栾肇之说也。阳虎、季氏皆为家臣，其反叛则如虎兕出于槛；鲁邦国之内而伐颛臾，如龟玉毁于椟中。张凭之说，军士使于外，如虎兕出于槛，如龟玉毁于

---

① 张文彬等分段标点：《十三经注疏分段标点》第19册，新文丰出版公司2001年版，第365页。

楼中。"虽然尚不能推定清原家是从栾肇、张凭著述中直接引用的，还是从其它著述间接引用的，但他们的见解受到清原家的重视，却可由此得证。《泰伯第八》："曾子曰：'可以托六尺之孤，可以寄百里之命，临大节而不可夺也。君子人与？君子人也。'"关于这一段的讲说中，解释"托"字："託卜ハ長憑テ、無反之言也。人君ハ、イツマテモ大臣、輔佐セラルヘキナリ。"（366）文中的"长"字有虫蛀，原当为张字，"长凭"，即张凭。这里也引用了张凭的看法，说他认为托是无反之言，人君永远要由大臣来辅佐。中田祝夫对本抄物的解说中，提到其引用的学者有冯氏、陈氏、柳宗元、韩愈等，而漏掉了张凭、栾肇两人。根据上面的考证，就可以更清楚地了解博士家《论语》学的来源。

以上我们通过对抄物文字的认读，揭示了抄物中的重要信息。抄物是讲稿或记录讲义的产物，书写者求快求方便的书写方式造成讹字、简笔字和难以辨认的文字成堆的现象，清理这些难解字是相关研究的首要课题。著名训诂学家郭在贻说："审辨字形不仅对于传统训诂学是重要的，在训诂学的新领域——俗语词研究中，审辨字形有时也是解决问题的关键。"① 同理，审辨字形也是训诂学的另一新领域——域外汉籍研究中解决问题的关键。如果不能正确识读，理论探讨更无从谈起。要想正确识读这些抄物，当然首先要熟悉那个时代包括汉字和假名在内的所有文字的特点，其中假名数量不多，通过学习前代学者归纳的规律还比较容易掌握，而汉字由于数量巨大，写法多变，草书楷书混杂，识别起来就更为困难，这就需要我们在充分学习中日两国先贤丰富训诂经验的基础上，总结出一套简便科学的识读方法。

以下以东山御文库本称光天皇宸翰应永二十七年本《论语抄》（以下简称应永本）为中心，来说明抄本识读的基本方法。

应永本为应永27年（1420）书写，是最早一批抄物中首屈一指的代表性文献，今被收入《抄物大系》中。它不仅保存了当时的语言资料，也是管窥日本南北朝、室町初期《论语》传授实态的宝贵资料。尽管仅仅依据讲义和听课记录只能间接推测当时《论语》训译的情况，但作为今日唯一在手的材料，它的价值仍然是不言而喻的。这个本子收入《抄物大系》的中田祝夫的

---

① 郭在贻著，张涌泉编：《新编训诂丛稿》，浙江大学出版社2010年版，第35页。

翻字本（以下简称翻字本），本文所引除了特别注明的以外，均出自这个本子。引文后括号内注明其在翻字本中的页码，以便查找。

本文为了叙述方便，引用时对翻字本原文中的重文号，改为所重复的字，汉字一般改为当今通行的正字和常用汉字，古抄本中常见而今天已经不再使用的"合字"均改为单个假名，如"┐"径直写为"コト"，"〆"、"乄"径直写为"シテ"，句尾的"ヾ"也径直改为"也"，翻字本以"?"表示存疑，以"（ママ）"表示讹误、辨识不清和难解字照录，本文引用时亦一律保留。

图 28　二松学舍大学是明治时代创立的研究汉学为主的大学。
1996 年本书作者与该校校长摄于校门前。

一　明通例

《述而第七》"陈司败问昭公知礼乎"章注"昭公ハ鲁ノ昭公。名ハ稠䄄。当時昭公ハ礼ヲ知レル人ト云。"（344）此文看似昭公之名为"稠䄄"两字。考鲁昭公，名裯，则稠字乃裯字之讹。在写本中，"禾"、"衤"易混，如"程"作"裎"等。那么，为什么后面又多了一个"䄄"字呢？原来中田祝夫是将原抄本中注音的两个字当成了一个字。中国写本正文下的双行小字都是为前面正文作注解的，日本抄本也不例外。当注文只有两个字的时候，识读者如果忽略了书写通例，就容易把它们当成一个字。"裯"字下的"音曾"两字，表明它的读音同"曾"字。裯音 chóu，又音 dāo。这里所注乃日语读同曾，即"ゾウ"。翻字本将"音曾"混入正文，正与俞樾《古诗疑义举例》中所说的"涉注文而衍例"相类。俞樾说："古书有涉注文而误衍者"①，举出了一些例子，传写中将注文误入正文，而又有错误，遂不可读。翻字本所误，盖同此类。

国内外学者从敦煌写卷研究中总结出六朝唐代写本俗字、讹别字的通例，对于分析日本抄物中的文字大有帮助。抄物中由于字形相近、笔画增减而造成的文字相讹相混现象的讹别字相当严重。汉字读音传到日本就转化为日语读音，因而日本学人很难利用因声求义的方法纠正书写中的错误，字形相近而讹互的概率就大为增加。

例如，由于书写连笔，"亻"部件很容易与"氵"部件相混。《宪问十四》"子击磬於卫"章释"深则厉，浅则揭"："今ノ天下ヲ教ヘシトスルハ深何（ママ）ヲモ浅何（ママ）ノ如ク衣ヲカカケテ平等ニワタラントスルカ如シト云心也。"（592）"深何"乃"深河"之讹，"浅何"乃"浅河"之讹。这句大意是说：今日告诫天下的是，就像不管河深、河浅都要提衣过河一样。

书写时多写一笔，成为增笔字，少写一笔，成了缺笔字，都会给识读带来麻烦。代、伐两字便常相互混淆。有代写成伐的，《卫灵公第十五》"颜渊问为邦"章释"乐则韶舞"："楽ハ舜ノ善尽ス処ノ韶楽ヲ用ヘシ。周用六伐（ママ）楽一曰雲門黃帝ノ楽也。"（608）"六伐乐"，当做"六代乐"。《季氏第十六》"孔子曰天下有道则礼乐征伐自天子出"章释首句："天下无道ノ時ハ礼楽征伐諸侯カラ行フ也。諸侯カ天下ヲ成敗スレハ、天下ハ久クエモタヌソ。十伐（ママ）ニして国ヲ失フ也。十数ノ極也。"（628）"十伐（ママ）ニシテ国ヲ失フ"，即"十代失国"。《阳货十七》"阳货欲见孔子"章释"日月逝矣，岁不我与"引"李白桃李园序夫天地者万物逆旅光阴者百伐

---

① 俞樾等著：《古书疑义举例五种》，中华书局1983年版，第92页。

之过客"（627），"百伐"即"百代"。亦有"代"误作"伐"的。《子罕第九》"子曰可与共学"章谈权道："権道トハ夏桀殷紂ヲ殷湯周武ノ代ハ权道也"（416），"代"乃"伐"之讹。此句意为所谓权道，殷汤、周武之伐夏桀、殷紂乃权道也。新井白石《同文通考·误用》："筏（イカタ），俗筏（ハウ・イカタ）字。〇筏（ハイ）音旆，飞扬貌。"① 则是"伐"部件误作"代"的例子。

抄物是写本之一种，而书写笔画相连、相重等现象也容易造成讹误，而在辗转反复抄写的过程中，往往来不及做到每字准确认读而后才抄写，结果造成大量因形近而讹互的字。如比此二字，第一二笔若写不清楚，就会认错。《为政第二》："子曰：'君子周而不比，小人比而不周。'"释"比"："此ト八阿党ナリ"、"左伝二是謂此（ママ）周ト云ハ、周ヲ悪キ方ニセリ。此書二君子ハ義ト共ニ此（ママ）ト云ハ、此（ママ）ヲヨキ方ニシタリ。此如ク処ニヨッテ替レリ。此二ハ周ヲ此（ママ）ニ対シテイヘルホト二此（ママ）カ悪キ方ニナル也。"（99）以上所引，此字后括号内加"（ママ）"者，皆当作"比"。

抄物中汉字部件相混的情况，大都与敦煌写卷等汉唐写本相似，不过，抄物中还多了一种汉字与平假名相混的情况，一不留心，就会看错。上述干テ相混就是一例。"干"字与日语中的"テ"形相近。"干"误作"テ"。《微子第十八》"微子去之，箕子为之奴，比干谏而死"释此句："此テ（ママ）諫而死。比テ（ママ）モ紂カ諸父也。時ニ小師タリ。"（672）"此テ"即"比干"之讹，后一句中的"比テ"亦是"比干"。比此形近易混。

二 核引文

讲解经典者在讲说中引经据典，记录整理者对这些引述往往未精心核对原文，时有只记大意或记录有误的情况，我们在阅读整理时只要认真核对原文，就不难发现原文的错误。

《阳货第十七》："子路曰君子尚勇乎"章引用了《礼记》中的文字：

---

① 古屋彰解说『同文通考』、勉誠社 1979 年版、第 280 页。

"礼记曰昔者仲尼与（アツカレリ）於惜（サク）賓事（コト）畢（ヲハレル）出（時ハ）唱然而嘆ク。"（668）首先可以断定，"唱然"不通，当为"喟然"之误，乃形近而讹。再查原典出《礼记·礼运》："昔者仲尼与于蜡宾，事毕，出游于观之上，喟然而叹。"① 可见，应永本的"惜"字亦为"蜡"字之讹，并丢了"游于观之上"五字。

《微子第十八》"微子去之"章引《尚书》："然シテ尚书ノ供範（ママ）ヲ作テ彝伦斁（？）叙ト云コトヲアラワセリ。"（672）考《尚书·洪范》中箕子之言中有"不畀洪范九畴，彝伦攸斁"，意思是说上帝没有把九种大法传给鲧。可知翻字本中的"供范"当做"洪范"，"彝伦斁叙"中的"斁"字无误，"攸"字误作"叙"，并有颠倒。

《宪问第十四》："子曰君子道者三我无能焉忍者不忧知者不惑勇者不惧"章讲说中有："仁者ハ楽天カ命内省疚故無憂也。知者見始知終物ノ理明ナルホトニ、疑惑ノ心ナシ。勇者押難衛海（？）故ニ敵ニ恐ルコトナシ。"（584）这里引述的是邢昺疏中的文字，考原文为："仁者乐天知名，内省不疚，故不忧也。知者明于事，故不惑，勇者折衝御侮，故不惧。"② 故知翻字本中的"押難衛海"乃"折衝御侮"之讹。

熟悉典籍和典故，就容易认出原文中的讹误，找到讲述者本欲传递的信息。《泰伯第八》"子曰笃信好学守死善道"章释"天下有道"说："天下有道——天下トハ天子ヲ云。天子有道ノ時ハ、出テ仕ヘシ。無道ノ時ハ、石ヲ枕ニシ、流瀬（ママ）隠居スヘシ。"（371）文中的"瀬"字当为"漱"之讹。枕石漱流，枕山石，漱涧流，喻指隐居山林的生活。出三国魏曹植《秋胡行》之一："遨游八极，枕石漱流饮泉。"则上文意为："天下，谓天子。天子有道时，当出仕；无道时，当枕石漱流隐居。"

有些看似很难辨认的讹字，如果认真体会讲说者的思路，熟悉他所钻研的典籍，其实也不难找到释难的途径。《子罕第九》"子曰可与共学"章谈权道："又嫂ノ溺ルルヲ手ヲ以テ引アケテ舜ノ不告聚（ママ）ハ湯王ノ子ノ太甲ヲ伊尹カ相放ツ。是等カ皆権道也。"（416）"聚"字存疑。

《孟子·离娄上》中孟子说："嫂溺不援，是豺狼也。男女授受不亲，礼

---

① 《十三经注疏》，中华书局1983年版，第1413页。
② 张文彬当分段标点：《十三经注疏分段标点》第19册，新文丰出版公司2000年版，第328页。

也；嫂溺援之以手者，权也。"① 又说："不孝有三，无后为大，舜不告而娶，为无后也，君子以为犹告也。"② 是将嫂溺叔援和舜不告而娶作为权道的范例。所以上文的"舜ノ不告聚"中的"聚"字，为"娶"字的讹文。这句话是说："嫂嫂溺水，伸手相救，舜不先禀告父母就娶妻，伊尹放掉汤王的儿子太甲，这些都是权道。"所谓权道，简单说来就是灵活性。讲说者是用《孟子》的观点来说明孔子的礼乐思想。

三 审字形

著名训诂学家郭在贻指出："汉字是表意文字，音义寓于形中，形而差之毫厘，其音义一将谬以千里，因此字形的审辨，对于训诂来说远不是无关紧要的。优秀的训诂学家，往往能于字形的细微差别之中，得到训诂上的重大发现。"③ 抄物中时杂草书，熟悉草书和书写者不同的书写习惯，就可以提高识读的效率。

《泰伯第八》"曾子有病"章释"辞气斯远，鄙倍矣"，解"倍"字："倍ハ『肖』ト同シ"（361）翻字本"肖"右旁注："背欤（抹）"，是疑"肖"字。考新井白石《同文通考·省文》："肖（ハイ·セ），背也。"日本抄本多有"背"作"肖"者。如台湾故宫博物院藏日本抄本《幼学指南抄·地部·衡山》"向背"条："《湘中记》："衡山、九疑皆有舜庙，遥望衡山如阵云，江湘千里，九向九背，乃不复见。""背"作"肖"。东京大学国语研究室藏宽永十九年版本《明衡往来》卷上八月十日通："下官插甲笛可参也。龟背之曲（注：笛曲名也）颇所习得也。"④ "背"作"肖"。应永本中的"肖"，原当作"肖"，日本释录本不知此中关联，误作"肖"，遂不辨来由也。

《为政第二》"子曰人而无信不知其可也大车无輗小车无軏何以行之哉"章释"軏"字："軏トハ鎰ナトノヤウ二轅ノ彭（祝曰、頭?）ヲ曲タルヲ云。"（114页）翻字本不能确定"彭"字是否就是"頭"字。考何晏《论语

---

① 杨伯峻译注：《孟子译注》，中华书局1981年版，第177页。
② 杨伯峻译注：《孟子译注》，中华书局1981年版，第182页。
③ 郭在贻著，张涌泉编：《新编训诂丛稿》，浙江大学出版社2010年版，第4页。
④ 佐藤武義解説『雲州往來二種』、勉誠社1981年版、第132頁。

集解》引包咸曰："轵者，辕端上曲钩衡。"说明轵就是车辕与横木相连接的关键，应永本用"頭（头）"来翻译"端"字。由于"頭"字右边草书作"㆗"，故写成了"彭"。这样，翻字本不能确定的字，就可以确定下来了。这句话是说轵就是像活钩子那样的弯曲的辕端。

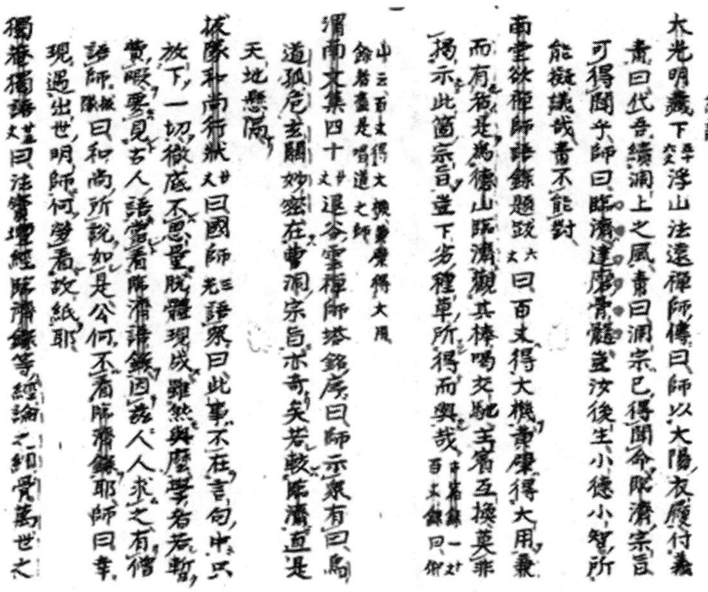

图29　禅宗典籍抄物写本

"船"字多误作"般"，这是因为"船"的俗字作"舩"，草写时与般字很相近。《公冶长第五》："子曰：'道不行，乘桴浮于海。从我者，其由与？'"讲说中说："万里ノ風波凌ンハ、大般スラ危シ。况ヤ小桴ヲヤ。"（226）文中的"大般"即"大船"之讹。此句可译为："凌万里风波，大船尚危，况小桴乎？"意为万里远航，乘风破浪，大船尚且危险，何况小筏子呢？又如《宪问十四》"子曰晋文公谲而不正齐桓公正而不谲"章叙昭王故事："昭王ノ南巡狩アリシエ、漢水濱人力膠般（ママ）作テノセ申セシニ依テ、膠カトケテ舟ヤフレテ溺死玉ヘリ云。"（570）语出《皇疏》："旧说

皆言汉滨之人，以胶胶舡，故得水而坏，昭王溺焉，不知本出何书。"①"舡"，同"船"。前述引文中的"舡"字即"船"字之讹。"舡（ママ）作テ申セシニ依テ"，即造船让其乘坐。这里解释为什么昭王溺死要怪罪楚人，传说原因之一就是昭王南巡，汉水之滨的人让他坐的是用胶粘的船，船只一遇见水就坏了，结果就把他淹死了。

四　辨俗字

《季氏第十六》："季氏将伐颛臾"章引冯氏曰："馮氏曰按《禹贡》有二蒙徐夘蒙羽其艺东蒙也。梁夘蔡蒙旅平西蒙也。"（622）新井白石《同文通考·误用》："夘（シウ），俗州字。〇夘（レイ）音离，割也。"文中的"徐夘"，即徐州，"梁夘"，即"梁州"。《尚书·禹贡》言徐州"蒙、羽其艺"，大意为蒙山、羽山种植庄稼；又言梁州"蔡、蒙旅平"，大意为蔡山、蒙山平坦宽广。全句可断句为："按《禹贡》有二蒙：徐州蒙、羽其艺，东蒙也；梁州蔡、蒙旅平，西蒙也。"

《宪问第十四》释"陈成子弑简公孔子沐浴"章引《左传》："哀公十四年甲午、齊陳恒弑其君壬干舒夘（壬简公）也。孔子三日齊而請伐齊三、公曰魯為齊弱久矣。"（580）舒夘，即舒州。《左传》哀公十四年曰："夏四月，齐陈恒执其君，置于舒州。""齐人弑其君壬于舒州。"② 应永本杂糅两句为文，而翻字本"干"乃"于"字之讹。

"州"字既写作"夘"，由于下部相同的部分可以省写为"ㄨ"，所以"州"又作夘。《宪问第十四》"子曰晋文公谲而不正齐桓公正而不谲"章注："周室言ハ昔周ノ成王ノ時、召公奭ノ我先祖ノ大公望命セラルルコトハ、五等ノ諸侯九夘ノ伯ヲハ叛ク者アラハ、対治仕テ周室ヲタスケヨト仰付ラレタリ。"（570 页）"九夘"，即九州。此句是对见于《左传》僖公十四年的管仲的如下一段话的译解："昔召康公命我先君大公曰：'五侯九伯，女实征之，以夹辅周室。'"

六朝和唐代的俗字传入日本以后，很多被奈良、平安朝的写本所采用，宋元以来的俗字也通过笔记、小说等各种书籍传入日本，反映到室町时期的

---

① 张文彬等分段标点：《十三经注疏分段标点》第 19 册，新文丰出版公司 2000 年版，第 319 页。
② 《春秋左传集解》，上海人民出版社 1977 年版，第 1808 页。

抄本中。在漫长的书写过程中日本学人也形成了一些独特的写法。吸收包括江户时代以来随笔、汉字研究著述在内的学术成果，可以提高识读的准确性。

五 识古字

俞樾《古书疑义举例》举有"不识古字而误改例"，指出："学者少见多怪，遇有古字而不能识，以形似之字改之，往往失其本真矣。"① 古字较之后起字笔画较少，日本室町时期的学者往往用之，以求书写简便。

歌，古文作哥。《八佾第三》"子曰射不主皮"章谈到射礼时说："四曰——射ル時ニ詩ヲ哥ヒ楽ヲ奏シテ、杓（拍）子ニ合セテ弓ヲ引、矢ヲ発也。故二雅頌ニ合フト云。天子ハ騶虞ノ詩ヲ哥。"（163）"哥"为"歌"的古字，《说文·可部》："哥，声也。古文以为歌字。"段玉裁注："《汉书》多用哥为歌字。"上引全句可译作："四曰——射时歌诗奏乐，合于拍子而引弓发矢，故云与雅颂合。天子歌《骑虞》之诗。"

草作屮。屮为草的古字。《里仁第四》"子曰富与贵是人之所欲也"章释"造次"一词："又造次ハ猶草次ノトモ注ス。屮（ママ）次トハ草ノ茂テ、枝葉ノアチコチヘ行違タル皃也。"（192）屮，即草字。此句意为："又造次，注犹草次。草次者，草长繁茂、枝叶各方伸展不同貌也。"

事作叓。《八佾第三》"王孙贾问曰与其媚于奥宁媚于灶何谓也"章提及孔子故事：「孔子衛ノ国ヘ行給時ニ王孫賈孔子ヲ近付テ吾手ニ従ヘタリ（ママ）思ヘリ。故ニ世俗ノ叓ヲ以孔子ニ問イカケ孔子ヲ減（ママ）同シテ知音セン為也。」（155）世俗ノ叓即世俗之事。事，古文作叓，许慎《说文解字》："叓"，日本写本中常见的"叓"字盖此"叓"字的讹变。新井白石《同文通考·讹字》："叓（コト），事也。叓，古事字。"上句是说，孔子到卫国的时候，王孙贾想让孔子顺从自己，所以向孔子问些世俗的事，想感动孔子，引以为知音。意出何晏注："贾执政者，欲使孔子求昵之，微以世俗之言感动之也。"由此也可以判定，上文中的"減（ママ）同"，当为"感動"，日语音同而讹。

韵作勻。《说文》中无"韵"字，韵之后起字。《字汇·勹部》："勻，古

---

① 俞樾等：《古书疑义五种》，中华书局1983年版，第130页。

用为'韵'字，自后人制'韵'字，而'匀'字不复读为运矣。"奈良平安时代写本中韵字多写作匀，抄物中沿袭这种写法。《微子第十八》"柳下惠为士师，三黜"章讲说对柳下惠做了介绍："柳下惠、名ハ展禽也。鲁ノ柳下ト云処ニイテ、人ヲメクム德アルホトニ、柳下惠ト云也。柳下トモ下惠トモ展禽とモッカフ。排匀ハ名ハ穫（クワク）、字ハ禽トアリ。"（673）排匀，即排韵。《阳货第十七》"子之武城闻弦歌之声"章引"張雲辭云ノ雞刀雖少亦可斬群狗卜云"正文下的注文小字："見于匀府上聲"。（650），"匀府"，即《韵府》。

六 清讹误

郭在贻说："古书中形近互讹的例子不胜枚举，训诂家不可不辨。"又说："训诂中遇到字形讹乱的情况，只要我们找到正字，问题也就迎刃而解了。"① 应永本《论语抄》讹误颇多，如诸误作法，问误作间，列误作烈，恒误作垣，壁误作譬，羲误作义，苟误作荀，坫误作垢，又误作姑，槽误作糟，暂误作哲，采误作菜，拍误作柏，又误作杓，币误作弊，论谈作论淡，仲山甫作仲仙甫，邢昺误作刑芮或刑芮，帷帐误作惟帐，傲慢误作傲慢，俳俳误作排排，渭水误作谓水，蝼蚁误作熮蚁，疑惑误作疑或，末误作未，清楔误作清澳，讹字不胜枚举。

弘误作弦。《子罕第九》"后生可畏"章："我ヨリ後ニ生タル年少ノ者ヲ云。少キ時ハ気力（リョク）か弦（ママ）盛ナルホトニ、物ニ退屈スルコトナシ。"（410）"弦盛"，"弘盛"之讹。

績误作纘。《先进第十一》："冉有、公西华侍坐"章："三年卜云ハ古〇（二）ハ三載考纘（セキヲ）トテ（ママ）、事ノナルナラヌヲ三年一度検知スル也。故ニ三年ヲ限ルトヌ（ママ）ルホトニ此ニモ三年卜云。"（482）原文纘字旁注（セキヲ），为"纘"当为"績（セキ）"之证。

锢误作铜。《泰伯第八》"子曰好勇疾贫乱也人而不仁疾之已甚乱"章引《语录》："病不仁而致乱，如東漢之党铜（ママ）。"（369）"党铜"乃"党锢"之讹。

---

① 郭在贻著、张涌泉编：《新编训诂丛稿》，浙江大学出版社2010年版，第34—35页。

翻字本中有些字没有释出，今天根据写本研究的成果，可以解决释录中保留的问题。该书"翻字凡例"第四条称"原本的误字、误写，或难读难解特别需要注意的地方，原本照录不改的情况，在字的右侧标注以（ママ）。这是笔者所作之标注，并非原本所有。另外，这种标注也有在任意地方作出的，推定有所脱落等的地方，也多省略记入。"这里所谓的"误字、误写，或难读难解"的地方，多数情况属于书写者写了简化俗字。

翻字本释录中的没有解决的问题，有些是因为没有核对引文，如《宪问第十四》释"冉求之艺，文之以礼"一段中的"在传囊公廿三年"，当作"《左传》襄公廿三年"。有些是因为不识文字，而没有释出。如原文用省文（简化俗字），释录中只录其字，而没有注明本字。

民氏不分。《阳货第十七》"公山弗扰以费畔"章讲释谈及成王事："成王ノ洛邑ヲ营（イトナフ）テ殷ノ顽氏ヲ洛邑二迁ス。时、王宫ノ乾ノ方所ヲカマエテ、顽氏ヲヲク。顽氏ノ其行迹ヲ改テヨリ、成者ヲハ王宫ノ巽ノ方二所ヲ構テウッサレタリ。"（652）顽氏，即顽民，指殷代遗民中坚决不服从周朝统治的人。《书·毕命》："毖殷顽民，迁于洛邑，密迩王室，式化厥训。"孔传："惟殷顽民，恐其叛乱，故徙于洛邑，密近王室，用化其教。"应永本上文讲的正是这一段历史。

破误作皈。《八佾第三》"子曰射不主皮为力不同科古之道也"章释皮："皮トハ的也。獸ノ皮二テスルホド二云也。日本ノ笠懸ノ如ク布ヲ張テ、其真中二皮ヲ皈（ママ）二シテイル也。射礼ハ皈（ママ）二イアッルハカリヲ本トセロ（ス）威儀礼二当リ、節奏楽二比シテ而モ射当ルヲ好トス。"（160）此节解释出自《注疏》："射不主皮者，言古者射礼，张不为侯，而栖熊虎豹之皮于中而射之。射有五善焉，不但以中皮为善，亦兼取礼乐容节也。"上引解说中的"皮ヲ皈（ママ）二シテイル"即"皮ヲ破二シテイル"即射中，皮为靶子，射穿皮子，就是中的。

《同文通考·讹字》说："本朝俗书，讹字积多，不胜尽载。"抄物中误写误录的情况比一般学者个人著述写本更为严重，识读时不可不格外小心。当然，这些讹误也是有规律可循的。

七 识省文

《阳货第十七》"宰我问"章释"旧谷既没，新谷既升"："臼壳既——

只一年シテヨカルヘキ謂ヲ云。去年ノ谷ハ今年ミナニナリテ、今年ノ五売（穀）ステニ熟ス。天道モ一期シテ万物悉替ル也。"（664）翻字本"臼売"右旁注："舊穀の省文"，又在"五売"之"売"旁注"穀"字。省文，即简省字。简化字。这里是说"臼売"是"舊穀"的简省字。"舊"简化为"臼"，"穀"简化为"売"，都是字写半边。应永本中"穀"（谷）简化为"売"的，可举数例。如《先进第十一》："冉有、公西华侍坐"章所引"五売（ママ）ノ不熟ヲ饑卜云。菜蔬ノ不熟ヲ饉卜云。"（482），即"五売不熟谓之饥，菜蔬不熟谓之馑"，五売即五穀（谷）。再如《子路第十三》："樊迟学稼"章解"稼"字："稼ノ字ノ心也。五売（ママ）ノコトナルニヨッテ禾篇書也。穀ヲウヘテ苗ヲ生長シテシケリユクコト、嫁娶シテ子孫ヲ生スルカ如シ。"（527页）五売，即五穀（谷）。

所谓省文，即指简化俗字，这里也就是指日本简化字。《同文通考·省文》说："本朝俗字一从简省，遂致乖谬者亦多矣。"日本的简化俗字，大都见于六朝唐代俗字，也有出自《宋元以来俗字谱》的，还有一些属于日本人自用的。简化的方法，除了同样部件用符号代替、同音替代之外，采用最多的是半字法，也就是写字写半边省半边。

省略偏旁不书的，如原文中《论语》作《侖吾》，如序中所说"鲁侖吾卜ハ今日講スル所ノ侖吾云也"（14），即谓鲁《论语》乃今日所讲之《论语》云。

日语释字与尺字读音相同，故释写作釈，亦可再省半边作尺。《子罕第九》"子曰可与共学"章解说："講尺ヲ聞モ我モアノ如講セント思テ聞モ（ママ）者モアリ。又著述ノ為ニ聞者モアリ。同シ道ニハ不行也。"（416）讲尺即讲释，义近今天所说的讲课。此句大意是说："有想要自己也讲来听课的，也有为了写书而听课的。不行此道都是一样的。"《子路第十三》："为君难为臣不易"章释首句："此二為君難卜云コトハカリヲ再尺シテ為臣不易卜云コトヲ再尺セサルハ、定公ノ為ニ云ル程ニ、君ノコトヲ云テ臣ノコトヲイハサル也。"（535）"再尺"，即"再释"。

疏作㐬。如《八佾第三》"子曰管仲之器小哉"章释"管仲而知礼，孰不知礼"："㐬云爵ハ渭（ママ）坏也。"（178）即《疏》云爵谓杯也。《为政第二》"孟懿子问孝"章："㐬二春秋ノ祭礼以時忍之陳其簠簋哀戚スルヲ云。"（84）《疏》之原文为："祭之以礼，春秋祭祀，以时思之，陈其簠簋而哀戚之之属也。"疛即疏之省文。

篇作扁。如《卫灵公第十五》："子曰已矣乎吾未见好德如好色者也"章注："此ハ、子罕ノ扁ニアリ。已矣乎ノ三字添タリ。遂ニカヤウノモヲ不見シテハテンカト云心ニ已矣乎トイヘリ。"（609）上文中的扁字为篇之省。"子罕ノ扁"即《子罕篇》。

懿作恣。《为政第二》"孟懿子问"章："孟恣ニハ委ク告テモ無曲者也。"（84）"四子ハ孟懿子、孟武伯、子游、子夏四人ヤ。…恣子ハ三家ノ一ヤ。"（90）"恣"当"懿"字之省文。

墨作黑。《为政第二》释："子曰：'攻乎异端，斯害也已。'"一章释"异端"谈及"楊黒释老ノ道ヲ異端ト云ハ後世ヨリ名付コトヤ。楊黒（ママ）カ道ハ餘リニ夏カ浅マナル休（ママ）ニハヤク、悪キコトヲ人カ知テ世後世マテハ不伝。至テ今異端ト云ハ專老仏ノ教ヲ云リ。"（102）言杨黑释老之道，后世称之为异端，黑即墨字，指墨子、墨家。

滥作监。《泰伯第八》"曾子曰可以托六尺之孤"章谈及日本摄政制度的源头在于周公摄政："周成王幼メ即位。叔父周公旦摂政ス。是今日本ノ。（摂）政ハ、周公旦ヲ以テ監（ママ）觴トス。"（367）监觞，即滥觞。

憾作感，亦作咸。《公冶长第五》："子曰伯夷叔齐不念旧恶怨是用希"章释"不念旧恶"："不念旧悪トハ、旧悪ハ、故感（フルキウライ）也。モト人ノアシカリシヲ無念也。"（254）感有悲伤意，无怨恨意，旁注"フルキウライ"是旧怨之意，与感字不符，盖感字乃感字之误书或误录，实为憾字之省。《先进第十一》"子曰回也非助我者也於吾言无所不说"章说解后讲经者议论说："孔子ノ言ヲ聞テハ歓喜踊躍スル也。此語ハチヤツトウチ聞処ハ顔淵ヲ憾（ウラムル）ニ似タレトモ、実ハ深ク褒美シ玉ヘリ。"（459）意为闻听孔子此言欢喜跳跃，这句话一听好像在怨颜渊，实际上是给他很深的赞许。憾正作怨恨讲，"憾"字旁注（ウラムル），即怨恨意，是为其证。

感作咸。《里仁第四》"子曰父母在不远游游必有方"章释不远游："外ヘ行トテ、父母ニ云テ行ハ、同気相咸（ママ）故也。父母ホト同気々質ノ者ハアルヘカラス。南ヘ行ト云テ、北ヘ行ツナトセハ、同気々質ニアルヘカラス。遠不行ハ常ノ法也。"（210）"同気相咸"即同气相感。

凤凰作"几几"。《子罕第九》"子曰凤鸟不至河不出图吾已矣夫"章释"凤鸟":"舜ノ时ハ几几来儀ス。文王ノ時ハ几几岐山ニ鳴ク。"（396）意即"舜时凤凰来仪，文王时鸣于岐山。两"凤凰"皆作"几几"。《同文通考·误用》:"几（ホウ），俗或作鳳凰字。○几（シユ）音殊，鳥之短羽飛几（シユ）几也。"这种写法在抄物中很普遍，如足利乙本《毛诗·卷阿》:"凤凰鸣矣，于彼高岗．梧桐生矣，于彼朝阳。""凤凰"作"几几"．"凤凰于飞，翙翙其羽，亦集爰止。"《传》:"凤凰，灵鸟也，仁瑞也。"《传》文中"凤凰"作"几几"。

以上对抄物识读的基本方法做了举例概述。不难看出，抄物的识读还有很多工作可做。我们完全可以站在两个肩膀上来作抄物的释录工作，其一是中日两国传统的写本研究学术积累的肩膀，一是敦煌研究成果的肩膀。站在这两个肩膀上，我们就可以解开许多谜团，由此揭示日本中世文化的秘密，切实和那时的学人展开跨时空对话。

八　东亚写本学中的日本写本

首尔的街上，有一尊雕塑，一枝半斜的饱蘸墨汁的毛笔，正奋力书写。

敦煌的石窟中，收藏着幼童书写的打油诗。

弘法大师书写的《风信帖》等被列入日本国宝。

提笔习字，是昔日东亚学童读书的开始。毛笔之下，诞生过无数动人的诗文，彪炳人寰的史册。留给今人的，就是写本，或称抄本。

在讲究汉字书写的东亚各国，手书的字——墨宝是学者的又一张面孔，它比天生的面孔表情更为丰富，影响面更为广大。天生的面孔是学者不能改变的，而手写的面孔却可以通过磨砺达到艺术的极致。在印刷文化发达的日本江户、明治时期，刻版或铅印的书籍前面也要有名家或作者手书的序，并加盖印章（也是艺术化的汉字），这被视为书籍传播效果的重要因素。读者见字如见作者或名家。刻字、铅字是面目大同小异的，而手写字则是个性化的。书籍以这样的方式来表达对写本时代的记忆与怀念，学者以这样的方式表达对汉字文化的敬意。这种现象，既是写本文化的延伸，也是东亚印刷文化的特色。

中国及其周边各国保存的古代以汉字为中心的写本，是汉字文化的瑰宝，也是重新解读东亚文化交流历史的钥匙。它们都是建立"东亚写本学"的基础材料。

在我国周边的朝鲜半岛、日本、越南等国家和地区，有大量汉字和变体汉字撰写的文献，是以写本形式保留下来的。不仅在印刷文化兴盛之前，从中国传去的典籍只能依靠抄写获得流布传存的机会，就是在印刷文化发达之后，获得印刷机会的作品也只是撰写出来作品中极少的一部分，更多的只能在有限的范围内依靠写本传播，有些甚至只能拥有作者身边有数的读者。还有一种情况，就是即使得以排版印刷的典籍，也会失去一些古代写本独有的标注方法、符号等文化信息。印本也不再具有写本的唯一性。不计其数的写本，是汉字文化圈古人心血的结晶，它们中既有像《释灵实集》这样的中国早已散佚的文献，也包括域外学者作家用对于他们来说属于非母语的汉语撰写的数量可观的汉文小说、笔记、诗歌和野史著述等，还有他们用自己创造的文字书写的各种文献。在这些写本中，蕴藏着丰富的文史材料，承载着尚未深知的文化信息。

日本学者利用保存在日本的写本进行古籍校勘工作，取得了可观的业绩。在这方面，小松茂美①、平冈武夫、今井清②、冈村繁③、太田辰夫等利用《白氏文集》写本对《白氏文集》本文的研究，斯波六郎利用《文选李善注》写本对《文选李善注》所引《杉树》的考证，尤其具有很高的学术价值。斯波六郎多次强调："宋版《文选》世人大为尊重，以学术的眼光观之，经后人篡改羼入者多矣，加之写者刻工之讹误，亦不鲜少，故其价值远在旧抄本之下。从来论《文选》者概未参订诸本，特未尝以就抄本作校勘，是以其所论往往有谬误。"④

对于中国文化研究来说，域外所存写本起码具有两方面的意义。

首先，由于域外文化与中华文化发展的异步性，相互的距离，造成了传播上的差异，中国学风变化带来的旧典籍遗失现象，可以通过保存在外部而更接近于原初形态的写本，得到某种补阙，帮助我们恢复文化记忆。

---

① 〔日〕小松茂美『平安朝伝來の白氏文集と三蹟の研究　鑑賞篇研究篇』、墨水書房1965年版。
② 〔日〕平岡武夫　今井清校定『白氏文集』三册、京都大學人文科學研究所1971—1973年版。
③ 〔日〕岡村繁校注『白氏文集』、明治書院1988年版。
④ 〔日〕斯波六郎『文選李善注所引尚書攷證』、岩波書店1982年版、第653頁。

另一方面，这些写本中保存的有关各民族间文化交流、融合、移植、变异的信息，又是我们在新的国际化浪潮中温故知新的材料。

总之，东亚写本对于"前印刷时代"的文化研究，对于东亚比较文化和比较文学的研究，对于亚洲历史的研究，都是一座尚未充分发掘的宝库。不仅古代印本是在清理大量写本的基础上完成的，就是近代发现并翻刻的一些典籍如《冥报记》等，也是释录写本的产物。可以毫不夸张地说，写本不清，则典籍不明。陈寅恪先生所说的"取异族之故书与吾国之旧籍互相补正"，其中东亚写本应该说是其重要部分。

在东亚写本的研究中，敦煌写本具有特殊的意义。没有一个地方，像敦煌那样集中了那么多保存原貌的写本，也没有一个地方的写本，像敦煌写本那样获得了如此深入的研究，而敦煌写本形成的时期，从总体上绝对早于域外其它写本。敦煌写本的发掘，也曾是促使日本学者提出展开写本学研究的契机。因而，当我们在对东亚写本展开系统深入研究的时候，敦煌写本研究的成果，就成为我们排疑解难的利器，而利用敦煌俗字来对各类写本作释读工作，则仅仅是一个方面。即使从这一点来说，敦煌写本的意义，也早就超出了敦煌学的范畴[①]。

同时，对域外写本的研究，不仅使敦煌研究的国际视野有了更为明确的方向，而且也有可能给敦煌写本带来众多的参照。围绕写本关于文字、书法、书写工具以及人员交往等多方面的研究，将把敦煌和更广阔的世界联系起来，赋予敦煌文化更为普遍的意义。

中国以外的汉字文化圈各国虽然保存了很多写本，但是它们却长时期并没有得到充分研究，特别是对我国多数学者来说，它们就如同新发掘出来的出土文物一样新鲜。将它们与敦煌等处保存的相邻资料对比研究，如果目的确是为了探赜索隐、钩深致远的话，的确可能取得相互为用、相得益彰和研究思路上彼此启发的效用。

写本学是一门年轻的学科。瑞士学者安·克丽丝蒂娜·谢勒—肖布解释说：

[①] 王晓平：《日本汉籍古写本俗字研究与敦煌俗字研究的一致性——以日本国宝《毛诗郑笺残卷》为中心》，《敦煌研究》2010 年第 1 期，第 181—187 页。

写本学（eodicologie），又译"手稿学"，这一术语首先产生于法语之中，但是现在英语中"eodicology"的用法已经得到认可），或者说相当于德语的"Handschriftenkunde"，其特点是要研究某部手稿、手稿集或者甚至完整地研究某种特别或专门的手稿文集。写本学的宗旨是对体现手稿在其特定的时空条件下的内在和外在的全部特征进行最理想最详尽的描述。

西方写本学的研究方法，着重在对写本的完整描述方面。他们认为，除了最好的——即手稿上有版本记录表明它是在何时何地由何人撰写或抄录的情形之外，还需要想办法至少弄清某个相关的年代，并对写本的纸张或其它载体、书写工具、书写艺术、字体、书写中的装饰、绘画与涂写、页面设置、标注、文献的年代特征加以全面考察。他们认为，写本书和古文学学，既是一种阅读的方法。也是一种分析的方法①。

古代社会的人造书写材料是多种多样的，纸草、陶器的碎片、羊皮纸、木牍、木签、骨头等等，而东亚地区很早就开始了在简帛纸张上书写的历史，写本成为传播文化的主要载体。东亚有着丰富的写本资源，把它们放到一起研究，首先就给东亚文字学研究，特别是汉字研究打开了新的天地，纠正了很多以前关于各国文字中的一些误解。东亚各民族在长期使用汉字的过程中，也将自己的智慧注入到对汉字和汉字文化的创造之中，前人留下的写本，便是一部活的汉字演变史。非汉字的各种文字、符号等，也有许多中国学者未知的奥秘。当然，东亚写本学的首要问题，是汉字问题。

汉字具有极强的再造能力和造词能力。新字的产生首先是为了书写实用和方便。有些中国字写起来很繁复，周边各民族人民就造一个简单的去代替，作用相当于今天所说的简体字。为了表现汉语中没有的事物，首先是人名、地名、物名和发音，就需要仿造汉字的结构创造新字来表意和表音。这些中国没有、而由别国自创的字，日本称为国字、倭字或和字，韩国称为固有汉字。古代写本保留了丰富的文字材料，是我们追溯中国文化东传和各民族文化交流最重要的依据。

何况即使从文献价值来说，写本也有值得充分肯定的地方。得鱼忘筌固

---

① 〔瑞士〕安·克丽丝蒂娜·谢勒—肖布：《敦煌与塔波古藏文写本研究的方法论问题》，王启龙译，收入《法国汉学》第五辑《敦煌学专号》，中华书局2000年版，第245页。

然是人之常情，但从文化传递的角度来讲，写本曾是不可跨越的阶段。从这一点来说，围绕《诗经》的文化传递，就不仅是中日文学关系探讨的内容，而且也是中国与韩国、朝鲜，与越南等汉字文化圈文学关系理应探讨的内容。不过，由于在其它国家中或许由于保存的原因，至今还没有发现这么多写本，所以，我们就自然把目光聚集到日本的《诗经》古本上，期待它们能为我们理解古代东亚文化交流提供一些新东西。

第三节 中国文学的和刻本传播

日本出版史上，根据制本地点不同，有唐本、和本和朝鲜本之说。顾名思义，在中国制本的，称为唐本，在日本制本的，就称为和本，在朝鲜半岛制本的，就叫做朝鲜本。各国制本技术大同小异，就其区别来讲，就有"唐本仕立"、"和缀"、"朝鲜缀"的说法。"和本"、"和书"从内容上说是一个意思。

据日本学者长泽规矩也《和刻本汉籍分类目录》，中国典籍在日本刊刻，分和刻本与翻刻本两种，原书的白文再刻本属翻刻本，再刻时添加训点、假名则为和刻本；日本再刻时添加的符号、注语超过一定限度，或书名冠以"改订"、"增补"、"景印"之类，一概算作"日本汉籍"。和刻本大抵居于中国汉籍与日本汉籍之间，有些冠以"景印"而归为"日本汉籍"者，本文一如原书；有些书名照旧而划入"和刻本"者，不仅增加序跋，甚至添页插入日本作品。

关于我国图书在日本的传播流布，日本学者大庭修等有丰富的研究成果，我国学者也多有研究，其中以严绍璗所著《汉籍在日本的流布研究》《日本藏宋人文集善本钩沉》[1]、《日本藏汉籍珍本追踪纪实》[2] 等所论最详，王勇等的相关著述如《中日书籍之路研究》[3]《奈良平安时代的日中文化交流》[4]《书籍之路与文化交流》[5]，资料翔实，描述精要，其中不乏新资料与新发现，这里不再赘述。简略补充的是，日本多年来断断续续做过一些日藏中国典籍

---

① 严绍璗：《日本藏宋人文集善本钩沉》，杭州大学出版社1996年版。
② 严绍璗：《日本藏汉籍珍本追踪纪实》，上海古籍出版社2005年版。
③ 王勇等著：《中日书籍之路研究》，北京图书馆出版社2003年版。
④ 王勇、久保木秀夫编：《奈良·平安期の日中文化交流》，日本农文协2001年版。
⑤ 王勇主编：《书籍之路与文化交流》，上海辞书出版社2009年版。

善本的影印出版工作，如足利学校藏宋本《尚书》《毛诗注疏》等均已有影印本，特别值得一提的是，汲古书院刊古典研究会丛书汉籍之部第一期全 16 卷所收静嘉堂文库藏清原宣贤亲笔本《毛诗郑笺》、清原教隆书写加点本《论语集解》、南宋初刊本《吴书》、穗久迩文库藏日本元弘三年（1333）抄本《五行大义》、清原教隆校点本《群书治要》、内阁文库本《东坡集》，都是稀世珍本，值得我国学者珍视。

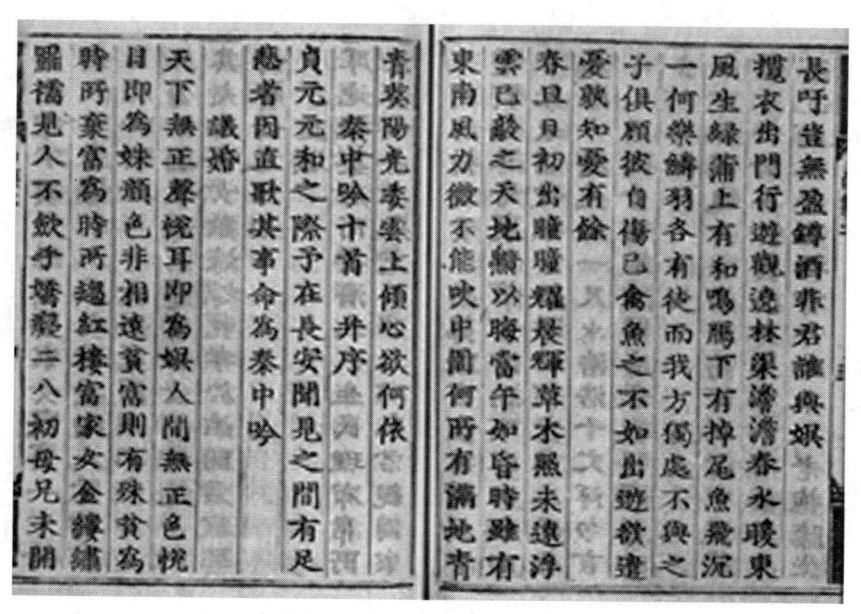

图 30　《白氏文集》1618 年和刻本

在日本刻印的书，就叫做"和刻本"。"和刻本"当中，从书的内容上说，既有日本人写的，也有中国人写的，还有西人的著述，但是，从历史上看，汉籍，即用汉字书写的书的数量，要远远超过西文的书，所以一般就把日本人为阅读方便给中国书籍加上训点以后的刻本，都叫做和刻本。

和刻本都是在中国传来的典籍上，加上各种帮助阅读的假名和各种符号。使用最多的是平假名，对文字的意思和读音加以标注，还有用以改变语序的"返点"，而且标注的方法，也因师承不同而异。不过，也有少数刻本是采用片假名来标注，并且采用自己独家创造的标注方式的书，如大阪浪华书林天明元年刊行的赞岐百年先生溪（河田）世尊所著《经典余师四书之部》十卷。

明治维新以后，日本学者仍在不断对中国古代典籍进行整理，他们的校注本吸收了中国学者的学术成果，也有一些独到的地方，与中国同时期版本不同的是，他们有些利用了日本自古相传的古写本和刻本。它们可以看做"和刻本"的延展，亦可称为"新和刻本"，以便于与中国刻本展开比较研究。

一　和刻本概观

早在奈良时代，便有了佛典的和刻。在一部分佛寺中，为信仰上的发愿供养，进行佛典的印刷。根据称德天皇（孝谦上皇重祚）的敕令，为战死者追善供养而印制一枚祈祷文，纳入百万木造三重小塔之中，时经七年，于770年，在法隆寺、奈良大寺等十大寺各奉纳十万，这就是著名的《百万塔陀罗尼》，现今法隆寺仅传存其中一部分。《百万塔陀罗尼》开其端绪，诸山诸寺的开版，一直持续到平安时代。平安时代奈良兴福寺印刷的佛典，称为春日版。

镰仓时代各宗寺院也有印刷佛典之举，这些佛典，版以寺院名，各称为东大寺版、西大寺版、法隆寺版、东寺版、高野版、睿山版等。从镰仓中期到室町末期，临济宗的京五山、镰仓五山禅林，为钻研学问，也刊印内典的教典、禅籍，以及外典的汉籍。其中很多是从中国传来的宋、元、明代的刊本的覆刻本。它们统称为五山版。总之，从古代到中世的印刷，是佛教各宗寺院作为一种宗教活动的木版印刷，与赢利为目的的书肆（版元）进行的出版。其版式为整版。

正中二年1325年的覆宋本《寒山诗》是至今所知可以确认刊刻地点的最早的中国文学典籍，也是最早的中国汉籍。以后，延文三年，春屋妙葩所刊诗偈参考书《诗法源流》，五山陆续刊行了很多汉籍。

正平十九年1364年在今天大阪地区堺市，由道佑居士刊行的《论语集解》，即著名的《正平版论语》，是迄今所知最早刊刻的经书。该书在室町时代多次改版，初版有道佑居士与日下逸人题识的双跋本为最早，以后不断覆刻，删削了日下逸人题记的单跋本、双跋原样覆刻的双跋本改版、删削单跋本的后印的无跋本，还有后来的《明应版论语》等，都可以说是《正平版论语》的覆刊。《古文尚书》《毛诗郑笺》《春秋经传集解》《音注孟子》等，都被刊印，这些书都是禅家学习的教材。对《孟子》的关注，说明新学正逐渐进入禅林。

《老子鬳斋口义》《庄子鬳斋口义》，韩愈、柳宗元、杜甫的诗集，东坡、山谷的总集的刊行，都反映了禅林的风潮。宋元所编的《三体诗》《联珠诗格》《皇帝风雅》《古文真宝》《诗人玉屑》《翰林珠玉》都在刊行之列，它们与缁流的诗偈都是五山僧侣写诗习文的参考。其中有不少是宋元明刊本的覆刻本，有些书字体不免日本化，但整体来说，五山版具有很高的文献价值。

五山版的刻工，有些来自中国大陆，他们的名字镌刻在书籍的刊语中，如嘉庆元年刊《新刊五百家注音弁唐柳先生文集》中的俞良甫，永和二年刊《集千家注分类杜工部诗》的陈孟荣等。

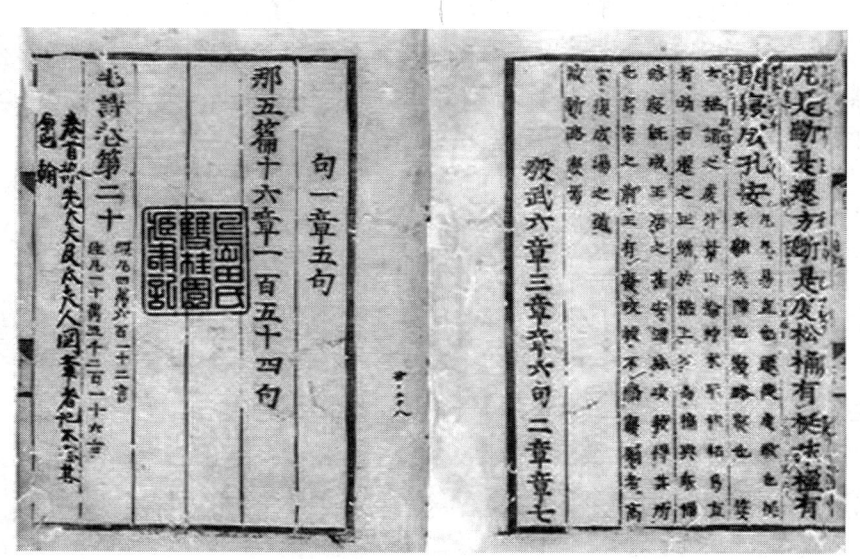

图31　五山版《毛诗郑笺》

五山禅林首启刊刻汉籍之风，由近及远，吹到各地。道佑居士所在的堺，滨临大海，远望唐土，商业发达。天文二年（1533），在清原宣贤指导下刊刻的所谓"天文版论语"，和明应二年（1493）据相国寺本刊刻的《三体诗》均出自这里。此外，日本中国地区的大内家、南九州岛地区的岛津家治下，也都开始经营出版事业。《聚分韵略》是南北朝时代五山僧人虎关师炼编写的一部汉诗韵书。大内领内，明应二年（1493）真乐轩刊印了《聚分韵略》，天文八年（1539）刊行了有大守大内义隆本人刊语的《聚分韵日本略》，这一年大内家重臣杉武道，覆刻了双跋本的《正平版物语》，在萨摩，文明十三年、享禄三年也刊印了《聚分韵略》。

（一）古代活字版

17世纪初，德川幕府统一了全国各地大名，确立幕府体制，京都（时称为"京"，今天很多京都一带的人还把它省称为"京"）、江户和大阪，时称"三个津"，以这三个都市为首，诸藩的城下町、港町等逐渐繁荣起来。江户自1603年幕府开设以来，作为政治中心迅速发达起来，所谓"参勤交代"（轮班勤务）制度，诸藩武士驻留于此，成为一个繁华的消费城市，到1724年，人口达到46万，在府武士50万，总人口约近百万。大阪的堺，是历来对外贸易发达的地方，丰臣秀吉对海外早有打算，堺的商人云集于大阪城下，大阪就成为幕府直辖的特别城市，它地处要冲，与自古便是都城而文化传统厚重的京都不远，有濑户内海和淀川的水运之便，各地的粮食、物产在此聚散，素有"天下厨房"之称。1699年，大阪人口多达36万4千余。这时货币统一，流通有序，交通便利，城市间的各种批发、中转机构相当活跃，商家积累了足够的实力展开各类经济活动。

德川家康为维护幕府体制，颁布士农工商身份制度，为将武家政治合理化，强化儒家的思想规制功能。他师从于藤原惺窝学习儒术，并重用其弟子林罗山，确立朱子学的官学地位。同时采用文治政策，奖励学问，在江户设立官学昌平黉，诸藩设立藩学（藩校）。

安土桃山时代，外来的两个系统的铜活字印刷技法，使日本的印刷文化面貌一新。第一个系统与基督教传教相关，1590年日本耶稣会巡察使巴利良诺带回了西方的活字印刷机，第二年到1611年的20年间，在天草、长崎等地，印刷了基督教教养书，以及日本语言学书籍和辞书等，这些称之为"吉利支丹版"（基督教版）。方式是以西文横排，纸张双面印刷。日文则是活字竖排，纸张单面印刷。日文版，即所谓"国字本"，也开始创造了两字或三字连续活字。第二个系统就是丰臣秀吉1592年的文禄之战，从朝鲜带回东方式的铜活字印刷的技术和朝鲜本。

从那以后，在日本文化上层，活字印刷开始盛行起来，时间恰是文禄、庆长之时。

战争逐渐平息，对文化的关注日益增强。元和、宽永年间，民间也流行起活字印刷之风。用活字印出的书，称为古活字版，当时也成为"一字版"，意思是字是一个一个排出来的。除了有朝廷敕版、将军家康的出版之外，后来民间还出现了私家版。

1. 敕版。朝廷引领着活字印刷之风。这些应朝廷之命刊印的书，称为敕版。受后阳成天皇之命，文禄二年刊刻了《古文孝经》，庆长二年（1593），刊行了《古文孝经》，今已不存。1597年至1603年，汉籍《锦绣段》《劝学文》，四书以及《长恨歌　琵琶行》等九种刊行，以后又相继刊印了《日本书纪　神代卷》和《职原抄》两种，以木活字刊行，称为庆长敕版。后水尾院在元和七年（1621）刊出了十五册大部头的《皇朝事宝类苑》。它不再是以前使用的木活字，而是铜活字了。

2. 家康出版。德川家康于1599年到1606年，命伏见圆光寺

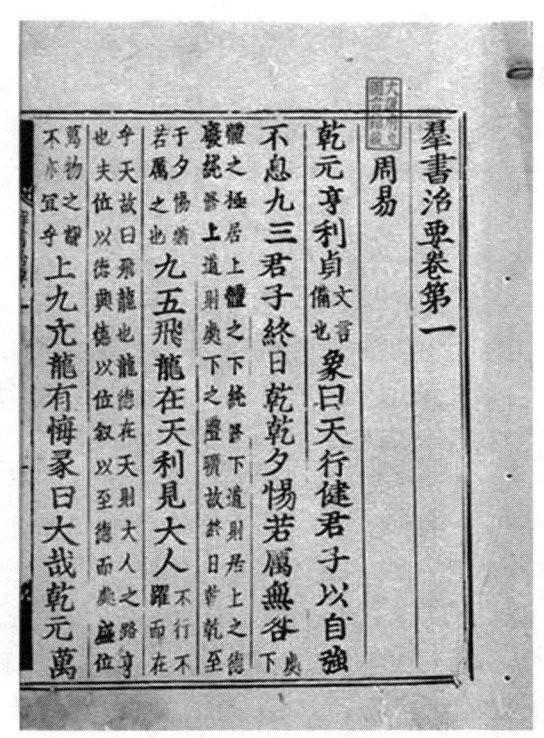

图32　大阪府图书馆藏《群书治要》刻本

的僧人闲室元佶以木活字刊行了汉籍《孔子家语》《贞观政要》以及日本书籍《吾妻镜》等，这称为伏见版。

武将、公卿、寺院也开始模仿敕版，办起了自己的活字印刷。在汉籍方面，德川家康尤其值得一提。他从庆长初年在伏见大兴开版之业。足利学校的僧人闲室元佶，统理建于伏见的圆光寺的学校，制作木活字十万个。庆长四年（1595）刊出《孔子家语》《三略》《六韬》，先后刊出的还有《贞观政要》《周易》《七书》等。三要所用过的活字，至今还保存在洛北一乘寺同名的圆光寺当中。从庆长十二年（1607），德川家康隐居在骏府（骏河，今静

冈市），他仍然不忘印书，这时采用了见于朝鲜本的铜活字，以心崇传（1569—1633）、林罗山受命行事，五山僧侣也被动员起来。元和元年（1615）让以心崇传、林罗山参与，从第二年开始两年间以铜活字刊行了佛典《大藏一览集》、汉籍《群书治要》，称为"骏河版"。元和二年（1616）动工，着手刊印《群书治要》，刊印完工，家康作古，其书移至纪州德川家，长期保存。弘化年间（1844—1848）德川家刊出的《群书治要》，是铜活字补以木活字版，从以心崇传的日记可以知道，底本是金泽文库藏清原教隆的抄本。德川家刊刻的书籍，实用性明显。

3. 私家版。既有小濑甫庵的甫庵版，也有特别值得注意的嵯峨本。所谓嵯峨本，是指在京都嵯峨刊行的木活字版刊行，多以书法名家书写的连续活字印刷，并对装订精心处理，一丝不苟，是以堂上公家和上流歌人为对象的出版，木活字版印行了《伊势物语》《方丈记》《徒然草》《观世流谣本》等，也有整版《三十六歌仙》。以往的印刷文化以经典和汉籍为主流，嵯峨本对日本古典文学的重视值得瞩目。

庆长十二年（1607），越后地方上杉家的家老直江兼续，利用京都兴办印刷业的要法寺的条件，刊刻了《五臣注文选》，世称"直江版文选"。日性圆智是要法寺印刷的核心人物。著名的《要法寺版论语》即出于此。该书由慈眼、正运刊语。京都睿山印刷业很活跃，《毛诗》《左传》均曾刊印。

民间人士染指印刷业，用活字印制医书，也兼印文史。吉田素庵版的《史记》、那波道圆版的《白氏文集》，皆出自民间书家。宽永年间（1624—1644）起，书肆开始出活字版。有一时期，整版、活字版兼用。江户时期社会安定，职业分化，书籍需求旺盛，出版店家如雨后春笋，印刷技术由活字版再次向相对经济的整版印刷回归，从宽永以后到幕府末年，整体趋势是整版印刷当家。

同种书往往多次刊印，《后汉书》这样的大部头也有了刊行的机会。给江户文学很大影响的《剪灯新话》，在庆长（1596—1615）、元和（1615—1624）年间问世，底本是朝鲜刊行的《剪灯新话句解》。日本的古抄本、朝鲜刊本，以及中国传来的版本，都渐渐成为日本汉籍古活字版的底本。

中村幸彦将整个江户时代的整版印刷分为三个时期，第一期为元禄以前。这一时期为新社会建设启蒙时期，朱子学位居启蒙思想的中心，汉籍和刻众多，文化饥渴之余，但求快求多，因而版本良莠不齐，对朝鲜本、坊间刊本尚未充分咀嚼、选择，其中有些是五山版、古活字版的覆刻。几乎所有的和刻本都加上训点，但是那些训点者，汉文法知识停滞不前，文字不洗"和臭"，训点多误。购买者仅限于有钱人。然而书籍走出写本流传的不便，很多书籍，特别是大部头的书，迎来了刊印的良机。如《四书大全》（庆安四年，鳌头评注），《五经》大全本，以及柳文、韩文，再版很费力，这一时期被补刻，以后长期利用。①

程朱理学之书如鱼得水。《四书》有诸家训解本，成为朱子学定本。四书五经注释之书，多次刊行。《朱子语类大全》（1631）、《南轩先生文集》（1631）、《周张全书》（1675）、《二程全书》（1684）、《虚斋蔡先生文集》（1634）等儒学大部著述相继面世。同时，阳明学相关的典籍也颇受青睐。《传习录》（1650）、《王阳明先生全集》（1653）、《龙溪王先生全集》（刊年未详）等也都相继刊行。

活字印刷也有缺陷，当时的技术，植字一版只能印刷百部左右便不能使用，拆版再用，不适宜于大量出版。从宽永年间（1624—1643）从武家社会草民间读者层大增，不仅汉籍，日本书籍和各种杂著的出版供不应求，开始对日本自古以来的木版印刷重新审视，整版虽然雕刻费时费钱，但是如果印数高也很合算，而且版木留下来就可以再版重印。有一点更与汉籍的流动关系密切，那就是一般读者要读解汉文，更欢迎加上送假名、返点的符号的加点本（亦称付点本），比起行间挤得满满的活字版，将所有的信息都刻在一个版木上的整版，就显得格外有用。活字版还有不便于插图的不足。那些以图为主或者图多的书籍，就更乐于选择整版了。

宽永年间的京都以整版印刷为职业的出版商兴起，活字印刷被取代，直到近代金属活字印刷出现，整版印刷时代延续了相当长的时间。江户末期部分采用活字版印刷，所以从安土、桃山时代到宽永期间的约五十年间，被称为古活字版时代。

（二）本屋的抬头和发展

本屋（ほんや），就是书店。古活字版印刷，是善本百部出版的文化事

---

① 〔日〕中村幸彦『中村幸彦著述集』第八卷、中央公論社1983年版、第368頁。

业，是相当有限的上层特权阶级的文化圈享受，到宽永前期（1624—1633），一般市民希望读到多种多样的刊行，适宜于大量出版的整版印刷被刮目相看，以赢利为目的的出版商应运而生，这就是出版媒体的诞生。

这些出版商当时被叫做本屋、版元、书肆，普遍使用的是"本屋"。当时本屋兼作出版和贩卖。今天的本屋，则只管卖书。当时已经有了专卖旧书的"古本屋"和出租书本的"贷本屋"。出版商还有了专业分工，有了出版汉籍、佛典、和歌书籍等学问书籍的"物之本屋"，有了出版小说、插图草纸等通俗书籍的"草子屋"，在江户后期还出现了批发性质的"地本问屋"等等。

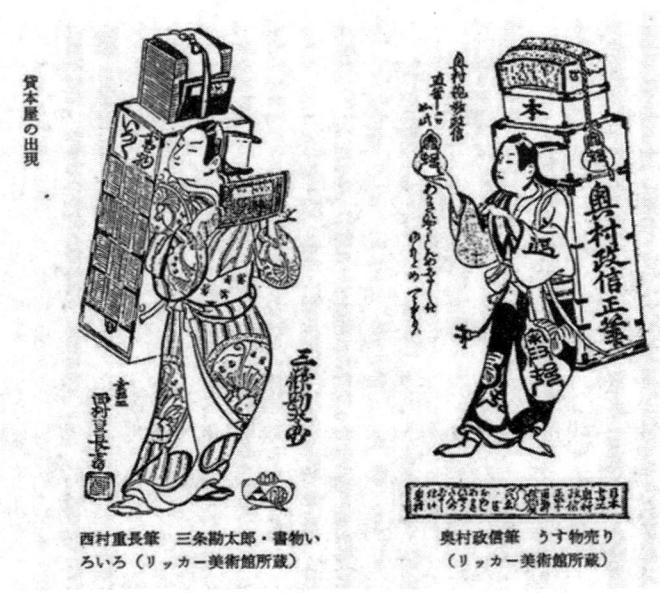

图 33　江户时代租书铺的业者

江户前期出版业以关西的京阪神地区特别是京都为中心。据奥野彦六《江户时代古版本》① 统计，京都本屋多达 110 家。1702 年问世的浮世草子《元禄太平记》卷 6 则记载京都本屋有 72 家，其中老铺十家，书中不厌其烦罗列其名。大阪出版业兴隆略晚于京都，也达到了相当规模。中期以后，中

---

① 〔日〕奥野彦六『江戸時代の古版本』、東洋堂 1944 年版。

心移至江户,从书中的广告来看,跨地区的经营已不罕见。各地的"贷本屋"对图书流通发挥了相当大的作用。

明治时代汉学研究受到很大冲击,但明治初年由于技术的改进,汉籍的出版仍然活跃。特别是东京的凤文馆,从1882年至1888年破产,几年间出版了大量有关中国文学研究的书籍。其中最值得一提的是它先后印行了《佩文韵府》《资治通鉴》和《康熙字典》等典籍,正如三岛中洲(1831—1919)在《默凤帖募疏》所说的"若彼《韵府》,虽王侯之富,所不能翻刻",该书的翻刻,"以得播布海内"。①《资治通鉴》训点本的出版反映了当时的读书人仍然享受着训读之便,诚如三岛中洲为该书撰写的序言中所说:"顷日任教官将试此方(注:无训点本),而邦俗沿袭家庭塾师之教,皆先用训点本主讲说,而今遽强之以无点本诵读,生徒厌倦且走,余遂叹息而止,则善让(注:校订者名)勾挑之点,亦岂得已云云。"②

二 四大选集的和刻本

某些中国文学选集由于精选相当时期内的优秀作品,一书在手,精品尽得,使用方便,在中国就享有盛誉,传入日本后,一些知名学者也拿来作为教材或进行注释翻译工作,使它们在文化教育活动中发挥特殊的作用,而这种名人效应又推动更多的人关注它们,因而反复刊刻,广为传布。日积月累,和刻本众多,由于多收名篇,简便易读,特别适于初学者和一般读者入门,可以兼作教材和研读两用,一代一代的学人将它们作为入门的读物和研究材料。虽然它们也曾有过人气冷落的时期,但至今仍然成为研究选题和翻译注释的对象。这里需要特别提出的,就是《文选》《唐诗选》《古文真宝》《文章规范》,它们可以称得上是日本传播最广泛的中国文学四大选集。

另外,宋人周弼选编的唐诗选本《唐贤绝句三体诗法》经元朝释圆至笺注而成《笺注唐贤绝句三体诗法》,其和刻本曾经是五山时代以来的超级畅销书,多种抄物至今有传,对于日本人的绝句创作有深远的影响。村上哲见所撰《汉诗与日本人》③ 对此考订颇详,此不赘述。

---

① 〔日〕中野三敏监修『江戸の出版』、ぺりかん社2005年版、第227頁。
② 〔日〕中野三敏监修『江戸の出版』、ぺりかん社2005年版、第182頁。
③ 〔日〕村上哲見『漢詩と日本人』、講談社1994年版、第148—188頁。

（一）《文选》

一提到《文选》在文学史上的影响，我们就会自然想到杜甫告诫其子"熟读《文选》理"的诗句，想到"《文选》烂，秀才半"的谚语。由于《文选》是在我国文学史上继汉开唐的转化时期——六朝编选的最早的文学总集，人们从中能读到各家作品，因此受到封建知识分子的重视。自唐初以来，对《文选》的研究和注释便发展成一项专门学问——"文选学"。

《文选》在日本奈良、平安时代产生过巨大影响，在这四百多年间，《文选》几乎是那里的知识分子必修的课本。日本汉学家谈到中国文学和日本文学的密切关系时，往往将《文选》与白居易的诗作相提并论。

《文选》很早便由我国传入日本。一般日本学者认为，其时约在公元六世纪末的推古时期，相当于我国隋代。这也是日本历史上开始全面学习、吸收汉文化的时代。一个明显的证据是，公元604年制定的圣德太子的十七条法律中，我们可以看到"有财之讼如石投水，乏者诉似水投石"这样的字句。这句话活用了《文选》中收载的李康（字萧远，魏明帝时中山人）所作《运命论》中的句子。《运命论》中说："张良受黄石之符，诵三略之说，以游于群雄，其言也，如以水投石，莫之受也；及其遭汉祖，其言也，如以石投水，莫之逆也。"① 两相比较，其中关系不言自明。这说明《文选》传入日本当在此前。时至近江、奈良、平安之时，《文选》在知识分子中的影响更是日益广泛，深入人心。

日本奈良、平安两朝，仿效唐朝制度。唐代的科举制度，明经科以"帖经"试士。什么叫"帖经"呢？据《文献通考·选举》说，"凡举司课之法，帖经者，以所习之经，掩其两端，中间惟开一行，裁纸为帖。"日本以近江法令为基础修订的养老二年的法令中，则明确规定："凡进士试时务策二条，帖所选《文选》上帙七帖、《尔雅》三帖。"唐代"帖经"，以五经为帖，而日本以《文选》为帖，其间可以看出当时日本对汉唐文化的取舍。《文选》的选文标准，是所谓"事出于沉思，义归于翰藻"，经、史、子是被排斥在外的，只是对史书中"综辑辞采"、"错比文华"的论文，才选入书中。当时日本官方对《文选》的重视，对处于初步发展阶段的日本文学来说，无疑是起

---

① 〔梁〕萧统编、〔唐〕李善注：《文选》下，中华书局1977年版、第730页。

了促进作用的。《文选》的作用，首先当然在于帮助日本知识分子学习汉文学知识，培养文学意识，作为学习写作的模板。

奈良、平安朝推崇《文选》之风，无疑与唐代对《文选》的重视与"文选学"的发展有关。日本学者梁川星岩在一首题为《论诗示王香》的诗中，曾说"一部杜诗君试阅，尽从《文选》理中来"。这正反映了日本学者对唐朝文学与汉魏六朝文学相互关系的认识。萧统的《文选音》开"文选学"的先河，曹宪又以教授"文选学"著名，许淹、李善、公孙罗继其衣钵，"文选学"在唐初便十分盛行。在日本的史籍之中，也不止一次地可以看到当时某人通《文选》之音、某人抄写《文选》之类的记载。《续日本纪》卷三十五宝龟九年十二月一条中还记载了天平七年（735）随遣唐使来日的袁晋卿因通《尔雅》《文选》之音而被授予大学音博士的佳话。这足以说明当时日本朝廷对《文选》尊崇的程度。

奈良时代以来，佛教日益隆盛，其时便产生了宣传佛教思想的汉诗之作。这一时期编选的汉诗集《怀风藻》中，有道融写的这样一首诗：

> 我所思兮在无漏，欲往从兮贪嗔难；
> 路险易兮在由己，壮士去兮不复还。

此诗另一版本字句有异：

> 我所思兮在乐土，欲往从兮痴骏难；
> 行且老兮盍黾勉，日月逝兮不再还。①

显而易见，这首诗是袭用了张衡的《四愁诗》的形式。张衡《四愁诗》首句是"我所思兮在太山，欲往从之梁父艰"，其诗载《文选》第29卷（晋人张载有《拟四愁诗》，载《玉台新咏》卷9）。张衡，张载其作皆为四首，道融原亦作四首，亡佚三首。张衡之作意在"思以道术相报，贻于时君而惧谗邪不得以通"，道融之作则在于表达对于佛教理想追求不得的苦闷。

进入平安朝以后，《文选》和"文选学"的地位更加显盛。后来著名的

---

① 〔日〕小岛宪之校注『懷風藻　文華秀麗集　本朝文粹』、岩波書店1964年版、第174—175頁。

儒官林春斋（别号鹅峰，江户前期京都人）在谈到这段历史时，曾说，"《文选》行于本朝久矣。嵯峨帝御宇，《白氏文集》全部始传来本朝。诗人无不做《文选》《白氏》者"。平安时代与紫式部齐名的女作家清少纳言，她的作品《枕草子》同《源氏物语》并称为平安时代文学的双璧。在《枕草子》一书中，清少纳言写道："文是，《文集》（指《白氏文集》）。《文选》文章博士所作的申文"①，她将三者同样看作著述的典范。当时规定，大学生十六岁以下者，首先是研究史学的人，要掌握《尔雅》、《文选》音义。《文选》一书，在朝廷进讲不绝，朝绅僧侣中谙诵者不乏其人，讲解《文选》音义的书籍流传数种。相继问世的《本朝文粹》《续文粹》收载的许多文章，也都可以看到学习和模仿《文选》的痕迹。

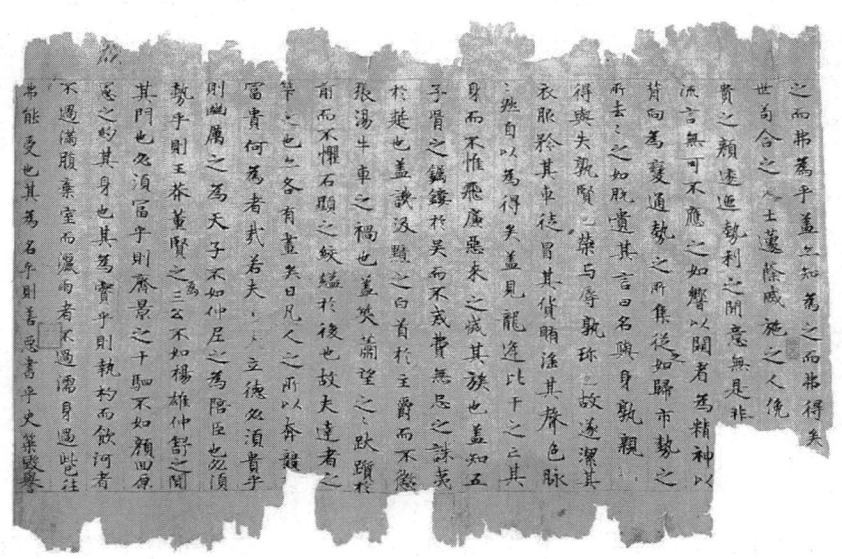

图34 《文选》日本古抄本

《本朝文粹》一书，依我国宋代姚铉所编《唐文粹》而命名，收录了前后二百余年的文章。编选者将四百二十七篇文章分成三十九类。前十六类先后顺序为：赋、杂诗、诏、敕书、敕答、位记、敕符、官符、意见封事、策

---

① 〔日〕清少纳言：《枕草子》，周作人译，中国对外翻译出版公司2001年版，第301页。

问、对策、论奏、表、表状、书状、序等。只要我们把这与《文选》的目录稍作对照，便可发现两书之间的密切关系。大体说来，它们都是以赋为首，继之以杂诗，而后便是奏记、书序之类的文字。《本朝文粹》一书，显然是以《文选》为范本的。

平安朝以后，尊崇《文选》之风逐渐衰减，但《文选》仍在朝绅僧侣之间广为流传。值得一提的是，日本北朝应安四年（1371），在京都嵯峨，耗费前后四年的光景，以宋代淳熙时刊行的六臣注本为依据，印行了李善的注本。在江户初期又有儒臣林罗山、林鹅峰父子的研究和提倡，"文选学"又日渐繁昌起来。

保存在现代日语中而出自《文选》的词汇很多，根据佐藤喜代治（1912—2003）的研究①，可举出下列一些为例：

英雄（えいゆう）	炎上（えんじょう）	解散（かいさん）
禍福（かふく）	家門（かもん）	岩石（がんせき）
器械（きかい）	奇怪（きかい）	行事（ぎょうじ）
凶器（きょうき）	金銀（きんぎん）	経営（けいえい）
軽重（けいじゅう）	形骸（けいがい）	権威（けんい）
賢人（けんじん）	光陰（こういん）	故郷（こきょう）
国王（こくおう）	国土（こくど）	国威（こくい）
骨肉（こつにく）	鶏鳴（けいめい）	夫婦（ふふう）
天罰（てんばつ）	天孫（てんそん）	天子（てんし）
天地（てんち）	元気（げんき）	学校（がっこう）
娯楽（ごらく）	万国（ばんこく）	主人（しゅじん）
貴賎（きせん）	感激（かんげき）	疲弊（ひへい）

以上例证虽然只是一小部分，但其中很多都是日常口语，足以看出《文选》对日本文化影响之深远。

汲古书院所刊《和刻本》丛刊收有《和刻本文选》三卷，是六臣注的训

---

① 〔日〕佐藤喜代治『漢語漢字の研究』、明治書院1998年版。

点本，底本采用通行的宽永二年本的祖本、庆长五年刊最佳初版本。与分数册之书仅第一册有目录，影印不标页码的做法不同，第三册末重新刊载目录，影印也每页详细注明页数。今有原田种成、内山知也编《和刻本六臣注文选抄》，汲古书院，1991年刊。

现通行的《文选》译本有1974至1976年收入《全释汉文大系》的小尾郊一、花房英树《文选》（全七卷）和1963至2001年收入明治书院《新释汉文大系》内田泉之助、网佑次等译注的《文选》（全八卷）。

《文选》全文毕竟过于浩繁，摘译本更适合部分需要者。摘译本则主要有：

斯波六郎、花房英树译注《文选》，世界文学大系，网佑次译注《文选》，中国古典新书，明德出版社，1969年。赋、诗、文章的摘译。

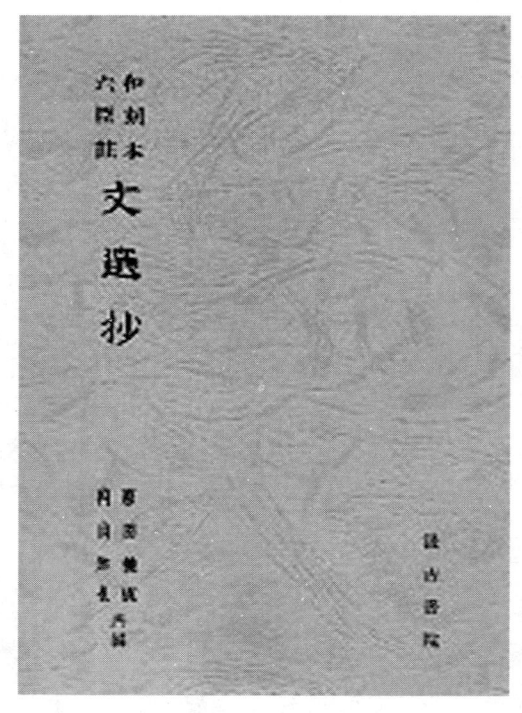

图35 和刻本《文选抄》

高桥忠彦、神冢淑子译注《文选》（上下），中国之古典，学习研究社，1985年。赋、文章的摘译。

兴膳宏、川合康三译注《文选》，鉴赏中国之古典，角川书店，1988年，赋、诗歌、文章的摘译。

内田泉之助等译注《文选》（全四卷），新书汉文大系，明治书院，2003—2007年。上述《新释汉文大系》的选本。

（二）《唐诗选》

日本正德、享保年间，荻生徂徕推崇李王的复古派诗文，其门下皆重《唐诗选》，特别是服部南郭（1683—1759）相信其为李攀龙所著，作为家塾教科书加以翻刻，世间广泛流传。服部南郭在《唐诗选国字解》附言开头就说："近体诗尽于唐。尽也者，尽善之谓，而莫善于沧溟选。"① 后来山本北山反对徂徕一派，鼓吹袁中郎清新诗风，谓《唐诗选》是伪书加以攻讦，释六如、大洼诗佛、菊池五山、赖山阳等都把它当做伪书加以排斥，但由于徂徕一派的巨大影响，该书多次刊印，易于到手，学习方便，所以长期流行不衰。作为唐诗入门之书，拥有很多读者。

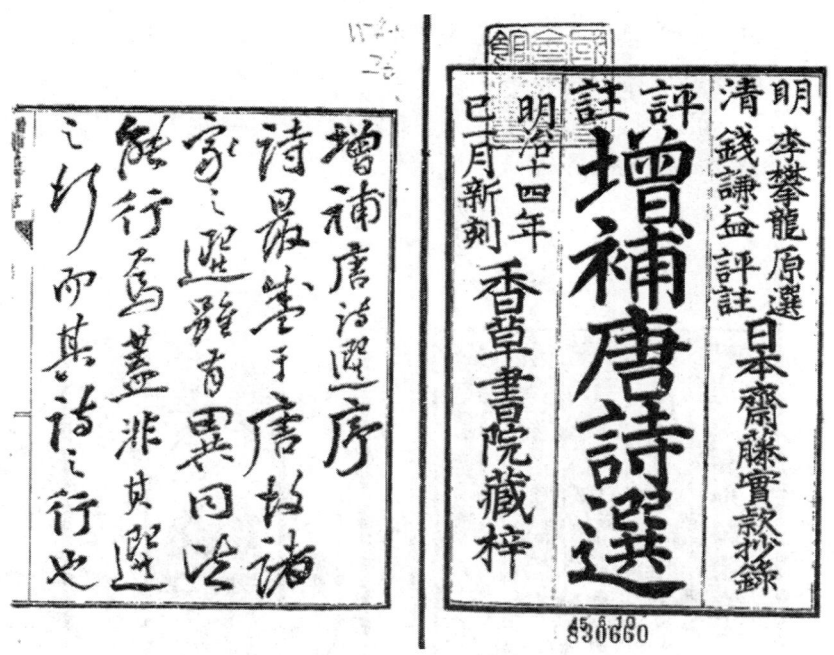

图36　1881年东京矶部太郎兵卫刊评注增补唐诗选

明代唐诗选本的大量出现，使唐诗学出现了一个繁盛期，以前、后七子为代表的格调派唐诗观成为明代唐诗学的主流思想，在"诗必盛唐"的复古风气下，产生了代表格调派诗学思想的唐诗选本——《唐诗选》。《唐诗选》问世后，流布海内，后学宗之，影响极大并波及海外，出现了众多的笺释批注本和派生版本。

---

① 〔日〕早稻田大学编辑部『漢籍国字解全書：先哲遺著』第10卷、早稻田大学出版部1926年版、『唐詩選国字解』第5頁。

当时服部南郭已看到高棣《唐诗品汇》、唐汝询《唐诗解》、钟惺、谭元春《唐诗归》等选本，并且他和荻生徂徕都有收藏，在这种情况下，他还是校订、注释了《唐诗选》，其原因值得深究。首先，《唐诗选》在明代的流行似乎是促使服部元乔选择它来讲解的原因之一。清代诗学家公认，明代"选唐诗者无虑数十家，惟高氏《品汇》与李于鳞先生《唐诗选》最著"。据平野彦次郎先生考察，自晚明至清初，《唐诗选》的版本多达十余种，且都有评注，其行世之盛可见。不过服部南郭校订《唐诗选》时已届清雍正初年，经历清初诗论家的严厉批评后，不仅李攀龙声名衰减，《唐诗选》也被目为"境隘而辞肤，如已陈之刍狗"，为王渔洋《唐贤三昧集》、《十种唐诗选》、沈德潜《唐诗别裁集》等本朝选本所取代。

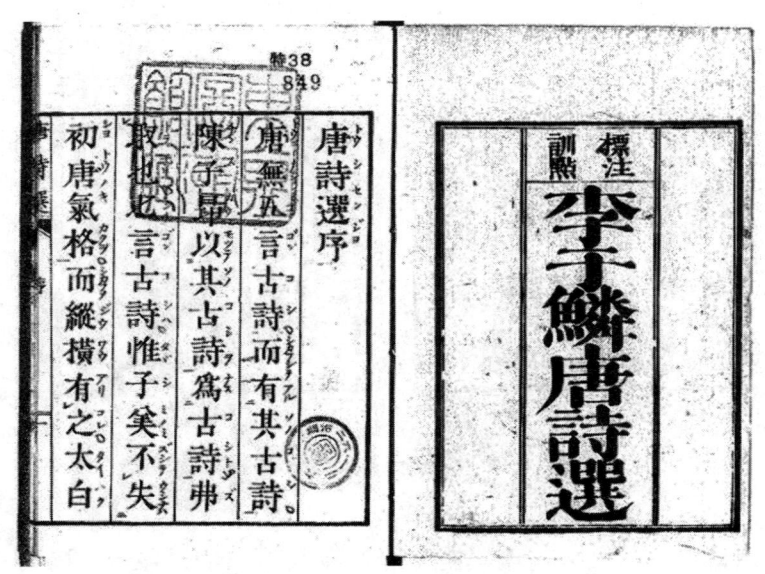

图37　1893年大阪藤谷虎三刊标注李于鳞唐诗选

陈元赟明末移居日本，与林罗山、松永尺五、户田花屋、石川丈三、那波活所、安东守约等人交往，对当时汉诗产生一定影响，他曾说："学诗调莫如伯弼《三体诗》，学诗格莫如于鳞《唐诗选》。"这显然代表着明代格调派的观念。荻生徂徕是日本古文辞学派的开山祖师，他所尊崇的理想典范正是李攀龙。李攀龙奉西汉以前的文，盛唐以前的诗为艺术理想，"文自西京以下，诗自天宝以下，不齿同盟"，世因目为古文辞派。徂徕在诗文创作上形成以拟古为宗的古文辞派。治学和创作既以李攀龙格调派为宗，选择《唐诗选》为学诗典范就是顺理成章的事了，清初格调派诗家同样也是奉《唐诗选》为圭臬的。徂徕指导门人学诗，举《唐诗选》《唐诗品汇》二书为范本（《徂徕先生答问书》），对门生影响极大。其中服部南郭取《唐诗选》进行校订，显然是师门风气熏陶而致。

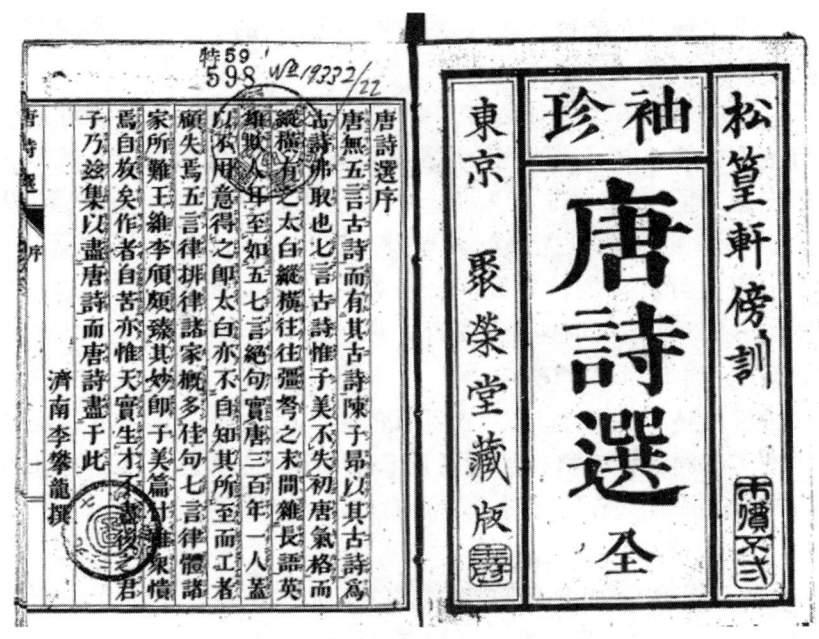

图38　1889年东京聚荣堂刊《袖珍唐诗选》

　　服部南郭《唐诗选国字解》问世后，一方面以通俗易读为人接受，另一方面又因服部南郭的才名与荻生徂徕的定论而为人看重。

　　江户时代的注释书除了服部南郭的《唐诗选国字解》以外，还有入江忠囿的《唐诗句解》、千叶芸阁的《唐诗选掌故》、户崎允明的《笺注唐诗选》、释六如的《唐诗集注》、释大典的《唐诗解颐》、宇野成之《唐诗选辩蒙》等，国字解、绘本之类的通俗读物不胜枚举。著名画家葛饰北斋（1760—

1849)的《画本唐诗选五言绝句》就是其中一种,在明治时代还重新刊印过①。市河宽斋撰《唐诗选》一卷,为服部南郭校刻本指疵辨讹,提出《唐诗选》伪本甚多,提出汉土无《唐诗选》原本等见解②。

　　明治时代《唐诗选》有各种《唐诗选》的节选和注释。如《讲解唐诗选》③、《袖珍唐诗选》④ 等。1892年更有森槐南所著《唐诗选评释》问世,对每首诗的诗意、形式加以分析评论,1939年丰田穰加以校订补注,重新刊行,另外久保天随所著《唐诗选新释》1907年刊行,御赐解释详尽,解诗中肯,然大体不出释大典之旨。此后出版的简野道明的《唐诗选评说》(上下)对读者用意周到,颇得好评。

　　不过,这些书都不免夹杂文言,对于一般读者阅读,特别是青年读者来说,仍有些难懂的地方。开始完全用现代日语来作注释翻译的,要数1961年岩波书店初版的前野直彬的《唐诗选》(上、中、下三册)了。至1997年,已经是第54次印刷,可见大得读者喜爱。随后目加田诚的译注《唐诗选》,译者自称敬服前野直彬的注解简明而有发人所未发之处,从中颇得启迪⑤。目加田诚的《唐诗选》同样得到读者青睐,从1964年收入明治书院的《新释汉文大系》,到1991年印刷41次,也不能不说读者人数可观。前野直彬之书,收入岩波文库,三册分装,小巧而轻便,而目加田诚之书,函装厚重,分明是瞄准了不同的读者群,然皆适用日语口语的变化,寻求明快晓畅的表述方式,皆可谓成功之作,是大众文化时代的《唐诗选》教材。

　　(三)《古文真宝》

　　《古文真宝》,传说是宋代黄坚编纂的一部古诗跟古文合而为一的选集。在17世纪中叶以前中、日、韩三国均有广泛的影响,之后,此书在中国逐渐不受读者的瞩目,以至于几近佚失,反而在韩国和日本,此书因成为文人的必读书而非常流行。

　　《古文真宝》前后集,我国盛行于元明之时,明清有各种刊本。在日本,很早便受到室町时期五山学僧的尊重,被当作诗文教科书。从江户到明治则

---

① 〔日〕葛飾北齋畫『畫本唐詩選五言絕句』、東京嵩山房1880年版。
② 〔日〕池田四郎次郎『日本詩話叢書』第二卷、東京鳳文書館1997年版、第125—159頁。
③ 〔日〕下村訓賀『講解唐詩選』、此村藜光堂1883年版。
④ 〔明〕李攀龍編『袖珍唐詩選』、東京聚榮堂1889年版。
⑤ 〔日〕目加田誠『唐詩選』、明治書院1999年版、第7頁。

比在本国更为盛行，刊本、注释本接连刊行。正如星川清孝在新释汉文大系《古文真宝》的解说中所指出，《古文真宝》广泛培养了日本国民的教养。作为文学的古典深深影响于日本的文学，其时它与《唐诗选》《文章轨范》被视为学习诗文的必读书。① 其中《唐诗选》《三体诗》只限于唐诗，《文章轨范》以唐宋古文为主，唐以前文章仅收入诸葛亮《出师表》、陶渊明《归去来辞》，而《古文真宝》前集收入汉高祖《大风歌》、《古诗十九首》、乐府、曹植、陶渊明、谢灵运等人的诗篇，网罗唐宋名作，后集汇集先秦以来历代各种文集，学习古诗古文极为方便。就唐诗而言，白居易的作品《唐诗选》一首未收，而《古文真宝》收入七篇，《长恨歌》《琵琶行》等平安时代以来日本国民熟知的诗篇均可读到，其它如李白、杜甫、欧阳修、苏轼、黄庭坚等人的代表作也皆收入书中。

《古文真宝》在很早便有了日本刻本。五山僧侣中流行的是据元版翻刻的《魁本大字诸儒笺解古文真宝》前后集二十卷。德川时代先后出现多种活字本与木刻本。《古文真宝》的注释在室町时代便已出现，有以五山学僧青松（桂德昌）的《古文真宝》为首的万里、一元、湖丹等诸名儒的抄解。前集有笑云清三和尚的《古文前集抄》二十卷。江户初期大学头林罗山著《古文真宝后集谚解》，其弟子鹈饲石斋加以补充，编为《古文真宝后集谚解大成》，随后榊原篁洲鉴于世间读前集者少，且考辨析理有未备之处，著《古文真宝前集谚解大成》十七卷，进一步推动了《古文真宝》的流行。据井原西鹤《武道传来记》及《本朝文鉴》，当时一提到《古文真宝》，便使人联想到苦读的男子。《后集谚解大成》与《前集谚解大成》今收入《汉籍国字解全书》，仍被视为最好的参考书之一。

江户时代《古文真宝》的流行盛于当时的中国。安政年间铃木益堂校订，将全集十卷分为上中下三卷，后集十卷分为上下二卷刊行，后来此书多以此种形式刊行。森伯容译、冈本东皋校《古文前集余师》四卷也是较著名的本子。此外还有《鳌头评注古文前集》十卷（宁都宫由的）、《古文真宝合解评林》十卷（撰者未详，或为毛利贞斋）《古文真宝俚谚抄》二十卷（毛利贞斋）、《古文真宝新释》二册（久保天随）、有朋堂《汉文丛书古文真宝

---

① 〔日〕星川清孝校注『古文真宝』第1册、新釈漢文大系9、明治書院1973年版、解說。

全》（冢本哲三编集）、公民文库《古文真主前后集》二册（栗原胜太郎校订）等。现代著名的校释本则出于星川清孝之手，该书以"诸儒笺解本"（通行本）为基础，参照各位作者的文集及《文选》、《唐文粹》等校订原文，加以注释通解，并列举异说，论及各篇文学性。

《古文真宝》尚有朝鲜本。为宋伯贞（解题诸本作佑贞，日本天理图书馆朝鲜铜活字本作伯贞，今从后者）音释、刘剡校正的《详说古文真宝大全》。比日本版本篇数多，前集十二卷，后集则同为十卷，收约百二十篇。朝鲜版有三种，篇数都一样。

《古文真宝》版本非常复杂，尤其是在几次重新整理的过程中，刻书人对原文文字、篇目和编排方式进行了程度不同的改动，例如，在中国本土刊刻的明弘治本收录了诗歌二百四十五首、文章六十七篇，日本的《魁本大字诸儒笺解古文真宝》本系统收录了诗歌一百一十二首、文章六十七篇，而韩国比较流行的《详说古文真宝大全》则收录了诗歌二百四十首、文章一百三十篇，篇幅上各有所不同。另外，从原文体裁分类而言，前集是按字句之长短和诗体而排列，诸本大略相同。后集即有明显的差异，如日本的《魁本大字诸儒笺解古文真宝》本系统是按文章体裁分类，则分为表、赋、说、解、文、序、记、箴、铭、颂、传、辩、碑、原、论、书、赞的十七体，日本的"魁本"系统，则分为辞、赋、说、解、序、记、箴、铭、文、颂、传、碑、表、辩、原、论、书的十七体，正依内容性质分类，上承以《昭明文选》为代表的传统文体分类。但是韩国本主要是按照作品的时代先后而排列顺序，并没有按文体而分类。

《古文真宝后集抄》21册为注释书，1588年（日本天正16）是战国时代至江户前期的武将直江兼续在京都书写的，这一年直江两度随上杉景胜到京都，8月以前一直在京都，在这一期间，与京都的一流学者、文人交往，拜访了临济宗名刹妙心寺的南化和尚，借来了南化和尚所藏的《古文真宝后集抄》，花了一个来月的时间抄写，南化在抄本卷首撰序，称赞直江身为宰相，日夜精励，少有闲暇，则倾力于诗文之道，节义高洁，不趋于名利，即便出入疆场，亦不忘学问。时直江兼续29岁，南化51岁，是享有盛名的学僧。

笔者所持为日本广泛流传之《魁本大字诸儒笺注古文真宝》，为宝历三年癸酉（1753）春秋田屋平左卫门的重刻本，有署名为"至正丙午孟夏旴江后学郑本士"所撰序，乃为元代至正丙午（1366）刻本的训读本：

> 自六艺不讲，而世之诲小学者，必先以《语》《孟》，而次以古文，亦余力学文之意也。《真宝》之编首，有《劝学》之作，终有《出师》、《陈情》之表，岂不欲勉之以勤，而诱之以忠孝乎？此编者之微意也。惜乎旧所刊行，率多删略，注释不明，读者憾焉。有三山林以正先生者，授徒之暇，阅市而求书，未善者正之，繁者芟之，略者详之，必归于至当而后已。若此书者，撮大意于篇题之下，精明训解于句读之间，非惟使幼学之士得有所资，而挟兔园册于党庠术序之间者，亦免钳口之讥矣。①

图39　直江兼续画像（1560—1619）

---

① 〔日〕『漢文講讀課本　古文真寶』朋友書店1987年版、第1—3頁。

从这篇序言可知，该书是作为对幼童进行文章道德教育而编写的，由于前面收有真宗皇帝、仁宗皇帝、司马温公、柳屯田、王荆公、白乐天、朱文公、符读书的六篇劝学文，最后收入了诸葛亮的《出师表》和李密的《陈情表》，很适于对儿童进行勤苦学道和忠孝仁义的教育，所以得到教育者的赞赏。而德川时代提倡朱子学，强化儒家思想教育，这样的教材恰得其用。明治时代初期沿袭江户余风，《古文真宝》一再被翻刻。江户末期学者马场文英评注的《古文真宝后集》、辻谦之介所著《古文真宝后集抄解》、风月堂刊行的《古文真宝校本》等都在京都、东京等大城市流行。这与其在中国遭到废弃的命运很不相同，《古文真宝》未被收入《四库全书》，久不流传，而在日本却有数百年的热遇，这很大程度上表现出日本汉籍声誉传递的连续效应。反复翻刻，似乎就是一种好评好销的依据，就像听说以往某个店铺聚集过的人多，便会有越来越多的顾客光顾，也就不再问是否有更好的店门了。后来的人们以为它在过去影响深远，自由流行的道理，也就格外关注。今有星川清孝注解的《古文真宝前集》上下卷明治书院 1967 年初版，同一作者的《古文真宝后集》则于 1963 年初版。另外尚有《古文真宝新书汉文大系》两卷 2002—2003 年由明治书院出版。这些书的问世，其重要原因正出于此书在日本流传的历史。

（四）《文章轨范》

著名物理学家汤川秀树曾经谈到："从前我国用汉语来表达讲道理的东西、抽象内容的文章本身也有汉文范儿的倾向。我回头来看二十多年来写的随笔，越往前捯，汉文口吻就越多，成了硬梆梆的文章。不仅是我，世上一般使用的词汇、文章也是如此，因而二十多年前我受报刊杂志之约开始写随笔的时候，回过头看，就强烈感到，当做范文的正是中国古人写的文章。"①他举出的代表性的中国范文，就是《文章轨范》。在他上小学高年级的时候，祖父曾经教他《正文章轨范》与《续文章轨范》的素读，当时内容多少能懂得了，但他感到比起内容来，对于那些语调优美的文章更有兴趣和魅力。从那以后，那些文章一直对他的随笔写作发挥着影响。

---

① 〔日〕湯川秀樹：『湯川秀樹選集』第 1 卷、甲鳥書林 1955 年版。

第二章 中国文学经典在日传播载体的历史考察 157

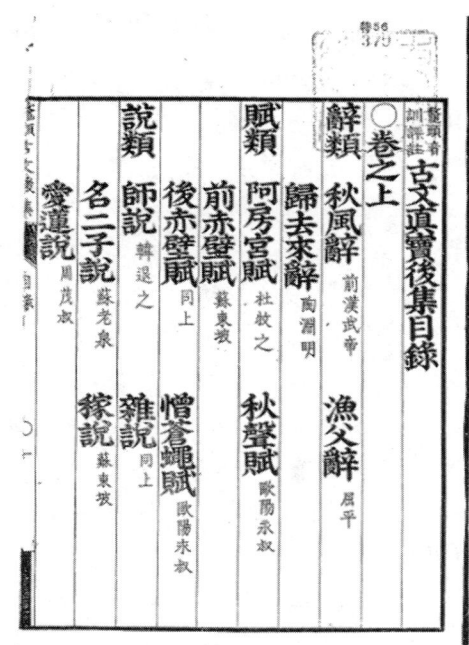

图40 《古文真宝》后集（1884年刊本）

《文章轨范》为宋末名儒谢枋得所选辑并加以评点的古文选评集，其选评目的在于指导士子科举考试，选文按学习写作循序渐进的顺序排列，评点注意释明句意和段落大意，重视修辞法，并且点出关于写史评的技法，虽然其以科举程文格式评古文结构，但其对扩大评点影响的贡献是不可忽视的。《文章轨范》是中国古代评点派文学批评方式的先驱，在中国文学批评史上占有重要的地位。

后又有王阳明的门人邹守益编《续文章轨范》，收录从秦汉到明代当时的名篇。

《文章轨范》和《续文章轨范》在室町时期传入日本，由于其中收录名篇集中，受到学人欢迎，江户时代更有多种训读本刊行，成为广泛使用的汉文教材。江户时代刊行的和刻本颇多，其中田中宗荣堂刊行牧自珍笔记的赖山阳讲义本，被多次翻刻。

众所周知，《四库全书》对总集取舍颇为严格，而《文章轨范》却能作为存书收入①，不过，据《四库全书总目提要》，所收有王守仁序，可见实为明刊本。而日本江户时代昌平学问所却藏有元刊本。涩江全善（抽斋）、森立之（枳园）合著《经籍访古志》卷6载录颇详：

> 叠山先生批点文章轨范七卷　元椠本　昌平学藏
> 此系叠山编次，原本首有目录，《读李翱文》后有识语，云："此篇除点抹系先生亲笔外，全篇却无一字批注。"《岳阳楼记》后云："此一篇先生亲笔，只有圈点而无批注，如《前出师表》则并圈点亦无之，不敢妄以己意增益，姑仍其旧，渊济谨识。"《归去来辞》后云："右此集惟《送孟东野序》《前赤壁赋》系先生亲笔批点，其他篇仅有圈点而无批注。若夫《归去来辞》则与《种字集出师表》一同，并圈点亦无之。盖汉丞相、晋处士之大义清节，乃先生所深致意者也。今不敢妄自增益，姑阙之，以俟来者。门人王渊济谨识。"此诸条通行本所无。卷首题广信叠山先生谢枋得君直编次。每半板十行，行二十二字，界长六寸一分，幅四寸九分。第六卷《柳子厚墓志书》、《箕子庙碑阴》首俱记云："此篇系节文，今一依元本刊行。"如左此数字阴文书之，亦渊济所记也。是书坊间诸本率多后人增改，殆不足据，而此本渊济依叠山手订原本校刊，批评圈点，一依其旧，不复意改，则真可谓谢氏原本矣。松崎氏石经山房又藏元刊本，乃与此同种。本学又藏朝鲜国刊本，体式略与此本同，未经后来增修者，亦佳种也②。

松井罗洲（1751—1822）校订本《增纂评注文章轨范》（正、续编），署谢枋得批选、茅坤训注、李庭机评训、顾充集评、源晖辰校订，于1796年（宽政8年）由京都和大阪的书肆合刻。松井罗洲名晖（辉）星、晖晨，字苗赍、赍黄，通称甚五郎、七郎，别号读耕园。所以所署源晖晨以及该书中所称赍黄，皆是松井罗洲。其书中有《增订文章轨范序》曰：

> 有为于末者，先详其本，本犹既往也，末犹将来也。昔之为乐、为

---

① 〔日〕清水茂『中國詩文論藪』、創文社1989年版、第408—412頁。
② 〔日〕廣谷雄太郎編『解題叢書』、廣谷圖書刊行會1925年版、第118—119頁。

忧者，即今之所以取福取祸也。《诗》云："予其惩，而毖后患。"与其惩于今、毖于后也，不如惩于古、毖于今，是之谓惩于未惩也。然则执古之物以御今之事乎？曰：否！本与末异其貌焉，其心则岂异乎哉？审其根者为壹也。学古者将为行于今也。

余自幼好文章，好愈笃，而其窘愈甚。每见老学耆儒，则必问焉。曰："唯书之焉。吾将为所讨润论饰。"余乃涩思强构，得一句，随写，又索，一句既成，而驳浊碎离，筋绝气不续，亦无一达吾意也。以示老耆，其所改督，唯不过字句颠倒、语助失所而已。曰："又唯书焉。吾又讨论。"余谓是亦少恩矣。吾未常知属文，故问焉。曰："唯书焉。"吾辄得唯，然则又何问焉？因数取古来文法者读之，特巧于评文而已，断无益于属文矣。

及熟读韩愈文，稍稍得焉。因顾念前老者言，皆惨乎无恕也。其尝少时，岂独不困乎？古来之所谓文法，抑惘乎忘本者而已。凡评文、属文不同，譬之欲为匠人者，必就工师而问焉。工师如曰："唯建之。"则人岂有不笑者乎？世无工师，却有评家者而已。匠人之窘，不亦宜乎？盖评家者，观于既来之后，建家者则不然，必自基趾始矣。学之有术焉。就其尤整巧庄奇者，自屋随其次而支离，至未常构时，又自基趾逐序而架之。夫然后知前下而后上，甲凿乙枘，有一所紊杂，则不全成也。余始试取韩文，自头而卸，自尾而积，如绳贯钱，不有所遗坠也。乃吾昔常困者，今皆瞭然可指训焉。于是创定文法五纲二十目，颇与古之评文之名异矣。以此导孺生，皆可恕焉。尽可使工焉，尽可使如写纸背物焉。夫然后险山夷，无惑歧，阻水浅，无迷路，庶几不复窘矣。吾既已惩也，愿使后生得惩于未惩之前，是亦恕之方乎？

松井赟黄学笃行方，必自麓之颠，必自渊之流，甚悼后之疏于本，务于末，惊于异貌，忘于同心，不有补于世而却为害于治也。曰："子之说文甚当。"而与余欢者五年，使序于其所校《文章轨范》。旧剞多深议迂释，赟黄尽订，其上评旁诂，句圈章乙，且加题注。曰："我有圣规贤矩，而后当世之窳枉能见矣，议论之所以由起也。苟不知其时与其人，则何由寻其所以构思乎？"可谓厚于本矣。古云："知者不博。"赟黄之于此举，诚梅林之一瓣而已，其所得于学者深也。余则喜赟黄之惩于古，惩于彼，恕既往，恕将来，至恕把笔者犹深矣。乃赍黄之所悼于中心，吾亦宁不可恕乎哉。

　　宽政乙卯秋①

江户时代流传下来的本子，以官版最为珍贵。这个本子在明治时代还被翻刻，即早稻田大学图书馆所藏《叠山先生批点文章轨范》，为1853年昌平坂学问所刻版。书后有松崎纯俭（柳浪？——1854）撰写的跋：

> 　　此书国学（即昌平坂学问所）旧所刊者，为重雕朝鲜本，相传谓其遵谢氏之旧，毫无所改。岁丙午春学舍罹灾，板亦毁焉。此本乃谢氏门人王渊济所手订，其视鲜本不过有小出入，在元椠中亦属佳刻。此所以今者重雕，舍彼取此也。命梓时以鲜本及明戴许光校本校勘，遇异同处摘录上层。若此本显误不容疑者，据二本直改之，不复注识也。嘉永壬子冬月松崎纯俭志。②

跋中提到丙午之春的火灾，丙午年即1846年，弘化三年，这一年三月十五日江户发生大火灾，从小石川起火，昌平坂学问所所在的汤岛也在火区之内，火一直烧到日本桥。但据斋藤月岑《武江年表》："汤岛天满宫、圣堂无恙。"此本的底本即为元椠本，保留了谢枋得本子的原貌，在元椠本中属于上乘。在嘉永年间翻刻时还曾以朝鲜本和明刻本校勘过。跋提到的"朝鲜本"，也就是《经籍访古志》中所说的"朝鲜国刊本"，跋中提到的"国学旧所刊者"的"重雕朝鲜本"，版本也在1846年的火灾中被毁。1979年京都朋友书店曾将京都尾崎氏所藏元刊覆刻本影印，并将朝鲜刊覆刻本作为样本附录书后。

明治年间承继江户时代之余绪，有关《文章轨范》的著述有多种。中岛中洲，久保得二等皆有注释著述。

宇野哲人补注《文章轨范》，东京：开成馆，1873年。

大竹政正纂辑《增订正文章轨范》第二版7卷、《增订续文章轨范》第二版7卷，1880年。

---

①　〔日〕源晖辰校訂『增纂評註文章軌範』正續編、江户：須原屋茂兵衛等刊行1796年版、第1—2頁。
②　〔日〕『叠山先生批點文章軌範』、昌平坂學問所1853年版。

藤井东兵卫注解《字义注解正续文章轨范评林》，金港堂藏，1880年。

铃木重义编《小字文章轨范》（上中下三册），山岸弥平，1880年。

冈三庆评注《去腐补新正文章轨范评林大成（全六册）》，冈田文助刊，1878—1879年。又，柳原喜兵卫刊，1884年。

近藤元晋等编《正续文章轨范独学自在》，青木嵩山堂，1891年。池田四郎次郎编《鳌头注释文章轨范纂语字类》，冈本明玉堂，1891年。

赖山阳先生讲义，牧百峰先生笔记《评本正文章轨范》，大阪田中宋荣堂，1894年。

东龟年补订《增补文章轨范评林》（正、续，全6册），柳原喜兵卫等刊，1893年。

岸上操《文章轨范评说三则》博文馆，1892。

冈松瓮谷《删定文章轨范》吉川弘文馆，1906。

久保得二著《文章轨范精义》正编（上下），东京：博文馆，1905年。天津图书馆有藏。

中村德五郎注《文章轨范新注》，富田文阳堂，1910年。

友田宜刚评解《（新释评解）文章轨范》，新译汉文丛书，东京：至诚堂书店，1911年。天津图书馆有藏。

久保得二著《文章轨范》，东京：精善馆本店，1915年。

原田由己编辑的《文章轨范》，于1881年刊行。汉学者龟谷行（1838—1913，号省轩）于1881年刊行。曾为之作序：

　　文章轨范引
　　操觚之士，涉猎古今，其所得特皮毛耳，能得其骨髓者，希矣。唐荆川取法多在昌黎《原毁》，柴碧海钦慕荆川，亦步趋于《原毁》云。夫《原毁》在韩如此，学文岂在多哉？谢迭山选文，仅数十篇，然规矩亦备焉。沈德潜涵泳得其骨髓，不复须多也。原田子复校而梓之，余谓辨一言。
　　明治十五年四月省轩龟谷行撰①

---

① 〔日〕原田由己编『文章軌範』、1881年版。

由《文章轨范》的编选也引发了对编选日本汉文之举，明治期间编选日本汉文予以评点的书也不止一种。黄遵宪还曾为1879年刊行石川鸿斋编选的《日本文章轨范》七卷撰写序言，明确指出《日本文章轨范》是仿照《文章轨范》编成的："石川鸿斋，日本高材博学之士，外而汉籍，内而和文，于书无所不读。近者撰日本名文若干篇，命曰《轨范》，以示学者，仿谢氏《文章轨范》之例也。"① 1882年石川鸿斋又有《续文章轨范》七卷刊行。另外，还有佃清太郎编辑的《皇朝大家文章典范》等，也属于日本造的《文章轨范》②，不仅收录汉文文章，也收录了日语文章。他所编的《和汉合璧文章轨范》，也在1884年刊行。

20世纪以来的译注和校注本也有多种，战前主要注释本有：
《文章轨范 续文章轨范》，汉籍国字解全书34、35，早稻田大学出版部，1917年。
竹子恭释义《口袋文章轨范新释》，大阪：田中宗荣堂，1919年第7版。
斯波六郎著《续文章轨范》，东京：精华堂本店，1934年。
森通著《文章轨范》，三省堂，1935年。
山内惇内著《文章轨范》、《续文章轨范》，增风馆，1936年。
高成田忠风著《文章轨范新释》上卷，东京：弘道馆，1940年。天津图书馆有藏。
岛田钧一译《全译文章轨范新释》，东京：有精堂出版部，1942年。
战后的主要译注本有：
前野直彬注解《文章轨范正篇》，新释汉文大系17·18，明治书院。
藤原满（门下生）编《文章轨范》，新书汉文大系，明治书院、新书版选编、藤原满（门下生）编、1996年、新版2002年
猪口笃志注解《续文章轨范》，新释汉文大系56·57，明治书院。

三 集团军与里程碑——近现代的大型译介丛书

兴膳宏在回顾日本中国学的发展历程时说："如果战前去找附有日语注释的中国古典文学教材，会遇到哪些书？除掉少数特殊书籍，首先举出的一定

---

① 王宝平编著：《日本典籍清人序跋集》，上海辞书出版社2010年版，第61页。
② 〔日〕佃清太郎编辑『皇朝大家文章典範』、明治廿七年、秀美堂、筆者藏。

是《汉译国字解全书》（1909—1917）、《汉文大系》（1909—1916）、《国译汉文大成》（1922）、《续国译汉文大成》（1938）等大型丛书"。① 过一个时期便邀请著名专家学者执笔、编辑中国古典文学全集、总集，是出版社的惯例，这成为相关出版社集中全力打造的品牌，参与这种工作也是学界对学者学术水平认可的证据。而这些全集、总集，既可作为教材，又可供一般读者学习使用。从明治时代开始，采用的体例都基本包括解说、原文、训读、注释、现代日语翻译、附录、索引这样的配套方式，对于中国文学经典的普及和教育发挥着不可替代的作用。

兼用训读和现代日语的散文翻译是这些大型系列丛书普遍的做法。从最初的"训译"为主，到现代日语占有越来越重要的位置，这反映出日本学界翻译思想的演变。当然，由于工程庞大，一套系列丛书往往要历经数年才能完成，其间校注者和译者也可能发生交接。一般来说，丛书所收的日语现代翻译都要求贴近原作，并且尽可能易学好懂，不采用所谓"超译"或"自由译"。

明治维新的"言文一致"运动，对近现代日语发展具有重大影响，在翻译方面采用口语的尝试很早就开始了。这和中国的情况不同。说来由于文化构造的差异，中日两国启蒙思想家的翻译策略各有侧重，这是一个耐人寻味的问题。清末的启蒙主义者严复坚信具有深厚传统的语言才能完成传达新思想的使命，在他写的《与梁任公论所译〈原富〉书》中说：

> 窃以谓文辞者，载理想之羽翼，而以达情感之音声也。是故理之精者不能载以粗犷之词，而精之正者不可达以鄙倍之气。中国文之美者，莫若司马迁、韩愈。②

他说：

> 若徒为近俗之辞，以取便市井乡僻之不学，此于文界乃所谓陵迟，非革命也。且不佞之所从事者，学理邃颐之书也，非以饷学僮而望其受

---

① 〔日〕兴膳宏：《异域之眼—兴膳宏中国古典论集》，戴燕译，复旦大学出版社2006年版，第373—374页。
② 罗新璋编：《翻译论集》，商务印书馆1984年版，第141页。

益也，吾译正待多读中国古书之人。使其目未睹中国之古书，而欲稗贩吾译者，此其过在读者，而译者不任受责也。①

他认为："声之眇者不可同于众人之耳，形之美者不可混于世俗之目，辞之炫者不可回于庸夫之听。非不欲其喻诸人人也，势不可也。"同样是要"播文明思想于国民"，严复的翻译策略与福泽谕吉大不相同，而这种不同，并不完全取决于译者的主观愿望，而是因为"势"不同。

福泽谕吉一生从事著述与翻译，在《福泽全集绪言》中曾自谓，自己的文章从一开始便决心"世俗"，以世俗通用的俗文将世俗引向文明，恰似效真宗开祖亲鸾上人自己肉食而教化肉食男女之颦，无论至于何处，皆贯穿世俗平易之文章法，以与世俗同达文明佳境为本愿，从未改变初衷。福泽谕吉虽然富有汉文素养，但为了将新知识传播到大众之中，为写出他们能够接受的文章而呕心沥血。他从不避俗文俗语，巧妙地运用汉语。"有时在俗文中插入汉语。有时又以俗语接续汉语，使其雅俗混搭，甚至恰恰犯其汉文社会之灵场，紊乱其文法唯利用明白易懂之文章，令通俗一般广得文明之新思想。"② 福泽谕吉的翻译思想在明治时代很有代表性。随着言文一致运动的展开，用日语口语翻译外国文学作品日渐成风。在中国文学的翻译中在沿用训读的同时，也不断尝试运用当时的口语。在这个过程中，大型汉文丛书既是翻译实践的计划总展示，也是翻译策略变迁的标志。

融注释、研究与资料为一炉的中国古典文学全集类丛书，截止至 2004 年已有近二十种。举其大宗者，有平凡社的《中国古典文学大系》、朝日新闻社的《中国古典选》与《中国文明选》、集英社的《全释汉文大系》、明治书院的《新释汉文大系》、明德出版社的《中国古典新书》、筑摩书房的《世界古典文学全集》与《中国诗文选》，岩波书店的《中国诗人选集》（一集、二集）、集英社的《汉诗大系》、角川书店的《鉴赏中国古典》、集英社的《中国诗人》、平凡社的《中国名诗》、小学馆的《中国古典诗聚花》、明治书院的《中国名诗鉴赏》、学习研究社的《中国古典》等。这些大型文学丛书适

---

① 罗新璋编：《翻译论集》，商务印书馆 1984 年版、第 141 页。
② 〔日〕福泽谕吉『福泽全集』、時事新報社 1898 年版、第 6 页。

应不同层次、不同喜好的读者走近中国文学经典的需求,拥有可观的读者群,特别是在 20 世纪 70 年代至 21 世纪初年,曾经发挥了重要的影响。除此之外,尚有以下四类丛书,也是中国古典文学翻译与研究资源的组成部分:

(一)大型原典丛书

明治时代刊行的有关中国文化的丛书有:

1.《萤雪轩丛书》10 册,近藤元纯编,青木嵩山堂刊,1892 年出版,收辑中国历代诗话 59 种加返点,有近藤评定,和装本,收进了司空图《二十四诗品》、朱承爵《存余堂诗话》、沈德潜《说诗晬语》等。近藤另辑有《萤雪轩论画丛书》6 册。他在明治时期对很多汉籍进行训点出版,其书当时广泛流传,他本人的藏书,现存大阪天满宫殿御文库。

2.《汉籍国字解全书》45 册,早稻田大学出版部编,从 1909 年至 1917 年渐次出版,以《书经》《诗经》《老子》《荀子》等经子为中心,集部仅有《楚辞》《古文真宝》《文章规范》《唐宋八家文》《唐诗选》。本全书皆冠以"先哲遗著"之名,汇集江户儒者林罗山、荻生徂徕、熊泽蕃山等所作的国字解的第一辑 12 册和菊池晚香、松平康国、桂湖村等做的新注释的第二、三、四辑 33 册。

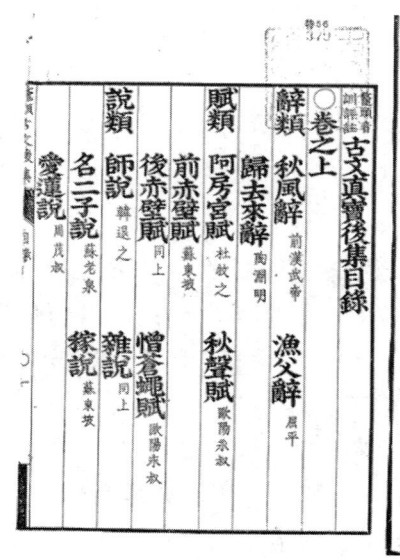 

图 41 《古文真宝》后集(1884 年刊本)

3. 《汉文大系》22 册 38 种，服部宇之吉编，富山房刊。1909 年至 1916 年陆续刊出。系统介绍中国古典的基本图书的权威性原注丛书，如郑玄注《礼记》、玄宗注《孝经》、许慎注《淮南子》、竹添光鸿《左氏会笺》、太田方注《韩非子翼毳》等，38 种书中近半数的 17 种书的解题，是由主编服部宇之吉亲自撰写的。

4. 《少年丛书汉文学讲义》26 册，兴文社刊，1891 年以来长期刊行，对本文加返点、送假名，有通释和语释，和装本，除了中国典籍之外，还收入了江户时代儒者赖山阳的《日本外史》。

5. 《校注汉文丛书》12 册，久保天随编，博文馆刊。1912 年至 1914 年相继出版。收入毛利贞斋《论语集注俚谚抄》、胜田佑义《孝经国字解》、素隐《三体诗抄》、释笑云《古文真宝抄》等。

6. 《对译详注汉文丛书》40 册，有朋堂刊。1919 年至 1925 年陆续出版，附加注释和日语译文。本丛书除了收入一般中国典籍之外，也收进了《女四书》《菜根谭》等，还收进了日本学者所撰《日本外史》、《先哲丛谈》等。

7. 《国译汉文大成》40 册，国民文库刊。从 1922 年陆续出版。收入经史子部 20 册和文学（集部）20 册构成。皆附有训读注释，原文则载于卷末。文学部门不仅收入了《楚辞》《文选》，而且收入了白话小说《水浒传》《红楼梦》、戏曲《西厢记》《琵琶记》《牡丹亭还魂记》。《国译汉文大成》分和装本和洋装本两种。续编《续国译汉文大成》更收入了陶渊明、李白、杜甫、白居易、韩愈、苏东坡等诗人的诗文集，还收入了《贞观政要》《资治通鉴》《二十二史札记》等书籍。

8. 《日本名家四书注释全书》13 册，关仪一郎编，东洋图书刊行会，凤出版覆刻刊。1922 年到 1930 年陆续出版。收录江户时代儒者所作四书注释书，正编 10 册，收入 17 人的 32 种书，续编收入 5 人的 11 种著述。

9. 《日本诗话丛书》10 卷，池田芦洲编，凤出版覆刻刊。从 1920 至 1922 年陆续刊行。收入日本江户时代 53 位文人撰写的诗话 66 种。包括祇园南海《诗译》、山本北山《孝经楼诗话》、市河宽斋《谈唐诗选》、菊池五山《五山堂诗话》等，原文为汉文的，均作了训读。

10. 《详解全译汉文丛书》12 册，至诚堂刊。1925 年至 1928 年刊行。对原文作了全译。除了中国典籍之外，还收入了日本学者所著《日本外史》、《日本政记》、《日本乐府》、《言志录》等。

11.《崇文丛书》2辑，崇文书院编。1925年至1932年陆续出版。收录日本先哲著述，和装本，加返点，第一辑10种，第二辑13种，第一辑中收入了空海的《篆隶万象名义》、松崎慊堂《慊堂全集》等，第二辑收入安井息轩《毛诗辑疏》、竹添井井《论语会笺》等。

12.《日本艺林丛书》12卷，池田四郎次郎等编，六合馆刊，凤出版复刻刊。1926年至1929年刊。收录日本江户时代汉学者、国学者的学艺随笔类著述。

13.《日本儒林丛书》9册，关仪一郎编，凤出版复刻刊。1926年陆续出版，收录日本古今儒家名著，分随笔、史传、书简、论辩、解说五部分。

14.《汉诗大观》5册，佐九节编，关书院刊。从1936年到1939年陆续出版。由诗集三册、索引二册组成。索引以一句为单位，按照诗句第一字笔划为序排列，可以查出诗题、作者。诗集包括《古诗源》《陶渊明集》《玉台新咏》《唐诗选》《三体诗》《李太白集》《杜少陵诗集》《黄山谷诗集》《陆放翁诗集》等。

（二）传记资料丛书

作为有关江户时代汉学者的传记资料，有原念斋的《先哲丛谈》，进入昭和时期，又经过较为系统的整理，以下书籍可做参照：

1.《汉学者传记集成》，竹林贯一编，关书院刊。1928年，收有从江户时代到大正时期逝世的381位汉学者的传记，以年代顺序排列。

2.《汉学者传记及著述集览》，小川贯道编，关书院刊。1936年，日本汉学者的传记和著述目录，人数多达1300名，提供有关出生地、生卒年月、学统、略传、著书等资料。

3.《近世汉学者传记著作大事典》，关仪一郎编，井田书店刊。1943年，近世汉学者的传记和书目按照五十音图顺序排列记载，人数达2900人，书目两万余种，末尾附录有《汉学者学统谱》和《近世汉学年表》。

（三）影印和刻本

近年，影印的和刻本相继推出，和刻本的全貌几近一览无余。江户时代和刻本数目庞大，分散于各地，搜集工作繁重而艰巨，长泽规矩也等学者积数十年之功，竭泽而渔，广搜博采，汲古书院等锐意影印和刻本的出版，为保存文献贡献巨大。这些和刻本影印本系列，每卷大多有长泽规矩也等著名学者的解题置于卷首，利用起来十分方便。其中包括：

《和刻本正史》，39卷，1970年。

《和刻本资治通鉴》，4卷。

《和刻本经书集成》，7卷。

《和刻本诸子大成》，12卷，1976年。

《和刻本汉诗集成》，30卷。

《和刻本汉籍文集》，20卷，别1卷，1977。

《和刻本汉籍随笔集》，20卷，长泽规矩也编，1972年。

《和刻本书画集成》，12卷，1976年。

《和刻本类书集成》，6卷。

《和刻本文选》，3卷。

《和刻本明清资料集》，6卷。

《和刻本辞书字书集成》，7卷，1981年。

《词华集日本汉诗》，11卷。

《诗集日本汉诗》，20卷。

《总集日本汉诗》，4卷。

《日本随笔集成》，20卷。

《近世白话小说翻译集》，13卷。

《汉语文典丛书》，6卷。

《唐话辞书类集》，20卷。

《明清俗语辞书集成》，5卷。

（四）文集、著作集和全集

学术光焰久长，既靠交流激发，更赖薪火相传。日本学界有弟子与友人为导师在退官、退休或花甲、古稀之年出版论文集的传统，著名学者的著作集、文集、全集的编撰也颇受关注。各大出版社出书领域并没有绝对划定，但由于各自注重特色，也就自然形成了相当高的专业分工，筑摩书房在全集出版方面就占有突出地位。现将与中国文学经典传播翻译相关的著名学者的文集、著作集、全集出版的基本情况列在下面，这些学者的研究领域包括文献、史料、作品研究等各个方面，也有少数是日本文学的研究专家，其研究涉及中日文学关系，也列入其中。多次编辑出版的，选择较新或常见的一种。

图 42　国译汉文大成

《田冈岭云全集》，8 卷，收其著述，另有别卷 1 卷，为田冈岭云研究，法政大学出版社，1969 年。

《露伴全集》，岩波书店，1978 年。

《露伴随笔》，5 册，岩波书店，1983 年。

《内藤湖南全集》，14 卷，筑摩书房，1969—1976 年。

《桑原骘藏全集》，6 卷，岩波书店，1968 年。

《津田左右吉全集》，35 卷，岩波书店，1963—1989 年。

《青木正儿全集》，10 卷，春秋社，1969 年。

《石田干之助著作集》，4 册，六兴出版，1985—1986 年。

《诸桥辙次著作集》，10 卷，1975 年。

《武内义雄全集》，10 卷，角川书店，1978—1979 年。
《吉川幸次郎全集》，33 卷，筑摩书房，1986 年至今，已刊 27 卷。
《贝冢茂树著作集》，10 卷，中央公论社，1976—1978 年。
《小川环树著作集》，5 卷，筑摩书房，1997 年。
《中村幸彦著述集》，15 卷，中央公论社，1984—1989 年。
《仓石武四郎著作集》，2 卷，くろしお出版，1981 年。
《神田喜一郎全集》，9 册，同朋舍，1983—1993 年
《长泽规矩也著作集》，10 卷，别卷 1 册，汲古书院，1982—1989 年。
《阿部隆一遗稿集》，4 卷，汲古书院，1993 年。
《松本雅明著作集》，5 卷，弘生书林，1986 年。
《赤冢忠著作集》，7 卷，研文社，1986—1989 年。
《目加田诚著作集》，8 卷，龙溪书舍，1981—1986 年。
《奥野信太郎随想全集》，6 卷，别卷 1 卷，福武书店，1984 年。
《松枝茂夫文集》，2 卷，研文社，1988 年。
《白川静著作集》，12 卷，平凡社，2000 年。
《中岛敦全集》，3 卷，别卷 1 卷，筑摩文库，2008 年。
《武田泰淳全集》增订版 18 卷，别卷 3 卷，1971—1973 年。
《武田泰淳中国小说集》，5 卷，新潮社，1974 年。
《高桥和巳作品集》，9 卷，河出书房新社，1968—1971 年。
《加藤周一著作集》16 册，平凡社，1980 年。
《花田清辉著作集》，全 7 册，未来社，1978—1986 年。
《金谷治中国思想论集》，3 卷，平河出版社 1997 年。
《宫崎市定全集》，24 卷别卷 1 册，岩波书店，1999—2000 年。
《伊藤漱平著作集》，5 卷，2011 年。

四 和刻本与中国文学经典研究与翻译

和刻本中的汉籍，保存的是江户时代日本学者和一般读者阅读的中国本子，其中有的还保存了根据日本历代写本校勘的资料，这首先有益于中国典籍的校勘；书中保留的训点符号和训释，是珍贵的历史语言材料；与同时代的我国版本对照，还可以认识中国典籍在日本传播和接受的情况。这里，各

举一例，特别就中国文学经典日译中和刻本的作用，予以简要说明，希望更多中国学者关注日本刻本的文献研究。

首先是和刻本的校勘价值。宽延本《毛诗郑笺》今存几个本子。据长泽规矩也《和刻本汉籍分类目录》和《和刻本汉籍分类目录补正》，为京都风月庄卫门等刊行。大五册。两目录对此记载过于简略，难以据此了解原书面目。

所幸此外书影印收入进了长泽规矩也编的《和刻本经书集成》古注之部第一辑①。1977年由汲古书院出版，然而该书解说亦极略，只称原本题签毛诗郑笺，为行书体，无题记，有误刻，因底本上有用墨改错字，影印的时候，予以原样保留。是有宽延二年封底题记的本子的同版后修本，题签有三种，有作《毛诗郑笺古注》的，也有作《毛诗郑笺正本》的，还有作《毛诗郑笺》的，后印本标注的假名有的磨灭不清，延享四年（1747）刊井上通熙校本也没有送假名。笔者从东京的旧书店诚心堂购得一本，正是风月庄左卫门版，宽延2年刊，五册。

这个本子的价值，在于用日本古写本与明刊本对校的材料。看来是按照日本古传本翻刻的，而在上栏时有与明本对校的记录。这些校记多到百四十八条。有明确断言明本讹误者，也有说明明本异文者，还有指出明本脱文、衍文者，古本或诸本异文，有优于明本与今本者、明本传文混入《释文》者，对各本分章之异同也有所注意。

香川县观音寺市观音寺旧藏《毛诗郑笺》，封底右有"明经道章"的印，下有"清家正本"四字，别行有"享和二年壬戌正月"八字，又一行在"皇都书林"四字下列田中市兵卫、今村八兵卫、风月庄左卫门三人姓名，可知原本为1802年由皇都书林刊行。此本现藏上阪氏显彰会图书收集部，2001年由上阪氏显彰会史料出版部影印，限定15部②。

将此本与宽延二年修订本对照，可知该本属上述本子的再修本。本文不变，不同的是校记略有增删，个别地方文字也有不同。

日本和刻本的材料很多被现代学者利用来作版本校勘工作，翻译家碰到版本文字问题时也需要从和刻本中寻找依据。

---

① 〔日〕長澤規矩也編『和刻本經書集成‧古注之部第一輯』、古典研究會、汲古書院1977年版。
② 〔日〕觀音寺藏版『毛詩鄭箋』、享和2年刊、清家正本、上阪氏顯彰會史料出版部2001年版。

驹田信二曾撰写《关于关羽面之"重枣"》，对比了各种日译本中对关羽"面如重枣"一语的翻译。《三国志演义》中的"面如重枣，唇若涂脂"是十分有名的，日译本对此有不同的处理。立间祥介译作"くすべた棗"，小川环树译作"顔は熟した棗のように赤黒く"。

《水浒传》第五十回中的"貌如重枣色通红"，吉川幸次郎译作"棗を重ねたような顔つき"，佐藤春夫译作"紅をつけたようなあから顔"。"重枣"是不是就是"棗を重ねる"呢？村上知行把"面如重枣"译作"あから顔"，是取此意，驹田信二译作"大きな棗のようで"，是将其理解为"大きな棗"。"くすべた棗"，不论是强调"大"，还是"红"（色深），其实从语义学来说，可能都还有模糊不清之处。表述可以带过，而对其中的"重"字不得确解，译者终究难以释念。为此驹田信二专门查阅了江户时代曲亭马琴的《燕石杂志》，其中卷1之六说："读万历版《演义三国志》，作'面如熏枣'。……谓红里带黑，如熏也。……始知他本皆脱'熏'字之'灬'，误作'重枣'。"①

曲亭所举万历本中"熏"字疑为"重"字之讹。无独有偶，《古本小说集成》明刊本《三宝太监西洋记通俗演义》第五十二回"庙堂上坐着一个丹凤眼、卧蚕眉、面如熏枣、须似长杨的关圣贤"一句（1415页），今标点本作"面如重枣"。曾良认为："面如重枣"就是指国字脸，盖垂枣比较饱满两端都略鼓出，像人的饱满的天庭和下巴。中国传统相术认为，天庭饱满和丰颐是有福之人，而以"重（zhòng）枣"或"垂枣"形容之，比今谓国字脸更准确、形象、生动②。此可备一说。将各种版本，包括日本等域外流布的本子放在一起，会使我们今天的考证更为充实。

---

① 〔日〕驹田信二『対の思想』、岩波書店1992年版、第156—163頁。
② 曾良：《明清通俗小说语汇研究》，江西教育出版社2009年，第101—102页。

第三章

中国文学经典日译类型研究

梁启超在《翻译文学与佛典》一文中说:"凡一民族之文化,其容纳性愈富者,其增展力愈强,此定理也。"① 中日两国文化的发展,都证实了自身民族文化具有的巨大容纳性,而两者对不同文化的容纳都与汉字有关。对于中国而言,近代以来通过汉语翻译,接纳了东西方不同的文化,这自然不难理解。对于日本来说,各种伴随文化交流的翻译活动,终究离不开汉字。日本翻译研究者柳父章认为:"在古代,现今异文化的概念是以汉字所构成的单词和汉文和译所形成的句法为中心来接受的;在近代,以如此传承下来的汉字为基础造出两个汉字的新词,随之又造出了以新词为主语的句子并凭借它来接受异文化的思想和文化。近代由于接触了西洋文化而创造出了主语句法,它是学习了以主语为中心的西语后使日语完成了句法结构。换一个角度来说,我们觉得它继承了自接受汉字、汉文和译以来接受异文化的方式。"② 这一段话对于汉字与日语翻译关系的概括是精辟的,将中国文学经典的日译放到世界文化环流的大背景下来观察,就不能不首先了解翻译在中日文化发展中的地位,不能不了解两国翻译类型的普遍性和特殊性。

---

① 罗新璋编《翻译论集》,商务印书馆1984年版,第63页。
② 〔日〕柳父章『近代日本語の思想——翻訳文体成立事情』、法政大學出版局2004年版、第168—169頁。

第一节　文学交流史中翻译之位相

近代以来的文学交流史最显著的特征之一，就是除了国与国之间的"对流"之外，多国之间的"环流"汹涌奔腾。人们不仅关注和对方国的文学关系，而且开始关注他国与他国的文学关系。中国近代之初，西方文学思潮假日本而东来，不仅一些西方的文学作品通过日本介绍到中国，而且有些西方文论关键词也采用了日本人的译案。

一　日文汉译与近代以来的世界文化环流

《中华读书报》（2009年6月3日家园版）刊登的伍立杨的文章《艺文翻译的趣味及选择》，其中谈到"inspiration"今译"灵感"，原意是指风吹帆船之帆，促船前行，有一种默示的意思在里头，出乎自然，得来全不费力。作者认为灵感当然是最佳的翻译，还有译作"神泉"的。民国初年译成"烟士披里纯"，很有小众化、象牙塔的意思，好像一幅被烟雾围绕的绅士在寻求神示的画面。

"inspiration"，日语音译为"インスピレーション"（yinsupiresun）。日本《外来语辞典》注解为"天来的思想，如同天启一般的猛然冒出来的妙想"。1886年冷冷亭主人《小说总论》把"inspiration"翻译成"感动"，1890年外山正一《日本绘画的将来》开始用片假名"インスピレーション"来音译，有"得インスピレーション而始画"的句子。1983年坪内逍遥《以读法为乐趣之趣意》将其译为"神来"，而在其字旁标注假名"インスピレーション"。1894年内田鲁庵《成为文学者的办法》说"抒情诗人重视インスピレーション就像柔术看重运气"。北村透谷也对这个概念很有兴趣，他说："何谓瞬间之冥契？インスピレーション是也。……何谓インスピレーション？インスピレーション乃宇宙之精神，即源于神者，不过是一种对人之精神即内部生命者之感应而已"。（《北村透谷集》）1917年佐佐政一《修辞法讲话》始将"inspiration"译为"灵感"，而在括号中加注假名"インスピレーション"。他说："人之最高威力，乃精神一到之力。世人称之为得到灵感（インスピレーション）"。可见，在日本先是有音译"インスピレーション"，而后产生了"灵感"这样的译语。在第二次世界大战期间，日本排斥欧美文化，西方外来语多用汉字译法，所以多只用"灵感"而不用"インスピレーション"。第二次世界大战以后，欧美之风越刮越猛，用汉字表示西方概念越来越少。在今日的日本，更多的日本人喜欢用假名拼写的"インスピレーション"，觉得这更像外来语，而很少使用汉字词汇"霊感"（reikan）。这和现代日本人对东西方文化、日中文化关系的认知和感觉相关。他们总觉得来自西方的概念，还是用片假名来表音更舒服。

原来日本古代本有"灵感"一词，意思是神佛给予的灵妙的感觉，不可思议的感应，用例见于《董寺百合文书》《源平盛衰记》等。追根溯源，日本这个词还来自中国，已见于唐诗。唐王勃《广州宝严寺舍利塔碑》："一法师智遗人我，识洞幽明，思假妙周，冀通灵感。"张说《奉和圣制喜雪应制诗》："诏书期日下，灵感应时通。"这些诗歌中的"灵感"一词，都是神灵感应、神异感应的意思。日本学者原来是启用了一个古代汉语词汇来翻译"inspiration"，转义为在文艺、科技活动中，由于勤奋学习，努力实践，不断积累经验和学识而突然产生的创作冲动或创造能力。

根据笔者早年的考证，第一个将 inspiration 译成"烟士披里纯"的是梁启超，他不是根据英文翻译的，而是根据日语的音译"インスビレーション"。梁启超写过一篇文章《烟士披里纯》，这篇文章实际上是根据德富苏峰最初发表在 1888 年 5 月 22 日《国民之友》报上的文章改写的，那篇文章的题目就是《インスビレーション》。德富苏峰这篇文章后来收进他的《静思余录》一书，梁启超很可能是从这本书里看到的。德富苏峰在此文阐明了爱默生关于灵感的思想。梁启超在译写时删去了原文大量关于艺术的议论，突出强调了"至诚所感，金石为开"的道理，末尾还加了一大段励志之词："使人之处世也，常如在火宅，如在敌围，则'烟士披里纯'日与相随。遂百千阻力，何所可畏？遂擎天事业，何所不成？"①

---

① 王晓平：《近代中日文学交流史稿》，湖南文艺出版社 1987 年版，第 272—278 页。

图 43　德富苏峰《静思余录》

日语中将"inspiration"写成"インスピレーション",本有一种回避功能,在没有找到可以认为最大限度接近原语的译案之前,这种方式回避了翻译的困难。有时音译的这种回避方式还具有避开或缓冲与本土传统观念冲突的作用。我国晋代翻译的《华严经》把 ālingana(拥抱)译成"阿梨宜",把 paricumbana(接吻)译成"阿众鞞",都可以在看不惯这类字眼的儒者面前显得不那么刺眼,后来到了唐代,儒佛两家的关系由对立转变为共存了,这时"拥抱"、"亲吻"这样的词语也就毫无顾忌地出现在《华严经》的新译本中了。不过,片假名音译同时还具有区别的功效,它造成的特有的语感和不同于生活用语的书写形式,明确表明这是一种新的、外来的、应该强调的概念,而且熟悉原语的人容易立即联想到它的来源。现代日本学者翻译西方文论的关键词有时还采用片假名音译这样的方法(如将 Gender studies 译成ジェンダー研究、ジェンダー・スタディース,汉译性别研究),或者片假名译语和汉字译语并用,相互补充(difference 一词,既用ディフェランス,也用"差延,差异=遅延作用",汉译"延异";又如 Trope 一词,既用トローブ、也用"転義",汉译"转义")。所以,现代日本学人好用片假名外来语,就不应仅仅解释为崇拜西方文化的心理在起作用,其中也应该看到对这种区别作用的重视。

汉字没有英语那样的大小写,也没有用另外的书写形式来标记外来语的方式,但是中国人对语言文字之美的特殊情感,常常使翻译者创造出富有韵味的新词来对应。"烟士披里纯"便是其中的一例。翻译家们可能早就意识到,将西方文论术语翻译成汉语的时候,如果采用汉语中人所共知的词语,有时会让人忽略掉原本具有的特殊含义,而用日常使用的语义轻易地代换,就容易造成理解上的偏差。如日语将 Ambiguity 译成"暧昧",汉语译成"含混",日语把"Gaze"译成"まなざし、凝视",汉语译成"凝视",不是都很容易让人在似懂非懂之时以为已经懂得了吗?

中日对西方现代文论关键词翻译有些相异的原因,出于文学传统中的相异因素。例如 Narratology 日语译成"物语论、物语学、ナラトロジ",而汉语译成"叙述学"。这是因为日语中的"物语",动词有讲述之义,名词还是一种文学体裁的称谓。在中国,只有后一种用法为多数读者所熟悉,很容易让他们理解为仅是一种体裁的研究,所以便不能借用到汉语的翻译中来。中国学人为了克服翻译中的困难,有时采用创造新词的方式来翻译西方文论关键词。如将 Simulacrum 译成类像、拟像、仿像,而日语除了用片假名ジミュラークル以外,还用旧词"模造品、幻像、模擬品",相反的情况也会有。Intertexuality 日语译成"文本間性、間テクスト性、インターテクスチュアリティ",而汉语译成"互文性",有些学日语的学者使用前者,不懂日语的人不知说的就是"互文性",而中国的古典文学研究者就容易将此同诗歌中的"互文"修辞法混同一律。

"烟士披里纯"和"灵感",都是多国文学环流中的一朵浪花。王国维曾说:"言语者,思想之代表也,故新思想之输入,即新言语输入之意味也。"[①] 梁启超在谈到我国对佛教语的吸收时也说:"夫语也者所以表现观念也;增加三万五千语,即增加三万五千个观念也。"[②] 近代我国的文学观念的转变离不开"五四"以来对各国文学概念术语的吸纳。早期许多西方文学理论术语的

---

① 王国维:《论新学语之输入》,《静庵文集》,辽宁教育出版社1997年版,第117页。
② 梁启超:《翻译文学与佛典》,罗新璋编《翻译论集》,商务印书馆1984年版,第63页。

翻译多袭用日人的译语，而日人造语的方式也不知不觉影响了后世的中国学人。明治时代和大正时代的日本翻译者多运用汉字来翻译西方术语，而不是像现在这样喜欢用片假名表示原文的音读。因此，如果考察一下近代开始使用且现在仍在沿用的很多文学批评术语的来源，就会发现很大一部分是和日语相通的。

明治十六年，即公元1883年中江兆民翻译的《维氏美学》第一次用"美学"来翻译esthétique①，明治初期十七至十九年，即公元1884至1886年日本开始将"文学"用作"literature"的译语广泛使用，表示和literature，littérature，Literatur，etc.相同的概念。那时的日本学者善于将中国古典的固有词汇赋予新的含义来翻译西方术语，也是中国翻译者乐于借用的一个原因。明治十七年菊池大麓翻译出版了《修辞及华文》一书，"修辞"一词本来出自《易·乾》："修辞立其诚，所以居业也"②，这句话的意思是说撰文要表现作者的真实意图，不可作虚饰浮文。"修辞"有作文、文辞、修饰文辞等义，菊池大麓用作英语rhetoric的译语，和法语的rhétorique、德语的Rhetoyik同义③。今天在我国仍然这样使用，而喜欢外来语语感的日本现代学人则更爱用片假名表音的"レトリック"（toreritsuku），而不大说"修辞学"（syuushi-gaku）。菊池大麓开始用"华文"来翻译belleslettres， polite literature，但不久就有意识地用"文学"来翻译litterature一词了。今天的研究者恐怕很少想到这些术语的创造者了。

20世纪七八十年代以来，许多来自西方的文学概念和术语涌来，中国学者在翻译的时候虽然也有参考日本学者的情况，但更多考虑中国人的接受心理。于是同样的西语在中日两国就出现了有同有异的多种情况。那些相同的恐怕也不都是中国学者简单"拿来"的，而是偶同，或者确实没有更好的译法。下面列出一些我们耳熟能详的词语在日本和中国的不同说法：

西语	日语	汉语
Womeńs studies	女性学	女性学
Defamiliarization	非日常化、异化	陌生化

---

① 〔日〕西周编『明治藝術　文学論集』、筑摩書房1975年版、第112—125頁。
② 〔清〕阮元校刻：《十三经注疏》，中华书局1983年版，第3页。
③ 〔日〕西周编『明治藝術　文学論集』、筑摩書房1975年版、第8—35頁。

Feminism	フェミニズム	女权主义
Text	テクスト	文本
Structuralism	构造主义	结构主义
Semiotics/semiology	记号学	符号学
Rezeptionsästhetik	受容美学	接受美学
Narcissism	自己爱	自恋
Identity	アイデンティティ、自己同一性	身份认同
Archetypalcriticism	元型批评、原型批评	原型批评
Generative poetics	生成诗学、発生学	发生学
Gesture	身振り言語、ジェスチャー	肢体语言
Hermeneutics	解釈学	阐释学
Ecriture, writing	書くこと	书写
Anxiety of influence	影响の不安	影响的焦虑

仅从这些用例当然还不能说明太多问题，但通过这些同与异，我们也可以看出中日两国学界和一百多年以前相比在翻译西方文学研究术语的时候，彼此都有了更多样化的选择，其中反映的文化心理的变迁值得回味，彼此也可以从对方的选择中学到有益的东西。像 postcolonialism 一词，在日本有"ポスト植民地、ポストコロニアリズム、脱植民主义"这样三种通行译法，中国较常使用的则只有"后殖民主义"一种。

二 翻译贯穿于文化交流全过程

文学交流自开卷始。当我们开始阅读一部外国文学作品的时候，我们就成为文学交流活动的积极参与者，我们运用自己有关另一种文化的全部知识和理解去想象和领略作品中与我们生活不尽相同的世界。这样说来，在此之前，我们关于这种文化的体验和认识就已经在某种程度上决定了我们参与作品接受的态度和姿态，其中特别重要的，不仅是关于这种不同文化的知识，而且也包括对这种文化的亲历体验。尽管梁启超在赴日以前已经有了对明治维新的初步知识，但如果没有他在日本的所见所闻，恐怕也不会激发起翻译日本政治小说和报刊文章的热情。

文化亲历和翻译活动是文学交流研究者的两门必修课。明治时代的社会主义者田冈岭云在自传《数奇传》中提到自己在上海教授日语的经历，说那一年自己的思想发生了变化。自己过去曾受到一种偏狭国粹主义的感染，本来是一个在明治二十年代欧化主义反动思想盛行一时的风气中培养出来的人，专业又是汉学，还是个很容易就陷入顽固浅陋旧习的人，凡事只看到本国的长处，抱有本国是世界上独一无二的国家的偏见。他到了上海，看到上海就像是一个世界的缩影，是一个世界之民聚集的"一个小共和国"，是一个"人类的共进会"、"风俗博览会"。他回顾自己在上海的经历说："我从上海不仅看到了中国，朦胧中也看到了世界。我开始走出溪谷，接触到豁然开朗的宏大景观。实实在在的东西告诉我，自己从前的想法竟然不过是井底之蛙的陋见。我懂得了世界之大、世界之广。"他还说，是上海的经历让他懂得了人"除了身为国民之外，还必须成为为世界人类、为天下人之道而竭尽全力的人"[①]。如果不是迫于外在压力的违心之论，或者为了其它某种目的而作秀，一般说来，富有异国文化体验的人不太容易对单边主义表示苟同，他们投入文学交流活动的热情或许会更高些，这是因为异国文化"实实在在的东西"让他们更直接地体会到不同文化的冲突和融合，更快地走出文化自恋的误区，更清楚地看清自己身上的本国文化烙印。今天，不论时间长短，许多文学研究者都拥有了多国文化的经历，那么我们就有理由希望"为天下人之道而竭尽全力的人"会越来越多起来。

我们有了对另外一种文化的体验，又有了阅读的感受，应该说就是文学交流的参与者了，不过阅读的交流效果还是隐形的，而且阅读的理解程度也难以猝然判断。人们只能从阅读者撰写的札记、书评、编译文字、随笔中爬梳其中的心得。然而，如果要着手翻译，那就大不相同了。翻译是一种文化转换过程，译文不仅会将我们对原文的理解程度显现出来，也会将我们对自身文化的理解和运用能力展现出来。翻译不仅是两种语言文化沟通的桥梁，而且是一种新的概念、新的文体、新的表达方式诞生的过程。当我们阅读译作的时候，就已经在享受文学交流的第一次实际成果了。

今天，国际文学交流出现了前所未有的景象。某一国家的作家获得诺贝尔奖或其它国际文学大奖，或者在欧美取得了轰动一时的销售成果，或名列

[①] 〔日〕田岡嶺雲著、西田勝編『田岡嶺雲全集』第五卷、法政大學出版社 1969 年版、第 608 頁。

某国家某地区的畅销书排行榜首位，都可能引发一股地域性乃至世界性的翻译浪潮。西方新的翻译理论一出现，便会让各国的操觚高手忙碌好一阵。研究者们也不再仅仅关注自己的翻译行为，对别国的翻译动态也格外关心起来。日本翻译中国文学，不论古代还是现代，都一贯不甘与人后，对于西方翻译中国文学的情况也十分在意。

三 中日互译的特殊性

1995 年日本新评论社出版了辻由美写的《世界的翻译家们——谈谈与异文化接触的最前线》一书，这本书的内容不是主要讲日本人怎么翻译外国文学作品，而是作者采访了各国翻译家后写成的，其中就有几位外国翻译家谈自己是怎么翻译中国文学的。

一位法国翻译家在接受采访时说："我从事翻译，首先是为了深入理解原著。读汉语原文，常常理解很暧昧，明白大致意思就完了，但是一旦要翻译锤炼了，就必须选择译语，那时才能验证是不是真正理解了。"① 这实在是经验之谈。原来我们阅读外语原文，那时还是"意会"阶段，要把它译成本民族语言，才进入"言传"阶段。那些平时似乎只可"意会"不可"言传"的东西，我们也必须把它"言传"出来。任何知识上和理解上的欠缺都可能在翻译的过程中暴露出来。我们可能对某种翻译策略或翻译理论谈得头头是道，但在实际操作中却会发现，那些美好的设想常常难以贯穿到底，不能不背弃初衷或做些变通。作品的预想读者是有共同体验的同胞，而译者的预想读者则主要是不具有文化亲历的异文化携带者。译者"意会"是很不够的，他要带领那些初行者去闯荡未知的情感世界，要为他们着想，设想他们在探险过程中碰到的拦路虎，不要误入思维的歧途。所以，译者是一边和作者对话，一边和读者对话，翻译的过程就是双边乃至多边文化对话的过程，这不就是更大范围的文学交流的第一次预演吗？这位翻译家还说："翻译就是'搞明白'的工作，只看原文，那停留在大体明白意思就行了，一旦来翻译，就会

---

① 〔日〕辻由美『世界の翻訳家たち——異文化接触の最前線を語る』、新評論株式会社 1995 年版、第 12 頁。

知道那是很难的事情。没有对作品的透彻理解和批判，就不能翻译。"①

正因为译者通过翻译在作双边或多边对话，所以他的翻译过程就是对双边或多边文化作自我发现、选择、协调、操控、融汇的过程。这位翻译家说他不把《三国志演义》仅仅看作一部小说，而是认为其中有极为深刻的政治考察，讲的是政治和战略。在他看来，中国话一词一句都有几个意思，它们既不是政治固有词汇，也不是哲学固有词汇，语言常常是具体的，很难用一个对应的词语固定地去翻译它们。到底是在具体的层面，还是在政治的、进而哲学的层面上去翻译它，是颇费心思的。还有那层出不穷的典故和引用、双关语和重迭语的含义，也是翻译中重大的难题。我们对自己翻译外国作品的甘苦可谓感同身受，听一听外国人翻译我们作品的心得，就会发现他们同样经历着在自己的语言中挣扎的文化沟通和对接过程，不停地和自己较劲。

这位翻译家还讲了《列子》当中的一个故事，来说明自己的翻译思想。秦穆公让伯乐去相马，伯乐三月而返，报告秦穆公说："已经找到了。"穆公问他："是什么马呢？"伯乐说："是黄色的公马。"于是派人去找，却是一匹黑色的母马。穆公不高兴了，招来伯乐跟他说："砸锅了，竟然是这样一个找马的！公母都分不清楚，又哪能懂马呢？"伯乐叹了一口气，说："竟然是这样，怪不得你朝廷有那么多人竟然不如我懂呢。"伯乐谈到自己的相马之道，说："得其精而忘其粗，在其内而忘其外；见其所见，不见其所不见；视其所视，而遗其所不视。"伯乐还相信，神明所得，必有贵于相马者。这看起来是说相马的道理，其实也适合很多事情，其中也包括翻译的道理。翻译家说，不是要对原文一字一句亦步亦趋，而是必须捕捉超越语句之所有者，这样才能给读者牵来一匹"好马"，而不是仅仅牵来一匹毛色性别不差的"赝马"。②

翻译既然是这样"看马"的过程，那么我们常见的那种将译本和原作等同而得出的有关外国文学的结论，就有了进一步思考的必要。"五四"以前，苏曼殊在《与高天梅论文学书》中说："衲谓凡治一国文学，须精通其文字。昔瞿德逢人劝之治英文，此语专为拜轮（拜伦———引者注）之诗而发。夫

---

① 〔日〕辻由美『世界の翻訳家たち―異文化接触の最前線を語る』、新評論株式会社1995年版，第12頁。

② 〔日〕辻由美『世界の翻訳家たち―異文化接触の最前線を語る』、新評論株式会社1995年版，第16—17頁。

以瞿德之才，岂未能译拜轮之诗？以非其本真耳。太白复生，不易吾言。"苏氏之言，至今听来让人感到亲切。不论是翻译者还是文学交流史研究者，都不能不把"本真"二字放在心头，然而什么是"本真"，却因寻马者的眼光而异。这正是文学交流史困难之所在，也是其魅力之所在。

在文学环流的翻译浪潮中，某一部享有盛名的外国作品也常常成为媒体炒作的卖点，成为赶译快出的"文化快餐"制作者的目标，剽窃加拼凑而包装出来的"假经典"的源泉。文学交流史研究关注的是不同文学相遇时的交叉、交锋、交融等多方面的现象，翻译就成为其中首先值得着重探讨的领域。小则一个术语的翻译，大到世界性翻译浪潮的动向，都有许多有趣的问题等待我们去思考。

第二节 从点与圈出发的译读史
——训读的精神遗产

布吕奈尔（Brunel）等三人合著的《什么是比较文学》中指出："对一种翻译的研究，尤其属于接受文学的历史。""和其它艺术一样，文学首先'翻译'现实、生活、自然，然后是公众对它无休止地'翻译'，所以，在无数的变动作品和读者间的距离的方式中，比较文学更喜欢对翻译这一种方式进行研究。"他提出比较学者的任务，"在于指出，翻译不仅仅是表面上使读者的数量增加，而且还是发明创造的学校。"[①]

一旦汉语和日本人的生活发生联系，便开始了翻译的汉语日译的历史。所谓"归化人"，遣唐使及其随员，特别是被称为"译司"的通事，鸿胪馆的馆员们，都是担当翻译的人员。他们是怎样从事翻译工作的，今天已无从考证。《古事记》序言中的一段话，常被用来推测当时的情景：

上古之时，言意并朴，敷文构句，于字即难。已因训述者，词不逮心，全以音通者，事趣更长。是以今或一句之中，交用音训，或一事之内，全以训录。即辞理叵见，以注明，意况易解，更非注。亦于姓日下，

[①]〔法〕布吕奈尔：《什么是比较文学》，葛雷等译，北京大学出版社1989年版，第60、216、223页。

谓玖沙诃，于名带字，谓多罗斯，如此之类，随本不改。①

这可以说是日本最早论及翻译的文献。它清楚地说明了《古事记》的作者为了使用汉语来撰写这样一部日本民族的史书而殚精竭虑，思考怎样使用汉字来叙事达情。由于它们很难用一种方法来达到这样的目的，便不能不采用很多变通的方法。既有"音训"（近似于今天的音译），又有"训录"（近似于今天所说的"意译"），而基本的方法就是全部使用汉字来进行翻译。

从《古事记》的翻译论就可以看出日本翻译发展的三大特点，一就是这种翻译是从阅读汉籍，即汉文书籍为肇始的，同时也是以汉字为基本工具发展起来的，再就是翻译的形态是多种多样、应需而变的。

在拥有不同语言的民族之间，一个民族的文本要被其它民族所阅读，就必须经过翻译，唯有翻译才能使它获得在不同语境中传播的机会，这是文本传播的一般规律。然而，在汉籍外播的漫长历史上，似乎很多典籍并没有译成其它文字，却在数百年间受到阅读。其中的奥秘，便在各国的写本以及各自创造的"训读"之中。

敦煌文献中有不少被翻译成藏文和其它少数民族文字的汉籍。《北史》载后魏孝文帝以夷语译《孝经》之旨，教于国人，谓之"国语孝经"。八百年后，元人亦有"国字孝经"。《元史·百官志》云："蒙古翰林院，秩从二品。掌译写一切文字，及颁降玺书，并用蒙古新字，仍各以其国字副之。"② 这里所说的"各以其国字副之"，就可以看成一种"训读"的形式。

简单来说，训读就是一种依附于原文的翻译。和今天常见的抛开原文炉灶的翻译不同，这是在特殊环境下产生的充分利用原有文字效果、通过两种文字共同作用实现交流目的的翻译形式。

有一本研究汉籍外译的书说："朝鲜、越南、日本是中国的近邻，有的还一度是中国的属国。它们都在较长时期内使用汉文，无需翻译。"这种说法包含着误解，好像这些地区的人，是和汉民族一样，学习了汉文，就和我们一样阅读汉籍，就像是今天学了英文，就能看英文书一样。这是用今天语言文字学习的情况，去设想古代这些地区的汉语学习。诚然，这些地区的人，不

---

① 〔日〕倉野憲司、武田祐吉校注『古事記 祝詞』、岩波書店1982年版、第46—48頁。
② 〔明〕宋濂等撰：《元史》，中华书局1976年版，第2190页。

仅阅读汉籍，而且撰写了汗牛充栋的汉文作品，也有一些到过中国的遣唐使者、僧侣和学人较长时间学习过汉语，能说中国话，不借助训读就看懂中国书，可以说是不经过翻译就能读写，然而他们在过去的日本学人中占很小的比率。

汉语对于当时那些阅读者和写作者的作用和意义，不仅不同于今天母语非英语的英语作家，而且不同于古代用拉丁语写作的欧洲作家。朝、越、日三国情况各别，但历史上除少数之外，多数写作者在日常生活中并不使用汉语，他们阅读汉籍，一般也并不能按照汉语去朗读汉籍，这样一来，从根本上说，阅读也不能离开翻译；不同的仅仅是这种翻译是在以使用同一种文字（或与同一种文字渊源很深的文字）的前提下的翻译。

日本学者芳贺彻把翻译称为本国文学、外国文学之外的"第三文学"，他曾说："在外国文学，特别是西方文学的翻译方面，在亚洲，日本具有最长的历史，具有特别丰厚的积累。""不仅是在亚洲，看一看欧洲、美洲大陆、俄国、非洲，恐怕日本也是一个翻译文学的大国。"[①] 这种说法，尽管也有值得推敲的地方（例如，中国翻译西方文学的历史，就并不短于日本），但日本具有翻译文学的悠久历史，是翻译文学的大国，却是毋庸置疑的。而追溯日本文学翻译的历史，也应该从训读开始。

我们选择诗歌为中心来展开训读的翻译研究，不仅因为诗歌在中日文化及文学交流的基础性地位，而且在于译诗的特点。如果说写诗是语言飞动的艺术，那么译诗就是语言调控的艺术。诗的语言，是非日常性的语言，需要跳跃和独创，缺乏跃动感的语言，便不能表达跃动的心绪，无法给人以心灵的震颤。而译诗的语言，则不能任凭译者的思绪飞舞。说到底，作诗是在一种文化空间里歌舞，而译诗则要在两种文化中游刃与穿行。译者的任务是尽量消除两种诗歌中的文化交流的障碍。训读一直是日本人阅读和欣赏中国诗歌的重要方式，尽管直接将中国古诗翻译成现代日本日语越来越受到重视，但训读并没有完全退出汉诗阅读。中国古典诗歌的现代传播，探索现代口语的翻译无疑是当务之急，而总结和利用训读这笔难得的遗产，同样具有现实意义。这首先是因为今天大多数译诗者和读诗者，都还在把传统的训读作为

---

① 〔日〕芳贺彻『翻译と日本文化』、精兴社2000年版、第1页。

起码的辅助理解的重要手段。

一 翻译从阅读开始

有学者说:"阅读已经是翻译了,把作品译成外语就是二次翻译了。"还有学者举例说,当幼儿询问母亲某个单词的意思的时候,要求母亲用好懂的词句翻译未知的单词。在这个意义上说,一国语言内部的翻译,和异国语言之间的翻译在本质上就没有什么不同。对于今天的中国人来说,不借助翻译注释就能读懂古典诗歌的人已经不多,他们通过白话译文去理解古代的诗词歌赋,和日本人通过日语现代译本去理解它们,应该说没有根本的区别。不同的仅仅是想象的差异和理解深度的差异。而且,这两方面的译本又都面临着共同的遭遇,那就是译品不少,而探讨它们的论著却很少。

汉语进入日本,从一开始就必须进行翻译。由大陆移民、遣唐使及其随员,特别是名为"译司"的"通事"、鸿胪馆官员等人进行的翻译活动的具体情况,今天已无由考索,但从《古事记》"或一句之中,交用音训;或一事之内,全以训录"的说法来看,保留汉字而交错使用音读和训读的办法已经产生。训就是用日语去解读。汉语与日本分属不同的语言系统,不仅词汇不同,而且语法结构不同,因而"训"就不仅是标明读音和意义,而且还要添加敬语、助词、助动词,相应改变原来字句的语法。

回溯日本的中国诗歌翻译史,不能不从训读开始。古代日本的学人,并不是学会了汉语的发音才去读《诗经》等中国古典诗歌的,而是借助于自己发明的"训读"按照日语的读法去理解诗意。那些抄本中留下的假名,就记录了日本人理解诗意的特殊方法和心路历程。

汉字、本民族的标记符号(可以是自成体系的文字,也可能是借助汉字完成的各种符号)和本民族语言,可以说是训读的三要素。利用训读方式来诵读诗书,并不是日本人的发明。最迟7世纪,它便已见端倪。《北史·高昌传》说高昌国"文字亦同华夏,兼用胡书。有《毛诗》、《论语》、《孝经》,置学官弟子,以相教授。虽习读之,而皆为胡语。"[①] 用汉字而兼用胡书,胡语读之,正具备了训读的三要素。朝鲜半岛训读诗书的产生不迟于7世纪后

---

① 〔唐〕李延寿撰:《北史·高昌传》,中华书局1974年版,第3215页。

半叶到8世纪初,《三国史记》载当时的学者薛聪"性明锐,生知道,待以方言读九经,训导后生,至今学者宗之"①。《三国遗事·元晓不羁》也说,元晓"生而睿敏,博通经史,新罗十贤之一,以方言通会华夷方俗物名,训解六经文学,至今海东业明经者,传授不绝"②。这些记载,都直接涉及到训读与经学的关系,而他们采用的方法,也不过是汉民族旧有读书方法在民族语言方面的延伸。因为在中国,早已有了句读、科段、注记、注破音、加声点等一系列读书方法,在敦煌文献中,完全可以找到与日文训读类似的做法。

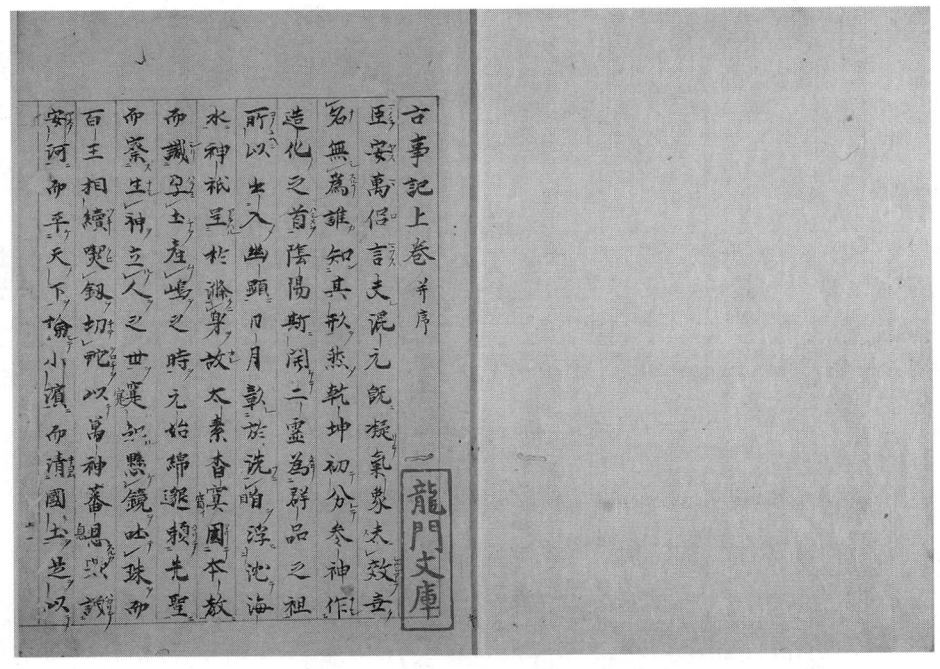

图44 《古事记》古写本《序》

据说,日本训读的方法在7世纪推古天皇时已经相当完备,在文献上注上训点的方法,采用朱、白点则创始于延历19年(公元800年)。在平安时代中期训读则完全定型。给中国典籍加训点,实际上就是"原文照录,添盐

---

① 〔韩〕金富轼『完譯三國史記』、金思燁譯、明石書店1997年版、第795頁。
② 〔韩〕一然『三國遺事』、金思燁譯、明石書店1997年版、第347頁。

加醋",也就是在中国典籍的字里行间,加上点、数字、或者上下等字样,来表示按照日语读法各词语的顺序,这就是"盐",再给各词标注上日语的读音,这就是"醋";而在中国人看来,一个日本人读加上训点的中国典籍的过程,也就是"看中国字,念日本话"的过程。可不要小看这些"盐"和"醋"的作用,正是靠着它们,日本人不仅学会了读上至四书五经,下至三言二拍等无数中国典籍,而且无意中替中国保存了众多典籍古本的原貌。具体一点来说,他们通过所谓训点阅读中国典籍,训点的方法实际上应该包括句读、圈发、训读和校勘符号四种。前两者是中国读书法的蹈袭,后两者则是在蹈袭中含有更多的创造。

句读或称点读,在我国始于汉代。古书向无圈点,故读者需自行用点,但各种符号则诞生很早,西安半坡仰韶文化遗址出土器物中可以见到的符号有30种,到汉代,一些符号开始用来读书。武威汉简使用的主要标点符号有10种①。

《说文》黑部点字云:"小黑也。"虽不一定是专门讲读书之法,但是把点解为小黑,也是说读古书,是用小黑来点断。《说文》第五:"',',有所绝止、、而识之也。"是说书之所以用点,正是说应绝止之处。许慎生于汉代,而"、"为点书,其字早出,所以点句之发,汉以前已有之②。《礼记·学记篇》:"古之教者……一年视离经辨志。"郑注:"离经,断句绝也。"③ 孔疏:"一年视离经辨志者,谓学者初入学一年,乡遂大夫,于年终之时,考其业。离经,谓离析经理,使章句断绝也。"这里所说的正是古代教学者将能断绝章句看成一种读解能力的标志,绝句就是点句。

日藏《诗经》写本完整地保存了当时《诗经》的点读方法,有些符号和中国典籍所言了无区别。即凡句绝则点于字之旁,读分则微点于字之间。如宫内厅书陵部所藏《群书治要·诗》,字右旁下之点,即意为断句,而字下中间的小点就表明从意义上此字当有所停顿。④ 松平文库本《千载佳句》所用句读符号有三种,点句点点于字左下侧,读点点于字中下侧,还有返点,

---

① 〔日〕工藤一郎『中國圖書文獻史考』、明治書院2006年版、第329-331頁。
② 孙德谦:《古书读法略例》,中国书店1984年版,第207-208页。
③ 〔清〕阮元校刻:《十三经注疏》下册,中华书局1983年版,第1521页。
④ 〔日〕尾崎康、小林芳規解題『群書治要』(一)、汲古書院1989年版、第143-219頁。

则点于字左下侧①。由于日语和汉语语序不同，阅读汉文时按照日语标明阅读先后，返点正承担着这样的任务。

有些符号则不太一样。比如"√"，罗振玉首先注意到在汉简中用它来标注容易分断不清的人名。在《流沙坠简》《云梦睡虎地秦墓汉简》中多见，主要用于断开词语或段落。在唐代"√"多用于颠倒符号，即将词序写错的标注出来，提醒读者读它的时候要倒着去读。这样的用法通过中国典籍传到日本，成为使用频率最高的符号之一。汉语动词在前，宾语在后；日语目的语（相当于宾语）在前，动词在后，所以在将汉语当作日语来读时，必须颠倒两种语言成分的先后，"√"有时就承担了这样的任务。这虽然和中国典籍中用作分割或纠正误写的用法有些不同，但其发展轨迹却是相当自然的。况且在有些地方，也仍保留着注明抄写颠倒的用法。

在合成词之间标明音合及训合的"｜"，在字的各角标明"セリ"、"ナリ"、"タリ"的"⌐"，标明"セル"、"ナル"、"タル"的"└"，也都是多见于训读写本的符号。重文号也可以说是古代写本和训读留给今日日语的礼物。在敦煌写本中无书不在的重文号"ᒡ"，在日本今存写本中亦长有见，类似的符号还有"々"等，在假名中则用"ヽ"或"ゞ"来表示重文。有意思的是，在中国随着印本的盛行，重文号愈来愈少见，而在日文中却至今还在使用。

圈发，是以圈标注声调的方法。唐代以来，我国曾有在字四旁加点或圈以表示四声的做法，名之曰"点发"或"圈发"。说见唐人张守节《史记正义·发字例》和清人钱大昕《十驾斋养新录》卷5"四声圈发"。

由于钱大昕除其中所举四十一字例外，是全文引用了张守节的说法，这里谨将《十驾斋养新录》中的"四声圈发"录于下：

> 张守节《史记正义·发字例》云："古书字少，假借盖多。字或数音，观义点发，皆依平、上、去、入。若发平声，每从寅起。申、巳、亥当四维之位。平起寅，则上在巳，去在申，入在亥也。又一字三、四音者，同声异唤，一处共发，恐难辨别。故略举四十三字，如字初音者

---

① 〔日〕松平黎明會編『松平文庫影印叢書』第18卷『漢詩文集編』、新典社1997年版、第576頁。

皆为正字，不须点发。"宋以来改点为圈，如相台岳氏刊五经，于一字异音皆加圈识之。①

这里所谓"观义点发"，一般指对于多音字，就其字义，观于书之若何用法。敦煌写卷中可见以朱点字之四角以表示四声的注音形式。潘重规先生在《巴黎藏毛诗诂训传第廿九第卅卷题记》一文中就指出："以朱点发四声之制颇早。通例，平声以朱点字之左下角，上声以朱点字之左上角，去声以朱点字之右上角，入声以朱点字之右下角。"他具体举出了《巴黎藏毛诗诂训传第二十九》中《閟宫》、《那》、《殷武》等篇朱点发四声的例子。

松平文库《千载佳句》就采用同样的方法来表明四声。静嘉堂本《毛诗郑笺》用圆圈标四声，位置也同潘先生所述。用一个圆圈时，平声圈在字之左下角，上声圈在字之左上角，去声圈在字之右上角，入声圈在字之右下角。可见这种方法使用相当普遍。静嘉堂本《毛诗郑笺》尚有两圈横列之用，即表示浊音：平浊两圈在字左下，上浊在字之左上，去浊在字之右上，入浊在字之右下。如《抑》："荏染柔木"，"荏"、"染"二字左上皆有两小圆圈，意两字皆为上浊②。日本写本中的这种点发，既然来自中国，而中国现今所存者颇少，这些写本就成为中古语言学研究可贵的数据。

在天平16年（公元744年）书写的石山寺藏《瑜伽师地论》等8世纪中叶至后期日本僧侣书写的经典10余种当中．小林芳规教授发现了用汉字标注日语读音的万叶假名，还发现了被称为"节博士"、"合符"等的训读符号。这些符号与8世纪前半叶朝鲜半岛用新罗语读汉文的记号完全一致。另外，在东大寺所藏《大方广佛华严经》（神护景云2年，公元768年）用角笔书写的汉字送假名上有"利"这一万叶假名的略写，有可能成为平安朝初期形成的片假名的原形。

训释是日本人借鉴了中国人句读的方法而发明的不照汉语本身的发音去

---

① 〔清〕钱大昕：《嘉定钱大昕全集》第七，孙显军、陈文和点校，《十驾斋养新录附余录》，上海书店出版社1997年版，第144页。

② 〔日〕米山寅次郎、築島裕解題『毛詩鄭箋』三、靜嘉堂文庫所藏、汲古書院1994年版、第172頁。

阅读汉文文本的一种特殊方法。这种方法有一个演进过程，各个时期以及各博士家使用的方法不尽相同。从日本传承写本和印本的训读中，不难了解各家对诗意的理解。例如，《大雅·旱麓》序："申以百福干禄"，其中的"干"字，足利甲本和静嘉堂本皆训作"モトム"，而足利乙本和龙谷本则训作"カン"（龙谷本"ン"字脱）。前者是"干"字的训读，是追求、谋取的意思，后者则是音读，则表示其读如"KAN"。两者虽然训读方法有异，却均依"干"字为解。而这个字很可能是"千"字之误。马瑞辰曰："'干禄'与'百福'对言，'干禄'疑'千禄'形近之讹。此诗'干禄岂弟'及《假乐》诗'干禄百福'，'干'皆当作'千百'之'千'。传讹已久，遂以干字释之耳。"① 马氏之说是。

由于训读保留了当时汉字的音义，也就成为认识各个时代语言变迁的宝贵数据。今天的日本语言文学研究者，首先是从古代日语学的范畴对其训点给与了充分评价。训读也给我们带来如闻其声的效果，由此去品味揣摩当时日本人读中国诗歌的甘苦。

校勘符号，即校书时所使用的删节、增补、纠谬等符号。标注异文是校勘必做的工作。松平文库《千载佳句》在字右旁注明异文某字，而在其下添一"イ"字，即表明"一本作某"。"イ"乃日语"一"字发音"イチ"之省。

日本对按照古本抄写的写本，多用新传来的宋本或其它传授系统的本子作校勘，写本本身也常需对误书之字作校对，这时除一般需用约定俗成的符号来表示增删改正之意外，还根据典籍常用专门用语的具体需要创造了特定的符号。如日本《诗经》写本中常用"イ"来表示"毛传"之"传"字，用半个竹字头"ケ"来表示"郑笺"之"笺"字，在佛教音义写本中用"训"字的半边"川"，来表示"训读"的"训"字，用"音"字上部"立"字缺笔"立"表示"音读"之"音"字。"传"、"笺"、"训"、"音"这些字校注中使用频率很高，简化后的"イ"、"ケ"、"川"、"立"正适应了读解需要。中国古人校书，自然也使用过各种符号，中日之间校书符号的关联是一个十分有趣的问题。日本完好保存的《诗经》写本正是窥探其间通变的

---

① 〔清〕马瑞辰：《毛诗传笺通释》（下），中华书局1989年版，第828—829页。

鲜活材料。

上面提到的训读写本中，多处见到以汉字半字"亻"、"ケ"、"川"、"立"等作为汉字来使用的情况，这使我们联想到平假名的创制。近来相关研究见于陆锡兴《从敦煌曲谱看日本民族文字的形成》，说"已经发现谱字与片假名有十三字字形相同。由此可以认为，平假名的字形主要取自唐人半字"。该文又说："平假名不同于片假名，它不取汉字的楷体，而取草体"，强调"从性质上来说，平假名与片假名是相同的，都是属于汉字半字"。也有认为平假名来源于乐谱的。从训读使用半字的情况看，假名的创制很可能和训读有关，因为阅读汉籍标注音义需要书写多次重复的某些字，相同音义的标注必求简化，而且写在行间，使用半字代替全字，就可以省时省力省空间，还可以与正文区分开来。但是，平假名看来又不全部是半字，一方面可能今天看来不是半字的，原本是半字，另一方面可能除了训读这一个来源以外，还受到乐谱等的影响。总之，创造产生于需要。阅读时标注训读，很可能是假名创制的触媒，或者反过来说，早期平假名创制也许正是训读这一初级翻译行为的副产品。

二 训读与翻译

关于训读是否算作翻译，有两种说法。早年吉川幸次郎在谈到汉语的翻译时说："关于汉语的翻译，我们有不可思议的历史。过去的汉学，全都是把中国书翻译了再读的。""汉学者读书，实际上就是译。"① 后来，石冢晴通认为，训读与翻译有相似的因素，却是在保留汉文结构、原来标记的情况下，向它靠近而以自己的语言去理解的，在这一点上又与翻译有所不同。他把汉文训读说成是一种特殊而巧妙的语言活动②。另一种说法，则是直接就把训读视为简便的翻译方法，竹内照夫把它称为"速成直译法"，又说其为"翻译预备阶段"③。这两种说法各有道理。

应该说，训读还不能算是现代意义上的翻译活动，因为现代翻译理论与

---

① 〔日〕吉川幸次郎「支那語の翻譯」、『吉川幸次郎全集』第十七卷、筑摩書房 1985 年版、第 513 頁。
② 〔日〕石塚晴通「中国周辺諸民族における漢文の訓讀」、『訓點語訓點資料』第 90 辑、第 1—7 頁。
③ 〔日〕竹内照夫『四書五経—中国思想の形成と展開』、平凡社 1983 年版、第 239 頁。

传统翻译理论不同,更加强调翻译的本质是艺术创造,而不是逐字的机械性翻译(literalness)。本雅明在《翻译者的任务》中曾提出翻译的任务是展现原文的可译性,以强调有创造性的译文来体现原文的重要,以译文和原文的互动体现翻译艺术①。这样的翻译过程是,译者为了返回原文,首先离开原文到另一种语言旅行。从这样的观点来看待训读,那它显然是不太够格的。所以,早就有人指出这种方法的缺陷,说它不能将原作进行周到正确的翻译,只不过让人大致把握原文的大意,有时反而不利于更为准确地理解原文。

从江户时代起,就有学者指出训读的局限。日本"国学"学者本居宣长警告说,应该懂得,日语和汉语,语句多颠倒。荻生徂徕也指出,古代前贤施以和训的时候,加上的是那个时代的词语,而现在时代变了,日语词汇和以往已不相同。太宰春台在《倭读要领》中更明确指出了训读的四大问题,即倭音诵则字音混同;倭训诵则字义混同;颠倒读则句法、字法皆失;助语词皆遗漏②。

然而,也应该看到,训读形成了一整套的处理方法,来对付原文的各种句式,掌握了这些方法,即便没有多种文化混同的出发点,没有对原文的创造性理解,也可以自己完成训读的过程。不仅如此,汉文训读是汉字文化圈的特殊文化现象,不能离开汉字来谈论,更不能忽略汉字的表义功能和使用汉字诸国文化落差巨大的大背景。汉字训读以共同使用汉字为前提,离开这个前提,就不会有训读方法的出现。在训读诞生的时代,日本人通过训读吸收的不仅是原文的内容,而且包括了原文的文字和语言形式,大量的汉民族语汇也通过训读进入日本民族生活,这也是现代翻译所不具备的结果。或者可以说,在那个阶段,训读正是最适用、最便捷、最利于沟通汉文化和其它文化、沟通汉民族的精神现象和其它民族的精神现象的手段。因而,尽管训读诞生伊始,可能不过是周边民族性急地想直接消化中国文化的无奈之举,但在其发展过程中逐渐凝聚起他们的智慧而日臻完善,称其为一种文化创造也是当之无愧的。

可以说,日本人对汉籍的爱好,在很大程度上是由汉字、由训读培养起

---

① Benjamin, W. *The task of the translator*, Illuminations, trans Harry Zohn. New York: Schocken Books, 1969a; 69-82.

② 〔日〕太宰純『倭讀要領』、嵩山房1728年版。

来的，喜欢汉诗汉文是和喜欢汉字、训读分不开的。这样一种习惯的力量，至今还起着作用。1940年吉川幸次郎在《支那语翻译》一文中曾直率地指出训读的弊害，"富有讽刺意味的是，（用训读）这样翻译着来读书，我们反而与中国隔绝了"。①然而，同样富有讽刺意味的是，在他所著的《诗经国风》里，仍然采用了以训读为基础的翻译方法，只是不再将各种助词和符号加在字的四周，而是在照录诗句后再重新补上日语读法的译文②。这实际上仍然没有摆脱最大限度保留汉字的训读原则。

虽然训读并非出自日本人首创，但是，日本却是中国以外将训读坚持至今的唯一国度。日本学者在研究汉文、汉诗时仍不弃这一沟通之利器。由于它对于熟悉汉字的人来说比较方便，日本学者对其普及民族文化的作用和效果，仍持相当肯定的态度。这样的训读思维和方法，甚至还曾被明治时代前夕的日本人移用到对西方文献的翻译当中，直到今天在某些场合仍不失辅助阅读的一种手段。收入日本出版的各种中国古典文学全集，丛书的校注书籍，几乎毫无例外地采用原文训读而后再附以现代注释和译文的体制，保留在民间的汉诗吟诵方法，也无不依照训读去吟唱，这些都说明，训读仍不失日本人理解中国文化的一种利器。

古代日本人采用的学习方法，称为"素读吟味"，也简称为"素读"，就是对原典不加以解释，而只作训读。依靠这样的方法，只要最初有人教会了训读法的要领，那么自己就可以阅读其它已经作好训点的书籍，进入自学的阶段；少年时从师学会"素读"，其成果可以成为终生受益的教养。当初学习素读，并不懂得文章内容，只不过是模仿先生的读法，对其中内容的理解是随个人成长而加深的。看起来这和古代中国的经书教育做法相似；但是，最初接触训读的日本儿童，其困难比中国儿童要大得多，因为他们完全不能借助对日常使用语言的语音方面的联想来帮助理解。日本人为许多来自中国的典籍加上了各种符号，等于让原文和译文永远携手并肩，这种世界上独特的文献流通方式，对于保存中国典籍之旧貌，却是意想不到的功绩。假如他们将原文抛弃，只传播译文，那么很可能中国失传的，日本也自然失传了，也就少了很多拾遗补阙的可能性。

---

① 〔日〕吉川幸次郎『吉川幸次郎全集』第十七卷、筑摩书房1985年版，第513页。
② 〔日〕吉川幸次郎『詩經國風』、岩波書店、1964年版。

汉语和日语毕竟是两个语言系统，语言差异甚大，体现着两个民族不同的思维方式。古代的日本学人创造了各种符号，标注在汉字周围，使阅读者一看，就知道该怎样颠倒词汇的顺序，增加哪些助词，乃至汉字的读音和意义是什么。所标注的符号，以及所表示的读法，一般也称为"训点"。各家确定的方法有同有异，时代不同，亦有变化。清原家的训点称为清家点，大江家的训点称为江家点。在清原宣贤的抄本中时而也标注江家点以作为参考。《诗经》等中国诗歌训读的历史，也就是古代的《诗经》等中国诗歌日译史的一部分。由于训读兼有表音、表义功能，日本学者历来把它作为研究古代日语的宝贵数据，而我们也可以通过它认识日本人接受《诗经》等中国诗歌的轨迹。

现代西方翻译理论，是在不同语言文字的国家民族之间进行的翻译实践中产生的。对于我们研究古代和现代的翻译，当然具有值得借鉴的内容。然而，世界上各民族之间的语言文字交往又是千差万别的。既有语言相同或相近而文字不同的民族（如印度和巴基斯坦），又有语言不同而文字相同或相近的民族（如中国和日本），这些民族之间的翻译活动，就肯定有某些特殊性。这些情况下的翻译，由于共有语言或文字的纽带作用，既给双方的理解带来某些便利，也可能由此掩盖某些细微的差异。加强对这种"同文异言"或者"同言异文"状况下的翻译研究，就可能丰富和完善现代翻译理论。

三　从训读、国字解到现代翻译

适用于训读的对象，不是那些对汉文学毫无所知的人，而是那些有过汉文训读经验的人。对于前者来说，训读对他们似乎没有什么意义。他们对汉诗文的态度，和"欧美热"差别并不很大；然而对于后者来说，他们对汉诗文的文献上要求更高。也就是说，他们不仅要从意义上领会汉诗文的佳妙，而且要从原本具有的汉字和汉文的形式美中得到艺术享受。如果没有了这些，甚至就觉得不是汉诗文了。

这种倾向也反映在了《诗经》翻译中。至今许多译本仍然将训读放在现代译文的前面，正是考虑到了这一部分人的审美需要。1973年明治书院出版了张建墙的《诗经翻译》，收入译诗140篇。从书中，我们无从知道译者的学术背景，从封底的作者住址看，很可能是一位花甲之年的台湾人。在后记的

第一条，就说："我给《诗经》注上读法，目的在于直接体味原诗。为了容易理解而加上音训，还是因为可以看出译者是这样解释原诗，觉得这样读好；但是假如与汉文传统读法不一样了，国汉先生们作别的读法的话，那当然另当别论了。"①

译者说："翻译尽可能努力贴近原义，有时也引出弦外之音，言外之意。因为或有现代不再使用的语汇啦，找不到日语中相符的语汇啦，即便原样译出也会不得要领，于是多加了蛇足，流于说明体，还有损害原诗韵味的，都是很遗憾的事，可以看出译者能力不够。"②

训读虽然能够在一定程度上帮助阅读，有助于快速把握文句的大意，但毕竟不能满足读书较少的读者的阅读需求。因为单靠训点，常常只能了解词与词的大致关系，而不能把握完整的意思。就像是一个外语听力极差的人，只听得懂断断续续的单词，而不能将它们连成通畅的语句一样。于是，在训读的基础上，便产生了所谓"国字解"，即在训读之后，再用假名把意思串讲一遍。宇野东山根据郑笺编写的《毛诗国字解》、中村惕斋的《诗经示蒙句解》，便是基于普及意识而编写的《诗经》译本。

训读和国字解，都是速成翻译。除了这两种速成翻译之外，明治维新以来，日本还出现过多种《诗经》译本，它们是研究《诗经》翻译传播不可缺少的内容。伴随着"言文一致"运动的推进，欧美诗人将别国诗歌翻译成本国现代口语的做法，也成为日本学者诗人的典范，采用这种新的方法，介绍欧美诗歌，就形成了所谓"新体诗"。明治十五年问世的《新体诗抄》开其端，以后许多欧美古今著名诗人的作品，都被翻译成自由体的现代日语诗，并由此开始了日本和歌等传统诗歌和现代自由诗并驾齐驱的"一国两诗"时代。崇拜欧美的风潮铺天盖地而来，古老的中国诗歌渐遭冷落。然而，后来新诗之风也刮到了汉学者的圈子里，或是圈子外的学者想把新诗之风吹进汉学圈。于是，用对待欧美诗歌的翻译态度来对待中国古代诗歌，把《诗经》等翻译成现代日语口语的尝试也就偶有所见了。这已经是明治维新以后多年的事情了。

从江户时代开始，学者对训读的缺陷便多有议论，现代主张抛弃训读直

---

① 〔日〕張建墻『詩經の翻訳 140篇』、明治書院1973年版、第426頁。
② 〔日〕張建墻『詩經の翻訳 140篇』、明治書院1973年版、第426頁。

接用现代口语翻译诗歌的诗人们，不免将训读看作推进口语翻译的障碍，具有一定汉文化修养的人怀着对汉字的眷恋，则不断在为训读作着辩护。其中松浦友久对训读形成独特的日语"文言非定型诗"的作用的肯定，白川静对训读保留汉文对艺术鉴赏影响的评价，都特别值得注意。白川静说：

> 翻译就不能不是个性化的，一定会主张不会是谁读都相同的公约数式的翻译。训读就不一样了。例如，"国破山河在"，谁读都是"国破れて山河在"，也用不着特意去麻烦大学问家。但是，最出色的翻译，恐怕又只有一个。会有几种译法，谁都会说是不完善的，这样说来，要说谁读都一样的，就是汉文训读法了。这仍然不能不说是最出色的译法了。不过，从这种训读法里面感觉到什么，那就转为理解的问题了。①

他又说：

> 就我国文字来说，鸥外、漱石的读法，也因读者的年龄、状况而不同，作品和读者是互动的。读坪内逍遥翻译的莎士比亚的戏剧的人，今天已经没有了，而平田秃木翻译的小说等，就很容易看到。全都是在互动。然而训读法的对象中国古典却不是像希腊语、拉丁语那样的动的世界。训读文具备不动的文体。只要用那种训读法去读，《史记》、杜甫、李白，谁读都一样，也就是由于这种训读法被国语化了，与读日本古典没有特别的不一样。外国文献、作品以这样安定的形式，也就是作品于译文在固定的关系上来理解的，恐怕找不到另外的例子吧。由于这种方法，日本的先人们将中国古典完全移植到国语领域，能够为己所有。②

白川静把训读作为文学再生的方法，由这样以"不动"的视角来看待佐藤春夫等人对中国古典诗歌所做的"国语式的移植和再生"，那么那些译诗，与其说是原诗本身，不如说是译者受到原诗触发而写出来的东西。译诗与原诗别有一番诗趣，但却不能取代用训读来读的趣味。自《怀风藻》以来，中

---

① 〔日〕白川静『漢字百話』、中央公論社2002年版、第230頁。
② 〔日〕白川静『漢字百話』、中央公論社2002年版、第230頁。

国诗歌就用这种方法来鉴赏以及这样作诗,一直支撑着对汉字的感觉的,实际上恐怕正是这种优雅的训读传统。

从上面的分析来看,就对训读的态度而言,日本的中国古诗翻译者,可以说可分为"挺训读派"和"脱训读派"。所谓"挺训读派",就是在充分肯定训读的历史作用的基础上,把训读也作为一种现代语翻译的辅助工具,使具有一定汉学修养的读者感到更加亲近。吉川幸次郎、白川静、目加田诚等译者,都采用这样的做法,这也是一般日本中国学研究者惯用的做法。而"脱训读派",则多出自并非专业的中国文学研究者。他们强调译文是面对当代读者、应该使用他们易于接受的语言来从事翻译,意在冲破传统汉诗翻译的束缚,开辟新的境界。"脱训读派"可以追溯到江户时代的荻生徂徕,而在《诗经》翻译中做出尝试的则是冈田正三、森亮等。

不论是"挺训读派",还是"脱训读派",他们对《诗经》和其它中国古典诗歌的翻译,各有其贡献。其实是从正反两方面说明了日本翻译中国古典诗歌的特殊性。比起这些主张更为重要的,是译诗的质量。而质量又不可能在一个对中国文化全然冷漠的文化语境中得到。

四 训读和中国古典诗歌研究

古代的训读由于保留了原文以及附在原文周围的各种读解符号,有益于当时诗歌的传播和教育,这些写本传于今世,就变为古代语言文字和其它文化信息的宝贵数据。一首诗,古代日本人是怎样理解的,这对于研究当时的日本文化固然重要,而日本人的理解很多来自中国,写本在一定程度上将那时的文化信息固定了下来,这对于中国诗歌的研究,也会有所启示。

清代和民国时期的中国学者,虽然热心从日本寻找中国散佚典籍,但是对于那些附在正文周围的假名和各种符号,一律采取无视的态度,理由是那些是日本人的事,与中国人无关。《尚书》单疏,我国久佚,日本图书寮藏宋刊本,大阪每日新闻社据以影印,我国张元济又据影印本影印,其撰《日本影印宋本〈尚书正义〉跋》说:"卷首有日本人校注、标抹、句读,均为彼邦读者所用,于吾国无取,故悉去之。"[1] 日本传录正宗寺旧抄卷子本《春

---

[1] 张人凤:《张元济古籍书目序跋汇编》下册,商务印书馆2003年版,第924—925页。

秋正义》，东方文化学院曾印行，是书中土亦久亡佚，吴兴刘承干尝刻所得残本，张元济撰《日本影印正宗寺抄卷子本〈春秋正义〉跋》仍说："卷一序旁，注彼国假名，于我无用，故从芟削。"① 历来翻刻或影印的日本典籍多将标注芟削，所以我们看到的这些本子，实际上已非原貌，而其学术价值也就打了折扣。

一方面，张元济等人的做法依然是从纯国学的立场来看待域外汉籍，虽然从保存数据的角度把视野扩展到了域外，但从观念上还没有达到一国之精神遗产可以为他国所再创造再发现的高度；另一方面也是因为对于那些校注、标抹、句读等，还没有认真研究，就轻易断定其于吾国无取。其实，那些训点，本身是一门从属于日本古代语言文字学的学问，不是一下子就能摸透的，囿于当时的条件，张元济等前辈学者还不能深入到这一步来。

日本今存写本，并非全部都有训点，即便有训点，也未必对于中国文史研究都有直接参考意义，然而，却不能说所有的训点，都是"于我无用"的。这首先是因为，奈良时代和平安时代的学人和中世纪的学僧侣，很多是抱着尽可能保存原貌的心态面对汉籍抄写的，讹误在所难免，而有意改动的情况不多。也就是说，很多说解和认识源头在中国，是直接或者间接向中国人学习的产物。透过转抄中复杂的现象，沙里淘金，仍然可能拣回我们之所需。

周一良先生《说宛》一文，曾根据敦煌唐人卷子和其它唐人及日本古写本，来审视日本传存的唐人小说《游仙窟》和日僧圆仁《入唐求法巡礼记》中用作动词的"宛"字，指出其实这个"宛"字是由唐人俗写"充"字演化而来的②。蔡鸿生教授《从小说发现历史——读〈蒙古词〉的眼界和思路》一文，把陈寅恪先生考释"写真"词义时所运用的方法称为"训诂史学"。周一良先生的文章虽不长，却可以称得上这种"训诂史学"用于日语研究的一个范例。这是因为，在日语中用汉字标记的词汇占有压倒的地位，而追溯其来源，探寻其语义变迁的轨迹，既是深化日语研究的重要课题，又是提升翻译质量的理论需要。

这里以松平全文库本《千载佳句》来说明写本训读的文献价值。《千载佳句》下《释氏部·赠僧》引白居易《喜蜜闲实四上人午后见过》："斋后将

---

① 张人凤编：《张元济古籍书目序跋汇编》下册，商务印书馆2003年版，第874页。
② 周一良：《说宛》，《周一良学术文化随笔》，中国青年出版社，1998年，36—42页。

何充供养，西轩泉石北窗风"，其中的"充"，《全唐诗逸》作"充"，松平文库本作"宛"，右旁标注训作"アテムトスル"①，正是"充"的意思。这个"充"字，中山本则写作"宪"，与唐虞世南《孔子庙堂碑》和敦煌本《太子成道经》字形相近。②与周一良先生所考相互印证，"充"之作"宛"当不是写本偶然的误笔。此可为周一良《说宛》提供例证。

上卷《四时部·春兴》："山茗粉含鹰觜嫩，海榴红绽锦窠匂。"③（元稹《早春登龙山静胜寺》）；上卷《四时部·暮秋》："雨匂紫菊丛丛色，风弄红蕉叶叶声。"④（杜荀鹤《秋思》）。两句中的"匂"字，《全唐诗逸》均作"匀"。"匂"字一般认为是日本造的汉字，有散发香味、显出美丽、隐约发出等意。而在日本奈良平安时代的抄本中，"匀"字多写成"匂"，"韵"字之省也写作"匂"。如藤原敦光《对庭花诗》："当户浓匂含霜媚，入帘落蘂带风斜。"诗中"浓匂"即"浓韵"。《龙龛手镜》有"匂，盖，葛，一，音。"此或为别解。

《人事部·经过》："但猜主人空扫地，自携杯酒管弦来。""猜"字，松平文库本和帝图本皆作"猜"⑤，而《全唐诗逸》作"请"，中山本作"倩"，到底何字为佳，学者见仁见智。观松平文库本"猜"字右旁注"ソ子ム"，即"ソネム"，即"嫉妒、猜疑、猜想"诸义，这里当作"猜想"讲，意思是说"只是猜想主人是白白扫地迎客，所以就自己带着乐酒前来。而从平仄来看，则以作"倩"字讲为佳。

又如上卷《四时部·苦热》"炎气撴为衣上火，汗光流出腹中汤。"⑥"撴"字，原本脱写，据他本补于行外。右旁注"アツマ"，即"集まる"，乃聚集、汇集、集中之义，此较《全唐诗逸》作"拥"为长。"撴"，同

---

① 〔日〕松平黎明会编『松平文库影印丛书　第18卷　汉诗文集编』、东京新典社1997年版、第31页。
② 〔日〕大江维时编纂、宋红校订：《千载佳句》，上海古籍出版社2003年版，第158页。
③ 〔日〕松平黎明会编『松平文库影印丛书　第18卷　汉诗文集编』、东京新典社1997年版、第361页。
④ 〔日〕松平黎明会编『松平文库影印　第18卷　汉诗文集编』、东京新典社1997年、第385页。
⑤ 〔日〕松平黎明会编『松平文库影印丛书　第18卷　汉诗文集编』、东京新典社1997年版，第421页。
⑥ 〔日〕松平黎明会编『松平文库影印丛书　第18卷　汉诗文集编』、东京新典社1997年版、第374页。

"簇"。关于"撖"字,《龙龛手镜》手部:"撖,俗;挨,正,千木反。《玉篇》:'促也。'"

《草木部·水草》:"飞鸥撤浪三千里,暮草摇风一万畦。""撤",松平文库本右旁注:"ウツ"①,意为"击打"。《篆隶万象名义》:"撤,储列反。剥也,治也,去也,除也,道也,明也,取也,咸也,怀也。"(《篆隶万象名义研究》:"'咸也',疑为'减也'之误。《广雅·释诂》:'撤,减也。')《龙龛手镜》手部:"撤,直列反,除,去,坏,咸也,又发撤也。"均无"打击"意。《汉语大词典》亦未列"打击"的义项。现代北京话中有"撤"作"打"字解者。"撤"、"抽"或为音转。此有待于方家考证。

以上仅以松平文库本《千载佳句》为例,说明日本写本的训读,实有助于中国古典诗歌研究。现存唐抄本及其重抄本的翻译研究,几乎还是空白,还有很多文章可做。

译文学作品难,译诗为难中之难,而译外国古诗,要译得得其神髓而又为现代人所接受,其难度倍增。翻译过程不仅是译者对多重意义的选择、删除与补充,是一种"调控性转化"(regulated transformation),而且要在译语的年代形式与读者习惯的冲突中做出抉择和必要的创造,追求着古色古香和现代共鸣的谐调和均衡,这同样也是民族语言内部的"调控性转化"。

奈达指出,翻译是译者用译语重现原作的文化活动,翻译的主旨是文化移植、文化交融,但文化移植是一个过程;语言不是翻译的操作形式,文化信息才是翻译操作的对象。中国诗歌的日译作为一种文化活动,也离不开活动的主体——人,离不开特定主体所处的文化环境。因而,我们分析中国诗歌的日译,也不应该仅仅着眼于翻译的语言符号本身,而且需要洞察这些符号所承载的文化。

训读作为一种保留原有文字的特殊翻译。在中日文学交流中曾经发挥过巨大的作用。它的长处和缺陷,都离不开汉字在日本的命运。汉字文化隆盛,则训读能够获得更多的知音,汉字文化衰落,训读就不能不黯然失色。品味诗歌,就是欣赏艺术,这不仅需要阅读的知识和技术,更需要艺术的感悟。作为一种阅读的辅助技术,训读自然有其功效,它之所以不同于现代意义上

---

① 〔日〕松平黎明会编『松平文庫影印叢書 第18卷 漢詩文集編』、東京新典社1997年版,1997晚版,第458页。

的翻译，就是因为今天的翻译者需要将自己的艺术感悟传递给现代读者，而这恰是单靠训读就很难做到的。日本的中国诗歌研究者如白川静等，在自己的著述中，既精心做好训读，又积极探索用现代口语来翻译，可以说是为读者提供了立体多面的鉴赏途径。从译者来说，专门学者多不舍训读，而圈子外的歌人（如会津八一）、诗人（如森亮、加岛祥造）或学者（如冈田正三）则有功于提倡新译。从效果来说，训读承续着"不易"（不变），而新译追逐着"流行"（时兴），从接受者来看，老年人怀念训读，而中青年或易亲近新译。在中青年的汉字水平下降的今天，流动于平易和雅致之间的新译，或许有助于让中国古典诗歌走近更多的青年人。

第三节 训译的外部渊源和内部依据

日本文化诞生伊始，就和翻译携起手来。面对中国大陆传来的汉文，日本人不能不用汉字来记录它们的音义，然而是记录它们的读音，以掌握它们的意义呢，还是记录它们的音义而放弃它们的读音呢，实在很难找到一个两全其美的统一方法。

日本人的阅读史是从阅读中国典籍开始的，他们创造的用训读的方法来读书，本身就是一边翻译一边阅读，或者可以说，阅读就是翻译。因而，训读也可以称之为训译。日本民族并非是最早采用训读来阅读中国典籍的民族，却是使用训译历史最长、训译文献最为丰富的民族。训译的一整套方法与中国古人读书方法相通，而训译的影响至今影响着日本的中国文学翻译，这就不能不对它做全面的探讨了。

一 训译的中国文化渊源

平安时代初期，显示训读方法的文献就逐渐出现，但都是佛典，保存至今最早的汉籍的训点，当是宽平年间的《周易抄》、延喜年间的《尚书》等。

从那以后，称为汉籍官位管理机构的纪传、明经博士家，即菅家、大江、清原、中原家，虽然都采用训读的方法，但在细节上却各不相同。当时这些方法被称为"博士点"。据研究，它们实际上都源于比睿山的佛典训点方法，而清原家的方法则出于菅原、大江两家。训法称为"ヲコト点"，在每个字的周边加上点，由此表示这个词所需要添加的助词、助动词，文字的训作为"假名点"，是在字的右边添上特殊的略体的片假名。平安时代末期开始出现了在字里行间加上レ、一二三这些字样来表明阅读的顺序，这种方法一直延续至今。这些做了训的句子，今天称为"汉文训读语"，与平安时代的假名文学用语不同，譬如，被称为趋（ワシル）、赴（サイギル）什么的。

从奈良时代开始的"文选读"，采用了将注释写在所注释词语左侧的方式，这就是所谓"训译"。训译与训点形式相同，不同的就是在必要的词语的左侧加上注解。元禄四年刊行的《游仙窟》就是这样的训译本。《三重韵》也是把音训，即词语的读法在字的左右两边表示出来。

训译必须依靠各种符号来表明翻译过程，追根溯源，这些符号很多来自中国古人的读书方法，这些方法就保留在敦煌写本当中。特别是那些代替特定的上下文中已经出现过的字词的所谓"省代号"，这些省代号，和重文省书的重文符号在本质上是一致的。在张涌泉《敦煌写本省代号研究》中列举的省代号和重文号有＝、々、丶、ゝ、〈、ろ等形式，在今天的日语文章和训译中基本都可以找到。姜亮夫先生在《隋唐宋韵书体式变迁考》译文中指出："诸韵宋韵卷子，遇注中字与正文迭者，王仁昫以前皆作'＝'，而王仁昫以后则有作'〈''々'者矣。至诸北宋刊本，则多以'丨'易之，且王书前仅于注文中第一字与正文迭者方作迭字号，第二字以后则仍端书不变。王仁昫卷而后，乃渐有于注中凡与正文同之字皆作'＝'若'々'、'丨'者，此亦日趋简易之一例也。"（《敦煌学论文集》第 474 页），张涌泉继续指出，其实不管抄写时代在王仁昫《刊谬补缺切韵》以前抑或以后，不限于注文中第一字，也不限于韵书卷子，举凡韵书、字书、音义书、类书之属注文中字与正文同者，皆可用省代号代替①。熟悉日本古代写本的人，会一眼看出这些省代号正是训读中常见的。

京都大学教授金文京在《东亚汉文训读起源与佛经汉译字关系——兼谈其相关语言观及世界观》一文中强调三点：

第一，日本汉文训读从佛经汉译的过程中得到启发而形成。

第二，日本汉文训读很可能受到古代朝鲜半岛新罗同样方式的影响，而

---

① 张涌泉：《敦煌写本省代号研究》，载《敦煌研究》2011 年第 1 期，第 88—93 页。

同样阅读方式，在契丹或维吾尔等中国近邻阿尔泰民族中也可以找到，因中国北方自古以来长期受到北方阿尔泰语系民族统治，结果当今中国北方方言即所谓普通话当中也有类似训读的现象。要之，此乃东亚汉字文化圈的普遍现象。

第三，在日韩两国，由汉字训读所形成的语言观扩大到各自的世界观，其中既有同，又有异，于焉产生东亚各国包括中国的世界观互相冲突。①

图 45　1990 年本书作者与东京大学教授、汉语研究家平山久雄摄于东京塔

训读的作用被广泛重视，是汉语俗语较多传入日本的时代。由冈岛冠山、僧大通等长崎的唐通事、出于所谓"归化人"的禅僧、以及从大陆中国来到日本的僧俗，用这样的方式将当时的汉语和白话文学介绍给中心地区的学界。

贝原益轩所著《劝作文论》说："该国俗之读书也，常杂音训，加国字，随倭语之读法而上下，颉颃而通意，是因本邦古来之旧习而然也。故文理不接续，助字不连读，不若中夏之人读书而直下，语句不绝、助字不遗也。是

---

① 〔日〕金文京：《东亚汉文训读起源与佛经汉译字关系——兼谈其相关语言观及世界观》，在《国际学术前沿研讨会：东亚中的日本文学：训读、翻案和翻译》的发言稿。

以吾辈虽自幼读书,不谙助语所在,不晓虚字法,且平生未曾用心于文法,是故择而不精,习而不察矣。"可见,训读正是通过改变源语语序、读音等对汉文进行了翻译。

佐藤春夫将《和汉朗咏集》看成汉诗训读的首屈一指的古典,并认为它正是"一种和译"①,即便中国诗歌的日译,是当之无愧的汉诗和译的古典。例如白居易《寄殷协律》中的"琴诗酒友皆抛我,雪月花时最忆君"就读作:

琴诗酒の友皆我を抛つ
雪月花の時最も君を憶ふ

佐藤春夫举出的白居易的诗句"背壁灯残经宿焰,开箱衣带来年香",训读作:

壁に背ける灯は宿をへたる焰を残し、
箱を開ける衣は年をへだて香をおびたり。

佐藤春夫认为,训读大体上是日语化了,上面这一例尤其明显。虽然诗歌的"发想法"还没有日本化,但这在输入外国诗的场合,是理所当然的事情,不如说,发想法等应当学习外国诗来丰富本国诗歌的内容。

宝永二年刊行的倚翠楼主人译的《觉后禅》是最早以这种形式翻译的白话小说。以后的冈白驹翻译的《小说精言》(宽保三年刊)、《小说奇言》(宝历三年刊)和泽田一斋的《小说粹言》(宝历八年刊)等白话小说,无不是训译之作。在白话小说中,享保十三年、宝历九年冈岛冠山的李卓吾百回本《忠义水浒传》训读本,只有训读,而非训译,是少有的例外。《笑府》(明和五年)、《译解笑林广记》(文政十二年)等笑话,也是训译本。以后,不仅白话作品采用训译,其余各类书籍也有采用训译的,由柏木如亭创意、后人补充的《译本芥子园画传》也采用了巧妙的训译的方法。

---

① 〔日〕北原義雄編『漢詩大講座』第十一卷『研究及鑑賞』、東京アトリエ社1936年版、第168頁。

二 训点——训译的方法论思考

训读或称为训译问题，不仅是一个翻译问题，而且是一个与日本汉学、日本学术紧密相关的问题，它所具有的文化史的意义，也不仅在于今天所谓翻译学的范畴。诚如石崎又造在半世纪以前指出的那样，训读法与汉字的日语化相辅相成，日本人就能够自由地阅读一字一音的汉语了。他们能够不用汉语读音而将汉语作为日本化的汉语最快地阅读并且理解，换言之，汉语不是外语，而是具有了日语的性质。石崎又造认为，追究其原因，可以举出三点：

第一，因为汉字是在日本没有自己的文字的时代输入的，就不能不完全依赖汉字；

第二，传承久远；

第三，汉字一字一音，对于输入进来的名词群，如果有了汉语语序的知识，就比较容易理解汉文，还能够作文。

石崎又造指出，事实上，日本学者是把汉文当做第二国文，或者把汉字当做不可或缺的重要辅助国字的，因此日本人创作的汉诗文才能够声情繁茂，构成郁郁葱葱的文学史。他再和印度或欧洲文学相比较，在这些国家中，并没有像日本那样有用外语编纂的正史和敕撰诗文集，汉语在日本扎下了根，有了贴近国民生活的文艺作品，而对于那些国家来说，外语不过就是外语。汉语则与此大相径庭，曾经被翻译移植，在日本的沃土上生根开花，被赋予了独特的生命[①]。

石崎又造的这些看法，虽然主要不是就训读而发的，但也论及了训读的历史作用。应该说，他从汉语的特点来说明训读的可能性是很有见地的。不应忘记的是，训读融入了日本人的模仿力，也是创造精神的产物。离开了日本人对本身语言特点的把握，独有的训读方法也不会出现。日本人借用和参考了中国人句读，即辅助阅读的各种符号，而又结合日语语序的特点，设想出了一套应对中日语言语序不同的复杂情况的办法来。

日本人为了训译汉籍，设定了一套符号作为工具，这些符号不仅规定了

[①] 〔日〕石崎又造『近世日本における支那俗語文学史』、清水弘文堂1967年版、第4—5頁。

阅读的顺序，而且在很大程度上展演了文字的读法和意义，由此将阅读程序化，也就对复杂的汉语阅读赋予了可操作性。应该说，这种可操作性的形成，是对两种语言语法和词汇长期考察和阅读实践积累的结果。这些符号，一般被称为训点。

现行的训点中，有"レ点"、"一二点"、"甲乙点"等，把它们称为"点"，可能来源于中国的以点作句读的方法的"ヲコト点"，而实际上它们已并非是"点"一种形式了，而是文字或符号。现在通行的训点，主要依据的是1912年3月29日官报刊登的《文部省有关汉文的调查报告》所作出的规定。这些符号的使用方法如下：

"レ点"用于仅一字倒读的情况，一般看似置于上字的左下部，严密说来则是置于下字的左肩。在江户时代后期和明治时代的版本中，还多将"レ点"置于行末。

"一二点"用于两字以上倒读的情况，先读之字左下部书"一"字，后读之字左下部书"二"字。如果需要明确倒读顺序的字更多，也有再补以"三"乃至"四"的情况。

"上下点"用于再进而跳过"レ点"、"一二点"倒读部分去读的情况，"上"、"下"书于倒读字的左下部，如果层次更多，还有"上"、"中"、"下"置于倒读字左下部的情况。

"甲乙点"用于"レ点"、"一二点"、"上下点"都不够用的情况，多者还可以见到"甲"、"乙"、"丙"、"丁"同时出现于倒读字左下部。

这些全用到以后，仍然不能明确顺序的复杂句，还有所谓"天地人点"，即将"天"、"地"、"人"三字书于字的左下部。汉文短句多，所有的训点符号都出现的情况相对少见，出现这种情况时，阅读便显得十分繁杂。

以上这些符号，一般还叫做"返り点"，或者"返り仮名"。"返り"是折返之意，这一命名标志着它们的主要作用是颠倒反复以标明语序。另外，还有所谓"送り点"或者"送り仮名（添え仮名）"，书于字的右下部，是将图画似的片假名小字书于倒读字的右下部。"送り"是添加之意，意思是添加在末尾，末尾的读音清楚了，由词尾就可以判定词性和词义，这个词的读法也就清楚了。在书志学文献中，如果说"有返送"，那么就表示这本书做了训读。

诚如河上肇所说，日本读汉诗，"送り仮名"是否得当，往往就是"死活的问题"①。因为词尾标注错了，也就是对诗意理解不当。

在日本第二次世界大战之前刊行的汉籍中，还可以看到一些特殊的字形，这些字可以看做是某些假名词语的省代号。例如，以"㋏"省代"コト"二字，以"｜キ"省代"トキ"二字，以"｜モ"省代"トモ（ドモ）"，以"〆"省代"シテ"二字。"㋏"、"｜キ"、"｜モ"、"〆"均被称为"合字（ごうじ）"，由于它们所省代的"コト"等字具有重要的语法作用，使用频率高，所以在书写时有了它们便大为节省了时间，预期将它们看做一般的"合字"，不如将它们视为省代号。不难看出日本训译中的省代号，在方法论上与敦煌写卷中也使用各种省代号有很多共同点。虽然在现今的教科书上已经不再使用这些省代号，但抛开它们就难以理清训读的发生史。

上面这些符号与中国典籍的关系，是值得探讨的问题。中国古籍中在段落的开头有用"㋏"表示的，也有在段落的最末尾用"㋑"表示段落结束，下面的文字是属于另一段落的内容②。在中国古籍中也常用"｜"线来表作为连接符号。在明清刻本中仍有这种用法，也就是在一行的末尾文字字数不够，刻板偶尔出现空余时，就在该行最后的空格，雕上一竖，表示要连接下一行文字。这和日本训读中在两字中间加上一竖，表示两字是复合词，不应分开来读，作用虽不完全一样，但在表连接的意义上，仍有共同之处。

在明治时代的汉籍中，还吸收了中国诗文小说的评点形式，有"眉批"（或称"头注"），还有"圈点"，一部书不仅可能有一人评点，还可能有二人甚至数人的评点，各自标出以姓氏或名号为简称，以"某云"或"某评"陈述看法，文字有长有短，亦有红黑圈点的情况。常见以"、"点于字的右侧作为着重点，以"。"点于字的右侧标出佳句或诗眼，这些做法都与中国评点一脉相承。这样一来，一篇文字便显得热闹非凡，令读者目不暇接。

---

① 〔日〕杉原四郎编『河上肇評論集』、岩波書店1987年版、第270頁。
② 曾良：《古籍文字抄写特点补遗》，收入曾良《敦煌文献丛札》，浙江古籍出版社2010年版，第223页。

从以上叙述中，我们可以看到很多做法实际上源于中国的读书法，而又结合了日语的特点加以改进和创造。有了这些方法，对于陌生的文章也就可以进入阅读过程，这些符号首先被用于汉字和汉文教育，对于汉字和汉文化的传承发挥了历史作用，同时，它们也可以说就是古代日本人设计的"翻译软件"，使很多中国传来的书籍在没有中国人教授的情况下展开自主阅读。

三 训译与日本人的中国文学理解

吉川幸次郎对训读持严厉的批评态度。20世纪四十年代吉川幸次郎曾写过一些文章，揭露训译的负面影响。在《支那语的翻译》一文中，他开门见山就说："支那语的翻译，我们具有不可思议的历史。过去的汉学者，全是在一边翻译一边读书。""汉学者读书，其实就是翻译。然而，富有讽刺意味的是，一边翻译一边读书，我们反而与支那隔绝了。"① 在《支那语的不幸》一文中，更是把训读法产生不便视为"支那学之不幸"之一。认为这种训读法的致命弱点是产生出对汉语已经完全掌握的错觉，同时，它全然忽视对音调的理解。他列举出训读法的种种不妥，首先是训读使用的日语国语古老，例如将"颇"训成"スコブル"，就成了"非常"的意思了，而"颇"在汉语中是"很，相当"的意思。其次，训读家对汉语的暧昧性感到棘手。"我系日本人"，本来在汉语里是"我是日本人"的意思，训读成"我二日本人二係る"，就变成了"我和日本人有关系"的意思了。训读对于本不需过细分析的地方作过分分析，也是不便之一。他认为，训读法作为速成法，的确很方便，将来也还会有的，但是耽于训读法，支那语的正确掌握就毫无希望②。

第二次世界大战之后，对训读的批评更为强烈。松枝茂夫认为，正是由于训读国语方便，不管怎样就是能轻而易举地读下来，即使读错了，即使自己对意思一窍不通，那套办法也能行得通。诗歌就比散文更简单了，因为"テニヲハ"这些助词很多都省掉了，那就更易蒙人。而且，从奈良平安的王朝时代以来，就有一种独特的读法，今天仍然在沿袭使用，很多人酷爱、

---

① 〔日〕吉川幸次郎『吉川幸次郎全集』第十七卷、筑摩書房1985年版、第513頁。
② 〔日〕吉川幸次郎『吉川幸次郎全集』第十七卷、筑摩書房1985年版、第422—433頁。

喜欢，偶有误读，今天也还照读不改。他举出了刘希夷的《代悲白头翁》中的"坐见落花长叹息"中的"坐"，和杜牧《山行》"停车坐爱枫林晚"的"坐"，日本自古以来都读作"不觉地、不由地"（ソゾロ二），这种读解出自《文选》李善注："坐，无故也。"但是，这两首诗中的"坐"其实意思并不相同，都读作了"ソゾロ二"，甚至有学者把杜牧的诗解释成"下车坐在石头上眺望风景"，由于迷信古人，以致谬种流传。他还举出孟浩然《春晓》："花落知多少"，自古以来都训读作"知ンヌ多少"，遂将这一句解释为"知多"，将"少"看成无意义凑足音节的词。而实际上"多少"是疑问词，"知多少"意当为"不知多少"。同样的情况还有"知是谁"、"知何地"、"知何似"等等，而训读的方法就无法反映这样的意思。所以，松枝茂夫说，如果认为训读无论如何也不能丢掉的话，至少有必要不要墨守古人习惯的说法，改变一下那些错误的读法，用平易好懂的语言来代替那些与今天渐行渐远的奈良、平安王朝时代的古语①。

尽管学者们一再揭示训读的弊害，甚至说训读是中国文学之敌，但训读的方便却又是其它的方法无法代替的。它法则简便，便于学习掌握，由于保留了汉语的简洁，也便于记忆，朗朗上口。

四 变体汉文与和汉混淆文是半异化的翻译

洪堡说："语言的差异不是声音和符号的差异，而是世界观本身的差异。"② 中日语言的差异无疑也是世界观的差异。训读不能反映这样的差异，反而将这种差异部分隐蔽起来，这在执意寻求两种文化的共同性以发展文化的时代，可以最好地发挥作用，然而，在追求文化的民族形式成为主潮的时代，就不能不暴露出本身的缺陷了。

在日本，所谓变体汉文和和汉混淆文出现在汉文盛行时代之后，是汉文的变通形式，这两种文体是将日语的语法和词汇渗透在汉文结构之中。这两种文体用在汉文翻译中，就有了用变体汉文或者和汉混淆文来读解中国诗文的尝试。明治时代对西方文献的翻译，很快从最初的借用汉文体转变为和汉

---

① 〔日〕松枝茂夫『中国文学のたのしみ』、岩波書店 1998 年版、第 133—136 頁。
② W. V. 洪堡著：《论与语言发展的不同时期有关的比较语言研究》，姚小平译，见姚小平编《洪堡语言哲学文集》，湖南教育出版社 2001 年版，第 29 页。

混淆体，用和汉混淆体读解中国诗文的工作也随之亮相。幸田露伴撰写了很多堪称和汉混淆体的文章，对中国史传、小说、戏剧加以介绍评论。在那些文章中，引文翻译的原典，大都不再以全部汉字面孔的面貌现身，而是看起来更像日文。例如，在他撰写的《幽梦》一文中，引用了陆游的《十二月二日夜梦游沈氏园亭》之一：

  路は城南に近くして　已に行くを怕る、
  沈家の園の裏　更に情を傷ましむ。
  香は客の袖を穿ちて　梅の花在り、
  緑は寺の橋を醮して　春の水生ず。

  城南の小陌　又春に逢ふ。
  只梅花を見るのみにして　人を見ず。
  玉の骨は久しく成りぬ　泉下の土と、
  墨の痕は猶し鎖す　壁間の塵。①

试读 2008 年出版的一海知义《一海知义汉诗道场》中引用的这两首诗：

  路は城南に近くして　已に行くを怕れ
  沈家の園裏　更に情を傷ましむ
  香は客袖を穿ちて　梅花在り、
  緑は寺橋を醮して　春水生ず。

  城南の小陌　又春に逢い
  只だ梅花を見て　人を見ず。
  玉骨　久しく　泉下の土と成り
  墨痕猶お鎖す　壁間の塵②

---

① 〔日〕幸田露伴『幽秘記』、ほるぷ出版 1974 年版、第 323—324 頁。
② 〔日〕一海知義『一海知義の漢詩道場』、岩波書店 2008 年版、第 197 頁。

松枝茂夫认为这种和汉混淆文的翻译，仍然很难懂，例如将杜牧的"远上寒山石径斜，白云深处有人家"，训译成"遠く寒山二上レバ石径メナリ、白雲生ズル処人家アリ"，还是让人不明白，他质疑道："如果认为这种很难的和汉混淆文也是精彩日语的话，那这就可以作为精彩日语译诗通用吗？然而，和汉混淆文，难道不是将中国文化作为几乎唯一的先进文化加以崇拜尊重、在中国古典中仰承学问和教养时代的遗物吗？汉语本来是外语，这不是对语言顺序完全不同的汉文原样保留其形式，按照我国的语言顺序，作为日语来流传使用的混合的文章吗？"①

在江户时代对中国白话小说的翻译中，训译担当着简易版和快捷版的作用。在现代意义上的翻译条件不成熟的时候，训译就具有及时迅捷的优势。四大小说中，只有《金瓶梅》在江户时代没有翻译本，第一个翻译本是明治15年至17年东京兔屋刊行的松村操的《原本译解金瓶梅》，然而，江户时代却早已经有了训译的《金瓶梅译文》，作者名冈南，字乔。这本书只有写本，但作者显然是希望自己的训译能够面世的。这说明，训译那时是大多数文士都已经掌握的方法，而将那样的作品译成当时的日本口语的翻译，却要困难得多，这还需要更完备的素养和更充分的知识积累。

五　日语体译文是非异化翻译

一般谈到训译到日语体译文的转变，常将首功归于明治时代的研究者，其实不然。江户时代受到通俗文学大行其道的影响，将中国诗歌和小说直接译成当时口语的挑战者已经悄然出现，只不过他们都是名不见经传的小书生，他们所选择的原作也不是什么声名赫赫的经典，所以他们的业绩总被忽略。

这种尝试在诗歌方面，最有力的例子是田中江南的《六朝诗选俗训》。所谓俗训，就是用俗语去训解。虽然书名中仍不离训字，每诗也先有训读，但是作者在译为流行口语的工作方面颇具匠心。下面是伊齐高道昂（1724—1776）为该书撰写的序言：

---

① 〔日〕松枝茂夫『中国文学のたのしみ』、岩波書店1998年版、第136頁。

六朝作者不鲜，洋洋乎，雅音亦盈人耳。以绮縟艳丽为病者，不论时变世革，概谓之浮靡之言乎。梁武制乐，采子夜歌用之朝廷，用之邦国，用之乡党，海内靡然同风。犹之孔子之采郑卫。盖郑卫之淫，但其声音也。声音复随世变移，若蝴蝶胥然。孔子而在，乃采六朝之诗，谓如古诗。陈君好古之士也，何可悖雅颂之旨哉！用国书字旁为训者，乃用之乡党之志，亦知由此选始。①

作者选择这些六朝阴柔的古诗来做翻译，后来的佐藤春夫也是以这一类的诗歌作为翻译对象，正是因为它们和江户町人俗谣小曲情趣接近，写的是民谣最普遍的主题——男女情事，浅斟低唱，歌情咏俏，译诗向日本小呗靠近，读者读时自然联想吉原柳桥之清酒三味线。如《子夜歌十六首》其五训读为：

```
子夜歌十六首其五
恃爱如欲进，        愛を恃みて進まんと欲するが如きも
含羞未肯前；        羞を含みて未だ肯て前まず
朱口发艳歌，        朱口　艶歌を発し
玉指弄娇弦。        玉指　嬌弦を弄ぶ②
```

译诗将原文中汉语色彩浓郁的"朱口"、"玉指"直接变成了"美丽的口"、"纤细的手"，将"弄娇弦"译作"弹三味线琴"（さみせぞと），特别是第一句发挥了日语描写情态的长处，刻画了女子欲进不进的心情和神态：

```
少あまへて　どふかそばへよりたさふで
おくめんして　えふよりそわぬ
うつくしい口で　めりやすをうたひ
```

---

① 〔日〕江南先生訓譯、都留春雄、釜谷武志校注『六朝詩選俗訓』、平凡社2000年版、第15—16頁。
② 〔日〕江南先生訓訳、都留春雄、釜谷武志校注『六朝詩選俗訓』、平凡社2000年版、第5頁。

　　　　きやしやな手で　さみせんことをひく①

　　伽达默尔曾经说："翻译过程本质上包含了人类理解世界和社会交往的全部秘密。翻译是隐含的预期、从整体上预先把握意义以及如此被预先把握之物的明白确立这三者的不可分的统一。"② 训译是古代日本理解中国典籍的独特方式，里面也包含了日本人理解世界的秘密。一位日本《论语》研究者说："学习外国古典用那一国的语言，这是理所当然的。但是只要是中国古典，我们祖先发明了训读这种直译法，没有语言学的帮助也能够接受中国古代的睿智。进而汉文训读造就了日语的骨骼，也有削除赘肉的功用。丢弃训读，不就是全盘否定我们祖先创造的一项文化遗产吗？我认为，还是让中国语音学习的'中国古典'的研究和用训读学习的'在日本的中国古典的接受'的研究共存为好。"和因为追求中国古典的现代语译而全盘否定训读的"追新者"不同，而与因维护训读的传统地位而拒绝新译的"尊古派"不同，这种主张两者并存、各司其职的看法，是大多数古典文学研究者能够接受的。

第四节　荻生徂徕的训读批判

　　1675 年，山鹿素行在自传体著作《配所残笔》中谈到自己克服对中国的羡慕崇拜观念、建立日本主义思想的过程："我等以前喜读中国书籍，日夜不辍，而今年则无新书运进。10 年以前来自中国之书籍，大都读遍。故不觉间以中国诸事为好，本国系小国，以为万事均不及中国，且圣人亦只能出自中国。此种情况不仅限于我等，古今之学者亦复如此，羡慕并学习中国，近来始有人以此为错误，务必不宜信耳而不信目，舍近而求远，此实为学者之大病。"③ 山鹿素行树起一个靶子，张弓而射，这个靶子可以叫做"圣贤依存症"。这一年萱园学派的创始人荻生徂徕（1667—1781）八岁，而荻生徂徕

---

　　① 〔日〕江南先生訓訳、都留春雄、釜谷武志校注『六朝詩選俗訓』、平凡社 2000 年版、第 25 頁。
　　② H. C. 伽达默尔著：《语言在多大程度上规范思想》，曾晓平译，见严平编选《伽达默尔集》，上海远东出版社 2003 年版，第 182 页。
　　③ 〔日〕信夫清三郎：《日本政治史》第一卷，上海译文出版社 1982 年版，第 48 页。

的一生都在读、在写，不离圣贤之书。

图 46　荻生徂徕肖像

从青年时代起，荻生徂徕便力倡"直学华音"，主张音读，反对训读，在当时的儒者中独树一帜。从今天的眼光看，他的反训读论振聋发聩，含有比较语言学的因素，尽管他的主张在当时难以付诸实践，但对直接学习汉语的提倡，显示了卓越的见识，成为鼓舞明治以后汉语教育工作者的精神力量。

荻生徂徕的汉语音读论，是以崎阳即长崎流行汉语的风气为背景的。赖山阳（1780—1832）在《长崎杂事》一诗中这样描写长崎风俗："儿童谙汉语，舟楫杂吴舲"，前来从事贸易活动的明清商人把汉语带到了长崎，不仅由此产生了"通事"这一翻译行当，而且让市井也刮起了汉语之风。

荻生徂徕由此联想到日本人的读书方式，认为读书人的只读不说和长崎人的只说不读都不完善，前者书没读到家，后者汉语只是译胥赚钱的手段。他在《赠善暹罗语人》中说："今都士人不识华音，则所读书，率皆隔靴搔痒；而崎人鲜有读书，则其所善华音，乃又徒为译胥鄙俚射利具，其弊均矣。

是岂不两可惜乎？"① 他理想中的读书人，既会说汉语，又精通圣贤书，而不是仅靠训读去对圣贤书隔靴搔痒的人。

一 《译文筌蹄》的中日比较语言学

荻生徂徕所著《辨道》《辨名》于道光十六年经钱泳编次附以自序与《日本国徂徕先生小传》作为海外新书出版，藤泽东田首得此书，设宴庆贺，述其颠末，题名《荣观录》。当时的中国学者感兴趣的是他的儒学研究，并不知道他对翻译还有自己独特的见解。

在徂徕仕柳泽氏时，于正德元年（1711）10 月与同志共设译社，研究汉语，《译社约》最后所说："凡会之谭，其要在以夏变夷也，不许以俗乱雅也；凡会之约，其可言者，具是不能悉者，亦在不失所以会之意也。"② 概括了他的一贯翻译思想。他所著的《孙子国字解》《吴子国字解》《素书国字解》是他翻译思想的实践。所谓"以夏变夷"，首先就是要对中国的语言文字有切实的理解。

荻生徂徕从青年时代对翻译问题的关注，源于他对学问的根本看法。他在《训译示蒙》一书中对"译"和"译文"的界定就贯穿着对中华学术的崇拜。他认为书籍中所书写的唐人语言和心得，即"学问之大志也"，学问毕竟要作为汉学来理解，于是他把这称为"译文"，要教给学习的人，并概括说："译文者，唐人词之通事也。"也就是说，所谓"译文"，就是担当汉语翻译。他进而解释说：

> 所谓译文，毕竟是将唐人之语转换为日本语。唐人词与日本词有大不同。其唐人词，字也；日本词，假名也。不仅日本，天竺之梵文、胡国之胡文、鞑子之蕃字、安南之黎字、南蛮之蛮字、朝鲜之音文，皆假名也。假名有音无意，假名无论如何组合，均无意，而字则有音有意。③

汉字有意（义）有音，假名无意（义）而只用以表音，假名之创成正是

---

① 〔日〕荻生徂徕『徂徕集』卷16、松邨九兵衞刊、刊年不詳、第六册、第19頁。
② 〔日〕荻生徂徕『徂徕集』卷18、松邨九兵衞刊、刊年不詳、第六册、第19頁。
③ 〔日〕户川芳郎等編『漢語文典叢書』第一卷、汲古書院1979年版。影印明治十四年刊本。此引篠田正作校訂『校訂訓譯示蒙』、高橋平三郎刊、1881年、第3頁。

出于表音的需要，这是徂徕对两国文字的基本看法。这并不是日本的个别现象，而是汉字文化圈普遍的现象。在假名缺乏表意功能的前提下，如何将唐人之词转换为本民族之词，就是周边各国学术发展中举足轻重的问题。正是在这样的学术观之下，徂徕构建了自己的翻译观。他不是把训读只看作日本一国的孤立创造，显然，当时的徂徕已经具有在汉字文化圈的国际视野下来把握这一问题的历史眼光。

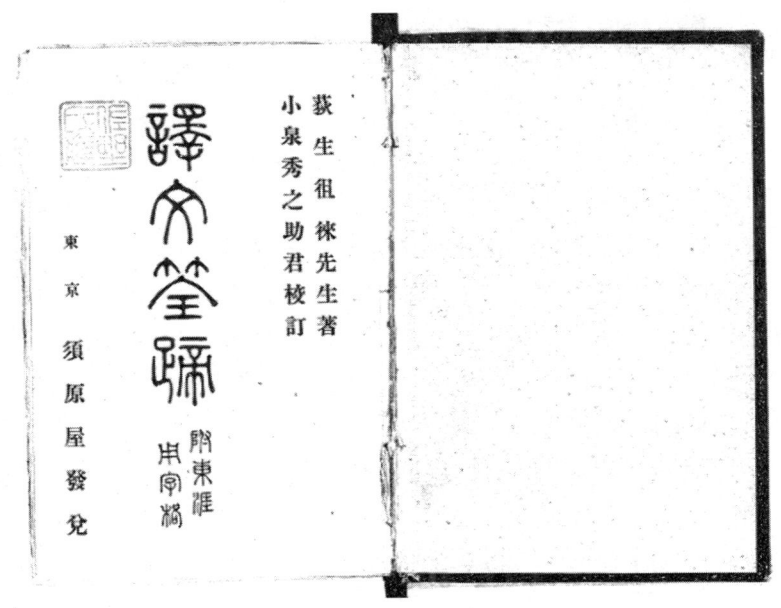

图 47　小泉秀之助校订《译文筌蹄》

揭露训读之弊，是徂徕的一贯思想。在《答崎阳田边生》中他说："夫以和训读书，所读虽中华书，必颠倒其上下以从和语，究是和语。夫和与华，同在意而异在语，故以和训读书，唯得其意，不得其语。"① 在《又答屈景山》中也说："夫善学华言者，不假倭训，直学华言，华言明而倭训之谬自见矣。"② 在《徂徕先生答问书》中强调，文字源于中华之语言，与日

---

① 〔日〕荻生徂徕『徂徕集』卷25、松邨九兵衞刊、刊年不詳、第九册、第6頁。
② 〔日〕荻生徂徕『徂徕集』卷27、松邨九兵衞刊、刊年不詳、第九册、30頁。

本的语言词汇性质不同，而中华词语也有古今之分。宋儒的注解失于古言，"古言由其时代之书籍可推知。"① 这些观点在他所著的《译文筌蹄》中已有体现。

《译文筌蹄》（以下简称《筌蹄》）由僧天教和吉臣哉两人笔录整理成书，后来徂徕回忆当时的情景，说是"一如老姆师诲痴骏，其口谆谆然，不能自已。"该书在学子中传写，不胫而走，从外地来到京都的学人，往往也视同拱璧②。徂徕说自己讲课的时候，苦口婆心，就像老婆婆教傻孩子，越说越上劲就收不住嘴，成书之后，却被学子们视同珍宝。

筌蹄，语本《庄子·外物》："筌者所以在鱼，得鱼而忘筌；蹄者所以在兔，得兔而忘蹄；言者所以在意，得意而忘言。"筌，鱼筍；蹄，兔罝，谓语言与筌蹄都是有形的迹象，道理与猎物才是目的。后常以"筌蹄"指达到目的的手段，或反映事物的迹象。

丸山真男指出，《筌蹄》成书大体不会晚于正德年间（1711—1716）之后，这个时代已经使用"古文辞"这个词语，是全面批判朱子学之前的阶段，也就是享保元年以后他接连写出《论语征》等书之前，就已经意识到了比较语言学这样的方法论了。因此古文辞学作为语言学起步了，这比作为经学的徂徕学的形成还要早。③

《筌蹄》主张不依赖训读而直接音读中国典籍。该书用日文来对汉语两千数百个的动词、形容词加以解说，相当于后来所谓的"汉和辞典"，1711年加上题言刊行。这本书和他以后的治学方法有密切的关系。

《筌蹄》前编序中说："予十四流落南总，二十五值赦还东都，中间十有三年，日与田父野老偶处，尚何问有无师友，独赖先大人箧中藏有《大学谚解》一本，实先大父仲山夫君手泽，予获此研究用力之久，遂得不借讲说遍通群书也。"文中提到的《大学谚解》为林罗山第三子林鹅峰所著，是跳出训读，用日语来对《大学》作通俗讲解的著述，独学无友的时段阅读《大学谚解》，或许是徂徕意识到训读问题重要性的发端。徂徕这里暗示，自己不是靠训读，而是由译为口语的经典教材理解了中国的古代典籍。

---

① 〔日〕中村幸彦校注『近代文學論集』、岩波書店1978年版、第173頁。
② 〔日〕荻生徂徠著、小泉秀之助校訂『譯文筌蹄』、須原屋書店1908年版、第1頁。
③ 〔日〕丸山真男、加藤周一『翻訳と日本の近代』、岩波書店2004年版、第15—16頁。

《筌蹄》的贡献，首先是明确了训读的本质就是翻译。

在对日本训读造成的词义混淆加以清理之前，《译文筌蹄》先用《题言十则》阐明自己关于日韩语言翻译的主张。除第一则说明该书写作与流传缘起之外，第二则开门见山指出，训读就是翻译，而很多人却不知道它就是翻译。他把日语称为"方言"，是沿袭平安时代以来的观念和说法，他描绘训读的过程是一边顺逆回环，上上下下，心里一边想着中国字，让它迁就日语。而日语和汉语"体质"本来就不同，怎么能相互吻合呢？他一针见血地揭穿读书一味依赖训读造成的隔靴搔痒的理解：

此方学者，以方言读书，号曰和训，取诸训诂之义，其实译也，而人不知其为译矣。

古人曰："读书千遍，其义自见。"予幼时切怪古人方其义而未见时，如何能读？殊不知中华读书，从头直下，一如此方人念佛经陀罗尼，故虽未解其义，亦能读之耳。若此方读法，顺逆回环，心移中华文字，以就方言者，一读便解，不解不可读。信乎和训之名为当，而学者宜或易于为力也。

但此方自有此方言语，中华自有中华言语。体质本殊，由何吻合？是以和训回环之读，虽若可通，实为牵强。而世人不省，读书作文，一唯和训是靠。即其识称渊通，学极宏博，倘访其所以解古人之语者，皆似隔靴搔痒。其援毫抒思者，亦悉侏僑鸟言，不可识其为何语。此无它也，向所谓易于为力者，实为之祟也。①

其次，《筌蹄》还从中日语言差异的角度，指出了从日语的角度来解读汉语的学术价值。

如果仅仅指出训读的弊病，荻生徂徕未免过于消极。他还提出了解决问题的办法，那就是像长崎人那样学会华人的语言，还汉语本来面目。不仅如此，学会了汉语的日本人还可以做华人做不了的事情，他们由于熟知两种语言，因而能够看出华人看不出的问题。这样的议论，和今天的比较语言学主

---

① 〔日〕荻生徂徕著、小泉秀之助校訂『譯文筌蹄』、須原屋書店1908年版、第2—3頁。

张已经相当接近了。他不厌其烦地列举从训读中领会到的中日语法的不同，力图证明通过两种语言对比能够获得囿于一种语言所无法理解的认知：

> 故学者先务，唯要其就华人言语，识其本来面目。而其本来面目，华人所不识也。岂非身在庐山中故乎？我今以和语求之，然后知其所以异者。假如南人在南，不自觉地候之异，北人来南，乃识暄热耳。
>
> 观其顺逆回环，然后可读焉，则知其上下位置、体段之不同也。
>
> 其正训之外，字必加转声，然后可读焉，则知此方用助声多于彼也。
>
> 其也、矣、焉类，无方言之可训，而此方助声，亦莫有文字焉，则知彼此语脉、文势、转折之则自殊也。
>
> 异字同训者众，而和语亦有不入训者存焉，则知彼之所有，此不必有，此亦不无彼之所无也。
>
> 有一训彼多字者焉，有一字兼多训者焉，则知华、和言语参差互涉，不可以一抵一也。仁义、道德、性命、阴阳，莫有和训焉，则知圣人之邦，命名立教，自有常言之不能尽者存也。
>
> 异字同训及训不的确者，犹有换以今言，可以正其译焉，则知古昔作和训时，方言尚寡，后世弥文，言语之数转相倍蓰也。然其上下位置、体段脉势，是为大者。
>
> 予尝作《文驒》一书，具言其天秩森然，不可得知而紊焉，能读者玩索有得，则一悟了晰，左右逢原矣。字义极零细，虽竭毕生之力，未得穷究。其载在字书者，特本草之说药性已。苟非博稽经方，旁验应病，以识君臣剂和之异用，炮炙汤散之殊空，安能曲当洞悉、一无所误乎？其唯同训异义者，予为蒙生苦口辨析，是编为其概略，始欲更为新译，悉去和训回环之读，而其世久相承为读书法，终不可废也。亦犹华音讹转为国音，而国音亦不可废者，故但就和训附以新译，使学者据此推扩益精，以或得不即不离之妙于和训回环读之外者，是其筌蹄尔。①

以上所引文字，包含许多有关中日语言比较的精辟见解。可贵的是，徂

---

① 〔日〕荻生徂徕等著、小泉秀之助校訂『譯文蹄筌』、須原屋書店 1908 年版、第 4 頁。

徕还强调指出，译者不能仅凭字书去从事翻译，因为字书所载如同药书中说药性而已，不能代替医生因人施药。译者要同良医，博通医方，调和种种药物，对症下药，才能一无所误。这真是对译者创造性工作的妙喻。

最后，徂徕从语言演进的观点指出训读已经不能适应今天读书的需要。

荻生徂徕指出，读书的奥秘就在翻译当中，中日异域，古今异俗，语言变迁，各不相通，然而人情却是相近的，因而今天的日本人可以超越语言的藩篱，读懂古代中国的经典。经典上使用的正是古代中国的日常语言，日本的读书人不应该朝"高深"、"奇特"方向去想，而应该将它们译成"平常语"。荻生徂徕后来一再阐发的读《诗》《书》知人情说，反复称扬的"俗语价值论"，基本观点已经都在《题言》中了：

> 译之一字，为读书真诀。盖书皆文字，文字即华人语言，如其荷兰等诸国，性禀异常，当有难解语，如鸟鸣兽叫不近人情者，而中华之与此方情态全同。
>
> 人多言古今人不相及。予读三代以前书，人情世态，如合符契，以此人情世态，作此语言，更何难解之有也。书唯六经为奥眇者，而《诗》，风谣歌曲；《典谟》，榜谕告示；《春秋》，烂朝报；《礼》为仪注，《易》即卦影发课。假使圣人生于此方，岂能外此方言，别为深奥难解语哉？道虽高深，语唯是语言；如其高深之道，则存乎其人焉。观孺子《沧浪歌》，亦唯言水清可以濯其缨，水浊可以濯其足耳。语言上岂别有深意乎？及夫子闻之，乃曰自取之者，可以见焉，若以高深之理解此方语言，则吾侪平常所言，亦当有尧典三万余言之解也。只以中华、此方语音不同，故人做奇特想。能译其语如此方平常语言，可谓能读书者矣。此是编开卷第一义也。①

荻生徂徕认为，训读（和训）和翻译就是一回事情，叫什么都没有差别，然而训读是由古代贵族发明的，使用的是那时高雅的语言。当时曾摒弃那些鄙俗的语言，以造成典雅的效果。然而时代在变化，语言也在变化，想

---

① 〔日〕荻生徂徕等著、小泉秀之助校訂『譯文蹄筌』、須原屋書店 1908 年版、第 4—5 頁。

用今天的语言去看训读已经显得古朴,不近人情,今天读那时的《伊势物语》《源氏物语》,本来都是写闺阁男女之事,就像是《金瓶梅》,今天读来感到高雅幽妙,不得不多靠注解。徂徕主张用平易而近于人情的俚俗语去译读古代的经典,无疑是超俗的卓见。

  曰和训,曰译,无甚差别,但和训出于古昔缙绅之口,侍读讽诵金马玉堂之暑(署),故务使雅言,简去鄙俚,风流都美,诚空人耳。且时属淳庞,语言之道未阐,以此而求于中华之言,其在当时尚已寥寥觉乏矣。况以世降时移,语言之道,益变益繁,益俚益俗,故以今言而求于和训已觉古朴,不近于人情。如和歌者流,《势语》《源语》诸书,此皆闺阁脂粉猥亵之语,一似《金瓶梅》类,今读之高雅幽妙,大费注解,似中华有典谟。又以今言而求于中华语,其比古愈繁愈细者,稍可与华言相近。且俚俗者,平易而近于人情,以此而译中华文字,能使人不生奇特想,不生卑劣心,而谓圣经贤传,皆吾分内事,《左》《骚》《庄》《迁》,都不佶屈,遂与历代古人交臂晤言,尚论千载者,亦由是可至也。是译之一字,利益不鲜,孰谓吾好奇也哉!①

在指出训读的弊端之后,徂徕提出直接学习汉语,读书用汉语,并将中国典籍用当代日语翻译出来,彻底放弃改变词序的训读办法,认为做了"中华人",才能像"中华人"那样读书。他提出的学习方法是由浅入深,由句子到文章,最后到经、史、子、集。但是,这样的学习是难以立即奏效的,于是他又想出了变通的办法,那就是边读边把原文译成日语口语,由少到多,自易至难,积累汉语、日语互译的本领:

  故予尝为蒙生定学问之法,先为崎阳之学,教以俗语,诵以华音,译以此方俚语,绝不作和训回环之读。始以零细者二字、三字为句,后使读成书者。崎阳之学既成,乃始得为中华人,而后稍稍读经、子、史、集四部书,势如破竹,是最上乘也。

---

① 〔日〕荻生徂徕等著、小泉秀之助校訂『譯文蹄筌』、須原屋書店 1908 年版、第 5—6 頁。

然崎阳之学，世未甚流布，故又为寒乡无缘者，定为第二等法。先随例以四书、小学、《孝经》、五经、《文选》类教以此方读法。时时间择其中极易解者一二语，随分俚言解说，使其自得，一日间不过一二次，切勿说旨章及道德、性命之理。大抵人心喜开通，恶闭塞，虽蒙生，日但诵全无分晓语，必生厌想，惰气乘之，仅得可解者，辄生踊跃，由是精进，且其一二零细，后来合凑，必为自用力地。比五经皆毕，既自得力，乃授以《史》《汉》有和训者，使其自读，副以字书，备其考索。中华、此方年代世变、文物制度、地名人名皆不同。若不先读此，则不识此为何世界，局盘不立，茫无措手。①

徂徕明知在当时的条件下很难实现首先进行华语教育而后开始经典教育的设想，便以在经典教育中渗透语言教育的方法作为权宜之计。也就是用俗语解读经典，同时也利用原有的训读知识。他还特别指出在阅读初期不要急于讲授性理之类，而应让学生边学边产生成就感，享受阅读进展的乐趣。徂徕在论说中显然注入了自己阅读、翻译的心得和体会。

然而，获生徂徕提出的直接用华音读中国古典的主张，却只能适用于学者，广大读者接受外来经典仍不能不依赖于译成日语的文本。从这一点出发，徂徕的"直读论"实质上又绕开了翻译。《译文筌蹄》从翻译始，却未能终于翻译，对当时出现的"国字译"、"谚解"等翻译形式未能提出更多建设性的意见，这说明他的"筌蹄"还不尽适用与完备。

二 "原典本位"还是"师说"本位？

学习中国经典，是该贵目贱耳，还是贵耳贱目？是"原典本位"、"文字本位"，还是"师传本位"、"讲说本位"？获生徂徕设立了两个对立的命题，并看似用词夸张地坚定主张前者。他告诫自己的弟子切勿听讲，历数听讲的害处，多达十条，甚至最后归结为毁坏学风、败坏经国大业的极端恶果。他认为，讲说可以施用于"王公大人及武弁不学者之前"，而不能用来造就"髦士"，即杰出的学者。这是他根据日本讲说的现状得出的结论，因为那些

---

① 〔日〕获生徂徕等著、小泉秀之助校訂『譯文蹄筌』、須原屋書店1908年版、第9頁。

讲学者，首先追求的是临场效果，为了显示内容的丰富性和自身的博学，"字诂句意，章旨篇法，正义旁义，注家同异以及故事佳话，文字来历，凡有关系于本文者，丛然并集，胪列如开肆，连续如贯珠"。讲说者不得不顾忌听者的当场反应，千万百计吸引听众，"一物不备，则嫌于己之耻；一语间歇，虑于听者之倦。务美声以悦人耳，甚者时间笑话，警醒坐睡。动有靳秘，责加束修"。以至于"师伤其仁，弟子伤智，流风一成，滔滔弗反"。荻生徂徕将这种风气的恶果总结为：丛然并集，不能识别，认彼误此；臆私拟度，迁就陋见；贵耳贱目，废读务听；万卷之书，不能悉听；废读务听之弊，必至不能读，行间无副墨；盲从效仿，甚至学其声音，拟其容貌；但见其说之可通，便宜本然，而不知其中离本义已远；弃文论道，不朽大业，由是遂沉；缚其枝干，屈其根茎，无法造就栋梁之才，以上是荻生徂徕为听讲开列的罪状，简而言之，就是不能培养学子的读书、思考和鉴别的能力，反而使其中堕入盲从和迷信。荻生徂徕特别强调精通文字的重要性，他认为："譬诸不知人者，不能用人；不知文字，所讲皆妄，且文字贯道之器"，不知文字，"何取乎道？"

徂徕虽然对当时讲学过于注重现场效果作了负面评价，但他并非否定讲学，而是说王公大人和武士们可以听一听，了解经典大意就够了，而学者却必须慢读、细读、精读。他关注的依然是一味依赖训读的弊端。

荻生徂徕力说不懂看书的弊害，认为读书不如看书，之所以这样说，是因为"一涉读诵，便有和训，回环颠倒，若㶊从头直下，如浮屠念经，亦非此方生来语音，必须思惟；思惟才生，缘何自然感发于中心乎"？这是说中国人读诵，直接读的是自己的语言，而日本人读的是中国书的训读，而与中国语音不同，所以读的时候"口耳二者，皆不得力"。回环颠倒的和训读法，造成注意力分散，无法去切实体会诗文的深意：

> 如诗话、文评类，说某文高华，某篇伟丽，或清雅，或间旷，或雄深，或雅健。又如杜诗有声有色、有味有力之类，如非目熟文字之久，义趣之外，别觉有一种气象来接吾心者，则由何识别也？又如作文章，固有和训同而义训别者，又有义同而意味别者，又有意味同而气象别者，此非耳根口业所能辨，唯心目双照，始得窥其境界，故译语之力终有所不及者

存矣，译以为筌，为是故也，然译之真正者，必须眼透纸背者始得。①

徂徕在这里指出，翻译绝不仅是文字词汇的问题，两种语言中即使用同一词语，也会有意味、气象的不同，只有心明眼亮才能看透境界。所以，"译语之力有所不及者存焉"，也就是说有些境界是靠译语所不能完全传达的。他的结论是"译之真正者，必须眼透纸背者始得"，翻译成今天的话，应该是译者只有看穿文字以外的文化意义，才能实现真正的翻译。说徂徕的翻译主张，有与现代翻译理论精神相通的部分，是不为过分的。

三 《译文筌蹄》与翻译研究

荻生徂徕将翻译分为直翻和义翻两种，这与后来一般所说的直译和意译相近，他在《训译示蒙》中说：

译文有直翻、义翻二种。直翻者，一一心算，唐之文字上附上日本之词也。义翻者，因倭汉有风土之异，语脉亦随之有变，故不能直翻之处，则以一句之义译之，谓之义翻。例如，"不短"，云"ミヂカフナヒ"，谓之直翻；云"ソノ処ニヨリ長ヒトナリトモ、チヨウドヂヤトナリ"，谓之义翻。总之，所云语脉之不同，日本之内亦有之……唐土隔万里之海，宜有语脉之异。②

这里所说的"直翻"，就是不改变汉字，在汉字上注明日语的意思，所谓"一一心算"，就是逐字译出，语脉不移，但由于日本与中国"风土"，即语境不同时，两国语言难以做到一一对应，这就不得不改变说法，移动语脉，徂徕认为这种改变是合理的。

后来写出在中日学界产生过较大影响的山井鼎，读到《译文筌蹄》，深感敬服，决心投于徂徕门下。然而，徂徕在自己的文章中提出的主张和方法，举出的例证，未必都得到学者的赞同，围绕翻译问题，一时展开了讨论。正是这种讨论，深化了学人对翻译问题的思考。可以说，这也是徂徕对于江户

---

① 〔日〕荻生徂徕等著，小泉秀之助校訂『譯文蹄筌』、須原屋書店 1908 年版、第 11—12 頁。
② 〔日〕篠田正作校訂『校訂訓譯示蒙』、高橋平三郎刊 1881 年版、第 6 頁。

译学的贡献。

山本北山（1752—1812）在《作文率》中也强调翻译对于学习中国经典的重要性，认为译家之所为与文章家之所为，犹如表里，而日本今日文章之要务，就是要能够自由地将日本的语言译成中国语言：

> 倭人之学文章，专一先将夏人之语译为倭语，属文章而使其无误。倭人之语，悉皆训，夏人之语，悉皆音。第一由于语路相违，不论如何，有不能为夏语之倭语，将此为意译，乃将意牵合而译也。尚有仅存于倭国而夏国未有之物，是亦不可译；又有夏国所有而倭国所无之物，是亦无可施，谓是为义译。附属其义，直文字之相缀也。然长崎译家之所为，绝不同此。译家将彼邦之语译为倭邦之语也。其所译者，将彼邦之官府招示之语，又市井院剧之语，不过属为倭文，若倭人为倭人当为之事则易，即与蒙古人、鞑靼人将中华之书译为其国语相同。若文章家将我邦之语译为彼邦之语，倭人为夏人之所为则难，譬似乎魏晋六朝之人，翻译西方梵语为中华之语。即便中华之人译他方之语，亦不能无误，故梵典有新译、旧译之是非。不仅如此，即便今人属古人之文，以此邦官府市井等语为彼邦官府市井之语，译家之所为与文章家之所为，犹如表里。今日文章之要务，乃以学自由自在将此邦之语译为彼邦之语而了无谬误为第一义也。①

松村良猷为批驳山本北山的《作文率》和《孝经楼诗话》的谬误而撰《艺园锄莠》，书中涉及《作文率》里对《译文筌蹄》的看法。《作文率》曾经举出荻生徂徕翻译的有关福岛正则事迹的译文，加以批评。这一段文字的原文是：

> 福島左衛門大夫正則は諸將の中にすぐれて物狂はしき大將なりき、獵を好まれけるに②

徂徕译作：

---

① 〔日〕『古事類苑・文學部』、第297頁。
② 〔日〕『古事類苑・文學部』、第296頁。

福岛正则，国初功臣中最凶猛者，生平好猎。①

北山译作：

福岛正则，以佐命功得封，列侯中最狂暴，少忤意，杀人如戏，常好田猎。②

松村良猷认为，徂徕之译，虽"凶猛"二字不佳，其他皆与本语相符；而北山之译，虽"狂暴"二字胜于徂徕，却多本语所无之辞，加入此纪事所无之赘语，先失译文之法。译他语，与自作纪事大相径庭。将荻生徂徕和山本北山的译文加以比较，松村良猷认为徂徕差的仅是译语的选择，而北山则是翻译方法上有问题，纵使译文文辞动听，也不能作为表率："大率徂徕失之于语，北山失之于译文之法，故纵以文辞胜，不可谓文率。"③ 这说明当时的翻译讨论，不仅涉及翻译语言问题，而且在一定程度上关注到更为重要的翻译策略问题。

松村良猷认为翻译首先就应该不背离源语的意思，改变原有的文字、语言、文势都是不允许的，他特别反对为了译文有趣而改变原文叙述的事实，加以润饰，认为这是稗史小说的做法。当时中国白话小说流行，有些译者吸收其中的俗语来翻译，松村良猷对这种做法十分反感：

凡译文之法，第一以不违本语之意为宗。变文字、易句语、异文势，当译不违本事，谓是为变体；而事实有误，伪造添饰，让人感到有趣，乃小说稗史之类，与译文之体相距甚远。④

---

① 〔日〕『古事類苑·文學部』、第296頁。
② 〔日〕『古事類苑·文學部』、第296頁。
③ 〔日〕松村良猷「藝園鉏莠」、池田四郎次郎編『日本詩話叢書』卷之八、龍吟社1997年版、第161—162頁。
④ 〔日〕松村良猷「藝園鉏莠」、池田四郎次郎編『日本詩話叢書』卷之八、龍吟社1997年版、第161—171頁。

松村良猷在自己的文集中，列举了各种"变体"译文加以批评。

江户时代不仅有翻译思想的讨论，而且对翻译方法也有研究。《古事类苑》所引《刊误正俗附录·译文法式》，分析了当时学界的通病是"虽稍知弄笔，而泥于国习，字多错置，语或妄填"，作者说自己的父亲曾经"倡导士子，定译文式，刻日演习，译欧阳文及范唐鉴"，将翻译作为重要的学习手段。他所谓的译文法式，主要是如下内容：

其式有三
原文　先将唐宋以来诸名家文辞理精邕者，一二百字至五六百字，长者节之，短者全之，定为原文，凡贵融粹，不取佶屈，译人临时旋定。
译文　仍就原文以国字换写（凡原字平易易知，不劳思索者，直楷书本字，不必一一换写）。有助辞，随数加圈子（国训多不读助字，故如矣也焉耳等字者加圈，如之乎于而等，嵌在句中者，不必加圈）。该量原字若干，注其数于左，每月三次或六次，随时定。
复文　复者就译文以汉字复写，照数销注讫，以原本一一查对，朱书于旁验其中否。
其科有四
错置（颠倒）　复者就译文，随国言复写，不熟字法者，或与华语倒置，谓之错置，如不复作复不、谁欺作欺谁是也。
妄填（谬字）　复者不谙成语练字义，或以训同音似误，填写他字，谓之妄填，如临作望，易作安，或原文奇僻难复者，听复者空其字，以朱追补，或音义并同者，虽非原字，不入数，如於作于，耶作邪是也。
剩添（衍字）　本文无助字处，随国言口诀，漫添入他字者，谓之剩添，如明明德作明于明德是也。
漏逸（脱字）原文有助语者，失不填入，谓之漏逸，如止于至善，作止至善是也。①

荻生徂徕提出的"译之一字，为读书真诀"的观点，既是他本人读书的

---

① 〔日〕『古事類苑·文學部』、第295頁。

切身心得，也是他对前人读书经验的总结。这是将中国书籍切实当做另一种文化来理解得出的结论。他的这一观点对于今天外国文学的学习和研究也是很有意义的。通过翻译可以更深刻地理解作品，一个外国文学研究者如果连最低量的翻译工作都没有尝试过，那么就很难从细微处领略两种语言文字的差异。

四 《译文筌蹄》对训读的颠覆性批判及其后续

《译文筌蹄》写于荻生徂徕青年时代，对具有数千年历史的训读进行了颠覆性的批判，在这很大程度上是出于新锐学人挑战传统的勇气，当他的思想逐渐成熟之时，依然延续了这种批判精神，也一定程度上延伸了他对训读的弃绝态度。在1727年刊行的《学则》一书中，他将研读诗书礼乐作为学者不变的责任，借对吉备真备的评价再次对训读的功过发表看法。他认为，吉备真备发明训读之法的功绩在于使得日本人学会了接近诗书礼乐的办法，这是功德；同时，又使得他们误认为自己已经懂得了诗书礼乐，而正是祸害。他是这样描述吉备真备的功德的：

> 有黄（"吉"字与"黄"字草书形近，此当为"吉"字之讹——笔者）备氏者出，西学于中国，作为和训，以教国人，亦犹易乳以殻虎诟於菟，颠倒其读，错而综之，以通二邦之志，于是乎吾谓之侏僑鴃舌者，吾睐（视）犹吾是则诗书礼乐之为教也。庶足以被诸海表邪？黄（吉）备氏之有功德东方，民至今赖之。①

荻生徂徕叙述吉备真备功德的时候，已将这种功德打了折扣，说他发明的训读给人造成了已经理解诗书礼乐的假象。徂徕实际上是把重点放在揭示这种方法的负面影响上的，他说：

> 是乃黄（吉）备氏之诗书礼乐也，非中国之诗书礼乐也，则其祸殆乎有甚于侏僑鴃舌者也哉！②

---

① 〔日〕荻生徂徕『徂徕集』卷十七、松邨九兵衛刊、刊年不詳、第六册、第11頁。
② 〔日〕荻生徂徕『徂徕集』卷十七、松邨九兵衛刊、刊年不詳、第六册、第2頁。

在他看来，侏僸鴃舌造成了与中国的诗书礼乐的隔膜，是为一祸，而吉备真备发明的训读，更加隔断了日本人对诗书礼乐的正确理解，还让他们永远误以为自己已经接近了诗书礼乐，这是更为严重的祸害。那么，应该如何去读诗书礼乐之书呢？他还是坚持要去"看书"，也就是要用自己的眼睛细细去看，用心去想，而不是像一般的训读那样眼睛上上下下颠来倒去地寻觅，他相信这样更能领略诗书礼乐的宗旨：

> 口耳不用，心与目谋，思之又思，神其通之，则诗书礼乐，中国之言，吾将听之以目，则彼彼吾吾，有有无无，直道以行之，可以咸被诸横目之民，则可以通天下之志。①

在中年以后，他逐渐认识到语言是随时代而变化的，即便是今天的中国人，也未必可以读懂古人之书。在后来问世的《徂徕集》中卷20至卷30收入了他的书信，其中谈到自己多年以来学习古文辞，目熟古书，不涉宋后书，十有数年，而他和他的弟子采用的读书法，与世间流行的训读法大不相同。在《与江若水》第五封信函中，他将两种不同读书法的分歧如此概括：

> 其根本分歧处，在以和语推汉语，与以汉语会汉语也。或人所派，是近世精细学问，其于读书法，亦搜抉无遗，但其所未达一间者，亦在由和训而入焉，是以究未离和语境界也。盖其作文字，一字一句，皆将古人文字来为例为格，依样画葫芦也。夫古人书不可查尽，今日事亦无穷极，毕竟学未到放手处，安得语语无差邪？吾党则异是，其法亦只以汉语会汉语，未尝将和语来推汉语，故不但把笔无误，平常与同人辈胡讲乱说，语语皆汉语，莫有一字颠倒差误者。待史从旁录之，灿然文章，忽成卷轴。设使或人辈视之，则当愧死耳。吾党学者，虽睡中寝语，亦不颠倒，而或人辈见以为大小大事，亦不悯笑乎？然吾于《文戒》中必

---

① 〔日〕荻生徂徠『徂徠集』卷十七、松邨九兵衛刊、刊年不詳、第六册、第12頁。

谆谆乎此者，此乃受学之基址，故设以为入门蒙生第一关。透得此关，才得为无学识不会文章的华人耳。①

从这一段话中就可以看出，徂徕主张入门先要学好汉语言，达到"以汉语会汉语"的地步，而不是像一般的训读那样，"以和语推汉语"，他把学会听说作为入门第一关，因而在日常生活中坚持用汉语说话，甚至说同门夜里说梦话，也都没有采用训读颠倒言说的，这可以看出他的汉学教育大别于其他儒者的地方。尽管很可能他对本人汉语能力的描述有所夸大，但由此可以看出他对弟子汉语训练的重视。进而，他还指出，仅仅会说，也不过是过了第一关，是一般中国国人都可以达到的，并没有什么了不起，重要的是真正穿越时间、空间的隔阂，真正读懂诗书礼乐的精髓。

《译文筌蹄》的序文曾由荻生徂徕的门人译为日语，收于《徂徕先生诗文国字牍》，并收入岛田虔次所编《荻生徂徕全集 1 学问论集》②。

加藤周一认为，荻生徂徕有关放弃训读而采用汉音的观点，"与他的治学方法相关"③。而且他把这作为"徂徕发明的方法的第一个特征"：

徂徕发明的方法的第一个特征，就是不像日本儒者大部分向来所做的那样，将汉语改变语顺来训读（和训环读），而是原原本本作为汉语自上而下来读。日语翻译不依靠传统的训读，而是用现代语（当时的）进行自由翻译。但是汉语是与日语语音体系、文法、语汇不同的外语，要翻译训读的本文，就难免误解。训读无疑也是一种翻译，因为用的是宜于朗诵的日本雅语，所以要想译得正确，译者就不如使用日常口语。这就是徂徕主张的"译学"。④

但是汉语有古今之别，"古文辞简古而有文"，"今文无益之言长且鄙俗"，要超越日中两国语言的不同，学者应当学习的不是对方的"今

---

① 〔日〕荻生徂徕『徂徕集』卷26、松邨九兵衛刊、刊年不詳、第9册、第5—6頁。
② 〔日〕岛田虔次编『荻生徂徕全集 1 学問論集』、みすず書房1973年版。
③ 〔日〕加藤周一『日本文學史序說』下、筑摩書房1980年版、第64頁。
④ 〔日〕加藤周一『日本文學史序說』下、筑摩書房1980年版、第67—68頁。

文",而是"古文"。这就是他在《译文筌蹄》序言中所说的"古文辞之学"。①

丸山真男指出,《译文筌蹄》提出了同训异义的问题,例如,"静"、"闲",都训读作"しずか",而古代汉语当中,意思大不相同。书中将训读作"しずか"的汉语全部罗列,而后指出它们在汉语中的意思。《译文筌蹄》是这样一种字典,至今读来还很有意思,非常有用。汉语中以不同的汉字来表示,而训读则变成了相同的了,用和训来读,日本人就难免丢掉中国的诗文的真正意义,同时,书中还指出,传统的汉字读法也有有利的方面,毋宁说比中国人是有利的,这就是徂徕的主张。日本人用日语颠倒过来去读文法既不相同、性质也各异的中国语,但是,因为没有意识到这是翻译就读是不行的,假如意识到这是翻译来读,可以说比起中国人还要能够理解汉语的构造。现在来说,这就是比较语言学。"不识庐山真面目,只缘身在此山中",中国人对自己的语言,如同身在庐山,反而不明庐山真面目了。

丸山认为,这与福泽谕吉所说的"一身二生"很相似,他还强调徂徕在研究方法上与福泽谕吉很相似:

> 福泽谕吉和徂徕接近研究对象的方法很相似。所论对象当然不同,但是比较这种视点是一致的。他们已经触及到这样一个有趣的问题,那就是,日本人以汉文的读法熟知了中国的古典,而且自觉意识到是以翻译来读与自己异质的东西,就可以由比较的方法、意识比"本家本元"的中国人更深刻地认识它们。②

荻生徂徕唱衰训读,意味着向延续数百年的读书习惯宣战,甚至意味着向传统的汉学教育方法宣战,可谓盖世之勇;而他提出的学人直读中国古典的方案,却只能在数百年后才具备实践的充分条件。

幸田露伴在《徂徕》一文中曾说:"徂徕,儒中之汉高、楚项也。论其

---

① 〔日〕加藤周一『日本文學史序說』下、筑摩書房1980年版、第67—68頁。
② 〔日〕丸山真男、加藤周一『翻訳と日本の近代』、岩波書店2004年版、第15—16頁。

人材惟有一言，而其一言气象浩大，作用活泼，使人想到，非达者决不能说破也。其言如何？曰：人才乃疵物。"① 其中露伴对徂徕的见识也是很敬服的。幸田露伴的意思是，像荻生徂徕这样的大才也不免身带瑕疵，瑕疵或许正是人才的属性。荻生徂徕反对训读的声音离今天的中国似乎遥远，但他有关从语言文字入手读懂经典、反对背离原著过度阐释的主张，却让我们读来感到亲切。

第五节　意译论

在日语中，意译具有两种含义，一是与音译相对的概念，一是与直译相对的概念，这都与中国大体相同。不过，由于在日本具有训读这种历史悠久的翻译方式，在第二种意义的场合，意译多指与训读（或称训译）相反的一种翻译形态。应该说，不论是与音译相对的意译，还是与直译、训译相对的意译，在日本学人对中国典籍的翻译中，都是自翻译伊始就存在的。

是直译好呢，还是意译好呢，这是经常可以听到的一个话题。如果抛开对直译、意译精确定义的讨论，只将两者的区别鉴定到重文还是重意上的话，那么就不妨将翻译活动看成是一个流程。它的前奏是译者的阅读和理解，后续则是译者用文字将这种理解传达出来。这样的话，那么前奏就必须重文，对每一个字符采取苛刻的态度，而后续则必须重意，绞尽脑汁去传达里面的信息，最后取得两者的平衡。今富正巳说："将一种语言译成另一种语言是一件十分艰巨的工作，汉日对译也不例外。人们常说，翻译这件事并不是逐字译出来就能做好的，而且有时连相应的词也没有，也无法置转。人们也常说，所谓翻译就是将原文的思想概念用另一种语言加以再创造。……学习者进行汉译日时，最好先进行所谓直译，然后在此基础上修改成地道的日语。在直译阶段，即从字面上逐词对译的阶段，是容不得半点瞎猜的。以直译为基础再转到意译才是正确的道路。"② 这种说法看来具有操作性。每一个译文都是译者操控的结晶。下面讨论的翻译作品，大体经过这样的操控，不过，由于

---

① 〔日〕幸田露伴：《幸田露伴散文选》，陈德文译，百花文艺出版社2004年版，第263页。
② 〔日〕今富正巳『中国語⇄日本語翻訳の要領　中国語研究学習双書』、光生館1979年版。

译者的翻译策略和选择意图不同，预想读者不同，译作和原文的距离、反差和对比度也就不同。

不过，有一点必须预先交代的是，将翻译（不是改写）分为直译、意译，或者再加上超译（自由译，或称脱胎换骨）都是为了讨论方便，这些分类并没有绝对的意义。诚如加藤周一所说："这三种翻译——直译、意译、脱胎换骨，本来只在于译者把翻译重点放在何处的问题，虽说是脱胎换骨的自由翻译，却也保留了原作的框架"，"在不能使用原诗用语即把西洋诗翻译成日语时，区分直译和意译的界线就不一定很明确。多数的译者力图尽可能地忠实于原诗的内容，并同时又指望能译成流畅的日语。这样做有成功的例子，但也有不少失败的例子。"实际的翻译过程，并不是把直译、意译概念透彻分开那样简单，成功与否更多地取决于译者对两种文化理解和表达能力的总和。

一 音译与意译

音译一般指把一个国家或民族的人名或其它名词的读音，译成另一个国家或民族的读音。音译要严格遵守原语和译语的标准发音原则。在采用接近原文的汉字翻译时，要注意所用的汉字不致与上文联成某种含意，或产生褒贬意义。有时同名不同译，以示区别。

书写形式相同但实际发音不同就更不同译。音译与政治有关，音译反映语言政策；音译是对付那些无法译的事物的。中国人讲究吉利，音译往往向这个方向倾斜。

旧时中国作品译入英语时，由于翻译书名有难度，加上有心突出它的东方色彩，大多音译书名，如《官场现形记》、《孽海花》等，直到后来才逐渐有了正式译名。

日本人在接受中国文字之后，首先就要用汉字去为日语注音，这就是保留至今的万叶假名。万叶假名一词，既指《万叶集》中使用的表音汉字，也指那一时期《古事记》、《日本书纪》歌谣中用以表音的汉字。

万叶假名最重要的特征，是楷书或行书的一个汉字，不管它在汉语中本来的意思，用以标记日语的一个音节。《古事记》、《日本书纪》中的歌谣、训诂中也都采用这样的标记法，而以《万叶集》中的和歌最为集中，也最为丰富，堪称顶点。《古事记》反映吴音，《日本书纪》反映汉音。江户时代学者春登上人《万叶用字格》（1818）将万叶假名按照五十音图的顺序整理，分为正音、略音、正训、义训、略训、约训、借训、戏书八类。根据字源将万叶假名的字体来整理，《古事记》、《日本书纪》和《万叶集》的万叶假名共有 973 个。

日本人从什么时候起，开始用汉字来记录日语音节，也就是说万叶假名创制于何时？根据正仓院留下的文书、木简资料等来推断，万叶假名形成于七世纪初，实际上可以确认的最古老的资料是大阪市中央区难波宫遗址发掘出土的公元 652 年以前的木简，上书"皮留久佐乃皮斯米之刀斯"，像是一首和歌的开头的十一个字，读作"はるくさのはじめのとし"，从更古老的五世纪的稻荷山古坟发掘的金错铭铁剑上，又发现了"获加多支卤（わかたける）大王"，据推定，当为 21 代雄略大王的铭文，这其中一部分是借汉字记音，也是一个汉字，表示一个日语音节，自然可以视为万叶假名。这样看来，万叶假名的确立可以前移到五世纪了。

（一）借用字音者（借音假名）

1. 一字表一音者：

全用以（い）、呂（ろ）、波（は）…

略用安（あ）、楽（ら）、天（て）…

一字表二音：

信（しな）、覽（らむ）、相（さが）…

2. 借用字训（借训假名），也可以视为借义假名。

一字表一音者，如全用：女（め）、毛（け）、蚊（か）…

略用：石（し）、跡（と）、市（ち）…

一字表二音者：蟻（あり）、巻（まく）、鴨（かも）…

一字表三音者：慍（いかり）、下（おろし）、炊（かしき）…

二字表一音者：嗚呼（あ）、五十（い）、可愛（え）、二二（し）、蜂音（ぶ）…

三字表二音者：八十一（くく）、神楽声（ささ）…

一字一音万叶假名一览表

	ア行	カ行	サ行	タ行	ナ行	ハ行	マ行	ヤ行	ラ行	ワ行	ガ行	ザ行	ダ行	バ行
ア段	阿安英足	可何加架香散迦	左佐沙作者柴纱草散	太多他丹駄陈手立	那男奈南宁难七名鱼菜	八方芳房半伴倍泊波婆破薄播幡羽早者速叶齿	万末马麻磨碜滴前真间鬼	也移夜杨耶野八矢屋	良浪郎乐罗等	和丸轮	我何贺	社射謝耶奢装藏	陀大大襄	伐婆磨魔
イ段（甲类）	伊怡移异己射五	支伎岐企弃寸吉杵来	子之芝水四司词断志思信偲寺时歌诗师	知智陈千乳血茅	二人日仁尔迩尼耳柔丹荷似煮煎	比必卑宾日水饭负婢臂避臂匱	民弥芸三水见视御		里理利梨邻人煎	位为谓井猪蓝	伎祇芸岐仪蚁	自土仕司时尽儿耳慈饵弍尔	迟治地耻尼泥	婢鼻弥
イ段（乙类）		貴紀記奇寄忌几木城	紫新旨指依此死事准切为			非悲斐火肥樋干干彼被秘	未味尾微身实笑							备肥飞干眉媚
ウ段	宇羽干有卯乌得	久九口丘告鸣来	寸须周洒洲珠数醉栖渚	都豆通追川津	奴努怒衣浓沼宿	不否布负部敷经歴	牟武无模务谋六	由喩游汤	留流类		具遇偶求愚虞	受授殊儒	豆头弩	夫扶飞文柔步部

第三章　中国文学经典日译类型研究　237

续表

	ア行	カ行	サ行	タ行	ナ行	ハ行	マ行	ヤ行	ラ行	ワ行	ガ行	ザ行	ダ行	バ行
工段 (甲类)	衣依愛榎	祁家計系価結鶺	世西斉勢施青脊迫瀬		称尼泥年根宿	平反返弃獘陛遍霸部辺重隔	売馬面女	曳延要遥敷兄江吉枝	礼列例烈連	囘恵面咲	下牙雅复	是湍	代田泥庭伝殿而涅提弟	弁便別部
工段 (乙类)		気既毛飼消		提天帝底手代直		閉倍陪拝尸経	梅米迷昧目眼海				义気宜碍削			
才段 (甲类)	意億干応	古姑枯故俟孤児粉	宗祖素蘇十	刀土斗度尸利速	努怒野	凡方抱朋倍保宝富百帆穂	毛母蒙木間聞	用含欽夜	路漏	平呼遠烏怨越	吾呉胡娯後悟誤	序叙賊存茹鋤	土度渡奴怒	煩菩蕃
才段 (乙类)	已巨去居忌許虚興木		所則曽僧増憎衣青苑	止等登澄得騰十鳥常迹	乃能笑荷		方面忘母文茂記勿望門表裳	与余四世代古	呂侶	少小尾麻男緒雄	其期碁語御馭疑		特藤騰等耐抒杼	

二 诗歌的意译

在中国，意译是一个与直译相对的概念。虽然作为翻译概念，意译是在"五四"前后提出来的，但在关于翻译与原文关系的争论中，历来就有重文和重意两派。在佛经翻译家当中，释道安（314—385）同意赵政的主张，认为以往译经的人因嫌梵文质朴而追求译文华丽，翻译的目的既然是要了解原文的意义，又何必嫌原文质朴。看来道安和赵政是倾向于直译的，后来鸠摩罗什（344—413）主张只要能存"本旨"，不妨"依实出华"，他常把原文繁复的地方删去，而且不拘原文体制，变动原文，看来是倾向于意译的一派。

1919 年，傅斯年在《译书感言》中说："老实说，直译没有分毫藏掖，意译却容易随便伸缩，把难的地方混过！所以既用直译的法子，虽要不对于作者负责任而不能；既用意译的法子，虽要对于作者负责任而不能。直译便真，意译便伪。"1946 年朱光潜在《谈翻译》一文认为："所谓'意译'是指把原文的意思用中文表达出来，不必完全依原文的字面和次第。""直译不能不是意译，而意译也不能不是直译。"

1953 年林汉达在《英语翻译原则方法实例》一书中，也反对直译、意译的划分，他认为："真正主张直译所反对的，其实并不是意译，而是胡译或曲译。同样，真正主张意译的人所反对的也不是直译，而是呆译或死译。我们认为正确的翻译就是直译，也就是意译。"

70 年代以来，学者们经过钻研，借鉴前人和国外经验，趋向于把直译和意译看成是一个形式与内容的问题。许渊冲在 1978 年发表的《翻译中的几对矛盾》一文中说："直译是把忠实于原文内容放在第一位，把忠实于原文形式放在第二位，把通顺的译文形式放在第三位的翻译方法。意译却是把忠实于原文的内容放在第一位，把通顺的译文形式放在第二位，而不拘泥于原文形式的翻译方法。无论直译、意译，都把忠实于原文的内容放在第一位。"[①]"当译文的形式和原文的形式一致的时候，就无所谓直译、意译。……当译文的形式和原文的形式不一致的时候，就有直译或意译的问题，而且直译可以有程度不同的直译，意译也可以有程度不同的意译。"[②]

[①] 罗新璋编：《翻译论集》，商务印书馆 1984 年版，第 796 页。
[②] 罗新璋编：《翻译论集》，商务印书馆 1984 年版，第 797 页。

董乐山在《翻译随笔两题》一文（《翻译通讯》1979年第2期）中，认为译者"能够尽量做到概念与字面都对等当然最好，在两者不能兼顾的情况下，为了忠实表达原意，就需要取概念而舍字面，这也就是说，要传达内容而不拘泥于形式。"下面讨论的中国诗歌翻译，虽然都是以突出传达内容而不拘泥于形式为共同特点，但在具体处理上又各有千秋。

（一）《梁尘秘抄》

佐藤春夫认为，在谈论日本翻译问题的时候，还应该注意的是《梁尘秘抄》里面的汉诗翻译，它采用了与《和汉朗咏集》不同的方法，这种方法正是作为翻译的正确观念的最初萌芽，例如白居易《酬哥舒大见赠》中的"花下忘归因美景，樽前劝醉是春风"，译成了：

立ち憂き花の下なれば帰る事こそ忘れぬれ
樽の前には情あり酔を勧むる春の風

又如大江朝纲《咏王昭君》中的两句"胡角一声霜后梦，汉宫万里月前肠"，译成了：

王昭君こそかなしけれ月は見し世の影なれど
漢宮万里思へば遥かなり胡角一こえ涙添うふ

虽然不能说是巧妙的翻译，但与《朗咏集》的翻译相比，音数意识是进了一步。这意味着作者有意以和歌的五七调节律来传达汉诗的韵味。

《梁尘秘抄》是平安时代末期由后白河法皇编写的歌谣集，于1180年成书，其中就收录有根据中国古诗翻译的歌谣。不过，它们并不是原诗的翻译，而是只选取了其中的诗句译出来，与今天所说的意译还有距离。

（二）《唐诗选国字解》

荻生徂徕《绝句解》（正、续），对明代拟古诗难解的地方，插入一字或数字，加上若干评说的语句，使意思更加晓畅明晰。服部南郭的《唐诗选国字解》，根据诗意，不加注释，而将唐诗译成散文。

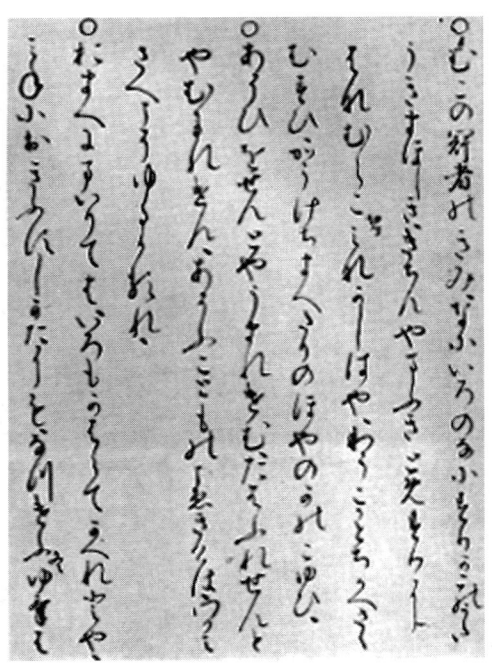

图48 《梁尘秘抄》古写本

《唐诗选国字解》的原稿是服部南郭的门人对南郭讲解唐诗的笔录加以增补写成的，增补时期大致为南郭去世后的宝历末年到明和初年。其后此书便以写本流传。随着流传需要者渐多，催生了印本的出现。在宽政三年《唐诗选国字解》刊行以前，与此书同一内容而文字小异的书已经以不同书名几次刊行。本书宽政三年有须原屋刊行，书中有些忠实反映了南郭的看法，也有些地方则属任意增删改动，两者相混，难以分离。

小林高英撰写的《唐诗选国字解序》说：

  自有南郭先生，世知有《唐诗选》，然而初学之人，苦不能得其解。北越林云圭（各卷开头作林元圭），每听先生讲此书，随记其言，积为数卷，而将归乡。先人谓曰："先生常曰，因诗之义泛然，故人欲赖注释解之，竟失本根，是所以恶诗有解也。虽然，寒乡师友，且初学之未所有闻者，不解则因何得逆作者之意？①

服部南郭有时自由采用俗语和通俗的比喻来说解唐诗，文中洋溢着轻松自如的气氛。在讲到杜甫《丹青引赠曹将军霸》时谈到，悲惨的是，从前这样为人所器重，而今天身陷干戈之中，而后说"本邦"（指日本）土佐派画家，碰上天文、永禄之乱，为生活所迫，也只好写通俗的"大津绘"糊口，常常是路人所求也不能不去画，是很可惜的事情。在讲到杜甫的排律《冬日洛城北谒玄元皇帝庙，庙有吴道子画圣王图》的"擅场"一词时，说"擅场"的意思拿相扑来说，就是"大关"等等，诗中是说吴道子的绘画后继无人。

服部南郭在解说中努力拉近唐诗与江户市井的距离，有些说法就离开了诗意。王昌龄的七言绝句《青楼曲》："白马金鞍从武皇，旌旗十万宿长杨；楼头少妇鸣筝坐，遥见飞尘入建章。"服部解"青楼"为妓院。青楼在唐诗中并非皆指妓院或妓女的代称，本义是青漆涂饰的豪华精致的楼房。这里即是此义。王昌龄还有一首同名的诗："驰道杨花满御沟，红妆缦绾上青楼；金章紫绶千余骑，夫妇朝回初拜侯。"其中的"青楼"也是这个意思。又如许浑的七言绝句《秋思》："琪树西风枕簟秋，楚云湘水忆同游；高歌一曲掩明镜，昨日少年今白头。"只是忆旧感叹青春易逝，并未与狭邪风月相联系，服部在诗解中似乎有意强调了后者。

杜审言七言绝句《赠苏绾书记》："红粉楼中应计日，燕支山下莫经年。"服部解释此句的意思是说："妻子数算着日月盼望丈夫归来，希望他不要在燕支上逗留，快快回来。"而在解释"燕支山"一词的时候，说是："燕支多美女，故以妻家感之，望其不要淹留彼处。"

李白《子夜吴歌》："长安一片月，万户捣衣声。""一片"，服部解为"一边"，说"一片月"就是夜深晚出之月。有"'片月窗'、'片月刀'等说法，'片月'就是半边月亮。或者说，如果是在野外，月亮全面照耀，而长安屋舍相连，一边照得到，一边照不到。这样夜深之时的明月，就更增添哀愁。因此，不管在哪儿，要给远方的丈夫准备寒衣，直到夜深，还有加紧捣

---

① 〔日〕服部南郭著、日野龍夫校注『唐詩選國字解』、平凡社1982年版、第41—42页。

衣之声。看到月亮就会感到悲哀，同时再听到捣衣声，就更加悲哀了"。

图49　《画本唐诗选》中的《独坐敬亭山》

高适七言古诗《邯郸少年行》："未知肝胆向谁是，令人却忆平原君。"句中的平原君当指战国时赵国公子赵胜。赵胜常好客，相传门下食客常逾数千人。而服部之解，谓指获汉高祖平原君之赐号的朱建。李白《经下邳圯桥怀张子房》："子房未虎啸，破产不为家。"句中的"虎啸"，出汉人王褒《圣主得贤臣颂》："虎啸谷风冽。"虎啸乃圣主贤臣相得之喻，而服部将"虎啸"解为"形容志遂意满，威风凛凛。心怀骄傲"。《唐诗训解》已经引王褒《圣主得贤臣颂》，服部弃而不用，自为杜撰。

杜甫五言古诗《后出塞》："悲笳数声动，壮士惨不骄。"《唐诗训解》说是讽刺安禄山的军队太厉害了。服部解释："骄之谓头直向地。这是因为大将治军不善。士兵们到军队的时候，都抱有死的决心去的。因为是说大家都有决死的信念。这就是'不骄'的意思。是说临阵的战士们也都有这样的觉悟，这就是靠得住的。"

　　陌头杨柳枝，已被春风吹。

妾心正断绝，君思那得知。

服部南郭译成：

道のべの青柳すがた、風に吹かれてゐるわいの。わしが心はやるせなや、ぬしがこころにしりはせん（《世事百谈》三）

柏木如亭与南郭的诗学主张相左，享和元年刊行的《译注联珠诗格》，同样译为散文，其中多杂俗语。

（三）《车尘集》

明治维新以后，西方自由诗传入日本，森鸥外等都曾经运用自由诗的格调做过少许中国古代诗歌的日译，他的译诗至今被一些译者奉为圭臬。松枝茂夫曾称森鸥外1890年所译高启（1336—1374）《青邱子歌》的《青邱子》是开辟了日本"汉诗鉴赏崭新道路的第一作"，也是"展现汉诗翻译可能性的第一作"①。原诗中第一章的"青邱子，臞而清，本是五云阁下之仙卿。何年降谪在世间，向人不道姓与名"，森鸥外译作：

青邱が身は、いややせに瘦せにたれども、
其昔、五雲閣下にすまひけむ、
清き姿ぞしのばるる。
いつか此世におりぬらむ。
しが名つげぬも哀なり。

原诗中接下来的"蹑屩厌远游，荷锄懒躬耕。有剑任锈涩，有书任纵横。不肯折腰为五斗米，不肯掉舌下七十城"，森鸥外译作：

草枕たびねせず、
鋤とりてたがへさず。

---

① 〔日〕松枝茂夫「漢詩の翻訳について」、『中国文学のたのしみ』、岩波書店1998年版、第140页。

> さびにさびたり劍太刀、
> 乱れまさりぬ文の卷。
> 五斗ほしと腰を折らめや、
> 城降さむと舌掉はめや。

　　松枝茂夫认为，森鸥外的译诗字与字、句与句，一一对应，既无过，亦无不足，而且具备堂堂正正的风格，因而令人惊叹，与高启原诗相比毫不逊色。鸥外不取五七调的定型诗，不能不说是独具慧眼。松枝茂夫还指出，后来土岐善麻吕和佐藤春夫的译作多受森鸥外的启发，但鸥外之后，再没有出现过超越《青邱子》这样的杰作了。松枝茂夫主张，日本的汉诗翻译应该回归鸥外而重新出发。①

　　影响最大的要数佐藤春夫的《车尘集》②。

　　1927年7月佐藤春夫在上海听到芥川龙之介自杀的消息。春夫曾计划与芥川龙之介一起编译中国诗集，芥川也很起劲，但现在两人合作的机会永远不再有了，佐藤春夫便决心尽快完成译诗。这部诗集便是《车尘集》。

　　日本人读中国古典诗歌，以前靠的是训读与"返点"，很少有翻译过来读的习惯。在这种意义上说，《车尘集》是首创者。诗集有一个副题，"支那历朝名媛诗抄"，译的都是女诗人的作品，多为五言绝句，也有些七言绝句，一共四十八篇。佐藤春夫说："有识者笑我迂愚，只取闺阁小诗而不传中国诗的真面目。并不是我想省力气而不敢动名家雄篇，确是草丛里的无名小花实在可爱忍不住摘下来罢了。"

　　佐藤春夫还有另一部译男诗人诗作的《玉笛集》两书共收女诗人的作品67首，除去重复的为54首，作者35人。男诗人的作品47首，除重复的为109首，作者为58人。他在《不惜但伤抄》中译了陶渊明、陆游、高启等的诗，另外还有真岷、高启的诗编译在1946年出版的《抒情新集》中。

　　正如蒲池观一在《佐藤春夫与中国诗》一文中指出："他的支那文学的态度，毕竟是票友的自由性。这是说当他翻译的时候，保留着十分，不，十二分的诗人的自由性，里面强烈存在专门学者不具备的创造性。这种创造性

---

① 〔日〕松枝茂夫『中国文学のたのしみ』、岩波書店1998年版、第140頁。
② 〔日〕佐藤春夫訳『支那歴朝名媛詩抄　車塵集』、武藏野書院1929年版。

正确行使的话，是最佳翻译，错一步的话，便充其量不过把原作当作启发作诗的东西罢了。"将他的译作，大体可以分为忠实于原诗、译者作为诗人的才能显著得以发挥与误译三类。忠实的翻译并不多，误译却不少。

这票友的自由性给译者大添麻烦。在他译的小说散文中便误译频出。他与松枝茂夫合译的《浮生六记》的误译，已有丰田穰论文指出；《好逑传》的翻译，整体上忠实原作，译笔尚佳，但散见的部分误译，硬伤多见。如把"孩子素性不喜偶俗"，偶俗本为与俗为偶、即迎合世俗之意，译文作"我生来不喜欢结婚"，便不免贻笑大方。

这种票友态度的典型例子，可以举出佐藤译的白居易讽刺当时如痴如狂地效仿外族打扮的《时世妆》，白居易写的是元和年间那种"乌膏注唇唇似泥，双眉画作八字低"的流行的化妆，化妆之后"妍蚩黑白失本态，妆成尽，似含悲啼"，越化越丑，最后明确表示不赞成一味地模仿外族："元和妆梳君记取，髻椎赭面非华风。"佐藤干脆改题为《昭和时世妆》，写起当时女子们的怪装束，卷发倒竖，鲜肉红爪，口红鲜红似血，食人鬼似的长眉毛，最后除了象白居易一样指出卷发红爪，国中未睹之外，还加了一句"你不想一想从前元和乐天吟唱的歌吗"？白居易和佐藤春夫都讽刺的是一种不健康的追逐时髦之风，如果佐藤健在，看一看今天东京原宿那些穿着数寸高的怪鞋、画红脸孔画白眼圈的少女，恐怕还要写一篇《平成时世妆》了。现代社会穿戴打扮，各随己愿，纯属自由，但诗人也有讽刺以怪为美的自由。不过，这已不能算作翻译了。

佐藤在译《子夜歌》："侬作北辰星，千年无转移；欢作白日心，朝东暮还西"时，把题目改为"恋爱天文学"，是以自己的感受与联想以题目的形式出现，新巧则新巧，对于吸引现代读者的视野或亦有益，却与原题毫不相干了。

诗有误译本不足怪，关键在明确原由何在。译者对原诗训解不甚了了，望文生意，牵强附会有时反而感到得了妙语。杜甫《曲江诗》"且看欲尽花经眼，莫厌伤多酒入唇"，佐藤将后句译成"悲多不厌酒入唇"，译伤为悲伤是不懂伤为损害之意。李白《子夜吴歌》："秋风吹不尽，总是玉关情"，译成了"比台风（从秋末到初冬刮的风）还有猛烈，全是思慕前线的声音"，则是不明上下句当连在一起来理解。薛涛诗"揽草结同心，将以遗知音；春愁正断绝，春鸟复哀鸣"，后两句译出的意思是"春愁达到极限，春鸟的鸣叫里也有哭啼"。原诗"正"、"复"的呼应，说春鸟啼声将正要断绝的春愁又重新唤起，乃是春愁持续无以排解之意，怨春鸟而溺春愁，译句将这缠绵之意简化了。

佐藤春夫译诗如改原诗的地名，正如江户时代的读本好将中国故事，改成发生在日本的故事一样，地名一改，就变成了日本风情。有时等于以原诗为素材重新创作。白居易《洛中春感》："莫悲金谷园中月，莫叹天津桥上春；若学多情寻往事，人间何处不伤神"，诗中的金谷园、天津桥，熟悉六朝以来诗歌的人，会唤起无穷遐想。佐藤改为泣月不忍、叹春言问。两处为江户的名胜繁华之地，昔为而将"若学多情"意译为"若通物之哀"，将《源氏物语》以来"物之哀"的审美意识注入其中，原诗的感怀变成了与日本古代诗歌同趣的情感。这种方法，给后来井伏鳟二的《除厄诗集》以显著的影响。井伏将孟浩然《送朱大人秦》"游人五陵去，宝剑直千金"中的"五陵"改为江户，正是效佐藤之故技。

佐藤春夫读中国诗歌，碰到喜爱的，便提笔仿作。《秋衣篇》（《我的一九二三年》）里他写到："去年初秋一日，偶然翻开书，桌上的《情史》，其中第二十四卷的'洞庭刘氏'一项：'洞庭刘氏，其夫叶正甫久客都门。因寄衣而侑以诗曰："情同牛女隔，又喜秋来得一过。岁岁寄郎身上服，丝丝是妾手中梭。剪声自觉如肠断，线脚那能抵泪多。长短只依先走样，不知肥瘦近如何"'，相比之下，谢惠连的《捣衣篇》尽会堆砌美词。"① 这首诗触发了佐藤的灵感，秋夜索居，他触景生情写下了两首诗，诗中有这样的描写：

汝ガ愛し子の秋衣
裁っ手をしばしせめよかし
絹を二つに裂かんとき
ンほろぎの音をしばし聴け

为我心上人，

---

① 〔日〕佐藤春夫『佐藤春夫詩集』、第一書房1926年版、第76—85頁。

裁剪秋衣的手停一停。
布裁成两半的瞬间，
听，那是蟋蟀的叫声。

  作为诗人，佐藤春夫相当留意重现原诗的形式美与音韵美。他译薛涛《春望》之三"风花日将老，佳期尚渺渺；不结同心人，空结同心草"，将原题改为"留春"，又巧妙地在译诗中以"つ"与"な"两音的交错反复，再现原诗中"不结"与"空结"、"同心人"与"同心草"的对比。他译的杜秋娘的《金缕衣》："劝君莫惜金缕衣，劝君惜取少年时；花开堪折直须折，莫待无花空折枝"，将题目改为"唯惜少年日"，巧妙地反复"惜"、"折"、"花"，以表现原诗中"莫惜"、"须惜"、"须折"、"莫待"以及"劝君"、"花"、"折"的效果，译者苦心孤诣却不显雕琢之痕，正是译诗高妙之处。
  佐藤春夫认为，"如果认为有无视原诗意义之译的话，那它即便是精彩的诗，也不能算是译，也仅是说，诗是译也好、创作也好，不能不具有韵律美，但就译而言，在译者方面力量不足的场合，就不是有译者要忠实于原作的意义而不考虑韵律独立的美，又有相反的场合，译者过于忙于寻觅独立的韵律之美而跳离原作的意义这样的倾向吗？而且招致作出不能称之为译的名诗的结果、即便原作者与译者的力量相伯仲的场合，一旦成为译，便多较之原作逊色，因为所谓韵律是不能脱离感动内容的，所以让我们懂得它不是意义外形化那样的东西。""在译诗的时候，自由发挥手腕的有趣性，即使多少损害意义，似乎限于选择了对不住作者那样的原作。"①
  关于诗歌翻译自古以来就有两种截然相反的看法，一是翻译不可能论，另一个是可能论。"这样两种极端之说都是荒谬的看法，忘却了诗歌是感动的东西，如果仅仅以韵律、香气、阴影的话，诗歌也就和以感觉性的陶醉为目的的麻药一个样了，或是蔑视来自这些语言的感觉的要素，把诗歌只看做传达感动的东西，那么也就和演说、谈话、日记、信函一个样了。诗歌不是这些东西中的哪一个成立的，而必须活在所有的要素中。翻译如果不能原原本本转换所有的要素，它们的根本——生命的融和浑一就有问题，就像是同一

---

① 〔日〕北原义雄编『漢詩大講座』第十一卷『研究及鑑賞』、アトリエ社1936年版、第192—193頁。

个人以两种语言生活同一的诗的生活，各自的诗歌就不能不具有那一国语的最显著的部分、最隐微的部分，拥有完全独立于他国诗语的美好，因而，不是说韵律、香气、阴影必须是同一类似的东西，而是说自傲译诗里无视这些东西并不好。"①

子夜吴歌　　　　　　　　　恋愛天文学
侬作北斗星，　　　　　　　われは北斗の星にして
千年无转移。　　　　　　　千年ゆるがぬものなるを
欢行白日心，　　　　　　　君がこころの天つ日や
朝东暮还西。　　　　　　　あしたはひがし暮れ西②

我念欢的的，　　　　　　　思ひつめては見えもする
子行由豫情。　　　　　　　君ゆきがてのうしろかげ
雾露隐芙蓉，　　　　　　　おぼろめきつつ蓮さへ
见莲不分明。　　　　　　　花も見わかぬ朝ぎりに③

《秋泉》　薛涛
冷色初澄一带烟，　　　　　さわやかに眼路澄むあたり
幽声遥泻十丝弦。　　　　　音に見えしかそけき琴は
长来枕上牵情思，　　　　　かよひ来て夜半のまくら
不使愁人半夜眠。　　　　　寝もさせず恋ふる子を④

奥野信太郎（1899—1968）《佐藤春夫〈车尘集〉序》，其中对佐藤春夫的译诗很推崇，说读了这些译诗，读者从来关于中国诗歌漠然的想法，至少一半会被完全打破，通过译者苦心孤诣的妙笔译出的一首首诗，有时比原诗更为精彩。而平心静气、不辞辛苦去与原诗对照的话，就能明白告诉我们，

---

① 〔日〕北原义雄编『漢詩大講座』第十一卷『研究及鑑賞』、アトリエ社1936年版、第192—193頁。
② 〔日〕加藤周一编『近代の詩人　別卷　訳詩集』、潮出版社1996年版、第373頁。
③ 〔日〕加藤周一编『近代の詩人　別卷　訳詩集』、潮出版社1996年版、第374頁。
④ 〔日〕加藤周一编『近代の詩人　別卷　訳詩集』、潮出版社1996年版、第386頁。

我们应该如何去感受中国诗歌的优美可爱,直感迟钝的注释家接触到他的译诗,也会更方便地探讨中国诗歌的句法①。

奥野信太郎借对佐藤选择的诗篇,大谈中国女性诗歌的特点:

> 比万叶人更为古老的中国诗文的新声,成为诗歌的向香味,熏郁经实犹新,随时准备起与风貌相宜的装束的魅力。我们不能被多次告知。在汉魏的名字中,记住班固、曹植的赋,在唐时的名字中,吟诵李杜元白的诗歌。在苍茫的中国文学天地中,本来这些名字,是鬼斧神工的画阁绮楼,是建在巉岩绝壁之上、屋顶直指飞禽、直耸云霄的大建筑。打开大锁推开楼阁之门,或为彩壁的画图而恍然神往,或楼梯穿幽,自摩天之高望七星之近,不觉眼炫足危而快绝之极,不能想世有白日之雄丽与灏色之明朗而不容者。
>
> 然而,除了这样的楼阁之外,假如在平静的水边,在被忘却了似的、建起的一院亚字栏里,看一看风吹起淡色的衣衫,在黄昏的朦胧之中,光临落花缤纷的小院,听一听窗下白色的鹦鹉唤茶的声音。在小小的居宅前,也会不忍无心冷漠地走过,伫立久之,于是便走进它,很想结识一下里面的主人。
>
> 在中国文学中要找清丽的馆宅的话,可以毫不踌躇地举出一两个来,那就好似散文当中自古以来的随笔之类,特别是有关香艳、食味、文房等的文章。在诗歌方面,就好似一些如纤纤草花的巾帼的作品。②

(四)《除厄诗集》

井伏鳟二(1898—1993)1937年刊行的《除厄诗集》收译中国古诗十七首,和他诗一样,译作有不少是怀念故乡与故人的。本诗集中不是怀人怀乡的仅有两篇,几乎全部与怀人怀乡主题有关。井伏鳟二早已超出翻译的范畴,有些是基于原作的创作,或者说创作的成分颇大。咏唱思乡病而不陷于过度感伤,是他诗歌的特点,也是他这些译诗的特点。

据井伏鳟二的随笔《田园记》,这些译诗是从他五岁时就死去的父亲的

---

① 〔日〕奥野信太郎『奥野信太郎随想全集』四、福武书店1984年版、第267—268页。
② 〔日〕奥野信太郎『奥野信太郎随想全集』四、福武书店1984年版、第262—263页。

书箱里发现的，"这是谁翻译的，译者的名字没有标明，我想一定是父亲从参考书上抄下来的。或许是懂得汉诗的人译的。虽不是什么希罕的翻译，但我想能供自己参考。这里稍微选出一起，连原文一并录出。这样慰藉的翻译，从现在算起三十年前的同好间曾经流行过吧"。在《题袁氏别业》到《闻雁》十首译诗后面的后记中他又说"这些翻译的调子，大量含有卑俗之感，也有可能想暗示订正的地方。或许是为乘人力车吟唱的东西，一定是很早以前的人们吟唱小歌的调子"，另外又在"译诗"的题目下，收了从《静夜思》到《柳州峨山》等七篇译诗。

这样看来，好象前十首是从亡父书箱里抄来的，后七篇才是井伏翻译的。但从译诗的情调来看，是井伏诗歌的风格，序文之意似是将译诗放到较远的距离——三十年前乘坐人力车的时代，让人产生怀旧之感，并在这种情感支配下来欣赏译作。这便让我们相信父亲书籍云云只不过是假托，译者正是井伏自己。

在《题袁氏别业》到《闻雁》等十首译诗之后，井伏写到："在这种翻译的调子里，含有大量的卑俗感，我也有时想暗自订正。它们或许是坐着人力车即兴哼唱的东西，一定是很早以前的人低吟的小歌的调子。"

这首诗的训读如下：

劝酒
劝君金屈卮，　　　　　　君に勧む　金屈卮
满酌不须辞；　　　　　　满酌　辞するを须いず
花发多风雨，　　　　　　花発ひて風雨多し
人生足别离。　　　　　　人生　别離足る

井伏将此诗译作：

コノサカヅキヲ受ケテクレ
ドウゾナミナミツガシテオクレ
ハナニアラシノタトヘモアルゾ

「サヨナラ」ダケガ人生ダ①

井伏鳟二上面一首诗,历来被视为中国诗歌翻译的经典,特别是最后一句"人生足别离"译成"「サヨナラ」ダケガ人生ダ"更为译诗者所津津乐道。加藤周一在《近代的翻译诗——翻译的叛逆说》一文中特意做了详尽的分析:

"人生足别离"本是人生中有十分多的别离,不是"人生只有别离"的意思,可井伏的翻译「サヨナラ」ダケガ人生ダ显得比原诗更强烈,比原诗更富有哲理,人生中有很多别离,这只是日常经验的叙述,而说人生仅仅是别离,近乎指人生的本质是别离,而且别离是中国诗中最常用的主题,和"送别"是相同的。"别离"这个词用在译诗里,引起一种文字的抽象的回响。不用说"サヨナラ"这句口语是一种具体的表现。"サヨナラ"ダケガ人生ダ这一行,比较原诗更有哲理,同时文字又富有具体的感觉,在这个意义上,即使离开了原诗,也能成为日语的诗句独立存在啊。总之,井伏鳟二译诗的脱胎换骨,创出了独特的诗的韵味。②

加藤周一将井伏鳟二的译文算作了"脱胎换骨",是因为译者并没有一字一句处理原来的诗句,我们这里仍然把它看做意译,则是与那些离开原作更远的译作相比较而采用的分类,因为它并没有改变原诗的意象与意境。加藤周一的分析是中肯的,不过,井伏鳟二的译诗之妙,又是完全属于日语和日本文化的,因为它很难回译与还原。一般来说,日本人分手时说的"サヨナラ",译成中文便是"再见",但其实并不含有"再见"一词中以"重逢"的期待来冲淡分手情绪的意味,"再见"两个字组合起来有"不舍""友善"的成分,若将井伏鳟二的译法回译成"'再见'就是人生",很难传达原句的韵味,只能算是凑合的直译了。

井伏鳟二的译诗纯用口语,有定型的格调,语言时尚而饶有情趣,被武

---

① 〔日〕『日本の詩歌 28 訳詩集』、中央公論社1976年版、第352頁。
② 〔日〕加藤周一:《21世纪与中国文化》,彭佳红译,中华书局2007年版,第215—216页。

部利男誉为"绝品"。加岛祥造说它是将汉诗转换为打油诗（light verse）①，这种诗体在江户时代相当发达。井伏鳟二译诗不过十二三首，他的译法也只适用于那些闲情小诗。

着意保留原作的异国情调，和竭力洗尽原作的异国情调，是两种不同的艺术追求。前者拿青木正儿的话来说是"不失支那的馨香"的话后者便是"洗尽支那之馨香"。井伏鳟二选择了后者。

首先他将一切中国特色的事物都变为身边的事物，使人读来就像是他在吟咏熟人熟事，而不是李白、高适在描摹盛唐。李白有名的《静夜思》里面开头的"床前明月光"的床，在诗中提供了丰富的联想，坐于床前仰望明月，床暗示着不眠，床暗示着夜深，而日本人是睡榻榻米的，于是井伏改为了"寝室里"，一举头以凝望，低头以冥想，故乡才出现得有分量，而井伏则将故乡改为"在所"，"在所"在日语中既有故乡之意，又有住的地方、乡下的意思，将义域扩展使诗有了更大的联想空间。

其次，是把中国诗歌中有深厚意蕴的典故抹去，而变为诗人生活中的情事。高适的《田家春望》中出现的"高阳酒徒"是有深意的自喻：

　　出门何所见，　春色满平芜。
　　可叹无知己，　高阳一酒徒。

高适的诗不重技巧而重气势，而经井伏之手，变得飘逸而轻松。高阳酒徒典出《史记·郦生陆贾列传》，郦食其求见刘邦，遭到"以未暇见儒人"的理由拒绝，郦生嗔目案剑叱曰："走！复入言沛公，吾高阳酒徒也，非儒人也"，遂延入，终受重用。李白诗《梁甫吟》："君不见子阳高阳酒徒起草中，长揖山东隆准公"，高阳酒徒虽常用为好酒者之典，也有胸怀大才、并非凡庸的含意。井伏把这换成了阿佐谷的酒亭，是井伏鳟二为首的东京中央线沿线的作家们常置酒畅谈的地方：

　　ウチヲデテリヤアテドモナイガ

---

① 〔日〕亀井俊介主编『近代日本の翻訳文化』、中央公論社1994年版、第217頁。

正月キブンガドコニモミエタ
トコロガ會とタイヒトモナク
アサガヤアタリデオホザケノンダ①

　　韦应物《秋夜寄丘二十二员外》"怀君属秋夜，散步咏凉天，山空松子落，幽人应未眠"写的是秋夜怀念友人丹丘，诗中的"君"便是指丹丘，而井伏鳟二把它换成了自己好友中岛健藏的爱称。柳宗元《登柳州峨山》："荒山秋日午，独上意悠悠；如何望乡处，西北是融州"写望乡之情，诗中出现了两个地名，井伏分别换成了"木曾御岳"和"飞骅山"，又把诗中的西北换成为"乾方"，这样一来，诗就完全成了日本的思乡诗了。钱起《逢侠者》："燕赵悲歌士，相逢剧孟家；寸心言不尽，前路日将斜"，译文不仅去掉"燕赵"，而且把"剧孟"换成了住在译者街上的侠客文七的名字。这实际上是以唐诗写自己的生活了。

　　井伏鳟二是一位小说家，著述甚丰，主要作品有《谷间》《微波军记》《山狭风物志》《遥拜队长》《漂民宇三郎》等。青年时代曾从师中国文学研究专家田中贡太郎，田中让他学习汉文典籍并为他付给生活费，井伏的汉诗翻译，便与这一段生活经历分不开。

　　井伏鳟二对诗中带有哲理的诗句，往往轻轻一笔，就将它非哲理化，这得力于他对日语的巧妙运用。于武陵《劝酒》："劝君金屈卮，满酌不须辞；人生多风雨，人生足别离。"最后两句充满人生感慨。井伏最后两句堪称妙译，遂被读者喜爱，特别是把最后一句译成"惟有萨哟娜拉是人生"，"萨哟娜拉"是日本人分手时说的寒喧语，却不象汉语的"再见"那种"希望再看到你"的意义。这种使人一读就唤起种种联想的语言与简洁平易的语法结构，构成了与原诗不同的趣味。

　　土屋寿男、寺横武夫研究认为，井伏鳟二的译文，有江户时代美浓派俳人中岛鱼坊（号潜鱼庵）《唐诗唱和选》中的《臼挽歌》《唐诗五绝臼挽歌》抄本的影响。江户时代的俳人便曾尝试把唐诗变成纯粹的日本诗。对俳人来说，这是一种轻松愉快的游戏。鱼庵与井伏都在有意识地跨越唐诗与七五调

---

① 〔日〕加藤周一编『近代の詩人　別巻　訳詩集』、潮出版社、第399頁。

的日语诗歌的界限。他们将唐诗与自己的译作同时放到读者面前,两种异味异香的佳肴同时品尝,有分别品尝其中一种体会不到的乐趣。但这种品尝,只适合于共享汉字并长期交流的中日古典诗歌。

(五) 日夏耿之介《唐山感情集》

作家堀辰雄(1904—1953)晚年爱读唐宋诗,特别爱读杜诗。在他的藏书中,有葛兰言《中国古代的节日与歌谣》,葛兰言以文化人类学的方法来研究《诗经》,这对堀辰雄的《诗经》接受影响不小,而日本著名的文化人类学者折口信夫正是堀辰雄敬畏的老师。折口信夫认为在古代鸟特别是水鸟是灵魂的具象、灵魂的载体。堀辰雄在《镇魂歌》一文中曾说:"至少我相信,在一切优秀文学的底层,应该庄严地具有一种东西,它使古代朴素的文学得以萌生,同时在近代最严肃的文学作品的底层也构成一条,地下水流淌不息,它给人们的灵魂带来安宁,就像是一只安魂曲,它沁人心脾"。他翻译杜甫的《新婚别》《梦李白》《玉华宫》等等,或许正是把它们作为镇魂之歌来看待的。

图50 吴彦《画本唐诗选》中的《静夜思》

诗人,英国文学研究者日夏耿之介(1890—1971),学识广博,著有

《明治大正诗史》等,其诗作多用雅语,有《转身颂》《黑衣圣母》等公认难懂的诗作传世。他翻译中国诗歌的《唐山感情集》1959 年由弥生书房刊行,另外尚有《灵叶集·唐山感情集拾遗》,1960 年大雅洞出版,限定 75 部。他的译诗,尝试用江户时代以三味线伴奏演唱的韵调来表现唐诗宋词的意境。他将《静夜思》译作:

夜の思ひ
牀のまへに月かげけざやかだ、
地に霜が降りたかとも感ぜられる、
頭(かうべ)をあげてみ山の月をみる、
頭をたれてふる里をおもふ。①

下面是宋代词人蔡伸(1088—1156)的《苍梧谣·天》中的两句:"天。休使圆蟾照客眠。人何在,桂影自婵娟。"日夏耿之介译作:

さってもうつくし
まんまるな、
あのお月さま、主さんの
旅寝の枕照るまいぞ。
どこにいまかよ。
エヽモオモ
なにしてぢやエ
月かげばかりかう╱╲ と
さってもうつくし。②

(七) 土岐善麻吕唐诗翻译

诗人、歌人、日本学学者土岐善麻吕(1885—1980)的唐诗翻译独具特色。他的《莺卵》(アルス,1925)《新译杜甫》(光风社书店)等译作久负

---

① 〔日〕日夏耿之介『唐山感情集』、彌生書房 1959 年版,第 173 頁。
② 〔日〕日夏耿之介『唐山感情集』、彌生書房 1959 年版,第 174 頁。

盛名。他的唐诗翻译，一改训读的沉闷，用富有韵味的和歌般柔润的语言和与五七、七五节奏相近的节律来表现唐人的寂寞和哀伤。

《山馆》　　　　　皇甫冉
山馆长寂寂，　　　　山やかたただひそまりて
闲云朝夕来。　　　　朝夕に雲ぞただよう
空庭复何有，　　　　庭ひろく何かとみれば
落日照青苔。　　　　青苔に照る夕日のみ

《子夜吴歌》　　　　李白
长安一片月，　　　　都の宮に月さえて
万户捣衣声。　　　　きぬたぞひびく家ぎとに
秋风吹不尽，　　　　ただふきしきる秋風の
总是玉关情。　　　　関路にかよううきおもい
何日平胡虏，　　　　いつしかあたをうちはてて
良人罢远征。　　　　帰るわが夫を迎えまし

《秋怨》　　　　　　鱼玄机
自叹多情是足愁，　　わかきなやみに得も堪えで
况当风月满庭秋。　　わがなかなかに頼むかな
洞房偏与更声近，　　今はた秋もふけまさる
夜夜灯前欲白头。　　夜ごとの閨に白みゆく髪

如果简单地将中国诗歌的艺术风格分为"阳刚"和"阴柔"两派，或者叫做"豪放"和"婉约"两派的话，纵观上面那些在日本受到好评的译诗，往往是属于"阴柔"或"婉约"一派的诗，即内容上多风花雪月，情感上多纤细柔弱的诗歌。河上肇曾经指出："佐藤春夫《车尘集》由近五十首汉诗的翻译构成，但其原诗都是女子的作品，所谓风云气、儿女情多的作品，这未必是偶然的，这样的东西，不依赖于汉字的日语的表达更容易，也是同样的理由，维新当时的志士喜好将风云之气托之于汉诗，也并非偶然，他们不

借汉诗与汉诗调，胸中便怀抱着不能表达的郁勃的气概。"① 河上肇从日语与日本文学的特点来说明这些译诗内容偏颇的俚语，自然是道出了一个重要的理由。

从译者的趣味来讲，他们的喜好与他们心目中预想读者的喜好是一致的，都是倾向于这一类的东西，所以能够找到适宜的传递方式。正像奥野信太郎在为《车尘集》所撰写的序言中所说的那样，翻译这些作品，为的是校正过去人们对中国诗歌的雄丽明朗的印象，而把读者引入那小院鹦鹉的境界。在他们看来，这时的日本读者对中国文学翻译的期待，不再是《正气歌》那样的入世醒世的呐喊，而是在嚣嚣物欲中生存的人们，在精神后院中点缀几朵柔嫩的小花。

何况翻译中国古典诗歌对这些译者来说，多属票友客串，除了少数译者能够多年潜心于此，乐此不疲之外，多数则是偶尔为之，译出几首好诗，也不过是妙手偶得，并没有深入思考中国诗歌的翻译问题。中国古典诗歌的翻译问题，其实是一个尚未解决得很好的问题。

三　小说的意译

从平安时代末期到镰仓时期，对中国故事的编译便出现在说话集中，《今昔物语集》《十训抄》《古今著闻集》《唐物语》等书中都有这样的故事，它们被穿插在日本说话当中，而这些故事往往是部分被意译，而不是整体翻译过去，因而只能被看成是自由译或摘译（digest）。《唐镜》对那些从原文摘抄出来的部分，是忠实于原文的，但从整体上仍然只能说是编译或者编述。《三国传记》也属于这一类。

在千年以上的文学传播历程中，存在一个狭长的从训读到意译的中间带。近年在京都市东寺宝菩提院发现的写本《汉和希夷》②，在中国小说日译研究中值得注目，这一点似乎还没有被注意到。该写本有十个故事，其中有出自《剪灯新话》的《金凤钗记》和《牡丹灯记》两篇译文，出自《祖庭事苑》的译文一篇。其中的第七篇《从盐灶火焰中看出狐狸作怪的故事》是《法苑珠林》卷42《感应缘》中"晋时有狸作人妇怪"的翻案。各篇文体生

---

① 〔日〕杉原四郎编『河上肇評論集』、岩波書店1987年版、第285页。
② 〔日〕富士昭雄编『江戸文学と出版メディア』、笠間書院2001年版。

硬，却已不再仅仅在字的两边补上助词和注明音义，将助词移至词下，并按照日常生活的语调处理词序。《奇异杂谈集》①被称为近世奇异小说的嚆矢，其中就有出自《剪灯新话》的上述两篇，所以富士昭雄认为，《汉和希夷》对于辨明《奇异杂谈集》的来源很有价值。

与今天所说的翻译比较接近的，是林罗山（1583—1657）所著的那些命名为"抄"、"谚解"的书，它们几乎不加注释，对原文的处理接近于翻译。林罗山从《狐媚丛谈》中抽出的三十五则，译为《狐媚抄》，他的《棠阴比事谚解》对《棠阴比事》的故事也大体完整采用保留而逐句译出的办法。在元禄十一年刊行的《怪谈全书》②中，林罗山从《剪灯新话》《说苑》《太平广记》中选出三十二则，基本逐字译出，但译者的主旨是达意明事，译文还缺乏文学性。如《聂隐娘》一篇，写聂隐娘从刘昌裔口中跃出所说的话：

君恙ナシ、イトメデタシ。空ゝ児ガ人ヲウッコトハ、縦ヘバ逸モノ鷹ノ鳥ヲ撃ッガ如シ。一タビウッテアタラザレバ即チ遙ニトビ去ル。其ウチハズセル┐ヲ恥ヅルナリ。一時バカリニ二千里遠クユクナリ。③

仆射无患矣。此人如俊鹘，一搏不中，即翩然远逝，耻其不中，才未逾一更，已千里矣。

林罗山将原文中的"无患"，即没有忧虑或祸患，译成"无恙"，显然不够准确，但从整体来说，大体是紧贴原文的。

每篇之末，或在文中，或在末尾以双行小字，注明见于何书，这样可以让我们从侧面了解中国小说在当时流传的情况。

一之卷　望帝（《蜀王本记》）

　　　　诘汾（《后汉书》、《北史》）

　　　　王忳（《后汉书》）

---

① 〔日〕吉田幸一编『近世怪異小說』、古典文庫、近世文藝資料、1955 年版。

② 〔日〕日本名著全集刊行會編『日本名著全集』第一期江戶文藝之部第十四卷怪談名作集、日本名著全集刊行會 1927 年版。

③ 〔日〕日本名著全集刊行會編『日本名著全集』第一期江戶文藝之部第十四卷怪談名作集、日本名著全集刊行會 1927 年版、第 412 頁。

　　　　　伍子胥（《吴越春秋》，并《方舆胜览》）
　　　　　淳于棼（陈翰《大槐宫记》）
　　　　　吕球（《幽冥录》）
　　　　　偃王（《事文类聚》）
　　　　　韦叔坚（《风俗通》）
　　　　　马头娘（蜀《图经》）
　　　　　韩朋（《搜神记》）
　　　　　元绪（《异苑》）
　　　　　欧阳纥（江总《白猿传》）
　二之卷　李管（《说渊》）
　　　　　歊客（《春渚记闻》）
　　　　　张守一（《异闻录》）
　　　　　姚生（《说渊》）
　　　　　润玉（《说渊》、《太平广记》）
　　　　　中山狼（《说渊》）
　　　　　鱼服（《说海》）
　三之卷　袁氏（《太平广记》）
　　　　　虮蜉（《说海》）
　　　　　聂隐娘（《太平广记》）
　　　　　张遵言（《说渊》、《太平广记》）
　四之卷　郭元振（《说渊》、《唐小说》）
　　　　　侯元（《说渊》）
　　　　　赖省干（《唐叟》）
　　　　　玉真娘子（《说略》）
　　　　　阴摩罗鬼（《清尊录》）
　　　　　金凤钗（《剪灯新话》）
　五之卷　三娘子（《说海》）
　　　　　薛昭（《说渊》）
　　　　　巴西侯（《说渊》、《太平广记》）
江户初期的假名草子中，摘译很多，北村季吟的《假名列女传》、佚名的《棠阴比事物语》、浅井了意从朝鲜书译出的《假名三纲行乐图》等,均属此类。写本《灵怪草》从《剪灯新话》中译出八篇,辻原元甫根据冯梦龙《智慧囊》,译为《智慧鉴》,浅井了意的《勘忍记》多从颜茂犹的《迪吉录》选篇。这些虽然并非全书,但仍可以看成翻译。

江户时期把今天所说的译著,一般称为通俗书,因为那些翻译之作往往冠以"通俗"之名。这表明那时的译作都把读者定位为广大市民。

由于译者艺术修养和翻译策略不同,这些书虽然都以"通俗"相称,但对原书的态度却并不一致。有的采用以一书为底本而参照他书,用日语讲述故事大意的方法,有的录下词汇另外加注,有的侧重于语汇的含义,译者注重语言学的特色很鲜明,有的则比较注意传达原作的文学性,有的则只在意故事,译文显得生硬。

元禄五年刊行的《通俗三国志》首开风气,这是天龙寺的义辙、月堂两位僧人所译。该书以《三国志通俗演义》为底本,参考《三国志》译出,冠以"通俗"之名。这以后,《通俗汉楚军谈》等相继问世,通俗书遂称一体。《云合奇踪》也改题为《通俗皇明英烈传》。在《通俗忠义水浒传》陆续刊行的宝历九年至宽政二年期间,通俗书最为盛行。这本书以冈岛冠山之名刊行,据考证实属伪托。从西田维则的《通俗金翘传》、三宅啸山的《通俗女妖传》、石川雅望的《通俗醒世恒言》,纷纷以通俗相标榜。《通俗西游记》更是历经数年,几位译者相继操觚,如同接力。通俗书的特色,是几乎都采用汉字和片假名混用的文体。幕府末年,荻原广道与蒜园主人计划作《翻译好逑传》(后也改为《通俗好逑传》),今只存草稿两卷,但书中的《译文凡例》对于了解通俗书的翻译策略很有价值。

另外,《人间一生三世相》(天明二年)《唐土真话》(安永三年),各从《石点头》中抽出一篇,以浮世草子的文体译出,《宿直文》(天明七年)卷4、卷5,也从《石点头》中选出,以和汉混淆、雅俗折中的读本文体译出,这些都是将中国小说的翻译与当时流行文化结合的实例。《萧曹奇断译注》,不论是从选译公案小说的角度,还是在译著书名中点名"译注"的角度,都是一个特例。

下面以《水浒传》第十一回《朱贵水亭施号箭,林冲雪夜上梁山》中的一节,略作对比。原文是这样的:

林冲寻思道："这般怎的好？"又吃了几碗酒，闷上心来，蓦然间想起："以先在京师做教头，禁军中每日六街三市游玩吃酒，谁想今日被高俅这贼坑陷了我一场，文了面，直断送到这里。闪得我有家难奔，有国难投，受此寂寞。"因感伤怀抱，问酒保借笔砚来，乘着一时酒兴，向那白粉壁上写下八句五言诗。①

吉川幸次郎、清水茂所译《水浒传》的译文是：

　　林冲，こりやどうしたものか，思案にくれつつ，更に何杯かの酒を呑むうち，心は急にふさいで参り，ふと思ひ出しますには，むかしは都で指南番を勤め，お旗本に立ち交つて，毎日毎日都大路の盛り場を，遊びまはつて呑んでゐたのに，思ひきや今では高俅めにおとし入れられ，顔には入墨をされた上，こんな所へまでおひつめられ，お蔭で家はあれども帰りもならず，故郷はあれどうはの空，こんなおびしい目にあふとはと，うら悲しい物思ひのままに，ぼおいから筆硯を借りまして，一時の酒興に乗じ，かの白壁の上に，八句の五言の詩をしたためました。②

驹田信二所译《水浒传》的译文是：

　　林冲は，それじゃどうしたらよかろうかと，思案にくれながら何杯か飲んでいるうちに，気分がおもたくなってきて，昔のことがむらむらと思いだされる。
　「都で教頭をしていたころは，都の町々を毎日飲みまわったものだったが，まったくわからないものだ。今は高俅のやつにおとしいれられて，顔に刺青をされたあげく，こんなところにまで追われてきて，家はあっても帰れず，国はあってもたよれず，こんなわびしい思いをさせられるとはな」

---

① 施耐庵、罗贯中：《水浒传》上，人民文学出版社 1985 年版，第 145 页。
② 〔日〕吉川幸次郎、清水茂譯『完訳水滸傳』第 2 冊、第 11 回、岩波書店 1995 年版、第 93 頁。

こみあげてくる感慨のあまり、給仕に筆と硯を借り、酒の勢いに乗じて白壁の上に八句の詩を書いた.①

两者语言风格乃至行文方式都颇不相同，驹田信二的译文要口语化得多，所以松枝茂夫说："现代翻译有幸田露伴的《国译水浒全书》，吉川幸次郎的《水浒传》（岩波文库），佐藤春夫的《新译水浒传》（中央公论社），村上知行的《水浒传》（河出书房），驹田信二的《水浒传》（平凡社）等。我特别从村上和驹田的译本中受益匪浅。我想向将来还想读这本书的全翻的人们，推荐一下我喜爱的即将完成的驹田的译书。"

图51　江户末年浮世绘画家歌川国芳笔下的浪子燕青

与小说相比，戏曲和诗歌的翻译较少。《新刻役者纲目》卷1训译了李渔

---

①〔日〕驹田信二译『水滸傳』上、中國古典文學大系28、亦收入平凡社、講談文庫。

《蜃中楼》六出，附上日译。以写本保存的《填词蝴蝶梦（岚翠子，文化二年写）为玩月堂主人所译，岚翠子还将《西厢记》译出，题作"艳词月下亭"。另有写本《小说抱璞集》，题作"观灯赴约"，将上元夜景编入剧中。宽政二年刊出的《唐土奇谈》也属此类。

图52　江户末年浮世绘画家葛饰北斋笔下的九纹龙史进

四　意译形态的历史演进：抄物，谚解和评注

（一）抄物

从天智天皇起，便有了讲解中国典籍的活动。《大宝令》《养老令》将在大学、国学的学制中将它制度化。当时讲课的情况不得而知。现今能够看到的，是镰仓室町时代博士家和五山禅林中流行的"抄物"。所谓"抄物"，简而言之，就是讲课的笔记，包括解说、语释、通释、补说等，总的来说是一种注释。讲课的对象不只是汉籍，也有佛教书籍和日本著述，因而，"抄物"中也有这些内容。编纂者将讲课的底稿、听课人的笔记等整理成书，有汉文

的，也有日语文言的，还有混杂当时口语的，本来都是以写本相传，进入江户时代，随着印刷事业的发达，一些写本开始刊刻出售。抄物内容，以经书为多。

出自僧人之手的，最早的有长享延德之间善应轩的《诗经抄》《中庸抄》，缁林多读的《周易》，有宗赵柏舟的《周易抄》、桃源瑞仙的《百衲袄》、三要元佶有《春秋经传抄》。

史书中，桃源瑞仙的《史记抄》最为著名。还有太岳周崇《前汉书抄》。《十八史略》的抄物《灯前夜话》，讲解者不明，有刊本，长期广泛阅读。

子部中，《老子》《庄子》都被作为教材，抄物则以"口义"名。

集部中，杜诗有心华元棣的《杜诗谚解》，东坡、山谷流行之时，抄物多见。笑云清三的《四河入海》讲东坡，万里周九的《帐中香》讲山谷，均详尽可观。笑云清三的《古文珍宝抄》流传颇广。五山诗人义堂周信的《三体诗抄》，甚有特色。

世俗方面，一条兼良著《四书童子训》，属于清家系统，僧家抄物也受到它的影响。根据当时名列前茅的大儒业忠（削发后名常忠）的讲稿整理而成的《论语抄》，也有较广流传。清家的枝贤、秀贤、宣贤都有抄物传世。其中宣贤保留最富，包括四书五经到《孝经》，讲稿、笔记、整理稿等一应俱全。其中《毛诗抄》影响最巨[①]。

抄物体的注释方法，并未随室町时代的结束而终结。江户时代林罗山、林鹅峰等的注释延续了这一类型，不同的是它们更多地得以刊本的形式面世。"抄"亦有"谚解"之称。林罗山的《四书集注抄》《性理字义抄》等，都是讲宋学的成果。中江藤树以日语讲《论语》《大学》《中庸》，有抄物留存。山崎闇斋一派，不编注释书，所以讲课的内容以所谓"闻书"的形式留下来，所谓"闻书"（ききがき、もんじょ），即笔录。这仍可以看成是抄物，不同的是多使用当时的俗语，声口毕肖。这种风气一直延续到幕府末年。其中也有讲课之后，让弟子交出笔记，然后加以修改再交还给弟子，以此来检查弟子的学习情况的。浅见絅斋、佐藤直方、三宅默斋、宇井默斋、久米订斋、味池修居等，各家都有这样的抄物传世。中世和幕府初年都以语注通释

[①] 王晓平：《日本诗经学史》，学苑出版社2009年版，第62—93页。

为注，比较简略，而这个时期就出现了不少例证丰富，说法有趣而又不乏深度的抄物。

（二）谚解　俚谚抄

幕府初年抄物的刊本，再印的时候，往往将外题加成"谚解"，一时间"谚解"的名称也流行起来。

谚解（ゲンカイ），《大汉和辞典》说："以口语解释汉文者，又称抄、国字解、口义、俚谚抄等。如林罗山的《贞观政要谚解》之类。"所谓口义，指口头讲述意思，也指将其记录下来的东西。如宋人林希逸的《庄子口义》。简而言之，所谓谚解，以及下面所讲的俚谚抄，很接近于我们所说的口语串讲。

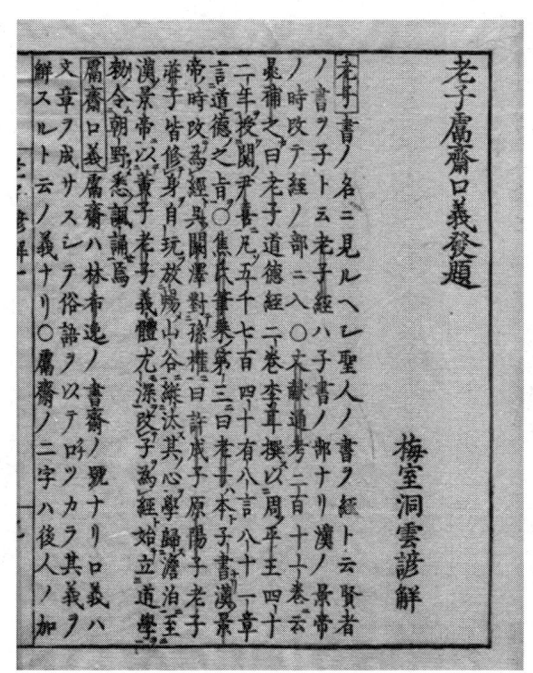

图53　梅室洞云谚解《老子鬳斋口义》

今传《白氏长庆集谚解》大体成书于宽永、延宝年间，最晚也是贞享年间，不会是进入元禄以后。作者可能是一位僧人。作者在原诗每一字的左边都用片假名注明读法，并用片假名对诗意做出简明的说解。如在《卖炭翁》

诗前，有这样的说明：

  売炭翁ナリ翁ハ字書曰長老之称今称人父曰尊翁シカレモデハ尊ニアラズ年寄マニデナリ言ハ老人ガ炭ヲ売テアリケバ公儀ヨリ炭ヲヲシ買ニスル┐ヲ炭売ガ苦シムナリ。

以上先引字书对翁字作了解释，概括了诗的内容。谚解文字晓畅，如开头部分：

  売炭ノ翁ツ子ニ山ニ入テ　ヲ伐テ南山ノ中ニ焼くテハ炭トナス是ニ因テ売炭翁ノ面ニハ塵灰ガ付テ煙火ノ色ノ如ナリ両鬢ハ蒼蒼卜青シテ十ノ指ハ黒クナリヌ炭ヲ売テ銭ヲ取┐何ホドノスギハヒニ成ゾヤ唯看ニ著衣裳卜口ニクウ食バカリナリ①

林鹅峰的《四书抄》，虽然不是刊本，也都以"谚解"相称。榊原篁洲、鹈饲石斋的《古文真宝》前后集注，也题作"谚解大成"，内容上与抄物没有什么区别，同样是汉字里夹杂着平假名，说解详尽。毛利贞斋在京都一带讲学，多有"俚谚抄"之著，如《古文后集俚谚抄》（内题《古文真宝大成俚谚抄》，元禄十七年至宝永四年刊）、《四书正文大纲俚谚抄》（元禄十一年刊）、《普释文段批评庄子鬳斋口义大成俚谚抄》（元禄十六年刊）、《重改新添论语集注俚谚抄》（正德五年刊）等。

（三）首书　鳌头　标注

有些书在中国已经有注，如《老子鬳斋口义》《近思录》《三体诗》《杜诗集解》等，根据日本读者的情况，需要再加些注释，那些注释书写在上栏的，便在书名前加上"首书"、"鳌头"或"标注"刊出，这在元禄时代颇为流行，它们比起俚谚抄来，程度要高些。

五　日本文学的汉语意译

在前期中国介绍日本文学时，也较多采用意译的方法。

---

① 〔日〕森孝太郎、尾崎知光编『白氏長慶集諺解』、和泉书店、第387—388页。

最早介绍到中国的日本语文学是歌谣及和歌，这要归功于明代万历年间李言恭、郝杰两位高级将领的喜好诗歌。据汪向荣和渡边三男的研究，他们所著《日本考》与侯继高的《日本风土记》其实是同一本书，即一书二刻。《日本考》卷3《歌谣》、卷5《诗赋》中的《山歌》，可能是迄今所见译述日本语文学的最早尝试。

第三卷《歌谣》每首原文以日文平假名为主，旁注汉字音，后又有呼音、读法、释音、切意四栏。切意一栏是汉语意译，翻译者还是力求将原作译成七言二句、五言四句或四言四句，长短句这样大体整齐的诗句，切意后偶尔加点评语。如《日月同天》一首，切意为"日月同天，想他那里，我思念人，有人思我"，自注"其意清切"。据考释原文大意当是：日月照耀着我，也照耀着他，当我想念他的时候，他也正思念着我。《诗经·陟岵》采用的正是这种思念对方，因想对方也思念自己的写法，韩愈《与孟东野书》："以吾心之思足下，知足下悬悬于吾也"也是此意。中国诗人表达这种情感的诗句颇多，如"以我今朝意，想君此夜心"。（白居易：《初与元九别、后忽梦见之，及寤而书忽至》）"谁料江边怀我夜，正当池畔思君时"。（白居易：《江楼月》）"想到玉人情，也合思量我"。（孙光宪：《生查子》）《歌谣》所录与这样诗句可谓机杼相同，波澜无二，同样是据实构虚，以想象与怀忆融合而造诗境。相比之下，译语便显得稚拙而缺乏诗情，甚至有点语意不明。

卷5的山歌，以汉字记音并切意，有的还附有对译语的说明。如第一首《日春清水寺》：

和虚发而密也哥气摇密辞铁落外密辞南挨路路尼乃路革兮谷多拟
释音（略）
切意　此日春京清水寺，水流滴响似琴声。
此乃日春京有此一景，故有此景也。

切意后一句，说明这首山歌的来历。"故有此景""景"当为"歌"之误。这里所录十二首大都清丽可读，译语也基本符合原意，但著者可能不通日语，是通过熟悉日语的人解释之后写下大意的，因而译语也有不甚准确达意之处。如《杂唱小曲》之三，切意为"料想波与浪，打不过松山岭，你与我千年同到老"，将"索所赖乃密"（即ささらなみ，细浪）译成波与浪，显然与原作有距离。李言恭、郝杰均为武将，但《明史》卷 126 李文忠传后李言恭的附传说他"好学能诗"，或许正是由于对诗的爱好，才对日本的歌谣，山歌产生兴趣，因而在这本为武事而撰写的书中有所采录。

第六节　日本学人文学经典汉译的文化东输意图

日本近世文学研究家中村幸彦在对江户时代文学进行比较研究的时候，特别注意到中国白话小说影响下日本学人写作的汉文白话作品①。日本学人用汉语白话写作了《和汉奇谈》《太平记演义》《平安花柳录》等汉文小说，这些作品今天大都被列入日本汉文小说，有些被收进《日本汉文小说丛刊》当中。其实，在日本汉文小说中，有用白话写的，更多的还是以文言为主，因为大多数学人读得最多、最熟悉的当然还是文言。我们注意到，在这些作品中，有些选材于日本古典名著。那时的学人习作汉文，固然是将汉文写作当做一种汉语文字表达能力的训练，由于汉学者按照惯例必须会用汉文来发表见解，所以也可以说是一种学术技能训练，不过，到了江户后期和明治初期，中日之间的文化交流中除书籍输入之外，人员交往的一环有了崭新进展，日本学人希望将本国经典译成汉文传往中国，这是中日文学交流的新动向。从奈良时代以来，日本学者便津津乐道于日本汉诗传入唐土备受赞誉的传说，明治初年的学者则萌发了将《源氏物语》《平家物语》等日本小说汉译传往清国的梦想。菊池三溪等人是这一事业的探索者，他们作品虽然没有如愿以偿地进入晚清文士的阅读范围，他们所进行的工作却能给后代怀有类似梦想的人们以某些启示。

一　日文汉译的内部目标指向

由林梅洞（1643—1666）和其父林鹅峰（1618—1680）信后撰写的《史馆茗话》，被视为日本江户时期较早的诗话之作，其中主要部分是将《江谈

---

① 中村幸彦『中村幸彦著述集』第七卷、中央公論社 1989 年版、第 52—99 頁。

抄》、《本朝一人一首》中的日文材料改写成汉文，这种改写就是以翻译为基础的。其中关于宗冈秋津的故事，在《江谈抄》中的原文是这样的：

今宵奉诏欢无极，建礼门前舞蹈人。
宗冈秋津久住大学，不时趋世。延喜十七年十一月四日奉试日及第。同月十三日外记日记云："秋津久住学馆，年龄已积。频逢数年之课试，常叹一身之落第，近年适逢天统之闻，忽预及第之列"云云。故老传云：昔有老生，拜舞大庭，青衫映月，白发戴霜。夜行宿卫奇而问之，老生无答，只咏此句，吟咏字趣无知，仍召其身，参藏人所。侍之人惊寻由绪。事及天听，问其姓名。勒云："今日依敕及第文章生秋津"。深感天恩，窃拜紫庭也。①

《史馆茗话》中这一则变为：

宗冈秋津奉试登第，天皇赐书，曰："秋津久在学馆，龄算已积，频逢数年之课试，常叹一身之沦落。方今适擅摘藻之美，以入攀桂之列"云云。秋津感诏旨之辱，拜戴捧出，舞蹈大庭。乘兴之余，且歌且行。白发戴霜，青衫乘月，不觉到建礼门，忽得两句，曰："今宵奉诏欢无极，建礼门前舞蹈人。"高吟三四，旁若无人。卫士异之，问曰："何人？"答曰："新进士、老学生宗冈秋津也。"卫士责曰："此处是建礼门也，匪汝之所到也，况高吟惊耳乎！"秋津愕然谢之。②

林梅洞和林鹅峰之所以要将平安时代的故事重新译写，实际上是有感于历经战乱古老的文化传统被淡忘，希望唤醒古老的风雅情调，改造当时的文化。林鹅峰在该书序言中说："原夫本邦之古，朝家文章，不乏其人，逮于王纲解纽，世道幺么，文章与时隆污，至于禅林风月之徒，窃执其柄，以为己业，不亦异乎？吁！缙绅处士，有志之辈，读此等编，执文章为吾家旧物，

---

① 後藤昭雄、池上洵一、山根對助校注『江談抄　中外抄　富家語』、岩波書店 1997 年版、第 516 頁。
② 本間洋一編『史館茗話』、新典社 1997 年版、第 102 頁。

以励复古功业，则不为无补于不朽之盛事乎？"① 显然林梅洞、林鹅峰的译写有着明显的现实目的，那就是将文化主导权从五山禅僧夺回儒士手中，将参禅悟道的文学价值观拉回到经国济世的文学价值观。由于平安时代的变体汉文已经不适合当下读者的口味，林氏父子将它们改写成了更为符合汉文语法规范的文字。

江户初期到中期的汉文写作，目的志向也多是向本土的。要学好汉文，最好的办法就是汉文写作，将日文译为汉文就是有效的练习手段。山本北山（1752—1812）在《作文志彀》中谈到想学好作文的方法是和好友两三人或四五人结社。约定每月聚会四五次，各自携带自己的译文，来做"覆文"。所谓译文，就是把古人之文"译为国字"。"覆文"就是用译文盖住原文。每一次聚会，从《孟子》《庄子》《左传》《国语》《史记》《汉书》等古书中选出文辞美、句法险的篇章，把它们译成日语，然后把译文中的助字划圈，疑字划框，各自携带两三章，盖上自己所译给别人看，自己去看别人所盖上的，将盖上的"覆文"和原文相互对照，然后再细细研究哪些是通的，稽索原由，不通的相互商议，再不通去请教先生。这样累月为之，四五月间努力"覆文"，就会搞明白哪些是倒错谬用的，叙事之文，议论之文，都会做出没有倒错谬用的文章来②。

斋藤拙堂在他的《拙堂文话》也对日本古典文学的汉译问题十分关注，在第七卷他提出"凡译国字之义，须照原文，增之不可，漏亦不可"，特意长篇引用了柴栗山纪所译的《那须与市事》曰：

> 既而阿波赞岐叛平氏而待源氏者，所在山洞往往十骑、二十骑相将而来归。叛官兵及三百余，当日诶向暮，不可决胜。源平交收兵而退，海上艳装一小舟，望岸摇去，距岸七八段，转而横舳而止，源军疑而视焉。舟中出官娃，年可十八九，绿衣红袴，开纯红扇画旭曦者，插竿树之船头，向岸而招。
>
> 叛官招后藤实基，问曰："彼欲何为？"
>
> 对曰："是应使我射也。臣意或者将军进当箭道，而观玩姬妓，则欲

---

① 本間洋一編『史館茗話』、新典社1997年版、第92—93頁。
② 山本北山『作文志彀』、博文館1894年版、第2—3頁。

巧狙而射落也。但扇则似可使射者焉？"

叛官曰："我军可能射者为谁？"

对曰："巧射固多，就中下野国人那须太郎资高之子与一宗高者，力虽稍劣，而手则巧利矣。"

叛官曰："有征乎？"

曰："诺。其赌射禽鸟，三必二得矣。"乃命召之。

与一尚二十左右之男子也，披茶褐战袍，红锦饰襟袂，摄青绍甲，佩白带刀，背负一箙，二十四枚班羽箭，加插鹰羽鸣镝一枚，月夜缴缠漆弓，脱鍪系铠纽，进而跪马前。

叛官曰："宗高，汝射扇正中，令敌军寓目，则如何？"

辞曰："臣自料不知其可能也。若误射，则永为我军弓矢之辱矣。请更命定能者。"

叛官大怒，曰："此行发镰仓赴西国者，其岂可违义经之令。若毫存枝梧者，须速归镰仓也。"

与一私韦，若再辞，恐成恶意。乃曰："然则其逸，则臣不敢知也。既有命矣，请尝试之。"乃起铁骊肥健，驾金稜鞍以跨之。整顿弓在手，促辔向汀而步，我兵目送久之。言曰："此壮夫定能者。"判官亦视，似以为委得人焉。既的道较远，驱马入海一段许，距扇犹有七条远近。时二月十有八日，日已加酉，会被封颇烈，高浪打岸，船乍涌乍陷，海面则平，军一行列，舳而注目，岸上则源军并辔而凝视，极为显场盛事矣。

与一闭目默祷曰："南无八幡大菩萨，殊我国日光权现、宇都官那须汤泉大明神，请令射夫扇正中也。若误事者，折弓自裁，而不可再向人也。神欲使一归本国者，此矢勿使逸焉。"既开目风粗恬，扇如容射者，乃取鸣镝架上，引满而发。虽然劣力，而十二举飞镝响浦长鸣，射断扇眼上寸许，余力远去入海，扇则扬而舞空，被春风翻弄一再，飒然散落海中，纯红之扇，夕日映发，委白波浮沉泛泛。舟师击舷而赏赞，陆军鼓箙而欢呼。①

---

① 齋藤拙堂「拙堂文話」第七卷、池田四郎次郎編『日本儒林叢書』第二卷、六合館 1928 年版、第 100—101 頁。

这一篇译文，原文出自《平家物语》中的卷第十一：

　　与一、目を塞（ふさ）いで、「南無八幡大菩薩、別しては我が国の神明（しんめい）、日光の権現、宇都宮、那須の湯泉（ゆぜん）大明神、願はくは、あの扇の真ん中射させて給（た）ばせ給へ。これを射損ずるものならば、弓切り折り自害して、人に二たび面（おもて）を向かふべからず。今一度、本国へ帰さんと思（おぼ）し召さば、この矢はづさせ給ふな」と、心の中に祈念して、目を見開ひたれば、風も少し吹き弱つて、扇も射よげにこそなりたりける。

　　与一鏑（かぶら）を取つてつがひ、よつ引いてひやうと放つ。小兵（こひやう）といふ条（でう）、十二束三伏（みつぶせ）、弓は強し、鏑（かぶら）は浦響くほどに長鳴りして、あやまたず扇の要際（かなめぎは）一寸ばかりをいて、ひいふつとぞ射切つたる。

　　鏑（かぶら）は海へ入ければ、扇は空へぞ揚がりける。春風に一もみ二もみもまれて、海へさつとぞ散つたりける。

　　みな紅の扇の、夕日の輝くに、白波の上に漂ひ、浮きぬ沈みぬ揺られけるを、沖には、平家舷（ふなばた）を叩いて感じたり、陸（くが）には、源氏箙（えびら）を叩いてどよめきけり。

斋藤拙堂认为，柴栗山纪的译文："文近小说体，然照《平家物语》不漏一辞，笔笔飞动，写得如画，在原文之上矣。"[①] 认为译文比原文还要好。

---

① 齋藤拙堂「拙堂文話」第七卷、池田四郎次郎編『日本儒林叢書』第二卷、六合館 1928 年版、第 101 頁。

可以看出，译文在原文基础上进行了扩写，引入了中国小说的叙事方法。由于翻译过程既要贴近原语，又要考虑译语的准确性和可读性，对于习作者来说是一项多方面的训练。

二　日本文学经典汉译的预期与实效

明治期间菊池三溪等一些学人尝试将日本的古典名著改写成汉文，和江户时期那些用汉文写作的人不尽相同，它们的语气读者中已经加入了中国人，尽管当时的译者并不一定有很多中国读者能够读到他们的译作，但至少他们是抱着这样的期许着手翻译操作的。

菊池三溪（1819—1881）明治初年是以"架空之书学采风之经"的第一人。他所著的《译准绮语》自序中说：

> 抑禹域之以小说彰者，亡论《水浒》、《西游》、《金瓶梅》、《演义三国志》流传我邦，译而解之，脍炙人口，而至于我邦草纸、物语、《源语》、《势语》、《竹取》诸书，命意虽或奇，行文虽或妙，以其文系于国字，令西人读之，爰居钟鼓，弗能领解其意，是以其传于彼者落落晨星，才屈指，况于挽近乎！
> 予有慨于此，抄近古院本小说稗史野乘尤翘翘者，译以汉文，欲令西人食指染鼎，吃其一脔焉耳。①

这里，菊池三溪明确表示，他选取本国近世的小说翻译出来，是想要结束中国人不知道日本这些名著的历史，也就是长期以来中日小说交流中的不对等、不均衡、不全面态势。他认为这些小说由于是用日文写成的，因而使得中国人读不懂，只有翻译成汉文，才能赢得读者。为了这个目标，他决定选取那些最优秀的作品，即所谓"院本小说野乘尤翘翘者"来作为首先翻译的对象。

---

① 王三庆、庄雅洲、陈庆浩、内山知也主编：《日本汉文小说丛刊》第一辑笔记丛谈类一，台北：学生书局，第417—418页。

图 54　曲亭马琴《南总里见八犬传》

菊池三溪的首选是曲亭马琴的《南总里见八犬传》。他之所以这样做，很可能因为他认为，《南总里见八犬传》规模宏大，文笔精彩，情节多变，这样一部作品才能够使得读惯了《西游记》《三国志演义》《水浒传》这样巨作的中国读者对日本小说刮目相看。他译出部分有：

富山仙洞（第一回）圆冢山火定（第一回）　圆冢山火定（第二回）

圆冢山火定（第三回）　芳流阁格斗庚申山怪异（第一回）

庚申山怪异（第二回）　庚申山怪异（第三回）　对牛楼报仇（第一回）　对牛楼报仇（第二回）

菊池三溪选择的另一部作品就是《源氏物语》。出自《源氏物语》的有《若紫》。另外，还有出自《椿说弓张月》的《白峰陵》《旧虬山古坟》，出自《东海道中膝栗毛》的有《木屐入浴》等。

不仅在选择作品时，菊池三溪充分考虑到满足预期读者的接受要求，而且在翻译策略中采用了改写的方式，这是他预想到中国读者很难直接接受原作内容的结果，也反映了他本人对《源氏物语》等作品与中国小说在语言之外还存在巨大差异的认知。他《源氏物语》中的空蝉拒绝与源氏公子同寝的故事译成了汉语。题作"中川水庄微行",原文出自《帚木卷》。

在该篇后记中,仿明清小说评点,载录了菊池三溪的一段话,实际上说的是他选择的翻译准则和翻译策略:

> 三溪氏曰:"《源语》五十四帖,率皆淫艳浮靡,非求牡之鸣雉,则吹棘之凯风。其守柏舟之节,不变行路之操者,独于贞妇空蝉见之矣!《毛诗》三百篇,率皆强鹊奔鹑,非赠芍秉兰,则风雨鸡鸣。其浴葛覃之德化、汉唐之俗者,独于烈女共妻获之矣。夫《源语》则架空之言,《毛诗》则采风之经。以架空之书学采风之经,以表贞操节烈,斯须不容弃废之意,寓风霜乎笔墨,寄训诫乎绮语。吾于是始知紫史之不易及也。世之读《源语》者,独喜措词之富丽与命意警巧,而不问训诫所存,恐非善读《源语》者也。"①

此文后又载石津灌园的评语:

> 石津灌园曰:"紫媛之彤管固炜矣,译之以白头翁之椽笔,可谓绚素完绘事,文质成君子矣。"②

在菊池三溪看来,一部《源氏物语》,只有空蝉拒绝光源氏的故事,符合中国读者的价值观,其余描述的内容均不适于译成汉语,如果勉强为之,反而只能给人以"淫艳浮靡"的印象。即便是空蝉的故事,也不能原原本本翻译过去了事,因为他在改译中尽量突出空蝉的贞节观念,这实际上是原作中并不存在的,因为那是走婚制度下的男女不可能具有的思想。

除了在内容上竭力"异化"之外,在语言上三溪也力图"异化"。在这一节的翻译中,三溪也多插入《诗经》之句。

---

① 王三庆、庄雅州、陈庆浩、内山知也主编:《日本汉文小说丛刊》第一辑,第一册,台北:学生书局 2003 年版,第 543 页。

② 同上,第 543 页。

光君从容慰藉曰："某耳，某耳，请毋见怪。某之于卿，思恋綦切，非一朝可尽。今夕何夕，见此邂逅，其摈为觍面，所甘弗辞，幸得巫云一梦，死之日犹生之年也。"

然而确然自守戒惧曰："良人于役，誓以（死）靡他。要不，当不守柏舟之操也。"乃故低声曰："君不以贱妾无似，错看以为情人，虽妾非不喜也，意者所狎昵情人者自有在，妾恐鱼珠混淆，以致其迷谬。"

曰："仙源有路，不敢迷谬，然而见峻拒如此，何其没心肠之甚哉！"

空蝉亦以谓："光君以都雅风采，多情至此，然而峻拒如此，恐人讥以为木石人。虽然，宁为守节顽妇，不为失节尤物，是妾所素望。坚忍疏斥之。其情操苦节，柔而能刚，犹雪外裊娜，折不易折。"①

读一下《源氏物语》的原文就可以发现，菊池三溪所谓的"翻译"，其实和现代意义上的翻译相距甚远。在原来的故事中，有夫之妇空蝉对夜晚前来的光源氏说的一段话是："我这不幸之身，倘在未嫁时和你相逢，结得露水因缘，也许还可凭仗分外的自豪之心，希望或有永久承宠之机会，借以聊以自慰。如今我乃有夫之妇，和你结了这无凭春梦似的刹那因缘，真教我寸心迷乱，不知所云"云云，②并没有和所谓贞节相联系。而菊池三溪将空蝉的行为视为"柏舟之操"的体现。《鄘风·柏舟》，《毛传》："柏舟，共姜自誓也。卫世子共伯蚤死，其妻守义，父母欲夺而嫁之，誓而弗许，故作是诗以绝之。"后以"柏舟之操"专指寡妇守节不嫁。而在《源氏物语》描写的那个时代，不仅不存在不许寡妇改嫁的问题，而且贵族中施行的"访妻制"本身就不在乎对女子性行为做过度的道德评价，原因就是女子如果刻意自守，贵族男子也就无望纵欲。但到了江户时代，至少在官方提倡的道德观念上和法律形式上，对于所谓"淫乱"有了某些限制。

---

① 王三庆、庄雅州、陈庆浩、内山知也主编《日本汉文小说丛刊》第一辑，第一册，台北：学生书局2003年版，第542页。

② 〔日〕紫式部：《源氏物语》上，丰子恺译，人民文学出版社1980年版，第46页。

菊池三溪用"柏舟之操"来改换空蝉故事的主题，可以说是对《源氏物语》的叛逆。

菊池三溪又译出《空蝉》，译文中首先说明自己的翻译选择标准，是符合《诗经》倡导的节操观念：

> 此篇名曰"空蝉"，盖取硕人清操，能守其苦节，犹蝉蜕留其衣，洁躬也。①

在菊池三溪翻译的其他小说中也可以看到他对《诗经》的特殊感情。他所译《南夜赤绳》，原作出自1832至1833年刊行的为永春水（1790—1844）所作人情本《春色梅儿》誉美（亦名《春色梅历》或简称《梅历》），是一部写实描写市井多角恋爱的戏作。菊池三溪以这样的议论来开始他的译文：

> 吾曾读《毛诗》"风雨鸡鸣"之诗，其首章云："风雨凄凄，鸡鸣喈喈；既见君子，云胡不夷。"其卒章云："风雨如晦，鸡鸣不已；既见君子，云胡不喜。"朱紫阳解之曰："风雨晦冥，盖淫奔之女当此之夕，见其所期之人而心悦也。"
>
> 予窃叹曰："甚矣哉！风雨以媒价（介），桑中昏夜之行也。"今读教训亭主人所著《情史》，善叙佳人吉士，以风雨如晦之夕，相见相喜之情，虽地有彼此之异，人有古今之别，至其性情，未尝不同，其归读者采葑"莫以下体"，弃其蕉境，庶几足稗（俾）益于名教邪！②

文中多引《诗经》，特别推崇《郑风·风雨》一首对情爱的歌咏，他虽然引用了朱熹把这首诗定为"淫诗"的说法，却对冯梦龙编撰的《情史》而大为感叹。他既在标榜"名教"，又要写出无古无今、不因地而变的"性情"，《诗经》也就成为他随时可以取用的语汇宝库了。

---

① 王三庆、庄雅州、陈庆浩、内山知也主编：《日本汉文小说丛刊》第一辑，第一册，学生书局2003年版，第544页。
② 王三庆、庄雅州、陈庆浩、内山知也主编：《日本汉文小说丛刊》第一辑，第一册，学生书局2003年版，第545页。

当时的中国人对菊池三溪这样的译作是如何阅读和评价的，我们还未能找到文字记载。可以确定的是，这些译作与原本存在相当大的距离，即便是获得了清人的赞誉，这种赞誉的赢得者也是三溪本人而已，清人还是很少能够从中品味《源氏物语》和《南总里见八犬传》的真味。然而，从文学交流的角度来讲，从向域外翻译本土文学经典的意愿来讲，菊池三溪所做的工作，不正是今天很多人想做的工作吗？他的得失对于今人仍然是值得思考的。文学交流是复杂的双向工程，甚至与多种文化共存的状态有关，仅有良好的愿望并非就能奏效，需要的恰是漫长艰苦的文化穿越之旅。

三 黄遵宪日本文学观再探

根据《译准绮语》所载序跋，菊池三溪的《译准绮语》创作于1885年以前，而刊行于1911年之后。迄今只有屈指可数的资料，可以窥探当时的中国人对日本文学了解的情况。我们首先想到的是1877年至1880年随何如璋出使日本的黄遵宪。他在后来撰写的《日本国志》中只有如下文字涉及到日本的小说，这还是有关文学方面最主要的内容：

> 若稗官小说，如古之《荣华物语》《源语》《势语》之类，已传播众口，而小说家簧鼓其说，更设为神仙佛鬼奇诞之辞，狐犬、物异、怪异之辞，以怂人耳目，故曰日本小说家言充溢于世，而士大夫间亦用其体以述往迹、纪异闻。①

晚清的士大夫对于稗官小说自然是轻视的，黄遵宪也不能例外，因而在描述日本小说盛行的情况时，也流露出不屑的口吻，但也就是从这样简短的描述中，也可以看出小说在社会生活中的巨大影响。可见，尽管黄遵宪由于不谙日语，对这些小说的具体内容不甚了了，但对小说流行的景象印象深刻，他对日本小说内容的概括也是基本恰当的。

菊池三溪创作《译准绮语》的前后，正是何如璋、黄遵宪等第一批清国公使抵达日本的时期，这两者的具体关联尚难确考，但从明治初期以来日本

---

① 黄遵宪：《日本国志》，上海古籍出版社2001年版，第345页。

与西方各国交往逐渐频繁,通过建立外交关系处理各国事务的态势,日本与清政府在政治、经济、文化各方面的交通逐渐增多,日本学人等到清国旅行和访问的人数也有增长之势,这些从明治初期以来的描绘中土风光的汉诗中可以得到证明①。可以说,《译准绮语》正是在这样的氛围下诞生的,而它的富有强烈"异化"色彩的翻译策略也正是中日文学交流极度不平衡状态下一种合符逻辑的选择。

---

① 〔日〕川口久雄编『幕末・明治海外体験詩集海舟・敬宇より鴎外・漱石にいたる』、大東文化大学東洋研究所 1984 年版。

第四章

改写与派生文学论

在描述敦煌文学日本传播史的时候，笔者使用了"传衍"这一古语。传衍，传播延续扩衍之谓也。这里借用的是一个旧词，

为了描述在日本传存的各种敦煌文学文本，笔者曾经按照它们与敦煌保存的原本的关系，将它们分为五级：

第一级是那些以抄本或者刻本的形式保存的本子，它们可以看做是敦煌本子的"分身"。

第二级是日本文学文献中引用或者引述的敦煌文学资料，姑且可以把它们看做敦煌文字的"影子"。

第三级是根据敦煌文学改写（日语称为"翻案"）或创作的作品，它们可以看做是敦煌文学的"化身"。

第四级是在敦煌文学的文体基础上发展起来的日本文学，如"愿文"，它们是敦煌文学的"亲戚"。

第五级是受到敦煌文学精神影响的作品，它们是敦煌文学的"苗裔"。

当时还指出，这五级文献的存在，并不限于敦煌文学。就中国文学经典在日本传播和影响的总体状况而言，除了这五级文献以外，各种翻译占有重要的位置。

图55 明治初期问世的《庆应水浒传》用水浒体写幕府末年故事

不难看出，中国文学就像一颗种子，经过日本文人学士的精心培育，滋生出很多富有日本民族特色的作品。从文化渊源来说，它们可以看成中国文学的衍生作品，或称派生作品。

衍生作品数量繁多，特色鲜明，是中国文学在日本传播的极为重要的特点。它们异彩纷呈的格局，在世界文学交流中格外醒目。就中国文学在域外的境遇而言，除了日本以外，只有朝鲜半岛、越南等少数国家和地区，可以看到数量可观的类似作品。而就目前资料保存之完好、研究之较为深入而言，日本方面又有显著优势。

这些派生文学既是中国文学传播的结晶，又是这种传播新的开始。它们在各自的接受群体中进一步扩大了原作的知名度，如以石投水，将涟漪和水波扩散到更远的原来对这些经典缘分浅薄的群体，激发起他们对原作的兴趣。接受者看到的起初是经过改造的姿容，其中有一部分人可能也就去寻找原作的译本，但是多数人可能将对衍生之作的印象认作原作的印象，在理解中包含着较多的误解，由此在接受者心目中创造出一个不同于原本的新形象（イメージ，image）。

第一节 "超译"论

从明治时代起，日本便有一种牺牲原作内容而迎合读者口味的"翻译"，名之曰"豪杰译"，或含有译者气壮如豪杰，可以对原作随意作为之意。现代又出现了所谓"超译"，虽然在对原作的动作上要收敛许多，但在译者对原作的积极改变上，也当属于同种性质。也有作者（有译者）把这种方法称之为"自由译"的。这里我们姑且以"超译"一语作代表，论述一些这一类作品中的中国文学经典。

在中国是否也有这一类作品呢？清末出现的一些翻译小说，将原作缩编，大部头厚厚的《基督山恩仇记》，变成了薄薄的小册子《炼才炉》，将主题改为救国需要人才。不懂英语的林纾译出大量西方小说，都可以算是"超译"的同族。不过从那以后，"信达雅"的翻译标准深入译者之心，这样译家凌驾于原作者之上的作法便鲜有所见。中日两国翻译传统的差异也切实反映到对原作态度和外来文化接受心理上。

一 超译与东西方文化悬隔

超译一词，不见于《日本国语大辞典》。最初使用这个术语的是日本学会出版社（アカデミー出版社）社长天马龙行（本名益子邦夫，学会出版社社长）。据说是他琢磨出来的一种翻译方法，它的概念是：注意力集中到作者想要表达什么，自然译成，让读者好读。天马龙行最初的超译实践，是他将《游戏教师》（*Master of the Game*）以《游戏达人》的书名出版，上下卷共热销750万册，成为红极一时的畅销书。这种翻译有时大幅省略原文，打乱原文的顺序，比起翻译来实际是"更为大胆的意译"，是一种翻案。学会出版社本来是出版西方小说意译的出版社，虽然这种译法遭到了明显脱离原文的批评，但有的原作者却明言对该社给予极大信任。该出版社对一系列西方作家的作品采用超译手法予以出版，常以"杰作"、"杰作中的杰作"、"最高杰作"作为其推出的"超译系列"的广告语。有些作品的销售量，远远大于同时期其它出版社出版的同一译作。"超译"之说，逐渐为出版界接受，类似《超译资本论》《超译佛陀》《超译尼采》等的书籍竞相登场，从对西方小说蔓延到对本国古典和中国古典的"超译"，出现了《超译万叶集》《超译古事记》《超译百人一首》以及《超译孙子兵法》《超译菜根谭》等书籍。

  超译比意译走得更远，不惜牺牲译文的正确性，而以读者好懂爱看优先。本质上是又一种改写，超译的作品，虽然其中可能不乏翻译的内容，但超译的产生在于对于原作某些方面的不满，试图改变原作的某些特征，甚至基本特征，以适应期待读者的需要。作者对原作不是亦步亦趋，只作些许补充或删减，而是企图通过与原作距离较大的自我创作的部分去影响读者对原作的理解。中国某位译者曾经说自己对信达雅的看法是，信五分，达三分，雅二分，那么超译就是达五分，雅三分，信二分了。

  首先，超译产生于作者对原作翻译效果的不满足。他们认为翻译对于自己面对的接受群体已经无效或效果甚微；或者翻译反而会增添读者对对象国文化的误解，自己不能不挺身而出，以自己的劳作取代翻译。斯诺在他编选与翻译的《活的中国》（*Living China*，英文版 1936 年由英国 GEORCE G. HARRAP & CO. LTD 出版，中文版 1983 年 4 月由湖南人民出版社出版）中指出："这些小说并不是'直译'出来的——如果'直译'是指一个中国字对一个英文字、一个短句对一个短句（不管读起来多么不通），……我在这里努力做的是传达每一篇作品的精神实质，是诠释而不是影印复制；我不但想用英文来传达原作的感情内容，而且还想烘托出存在于这种感情深处的理智信念。从中文'直译'，往往完全不可能做到这一点……那样也只能把西方读者认为中国人'离奇'的传说描得更重……在精神上、在内在涵义上对原作是忠实的，它把原作的素材根本观点以及它对中国命运所提出的问题，都完整地保留下来了。读者可以有把握地相信，通过这些问题故事，即便欣赏不到原作的文采，至少也可以了解这个居住着五分之一人类的幅员辽阔而奇妙的国家，经过几千年漫长历史进程而达到一个崭新而真实的思想感情……可以看到活的中国的心脏和头脑，偶尔甚至能够窥见它的灵魂。"[①] 这是西方作者面对西方读者对中国文化的误解，感到有必要超越翻译的实例。

---

  ① 〔美〕斯诺：《活的中国》，文洁若译，湖南人民出版社 1983 年版。

正像翻译存在语际翻译和语内翻译一样，超译也存在语际超译和语内超译。前者是超译外国作品，后者是用现代日语超译本国古典作品。田边圣子用现代日语改写的《源氏物语》，压缩了原文的内容，使故事更加紧凑，比原文更具有可读性。和歌部分没有译成现代语，保留了原作形态，而在大多数和歌之后，根据故事情节加上了旨在帮助读者理解的解释性文字，并且压缩了和歌的数量，只选用了一百三十首和歌。

超译的合法性曾经受到译家的质疑，但是超译在日本取得成效，又与日本接受外来文化的心理和习惯不无关系。诚然，西方作品会有很多与日本人阅读习惯和接受心理不相一致的地方，造成阅读的隔膜，这种隔膜可以采用积累阅读经验、逐步增强对那一文化和那一作品的理解来逐渐克服，这就是通过翻译的桥梁去实现理解的目标。超译的作者嫌这样的过程过于漫长，也不能变成当下的经济效益，不如将原作按照日本人的口味重新调制，让读者能够一饮而下。对于读者来说，听说到的西方名著马上能知其中大意，先睹为快，也是一种需要，虽然是不知其详，也算是略知其要，满足了追新求异的意愿。这些读者对原作本来面目的关心，已经让位于对其社会影响的关心，它们不以译文传达原文的精准度为意，而是要求快出好懂，不忌生吞活剥，唯恐落后于他人，这正是日本人接受外来文化惯用的做法，当然，当这种文化或成为人所共知的谈资的时候，再去从深度上认知它就成为社会需要，这时"超译"就不能不退出读者的视线，然而从人数来说，欲"知其要"者要数百倍于欲"知其详"者。超译一时可以成为畅销书，而翻译则难于进入畅销书之列，也就没有什么奇怪的了。可以说超译又是现代快餐文化的宠儿。

二 超译者的再生叛逆

超译的说法虽然出现在日本人对西方文学的接受过程之中，但对于外国文学的改写却由来已久。这种改写在中国文学方面，最有名的例子就是吉川英治在日本侵华战争期间以《三国志演义》为基础创作的长篇小说《三国志》[①]，这部书讲的是三国故事，而人生体验、写作手法和表述方式完全是现代的。

---

① 〔日〕吉川英治『三國志』、講談社1991年版。

大众小说家吉川英治的《三国志》从 1939 年到 1943 年四年间在报纸上连载，由于作品对原作大加改编，也被视为"翻案历史小说"。吉川英治把《三国志演义》看成一部民俗小说，其中描写的人物的爱欲、道德、宗教、他们的生活以及作为主题的战争行为、群雄割据的状况等，就是一副多彩的民俗画卷，它那生龙活虎般流动的画面，也可以看成是以天地为舞台，在壮丽音乐伴奏下演出的人类的大演剧。在具体处理上，因为现在的地名与原本所载地名，因时代而异，明白所在的地名加了注，不知何处的地名也相当多。登场人物的爵位官职等，可以大体上从文字上推断的就一依其旧，作者担心如果过于现代化的话会失去文字所特有的色彩和感觉。谈到自己的创作方法，吉川英治说：

> 原本有《通俗三国志》《三国志演义》等几种。我不是依照其中哪一本，而是随时择其长处，照自己的意思去写。一边写，一边想起少年时热读久保天随的《演义三国志》，直到三更、四更还在灯下猛读，父亲吵着让我快睡。本来要品味《三国志》的原味，就要读原书，而今天的读者，耐不住它的艰涩，而且因为一般所追求的目的和意义，也大相径庭，斗胆顺应书肆的希望再订上梓。①

或许正是因为吉川英治本人并不是一位中国文学研究者，而是一位新闻记者，才敢于对原作大加斧钺。本身所依据的，甚至不是《三国志演义》的原本，而是江户时代湖南文山的译本和明治时代久保天随的译本。然而，《三国志》却引起了强烈的反响。可以说，吉川英治正创造了一种新的普及中国古典小说的形式。但是虽然没有超译这一名称，但吉川英治的《三国志》可以说与天马龙行的超译异曲同工。

这种作法，引起了一部分中国文学研究者的反感，由此引发了关于翻译问题的讨论，话题从这部作品的评价延伸到翻译的可能性论争。1944 年日本《学海》杂志上吉川幸次郎与德国文学研究者大山定一关于翻译问题的往来书信发表，收于筑摩丛书之中，因为两人都住在京都，同为学界泰斗，故题

---

① 〔日〕吉川英治『三國志』一、講談社 1991 年、第 4—5 頁。

为《洛中书问》。争论是由吉川幸次郎所译歌德的《旅人夜歌》引起的。吉川幸次郎称扬明治时代森鸥外、上田敏的译作，针砭昭和时期的翻译，最后归结为不可译论。

吉川幸次郎说："对于外国文学研究者，翻译不过是余技。"因而，"所谓翻译，总之是方便，是为给童蒙看到"。另一方面吉川又与主张"逐句直译"的大山对立。大山认为"诗歌的翻译就应该是诗歌，小说的翻译就应该是小说，戏曲的翻译就应该是戏曲"。① 认为翻译就必须是翻译者——文学者成就的一种翻译文学。大山主张的是响当当的作为文学作品自立的翻译，而吉川幸次郎则认为文士和学人（学者）作用不同，学人应该彻底做翻译机器。

吉川幸次郎说："日本读者，这种翻译方法好懂，这种意识应当受到抑制，至少眼下应当受到抑制……注入超过原文的明晰度，还是超过原文的文学性，这种意识作为文士翻译尚且不论，作为学人翻译，特别应该受到抑制，因为那会遮蔽真实，作为学人就是莫大的罪过。"② 吉川幸次郎是主张翻译的忠实原则的，不允许为了让作品更为清晰而对原作动手术，也不赞成对原作做内容上的压缩。

在同一年代，中国并没有出现吉川英治那样的作品，但对古典文学的白话改写却早在20世纪初期就已经出现，由于没有与翻译标准之类的问题搅在一起，也就没有过多引起翻译界的抗议。其实，超译就是改写，是一种文学创作，只不过依附了原作。依附度有高有低，但对原作的再生叛逆却是其诞生的动机。在文学交流中，超译担任的角色与翻译不尽相同，所以也不存在两争高下的问题。如果硬要用翻译的标准来看待超译，那么超译只有死亡；而要用超译的读者反映和市场效果去矫正翻译的标准，那么翻译也只能死亡。不如让他们各擅其长，而又相互观照。

像《三国志》这样的作品，应该说是原作的派生作品，而不能说是翻译。

---

① 〔日〕吉川幸次郎、大山貞一『洛中書問』、秋田屋1946年版。築摩書房1974年版。
② 〔日〕吉川幸次郎、大山貞一『洛中書問』、秋田屋1946年版。築摩書房1974年版。

三 超译放大了古典与现代相通的部分

超译作品有大有小，大者如吉川英治的长篇小说《三国志》，小者如一首诗，一段文字。但作者的头脑中都最强烈地意识到面对的当代读者，特别是青年读者的接受能力和欣赏趣味，追求新观念、新表述，时尚、轻松、有趣。

山冈洋一在《翻译应寻求的问题》中讲了一段和大牌出版社社长就翻译读物的出版问题的谈话。出版社社长抱怨现在的大学生不读书，以前的大学生喜欢读难懂的书，而现在稍难读懂他们就不读了，所以就要出版好读易懂的书，这是很困难的事情。他自己当编辑的时候根本没注意到这个问题，可一旦当了社长，担负起计算成本的任务，他就痛感到不能只想供给了，必须要考虑需求。要着眼于第一次花钱买书、1年买1本或2本书的读者，出版他们喜欢读的小说，这种社会发展动态只要稍加留意就可以看到①。

善说故事的原作，最宜超译。《庄子》就是其中之一。江户时代的《田舍庄子》已经做了改作的尝试，当代喜欢《庄子》的作者，也乐意替庄子把他的故事讲给今天的年轻人听。下面是《庄子·徐无鬼》中一段故事：

> 庄子送葬，过惠子之墓，顾谓从者曰："郢人垩慢其鼻端若蝇翼，使匠石斫之。匠石运斤成风，听而斫之，尽垩而鼻不伤，郢人立不失容。宋元君闻之，召匠石曰：'尝试为寡人为之。'匠石曰：'臣则尝能斫之。虽然，臣之质死久矣。'自夫子之死也，吾无以为质矣。吾无与言之矣。"②

网络上刊出了这样的超译：

> 最大のロゲンカ友達だった惠子（けいし）の葬式に出席した荘子は、帰り際にその墓を振り返りつつ、傍らの人にこぼした。

---

① 〔日〕山冈洋一「いま翻訳に求められていること」、『翻訳とは何か—職業としての翻訳』、日外アソシエーツ2001年版、第1页。

② 郭庆藩辑：《庄子集释》第四册，中华书局1982年版，第843页。

「なぁ、あんた、こんな話を知っているかい？

昔々、郢（えい）という国に大変腕のたつ左官がいてな。

そいつに壁を塗らせたら、実に天下一の美しい仕上がりだったんだ。

ある時そいつは、壁を塗り終わってから仕上がりを確認したところ、上の方に小さな窪みがあるのを発見した。

気泡が入ってしまって、その痕が残ってしまっていたわけだ。

いまさら脚立をだしてくるのも面倒だと思ったのか、そいつはその壁を塗るのに使った土をひとつかみすると、そのくぼみに向かって投げつけたんだ。

投げつけられた壁土は、ビシャっと広がってその窪みを見事に埋め、完全に平らな表面に仕上がった。

まさに絶妙の技だな。

ところが、その壁土がちょっとだけはね返ってきて、ちょうどハエの羽みたいな感じに、そいつの鼻の頭にくっついたんだ。

それを見ていた同僚の大工、「オレが取ってやるよ！」というと巨大なオノを取り出すと、そいつの顔面めがけて振り下ろした。

オノはゴオっとうなりをあげながら鼻先を通過し、くっついていた土だけをスッパリと削り取った。で、鼻の頭に傷ひとつつかず、そいつもまた顔色ひとつ変えなかった、と。

その後しばらくしてから、その話を聞いた王様がその大工を呼び出して、「オマエ、凄いワザを持っているんだってな！　ひとつやって見せてくれ！」と依頼したんだそうだ。

すると大工はこう言ってそれを断ったとか。

「王様、あれは顔面にうなりをあげてオノを振り下ろしても顔色ひとつ変えないでいられる彼あってのワザだったのです。

そして、残念ながらその彼はもうずいぶん前に死んでしまいました。」・・・オレももう、これからは妙技のふるい様がなくなっちまった、ってわけだな。」

如果将这一段再译为汉语：

庄子出席最大的拌嘴朋友惠子的葬礼，回来时路过他的墓，对身边的人说：

"唉，你知道这个故事吗？很久很久以前，有个技艺超群的泥瓦匠。叫他泥墙的话，那就是天下第一的漂亮墙啦。又一次他泥完墙，看看全都泥好了，却发现上头有一个小窟窿。那是进了气泡留下的痕迹。他嫌再去架梯子麻烦，就抓起一撮泥墙的泥巴，朝那个窟窿甩了上去。甩上去的泥土一下子散开，天衣无缝地堵上窟窿，表面上平平展展的。真是技艺高超啊。

不过，那墙土有一点弹了回来，就觉得像是苍蝇翅膀似的落在了鼻子上。一起干活的一个木匠说：'给我拿斧头来！'那人接过一把斧头，朝那家伙的脸上挥去，斧头飕地一声过了鼻尖，一下子就把土削得干干净净。

过了些日子，大王听说了这件事，让人叫来那个木匠，吩咐他说：'你的本事可真不得了，给我再来一把吧！'

木匠就这样回绝了他：

'大王。那是对那人的本事。斧头飕地举起来他脸色也丝毫不变。遗憾的是他已经死了。我也就没有那个本事了。'"

这种翻译虽然有改写的成分，但距离原作毕竟还不算太远。还有一种情况就不同了，虽然作者标榜是某一中国作家作品的翻译，却不说明出自何人何作，很有可能就是作家自己的创作。例如诗人、翻译家中桐雅夫（1919—）的诗集《会社的人事》中有一首《戏诗——某中国诗人之作的翻译》：

　　戯詩　　　ある中国詩人の作の翻訳
　　とうに五十は過ぎたが未だ天命を知らず
　　とんと衰えぬ口耳の欲
　　住むところは陋巷ながら
　　一箪の食、一瓢の飲ではとてもとても

　　寿喜焼きを食いたいと思うただけで
　　バブロフの犬の如くに涎だらだら

飲めば夜明けまで飲んで飲まれて
年来の友の憫笑をかっている俺の昨今

皇帝何するものぞと思ったはいつのことやら
アンソロジーに選らばれだけで相好を崩し
天下一流と煽てられると拙い字でサインする
女房も読まぬ詩をよく飽きもせず書いてきたもの
錆びた剃刀は棄てられるのが運命
いまは望む、残る人の記憶に残らないことを①

　　早就过了五十还不知天命／一点也没有衰减的口耳之欲／住的地方虽是陋巷／一箪食、一瓢饮也好得意
　　吃就想吃点寿司饭／像巴甫洛夫的狗那样欲滴垂涎／喝到天亮还在推杯举盏／招来老友悯笑的我的昨日今天
　　想皇帝是干啥的是啥时候的事儿／一被入选集子就乐得眉开眼笑／让人忽悠说是天下一流就一笔臭字签名／连老婆都不读的诗写个没完没了／生锈的剃刀挨扔是命中注定／现在指望，不要在剩下来的人的记忆里泡。

诗中写道的是诗人中桐雅夫当下的生活，自嘲和调侃自己的老而不知天命，用他人的眼来看自己，所喜所爱都显得微不足道和可笑可悯。或许中桐感到自己的心境冥冥中与某位中国诗人相通，故而借用译诗之名以吐露心声。不过，他或许确实以为自己的情感会在某位中国诗人的作品中读到过，也不能说与中国诗歌一点关系也没有。

类似的还有诗人三好丰一郎（1920—1992）的一首《戏译寒山诗百首》：

わしをくさして客は言ふ
あんたの詩なんぞやくたいもない
わしは答へる

---

① 〔日〕中桐雅夫『会社の人事　中桐雅夫詩集』、晶文社1980年版、第22—23頁。

昔の人を見るにつけ
貧賎なんぞ恥としとらん
わしの言葉をせせら笑つて客は言ふ
なにをのんきなことをおつしやる
あんたは当今の世を知らにやいかん
銭よ銭　銭儲けこそ第一ぢや①

四　超译小视原作的局限和形式束缚

《老子》的英译本足有七八十种之多，这可不是一个小数字。从二十世纪初开始，西人突然感到身边冒出那么多动摇人的安全感的东西，就想到到东方去找回些什么，当然也有东方人在那里起劲地向他们推荐，于是"TAO"（道）和"ZEN"（禅）就成了两个知晓者不算少的新词。不少金发碧眼的学者，津津有味地在那里谈道说禅。这股潮流到了20世纪末年，竟又来了个"转口贸易"，一直流到了中国身边的日本。加岛祥造的书就可作证。

图56　伊那的老子加岛祥造

---

① 〔日〕三好豊一郎『詩集　寒蝉集』、書肆山田1989年版。

加岛祥造（1923—），早年留学美国，回国后在大学任教，搞福克纳小说翻译，出过《倒影集——英国现代诗抄》《坡诗集》，为了赚钱也翻译过一些侦探小说。做这些事情，拿他自己的话来说，50岁以前是"用脑不用心"。一个偶然的机会与《老子》邂逅，竟使他的后半生与老子结下不解之缘。他翻译的《老子》，包括《道——老子》《道——再生的老子》等，围绕《老子》还撰写了《心灵哟，到这里来吗?》《同老子度日》等随笔①。

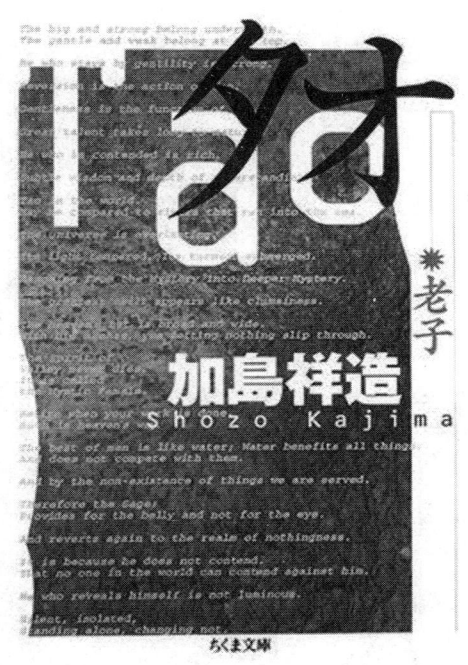

图57　加岛祥造《道——老子》

作家中野孝次和加岛祥造做过一次以《寻求灵魂的故乡——亲近汉诗、老子》为题的对谈，就谈到，接触《老子》之后，加岛自己的诗歌语言也显得更为自如了。而加岛则一再强调倾听老子"声音"的重要，声音出自气息，气息出自活的生命，听取潜藏在文字中的声音，就是感受生命的气息。

---

①　王晓平:《日本中国学述闻》，中华书局2008年版，第223—229页。

加岛从老子的声音中，听出了什么？

他说，老子讲的是人的宇宙意识与社会意识的均衡，也就是说，他的左手向着什么也抓不到的天空张开，右手则紧紧拽住抓得紧的大地，老子的话里就能感受到这种巨大均衡，人也就感受到舒适安定的心情。

他说，老子从这种巨大均衡的角度，向人过分的行为发出了警告。例如，近世以来的欧美社会，所有、主张自我、支配这样三种态度，人与人、国与国都在争抢优势，这些如今也都波及日本。老子的时代也是如此，他对此抱着警惕，多次说要"不争"、"自足"，这些话现在不仅对个人有用，也可以说是对世界、对全体的警告。

正是出于对今日世界中《老子》中的"老子"所做的如此定位，加岛祥造决定了自己的"翻译"策略。他并不强调要给现代读者一个原汁原味的苍老的老子，而是一个熟悉现代社会病，能够与今人做朋友的老子。他把"圣人"译作"继承道的人"，在译文中还出现了组团旅游之类不可能见于古代中国的词语。在下面的译文中，出现了游乐场的观览车：

> 遊園地の大きな遊覧車を想像してくれたまえ。
> たくさんの輻柱（スポーク）が、
> 中心の轂（コシキ）にはまっている。
> この中心の轂（コシキ）は、空っぽだから
> 沢山の輻柱（スポーク）を受けとめられるんだ。
> そして大きな車を動かす大切な軸になっている。
>
> 土をこねてひとつの器を作る。
> 中がくり抜かれてうつわになっている。
> うつわな部分があってはじめて、器は役に立つ。
> 中までつまっていたとしたら、何の使い道もない。
>
> 家の部屋というものは、当たり前のことだが
> なかに空間があるから有用なのであって、
> 空間がぎっしりつまっていては、使いものにならない。

この空間、この空虚、
それ部屋の有用性なのだ。

我々が役立つと思っているものの内側に、つねに
空のスペースが、あるということ。
この何もない虚のスペースこそが
本当の有用さだ、と知ってほしい。①

　　请你想象／游乐场的大观览车／一根根辐条／出自那车轮中央／中心车毂空空／承受着一根根辐条／才让那观览车转动顺畅
　　和好粘土／来做杯盏／杯盏一定／中间要有个空膛／中间空空／才好用来盛装酒浆／中间不空／什么用处也说不上
　　同样／谁家都有房／那房要空旷／要是不空／塞它个满满当当／人不能住，物不能藏／空空的房／是家的用场

　　上面翻译的就是《老子》第11章："三十幅，共一毂，当其无有，车之用也；埏埴以为器，当其无有，埴器之用也；凿户牖以为室，当其无有，室之用也。故有之以为利，无之以为用。"仔细对比原文和译文，加岛似乎和韦利的翻译原则接近。韦利认为，意象是诗歌的灵魂，在翻译时增添和删减都是不行的，应该灵活处理的是它的韵脚、节奏和声调。加岛只是在意象上动了一下小手术：将车具体为游乐场的观览车，将器具体为杯盏，这一具体很成功，给人印象顿时鲜明起来。比起原作，他的译文似乎失去了很多，但也获得了不少，而最重要的收获是古远的老子变得可亲起来了。
　　加岛说他工作的根本动机是把与老子共鸣的东西，在头脑中不加干扰地想法子再现出来，也就是说老子从他的共鸣中再生之后，自己的作用就完结了，后来就转移为老子与读者自身的关系，由此产生共鸣的磁场，那么作为译者也就消失了。他所译各章都比作空杯，等着注入老子的话语，要让饮用注入其中的老子话语的人，意识不到杯盏，饮者与被饮者相融无碍，自己的

---

① 〔日〕加岛祥造『タオ　ヒア・ナウ』、株式会社パルコPARCO出版。2006年版、第26—27頁。

使命正是创造这样的磁场。读他的译诗，几乎见不到将口语打散、装饰、倒装等变形的痕迹，要的就是和读者促膝谈心的效果。

毕业于上智大学法学系的新井满的翻译策略与加岛祥造十分相近①。新井满有作家、词作家、摄影家、环境影视策划等诸多头衔。他曾经担任过长野冬奥会开幕式导演。他的小说《来访者时间》曾获芥川奖。2003年发表的摄影诗集《我为千里长风》反响强烈，他制作的CD、影集、DVD、画册等，畅销不衰。而最近刊行的是画本诗集《我为千里长风·千寻的天空》（讲谈社）。

他出版的书可以称为"自由译"系列。这包括《自由译·般若心经》、《自由译·十牛图》等。虽说是"自由译"，但新井满仍然给自己定了两条原则，那就是一、绝对严守作者的概念；二、尽可能转换为明白易懂的日语。

逐字译，就像是地下爬行；逐句译，就像是双腿走路；整体意译，就像是乘车行船；自由译，就像是天马行空。新井满的翻译就算得上飞在天上的翻译了。其实，翻译者的选择，很大程度取决于对原作的理解，而对翻译者选择的认可，也取决于翻译批评者对原作的理解。假如你把作品仅看作用文字连接的线条，那么，你就会只承认逐字译；假如你把它还看成展开的画卷，那么你就能接受逐句译；假你把它再看成一个风云变幻的世界，那么你也会欣赏新井满这样的飞马似的翻译。经典，应该是不同时空的人们都能够解读的世界，尽管他们的解读可能千差万别，译者也只不过是记录了其中的一种解读。古人和今人，不同民族的人，心灵既可相通，而又相异，采用"自由译"的译者，更多着眼于那些相通的部分。

在新井满的学生时代就爱读孔子和老子，走上社会以后就两者交替来读，上了年岁，读老子就多于读孔子。他说，孔子、老子都很了不起，但为了活得更好来读的话，他们拿手的守备范围是大相径庭的。那么，该怎么来读呢？他说，上班时，起作用的是孔子；下班以后，老子就很合适。更进一步说，在人生设计上，60岁以前不妨用孔子原理；退休以后，就该用老子原理了，不，从更年轻些的时候，就选择老子式的活法为好。这是因为老子讲的是"生命哲学"，这是一个"构成所有思想哲学基础的最重要的课题"。老子用

---

① 王晓平：《日本中国学述闻》，中华书局2008年版，第230—235页。

犀利的"反说式"的逻辑打破了我们常识性的人生观，教给了我们"真正自由幸福的人生智慧"。

他将孔子原理和老子原理，说成一个是上班用的，或者60岁以前用的，一个是下班用的，或者60岁以后用的，看来实在太"机会主义"了，真是"两样货色齐备，各有各的用处"。不过，新井满的译诗，不是给哲学家看的，也不是给政治家看的。《自由译·老子》是为自己翻译的，也是为和自己一样的"团块世代"翻译的。

所谓"团块世代"，是指日本刚战败生育高峰期出生的那些人。这些人，经历了童年时的物质匮乏、青年时候的政治风潮、中年时候的经济高速增长和老年时代的"泡沫经济"崩溃，2007年迎来了退休高峰。这样的经历，铸就了他们埋头猛跑收不住脚的生活惯性。面临退休，反而不知所措。根据日本报纸的调查，他们中的80%以上的人，仍想继续工作。对于大多数人来说，与其说是迫于生活压力作出的选择，不如说他们更喜欢劳碌不休的日子，更陶醉于岗位上那种受人敬重的氛围。然而，岗位能都留给他们吗？

新井满出生于1946年，也正是"团块世代"的一员。"过了60岁，该怎么活法？"同样的焦虑，早早就令他迷惘。经过很长时间，他说他终于找到答案："好啊，就跟老子一起走吧！"所以，他翻译的《老子》，也更适合于那些即将告别职场走出工薪族大军的老年人去读。

新井满认为，老子和释迦牟尼的哲学思想有很多相通之处。他理解老子的"道"，就是生命，"德"就是爱。人怎样才能活得舒畅，活得坦荡？活得无欲，活得谦虚，活得不争，活着做贡献，这就是《老子》告诉我们的诀窍。其实，《老子》中讲"道"的地方很多，远不是这么简单。第1、14、21、25、34、35等章都在讲"道"，但对于一般人来说，分于各章，不免暧昧，一处读不下去，便会丢开书本。新井满把5千余字80章的《老子》重新归了一下类，相互联系的放在一起，编为18章，《老子》说："持而盈之，不如其已。揣而锐之，不可长保。金玉满堂，莫之能守。富贵而骄，自遗其咎。功遂身退，天之道。"新井满从中读出了功成身退思想，《自由译·老子》第5章《劝身退》：

　　器に水をそそいでゆく

どんどんそそいでゆく
とうとう満杯になる
それでもやめず、なおもそそいでゆく
どうなると思う…?
当然のことながら
水はあふれ出てこぼれ落ちてしまう

☆

出世の階段を登ってゆく
どんどん登ってゆく
とうとう頂上に登りつめる
頂上の景色はすばらしく良いだろうね
景色を眺めているうちに欲が出てくる
いつまでもこの場所にいたい…
そう思うようになる
ところが
いつまでもいられない場所が頂上でね
ぐずぐずしてうちに
ころげ落ちてしまうものなのだ

☆

いいかね
頂上をきわめても
得意になってはいけないよ
思い上がってはいけないよ
そんなことをしたら
部下たちに軽蔑されて
足をすくわれてしまうぞ
競争相手にうらまれて
引きずりおろされてしまうぞ

☆
では、どうしたらよいのか…?
頂上をきわめたら
下山すべき潮時を
すぐに考えなさい
高い地位にいつまでもしがみついて
恋々としてはいけない
やるべき仕事をやりとげたなら
さっさと引退しなさい
それが"道(Dao)の人"の
生き方なのだよ①

你往杯子里倒水/咕咚咕咚往里倒/终于倒满了/不行,你还要倒/你想会怎么样/当然啦/水就溢出来啦/你想出人头地往上爬/嗖嗖嗖往上爬/终于攀上了山顶/山顶风光绝佳/眺望美景,你又生想头/永远站住不走了/然而这不是什么时候都能呆的地方/就在山顶上/你磨磨蹭蹭的当口儿/就咕咚咚滚下山崖好极啦/就是你攀上山顶/也不要得意/不要头大/如果那样的话/部下会小看你/抄起脚把你掀趴下/竞争对手恨你/把你一把拉下马么么,该怎么办呢/上了山顶/该下山的时候啦/马上想想/别丢不开放不下/如果你高高在上/做了该做的事/就利利索索引退吧/这就是"道"(DAO)的活法。

有时,新井满还对《老子》的思想加以某种程度的修正。比如,大器晚成是老子的说法,而新井满更进一步说大器无成,这是为了让自己理解绝对的完美是不存在的,应该永不满足地努力下去。同时,对他人,也就不能求全责备,而要采取宽容的态度:

忘れがたい特徴をもう一つ

---

① 〔日〕新井滿著『自由訳 老子』,朝日新聞社2007年版,第38—41頁。

彼は、他人に完全であることを望まない
ほころびや欠陥があっても動じない
その方がかかえって自然ではないかと思う
だから自分自身の成長にも
完全ということを考えない
大器晩成
この言葉をどう解釈すべきか…?
「大人物は、才能のあらわれるのは遅いが、
晩年になって完全する」
そのように解釈する人々は多いであろう
しかし、彼はそう解釈しない
そのような解釈は、不遜だと思う
彼は、こう考える
そもそも完全などありえないのだ
完成するような大器は、真の大器ではない
真の大器とは、晩年になっても完成しない
つまり永遠に未完成なのである
そんなことを思いながら
水のように
風のように生きてゆく
ゆったりとおおらかにね
それが道（Dao）に目ざめた指導者の
生き方なのだよ①

　　难忘他又一个特征／不指望别人是完人／即使有破绽有缺陷／反以为那更是常情／所以自己的成长／也不考虑完成／"大器晚成"／这句话该如何解释／大人物，才能显露得晚／到了晚年才完成／这样解释的人想来不少／

---

① 〔日〕新井滿著『自由訳　老子』、朝日新聞社 2007 年版、第 66—67 頁。

但是，他并不这样解释/他想/不会是即将完成/完成的大器，不是真大器/真大器，到晚也不完成/也就是永远未完成/这样想着/像水一样/像风一样/舒畅、坦荡/这就是"道"（DAO）的领导者的活法。

图58　新井满《老子　自由译》

从翻译方法来说，新井满很像加岛祥造，而且他们似乎不约而同选择了《老子》。他们对"道"的理解，其实就是平和地接受现实，平和地顺应环境，平和地面对压力和磨难。"像水流那样，像风行长空那样生活吧"是《自由译·老子》中最重要的话之一。对于承受着巨大生活压力的现代人来说，虽不能说这都是消极被动而缺乏进取精神的，但饱经风霜而又因离开社会主流心怀失落的老者，比起还在职场拼搏的青年人来说，肯定会更能理解他的那些诗句。这些正是他心目中的读者群。这种面对特定读者群体的翻译，与现代广告制作有某些共同点，看起来它们都像是瞄准自己的"小众"对象，而恰恰是这种目标集中的运营，可能使其传播效果并不逊色。

对于加岛祥造和新井满天马行空式"自由译"，至今似乎没有日本学者出来抨击，说他不合翻译规范啦，不够忠实于原文啦，反而有濑户内寂听那样的名人出来推荐，说它可以感动那些不熟悉经典的人们。日本人在接受外来文化的时候，本来便不太计较自己吸收的那些东西之间本来具有的矛盾，或者说惯于将本来彼此矛盾的东西摆在不同的地方，让它们互不相扰，所以，既不在意新井满的孔子原理老子原理"上班下班论"的"机会主义错误"，也不在意他的翻译和学院派翻译的异同。加岛祥造和新井满的翻译，让与中国的先哲们渐行渐远的现代日本人，唤回古代日本人品味中国经典的记忆，无论如何，也是好事情。

中国文学超译作品，都得益于中国文学激发的灵感，进而希望将它的魅力再生于现实社会。这些中国文学派生作品或称"衍生文学"的涌现，实际上证实了它们对当代异国作家的激发和启示力量，宣示了中国文学的生命力。参与这类创作的，不仅有中国文学研究者，也有新闻记者、翻译家。

同样自称为"自由译"的，其实"自由度"大不相同。"自由译"有时也就成为逃避"忠实"质疑或苛责的一种盾牌。

以前这类作品都刊载在报刊或以单行本的形式出版，今天在网络上也可以读到。下面是见于日本网络上署名"tiandao"（疑为"天道"的拼音）的熊本县的作者对杜牧两首诗歌的"自由译"。

  代人寄远其二　人に代わりて遠きに寄す　其の二
  绣领任垂蓬髻　繡領（しゅうりょう）は　蓬髻（ほうけい）を垂るるに任（まか）し
  丁香闲结春梢　丁香（ていこう）は　閑（しず）かに春梢（しゅんしょう）に結ぶ
  賸肯新年归否　賸（まこと）に肯（あ）えて　新年を帰るや否（いな）や
  江南绿草迢迢　江南（こうなん）は　緑草（りょくそう）迢迢（ちょうちょう）たり

自由译：

刺繍の衿に鬈を散らして垂れたまま
春の枝先に丁子はひっそりと蕾をつける
年が明けたらほんとにもどってくださるの
緑の草は江南に見わたす限り生えそうろう

及第后寄長安故人　　及第後　長安の故人に寄す

东都放榜未花开　　東都（とうと）の放榜（ほうぼう）　未（いま）だ花開かず
三十三人走馬廻　　三十三人　馬を走らせて廻（かえ）る
秦地少年多办酒　　秦地（しんち）の少年　多く酒を弁（べん）ず
却将春色入关来　　却（すなわ）ち春色を将（も）って　関（かん）に入り来（きた）らん

自由译：

春まだ浅い洛陽で　　　　合格者の名前が発表された
新進士は三十三人　　　　馬を飛ばして都へ向かう
長安の友人たちよ　　　　酒の準備はできたであろう
浮き立つ心で関門を通り　つぎの関試もひと飛びだ

第二节　翻案论

"翻案"是日本历代文学家迅速利用中国小说艺术成果的独特形式，就是以中国小说（或故事）为原本，取其主题、情节、人物关系等，换上日本的名称，或改以日本历史环境为背景，重新联缀成篇。这种形式出现于奈良、平安时代，盛行于室町时代，十七、十八世纪又成为借用中国白话小说以满足江户市民对新文学渴求的应急手段。在长篇读本中，也有部分穿插中国小说翻案的，如曲亭马琴《椿说弓张月》中便利用了《五杂俎》的猴乱故事翻案，篇幅大为扩充；也有整部作品依傍中国小说，以中国故事结合日本史实编写的，如山东京传《忠臣藏水浒传》，是将《水浒传》中高俅林冲的矛盾、武松打虎、鲁智深拳打镇关西、宋江杀阎婆惜、智取生辰纲等故事与日本历史上的赤穗义士的故事揉合在一起写成。《三国演义》的翻案也很多，有《风俗女三国志》《三国志画传》《倾城三国志》《五虎猛勇传》《风俗伊势物语》等。连与《西游记》有关的也有《风俗女西游记》《绘本西游记》《金昆罗船利生缆》等多种。

翻案是日本文化中模仿力的体现，带有鲜明的日本文化特点。岛田谨二在《翻译文学》（1951）中说："在创作方面，明治大正时代究竟产生了多少有价值的东西呢？谈就谈夏目漱石，谈森鸥外，他们无疑是一代巨匠，它们到底有多高的价值呢？……斗胆说，明治大正时代的特色，从西方文化处于日本文化中心这一根本事实来看，甚至不能不认为'翻案'、'翻译'比起'创作'产生了更代表那一时代的有趣性而且更有价值的东西。"①

1951年基亚在其所著《比较文学》中提出对译作的研究可以帮助我们了解译者情况时说："水平最差的译者也能反映一个集团或一个时代的审美观，最忠实的译者则可以为人们了解外国文化的情况作出贡献，而那些真正的创造者则在移植和改写他们认为需要的作品。"② 在江户时代几乎所有的戏作者都在某种程度上从事过"翻案"活动，这为中国文学，特别是明清小说进入日本缔造了氛围，它的精神影响延续到明治时代。明治初年不少西方文学作品也被以类似的方法移植到日本。近现代作家对翻案的认可和熟悉也是和日本江户时代以来大翻案传统一脉相承的。

一 "翻案"和"本歌取"

"翻案"一词，本来是中国诗歌创作论中的术语，所以最先接受的自然是汉诗人。在汉诗批评中，将对原诗加以改动以表达新的内容的方法，称之

---

① 〔日〕龟井俊介编『近代日本の翻訳文化』、中央公論社1994年版、第5—6頁。
② 〔法〕基亚：《比较文学》，颜保译，北京大学出版社1983年版，第26页。

为"翻案",这和杨万里《诚斋诗话》中视东坡"何须更待秋井塌,见人白骨方衔杯"为杜甫诗句"忽忆往时秋井塌,故人白骨生青苔"的翻案,意思是一样的。例如十四世纪成书的《三体诗抄》中有这样的说法:

> 公道世间惟白发,贵人头上不曾饶……东坡所作"白发进来渐不公"诗即翻案此诗。

"翻案"一词用于和歌,见于《太平记》卷7《千剑破城军书》。书中写大战即将停止,各方军队各守其城,无以再进,这时有人吟咏和歌一首,"此歌翻案一首古歌,被张贴于大将阵前",这首和歌是:"よそにのみ見てややみなん葛木の高間の山の峰の楠"①,而它只是将《新古今集》恋下佚名所咏的一首和歌"よそにのみみてややみなんかづらきやたかまの山の嶺のしら雲"中的"しら雲"改为"楠"。

这种翻案,以诗文、和歌为对象,同所谓"本歌取"无异。

在《前摄政家歌合》中,将"翻案"视为一种创作方法,说:"在另一体中,照原样使用本歌的词语,而表达不同的心境,诗家将此称之为翻案。"

二 翻案是文学"归化"的快捷方式

在研究中日文学交流或日本文学史的书籍中,"翻案"都是不难碰到的词语。日本不少辞书都将"翻案"列为词条,说明"翻案"不是绝无仅有的无意义的个别现象,而是因为对学界来说具有相当的认知度,因而有必要提出加以界定,但是各种辞书的界定却又有微妙的差别。下面是几种主要辞书的解释:

改变他人作品的结构情节,以及这样的作品。(《大言海》)
根据原作趣向进行改作。(《明解国语辞典》)
改变前人作品的趣向,特别就小说、戏曲而言。(《广辞苑》)
小说、戏曲等,启动原作,不改变大情节的改作。(《大辞林》)
对本国古典或外国小说、戏曲的大致情节、内容作人情、风俗、地名、

---

① 〔日〕長谷川端校注翻譯『太平記』(1)、小學館1994年版、第344頁。

人名加以私意而惊醒的改作。（《日本国语大辞典》）

以上是一般辞书的定义。那么在专业辞典中是怎样解说的呢？

一句话，位于翻译与创作之间的文艺作品，称为翻案。（《日本近代文学大辞典》，木村毅）

在文学作品中，情节、结构、梗概借自他作，多少加以改变的改作。（《世界大百科词典》）

将外国文学的固有名词、风俗等，改为本国范儿以及内容脱胎换骨的作品。（《万有百科大辞典》）

这些解说对翻案概念的捕捉各有侧重。高岛俊男提出了满足翻案的三个条件：

1. 原据能够指出个别作品（不是《夏洛克·福尔摩斯故事》那样笼统的东西）。

2. 情节大体相同（不是"硬汉活跃波澜壮阔的故事"、"单身青年与大龄有妇之夫的恋爱"这样的作品或基本结构）。

3. 主要人物一对一地对应[①]。

尽管德田武对这三条还不满意，认为所说得面窄了些，但它大体概括了翻案的主要特点，将翻案与其它改写形式区别开来。本文探讨的主要只是将中国小说改编为发生在日本的故事，并在这个意义上来使用这个概念。从以上各种辞典的说解来看，在日本文学史上还有更多的翻案品类，让作品的背景和人物转换文化环境。

那么，从什么时候起，翻案出现在小说中呢？《源氏物语》有《史记》的影响，《松浦宫物语》有《汉书》的影响，但还不能称为翻案，汉诗题的和歌、《蒙求和歌》等也是同样。如果说见于《源平盛衰记》中的远藤武者盛远和袈裟御前的故事，是根据《列女传·京师节女》和唐小说《冯燕传》改写的话，那么从这个时候，翻案便出现了，不过，对此也有否定的说法。这样说来，与佛典相比，汉籍的影响是很小的，室町时代以前，唐白行简的《李娃传》在日本后光严时代被翻案成《李娃物语》，是很寂寞的。

---

① 〔日〕高島俊男『水滸伝と日本人』、大修館書店1991年版、第135頁。

三　戏作史大部分是翻案文学史

中世文化是佛教支配的文化，进入江户时代，逐渐转型为儒教支配，因而部分的翻案不计其数，成为文化史、文学史上醒目的现象。浅井了意的《伽婢子》（1666年，重印题作《御伽婢子》）是翻案之作，这连江户时代的人也有所觉察。

森岛中良（1754—1810）《凩草纸》（1792）序中说："《剪灯新话》《剪灯余话》两部，翻为国字，是为《御伽婢子》，从《古今小说》《今古奇观》《警世通言》《拍案惊奇》四部拔萃，作出《英》（《英草子》）、《繁》（《繁野话》）二书，此三篇之书，《御伽婢子》是为母本，作意之奇，作文之巧，翻旧如新。"①

汤浅常山《文会笔记》说："君修评曰，伽婢最少，好书也。《五朝小说》中故事润色者也。君修之友人小鹜好读之者也云。"

中国文言小说的序言往往竭力说明阅读这些作品对于世道人心的教化作用，它们总像是在面对"子不语乱力怪神"的信条面前为自己辩护。《御伽婢子》除了故事多为中国小说的翻案之外，序言也重复中国文言小说的思路：

> 伽婢子，松云处士之所著也。凡若干卷，概言神怪奇异之事，言辞之藻丽也，吟咏之繁华也，脍炙人口者不可胜言焉。《论语说》曰子不语怪神矣，兹书之作不免怀诈欺人之谤乎？云：不然。厥士之志于道者，搜载籍之崇阿。涵礼法之渊源，择言择行，积善累德而施不灭之名。若夫庸人孺子之不知读诗书，耳无博闻之明，身无贞直之厚，虚浮之俗，日日以长，偶闻精微之言，疾首蹙颡啾啾焉退。经典之沈深，载籍之浩瀚，譬如会聋而鼓之，何益之有？《伽婢子》之为书，言摛新奇，义极浅近，怪异之惊耳，滑稽之说人，寐得之醒焉，倦得之舒焉，是庸人孺子之所好读易解也。如言男女淫奔，则念深诫；幽明神怪，则欲核理。虽非君子达道之事，愿欲便庸孺之监戒而已。②

宽文六年龙集丙午正月下瀚　云樵

---

① 〔日〕森罗子『凩草纸』、1792年版、第1頁。
② 〔日〕松田修、渡邊守邦、花田富二夫校注『伽婢子』、岩波书店2001年版、第11頁。

《伽婢子》连书名都是一种翻案。

据考证，《伽婢子》中，出自《剪灯新话》的达 16 篇，《剪灯余话》的两篇，出自朝鲜《金鳌新话》的两篇，出自《五朝小说》中的多达四十五篇，有唐《梦游录》七篇，另外还有出自《说郛》等书的九篇，几乎全是翻案之作。不过翻案的方法，只是改变中国的地名和人名，大体追随原作的故事线，是比较单纯的翻案。

《伽婢子》中的《鲜红丝带》是根据《剪灯新话》中的《金凤钗记》翻案的。我们以此来看看翻案和翻译与原作的不同关系。

原文中妹妹深夜与姐夫幽会，劝说姐夫从根本上接受自己，一起逃奔：

> 妾处深闺，君居处馆。今日之事，幸而无人知觉。诚恐好事多磨，佳期易阻，一旦声迹彰露，亲庭罪责，闭笼而锁鹦鹉，打鸭而惊鸳鸯，在妾固所甘心，于君诚恐累德。莫若先事而发，怀璧而逃，或晦迹深郡，或藏踪异郡，庶得优游偕老，不致睽离也①。

《奇异怪谈集》中的《姐姐魂魄借妹妹身体成婚的故事》的相应部分是：

> 今まで人の知らざるは、まことにさいはひを得たり。かくの如き事には、魔の障りおほし。もし現はれて、老父の責めあらば、縁を絶し、眉目をうしなはん、我が閨奥深し。忍び出づるに、通路めぐりまがる。重々の関を出づるゆへに、身も心もやすらかならず。願はくは、玉を抱きて逃がれゆき、遠村に隠さんと思ふはいかん。②

《伽婢子》的翻案部分则为：

> 今までは人更にしらす。されどもことはもれやすければ、もしあらはれて、うきめをやみん。君我をつれて垣をこえて、跡をくらまし

---

① 〔明〕瞿佑等著，周楞伽校注：《剪灯新话》外二种，上海古籍出版社 1981 年版，第 25 页。
② 〔日〕吉田幸一编『近世怪異小説』、古典文庫・近世文藝資料 1955 年版、第 264 頁。

給へ。心すやく偕老を契らん。①

《伽婢子》68 篇几乎皆为中国小说的翻案。它被视为怪异小说的杰作和假名草子的白眉。在它问世之后，仿作续作相继，如 1671 年刊行有《续御伽婢子》、1683 年刊行有《新御伽婢子》等。

四　用中国小说构思为日本熟客写故事新编

  黄昏突然下了一阵雨，一位商人从奈良贩了棉花，正往大阪方向赶路。从后面赶过来一个八旬老人，请商人背他一程。商人把老人背到松树林，老人要置酒答谢。从老人嘴里不仅呼出了杯盏佳肴，而且还呼出一个妙龄少女。但是，在老人睡去的当儿，少女却从嘴里又呼出一个英俊少年。不过，在老人快醒来的时候，少女已经把少年吸入口中……

这是江户时代的大作家井原西鹤写的一篇故事，字叫《金锅存念》，收于《西鹤诸国故事》卷 2②。取故事结尾老人给商人留了口金锅做纪念之意。虽然西鹤将老人写成见于日本佛教典籍《元亨释书》中的生马仙人，结尾又给商人加了一段颇有和歌意境的梦幻描写，但是熟悉志怪小说的人一眼就看得出来，这是根据《续齐谐记》里的"阳羡书生"改写的，同类作品还有《灵鬼志》当中的"外国道人"，而它们又都出于佛典《譬喻经》。钱钟书把这类故事称之为"鹅笼意境"，比西人说的"连锁单相思"更富有诗意。

佛典中原没有鹅笼，只有吐纳的奇想。这个构思到了中国，变成了鹅笼意境，带上了明显的中国特色。那么这中国特色是什么？鹅笼意境妙在哪里？我国有学者指出，它已不像《譬喻经》那样单纯地以炫耀口中吐物吐人的法术为意，而发展到以幻中出幻的形式揭示人的感情世界的隐秘。

---

① 〔日〕松田修、渡邊守邦、花田富二夫校注『伽婢子』、岩波書店 2001 年版、第 48—49 頁。
② 〔日〕宗政五十緒、松田修、暉峻康隆校注『井原西鶴集』二、小學館 1973 年版、第 103—105 頁。

井原西鹤这是用阳羡书生的构思给日本人熟悉的生马仙人写"故事新编"。他的《武家义理物语》卷5第二篇《同一个孩子是丢是抱》，源出《列女传》中的《鲁义姑姊》；《怀砚》卷1的《人之花散疮苍山》很像《列女传》中的《梁寡高行》；《男色大鉴》中卷2的《东之伽罗样》，则很像唐传奇《离魂记》①。

读本作者是中国小说的流播最直接的收益者。读本之称，是以之前流行的以图为主、以字为辅的"画本"为母体的，"画本"是读图文化的标志，由读图到读文，是读者欣赏习惯的转变，这种转变的条件除了读者方面阅读能力的提升之外，更需文字内容积蓄足够的吸引力。中国小说的输入和刺激，特别是长篇小说的结构、人物性格的设定、叙述方式的转化、情理关系的统一，都成为读本作者模仿的对象。从文学样式来讲，读本正是"画本"与中国小说结合的产儿。

图59　都贺庭钟《古今奇谈前编英草纸》中《纪任重至阴司断滞狱》插图，据《古今小说》中的《闹阴司司马貌断狱》翻案

———————
① 〔日〕宗政五十绪、松田修、晖峻康隆校注『井原西鹤集』二、小学館1973年版、第380—385頁。

在所谓读本前期，图的比重还相当大，文是在阐释图的过程中壮大自己的地盘，这被称为"读本方法的修业时代"，即习作时代。这一时期的佳作，几乎全是中国小说的翻案，即将中国故事改名换姓、汉冠日戴、变风易俗，都贺庭钟的三部曲《英草纸》（宽延二年）、《繁野话》（明和三年）、《莠句册》（天明三年），三书二十七篇当中，主要改写自《古今小说》（《喻世明言》、《警世通言》、《醒世名言》），也采用了《青琐高议》中的《王幼玉记》中的情节。安永五年刊出的上田秋成的《雨月物语》，其中的《应梦鲤鱼》（原文作《夢応の鯉魚》，夢応，是日本语法，即应梦之意）写的是收录在《古今说海》的《鱼服记》、《太平广记》中的《薛伟》、《醒世恒言》中的《薛录事鱼服证仙》一类变形故事，而又将人物设定为见于《古今著闻集》中的人物兴义和当代画家葛蛇。上田秋成师出都贺庭钟之门，可谓青出于蓝而胜于蓝，在消化中国短篇小说技法和吸收日本文化元素方面都大迈一步，在他的作品中，《万叶集》、和歌、《日本书纪》、《源氏物语》的古典名著中的语汇，自如地穿插在那些脱胎于中国小说的人物的描写之中，翻案方法由此大为丰富。

对于当时的戏作者来说，翻案是消化中国小说技法最有效的手段，更是写书出书的快捷方式。早期的翻案者，多不避讳翻案的底本。如《繁野话》序言：

> 《手束弓》故事系任氏传奇，使好色之徒有所悔悟；《白菊》之卷乃假《白猿》《梅岭》之旧趣，说占卜之前数，励女教之名实俱全；《唐船》之弥言道尽聚散之悲欢；《望月》之寓说明龙雷之表里；《江口》之始末乃翻杜十娘，话侠妓之偏性，为子弟诫；《宇佐美》、《宇津宫》之战略，显军机之得失，乃示南朝不绝之古物语。①

以上明确点明，第三篇《纪关守灵弓一旦化白鸟》，粉本为沈既济《任氏传》，第五篇《白菊夫人猿挂岸勇射怪骨》，粉本为唐人小说《补江总白猿传》和明代《喻世明言》中的《陈从善梅岭失浑家》，第八篇《江口侠妓愤

---

① 〔日〕德田武、横山邦治校注『繁野話　曲亭伝奇花釵児　催馬楽奇談　鳥辺山調緣』、岩波書店 1998 年版、第 3 頁。

薄情怒沉珠宝》，粉本为《警世通言》中的《杜十娘怒沉百宝箱》。

云府观天步《栈道物语》是根据收于《醒世恒言》中的《张淑儿巧智脱杨生》翻案，作者自序中说："吾以为将中国世间故事，翻为我所见过之情貌，能使千里春风，馨香同兴，故以戏为便，改为本国土产，奉赠于含苞童子。"

《忠臣水浒传》山东京传序，说明了自己的作品出自《水浒传》的故事：

> 余栖遑市尘，营生之余读书，最好稗说。尝每检施耐庵《水浒传》，觉有类乎戏曲者也。遂翻思构意师直之秉权与高贞之获罪，比诸高俅及林冲，作《忠臣水浒传》。固是寓言傅会，然示劝善惩恶于儿女，故施国字，陈俚言，令儿女易读易解也。使所谓市井之愚夫愚妇，敦行善耳。观者恕焉。①

1781年伊丹椿园著《唐锦题辞》日文序，更对小说的渊源做了梳理：

> 小说以《夷坚》、《齐谐》为祖，宋孝皇令侍从日探民间奇事，以慰太上，通俗演义之一种始盛行，元之施、罗二子，极巧尽妙，大述斯道，至明渐盛，其书不遑枚举，虽曰作意之巧拙，文章之高下不等，然名公巨师，多好而玩之者。坐时读经书，卧时读小说。为多识蓄德之助，君子岂废之哉！博观稗官诸家，可谓如啖梁肉而弃胏醋，堂皇坐而废台沼。华人之厚嗜如此。于我国，紫媛可谓小说之翘楚，《源氏物语》首尾贯通，逼真写得人情世态，文章之艳丽，卓然今古，唯堪与《水浒》、《三国》匹敌。诸明公之评注纷纷，无所玩味。其余《宇津保》（《宇津保物语》）、《竹取》（《竹取物语》）之类，《宇治大纳言》之编著，古人亦云味同嚼蜡。正可恨无与紫媛比肩之作者出矣。近顷冈岛（冈岛冠山）、陶山（陶山南涛）、冈（冈白驹）诸名士深好小说，博通俚言俗语，译解明畅，了无所遗，往昔所未至，以是海内靡然，玩赏中华小说，且虽偶有本邦小说，事新奇而文字拙，文辞稍可观者，乃为照译中华小说，

---

① 李树果译：《日本读本小说名著选》上册，天津人民出版社2005年版，第172页。

则更无备识者所观者。仆虽云深嗜此道，汉文不精，和文更不通，雨晨月昏，与友人相聚，多闻奇事异。撰录其中尤佳者九条，编为四卷。……本于和歌，题为《唐锦》。为集于几边之妇人童子所把玩，则唯加拙绘以求唤。时安永八年己亥初秋，晚霞楼上弄笔之桂园主人。①

其书载有升圃所撰《跋》云此书"事事新奇而备写人世变化之歧，极摹悲欢离合之致，可谓为导愚谕俗之书。"

伊丹椿园著有《唐锦》，草官主人（本名未详）著有《垣根草》，云府观天步著有《栈道物语》等，森罗万象（森岛中良）著有《月下清谈》，富士谷成章著有《白菊奇谈》等，他们都是热心的翻案家。清田儋叟著有《中世二传奇》，有马息焉将《剪灯新话》两篇翻案，书名未详，中井履轩著有《しがらみ》，《红叶传情》雅文小说化，也都出手小试。翻案称为知识分子的时尚之举，而阅读以中国小说为母胎的日本故事，也就培养了读本的读者，使原来的一部分画本读者将兴趣逐步转移到读本中，体会到"读文"的乐趣，迈进"读文"的层次。

五 翻案造就了一代写手和最初的小说学者

长篇小说影响读本最巨者当然是《水浒传》。最早的当属据推测根本武夷所作《湘中八雄传》（明和五年），这是一部没有完成的作品，写朝夷义秀为中心的八位智者的离合散聚。其中也有些《平妖传》的影响。建部绫足的巨制《本朝水浒传》（正篇，安永二年；后篇，写本，未完稿），一名《芳野物语》，虾夷人、唐人依次登场，日本全土为舞台，在《万叶集》的时代背景下演出一场古代文武交锋的大剧。享和元年问世的《日本水浒传》只有开头部分有模仿《水浒传》的内容，其余则是与《水浒传》不甚相干。天明三年，伊丹椿园的《女水浒传》，是曲亭马琴合卷《倾城水浒传》的先声，将《水浒》故事女性化，虎头蛇尾，不见完稿。经振鹭亭的《いろは水浒传》、曲亭马琴《高尾船字文》，再到宽政十一年、享和二年山东京传《忠臣水浒传》，长篇读本终于羽翼丰满。《忠臣水浒传》以《假名手本忠臣藏》为表，

---

① 〔日〕日本名著全集刊行會编『日本名著全集』第一期江戶文學之部第十卷怪谈名作集、日本名著全集刊行會1927年版、第697—700頁。

以《水浒传》为里。由此形成了长篇翻案的固定模式，即将日本的史书、演剧、传说统统吸收进来，以日本某一时代为背景来演绎中国古代故事。马琴、京传、振鹭亭在只有通俗书、训释书等的条件下，尽力去读懂中国白话小说。《椿说弓张月》里吸收了《水浒后传》，《朝夷巡岛记》还吸收了《快心编传奇》，《近世美少年录》中吸收了《梼杌闲评》，都说明了马琴消化中国小说的胃口是很大的。

曲亭马琴的代表作《南总里见八犬传》，自1814年第一辑发行至1841年九辑五十三卷出齐，前后历经二十八年。此书之成与中国古典小说关系甚密。在全书序言中，曲亭马琴虚构了来客谈论八犬士事迹的梦境之后，便谈到全书之成，有赖于唐山（注：唐山即中国）故事，"窃取唐山故事，撮合以缀之，如源礼部辨龙，根于王丹麓《龙经》；如灵鸽传书于泷城，拟于张九龄《飞奴》；如伏姬嫁八房，仿高辛氏以其女妻梁瓠，其它不遑毛（枚）举。"日本近代小说家评论家幸田露伴谈到《八犬传》与《水浒传》的类似点，同时又指出，曲亭马琴并不是只以《水浒传》为稿本的，他曾从为数众多的中国各代小说，特别是明清两代白话小说中汲取营养，为己所用。

图60　曲亭马琴像

在读本当中，有一种雅文小说。建部绫足的《西山物语》和《本朝水浒传》，上田秋成的《雨月物语》、石川雅望《飞䭚匠物语》①、《近江县物语》和《天羽衣》，村田春海的《筑紫船》都有中国小说翻案的部分。

石川雅望、村田春海均堪称拟古文的高手，石川雅望的《飞䭚匠物语》（文化五年），故事主要出自《笠翁传奇十种曲》中的《蜃中楼传奇》，配上了《巧团圆传奇》。《近江县物语》②（文化五年）出自《巧团圆传奇》。他的《天羽衣》（文化五年）出自《醒世恒言》中的《两县令竞义孤女》，村田春海的《筑紫船物语》（文化十一年）以《今古奇观》中的《蔡小姐忍辱报仇》为主，稍微配上其它故事，再现了王朝时代。

当时大阪狂言作者，有位名叫司马芝叟，相传是从长崎来的唐人后裔，他和其它人一起搞起了一种名叫"长话"的讲谈形式。多将中国故事日本化，他死后，有两三种以读本形式刊行，其中有一种名叫《绘本卖油郎》（文化三年），是根据《今古奇观》中的《卖油郎独占花魁》翻案的。

图61　曲亭马琴著《金瓶梅》1883年版插图

---

① 〔日〕塚本哲三编『石川雅望集』、有朋堂1926年版、第139—294頁。
② 〔日〕塚本哲三编『石川雅望集』、有朋堂1926年版、第1—138頁。

合卷当中，曲亭马琴将中国趣味轻松利用，文政七年开始刊行的《金毘罗船利生缆》，模仿《西游记》的趣味，特别是文政十年的四编以后，专据《西游记》里面的故事改写。这本书获得好评。文政八年，写侠义女性的《倾城水浒传》刊出，博得江户女子的好感。天保二年，《新编金瓶梅》问世。

洒落本中，山东京传宽政元年刊出《通气粹语传》，大秀才学，后人争先模仿。模仿《三国志演义》的作品争先问世。为水春水运用马琴合卷使用的方法，写出了《风俗女西游记》，柳亭德升写出了《风俗女三国志》，但都是东施效颦，文笔拙劣。

人情本也渗透着中国小说趣味。文政年间，"二世楚满人"，即为水春水所作《折萩枝》，翻案于《醒世恒言》中的《乔太守乱点鸳鸯谱》。

幸田露伴在《运命》一文中称曲亭马琴为"古小说之雄"，并绝赞道"马琴之作，长篇四五种。《南总里见八犬传》之雄大，《椿说弓张月》之壮大，江湖皆啧啧称许，而于以上两者相比有优而无劣者，乃《开卷惊奇侠客传》。"他谈到《侠客传》"自《女仙外史》换骨脱胎而来，虽然其中一部有藉《好逑传》者，整体从《女仙传》而来则不可掩。"幸田露伴从人物关系来说破："此姑摩媛，即彼月君，月君为建文帝而举兵，必为姑摩媛为南朝效力之蓝本。此虽为马琴腔子里之事，假令马琴在，听吾之言，当含笑点头。"①

翻案激发了戏作者研读中国戏曲的兴趣。根据德田武研究，曲亭马琴所著《曲亭传奇花钗儿》是根据李渔的剧本《玉搔头》翻案的。他在《自叙》中说："湖上觉世翁作剧，醒蒙昧之耳目"②，表明对李渔的敬意。在角色、台词、动作、曲词等各方面模仿蓝本。该书目次将中日两国故事对照列出：

  拈要 观场不落传奇开场始事
  第一出 汉 浪游看花 和 室町殿风流

---

① 〔日〕幸田露伴『幽秘記』、改造社1925年版、第3—4页。
② 〔日〕德田武、横山邦治校注『繁野話 曲亭伝奇花釵児 催馬楽奇談 鳥辺山調綫』、岩波书店1998年版、第29页。

第二出	汉	嫖院缔盟	和	神崎假枕
第三出	汉	拾愁雏玉	和	稻荷山之赛
第四出	汉	戍节亡命	和	留念之肖像
第五出	汉	认假做真	和	桂桥缘故①

金太楼主人伊藤周辅著有《复仇枣物语》，一名《赛凤池》，文政十年（1827）刊行。在该书的序言中，描述了当时以翻案小说的形式进行创作的风气盛行的情况，其中说：

　　近时国译小说之书，汗牛充栋，流布于海内。凡自操觚诗文家，至谑客风流之徒，手有文者皆无不为。②

这里说，所谓写作"国译小说"者，不仅有诗文家，而且还有作者看来不是什么正经文人的人，无不就卷入到这一风潮之中。作者自己也深受感染，以前读到过《凤凰池》一书，当时并没有什么感觉，因"无意于著作"，不过是"一时之涉猎"而已，在这股风潮的冲击下，重新去读解此书，翻案写出了《复仇枣物语》。

中村幸彦在《有关读本发生的诸问题》一文论述中国白话小说及其理论对日本小说发展的影响时，曾从七个方面加以剖析：

一、情节构成之妙。特别是长篇构成之妙，日本从来的作品是完全不能媲美的。

二、赋予作品中人物以明确的性格，并使这种性格很好地参加到构成中。教会日本人作品的"性格"这一概念的，是金圣叹的《水浒传》评点。

三、不止以情节的巧妙获取一时之乐，而且有触动读者心灵的人情味。

四、它们的措写、表现，由于采用俗语而精细入微，保持着人的体息和生活的真实。

---

① 〔日〕德田武、横山邦治校注『繁野話　曲亭伝奇花釵兒　催馬楽奇談　鳥辺山調綾』、岩波书店1998年版、第31頁。

② 〔日〕金太樓主人著、楊齋正信畫『復讐枣物語』、河内屋儀助等刊、1827年、第1頁。

五、中国人使用劝善惩恶及寓意于中的词语，有着赋予作品以思想内涵的作用，作者将自己的思想感情寄寓于作品之中。而在日本白话小说的序中也常讲"导愚"、"儆俗"等等。

六、文章可称白话，但有值得知识分子阅读的价值。

七、金圣叹、毛声山等人的批评，既教给人小说的阅读方法，也教人写法。①

中村幸彦概括得相当全面，不过，应该指出的是，翻案在日本学者接受中国白话小说影响的过程中曾经发挥了特殊的作用，这是因为翻案具有很强的实践性，使他们对中国小说不止于阅读，而且还要尝试"挪用"和"窃取"其中的部件，翻案中存在着大量从中国小说中翻译的部分，无形中加深了钻研的深度。明治时期的坪内逍遥在《小说神髓》中所批判的劝善惩恶小说观念，很多是翻案者们从中国白话小说中原样"兑"过去的。坪内逍遥还直接指出："马琴将《源氏物语》、《平家物语》、《太平记》、《水浒》、《西游记》各书的文字加以混淆折衷，形成了一大独创，这是马琴的自得之文。其中，也有牵强，也有杜撰，但是马琴的牵强杜撰，是马琴以他那纵横自在的才笔临机应变写出来的。在某种情况下，这种牵强杜撰反而具有神妙之处。这是因为马琴能够以他自由自在的才笔加以适当处理的缘故。"② 马琴的雅俗折衷、和汉混淆的文体，是在他从事带有很多"翻案"成分的小说写作过程中形成的，是适应于"翻案"、服务于"翻案"、有利于"翻案"的文体，而这种"翻案"中锤炼出来的带有大量汉语词汇的文体，又转过来运用于描写日本本土故事。

在"国译小说热"风靡文士之中的时候，对中国小说戏剧的研究，既是翻译、翻案顺利进展的必要条件，又是解读中国小说的需要，反过来又给小说戏剧语言研究提供了动力。不仅写作翻案小说的人，热心小说、戏剧语言研究，就是有机会接触新传来小说戏剧之书的学士文僧，也参与到语言研究中来。

远山荷塘曾为汉诗人大窪诗佛等讲授《西厢记》、《琵琶记》，召集菊池五山、馆柳湾等一起读讲《水浒传》。他对小说戏剧语言的研究，撰有写

---

① 〔日〕中村幸彦『近世小説史の研究』，樱枫社1961年版。
② 〔日〕坪内逍遥：《小说神髓》，刘振瀛译，上海译文出版社2010年版，第131页。

本《记谚》。这是他研究的心得和札记，下面几条，根据德田武所引标点录出：

> 仵作，又作伍作。《元文类宋本工狱文》曰："伍作，本治丧者。民不得良死而讼者主之，是故常也。"《幼学须知》："仵作，验尸人。"《无冤录注》："仵作，验尸及埋葬死人者。"《仕学大乘》："仵字从午，万物至午。则中正矣。又午属火，火明则破暗，捡尸以申冤忿，"亦犹是耶？《无冤录注》："即检尸司吏，通称仵作。"又仵作，《行人注》："仵作即捡尸使令之通称。"
>
> 《纪谚》云：但虔婆未知何所指。魏仲雪《释西厢》亦不载，后见沈留侯《年伯称号篇》："方言谓贼为虔。虔婆，犹言贼婆也。"青藤山人云："娼家坊中市语，谓老奴为虔婆，谓童奴为顶老。"予意虔，当为拘钳之钳，否则虔刘之虔，皆酷用之也。虔，《小字通方言》："秦晋之北，谓彘为虔。杜预曰：虔刘皆杀也。韦昭曰：强取也。云云。"
>
> 《纪谚》：紫面曰紫膛色。杨升庵曰：紫檀木出交趾，画家用以浸水，合燕脂，名燕檀，俗名紫檀色。今讹为紫膛色。○铅汞按：紫膛，或作紫棠。《水浒》：雷横面色如紫棠。
>
> 圭上人《纪谚》云：贴生、老旦、小旦、小外，以人少不能敷演其事，又副此以共全之也。①

既然是"会读"，其他人的意见也有所反映。
荷塘还著有《胡言汉语》，对小说词汇加以考释。

> 《女仙外史》："旱魃但见胯下不阴不阳，好似真二姨子"云云。二姨子，谓二形之人。二尾子，亦二形也。梵云：搏乂半择伽。《方言》：㪿弁，二形人，俗所谓公母人也云云。《造像经》云：半。《晋五行志》谓之人疴。《本草》云变，俗云二形。《平妖传》、《今古奇观》云二行。盖行与形通。或云半月、半男女，二形俱生。和名波尼波里。蛮语合儿

---

① 〔日〕德田武『日本近世小説と中国小説』下、青裳堂書店1987年版、第791—792頁。

弗满。①

其《胡言汉语》有"二形、二行子，二姨子"一项：

  《本草纲目》（五十三）人部：人傀注云：变者，体兼男女，俗名二形。《晋书》以为乱气所生，谓之人疴，其中类有三：有值男即女，值女即男者，有半月阴半月阳者，有可妻不可夫者，此皆具体而无用者也（又出公母人条下）。②

以下引《平妖传》、《女仙外史》、《今古奇观》用例。
他所引用的书籍包括《西厢记》、《红楼梦》等数十种。
最早对读本进行系统研究的日本学者石崎又造在他的著作中指出："近世小说史上所谓读本这种形式，是由这些中国小说学者的翻译或翻案创制的，因此读本大量吸收了中国特有而我国文学中所缺少的奇谈或者怪谈之类，作为演史小说的影响，产生出以史实为主材的未曾有的长篇之作。至于它们的文章用语，在以前的汉文和佛家语录之外，还输入了很多宋、元、明、清的常用俗语，丰富了日语的语汇。在描写方法上，也确立了自由简洁的和汉混淆体。"③ 在石崎又造之后，麻生矶次、德田武等学者不仅以大量的作品研究证实了上述观点，而且多方面论述了中国小说翻译和翻案对读本形成的重大影响。说中国小说，特别是白话小说是孕育读本的母胎也并不过分，可以说，没有中国小说的翻译或翻案，不仅不会有读本的兴盛，而且整个近世文学都会显得格外贫乏和苍白。

六 翻案传播了中国戏剧小说美学

马琴有两部小说可以称之为《金瓶梅》的翻案，一部是《新编金瓶梅》，一部是《云妙间雨夜月》，它们最明显的特点是对人物关系的设置，都与

---

① 〔日〕德田武『日本近世小説と中国小説』下、青裳堂書店、第794頁。
② 〔日〕德田武『日本近世小説と中国小説』下、青裳堂書店、第794—795頁。
③ 〔日〕石崎又造『近世日本における支那俗語文学史』、清水弘文堂1967年版、第283頁。

《金瓶梅》意义对应，即：

《金瓶梅》	《新编金瓶梅》	《云妙间雨夜月》
武大郎	大原武大郎	伊原太郎武泰
武　松	大原武松	伊原二郎武章
潘金莲	おれん	莲叶
西门庆	西门屋启十郎	西启

在江户时代，小说的翻案和翻译是一对孪生兄弟，翻案中混杂着大量翻译的段落，而在翻译时也会多少做些改写，从中国小说美学的传播来说，翻案所起的作用甚至比翻译更大，尽管很多时候作为"粉本"的中国小说被掩盖，成了"幕后英雄"或"无名英雄"，戏作者有时毫不在意地剽窃和毫无顾忌地改动"粉本"，但是中国小说，特别是白话小说传来的叙事手法、描写技巧和情节结构组织方法，却以土生土长的方式无障碍进入日本读者的接受通道。

上田秋成的《雨月物语》是研究江户时代短篇小说时不能不提到的作品，是雅文小说的翘楚，文字古雅优美，情节紧凑，有些接近《聊斋志异》那样的用传奇法写志怪的风格，似乎很难与《水浒传》这样的白话小说联系起来，实则不然。一个显著的例子就是《青头巾》一篇的结构。日本学者早就指出，这篇作品从情节到用语都有翻案《忠义水浒传》（与无穷会织田文库藏百回本《忠义水浒传》同版为底本，前十回1728年刊）第五回《小霸王醉入销金帐，花和尚大闹桃花村》到第六回《九纹龙剪径赤松林，鲁智深火烧瓦罐寺》的痕迹。德田武曾经列出两者共有的情节：

1. 游方僧人进到村里，村里人无不惊恐疑虑。
2. 大户人家的人支开众人，把僧人让进家中。
3. 主人给僧人讲述众人慌乱的原因。
4. 僧人想让给村民和家人添乱的人回心转意。
5. 僧人到了破败的寺院。
6. 寺院里始终没人出来应接，终于走出来一位瘦和尚。

《水浒传》中描写的瓦罐寺"钟楼倒塌，殿宇崩摧。山门尽长苍苔，经阁都生碧藓。释迦佛芦芽穿膝,浑如在雪岭之时;观世音荆棘缠身,却似守香山之日。诸天坏损,怀中鸟雀营巢;帝释欹斜,口内蜘蛛结网"。

（鲁智深）叫了半日,没一个答应。回到香积厨下看时,锅也没了,灶头都塌损。智深把包裹解下,放在监斋使者面前,提了禅杖,到处寻去。寻到厨房后面一间小屋,见几个和尚坐地,一个个面黄肌瘦。鲁智深入得寺来,便投知客寮去,只见知客寮门前大门也没了,四围壁围全无。智深寻思道:"这个大寺,如何败落的恁地?"直入方丈前看时,只见满地都是燕子粪,门上一把锁锁着,锁上尽是蜘蛛网。智深把禅杖就地下搠着,叫道:"过往僧人来投斋。"叫了半日没一个答应。①

山院人とゞまらねば。樓門は荊棘おひかかり、經閣もむなしく苔蒸ぬ。蜘網をむすびて諸佛を繫ぎ、燕子の糞護摩の牀をうづみ、方丈廊房すべて物すざましく荒はてぬ。日の影申にかたふく比、快庵禪師寺に入て錫を鳴し給ひ、「遍參の僧今夜ばかりの宿をかし給へ」と。あまたたび叫どもさらに應なし。眠藏より瘦槁たる僧の漸々とあゆみ出で、咳たる聲して、「御僧は何地へ通るとてここに來るや。此の寺はさる由緣ありてかく荒はて、人も住まぬ野らとなりしかば、一粒の齋糧もなく、一宿をかすべきはかりごともなし。はやく里に出よ」といふ。②

中国白话小说被列入俗文学,然而这种"俗"并不是有俗无雅、一俗到底的那种俗,而是一种有着深厚文化底蕴的俗,所以常常表现出雅俗纷呈、俗中有雅、俗不掩雅的多彩面貌。日本江户时代的戏作者各以自己的眼光看到自己喜爱的那一部分,加以改作,所以我们在江户时代的假名草子、浮世草子等各种文体中,都可以看到明清小说中的一部分。包括笑话、公案小说、狎邪小说在内的各种内容、风格的形式,都有翻案的戏作与之呼应。雅文小说汲取其俗中之雅,假名草子等汲取其俗中之俗,可谓各得

---

① 施耐庵、罗贯中:《水浒传》上,人民文学出版社1985年版,第84页。
② 〔日〕中村幸彦校注『上田秋成集』、岩波書店1959年版、第127頁。

其所，各不相扰。

有哪些中国小说戏剧被日本文学家翻案过呢？这是一个十分有趣的问题。迄今为止，还没有一个全面的统计。

这里仅就笔者所掌握的资料，列一个简表，主要资料来源是石崎又造、麻生矶次、中村幸彦、德田武等学者的相关研究，再根据笔者所搜集的材料加以补充。这个统计肯定会有所遗漏，特别是写本部分，还有待于继续发现，但最主要的资料应该说都在下面了。由于短篇小说篇目繁多，不能一一列出，这里就只能就主要长篇中的经典著述统计了。

中国作品	日本作品
《西游记》	曲亭马琴《金毘罗船利生绳缆》
《三国志演义》	曲亭马琴《南总里见八犬传》
	曲亭马琴《三七全传南柯梦》
《水浒传》	曲亭马琴《南总里见八犬传》
	曲亭马琴《开卷惊奇侠客传》
《金瓶梅》	曲亭马琴《新编金瓶梅》、《云妙间雨夜月》
《梼杌闲评全传》	曲亭马琴《近世少年美少年录》
《平妖传》	曲亭马琴《开卷惊奇侠客传》
《好逑传》	
《水浒后传》	曲亭马琴《开卷惊奇侠客传》
《平山冷燕》	曲亭马琴《松浦佐用姬石魂录》
《快心编传奇》	曲亭马琴《朝夷巡岛记》
《济颠大师醉菩提全传》	曲亭马琴《青砥藤纲模棱案》
《桃花扇》	雨香园马田柳浪《朝颜日记》
《通俗金翘传》	雨香园马田柳浪《朝颜日记》

值得注意的是在日本小说中，还有从题名来看像是翻案，其实则不是，这可以叫做"同名异实型"。太宰治1933年3月发表的短篇小说《鱼服记》①，描写日本本州岛北端马秃山瀑布旁经营茶铺的女子，变身鲋鱼的故事，虽然用的是人鱼变形的构思，也使用了与唐代小说同样的名字，但作品

---

① 〔日〕太宰治『富岳百景　走れメロス』、岩波书店1967年版。

的精神迥异。

图 62　奥田忠兵士卫、梅堂国政画《通俗水浒传》

在分析翻案产生的原因时，不能不首先谈到江户町人文化市场的推手作用。江户时代的识字率大于当时的中国，也大于欧美一些国家，出版业迅速扩充，书业增量大而著述业猛追其后，书要快出、多出，不问写手高低。这实际上是一个文化发展中"质升"赶不上"量增"的矛盾时期。町人需要大量读物来消遣，写手靠文稿来维持生计，书商要不断出新书赚钱，编编改改总要比一切从零来的容易。町人读书图新鲜，具有异国特色的东西换上本国外衣，又有了好懂的长处，这样的书也就好卖了。曲亭马琴曾将李渔的《玉搔头传奇》翻案成《曲亭传奇花钗儿》，作品中插入了出自《唐土奇谈》《俗语解》等书中的生旦净丑等术语和俗语。书后自撰了一篇名为《评论》的文章，以作者回答问难者质疑的方式说明了这样做的理由：

或有人难之曰："此书拟于戏文可也，而强以附会与华人之传奇，反令观者烦焉。何者？其文缀以国字讹言，或抄出生旦净丑、扮介上下、腔调等之文字。于此义则不宜如此也。"子云："大凡传奇小说，均有我俗子不克解之处。若悉以汉字缀之，则不如读华人之小说；若悉如我戏文，则依然我戏文之糟粕也。何以发新研乎？此编非原台上之曲，文章若非国字，则稚蒙难通；若不杂以生旦净丑之俗语，则难明彼我杂剧之不异。是此书之脚色。耐作者至高之趣意也。且戏作无规矩。有何不当？

足下之论，金弧与弦，杀鸡焉用牛刀！"遂令问难者钳口而退。盖戏文诞妄错误，于不合于理处，述有事之处，言之过实，则非戏文；言无劝惩之意，亦非戏文。其文俗，其意不俚，是可谓风流文采。作者之用以气愤，观者仅三分。若于书贾无利可图，子之论，亦有何益哉？①

这篇《评论》，多处引用了李渔的见解。而最后归结为，再高的议论，也要让市场来检验，写出来的书最终要能让书商赚到钱，曲亭马琴的办法，就是用所谓"国字"去改写难懂的中国故事，将两种文化元素烹调成町人的美食。李渔就曾经谈到自己很想写得更好一些，由于赶着卖钱而无暇细细构思修改，为适应读者口味而偏向低俗，曲亭马琴面临的也是同样的选择。他虽然强调自己是"其文俗，其意不俚"，他出书的高速度，以及书中对武士、町人趣味的迎合，都可以说，他的作品是用"和汉混淆文"编就的俗文学。

第三节　《庄子》的传播与派生文学

一千多年以来，中国的儒、道、佛各种思想都曾不同程度地影响过一些日本著名的文学家。从整个日本文学史来看，老庄思想的影响虽然比不上儒、佛两家，但也产生过一些以精通庄子闻名的汉学家和终生景仰庄子为人和文风的文学家，庄子的思想及其散文的独特风格，影响着他们的人生态度、创作思想的形成和对艺术风格的追求。

在中世五山僧侣中，有入元僧雪村友梅这样参禅余暇披览《庄子》为乐，不欢人誉，不畏人毁，以"只缘与世疏，方寸淡如水"（雪村友梅：《杂体》）相标榜的学者②；在江户时代的俳风革新中，庄子更得到连歌师、俳人西山宗因等的推崇，蕉风俳谐的创立者松尾芭蕉，将庄子看作中国俳谐文学的大师，写下了"唐俳谐，何如吾欲问飞蝶"（唐土の俳諧問はん飛ぶ胡蝶）。这样的俳句③，表达了以生为梦、以蝶为友的思想，而且直接摄取《庄

---

① 〔日〕德田武、横山邦治校注『繁野話　曲亭伝奇金釵児　催馬楽奇談　鳥辺山調綫』、岩波书店1998年版、第129頁。
② 〔日〕山岸德平校注『五山文学集　江戸漢詩集』、岩波书店1978年版、第73—74頁。
③ 〔日〕今荣藏校注『芭蕉句集』、新潮社1982年版、第63頁。

子》的意象、语言和修辞方法来写作俳句。这些享有盛名的文学家,对于庄子的散文怀着倾慕的心情,对于陶渊明、苏轼等受《庄子》影响较深的作家的作品,也有浓厚的兴趣。当然,由于民族、时代、文学传统的不同,他们受到的庄子影响,又有着各自不同的方面和内容,对于庄子,他们有着自己的理解。

在日本文学史上,菅原道真、兼好、井原西鹤、近松门左卫门、松尾芭蕉、与谢芜村、良宽、幸田露伴、夏目漱石等作家都不同程度受到过老庄思想的影响[①]。在奈良时代的《万叶集》《怀风藻》等作品中,已经见到利用老庄神仙思想的语言和概念去统摄与表述古代的日本传说和艺术想象的实例。

与儒家经典不同,老庄没有被列入大学寮等教育机构的教学内容,更没有作为贵族教养的必修课程和考试内容的记载。奈良、平安时代老庄思想的传播,更多地依赖于作品本身的文学性和趣味性,依赖于思想本身的独特性。《庄子》的寓言、道家的神话和庄子淡薄名利、全身安命、远俗避世的观念,为王朝时代的贵族和学人留下一片属于个人的天地。道家思想的传播,除足利学校外,既不同于儒家思想那样取得过来自官方教育资源的优势,也没有像佛家那样拥有来自下层民众信仰的基础,所以《庄子》也就不能将传播上升为主流意识形态的主体地位,也不能将触角伸展到缺少知识的农民和町人之中。

然而,《庄子》的传播土壤也并非是贫瘠而苍白的沙漠。古代的文学家菅原道真等人,在同僚的倾轧和争斗中与《庄子》产生共鸣,从中寻求全身远祸、退避三舍的心理依据和精神力量,而近代的夏目漱石等人,则是在拜金主义、物质至上的社会浪潮的裹挟中,希望从《庄子》中找到一丝抚慰,福永光司等人则在"战场上炸裂的炮弹的嘶鸣与战栗的精神狂躁"中,从《庄子》等书中找回到一块宁静的心境,《庄子》甚至为在激烈竞争中不堪重负的现代人和后现代人准备了一幅抗拒自我被褫夺、被绑架的命运、谋取内心平和的清凉剂。《老子》和《庄子》的"自由译"受到中老年的读者的欢迎,就是因为译者在里面注入了现实中身不由己的人们的感受和渴望。围绕《庄子》的派生文学,由《庄子》本身更多地延伸到日本人的现实感觉,也

[①] 〔日〕大星光史『日本文学と老荘神仙思想の研究』、櫻楓社1990年版。

就更多地含有日本人精神史的内容。

一 《庄子》在日本的传播与译注

在日本学界，多将老庄和神仙思想联系在一起，认为老庄神仙思想早在我国汉魏时期就通过朝鲜半岛传至日本。从见于天平时代（729—749）以前，大和、飞鸟、白凤各时期所著史书、汉诗集等对老庄的表述来看，当时老庄概念已在贵族社会中流传①。关于神仙的观念，则渗透到奈良时代完成的史书《日本书纪》对日本历史和神话传说的描述之中②。

平安时代，《日本国见在书目录》里载录老庄关系书籍四十六种、三百八十一卷，占该目录道家类的七成③，这些书目中最早传入日本的是隋代的书，而且"《老子》二卷玄宗御注"、"《老子疏》六卷玄宗御制"、"《老子化胡经》"当然是玄宗以后传入的书。《南华仙人庄子义类》十二卷也是唐代书籍或参考它们撰著的，这一点由王迪的调查辨明了④。《和汉朗咏集》、《今昔物语集》中都可以看到《庄子》寓言的影响⑤。

芳贺幸四郎《有关中世禅林的学问、文学的研究》举出了四十位禅僧，此外王迪调查搞清了五位禅僧俊芿、明范、伟仙方裔、瑞溪周凤、策彦周良也与老庄思想有关。不仅是禅林，在足利学校，早在1446年（日本文安三年）老庄学就被确立为一门课程。进入镰仓、室町时代，老庄研究仍在继续。当时已经出现了老庄的注释本、河上公本的写本、抄本和刊本，另一方面，也出现了口义本的写本、抄本和刊本。特别是《庄子鬳斋口义》在南北朝被接受以来，直到室町末期一直与注疏本并行，用于庄子研究。事实上，不仅禅僧社会，博士家清家也在研究老庄。因为口义本多用禅语，特别为禅僧所喜爱，在禅僧社会从室町中期就有专用口义本的倾向。今石山寺藏有《庄子》郭象注写本甲卷和乙卷，为镰仓时代书写，是日本今存时期最早且最完整的本子，从文字数量来说也最多，自江户初期加入经藏直至现今，是了解

---

① 〔日〕福島正義『日本上代文学と老莊思想』、高文堂出版1984年版、第17—64頁。
② 〔日〕福島正義『日本上代文学と老莊思想』、高文堂出版1984年版、第68—69頁。
③ 〔日〕宮内廳書陵部所藏室生寺本『日本國見在書目錄』、名著刊行會1996年版、第46—50頁。
④ 〔日〕王迪『日本における老莊思想の受容』、株式会社圖書刊行会2001年版、第35—152頁。
⑤ 〔日〕大星光史『日本文学と老莊神仙思想の研究』、櫻楓社1990年版、第160—194頁。

《庄子》的旧貌和训读实际状况最重要的文献①。

室町时代,惟肖得岩是禅僧社会多用口义本来讲庄子的核心人物。他曾著《庄子鬳斋口义抄》,因为不能确认此书是否现存,因而难以搞清惟肖的老庄观、口义抄与口义本的直接关系,但是,撰著《庄子鬳斋口义抄》毋庸置疑是由于接受了口义之说而理解庄子的。事实上,他的语录、诗文里也频频采用口义本来表述。顺便说来,他还把老子当做宗教圣人来祭奠,宇宙观有老庄双方的影响,庄子则是精神上的归宿。

江户初期是口义本最流行的时期。1618 年(日本元和四年)到 1657(日本明历三年)之间手校本、刊本共有七种,其中六种是口义本。1670 年(日本宽文十年)到 1715 年(日本正德五年),林罗山的口义关系的书籍相继刊行,但是以 1720 年(日本享保十四年)为界,口义本流行中止。其后,平安时代以来长期不被瞩目的王弼注本于 1732 年(日本享保十七年)刊行。

明治时代的石川鸿斋曾撰《庄子讲义序》,谈到《庄子》的文学成就时说:"至其文章瑰玮俶诡,犹鬼神不可端倪,为宇宙间空前绝后之笔,韩、苏诸子,皆从此悟入,世之学文者,不通于庄,不足与论也。"并认为:"凡庄之妙处,《逍遥》《齐物》之外,在《人间世》《德充符》《大宗师》《应帝王》诸篇,如天下最奇中之奇,想当日下笔时,自喜其文,不许他人辄解也欤?"②

福永光司(1918—2001)、金谷治(1920—2006)等是 20 世纪日本《庄子》研究的顶级学者。

福永光司写的《庄子》,陈冠学把它译成了中文,并说这是"一本满分的著作"。曹聚仁看了,表示"确乎使我赞叹不已"。并且说:"我读了前人的《庄子》注解,总使我有重读《庄子》的感想;这几年,看了关锋氏的译解,又读了一回《庄子》;读了福氏的《庄子》,也鼓起了新的意向。(福氏并未看到关氏的书,关氏也没读过福氏的书)。老、庄都是思想圈里的钻石,

---

① 〔日〕高山寺典籍文書綜合調查団主編『高山寺古訓點資料第二』、東京大学出版会 1984 年版、第 246 頁。

② 〔日〕佃清太郎編『皇朝大家文章典範』、秀美堂 1906 年版、下 30 頁。

他们都有多面的光彩，我们不可拘于'墟'的。"①

福永光司自己说："我生来便是个胆小的人，从少小时便对于人死的问题怀着早熟的关心。人的死，是任你哭泣，任你呼叫也避免不了的必然，就在那时，我也已懂得。不过，诸如人是命定有死的一种存在，这命定有死的人的存在到底是什么？而被死所斩断的一己之生，在根源上究竟有何意义这等问题，虽然说来还是极幼稚的思考，却早已在我的少年心眼里暗暗生了根。这一个胆小的我，竟至面临着为祖国之名给予的'死'，以度过其恐惧畏怯迷茫的青年时代，真是个讽刺的巧遇。自从发觉自己的身上穿了卡其军服，不管愿意或者不愿意，我便不能不抱着从这个世间消失而逝去的心情。在大陆战场数年间的恐怖战栗的惊吓生活，一直是这个心情。《庄子》是我那一时期最贴身的存在。我对《庄子》的了解就是在这种精神状况中培养出来的。"

曹聚仁说："这段话，仿佛是我所说的，所不同者，我是实践了'抗日'的号召而上战场行囊中，我正带着《庄子》《杜诗》和《读史方舆纪要》。我觉得福氏把《庄子》说成是'古代中国的存在主义'是很有意义的"②。

福永光司说，提起他和《庄子》的关系，便不能不想起他的母亲来。那是在他小学四、五年级读书时的事。有一天，他刚从学校回家，他母亲便出了一道奇妙的习题。她说："后面城隍庙里那棵弯弯曲曲的大松树，要怎样看才能看成直的？你仔细想想看！"福永光司说："那时，我若是个会作'砍下那棵大松树，运到制材厂去'这样答案的想头的孩子，或者我母亲是个准备着这种答法的人，那么我的人生以及我对于事物看法，必定走的跟现在全然不同的方向去了。不过，我却是一个会将问题当真寻思下去的孩子。只是这问题，对于少年的我实在太高深了。我一直寻思到第二天，终于认输了，只得去向母亲求答案。妈妈回答道：'弯曲的树，就看做弯曲的树，这就能看成直的了。'听了这似懂非懂的回答，我记得那时着实发了半晌的呆。可是这一句话，就在现在，也还活在我的脑子里。我跟《庄子》的联系，可以说早在那时就决定了。"

福永光司谈到自己与《庄子》的因缘，说："在今日不知明日的战场上，

---

① 曹聚仁：《中国学术思想史随笔》，生活·读书·新知三联书店1986年版，第129页。
② 曹聚仁：《中国学术思想史随笔》，生活·读书·新知三联书店1986年版，第130页。

《庄子》是慰藉我的书","对我来说,《庄子》是教我精神不屈的书"。在《庄子》一书的"跋"中,福永光司说:"我这种对《庄子》的理解,本没有十全十美的自信,但对我来说,除了说明我的理解之外,还应该有怎样的方法呢?在字句理解、说理的把握上,谬误之处,我要听从人的指教,谦虚地改正,但对我来说,如果读这本书的人能够理解的话,那正是我原本的意愿。"

福永光司的《庄子》,首先注意到庄子思想与宋文化的关系。他根据马叙伦收于天马山房丛书的《庄子宋人考》,认为庄周为宋人这一事实,对于探讨他的生活与思想,有极其重要的意义。宋是为周民族灭亡的殷民族居住的地方。在先秦典籍中,宋多成为愚人笑话的主人公,如《韩非子》中守株待兔的农夫,《孟子》中揠苗助长的愚人等等。福永光司认为,这都说明宋人过着蒙受屈辱与侮蔑的生活。然而,尽管有征服者的嘲笑与侮蔑,但宋人拥有征服者所没有的古老文化传统。正像被罗马征服的希腊人,在文化上反而指导着罗马人;受巴巴里安蹂躏的罗马人,反而在他们的文化中同化了敌人一样,宋人也在古老文化方面优于新的征服者。同时,周民族作为新的征服者,不久便开始有了独特的文化。于是,以宋为中心的古老文化与以齐鲁为中心的新文化,作为春秋战国时代两大文化圈便对立存在着。孔子与孟子产生于后者,老子与庄子则产生于前者。后者有对人的力量的确信与期待,有站在"向阳坡"上的光辉理想与将理解付诸实现的政治的现实,而前者则有对人的无力与理想虚幻的虚无凝视,有对历史的窘迫与人世凶险的反刍。其中,有伫立于"背阴谷"的低声恸哭与被封锁的怨愤。对他们来说,所谓人生,不是直接与理想相联的直线,而是迂回、倒退、倾斜而又反复的曲线。对他们来说,所谓幸福,是被翻转过来的不幸;所谓欢乐,则是被翻转过来的悲哀。因而,不探讨人的"失",就不能探讨人的"得";不探讨"亡"就不能探讨"存";不探讨"死"就不能探讨"生";不探讨"无"就不能探讨"有"。他们憧憬包括人与人历史的自然的悠久,不屑于进而对退的强韧刮目相看。庄子之生正在于宋这样的文化传统之中,作为宋的精神风土,养育了这种"背阴谷"的睿智。

在先秦典籍中,对庄子的生活几乎无所描述。福永光司认为,庄子的世俗生活,正像他自己巧妙表述的那样,是"污渎中人生",但他在那污渎中,懂得了游戏之术。嘲戏自己的贫穷，嘲戏自己的污辱，嘲戏自己亲人之死，庄子懂得嘲戏自我人生之术。他的生活，是他的"游戏"；但是这种游戏，无非是他发现于一片泥污的人生底层的他的解脱。庄周的超越，是由他的"污渎中人生"支撑的。

对老庄思想的关联与异同，福永光司这样来辨析：庄子和老子以春秋战国几乎相同的时代（相差约百年）和宋文化圈大体相同的地域为背景，建立在相同的思想基础之上，然而两者思想的性质却未必相同。老子思想多为处世的智慧，而庄子思想则多为解脱的智慧；老子思想多以现实的生为问题，而庄子思想多以绝对的生为问题。老子或者被与黄帝搭上界，或者本人被偶像化，有作为卑俗的民间宗教的对象的性质，而庄子则具有不能世俗偶像化的思想的严峻与奔放。

福永光司将庄子视为中华民族孕育的鬼才、痛快谐谑的哲学家、天才的幽默大师，说他的哲学是从"对人的侮蔑与怜悯中产生的哲学。"① 福永光司对《庄子》的解读，具有鲜明的反现代精神奴隶的倾向。他说：

> 现代人类正在自称为文明的东西里痴呆化。人类不懈努力构建起的现代社会的巨大机构、不知厌倦的好奇心产生的疯狂的燔情主义、对故作正经的价值的陶醉产生的歇斯底里的自我主张，在这些当中蠢动着的，不正是让失掉一切的自我狂乱起来的"文明的奴隶"吗？庄子说不是仅有肉体的奴隶，精神上也有奴隶。所谓文明的奴隶，不正是指精神被铁锁锁住的人吗？现代人早已忘光了单纯之伟大、素朴之强韧，丧尽了将一切事象如实肯定下来的强健的"自然"。现代人的这种痴呆化，不正是庄子所说的"弱丧"——可悲的故乡丧失者吗？《庄子》是教给现代人回归故乡——回归人自身的书。②

福永光司视庄子哲学为兼具人文关怀（"怜悯"）和人性批判（"侮蔑"）两面的哲学，他在文中虽没有对日本社会现实著一字，却也委婉地表达了对战后世风人情的看法，他感叹现代文明造就了千千万万失却精神家园

---

① 〔日〕福永光司『莊子』（內篇）、朝日新聞社1978年版、第6頁。
② 〔日〕福永光司『莊子』（內篇）、朝日新聞社1978年版、第9頁。

的"文明的奴隶",也暗暗腹非战后恢复与经济高速发展时期日本人那种平静面孔下千军万马拼向一个方向的日本式狂躁。福永光司关注道教与日本思想的关系,著有《道教与日本思想》①。后来翻译与研究《庄子》的日本学者,大多读过他的书。

吉川幸次郎也是一位终生研究老庄的学人,他从小学入学以后,一直挑菜到市镇去卖,到中学将近毕业为止,持续了十年。这样就接触了许许多多市井间的人们,"若是那时我有机会读到《庄子》的话。必定会感叹道:有象酒杯的,有象春臼的,有象深洼的,有象浅洼的…"

以下是日本有关《庄子》研究的主要著作:
安冈正笃《老庄思想》,福村书店,1946年。
中国研究所编《老子·庄子》,昌平堂,1948年。
田所义行《虚无的探求—以老庄思想为中心》,福村书店,1949年。
福永光司《庄子译注》,朝日新闻社,1956年。
后藤基巳《新庄子物语》,河出书房新社,1958年。
公田连太郎《庄子内篇讲话》,明德出版社,1960年。
公田连太郎《庄子外篇讲话》,明德出版社,1961年。
原富男《现代语译庄子—庄子及其书的研究》,春秋社,1962年。
原富男《庄子》,世界思想家全书,牧书店,1964年。
福永光司《庄子—古代中国的存在主义》,中央公论社,1964年。
诸桥辙次《庄子物语》,大法轮阁,1964年。
津田左右吉《道家思想及其发展》,岩波书店,东洋文库1927年初版,1964年再版。
近藤康信《庄子的话—超越主义的人生观·中国智慧2》,1965年。
岸阳子(安藤阳子)《庄子》,德间书店,1965年。
福永光司《庄子内篇》,朝日新闻社,1966年。
福永光司《庄子外篇》,朝日新闻社,1966年。
大浜皓《庄子哲学》,劲草书店,1966年。
山本敏夫《老子·庄子》(译注),新译汉文大系7 老子·庄子,明治书

---

① 〔日〕福永光司『道教と日本思想』、德間書店1985年版。

院，1966 年。

山室三良《儒教与老庄—中国古代的人文与超人文》，明德出版社，1966 年。

阿部吉雄《庄子》，明德出版社，1968 年。

宇野哲人《老子·庄子与韩非子》，カルピス文化丛书，三岛海云纪念财团，1969 年。

森三树三郎《"无"的思想—老庄思想的系谱》，讲谈社，1969 年。

金谷治《庄子内篇》，岩波书店，1971 年。

森三树三郎《庄子》（译注），中国古典文学大系 4 老子·庄子，平凡社，1973 年。

森三树三郎《庄子》，中央公论社，1974 年。

赤冢忠《庄子译注》（二册），全译汉文大系 16·17 庄子，集英社，1974 年。

金谷治《庄子外篇》，岩波书店，1975 年。

铃木修次《庄子—人与思想》，清水书院，1978 年。

森三树郎《老子与庄子—人类智慧的遗产》，讲谈社，1978 年。

关联文献：

金谷治译注《庄子》，岩波文库全 4 卷，后出版了大字版。

森三树三郎译注《庄子》，中公文库全 3 卷，新版中公クラシックス全 2 卷。

市川安司、远藤哲夫译注《老子·庄子．上》，《庄子．下》，新释汉文大系 7·8，明治书院- 原文·训读·译注解说。

福永光司、兴膳宏译注《老子 庄子》，世界古典文学全集 17。筑摩书房，福永光司译注，兴膳宏修订。

森三树三郎《老子·庄子》，讲谈社学术文库，1994 年。

诸桥辙次《庄子物语》，讲谈社学术文库，1988 年。

蜂屋邦夫《庄子＝向超俗之境》，讲谈社选书メチエ，2002 年。

中岛隆博《庄子 化鸡报时》，书物诞生，岩波书店，2009 年。

蔡志忠、和田武司译《漫画老庄思想》，讲谈社文库。

二 佚斋樗山《田舍庄子》和荻生徂徕的《庄子国字解》

赫曼斯指出："改写与社会文化有着极为重要的关联，因为在不能直接读到某部文学作品或该作品不存在的时候，改写就决定了这部作品的'形象'。"① 那些对中国文学进行改写的作品，比起原作，更适应日本社会当时社会文化的需要。

佚斋樗山（1659—1715），自 1727 年刊行《田舍庄子》以来，相继写出《河伯井蛙文谈》、《再来田舍一休》等所谓"樗山七部书"。《田舍庄子》用动物对话的形式，表现《庄子》的"三言"（寓言、重言、卮言），开老庄思想流行的先河。樗山与京都的增穗残口并称为广义的谈义本的鼻祖。在他最后刊行的《地藏清谈》一书的末尾，概括自己作品的内容，说：

> 予所著七部书，外题虽异，却始终一意，全为《田舍庄子》也。其所语不过《逍遥游》《齐物论》《人间世》。托于其物，寓言也；其戏说，卮言也。虽曰调和众口、慰藉他人之情，皆不离《大宗师》也。②

谈义本，亦称谈义物，是宝历（1751—1764）年间流行的滑稽读物。1752 年静观坊好阿《当世下手谈义》开其端绪，仿照谈义僧、讲谈师等的口吻，在笑谈中掺杂教训，讽刺社会现象，是滑稽本的先驱。

中野三敏把这本书比喻为享保改革理念的发言人，"在幕府以来恰好一个世纪的时候，德川吉宗尝试要打造名副其实的江户时代，着手振兴诸学，发展经济，完善支撑这些的各种法令，而最使他伤透脑筋的，则在于治者、被治者各自的精神依据，用当时的话来说，就是确立'心法'，本书所表明的心迹是，论述'治者'的'心法'，那自有人在，我所要担当的是要说明被治者该有的样子，可以依赖的心法是什么样子。"③ 所谓"心法"，与今日所谓"软实力"有相通之处，"软实力"是指一国文化与意识形态的吸引力，

---

① Hsrmans, Theo. *Translation. in Systems: Descriptive and System-oriented Approaehes Explained.* Manchester: St. Jerome, 1999. p. 128

② 〔日〕中野三敏校注『田舍庄子 当世下手談義 当世穴さがし』、岩波書店 1990 年版、第 378 頁。

③ 〔日〕中野三敏校注『田舍庄子 当世下手談義 当世穴さがし』、岩波書店 1990 年版、第 2 頁。

是依靠吸引而非强制的方式达到期望效果的能力。德川幕府所想确立的"心法",也正是要通过确立治者与被治者各自的精神基础,来建立起巩固的政治统治和思想统治,在治者方面强化朱子学,以及在被治者方面提倡老庄哲学,都可以说是以法定思想武装来解除双方个人思想武装的手段。

图63 《田舍庄子》插图

《田舍庄子》以动植物对话的方式来阐释被治者的智慧,从目录可以看出书中出场的各对话方:

卷上　雀蝶变化　木兔自得　蚿蛇疑问　鸭鹬得失　鹭鸟巧拙
卷中　菜瓜梦魂　蠹之神道　古寺幽灵　蝉蜕至乐　贫神梦会
卷下　庄右卫门传　猫之妙术　庄子大意
附录　圣庙参诣　鸠之发明

《田舍庄子》有署名为"刘山郭"的日文序,译文如下:

　　大块意气,其名曰风。大块者,天地也。天地之间所生万物,若云皆此风来者之物,则人侧耳,膝不知前席。与会奇奇怪怪者,俗之情也;嗜好空言,俗之口也。因乎情谈其奇而近乎道,因乎口而尝其味,有乐生而谓之如何之日矣。《田舍庄子》，如此之书也。①

序言挑明，这是一本写给俗人看的书，喜欢奇奇怪怪的事，是一种俗情；爱说空话大话，是一种俗口。这本书让俗人在口耳享受之中去接近"道"，感受人生的乐趣。书中不仅对俗情、俗口不予排斥，而且对俗人的俗需求，例如安全感，安逸的生活状态的愿望等，都给予正面回应。书中又有署名为"水国老渔"的汉文跋如下：

> 余妙年时曾见此书，而称其窥南华之一斑，而与寻常俳优悦人之书大有径庭，久之并其名而遗忘。一日书贾某斋来示余。余再诵之，以为非特寻常俳优悦人之书不可及，与彼智术小技之册、嚣嚣追时好者亦有别。书贾因语以上梓之事，求余一语不止。余岂有他说耶，直记其事与之云。②

书中带有综论性质的《庄子大意》说：

> 或曰："庄子近禅。"不然。其气象，有所似，其大本则异。佛氏说三世不止，以造化为幻妄；庄子不语三世，以造化为大宗师。有千里之差。庄子，圣门之别派也。孔子曰："不得中行而与之必也狂狷乎？狂狷进取，狷者有所不为也。"不知者之所言，不宜用。
> 禅虽曰谈高远，直语而其言易晓。庄子乃稀世文笔。其妙如龙之变化难见，为其无端涯之言所醉时，又唯为庄子所弄。③

对此书，雨森芳洲《橘窗茶话》有如下评论。雨森芳洲喜欢学作白话文，他的文字中不免文白夹杂：

> 我昨夜看《田舍庄子》，真是识得《庄子》了，但不知其人果为如

---

① 〔日〕中野三敏校注『田舍庄子　当世下手談義　当世穴さがし』、岩波书店1990年版、第3页。
② 〔日〕中野三敏校注『田舍庄子　当世下手談義　当世穴さがし』、岩波书店1990年版。
③ 同上书，第53页。

何，故不可轻易印证耳。其人果能笃实，又说出这个话，虽不是中行也，好道一个高明透彻的人物。一部几卷，真是难得之书也。若是轻俊，上有这个话，竟是不中用了。何谓笃实？曰：言忠信，行笃敬。何谓轻俊？曰：如阪城俳谐家，或京上作戏文的。形容人情，说出世态，令人叹赏不已。雨森芳洲肯定《田舍庄子》作者读懂了《庄子》，却又指出，此书是否真有价值，还要看作者，是怎样一个人。如其行为笃敬，那就是一本难得的书。所谓"中行"，是指行为合乎中庸之道的人，语出《论语·子路》："不得中行而与之，必也狂狷乎！"文中说如果行为笃敬，即便做不到中庸，也是高明人物，如本人行为轻浮，那书也就只当作戏，供人取乐而已。仿佛乎风人之旨，惟其轻薄俊爽，败坏人心，纵是天花乱坠，也供一笑而已。①

接着雨森芳洲又说：

顷观《田舍庄子》，虽若俳谐，其中多精到语，此必一知"道"者所撰，只不知其何姓、何名、何居住也。天下人孰不读书，然读书而能得书意者，千百中难得一个，田舍子亦云。②

田舍，意为乡下，而《田舍庄子》并不是为乡下人写的书，它的预想读者是町人，乡下意味着在野、非官方、庶民。书中出来讲人生哲学的却是乡下常见的雀、蝶、兔、猫、蛇、鸥之类，这正借用的是《庄子》的招数。在《庄子》一书，蝉与斑鸠、虾蟆与甲鱼、蛇与风，一切生物、非生物都会说话、辩论、讲道理，谈它们的生存之道。《田舍庄子》中出现的都是些小动物，而没有狮虎狼熊之类的猛兽，这表明作者关注的是那些普通人的心态。在威猛强硬的体制下，易脆易损的小人物想拼死抗拒，只能自取其败，而逆来顺受则难免心生怨怒，如何能全身远祸而自得其所，便是《田舍庄子》试图回答的问题。作者虚构的解答者，不时引经据典，又似乎在谈自身的生存感受。下面所译是其中较短的《蝉蜕至乐》：

---

① 〔日〕日本随笔大成编辑部『日本随筆大成』第二期第 7 卷、吉川弘文舘 1994 年版、第 381 頁。
② 〔日〕日本随笔大成编辑部『日本随筆大成』第二期第 7 卷、吉川弘文舘 1994 年版、第 382 頁。

蝉自树上而下，谓其蜕曰："吾与汝本一体在土中，今我辞汝吟于树上，得美荫而乐。我非憎之而弃汝不顾，然我之力，无可奈何，汝切勿怨我。我察汝之情，每唯忸怩。"

　　蜕曰："汝惑之甚矣。天地之间，物皆有命。非知力之所及。其上汝生羽翼，吟于美荫，乐则乐矣，而有不意鸟来掠食之虞。有此乐必有此忧，此世之常也。今吾精神气血皆逊于汝，唯张开大隙，无事而乐，又何求焉？不好生，不怨死，吉凶荣辱，不自知之。风吹则随风而飞扬，风止则我亦止之，不逆物而动，形坏足折亦不痛。无自营之事，则天下无忧无虞，王公富贵亦不值一顾。其实无我，故免于苦乐得失之境。佛之所谓寂灭为乐，当默而识之。"蝉曰："汝乃解脱者也。我虽曰饮露无求于世，然尚不免活物之事。愿闻处于人世之道。"蜕曰："非我所知也。然窃有所闻。造化生我，我游于其中，死生祸福，命也。爱之则系缧绁其心，恐之则苦楚其心，思其力所不及，忧其知不能者，愚之至也。唯与物游，随遇而安，不容私意之时，则得天下之至乐，了无为物所坏之事。唯生时尽其道，死时安其归，有何难哉！"①

　　《田舍庄子》并不是对《庄子》原原本本的阐释，而是借庄子之名，鼓吹庄儒合一，宣扬知足安分哲学。这种哲学的基础，便是日本近世初期以来流行的朱子学色彩强烈的天理人欲观再加上所谓"无用之用"观的造化思想②。作者将这种哲学当做庶民的生存之道，这是一种绵羊哲学，即最安全的生存方式就是混入羊群，随遇而安。从积极的方面讲，就是凡是自身不能改变的就淡定接受；从消极的方面讲，就是放弃改变外界环境的努力，心安理得地随顺命运安排。

　　不过，就是在说明这种生存哲学的时候，作者也采用的是日本人熟悉的文学语言。如《田舍庄子外篇》卷之一用四季变换来说明造化原理：

---

　　① 〔日〕中野三敏校注『田舍莊子　当世下手談義　当世穴さがし』、岩波書店1990年版、第34頁。

　　② 〔日〕大野出『日本の近世と老莊思想』、ぺりかん社1997年版、第293—317頁。

　　　　天地造化亦以正直之道而行。春生之物，感春变暖之气而生，不暖则不生；夏长之物，感夏之炎蒸之气而枝繁叶茂；秋实之物感秋之冷气而结实，年年如一，既非作假，亦不错讹，冬则寒而降雪，夏则暑而雷鸣。

　　《田舍庄子》之后，模拟之作时有所见。《田舍庄子》以乡下常见之物说庄子，后来信更生所著《都庄子》（1732年，京都刊）就以都市常见之物说庄子。继而又有田中友水子所著《梦中一休》（1742年，大阪刊）、友水子著《面影庄子》（1743年，大阪刊）、燕志堂所著《梦中老子》（1747年，江户刊）、名张镜湖所著《都老子》（1752年，江户刊）①等假老子、庄子和一休之名，说安分守已之术的书，俨然是那时的"心灵鸡汤"之类。这类书是文士为町人解忧消愁而书写的读物，消遣的水中兑些学问之酒，使阅读者能在解闷的同时，感到打发无聊似乎也在享受学问，由于这些书的销路决定作者的写作欲望，所以一种写法卖的好，便会有跟风仿造者，同类的书前后很容易形成族群。《田舍庄子》及那些假庄子、老子、一休之名而编出来的故事，是江户町人流行文化的产物，只能算是《庄子》、《老子》的衍生物，距离老庄思想本身，已经相当遥远了。

　　对《庄子》的另一类改写，学术性则较之有更强一些。荻生徂徕所撰《庄子国字解》，江户时代以写本流传，1904年由东京文昌堂刊行。书中有"大意"特别谈到《养生主》一篇：

　　　　所谓主人公者，人人说真心也。此真心，亦称真君，亦称真一，亦称大道。此《庄子》之篇每说也。以此真一作为本体，不借儒教、佛道，君臣、父子、夫妇之道，径直树立。若为自神代直至今日泰平安宁之治之日本之大道，乃真一之神道也，略称唯一神道。所谓神道，神国之大道之略也。必非唯授一人之两部习合。谓唯一向之神道，不当误作唯一也。以上所谓真一，于佛道亦称一切如来、妙圆觉之心，亦称菩提心，亦称佛性，亦称佛心；于禅家，亦号本来面目，亦号无位真人，亦

---

① 〔日〕中野三敏校注『田舍莊子　当世下手談義　当世穴さがし』、岩波書店1990年版、第384頁。

号主人公：于其余诸宗，呼作种种名号，皆此真一之事也。故此以人人能养真一真心之事为专一也。

"大意"又说：

《庄子》一篇，其旨说明神仙清净真一之灵要，故即便古今之大儒、硕儒及高僧、知识，亦不能解其本意。解之，非不能也，是不能达其本意也。故观察颇多注解，犹似隔靴搔痒，况己之未明，无眼而如何得以日语解释此篇乎？虽然，不堪看世之童蒙梦里不识庄子之老婆心，故欲以日语解之，捻起秃笔，述其大略，以国字，可谓无风起浪，贼后之弓，为何用哉！许给余三十棒，幸甚幸甚！①

《田舍庄子》虽名之曰"田舍"，又以乡间草木虫鸟为寓，而表达的却是顺应多变的市场，求得一个安稳的生存环境的小市民的诉求。至少在平静的江户中前期，这种《庄子》解读方式没有传出相反的声音。荻生徂徕把《庄子》看作是与"泰平安宁之治之日本"的"大道"在根本上一致却尚未被高僧、硕儒说清楚的思想与知识体系，尝试将其用日语译解将其推向町人社会。此二书都有将《庄子》世俗化的倾向，并同样是指向人心而非社会实践。到了风雨飘摇的江户末期，前者町人市的解读，后者书斋里的解读，便都不能使主张尊王攘夷的武士阶层得到满足，甚至《庄子》本身相对主义的价值观与全身远祸的生存哲学，也受到他们的抵制。吉田松阴曾作《读庄子》："彼是同存一是非，太初何更有成云。假令斯说被皇城，谁复尊王攘四夷？"② 他推崇的是豫让、田单、纪信这样的实践家、行动派，景仰的是屈原、诸葛亮、文天祥等将君王大义置于个人生死之上的精神偶像，《庄子》反而成为反向激励的思想材料了。

三 为现代思想提供反向思维

加岛祥造所著《庄子》强调，日本的兼好、芭蕉、良宽都曾经深读《庄

---

① 〔日〕荻生徂徕『庄子国字解』、文昌盛堂 1904 年版。
② 〔日〕吉田松陰『松陰詩集』上、吉田庫三刊、1833 年、第 22 頁。

子》，他们都是清清楚楚想要从体制社会里走出来过日子的局外人（outsider），一定只把《庄子》看做较真儿的书。在这个方向来看的时候，《庄子》是深奥的人生处方，而加岛祥造要告诉人们的是对《庄子》有趣的发现。他将《庄子》与日本的落语并观，希望通过笑声去领悟《庄子》的深刻思想。

　　加岛祥造认为老庄的中心课题是道力（タオ・エナジー，dao energy）在我们每个人当中起作用，它超越人类社会在起作用。人们埋头于创建体制社会，而忘却了这种力量就在自己身上。这种倾向增强，在社会体制中自己将随便受气。但是，稍微换一种新眼光，就可以从这种体制社会的捆绑中松一口气，从而让自己的生命返回到整体的存在。因而，不是排斥和抗击体制社会，而是在现在的自己身上，用另一只眼睛来看——那正是假眼，里面笑与幽默在发挥作用。这一点，可以说就是《庄子》幽默的眼目吧。"① 可以看出，加岛祥造所看重的是《庄子》那些劝导人们用有别于常识的眼光去看待自己，从而寻求精神的解脱，而不是对现行体制提出挑战，对社会体制采取抗拒的态度，这可以说是与《田舍庄子》所倡导的生活态度一脉相承。

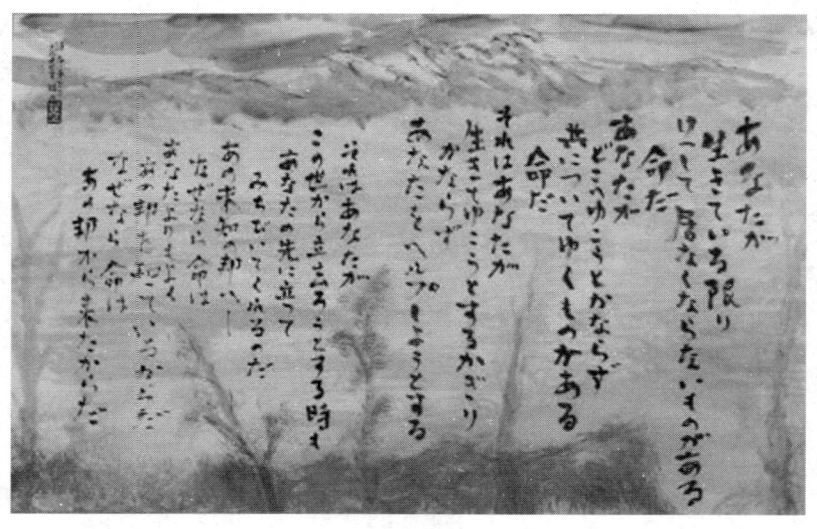

图64　加岛祥造水墨画与译诗

---

①　〔日〕加岛祥造『荘子——ヒア・ナウ』、PARCO出版2006年版、第1页。

加岛祥造列举的《庄子》的道力包括宇宙意识、玄（不二）、非区别、"空"的作用、无为、自然体的自在、无用之用、大自然的作用、肯定生命、否定权力、拒绝与否定"自我中心性"与外观上的判断、生死一体观、自由与实存、"气"的作用、坐忘的精神。

　　加岛祥造《庄子》以这样的小序开头：

　　　　二千四百年前、とてつもない男がいた。
　　　　奇妙なおもしろい話を、数知れぬほど語った。
　　　　どれもタオについての話だった。
　　　　笑うことこそ、あの大きなタオに触れるいちばんいい方法だ。
　　　　彼の笑う声も、いまの私たちに、きっと聞こえるはずだ。①

　　　　两千四百年前，有个不靠谱男，
　　　　奇妙有趣的故事，他讲了千千万。
　　　　都是些讲"道"的妙论奇谈。
　　　　笑一笑，是和大道相处最好的法子，
　　　　他的笑声，今天的我们也一定听得见。

　　和那些注释书或译本不同，加岛祥造这本书开头没有目录，而是在书后列出各篇出自《庄子》的哪一篇。他把《庄子》的幽默和好笑当作一个最突出的特点，他说老庄的"道主义"在本质上是朝向"笑与解放"的方向的，老子和庄子都是与来自生命力根源的笑相联系的哲人。

　　加岛祥造讲了落语中一个"假眼"的故事。说有人一只眼装了假眼，每天晚上把假眼放在枕边盛水的杯子里面。有一天他喝醉了，错把假眼当水和水一起喝进了肚子里，假眼在肚子里四处乱动，搞得他狼狈不堪，于是找到医生。医生拿来吹火筒，从他屁眼里往里面看去，不由得吃惊大呼："不好了！有谁在里面也在往外边看！"加岛祥造从《庄子》的故事中看到了与平常看世界不同的另一种眼光，一种能够平衡紧张与松弛的生活态度

---

① 〔日〕加岛祥造『荘子——ヒア・ナウ』、PARCO出版 2006 年版、第 1 頁。

的眼光。

《庄子·应帝王》中的浑沌故事，深意微妙，说："南海之帝为儵，北海之帝为忽，中央之帝为浑沌。儵与忽，时相与遇于浑沌之地，浑沌待之甚善。儵与忽谋报浑沌之德曰：'人皆有七窍，以视听食息，此独无有，尝试凿之。'日凿一窍，七日而浑沌死。"郭庆藩从南儵北忽的名称中寻绎寓言的含义，其《疏》曰："南海是显明之方，故以儵为有；北是幽暗之域，故以忽为无。中央既非北非南，故以浑沌为非无非有者也。"又解释南海北海之会于中央："有无二心，会于非无非有之境，和二偏之心为一中之志，故云待之甚善也。"对两帝商议为中央凿窍，郭庆藩《疏》云："儵忽二人，（由）（犹）怀偏滞，未能和会，尚起学心，妄嫌浑沌之无心，而谓穿凿之有益也。"这样穿凿的结果，是中央之帝的死去，郭庆藩感叹道："夫运四肢以滞境，凿七窍以染尘，乘浑沌之至淳，顺有无之取舍；是以不终天年，中途夭折，勖哉学者，幸勉之焉，故郭注之为者败之也。"① 最后归结为勉励学者努力为学。曹础基《庄子浅注》则从这个故事与全篇的联系来说明，认为故事说明统治天下不是靠才能智慧，而是要虚心若镜，无为而治。即"立乎不测，游于无有"。季咸以能测知人的生死寿夭自我标榜，结果在壶子面前以失败告终，是"可测"的破产，反证必须"立乎不测"；儵、忽凿死了浑沌，是"有为"的恶果，反证必须"游于无有"②。郭庆藩采用的是一种古人的寓言细读，从一字一句中挖掘深意；曹础基采用的是整体的语言读法，从《应帝王》整篇的结构抽绎文章的逻辑，另外还会有一种古文今读法，那就是竭力将它与现代社会意识挂钩，从中寻觅其现实意义，比如违背了客观规律就会遭致自然的惩罚啦，儒家讲"己所不欲，勿施于人"，而这里讲到"己之所欲"，也要"勿施于人"啦，甚至可能还会有人从中找到对理解科学发展的启示。可以说，《庄子》这个寓言正是"己之所欲"，也不可强加于人这一道理的极佳注脚。

最让人意想不到的，是1949年诺贝尔物理学奖获得者汤川秀树（1907—1981）对这一寓言的理解，他发现儵和忽原来很像基本粒子，当它们各自活动的时候，并不起任何反应，可是一旦它们自南自北而来，在浑沌的领地上

---

① 郭庆藩辑：《庄子集释》第一册，中华书局1982年版，第309—310页。
② 曹础基：《庄子浅注》，中华书局1982年版，第120页。

会合，就产生了基本粒子的冲突。①

　　加岛祥造说这个故事，把人们带到日本江户故事（御伽噺）式的空想当中。

混沌王の死

　　　混沌の中から天と地が分かれた。
　　　天の王さまと大地の王さまができた。
　　　このふたりは、何でも速くやりたがる、せっかちな連中だった。
　　　天の王さまはあわてて星をつくり、
　　　大地の王さまは、せっかちに、地上にあれこらをつくった。

　　　ふたりは、時々、もとの住まいの「混沌」の王さまを訪ねていった。
　　　混沌王は、天の王と大地の王を、
　　　いつも優しくもてなして、ごちそうしてくれた。

　　　ある時、天の王と大地の王は、
　　　いつも混沌王にごちそうになってばかりいてすまない気がする、
　　　ひとつお礼に何かしようじゃないかと、話し合った。
　　　「そうだなあ、どうしてあげたらいいだろう？」
　　　「そういえば、人間は、七つの穴を持っている。
　　　目と鼻と耳と口だ。それらを使ってエンジョイしている。
　　　ところが混沌王には、目も鼻も何もない。
　　　ひとつ、あのかたにも穴を開けてあげようじゃないか。
　　　そうしたら、きっと喜ぶに違いないぞ」
　　　それは良い考えだと言い合って、ふたりの王はさっそく取りかかった。
　　　最初の日に、まずひとつ、
　　　次の日にはもうひとつ、

---

①〔日〕青木正児、吉川幸次郎等：《对中国文化的乡愁》，戴燕、贺圣遂选译，复旦大学出版社 2005 年版，第 186 页。

というふうに、七日かかって、穴を開けていった。
人間と同じだけの穴を開け終れて、
これできっと、喜んでいるに違いないと訪ねていった。
混沌王は死んでいた。①

天和地在混沌里分了手，
就有了天王和地王。
两个什么都想快干，一对急性子伴儿。
天王火急火燎造了星星，
地王忙忙叨叨在地上摆下这一摊儿那一摊儿。

两王有时候儿拜访老家的混沌王，
混沌王对天王和地王
总是亲亲热热，款待以美餐。

有一回，天王和地王商量，
尽吃混沌王好饭，实在有点过意不去，
不管干啥，也该把情还还：
"可不，好歹也该做一点。"
"说来人都有七窍，
眼睛、鼻子、嘴，用它们来观美尝鲜，
可是混沌王，眼睛鼻子全没有，
给他开开，怎么样？
那样做，他一定喜欢。"
都说是个好主意，两王赶紧快干。
头一天，先开了一口，
第二天，又剜了一口，
就这样，七天开了七个口，

---

① 〔日〕加岛祥造『莊子——ヒア・ナウ』、PARCO 出版 2006 年版、第 11—13 頁。

和人一样，有了七个口，
想他一定高兴，来到他家门前，
混沌王命归西天。

在加岛祥造的笔下，浑沌之死是两个性急的好心人犯下的错误。儵、忽、浑沌的名字的象征意义被天王、地王、混沌王这样好记好懂的名称所代替，穿凿之举也只是出于答谢款待的人之常情，两王凿窍不过是讨人欢喜。加岛祥造针对的可能就是一般日本人性急的脾气。"好事快干"这句谚语正是日本人这种个性的写照，包括近代的发展，都是日本人手忙脚乱快手快脚劳作的产物，而带来的问题也是到处可见的。庄子的这个故事正可以给不同文化背景的人找到另一种智慧。

加岛祥造说："一想到庄子，就感到中国这块地方，有时候真是产生出出乎意料的巨人。他可以说是人的自由精神完美怒放的罕见存在。饱览古今东西人类全体的作为，并且在两千三百年前已经写出了堪称世界上"最有趣而深奥的书，之一的这本书，我们只能为之傻眼。"① 相对于大陆中国，加岛祥造感到了日本国土狭小、民族单一等"规模"上的局限，因而在《大智慧》一篇中，这样开头：

大きな知恵

大きな知恵というのは、ゆったりとすべてを包みこんでゆく。
小さな知恵というのは、片一方にかたよって、こせこせしている。
大きな知恵からくる言葉は、簡明で静かだが、
小さな知恵からの言葉というのは、かん高くてうるさいのさ。②

大智慧，宽敞坦荡，包容一切，
小智慧，偏向一隅，憋憋缺缺。
大智慧说出的话，简明而平静，

---

① 〔日〕加岛祥造『莊子——ヒア・ナウ』、PARCO出版2006年版、第218頁。
② 〔日〕加岛祥造『莊子——ヒア・ナウ』、PARCO出版2006年版、第162頁。

小智慧说出的话，咋咋呼呼，聒聒喋喋。

加岛祥造对"大智慧"和"小智慧"的见识，以及他通过《庄子》自由译表述的人生哲学，固然是一位受到西方《庄子》阐释影响之后的老者、思想者对自身人生经验的总结，更是他感知日本"泡沫经济"崩溃后经济低迷时期社会心态变化的结果。20世纪90年代以后，日本人告别了经济高速增长带来的激情、狂热与焦躁，逐渐接受了放慢了节奏、放平了心态的生活，用更多的时间去思考自己所需要的到底是什么的问题。在人口老龄化、少子化（低出生率）、所谓"团块世代"（战后不久出生的一代）进入退休年龄等社会问题面前，普通人需要从高速经济成长时期诸位追求"一户建"住宅、在"三高"（高学历、高个子、高收入）人群中寻爱之类的生活目标中转过身来，现实地确定自身在社会中的位置。加岛祥造笔墨下的《庄子》，有些就间接涉及到这样的问题，主张用"大智慧"来调节自己的心态，可以说，加岛祥造笔下的《庄子》，就是20世纪末的日本智者的言说。

图65　加岛祥造水墨画《还归山河》

中 编

第五章

《论语》的传播与翻译

"子曰：'学而时习之，不亦说乎？'"是《论语》开卷第一句，也曾是古代日本学童读书伊始素读起步最先学习的句子。据说公历285年（应神天皇16年）《论语》由百济王仁博士带到日本，先于日本最古的史书《古事记》427年，即为日本人最初到手的书籍，1700年来，作为调控日本人生存意义的外来书，已经化为日本人的血肉，被评为"古典中的古典"。

最早留下研读《论语》痕迹的是空海（774—835），在他所撰写的《三教指归》中虚构了一个儒教代言人龟毛先生，向佛教的代言人假名乞儿、道教代言人虚亡隐士宣传儒教主张，他最后劝导蛭牙公子说："宜蛭牙公子，早改愚执，专习余海。苟如此，则事亲之孝穷矣，事君之忠备矣，接友之美普也，荣后之庆满也。立身之本，扬名之要，盖如斯欤？"[①] 不过他的主张最后还是被作者从佛教的立场予以否定了。但是，孔子的教育思想却对空海很有影响。空海从唐归国后，开办了综艺种智院，在他撰写的《综艺种智院式并序》一文中，说明办学缘起："今是华城，但有一大学，无有间塾，是故贫贱子弟，无所问津；远坊好事，往还多疲。今建此一院，普济童蒙，不亦善乎？"[②] 可见他办学是为了解决贫贱子弟的入学问题，他在此文中还阐述了自己的教育思想，《招师章》一节说："若有青衿黄口，志学文书；绛帐先生，心住慈悲，思存忠孝，不论贵贱，不看贫富，随宜提撕，诲人不倦；三界吾

---

① 〔日〕渡邊照宏、宮阪有勝校注『三教指歸　性靈集』、岩波書店1976年版、第101頁。
② 〔日〕渡邊照宏、宮阪有勝校注『三教指歸　性靈集』、岩波書店1976年版、第423頁。

子,大觉狮吼,四海兄弟,将圣美谈,不可不仰。"① 表明要遵循有教无类的宗旨,以诲人不倦的态度从事教育活动。可以说,空海是日本第一个效仿孔子开"私学"之风的教育家。

今天的日本,每年都会有数种与《论语》有关的各类著述出版。将近代迄今出版的各类著述盘点一下,可以看出绝大多数都属于解读类,主张从《论语》中汲取人生心得的说解占绝大多数。从学者的论述来看,指出儒教负面影响的议论虽不能说绝无仅有,但从总体来看数量极少,影响甚微。比较有名的,如著名小说家、剧作家、评论家正宗百鸟(1879—1962)曾在1904年发表的《〈论语〉与〈圣经〉》中抨击了所谓圣人不敢进行"公平观察"的现象,认为《论语》和《圣经》到底都是"不值得敬畏的凡书"②。

第一节 《论语》环流的文献学研究

探讨《论语》的日本传播史和接受史,日本学者可能会异口同声地提到林泰辅的《论语年谱》,这的确是不能不读的一本资料翔实的著作,不过,它的资料也只到明治末期。还有一部书是不可不用的,那就是台湾学者林庆彰主编的《日本研究经学论著目录》,所收为自1900至1992年的目录,其中《孔子与论语》部分,还有"日本《论语》研究"一项③。

一 《论语》流传的纵向回顾

据《古事记》记载,应神天皇十六年(公元285)和迩吉师(《日本书纪》作王仁)从百济来到日本,献上《论语》十卷、《千字文》一卷。推古天皇十二年(公元604)4月,圣德太子制定的十七条宪法引用了《论语》的"以和为贵"、"使民以时'等语句,说明当时《论语》受到贵族社会的重视。根据奈良时代编纂的养老律令(养老二年,公元718),《论语》与《孝

---

① 〔日〕渡邊照宏、宮阪宥勝校注『三教指歸 性靈集』、岩波書店1976年版、第427頁。
② 王晓平:《梅红樱粉——日本作家与中国文化》,宁夏人民出版社2002年版,第145—151页。
③ 林庆彰主编:《日本研究经学论著目录》,台北:中央研究院中国文哲研究所1993年版,第419—620页。

经》都是大学寮各科兼学的必读书。使用的课本据说是郑玄注《论语》和何晏注《论语集解》。奈良时代对策文中有策文谈到学习之理说："学为修德之端，习亦立身之要"，又说："至若七十之达，会洙泗而钻洪教；五六之童，游舞雩而仰芳风。"引用了《论语》中的"侍坐章"①。

现存的平安朝初期成书的汉籍目录藤原佐世（897 年去世）所编著的《日本国见在书目录》中著录了郑注（10 卷）、集解（10 卷）、褚仲都撰《论语疏》（10 卷）、佚名氏《论语》（6 卷）、《论语义》（1 卷）、《论语音》（1 卷）、《论语弟子录名》（1 卷）、《论语私记》（3 卷）。前田本《枕草子》中提到文章的典范是《白氏文集》、《文选》、《论语》和《史记》中的《五帝本纪》。从平安时代中期到镰仓初期出版的各种金言集，从宽弘四年（1007）源为宪编的《世俗谚文》、直到镰仓初期藤原良经的《玉函秘抄》、藤原孝范的《明文抄》、菅原为良的《管蠡抄》，全都收录了《论语》的警句名言，室町时代还出现了将全文通俗讲解的《论语》抄。

《论语》传到日本以后，主要是在宫廷、缙绅和僧侣之间流传，后来发展起来的加点训释，也是作为一种秘传秘说由各博士家传授的。

平安时代天下安定的岁月，每年举行的释奠（祭孔）活动已经对孔子与儒教的尊崇以制度化、仪式化的形式固定下来，朝廷举行的讲读儒家经典的活动，也曾以《论语》为内容。《扶桑集》载善相公（三善清行）《仲春释奠听讲〈论语〉赋有如明珠并序》："圣教融通义入幽，更将光辉比隋侯；莹来不是鲸精变，学得还如象罔求。"②是众多听讲读后所赋诗篇的代表作之一。武人学习《论语》也从这时开始，《论语》为尚武精神所用，从此以后就成为日本式《论语》接受的一个显著特点。康保三年（966）夏右亲卫源将军招翰林藤学士讲《论语》，《本朝文粹》卷第九载源顺所撰《夏日陪右亲卫源将军初读论语各分一字》，其序曰：

> 康保三年夏，右亲卫源将军，招翰林藤学士，初读《鲁论语》。时人以为不耻下问，能守文宣王之遗训焉。何则？俗人未必贤智，以为

---

① 〔日〕國民圖書株式會社编『日本文學大系』第二十四卷、國民圖書株式會社 1928 年版、第 380 頁。

② 〔日〕田坂順子編『扶桑集——校本と索引』、櫂歌書房 1985 年版、第 76—77 頁。

《论语》者，幼学之书也，不足于晚学，不知其先圣微言，圆通如明珠之义矣。将军职列虎牙，虽拉武勇于汉四七将，学抽麟角，遂味文章于鲁二十篇，所谓泛爱众而亲仁，行有余力，则以学文，盖将军之谓乎？爰有总州员外顺者，昔是南曹聚雪之生，今则东海指云之吏，学拙官冷，憖献芜词云尔①。

康保三年，即宋乾德四年。这里说一般人以为《论语》是幼学之书，而不懂得圣贤的微言大义，赞扬将军能够做到行有余力而学文。

日本中世战频仍，常被描绘为黑暗时代，然而，也正是在这个时代日宋之间的书籍传播与禅僧往来为汉学带来了新的机遇。高桥智把这个时代称为"奠定近世以来汉学基础的时代，再也找不到自大陆传来的汉字文化像这样直接输入的时代，在思想、阐释、出版文化方面常以新的方向向前迈进的时代"②，正是着眼于汉学的新气象。镰仓时代正安元年（公元1295）元代学僧一宁来到日本，正式传入朱熹的《论语集注》，以后逐渐取代郑玄、何晏注的《论语》，朝廷讲席也用宋人之说，新注大行。流传至今的《论语》旧抄本，见证了《论语》讲读在传播史上的独到作用。《论语》讲读，对日本人的精神生活独具意义，而其基础，正是以平安时代以来的贵族间进行的高端讲读为背景，而由室町时代的世袭儒生和寺庙讲读共同努力延续下来，那些旧抄本，或是讲师的讲稿或课本，或者听讲者记录的整理，都直接反映了《论语》传播的实况。

德川时代朱子学为官方学术，程朱之说受尊崇，朱熹新注《论语》的读者，扩展到一般庶民，有关《论语》的书日渐增多，除尊奉程朱的德川幕府御用学术的林家之外，还有反对朱熹性理说的伊藤仁斋的古学派，以及从考证学立场批判朱熹的荻生徂徕的古文辞派。下面将日人有关《论语》的著述择要简述如下。

首先要提到的是《论语抄》，这是讲解《论语》的书，东山文库藏，应永二十七年（1420）抄本，五册，第一册为称光天皇御笔，第二册以后由五条为纲受敕抄写，讲解者不明。从其与清原家的家说一致看来，可以认为是

---

① 〔日〕大曾根章介、金原理、後藤昭雄校注『本朝文粋』、岩波書店1996年版、第281頁。
② 〔日〕高橋智『室町時代古鈔本論語集解の研究』、汲古書院2008年版、第327頁。

天皇的伺读清原赖季的讲义。在这类讲解《论语》的抄书中，还有清原宣贤的《论语听尘》、清原业忠的《论语闻书》以及笑云清三的《论语抄》。其中《论语听尘》是清原宣贤根据家传之说和本人看法解说《论语》的讲义，据何晏集解本、皇侃义疏本折衷古注新注。该书今有多种抄本，收藏于大阪府立图书馆、京都两足院等处。清原业忠的《论语闻书》二册，是建仁寺大昌院的天隐龙泽（1421—1500）记录中兴清原家的硕儒业忠（1467 去世，59 岁）的讲义成书的，时在 1458 至 1467 年之间。该书抽出《论语》各章首句，以下加以注释，对集解、皇疏、邢疏、朱注加以折衷取舍。1535 年由一位名叫赖口的人抄写的本子，今存国会图书馆，有复制本，收于《近代语研究》（3，1972）。另外，笑云清三的《论语抄》是在其师湖月信境的讲义基础上加上景徐周麟的《论诸闻书》编撰而成的，为 1514 年成书，据皇侃的义疏本全录原文，加以训点，以假名记讲解，以古注为注，也参考了新注，并吸收了清原家的说解。

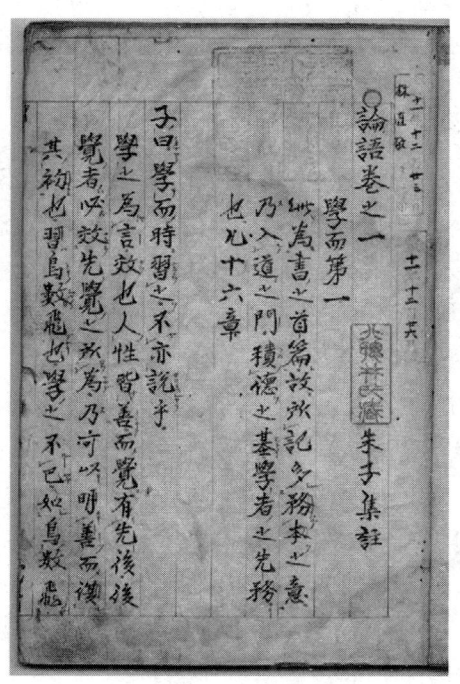

图 66　《论语集注》元龟年间写本

1603年，尚未布衣的林罗山（1583—1657，号道春）在京都据朱熹的《论语集注》开筵讲《论语》，遭到明经博士船桥秀贤等人非议，上奏德川家康，反而得到家康首肯。罗山遂对《论语》重新训点，即所谓"道春点"。罗山后多次为家康进讲《论语》。《德川实记》附录载：后光明天皇正保四年，即1647年，"十月二十四日，德川家康当先朝之忌辰，颇觉寂寥。因遂召林信胜，讲四书听之，近臣亦听之。"《鸠巢小说》载伊藤长胤《论语集解序》载："后光明天皇深好学问，天子诸侯乃人民之主，当为有用之学，宣汉唐古注之说不亲切，以后当以程朱之新注讲之。时之讲官，用郑玄、孔安国之注疏，奏本朝之故实。天皇乃宣：不知自我作古之谓，古之贤君，皆从善者，自是于经筵讲新注。"

二 江户时代《论语》著述举要

《论语》在采用现在的构成以前，有所谓"原论语"，有"齐论"、"鲁论"和孔子旧宅中发现的"古论语"三本。张禹将这三本校订。即"张侯论语"，东汉儒者接受下来，再加以注释，首先必须提到的是成为今天的《论语》，就那一时期的注释后来再加工的《论语集解》（四部丛刊3所收，以下略称《集解》）就成为现代论语研究的基础。

三世纪中叶，是魏人何晏汇集以往的八家之注，参酌取舍，加以己见而撰，俗称"古注"。六世纪，梁代武帝时，皇侃对《集解》又加以补正，撰成《论语义疏》（以下简称《义疏》），日本有武内义雄校本，收入《武内义雄全集》。此书在中国早已散佚，荻生徂徕弟子根本伯修在足利学校文库中发现，宽延3年刻版印刷，反输入中国，令中国学者们惊喜。《足利学校善本图录》可以看到其影印。10世纪宋代学者邢昺的《论语正义》是对《义疏》删繁就简，对《集解》补充的书。与"旧注"相对，朱子的《论语集注》被称为"新注"（收入《朱子学大系》7，以下简称《集注》），随着朱子学的兴起，《集注》开始具有绝对的权威，《论语》被与"圣人孔子"的人格结合起来。确立了令读者作为实践过程中的伦理之书的性质。富山房刊《汉文大系》第一卷所收安井息轩的《论语集说》，在《论语》经文之后，汇集了《集解》、《义疏》、《集注》的说法，甚为方便。

奈良和平安时代主要读的是"古注"，即以《集解》为中心。《论语年谱》推定，《集注》是在花园天皇后期的事情。室町时期就被广泛阅读了。林罗山用于江户幕府的教学树立起朱子学，作为教养的《论语》，首先在武士阶级中普及，接着通过寺子屋等的教育，渗透到一般市民中间。

　　日本的高中生等初学者，时而对汉文产生奇怪的误解。把"子曰"读成"シイワク"，就觉得好像是在学中文，而中国人读的是"ziyue"。"有朋自远方来，不亦乐乎"日语读作"朋有（ともあり）遠方自（よ）り来る、亦楽しからずや"。这样的"训读"弄不懂意思，于是便出现了许多注释书。

图67　江户时代浮世绘画家歌川国芳所绘《二十四孝》中的董永故事

　　江户时代的《论语》著述甚多，各家皆将《论语》视为顶级经典格外重视，阳明学者中江藤树（1608—1648）著有《论语解》、《乡党篇启蒙》①，对于武士道发展贡献良多的山鹿素行（1622—1685）为《论语》做句读，收于《四书句读大全》。折中学派的太田锦城（1765—1828）和猪饲敬所（1761—1845）分别著有《九经谈》和《论语考文》② 等，太田锦城所著

---

①〔日〕中江藤樹『郷黨翼伝』（『藤樹全書』4）、川勝鴻寶堂、1899年。中江藤樹『論語解』（『藤樹先生全集』2）、滋賀県高島市藤樹書院、1928年。

②〔日〕豬飼敬所『論語考文』（『四書註釈全書』2　論語部2）、東洋圖書。

《论语大疏》二十卷，卷首就《论语》作者、书名、三论异同、传承加以解说，而后录原文加以注释，引证古义，比较论定。猪饲所著《论语考文》一卷，据《史记》、《汉书》、《经典释文》、皇侃《义疏》本注解经文字句，引祖峰荻生、中井履轩、大田锦城等人之说加以论述，刊行于1832年；收于《四书注释全书》第四卷。猪饲尚著《论语说抄》一卷（写本），分十六项对诸家之解说予以批评，陈述己见，收于《儒林杂纂》、《续续日本儒林丛书》第14卷。江户后期昌平黉儒官佐藤一斋（1772—1859）著有《论语栏外书》四卷[1]等，在当时都颇受瞩目。

最值得重视的当数伊藤仁斋的《论语古义》、荻生徂徕的《论语征》和安井息轩的《论语集说》。

伊藤仁斋（1627—1705）在京郡堀川的私塾古义堂讲学，时在德川纲吉时代，号称弟子三千，有江户时代第一大儒之称。中国当时尚为清初，考据学未盛，而仁斋尊重古义，排斥宋人臆说。据古义总论，仁斋推崇孔子，称"吾夫子之德，实越群圣人，吾夫子之道高超出天地"，并称《论语》为"最上至极宇宙第一书"，以锐利的学问直观，从哲学上、语言学上纠正朱熹集注的不足。仁斋以《论语》二十篇中前半十篇为上论、正篇。后半十篇为下论、续篇。所著《论语古义》（收入《四书注释全书》，以下简称《古义》）1712年由其子东涯刊行，又收于四书注释全书。伊藤东涯有《论语古义标注》四卷，伊藤东所（善韶）也著《论语古义抄翼》二卷，都是古义的补疏，以抄本流传。《抄翼》一书，是古义一书的摘译，杂以假名文字，有将用汉文写成的古义以日文普及的意图，成书于1786年。仁斋又著《语孟字义》，认为："夫字之于学问固小矣，然而一失其义，则为害不细，只当意义本之于《语》、《孟》，能合其意思语脉，而后方可。"[2]对"天道"、"天命"等词语在《论语》、《孟子》中的意义辨析，反对妄意迁就，以杂己意之私见。[3]

伊藤仁斋认为孔子的想法原本是更为宽容的，朱子学随意提出所谓

---

[1]〔日〕佐藤一斋『論語欄外書』（『四書註釈全書』1 論語部 1）、東洋圖書。
[2]〔日〕吉川幸次郎、清水茂校注『伊藤仁齋 伊藤東涯』、岩波書店 1971 年版、第 115 頁。
[3]〔日〕伊藤仁斋『論語古義』（『四書註釈全書』1 論語部 1）、東洋圖書 1924 年版。伊藤仁斋著、貝塚茂樹譯注『論語古義』（『日本の名著』13）、中央公論社 1970 年版。伊藤仁斋：『論語古義』（『論語徴集覽』所收）。〔日〕伊藤仁斋『語孟字義』2 冊、林文進刊、1705 年〔和刻本〕。

"静"、"敬"什么的，此乃后人之曲学，而非古义。徂徕的《论语徵》则认为，《论语》原来是弟子为备忘而作的笔记，只是孔子讲话原本的口吻而已，与朱子的个人道德论相对，提倡社会道德论。《古义》中也穿插着异论，引证秦汉以前古书加以解释。

继伊藤仁斋《论语古义》之后，荻生徂徕《论语徵》为《论语》的传播打出了一个小高潮。荻生徂徕，其先祖出物部氏，故仿中国名称，又称物茂卿，活跃于德川吉宗时代，比仁斋小四十岁。据其著《萱园随笔》称，徂徕初奉朱子学，后有所感而倡复古学，攻讦宋儒，由于他对仁斋之说也有所异论，遂著《论语徵》十卷①（收入《徂徕全集》3，以下简称《徵》）。徂徕门人甚多，其学风风靡一时。《论语征》的书名，据徂徕序文称："我学古文辞十年，渐知有古言。古言明则古义定。先王之道，可言，有故、有义、有指摘处，皆征之于古言，故合之命《论语徵》。"可见他非难宋儒的空疏，征之古言而有注释《论语》之著。其时当中国清雍正时代，考据之学仍未盛，而徂徕凭借丰富的中国语言知识和敏锐的直观见识，于《论语》研究颇有贡献，其说为刘宝楠《论语正义》所引用，对中国学者产生过影响②。虽其立论有孤证附会牵强之弊，仍不失为《论语》注释与研究的杰出之作，今收于《四书注释全书》和《荻生徂徕全书》。

《论语徵》问世后，遂引起连锁反应，出现了一批相关的研究参考书，其中有宇佐见灁水的《论语徵考》六卷、中根风河的《论语征涣》二卷、松平赖宽（1703—1763，字黄龙，亦作源赖宽）的《论语徵集览》二十卷、西冈天津的《论语徵训约览》十卷等，或对该书加以扩充阐发，或加以缩编举要。如1760年刊行的署名源赖宽所辑《论语徵集览》10册，广集何晏《集解》、朱熹《集解》、伊藤仁斋（署藤维桢）《论语古义》与荻生徂徕《论语徵》诸家之说，务求全备。对查考《古义》和《徵》，此《集览》是非常方便的书，《论语》每一经文，全录《集解》、《集注》、《古义》，再举出徂徕的《徵》，对各家之说，加以论议评说。早稻田大学电子图书馆已将此书在网上公开。

---

① 〔日〕荻生徂徕『論語徵』（『四書註釈全書』5 論語部5）、東洋圖書1924年版。荻生徂徕著、小川環樹编『論語徵〔訳注〕』（『荻生徂徕全集』3）、みすず書房1977年版。

② 〔日〕荻生徂徕著、小川環樹譯注『論語徵』1.2、平凡社1994年版。

另一方面，对《论语徵》加以辩驳的著述也一涌而上，有五井兰洲的《非物篇》（非物，即非难物茂卿之意）六卷、中井竹山的《非徵》八卷、井上金峨的《辩徵录》、片山兼山的《论语徵废疾》①（收于《崇文丛书》第一辑）等。冈龙洲的《论语徵批》一卷（写本）也是专门纠正《论语徵》谬误的，有1734年自序，收于《儒林杂纂》、《续续日本儒林丛书》第14卷。收入《日本儒林丛书》中的《非徂徕学》②、《非物氏》③，也是批驳徂徕的书。

《论语徵》比起当时的日本学术著述来说，还获得了难得的幸运，那就是通过长崎的"唐船"传入杭州，并受到清代学者的关注。吴英在《有竹石轩经句说》中将其中的说解同顾炎武、毛奇龄等之说一并，引用"日本物茂卿《论语徵》"8条。消息传入日本，令学界震撼。安积艮斋在《南柯余编》卷下说："国朝儒生所著经解，西儒议之者，千古所未有，其有之者，自徂徕始。"翁广平（1760—1842）也在当时独一无二的日本研究著述《吾妻镜补》中提到徂徕此书与伊藤仁斋的《论语古义》。狄子奇（1785？1840？）《论语质疑》20卷引用《论语徵》23条。更有甚者，刘宝楠《论语正义》也对徂徕之说有引用。例如《论语·述而》："子钓而不纲，弋不射宿。"徂徕认为"纲"乃"网"字之讹，这句是说孔子之钓鱼而不张网捕鱼，射鸟而不射杀过夜的鸟，以见其中仁，刘宝楠引用了这一说法。从敦煌写卷所见俗字的角度来看，徂徕的说法令人信服。今人多用旧说，如钱穆《论语新解》解这一句，说"纲，大索，县挂多钩，横绝于流，可以一举获多鱼。"④ 两说都以为是说孔子捕鱼不求多，似乎徂徕之说更易理解。《论语徵》反传中国，至今被视为日本《论语学》传播的佳话，为那里的《论语》研究者所津津乐道⑤。

徂徕门人太宰春台（1680—1747）是徂徕学忠实的继承者，他有两种解释《论语》的著述。那就是徂徕死后十年作为《徵》的补充，只载录考证结

---

① 〔日〕片山兼山『論語徵廃疾』3 册、崇文院 1931 年〔覆刻・和刻本〕。
② 〔日〕蟹維安『非徂徠學』（『日本儒林叢書』4）、東洋圖書。
③ 〔日〕平鑰『非物氏』（『日本儒林叢書』4）、東洋圖書。
④ 钱穆：《论语新解》，巴蜀出版社 1985 年版，第 177 页。
⑤ 〔日〕荻生徂徠著、小川環樹訳注『論語徵』2、平凡社 1994 年版、第 399—400 頁。

论的简略的《论语古训》①，和引用各种资料，详述取得结论的思考过程的《论语古训》二十卷。《论语古训》就汉（九家）、魏、晋（各五家）、后魏、梁（各一家）、唐（三家）、宋（二二家）、明（四家）、日本（伊藤仁斋、荻生徂徕）等五十二家注，取以古训相合者，时以己见解释，有 1737 年自序，并有《论语古训外传》二十卷，说明《古训》中取舍诸家的理由以及自己意见的立足点。

安井息轩（1799—1876）是德川时代最后的大儒，以古学任昌平黉儒官，声望颇高。所著《论语集说》六卷，受到清代学人重视，称其学术博深，识见高明。息轩杂取皇侃义疏、刑昺正义、朱熹集注、清儒考证、仁斋《古义》、徂徕《论语征》等，以古注为本，矫正朱熹高远不实之说，补订清人考证忽略义理之弊，采古今所长，言己见论断慎重，作为《论语》注释颇有价值。

以上诸书，在江户时代的《论语》研究中占有重要位置。其余各家著述，大都成书于 18 世纪末至 19 世纪中叶。其中有山本日下（1725—1788）所撰《论语私考》、中井履轩（1732—1817）所撰《论语逢原》、龟井南冥（1743—1814）所撰《论语语由》、三野象麓（1749—1840）所撰《论语象义》、山本乐所（1764—1841）所撰《论语补解》等。其中《论语语由》②，龟井南冥著，语由为发语之由来之意，探究解释《论语》中孔子及其门弟子发语之由来。收于《四书注释全书》第 4 卷，另外龟井昱（号昭阳）尚有《论语语内述志》十卷（写本）皆川淇园所著《论语绎解》十卷也是较早的一种，以"仁"来解说《论语》，就《论语》各章顺序分析其意义，刊于 1777 年，收于《四书注释全书》第五卷。

在《论语》校勘方面，不能忘记的是山井昆仑（1680—1727）和根本逊志（1699—1764）利用足利学校所藏宋版《五经正义》旧抄本对《论语》所作的校勘，后经荻生徂徕之弟物观补遗，收入《七经孟子考文》。逊志还在足利学校藏本中发现久已散佚的皇侃撰《论语义疏》，并亲自抄写，参照宋人邢昺所撰《正义》予以整理，于 1750 年刊出。此书由武林人汪鹏购回，和

---

① 〔日〕太宰春台『論語古訓外伝』10 冊、嵩山房 1745 年〔和刻本〕。
② 〔日〕龜井南冥『論語語由』（『四書註釈全書』2　論語部 2）、東洋圖書。龜井南冥『論語語由同補遺』（『龜井南冥全集』、葦書房、1978 年。

刻本皇侃《义疏》为北京文渊阁收藏。此外，吉田篁墩（1745—1798）①、市野迷庵②、狩谷棭斋、松崎慊堂、冈本况斋等都在异文考辨方面有所建树。

江户时代的《论语》著述另外尚有：

《论语新注》四卷③，丰岛丰洲著，就《论语集解》、《论语集注》二书裁判取舍，有1802年增订本，收于《四书注释全书》第七卷。

《论语一贯》五卷，松下葵冈著，敷衍其师片山兼山之说，对《论语》加以注释，每篇述篇旨，每章述章旨，设一贯之目以明其要旨，以"仁"字为一贯统合其说，刊行于文化年间（1804—1818）。

《论语群疑考》十卷，冢田大峰著，就诸家注释举疑论辨，文政年间（1818—1830）刊行。

《论语古传》，文化（1804—1814）、文政（1818—1830）年间南纪硕儒仁井田好古（南阳）著。对《论语》加以注释，阐明其古义，有亲笔抄本四册十卷，影印本合为一册，1935年由南纪德川出刊行会刊行。

《论语经论》一卷，井田澹泊（名均）著，以《易经》解《论语》，只有《学而》、《为政》两篇，1859年刊。

《论语人物证》一卷，高桥敏慎著，据秦汉以上的书籍考证《论语》中的人物事迹，附1805年的汉文索引。

《论语说》五卷，迟冢速叟（名久德）著，讲解《论语》，在汉字原文之下附注日语假名文，成书于天保（1830—1844）年间。

《论语集解补解》十卷，纪州藩山本乐所著，对何晏《论语集解》作解释补注。

《论语小解》熊泽蕃山（蕃山全集4），熊泽蕃山名著出版，1978年。

《论语示蒙句解》（汉籍国字解全书1）中村惕斋，早稻田大学出版部，1932年。

《论语绎解》（四书注释全书3　论语部3），皆川淇园东洋图书。

《论语集解标记》1册，伊藤东涯订千钟房，1778年〔和刻本〕

《读论语》（淡窗全集上），广濑淡窗思文阁，1972年。

---

① 〔日〕吉田篁墩『論語集解攷異』（『四書註釈全書』3　論語部3）、東洋圖書。

② 〔日〕市野迷菴『正平本論語劄記』（『四書註釈全書』2　論語部2）、東洋圖書。

③ 〔日〕豊島豊州『論語新註』（『四書註釈全書』5　論語部5）、東洋圖書。

《读论语》（四书注释全书 4　论语部 4），广濑淡窗东洋图书。

《论语知言》（四书注释全书 6 论语部 6），东条一堂东洋图书。

此外，尚有中井履轩撰《论语逢原》20 卷①、《四书训蒙辑疏》29 卷（安部井褧撰）、《论语通解》10 卷（海保元备撰）等。

江户时代的《古义》、《征》等十二种日本代表性的评释书收入《四书注释全书·论语编》1—6，另外名为儒家便没有不谈到《论语》的人，此见于《近世汉学者传记著作大事典》、《近世儒林编年志》的记载。《论语年谱》序说指出，有关《论语》"注释评论或翻刻者尤多"，"统计古今中外时，其数殆垂三千"。

下面是前近代的主要《论语》和刻本：

王观涛注、筱崎小水订《四书翼注论语》，墨香居，1848 年〔和刻本〕

赵顺孙《四书纂疏论语》官板 10 卷 5 册，1816 年〔和刻本〕

《成簣堂本论语抄》5 册，民友社，1917 年〔覆刻·和刻本〕

章太炎在《论汉字统一会》一文中谈到其对江户时代儒学研究的看法，说："自德川幕府以来，儒者著书，多有说六艺、诸子者，物茂卿、太宰纯、安井衡辈，训诂考证，时有善言，然其学位特旁皇阎百诗、陈长发间，于臧玉林、惠定宇诸公，犹不能涉其庭廡，又况戴、钱、王、段乎？岂日本诸通儒其材力不汉人若，正由素不识字。"② 其说听似尖刻，实际至为中肯。他肯定了荻生徂徕、太宰春台、安井息轩诸人，时有创见，却还没有达到懂臧玉林、惠栋的高度，更不用说戴震、钱大昕、王鸣盛、段玉裁了。他举出幕府时代三个古学派的代表人物作靶子，儒学攻儒学，明确一点说，即以清代朴学的标高来量度江户考据学者，此之所有，彼之所无，可谓一语道明，高下显明。不过，从另一方面说，欲知日本学术，必知江户儒学；欲知江户儒学，必知上述学者对于《论语》的研究，所以上述著述，自有其学术史的价值。他们在《论语》考辨上做的有些工作，也可与清代朴学者互通互补。

三　江户町人社会生活与《论语》传播

江户时代，《论语》是识文断字的人熟悉的一本书，它的影响渐渐渗透

---

① 〔日〕中井履軒『論語逢原』（『四書註釈全書』4　論語部 4）、東洋圖書。

② 章太炎：《太炎文录初编》，上海书店 1992 年版。

到町人的生活之中。

在町人的商业活动中，和刻本《论语》作为一种商品，成为商业运作的对象。有些与《论语》风马牛不相及的书，也试图借助《论语》的知名度和广告效应，来提高自身的销量。1669年刊行的《倭论语》，收录的是所谓"神托"之言、天皇、公卿、武士等的警句。乃至女子和僧侣的语录，又有释智洞的《劝化论语》，内容上也与《论语》没有直接关系，收录的是佛教的人生感悟，还有1820年刊行的何丸所撰《俳论语》，是俳句的研究和入门书，更不关乎《论语》，这些书都是把《论语》之名当做卖点，突出书中的教训内容和警策意义，吸引世人注目。

在町人的文艺生活中，《论语》也时常现身。著名的净琉璃作者近松门左卫门所作的《倾城八花形》等剧目中，《论语》的话被用到台词中。1756年刊行的《教训和歌绘本倭论语》，采用先录《论语》一句而后讲述一个故事的方式来说明人生道理，如在"过则不惮改"之后，讲的是有名的日本"弃老"故事——《大和物语》中的"姥舍山"故事（儿子欲将年迈的母亲背上山而后丢弃，后被母亲感动转而背回的故事），类似的故事书还有《路无语帖》，也是以日本故事说《论语》的道理，书名"路无语"，是日语"论语"的谐音。这些书都结合了町人的生活和现实感受，以《论语》中的名言警示町人。俳人松尾芭蕉也曾熟读《论语》，在俳句中引用过《论语》的语句。

在町人的日常生活中，也时有《论语》在发生影响。有不少町人熟悉《论语》，熟悉到连川柳也有不少咏唱《论语》句子的程度。川柳中的《论语》，或许也算得上是"他者"接受中国经典留下的一点痕迹。

川柳是日本的讽刺诗，是一种小诗。也称为风狂句，是一种杂俳样式，表现的是江户町人的日常生活。它和普通俳句一样，都只有十七个音，只是不像普通俳句那样必有季语、切字。周作人说日本的诗歌在普遍的意义上统可以称作小诗，但是在和歌、俳句、连句等诸多日本诗歌样式中，俳句是小而又小，小得不能再小，它就只有十七个音。就诗意而言，不论是拿西方诗歌的尺子来量，还是拿中国诗歌尺子来量，那它都算不上诗，顶多可以说是"句"，是名副其实的"有句无篇"。至于俳句的近亲川柳，即小又俗，就更难上文学史的排场，所以翻遍各种名家撰写的日本文学史，舍得提它一提的，终究是少数。然而或许正是它的俗和小，使得谁都不会产生大雅之堂前的畏缩。专业主妇、退休工薪族、甚至小学生，都可随口来上一句。

滑稽、道破、轻妙被视为川柳的三大要素。道破，就是要点到微妙处，要说透细微的人情。滑稽、轻妙就是微温而不火的黑色幽默。其中不论是以历史政治为内容的"高番句"，捕捉生活小事的"中番句"，还是专写情色的"下番句"，无不以想法和表达的新奇为务。川柳对于人，拒不正视，反而袖手旁观，嘲弄玩笑，逮住弱点，夸大讽刺，旁敲侧击，不予放过。也正因为如此，有时反而能折射出生活的多面性，具有些微缓解冲突、慰藉人心的阅读效果。

德川幕府的尊拜儒术，喜欢儒教的将军在那里听讲经书，每年都要在汤岛圣堂举行名曰"释奠"的祭孔活动，这种崇儒之风也一直刮到市民当中，刮进町人的家庭生活。

姉は弾き弟は論語卷の壱①
阿姊三味线，阿弟《论语》第一卷，琴声书声伴

写姐弟两人，一个在练习着弹奏三味线这种乐器，一个在念《论语》，它的作者很可能就是一个在一旁得意地监督他们的父亲。虽然这位父亲可能也有望子成龙之心，但在当时注重血统而不搞科举的日本，儒教毕竟不过是武士社会的装饰，他的儿子《论语》念得再好，也不会有金榜题名的好运。从这句俳句来看，《论语》不仅成人在读，而且用作小孩子的教材，普及率是很可观的。

那些熟读过《论语》的人，看到周围形形色色的事情，就难免联想起一些《论语》中的话。《论语》中的很多话，有高度概括力，虽然产生于千百年前的异国，但江户时代的读者，却记得住，用得上，并常用他们来描写自己的生活。《论语·子路》中说："子曰：鲁卫之政，兄弟也。"说鲁国和卫国施政，就像兄弟一样不可分离。那时采用的教育，是所谓"素读"，就是光读不讲，孩子们对孔子说的那些话，也是半懂半不懂，在父亲的监督下诵

---

① 〔日〕若林力『江戸川柳で愉しむ中国の故事』、大修館書店 2005 年版、第 63 頁。

经，也难免会开小差。

> 足音がすると論語の下へ入れ①
> 一闻脚步响，闲书忙塞《论语》下，佯作读经样

写一个在先生或者兄长监督下读《论语》的孩子，趁人不在，就掏出漫画之类的闲书来看，猛然听到有脚步声来，急忙把闲书塞到《论语》之下，装模作样地念起"子曰"来。《红楼梦》里说"市井俗人喜看理治之书者甚少，爱适趣闲文者特多"，这话用在江户时代的人身上也不算错。

一面在那里祭孔讲经，一面又有读书人借川柳拿圣人和孔子老先生找乐寻开心，这才是江户时代接受《论语》的全景图。或许正是因为那些讲经的书，全是按照一个"超凡入圣"的模式去描绘孔子的形象，平民文学川柳才另辟蹊径，在《论语》中去找孔子本来具有的凡俗的一面，特别是抓住那些读《论语》的人本来具有的凡俗的一面。

相传阳虎曾打过匡人，孔子弟子杨克和阳虎在一起。后来杨克给孔子驾车到匡，结果叫匡人给认出来了，而孔子长得又像阳虎，于是匡人便把孔子一行围起来，还要杀他。这就是《论语》所谓"子畏于匡"的故事。

> こいつだと孔子をうしろ手にしぼり②
> "就是这家伙！"一把抓住就反绑，孔子难分说。

还有人假想孔子会说"吾非阳虎也"，说该把这句话也算在《论语》的"子曰"当中。川柳就是这样一种专写片断思绪的形式，也正是它的不弃细碎，才能使人随时可以吟出那么一句来。

《论语》中孔子关于安贫乐道的一句话，常常被人引用，劝告人们不要过于把眼光放在物质享受上。孔子说："饭蔬食饮水，曲肱而枕之，乐亦在其中矣。不义而富且贵，于我如浮云。"但是，江户时代商人社会通行的生活哲学，则是人生浮世，有乐就享；孔子的话，也就不入耳了。结果反而有俳句

---

① 〔日〕若林力『江戸川柳で愉しむ中国の故事』、大修館書店2005年版、第63頁。
② 〔日〕若林力『江戸川柳で愉しむ中国の故事』、大修館書店2005年版、第44頁。

说，谁要过那种"饭蔬食饮水"的日子，说不定就是为了攒钱呢：

粗食を食らい水を飲み金をため①
"吃粗食，喝凉水，弯着胳膊当枕头，为把钱攒够"。

又有"疏食加饮水，容我畅饮不停口，喝它两日醉。"对于江户时代那些享乐主义者来说，即便把《论语》倒背如流，也不会喜欢疏食饮水而无酒的日子。细想孔子反对的，就是不义而富且贵，而川柳作者们全不在意富贵有"义"与"不义"之分，想到的只是赚钱再赚钱。面对富贵的诱惑，孔子宁愿守住自己清贫的生活，而江户时代的商人们最难忍受的便是这样的日子，于是，《论语》高尚的教诲和俗人真实物质欲望的矛盾，便成了川柳的讽刺内容。

《论语》是圣人之书，花街柳巷是俗中之俗，川柳将圣与俗并举，就显出滑稽本色。《论语》中说"子不语乱力怪神"，是说孔子不谈论作乱、暴力、怪诞、神鬼之事，而江户花街柳巷里的帮闲，却专门拿这些话题来留住嫖客，于是就有俳句："乱力与怪神，夫子不讲帮闲讲，留客烟花巷。"乱力怪神是圣人不屑谈论的话题，却成了青楼的娱乐嫖客的手段。圣洁的讲坛，污浊的尘世，场合的错位和价值观的对立，使川柳作者不禁感到可笑。德川幕府提倡着读孔子之书，而色情业还是火爆，小小的川柳就这样折射出江户文化的五光十色。

川柳还描写了各种各样读《论语》的人。儒者当中，不好动的人多些，不好干活的生活上就比较懒；不好运动的就难免弱不禁风。川柳就拿儒者常念的《论语》中的话来讽刺他们。孔子说过："君子之德风，小人之德草，草上之风必偃。"川柳把这两句话和不好动的儒者挂上钩，一句说儒者打盹一不小心就着凉了，那是因为"君子之德"风太大吧。

うたたねで儒者は君子の徳を引き②
儒者娇贵身，君子之德风太猛，打盹也伤风。

---

① 〔日〕若林力『江戸川柳で愉しむ中国の故事』、大修館書店2005年版、第48頁。
② 〔日〕若林力『江戸川柳で愉しむ中国の故事』、大修館書店2005年版、第60頁。

又有一句说：

儒者の庭小人の徳生い茂り①
儒者好草木，小人之德满院长，不剪也不锄。

是说你那院子里的草长那么高了，也不去修剪或锄掉，是不是因为那是孔子说的"小人之德"的缘故呢？

库切在一篇以艾略特《何为经典》为批评对象的同题讲演中说："历经最糟糕的野蛮攻击而得以劫后余生的作品——那就是经典"。"拷问质疑经典，无论以一种多么敌对的态度，那就是经典历史的一部分，是不可避免的，甚至是很受欢迎的一部分……。在此意义上，批评也许是历史的狡黠手段之一"。《论语》这部经典的接受史，响着跪拜、礼赞、祭奠的喧声，也留着被焚烧、鞭挞、拷问、揶揄的痕迹。在今天，我们尊重它，咀嚼它，体味它，但鞭挞和跪拜的极端态度都不是最好的选择。读过它在中外被褒贬、被揉搓的历史，就不难发现，鞭挞或跪拜看似极端对立，而采用的方法却有些相同，那就是各自只摘取其中一部分话，你摘这一端，他摘那一端，如果我们把各自摘出来的放在一起，就好像两个孔子在打架。其结果，便是左右摇摆，极端交替出现。

四　近代以来的《论语》译注研究著述

进入近代后，《论语》研究仍然持续不衰。对《论语》的近代解读也反映在文学中，幸田露伴的《悦乐》、谷崎润一郎的《麒麟》、武者小路实笃的随笔《论语私感》、中岛敦的《弟子》等都取材于《论语》，其中谷崎润一郎的《麒麟》最为著名。

对日本汉学的近代演进贡献杰出的三位大儒，都著有《论语》解读之书。《故事成语》的著者、《字源》的编者简野道明著有《论语解义》，《大汉和词典》的主编诸桥辙次著有《论语讲义》，斯文会的宇野哲人著有《论语》（《中国古典新书》）。简野道明早年到中国，与中国当地的硕学交往。

---

① 〔日〕若林力『江戸川柳で愉しむ中国の故事』、大修館書店 2005 年版、第 60 頁。

《论语解义》于 1931 年初版,而后多次再版、变形、刊行。而且是隐藏于斯界之畅销书。他的《论语集注补注》,明治书院 2003 年出版了新装版。《论语解义》有明治书院 1968 年版,《论语新解》有明治书院 1971 年版。

图 68　简野道明(1865—1938)

《论语讲义》最初是作为方便的小型本"掌中论语讲义"问世的,以后二十年间再版达 30 次。四十八年改为稍大版型,也收入《诸桥辙次著作集》第五卷。在后记中说:"笔者从昭和二十七年以后的八年中,从事这一讲义笔录的整理工作,几乎近于失明的状态。《论语》二十篇五百章,悉为自家药笼中物,为谊而纵横说尽之恩师之姿态,不禁惊叹而更为敬畏之念。"这里没有谈到驱使诸桥博士到近乎失明状态的《大汉和辞典》全十三卷的伟业,请读十二卷末博士的自跋和十三卷末的出版后记,是了不起的文章。

宇野哲人《论语》(上、下二册中国古典新书内,明德出版,1967)是记录东京汤岛圣堂内每月一次的连续讲义整理出版的，讲演笔录的性质，内容上很好懂。他是历任东京大学、文理大学、实践女子大学校长，著有《支那哲学概论》、《周易释义》、《论语新释》等许多大著的鸿儒，但在后记中说："那时总想把它搞懂，但还是没有真正懂得，以后只要还活着，就想用心去读《论语》。"这是年逾八旬的老硕学的话。1980年讲谈社文库收入了宇野哲人的《论语新释》。

所谓斯文会是以研究、普及儒教思想而设立的团体，发行机关刊物《斯文》，举办各种活动，其中活动之一，就是每年四月的最后一个星期日在孔子祭上有讲经，讲经就是讲《论语》的一章，由代表当代的鸿儒去讲，有宇野哲人等二十三人讲经编撰的《论语三十讲》出版了。不仅是《论语》的注释，而且还有《论语》的现代意义、或者通过《论语》进行的文明批评，此书很有意义。《论语讲座》全六卷（春阳堂1906）其中第一卷和第二卷是解释篇，数人共同执笔，训读采用斯文会的国译《论语》，解释上采用《集注》的每一章附上白话翻译，这很少见。白话就是中国口语。执笔者有内野熊一郎、阿部吉雄、小林信明等，是继承宇野哲人、诸桥辙次衣钵的年轻人所作。

斯文会《论语三十讲》，有大修馆1974年版。

明治书院的《新释汉文大系》1《论语》是在《论语三十讲》中也出场的东北大学的吉田贤抗主笔。这一套丛书现在仍在继续刊行，《论语》第一回配本是1960年印行的，语释、通释很晓畅而详尽，作为高中生、大学生的《论语》参考书是最亲切的书籍。

吉川幸次郎、贝冢茂树的工作，在论语学史上划时期的业绩受到很高评价。今天以汉语语音来学习中国古典并不稀奇，但在大正末年到昭和初年要这样做却是了不起的事情。两人年轻时都有到北京留学的共同体验。

中国文学者吉川幸次郎并不具有以往汉学者都具备的素读经验，他工作的出发点就与日本汉学的主流性质不同。吉川幸次郎全集第一卷自跋里谈到，从说汉语，不用训读，按音和语序来读开始。其主张，在《汉文之话》（《全集》二）、《支那学问题》（《全集》十七）里展开。关于《论语》的论稿，收入《全集》（筑摩书房，1969年）的第四、五卷。第四卷的《论语》注评释的工作，原是朝日新闻社的《论语　中国古典选》上、下二册1965年出版，品味诸说，诸条以自己的话去讲解，弟子尾崎雄一郎边听边做笔记，加以整理，有本文、日语训读、注释和富有现代感的名译，此书享有盛誉，现有 1996 年再版本。他所撰《话说论语》，收入 2008 年的《筑摩学艺文库》。

贝冢茂树的《论语》收入中央公论社 1966 年《世界名著 3 孔子孟子》，作者是中国古代史学研究家，在序言中说："希望搞清楚孔子及其弟子生活的公元前五、六世纪的春秋末期，在此背景上让他们为人的形象浮现出来。作为富有特色的《论语》评释书与"吉川论语"并称。本文采用武内义雄的校本。2002 年新版收入中公クラシックス（全 2 册）。

贝冢茂树对《论语》提出了很多新解释。他本想依照伊藤仁斋、荻生徂徕、刘宝楠、潘维城等人以及武内义雄等人的"新古注派"之说进行口语翻译，而新古注派中异说纷纭，难于取舍，他苦于从郑玄的古注、朱熹的《集注》等无数注释之中选取稳妥之说，踌躇不能下笔，在译文中有些便丢开前人，任从己意。如他将"学而时习之"的"时"译作"此"，将"有朋自远方来中的"有朋"当做一词来译，解为"一同"（とも），其中有些解释受到吉川幸次郎严厉的批评①。

受到吉川、贝冢两大家的激励，桑原武夫也参与了《论语评释》的写作。桑原武夫的《论语》收于筑摩书房 1974 年出版的《中国诗文选》第 4 卷。新鲜的另一领域的工作，实际上很有乐趣地推敲磨砺过。小川环树曾将荻生徂徕《论语征》用现代日语加以译注，全 2 卷，收入平凡社东洋文库。

除上述所举之外，译注书尚有多种，择要列举如下：

穗积重远《新译论语》，社会教育协会，1953 年；讲谈社学术文库，1981 年。

金谷治《论语》，岩波文库，1963 年初版，1999 年，豪华版 2001 年。

加地伸行《论语》，讲谈社学术文库，2004 年，改订版 2009 年。

宫崎市定《现代语译　论语》，岩波现代文库，2000 年。

吉田贤抗《论语》，新释汉文大系，明治书院，初版 1960 年。

下村湖人《现代语译》，PHP 研究所，2008 年；新书版，仅有译文。

与注释书同样，谈《论语》的图书也很多。《论语》与日本人的生活有

---

① 〔日〕貝塚茂樹譯注『論語』、中央公論社 1987 年版、第 571 頁。

密不可分的关系，但有些年龄段的人中，对《论语》持赞成反对两种意见，不可否定它影响了各自的人生。这种情况也成为很多人谈论《论语》的契机。另一方面，要写成学问或经得起科学审视的《论语》研究书，那有些就不得不折扣。研究专著有武内义雄所著《论语研究》（岩波书店版，角川书店版《全集》）、津田左右吉所著《论语及孔子的思想》（《全集》十四卷所收）被称为《论语》研究划画时期之著而得到很高评价。

1939年武内义雄首先出版了论稿。他认为《论语》各篇是一个整体，意在通过将其与古传承结合起来，搞清楚成书的情况，进而接近孔子的思想。分析其内容的结果，现在的《论语》可以分解成河间七篇本、齐鲁二篇本。齐人相传的七篇本、季子以下三篇这样几个零散的部分，他论证了不能毫无批判地接受《论语》的内容。他的《论语之研究》，有岩波书店1939年版，并收入他的著作集。

在此七年后，1946年，岩波书店出版了津田左右吉所著《论语及孔子思想》，津田反对武内的方法。再将《论语》分解为每一章，而且将孔子、弟子的语录和见于后代文献《孟子》、《荀子》的话一一对应比较讨论。其结论认为孔子的话不是原原本本记录下来的，而中心部分是从后代文献中择取出来重新编成的。为本文研究奠定了可靠基础。该书收入到他的全集中。

津田左右吉在该书的序言中阐述了自己的思路，他说：

> 要想弄懂支那思想，就必须弄懂儒家思想；要想弄懂儒家思想，就必须弄懂孔子思想；要想弄懂孔子思想就必须好好读《论语》。然而，认真读一下《论语》，就会发觉，其中记述的孔子的话里面，有不少是不是真是孔子说的值得怀疑。有的同是孔子说的，表述互不一致，或者矛盾，成了思想的表述，有的是儒家的思想，却是后来才产生而明确的，有的是将难以看成儒家思想的意思变成了孔子所说的话，或者是同样的思想，不同的话以不同的说法另写成的，有的是同样的意思另写的话，不是孔子所说，而是别的人的话。因此，由《论语》来弄懂孔子的思想，就必须把它们搞清楚，必须弄清哪些是孔子的话，以及孔子是什么性质的书，如果里面真有孔子的话，是由怎样的路径通过《论语》而传

世的，以及不是孔子的话，这样记载下来的情况，那时怎样到今天这样的。这些问题都是必须解决的。①

正因为《论语》长时期被当做圣书来看待，引起很大反响，见仁见智。不论是赞成还是反对，两人的业绩作为《论语》本文研究的起点奠定了不可动摇的基础。该书收入到他的全集中。

这两部著作，比较日本汉学界，具有西欧思辨的思想家西田几太郎、和辻哲郎给与了更多的赞许。特别是和时哲郎受到武内义雄的触发，写出了《孔子》（大教育家文库、《全集》第六卷所收）。在西欧教养熏陶下成长起来的作者，采用语言文献学写成的《孔子》，巧妙吸收武内文献学研究的成果。来自不同领域的这些见解，得到吉川、贝冢等支那学者很高的评价，称其为孔子研究的白眉。木村英一《孔子与论语》也是接受和发展师说（武内）的力作。继续搞清楚《论语》各篇有怎样的脉络，力图通过实证说明各篇的结构和性质。

渡边卓为津田左右吉的学问所倾倒，受到其强烈影响，进而在第二次世界大战中长期住在中国，具有直接接触民众风俗习惯的宝贵体验，他在此基础上写成了《中国古代研究》，副题《孔子传的形成与儒墨集团的思想和行动》，探讨围绕孔子及其弟子的故事是怎样形成的。著者死后，由木村英一的努力得以刊行。这两种专著，可以理解为今日学界有关《论语》或孔子传研究的顶峰。

被视为孔子唯一的传记史料的是司马迁《史记》中的《孔子世家》，不言而喻，第一级史料不如说是《论语》本身。即研究《论语》也就是研究孔子及其弟子，两者密不可分。不过，把研究重点放在何处，多少有些差别。这里再把重点放在孔子传记方面来看看。内野熊一郎等人所著《孔子》，是为清水书院《人与思想》系列而写的。因为以高中生为对象，是很平易的解说。说是孔子传，不如说是《论语》入门书。正因为有这样的性质，所以也谈到了近代西方思想怎样接受《论语》的，现代中国受到怎样的评价等，读来很方便。

---

① 〔日〕津田左右吉『論語と孔子の思想』、岩波書店 1974 年版、第 1—2 頁。

有关西方世界思想对《论语》的接受，也有开创性很强的学术力作，那就是比较思想的大作《中国思想西渐法兰西》（后藤末雄，东洋文库所收，全二卷）。正像是耶稣会士把日本文化介绍到西欧一样，中国文化西渐也是通过耶稣会士之手的。他在多年读解耶稣会士通信的基础上，终于理清了中国思想给与了孟德斯鸠、伏尔泰、狄德罗等18世纪思想家怎样的影响。不言而喻，孔子思想是这本书的基础。现代批判孔子的主要依据是郭沫若《十批判书》（日訳名《中国古代の思想家たち一》二卷）、冯友兰《新编中国哲学史》。

诸桥辙次倾力一生编辑《大汉和辞典》，八十岁以后，经过八年写成《如是我闻孔子传》（著作集六卷）。崇敬孔子，仰慕其人，讲述其生涯和为人形象。可以说是为儒学奉献一生者的信仰录。《孔子传》之后，又写了《孔子传拾遗》，前者以年代为顺序，后者按内容编撰。他著有《论语讲义》，有大修馆1973年版，收入《诸桥辙次全集》第五卷，大修馆1976年版。

金文、甲骨文研究者白川静也写过《孔子传》。他认为孔子的形象不是固定的，随时代而改变，不是由论者之史观而被歪曲，而是将孔子作为历史的人格来捕捉，搞清历史性，才是将孔子的生命气息在现代复苏的唯一道路。书名虽然称作《孔子传》，但实际上并不仅仅侧重在从《史记》等史书中挖掘孔子的生平思想，从全书设置的五章，即东西南北之人、儒的源流、孔子的立场、儒教的批判者、关于《论语》来看，也可以看出作者实际上采用的是评传的写法。这本书是在中国的文化大革命期间执笔的，出版的时候所谓"批林批孔"运动正轰轰烈烈，作者为此写下了这样一段话："儒教意识形态支配的旧社会，今天已经完全崩溃了。历经数年一切文化遗产都停止刊行，可以认为是具有作为思想政策的一面。我想，至少结果会带来某种与古典的断绝吧，或许儒教也会和某些东洋的遗存一起，仅存于我国而已。"他还说：

> 被视为体制理论的儒教，在其出发点上，还是反体制的，这从孔子的行动上就可以看出来。但是，反体制的理论，在其引为目的的社会实施的时候，立即转化为体制的理论。这可以说是辩证法式的运动吧。如果认为儒教的思维中还有生命的话，那或许还会孕育出新的反体制的理论。儒教究竟本来具有怎样的体质呢？在今后，在其中是否还能包含作

为思想的可能性呢。身为哲人的孔子，或许并不想回答。我们只好从他的传记中，看能读出点什么来。①

理雅各（James Legge 1815—1897）的英译《论语》早有定评，在日本也被收入涩泽荣一主编的《论语文库》。

美国学者 H.G. 古利尔所著《孔子 其人传说》是一部孔子的传记，涉猎庞大的史料，作为民主主义进步思想家把握孔子，描绘孔子形象是成功的。在外国人写的著述中是被引用最多的。吉川、贝冢两大家也有类似孔子传的著述。吉川幸次郎《中国智慧 关于孔子》在杂志《新潮》中连载，作为该社一时间文库之一而编写，也收入吉川幸次郎全集第五卷。对不重朴素而重文明，不重神灵而重人，不重独断而重实证的中国文明深表敬意，在孔子思想中追溯其总源头。贝冢茂树《孔子》（岩波新书）《古代中国精神》，译注的工作《世界名著 孔子》也是这样的书。将孔子置于那个时代，和孔子一起思考解决问题是这位学者始终一贯的特征。

五 《论语》概说书

《论语》是孔子死后，进入战国时代以后编纂的。社会局势更为严酷。颜回患肺病夭折了，子路在战斗中受伤，伯牛患癞病，悲惨的事情见于《论语》。这些公历前的事情，至今打动着我们的心胸，让我们心潮汹涌。《论语》的悲剧性不仅在这里，不能不遭受秦始皇焚书坑儒的厄运。《论语》被焚烧，尊奉孔子的学者活着把它藏了起来，孔子之宅被毁坏时，以蝌蚪文书写的书在墙壁当中。幸免于难的这个本子，叫做"古论语"。幸好在其它地方也有流传。那就是"齐论"、"鲁论"。这三种异本都在流行。到中国最大的学者朱熹作《集注》，大行于世，元明清三代成了国家考试出题的书，相应就成了必读书。《论语》传到日本是应神天皇16年，相传是百济王仁把它和《千字文》一起献去的。其思想、语句不仅被诏敕法令使用，也被书籍的序跋、诗歌文章所使用，所以抄本很多。

《论语》的注，汉唐间的叫做"旧注"，宋代以后的叫做"新注"，新注

---

① 〔日〕白川静『孔子伝』、中央公論社 1972 年版、第 15—16 頁。

是在镰仓时代传来的，但"旧注"依然流行，出现了很多解说书。

东北大学金谷治（1920—2006）曾主持出版《唐抄本郑玄注论语集成》，著有《论语世界》（NHKブックス）。就论语成书、接受史、孔子传及从来学界研究成果等提纲挈领地加以介绍，是好懂的入门书。

贝冢茂树《论语》（现代新书）引用《论语》各章加以论说，为让现代年轻人能懂得《论语》而竭尽全力加以阐述，是传达著者祈祷似的想法的书。

吉川幸次郎《关于论语》（是收入讲谈社文库时的书名）是笔录在庆应时的讲演的标题著作，另外还收入了在NHK播送的《古典讲座论语》等三篇。其中吉川幸次郎反复发掘作为文学的《论语》、作为散文诗的《论语》所具有的节律美，他希望把《论语》从曾经作为道德教材的书本中解放出来，进而作为诗化的散文、作为世界的古典提供给读者。这是著者有关《论语》最大的功绩。读中岛敦《孔子》（全集二卷）比起读百十本平庸的入门书更能明白《论语》。草稿阶段题作《子路》，详细描写孔子和弟子的交流，一定与湖人的《论语物语》一并读一读。

包括《论语》的中国古典或中国文化入门书，朝日新闻社编的《中国古典选》别卷编成的吉川幸次郎对谈集《通往古典的道路》，对谈的对象有井上靖、中野重治、桑原武夫、石川淳、石田英一郎、汤川秀树等，告诉我们什么是真正的对话，真正的教养。国学院大学栃木短大教授滝沢精一郎教授曾经对《论语》写下这样的解说：《论语》是被称为宇宙最大的书。它的内涵比基督教的《圣经》更为宏大。其内容比起《新约》更让人感到亲近。而且《论语》还是悲哀的书。譬如开卷第一页《学而》章里，有孔子所说："人不知而不愠，不亦君子乎?"孔子时代当周王朝末期。入孔子之门的目的和今天上学一样，在于取得就职的有利条件，事与愿违，没有理想的就职门路。号称三千的弟子当中，不少人感到不平。在严酷的社会形势之下，也指望不了孔子去斡旋。面对他们，孔子说：即便谁都不了解你的能力，也不要心怀丝毫的不满，而是等待机会，更加努力，这样的人，就具备了君子的资格。他必须用这样委婉的口吻来讲述，是很痛心的。

史学家宫崎市定的《论语新研究》刊行于1974年，是作者为岩波书店举办的市民讲座而编写的讲稿，作者自叙在讲解时十分兴奋，不知手之舞之，足之蹈之。全书分历史篇、考证篇、译解篇三部分。作者认为，今天时代变了，读经书不再是学问的最大目的，该做的事情多得很，早已不是为做头脑体操而读经典的时代。毋宁是要求一边注意不要让不自然的读古典方法损坏了自然的头脑功用、伤害了思考方法，一边在有限的时间里尽可能多地把书读完。可以说，让古典尽量好懂，传于后世，是赋予我们研究者的义务①。

现代的《论语》概说书，除了前面已经列举的以外，还有如下书籍：

斑鸠三郎编《我们的论语》（附篆文论语），北斗书房，1957 年。

内野熊一郎等《论语讲座　解释篇上·下》，春阳堂，1936 年。

宇野精一、平冈武夫《全释汉文大系 1》，集英社，1980 年。小泽正明《朱熹集注论语全译》，白帝社，1988 年。

桂湖村《汉籍国字解全书　论语征解上中下》，早稻田大学出版部，1932 年。

涩泽荣一《论语讲义》（讲谈社学术文库）全 7 卷，讲谈社，1977 年。

岛田钩一《论语全解》，有精堂，1959 年。

安井息轩《汉文大系 1 论语集说》，富山房，1972 年。渡边末吾《标注论语集注》，武藏野书院，1966 年（29 版 1997 年）。

加地伸行《论语再说》，中公文库，2009 年。

狩野直祯《图解杂学　论语图解》，ナツメ社，2001 年。

安冈正笃《学论语》，PHP 文库，2002 年。

荒川健作《全译　论语大成》，三惠社，2007 年。

绿川佑介《孔子的一生与论语》，明治书院，2007 年。

桥本秀美《论语　心镜》，《书物诞生》，岩波书店，2009 年。

陈舜臣《论语抄》，中公文库，2009 年。

须永美知夫《论语抄》，足利市教育委员会（史迹足利学校管理事务所）1993 年。

以上列举有关日本《论语》研究的著述，书目繁多，不易入手，现将研究《论语》传播最重要的一些书，再予分类列出，以供检索：

1. 郑玄注

---

① 〔日〕宫崎市定『論語の新研究』、岩波书店 1995 年版、第 386 頁。

《唐卜天寿抄写郑氏注论语〔覆刻卷子本〕》1卷，平凡社，1972年。

金谷治编《唐抄本郑氏注论语集成》，平凡社，1978年。

2. 集解

《论语集解》，四部丛刊003，上海商务印书馆，1926年。

源赖宽《论语集解》（论语征集览），1749年〔和刻本〕。

安井息轩《论语集说》（汉文大系1论语集说），富山房，1972年。

梅山玄宗编《天文版论语》，南宗寺，1916年，2册（覆刻和刻本，仅有《集解》本文）。

伊藤东涯订《论语集解标记》，千钟房，1978年〔和刻本〕。

3. 义疏

武内义雄《武内义雄全集1论语义疏》，角川书店，1978年。

4. 集注

朱熹集注《论语集注》4册〔和刻本〕

朱熹集注《论语集注》2册，上海商务印书馆2册〔和刻本〕

简野道明补注《论语集注》，明治书院，1946年。

原田种成译注《论语集注》（朱子学大系7四书集注上），明德出版，1974年。

森本角藏编《四书索引·本文编》，临川书店，1972年（只有《集注》本文）。

《论语集注》（论语征集览所收）

《论语集注》（汉文大系1论语集说所收）

5. 篆文

吴清卿《篆文论语》4册，南漠书签，1890年〔和刻本〕。

6. 参考文献

林泰辅《论语年谱》全2册，国书刊行会，1976年。

森本角藏《四书索引》全2册，临川书店，1972年。

关仪一郎、关仪直合编《近世汉学者传记著作大事典》，井上书店，1971年。

赖尾邦雄编《孔子〈論語〉に関する文献目録》（单行本篇），明治书院，2000年。

赖尾邦雄编《孔子・孟子に関する文献目録》（杂志论文篇），白帝社，1992年。

第二节 《论语》中日环流主要文献考察

在清代，日本学人与《论语》相关的两种著述传入中国，其一是荻生徂徕的《论语征》，其二是山井鼎的《七经孟子考文》，其三还有清代学人对正平版《论语》的特别关注，所以探讨《论语》与中日文化的关系，就不仅需要考察其在日本的传播，而且也需要考察日本学人的著述回流中国。

所谓"正平版论语"是后村上天皇正平十九年（1364）9月在堺浦（今堺市）由道祐居士（足利义的四子足利祐，出家后称道祐）刊行的何晏《论语集解》，因为日本最早的经典翻刻而备受尊崇。堺浦临海，历来是商阜重镇，书业发端乎此，绝非偶然。此板本宫内厅书陵部（旧图书寮）、大阪府立图书馆等有藏，有单跋本、双跋本、无跋本、明应本四种。另外，日本还保存了一定数量的《论语》旧抄本，它们都是《论语》日本传播史与翻译史的见证。

传播史的研究不可能绕开文献本体，这里仅选取《论语》中日环流的几个点略作描述。

一 关于正平版《论语》

日本的《论语》出版始于后村上天皇正平年间。就是现存于足利学校等地的"正平版论语"。沿袭这一系统以双跋本为基础而出版的是"天文版论语"（有复制）作为只有经文的无注版是最早的。

首先在自己的著述中提到正平版论语的是清代学者钱曾（1629—1701），钱曾，字遵王，自号也是翁、贯花道人、篯后人、述古堂主人。他见到这个本子，还不知道正平是何处年号。江苏吴县人黄丕烈（1763—1825）向翁广平（1760—1842）询问，才知道是日本年号。关于围绕正平版的认识经过，到几十年后的杨守敬（1839—1915）有完整的描述。岛田翰（1874—1915）不仅对正平版《论语》有所考辨，而且对日本藏本的文字特点有所归纳，包含有裨于目藏汉籍研究的内容。[①]

---

① 〔日〕岛田翰：《汉籍善本考》，北京图书馆出版社2003年版，第437—443页。

武内义雄《正平版论语源流考》指出，正平版《论语》出于清原教隆（1199—1265）的写定本。武内认为，正平版《论语》的特征，"不在于其校正之精当，而在于很好保存了日本旧传之古式，不由其采录材料之广泛，而在于严守家法"①。长田富作《正平版论语研究梗概》梳理了岛田翰、林泰辅、川濑一马等学者对正平版各本字句异同，字体书风等方面的考辨②。上述两文是正平版《论语》版本研究与传播研究的必读书。

正平本是日本最早的《论语》和刻本，在此之前，都只有写本流传。

以下通过相关序跋疏理一下两国学者对正平本《论语》传播认知的轨迹。

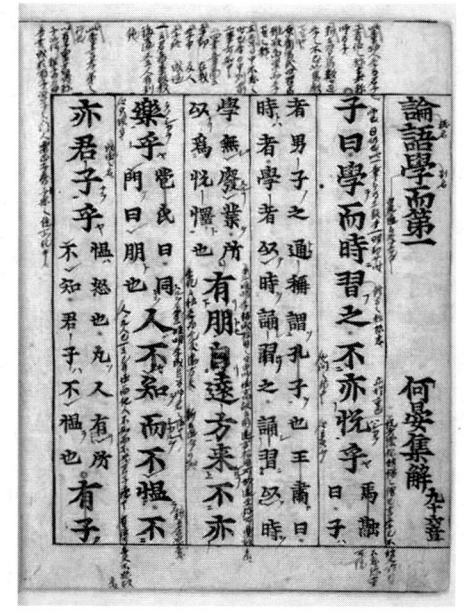

图69　正平版《论语集解》单跋早印本

（一）钱遵王：《读书敏求记》论语解题

童年读《史记·孔子世家》，引子贡曰："夫子之文章，可得闻也；夫子之言天道与性命，弗可得闻也已。"又读《汉书》列传四十三卷赞引子贡云："夫子之言性命与天道，不可得而闻已矣。"窃疑古文《论语》与今本少异，然亦无从究辨也。后得高丽钞本何晏《论语集解》，检阅此卷，与《汉书》传赞适合，因思子贡当日寓嗟叹意于不可得闻中，同颜子之如有所立卓尔，故以"已矣"传言外微旨，若脱此二字，便作了语，殊无低徊未忍已之情矣。他如"与朋友交，言而不信乎"等句，俱应从高丽本为是。

此书乃辽海道萧公讳应宫，监军朝鲜时所得。甲午初夏，予以重价购之于公之仍孙，不啻获一珍珠船也。笔画奇古，如六朝、初唐人隶书

---

① 〔日〕今井貫一編『正平版論語集解考』、正平版論語刊行會1933年版、第41頁。
② 〔日〕今井貫一編『正平版論語集解考』、正平版論語刊行會1933年版、第43—54頁。

碑版，居然东国旧抄，行间所注字，中华罕有识之者，洵为书库中奇本。末二行云："堺浦道佑居士，重新命工镂梓，正平甲辰五月吉日谨志"，未知正平是朝鲜何时年号，俟续考之。

萧公幼时与吴曾祖侍御秀峰公，同居邑之西乡，每相约入城，归时对坐殿桥上，携象戏下三四局，起望城中，而叹："瓦如鱼鳞也。他时何地受一廛著我两人耶？"后竟各遂其志。萧居城东，吾祖居城西，高门棹楔，衡宇相望。未及百年，而萧氏式微，吾祖后兰锜依然，风流未艾。循览此书，回环祖德，子孙其念之哉！子孙其敬之哉！①

正平版《论语》流布于朝鲜。明军监军萧应宫得之于兵马倥偬之间，视为希代珍本，其子孙世守之，后始归钱曾。上述解题称其作"高丽本"，误认"正平"为朝鲜年号，但对其文献价值已作简要述评。

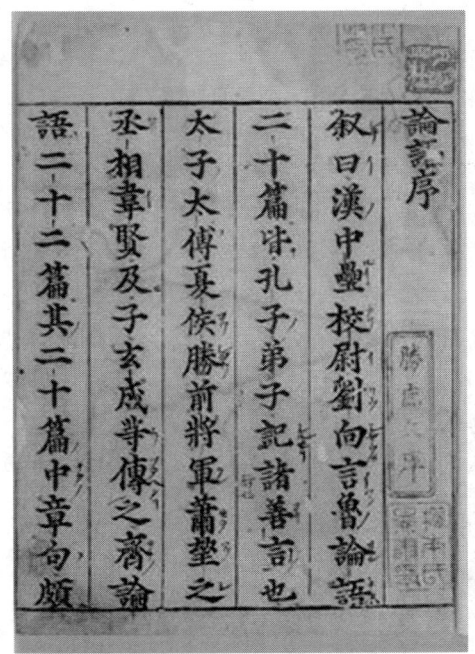

图70　正平版《论语集解》双跋本

---

① 〔清〕钱曾著、傅增湘批注、管庭芳、章钰校证、冯惠民整理：《藏园批注读书敏求记校证》，中华书局2011年版。

（二）黄丕烈：《正平版论语临钞本跋》

  何晏《论语集解》十卷，有高丽本，此见诸《读书敏求记》者也。《记》云："此书乃辽海道萧公讳应宫，监军朝鲜时所得。甲午初夏，予以重价购之于公之仍孙。"似遵王之言甚的矣，其实不然。

  余向于京师遇朝鲜使臣，询以此书，并述行间所注字，答以此乃日本书。余尚未之信。顷获交翁海村。海村著有《吾妻镜补》。举正平年号问之。海村云："其年号正平，实系日本年号，并非日本国王之号，是其出吉野僭窃，其国号曰南朝，见《日本年号笺》。"据此，则书出日本，转入朝鲜，遵王但就其得书之所，故误认为高丽钞本耳。

  是书向藏碧风坊顾氏，余曾见之，后归城西小读书堆，今复散出，因亦以重价购得。展望一过，信如遵王所云"笔画奇古，似六朝、初唐人隶书碑版""不啻获一珍珠船也"。原有查二瞻诗一帋，仅粘附卷端，兹命工重装入册，记其颠末如此。

  己卯中秋五日，复翁识。①

上文中出现的"复翁"，是黄丕烈的字。正平本《论语》归钱曾后，又屡易其主。由钱氏而传之于顾安道之达父子，由顾而传于黄丕烈。黄丕烈就书中年号问于翁广平，知正平乃日本年号。黄丕烈特别注意到钱曾所说"笔画奇古，似六朝初唐人隶书碑"一句，对此，岛田翰有所解释，他说："予观皇国（指日本）旧抄本，虽唐宋人所著者，书之多用六朝奇字，而其依宋元本传抄者，亦颇改今字以成古字，盖古者抄书必请名人，又或亲抄之，而其人目惯视皇国旧本，乃传抄之际，依此以意改之耳。"② 此说可破正平本《论语》多用六朝初唐人字之疑。

  上文提到黄丕烈向朝鲜使臣询问事。黄丕烈因与五柳居主人有莫逆之交，在其书肆遇朝鲜使臣、实学派学者朴齐家、柳得恭，赏奇析疑，感到来北京，是遇上了"海外君子"，遂有诗文之交③。询问年号之事，即在此时。

---

① 〔日〕林泰辅『論語年譜　附録』、大倉書店1916年版、第7—8頁。
② 〔日〕岛田翰《汉籍善本考》，北京图书馆出版社2003年版，第440页。
③ 王晓平：《亚洲汉文学》，天津人民出版社2009年版，第33—34页。

（三）翁广平：正平版论语临钞本跋

己卯初夏，郡城黄荛圃先生出示旧钞本何晏《论语集解》，笔画奇古，纸色亦古香可爱。此书平曾于钱遵王《读书敏求记》中见其目，云"辽海道萧公，监军朝鲜时所得，予以重价购之，间所注字，中华罕有识者。末云'正平甲辰五月吉日'，未知正平是朝鲜何时年号。"

平以《高丽史》、《海东诸国记》考之，俱无此号；后见《日本年号笺》，知正平乃日本割据之年号也。

案：日本九十六世光严天皇丙子延元元年，有割据称南朝者，于出吉野，建都改元，时中国元顺帝至元二年，历四世五十五年而终。正平是其第二世，自称后村上院天皇，甲辰是正平十九年，当日本九十九世后光严天皇贞治三年、中国元顺帝至正二十四年也。

夫海外之书，椠本、写本，所见亦有数种，虽格式各国不同，若行间有注文，则惟日本所独也。朱竹垞跋《吾妻镜》所谓"点倭训于旁，译之不易"是也。是则此书断为日本所写无疑，不仅纪年之符合也。

平曾有《日本著书目》，然所见不得十一。近日宋椠及宋元旧写本日少一日，此书实系旧写，况又来自海外，正遵王所云"书库中奇本"，而平亦得共赏其奇，幸甚幸甚。

翁广平识。①

翁广平，字海琛，号海村，江苏吴江平望人。性好异书，自抄录不倦，尤致力于日本文献搜集研究，博综精识，为嘉庆年间唯一日本学研究家，且工诗文，分隶宗汉碑，山水师南唐北苑与北宋释巨然，所交多知名之士。故其友黄丕烈遇到有关域外年号疑问，想到向广平求教。广平所著《吾妻镜补》多载录日藏汉籍。

（四）林恖：正平版《论语集解》

林梅洞（1643—1666），江户前期儒学者、汉诗人，名春信，又名恖，通称又三郎，先号勉亭，后号梅洞（梅花洞主）。其祖父林罗山是著名的朱子

---

① 〔日〕林泰辅『論語年譜　附録』、大倉書店1919年版，题跋8頁。

学者，其父林鹅峰亦治朱子学。梅洞苦学，英年早逝。

　　《论语》何晏集解，五册，显考文敏先生幼岁所诵古本，家藏可六十年。至庆安三年庚寅，恧也八岁，习《大学》句读了。时先生手自把此本授之，恧受读而珍袭之，十有七年。编帙既旧，盍（蠹）鱼稍食。此书尾曰正平甲辰镂梓，则是历三百年所，其损坏不可怪焉。方今修补装背新成，如其标书，则存旧题也。

　　昔闻遗砚传其孙，唯此文房一具，犹不忘其芳润，于二十篇圣言乎？遗言而传者，犹堕追忆之泪，况于手自授之乎？且其授附之心，岂其翅乎哉？恧也念兹在兹，则睹乃祖于此书乎？不可忽诸。

　　宽文丙午夏之仲月之下弦日之念三。弘文学士院林子为嫡男恧书卷尾，以为他后之证。①

案：宽文丙午乃宽文六年，即公元1666年，清康熙五年。

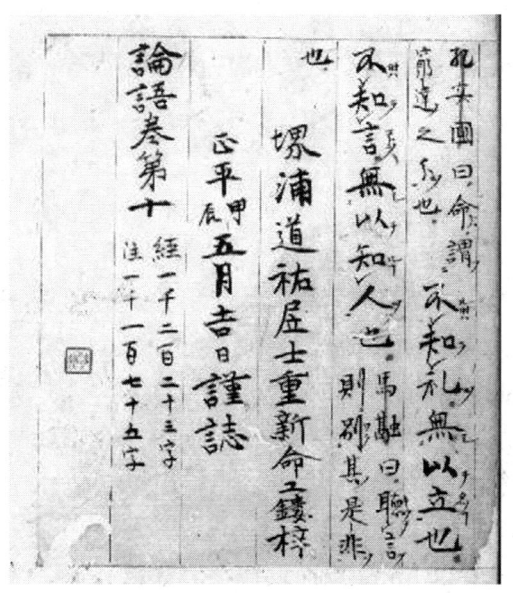

图71　《论语集解》正平版论语单跋写本

---

①　〔日〕林泰輔『論語年譜　附録』、大倉書店1919年版、题跋5—6页。

（五）狩谷棭斋《正平版论语市野本序》

市野迷庵（1765—1826）曾为正平版论语做校勘。迷庵名光彦，字俊卿。他所著《正平版札记》，据《说文》、皇侃《义疏》本、《经典释文》、开成石经、邢疏本以及日本所藏菅家抄本、宗重卿抄本等对经注异同加以考定。今收入《四书注释全书》第四卷。狩野棭斋曾为其所翻刻《正平板论语》作序。

狩谷棭斋（1775—1835），江户末期的考证学者（今称书志学、文献学），名望之，字卿云，别号求古楼，戒名常关院实事求是居士。

  谨按：应神天皇十五年，敕百济征博士王仁。十六年二月，王仁来，贡上《论语》十卷，《千字文》一卷。《论语》之入皇国，是为始矣。实彼晋武帝太康六年也。

  大宝学令教授正业，《论语》用郑玄、何晏注。尔来明经诸儒，皆奉是令。中世海内骚扰，干戈日继，学校不讲，生徒不肄。于是郑注湮灭不传，殊为可惜矣。

  吾师明经伏原清公，世遵先王之训，不敢失坠，是以何晏《集解》古本，往往而存矣。今日所传，虽有明应板本、菅家本、宗重本，莫若正平本之正且善也。又有活字诸本，及伊藤东涯校本，皆依邢昺疏本，妄意改窜，不足据也。

  但正平刻本，传世绝少，学者或不能见。友人市野迷庵忧其如此，捐赀翻雕，以公于世。别作札记附之卷末。考证精核，览者自瞭焉。

  近日清人有翻刻古书者，善则善矣，然皆不过宋椠、元钞诸本已，比此书之为六朝遗本，不可同日而论也。迷庵之功于此经可谓大矣。方今文运昌明，经学盛行，国家假顺考古道有石经之举，舍此本其将何取焉？

  文化十三年二月辛亥朔，汤岛狩谷望之识。①

案：文化十三年乃公元 1816 年，清嘉庆二十一年。

---

① 〔日〕林泰辅『論語年譜　附録』、大倉書店 1916 年版、題跋 9 頁。

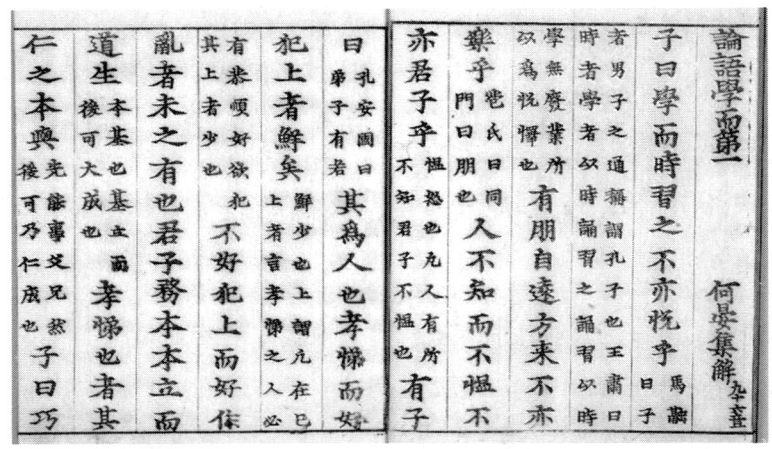

图 72 市野光彦覆刻正平单跋本《论语》，有狩谷序

（六）杨守敬《覆正平版〈论语集解〉跋》

右正平刊本《论语集解》十卷，卷末跋云："堺浦道佑居士，重新命工镂梓。正平甲辰五月吉日谨志。"

案：正平甲辰为日本后村上天皇正平十九年，当元顺帝至正二十四年也（市野光彦云：道佑居士，足利义氏之四子，幼丧父，与其母居于堺浦。遂薙染为僧，更名道佑）。据所云，重新镂梓，则犹有原本可知。验其格式、字体，实出于古卷轴，绝不与宋椠相涉，其文字较之《群书治要》、唐石经颇有异同，间有与汉石经、《史》、《汉》、《说文》所引合，又多与陆氏《释文》所称一本合。彼邦学者皆为六朝之遗，并非唐初诸儒定本。其语信不为诬（案《日本国史》云：应神天皇十六年百济博士王仁赍《论语》十卷，皇太子就而受之。日本之有经典自是始，即晋武帝太康六年也）。

顾前代市舶罕载，其流传中土者，唯钱遵王述古堂一通，因得自朝鲜，遂误以为朝鲜刊本。盖彼时未知正平为日本年号也。况其所得，亦是影钞逸人贯重镌本，并非原椠。尔后辗转传录，不无夺漏，故陈仲鱼、阮文达诸人所校出者，十不三四。

近世张金吾、吴兔床辈，始有知此为出自日本者。然又不知几经钞脊，愈失其真。而此间所存旧本，亦复落落如晨星（又有无跋本，界阑、字形全同。此本盖后人剜去跋文，其实同此一版也）。

文化间，江户市野光彦以此本翻雕饷世，惜梓人未良，失原本古健之致。又印行不多，板亦旋毁。今星使黎公访得原刊本上木。一点一画，模范逼真，居然六朝旧格，非显有讹误，不敢校改。原《集解》单行之本，宋人皆著于录；有明一代，唯闽、监、毛之注疏合刊本，别无重翻《集解》宋本者（永怀堂所刊，亦从闽本出，非别有所承之经注本也）。故我朝唯惠定宇得见相台、岳氏刊本，至阮文达校注疏时，并岳本不得见焉（余得南宋刊本《纂图互注集解》，颇足订注疏本之脱误，然亦不载诸家之名）。余以为此不足深惜也。观邢氏疏集解序之语（序云："今集诸家之善，记其姓名。"邢疏云"注言'包曰'、'马曰'"之类是也。注但记其姓，而此连言名者，以著其姓，所以名其人，非谓名字之名也。"）则知其所见唯存姓削名之本（此本不知始于何时，大抵长兴刊布之本。案：《三国志注》：周先烈为复姓，今但称周曰，其不学可知。及朱子作《集注》，亦沿其例，尽削所引诸家之名，遂致明道、伊川不分矣。）并不悟何氏原本皆全载姓名（唯包氏不名，以何氏讳咸故）望文曲解，何殊郢书燕说乎！

逮及南宋，朱子作《集注》，亦仅引孟蜀石经及福州写本论者，颇惜其隘于旁证，不知其互勘无从也。良由长兴版本既行，宋初遂颁布天下，收向日民间写本不用，虽有舛误，无由参校，此晁公武所由致慨者。

夫邢氏所据既如彼，朱子所见又如此，今之懋遗，尚不足以证开成石经，何论陆氏《释文》以上。则读此本者，直当置身于隋唐之间，而与颜师古、孔冲远一辈人论议可通也。虽然，流俗相习，因仍已久，自非众证凿凿，何能以海外孤本服穷经者之心？犹幸此邦故家之所藏弆，名山之所沉霾，往往有别本，为好事者物色，以出其间，剩文坏字，得失参池，固非鸿都石渠，难尽依据，其根源皆在邢氏见本以前。好学深思之士，或以征旧闻，或以解疑滞，拾其一字，莫非瑰宝。

以余披访所及，得目睹者，亦三十余通，较之相台之著沿革数犹过之（岳氏参校诸本凡廿三通）不可谓非千载一遇也。乃汇集诸本，校其异同，使天下学者读此一本，并得兼采日本诸古钞之长，又使知彼此错互之中，有源流变迁之渐，而此本之可凭，邢本之妄删，昭若日月。或亦通经学古者所不嗤乎！

     光绪壬午十月二十八日宜都杨守敬记①

案：光绪壬午乃光绪八年，即公元 1882 年，日本明治十五年。

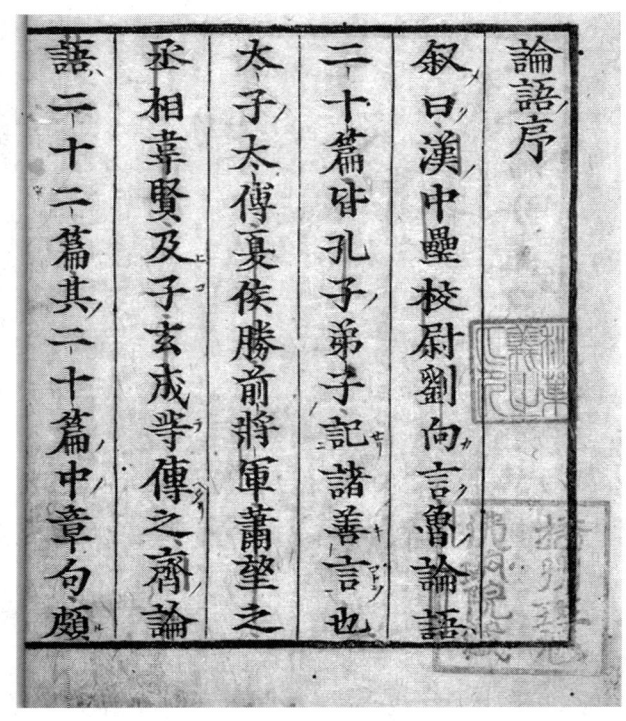

图 73　明应本《论语》

二　《论语》抄本与其它

根据阿部隆一研究，日本现存《论语集解》古抄本达 90 通之多②，加上

---

① 〔日〕林泰辅『論語年譜　附録』、大倉書店 1916 年版、题跋 9—10 頁。
② 〔日〕阿部隆一编「本邦现存漢籍古寫本所在略目録」、『阿部隆一著作集』、汲古書院 1985 年版。

杨守敬带回现存台北故宫博物院所藏，就多达百通了。其中书写于日本南北朝时代以前的占一成，书写于室町时代，且为其中期以降的占有九成。中心是清原宣贤（1475—1550）在永正年间（1504—1520）书写加上训读的本子，所以所谓"清家点"实际上就是宣贤点。从训点来看，由宣贤点派生出来的写本与其它的本子（出自寺院等缁流系统）大不相同。从本文系统来看，天文版《论语》正是出自宣贤训点的系统。高桥智用下图来表示相互关系①：

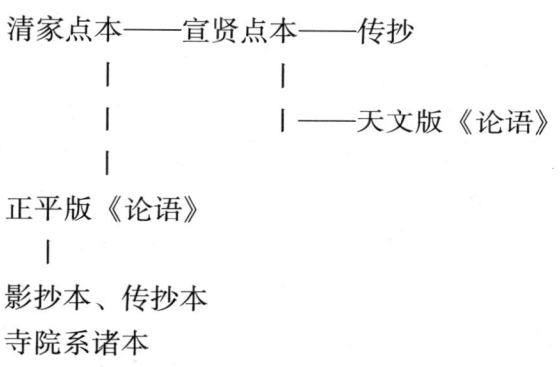

影抄本、传抄本

寺院系诸本

阿部隆一只列出抄本名录，足利衍述《镰仓室町时代之儒教》对《论语》抄本所藏稍作描述，可供查询。他提到的抄本及其所藏如下：

《论语总略》　旧钞卷子本一卷　　京都曼殊院藏

《论语抄》　　清原家

　　　　　　　应永二十七年抄本五册　东山御文库

《论语抄》（外题《论语闻书》）　清原业忠

　　　　　　　天文四年抄本　　帝国图书馆藏

《论语听尘》　清原宣贤

十一种，分藏大阪府立图书馆。京都两足院、图书寮、东京桥本进古氏、久原文库、京都灵云院、足利鑁阿寺、东京桥本进吉氏等处。

《论语私抄》足利学校之人

　　　　　　　庆长五年抄本三册　京都府立图书馆藏

《论语闻书》撰者不详

---

① 〔日〕高橋智『室町時代古鈔本『論語集解』の研究』、汲古書院2008年版、第12—13頁。

	旧抄本五种　睿山真如藏藏

《论语抄》　　笑云清三
　　　　　　　旧抄本十册　阳明文库藏
　　　　　　　文禄五年抄本五册　图书寮藏
《论语抄》　　撰者不详
　　　　　　　有原本与增补本之分，共五种，分藏京都仁和寺、东京桥本进吉氏等。
《论语抄》　　（外题《论语私集》）．撰者不详
　　　　　　　古抄本二册　睿山真如藏藏①

高桥智《室町时代古抄本〈论语集解〉研究》是对《论语》写本传播研究的崭新成果，它对日本中世时期接受《论语》的总体性变迁加以概括（328 页）。著者通过对各抄本的考察，对旧抄本研究的文化意义作了如下阐述："室町时代旧抄本《论语集解》的发展，以对庆长刊本的继承与寺院系统旧抄本的废统为结束，迎来了中世《论语》接受的终结。其一本一本的存在，述说着中世，它们是与大陆传来的文献不同的我国独特的汉字文献。以此来看，《论语》旧抄本的系统分类，可以说是象征中世的缩影。"②

以下是有关几种《论语》古写本的文献资料。

（一）文明钞本《论语抄》跋

　　赵普者，宋太祖开国功臣也。每决大事，启阁观书，乃《论语》也。时谓之赵普以半部《论语》治天下。夫微《论语》，太祖天下如何而已矣！微赵普，仲尼圣教如何而已矣！

　　金也年在志学，从余学《论语》，唔咿上口可闻矣，故书一本而与之。盖赵普只半部尚辅政治，公今获全篇以且习读，且熟思，而遂至无损之益，则何止手提仲尼日月哉！抑又于吾祖道为颐神妙术，为换骨灵方者必矣。然则儒释之教，岂二之也耶？

　　文明七（乙未）仲冬上浣题

---

① 〔日〕足利知夫『鎌倉室町之儒教』（複刻版）、有明書店 1970 年版、第 867—868 頁。
② 〔日〕高橋智『室町時代古鈔本『論語集解』の研究』、汲古書院 2008 年版、第 328 頁。

林泰辅所藏，抄写零本①

案：文明七年乃公元 1475 年，明成化十一年。文明（1469—1486）。

（二）文明钞本《皇侃义疏》跋

  文明十九年林钟廿五日酉刻，书毕于山上意足庵北窗也。（第四）
  此本者，江州山上于曹源寺之意足庵龙安院，周笃廿五岁之时书毕，写本者周钧藏主之本也。仍文明十九丁未五月十五日始之，同八月十五日书之毕，为后人写置也。（第十）②

案：文明十九年，即后土御门天皇长享元年，即公元 1487 年。明成化二十三年。

（三）文明钞本《论语抄》跋

  右此和《论语》者，愚拙多年令秘藏，仍纳文函，而坚断他见。虽然，贤等维那与予知音，异他之间，或时聊披览之，强依有恳望，点数十个日之光景，拭六旬余岁之老眼，遂全部之写功，所令附与也。云蒙昧，云老笔，旁目外见多惮而已。凡厥吾家之戒法，孔门之儒教，其途异而其要惟齐，然则出世之良因，得达之元祉，何物如之哉！可贵可秘！
  时元龟二（玄默阉茂）稔仲冬日
泉涌再住雄峯老志之③

  首句"论语"，林泰辅《论语年谱》录作"仑吾"，这是因为原文采用了日本当时常见的省笔字写法，"论语"分别省去了言字边。元龟二年乃公元 1571 年，清隆庆五年。

  在室町时期的旧抄本中，清原家的抄本占有极高的位置，高桥智把它称

---

① 〔日〕林泰辅『論語年譜　附録』、大倉書店 1916 年版。
② 〔日〕林泰辅『論語年譜　附録』、大倉書店 1916 年版、第 14—15 頁。
③ 〔日〕林泰辅『論語年譜　附録』、大倉書店 1916 年版、第 14 頁。

为"支撑室町时代的儒学支柱",是"至今仍为阐明指示其解释方法的鲜活文本"①。之所以这样说,正是因为他把清原家看做各家训点的蓄水池。本来中原家、清原家庭博士的讲读,都是各有秘传的训点,而清原家把这些都集中、收纳、概括起来,这种发展正与后来江户时代以大学头林罗山开创的林家讲读收束清原家的训点,有历史的关联性。也就是支配中世的清原家讲读,延续为近世大学头林家的讲读,而集中点正是清原家庆长刊本。这种讲读的延续,并非文本的反复再生,而是训读的变形传承。训读究其实是一种不改动汉字而改变读法的翻译,因而对《论语》翻译的研究,也不能不深入到这些古抄本的读解中。

下面是几种有关清原家《论语》写本的资料。

(四)清原本《论语集解》跋

足利衍述《镰仓室町时代之儒教》书末著录清原家各种《论语集解》写本中的识题。下录三种,以见《论语集解》世代相继、不断校订传抄之迹。

此书文增减字异同,多本共以不一同,以唐本欲决之,未求得之,专以当家古本取准的书写之卒终,朱墨功讫。

永正九年二月九日②

案:永正九年乃公元1512年,明正德七年。

文字增减,年来不审,以数多家本,虽令校合,共以不一揆。爰唐本不虑感得之间,即校正之处,相违不一,但古本之体,法令非可改易,仍胁注之两存焉。就家说之无害之文字者,以朱消之。是又非忆(臆)说。黄表纸如此类有之,后来以此本可为证者乎?

永正十七年九月廿三日　　给事中清原宣贤③
　　　　　　　　　　　　正二位清原宣光④

---

① 〔日〕高橋智『室町時代古鈔本『論語集解』の研究』、汲古書院2008年版、第327頁。
② 〔日〕足利知夫『鎌倉室町之儒教』(複刻版)、有明書店1970年版、《經籍奥書集》第32頁。
③ 〔日〕林泰輔『論語年譜　附録』、大倉書店1916年版、第15—16頁。
④ 〔日〕足利知夫『鎌倉室町之儒教』(複刻版)、有明書店1970年版、《經籍奥書集》第32頁。

案：永正十七年为公元 1520 年，明正德十五年。林泰辅《论语年谱》有注：此跋文，京都大学清家本及神宫文库本、帝国图书馆本、细川男爵本皆同，乃后人誊写者也。

（五）清三《论语抄》跋

是书者，湖月老人所写也，前后二十三席，始惠泉，终方广，予仅闻万之一钞之，旁执宜竹和尚（景徐周麟）听书而赘矣。曾参、鲁参之嘲，傅说、传说之错，不知聚几州铗铸个愚钞乎？

永正十一（壬戌）九月望　清三志①

案：林泰辅注：壬戌，甲戌之误。林注是，永正十一年乃公元 1514 年，明正德八年。

（六）清原枝贤《论语》跋

夫以齐家治国之要，莫过乎此书，以孝鸣者，颜、曾也；以德鸣者，孔、孟也；以半部鸣，宋赵普也。况于学者乎！不恐衍可不时习乎！一寸璧玉也。汉家、本朝，赏之玩之，可谓龟镜鸿宝而已，故以累家秘本，加朱墨两点，勿令出深窗矣。

天文辛亥秋九月重阳　清原枝贤②

案：天文辛亥乃天文二十年，即公元 1551 年，清嘉靖三十年。

（七）清原宣贤《天文版论语跋》

泉南有佳士，厥名云阿佐井野。一日谓予云："东京《鲁论》之板者，天下宝也。虽然，离丙丁厄而灰烬矣，是可忍乎？今要得家本以重镂梓，若何？"予云："善。"

按：应神天皇御宇，典经始来；继体天皇御宇，五经重来。自尔以降，吾朝儒家所讲习之本，藏诸秘府，传于叔世也。盖唐本有古今之异

---

① 〔日〕林泰輔『論語年譜　附録』、大倉書店 1916 年版、第 15 頁。
② 〔日〕足利知夫『鎌倉室町之儒教』（複刻版）、有明書店 1970 年版、《經籍奧書集》第 32 頁。

乎？家本有损益之失乎？年代寝远，不可获而测，遂撰累叶的本，以付与，庶几博雅君子纠焉。

   天文癸巳八月乙亥 金紫光禄大夫拾遗清原朝臣宣贤，法名宗尤。①

案：天文癸巳乃天文二年，公元1533年，清嘉靖十二年。泉南（以和泉国南部而得名，今大阪府西南部）儒士阿佐井野，鉴于东京的《鲁论语》刻板因火灾而被毁，便以自家传本付梓翻刻，上文为清原宣贤为此所撰跋文。

这里所说的"离丙丁厄"，就是遭遇火焚。古代以十干配五行，丙丁属火，因称火为"丙丁"。

（八）无名氏《天文版论语跋》

下文进一步谈到上述版本的情况，称原本所有者阿佐井野为"府人之巨擘"。曾刻印各种书籍，或许为大阪地区的藏书家。文中所说的泉摄二州，即指今天的神户、大阪一带。室町末期至江户初期，这里的刻书业已渐成型，这为江户时期儒家经典和各类汉籍的普及准备了物质条件。

   五畿之地，有沿海之利者，泉摄二州，而胜国之时，泉人之商舶，资勘合以交易。西土诸蕃，不独财货缣帛，而文墨遗爱，亦有其余波也。
   南宋禅刹所藏东京《鲁论》镂板八十七面。传云唐人欧阳率更揭本之文，先辈得以模临，其字画明整，最可奇观。思其或然。且清博士宣贤朝臣所记阿佐井野者，名宗瑞，当时府人之巨擘，曾大永中所家刻医书大全等，今尚存于世矣。如其贯裔，则邈邈年纪不可复知也。如此板之存在于南刹，其起由亦无明据。大抵庆元之际为寺什云者，山侣及府人之口碑，可以认焉。

                    无名氏撰②

（九）《论语秘抄》跋

   右秘抄者，吾祖环翠轩不出书也，或人于予求讲，不能固辞，令此抄

---

① 〔日〕林泰辅『論語年譜　附録』、大倉書店1916年版、題跋11—12頁。
② 〔日〕林泰辅『論語年譜　附録』、大倉書店1916年版、題跋12頁。

于恩借，自去二月至今月讲之毕，秘中秘也，家传抄在斯，勿令外见而已。
　　　　　　　　　　　　天文十三年孟夏日①

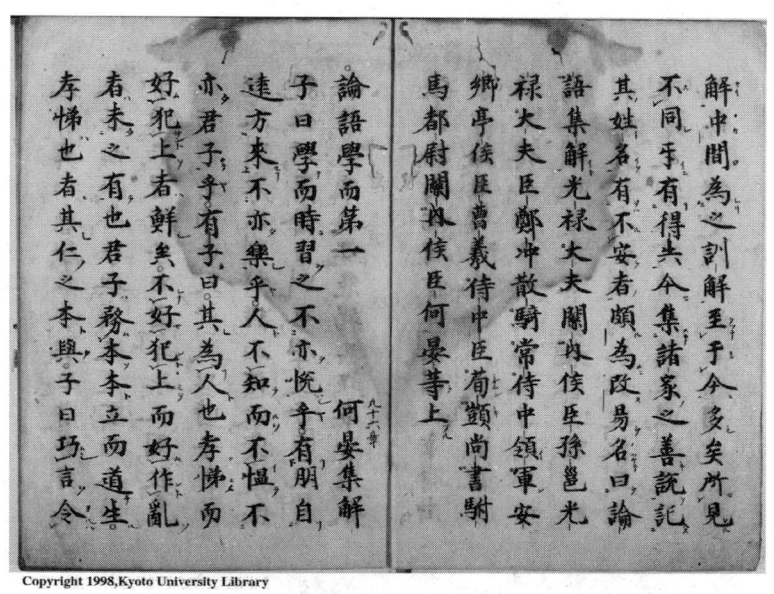

图74　清家文库藏良枝笔《论语集解》第一编首页

案：天文十三年乃1544年，清嘉靖二十三年。

（十）梅千代麻吕：天文钞本《论语集解》跋

　　于时天文十八年八月六日始染笔，同十一月书功了，依有急用子细，此书顿写之间，字形尤以卑贱，误又可巨多，后哲呀（弄）嘲，殊以有其悼而耳。
　　笔者沙弥道惠，三十三才。
　　予感劝学之志，书与此抄者也。
　　　　　　　　　　　　文主梅千代麻吕之。②

---

① 〔日〕林泰辅『論語年譜　附録』、大倉書店1916年版、题跋16頁。
② 〔日〕林泰辅『論語年譜　附録』、大倉書店1916年版、题跋16—17頁。

案：天文十八年乃公元1549年，清嘉靖二十八年。

在以上各本中，有些出自寺庙。由于清原家传本往往秘而不宣，所以其时流布不广。正是由学僧的活动，孕育出一些寺院系统的抄本，这些抄本因与清原家本相互融合而带有博士家训点的因素，从而担负起了扩大传播的作用。正是由于清原家、寺庙以及足利学校的学者们的不断重读、抄写、讲读，才使得日本儒学延绵不绝，也使《论语》的传授跟上社会的变迁，历经数百年而高居经典之首。

三　林泰辅《论语年谱》

日本接受《论语》的历史，日本甲骨文研究的开创者林泰辅（1854—1922）编《论语年谱》二册很详尽。这从书志学来看是呕心沥血之作。与《论语》有关的史实、传述不论巨细一概收入，分日本、支那、西洋三部分，日本一项进行了周密的调查，足以完成一部研究史。

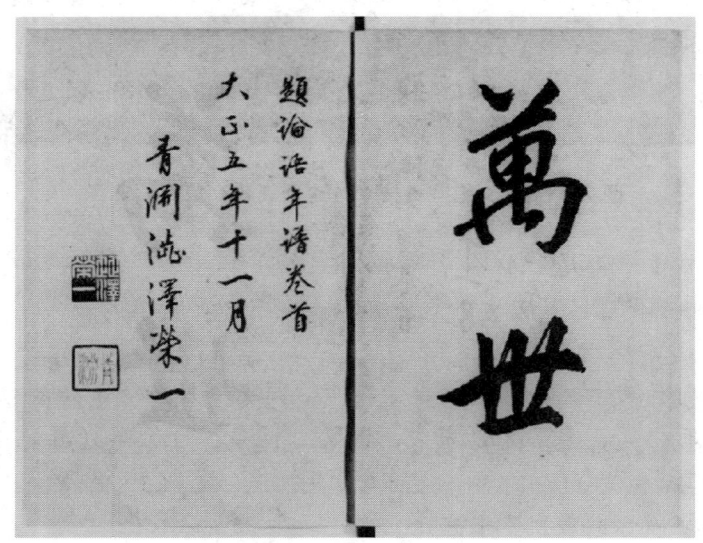

图75　林泰辅《论语年谱》涩泽荣一题词

林泰辅《论语年谱》，大仓书店，1916年刊，书前有署名"龙门社"的题签："此书为祝贺青渊先生（涩泽荣一）喜寿文学博士林泰辅受本社之委托而编纂者"，前有龙门社评议员会长、法学博士阪谷芳郎序，现摘译如下：

自孔子殁二千四百年，《论语》之成书问世，亦经历多年，然虽千载之下，至于今日，世代相传，有万民爱读而不措者，何哉？盖其不过说以常识令人得以理解之寻常乎？乃道理之实践伦理之典籍，而非特藏幽玄奇拔之思想，亦非有光彩陆离之光华，虽然，其所说者，乃古今相通万人服膺，教以无过之道，所谓金科玉条之言也。古人以《论语》一卷可治天下国家，亦无不宜。呜呼！《论语》之德，岂不伟哉！

……（青渊）先生之目的，在于自己完善修身齐家之同时，望能改善社会、风气，欲令国民于真正意义之上享受文明之惠泽。先生确信，为达成此目的，躬行《论语》之教诲乃是最为有效且最根本者。

现代社会人心甚受物质文明之荼毒，轻视精神修养之价值，产生偏执功利之念之弊病。此于国家百年之长计乃是颇为危险之征候，为社会之将来不堪寒心之至。而此倾向不啻于我日本之状态，泰西诸邦亦同认之。忧国之士对矫正此弊风忧心如焚之事实，余于此次欧洲大战奉命出使法兰西途次巡游列国之际亲身体验，为人类之前途不禁发无量之感慨。①

此书例言的主要内容：记载事项分史实、传述、钞写、刊刻四项，史实再录与《论语》相关之事实之见于历史传记者，传述载录有关《论语》之解释或评论作者，钞写、刊刻虽另设项目，或传述中附载刊刻者亦颇多。帝王之拜孔子、加谥号、封子孙、建圣庙、行释典及记述孔子履历学术等者，与《论语》有关者不鲜，且与《论语》之流行相待者，亦载录之。

《论语》外篇及和论语、女四书之类，虽与《论语》不同，假冒《论语》之名者，毕竟可见《论语》流行之形势，亦载录之②。

卷上包括孔子略传；《论语》之编纂；周代《论语》之影响；汉代以后东西诸国《论语》流行之概观。后为本编、年谱。卷下附录、写真、题跋、索引（书名索引、人名索引、《论语》引用语句索引）。年谱自孝元天皇十三年、西汉高祖五年，公历前202年。至日本大正四年，民国四年，公历1915年。

兹将林泰辅序说中述《论语》在日本流传的部分译录如下：

---

① 〔日〕林泰輔『論語年譜　附録』、大倉書店1916年版、第1—4頁。
② 〔日〕林泰輔『論語年譜』、大倉書店1916年版、例言1頁。

独有我邦,《论语》之流行非比朝鲜、安南。先于传承之初,既在高贵之间崇信,事实上见其效验;其后,《大宝令》以《论语》为必读之书。自清和天皇又于朝廷讲《论语》,尔来传播渐广,及至镰仓、南北朝时代,抄写或刊刻亦次第行之。如足利时代丧乱相继,其流行尚不衰。今日所传古抄本之多,亦可详察。特别是南北朝之时,朱子《集注》传来,或于一部之间流传,他日勃兴之萌芽,既已发生于此时。当时《论语》流行区域,多在宫中、缙绅或僧侣之间,未必普及于一般人民,且其加点及解释为一种秘传秘说,盖自古以来以博士之业为世袭,当为习俗,要之其说虽非精凿隽拔者,清家及僧侣之传所谓"抄"者,确为开后世谚解、俚谚抄、国字解等之先者也。
　　及德川幕府之勃兴,不独中流以上,至穷乡僻陬之人,皆诵读《论语》,此虽毕竟风气开发之所然,当时在上者往往以身相率,亦不可不谓之与有力焉。则于此时代,《论语》之传述者极多,有古学派,有朱子派,有折中派,稍后有考证派。若再细列,可得有数十派。以至于柴野栗山所言,于考证派未起时,解《论语》者竟有二十余家,为之愤慨。
　　然则物之隆盛,则自致分裂,乃不得已之势,此即所以促进少也。盖当时只隆盛,上者有后光明天皇,有德川纲吉、保科正之、德川光圀、松平定信诸公,下者,有以儒为家者林林总总,不遑其数。此皆无非崇奉《论语》者。以是,其传述刊刻之书,亦不啻汗牛充栋、则其旨趣普及于一般,在想象以上。
　　且于支那及朝鲜、安南,用于举业之试验,故虽盛则盛矣,为名利读之诵之。有咀嚼其粗而弃其精之憾也。我邦之人读之则不然,弃其外皮,取其精髓,故得奏培养国本之效。《论语》亦非未云雾所壅蔽。然今云雾雾散,其真价悉为世人所认。①

　　章太炎在《与罗振玉书》中曾谈及对林泰辅的看法,说他"尝在大学治古典科,非能精理",并批评日本学人的"浮夸傅会,是其素性"②。林泰辅

---

① 〔日〕林泰輔『論語年譜』、大倉書店1916年版、序説35—37頁。
② 章太炎:《太炎文录初编》,上海书店1992年版。

还著有《论语源流》（汲古书院，1971 年），具有一定文献价值。

四 《论语会笺》

《论语会笺》为明治时代竹添光鸿所撰，既是日本《论语》旧注疏的终篇，也是近代《论语》研究的伏笔。虽然这部书在中日两国的名声远不如作者的《栈云峡雨日记并诗抄》，却是研究日本论语学和经学不可不读的一本书。

竹添光鸿（1842—1917），字渐卿，号井井，肥后天草人，文学博士。其父光强，号笋园，为江户时代的名儒广濑淡窗门人。光鸿从四岁开始跟随父亲读《孝经》，五岁读《论语》，七岁学读《资治通鉴》。光鸿还曾跟随著名汉学者森槐南学习过诗文。

竹添光鸿曾任日驻天津领事、朝鲜公使，东京大学教授。1877 年曾将胡秉枢的《茶务佥载》译出，由内务省劝农局刊行。竹添前半生活跃于政治舞台，在杭州会见俞樾时朦胧中对"政治让书生走开"似有所悟。即使从政岁月，也以治学为乐。在天津担任领事的 1882 年，还手录《孟子论文》，由东京奎文堂刊行。著述甚多，编有《元遗山文选》（奎文堂，1883），手抄《元遗山诗选》（奎文堂，1883），参评《清大家诗选》（5 卷 5 册，奎文堂，1883 年），编有《评注历代古文抄》，包括《左传抄》、《国语抄》、《国策抄》、《史记抄》、《汉书抄》（奎文堂，1884—1885），有《独抱楼诗文稿》（平野彦次郎校，吉川弘文馆，1912）。他对经学的态度，不太附和明治时期用鼓吹儒教乃"皇道之羽翼"来论证有用的旧学派，也和急于搬用西方文学史观来整理中国文学材料的早期新派保持了距离，而是注重打通汉唐宋明清代注疏之学与日本注疏之学的联系，乐于利用日本自古以来保存的抄本与和刻本数据，来为旧经学作修补总结，力图以纯学术的操作，重返历史现场，还原孔子及《论语》的原貌，避开读经实用效益的议论，把功夫切实下到了对文本的解读之上。

竹添所著《左氏会笺》、《毛诗会笺》、《论语会笺》，合称三《会笺》，是他晚年最重要的成果。这三种书，相互为用，互相阐发。在《毛诗会笺》和《论语会笺》中多融入他对《左氏春秋》方面的知识。他主张读经而力行，在本书中说："盖圣贤之修己治人，其盛德大业如此，而其言皆非徒言也,其学非徒学也。后世学者,谈孔孟,说仁义,而少力行之实。"

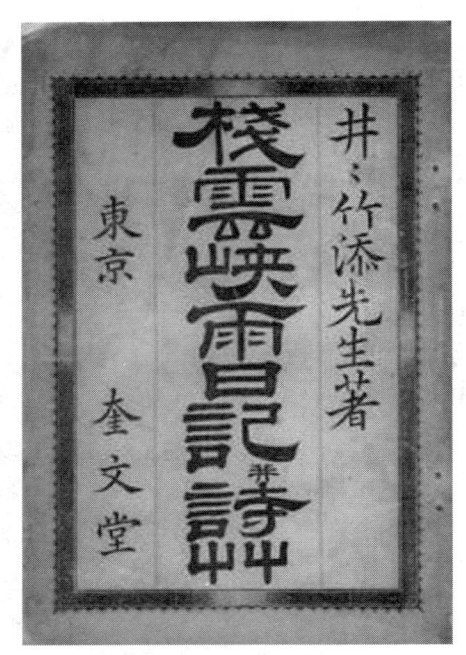

图 76　竹添光鸿《栈云峡雨日记并诗抄》奎文堂刊本

由于对诗文的爱好,他对《论语》的解读不止步于文字的考辨和语句疏通,不仅力求捕捉和重现孔子及其弟子言谈的文化语境,而且注重体察现场氛围和气场特征。他的笺注文字,有些是从文学角度了解说文句的,某些地方可以看出大正时期"支那学"中的文学研究手法的萌芽。

对于《论语会笺》的写作来说,除了中国学者俞樾之外,有两个人值得一提。一是安井息轩。息轩的考证专在经书,从这一点来看,竹添井井可以说是息轩遗志的继承者。井井虽没有直接师事息轩,但息轩所著《北潜日抄》等出现了井井的名字,井井一定会见过息轩。井井写出了《论语会笺》、《左氏会笺》这些经书的精要注释,而《左氏会笺》收进了《汉文大系》,且《左氏会笺》总论一开头近乎全文引用了息轩的《左氏辑释·总论》中的"衡案"内容。安井息轩是德川时代最后的大儒,以古学任昌平黉儒官,声望颇高。所著《论语集说》六卷,受到清代学人重视,称其学术博深,识见高明。息轩杂取皇侃《义疏》、刑昺《正义》、朱熹《集注》、清儒考证、仁斋《古义》、徂徕《论语征》等，以古注为本，矫正朱熹高远不实之说，补订清人考证忽略义理之弊，采古今所长，言己见论断慎重，作为《论语》注释颇有价值。从俞樾记述的与竹添井井的谈话来看，竹添也以自己为安井的学生和晚辈自命。另一个就是木下韡村。竹添在熊本时曾师从韡村，故在本书中唯对其尊称"韡村先生"，木下韡村（1805—1867），名真太郎、犀潭，号韡村，为光鸿之师。竹添还编有《韡村先生遗稿》（奎文堂，1884年），校勘《孟子不动心章讲义——山窗闲话》（木下真太郎著，木下重三刊，1916年，附录韡村先生遗稿拾遗）。

《论语会笺》以朱注为本，网罗汉唐宋明清各家学说及日人解释，博搜约取，点校慎重。日人丰田穰称许其胜于刘宝楠氏《论语正义》。为"阐明经旨"，竹添在对清儒汉学派传注派著述如刘宝楠《论语正义》、俞樾《论语郑义》、潘维城《论语古注集笺》的钻研，超过了江户时期的学者，在同期的日本学者中也堪称用功最深。他对于考证类学者如毛奇龄、江永、桂文灿、方观旭等的著述，今文经学学者刘逢禄，以及阮元等人的著述也都加以参照。不仅如此，他对于崔述以及许多学者，包括一些非著名学者的著述中自己认为于理解文义文情有益的一得之见，也广为引述，以朱子《论语集注》为本，仿照乾嘉学派以来清儒为各经作新注的方法，为《论语》作会笺。《论语会笺》之出，也就宣告了江户时代以来的日本《论语》注疏之学完美落幕。

对于今天的《论语》学来说，《论语会笺》的价值还在于竹添光鸿利用日本所传各种《论语》版本文献加以考核论断的成绩，该书核校日本流传的古版本有皇本、皇疏、引皇侃语、正平本、南宗本、足利古本、菅氏本、菅家本。这里特别值得一提的是正平本、足利古本和菅家本。正平本是日本最早翻刻的儒家经典，保存了《论语》昔日风貌，传入中国后最初被当做高丽本倍受学人青睐，清末翻刻收入《古逸丛书》，还是《四部丛刊》选用的珍本；足利古本包括多种写本，足利学校有日本最早建立的孔庙，历来重视《论语》教育，至今仍有"论语素读运营会"，提倡高声诵读《论语》。江户时代山井鼎、物观编撰《七经孟子考文并补遗》曾用足利古本以参校。山井昆仑（1680—1727）和根本逊志（1699—1764）利用足利学校所藏宋版《五经正义》旧抄本对《论语》所作的校勘,后经荻生徂徕之弟物观(1673—1754)补遗,收入《七经孟子考文》。逊志还在足利学校藏本中发现久已散佚的皇侃撰《论语义疏》,并亲自抄写,参照宋人邢昺所撰《正义》予以整理,于1750年刊出。此书由武林人汪鹏购回,和刻本皇侃《义疏》为北京文渊阁收藏。日本经学以学官世袭的方式传承,菅家是最重要的明经家之一,世代校核传授的写本,极为珍贵。不仅与竹添同时的晚清学人,很难见到这些文献的原件,就是今天,仍有一些未在中国学人面前现身。竹添得日本资料之利,为《论语》诸本研究做了有益的工作。据阿部隆一《本邦现存汉籍古写本类所在目录》,现存从唐写本到近世日本《论语》写本凡119种,利用这些写本展开《论语》文献研究,乃是今后的课题。

竹添光鸿对日本学人的《论语》研究成果,与汉唐宋明清学人一视同仁,甚至更为留意。根据丰田穰所编《日本人研究论语著作目录》,从林罗山的《语论八佾谚解》起,到林泰辅《论语年谱》,共为90种(1937年东京春阳堂刊《论语讲座研究篇》),几乎都是江户时代的书,诸桥辙次《大汉和辞典》选录日人的论语著作共43种,是采录丰田穰目录中较重要的。近年研究,江户时代的《论语》著述要多于这个数目。

竹添光鸿援引江户先儒近30人,包括古学派、朱子学派、折衷学派等各家之说。不过,由于《论语会笺》沿袭古人做法,引用时举学者之名而不标书名,举学者之名时,又时举其名,时举其字或号,今天不熟悉日本经学史的学者颇感不便。下将其所引学者简况简列于下,大体以其援引次数多寡为序:

中井履轩,名积德,朱子学派。撰《论语逢原》二十卷(《四书注释全书四 论语部四》,东洋图书)。

佐藤一斋(1772—1859),名信行,又名坦,号一斋,朱子学派,又治阳明学。著《论语栏外书》二卷。

伊藤东涯(1670—1736),名长胤,号东涯,著有《论语古义》,又编订《论语集解标记》一册,东京千钟房,1778年〔和刻本〕。

古贺精里(1750—1817),名朴,字淳风,朱子学派。撰《诗四书集释》十卷、《经语摘粹》一卷。

古贺侗庵(1788—1847),名煜,号侗庵,古贺精里第三子,朱子学派。

撰《论语管窥记》一卷、《论语问答》二十卷、《论语问答备考》一卷。

荻生徂徕，字茂卿，故亦称物茂卿，号徂徕，本书中亦称物氏。荻生徂徕撰《论语征》，刘宝楠《论语正义》曾引用其说。

伊藤仁斋，名维祯，假名（通称）源佐，号仁斋，古义学派。伊藤仁斋撰《论语古义》十卷。

安井息轩，名衡，号息轩，撰《论语集说》。

木下韡村（1805—1867），名真太郎、犀潭，号韡村，为光鸿之师。

龟井南冥，讳鲁，号南冥，古学派。撰《论语语由》十卷，语由为发语之由来之意，探究解释《论语》中孔子及其门弟子发语之由来。收于《四害注释全书》第四卷；龟井南冥《论语语由·同补遗》（《龟井南冥全集》），苇昼房，1978年。

龟井昭阳，名昱，号昭阳，著《论语语由述志》，尚有《论语语内述志》十卷（写本）。

龟田鹏斋（1752—1826），名长兴，故亦仿中国略称龟田兴，号昭阳，折衷学派。撰有《论语集注异说》二十卷。

海保渔村（1798—1866），名元备，号渔村。著《论语通解》十卷。

太田锦城（1765—1825），名元贞，号锦城，折衷考证学派，著《论语大疏》二十卷。

猪饲敬所（1761—1845），名彦博，号敬所，折衷学派，著有《论语考文》一卷。

慊堂松崎，即松崎慊堂（1771—1844），在异文考辨方面多有成就，撰有《九经字样审定》一册、《五经字样审定》、《四书札记》一卷、《审定石经十三经》三十文本等。

尾藤二洲（1745—1814），别号约山，朱子学派，撰《论孟衍旨》二卷。

斋藤拙堂（1797—1865），讳正谦，字有终，朱子学派，著有《拙堂文话》、《续拙堂文话》等。

关于孔子和《论语》，竹添光鸿尚发表《孔子之世》（《汉学》第一编三号，第1至第6页1910年7月）。《孔子之学》（《汉学》第二编一号，第76至81页，1911年11月）。

竹添光鸿《论语会笺》最初是由其养子竹添履信刻板刊行，为10卷10

册，后收入崇文丛书第二辑第22至37册，线装，20卷16册，1934年刊行。台北广文书局二册1961年12月刊。本书据崇文丛书本影印，底本是东京崇文院从1930年至1934年8月分数次印制发行而最终完成的。本书影印本第三卷衍了第22页，缺了第16页。此与丛书集成续编的1925年版版式完全一样，所以便用丛书集成续编版的16页来补充此本缺失的第16页。

竹添光鸿在政治和学术两种舞台上秀出了双面人生，而这两个舞台都与中国和中国文化相关。就学术而言，俞樾在自己的《春在堂随笔》中曾经记述了光鸿的到访与两人的交谈，后来陈衍的《石遗室诗话》也谈到："彦桢所师为竹添君，名光鸿，字井井，著有《左传会笺》、《论语会笺》、《栈云峡雨日记》，自尊人篁村先生，名重礼，学兼汉宋，平生无他嗜好，但爱书籍。"竹添的著述先是在台湾翻刻影印，近年也现身大陆读书界。继《左氏会笺》由岳麓书社影印之后，《栈云峡雨日记并诗草》也由中华书局出版。在日本，2000年岩城秀夫校注并译成现代日语的《栈云峡雨日记》收入东洋文库，町田三郎等学者也对于竹添光鸿的作品展开了研究。

近年来，竹添光鸿的学术成就逐渐引起中日两国学者的关注。台湾学者金培懿撰《复原与发明——竹添光鸿〈论语会笺〉之注经途径兼论其于日本汉学发展史上之意义》（《中国文史研究集刊》第30期）认为，"《论语会笺》乃近世日本《论语》注释转为近代日本《论语》研究，由旧学转新学之过渡，竹添光鸿三《会笺》之作业，基本上可视为日本传统注疏学的总结，就诚如孙诒让《周礼正义》等经注著作，乃中国传统注疏学之总结。而此《会笺》作业也预告着：日本汉学的旧时代即将结束，而新时代即将来临。另外，由竹添仿清儒为群经作新疏这一作为，更可以看出京都支那学中，清朝考证学成分所以存在的这一学术发展的内在一贯连续性。而此即竹添光鸿三《会笺》于近代日本汉学发展史上之定位。"

应当说，关于竹添光鸿及其著述的研究，首先关系到对中日学术史上经学位置的认定，其次还涉及到对近代中日文学观念的演变与异同，还牵扯到竹添光鸿个人的观念与个性。值得探讨的问题既多且复杂。不过，作为后世学人，对待包括《论语》在内的古代文化遗产，我们首先该是尊重、学习，把它读懂，而后才能谈得上其它。如果只讲"急用"，恐怕就难对《论语会笺》这样的著述作出公允评价，而且或许会有一天，我们能"用"的那块天空越来越狭小。而在日本，学人依靠训读和现代日语译文来研究中国古典，几成学界常态，有竹添光鸿这样汉文原典阅读速度和理解能力的学者实已不多见。由于此书的影印发行，可以预料，竹添光鸿的《论语会笺》最大的读者群，就此便从日本转到了今日的中国。

第三节　仓石武四郎的《口语译论语》

和任何两种语言之间的文学交往一样，中日之间的文学交流也不能离开翻译一环。撇开翻译而谈国际交流，犹如说渡江跨河而不言船桥舟楫。然而由于中日"同文"的说法早已深入人心，以为中日过去的文学交流可以不借助翻译的误解随之而生，所以中日文学翻译的研究就自然会成为边缘中的边缘。不论在中国还是在日本，探讨本国语言与英语之间的翻译研究论文和著述不计其数，而考察日语与汉语，或者汉语与日语的翻译研究论文和著述则寥寥可数。在古典文学领域，很多作品是赖研究者翻译的，这种翻译本身就有文学翻译和学术翻译两者相兼的性质，它们的被忽略，不仅是翻译进步的损失，其实也是学术进步的损失。

在日本，出现过不少研究中国古典文学的名家，他们的研究业绩实际上是与他们的翻译业绩分不开的，但前者常被人称道，而后者则多为人所轻。早为中国学人所熟知的著名学者仓石武四郎堪称其中的典型代表，而他的《论语》日语现代口语翻译，着中国经书口语翻译之先鞭，可惜却很少见到切中肯綮的评论。

仓石武四郎（1897—1975）是日本著名中国学家，他在战后对汉语研究、汉语教育及辞典编纂功绩卓著，有日本汉语研究泰斗之称。由于他对现代汉语研究和教育的杰出成就，1974年被授予日本朝日文化奖。他曾为中国文学作品的翻译传播辛勤耕耘，也是将鲁迅作品搬上日本大学讲堂的第一人。

在今天日本人学习汉语越来越普遍的形势下，日本汉语教育界的人们仍然十分怀念仓石武四郎对日本现代汉语教育建立的功绩。在日本人学习汉语的人数还相当有限的时候，仓石武四郎不遗余力地呼吁学生学好汉语，也为学界开创不再依赖训读而直接通过汉语阅读中文原著树立了典范。自奈良、平安时代训读的方法逐步确立以来，日本的读书人主要就是依靠训读来阅读中国典籍的，这种便利的以不变应万变的阅读手段，就像是一根得心应手的拐棍，竟然成为很多人放弃直接学习汉语口语的理由。仓石武四郎在留学中国期间，对日本训读与现代汉语的隔膜有了切实的体会，在他撰写的留学日记和回忆录中，记述了苦心学习汉语乃至不同方言的经历。荣新江、朱玉麟辑注的《仓石武四郎中国留学记》①，记述了他学习汉语的经历。他到中国时，已经32岁，这早已不是学习外语的最佳年龄。同来中国的有些日本学者对学习汉语口语望而却步，而他和吉川幸次郎却坚持了下来。在新中国成立以后，他以汉语教育而闻名，创办了汉语学校，并最后在中国文化大革命动乱波及到日中学院的内部纠纷时倒在辛劳之下。今天，仓石武四郎倾注心血的日中学院从1951年创办以来即将迎来60周年华诞，孔子学院也在东京、大阪、京都、札幌等各地开花，我们不应忘记仓石武四郎这位日本汉语教育先驱者的名字。

仓石武四郎一生翻译或者主持翻译的中国古今文学作品很多，从《庄子》、唐诗、宋词到现代的谢冰心等，都是他翻译的对象。这些译作主要诞生于20世纪50至70年代。其中他的《论语》口语译，堪称这些翻译活动的开篇，也是日本《论语》研究史上不能不提到的译作。这是中国文学研究者用现代日语口语翻译经书最早的成果之一，是汉籍阅读告别"依存训读"时代的标志。

一　"中国学术之兴味存在于其不可分离之处"

训读成为日本人阅读中国典籍最有效和最常用的方法，已经有一千几百年的历史。日语训读是日本人在保留汉字的前提下对汉文进行翻译的形式。平安时代的博士依靠训点，翻译和传承着唐代和唐前的经典研究，而宋学传入日本之后，江户时代的儒学者按照朱子的新解重新进行翻译和阐释，并由此产生不同的流派。也就是从那时起，训读的局限便逐渐暴露出来。然而直到明治维新以后，日本的语言虽然发生了巨变，而训读仍然是一般学者研读汉籍的基本手段。

汉学者从小接受训读的训练，就像获得了一种万能公式，随时可以拿着

---

① 荣新江、朱玉麟辑注：《仓石武四郎中国留学记》，中华书局2002年版。

它去应对各种古籍，他们对于训点的缺陷往往感受不深。而那些没有接受过训读训练的人，看到汉籍就如同天书。明治时代的"言文一致"运动大大提升了日语口语的地位，但真正开始尝试用日语口语来翻译中国典籍，特别是儒家经典还是20世纪以来的事情。首先是那些接受过西方文化熏陶的人，试图丢开标注符号、颠倒词序的训读，探索让读者通过翻译直接读出假名来接触汉籍的途径。《论语》由于在社会上享有的不同寻常的地位，加上语句精炼、篇幅不长，多口语对话，自然成为首批翻译的对象之一。然而，他们的翻译由于在专业知识方面的欠缺，时有篡改原文之举，游离原义过远，很难得到中国文学研究者的首肯。如1932年由东京杉并区的竹村书店出版的五十泽二郎所译《论语》，就将反教会派基督教思想注入到译文中。译者把《论语》中的某些字，随心所欲地改译成上帝、信仰、罪恶、神旨、救赎之类的词，宫崎市定评价说："译者站在基督教立场，似乎确信东方也有与《圣经》同样的思想，必须重读东方古典，特别是《论语》。如果改原典一字，就能和基督教思想形成契合体系的话，就有义务改字作解。"① 这部任意篡改原文的译作，只不过是以后不时出现的《论语》"歪译"的一种。

仓石武四郎的《口语译论语》是第一部由中国文学研究者进行的《论语》口语翻译。它文字流畅好读。序文的解说是入门的指南，卷末的汉语、汉字索引也很方便。仓石武四郎以朱熹《论语集注》为底本来进行《论语》全译，正是希望通过《论语》将原原本本的中国文化介绍给日本现代读者，特别是青年读者。

《口语译论语》最初是1948年由日光书店出版的。在为该书撰写的序言中，他一开始就提到一件让他魂牵梦绕的事情。恩师狩野直喜去世前20天前，仓石武四郎在病床前服侍，狩野说："到了这把年纪，还没能把《论语》读得很满意。"② 这使仓石武四郎深受感动，也痛感自己作为后继者的责任重大。和那些改窜原文的翻译不同，他要尽可能把《论语》读到自己满意，读懂孔子，并通过翻译进一步解读中国文化和中国学术。

恩师狩野直喜留给仓石武四郎最珍贵的精神遗产之一，还有他对中国文化研究的基本思想。在序言中，仓石武四郎引述了狩野直喜这样一段话：

---

① 〔日〕宫崎市定著、砺波護编『論語の新しい読み方』、岩波書店1996年版、第251頁。
② 〔日〕倉石武四郎訳『口語訳論語』、筑摩書房1968年版、序（一）、第1頁。

> 从今天以后，对于中国学术就再不能把它分离成这是经学，这是哲学，这是文学，这是政治法律学，这是经济学，研究其一而丢掉其它。中国学术兴味之所在，就是那不可分离的地方。假如把它分离了，它的价值也就大为降低了。①

仓石武四郎认为，狩野直喜的话发出的重大警告是："仅以其它外国创造的理论来解释中国学术的时候，是多么危险！"狩野直喜壮年时代曾刻苦勤奋地学习过西方语言，对西方文化的理解甚至有些超过了这方面的专家，他所说的这些话，正是从自己的体验得出来的。仓石武四郎将狩野直喜要求原原本本而不是割裂地看待中国文化的思想，看成恩师狩野先生跨文化体验的结晶，这一看法本身，也可以说是仓石自身留学中国体验的总结。

仓石武四郎用中医药为例，来说明中国文化的特点，说明它是经过无数代人长期的经验而积累起来的智慧，由此再回到中国学术的特点：

> 中国学术或者恢弘，或者细小，全都具有这样的特色。花费漫长的时间，混合众多人们的经验，用热将其调和起来。于是，其元素就为一种目的而表现出强大的作用。即使其中有对人体有害的东西，其它元素也会表现出消除它的作用。其表现方式，以及为什么这样表现，用西方式的头脑去分析会很明白。但是，未必就是仅以把有利的东西抽象出来、分析出来这种方向的学问，才是对将来有价值的东西。②

仓石武四郎举出中医治疗脚气的药物可以用自然科学的方法加以证明的例子，来说明中国学术以不可抽象、不可分离的地方为特色，具有强大的力量。他感慨世人只认为学问就应该分析，全然不想了解中国学术的特色。实际上很明显，分析的结果，将治脚气的每一味中药研成粉末一一服用绝不会生效，这是人们忘记了熬制整副药的巨大疗效。他认为可以充分肯定分析抽象的学问、分离的药方的优长，但如果不能同样承认不能分离的学问的优长，

---

① 〔日〕倉石武四郎訳『口語訳論語』、筑摩書房1968年版、序（一）、第2頁。
② 〔日〕倉石武四郎訳『口語訳論語』、筑摩書房1968年版、序（一）、第4頁。

那么这个世界上留给人们的宝贵经验便会有一半被埋没掉①。

那么，什么是那不可分离的地方呢？仓石武四郎认为，那就是所有元素混合而为一个目的统一起来的一种调和世界。这也可以用中庸这个术语来表述。但是，所谓中庸并非是单纯固定的中庸。当左右重量失去平衡的时候——这样的事态不如说是很普通的，那个时候的中庸就绝不在不左不右的中央，而是在左右联机上巧妙地移动。调和就是这样形成的，是左右中间所有的东西在为取得调和而奋力发挥着作用。说白了就是走钢丝。可以想象那瞬息之间要朝左右哪边倾斜之际，全身紧张来取得其调和的姿态。仓石武四郎认为这就是中国的学术，以及社会的特色②。

仓石武四郎深感如果忽略了这样一个大问题，那么就是愧对自己的老师狩野先生。而品味中国学术特色最好的方法，只有原原本本地去阅读中国书籍，仓石武四郎选择《论语》，正是为了让没有机会学习汉语的人，也能领会孔子的思想，理解中国文化。

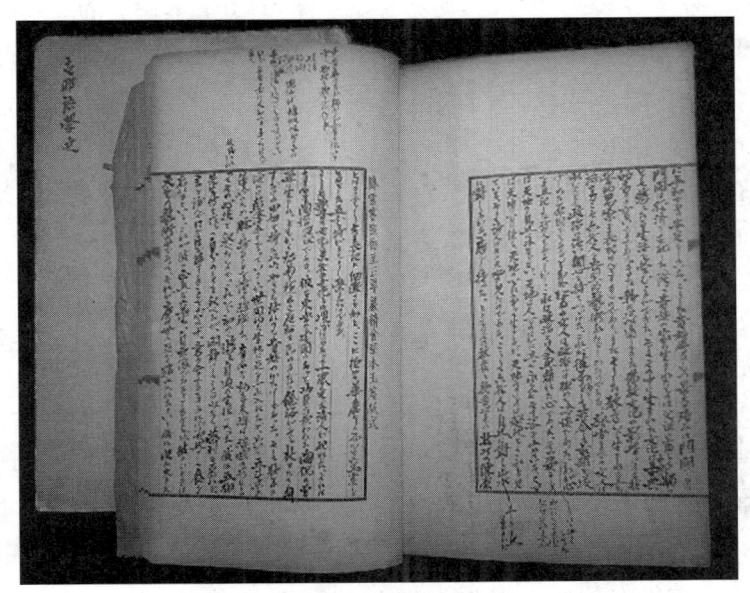

图77　仓石武四郎《支那语学史》讲稿

---

① 〔日〕倉石武四郎訳『口語訳論語』、筑摩書房1968年版、序（一）、第5頁。
② 〔日〕倉石武四郎訳『口語訳論語』、筑摩書房1968年版、序言（一）、第2—3頁。

狩野直喜和仓石武四郎对中国文化、中国学术特色的观点在今天看来似乎是学界的常识，而对于他们本人来说，却是跨文化生活的切身体验。自那以后几十年过去了，他们提出的问题却显得更为严重。由于学科越分越细，专业知识更加细化，中国文化在各个领域的研究也越来越深入，反而让人们忘记整体的存在。就是同在中国古代文学研究的领域，学者也不能不在划分得更为狭小的区间中谋求突破。时代之分、文体之分、方法之分、学科级别层次之分等等，犹如围城林立，难以穿越。为外来概念束缚而漠视历史上汉文学多彩现实的现象也屡见不鲜。狩野直喜的那些话，我们今天听来仍然感到亲切。

二 告别训点，让《论语》走近现代青年

20 世纪之初，日本就出现过一些用现代日语来翻译《论语》的书籍，它们往往冠以"国译"的名称。如 1933 年斯文会编辑了《（国译）论语》，1941 年前岛成著《（全译）论语详解》，而研究《论语》的专著，也离不开对《论语》进行翻译注解。这些书中翻译都占有极为重要的地位，但是它们的翻译几乎都是依傍于训读来进行的。在当时学者们编著的《论语》译注中，似乎离开了训读就无所适从。训读就是在保留汉字的条件下对汉籍进行的最迅速最简便的翻译，然而这种翻译形成的则是僵硬的文语体。训读对于日本人对中国文化的接受以及日本文化的发展无疑起到过不可替代的作用，拿仓石武四郎的话说，日本的文语体就是由此培育出来的。然而，日本的许多中国古典文学研究者在相当长的时间内有过于依赖训读的倾向。具体到《论语》研究来说，不少著述都仍然主要借助训点来解读原文。这包括根本通明讲述的《论语讲义》（东京早稻田大学出版部，1918 年）、经学考究会著《（解说批判）论语讲义》（东京光风馆书店，1922 年）、简野道明著《论语解义》（东京明治书院，1924 年）、武内义雄著《论语》（岩波书店，1933 年）、室伏省吾著《论语》（东京日本评论社，1934 年）、金原省吾编纂《论语》（东京古今书院，1936 年）等，在将原文译成口语方面都没有下很大功夫。这些书的预想读者，都不是对汉籍陌生的普通读者。

然而，这并不是说著者们没有意识到训点跟不上现代日语的现状，没有

感受到训点与当代读者需求的矛盾，特别是那些来自经学外部、中国思想、文学研究界外部而更多接受了西方现代学术思想的学者，早已不满足于训读的束缚，努力寻求着古老的《论语》与现代读者沟通的途径，只不过没有找到适当的形式而已。例如西方哲学研究者、柏拉图研究专家冈田正三就著有《论语讲义》①，就是试图用现代日语把《论语》给青年人讲明白，他曾采用现代自由诗的形式翻译了《诗经国风篇》②。传统的训点已经不能为青年一代所亲近，古典要以新的面孔走进现代生活，不仅已是冈田正三等学者的共识，而且已经进行过尝试。冈田正三在为《诗经国风篇》写的跋中谈到自己这样做的理由时说，是因为这样的工作不能指望正统的汉学者去做，所以自己作为一个门外汉采取自由立场就能去做。然而在专业的汉学者（包括中国文学研究者）看来，他们的尝试往往在考证方面有一目了然的瑕疵。

　　冈田正三虽然不是汉学者出身，却对汉文研究抱有浓厚的兴趣，曾经对汉文音读法加以研究，深感有必要鼓励对汉文采用音读法，自己有责任把古典真正的面貌呈现给自己的同胞③。在这一点上，恰好是仓石武四郎的同盟者。仓石武四郎是最早在日本提倡用汉语发音来阅读中国典籍的学者之一，对日本汉语教育做出过杰出的贡献。在他看来，《论语》在传入日本的时候本来就是会按照汉语来读的，只是由于后来日本与中国的直接交流中断，按照汉语读汉籍的做法才不得不让位于训读的习惯。

　　从20世纪30年代起，仓石武四郎便感到汉籍应该用纯口语来翻译，当时便决定从《论语》翻译开始来着手这项事业。然而，此事开始不久，日本发动的侵略战争便越发变本加厉，翻译工作也不能不时断时续。日本投降以后的1946年1月，他便与京都大学文学部研究室的同事和学生重操旧业，以朱子《论语集注》为基础，开始了将其译为日语口语的工作。每章每篇，均由参与者分别译出初稿，然后复印分发给其它译者，充分交换意见，甚至争论后由仓石武四郎统稿。为了确认一般读者是否能够读懂译文，仓石武四郎还常让自己正在高中学理科的长子读刚译好的段落，甚至细心观察他是用多长时间读完读懂的。经过这样反复推敲的译文，终于于1948年出版。在为该

---

① 〔日〕冈田正三译『論語講義』、第一書房、1934年版。
② 〔日〕冈田正三译『詩経』、第一書房、1936年版。
③ 〔日〕冈田正三译『詩経』、第一書房1936年版、第321页。

书撰写的跋中,仓石武四郎最后说:

> 我用这样的方法,想让日本人看到赤裸的《论语》。从来《论语》翻译在日本并不少,但是它们全是披甲戴盔、端着架子的。自然,这种盔甲笼罩着与之相互纠缠的庄严信仰。……从来《论语》的翻译,至少出自专家之手的翻译,大体都与这样的空气相联系。都是要把庄严硬裹在身上,不同的只是换个样子。即使放下弓箭,也是鸟雀不至。这样下去,日本将来就会远离《论语》,成为日本人精神营养偏食的根源。对这种偏食,如果要给日本及日本人一些营养的话,我想,不如把《论语》的衣装脱掉,让谁都能接近。我希望给它脱掉甲胄,让人们看到赤裸的《论语》。今天的日本人正在各种意义上从世界吸取着精神营养,必须继续吸取。自然,有关其是否包含可以吸取的营养的味觉是相当发达的。我希望就用这种发达的味觉,各自自由地去品味《论语》,而且希望由此发现于日本将来有益的营养,希望由此踏上从新的见地对中国学术重新认识的旅程。①

仓石武四郎这里提出的三个"希望",道出了他对《论语》口语翻译的定位。值得注意的是,此书再版的1968年,是中国文化大革命影响也波及日本中国学界的时候,对孔子和《论语》的态度也是纷争的焦点之一。仓石武四郎仍然把这样的序言置于书前,可以说是意味深长的。

仓石武四郎并不是训读的激烈否定派,他是用自己的译作对"训读依存派"做出纠正。他更多地是看到日语近现代的巨大变化。不仅日常生活中人们对文语(古代日语)体渐渐疏远,就连保留文语体的天皇敕语、宪法之类的公家文书,也在慢慢采用起口语来,训读使用的文语只能让现代人,特别是年轻人望而生畏。仓石武四郎的《口语译论语》初版以后,这种变化更为加剧。

日本战后不久,就出现了否定汉字、要求停止使用汉字的思潮,限制汉字的声音不是鼓噪一时,而是持续有力。仓石武四郎自己就担任着国语审议

---

① 〔日〕倉石武四郎訳『口語訳論語』、筑摩書房1968年版、序言(一)、第25—26頁。

会的委员，担负着限制汉字的责任，作为一位研究汉语和中国文学的学者，他对日本汉字命运的颓势充满惋惜，也就更希望通过自己的翻译对现实中偏颇的汉字观念提出矫正的意见。汉字使用受到严格限制之后，日本阅读汉籍的能力势必严重下降，中国古典因此而从日本人精神营养的菜单中撤掉，是他很不愿看到的。

1968 年，在为修订版的《口语译论语》撰写的长篇序言中，他一方面表示要正视日本社会汉字水平下滑的现实，在译文中尽量少用汉语词汇，一方面也委婉地对官方公布的《当用汉字表》束缚世人写作的弊病表示了不满：

> 原来，本书翻译的目的在于把《论语》从汉文解放出来。为了这个目的，解散光用汉字组成的行列，仅在里边夹杂假名来表述还是不够的。日语不如全用假名去写，但是眼睛看起来方便那还是要加上些汉字。然而，这些汉字也就是两种。一种是中国特有的名词，即所谓术语，像人名、地名、书名、制度名、道德抽象概念等，全是在旁边注上假名。如果全是从欧洲文字来的如伦敦、华盛顿、范畴之类的词，光用片假名就可以了，但是因为是中国来的事物，所以不时就保留一些汉字。将来汉字限制更为严厉的话，也可以去掉汉字，光用假名就行了。也就是说，可以看做汉语本来面目的形式。另外一种是普通口语中的汉字。这一般只写出汉字，特别难读的时候，就用平假名，也就是作为日本"国字"的汉字（日本汉字）。①

他声明，自己在翻译中使用的这些日本汉字，并不是要它们尽都符合"当用汉字表"的要求，而是要想在补正"当用汉字表"资料上下功夫。作为国语审议员自己虽然负有限制汉字使用的责任，但是"现在的情况，不应该用那种官制的汉字表去束缚所有人的笔，倒是该用自由的笔来书写"。从这些话中，不难读出仓石武四郎的几分无奈。

仓石武四郎对《论语》的翻译史作过一番研究，他为 1948 年日光书店版

---

① 〔日〕倉石武四郎訳『口語訳論語』、筑摩書房 1968 年版、序言（一）、第 23 頁。

和 1948 年筑摩书房版写的三篇序言，都是日本中国文学翻译史上值得注意的文献。在第一篇中，他回顾了《论语》训读——翻译中的古注（汉唐注疏）和新注（宋代集注）的两个阶段：

> 翻译应该是与意思相联系的，意思变了，翻译也就变了。所谓意思变是说中国注释在变，也就是学说在变。迄今是按照古注来解释，而随着新出的朱子《论语集注》，日本这边的翻译也起了变化。而且根据博士家世代相传的古注进行的翻译衰微下去，根据朱子之说的翻译兴盛起来。整个江户时代，惺窝点、闇斋点、一斋点、后藤点等十多种都是以训点的形式进行的翻译。因为这些翻译全是依据朱子《论语集注》进行的，所以本来意思大致是一定的，问题主要是日语的不同。这一点在以前的博士家来说也是一样的。博士家的特色是尽可能不要损害日语的腔调。我想历代学者平生进行的翻译整理事业主要的也就是倾注心力于这件事情。然而，只要是把重点放在日语腔调上，便出现了原典未必能一字一字直译的问题，于是从其它派别那边就产生了不要落字的主张。也就是说把这看成是直译当中的直译派和意译派之争也差不多，不过甚至也就变成了铠甲威严的拼死较量。①

仓石武四郎的先祖在江户时代入了安积艮斋之门，艮斋则是佐藤一斋的门人，因而仓石武四郎一家从训点来说就是一斋点。然而孩童时，仓石武四郎的弟弟学习四书，拿出后藤点来对照着看，被外祖父看见，就训斥他："你是一斋点家的孩子，怎么要去读后藤点呢？"就像是剑道各派不可互通的想法。

不管是哪一派，这样翻译出来的都是僵硬的文言体，从翻译的角度上看，只能说是一种"僵译"。从学术研究的角度讲，训读今天仍然有不容忽视的作用，对于具有一定汉文基础的读者，训读不失为汉诗文鉴赏体味的补充，然而对于更多没有或很少有机会接触汉籍的年轻人来说，译者就只有不断磨砺口语翻译的艺术，帮他们建立起"人书对话"的机制。仓石武四郎的口语译，正是在汉字教育面临危机的时候寻求中国古典走向现代大众的早期尝试。

---

① 〔日〕倉石武四郎訳『口語訳論語』、筑摩书房 1968 年版、第 16 页。

三 脱盔卸甲与穿衣戴帽

仓石武四郎的《口语译论语》初版是在战后不久，而后日本迅速进入经济高速增长期，对于起早摸黑奔忙的城市工薪阶层来说，靠上下班的电车上仅有的一点读书时间，根本无法像专家那样精读细想，当然也不能翻前翻后寻找注释以参照阅读。仓石武四郎设计的体例最适合于这些人，他把注释文字用小字置于原文之间，省去了前翻后找、两眼满篇搜索的麻烦。这让那些想读书又没空读书、在微微摇晃的出勤电车里的人，也能享受与孔子对话的快乐。另一方面，他还想到那些富有闲暇而能对《论语》作全盘思考的读者，让他们也不至释卷后感到失望，所以对字里行间穿插的注释做得相当详尽。其实，同时要满足这两方面人（不妨姑且叫他们为"快餐读族"和"消闲读族"）的需求是很困难的，仓石武四郎在每一句的翻译和注释中都考虑两者的平衡。

《学而第一》的第一章："子曰：'学而时习之，不亦说乎？有朋自远方来，不亦乐乎？人不知而不愠，不亦君子乎？'"这句话原文并没有很多生僻的汉字，20世纪上半叶日本高中还有汉文课，或者在国文课中也有汉文训读的课文，学习过这段话训读文的学生，往往误认为中国人也会把"子曰"念成"しいわく"。这段话没有多少繁难的汉字，但如果训读，也有学生很少使用的"愠"字拦路。而仓石武四郎的译文明白如话，只要认得假名的小学生，就能读下来：

> 先生「ならったことをしょっちゅうおさらいするのはなかなかうれしいものですね。誰か友だち来てくれるのはなかなかたのしいものですね。人が分かってくれなくても気にしないのはやっぱり君子なのですね。」①

这里需要解释的主要是"君子"一词，仓石武四郎把它解释为"徳のできあがった人物"。仓石武四郎效仿朱熹《论语集注》，以大字出译文，以小

---

① 〔日〕倉石武四郎訳『口語訳論語』、筑摩書房1968年版、第47頁。

字出注释，注释与译文交错，有一定汉文化修养的人目光可以跳过小字连续读译文，而汉文学知识缺乏的人可以边看译文边看注释。共有的难题是那些儒家的概念，对儒家概念较为集中的句子，仓石武四郎也注意尽可能想办法减少汉字的使用。同一篇的"有子曰：'其为人也孝弟，而好犯上者，鲜矣；不好犯上，而好作乱者，未之有也。君子务本，本立而道生。孝弟也者，其为仁之本与！'"仓石武四郎的译文是：

> 有先生「その人の人がらがいかにも孝悌だのに、自分から上の人にさからおうとするものはめったにありませんし、上の人にさからおうとしないものが自分から騒を起こすようなことは絶対に　ありません。君子は大本になることを一生懸命やるもので、大本がきまりますと道ができてきます、孝悌というものこそ、仁をおこなうときの大本になるのでしょうな。」①

下面再举几例，可见仓石武四郎译文的简明风格：

> 子曰："巧言令色，鲜矣仁。"
> 先生「口先たくみに顔つきやわらげた人にはめったにありませんよ仁は。」②

> 曾子曰："吾日三省吾身——为人谋而不忠乎？与朋友交而不信乎？传不习乎？"
> 曾先生「わたしは毎日三つのことについてわが身に反省をくわえています。人のためにかんがえてあげながら、忠でないことはないか、友だちとまじわるのに、信でないことはないか、おしえられたことで身についていないことはないかと。」③

---

① 〔日〕倉石武四郎訳『口語訳論語』、筑摩書房1968年版、第48頁。
② 〔日〕倉石武四郎訳『口語訳論語』、筑摩書房1968年版、第49頁。
③ 〔日〕倉石武四郎訳『口語訳論語』、筑摩書房1968年版、第49頁。

子曰:"道千乘之国,敬事而信,节用而爱人,使民以时。"

先生「千乘の国をおさめるには、何ごともつつしんで、信用されるように、費用を節約して、みんなをかわいがり、人民をつかうには時節を見はからうこと。」

从这些例子不难看出仓石武四郎为训读《论语》脱盔卸甲的苦心。

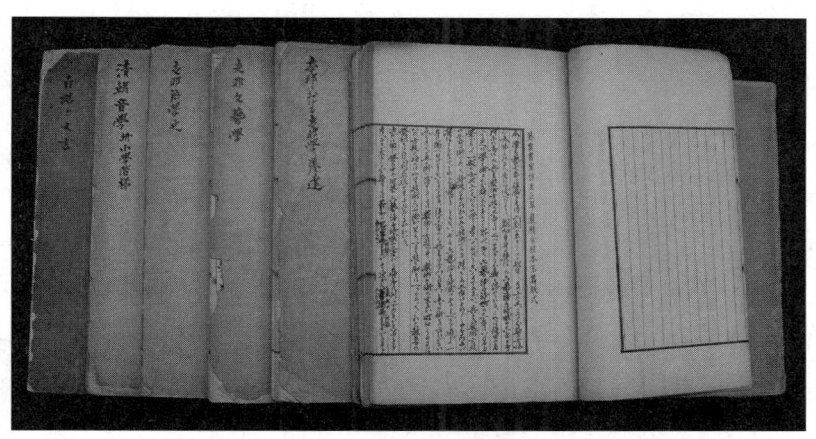

图78　仓石武四郎讲稿

然而,他的译文是否就可以说是赤裸的《论语》了呢?所谓赤裸的《论语》,就是不加任何修饰的原原本本的《论语》。仓石武四郎的确是在追求这样一种效果。他说要设想今天孔子来到日本,穿上日本的和服,坐在日本房子里的榻榻米上,用今天的日语和门人们交谈。大体原文为长句,译文也采用长句,原文为短句,译文也用短句,原文文言,译文也硬些,原文是口语,译文也软些,引用《诗经》、《书经》的时候则用文语以营造古雅的气氛。这样做都是为了更加贴近原文。

然而也正是在追求这种效果的同时,实际上给《论语》穿衣戴帽了。因为日语的说法因人物关系不同而差别很大,这一点比汉语复杂得多。说话对象不同,场合不同,说法也就太不相同。例如是该用"……だ"结句呢,还是用"……です"呢,或者是用"……ございます"呢?这些正是汉语中不曾出现的问题。于是,仓石武四郎必须为之重新设计,让孔子面对门人用

"です",面对君主用"……ございます",这样做也还有人批评孔子对门人说话用"……です"是太郑重了些。这是日语比汉语细微的地方,每一句话都需要将孔子也变成细腻的日本人那样看什么人说什么话。相反,也有一些汉语区别细微而日语不易对应的场合。如汉语中的"我",有"吾"、"我"、"予"等说法。仓石武四郎分析轻松的时候用"吾",译成"わたし",郑重的时候用"我",译成"わたくし",而用稍微古老的词汇的时候用"予",译成"わが輩",在自称为"丘"的时候,考虑日语的习惯译成"僕"。这样处理下来,严格说来已经不再是原来孔子的口吻,而是对当代日本人有亲近感的孔子在说话了。

在今日中国,出现了很多与四十年前日本相似的文化现象。以青少年为主体的"快餐读族"和以老龄人群为主体的"消闲读族"在读书人群中所占的比率越来越大。当然,中国也有很多和日本不同的地方,比如中国人对汉字的感觉和日本人完全不同,中国的工薪族多数没有在上下班的电车上捧着文库本轻轻摇晃着读书看动漫的习惯,和仓石武四郎的时代相比,网络阅读成为新的市场等等。然而,人们到底该如何接受传统文化的恩惠,毕竟是一个需要不断探讨的问题。将古典文学变成现代人喜闻乐见的书,也应该是我们很值得投入极大精力去做的事情。从这些方面来说,仓石武四郎的探索对于中国的古典文学研究者也是很有参照意义的。

日本学者川本皓嗣曾经指出:"由于中国文明与汉文的威力过于强大,周边国家的人们都非常鄙视用口语进行交流,其证据之一就是用口语进行的翻译作品极少。在日本把用汉文写的诗歌、历史及小说利用训读方法来表现原文视为正统,所以几乎没有用当时的日语翻译的作品。"他还指出,一直到近代没有任何人想到过要直接把佛经译成日语加以普及,我们可以把它看成是对汉文的权威的近乎宗教般的崇拜的表现。这与文艺复兴以后的西方把古希腊语、拉丁语的古典不断地译成各国白话文形成了鲜明的对比。同时,川本皓嗣还认为,我们目前必须向东亚的年轻人阐明即告诉他们不要只学英语,有必要互相学习彼此的语言,直接理解彼此的口语文学和文化,尤其是现代文学和文化[①]。这个道理看起来简单,真正做到却并不那么容易,特别是对

[①] 〔日〕川本皓嗣:《东亚文化交流——汉文与口语》,张晓希译,载《天津师范大学学报》2002年第1期,第55—58页。

于没有外语"童子功"的人来说，学习口语无疑要付出很多艰辛。

从这种意义上说，仓石武四郎过了"而立之年"学好汉语口语的不服输精神，倾其半生精力进行汉语教育的实践，以及他将包括《论语》在内的古今中国文学作品翻译成日本口语的功绩，就应该得到崇高的评价，同时，在我们阅读各国文学经典的时候，也不要忘记向和他一样潜心于中国文学翻译事业的学者们脱帽敬礼。

《口语译论语》后收进筑摩丛书，筑摩版世界文学大系69，直译的部分用黑体字，注的部分用细字，文字流畅好读。同一筑摩丛书中还收有武内义雄的《论语》，这是作者在六十年研究的基础上，由经过严密校订的本文和注构成。译注也是所谓"国文译"的意思，或许叫做"書き下し文"为好。因而对于初学者来说，稍微有些头痛。现在庞大的业绩收入其《全集》（角川）。

1963年岩波书店出版了金谷治译注的《论语》，译者在序言中由《论语》的现代日语翻译谈到了中国古典的翻译：

> 仓石武四郎根据新注解释而作的翻译，堪称迄今为止的唯一的现代日语翻译。在原文和训读之后加上串讲的书极多，但都可以说是解说和讲释，而不是翻译。这个问题不限于《论语》，中国古典可以说都还没有找到安定的翻译体吧。像《论语》这样原文简单的典籍，仅仅步步跟随文章译出来当然会有意思尚未充分传达的地方。冒然去作解说，原文的语调就全都破坏了。从让谁都能懂的翻译目标来看，这正是困难所在。因而，为了好懂，让它过于现代，反而会有破坏原文含蓄隽永之虞。我把补充控制到最小的限度，注释加上必要的说明，尽可能不损坏原文的微妙味道，为此而殚精竭虑，但译文依然有不够纯熟的地方。期待大雅方家予以教正。①

金谷治对现代日语的翻译做了新的探索，充分注意不因追求好懂而失去原文的含蓄，事实上，很多译者都在为此而苦心孤诣。

《次郎物语》的著者下村湖人有《论语物语》、《现代译论语》（全集8卷

---

① 〔日〕金谷治訳注『論語』、岩波書店1978年版、第7頁。

所收），被批为湖人毕生的力作。将孔子和弟子们相处的情景制为一首诗篇的，就是这部《论语物语》。晚年的湖人，用他全部剩余的日子，一句一句雕琢的则是《现代译物语》。卷末永杉喜福辅的解题中说："这不会是《论语》的现代翻译。这是祈愿《论语》的内容生存于现代而写成的书。"东京大学学过英国文学的湖人，在他思想的基础里流淌着与他的佐贺老乡叶隐和《论语》。

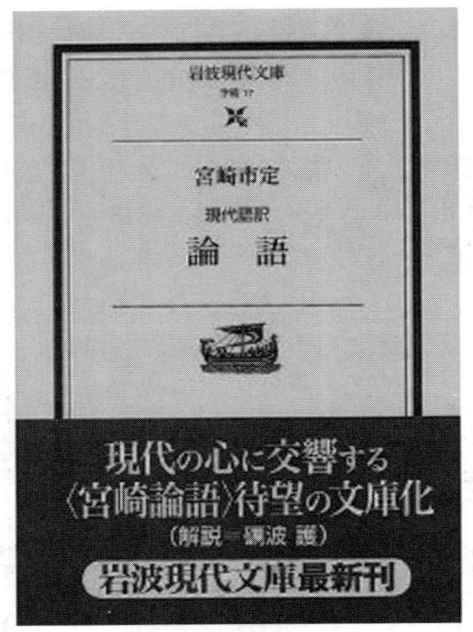

图79　宫崎市定《现代语译论语》

口译论语还要加上一种另类的《论语》，那就是イシカワ・ヒコサク「カナモジロンゴ」，从题名来看，就会知道，全文都是片假名来表示。因为是假名，所以稍微难解的语汇，意思就不好懂了，在这种意义上，可以说是《论语》评释书中最平易的译文。每一章节都加上了号码，和本文对照来看很好玩。

兹将迄今出版的口译论语列于下，可见口译之盛：

野中元三郎《口译论语详解》，富山房，1920年。

《假名论语》，石川彦作，假名文字会，1939年。

仓石武四郎译《口语译论语》（世界文学大系69），筑摩书房，1968年。
下村湖人译《现代译论语》，池田书店，1954年。
武内义雄译注《论语》（筑摩丛书），筑摩书房，1963年。
藤原楚水译《口袋论语》，实业之日本社，1966年。
原富男译《论语 现代语译》，春秋社，1969年。
仓石武四郎译《口语译论语》（筑摩丛书），筑摩书房，1970年。
下村湖人译《现代译论语》（下村湖人全集8），国土社，1976年。
鱼返善雄译《论语新译》，学生社，1978年。
林复生新编·新译《孔子的话：现代语译论语》，グラフ社，1983年（亦收入角川版武内义雄全集）。
宫崎市定译《论语 现代语译》，岩波书店，2000年。
永井辉译文《好懂的论语 亲切的现代语译》，明窗出版，2001年。

现代口语的译文，就是让《论语》穿上了青春的外衣，发出亲切熟悉的话音，读者看到的不再是古典苍老的容颜。这些译文中的精品，当然也具有学术研究的价值。

四 《论语》和歌译

1931年，有两种将《论语》译成和歌的书问世，一种是德富猪一郎的《新撰和歌论语》，为《新成箦堂丛书》的第一册，由民友社刊出，一种是见尾胜马的《和歌论语》。这里只谈后者。

日本国学院大学教授、大东文化大学教授、文学士见尾胜马，读到理雅各的英译《论语》，大受启发，于是开始尝试将《论语》译成日本和歌，是为《和歌论语》，由银星社刊出。他又耗时六年继续修订，再于1936年由东京文原堂上梓，书名为《国译原文和歌论语》。本文部分采用上下两区排列。上区为原文及所谓"国译"，下区为和歌。原文自然是指录有《论语》原文，而"国译"则是在原文两边用假名注明日文意思，可以看作是一种"改良训读"，而在它们的下面，便是与之对应的和歌翻译了。和歌是五七五七五七七句式，极为简短，自然难以将原文——译出，于是作者采用了较为灵活的方式处理。这自然不是严格意义上的翻译，而是根据大意而进行的吟咏的和歌。

首先就是分割。将原来连贯的句子，分割成若干段落，分别作和歌。例如《学而篇第一》:"子曰:'学而时习之,不亦说乎?有朋自远方来,不亦乐乎?人不知而不愠,不亦君子乎?"作者据此作三首和歌:

子の曰く恒に学びて行はばよろこばしきやこれよりぞなき
遠の朋わが道慕ひ来たる日はまたこれよりぞ楽しきはなし
君子とは人知らずして愠まずみづから楽しお人をいふなり①

其次是省略。将原文中作者认为不重要的信息删去。例如,《学而篇第一》:"子禽问于子贡曰:'夫子至于是邦也,必闻其政,求之与?抑与之与?'子贡曰:'夫子温、良、恭、俭、让以得之。'夫子之求之也,其诸异乎人之求之与?"和歌则译为:

温良と恭儉譲の夫子こそみづからもとむ国の政治を②

大意是说,温良恭俭让是夫子追求的政治。这省略了原文的问话,是作者自己对子贡意思的概括。

又如《为政篇第二》:"季康子问:'使民敬、忠以劝,如之和?'"子曰:"临之以庄,则敬;孝慈,则忠;举善而教不能,则劝。"作者译为:

莊なれば民は敬せん孝なれば民また忠せん季康子よ君③

这是模仿孔子对季康子说话的口吻写出的和歌。

第三就是对原来意思不够清晰的,也适当在和歌中增加解释的成分。如《八佾篇第三》:"子入太庙,每事问。或曰:'孰谓鄹人之子知礼乎?入太庙,每事问。'子闻之,曰:'是礼乎?'"作者译为:

太廟にへりてことごとたづぬるは人の知らぞる礼の道かな④

---

① 〔日〕見尾勝馬『和歌論語』、銀星社 1931 年版、第 1—2 頁。
② 〔日〕見尾勝馬『和歌論語』、銀星社 1931 年版、第 7 頁。
③ 〔日〕見尾勝馬『和歌論語』、銀星社 1931 年版、第 23 頁。
④ 〔日〕見尾勝馬『和歌論語』、銀星社 1931 年版、第 36 頁。

《子罕篇第九》："三军可夺帅也，匹夫不可夺志也。"

　　志かたき人こそたふとほれよ三軍の帥匹夫に及はず①

对于很有风趣的对话，作者不忍因需要简短而省略掉，便将其分别译出，就像为角色设计对白。《先进篇第十一》："子畏于匡。子曰：'吾以女为死矣。'曰：'子生，回何敢死？'"
【孔子】

　　汝果つとわれ思ひしがおくれきてはげます君がなくさめの色②

【颜渊】

　　子いませばなどわが身をばかろむじて果つるあらむや継りてゆかん③

图 80　《现代译　假名论语》

---

① 〔日〕見尾勝馬『和歌論語』、銀星社 1931 年版、第 64 頁。
② 〔日〕見尾勝馬『和歌論語』、銀星社 1931 年版、第 164 頁。
③ 〔日〕見尾勝馬『和歌論語』、銀星社 1931 年版、第 164 頁。

第四节　超实用主义的《论语》口语
歪译与"日本式歪曲"

从明治维新到今天，日本几乎每年都会有几本研究或翻译《论语》的书问世。如果那是学者所为，似乎就没有什么新鲜，因为是学者的份内事。但如果是商人或者白领翻译的，那译者就一定是个"论语迷"，译出来的东西也就可能有了商人味。

从奈良时代起，训读就成为日本人阅读中国典籍最有效、最常用的方法。日语训读是日本人在保留汉字的前提下对汉文进行翻译的形式。平安时代的博士依靠训点，翻译和传承着唐代和唐前的经典研究，而宋学传入日本之后，江户时代的儒学者按照朱子的新解重新进行翻译和阐释，并由此产生不同的流派。也就是从那时起，训读的局限便逐渐暴露出来。直到明治维新以后，日本的语言发生了巨变，而训读仍然是学者研读汉籍的主要手段。

汉学者从小接受训读的训练，就像获得了一种万能公式，随时可以拿着它去对付各种古籍。对于训点的缺陷往往感受不深。而那些没有接受过训读训练的人，看到汉籍就如同天书。明治时代的"言文一致"运动大大提升了日语口语的地位，但真正开始尝试用日语口语来翻译中国典籍，特别是儒家经典还是 20 世纪以来的事情。首先是那些接受过西方文化熏陶的人试图丢开标注符号、颠倒词序的训读探索让读者通过翻译直接读出假名来接触汉籍。《论语》由于在汉学者享有的不同寻常的地位，加上语句精炼、篇幅不长，自然成为首批翻译的对象。

一　"以《论语》经商"

商人们看中《论语》的，恐怕主要是调节个人心态和人际关系的那些话。他们的理解，早见于"口袋论语"。

"口袋论语"诞生于上个世纪初。和那些只有原文的《论语》线装本不同，那时的出版商推出了小开本的加上注释训点的本子，可以很容易地揣进西服口袋里，俗称"口袋论语"。这类书如《口袋论语注解》、《口袋论语注释》、《口袋论语句解》、《口袋论语新释》等等，其中最脍炙人口的是第一保险公司经理矢野恒太的《口袋论语》。

矢野恒太谈到写这本书的动机时候说,由于明治政府的欧化政策,"东洋最宝贵的书(指《论语》)一个早晨就无影无踪了",为此深感遗憾。自己感到"至少对公司里的青年的修养有好处"而写了这本书。这本书一出版就销售了40万册,"礼赞《论语》之声骤然充满都市边鄙"。不仅如此,他的好友涩泽荣一(1840—1931)还成为将《论语》作为第一经营哲学的人。

明治实业家涩泽荣一的《论语讲义》(讲谈社学术文库,全七卷),一代实业家用《论语》来审视自己丰富的半生,作为例话举出维新英杰的人物论、体验谈等,这是作为"涩泽论语"而受人欢迎的一个原因吧。

涩泽荣一提出"以《论语》经商"、"把算盘的基础置于《论语》之上",即所谓"《论语》算盘说"。对此,有人以"君子言义不言利"来加以质疑。涩泽荣一则引用《论语·里仁》里孔子所说的"发大财,做大官,这是人人所盼望的;不用正当的方法去得到它,君子不接受"("富与贵,是人之所欲也。不以其道,得之不处也。")来回应。子贡问孔子:"假若有这么一个人,广泛地给人民以好处,又能帮助大家过好日子,怎么样?可以算仁道了吗?"孔子说:"哪里仅是仁道!那一定是圣德了!"(子贡曰:"如有博施于民,而能济众,何如?可谓仁乎?"子曰:"何事于仁,必也圣乎!")涩泽荣一说:"要广泛地给人民以好处,帮助大家过好日子,就得有钱。"也就是说不能丢开经济来空谈政治。这一点往往为"道学先生"所忽略。涩泽荣一强调"孔子之教与富是一致的,为富不仁是不对的,实行仁义才能得到真富"(《涩泽子爵/活论语》)。

那么,经营中的"仁义"到底是什么呢?涩泽荣一说首先就要把国家利益放在心上。他说:"我的事业是喻义不喻利,国家必须的事业,就把获利放在第二位,在'义'上该兴办的事业,就干起来,手攥着股票,面对实际,谋取利益,把事业经营下去。"(《实验论语处世谈》)

二 基督教徒的《论语》歪译

日本白桦派作家武者小路实笃的作品,翻译成汉语的不算少,但很少有人提到他写的《论语私感》。据作者说,自己要写的是青年人"谁都能亲近的人生之书"。武者小路实笃说《论语》对自己来说,是生命之书,从13岁开始读《论语》以来，就一直受到那些话语的抚慰，自己不是《论语》研究家，而是从《论语》中看到了自己"生存的原动力"①。

武者也坦承，实际上《论语》里也有些地方，自己并不感兴趣，但是他又说，"给予我们生活精神气的话比这要多得多，并且，它教给我们的东西比人生还要多。我想，孔子不愧是东洋第一位贤人"。"我并不是因为孔子那么说才尊重那些话，而是孔子才能说出那样的话，那么深刻的话，所以才尊重他"。另外一位著名作家和辻哲郎则写过一本《孔子》，也相当有名，孔子在书中被称为"人类的教师"。

内田智雄也写过一本同名的书《论语私感》，1996年由创文社出版，在该书序言中说：

> 此书也是从《论语》章句选编而成，但对《论语》的态度本身，与武者小路基本上不同。我并不把《论语》读做"生命的食粮"，而是希望多少作为学问的东西来看待。反过来说，虽是断断续续的，但是不知反复把《论语》读了多少回。然而，关于《论语》章句各自的意义，很多是并不正确地搁在那儿，因此本书有意采用的方法是限定问题，而且由找到某种脉络来思考。多少搞明白这种暧昧语言的意思。不过，我并不是从一开始就有这样清晰的构思的，只不过是将孔子的诗书礼乐置于此书之轴老考虑而已。而为了思考礼的问题，就自然要求把孝也作为问题、谈到礼，就应该提及礼乐并称的乐（音乐），谈到音乐，有时就要谈到伴奏。由孔子弟子们微吟、朗吟的诗歌，应当探讨在孔门它是怎样的东西。进而还有与诗并称的诗书的"书"是在怎样意义上成为孔门之教的。这必须作为一个问题。这大体是我当初的构思。

> 以此为基础的孔子学问的意义，"道"、"天命"等就上述诗书礼乐来进行探讨，就是不断自然产生的问题。对于探讨孔子思想，都是不能忽略的问题，也就是说孔子的学问直接以诗书礼乐为对象，而它们是通往学问门径的阶段，不是学问本身，而作为这种学问目的的，在于孔子的"道"、实践，在于体现。关于"道"的成否，有孔子对"天命"的

---

① 〔日〕武者小路實篤『論語私感』、社會思想社1973年版、第299頁。

敬虔且坚忍不拔的信念、这就是本书想说的大意。①

仓石武四郎并不是第一位对《论语》进行现代日语口语翻译的人。在他之前，已经有一些《论语》口语译的书。五十泽二郎的《论语》就是其中之一。五十泽二郎翻译的《论语》收入《东方古典丛刊》，1932 年由东京杉并区的竹村书店出版。这是一本《论语》的摘译。卷首书有："谨献给托尔斯泰翁。"宫崎市定认为："译者站在基督教立场，似乎确信东方也有与《圣经》同样的思想，必须重读东方古典，特别是《论语》。如果改原典一字，就能和基督教的思想形成契合的体系的话，就有义务改字作解。"②

五十泽二郎手持斧钺，对《论语》中的某个字加以砍伐，而粘贴上诸如上帝、信仰、救赎、神旨之类的词，就把《论语》变成了《圣经》一样的宗教经典。这种"改字译"如同换头术，虽然看上去只是个别字句的改动，实际上等于把孔子和他的弟子变成了托尔斯泰那样的反教会派的基督教徒。《颜渊第十二》中的"爱之，欲其生，恶之，欲其死，既欲其生，又欲其死，是惑也。"五十泽二郎的译文是：

　　ある者は生に執着し、ある者はこれを嫌悪して死を求める。が、生を欲するといふことも、また死を求めるといふことも、ともに一つの迷妄である。③

原文是子张向孔子询问如何去提高品德，辨别迷惑，孔子告诉他："以忠诚信实为主，唯义是从，这就可以提高品德。爱一个人，希望他长寿；厌恶起来，恨不得他马上死去。既要他长寿，又要他短命，这就是迷惑。这样，的确对自己毫无好处，只是使人奇怪罢了。"而五十泽二郎把孔子的话译成："有的人执着于生，有的人厌生而求死，而不论是欲生还是求死，都是一样的迷妄。"译者并非完全没有看懂原文，而是有意要把它改换成自己的意思，因为在译文后面表白说："从来的解释是愿意所爱的人活，愿意所恨的人死。

---

① 〔日〕內山智雄『論語私感』、創文社 1996 年版。
② 〔日〕宮崎市定著、礪波護編『論語の新しい読み方』、岩波書店 1996 年版、第 251 頁。
③ 〔日〕五十沢二郎訳『論語』、方圓寺書院 1933 年版。

之、其,解释成助词。按照成说的话,我的翻译就不对了。如果不对,更说出了真话,那就让它错吧。"

《里仁第四》:"惟仁者能好人,能恶人",将文中的"能"译成"与上帝同在":

　　愛してもまた憎んでも、つねに神とともにあるといふのは、彼が真理に忠実なる者あるからに他ならない。①

原文是孔子的话,是说只有仁人能够喜爱某人,厌恶某人。译文的意思则是爱也好,恨也好,上帝与之同在,之所以这样说,就是因为他忠实于真理。

像这样的擅自改字的翻译在这本书中颇多。《卫灵公第十五》:"过而不改,是谓过矣。"将"过"译成"罪":"罪を悔いないこと、それを罪といふのである。"(对罪恶不予忏悔,就是罪恶)《泰伯第八》:"民可使由之,不可使知之。"将"由之"译为"信仰":"人々に必要なのは、信仰である。知識ではない。理性である。概念ではない。"(人最需要的是信仰,不是知识;是理性,不是概念。)《子路第十三》:"近者说,远者来。"将"来"译成"救赎":"一人の人はまつたき喜びをあたへることは、同時に他のすべての人々の救ひになるものである。"(给一个人真正的快乐,也会是对其他所有的人的救赎。)《雍也第六》:"知之者,不如好之者;好之者,不如乐之者。"将文中"好"译成"爱","乐"译成"信仰":"理知よりも尊いものは、愛である。が、愛よりもさらに尊いものは、信仰である。"(爱较之理智,更是尊崇;而信仰则是爱进而尊崇。)《宪问第十四》:"道之将行也与,命也,道之将废也与,命也。"文中的"道"被译成了"天堂","命"译成"神旨":"天国は地上に建設されることもあらう。それは、神の意思である。地上で破壊されることもあらう。それも、神の意思である。"(天堂也有地上建设而成的,这是上帝的意志。也有在地上被破坏的,这也是上帝的意志。)

---

① 〔日〕五十沢二郎訳『論語』、方圓寺書院1933年版、第31—32頁。

当一部书被奉为至上经典之后，被人拉出来进行实用主义利用就很难避免。在中国，对《论语》进行实用主义或准实用主义阐释的潮流，掀起过更大的浪头，不论是"批林批孔"冲锋陷阵的骁将，还是后来用《论语》做"鸡汤"的巧手厨娘，都手拿快剪，对《论语》修枝剪叶。古人对《诗经》解释创造出来的"断章取义"的方法，在新时代更有过淋漓尽致的发挥。实用主义利用的特点就是顺者拿来，逆者隐去，改头换面，用其一点，不及其余。他们往往没有耐心把整部《论语》交给读者或听众。五十泽二郎也是这样，他的《论语》从《学而篇》的"学而"章开始，与《论语》各章还是一样的，以后顺序就被他调整过，前八十章多为孔子自己说的话，以后十多章则为孔子和弟子的对话。放在最后的是《子罕篇第九》："不忮不求，何用不臧。子路终身诵之。子曰：'是道也，何足以臧？'"对这段话，五十泽二郎译作：

　　他人の生命を尊重し、自己の運命に従順なる、かかる者に祝福がないといふことはない——子路は、この言葉を愛し、いつも繰返し口にしてゐた。と、ある時孔子が言った。たが、それが何の祝福に価するといふのだ。①

孔子引用《诗经》中的这句话，意思是说不嫉妒，不贪求，怎么会不好呢。子路听了，便老念叨这两句诗。而五十泽二郎译成：尊重他人生命，从顺自己命运，不会有人不向这样的人祝福。有一次孔子说：子路喜欢这句话，总念叨这句诗，不过，那有什么值得祝福的呢？五十泽二郎把这一章放在全书最后，并且补充说："孔子的批评，与其说是那一诗句，不如说是针对子路本人而发的，这是对仅以尊奉古人的话而让自己生命畏缩的人辛辣的讽刺。"

五十泽二郎依据基督教思想进行的"改字译"，对《论语》进行了一场手术，他的这种主观改窜译法与其说是"误译"，不如说是"歪译"，就是将读者引向与原作不同的方向，看起来改动的只是个别字句，换上去的却是另外的灵魂。在此以后，也还出现过这种借用《论语》的名声进行的偷梁换柱

---

① 〔日〕五十沢二郎訳『論語』、方圓寺書院1933年版。

的"改字译"之作，因而，五十泽二郎的《论语》可以算是近现代日本《论语》"歪译"之始，严格说来，却不能算真正的《论语》口语译。

1998年前问世的一本《论语》俗译，可以说是口袋论语的延伸。作者市侧二郎，关西学院大学文学部毕业后，在广告代理店干过，又做过大学职员，指导学生就业工作，从事过人事工作，从长年研究《论语》和从事商业活动的经历中，形成了自己的行为规则。1998年10月文香社出版了他的《活在理所当然中》，有书评说这本书使《论语》"作为现代生活的指南复苏"。[①] 赞扬作者把以古典闻名的《论语》拉到商务、工作岗位的交往、生活的场合中来加以注释，其翻译就与学者趣味不同，是从轻松潇洒而又现实的视点来解释这部古典的。

三 "日本式歪曲"

从翻译学的角度讲，市侧做的事已经脱轨，不会得到学者的青睐。就是涩泽等人的《论语》解说，也早离开了孔子的期待。涩泽从《论语》中发现的"利义一致论"，也不是孔子对利义问题的全部内容。他们转述的孔子，是一个被用日本文化"调和"过的孔子。

这种"调和"现象，或者用日语来说，就是"混淆"，在日本接受中国文化时屡见不鲜。大体说来，古代日本人大量接受中国文化，是自上而下铺开的。上层的贵族知识分子总是主张全面汲取，整体模拟，在研究中也力避汗漫，务求精细；而下层民众则是由己所好，随意拿来，学者向民众普及的时候，也就投民所好，不顾其它了。结果，上层营造的外来文化冲击力，也就渐渐被分化和分解，最后留下来的则是看似不伦不类、不"中"不"日"的调和物了。那些与原来日本文化精神相冲突的东西也就部分被"混淆"掉了。以文体来说，上层学者写汉文，女人孩子写假名，后来就发展成夹杂汉文的"和汉混淆文"，日本人喜欢的部分被放大，不喜欢的东西就弃而不顾，似不曾有。到了这个层面，就没有或很少有"忠实原典"的意识，常常是以"流"为"源"，不问祖宗，文化产品也早和中国本土的东西"面目半非"了。也恰是这样的东西，加快了浸润的速度，让中国文化的影子无处不在。

[①] 王晓平：《日本中国学述闻》，中华书局，第164—166页。

第五章 《论语》的传播与翻译 429

图 81　论语漫画

就《论语》研究而言，时至今日，日本学者的著述，从版本到字句，都不乏精深之说。加地伸行就曾经指出，孔子主张的是节约型经济（农业经济），而不是涩泽荣一所说的消费型经济（商业经济）。这根本的不同，在涩泽的解说和市侧的翻译中都被"混淆"掉了。被他们吸收的，主要是孔子对个人心态和人际关系的重视。按照加藤周一的说法，儒家思想的作用不在于刺激劳动者的劳动欲望，而在于调节生产活动中的人际关系，使其朝着有利于生产活动顺利发展的方向发展。如果仅从这个意义上说，涩泽和市侧的调和或"混淆"，又都不能完全算是不得要领。

日本的儒教不同于中国的儒教，正如中国之佛教不同于印度之佛教。1939年，武内义雄在《儒教之精神》一书中指出，在吸纳五经为中心的儒学时代，日本从《春秋》三传中排斥了《公羊传》与《穀梁传》，确立了《左传》的独尊地位，从而抛弃了包括在儒教中的革命思想，使之与日本国体相一致，以后在新儒教之中，中国的朱子学与阳明学或程朱学与陆王学曾不断相争反目，而在它们传入日本之后，却被日本化，归于同一精神，发展为忠孝一体、至诚本位的国民道德。忠孝一体思想来源与朱子学，至诚之道来源于阳明学，发展的结果却是忠孝二德归于至诚一道，在确立忠孝一体的同时，为至诚之道赋予具体内容，形成了日本儒教的特色。武内义雄还认为，若比较一下日中的道德思想，两者均是以家族制度为背景的道德，竭力宣扬五伦这一点是毫无二致的，不过中国的五伦是家族本位，而日本五伦则是国家主义，提倡忠孝一体，将忠至于孝之上，这些差异都是出于两国国情不同[①]。武内义雄提出这种观点的时候，正是日本扩大侵略战争的时代，他的这些论点一直到战后仍然没有改变。其中美化所谓日本精神、赞美日本万世一系的天皇制的内核也一直没有受到过真正意义上的批评，这是值得深思的。同时，这也提醒我们在研究《论语》在日本的传播与翻译的时候，也不能忽略日本儒教的特性。

早在上世纪50年代末，吉川幸次郎就指出了普通日本人在接受儒家思想时存在"日本式歪曲"的现象。他说，日本在移植异国事物的时候，往往发生日本式的歪曲，并且歪曲往往就是朝向憋屈的方向走。他拈出两个日本人一提到进入儒家就想到的两句话来说明。一句是"男女七岁不同席"，一句是"三尺下不踏师之影"。指出前一句出自《礼记》，在中国只是提醒要注意男女有别，毫无普通日本人误解的那样，在严格主义的意义上隔离、遮断男孩女孩、不许碰面的意思，而后一句出自佛家8世纪唐人道宣所著《教诫律仪》所说"若随师行，不得喧笑，不得踏师之影，相去七尺可也"，而日本9世纪天台僧安然所著《童子教》将其变成了"弟子去七尺，不可踏师之影"，这本书在足利、德川时代就成为寺子屋的教材，进而深入人心。这句话，日本广为流传，而在中国反而知之者甚少[②]。

上个世纪80年代以来，学界对儒教在日本现代化中的作用争论得很热烈，其中有两位中国研究者在为一般读者写的书（主要是所谓"新书"）中发出了特别的声音。一位是加地伸行，一位是村松映。他们都对儒教对日本的影响有独特的见解。前者在《何为儒教?》、《读论语》、《沉默的宗教——儒教》等书中，着重探讨了儒教的深层——宗教性及其表层道德性的问题，认

---

① 〔日〕武内義雄『儒教の精神』、岩波書店1939、1982年版、第212頁。
② 吉川幸次郎『吉川幸次郎全集』第十七卷、筑摩書房1980年版、第89—101頁。

为孝是此两者之间的纽带。他不仅注意到日本存在的儒教式墓葬等传统影响，也对现实生活中儒教思想在中日关系中的表现提出了自己的看法。他将儒看成一种宗教的观点曾在当时的日本学界支持者寥寥无几。村松暎在 60 年代末以来对待文化大革命的态度与其时多数学者大不相同，对待儒教对日本的影响则持负面评价。从他在《儒教之毒》设立的"感染了儒教之毒的日本人"、"孔子真有那么伟大吗?"、"导致国家停滞的思想"、"策谋不在的精神主义的悲剧"、"脱儒教时代"各章就可以看出，他完全不相信儒教对未来社会发展存在积极作用，断言我们一定会迈向未知领域，而在思考那些问题时如果拘泥于儒教之类，就会陷入意想不到的后果，并说："学习儒教可以提升人格，这当然是好事，但是要将此强加于他人就错了。儒教也考虑人与人的关系，当就社会性来说早已完全欠缺了。总之，在考虑世界战略的时候，儒教思想不是有用而是羁绊。即便可以把儒教教诲的人格当做基础，必须切割儒教、超越儒教的时代现在也已经到来。"①

　　学者的目光大都集中在"上"那个层面，而对"下"的层面，即一般民众的接受，及学者向一般民众言说的内容却较少关注。这使我想起了日本的中国料理。尽管日本学者把中国菜、中国酒、中国茶掰开揉碎研究了个够，但一问普通日本人，大都只知有绍兴酒、乌龙茶，烧出来的麻婆豆腐也带甜味，让好开玩笑的中国人说那是糖浆味的。文化调和的力量真是不可小瞧。

　　如果把目光更多投向那"下"的层面，那我们的日本研究、中日文化交流史的研究，就会更有看头。

---

①　村松暎『儒教の毒』、PHP 研究所 1992 年版、第 219 頁。

第六章

楚辞传播与日本文学中的屈原形象

《源氏物语》第十二回《须磨》写源氏二十六岁时，谪居须磨，在前往须磨浦的途中，有个地方名叫大江殿，其地异常荒凉，遗址上只剩几株松树，源氏公子即景赋诗：

唐国に名を残しける人よりも行くへ知られぬ家居をやせむ①

这首和歌中出现的"唐国留名者"（唐国に名を残しける人），历来学者都认为是指被流放的屈原。所以丰子恺译本就把它译成：

"屈原名字留千古，
逐客去向叹渺茫。"②

林文月译本也将歌中所指明确译为屈原：

昔唐国兮有屈原
　　以遭谗言遂流放

---

① 〔日〕山岸德平校注『源氏物語』（二）、岩波書店 1997 年版、第 32 頁。
② 丰子恺译：《源氏物语》上，人民文学出版社 1980 年版，第 272 页。

吾今漂泊兮亦衔冤①

前人的研究是可信的。在皇族倾轧之中远谪穷乡僻壤的源氏公子自然想到蒙冤流谪的屈原，然而，他却并没有走屈原同样的路。中西进分析说："源氏将自己比作屈原。屈原是不肯变节而彷徨于山野的忠臣。源氏越是要求自己学习屈原的高风亮节，就愈觉不安。"② 屈原的故事，已为平安时代的皇室贵族所知晓，这当然得益于《楚辞》和《文选》的传播。

屈原以及与他相关的作品传入日本之后，便开始了被阅读与接受的历程，而伴随着这些阅读，又产生出一系列的文化现象。不论是楚辞的翻译和理解，还是"仿楚辞"和汉诗文中屈原形象的再塑，都不难发现其中所受日本文学传统的深刻影响。

第一节 楚辞东渐与日本文学传统

楚辞何时东渐，确切的年代虽很难考订，但一千多年以来，它曾给某些日本作家的创作以一定影响，而这却是可以考证的。本文拟对有关现象做简要描述，或许对于理解楚辞在不同文化语境中的境遇有所裨益。

直到明治维新期间，日本文学大体都可以分为两个系统，笼统说来，一个是"公"的系统，像治国修身齐家之类，辨理言志，或者讲佛理做佛事，这些大致由汉诗汉文这一汉文学系统来承担；另一个系统是"私"的系统，抒发一时感性，演绎日常事情，游戏笔墨，大致则是假名文学的事情。这种分别当然也不是绝对的，两个系统既有交叉又有融合。汉文学往往充当接受中国文学影响的急先锋，然而就是在这样的过程中，也不难发现日本独特的文化环境和传统的审美意识在起着潜在的作用。大体说来，汉文学多吸收楚辞的忧患与孤高意识，而假名文学则止于悲秋叹寂的艺术表现。它们都洗去了原作深层的忧痛，而加重了孤寂的咏叹。

明治维新以后，日本学者开始以新的文学观念研读楚辞，留下了不少值得重视的成果，有必要加以梳理分析。而这样的工作，如果从了解日本文学

---

① 林文月译：《源氏物语》，译林出版社2011年版，第256页。
② 〔日〕中西进：《源氏物语与白乐天》，马兴国、孙浩译，中央编译出版社2001年版，第94页。

传统与学术传统入手，也许可以做得更加中肯。

一 楚辞东渐与奈良、平安时代的汉文学

日本学者藤野岩友曾撰《楚辞给予近江奈良朝文学的影响》，根据他的研究，楚辞已对八世纪成书的《怀风藻》与《日本书纪》等产生影响①。

根据《古事记》、《日本书纪》的记载，中国典籍最早传入日本的，是应神天皇时代百济的王仁携《论语》十卷、《千字文》一卷。但是，考虑到当时书籍随人流动的复杂情况，很难相信这是确实无二的说法。

至于说到《楚辞》传入日本的时间，那就更难得出明确的结论。据竹治贞夫《楚辞研究》说，日本最早受到《楚辞》影响的文献，当数圣德太子十七条宪法。公元604年3月颁布的宪法十七条，可以看出儒道佛法诸家思想的印痕，内容出自许多中国古典文献，成为后来的大化改新精神的先驱，影响深远。其第十四条说：

> 群臣百僚，无有嫉妒。我既嫉人，人亦嫉我。嫉妒之患，不知其极。所以智胜于己，则不悦；才胜于己，则嫉妒，是以五百之（疑为"岁"字讹——笔者注），乃今遇贤，千载以难待一圣。其不得圣贤，何以治国？②

在这篇不长的堪称治国纲领的文字中，谆谆告诫群臣认识嫉妒之害，进而言及人才对于治国的重要，力戒嫉妒的思想，和该宪法第一条的"以和为贵"的基本思想是一致的。

中国典籍中有不少说明嫉妒之害的文字，但既早而又反复申说的，则要数屈原的《离骚》了。言"嫉妒"之风者，如"羌内恕己以量人兮，各兴心而嫉妒"等，只言"嫉"或"妒"者，如"众女嫉余之蛾眉兮"，"世溷浊而嫉贤兮"，都是对朝廷内令人生畏的嫉贤妒能之风，表示痛心疾首。在屈原的其它作品中，也有直陈"嫉妒"或"嫉"、"妒"之弊的诗句。竹治贞夫认

---

① 〔日〕藤原岩友『中国の文学と礼俗』、角川书店1976年版、第185—212页。
② 〔日〕坂本太郎、家永三郎、井上光贞、大野贤校注『日本書紀』下、岩波书店2000年版、第185页。

为，十七条宪法有关"嫉妒"的条文当中，就有《楚辞》这些字句和思想的影响①。竹治的说法，应该说是有道理的：

值得注意的还有第十条：

> 绝忿弃瞋，不怒人违：人皆有心，心各有执。彼是则我非，我是彼非。我必非圣，彼必非愚，共是凡夫耳。是非之理，讵能可定。相共贤愚，如环无端。是以彼人虽瞋，还恐我失；我独虽得，从众同举。②

其中的"经皆有心，心各有执"，与《离骚》中的"民各有所乐兮，余独好修以为常"，"民好恶其不同兮，惟此党人其独异"，《九章·怀沙》中"民生禀命，各有所错兮；定心广志，余何畏惧"有相通之处。

《宪法十七条》可以说本来是治国最根本的方针，其中有这么多关于防止嫉妒、祛除怨恨之类的内容，实可看出日本早期政治文化的特点。日本人看待一切事物最注重的是内外的界限，一旦划入内部，那么"和"便是最高准则，嫉妒与怨恨是"和"的障碍，因而防嫉消怨便被提高到至高无上的地位。这与"和而不同"的思想是有距离的，也并不是屈原对待生活态度的全部。但是，这样的差异，并不影响圣德太子在《宪法十七条》中借用楚辞的词句：

《大日本古文书》第一卷（续十六所收）的写书杂用帖（正仓院文书）中有这样的文字：

> 离骚三帖，帖别十二卷，天平二年（730）7月4日。高屋连赤麻吕

这里说的《离骚》，是王逸注《楚辞》十六卷。与平安时代的《日本国见在书目》所载录的"《楚辞》十六卷，王逸"是同一个本子。同时，由于《文选》在奈良朝特别受到推崇，贵族学士通过其中收录的楚辞作品，读到

---

① 〔日〕竹治贞夫『楚辞研究』、風間書房1978年版。第五章「楚辞の和刻本と邦儒の楚辞研究」、第306—372頁。

② 〔日〕坂本太郎、家永三郎、井上光贞、大野賢校注『日本書紀』下、岩波書店2000年版、第185頁。

屈原与宋玉的代表作，也是可以相见的。

　　成书于公元751年的《怀风藻》是日本最早的汉诗集，其中收录了64位诗人的120篇作品。其中的一些诗篇，可以看到《楚辞》影响的痕迹。例如，下毛野虫麻吕《五言秋日长王宅宴新罗客序》："夫秋风已发，张步兵所以思归。秋天可悲，宋大夫于焉伤志……草也树也，摇落之兴绪难穷；舫兮咏兮，登临之送归易远"①，可以看到宋玉《九辩》悲秋主题的变奏。藤原万里《五言过神纳言墟》："君道谁云易，臣义本自难；奉规终不用，归去遂辞官；放旷游嵇竹，沉吟佩楚兰；天阍若一启，将得水鱼欢。"② 运用了《离骚》香草喻高德的手法和上叩天阍的典故。藤原宇合《五言游吉野川》："野客初披薜，朝隐暂投簪"③，藤原史《五言游吉野川》："飞文山水地，命爵薜萝中；漆姬控鹤举，柘媛接鱼通"④，都移用了《九歌·山鬼》中对山中女神形态的描写。《文选》在奈良朝特别受到贵族诗人的重视，他们从那里读到《楚辞》并从中吸收典故与诗语的可能性是存在的；同时，更多的则可能是从六朝及初唐诗中理解这些典故与诗语的用法，那么《楚辞》就可以说是间接影响了他们的创作。

　　《日本书纪》是仿照中国《汉书》《后汉书》以编写"日本书"为标准的日本最早的敕撰史书，成书于公元720年，记述了从所谓神代一直到持统天皇时代的历史。书中《神代下》第十段记兄弟二神，哥哥炎阑降命，拥有海味，弟弟彦火火出见尊，拥有山珍，两神商议各自交换所有，结果各不得其利，哥哥后悔了，交还了弟弟的弓箭，而弟弟却把哥哥的钓勾丢失了。弟弟彦火火出见尊被哥哥紧紧追逼，到海神之宫的一段文字："故彦火火出见尊忧苦甚深，行吟海畔，时逢盐土老翁。老翁问曰：'何故在此愁乎？'"⑤《日本书纪》叙史多有根据中国文献改编的故事或细节，这里编者设计的彦火火出见尊见到老翁及其对话，显然出自《渔父》。看来是《渔父》中屈原赴死前行吟泽畔的形象打动过《日本书纪》的编者，使他在记述古代神话中转借

---

① 〔日〕小島憲之校注『懷風藻　文華秀麗集　本朝文粹』、岩波書店1964年版、第131頁。
② 〔日〕小島憲之校注『懷風藻　文華秀麗集　本朝文粹』、岩波書店1964年版、第159頁。
③ 〔日〕小島憲之校注『懷風藻　文華秀麗集　本朝文粹』、岩波書店1964年版、第155頁。
④ 〔日〕小島憲之校注『懷風藻　文華秀麗集　本朝文粹』、岩波書店1964年版、第101頁。
⑤ 〔日〕坂本太郎、家永三郎、井上光貞、大野賢校注『日本書紀』上、岩波書店2000年版、第165頁。

过来描写忧苦的彦火火出见尊①。

从《渔父》后半部分渔父与屈原探讨的是现实与理想剧烈冲突下的人生哲学来看，那行吟泽畔的屈原的痛苦，正是人在对人生做了深刻思考之后的最深重的痛苦。这自然与那后来与海神之女丰玉姬结合的神彦火火出见尊的忧苦不是一回事。

平安时代的汉诗提到屈原和《楚辞》的数量很少。屈原的《离骚》、《九歌》、宋玉的《九辩》虽然都收在那时宫廷贵族文士诵读的《文选》之中，但是对于那些诵读者来说，读懂《文选》犹如负重翻越一道山脉，或者驾船渡过一座险滩，《离骚》是那山脉中最险峻的山峰之一，是那险滩中最难渡岛礁，往往被知难而退的登攀者和航行者绕过。屈原的遭遇也写在他们诵读的《史记》中，但宫廷贵族经常吟诵的是那些彪炳史册的帝王功臣，屈原算不得成功的政治家，所以也难在《文选》竟宴赋诗中成为诗题。在平安时代的汉诗中虽然也有效仿《楚辞》句式或者采用香草美人之喻、借用《离骚》语汇的诗作，但真正关注屈原命运、写出心目中屈原形象的诗作，殆难找到。

平安朝以后，五山文学兴盛之时，有一些禅僧咏唱屈原精神。一休宗纯写过一首《端午》，以屈原的高洁反衬世俗的堕落：

  千古屈平情岂休，众人此日醉悠悠；
  忠言逆耳谁能会？只有湘江解顺流。②

图82　端午节有男孩的人家悬挂鲤鱼旗以祈愿男孩健康成长

---

① 〔日〕黑须重彦『楚辞と『日本书纪』』、武藏野书院1999年版。
② 〔日〕柳田聖山『狂雲集　夢閨のうた』、講談社1982年版、第134頁。

又有《屈原像》一首：

> 楚人《离骚》述愁肠，深吟湘南秋水长；
> 逆耳忠言千岁洁，春兰风露几清香。①

一休宗纯从自己的生活遭遇中体验到含冤被逐的孤独与愤懑，使他在情感上与屈原产生了共鸣。两首诗都写到屈原因忠言而遭谗害的命运，无疑寄托了个人的忧思。

二　《楚辞》与和歌

日本文学中，假名文学有一个与汉文学相对独立的系统。在奈良时代以后，两者消长不同，时而此荣彼衰，而到江户时代才出现两者并茂的局面。

奈良时代末期，继汉诗集《怀风藻》之后出现的和歌总集《万叶集》是日本和歌史的开篇。其中卷 1 额田王的长歌，言其以和歌判定春山万花之艳与秋山千叶之彩优劣的构思中，吐露出作者意识深处潜藏着中国悲秋文学的影响。在同一作者所作思念近江天皇的一首和歌（四 488）时秋风的描写也反映着同样的观念。据江户时代著名学者契冲的研究，山部赤人描写富士山的《望不尽山歌》（三 316）中对雪满富士的描绘实出《九章》"山峻高以蔽日"一句。这些考证都说明远在近江奈良时代，和歌歌人就曾从楚辞中汲取诗情。

吉田とよ子在她的《悲哀与唯美的起源——万叶集与六朝诗》一书中，用了较长篇幅，对《万叶集》中那些被贬官到边远地区的歌人与屈原的作品作了比较。她说：

> 纯洁的败北者——他们可以称为大和的屈原后裔，或者大和的骚人吧。他们像中国的骚人那样，是各种各样形式的"流人"。据说柿本人麻吕最后是流放到石见被处死的，大伴家持实际上是接连遭到左迁。这种实际流谪之外，还有圣德太子隐退斑鸠宫，额田王的沉默，山部赤人

---

① 〔日〕柳田聖山『狂雲集　夢閨のうた』、講談社 1982 年版、第 56 頁。

逃避到自然中去，大伴旅人逃避到游戏的世界中去，等等，不都是自己离开世间的主流投身到别的潮流中去吗？

别的潮流——这是悄悄与世间错开流淌的水流。如果世间主流是流向荣华富贵欲望的浊流的话，那暗自流淌的就是无欲的清流，而那又是聚集着悲哀苦涩的水流。投身于这种水流中的大和骚人们，与大海那边的骚人一样，不得不同样尝尽悲哀苦涩，仿佛诗歌创作这件事情，只有喝了这样的河水的人才能去做似的。

喝了悲哀河水的骚人们，同样发出醉酒似的声音。但是，那音色，中国与日本就大不相同了。中国骚人的声音，浸染着痛切的悲愤慷慨的色彩，而大和骚人们，却没有这种色彩。

……

万叶歌人比中国诗人更容易体会"谛观"，或许他们没有像中国诗人那样的作为知识阶层的精英意识，他们不过是渺小的"凡夫"，他们不像中国诗人那样尽情倾诉，对悲惨的现实发出悲愤慷慨的声音，而代之以沉默，对一切断念。

"断念"就是沉默，其中拥抱着全部悲苦，那是苦之业，那是为自己而领悟"世间虚假"之业，结果正好打开了对"唯佛是真"的绝对美的大门。中国诗人们为了渴望现世黄金时代再来而绝望，像泣血不止的杜鹃一样倾吐着心中的苦恼，而万叶歌人却相反，采取的是尽可能不言的姿态。在柿本人麻吕魔术般驱使语言的长歌之后，和歌逐渐转向短歌，这不正是因为浸透着"断念"之光的同时，歌人的沉默越来越深吗…？①

吉田とよ子力图阐明在文学中反映出来的万叶歌人与中国骚人面对现实采取的不同态度，以及产生这种差异的思想原因。实际上这个问题是很难简单说清楚的，因而也不应该采用一言或数言以蔽之的断定方式作非此即彼的解释。吉田强调了中国骚人的精英意识，这当然是有道理的，中国骚人特有理想主义以及置身于追求大众理想事业的自觉，是一笔宝贵的精神财富。不过，作为中国学者，为了认识中日诗歌的同异，还有必要作进一步的探讨。

---

① 〔日〕吉田とよ子『万葉集と六朝詩——悲哀と耽美の起源』、勉誠社1999年版、第185—189頁。

从文学史的角度来讲，作为诗歌的制作者，诗人可以视为他的第一身分或第一角色，同时他还在生活中扮演着其它角色。我们姑且将他在社会生活中扮演的角色称为第二角色，把他在家庭中扮演的角色称为第三角色。虽然没有人使用过这样的说法，但却有学者曾试图以此来说明中日文学的不同。如铃木修次曾说中国文学家多是士大夫，与政治关系密切的官员，或志在成为官员的人，而日本文学家则多为僧侣、后宫女子、町人等与政治疏远的人，由于中国与日本在婚姻家族制度方面的不同，在对性爱的表现上也大相径庭，这都需要详论，因非本文之要，故不细谈。

这里想指出的是，以往的日本文学家往往既学习汉文学又从事假名文学的写作，在实际创作中多将外向的有关家国的内容交给汉文学，而将内敛的有关自我的内容交给假名文学。像作和歌就多被看做与实利无关的风雅之举。明治维新以前，日本文学史上有两个汉文学高峰，即奈良平安时代与江户时代，这都是社会平稳发展较少动荡的时代（而这恰是汉文学这种外来文学发展的必要条件），连汉诗人也很难理解屈原那种"长太息以掩涕兮，哀民生之多艰"的焦虑和"既莫足与为美政兮，吾将从彭咸之所居"的抉择，何况是那些低头叹息的歌人呢？

至于和歌与骚体诗在容量与表现方式上的不同，孤立语的汉语与粘着语的日语造成的诗歌审美意识的不同，也对日本歌人在实际创作中接受《楚辞》不是没有影响，容日后专论。

日本的俳谐比和歌更为短小，又以滑稽诙谐为特色，江户后期俳谐的汉文调时代，松尾芭蕉的门人常在俳句中咏入中国故事、俳句集《虚粟》中有一首俳句"正月屈原醉釅釅"，便是反用《渔父》中"世人皆醉我独醒"的意思，说正月无人不醉酒，连独醒的屈原也不醒了，化庄为谐，这已经将《渔父》的沉痛与不肯妥协精神，完全变成了节庆的笑谈。

三　江户儒学者与楚辞

进入江户时代，幕府提倡儒学，朱子学成为官方哲学，这给朱熹《楚辞集注》的传播创造了机遇。庆安二年（1651）翻刻了《楚辞集注》，题为《注解楚辞全书》，朱熹的另外两部书《楚辞后语》六卷，《楚辞辨证》二卷也同时刻印。至宽延2年（1749）又利用清人版本翻刻了《楚辞补注》，第二年《楚辞章句》也翻刻流传。清人林云铭《楚辞灯》四卷（有康熙36年即1697年自序）在宽政10年有两种刻印本，一种与林云铭原本相同，另一种则在栏外增入了清人屈复的《楚辞新注》八卷（有乾隆3年即1738年自序），这是秦鼎（1761—1711，号沧浪）增入的。

　　日本人为楚辞作注的，首先要提到的是浅见絅斋（1652—1711）讲解，其弟子笔录的《楚辞师说》，成书于元禄1701至1702年。今收入《汉籍国字解全书》。浅见是据庆安本《楚辞集注》讲解的，它的训解继承了中古的传统，以音训为主，辅之以意训。浅见主治朱子学，倡言名分论，鼓吹尊王思想。曾著《靖献遗言》，取屈原、诸葛亮、陶潜、颜真卿、文天祥、谢枋得、刘因、方孝儒八人，称道他们于国家民族危难之际，大义不屈，永为后世垂范。这本书给日本人的思想巨大影响，是幕府末年的畅销书，据称为勤王志士的必读书，其影响延烧至明治维新乃至昭和时期第二次世界大战中的日本人，连所谓神风特攻队队员也有很多人读过它。

　　《靖献遗言》堪称屈原等八人的评传，认为这些人的共性就是绝对忠诚于正统王朝，特别是后四人，弃名弃利，抛家舍业，拼死抵抗。他们被描写成不顾忠义的对象是否正义所在，也不顾一身所为是否为了世人，只问所侍的王朝是否正统，对于王朝的敌人，绝不妥协。著者认为，彻底抵御正统王朝的敌人，就应不顾身家性命。在第一卷"屈平"的最后，著者引述了朱熹《朱子语类》卷35《论语》十七的话："平居暇日琢磨淬厉，缓急之际，尚不免於退缩，况游谈聚议，习为软熟，卒然有警，何以得其仗节死义乎！大抵不顾义理，只计较利害，皆奴婢之态，殊可鄙厌！"这本书的主旨也正在于朱熹所说的"平居暇日琢磨淬厉"之意吧①。

　　江户诗人汉诗中的屈原形象与这本书中的屈原评传有很大关系。如山崎闇斋门下的谷重远所作《赋靖献遗言八咏》的第一首，赞美屈原高义凛凛与孔子媲美：

　　　　忠血千年荆楚神，到今湘水泣孤臣；
　　　　取冠靖献遗言首，高义凛凛追获麟。②

---

① 〔日〕近藤启吾『靖獻遺言講義』、圖書刊行會1987年版、第28—53頁。
② 〔日〕瀧澤精一郎『中国古典文學の享受——傳統と新意』、吉本書店1981年版、第224頁。

幕府末年，尊王攘夷论者往往通过对中国古典的重读与新解来阐明自己的政治主张。高松藩儒者藤泽辅（1794—1864）《东畹先生文集》所载《思问录》连批孟子、程子、朱子、胡炳文、陈栎、饶鲁五大儒，所撰《和汉辨》，以皇统一系，"与天地偕无穷"，为日本灵气之所结成，"无论其不资于外国，亦外国不能资者。有外国不能资者存，此所以能致众美也乎！"以此来强调皇统一系为日本文化中的良性因素，并非由他国学习而来。但在精神层面，则往往引用中国古代志士仁人的先例以相激励，屈原、诸葛亮、文天祥等忠诚信义之士成为维新之士的楷模。

由于与诸葛亮、文天祥等形象并列在一起，屈原形象凸显了慷慨悲壮的元素而冲淡了悲剧色彩，在尊王攘夷的浪潮中被赋予新的含义而再生于维新志士的汉诗之中。

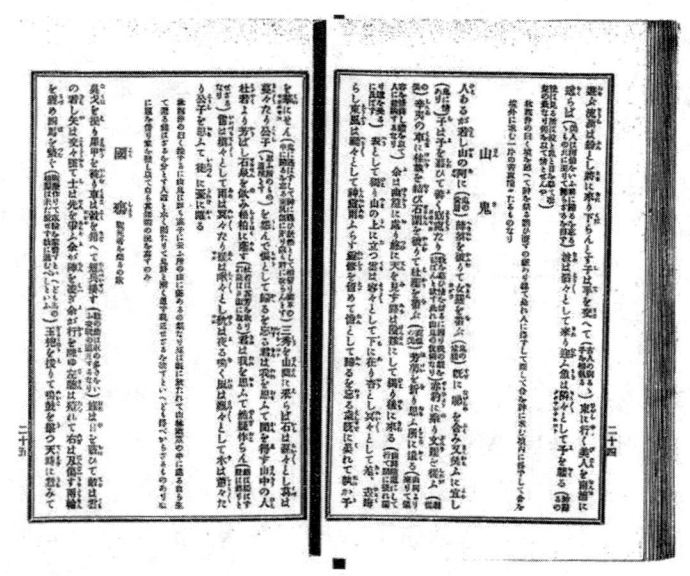

图83 1911年版菊池晚香著《楚辞和解》中的《山鬼》与《国殇》

另外，龟井昭阳（1773—1836）曾作《楚辞玦》二卷，冈松瓮谷（1820—1895）曾作《楚辞考》四卷，西村硕园（1865—1924）曾作《屈原赋说》，这些都是汉学者的研究著述，拟将一一撰文探讨。

江户时代的诗话不少，但谈到屈原和《楚辞》的却不能算多。有一些诗话由于涉及到中国诗歌史,才对《楚辞》略有论及,可惜也是相当简单。其中太宰春台(1679—1747)的《诗论》还把屈原当作造就冗长诗风的始作俑者加以抨击。他历数唐虞三代至唐宋以下各代诗风沿革,本意在于阐述明诗与唐诗似是而非,批评李于鳞的拟古。他从反对无思而作多作滥的立场出发,竟然列屈原为冗诗之首:

  殆及周季,楚人屈平始作楚辞,而四诗之体一变矣。其辞重复冗长,稍使人厌后。一变为赋,其辞专务夸大,多言繁缛,虚语文饰,读之使人生奢汰淫逸之心,实文章之一大厄也。①

  日本除汉诗以外,纯以日语写作的诗体皆尚简崇精。《万叶集》时代有名之为长歌者,容量尚且不足与排律相比,以后连这样的长歌也退出诗坛,短歌、俳句、连歌、川柳,一个短似一个,留给读者的无非是瞬间的联想、片刻的愁思、无痕的叹息,这些诗体,与恢诡的想象无缘,与汪洋的夸张相背,拒绝长歌当哭,厌弃哲理雄辩。太宰春台以精巧之美否定宏大之美,应该说其说背后有日本诗歌审美意识的影响。

  不过,当然不是江户时代所有的诗人都这样唯长是伐。原直(1728—1783)的《诗学论》谈到《楚辞》部分虽比较简略,但对屈原人格与艺术成就给予很高赞誉。原直本名原田直,姓原田,原直是他自起的中国式的名字。其号东岳,其家为日出侯的世臣,以臣室为藩大夫。原田经义师从伊藤东涯,又从服部南郭学习过古文。从这些经历看,他较多接受从古代语言文学研讨入手理解典籍的一派。《诗学新论》从《诗经》一直谈到明诗,祥论各代诗风,而特别侧重唐明两代之诗他是这样论述《楚辞》:

  粤溯观战代,天犹不伤斯文。能衣被词人而假黼黻,风雅青衿而极遗爱,亦犹学制美锦者,其唯灵均与欤?运虽否塞,不苟逃难,离骚畔牢,似续雅颂。当此之时,怀王不君,善人载尸,靡所止疑,然而辞句之间,蕴藉婉辨,不敢径情,是故心术既形,英华乃赡。譬诸日月,虽

---

① 〔日〕國分高胤校閲、池田四郎次郎編『日本詩話叢書』、東京鳳出版1972年復刊本、第四卷289—290頁。

终古常见，而光景常新。嗟与！蔚矣乎，其文也，如彼随和发彩流润，如彼锦缋列素点绚。①

原直接受了司马迁等对屈原的看法，而又侧重于对其后代诗人影响与词采华美两点，认为《离骚》等作品继承的是《诗经》雅颂的传统。

这里有必要提到江户中期的儒学者室鸠巢（1658—1734）在他的随笔集《骏台杂话》中对《离骚》的见解。室鸠巢治朱子学，曾为幕府儒官，任将军吉宗侍讲。这本书所载大体是他根据问答弟子提问的记录整理的，藤原明远的序言说书中"研穷理义，藻鉴人物，或往事之可感，或当世之可警，莫非守正学而扶名教之意也。"道出全书思想倾向。书中有"《离骚》秘事"一节，专谈屈子。

谈话是从"月亮是世代之遗物"这一话题展开的。室鸠巢说，自己读《楚辞》，读到"往者余弗及，来者吾不闻"，感到深会屈子之心，不禁感慨系之，道此二句之意，悲乎屈子一代竟无知己，古人诚会我心，虽愿能一晤交谈，然未能生于其时；后世或有如是之人，与我心同，然与其相问者谁耶？不仅屈子，古今心明者，大体无不有此恨。这样由"唯有明月洞见其世"的感慨，观月生出的苍凉寂寞，引出对屈子乃异代知己的议论。文不甚长，容全文翻译如下：

> 诸客问："世有以屈子之心观月者，未之闻也。今世则有翁，而不得告于屈子，乃为遗恨也。虽有言曰'来者，吾不闻也'于此请教先生。"
>
> 翁曰："今宵将明于月中也。言屈子之昔，则将详言《离骚》之意，汝等愿闻之乎？"
>
> 诸客曰："是大幸。"乃侧耳恭听。
>
> 于是，翁曰："楚辞以《离骚》为第一。屈子生于三闾之家，为楚王竭尽心力，而怀王不明，听信小人谗言，不察其忠，终远放之，而其并无怨君之心，忧国叹君之余，而作此篇。若言一篇大意，则屈子与国同族，生于世卿之家，洁身修行，欲奉君上，于是乃将亲近一国贤俊，

---

① 〔日〕國分高胤校閲，池田四郎次郎編『日本詩話叢書』、東京鳳出版 1972 年復刊本、第三卷、「詩學新論」卷之上、第 263—264 頁

拔群立志之事，托之于佩众芳好奇服之方不图遇逸，君心俄变，原本待望者，亦应时欲而心改，此则所谓兰蕙芳草，俄变而为萧艾也。今日耳闻目睹有逸臣危国，听任之则不知何时此国亦将濒危，且国无人，思念故都亦不可留如此，则欲自投于湘水，以此终篇诚拳举之心，匪躬之节，溢于言外，当令读之者热泪沾襟。此众皆知之，此不赘言。

但言《离骚》之兴，则如水之有源，木之有根，切要之处，在乎一也。知是可谓《离骚》秘事。所谓其秘事，非它也，唯在篇端数语耳。'帝高阳之苗裔兮，朕皇考曰伯庸'，以此开篇，其心意当探寻之是非唯抬高身价。又与六朝士大夫炫耀门第，日本武士冒充王孙，其心大不相同。此等之人，其心背祖忘亲，故或轻生贱命，人格败坏。屈子则以先祖既正，自生于高名之家，继承其父崇高业绩，而何能自恃高贵，令先祖蒙羞，正念念于此，方如此开篇，乃感慨系之也。其次曰'皇览揆余初度兮，肇锡余以嘉名。名余曰'正则兮，字余曰灵均'，又次曰'纷吾既有此内美兮，又重之以修能'，反复自赞，屈子之心愈明其自赞本意，乃谓父于我格外器重，赐予嘉名，授以修能，则决不可辜负此谆谆教育之心。

以此观之，爱君忧国之志，本发自奉孝祖先之仁义之心，其根深，其源远。宜乎其始终如一，至死不变也。孝悌之为仁之本，正在于此也。其说长矣，此姑且置之，唯当知屈子忠荩之本，正在于此。

然屈子死及二千载，读《离骚》之人，看一篇不曾留意此数句。翁久读《离骚》，独得此意，自以为屈子知己，既愈平添感慨，于中文欣喜之秘事之谓，非深隐不令人知也，唯想多年思索而得，若浅易言之，则闻之者等闲过耳，故或可谓之秘事。诸君得此意，切勿视为易事也。"

诸客皆喜，各曰："如翁所教，自古读《离骚》音虽多，然悉止于先儒之论，今宵翁之谈，令我等浅见，亦知不曾意想之事。共君一夜话，胜读十年书，正此之谓也。"①

室鸠巢以屈子知己自命，认为历来读《离骚》的人都没有看出屈原以帝

---

① 〔日〕室鳩巢著、森銑三校訂『駿台雑話』、岩波書店 1996 年版、第 223—230 頁。

高阳之苗裔开篇的本意,而自己却从中悟出孝悌是为仁之本的道理。

在《骏台杂话》紧接的一篇《遍昭黑发》中,室鸠巢进一步以平安时代僧人遍昭来与屈原对照,阐述孝悌观念。他说:"父母人之本也。途穷则呼父母,乃人之天性,自然之诚也。自古仁人孝子,不失常思父母之心。思由我显彰父母之名则成善,畏由我令父母蒙羞而远恶。以此孝为百行之本。则可知屈子遇谗而思父祖,忠于其君根深蒂固矣。"反复说明屈原以身报国,至死也不肯败坏家声,令家父所赐嘉名蒙尘。他将屈原称为"古今贤人",他从日本历史上选出僧正遍昭与源赖朝两人来与屈相比,讲做人不应使父母蒙羞的道理。无论是出家后还咏唱和歌思念父母的遍昭,还是《源平盛衰记》里描写的自杀前还想到不能让发髻中的小佛像落于敌手的源赖朝,他们与屈原的精神都有很大不同,然而室鸠巢为什么要将他们牵合在一起呢?

从表面上看,室鸠巢集中强调的是来自中国儒家的孝道观念,这固然是他的主要意思,但是,他所说的孝,又带上了日本"耻"的文化本色。曾有人将日本文化称为"耻"的文化,来与基督教文化的"罪"及中国文化的"礼"相区别。尽管这种概括方式存在弊病,但看重"耻"即"羞",却是日本文化中一个很重要的特点。室鸠巢在《离骚秘事》与《遍昭黑发》中突出阐述的正是人皆有羞恶之心,做人决不能失去"本心",不得令先祖蒙羞,与不得令佛祖蒙羞,在他看来具有同样的性质。可以说,他是以孝耻一体的观念来解读《离骚》的。

以上涉及到日本文学家与学者接受《楚辞》的几个方面的问题。看来,在我们研读《楚辞》的国外接受史与研究史的时候,需要两种眼光,一是中国诗歌眼光,即看他们的理解与接受是否接近真实,二是异国诗歌的眼光,看他们的理解与接受与本国文化有何关系。两种眼光合在一起,或许更能看出《楚辞》在世界诗歌史上到底占有什么样的位置。

四 日本早期中国文学史著述中的屈原论

冈松瓮谷《楚辞考》,1910年东京金港堂刊行,共四册,乃瓮谷过世后由其门人校定整理,其子刊行。据其序称,瓮谷夙深慨时事,年垂耳顺,喜读《庄子》和《楚辞》以遣怀,遂著二考。比过古稀,屡罹疾病,尚呼笔砚,枕上败稿删字。尝曰:"我邦汉学衰废,莫甚于今日,经史子集束之高阁，无复顾者，余将携二考赴禹域游，历访硕学鸿儒以商榷。"后因其老羸劝阻而未果①。

  初既与余成言兮，后悔遁而有他。余既不难夫离别兮，伤灵修之数化。
  考曰：悔遁，谓其信用谗言，心悔与我言，遁逸不肯复见我。故下文曰不难夫别离，以此也。"余既"之"既"盖因上下文误衍，删去可也。②

  余既滋兰之九畹兮，又树蕙之百亩。畦留夷与揭车兮，杂杜蘅与芳芷。
  滋，谓使其滋蔓也。③

  冀枝叶之峻茂兮，愿俟时乎吾将刈。虽萎绝其亦何伤兮，哀众芳之芜秽。
  是言既刈之后，虽萎病而断绝，吾亦何伤乎，特哀其未及刈而芜秽而已。盖怀王初信任屈子，使造为宪令，属草稿未定，遽遭谗废弃，屈子自惜不能竭才，所以有此言也。④

  众皆竞而贪婪兮，凭不厌乎求索。羌内恕己以量人兮，各兴心而嫉妒。
  凭，形容之词，如震雷凭怒之凭，满也，谓贪欲之心充满也。此章索与妒韵，段玉裁以为二字皆古韵第五部本音。⑤

  朝饮木兰之坠露兮，夕餐秋菊之落英。苟余情其信姱以练要兮，长顑颔亦何伤？

---

① 〔日〕冈松甕谷『楚辞考』、東京金港堂1910年版、第1頁。
② 〔日〕冈松甕谷『楚辞考』、東京金港堂1910年版、第6頁。
③ 〔日〕冈松甕谷『楚辞考』、東京金港堂1910年版、第6—7頁。
④ 〔日〕冈松甕谷『楚辞考』、東京金港堂1910年版、第6—7頁。
⑤ 〔日〕冈松甕谷『楚辞考』、東京金港堂1910年版、第6—7頁。

姱，美也。顑颔，《说文》："食不饱，面黄起行也。"落英，谓零落之英。古文固有如此者，不必以后世王苏所论争为拘。

先儒伊藤仁斋又云：男长敦语予，菊单瓣者皆落，其千叶者，自彫枯枝上。屈子落英，盖咏单瓣者也。予试之信然。不唯菊已，诸花皆然。盖古时菊惟有单瓣，其千叶富丽者，因后来玩花之盛致之。菊之落英，复何疑？诸家盖不深考古今之异。仁斋之言，或有可信据也。①

1898年东京博文馆刊行笹川临风（1870—1949）所撰《支那文学史》对屈原和《楚辞》描述甚为简略，虽然在标题中列出"赋、其作、其性质、其文辞"诸条，而论述颇空洞。先谓"屈原之多情，不背于情感性之南方人种。其志之洁，为君所疏，故不得意，虽在同族，然战国之世生不逢时，去国而视国为弊履之时代，郁郁之念，故国不能忘，忠君爱国如斯，岂非彼多感之故也"。引用《湘夫人》之前，只用抒情性的寥寥数语说明屈原之作的南方特色而已："试读他的《天问》，读他的《九歌》，岂非有实际倾向之北方人种到底不能梦想之文辞哉！非独自思想上言之，观其所用景物，观其草木，观其形容，观其场合，此岂非南方人种周边所见、所浮现于思想之中者哉？况其文辞，岂非婉丽而典瞻且流于侈靡纤微者哉？"②

儿岛献吉郎所著《支那大文学史》第三期《全盛时代　春秋战国文学》这样评价屈原：

他生前遂未得一知己，仅死后百余年在贾生《吊屈原赋》中，淮南王《离骚经》中，在司马迁《屈原传》中，寄寓了一片同情，而心底的光明却未尽予表白。试看，贾生曰："历九州而相君兮，何必怀故都也"，司马迁曰："以彼其材，游诸侯，何国不容，而自令若是？"此令清静无垢之诗人，沉浮于浊流，俗化于尘世，纷争于功名场里也。唯如淮南王曰："蝉蜕于浊秽，以浮游尘埃外，不获世之兹垢，皭然泥而不滓，推此志，虽与日月争光可也"，可谓看破彼之心思乎？顾女为悦己者容，士为知己者死，乃人情之常也，而彼却无知己者而死，死后犹无一

---

① 〔日〕冈松甕谷『楚辭考』、東京金港堂1910年版、第7—8頁。
② 〔日〕笹川臨風『支那文學史』、博文館1898年版。

知己，何等之薄命哉！况如扬雄作《反离骚》，非议于彼，可谓遇与不遇，皆在于命，何徒殒身哉！盖自莽之大夫彼之没德操之眼看来，或感其殒身之无用乎？此犹向天而唾，其唾反落己面。①

1901年早稻田大学教授高濑武次郎（1868—1950）所撰《支那文学史》第十三章赋家诸篇简介屈原作品，略论其性行，设"屈原之知音"一篇，将屈原与日本平安时代的菅原道真联系起来：

> 上述《楚辞》二十有五篇，乃周末赋家之钜璧也。其词藻润烂而高雅，其思想之纯洁而明致，实卓越古今也。且思我菅公，东西两地不同，上下时代有异，精忠至诚，遭谗逢嫉，远在谪地，慕君之情，如合符契。屈原之沉汨罗江后百余年，汉有贾生，尝为长沙王傅，过湘水，投书以吊屈原；菅丞相若过湘流，必复投书以吊乎？②

1902年东京富山房刊行了古城贞吉（1866—1949）所撰《支那文学史》，其中第二编第九章《赋家》，简短介绍了屈原的生平和作品，其中论《离骚》，称"其词温而雅，其义皎而明，故读之者，无不嘉其文采，慕其清高，以哀其不遇，闵其志云。"又谓《九歌》、《九章》、《天问》以下诸作，皆出于愁思归怫郁、愤懑无聊之余，其人之境遇性情竟写就以上诸篇。今夫君子怀忠贞之志，当立身行道之际，奸邪谗奸佞欺负之徒，交相伤害之，各逞其毒，何人能不忧心忡忡而病之哉？《楚辞》之兴，最足以见楚人忠孝之至，故司马迁称之曰：'《国风》好色而不淫，《小雅》怨诽而不乱，若《离骚》者，可谓兼之也。'盖是骚赋之直承《诗》之后，所以称其苗裔乎？"③

1911年东京龟井商店书籍部刊行的早稻田大学教授菊池晚香（1859—1923）撰写的《楚辞和解》序言称：

---

① 〔日〕儿岛献吉郎『支那大文學史古代編』、富山房、1912年版、第462—463页。
② 〔日〕高瀬武次郎『支那文學史』、哲學館1901年版、第282页。
③ 〔日〕古城贞吉『支那文學史』、富山房1902年版、第122—126页。

汉学研究别待笃志之士，汉文之通读，用以练习邦文，不论何人皆不宜懈怠，和解之主眼在此。

楚辞乃汉文中最难读之书，盖其作者屈原以瑰琦绝特之才学，披沥忧国慨时之热血，描出典丽雄深之文字者，上绍风雅，下开词赋，洵华文之中枢也。

此和解，对原文一字不减，其语势亦不变更，以示和汉文规之一致。

解楚辞者有古今七十二家，总有训诂纠纷或臆说牵强，本旨不明。清人林西仲《楚辞灯》辨别文语之艰涩，使归于流畅，解说文意之幽玄，令通于平易，至便之书也。今附载其要旨。

每篇引用典实及花木鸟兽玉器之类，详加解释，则患卷帙浩瀚，因而小注其大要，或略接于字之左右两旁，以简短为主。

假名用法，从素读之便，未必拘泥于邦语之古规。①

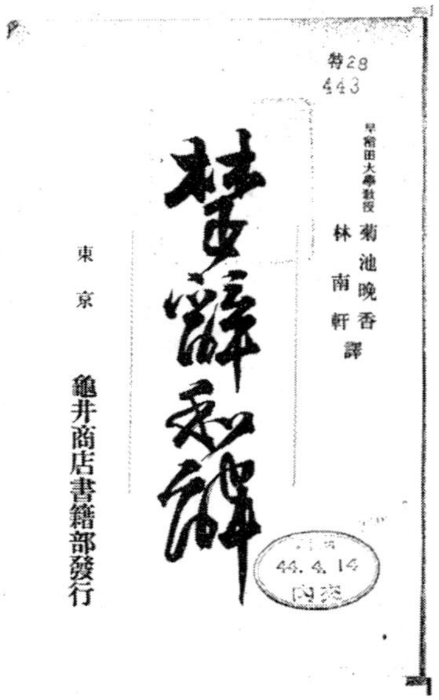

图84 1922年版菊池晚香《楚辞和解》

1912年儿岛献吉郎（1866—1931）撰《支那文学史纲》第七章《春秋战国文学》（三）引用《涉江》一篇，对屈原的论述不过数行："独荀卿赋十篇及屈原《九歌》、《九章》等二十五篇，俱为南方文学之精粹，可作后世赋骚之祖。特别是屈原之歌章，庶几剑戟时代吐雅颂之洪音，处世横议之际发诗人敦厚之奥旨。"②

早期社会主义者田冈岭云曾著《屈原》一书，是日本近代第一部较系统描述屈原及其作品的研究著述，他不仅对《离骚》等作品从社会文化的角度予以分析，而且对屈原的人格、个性方面论其特色，不难看出，冈田岭云对

---

①　〔日〕菊池晚香、林南軒譯『楚辭和解』、亀井商店書籍部1911年版、第1—2頁。
②　〔日〕兒島獻吉郎『支那文學史綱』、富山房1912年版、第50頁。

明治社会的批判也称为这种评价的背景,研究者本人的诗人气质也充分融进了描述屈原诗篇的文字中:

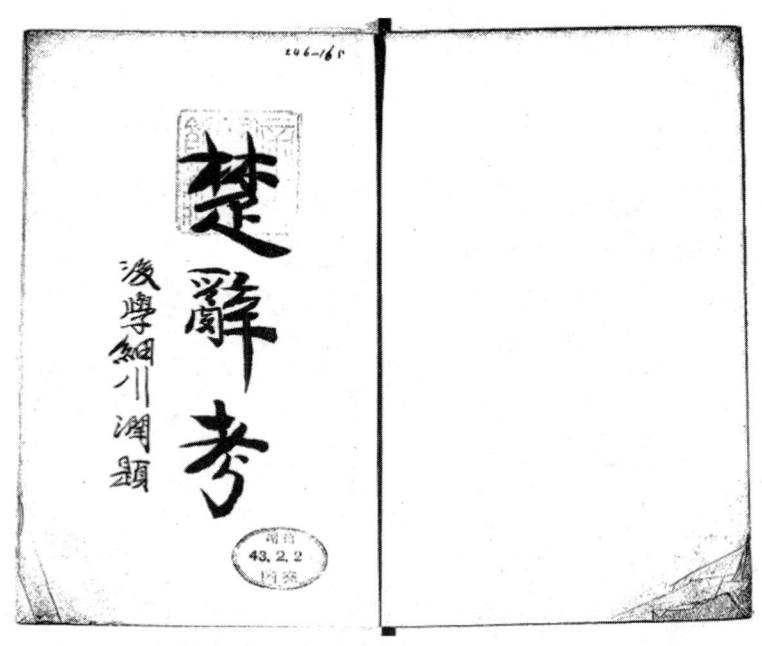

图 85　1910 年版冈松瓮谷著《楚辞考》

　　夫文士之作品,有时代印象,有地方色彩,有境遇影响,有性情发露,乃不得不然也。
　　至战国,乱离之极,救世之望不可得,当世之士,愤世骂时乎?脱俗自清乎?思想界亦与时激扬凌厉,诸子之兴如云,各自标异,相互抵排,故当时之士,心怀惶惶不安之念,词泄惨怛愤悱之言。屈原之时如此,屈原之辞自乏和平之意。姱辞逸调,怆恻浓至,盖非无时势之印象。
　　且夫屈原世间之懊恼之极,遂离群索居,与神为伍,脱离俗界而逍遥天上者,虽然可谓宜归乎其绝大想象力,然非无职由受当时之思想、时势之乱离人皆有离脱之念想。《离骚》及《远游》乃有此构篇者。
　　屈原,楚人也。当时楚奄有长江一带,南方大国也。屈原生为南人也。南人富于感情,擅长想象,驰骛空想,忘却实际。故南人之思想,理想的也，出世的也，所谓无町畦的也，而其文则瑰玮也，遒丽也，思想既丰腴，词藻且丰富也。试开《楚辞》一卷，纵横驰骛想象，上究九天，下极九地，汪洋恣肆汗漫，不见町畦，而见其激楚热情，如急潮进出其间，汹涌奔腾也。具有绝大想象力者，《天问》可证，富于激楚感情者，《离骚》可察，而于此点，吾人可知屈子与庄子酷似，虽有一为散文、一为诗文之别，屈之《远游》与庄之《逍遥游》、屈之《天问》与庄之《天运篇》，可观笔致之仿佛也。

屈原之所作，一言以蔽之，即情也。其人物如情之现化，其作品亦情之结象也。其所作之怆恻、悲惋、激越、痛切、瑰奇、钜丽者，皆情之发现；其人物之忠厚、热诚、真挚、忼慨、幽郁者，皆如情之发现。其所作亦情之发现也。彼为情之人，而非智之人，故不能寻思，故不能辩说，故不能涉抽象之理致。径直感兴，径直咏叹也，故径直为诗也。屈子之作存二十五篇，而无一散文，盖唯为是也，未必唯出于遗佚。庄子一方面具有屈子之情，一方面具有老子之智。春秋之言，犹间（闲）雅之态，战国之言，皆带激楚之调。乱世，激人之情也。孟子比孔子犹厉，故庄子较老子有胜于情者也。屈子于情胜庄子，而于智则甚少，故老子，纯思索之人也；庄子，思索同时感兴之人也；至若屈子，唯感兴之人也。如《远游》，虽不能不谓似道家，而彼思索之上则非有得者也。故老庄，哲学者也；至屈原，纯感兴之人也，诗人也。故于理上，有逊于庄，而作为词诗，则又当凌驾于庄。庄子表现理文兼备之南人特性者也，至屈则表现于纯乎文上之南人特性者也。如庄子为南方哲学之代表者，屈子则为南方文学之代表者也。此有此二人，支那之思想界，发挥一种奕奕精彩也。①

油画家横山大观三十岁时候创作的《屈原》，奠定了他在日本美术界的地位。这幅画纵长过一米，横宽近三米，以朦胧迷雾中的汨罗江畔为背景，中央靠左边站立着静思默想的屈原，神色忧伤地凝望着楚国的未来。那忧伤、绝望的表情，触动着观众的心弦。

---

① 〔日〕田岡嶺雲『屈原』、白河鯉洋、藤田劍峰、田岡嶺雲、笹川臨風、大町桂月『支那文學大綱』、大日本圖書株式會社 1899 年版、第 88 頁。

第六章　楚辞传播与日本文学中的屈原形象　453

图 86　横山大观绘《屈原》

屈原的右手拿着象征高洁的兰花，江风撩起他的衣带。在右侧的摇曳的丛林中，描绘着象征小人的鸺在尖叫。落叶飘飞，林木摇曳。胎中良和认为，大观聚焦和捕捉屈原被历史翻卷的一瞬，在画布上定格了被理想和纯粹性打败的男子苦涩的表情，而评论家从中看到的，是活着的屈原的忧愁。在《〈屈原〉的忧愁——挫折与败北》一文中胎中良和写到：

　　思念国土的热情、自我封闭的失意的生涯，我们看到了什么呢？是时代错误的亡灵吗？是同情吗？是哀伤吗？是对不予回报者的愤怒吗？因为执掌国政的为政者听不进谏言而负导致国家灭亡之责而自然想到要自决呢？我们喜欢《屈原》，体会屈原生存的时代、心情，却并不肯定屈原的人生。不对沉溺于感伤作过高评价。

　　试想被称为忧国之士的屈原，给祖国留下什么呢？常向君王进言而未被采纳，生为楚国王一族的屈原，成长于无菌温室之中，升为左徒（副宰相），恐怕是没有什么障碍就获得了地位吧。屈原为楚国做了什么呢？仅从史实来看，没有留下什么像样的功绩。屈原所支持的向怀王进谏的合纵之策，本来是洛阳策士献上的政治策略，而不是他编制的战术。屈原是被单纯的挫折与感伤击破的败北者。他虽是败北者，却没有向君主、向侵略者乞求宥恕，为庶民所喜爱，编出《楚辞》，因而屈原的名字传给了后世。①

王国维在《屈子文学之精神》一文中说："屈子之自赞曰'廉贞'。余谓屈子之性格，此二学尽之矣。"② 不论是和平岁月，还是动乱年代，人们对"廉贞"精神的渴望永不过时。不论世人对屈原的评价如何因时而异，诚如青木正儿所说："《离骚》还是《离骚》"③，真正的文艺，伟大的思想，不仅没有新旧之分，而且也能超越民族差异，成为大类共享的精神营养。

第二节　"仿楚辞"与汉诗文中的屈原形象

日本奈良平安时代的文学作品虽然已经提到屈原和楚辞，但那多是顺便提及，而专门对屈原的作品加以评价或以此为题创作的作品还不多见。由于《离骚》和《楚辞》阅读的难度以及与日本现实生活的距离，在很长的时期内，不仅使得它们的阅读人群远不能与白居易这样的超级文学巨星相比，而且也小于杜甫等唐代诗人。在五山文学兴盛的时代，我们才能找到一些称得上是"仿楚辞"的作品。

一　楚辞在五山的传播与"仿楚辞"

楚辞特别是屈原的《离骚》，多用方言，采用香草美人的比兴手法，字数不等，亦多偶句，错落中见整齐，整齐中又富有变化，虚字用得十分，又常以状词冠于句首，灵活，这样复杂的表现技巧在奈良平安时代的诗歌中还很少见到。那时虽然也有句式采用《楚辞》特有的"兮"字句的诗，但是有意识地将自己的作品与《楚辞》相比的作者还难以见到。直到五山时代，到

---

① 〔日〕胎中良和『邯郸之梦』、大阪府政新闻社1990年版、第87—91页。
② 舒芜等编：《中国近代文论选》下，人民文学出版社1981年版，第775页。
③ 〔日〕青木正児『青木正児全集』第七卷、春秋社1973年版、第570頁。

中国的日本僧侣多起来，钻研秦汉诗文的学僧艺术修养大为提高，才有了"仿楚辞"的出现，在这些作品中，很少正面表现屈原的形象，更多的还是对《楚辞》形式的模仿。

梦岩祖应禅师（？—1373），出云（今岛根县）人，生年不详，1369年住东福寺，文章与中岩圆月齐名，1373年圆寂，谥大智圆应禅师，有《语录》一卷和《旱霖集》两卷。其诗《甲辰冬孟大建中高侍者告辞而归，楚辞一章，聊以识别云》，是送别梦窗派禅僧大建中高（即梦窗国师）所作。他将排斥大建中高的堕落僧人，比作怀王身边的佞人，而把大建比作遭谗畏嫉的屈原：

  白云飞兮英英，忡郁邑兮思帝京。叶萧萧兮脱木归根兮，言曷可覆山。浮浪兮舞湃汎，半陟兮倚阊阖。水泠泠兮出山，欲穷原兮许艰差。斯道兮大无垠，将与斯人兮偕逝。朝驱余车兮东皋，夕鼓余枻兮西滢。心飞扬兮安如，思美人兮月窀。援北斗兮酌桂浆，抚四海兮我兄弟。惜众芳兮芜秽，畦留夷与揭车。若人兮倾而长，托利器兮钝莫耶。陂量汪兮千顷，含琬琰之英华。草夫圣轨兮，惟母知李精谆粹兮，与世昧相酸醝。心醉兮众说郭，探恋兮手触鲸牙。块兮干山曲弟，胡为淹留兮白日飋忽。

  讦曰：石磊磊兮葛蔓蔓，处幽篁兮天路险难。子交乎车行，乘白鼋兮逐文鱼。何当还食蛉蝴兮卷龟壳，勿谖予与饮水啜菽兮。①

在这首诗中，多有出自《离骚》、《九歌》的诗句，如《湘夫人》中的"朝驰余马兮江皋，夕济兮西滢"，《山鬼》中的"石磊磊兮葛蔓蔓""余处幽篁兮终不见天"等。梦岩禅师又有《送勋侍者归洛》一篇，洛阳勋侍者曾与梦岩禅师耦耕白云之坞三年，一旦辞诀，梦岩禅师撰文以赠，诗前有序，言其始末，后附骚体诗如下：

  驰光冉冉兮客意惊秋，叶落归根兮倦鸟归林。胡托卑栖兮久此淹留，钓于雀浴兮岂得吞舟？疑余语兮彷徨夷犹，终而信也兮悠尔旋辀。陟彼

---

① 〔日〕蔭木英雄『五山詩史の研究』、笠間書院1977年版、第158—159頁。

南山兮路阻且修，蹑飞鸟背兮块视九州。灌木丛生兮于谷之幽，齿齿之石兮与足为仇。有朋日光兮邛兮邛周，夷险甘蓼兮忘同游。嗟嗟人生兮如木漂浮，偶然相触兮亦各随流。不知何处兮夜雨床头，品座而语兮今日林丘。①

梦岩禅师似乎对楚辞情有独钟，他写的一首《题扇》也采用的是《楚辞》体，如开头两句"咨海贾兮为利谋，身踏海兮芥浮"实化用了柳宗元《招海贾文》中的"咨海贾兮胡以利"。诗中的"山礮礮兮其相轧，树翁翁相樛"②，实出韩愈《别知赋》中的"山礮礮相轧，树翁翁其相樛"，可见梦岩禅师更多地是从唐人之作中感受到对《楚辞》的喜爱和亲近，再返回到对《楚辞》的学习和模仿的。

义堂周信有"拟骚"之作，在篇名中特意标以"拟骚"，意在表明自己的诗作与《离骚》的亲缘关系，也在提请读诗者在对屈原形象的回味中来品味自己的情感。义堂周信（1325—1389）为临济宗京都南禅寺僧人，号空华道人，与绝海中津堪称五山文学之双璧。幼年师从净义法师出家，17岁入寺拜临济宗梦窗国师为师。诗义异彩纷呈，有五山文学高峰之称。著有《空华集》。其《拟骚一章书怀欢上人诗后远林怀寄万年》：

> 唐律之作以亨谦公率诸同志者，赓歌于韵而为叙焉。严竹隐集而书之，道人哲者，戏笔效之小米幻云树半幅于卷首，则曰诗、曰叙、曰书、曰画，可谓四绝矣。而轴弗玉，表弗锦，以示尚古。余固好古者也，故作拟骚一章，歌于群公之后曰：

> 春树兮濛濛，暮云兮重重。怀少陵兮渭北，些谪仙兮江东。猗若人兮今何在，西望兮增慷慨。山峨峨兮夏有雪，风冷冷兮濯吾热。若有人兮吾所臧，心奋飞兮身在床。盍归乎来兮，沤（鸥）盟冷兮烟苍苍。③

义堂所作四言诗《蕙兰》，取意于《离骚》：

---

① 梦巖祖应『旱霖集』、收入上村观光编：『五山文学全集』第1卷、1973年版。
② 〔日〕荫木英雄『五山诗史の研究』（一）、笠间书院1977年版、第159页。
③ 〔日〕荫木英雄『五山诗史の研究』（一）、笠间书院1977年版、第159页。

蕙有何好，楚人采之；
贵在尔德，不在尔姿。

兰有何好，道人写之；
隐德弗耀，君子是仪。

玉畹之兰，空华之赞；
一研（妍）一丑，同幅同观。

空华之词，玉畹之蕙；
一蕙一莸，十年同契。①

  梦岩禅师和空华道人的这些作品，表达的是一种远离尘世、超凡脱俗的境界。虽然它们的生活与身心不离政治漩涡的屈原大不相同，但他们从屈原作品中感受到身处浊世而自高洁的情操，是与自己的生活贴近的。因而，"楚人"和"道人"也就心灵有通，不再遥远了。
  一休宗纯（1394—1481），京都人，号狂云，相传为小松帝之庶子。自幼入安国寺为童子，师事华叟和尚。据说夕闻鸦鸣而顿悟，受到小松、称光、后花园三帝之尊信，后为大德寺所召请，为第四十七任住持。为人不拘礼法，放荡不羁，1481年圆寂。所著有《狂云集》等。他作有《屈原像》和《渔父》。

屈原像
楚人《离骚》述愁肠，深吟湘南秋水长；
逆耳忠言千岁洁，春兰风露几清香。②

渔父
学道参禅失本心，渔歌一曲价千金；

---

① 〔日〕義堂周信『空華集』、收入『五山文學全集』第2卷、京都思文閣1973年版。
② 〔日〕柳田聖山『狂雲集 夢閨のうた』、講談社1982年版、第56—57頁。

湘江暮雨楚云月，无限风流夜夜吟。①

这第二首更多渗透了禅林的风流观。中川德之助所著《日本中世禅林文学论考》中曾用200多页的篇幅探讨中国禅林的"风流"与一休宗纯和尚的"风流"②。

江户时代也有一些"仿楚辞"之作，但大体不出五山窠臼。明治时代文化转型，"仿楚辞"有了新内容。中野逍遥（1867—1894）是明治时代的汉诗人，是东京帝国大学汉文科第一届毕业生，同窗有夏目漱石、正冈子规等人，毕业后留在该科研究科，同年因急性肺病去世。其诗虽多仿古体，却富有新时代的激情与浪漫色彩。

失题其一
差池之羽兮，燕燕于飞。世事弗测兮，知昨是而今非，抚长铗之陆离兮，仰九苍以嗟歔。惟造物之多惠兮，许我以烟景之无涯。胡为乎抱怀之不舒兮，郁郁以负厥芳菲，争一毛于九牛兮，设道心于危微。非君子之所几。我有如椽之笔兮，一挥斗动云霏；我有如玉之泪兮，一洒月哭花悲。惟吾心之忠而世莫之知兮，俾蛟螭之困于石矶，振吾袂于长风兮，饮吾马于江湄，望云山之茫茫兮，思故园以低垂。白发待我以美酒兮，翠蛾需我以锦衣。哀吾生之落寞兮，叩玉壶以淋漓。重华已逝兮不可追，抱吾狂狷之若此，而吾将安适归！

同其二
长铗归兮出无舆，壮躯瘦兮食无鱼。咏峨（蛾）眉兮夜雪，骑灞桥兮吟驴。採芳香兮荼蘼，掬玉露兮芙蕖，驾泠泠兮轻风，佩锵锵兮琼琚。挟天地兮逍遥，吞乾坤兮吹嘘，长号者风兮激彼空洞，高唳者鹤兮飘彼太虚，画吾眉兮飞蟾之明镜，振吾发兮落松之翠梳，著彩云兮丽衣，曳青霞兮华裾，朝游兮洛之滨，夕息兮湘之庐。似彼长风兮与孤鹤，昂昂乎吾愧共时兮容与，哀哲人兮久遊，几周道兮永舒，纷纷兮风尘，悒悒兮愁弔。思花月兮良约，慕金兰兮芳袪。远望兮退想，俳偄兮跱躇。微

---

① 〔日〕柳田聖山『狂雲集　夢閨のうた』、講談社1982年版、第57頁。
② 〔日〕中川的之劢『日本中世禪林文學攷』、清文堂1999年版、第412—659頁。

鲍子兮与文君，其奈管仲兮无相如。①

中野之作，有楚辞汉赋两方面的影响，而所抒发的情感却是青春时代翱翔高飞的志向与现实枷锁羁绊的冲突，是"我要飞得更高"的呐喊与宣泄。诗人借用《离骚》逍遥天地、升飞乾坤的想象，表达自己挣脱锁链、冲破罗网、奔向梦想的欲望。要言之，在梦岩禅师和空华道人的诗中，有一位伴随诗人退避山林的屈原，而在中野的诗中，却有一位伴随诗人进发未来的屈原，因而诗中虽然都有玉露金兰、山云水风，寓意却不尽相同。

二　楚辞与日本江户汉诗

江户初期的藩儒当中，藤原惺窝似乎还没有太留意《楚辞》，他的高足林罗山（1583—1657）就不一样了。从林罗山的年谱看，庆长九年（1604）条所收《既所见书目》中就有《楚辞》朱子注（后语辩证）。第二年，德川家康在伏见城召见23岁的林罗山、秀贤、僧承兑、僧元佶侍坐。家康发问，三人皆不能答，而罗山应声而对，家康对罗山予以嘉奖。家康问的三个问题当中，第三问是兰的品种很多，而屈原所爱为何种，罗山即答："据朱文公注，则为泽兰也。"

林罗山诗有《又赋楚辞用前韵》、《读五柳先生传》（《林罗山诗集》卷32）、《屈原嗅兰》、《屈原渔夫问对》、《屈原》（卷68），文有《楚辞朱注跋》、《楚辞王注跋》（《林罗山文集》卷56）。

罗山咏屈原的诗作，如下面这首《屈原》：

  千年吊屈平，忧国抱忠贞。
  妇枳颂嘉橘，漱芳餐落英。
  湘纍非有罪，楚粽岂无情。
  世俗不流污，终身惟独清。②

"词与秋兰纫自编，时人无识屈原贤；楚风十五国风外，恨不生逢孔子

---

① 〔日〕笹川臨風、金筑松桂譯『逍遙遺稿』、岩波書店1939年版、第164頁。
② 〔日〕京都史蹟會編『羅山林先生詩集』（2）、平安考古学会刊1921年版，第265頁。

前"(《又赋楚辞用前韵》)①,"刘伶沉湎屈原醒,远客忧君陶性灵。一醉一醒俱在此,门前依旧柳青青"(《读五柳先生传》)②,"幽愤清忠人却嫌,余芳剩馥我犹餍自从兰死蕙枯后,留与嗅梅唐彦谦"(《屈原嗅兰》)③,罗山的这些诗句,赞美的是屈原的高洁,倾述的是自己的孤独。

江户中后期的文人田能村竹田(1777—1835)侍于冈藩。文化八年(1811)11月,冈藩领内发生农民暴乱,竹田向藩主呈上改革藩政的意见,不为当局所容。竹田就这个机会提出引退要求。1813年3月始获准,其时他是37岁。从那以后,他便过着吟诗作画的隐居生活。1824年他的《秋词》三首其二,写出自己和屈宋相近的感慨:

迢遥烟浪暮江头,碧杜红兰无限秋。
屈恨宋悲缘底事,好看明月上南楼。④

幕府末年另一位汉诗人,南画家远山云如(1810—1863)写过一首七律《秋日杂感》:"风雨宵来洗郁攸,病骸骨立人清秋。莎鸡何物惊残梦,芦荻无情亦白头。宋玉文章空感慨,杜陵诗什半忧愁。此心惟与同袍共,万古茫茫土一杯。"也是在变动时代对宋玉的感伤深感共鸣。

幕府末年,中国鸦片战争后列强入侵的消息使一些敏感的武士与儒者产生了民族危机感,美国"黑船"叩关,幕府处置失当与对反幕人士的重压,使尊王攘夷的主张逐渐成熟。眼前的现实很容易让他们与从《十八史略》等中国典籍中读到过的史诗与人物挂起钩来。一边是屡经挫折的尊王政治实践,一边是近两千年前投江的屈原,将两者联系起来的,不是美人香草的妙喻,也不是投袂赠花的情歌,而是面对来自幕府的逮捕、幽囚乃至处死而忠孝落空的痛楚,是人的尊严与人格高于性命的最终决断。即使本人没有投身尊王运动,这样的社会环境也使他们对唐宋元明诗人咏唱的屈原诗篇更为亲近。拥护尊攘的儒者多以屈原精神自励。赖三树三郎(1825—1859)在京都与梅

---

① 〔日〕京都史蹟會編『羅山林先生詩集』(1)、平安考古学会刊1921年版,第349頁。
② 〔日〕京都史蹟會編『羅山林先生詩集』(1)、平安考古学会刊1921年版,第351頁。
③ 〔日〕京都史蹟會編『羅山林先生詩集』(2)、平安考古学会刊1921年版,第65頁。
④ 〔日〕田能村竹田『田能村竹田全集』、国書刊行會1930年版,第378頁。

田云滨、梁川星岩等广交倒幕之士，1858年被捕，次年被处斩，时年35岁。他曾作《梅》诗："灵均深意秘冰肌，不向骚经著一辞。多事林逋唱双句，横斜争入俗人诗。"① 借言《离骚》中没有出现梅的意象，实以赞美冰清玉洁的独立精神。另一位幕府末年的志士长洲藩士高杉晋作（1839—1867），曾到上海，亲眼目睹西方入侵者的威势，归国后立志继承恩师吉田松阴之志奋起革新，却触犯藩内忌讳，1864年被投入野山狱中，那时引为友人激励斗志的，是屈原、颜真卿、张巡、文天祥这些古代忠烈。他在诗《囚中作》中，特别将屈原与日本平安时代的贤相菅原道真（845—903）相提并论。据说菅原道真是因受到贵族藤原时平迫害致死的，死后被奉为学问艺术之神。

　　　　君不见死为忠鬼菅相公，灵魂犹存天拜峰；
　　　　又不见怀石投流楚屈平，至今人悲汨罗江；
　　　　自古谗间害忠节，忠臣思君不怀躬；
　　　　我亦贬谪幽囚士，忆起二公泪润胸；
　　　　休恨空为谗间死，自有后世议论公。②

高杉晋作颂扬屈原与菅原道真人（845—903）去而灵魂不死。由于菅原道真在因谗害而外放谪居期间写下了哀怨的诗篇，江户时代以来的汉诗人每将其与屈原相提并论。菅原道真去世后便有谗害者遭受天谴的传说流传。菅原道真在谪居地曾作《九月十日》一诗："去年今夜侍清凉，秋思诗篇独断肠。恩赐御衣今在此，捧持每日拜余香。"③ 极写对天皇恩宠的感念。江户时代的汉诗人多将这种对天皇的绝对忠诚与屈原精神混融为一。明治诗人源义质的《菅庙》："古庙深林里，梅花几度春。衣冠周尚父，放逐焚灵均。雷雨震天地，风骚器鬼神。至今湘水感，谁不寄江滨"。④ 大正时期诗人松田柯《菅相公》："窜谪诗成韵自高，怨嗟何敢效《离骚》。余香拜罢秋宵永，感泣清凉旧赐袍。"⑤ 更加突出菅原道真对天皇的感怀，忠诚甚于屈原，其捧衣拜

---

① 王福祥编著：《日本汉诗与中国历史人物典故》，外语教学与研究出版社1997年版，第209页。
② 〔日〕高杉晋作『東行詩文集』、豊文社印刷所1983年版、第16頁。
③ 〔日〕川口久雄校注『菅家文草　菅家後集』、岩波書店1978年版、第484頁。
④ 〔清〕俞樾撰、〔日〕佐野正已編『東瀛詩選』、汲古書院1981年版、第124頁。
⑤ 〔日〕内野吾編『大正五百家絶句』、内野悟1927年版、卷四第12頁

香之诗,惟有感恩,却无丝毫怨嗟。明治以来天皇益加被神圣化,菅原道真形象也就有了更为强烈的尊皇色彩。

下面这首《题渊明先生灯下读书图》,有明显的自喻之意,明写渊明读楚辞,实言自己心通屈子。它出于明治年间的汉诗人栗本锄云(1822—1897)之手:

> 门巷萧条夜色悲,鸲鹆声在月前枝;
> 谁怜孤帐寒檠下,白发遗臣读《楚辞》。①

栗本锄云在幕府时代曾任外交官,明治维新后以幕府遗臣自命,拒不出任,以为晋遗臣渊明同道,也写从《楚辞》中寻求慰藉。但从他的著述中来看,并不能证明他熟悉《楚辞》,因而也可能楚辞只是他从前人作品中获得的一个孤愤意象或高洁象征。

幕府末年明治初年,所谓"维新三杰"之一的西乡隆盛(1827—1877),是一位叱咤风云的人物。后来我国黄遵宪曾作过一首《西乡星歌》,将他与反秦有功而末路蹉跎的项羽相比,歌颂他在维新事业中的功绩。早年,西乡隆盛感于国事危机,曾与僧月照一起投水不死,西乡一人流放到南岛,心情忧郁,身处日本列岛南方,他不禁想起被放逐的屈原,就以下面这首诗来抒发自己的悲愤:

> 雨带斜风叩败纱,子规啼血诉冤哗;
> 今宵吟诵《离骚》赋,南窜愁怀百倍加。②

上面提到的这些作品,除林罗山是从朱子学接近《楚辞》外,其它作品或者出自心怀大志而遭受挫折的汉诗人之手,或诞生于处于变革时期充满危机感的维新志士笔下,或为退出政治舞台后的文士自慰自怜之作,它们大体代表了江户时代汉诗人读《楚辞》的几种心境。

---

① 王福祥编著:《日本汉诗与中国历史人物典故》,外语教学与研究出版社 1997 年版,第 504 页。
② 〔日〕鹿兒島市歷史館編『西鄉南洲先生詩選』、鹿兒島市立歷史館刊 1944 年版、第 20 頁。

三 读骚与吊屈

唐代以来，咏屈悼屈之诗渐多，千载以下的诗人们对屈原的志行操守倾伏不已，或嗟叹歌咏，或沉吟低唱，或径赋其行，或借古抒情，特别是面对陷害或重大挫折之时，更会以屈原的高风亮节为镜。温广义曾编注《历代诗人咏屈原》一书，收集唐宋以来诗篇130首，文赋3篇①。日本汉诗人笔下的屈原形象，与其说主要来自屈原作品本身，不如说更多来自唐宋元明时代那些咏唱屈原的感怀诗篇。

唐代以后的诗人以多种方式来表达对屈原的怀念和崇敬，他们的怀念之情，除了以读《离骚》或其他楚辞作品抒发感想的形式之外，也多借用与屈原相关的文物立意，在中国各地的三闾庙、招屈亭、屈祠、屈原塔、屈原庙等都是诗人触景生情的场所，而日本诗人则没有这样的机会，他们能够表达对屈原敬意的最常见诗题，就是读诗。

唐人的读《骚》诗，当以贯休所作《读〈离骚经〉》为早，其诗从屈原死后的传说展开想象以一个独特的角度来赞美屈原精神的伟大力量："我恐湘江之鱼兮，死后尽为人；曾食灵均之肉兮，个个为忠臣；又想灵均之兮终不曲，千年波底色如玉。谁能入水少取得，香沐函题贡上国。"不难看出，对屈原之骨的想象很可能来自佛陀舍利子之说。这些作品可能很长时间并没有引起日本诗人的注意，日本诗人以读《离骚》或楚辞其他作品为题的诗作出现较晚。

源光圀（1628—1700），曾任左卫门督、右中将、水户侯、权中纳言。礼贤下士，崇道敬儒。著有《大日本史》、《礼仪类典》、《常山文集》等。

  端午
  江城重五几年遭，坐上菖蒲泛浊醪。
  千古楚风徒竞渡，不如端坐读《离骚》。②

荻生徂徕主张学人要读《楚辞》等书，在《徂徕先生答问书》中说："宜读《楚辞》《国语》，此外至《吕氏春秋》《淮南子》《说苑》《家语》

---

① 温广义编注：《历代诗人咏屈原》，内蒙古人民出版社1982年版，第2页。
② 王福祥编著：《日本汉诗与中国历史人物典故》，外语教学与研究出版社，1997年版，第206页。

《战国策》《老》《庄》《列》，亦宜读之。为广智见，博学至关重要，孔子亦博学，然近代理学者则视为杂学而厌弃之，有悖圣言矣。"①

读诗诗当属于论诗诗，往往借书写读诗心得发感慨，借题发挥，表达现实感受。唐代诗人陆龟蒙所作《离骚》诗是较早的读《骚》之作："《天问》复《招魂》，无因彻帝阍；岂知千丽句，不敌一谗言。"② 宋代诗人刘敞所作《读〈离骚〉》："空庭众嚣嚣，风叶独纷纷；秋期此时改，感叹坐黄昏。远怀灵均子，著书为平分，念尔刚直心，吐此清丽文。""上嘉唐虞世，不悼商周君；能与日月正，不能却浮云。浮云蔽日月，岁暮奈忧勤；精诚谁谓远，恍忽若相闻。"在痛惜屈原虽有可与日月争辉的德才，却不能远谗避害这一点上，与陆龟蒙诗一脉相承，同时也表达了对屈原精神的敬仰和亲近。日本明治维新时代及其以后的政治家和汉诗人在政治上遭受倾轧和挫折的时候，有些就通过读《骚》诗来表达对现实的抗争。这些诗人虽然在诗中赞扬屈原的忠贞和高洁，但由于他们本人的政治态度各不相同，诗歌中表达的情感并不一致。相同的只是在面对高压之际借屈原之魂表达坚守志操的决心。

"高洁"、"逐臣"、"忧国"是江户时代以来读《骚》诗中咏唱最多的关键词。

"高洁"或"高风"是读《骚》诗常见的关键词。孟郊《旅次湘沅，有怀灵均》赞颂屈原"吟泽洁其身，忠节宁见输"。孙郃《古意》感叹屈原才干超群："介洁世不容，迹合藏蒿莱"，皎然《吊灵均词》："天独何兮有君，君在万兮不群。既冰心兮皎洁，上问天兮胡不闻"，宋人刘敞《读〈离骚〉》："念尔刚直心，吐兹清丽文"，唐宋以来，赞美屈原高风亮节的诗篇不遑枚举。

肥后地区的富田大凤（1763—1803），江户中期、后期儒者、医师，字伯图，号日岳，自幼从父学医，从师于古学派创始者获生徂徕，曾在藩医学校再春馆任教。所著《大洞敌忾忠义编》对幕府末年肥后勤王党的创立产生过影响。他一世所仰慕，上以鲁仲连、陶渊明为友，下好杜少陵之诗，自言百岁之后，知己感许我，他将屈原、陶渊明并举，作《读离骚经》与《读靖节先生集》诗，其读《离骚》经：

---

① 〔日〕中村幸彦校注『近世文學論集』、岩波書店1978年版、第219頁。
② 《全唐诗》下，上海古籍出版社1995年版，第81页。

读《离骚》经
南国有佳人，绝世多妙姿，
一顾蒙恩渥，中心不复疑。
如何桃李华，忽被春风吹。
自非金石质，颜色有变衰。
佳人采芳草，郁陶有所思。
芝荷衣未成，环佩空陆离。
椒丘悲风起，浮云千里驰。
何以慰中怀，伫立吹参差。
日夕步兰臬，余马亦已瘏。
众女嫉娥眉，室人还责予。
水裔采芙蓉，伫立望极浦。
帝子今何在，心中多悲苦。①

富田大凤诗中描绘的南国佳人，因有绝世妙姿而遭众女嫉恨。儒官长野丰山（1738—1837）所撰《论屈原》，感慨由于"士者嫉才之贤于已"而使衰世君子难用其才："屈原之祸，盖自妒嫉生也。原负其才，无所顾虑，卒为妒者所窘。悲夫，当原之时，举楚国而皆小人也已，而原不自重，敢极论尽言，发励其才，无所藏蓄。主悦其能，民服其忠，是妒者之所以切齿也。安得免耶！"文末赞叹屈原"忠厚恻怛之情，怨诽悲酸之辞，千载之下，足使仁人君子，泣涕而呜咽之"，悲叹"屈原死而数千载，世无复有屈原也，而上官大夫、令尹子兰之徒，扰扰焉何其多也。"②"逐臣"是屈原形象的另一主要关键词。唐代钱起《江行无题》一百首之一："憔悴异灵均，非谗作逐臣。如逢渔父问，未是独醒人。"李德裕《汨罗》诗"远谪南荒一病身，停舟暂吊汨罗人"，胡曾《汨罗》："襄王不用直臣筹，放逐南来泽国秋"，均是将屈原遭谗言陷害而被放逐的悲剧性命运作为焦点。

新井白石（1657—1725）在谪居之时想起了屈原，他写下的《卜居》

---

① 〔日〕『日岳先生文集』卷一。瀧澤精一郎『中国古典文学の享受——伝統と新意』、吉本书店 1981 年版、第 360 頁。
② 〔日〕猪口篤志『日本漢文学史』、角川书店 1984 年版、第 421—422 頁。

诗："渐离击筑泣荆轲，壮士由来感慨多；我亦岂无燕市酒，只今谁复和悲歌？西风吹起洞庭秋，落叶萧萧月色多；屈子近来吟独苦，沧浪何处听清歌？"室鸠巢（1658—1734）在好友含冤而亡之时，想起了屈原，葛有祯因故得罪，屏居三年，而辞色秋毫无怨君之意，一室兀坐，始终如一，所谓其介如石。去世后，室鸠巢为之赋《哭葛有祯》诗六首，其第二首是：

楚台北望吊灵均，从之不须问逐臣；
海底珠沉悲落日，风前兰折恨残春。
要离冢近封三尺，羊祜碑存泣万人；
今日士林寥落久，羡君无愧丈夫身。①

江户时代儒者家有悬挂字画的风气，诗人多借题画诗表达对中国杰出人物的景仰之情。林罗山曾有《屈原渔父问对》的题画诗："反舌声声屈子才，楚霜湘雨蕙兰摧。""怀沙正欲葬鱼腹，未见渔舫网住来。"②

朱子学者并对阳明学有造诣的佐藤一斋（1772—1859），其《爱日楼文集》卷3收有他所作《观屈原对渔父图》：

维昔灵均氏，气节何慷慨！
嘐嘐不少贬，曾是古之狂。
直道竟难容，遂取萋斐殃；
嗟哉非其罪，荣忧以伤悼。
外槁而中泽，身困而道享；
狂吟无所底，江潭嫚望羊。
鼓枻何物叟，一言谩见疑；
兹事久已了，究竟匪吾思。
所期在前哲，脂韦岂屑为？
此心吾自磬，皤然涅不缁。③

---

① 〔日〕瀧澤精一郎『中国古典文学の享受——伝統と新意』、吉本書店1981年版、第343頁。
② 〔日〕京都史蹟會編『羅山林先生詩集』（2）平安考古学会刊1921年版、第265頁。
③ 〔日〕瀧澤精一郎『中国古典文学の享受——伝統と新意』、吉本書店1981年版、第281頁。

图87　佐藤一斋像（渡边华山绘）

《松阴先生东行送别诗歌集》载吉田松阴的门生增野德民（1841—1877，字无咎）在送别吉田松阴时写下的《留别》，将吉田松阴的东行与屈原外放相比：

君不闻屈原江潭放，楚国早已亡。此行岂徒尔，国难以身当。鼎镬何足言，死是君所嗜。天下谁岂不知君，皇天亦是感正义。可怜大江流，复无明月浮。悲极泪亦尽，悠悠我心忧。开眼瞰乾坤，白日亦暗昧。独嗟六月天，神州填虏芥。是则荆轲别，萧萧悲风吹。义气凛然冲天去，此问谁是高渐离？①

在江户末期的特殊环境中，"忧国"是读骚诗中的一个关键词。广濑建（1807—1863），字吉甫，号旭庄，又号梅墩，丰后（今大分县）人，才气豪

---

① 〔日〕山口縣教育会编『吉田松陰全集』第四卷、岩波書店1936年版、第167頁。

放，诗风纵横变化，有长江大河风起云涌之势，著有《梅墩集》①。《屈原》：

> 早向湘流葬楚津，忍看天下悉归秦；
> 十余凫雁谁加缴，六里江山巧弄人。
> 稚子劝君逢虎口，忠臣忧国逆龙鳞；
> 偏怜多技妙辞赋，千古低头仰后尘。②

"高洁"、"逐臣"、"忧国"三个关键词也延绵到明治汉诗中。

明治诗人南摩纲纪（1832—1904），号羽峰，会津藩士，幼年就学于日新馆，25岁时入昌平黌，研究《诗经》与洋学，后创设洋学舍，曾在北海道等地作地方官。明治维新期间踊跃从政。后为文部省东京大学教授、东京高等师范教授。其作《端午》：

> 读罢《离骚》肠九回，强斟蒲酒煮青梅；
> 杜鹃不识归无处，空叫不如归去来。③

向山黄村（1826—1897），讳一履，字欣文，曾经担任幕府阁僚，明治时代汉诗人。青年时代就学于昌平黌并留校担任教授，在幕府时期主持外交事务，后幕府重视提拔青年才俊，渐遭冷落，明治维新后身为幕府遗臣，以把玩古董和读书吟诗为乐。作有汉诗六千七百余首，著有《晚翠吟诗》、《游晁小草》、《景苏轩诗抄》等。他写的《屈原》诗，实借后人对屈原的遗忘和读《骚》悲情，写自身徒有才学而不为世用的自怜之情。

> 人间无地著芳荃，鱼腹长成好墓田。
> 词赋虽工果何益，空教志士泣遗编。④

---

① 〔日〕日野龍夫、揖斐高、水田紀夫校注『蕪園録稿 梅墩詩鈔 如亭山人遺藁』、岩波書店 1999 年版、第 265—360 頁。
② 〔日〕『梅墩詩鈔初編』卷之二。
③ 〔日〕《環碧樓遺稿》。瀧澤精一郎《中国古典文学の享受—伝統と新意》，吉本書店 1981 年版，第 362 頁。
④ 〔日〕岸上操（質軒）纂『明治二百五十家絕句』卷下。

明治汉诗人东桂林，名吉贞，有《读〈离骚〉》诗：

> 离忧毕竟切思君，假托兰芳与蕙芬；
> 看取同人千古诀，毛诗以外有斯文。
>
> 独醒处也见天真，寓语分明笔有神；
> 名士由来寻本色，多皆痛饮读骚人。
>
> 几人深慨忆灵修，烛影潜心气味投；
> 一阙《招魂》抛卷叹，空廊如听鬼啾啾。①

东桂林认为，《离骚》是假托芳草美人来表达思君之情，这显然是继承了江户尊攘家的屈原形象。

明治时代汉诗人高桥白山（1836—1904），字子和，著有《白山楼诗文抄》，此书国会图书馆有藏。其作《楚辞》：

> 义能合圣经，辞丽新清晶；
> 乘鸾驾虬龙，浮游埃壒表。
>
> 缱绻不能已，孤忠独自伤；
> 爱君忧国志，足以持三纲。
>
> 身葬汨罗水，神游天帝旁；
> 精忠辉万世，与日月争光。②

高桥此诗将"爱君"置于"忧国"之前，与江户尊攘家一脉相承。"爱君"自然就是爱天皇。明治维新以前，天皇主张锁港，称西洋为"洋夷"、"丑夷"，幕府主张开港。明治以后，幕府之权归朝廷，但天皇却承接了幕府

---

① 〔日〕岸上操（質軒）纂：『明治二百五十家絕句』。
② 〔日〕高橋基三编『白山樓詩文抄』卷上、國文社 1988 年版、《經子史千絕》。

的开港策略。实际上，在所谓"尊攘"之中，重点正是"尊王"，而非"攘夷"、"锁夷"，"尊王"的实现是决定"开锁"的关键。重野安绎《尊攘纪事序》所谓"余尝谓近日之事，假'尊攘'之名以成'尊王'之实耳。夫夷果可攘乎？今之夷非昔之夷。"可谓道出实质。明治维新后，天皇的统治地位进一步稳固，"爱君"被视为天经地义之事，诗人将其迁移至屈原身上，实是对屈原的曲解。

明治以后，形形色色的政治人物在表达对天皇忠诚的意义上会提到屈原。甲午战争中的"功臣"桦山资纪（1837—1922）是活跃于明治、大正时代的武士（萨摩藩士）、军人政治家，曾任海军大将，担任过首任台湾总督。他写过一首《读〈离骚〉》：

> 迁谪江南赋《九歌》，频呼上帝爱天和；
> 凤鸾伏窜鸱鸮勇，兰芷凋零萧艾多。
> 君子固穷唯我在，美人迟暮奈君何；
> 《国风》《小雅》合遗响，怅恨千秋沉汨罗。①

桦山资纪在诗中描绘了一个"频呼上帝爱天和"的屈原形象，表达的是自己对天皇国家的绝对忠诚。

增野楳坡，名乔定，长门人，陆军省颁布征兵令，以士族身份与农兵为伍，为乡党所嗤笑，恪勤精励，为部下承担责任，归卧故园。私淑明代诗人高启，且爱读《离骚》，手不释卷，有诗《对兰读〈离骚〉》：

> 暮烟澹抹月廉纤，独翻《离骚》思更添；
> 幽草花开人万古，香风一脉湘波蒹。②

明治大正时代官僚汤河元臣（1865—1932），曾任递信省参事官、管船局长等，1928年升任递信次官，后为日本邮船总管，是日本殖民地政策国策财团南洋协会发起人之一。所作《屈原》：

---

① 〔日〕樺山資紀『二松庵詩抄』。
② 〔日〕增野喬定著、宇野常教編『楳坡遺稿』卷一、1930年。

高洁争日月，幽愁蔽乾坤；
悠悠沅湘月，难雪万古冤。
滋兰谁纫佩，九畹空留魂；
一去既千载，举世仍浊涸。
陶陶孟夏月，祗看草木繁。①

上面这些读《骚》与吊屈诗与五山诗人以及中野逍遥的仿楚辞有显著的不同，他们多是在现实中承受了打击与挫折之后，与屈原的冤屈和悲愤产生共鸣，借他人酒杯浇自家块垒，读《骚》以平自家牢骚，吊屈而自悼身世。因而，虽然用语不无蕴藉，而内心实有痛苦。在这些诗中的屈原，是身陷不平不公而又无助无友的独行者。

出于儒家的忠孝观念，在朝鲜和日本都出现过否定屈原投江自绝做法的议论。在朝鲜李朝，李奎报写过《屈原不宜死论》，说过屈原不同于杀身成仁的比干，也不同于杀身成节的伯夷，死不得其所，只以显君之恶而已。"若怀王则听谗疏贤而已，当时此事无国无之，原若不死，则王之恶想不至大甚。"作者撰写此文，固然在于痛斥谗言误国，还是认为屈原死不得其所②。

日本江户时代的斋藤拙堂则认为，屈原之死不过是史家附会。他有《屈原投汨罗辩》一文：

屈原之死，出于附会。司马迁弗察而取之耳。今考其迹，不止区区小说，奇怪骇人，殆类务光、申徒之所为。原之贤，绝无此事。迁好奇之士，喜采杂说，如伊尹负鼎、百里饭牛，犹且弗释，汨罗之事，岂可独信乎？夫原之为人，狷洁嫉邪太甚，好事者因附会以诬之耳。或曰：迁据楚词中语，子以为附会，何据？余应之曰：古书之文多比喻，况词赋之非实录乎？如《渔夫》篇，本为虚设，予若信之，如《天问》篇语怪，亦真有之乎？盖愤世之言，易险怪而难平坦，所谓赴湘流、葬鱼腹

---

① 〔日〕『遠洋遺稿』卷上。
② 〔韓〕徐居正等编：《東文選》四、日本學習院東洋文化研究所1970年版、第18—19頁。

者，言将死身于江滨耳，非真将死也。子据此言，以证原之死，果然，则鲁连之蹈海，其亦为真投海乎？①

高山樗牛（1871—1902）倡导日本主义，攻击基督教佛教为非国民宗教，与宗教家展开论争。文章有汉文调。亲友姊崎潮风在樗牛传记中说："那时的樗牛，表面上是个日本主义战士，而在其根本性格上及感情生活上看，又与其他日本主义者不同。另一方面，人情感触中既有多愁善感之特点，又有基于强烈意志的个人主义。他对佛陀出家修行表示敬意，对诗人菅原道真和屈原表示诚挚的钦佩，为平家末路流下同情的热泪，对月夜的美感深怀憧憬，还对平民诗人费特曼的个人主义而高扬万丈气焰。"樗牛说：

> 屈原不可谓阔达大胆之人，方正不容，谗诣蔽明，身为流窜之人，穷愁忧情，诉于人，怨于人，自平素可谓人情之自然，而进无贯穿忠良之素志之力，退不能保一身身之安立，遂怀石投汨水，何其面局之小哉！屈原决不可视为襟度旷远之人物……他常怀悲愤，而一分悲愤之外，有超然者存。彼情直，彼行径，且观天地人生，静有乐于天命之理想之世界。②

西村硕园（1865—1924）名时彦，字子俊，号天囚，晚年号硕园，大隅种子岛人，到东京从师于重野篁村，入大学古典讲习班，因学费供给制被废止，尚未毕业而退学，后进入朝日新闻社，文名大振，被聘请为京都大学讲师，后被任命为宫内省御用挂（受宫内厅之命处理事务的职务）。内藤湖南所撰《文学博士西村君墓志》（《硕园先生遗集》）里说：其"爱屈宋骚赋，自命读书之市，曰百骚书屋"，搜罗古今人笺注《楚辞》之书无遗，著《屈原赋说》。

《屈原赋说》曾发表于《艺文》杂志第十一卷6—9期，收入《硕园先生遗集》（共五册，1936年怀德堂纪念会刊）第五册，目录中有上卷十二篇题目，后称以上十一篇。时彦在京都帝国大学为学生讲课，遂将讲稿汇集成册，

---

① 〔日〕藤田剑峰等『支那文学大綱』卷之八、日本圖書株式會社1988年版、第40頁。
② 〔日〕三浦叶『明治の漢学』、汲古書院1998年版、第149頁。

其中说"夫屈赋继风骚于前,启辞赋于后,为文学之大宗,不可不必读,而古今注释,亡虑百家,群言纷淆,疑惑学者。愚因著论略述大旨,刊误补义,待诸他日焉。大正九年五月西村时彦识"①。上卷分名目、篇数、篇第、屈赋、体制、乱辞、句法、韵例、辞采、风骚、道术十二篇,无下卷,未了而终。

在1916年至1919年任京都大学讲师。《硕园先生遗集》第四册(《硕园诗集》卷1《庚申岁晚纪事》十首(1920)其第五首:

　　读骚成癖萃群言,闲与诸生费讨论;
　　赋说廿篇稿未就,迅风迫日欲黄昏。②

所著《屈原赋说》为大学生讲演,未了。

明治大正时期的银行家明石照男(1881—1956)原为第一银行高层,明治时期事业家涩泽荣一的女婿,作《玉杯会发起人会席上赋》:

　　玉杯一曲正流行,应有歌碑刻日成;
　　绝世高风人识否,夷齐品格屈原情。③

自注:"玉杯之歌,矢野勘治君之所作也。君以伯夷、叔齐、屈原为理想之人物。"

大正年间,田保桥明卿,亦名四朗、四朗平,字皓堂,石川县人,著有《梅花白屋诗文》,在1931至43年两次刊印。他有《读楚辞》:

　　千古微词是典型,楚臣嗟叹鬼神听;
　　美人香草托忠悃,一卷骚经继圣经。(《离骚》)

---

① 〔日〕西林時彦『碩園先生遺集』第5冊、懐德堂記念会1936年版、第1頁。
② 〔日〕西林时彦『碩園先生遺集』第4冊、懐德堂記念会1936年版、第14頁
③ 原载『清風詩集』。〔日〕瀧澤精一郎『中国古典文学の享受——伝統と新意』、吉本書店1981年版、第352頁。

幽兰为佩菊为餐，修洁莹然何可刊？
其奈君王终不寤（通悟——笔者），留夷萧艾漫同看。(《同上》)

雷师风伯拂征衫，县圃昆仑路险巉；
四极无人日将暮，怅然回驾逐彭城。(同上)

理义荒唐难剖分，儒生聚讼特纷纷；
南人词藻多浮构，知是兴来游戏文。(《天问》)

圣之清者足相持，邹叟同评不及时；
终古高风使人慕，《怀沙》赋又《采薇》诗。(《九章》)①

屈原的命运无论如何不能与怀王、顷襄王分开，在唐宋元明咏唱屈原的诗篇中自然有不少借此言志之作。唐诗中，除了李德裕《汨罗》："都缘靳尚图专国，岂是怀王厌直臣"，将一切罪过都归于靳尚，是别有所喻之外，谴责怀王、顷襄王的诗句多有所见。"殷后乱天纪，楚怀亦已昏。"（李白《古风五十九首》其一）"楚怀放灵均，国政亦荒淫。"（白居易《读史五首》其一）"至今祠畔猿啼月，了了犹疑恨楚王"（汪遵《屈祠》）"襄王不用直臣筹，放逐南来泽国秋"等等不胜枚举，周昙《顷襄王》更是直接追究怀王、顷襄王的责任："秦陷荆王死不还，只缘偏听子兰言；顷襄还信子兰语，忍使江鱼葬屈原。"而在日本那些汉诗中，却几乎找不到谴责君王昏庸的字句，至少在幕府末年尊攘派与明治官僚的汉诗中，就更没有这样的怨君尤王之词。明治之后，天皇的态度从"攘夷"变为欧化，权威也日渐稳固，明治维新实现了尊王之下的欧化，虽然攘夷的口号不再高喊，但在欧化的背景下"万世一系"的皇统观念却一再强化。即便那些对现实有所不满的官僚，在感受谗言之伤害或贬谪之伤时自比屈原，也不会对天皇稍有微词。只有上诗中的"其奈君王终不寤，留夷萧艾漫同看"，就史论史，也算是罕见的幽怨之词了。

---

① 〔日〕內野悟等編『大正五百家絕句』卷三、內野悟等發行、第23—24頁。

四 端午与贾谊之伤

与屈原相关的习俗也传入日本，诗人往往借咏唱端午的习俗怀念屈原。

南北朝时期虎关师炼（1278—1346）《济北集》卷1有诗："荆俗当时愍放臣，竹筒贮食楚污滨；至忠不朽变成惠，万国万年角黍新。"① 或许当时日本的寺庙中已有端午吃粽子的习俗。石桥岛南所作《端午书还》："玉粽冰团故事存，石榴花下倒蒲樽。醉来好把《离骚》读，欲吊千秋屈子魂。"② 其中也寄托着对屈原人格的景仰。

幕府末年，中国鸦片战争失败的消息传入日本，美国"黑船"到日本，这使日本的知识分子深切感受民族危机迫近。长州武士、教育家、思想家、兵学者吉田松阴作《端午》，以强秦喻欧美外侮，借屈原面临生死抉择的矛盾心情，抒发自己的忠义性情：

> 寒食悲介推，端午屈平怜（旁注：痛屈平）。
> 介推虽死矣，翼龙已升天。
> 无限人间事，屈子最怆然（旁注：胜怜）。
> 生无益于国，欲去心犹牵。
> 仕无补于事，欲隐情难捐。
> 吾岂悻悻者，自无措坤乾。
> 往向汨罗沉，乃是忠义颠。
> 竞渡投角黍，沉痛自千年。③

又曾作《咏史八首》，自注：因读《靖献遗言》而作，其一《屈原》诗，讽喻当前朝野乱局，吐露对国事的焦虑：

> 秦国情不测，张仪多诡词；

---

① 〔日〕瀧澤精一郎『中国古典文学の享受——伝統と新意』、吉本书店1981年版、第371页。
② 王福祥编著：《日本汉诗与中国历史人物典故》，外语教学与研究出版社1997年版，第206页。
③ 〔日〕吉田松陰著、山口縣教育会编『吉田松陰全集』第四卷、岩波书店1936年版、第359页。

> 怀王听不聪，上官逞忌猜。
> 内为奸邪扰，外为强敌窥；
> 国事日益非，愁思乱如丝。
> 宗臣不得君，偷生尚为谁？
> 怀石沉汨罗，汨罗千古悲。①

这里实是借屈原以自喻，表达自己以身殉国也在所不辞的决心。《己未文稿》中卷载其《屈平》诗："楚国无谋挫暴秦，宗臣未死主忧辰；渔父安知行吟意，枯形憔色屈灵均。"② 对于屈原投江，他有自己的看法，在所撰《照颜录》中将屈原称为"忠义颠"："汨罗之投，余谓之忠义颠。保者？既非小丈夫之为悻悻之行，亦非当去而赴他国之身，若为官作宦，亦非有益于国家，无可奈何之余，身为狂颠而投江，非当论其是非当否。"③ 他在狱中写的家书《告父兄书》中说："回顾二十九年间，当死者极多，迄今未死，复致父兄今日之累，不幸之罪，何以尚焉！然今日之事，关皇家之存亡，系吾公之荣辱，万万不可休止。古人所谓忠孝不两全，此类是也。"这与其在《屈平》诗中表达的心情是一致的。

贾谊曾作《吊屈原赋》，沉痛悲愤，伤己不遇，一生累以忠鲠而遭摒斥的白居易所作《读史五首》，便对贾谊命运感触尤深，以为知识分子固然有浮沉之变，生处良时的贾谊恐怕比生当乱世的屈原有更深的"逢时不祥"之恨："良时真可惜，乱世何足钦。乃知汨罗恨，未抵长沙深。"通过《文选》和《白氏文集》，日本诗人熟悉了贾谊和他的作品，也写下了一些借贾谊抒发不遇之伤的诗作。

江户时代肥后地区的富田大凤《日岳先生文集》在其所作《贾生》诗，痛惜贾生怀策被逐："讨论一世过秦家，词赋陈踪吊楚客。斯人万世谁门然，孔墨一看余所惜。"又作有《悼贾》：

> 昔天步之艰难兮，遭秦火之燎原；伤椒兰之见薰兮，哀金玉之所焚。

---

① 〔日〕吉田松陰『松陰詩集』上、吉田庫三刊1883年版，第7頁。
② 〔日〕吉田松陰著、山口縣教育会編『吉田松陰全集』第四卷、岩波書店1936年版，第298頁。
③ 〔日〕吉田松陰『照顔録 坐獄日録』、松下村塾刊1870年版，第7頁。

爰及汉氏之崛起兮，探石室之遗文。虽精乎章句训诂兮，忘大业之经纶。呜呼！君之英迈兮，拔其萃而出群。亚德业乎颜闵兮，比道义乎孟荀。思继大圣之统兮，斟古道而立论。

遇汉主之哲盟兮，克受至忠之昌言。吁绛灌之咈戾兮，安知礼乐之所蕴？已有黄老之害道兮，但清净而备员。恨聪明之不逮兮，若将陷之乎渊。君摛辞藻字丽兮，演道义之原。终悟性命之分兮，授正义而归之天、何受命之不永兮，中道倏忽其颠。余恭读君之策兮，挥泣涕之涟涟。悲九原之不可作兮，奈何天衢之难攀。

呜呼！君之夭死兮，尚寄大年之遗篇。余愿承君之余绪兮，修大业而垂之无限！①

江户后期儒者矢岛立轩（1826—1871），讳刚，字毅侯，早年入安积艮斋之门，曾任教于福井藩校明道馆，后任天皇侍读，藏书千种，好读《周易》、《论语》，被福井藩主松平春岳尊为福井藩学问之祖，而本人淡泊名利。他视贾谊为策士，认为其遭厄运，乃由于其疏慵世事。他所撰《读贾谊、董仲舒二传》说："余尝读《贾谊传》，见上帝疏，恢伟浩博，有挥斥八极之气，而其措置之方，洞悉国体，条贯具备，三代以下，其谁可出其右者哉？但惜其未免有策士侠夸之习。设使得其所志，恐有七国之变不待晁错而起也。"②

幕府末年水户藩政治家、水户学开创者、维新志士藤田派学者藤田东湖（1806—1855）曾作《和文天祥〈正气歌〉，全诗共三十七韵》，他也写过三首《新徙小梅村谪居》，其第三首将自己受到幕府的惩罚与贾谊的遭谗畏讥、菅原道真的被贬九州相提并论：

> 贾生谪长沙，才名动千古；
> 菅公窜紫海，英光耀天宇。
> 此生百无能，学术极迂腐；
> 而熹（喜）踏危机，罪戾真自取。
> 江村春渐满，澹烟绕紫户；

---

① 〔日〕『日岳先生文集』卷十三。
② 〔日〕矢岛毅侯『立軒存稿』卷之三，1885年。

虽无佳客事，聊与水手伍，
吁嗟复何言，贤愚一丘土。①

牧野谦次郎（1863—1937），字君益，早稻田大学教授，东洋文化学会理事，斯文会常议员。其著《宁静阁四集》有《贾谊》诗：

时遇汉文空有荣，才高不用奈斯生；
长沙未到赋先就，遥托湘流吊屈平。②

图88　《楚辞》研究家石川佐男（右二）与本书作者和学习中国文学的学生们

端午的风俗很早便传入日本，并与日本固有习俗结合起来，发展了戴菖蒲、吃柏饼等独特的形式，由江户时代在端午这一天有男孩的家庭悬挂鲤鱼旗祈愿男孩鲤鱼跳龙门的风俗延续至今，明治时代以后将阴历五月五日改为西历五月五日来庆祝，今天成为法定的"孩子之日"（儿童节），在有些地区还要举行赛龙舟等活动。这一切，都与屈原伟大的人格与诗篇相联系。

---

①〔日〕藤田東湖『東湖詩鈔』、兩輪堂1896年版、第15—16頁。
②〔日〕瀧澤精一郎『中国古典文学の享受——伝統と新意』、吉本書店1981年版、第344頁。

第三节 青木正儿的楚辞翻译

明治大正年间，日本中学的汉文课还受到重视，课本中选入中日汉文名著的篇目还不少，教师教给学生用训读的方法来理解这些古典代表作。青木正儿远在熊本读高中的时候，就通过选入汉文课本里的《九章》、《九歌》接触到屈原的作品，便深深为之打动。这些作品把他领入一个奇幻的文学世界，屈原的人格令人倾倒。于是，20岁的青木很快从熊本旧书店买到了江户时期日本人的著述，结果读来却不得要领，这反而使他对《楚辞》的热情更加高涨，就接连跑到图书馆，借来朱熹的《楚辞集注》来读。《楚辞》是令他沉醉的最初的中国文学作品。

9年之后，他已经从京都大学毕业，并在元曲研究中崭露头角。夏日的一天，他在出云路桥附近的鸭川河边散步。明月清风之中，都市喧嚣的物质文化大潮仿佛远去，这使得青木浮想联翩。后来在他的随笔《站在出云路桥上》当中，写下了当时的遐想："在世上的青年们醉心于西方近代文艺，为之哭泣、欢笑之时，自己甚至翻阅《离骚》，闻着两千年以前的霉味的命运，想来也很是有趣。"他从内心呼喊着："虫蛀也好，发霉也好，《离骚》还是《离骚》，真正的文艺，伟大的思想，本没有什么新旧之分。"①

在随笔的末尾，青木感慨在造化给予万物的"无限的不平均的屈曲参差的地方，正有着人生的甜味"②。吉川幸次郎后来撰文说，青木的这篇随笔是想要了解青木生涯"心灵历史"的人，不能不读的文章，并且说："虫蛀的《离骚》代表了不灭的古典。对当时的先生来说，代表不灭古典的，《诗经》不行，陶渊明、李白的诗集，或者楚辞泛称也都不行吧。我们由此可以看到先生对屈原作品的沉醉。"③

一 《读骚漫录》

1921年，青木发表了《读骚漫录》，文章的主体是虚拟的作者与屈原短

---

① 〔日〕青木正儿『青木正儿全集』第七卷、春秋社1973年版、第570页。
② 〔日〕青木正儿『青木正儿全集』第七卷、春秋社1973年版、第570页。
③ 〔日〕青木正儿『青木正儿全集』第七卷、春秋社1973年版、解说。

暂相聚，前有一段短文，写个人对屈原的独特感受。日本大正时期，有过一股"艺术至上"的思潮，青木正儿的这篇短文，也是这股思潮的一个缩影，但其实质却是对将屈原作品单纯解读为"忠君爱国的道义牺牲的供品"的反感：

屈原流血，是忠君爱国的道义牺牲的供品，那我就敬而远之。他的血，决不是从为抹煞自我、盲从、讨好、轻率、廉价、虚荣而擦伤的伤口里流出来的，而是为尊重自我，为自己的愤怒，为自己的艺术，为自己的生命而流出的瀑布一样的鲜血，而且流淌到今天，流淌到未来，只要还有人世在。

上官大夫的诬谗，那对他来说没什么；楚王的昏庸，那又算得了什么；社稷的倾覆，那也是无所谓，他哭泣，只是为被毁灭的自豪，为自己被玷污的清白。于是，他的艺术诞生了，他的生命跳跃起来。放逐的辛酸，令他的思想深刻起来；沅湘的彷徨令他的艺术焕发光彩；满腹汨罗河水令他生命不朽。他若是死为忠义护国的魂魄，那他是讨人喜欢的，大概他不是这样。他只是愤恨吧，他只是哭泣吧，他只是狂躁奔突吧，这么乖巧迟钝的一个人，能产生那样的艺术吗？

戴着实用的北方思想的眼镜来看他，整体上就错了。擦亮眼睛看看，他不是楚国人吗？不是看似柔和却神经敏锐的南方人吗？说什么"《国风》好色而不淫，《小雅》怨诽而不乱，如《离骚》则可谓兼而有之"，假如屈原听到了，一定会说："算了吧，您的好意反而让我为难。"什么淫啦、乱啦，又有什么不好？好色至淫才彻底，怨诽至乱才深刻。总之，里面有没有艺术价值才是生死攸关的问题。

他的怨恨恰是被男子抛弃的女子的心情。不用说，这是不成熟的。他是保留着与君王、与乡国联系的爱的遗物，但与其说献身于君王昏庸的令人同情的爱，不如说是为失去骥足再伸的机会而悲怆吧！他确实不是一个成熟的人。到他选择死亡以前，他都一直持续着漫长的苦闷岁月，他不断与那种苦闷搏斗着，这里正有着他人格伟大之处，有着艺术的光辉。他懂得自己很有才能，懂得自己的艺术只得尊重，懂得生命宝贵，有着这样的自负，因而与苦闷搏斗着。假如没有这些，他一定早就自杀了。但是，他只说自己想说的话，只干自己想干的艺术，他把这些留下了，而随着劲头松懈，就真的陷入了失望。直到此时，他都一回也没有失望过。在这里，正表现了他坚强的意志。但是，执着的火焰终于烧身，那火焰中闪烁着绝大的美丽。

道义呀，请让开吧，这里没有你呆的地方。①

《读骚漫录》接着虚拟了一个穿越故事，一位现代书生与屈原就其作品展开了对话：

屈原：喂，你一个人在那儿念叨什么呢？

书生：正生气呢。注释家们把那些多余的东西都按上了——给先生的作品上。

屈原：注释家？你还在听那些无聊的说法吗？

书生：不过，先生的作品方言太难懂了，研究入门虽是勉勉强强也得借用他们的智慧呀。

屈原：研究什么，本人的赋吗？愚蠢的模仿还是拉倒吧。不如去作新诗，就是创作、创作呀。我也没有研究过什么人的作品呀。

书生：那么，先生没有读过《诗经》吗？

屈原：哦，鲁国的人们很把那个东西当一回事吧，我没有看过呀。

书生：那，注释家说"诗降而为骚"，也是没有根据了。但是，先生的国家里面以前就有歌谣，例如，楚狂接舆有"凤兮凤兮，何其之衰"的。

屈原：有那是有的，不过，那是很差劲的。

书生：不是说，先生的《九歌》也有蓝本吗？先生彷徨在沅湘之间的时候，用于俗人祭礼的乐歌，因为都是鄙陋的，所以先生改作了，让人传唱。注释家们说。

屈原：你对注释家们很愤慨，可还信注释家呢。那说得不对。全都不是为供祭礼实用而作的。那么高尚的歌，是能让俗人唱的吗？你好好

---

① 〔日〕青木正儿『青木正儿全集』第二卷、春秋社 1970 年版、第 36—37 頁。

看看，《东皇太一》以外，哪一篇也看不出有与迎神祭祀相符的意思吧。很多神灵降下就逃逸而去，神或看上了哪个意中人，作者不是在借巫之口，而是自己追着神去窥探。就是这样，你们也当是祭神歌了。实际上，那是以神为题材倾述自己的主观感受。本人和有没有祭神之意没有关系。为什么呢？它不是为实用而作的，当然也不是民间本来存在这样的东西我去模仿的。谈到"九歌"，我在《天问》里也有"启、棘宾商九辩九歌"吧。九歌是启的时代形成的音乐，不过那是听人说的，没有保存到这个时候，只是从中得到启发而新作了，把它叫做九歌。宋玉不是作了"九辩"吗？那也同样是受到启发而作的。

　　书生：说到《九歌》，注释家说湘君、湘夫人是尧之二女，舜之二妃娥皇、女英，我不相信。

　　屈原：那当然是与尧舜没有关系啦。只是把湘女神格化的女神罢了。

　　书生：是吗？那也是出自《山海经》，我觉得是郭璞注得好的地方。说是"帝子"与本文里的"帝"是"天帝"，二神不是"尧帝之二女"。诚然，《山海经》只作"帝"，什么时候也没有说是"上帝""尧帝"。好像如果是"尧帝"的话，就单呼作"尧"就行了。先生的《湘夫人》中的"帝子下北渚"的"帝"也是"上帝"吧。

　　屈原：嗯，当然啦。

　　书生：把二位女神牵强附会为娥皇、女英，恐怕是汉代以后的事。《列女传》是最早的吧。不知道是从什么材料里来的，很是粗暴啊。

　　屈原：是啊，我不知道汉代的事。你大概也在考证，无谓的事就别干了。

　　书生：先生也是好为人师啊。不过，就是哪有女冠，究竟《天问》是怎么一回事呢？那先生也是为难的吧。王逸说是先生散步看见社里描画天地山川神灵古贤怪物，感到不可思议，就向天发问，把问题写在墙上，我可不相信。

　　屈原：王逸说的像他亲眼看见过似的。

　　书生：是啊，我这么想。那大概是先生咏唱宇宙间现象里面无限的谜团吧，可以理解为先生境遇产生的深刻怀疑思想的迸发。王逸把《天问》解释为向天发问的意思，那不说"问天"，就不合文法，但天是至尊的，问不得，所以就成了"天问"。这样就强加上了汉儒故事。由于这样怪的理由而倒装的例子，在哪个国家里也找不到吧？我把天理解为代表天地间所有的东西。邹衍《谈天》，就不是光有关天的，而且连地、山、海都一起来谈的。我想，"天问"，不就是"对天的疑问"吗？您看怎么样？

屈原：那没错吧。呆的时间不短了，我该告辞了。

书生：先生，等等，我还有好多疑问呢。

屈原：那再来吧。你的疑问超过了我的天问了。不过，再晚了，那湘君就又要吵人了。

书生：不，再等一等，我翻译了先生的《山鬼》，顺便看一看再走吧。①

青木正儿采取了虚拟采访这虚拟对话的方式，在当时来说固然是一种新鲜的构思，而这种构思的产生实际上来自于屈原作品深深的共鸣以及要将对屈原作品的阐释回归到屈原本人的主张。在虚拟的世界中，作者直接向屈原申述自己对屈原作品的理解，而屈原的回答也属于作者的虚拟，是作者心目中真实的屈原，而不是被后来的注释者涂抹过的屈原。

青木正儿翻译的《山鬼》如下：

山の隈に人の気はひす、
薜荔を纏ひ、女蘿を帯とす。

わびて宣ひく——
流し目にわれほゑめば、
いつくしと君愛で給ひき。

茜なす豹に打ち乗り、文色なす狸を伴に、
辛夷の車、桂の旗建て
石蘭のころも、杜衡の帯。

---

① 〔日〕青木正児『青木正児全集』第二卷、春秋社 1970 年版、第 37—39 頁。

馨り草―もと手折て、心の君に奉らばや。
われ篁の深く住めれば、ときじく空も見なくに。
深山路の険しくて、もろ神に後れ来にけり。
たゞ独り尾のへに立てば、
白雲は足もとに湧き、
遥けく暗く、など昼くらき、
東風につれて雨も降り来ぬ。
あら楽し、かの時しも君と睦みて家路忘れき。

老いては誰か吾を愛でん。

命延ぶるくすしき草、採らましと山のかひ、
石ころころ、葛はのびのび。
あら悲し、此の時しも君を怨みて家路忘る。
君われを思ひ給へど、来ます可き暇なみかも。

さはれ、山なる吾は、杜若胸に薰らし、
岩清水の澄める心もて、常盤木の操たがへじ。
君われを思ひ給へど、疑ひのむら雲起るか。
雷はをどろをどろ、雨はしくしく、
夜さけぶ猿哀れ、
風そよそよ、森さざんざ。
脊子を恋ひつゝ独り悶ゆる。（1921年10月）①

　　青木正儿在翻译《货郎旦》等三种元曲时曾将"不失支那之馨香"② 作为自己的底线，实际上他最初翻译楚辞时便遵循了这样的原则。上引译文采用了一些拟声拟态词，意在渲染山鬼在风雨交加的夜晚赴约的氛围以及她由

---

① 〔日〕青木正児『青木正児全集』第二巻、春秋社1973年版、第40—41頁。
② 〔日〕青木正児『元人雑劇』、春秋社1957年版、第1頁。王晓平：《日本中国学述闻》，中华书局2008年版，第254—260页。

盼望、猜疑、失望到自宽的心情转换。他还将原作重新分段，甚至一行一段，以便让诗中表达山鬼心声的佳句更为醒目。可见他心目中的"馨香"不仅是指诗语，而且更在于优美的诗境与独有的诗味。

20世纪50年代青木正儿出版的《新译楚辞》在形式上不作加动的考虑更多一些，每段后加上了简明的注释，照顾到与《九歌》其余各篇形式上的一致性，但旧译中的传神之处依旧保留了下来：

山のふところに誰か居るやうだ
薜荔の衣きて女蘿の帯しめて。
流し目を含んで又にっこと笑ふ美しさ
「あの方は私があだめくを好いて下さつた。」

赤豹に乗り文狸を従へ
辛夷の車に桂枝の旗
石蘭を着て杜衡を帯とし
恋人に贈らうと香草を折つて来たが、
私は天も見えない竹藪に住むので
路が険しくて、つい遅くなつた。

ただ独り山の上に立てば
雲はむらむらと下に湧き
あやめもわかず、なんとまあ昼も暗いことか
東風吹きまいて神霊は雨を降らす。
あの方を引留め、楽しませて帰すまい
年寄つたら誰も私を相手にしなくなる。

仙薬を谷間に採れば
石はごろごろ葛はのびのび。
あの方を怨み、がつかりとして帰るを忘れる
思つては下さるが、来る暇が無いのか知らん。

山中の私は杜若をかをらせて
清水を飲み、松柏の蔭で貞操を守つてゐるのに、
思つては下さるが、疑ふ心が起つたのか知らん。

雷はごろごろ雨はじとじと
猿はきいきい狄は夜鳴き
風はさらさら木はざわざわ
あの方を思うて悶えるはかり。①

19世纪以来，日本各类知识分子从屈原身上发现了自己的影子。在"倒幕"运动的推动者笔下，屈原是"忠君"、"爱国"的精神强者与斗士，是与"尊王攘夷"运动声气相通的同盟者；在接受了西方文化思想的明治时代学者笔下，屈原是具有超越民族界限而又富有鲜明的中国南方地域文化特色的文学家。厌恶旧道德而又对现实政治、时兴的西方文化风潮保持某种距离的青木正儿，对屈原却有属于个人的发现。那殉于道义的屈原离他很远，而内心呼唤尊重艺术、尊重精神自由的屈原却与他很近。出于对艺术的痴迷及对艺术需要尊重的信念，他笔下的屈原之死，是殉人的尊严与自由被践踏、损害的黑暗世界。他从屈原的诗中读出的苦闷，挣扎与不成熟，其实正是感到屈原唱出了自己的心声。屈原早已死去，而他的恋歌与悲歌却响在不同文化背景下的知识分子们的心中；屈原只有一个，而在各国知识分子心底的屈原形象却不只一种。青木正儿的《楚辞》翻译，只是用他的译笔，在表达自己的艺术追求，也在勾画属于自己的屈原形象。

二 《新译楚辞》

青木正儿1957年出版的《新译楚辞》原文主要根据王逸注本，少数依据朱熹注本。原文的文字，为了方便尽可能回避古体、异体而采用通行的字，也有少数情况为此在补注的考异中改掉了没有的字。字解、义解折中王逸、朱熹之说，旁取诸家，稍加己见。

---

① 〔日〕青木正兒『新譯楚辭』、春秋社1957年版、第71—74頁。

汉代文人之作，选有《惜誓》《招隐士》《哀时命》三篇。《七谏》《九怀》《旧叹》《九思》四篇朱熹注本未选入。作品篇次考虑到初学者便于逐步接受重新调整，通读上避免单调，加上个人的理解来处理。对原文的解释以简洁为原则，用口语来翻译，意思不明的地方以注作补充，总之，译者的目标是易读易懂。①

对于《九歌》，译者认为，不管各篇寓意如何，形式上都是仿民间神乐歌而作，所以可以看作是一种巫在神前载歌载舞的幼稚的歌舞剧。在这样的假定之下来看各篇，姑且将其中的巫称为"祭巫"，而将所面对的神称为"神巫"。译者认为在原文中明确两者各自分担的歌唱是困难的，清人陈本礼《屈辞精义》较好地考虑到这一点，但尚欠精密，译者不为旧说所拘，以阅读后世戏曲的心情提出自己的见解。

《湘夫人》托男女幽会祭者咏唱对神的爱慕。旧注均解为全篇为一人所歌唱，而译者则试解为神巫与祭巫的对唱对舞。《山鬼》一篇，译者认为山鬼是山中怪神，该篇咏唱的是山鬼被心爱的男子背叛的失恋之情，是扮作山鬼的祭巫的独唱独舞。《国殇》一篇，译者定为男巫的独唱独舞。《礼魂》一篇，译者认为题意未详，是一队巫女手持花束的合唱群舞。

《九歌》是一组舞曲，顺次连续演出，首篇《东皇太一》最为肃穆平静，是神乐开场相应，终篇《礼魂》华美短小，与收场相应。其它各篇，若依次演下去，决不会使观众怠倦，穷极变化。《东皇太一》下面接演《云中君》，以后神、巫逐渐活跃，接近终了，河伯、山鬼这些卑下的神跳出来，《国殇》勇壮的男舞之后，《礼魂》以优美的女子群舞结束节目。《礼魂》是春天就手持春兰，秋天就手持秋菊，各在春祭、秋祭使用。假定这个节目是在春祭、秋祭上演的话，可以看到其中有两次重复，即《湘君》与《湘夫人》《大司命》和《少司命》同类，因而，春祭就选《湘君》和《大司命》，秋祭就选《湘夫人》和《少司命》。不过，《湘夫人》里面有"嫋嫋兮秋风"，《少司命》里面有"秋兰兮青青"，文面上都表现的是秋季，假说更容易成立。这样一来，《九歌》十一篇，以上四篇分别为春祭与秋祭采用的话，实际演出的节目就是春秋各九篇，与《九歌》的名称相一致。译者说："这是我个人

---

① 〔日〕青木正児『新譯楚辭』、春秋社1957年版、第28页。

的见解，亦可聊备一说。"在清人蒋骥的《山带阁注楚辞》的余论中已经有《九歌》为九篇的说法，而将此解释为春秋二祭各有多用，则是青木正儿的发挥。

青木正儿认为《九章》是了解屈原行状最恰当的资料，大致可分为怀王时代汉北所作与顷襄王时代江南之作两部分，再考虑时代前后来读，对于了解屈原其人很合适。当关于哪些是江南之作，诸家看法不一，青木正儿折中各家意见，采用了《惜诵》《抽思》《思美人》《哀郢》《涉江》《橘颂》《悲回风》《惜往日》《怀沙》这样的顺序。

适当增添语气词，以突出原作的语调和口语特征，译文读来很有口语感。

> 时不可兮骤得，聊逍遥兮容与。（《湘夫人》）
> 好機は幾度も得られるものでない
> まあ、ぶらぶらしながら、のびのびと暮らさう。①

第二句的译文前面增加的"まあ"，含有暂先、暂且、一会儿的语气，后面所使用的未来形，都很好地传达了原句的情绪，如同沉吟中的自语。

> 九嶷缤兮并迎，灵之来兮如云。（《湘夫人》）
> あれ、九嶷の山神が群がり揃うて吾を迎へに
> 神霊は雲のように来る。②

前句增添的"あれ"，表示情不自禁发出的惊叹，相当于汉语中的呀、哎哟、哎呀等。

> 羌灵魂之欲归兮，何须臾而忘反。（《哀郢》）
> なんとまあ、霊魂の帰りたがることよ
> どうして暫くも返ることを忘れよう。③

---

① 〔日〕青木正兒『新譯楚辭』、春秋社1957年版、第57頁。
② 〔日〕青木正兒『新譯楚辭』、春秋社1957年版、第56頁。
③ 〔日〕青木正兒『新譯楚辭』、春秋社1957年版、第115頁。

第六章　楚辞传播与日本文学中的屈原形象　489

  惨郁郁而不通兮，蹇侘傺而含戚。(《哀郢》)
  痛まして憂鬱で胸は塞がり
  やれやれ、しょんぼり佇んで悲んでゐる。①

  后句前增添的"やれやれ"表示感动，与"哎呀呀"、"哎呀"语感相近。

  君不行兮夷犹，蹇谁留兮中洲。(《湘君》)
  湘君は来ないで、ぐづついてゐる
  はて、誰が洲の中に引留めてゐるのやら。②

  后句前面的"はて"，是表示疑问的语气词，与哎、嗯、哎呀等语感相近。

  纷总总兮九州，何寿夭兮在予。(《大司命》)
  だめだ、うようよしてゐる九州の民
  何で寿命をわしが知らう。③

  前句开头的"だめだ"，有"不行"、"不好"的语义。

  捐余玦兮江中，遗余佩兮澧浦。(《湘君》)
  まゝよ、吾が玦を江中に捐て
  吾が佩物も澧浦に棄て④

  前句开头的"まゝよ"，有"管它去呢"、"不管三七二十一"等语义。译者不回避使用现代感鲜明的新词语。

---

① 〔日〕青木正兒『新譯楚辭』、春秋社1957年版、第118頁。
② 〔日〕青木正兒『新譯楚辭』、春秋社1957年版、第47頁。
③ 〔日〕青木正兒『新譯楚辭』、春秋社1957年版、第58頁。
④ 〔日〕青木正兒『新譯楚辭』、春秋社1957年版、第51頁。

> 俾山川以备御兮，命咎繇使听直。（《惜诵》）
> 山川の神を陪審させ
> 咎繇に命じて曲直を聴かせて頂かう。①

"陪審"（baisin），为现代法律用语，陪审（团），这里将"俾山川以备御兮"译成了"让山川之神"来陪审"。

> 欲变节以从俗兮，媿易初而屈志。（《思美人》）
> 自分が節を変へて俗に従ひ媒介を頼まうとすれば
> 初心を易へ主義を屈げる恥が伴ふ。②

"主義"（syugi），即"主义"，这里将"易初而屈志"译成了"伴随改易初心、歪曲主义之耻辱"。

> 理弱而媒拙兮，恐导言之不同。（《离骚》）
> 然し交渉が軟弱で媒介が拙劣であるから
> 談判が鞏固でない恐れが有る③

这里的"軟弱"（nanjyaku）、"鞏固"（kyouko）属于现代常用词语，而"媒介"（baikai）、"談判"（danpan）的现代色彩更为浓厚。这一句译成了"由于交涉软弱媒介拙劣，恐怕谈判就不巩固。"

> 有扈牧竖，云何而逢。（《天问》）
> 有易氏の許で牧場経営者になり下つたうへに
> 更に如何して又災難に逢つたのであらうか④

---

① 〔日〕青木正児『新譯楚辭』、春秋社1957年版、第82頁。
② 〔日〕青木正児『新譯楚辭』、春秋社1957年版、第105頁。
③ 〔日〕青木正児『新譯楚辭』、春秋社1957年版、第204頁。
④ 〔日〕青木正児『新譯楚辭』、春秋社1957年版、第252頁。

既干进而务入兮，又何芳之能祗。(《离骚》)
ひたすら採用を求めて運動するのだから
芳香も何も有つたものでない。①

石濑兮浅浅，飞龙兮翩翩。(《湘君》)
浅浅はさらさら、飛龍はふはふは。②

  1935 年，日本正紧张地备战侵华，一些人开始鼓吹用诗吟鼓舞士气，为此青木正儿撰写《支那学者的呓语》一文，对此表示不满。他特别谈到自己对儒教的厌恶："我讨厌道学，那是极端的讨厌。如果有人认为学习支那学的人都是儒家之徒，即便不是这样，也认为即便不是这样，用汉文能够善导思想，用诗吟可以鼓舞士气，对我示好，我就会很难受。"他说自己也曾在高中练过诗吟，进入大学就不再搞什么诗吟了，不用训读，而是用汉音直接去读。
  他说："我觉得儒家思想流淌于支那文明的表面，道家思想流淌于它的内部。儒家道德对文学有牵制性，文学对它有抗争性。"他又说："道家思想是超然的，是放任主义，故文学这个放荡儿对此也没有必要抗争。以儒家思想的牵制为累的时候，往往逃避于此。如我被《孝经》、《论语》摁下脑袋的时候，一读《庄子》便忽然慢慢抬起头来，遂即昂然跟父亲冲突起来。"③
  以上我们从《楚辞》的流传、汉诗中的屈原形象以及日本文学史中对屈原的评述等方面，对《楚辞》的传播翻译进行了整体的考察。不难看出，屈原这一诞生于战国时代中国南方的文化巨人，被各种政治思想倾向的人们从不同的角度来加以解读。特别是江户时代以来，屈原被作为"忠义凛凛"的正统王朝的忠臣受到勤王主义者的尊崇，后来在明治时代动荡中，遭遇不公的志士与逐臣，也常借用屈原的形象来吐露心迹，抒发壮志。这些诗作在用屈原的形象激励自身的同时，也往往将激情引向对皇国的无限度的

---

① 〔日〕青木正児『新譯楚辭』、春秋社 1957 年版、第 212 頁。
② 〔日〕青木正児『新譯楚辭』、春秋社 1957 年版、第 50 頁。
③ 〔日〕青木正児『江南春』、弘文堂書房 1941 年版、第 89 頁。

忠诚之上。昭和年间在侵华战争前夕还流行的《日本青年之歌》，一开始就用屈原沉水的壮举来表明与俗世决裂的移植："汨罗之渊涛汹涌，巫山之云乱飞。吾立于混浊之世，义愤燃而血潮涌。纵然权门斗奢华，了无忧国之诚；纵然财阀夸富贵，了无社稷之思。呜呼，人荣而国亡，盲民踊于世。思治乱兴亡，世为一局之棋。"①（原文为日文）对于当时的青年来说，召唤他们爱国献身，首先就意味着支持国家发动的战争。明治以来日本文学中的屈原形象，留下了那一时代浓重的思想文化烙印。在我们阅读日本汉诗中那些对屈原表达敬意的诗作时，当然不应忽略它们各自不同的政治意图与人生取向。

上世纪后期，日本学者铃木修次曾经将"政治性"与"脱政治性"来阐明中日文学与政治的不同距离，这种看法在刚刚走出"政治挂帅"年代的中国学者中影响颇大。这种概括方式是否妥当姑且不论，今天回头来看，铃木修次所说的日本文学，起码是不把日本汉文学算在其中的，是一种片面的日本文学观。如果联系一下那些吟咏屈原的日本诗人的生活实践，就不难发现，他们心目中的屈原，既有写出《离骚》《九歌》的那个屈原的影子，也有他们自己各自不同的影子。在那些看似相似的语句后面，抒写的是不同的痛苦和哀愁。

---

① 〔日〕瀧澤精一郎『中国古典文學の享受——傳統と新意』、吉本書店 1981 年版、第 282 頁。

第七章

中国诗歌的传播与翻译

写本时代是宫廷贵族文化时代，那时《白氏文集》《和汉朗咏集》等中日诗歌典籍都只能靠写本流传，也只有宫廷贵族才有可能成为中国诗歌经典的传播者和接受者。而随着木版印刷的普及，《唐诗选》《三体诗》等书籍也就将庶民大众纳入到读者层来，中国诗歌的影响甚至渗透到俳谐、川柳和街市青楼流行的都都逸当中①，更不用说假名草子、浮世草子、读本等小说形式当中。中国诗歌深深扎根在日本文学之中，陶渊明、白居易、陆游、苏轼、高启、袁宏道、袁枚等历代诗人的名篇，都曾被前近代许多日本文士夜读独吟、终生暗诵，他们的人生也激发起无数向往先进文化的人们对大陆的憧憬。他们对心灵自由的向往、对压抑个性的外部环境的反叛、对美好自然和人生的颂赞、达观的生活态度和睿智的人生智慧、不同凡响的才华和驾驭语言的高超技巧，为他们在异国赢得声誉，他们是历代日本文士最熟悉的中国人、远隔沧海最具体感受到的中国人形象，也不愧是中日之间文化越境的推进者和缔造者。

汉字元素对于中国诗歌在日本的流传发挥的历史作用，不仅表现在训读对汉字最大限度的利用上，而且表现在藏头诗、物名诗等汉字游戏诗的仿作上。平安时代的《本朝文粹》收入的字训诗、离合诗，《田氏家集》中收录的药名诗等②，都是利用汉字的字形或谐音展现一种智趣。江户时代在学者

---

① 〔日〕村上哲見『漢詩と日本人』、講談社 1994 年版、第 238—256 頁。
② 〔日〕松平黎明会編『漢詩文集編』、新典社 1993 年版、第 50 頁。

间流行各种汉字游戏诗，还增加了一些新的诗歌游戏形式。例如假名草子《一休故事》中录东坡居士于径山寺所作山形诗：

山山
花远
山发路山
水茂幽云
山碧林深飞山
猿沈沈片片鸟
山抱树吟食菓偷山
客还相寻道问来僧①

一休老人所题下面这首将诗歌排列成山字形的诗，书中说，就是模仿苏轼的径山寺诗的：

山山
客庙
山成等山
楼群一海
山钟数扶浪山
谷动万桑高泷
山洗月人神船吟山
花流轮轮片片落里
犹烦恼尘涨云碧放
馥本官春景社三光②

这样排列成山字形的诗，汉字纵横相连，纵读横读，勾连成趣，读诗如同解谜。至今日本致力于汉字文化普及的人们，仍在利用各种汉字游戏来提

---

① 〔日〕渡辺守邦、渡辺憲司校注『仮名草子集』、岩波书店 1991 年版、第 403 页。
② 〔日〕渡辺守邦、渡辺憲司校注『仮名草子集』、岩波书店 1991 年版、第 402 页。

升社会各阶层人们学习汉字的兴趣。

钱钟书曾谈到，文学翻译最高标准是"化"，认为把作品由一国文字转变成另一国文字，既不能因语言习惯的差异而露出生硬牵强的痕迹，又能完全保存原有的风味，那就算得入于"化境"。十七世纪一个英国人赞美这种造诣高的翻译，比为原作的"投胎转世"（the transmigration of souls），躯壳换了一个，而精神姿致依然故我。① 达到这样的"化境"，需要译者付出艰辛的努力，而诗歌的译者要做创造"化境"的妙手，既能不"过"，又无"不及"，那更是需要对两种文化透彻的理解力和两种语言转换自在的表达力。

自古以来，日本人就是通过训读和翻译来理解中国诗歌的。根据伽达默尔（Gadamer）的说法，"理解就不只是一种复制的行为，而始终是一种创造性行为"②。日本人对汉唐诗歌的理解在因时而变，但对中国诗歌的喜好却由训读延续至今。在日本很多城镇里，都有学习汉诗吟咏的"诗吟会"。平安时代借鉴唐诗吟诵而形成的"朗咏"几经演化，至今仍有传人，这标志着中国诗歌的许多元素早已融汇到日本文化之中，成为了日本文学机体的一部分。

第一节 日本中国诗歌翻译要籍概述

长谷允文《长崎杂咏》诗："几只唐船帆影开，雾罗云锦烂成堆。不知谁著新诗卷，却载吴山楚水来。"③ 写出了一位江户时代学人对大海对面诗国的向往之情。中国诗歌是中国文化最重要的符号之一，其在域外精神世界的影响可以与物质世界中陶瓷、丝绸与茶叶等平级。

翻译与研究紧密结合，是日本中国诗歌翻译最显著的特点。在研究专著里介绍和提到的作品，往往训读和现代日语翻译并举，以适合怀古和追求时尚两方面读者的口味，这其实也是一般研究者的双重口味，厚今而不薄古。几套大型中国文学丛书收罗了代表当时最高水平的研究翻译著述，它们均具有完备的注释和著者兼译者独到的研究心得，是整理与研究并重的翻译形式。

---

① 钱钟书：《林纾的翻译》，载钱钟书著《钱钟书散文》，浙江文艺出版社1997年版，第269—260页。
② 伽达默尔：《真理与方法》，洪汉鼎译，上海译文出版社1999年版，第380页。
③ 程千帆、孙望选评：《日本汉诗选评》，江苏古籍出版社1988年版，第282页。

这些书籍的作者往往有较好的学术储备，积累了一定的单行本研究成果而为学界瞩目。在日本的中国文学研究中，诗歌的翻译和研究始终是最引人注目的领域，可圈可点的译作和研究著述也不胜枚举。

著名比较文学家乌尔利希·韦斯坦因在他的著作中认为："从世界文学的有力角度看，一部作品被许多代人阅读，就意味着每一个时代都会从新的角度来阅读它。这种永久的创造性叛逆是由历史造成的，它似乎摧毁了学者们要求在语文上做到精确（历史主义）的呼吁。这种语文上的精确就是要求首先把一部作品放到自然的恰当的背景中，然后再去解释它。"① 汉唐诗歌被世世代代的日本人所阅读和接受，这种接受的连续性和继承性十分明显，而创造性的叛逆也隐藏在历代的译著和鉴赏之中。

哪些算是中国诗歌的经典？王国维在《文学小言》中的两段话值得再读。他说："三代以下之诗人，无过于屈子、渊明、子美、子瞻者。此四子者若无文学之天才，其人格亦自足千古。故无高尚伟大之人格，而有高尚伟大文章者，殆未之有也。"又说："天才者，或数十年而一出，或数百年而一出，而又须济之以学问，助之以德性，始能产真正之大文学。此屈子、渊明、子美、子瞻等所以旷世而不一遇也。"② 这些话虽不能算是最全面的答案，但如果加上《诗经》，也应该是道出答案的核心内容了。我们不妨以此为中心来探讨中国诗歌经典的域外传播。

这里仅列举其中一些最重要的译著和研究著述，不免有所遗漏，但影响较大者大体包纳其中了，据此可以把握基本情况。至于要做专题研究，则还应当竭泽而渔，不漏珠玑。

一 《诗经》

最迟在我国刘宋时代，日本人便已经知道《诗经》的存在。日本奈良平安时代努力吸收中国文化，在"大学令"中，《毛传》《郑笺》被采用为教材。《日本见在书目录》载录有郑玄《毛诗谱》、孔颖达《毛诗正义》、陆机《毛诗草木虫鱼疏》等《诗经》研究著述共10部。保存至今的《毛诗》写本

---

① 乌尔利希·韦斯坦因：《比较文学与文学理论》，刘象愚译，辽宁人民出版社1987年版，第57—58页。
② 舒芜等编选：《中国近代文论选》下，人民文学出版社1981年版，第769页。

有《唐风残卷》（岩崎文库）、第15、18两卷（旧九条家藏，东山御文库）、《二南残卷》（大念佛寺本）、《正义》第11卷，这些都是平安时代至室町时期初年的抄本。五山僧侣为传授汉学而编写的讲义即"抄物"中有关《诗经》的著述，主要有景徐周麟的《毛诗闻书》（闻书是讲课记录整理本的意思）以及清原宣贤的讲义《毛诗听尘》《毛诗抄》等。新注本是随宋学传入而受到学者们关注的。江户时代朱熹的《诗集传》以《诗经集注》、《诗经集传》为名，流传于学者间。江户后期，日本人撰写的《诗经》研究著述颇多，如皆川淇园的《毛诗绎解》（又名《诗经绎解》，有1780年序）、仁井田南阳的《毛诗外传》（有1834年序）等。抄本有伊藤兰阳的《诗古言》（日本安永末年，未完稿）、龟井昭阳的《毛诗考》（成书于1833年）等。

明治维新以后，《诗经》研究逐渐摆脱经学藩篱，翻译与研究面目一新，特别是20世纪50年代以来，出现了前所未有的兴盛局面。《诗经》全译本有：

高田真治《诗经》（上下），《汉诗大系》1、2，集英社，1966年版。

目加田诚《诗经 楚辞》，《中国古典文学大系》15，平凡社，1969年版。

目加田诚《（定本）诗经译注》（上下），龙溪书舍，《目加田诚著作集》2、3，1982年版。

海音寺潮五郎《诗经》，讲谈社，1990年版。

加纳喜光《诗经》（上下），《中国的古典》18、19，学习研究社，1982年版。

境武男《诗经全释》，汲古书院，1984年（有2000年版）。

选注本有：

目加田诚《新释诗经》，岩波新书，岩波书店，1954年版。

吉川幸次郎《诗经国风》（上下），《中国诗人选集》，岩波书店，1958年版。

桥本循等《诗经国风 书经》，《世界古典文学大系》2，筑摩书房，1969年版。

白川静《诗经——中国古代歌谣》，中央公论社，2002年。

白川静《诗经国风》，平凡社，1990 年（有 2002 年版）。

乾一夫《诗经》，《中国名诗鉴赏》1，明治书院，1975 年版。

石川忠久《诗经》，《中国古典新书》，明德出版社，1984 年版。

中岛みどり《诗经》，《中国诗文选》2，筑摩书房，1983 年版。

牧角悦子、福岛吉彦《诗经　楚辞》，角川书店，1989 年。

研究《诗经》的著述主要有：

诸桥辙次《诗经研究》，收于《诸桥辙次著作集》，大修馆，1975—1977 年。

松本雅明《关于〈诗经〉诸篇完成的研究》（上下），后收入《松本雅明著作集》，弘生书店，1988 年。

白川静《诗经——中国的古代歌谣》，中公新书，中央公论社，1980 年版。

白川静《诗经研究——通论篇》，朋友书店，1981 年版。

目加田诚《诗经研究》，龙溪书舍，后收入《目加田诚著作集》，1985 年版。

赤塚忠《诗经研究》，研文社，收入《赤塚忠著作集》，1987 年版。

铃木修次《中国古代文学论——〈诗经〉的文艺性》，角川书店，1972 年版。

《毛诗注疏》译注有冈村繁《毛诗正义译注》（第一册），汲古书院，1977 年版，1979 年版。

赖惟勤《毛诗〈匏有苦叶〉二章解》、《〈匏有苦叶〉二章疏》，收入《中国古典论集——赖惟勤著作集》Ⅱ，汲古书院。

服部宇之吉等《毛诗　尚书》，《汉文大系》，富山房，1975 年版。

二　楚辞

《楚辞》传入日本的时间，至今尚难确指。最早的资料室收入《大日本古文书》第一卷的《写书杂用帖》（正仓院文书）所录："《离骚》三帙，帙别 16 卷。天平 2 年（730）7 月 4 日，高屋连赤麻吕"，据认为，这里的《离骚》是指王逸注《楚辞》16 卷。平安时期初期成书的《日本国见在书目录》中载录"《楚辞》十六卷，王逸"，当指同书。当时《文选》已成为贵族知识分子广泛阅读的书籍，书中的《楚辞》作品当为汉文学者所知。

根藤野岩友《〈楚辞〉给予近江奈良朝文学的影响》一文①，《楚辞》已给 8 世纪成书的《日本书纪》《怀风藻》《万叶集》以影响。

进入日本近世，1651 年翻刻的《楚辞集注》，书名作"注解楚辞全书"，朱熹的另外两部书《楚辞后语》6 卷、《楚辞辨证》2 卷也同时被刻印。1749 年以后，先后利用清人版本翻刻了《楚辞补注》《楚辞章句》，清人林云铭的《楚辞灯》4 卷也有了两种刻印本。日本学者为《楚辞》作注的，首先要提到的是浅见絅斋讲解、其弟子笔录的《楚辞师说》，成书于 1701 至 1702 年间，今收入《汉籍国字解全书》，浅见絅斋是根据庆安本《楚辞集注》讲解的。这部训解继承了日本中古的传统，以音训为主，辅以意训。另外，龟井昭阳曾作《楚辞玦》2 卷。

现代日本的《楚辞》研究者有藤野岩友、星川清孝、目加田诚、小南一郎等。译注有：

目加田诚《屈原》，岩波新书，岩波书店，1967 年版。

目加田诚《楚辞译注》，龙溪书舍，收入《目加田诚著作集》3。

目加田诚《诗经　楚辞》，中国古典文学大系，平凡社，1969 年版。

竹治贞夫《屈原》，中国古典文学大系，平凡社，1969 年版。

青木正儿《新释楚辞》，收入《青木正儿著作集》4，春秋社，1973 年版。

冈田正次《楚辞》，汉文大系 22，富山房，1978 年版。

同以《楚辞》为名的译注兼研究著述有四种，著译者分别是：

黑须重彦《楚辞》，《中国的古典》20，学习研究社，1982 年版。

小南一郎《楚辞》，《中国诗文选》6，筑摩书房，1973 年版。

藤野岩友《楚辞》，《汉诗大系》3，集英社，1967 年版。

星川清孝《楚辞》，《中国古典新书》，明德出版社，1970 年版。

另外，早稻田大学稻畑耕一郎译郭沫若所著《屈原研究　屈原赋今译》，收入雄浑社的《郭沫若选集》8（1978 年版）。

研究专著有竹治贞夫《楚辞研究》，风间书店，1978 年版。

---

① 〔日〕藤野岩友著『中国の文学と礼俗』、角川书店 1976 年版。

星川清孝《楚辞的研究》，养德社，1961年版。

藤野岩友《天问与卜筮》，角川书店，1952年版。

藤原岩友《巫系文学论》，增补版，大学书房，1969年版。

匈牙利著名汉学家弗伦茨·托凯研究屈原的力作《中国悲歌的起源——屈原及其时代》，也由羽仁协子译出，1972年由风涛社出版。

三 陶诗翻译与传播

江户末年儒者盐谷宕阴（1809—1867）作《竹林七贤赞》：

> 地上可怡者，莫花之如，而开落倏忽，曾不能旬余；琉璃琅玕，翠浮碧流，贯四时而不变者，唯竹为尤。况其承露有态，筛月有阴，带雨有色，触风有音，疏密横斜，清妍潇洒，令人怡然眼怡，此又有花不能及者也。上下数千年，僻好之者，晋有七贤。盖其清奇疎快之气，独有会于此君，不然则绮艳灿烂之花，不乏乎四时，嵇阮山刘，亦何必乎斯？①

陶渊明的诗歌在《怀风藻》（日本天平胜宝三年，即751年）、《万叶集》时代，至少便通过《文选》、《艺文类聚》等书给日本文学家以影响。

见于《怀风藻》的如大友皇子《春苑言宴》："彭泽实谁论"，藤原宇合《游吉野川》："河迴桃源深"等，有陶渊明《桃花源记》、《归去来兮辞》的影响。

《万叶集》中山上忆良的《贫穷问答歌》可能受到陶渊明《咏贫士》的影响。有学者认为，《万叶集》中的"我家柴门口，门前有五柳，我母常思儿，离别一何久。"也与陶渊明号五柳先生有关。

平安时代的汉诗集《凌云集》《文华秀丽集》、诗文集《本朝文粹》、《本朝续文粹》等当中都可以找到对隐逸诗人陶渊明表达敬意的诗作。如《凌云集》所收坂上今继《咏史》诗："陶潜不狎世，州里倦尘埃；始觉幽栖长，长歌归去来，琴中唯得趣，物外已忘怀。柳掩先生宅，花薰处士杯。遥

---

① 〔日〕佃清太郎编『皇朝大家文章典範』、秀美堂1906年版、下30頁。

录南岳径，高啸北窗隗。嗟尔四年后，遗声一美哉。"日本著名汉学者菅原道真也在诗歌中倾述对陶渊明的倾慕。如《赋新烟催柳色》诗有"几千里外思元亮"的诗句。《扶桑集》中收入三善清行所作《陶彭泽》诗：

> 心是盘桓身隐伦，自忘名字醉乡人；
> 归来舟过三江月，出入门穿五柳春。
> 园菊开时农产业，林禽狎处得交亲；
> 野亭客到醅初热，莫怪匆匆脱葛巾。①

《和汉朗咏集》一书是精心选择意境优美的佳句配以铿锵有力的声调供人吟诵的名句集，充分反映了平安朝文学家的艺术趣味，其中一些诗句表现了陶渊明的隐逸情趣。卷上《春》："春来遍是桃花水，不辨仙源何处寻。""曾非种处思元亮，为是花时供世尊。"卷下《闲居》："陶门迹绝春朝雨，燕寝色衰秋夜长。"吸收了渊明人生态度以入诗。

有学者认为，平安时代名著《源氏物语》的《蝴蝶卷》有陶渊明的影响，《古今和歌集》中的和歌"冬山木叶残松岭"（冬来山野荒，树木尽凋零；惟有孤松在，怅然立高岭）构思源于陶渊明《四时诗》末句"冬岭秀孤松"。《新古今和歌集》："秋风云月影"（秋风布层云，惟有一隙清；明月隙间出，皎影甚分明）构思可能受到《拟古诗》其七"皎皎云间月，灼灼叶中华"的启发。

图89　一海知义注《陶渊明》

镰仓室町时期，五山僧侣文学家对陶渊明的评价，可以虎关师炼和中岩

---

① 〔日〕田坂顺子编『扶桑集——校本と索引』、櫂歌書房1985年版、第22—23页。

圆月为代表。虎关师炼称陶渊明为"一傲吏",中岩圆月则把他看做"达观音"。《徒然草》第一百七十五段:"虽曰百药之长,然百病乃缘酒而生;虽曰忘忧之物,然醉人酒后,忧情重忆,哭泣亦悲。"据认为与《形影神》"日醉或能忘,将非促龄具"、与《饮酒》(其七)有影响关系。

江户时代藤原惺窝作有《题归去来兮图二首》,林罗山作有《归去来辞图赞三十件》,汉文学家对陶渊明依然抱有兴趣,俳句名家松尾芭蕉、与谢芜村先后吸取陶渊明的诗句以吟句。明治时代的著名文学家夏目漱石在《旅宿》中谈到中国诗歌在现代社会中的接受与欣赏时说:"直接吸收渊明、王维的诗境,愿片刻间逍遥于非人情的天地",并引用了"采菊东篱下,悠然见南山"这一脍炙人口的名句。尤其是晚年,他的汉诗中不乏从陶诗中获取的灵感,下面是 1922 年他所作汉诗中与陶诗相关的诗句:

8月16日　故园何处得归休,老去归来卧故丘。(《归去来兮辞》并序)
8月19日　萧然环堵意悠悠,富贵功名曷肯流。(《五柳先生传》)
8月22日　终日无为云出岫,寒黄点缀篱间菊。(《饮酒》其五)
8月23日　淡月微云鱼乐道,落花芳草鸟思天。(《归园田居》其一)
　　　　　欲赋归来未买田。(《归去来兮辞》并序)
8月28日　寂寞先生日涉园,村巷路深无过客。(《归去来兮辞》并序)
8月29日　不爱帝城车马喧,暖日和风野霭村。(《饮酒》其五)
9月1日　　独与轻松同素志。(《和郭主簿》)
9月5日　　欲弄言辞堕俗机。(《饮酒》其五)
9月6日　　茅屋三间处士乡。(《归园田居》其一)
9月10日　不依文字道初清。(《饮酒》其五)
9月12日　我将归处地无田。(《归去来兮辞》并序)
9月18日　黄耐霜来兮菊乱。(《饮酒》其五)
9月23日　黄花自发鸟知还。(《归去来兮辞》并序)
9月30日　描到西风辞不足,看云采菊在东篱。(《饮酒》其五)
10月1日　于今仙境在春醪。(《停云》)
10月3日　青隔时流偃蹇松。(《饮酒》其八)
10月6日　穷巷卖文聊自娱。(归园田居》其二)

面对虚伪、浮躁的社会风气与汉学日渐边缘化的尴尬处境,大阪文学家藤泽南岳（1842—1920）更感到陶渊明真诚、狷介的品格与安贫乐道、廉退平淡生活方式的魅力，也试图从平凡生活中发现诗意。他曾游历江南诸省，略通汉语，所作《和陶钦酒诗》乃是仿苏轼的《和陶饮酒诗》而作，自称与东坡同其量，又与陶老同其适，其诗第八首自言其志："夙抱图南志，自夸六翮姿。拟择三珠树，把栖最高枝。忽骇罩弋警，勇退计亦奇。为报干禄士，遑遑又何为。三百人赤芾，无地容负羁。"① 大正时期的汉诗人多通过吟读陶诗与欣赏《采菊图》《桃源图》来表达与污浊的政治生态保持距离的意愿，仅《大正百家绝句》便收录多首咏陶诗，兹录三首：

    东篱采菊图
  肯向尘寰觅赏音，无弦唯蓄一张琴；
  世间多少丹青手，不写东篱采菊心。②

                    春城   本田桓虎   东京

    陶渊明图
  不事寄奴唯醉吟，门栽五柳绿成荫；
  清风自足北窗睡，即是羲皇以上心。③

                    鬼洲   乾秦典   大连

    陶渊明图
  斗米抛来早赋归，孤云倦鸟淡忘机；
  东篱一角晋天地，采菊高风抵采薇。④

                    篆香   八木宽   兵库

    近现代日本出版了多种介绍与研究陶渊明及其作品的著述。首先要提到的是白河次郎所著《陶渊明》，1899 年 3 月由大日本图书株式会社发行，收

---

① 〔日〕藤澤南岳『和陶飲酒詩』、横山順 1902 年版。
② 〔日〕内野悟編『大正五百家絶句』、内野悟 1927 年版、第一卷第 52 頁。
③ 〔日〕内野悟編『大正五百家絶句』、内野悟 1927 年版、第三卷第 5 頁。
④ 〔日〕内野悟編『大正五百家絶句』、内野情悟 1927 年版、第 11 頁。

入《支那文学大纲》卷7，书中描述了陶渊明的一生。1933年1月上村忠治著《陶渊明》，叙述了陶渊明的生平，介绍了陶诗的艺术成就。铃木虎雄的《陶渊明》1948年1月由弘文堂书房发行，书后附有"陶渊明系谱"、"年谱略"等。松枝茂夫和和田武司还译出了张芝（李长之笔名）所著《陶渊明传论》（棠棣出版社，1953年版），书名改为《陶渊明》。大矢根次郎著有《陶渊明研究》，这是作者对陶渊明及其作品全面研究的专著，对作品大意作了解说，并涉及到陶渊明与日本文学的关系。1968年筑摩书房《世界古典文学全集》25，将一海知义所著《陶渊明》与《文心雕龙》编为一卷，几乎译注了陶渊明全部作品。在一海知义之前，斯波六郎也写过一部《陶渊明译注》，1951年1月东门书房发行。吉川幸次郎曾著《陶渊明诗》，1956年6月新潮社发行，为新潮丛书之一种。冈村繁所著《陶渊明——世俗与超俗》，1974年12月由日本广播出版协会发行。作者不满足于以往的渊明观，认为在诗人陶渊明的深层总有"可称为人的魔性的伶俐、任性、功利性、伪瞒性这些东西"，力图剖明渊明的内心世界。序论以《令人憧憬的隐逸诗人》为题，论述了陶渊明形象的形成与发展等问题。

四 盛唐三家翻译

日本汉诗学的首部著述空海（774—835）所撰（《文镜秘府论》）①，保存了大量中国久佚的中唐以前的论述声韵及诗文作法和理论的文献，对日本诗学、歌学影响深远。

江户诗话的大多数，以赏析唐诗与唐诗作法为主要内容。其中市河宽斋《谈唐诗选》② 论及《唐诗选》非李于麟之选，指出服部南郭校刻本之讹误。诗话中的唐诗研究最多的是对唐诗佳句的解读，也有少数对唐诗诗体、韵律等加以研究的著述，如卢玄淳《唐诗平侧考》三卷③，但作用主要还是普及唐诗韵律的基础知识。祇园南海（阮瑜）撰《诗诀》④ 一卷、《诗学逢原》⑤ 二卷，前者从诗的结构论及字句、体格皆有雅俗之别，说明古风、近体之异

---

① 〔日〕遍照金刚撰、卢盛江：《文镜秘府论汇校汇考》，中华书局2006年版。
② 〔日〕池田四郎次郎编『日本詩話叢書』第二卷、鳳文書舘1997年版、第123—159頁。
③ 〔日〕池田四郎次郎编『日本詩話叢書』第一卷、鳳文書舘1997年版、第67—123頁。
④ 〔日〕池田四郎次郎编『日本詩話叢書』第一卷、鳳文書舘1997年版、第5—27頁。
⑤ 〔日〕池田四郎次郎编『日本詩話叢書』第二卷、鳳文書舘1997年版、第3—41頁。

同；后者亦也以唐诗为中心，阐明所谓撰著者提出的"影写法"。

皆川淇园《淇园诗话》① 一卷，论诗一以盛唐为标的，而言诗之体裁、体调、精神三者相须始为完璧，而精神乃三者之总要。

以下诸作，皆以唐诗赏析杂考为中心内容：

服部南郭（元乔）《南郭先生灯下书》一卷②。

芥川丹丘（1710—1785）《丹丘诗话》三卷③。

冢田大峰（1745—1831）《作诗质的》一卷④。

在宋诗之风风靡之时，东聚（号梦亭）撰《唐诗正声笺注》，意在振兴唐诗研究。他所撰《鉏雨亭随笔》⑤ 亦多涉唐诗赏析。

1707 年编纂完成的《全唐诗》传入日本后，倍受学者关注。市河宽斋（1749—1820）遂广搜流传日本的中国典籍，编为《全唐诗逸》三卷⑥，于 1804 年在京都刊行。书中收诗人作品，上卷 45 人，诗 22，句 124；中卷 80 人，诗 12，句 139；下卷无名氏作品、《游仙窟》诗以及李峤诗，诗 38，句 16，计诗 72，句 279。该书收入 1823 年刊行的《知不足斋丛书》第三十集，1828 年江户又将《知不足斋丛书》所收的本子重刻，即"翻雕知不足斋本"⑦。

20 世纪 50 年代初，出现了使用与日常语言相当接近的日语来进行翻译、解说的唐诗等古典诗歌的入门书。先驱者是 1952 年出版的、引起很大反响的吉川幸次郎、三好达治的《新唐诗选》（岩波书店）。恰如该书（序）中写到的，"要使东洋的优秀财富、世界上最杰出的诗歌之一唐诗，接近我国的年轻一代"，自古以来曾令日本人倍感唐诗魅力，经过富有现代感的解说的重新发掘，不但吸引了传统的汉诗爱好者，也吸引了很多年轻的读者。其后，将《新唐诗选》解说风格更加推广至于全部中国旧体诗，也就是用平易的语言，来对以李白、杜甫为巅峰的唐诗为止的诗人作品加以介绍的，是吉川幸次郎、

---

① 〔日〕池田四郎次郎编『日本詩話叢書』第五卷、鳳文書館 1997 年版、第 177—228 頁。
② 〔日〕池田四郎次郎编『日本詩話叢書』第一卷、鳳文書館 1997 年版、第 47—66 頁。
③ 〔日〕池田四郎次郎编『日本詩話叢書』第二卷、鳳文書館 1997 年版、第 551—625 頁。
④ 〔日〕池田四郎次郎编『日本詩話叢書』第一卷、鳳文書館 1997 年版、第 365—409 頁。
⑤ 〔日〕池田四郎次郎编『日本詩話叢書』第五卷、鳳文書館 1997 年版、第 231—451 頁。
⑥ 〔日〕池田四郎次郎编『日本詩話叢書』第六卷、鳳文書館 1997 年版、第 487—159 頁。
⑦ 蔡毅：《日本汉诗论稿》，中华书局 2007 年版，第 203—223 页。

小川环树二位监修的《中国诗人选集》全十八卷（岩波书店，1957—1959），再后来所修《续编》十二卷（1962—1963）又收入了起自宋代到清代的具有代表性的诗人之作。

日本近现代对李白、杜甫、王维的研究涌现出一批重要成果。李白研究如田中克己《李太白》（民族教养新书，元元社，1954年版）、大野实之助《李太白研究》（改订增补版，有朋书店，1971年版），大野实之助《李太白诗歌全解》（早稻田大学出版部，1980年版）、久保天随《李太白诗集》（《续国译汉文大成》，国民图书刊行会，后改题《李太白诗集》，日本图书中心，1978年版），青木正儿《李白》（《汉诗大系》8，集英社，1965年版）、武部利男《李白》（上下）（《中国诗人选集》7、8，1958年版）。武部利男的另两部同名著述分别收入筑摩书房的《世界古典文学全集》27（1972年版）和筑摩书房的《中国诗文选》（1973年版）。他还著有《李白小传》（新潮社，一小时文库，1955年版）和《李白之梦》（筑摩书房，1982年版）。前野直彬《李白》是集英社袖珍中国诗人选的一种（3，1972年版）。福原龙藏著有《李白——豪放非运的诗仙》（《现代新书》，讲谈社，1969年版）、高岛俊男著有《李白与杜甫——他们的行动与文学》，是评论社出版的《东洋人的行动和思想》的第9种（1972年版），小尾郊一的《李白·飘逸诗人》是集英社《中国诗人》第6种（1982年版）。早稻田大学教授松浦友久著有《李白传记论——客寓的诗想》等创造性成果。中国学者的研究著述如王瑶的《李白》、郭沫若的《李白与杜甫》、王运熙等的《李白》均有日译本。

吉川幸次郎在多种著述中阐述了杜甫的艺术成就和中国诗歌对世界文化的贡献。他在京都大学的最后一次讲演是以杜甫在东洋文学中的意义为内容的，其主要著作包括《杜甫》（1、2）（《世界古典文学全集》，筑摩书房，1967、1972年版）、《杜甫私记》（1）（筑摩书房，1950年版）、《杜甫诗注》（1—5）（筑摩书房，1977—1980年版）、《杜甫札记》（新潮社《新潮文库》，1970年版）等。在根据他与梅原猛对谈写成的《诗与永远》（雄浑社，1967年版）等书中也对杜诗多有评论。诗人土岐善麻吕《新译杜甫诗选》（全四册）是很有影响的杜诗译本。

日本现代研究杜甫的学者还有目加田诚等。黑川洋一著有《与杜诗在一起》(创文社，1982年版)、《杜甫》(上下)(《中国诗人选集》9、10，岩波书店，1963年版)、《杜甫》(《中国诗人选》15，筑摩书房，1972年版)、《杜甫的研究》(《东洋学丛书》，创文社，1977年版)等。高木正一著有《杜甫》(中公新书，中央公论社，1969年版)。铃木修次有《杜甫》(人与思想系列，清水书院，1980年版)。田木繁有《杜甫诗选》(1—3)(讲谈社学术文库，1978年版)。此外，现代学者编写的有关杜甫与杜诗的著述还很多，如斋藤勇著《杜甫——其人其诗》(研究社，1946年版)、森野繁夫著《杜甫·沉郁诗人》(集英社，《中国的诗人》)7，1982年版)，福原龙藏著《杜甫——沉痛漂泊的诗圣》，讲谈社《现代新书》，1976年版)、吉川利一著《杜甫的遗产——人的实存的探究》(春韭庵，《杜甫研究》1，1965年版)等。冯至的著述也由桥川时雄译出，题为《杜甫——诗和生涯》，由筑摩书房1955年出版。

王维诗歌的翻译、注释与翻译，主要有入谷仙介的《王维》(《中国诗文选》13，筑摩书房，1973年版)、小林太市郎等的《王维》(《中国诗人选集》6，岩波书店，1958年版)。原田宪雄著《王维》(《袖珍中国诗人选》6，1967年版)、小川环树的《王维诗集》(岩波文库，岩波新书，1972年版)。释清潭的《陶渊明　王右丞集》先曾收入《续国译汉文大成》由国民文库刊行会出版，后又改名为《陶渊明　王维全诗集》，1978年由日本图书中心发行。

研究王维的专著以入谷仙界《王维研究》最有影响。《王维研究》是入谷仙界的博士论文，本书扩展了小林太市郎(1901—1963，曾任神户大学教授)的《王维的生涯与艺术——中国艺术论》(1974年版)的研究，摘其瑕疵，正其谬误，弘其卓识，别开生面。书中论述在唐代门阀贵族和寒门士族的阶级斗争坛场，王维立身于士族而追随贵族，他虽然主观上希望士族干预政治，但在客观上这却属不可能之事，所以他便陷入到深刻的矛盾之中，只能在诗歌艺术中求得慰藉。这是他诗歌纯美性、幻想性与神秘性的根源。同时，他本人身为士族，属于新兴阶级，具有现实性的社会认识和对于劳动人民的同情，这又是他诗歌现实性的根源。此外，伊藤正文著有《王维　审美诗人》(《中国的诗人》5，集英社)。小林太市郎著有《王维的生涯和艺术——中国艺术论篇》2(淡交社，收入《小林太市郎著作集》4，

1974 年版)。

五 宋诗

据推定抄写于 1534 年以前的《中华若木抄》，是一本用日语讲解唐宋诗歌与日本佛教诗人的作品的著述，为如月寿印所撰，其中收录日本自 14 世纪末至 16 世纪末禅僧诗作 130 首，唐宋诗人诗作 131 首。

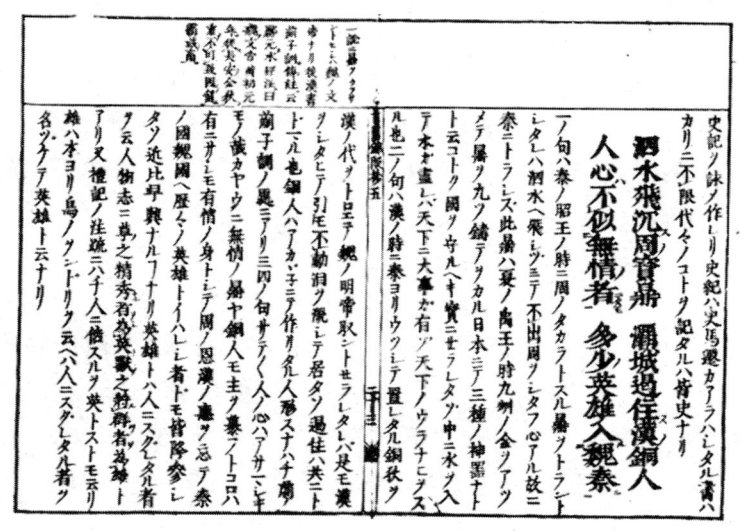

图 90　花园大学国际禅学研究所藏《中华若木抄》

该书收录的四十余位已知为宋代诗人的作品，其中以陆游作品为多。书中还收录了沈彬等五代诗人，段继昌、郦元兴、李金渡、史景阳等金代诗人和程钜夫、虞伯生、滕玉霄、杨仲弘等元代诗人的诗作[1]。特别值得注意的是，此外还收录了三十位生平不详的中国诗人的诗作，它们是：

杜子川《忠义兵》	刘恭玄《自得》	林宽　《歌风台》
赵君玉《明妃曲》	赵复雅《临川道中》	赵小山《春日》
黄君度《乞米》	朱氏　《春怨》	徐朣鹤《所见》
邬梅坞《看月》	魏南叟（史）《岭南归途览镜》	袁幼之《游双林寺》

---

[1]〔日〕大塚光信、尾崎雄二郎、朝仓尚校注『中華若木詩抄　湯山聯句鈔』、岩波書店 1995 年版。

陈自斋《寄雁》　　　陈一斋《隐者》　　　张立斋《子陵钓鱼》
郑颐中《寄戒上人》　陈元信《春日作》　　无名氏《嘲僧惠嵩》
何橘潭《过垂虹》　　项庵老《清明雨》　　了彦登《渊明采菊》
张蒙泉《一径》　　　许子文《梅月屏》　　唐洪甫《偶书》
赵彦笆《春日作》　　潘紫岩《楼》　　　　萧云麓《晚步》
贺纯中《宫草》

  这些诗人生卒年月不详，很可能大部分为宋代诗人。其中一些诗作，在中国已经失传，至少是不知所在，却在异国并作为学诗的入门教材，赖此而幸存于世。它们的出处值得追溯。不过在追寻这些诗作的时候，也有必要考虑在流传海外时所出现的一些乌龙现象。该书中就有将陆游的诗《老将》的作者误作僧保进的，也不排除书写笔误造成的张冠李戴。

  江户初期虎关师炼所撰《济北诗话》①评骘李杜王韦佳句，对宋代诗人林和靖、王安石、杨诚斋、刘后村等也多有涉及。江户中期僧人慈周（1724—1801，号六如）为日本宋诗风之兴盛著先鞭，所著《葛原诗话》②，收罗难解诗语，辨析用法，实为诗语汇释一类著述。《五山堂诗话》评论说："诗用生字者，六如之癖也。盖渠一生读诗，如阅灯市览奇物，故其所著诗话，只算一部骨董簿，殊失诗话之体也。"虽道出《葛原诗话》特色，却未免苛刻。这一类诗语汇释之书，亦为诗话之一体。所释诗语多有确当之说，亦有因不熟典故而臆测之见。如"笑盐"本出刘义庆《世说新语·言语》中谢安听其侄咏出诗句"撒盐空中差可拟"后"大笑乐"的典故，后因以"笑盐"谓长者与子侄辈吟咏唱和以相笑乐，而《葛原诗话》则说：

  范成大诗"学业荒呻毕，欢惊隔笑盐"。予谓笑盐犹如笑歌也。歌曲之名，有昔昔盐、疎勒盐、满座盐等数名。太平乐亦称合欢盐。唐诗"媚赖吴娘唱是盐"，又"更奏新声刮骨盐"。《丹铅录》"歌诗谓之盐"者，如行、引、曲之类，更质于博雅。③

---

① 〔日〕池田四郎次郎编『日本詩話叢書』第六卷、鳳文書舘1997年版、第291—322頁。
② 〔日〕池田四郎次郎编『日本詩話叢書』第四卷、鳳文書舘1997年版、第7—202頁。
③ 〔日〕池田四郎次郎编『日本詩話叢書』第四卷、鳳文書舘1997年版、第196頁。

慈周晚年又撰《葛原诗话后篇》①，体例同《葛原诗话》，往往补阙其前篇考据之不足，订正所考之讹误。津阪孝绰撰《葛原诗话纠谬》② 意在匡正《葛原诗话》中的诗语考证。

《葛原诗话》问世之后，猪饲彦博又作《葛原彦博标记》一卷③，略作补正。提倡宋诗之著，山本北山（1752—1812）《孝经楼诗话》④ 与僧六如《葛原诗话》并称。其书录有关诗歌的熟语典故，抨击《唐诗选》为"伪选"，推崇《联珠诗格》为"忠义之正书"，批驳《沧浪诗话》之谬妄，与《葛原诗话》专门探讨诗语不同。

江户后期的大洼诗佛（字天民，1767—1837）也竭力鼓吹宋诗，所撰《诗圣堂诗话》⑤ 更多反映宋诗之风在日本汉诗中的投影，载录江湖诗社同人及知友中风调极佳者予以褒扬。山本北山斥逐伪唐诗，宋诗渐受追捧，遂起模拟宋诗之风。菊池桐孙（号五山）加入市河宽斋江湖诗社，始斥逐伪宋诗，撰《五山堂诗话》十卷⑥，多录同时汉诗人及社中诸子佳作。

宋人于济、蔡正孙编，朝鲜徐居正等增补的《唐宋千家联珠诗格》传入日本后，出现多种翻刻本。1804年翻刻本，佐藤一斋为之作序。后江户七家书商裒爱日楼所藏元刻本、绿阴茶寮朝鲜本、平安翻刻元版本、朝鲜版翻刻本、活字本、正德本、巾箱本、别版巾箱本及唐宋诗人本集、总集、别集数十部加以校雠，制为善本，山本北山为之撰《新刻唐宋联珠诗格序》⑦。

越前大野藩士久保善教（生卒年不详）撰《木石园诗话》一卷⑧，左袒宋诗，书中多录日人汉诗。

近代以来，陆游的诗仍受到很多日本学人的喜爱，马克思主义经济学家河上肇（1879—1946）出狱后专注于放翁诗研究。他曾作《放翁》诗，序称

---

① 〔日〕池田四郎次郎编『日本詩話叢書』第五卷、鳳文書舘1997年版、第3—135頁。
② 〔日〕池田四郎次郎编『日本詩話叢書』第五卷、鳳文書舘1997年版、第139—175頁。
③ 〔日〕池田四郎次郎编『日本詩話叢書』四卷、鳳文書舘1997年版、第209—215頁。
④ 〔日〕池田四郎次郎编『日本詩話叢書』第二卷、鳳文書舘1997年版、第43—121頁。
⑤ 〔日〕池田四郎次郎编『日本詩話叢書』第五卷、鳳文書舘1997年版、第423—458頁。
⑥ 〔日〕池田四郎次郎编『日本詩話叢書』第九卷、鳳文書舘1997年版、第537—610頁。
⑦ 〔日〕池田四郎次郎编『日本詩話叢書』第二卷、鳳文書舘1997年版、第117頁。
⑧ 〔日〕池田四郎次郎编『日本詩話叢書』第七卷、鳳文書舘1997年版、第515—542頁。

"日夕亲诗书,广读诸家之诗,然遂最爱剑南诗篇"。其诗曰:

> 邂逅蠹书里,诗人陆放翁;
> 抱情歌扇月,忘世酒旗风。
> 伏枥千里骥,蹴空九秋鸿;
> 爱吟长不饱,闲暮乐无穷。①

诚如一海知义所说,河上肇的诗,不是战斗的诗,而是休息的诗,更正确一点说,是战斗之后休息的诗。河上肇著有《闲人诗话》②,陆游的诗歌陪伴他走过了最后的生命旅程,他也为陆游写下了一部《陆放翁鉴赏》③。

《宋诗选》已有入谷仙介(朝日新闻社,1978年版)、小川环树(筑摩书房,1967年版)和今关天彭(集英社,1966年版)等编著的数种。前野直彬编有《宋诗鉴赏辞典》(东京堂,1977年版),吉川幸次郎著有《宋诗概说》(岩波书店,1962年版)。

宋代诗人中以苏轼研究为最盛,陆游次之。小川环树和山本和义都著有以《苏轼》为名的书,分别由岩波书店(1962年版)和筑摩书房(1973年版)出版。近藤光男和田中克己的著述各由集英社(1964年版)和研文出版社(1983年版)出版,且都名曰《苏东坡》。《苏东坡诗集》也有两种,一是岩垂宪德校注(东洋文化协会,后更名为《苏东坡全诗集》,1978年由日本图书中心刊行),另一种是小川环树等校注(筑摩书房,1983年版)。小川环树等还编有《苏东坡诗选》(岩波书店,1975年版)和《苏东坡集》(朝日新闻,1972年版)。横田辉俊著有《苏东坡·天才诗人》(集英社,1983年版)。

陆游的诗选,以《陆游》为题者有一海知义(岩波书店,1962年版)、小川环树(筑摩书房,1974年版)和前野直彬(集英社,1964年版)三种。铃木虎雄著有《陆游诗解》(上下)(弘文堂书房,1967年版)。岩城秀夫和松枝茂夫分别译注了《入蜀记》和《老学庵笔记》,皆由平凡社出版。村上

---

① 〔日〕一海知義『河上肇詩注』、岩波書店1977年版、第136—137頁。
② 〔日〕杉原四郎『河上肇評論集』、岩波書店1987年版、第254—288頁。
③ 〔日〕河上肇『陸放翁鑒賞』、三一書房1949年版。

哲见著有《陆游·圆熟诗人》（集英社，1983年版）。

除苏轼、陆游外，有关王安石的三种著述分别是小野寺郁夫（人物往来社，1967年版）、清水茂（岩波书店，1962年版）和三浦国雄（集英社，1984年版）所著，书名《王安石》。黄庭坚诗选有仓田淳之助（集英社，1967年版）和荒井健（岩波书店，1963年版）所编译的两种。

六　元明清诗歌

李王拟古派诗风由于古文辞派的提倡曾经盛极一时。泷川南谷曾撰《沧溟近体声律考》①，标举李于麟诗体严正无比，就其全集考其声律，极论正偏。原田东岳（1709—1783，字温夫）撰《诗学新论》② 三卷，论各时代诗风，自《诗经》至于明代皆有评论，特别于唐明两代最详。江村北海序称"此书虽论驳不一，要为嘉靖诸才子发耳"。

山本北山《作诗志彀》③猛烈抨击徂徕一派追随李王大作伪唐诗，提倡袁宏道性灵说，他高声疾呼：诗之所以为诗者，特在清新；诗之清新犹射之正彀。故将所撰诗话名曰"作诗志彀"④。其书刊行后，褒扬者有之，驳难者有之，一时争相出书热议。良猷公凯（号松村）撰《艺园锄荛》⑤ 二卷对北山所著《孝经楼诗话》一并加以论驳，丝非翼（號榕斋）《辨艺园锄荛》⑥ 二卷起而为北山辩护。

太宰春台撰《诗论》⑦ 一卷，综论自唐虞三代至汉魏六朝唐宋以下诗歌发展演变，主旨却在论述明诗与唐诗之似是而非，集中火力猛攻李于麟，批评明诗之辈唯学唐诗口吻，饾饤缀辑成章，宛如剪纸之花，灿烂耀人眼目，却毫无生气，就中李于麟最患此病。

友野霞舟（1791—1849，名煥，号霞舟）取朱彝尊选编的《明诗综》之体，编选日本江户初期以来汉诗人二百余家诗作，计百一十卷，每位诗人附

---

① 〔日〕池田四郎次郎编『日本詩話叢書』第六卷、鳳文書舘1997年版、第233—276頁。
② 〔日〕池田四郎次郎编『日本詩話叢書』第三卷、鳳文書舘1997年版、第255—376頁。
③ 〔日〕中村幸彦校注『近世文學論集』、岩波書店1978年版、第263—348頁。
④ 王晓平：《袁宏道的性灵说和山本北山的清新诗说》，《古代文学理论研究》第十四辑，上海古籍出版社1980年版，第200—212页。
⑤ 〔日〕池田四郎次郎编『日本詩話叢書』第八卷、鳳文書舘1997年版、第157—222頁。
⑥ 〔日〕池田四郎次郎编『日本詩話叢書』第八卷、鳳文書舘1997年版、第225—302頁。
⑦ 〔日〕池田四郎次郎编『日本詩話叢書』第四卷、鳳文書舘1997年版、第287—318頁。

小传，裒录各家评说，最后将陈述自见之文字编为《锦天山房诗话》① 二册。

袁枚《随园诗话》传入日本，播磨姬路藩士加藤善庵（？—1862，字良白）仿其体例，撰《柳桥诗话》② 主张不强立门户，不争唐宋优劣，书中所收日本古代诗人逸话，载录当时名诗佳作。

江户中后期，儒者重视对日本民族历史的重新审视，以诗咏史之作渐多。赖山阳（1781—1832）仿李东阳（1447—1516）《拟古乐府》作《日本乐府》③，咏唱日本古代至安土桃山时代的历史。清人黄鹏扬（字远公）作《读史吟评》，《四库提要》评其书"杂咏史事，每诗之后附以论断，略如元宋无《唪吒集》例，而词旨拙鄙，则又出无下。玩其意旨，似借讽明季之事，不为品第古人也。"市野光彦（晚号迷庵）仿《读史吟评》之体，从日本国史中选出大塔宫、楠公父子至足利尊等十五人，为每人作绝句一首，并加评语。

清田儋叟撰《艺苑谈》一卷④、《艺苑谱》⑤，对学人轻薄之风多有规诫，论及明诗、清诗，指斥"清儒轻薄甚于明儒"。清代诗评，多在调和融合中以成一家之言，广濑淡窗（1782—1856）所撰《淡窗诗话》⑥ 对各诗派均不一笔抹杀，而采取有所分析，剖辨优劣得失，颇同于袁枚⑦。

江户时代赖山阳曾作《夜读清诸人诗，戏赋》：

钟谭钜蛮真衰声，卧子拔戟领殿兵。
牧斋卖降气本馁，敢挟韩苏姑盗名。
不如梅村学白傅，芊绵犹有故君情。
康熙以还风气辟，北宋粗豪南施情。
排篹群推朱竹坨，雅丽独属王新城。
祭鱼虽招谈龙嗤，钝吟初白岂抗衡。

---

① 上册〔日〕池田四郎次郎编『日本詩話叢書』第八卷、鳳文書舘1997年版、第305—524頁。下册同叢書第九卷、323—530頁。
② 〔日〕池田四郎次郎编『日本詩話叢書』第六卷、鳳文書舘1997年版、第323—436頁。
③ 〔日〕至誠堂編輯部『詳解全譯漢文叢書第三卷　日本政記・日本樂府』、至誠堂1928年版、第1—120頁。
④ 〔日〕池田四郎次郎编『日本詩話叢書』第九卷、鳳文書舘1997年版、第3—48頁。
⑤ 〔日〕池田四郎次郎编『日本詩話叢書』第六卷、鳳文書舘1997年版、第6—44頁。
⑥ 〔日〕池田四郎次郎编『日本詩話叢書』第四卷、鳳文書舘1997年版、第215—276頁。
⑦ 王晓平：《近代中日文学交流史稿》，湖南文艺出版社1987年版，第21—35页。

健笔谁摩藏园垒,硬语难压瓯北营。
仓山浮嚣笔输舌,心怕二子才纵横。
如何此间管窥豹,唯把一袁概全清。
渥温决罗风气同,此辈能与元虞争。
风沙换得金粉气,骨力或时压前明。
吹灯覆帙为大笑,谁隔溟渤听我评。
安得对面细论质,东风吹头骑海鲸。①

诗中的"白傅",指白居易。

1940年和歌山县成道寺住持高桥蓝川创办黑潮吟社,发行汉诗月刊《黑潮集》,一直坚持到七十年代。蓝川提倡清诗,曾作《示邀月诗会诸生》:"鸠首耽吟笔一枝,个中清兴罔人知;须参袁老性灵旨,又究王家神韵诗。"②告诫同人用心领会袁枚的性灵说,探究王渔阳的神韵说。鉴于他提倡汉诗创作的功绩,和歌山县授予他文化功劳奖,大本山妙心寺授予他"宗门文化章"。

日本现代中国古典诗歌研究,元明清三代相对寂寥。吉川幸次郎曾著《元明诗概说》(岩波书店,1963年版)。《明代诗文》为入矢义高选注(筑摩书房,1978年版)。入矢义高海选注了《袁宏道》(岩波书店,1978年版)一书。高启全注本有久保天随《高青丘诗集》(1—4)(东洋文化协会,后更名为《高青丘全诗集》,1978年由日本图书中心出版)。选注本有入谷仙介的《高青丘》(岩波书店,1962年版)和蒲池欢一的《高青丘》(集英社,1966年版)。

清诗有村山吉广(明治书院,1976年版)和近藤光男选编的两种选注本。王士禛有桥本循的《王渔洋》(集英社,1965年版)和高桥和巳的《王士禛》(岩波书店,1962年版)两种选本。王夫之有高田淳编注的《王船山诗文集》(平凡社,1981年版)。黄遵宪有岛田久美子译注的《黄遵宪》(岩波书店,1963年版)和实藤惠秀等校注的《日本杂事诗》(平凡社,1968年版)。笕久美子的《黄遵宪》也为岩波书店出版。

---

① 〔日〕赖成一、伊藤吉三訳註『賴山陽詩抄』、岩波書店1977年版、第136—138页。
② 〔日〕高橋藍川『藍川三体诗』、黑潮吟社1979年版、第14页。

七　日本中国古典诗研究工具书与鉴赏类书籍

工具书如目录、辞典、索引等，固然代表一国一家学术的水准和活跃动态，但同时又常因其工作繁琐、治丝益纷，穷年累月，始克有济，而往往能者不屑就、无能者不能为。日人治学，历来重视工具书的编纂。有关中国古典诗歌的索引、引得、通检等种类颇多，研究专著或译著书也多附作者、作品及事项索引，查检方便。

先秦诗歌研究方面，如柏树舍同人所编《诗经一句索引》（大东文化协会，1932年版）、北海道中国哲学会伊藤伦厚等编《韩诗外传索引》（东丰书店，1980年版，一字引得）、后藤俊瑞编《诗集传事类索引》（武库川女子大学文学部中国文学研究室，1960年版）。竹治贞夫编《楚辞索引》（订正版）（德岛大学教育学部汉文学研究室，1970年版；京都中文出版社，1972年版）。

汉魏六朝诗歌研究方面有松浦崇编《全汉诗索引》（福冈櫂歌书房，1984年版）、松浦崇编《全三国诗索引》（福冈櫂歌书房，1985年版）、松浦崇编《全晋诗索引》（2册，福冈櫂歌书房，1987年版）、早稻田大学文学部中国诗文研究会编《（逯钦立辑校）先秦汉魏南北朝诗作者索引》（东方书店，1984年版）、松本幸男编《阮籍咏怀诗索引》（木耳社，1977年版；又收入《阮籍的生涯与咏怀诗》）、藤井良雄编《阮籍集索引》（福冈北九州中国书店，1985年版）、松浦崇编《嵇康集诗索引》（京都汇文堂书店，1975年版）、松浦崇编《嵇康集"文章"索引》（福冈中国书店，1981年版）、堀江忠通编《陶渊明诗文综合索引》（京都汇文堂书店，1976年版）、盐见邦彦编《谢宣城诗一字索引》（名古屋采华书林，1970年版）、小西升编《谢灵运诗索引》（福冈中国书店，1981年版）、后藤秋正编《陆机诗索引》（松云堂，1976年版）、山田英雄编《鲍参军集索引》（昆仑书房，1987年版）、松浦崇编《北魏诗索引》（福冈櫂歌书房，1987年版）、小尾郊一、高志真夫编《玉台新咏索引》（山本书店，1976年版，附《玉台新咏笺注》）。

唐诗研究方面工具书最多，如森山秀二、岩间启二编《（活字本影印本对照）全唐诗作者索引》（日大文理学部中国学术研究会，1976年版）、松冈荣志编《宋之问诗索引》（东京大学东洋文化研究所附属东洋学文献中心，

1985年版）、盐见邦彦编《骆宾王诗一字索引》（采华书林，1982年版）。安东俊六编《陈子昂诗索引》（附，《陈子昂诗集》名古屋采华书林，1976年版）。新兔惠子编《岑参歌诗索引》（中国中世文学研究会，1978年版）、花房英树编《李白歌诗索引》（京都大学人文科学研究所，1957年版，京都同朋舍，1977年版）、饭岛忠夫、福田福一郎编《杜诗索引》（松云堂书店，1935年版）、和田利男编《杜诗事类索引》（1）—（6）（群马大学教育学部纪要人文社会科学编，13—16、18、19，1964—67）、藤泽隆治编《杜审言诗索引》（名古屋昆仑书房，1986年版）、都留春雄等编《王维诗索引》（京都大学中国语学中国文学研究室，1952年版；名古屋采华书林，1978年版）、芳树弘道《王昌龄诗索引》（京都朋友书店，1983年版）、花房英树编《韩愈歌诗索引》（京都府立大学人文学会，1966年版）、前川幸雄编《柳宗元歌诗索引》（京都朋友书店，1980年版）、花房英树、前川幸雄编《元稹歌诗语汇索引》（汇文堂书店，1977年版，《元稹研究》第三部收录重要语汇索引）、山内春夫《杜牧诗索引》（改订版，汇文堂书店，1986年版）、东北大学文学部中国文学研究室编《皮日休诗索引》（采华书林，1983年版）、早稻田大学中国文学会李商隐诗索引编集班《李商隐诗索引》（1981年版；龙溪书舍，1984年版）、丸山茂编《张籍歌诗索引》（京都朋友书店，1977年版）、平冈武夫等编《唐代的诗人》（附：人名、地名、官名索引。大修馆书店，1975年版）、平冈武夫等编《唐代的诗篇》（2册，京都大学人文科学研究所，1964—1966年版；同朋舍，收入《唐代诗篇篇目取材的人名索引》）、平冈武夫、今井清编《唐代的长安与洛阳》（索引篇）（京都大学人文科学研究所，1956年版。同朋舍，收入《唐西京城坊考、长安志、河南志、两京新记等的项目索引》等）。《唐代名人年谱人名索引》（京都大学人文科学研究所，1951年版）。

宋代诗词研究方面，如白山同风编《唐宋词选五种综合引得》（编者印行，1967年版）、村山哲见《陆游剑南诗稿诗题索引》（奈良女子大学中国文学会，1984年版）、佐伯富编《苏东坡全集索引》（汇文堂，1958年版）、中津浜涉编《乐府诗集研究》（附诗歌、作者、引用书索引）（汲古书院，1970年版）。元明清诗研究方面的索引较少，只有不多几种。另外，吉川幸次郎、小川环树编的《中国诗人选集总索引》（岩波书店，1959年版）等有重要参考价值。

学者们在从事专门研究的同时，十分重视中国古典诗歌的普及。上世纪50年代以来，各相关出版社不断推出鉴赏类图书，其中唐诗鉴赏占压倒多数。50年代有大野实之助的《唐诗的鉴赏》（正、续、三篇，早稻田大学出版部，3册，1959年版）；60年代有前野直彬的《唐代诗集》（上、下）（《中国古典文学大系》17、18、1969、1970年版）；70年代有前野直彬的《唐诗鉴赏辞典》（东京堂出版，1970年版）、横山伊势雄的《唐诗的鉴赏——珠玉百首选》（ぎょうせい，1978年版）和目加田诚的《唐诗散步》（时事通信社，1979年版）；80年代有植木久行的《唐诗岁时记——四季与风俗》（明治书院，1980年版）、松浦友久的《唐诗之旅——黄河篇》（社会思想社，1980年版）、乐恕人的《唐代的女诗人》（每日新闻社，1980年版）、植木久行的《唐诗的风土》（研文出版，1983年版）、入谷仙介的《唐诗名作选》（日中出版）等；90年代有朝日新闻社的《中国名诗集》等（松浦友久著，副题"美的岁月"。收各代名诗，以唐诗为多）。

第二节　从庞德、韦利到日译唐诗中的自由译风

在20世纪日本的中国唐诗翻译者队伍中，有几位"外来者"。对于以中国文学为专业的学者来说，他们是陌生的"越界者"，而对于远逝的欧美诗人庞德和翻译家韦利来说，他们却称得上是编外的异域弟子。他们的名字是小畑熏良（1888—1971）、森亮（1911—1994）和加岛祥造（1923—）。

从道理上讲，作为身在异邦的中国古典诗歌翻译者，不仅应该具有中国语言文化的素养，而且还应该掌握有关中国现代研究的丰富信息，才有可能拿出上乘的译品来。在这一点上，上述几位译者当然不占优势。然而，也恰恰是因为上述几位译者不在中国文学研究专门家的圈子之中，他们才得以顺畅无阻地接受了庞德、韦利的译风，大胆开始了一件中国文化"转口贸易"的尝试。

在论及这几位译者的功过之前，很有必要了解一下翻译在近代日本文化发展中的位置，回顾一下日本翻译界的变迁。比较文化研究者、评论家龟井俊介（1932—）在《日本翻译的特殊性》一文中曾把日本称为"翻译天堂"，

他特别强调，在近代日本人被裹挟到学习与吸收西方文明的热潮当中的时候，就必须进行与西文之间的翻译、汉文的日本式读法等全然隔绝的、技术层面的努力和精神层面的苦斗。他还指出，西方和东方这种语言上对峙的文化异质性，说起来只是一句话，而实际上却是无比巨大的：

> 日本近代的翻译，成为了反映着西方与东方文化距离的规模宏大的事业，同时也成为反映国际的以及文化的力量关系的、迅疾发展的事业，从而也就成为伴随精神紧张的、孕育着自我崩溃危险的事业。翻译天堂，至少就这一事业的出发点来看，或许也可以说，同时也就是翻译地狱。
>
> 然而，正是在这样的前提之下，日本近代文化的某些重要部分，不正可以说是翻译奠定基础的吗？我还感到可以说，正是在这一基础上完成了日本独自的文化建设。这让我感到，即便说翻译文化让日本发展了起来，也并非言过其实吧。①

龟井俊介明确指出，翻译文学毫无疑义进入到了日本近代文学的核心。值得注意的是，龟井俊介还谈到日本翻译中汉语地位的演变：

> 尽管在初期，翻译者们也有的表现出"依赖汉语"的倾向，但很多诗人将"弃汉投欧"作为理所当然的能量转移。北原白秋在《汉诗与现代诗》一文中说："正像过去的日本人以'和魂汉才'在范畴转换中创造出'青'一样，今日和魂汉才也会让后代认同其作为某种属于日本的东西的独创性吧。"②
>
> 也就是说，唯有"和魂"不变，过去的"汉才"只有乖乖地让位于"洋才"。③

从龟井俊介对日本翻译特殊性的描述不难看出，如果说近代以来的日本是"翻译天堂"，那也主要是指西方文化的"翻译天堂"，中国和其它非西方

---

① 〔日〕亀井俊介『近代日本の翻訳文化』、中央公論社1994年版、第3頁。
② 〔日〕北原義雄編『漢詩大講座』第十一集『研究及鑑賞』、アトリエ社1936年版、第206頁。
③ 〔日〕亀井俊介『近代日本の翻訳文化』、中央公論社1994年版、第3頁。

国家文化的翻译始终处于边缘和从属的地位，一个重要的表现就是翻译的方法和理论无不主要出自西方。正是因为如此，西方对中国文学典籍的翻译也就成为日本人翻译中国文学典籍的先导。翻译和研究相辅相成，而西方学术思想也不断给予日本学术新的刺激和影响。

在众多文化人"弃汉投欧"的背景下，日本人甚至比当时的中国人更早注意到西人对中国经典研究的成果，并以此作为日本人也应该追随其后关注中国经典的理由。例如关于欧洲汉学研究，后藤末雄（1886—1967）所著《支那思想之西渐法兰西》，早在1933年就问世了，该书系统探讨儒家思想对近代法国思想界的影响，视为比较思想的先驱之作，大大早于中国学界的同类之作[1]。这部著述至今还不失其精读价值。日本学者从西方对中国文化的关注中，对中国文化的价值重新加以审视，也由西方译者翻译中国典籍的经验中发现了新的翻译思路，如同武士找到了一件新武器，开始向沿袭千年的训读传统发起了挑战。

西方学者对中国古典诗歌的翻译，成为推动日本翻译界转变翻译观念的一股力量，这股力量是通过那些比较熟知西方文化的译者起作用的。庞德、韦利的中国诗歌译作，启发他们也着手将中国古典诗歌翻译成日语自由诗，为丢开训读找到一个活标本。从小畑熏良英译中国诗歌问世，中间经过森亮的《白居易诗选》，到21世纪初加岛祥造的日译中国诗选和《老子》《庄子》的新译，中国古典诗歌的自由译，就像是一场接力，延续了几十年之久。

一　古典诗歌翻译的西方导师

美国诗人埃兹拉·庞德（Ezra Pound，1885—1972）于1915年4月在伦敦首版的《神州集》（*Cathay*，或译作《华夏集》、《中国》）收入译诗仅仅14首，内有《诗经》一首，余为屈原、李白、王维的诗歌。这本薄薄的小册子却成为比较文学久远的话题。

《神州集》（*Cathay*）不仅在英语世界产生了巨大的影响，而且由于这种影响，又将影响扩衍到亚洲岛国日本。由于对庞德翻译大有帮助的俄尼斯

---

[1]〔日〕后藤末雄『支那思想のフランス西漸』、第一書閣1933年版。改題『中国思想のフランス西漸』、平凡社1974年版。

特·费诺罗萨（Eniest Fenoollosa）曾在日本跟汉学家森槐南（1863—1911）教授学习中国古诗，并广泛涉猎过日本古典戏剧和中国哲学与文学①，日本学者对庞德和他的译作就感到格外亲近起来。吉川幸次郎在访问美国前，曾经读到过庞德的《神州集》，在美国访问期间到圣·伊丽莎白医院拜访了这位诗人，并写下了《埃兹拉·庞德》一文以示纪念。在他写给朋友的明信片中写下了他对庞德最深的印象"祖裸见客，如阮籍。"②

佐藤春夫（1892—1964）曾经对庞德给予了积极的评价。在《汉诗翻译》一文中他引用了庞德翻译的几首李白诗，并且指出小畑薰良的英译汉诗曾经受到庞德的影响。他指出，汉诗的新的日译，也受到那些英译过来的汉诗的刺激，同时很多还是从学习欧美诗歌的日译开始的③。

诗人、水墨画家加岛祥造（1923—）也是庞德的崇拜者。他在《汉诗和译考》中引用了庞德的一段话：

> 我下了这样的决心……首先剥去诗的外壳，了解内侧富有生气的内涵，接着了解它作为那一国家的诗歌是"诗"的部分，了解哪些部分是不能破坏的，哪些部分即便被翻译也不能抹杀，还有在重要性上是毫不逊色的一点，就是不能不知道一国的语言，即使发挥怎样的效果，它也有不能完全译为其它国家语言的部分。——我这样认为。④

另一位中国古典诗歌的著名英国翻译家阿瑟·韦利（Arthue Waley，1888—1966），也与日本文学有不解之缘，他是《源氏物语》等日本古典名著的英译者，这一点尤其让日本文学家感到喜悦。他的译作带给日本人不小的冲击。与不懂汉语的庞德不同，韦利对所译作品有很深的造诣。中国的《诗经》、汉赋、唐诗一经其手，便流露出清新隽永的气息。韦利《中国诗歌170首》，1918年伦敦与纽约同时出版，1926年有修订版，共分两部分，第

---

① 吴伏生：《汉诗英译研究　理雅各、翟理斯、韦利、庞德》，学苑出版社2012年版，第320—431页。
② 〔日〕青木正児、吉川幸次郎等：《对中国文化的乡愁》，戴燕、贺圣遂选译，复旦大学出版社2005年版，第137—142页。
③ 〔日〕北原義雄編『漢詩大講座』第十一卷、アトリエ社1936年版、第167—198頁。
④ 〔日〕亀井俊介編『近代日本の翻訳文化』、中央公論社1994年版、第220頁。

一部分为先秦至明末诗歌111首,第二部分是白居易诗歌59首。新旧版本书前有韦利所撰《翻译方法》,说他的翻译方法是依据原文逐字逐句直译,而不是意译,采用不押韵的自由形式,而不用英语诗体的押韵形式。他认为译文如果勉强凑韵,势必损害原文。

日本近代著名自然主义小说家正宗白鸟(1879—1962),对许多古典作品,都发表过犀利的批评意见,而读过韦利的译本,却说:"读了英译的《源氏物语》,才懂得它是很有意思的。"加岛祥造谈到自己读了韦利的译作,始对中国诗歌刮目相看的经历时,说过这样的话:"东方人由英语来欣赏汉诗,相当富有讽刺意味,但是,这是我'感觉有趣的心灵的表达方式',它由此而得以抽绎出来。"事实上阿瑟·韦利不仅把他引进了中国诗歌的大门,也让这位英美现代文学翻译家的学问之舟,从此掉头东向,出古入今而乐此不疲。

图91　韦利著《白乐天》日译本

不论是选诗还是翻译方法,小畑薰良、森亮等译者都曾暗暗向韦利的译本讨教。庞德、韦利的名字也常被那些熟悉西方文化的学者提到。法语出身的比较文学研究者平川佑弘（1931—）在《关于韦利的英译〈诗经〉的一首诗》一文中说：

> 我喜欢韦利的英译。《诗经》的英译，题作 The Book of Songs，第二次世界大战前第一版（1937），因为纸型在空袭中烧毁了，现在改定再版（1954）广泛流传。我读了韦利的英译本，实际上从《诗经》里感受到很多诗。①

在庞德、韦利的示范作用之下，日本人当中也出现了将中国诗歌译为英语的译者。小畑熏良曾为日本外务省的翻译官，1921 年曾任职于日本驻纽约总领事馆，以后历任外务省、大东亚省官员，1951 年曾担任旧金山媾和会议全权委员的随员。战后不久由于他一夜间将日本国宪法草案译为英语而闻名。他曾将《源氏物语》《李白诗集》译成英语。1922 年他英译的《李白诗集》（The Work of Li Po, the Chinese Poet）在纽约出版，1923 年伦敦登特出版社重印，书中收诗 124 首。他的译作很快受到中国学者的关注，并给予了积极评价。吕叔湘在《中诗英译比录》中评道："小畑之译太白诗，常不为貌似，而语气转折，多能曲肖。"他对小畑用散体译诗的做法也颇表理解，他在《中英诗比录》中说："不同之语言有不同之音律，欧洲语言同出一系，尚且各有独特的诗体，以英语与汉语相去之远，其诗体自不能苟且相同。初期译人好以诗体翻译，即令达意，风格已殊，稍不慎，流弊丛生。故小畑、Waley、Bynner 诸氏率用散体为之，原诗情趣，转为保存。此中得失，可发深省。"诗人闻一多在小畑到了北京之后，于 1926 年曾发表过《英译李太白诗》一文，称赞小畑做了一件"很精密，很有价值的工作"②。

庞德、韦利等人的实践，打破了日本译者对训读的迷信，也惊叹于英译汉诗的受人瞩目，日本诗人开始检讨和总结自己的翻译策略。有的学者开始议论起译者对原作的"忠实"是否是一种"傻忠实"。这个话题不仅在 20 世纪前叶有人在水面下谈论，而且在以后的半个世纪也有人不时提及。英国文

---

① 〔日〕平川祐弘『西洋の詩　東洋の詩』、河出書房新社 1966 年版。
② 闻一多著，胡瑜芩编选：《闻一多作品精选》，长江文艺出版社 2007 年版，第 271—277 页。

学研究者、语言学家、评论家外山滋比古（1923—）所著《日语的个性》专门设立了"必须改变对语言怪怪的洁癖"一节，对日本翻译中的"傻忠实"提出了异议，将韦利等人的日本古典英译引为楷模：

> 韦利翻译的《源氏物语》，英译的《雪国》等，就不持我们这样的翻译观，他们是为英语的读者翻译，而不是为原文翻译。译文的读者懂不了的地方就割爱，难懂的地方就补充上说明的语句，有时改变点原文的顺序，看看这样的翻译，就照出了白日睡觉的日本人的洁癖了吧。他们责难这是"不正确"的译法，还出现了对它们怎样背离原文的实证研究的国文学者，这样的研究还被当做卓越的业绩。
>
> 彻头彻尾忠实原文的话，日语翻译就相当困难了。再稍微宽容些，宽容那些虽说不妥但相差不远的东西是很必要的。以前日语是把不能翻译拿来卖的，为了国际化，必须向可能翻译转变。换句话说，说相似的事情，简直视同仇敌的想法，也是洁癖的坏表现。在外国人当中要弄这种感觉是很糟糕的。①

在日本的汉译中，既有将原文照搬不动的训读，这是一种全方位的直译，是"忠实"到不能再"忠实"了，也有把原文当作大袍大氅，由译家随意改为小衣小褂的"豪杰译"，而庞德、韦利带进来的则是既非前者又非后者的新事物。外山滋比古的看法虽然并不能代表所有的中国文学翻译家的看法，但却能代表借鉴汉籍英译经验以改进日本翻译的态度。

二 中国古典诗歌翻译的洋学派

有一个有趣的现象，那就是在日本开始实践打破训读模式、实行开放式翻译的译者，几乎都是学习西方文化出身的人。最先将《诗经》翻译成西方现代诗行的冈田正三（1902—1980）是研究西方哲学的，他虽然没有谈到庞德、韦利等人的译诗，却在该书后记中大谈训读是半身不遂的办法，不能指望正统汉学者译出好诗来②。他强调自己译诗的"自由立场"，这在当时无疑

---

① 〔日〕外山滋比古『日本语の個性』、中央公論社1995年版、第174页。
② 〔日〕冈田正三譯『詩經』、第一書房第321—325页。

是大胆之辞。后来的在中国诗翻译方面持这种"自由立场"的森亮、加岛祥造都是英美文学出身,甚至首先是从英译汉诗中发现了汉诗之美,这是20世纪东西方文化交流中一种环流现象的缩影。这些人以中国诗歌现代翻译的先驱者自命,其理由主要他们看到日本自古以来的训读已经不能适应现代读者的口味,那些训读的汉语在日本现代语言中很多已经成为"死语",而与他们同时的中国文学研究者对这一点与现代传播的深刻矛盾还缺乏敏锐的反应和应对的方法。

这些英美出身的学者,对当时的翻译语体的熟悉程度要好于中国文学研究的"业内人"。日本明治维新以后采取的翻译主义,"造成了今天上流阶层和下流阶层语言使用的微妙差异"①。对于这种差异柳父章(1928—)指出:"引进西方文明靠的是翻译,同时也带来了日语文体发生变化。翻译造就了主语,造就了句式,造就了句尾,也就是说造就了叫做'翻译调'的新文体。"②

除了英美文学出身这一点之外,这几位译者都具有诗人兼"杂家"的特点。唯有是诗人,才会对译诗的"诗歌性"有更高的追求。"业内"的目加田诚的译诗之所以更有"诗味",也是因为他比其他学者更爱诗、懂诗、善诗。土岐善麻吕的《莺之卵》、佐藤春夫的《车尘集》、小村定吉的《邦译支那古诗·唐代篇》、佐藤一英的《新韵律诗抄》等都是这些诗人追求"诗味"翻译的结晶。"杂家"的秉性也使上述诗人从其他学科领域"越界"到中国古典诗歌翻译的"地盘"上来,使他们对"业内人"司空见惯的译诗语言陈旧、表达僵化、程式化、不能贴近现代生活的弱点看得更清楚,更有感觉。

森亮毕业于东京大学文学部英文学部,先后在岛根大学、御茶水大学等大学担任教授,有译诗集《鲁拜集》《白居易诗抄》《罗塞蒂小曲》《赫里克诗抄》,作有诗集《庭院与夜晚的歌》,并有《正因为是梦》《小泉八云与文学》等。

森亮在1975年发表了《阿瑟·韦利的中国诗赋英译——关于译诗技法的考察》,在评介了韦利的白居易诗歌翻译之后,森亮说:

---

① 〔日〕山冈洋一『いま翻訳に求められていること』、第2頁。
② 〔日〕柳父章『近代日本語の思想——翻訳文体成立事情』、法政大學出版局2004年版。

像这样我们往下看，无论如何我很想说，在所引用的十八行里面富有近代诗歌的趣味，但是我考虑不是因为它们所拥有的思想，归根结蒂是因为它们思想的表达方式，为知性所证实的表现方法里的新颖性。这种新颖性在没有引用的其它部分也俯拾皆是。可以说，不是陶醉于字句的华美，而是随时寻觅理路想要读下去的欧洲人的知性，在这些赋当中，让他发现了诗，发现了近在身边的诗。"①

森亮还曾说过："韦利之所以获得成功，正在于他追求诗而译诗。"② 加岛祥造也认为，韦利的汉诗英译，不单是翻译，而且也在20世纪英诗中占有独特的"诗"的位置，它们与创作诗同等地位，而且是卓越的现代英诗之一，有一些人在那里从事汉诗英译，庞德与韦利两人却将汉诗移植到了现代英诗的领域③。

加岛祥造认为，森亮译诗的稳健温雅的风格说明他正是学到了韦利译诗最佳之处。汉巴德·维尔福（Hambert Wolfe）曾评价韦利的翻译，"实际上，稳健（serenity）构成了他力作的基调"，加岛祥造认为，这也构成了森亮译诗的基调，森亮是最早将汉诗译得如此具有平易的知性和稳健，是他的知性和诗心，通过韦利，发现了汉诗中的"诗"④。

收入《晚国仙果》第三卷的《中国古诗抄》第二部的《诗经私抄》，大都是森亮1956年完成的。在该书的跋中，森亮说，这些都诞生于与珍妮的《中国抒情诗集》的相遇。珍妮的译本，与其说是利用了理雅各博士的英语散文译文的自由译，不如说近乎翻案的英诗三十六篇构成的小册子。外国诗大胆的自由译，是爱德华·菲茨杰拉德所译的《鲁拜集》所代表的英国人的看家本领。珍妮的翻译也是由这样的传统所支撑的。森亮说，他的《诗经》日译，在介绍《诗经》的意义上，既是接近英译的东西，也是尝试自成一体的自由译，就是珍妮未译的两三篇，他也采取了同样的自由译

---

① 〔日〕森亮「アーサー・ウェーレーの中国詩賦英訳——訳詩の技法ニ関する考察」、『比較文学研究』1975年版。
② 〔日〕森亮『夢なればこそ』、文華書院1978年版、第194頁。
③ 〔日〕亀井俊介編『近代日本の翻訳文化』、中央公論社1994年版、第227頁。
④ 〔日〕亀井俊介編『近代日本の翻訳文化』、中央公論社1994年版、第226頁。

的方针①。

　　森亮受到韦利的影响，在《我的译诗》一文中，他说："我从白乐天日常生活中写出的娴雅诗中选中七十首，数年翻译出来，在同人办的小杂志上连载。我想从汉诗文字的魅力中逃逸出来，特意把它们摁进口语体里面。多亏是口语体，让我得以从汉诗里发现了真正的诗，这完全是令人欣喜的经验。"②

　　加岛祥造在《汉诗和译考》一文中强调，森亮对韦利的中国诗歌英译白诗钻研很深，如果没有这一点，森氏就不会把口语译坚持到底。"他翻译过很多英文诗歌，那些译诗中也有不少定型诗，但是，他与武部利男不同，摆脱了定型诗，毅然决然走向口语译。我想，这也是因为从韦利的英译诗的口语的节律中发现了阅读'真正的诗'的喜悦。"③同样为了将中国古典诗歌日本化，身为京都大学文学部教授的武部利男走的是另外一条路，即译诗一个汉字也不用，完全采用日本民族诗歌的五七句式，在形式上可以说是彻底"化"了，而这种形式也大大束缚了译者对诗情的表达。

　　森亮在翻译的时候，模仿韦利。如卓文君的《白头吟》砍掉了最后四句。他译出的白居易的《感旧诗卷》，重新调整了叙事抒情的先后，将原诗四句变为五句，还把"酬和"这样中国诗歌的特有创作方式，用现代最常见的"交换"来表现，题目也改作《读诗》：

　　　　《感旧诗卷》　　　　白居易
　　　　夜深吟罢一长吁，老泪灯前湿白须。
　　　　二十年前旧诗卷，十人酬和九人无。

　　　　　　読詩
　　　　夜ふけ読むのをやめて長い溜め息をひとつ吐く。
　　　　声出して読みふけっていたのは二十年まえの旧詩帖。
　　　　ともし火と向き合った白いあごひげを

---

① 〔日〕森亮譯『晚國仙果』3、小澤書店1990年版、第73頁。
② 〔日〕森亮譯『夢なればこそ』、文華書院1978年版。
③ 〔日〕亀井俊介編『近代日本の翻訳文化』、中央公論社1994年版。

止めようのない老いの涙がうるおす
詩をやりとりた相手は大方この世の人ではない。①。

这首译诗回译如下，回译时尽量不添不减，少作润饰：

深夜释卷长叹一声叹息，
投入地放声诵读的是二十年前的旧诗。
面对灯火的白色胡须，
让不止的老泪润湿。
交换诗篇的对手大多不在人世。

森亮保持了原诗最基本的画面感和感伤情调，而为了引导读者更快进入情境，部分改变了诗篇起承转合的结构。唐诗的诗题本来不仅是诗歌不可分割的部分，而且是理解每一句的抓手，因而其中的每一字都与全诗息息相关，译诗题名的改变乃是为赢得现代读者更多的理解，抓住了普遍情感却牺牲了特殊情境。

森亮将白居易的名篇《赋得古原草送别》译成《离别之歌》：

《赋得古原草送别》　白居易
离离原上草，一岁一枯荣。
野火烧不尽，春风吹又生。
远芳侵古道，晴翠接荒城，
又送王孙去，萋萋满别情。

別れの歌

さわさわと野原に茂った草、
その一歳の栄はひととせで終わる。

---

① 〔日〕森亮譯『白居易詩鈔』、平凡社 1981 年版、第 51 頁。

でも、野火に焼かれた枯れ草は亡びたのではない。
春風吹く頃ともなれば新しい芽が萌え出る。
香ぐわしい草はむかしの道をわが顔に覆い、
晴れた日の野の緑は荒れてた城壁までつづく。
ゆかしい人の去ってゆくのを送って又も野に立てば、
かがやくばかり青々しい草に別れの哀しみは広がってゆく①。

试将森亮的译诗回译如下，回译中尽量不改译诗变换后的节奏：

飒飒，原野上的茂草，
一年的茂盛，一年便终了。
但，野火烧掉的枯草并不是死掉。
伴随春风吹来就会生芽出苗。
芳香的野草覆盖了古道，
晴天野外的绿色伸往荒颓的城墙，
送走了不舍的友人再站在野外，
离别哀伤扩向闪亮的绿草。

原诗最后两句本于《楚辞·招隐》："王孙游兮不归，春草生兮萋萋。"这实际上也是诗题的出处。如果不理解《招隐》的这两句，就不能理解白诗中的"又"与"王孙"的来历。也正是因为有了这个意象，全诗也才能浑然一体。森亮直接将"王孙"转换为"令人怀念者"省去了注释的环节，可以说是一种超历史、超异国情调细节的处理。同时，唐诗有"避复"的特点，即同一事物往往需要用不同的语汇去表现。喻守真《唐诗三百首详析》说："就文字讲，颔联是流水对，非常自然。颈联中'远芳'、'晴翠'字都凝练，都是代替'草'字。于此可悟诗中运用借代词的方法。"②森亮虽然无法在译诗中完全再现这样的方式，但也没有丢掉最基本的意象。

---

① 〔日〕森亮譯『白居易詩鈔』、平凡社1981年版、第51頁。
② 喻守真编：《唐诗三百首详析》，中华书局2005年版。

三　汉唐诗歌"洋学派"翻译与日本诗歌的现代化

日本民族诗歌在发展过程中，不断从中国诗歌中吸收养分，进入近代以来，仍有一些诗人希望从中国古典诗歌中获取灵感和技法．不过，在明治大正时期，他们所依据的多为古诗训读。岛崎藤村《落梅集》扉页就引用了李白《襄阳歌》中的一节：

> 鸬鹚杓，鹦鹉杯。
> 百年三万六千日，一日须倾三百杯。
> 遥看汉水鸭头绿，恰似葡萄初酦醅。
> 此江若变作春酒，垒曲便筑糟丘台。
> 千金骏马换小妾，醉坐雕鞍歌《落梅》。
> 车旁侧挂一壶酒，凤笙龙管行相催。①

岛崎藤村和他的读者显然是通过训读来理解《襄阳歌》的意境的。后来的诗人如北原白秋（1885—1943）、西胁顺三郎等则有化用唐诗诗境入诗，描画一幅避开现代文明烦扰的净土和高雅的艺术园林。下面是北原白秋的两首：

> 「蘭亭の遊び」
> 清らかな蘭亭の流水であつた、
> 人々は幽かに並んで坐り、
> 閑かな一日の遊びに耽つてゐた。
> 高山の陰、
> 竹林の前、
> つぎつぎに朱の觴は流れて行つた。
> 流るえう凡てを流れしめ
> 淡淡として遊んでゐた。

---

① 〔日〕岛崎藤村『落梅集』、日本近代文學館 1984 年版、第 1 頁。

清らかな蘭亭の流れであつた、
人々は軽い雲と心を放つてゐた。
幽人逸士の交りは
気韻そのもの
金の微笑そのものであつたか、
何にしても、あの無為の思想と
緑茶の煙とはぼうとしてゐる。

兰亭清凌凌的流水
人们依稀并坐
沉醉于静谧的一日之游
高山之阴
竹林之前
朱觞接连游过来
让流动的一切都流动
淡淡地游戏

兰亭清凌凌的流水
人们放开了轻云与心灵
幽人逸士之交
是气韵本身
是金色的微笑本身吧
不管怎样，那无为的思想
与绿茶的烟一起袅袅上升

「竹里馆」

その人は腰かけてゐた、薄藍いろのつめたい榻に、
竹林の中である、泉石のそば、

その人は琴を膝に、何やら幽かに、
清搔してゐる。
王摩詰ではないか。
あの哀曲「鬱輪袍」、
多情多才のわかい日はどこへ失せたぞ。
白いは昼の半月、
無為の心。
せれでも幽かに
琴は鳴つてる①。

他坐着，在淡蓝色的冰冷的床榻
竹林之中，泉水旁边
他把琴放在膝上，那么依稀地
轻轻弹拨
莫不是王摩诘
那哀曲是《郁轮袍》
多情多才年轻的日子，在哪里失去的
白色的，是白日的半月
无为的心
那也是依稀的
轻声在鸣响

  前一首借对兰亭雅集和幽人雅士的憧憬，将现代人焦躁的心拉向无为之想，后者则借王维独坐幽篁、临溪鼓琴的形象将无为的心境化为有声画。他们还在享受着训读为主的汉诗教育的成果。
  然而，北原白秋等诗人的读者却有越来越多的人远离传统的汉学教育了，训读教育的锐减使很多人开始远离中国古典诗歌。恪守旧章法的人抱怨现代人口味变得太快，追赶新时尚的人又嫌老法子没有现代气息，让人

---

① 北原白秋『白秋抒情詩抄』、岩波書店 1988 年版、第 242—243 頁。

迈不开步。大学学科将文学研究截然分为支那文学、国文学和外国文学，研究中国文学的人看不惯世俗完全撇开东方奢谈欧美，而研究西方文学而对中国古代文化有兴趣的学者则绝望于训读与青年读者渐行渐远。如何通过翻译让读者回到中国古典诗歌的身边，就是这些中国学之外的翻译家们首先切实感受到的问题。恰好这时传来的庞德、韦利的译作就为他们提供了样本。

图92　东山拓志译《英译汉诗名作》

韦利的译诗，特别着力于诗情的发现和传达，他对老庄的翻译，很多地方采用了译诗的策略。这种影响，也就超出了诗歌翻译的范围。

韦利的译文总是力求准确无误，忠实于原著，立足于再现原著风貌。为了做到这一点，他的中诗英译大胆冲破英诗韵律的束缚，采用了一种无韵的自由体，避免了中诗英译中常见的只求押韵、因音害义的弊病。多年研究英美文学的日本学者加岛祥造用自由诗、散文诗来译《老子》、《庄子》，在很大程度上是对韦利的追随和传承。

加岛祥造多次表示"敬服"韦利"卓越的工作"①。他引述韦利在《中国古代的三种思想方法》（Three Ways of Thought in Ancient China）中的一段话："《庄子》不仅是世界上最有趣的书，而且也是最深刻的书之一。"加岛祥造还说韦利不是媒体人那样随便说话的人，这是出自很高的知性和诗歌的判断力的慎重发言，因而便对他的话给予"全方位的信赖"而加以引述。并接着说：

> "世界上最有趣最深刻的书"，配得上这种评价的作家，我只能想到莎士比亚。我要补充的是，韦利在把《庄子》看做思想书的同时，也把它看成文学作品。韦利说"最有趣"，就是从出其为文学作品出发的，而说它"最深刻"，则是指其"哲理"而言。②

加岛祥造分析自己从年轻时就钻进了英美文学，觉得与孔孟儒家思想离得很远，而对老庄思想却原原本本接受了旧有的看法。这种说法，从一个方面说明了冈田正三、森亮这样的英美文学者对庞德、韦利翻译观敏感接受的原因。

冈田正三、森亮、加岛祥造等人长期接触欧美文化和文学，经常阅读和欣赏的是欧美现代自由诗，而对于中国和日本古典诗歌的知识则远不如那些专门研究中国文学的学者。他们对于中国诗歌中用典、炼字和韵律方面的感受也相对淡漠，而这恰都属于中国诗歌最重要的形式特征，也是翻译者最伤脑筋，感到最难译转为另一种语言的部分，往往是其中的一种表达卡住便难以继续下去。庞德、韦利等人是在看轻或在某种程度上忽略这些部分的情况下，发现并设法用英语来表达那些与欧美诗歌能够相通或相近的部分，这使得他们的日本学习者找到了不同于汉学者的视角。特别是韦利的译诗，与原诗内容较为贴近，森亮、加岛祥造等人能够从两种文字、语言的对照中发现译诗的妙趣，对此深感钦佩，反观那些汉学者的译诗，

---

① 〔日〕加岛祥造『莊子』、PARCO 出版 2006 年版、第 199 頁。
② 〔日〕加岛祥造『莊子』、PARCO 出版 2006 年版、第 199 頁。

受束缚太多，语言显得陈旧，反而觉得无趣，于是便开始了自己翻唱新声的尝试。

由于从小没有受到训读的教育，西方诗歌加深了他们对训读的怀疑，进而加岛祥造提出了一连串的质疑：日本人做的汉诗本身是真正的"诗"吗？日本的知识阶层实际上热心地作着汉诗，汉诗普及得令人惊讶，一说诗歌，就是指汉诗，但是日本人作汉诗，真正感受到表达了"诗"吗？读者方面真正感受到诗的满足了吗？这些问题对于以往的汉学者是不成问题的问题，而对于森亮、平山佑弘、加岛祥造等深受西方诗歌熏染的诗人来说，却成了重新思考诗歌本质的契机。因为他们"在汉诗训读中没有看到相当于西欧文学的'诗'（poetry）的东西，相反，却在韦利所译的汉诗中发现了'诗'。"①

翻译家江枫曾指出："译难，评亦不易。不对照原作就无权对译作上下似与不似妄加议论，无论是谁。"② 韦利的译诗相当成功，为汉诗英译提供了比较成熟的经验，不过译诗之前进行了选译工作，为自己预留了很大的回旋空间，可以做到"我喜欢的，我就译，译不了的就跳过"，他的翻译主张也没有终结对汉诗英译的探索。更重要的是，汉诗日译与汉诗英译毕竟还有很大不同，离解决日语自由诗如何翻译中国诗歌的问题还有相当远的路程要走，迄今这样译出的诗篇数量极为有限，采用这种汉诗自由诗译法的译者也寥寥可数。

与此相关的现象，就是日本翻译研究的缺乏。冈田正三等人在翻译实践上有所突破，但同时代以及稍后的学者很少对东西方翻译理论作系统研究。正如古代的日本学者多热心于汉诗实践而少有理论兴趣一样，今天的翻译大国日本并不是翻译理论研究大国。

柳父章认为："之所以人们认为翻译学研究在日本没有用，是因为翻译学大多研究的是以英语为中心，即便是第三世界的研究者也是以英语为目的语的研究。在西洋文化圈外，诸如日本这样热心地把西洋文化引入到自己国家

---

① 〔日〕亀井俊介編『近代日本の翻訳文化』、中央公論社1994年版、第223页。
② 江枫：《江枫翻译评论自选集》，武汉大学出版社2009年版，第1页。

的例子，在世界上是极少的。"① 对于中日之间的翻译问题，特别是古代文学翻译问题，日本文人学士的经验积累，远远超过英美，然而很少有人对这些经验进行理论阐述，近代以来文学研究分科过细的弊病造成中西方文化和文学研究的分离，像冈田正三、森亮、加岛祥造等人的业绩在业界也很少评价和研究，更不用说理论支持了，可以说，他们的摸索不免寂寥，也还很少看到后继者。翻译的市场化、多元化有利于不同译派的共存和兼容，却将人们的注意力过多集中到译作的销路，竞争的压力使译者对于自身或自身以外的译风不屑一顾或无暇光顾，致使不同译派的零冲撞、零交锋、零批评或者浅接触、浅批评得以产生，这些都是导致翻译研究冷清的原因，而中日之间的翻译研究更因学界普遍对两国文化差异的认识不足而倍受冷落。

我们很有必要再次回顾一下闻一多对小畑译诗的研究，他对小畑所译的李白诗歌和译者的序都很尽心的校阅了，表示自己得到了无限的乐趣，也发生了许多疑窦，说"乐趣是应该向译者道谢的，疑窦也不能不和他公开的商榷"②。他谈到"人烟寒橘柚，秋色老梧桐"，引小畑译诗：

The smoke from the cottages curds
Up around the citron trees
And the hues late autumn are
On the green paulownias

闻一多问道："这到底是怎么回事？怎么中文的浑金璞玉，移到英文里来，就变得这样浅薄，这样庸琐？我说毛病不在译者的手腕，是在他的眼光，就像这一类天成的名句，它的好处太玄妙了，太精微了，是经不起翻译的。你定要翻译它，只有把它毁了完事！……'美'是碰不得的，一粘手它就毁了。"闻一多还引了小畑译的太白绝句："峨眉山月半轮秋，影入平羌江水流。夜发青溪向三峡，思君不见下渝州。"译后，小畑曾经声明太对不起原作

---

① 〔日〕柳父章「「翻訳学」はなぜないのか」、『近代日本語の思想——翻訳文体成立事情』、法政大学出版局2004年版。
② 闻一多著，胡瑜芩编选：《闻一多作品精选》，长江文艺出版社2007年版，第271页。

了,闻一多说:"其实应该道歉的还多着,岂只这一首吗?"并且说这一类的绝句"恐怕不只小畑熏良先生,是在什么人译完,都短不了要道歉的,所以要省了道歉的麻烦,这种诗还是少译为好。"① 他的批评,着重的译者不能滥用自由这一点上,今天读来也仍给我们很大启发。

图93　东山拓志著《汉诗的和译、汉译、英译》

庞德和韦利以及其它西方中国古典诗歌翻译者的翻译思想和策略也并不相同,日本译者从他们身上接受的影响也并不完全一致,然而,他们的影响,首先就是鼓起了那些对中国诗歌造诣并不很高的译者的勇气,让他们比只知训读不知其它的老派译者思路更为开阔。不过,这种影响也是一把双刃剑,它可以斩断训读对原文字句的依赖,也可以斩断用典和练字等方面的韵味。何况与浩瀚的中国诗歌之海相比,庞德和韦利提供的翻译经验毕竟还很有限,

---

① 闻一多著,胡瑜芩编选:《闻一多作品精选》,长江文艺出版社2007年版,第274页。

未来的中国诗歌日译之路，毕竟还很长、很宽。

加岛祥造在《汉诗和译小考》一文格外强调对中国古典诗歌翻译探索的必要性，他说：

> 中国两千年写下的诗歌是高峰延绵的山脉，它的地面的延伸是漫长而又广阔的，但是它的丰饶诗境却是一直以未消化的状态保留在今天的日本。训读汉诗鉴赏、日本汉诗创作都是不完整、不充分的。汉诗文有裨益于日本的文藻，单是汉诗训读也靠不住了，作诗也被放弃，"解释文"与平庸的"分行译"横行，即都不是汉诗里的"诗"投胎转世的东西，而且日本读者对汉诗具有的"诗性"也搞不清楚了。在这种状况日益强化的时候，从昭和初期以来，让汉诗中的"诗性"在我们之中复苏的尝试一直在进行着。虽然是涓涓细流，但是至今流淌着。追溯这种涓涓细流，正像西欧人从汉诗翻译中感受到新鲜的惊喜一样，我们也想在以为是陈旧的汉诗里，发现出非常的新颖性、现代性。①

至今似乎还没有看到有多少诗人响应了加岛祥造的呼吁，加岛祥造等人还在进行着孤独的探索，我们期待着每年都能读到他们越来越精彩的译诗。

第三节 唐诗的歌译、俳译与唱和

今天中国的译者为将和歌译成汉语绞尽脑汁，而日本的译者也在为如何将唐诗译成日语而苦恼过。不同的是，日本译者最迟在一千五百年前便开始解这道难题，并在解题中创造出一种中国诗歌与日本和歌同时欣赏的"朗咏"形式。梳理一下日本学人将中国古典诗歌译为和歌的历史，或许可以为和歌汉译扩展思路。

从文化史的角度来看，诗歌（包括诗词曲辞）不仅在文学中占有独特的

---

① 〔日〕亀井俊介『近代日本の翻訳文化』、中央公論社第234—235頁。

地位与广泛的影响,而且对绘画等艺术也有深刻的影响。作为中国五千年历史文化,中国人精神生活的最精美的体现,它更应该作为一种文化加以发展。中国诗歌的精粹在未来的精神文明建设中便于也可能发挥更大的作用。在现代化的中华国土上,到处可以看到代表中国文化的诗词曲辞,用一条无形的线,把亿万人民的心与历史连结起来。

日本的城镇山野之中,常可看到诗碑书碑。耸立在楼群、园林、路畔的诗碑书碑,为忙碌乏味的现代生活增添了文化气氛,凭添了诗情,成为现代文明的一道风景线;对于古老的和歌、俳句来说,实际上赋予了现代的理解,站在这些诗碑书碑面前的日本人无疑是用现代的体验去品味古代歌人、俳人、行脚僧或学者的风雅之情的。

日本人不仅不断给古老的和歌、俳句赋予新解,而且在不断给来自各国的诗歌滥加新解。他们按照自己建设现代文化的需要,采来中国诗花,随心所欲地加工成和歌味、俳句味的新餐。正像中餐热吃、熟吃、味重而和食冷吃、生吃、味淡一样,两者时常相反,加工后中国诗歌已变成了另一种文化,它们早已失去了原汁原味。变激烈为淡泊、变浓重为清轻、变纵情为敛情、变猛火为微热,红烧鱼成了生鱼片,水饺成了锅贴,读者再由此来理解中国诗歌,理解中国文化。

据学者研究,早在奈良时代成书的《万叶集》中,便有大伴家持等人根据中国诗歌意境吟唱的和歌。到了平安时代,由白居易诗句作的和歌就更多了。看起来是将中国诗句"翻译"成和歌,但这是一种"断句取义"的译法,它可以全不顾忌诗句在原诗中的地位而成为独立的作品,艺术趣味也可能有所变化。后来兴起的俳句较和歌更为短小,它对中国诗句,不仅是"断句取义",而且可能是"断语取义"。江户时代松尾芭蕉的俳句中,取自唐诗特别是杜甫诗句之意的便不胜枚举,而与谢芜村更被称为用汉诗作俳句的高手。这些借用都是为了扩大俳句的表现能力,将俳句从单纯的游戏文字变为一种可以鉴赏的艺术品。到了近代,谈到继承这种传统的,当从正冈子规开始说起。

第七章　中国诗歌的传播与翻译　539

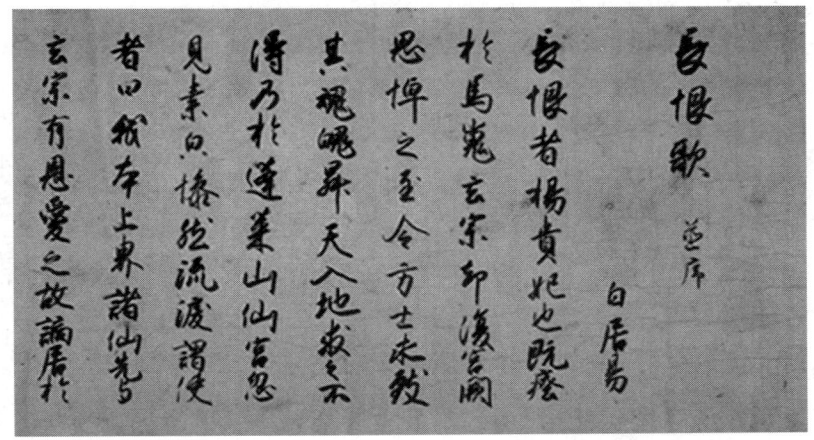

图 94　东京国立博物馆藏《长恨歌》写本

　　现代从比较文学角度来研究俳句的著述有《芭蕉与杜甫》①等。虽然它们都与本课题有关联，篇幅所限，不予复述。这里仅就几部与唐诗和歌译关系密切的译诗集来探讨中国诗歌的翻译问题。

　　和歌与俳句个别吸取诗意还是比较容易做到的，而要将中国诗歌翻译成日本民族诗体的时候，就不能不面临着容量和语言形式的悬隔。短歌在容量上小于任何中国诗体，而五七五反复而又对反复次数严格限制的形式，与中国诗歌相比显得格外单调，这都是几乎不可超越的壕堑。在这些形式上的差异背后，是两个民族审美意识的巨大不同。这也是中国译者翻译和歌时也强烈感受得到的。

　　从奈良、平安时代开始的将中国诗歌转写为和歌的活动，与现代意义上的翻译在形式上不同的是，原诗和和歌大都同时出现在读者面前，而不是只有翻译过来的和歌。原诗并没有像现代翻译家所说的已经死亡，而是镜照着和歌、陪伴着和歌。这种形式折射出译者具有并存共享的意识，不是用和歌去取代中国诗歌，而是让它们春兰秋菊，各擅其场。这样做的条件，当然不仅是两者同使用汉字，而日本又有训读的传统，更体现出译者内心深处对两种不同民族诗歌不可相互抵消和替代的价值的认同。

---

①　〔日〕廣田二郎『芭蕉と杜甫——影響の展開て体系』、有精堂1990年版。

一 《新撰万叶集》开歌诗共享互读之风

日本自古以来都是诗文与和歌各成一家。《怀风藻》中一首和歌也没有，《万叶集》中只有四首汉诗，这种区别直到《新撰万叶集》以前都毫无例外。《新撰万叶集》等划时代的意义在于将两者辑为一书，为此将汉语诗歌"日本化"，更具体来说就是"短歌化"。平安中期以降，汉诗、和歌相容相应，相传为菅原道真所编《新撰万叶集》[①]，成书于893—913年间，采用和歌惯用的春、夏、秋、冬、恋歌的分类法，在每首和歌之后配以一首四句七言诗，共收和歌278首，使和歌与汉诗采用并存相依的形式，两者各擅其美。894年依敕命编撰的《句题和歌》（亦名《大江千里集》）[②]，收入以汉诗诗句为题所咏和歌共120余首，句题中白居易诗句最多，达74首，元稹次之，和歌既有诗句的直译，也有进而改作的，对《古今和歌集》以后的和歌表现形式有所影响。这种汉诗、和歌共存的形式，是两种艺术形式互读共赏的产物。

11世纪初，藤原公任编纂的《和汉朗咏集》二卷是在中日文学经典的传播和翻译史上占有特殊地位的选集。书中收有中国诗文佳句588句，和歌216句，分类排列，各项之首先录汉诗，后录和歌。它所收入的和歌数量以及对后世的影响，超过了以往的《新撰万叶集》和《句题和歌》。其特点是：

第一，从长的原作当中，切断文脉，摘取短句，特别是从诗歌中摘出七言二句（588例当中的432句）。例如从白居易《长恨歌》120行诗中摘取二行："夕殿萤飞思悄然，秋灯挑尽未能眠。"（卷下782）

训读或是：夕殿に蛍飛んで思ひ悄然たり，秋の灯挑げ尽していまだ眠ることあたはず

意译则是：夕ぐれの蛍はかなしともしびを挑げつくしてねぶるあたはず

这就是中国诗歌的短歌读法。

[①] 〔日〕新撰万葉集研究会編『新撰万葉集注釈』、和泉書院2006年版。
[②] 〔日〕金子彦二郎『平安時代文學と白氏文集 増訂版 句題和歌、千載佳句研究編』、培風館1955年版。

第七章　中国诗歌的传播与翻译　541

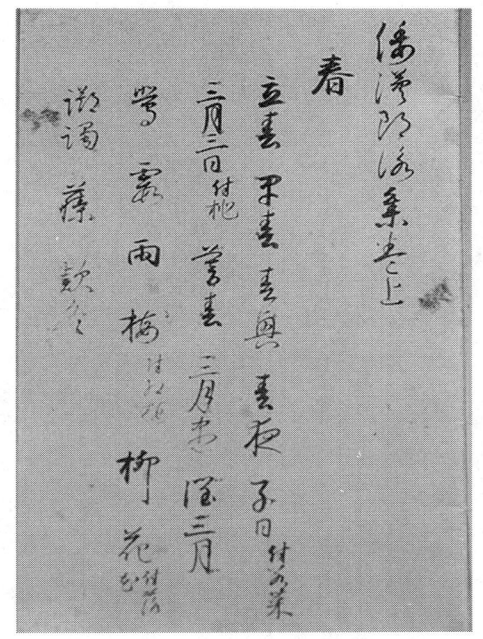

图95　伊予切　和汉朗咏集

第二，训读。根据川口久雄的研究，并非是从一开始就采用了训读的方法，起初可能是用汉音，也就是直接用汉语来读，以后逐渐变为训读。由汉音读向训读转换，推动了汉诗的"短歌化"。

第三，与音乐、绘画相结合。《和汉朗咏集》里面的句子有些在10世纪被谱曲咏唱，也有学者认为这本书的编撰与10世纪的和汉屏风画有关联。当时有这样的习惯，即在屏风的唐绘部分，贴上写有汉诗（或摘句）的色纸形，倭绘部分贴上写有和歌的色纸形，很可能是藤原公任将这些屏风吅的汉诗诗句和和歌汇集起来，编为一书，即为《和汉朗咏集》。总之，训读的汉诗短句同和歌一样，配以管弦，绘为倭绘，从而纳入到平安时代的贵族文化体系之中。

第四，《和汉朗咏集》中的汉诗文588句的作者，有354篇是日本人（菅原文时44，菅原道真38，大江朝纲30，源顺30，纪长谷雄22，其余220），234篇为中国人，中国人当中白居易（139篇），远远超过居于第二位的元稹（11篇），而李、杜两大家一篇未选，也不见中唐的韩柳、晚唐的杜牧、李商隐。公任的选择不仅与今日读者的常识相左，而且有别于当时中国的评价。也就是说，对中国诗人的评价也是日本范儿的表现。身为和歌撰者的公任的原则，见于现存的歌论（《和歌九品》《新撰髓脑》）。《新撰髓脑》对纪贯之、躬恒最为推崇，而《和汉朗咏集》中和歌216首中所收歌数最多的就是纪贯之（26首），其次为躬恒（12首）。同时身为汉诗作者的公任对汉诗选择也会有原则，却并未明确，从结果来看，它们似乎和中国人的评价毫无关系，而是从日本人所作的诗篇和《白氏文集》中挑选出与纪贯之、躬恒的和歌相近的诗句。

这些汉语的诗句，被日本化，被短歌化，剩下来的工作就是与和歌一起予以分类。分类方法，依照《古今和歌集》的典范。即《和汉朗咏集》上卷，春夏秋冬，细分各个季节，立季题，例如"春"就从"立春"开始，再分为"莺"、"梅"、"柳"等。《古今和歌集》中除了四季之外，大部门还有"恋"，有"物名"、"哀伤"，将其他各种归为"杂歌"。《和汉朗咏集》卷下，以"风"、"云"起头，继以"山水"、"佛事"、"帝王"、"游女"，终于"无常"、"白"，共42篇，此为"杂"。"恋"不过是其中一项，"仙家"、

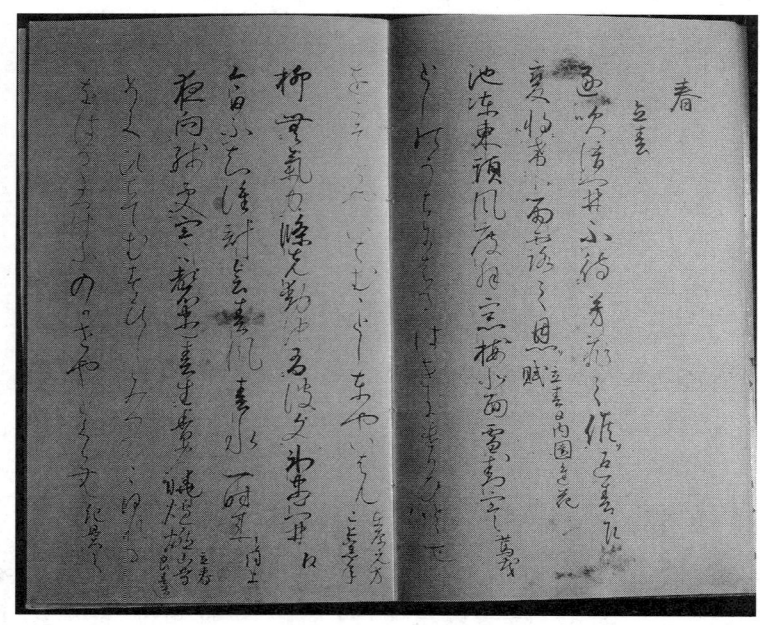

图96　伊予切　和汉朗咏集·春

"刺史"、"王昭君"等明显是以诗歌的主题包含在和歌的分类当中了,与敕撰集的分部不同。的确,诗文与和歌的题材不同也在这里表现出来了。但是,上卷的分类依照《古今和歌集》,将与俳句季题也相通的日本式春夏秋冬主义,也用到汉语诗句上。加藤周一认为,尽管中国大陆和日本近畿地方的气候风土显著不同,而这一点却是"划时期的"①。

  白居易《燕子楼》之一
  燕子楼中霜月夜,秋来只为伊人长。

  秋来つてただ一人のためぐ長し②

  日本的连歌是镰仓时代至室町时代在中国联句（日语作连句）的影响下产生的诗歌形式,镰仓时代中期连句定型之后,遂又产生了将汉诗联句与日本连歌放在一起来吟诵为乐的群体诗歌创作形式。《王泽不渴抄》中说:"又,近来连句连歌,优客好人玩之,无别子细。连句付连歌,连歌付连句,韵字赋物等如常,付事必不定句数,随出来矣",是说近来文士门喜欢做联句和连歌,联句配上连歌,连歌配上联句,押韵和咏物的规矩不变,搭配在一起,也不必固定句数,随意完成。现京都大学藏三条西实隆（1455—1537）亲笔书写的《和汉联句》,是 1510 年正月 2 日 56 岁的实隆和他 24 岁的次子公条（1487—1563）共同吟诵的,共 100 句,其中实隆 51 句,公条 49 句。汉诗与连歌相间,下录前 14 句:

  1. 雨はれてにほふや木のめ春日影　　　雪
  2. 东风雪涨溪　　　　　　　　　　　公条
  3. 艳声鹂自曲　　　　　　　　　　　公条
  4. 幽趣鹤相栖　　　　　　　　　　　雪
  5. 月の夜は松かけはかりあけ残り　　　雪
  6. おきいつる野の秋そ露けき　　　　　公条

---

① 〔日〕加藤周一『日本文學史序説』、筑摩書房 1980 年版、第 157—159 頁。
② 〔日〕川口久雄『和漢朗詠集』、講談社 2002 年版、第 183 頁。

7. 旅衣ひとりある鹿を友とみ□　　　　雪
8. 斜照认吾□　　　　　　　　　　　〔　〕（初才）
9. 槐绿暑尘□　　　　　　　　　　　□□
10. 草青湖水齐雪
11. かすむよりささ浪とをし春の風　　雪
12. 舟のゆくゑや雁かへる空　　　　　公条
13. 分すてし外山を花に思ひやり　　　公条
14. 身をかくさはとたのむ木の本　　　雪①

上文每句后面都写明作者，雪即实隆。和汉联句对书写用纸、写法以及句数、每句形式都有明确约定，汉诗为五言诗，和歌上句爲五七五句式，下句为七七句式，长句、短句交叉，和句（和歌歌句）与汉句（汉诗诗句）的连续句数，各限五句，而汉句为对句的情况则可以为六句。全部百韵，则和汉各五十句，也可能相差两三句。联句以及连歌，都是遵循接续前句联想推出新句的规则，内容不出四季风光、山水风物，作为一种文人游戏，消遣取乐，同时也有习作汉诗、和歌之用。这种将汉诗、和歌搭配的方式，既将作诗或吟唱和歌这样一种个人行为，变成两人或多人的集体游戏，很有助于汉诗与和歌的互联互通。

二　《唐诗选》歌译

江户中后期，与本居宣长、上田秋成等皆有过交往的歌人小泽芦庵（1723—1801）在他的歌论书中曾对《万叶集》中的和歌加以考察，指出其中一些歌句正是自《诗经》中来，他将《采葛》《伯兮》《北山》和《万叶集》相同诗意的歌句放在一起，推断后者正是从前者中译出的。在其他家集《六帖咏草》中，亲自根据《诗经》中的《小星》《卷耳》《东方未明》《野有蔓草》中的诗句改写成短歌。

在江户中后期，《唐诗选》渐渐流行起来，良宽禅师好读《唐诗选》，他所作的和歌中也有从中获取灵感。

---

① 〔日〕京都大学国文学研究室、中国文学研究室编『京都大學藏実隆自筆和漢聯句訳注』、臨川书店 2006 年版、第 45 頁。

最热心于《唐诗》歌译的当数歌人千种有功（1797—1845）。千种有功作为武士，是尾张藩家老的家臣，身为公卿，是正三位，作为"国学者"，主张尊王论。他师从一条忠良，他把《唐诗选》五言绝句74首、七言绝句165首，一首不落地全部译为短歌，题为《和汉草》。书中收有尚古堂主人撰写的序言赞许译作"可爱之事。可叹之事，皆远胜于唐山之歌"。下面略引数首，以见一斑。

图97　江户时代葛饰北斋绘《画本唐诗选》

宿昔青云志，蹉跎白发年；
谁知明镜里，形影自相怜。

张九龄《照镜见白发》

　　いくとせか　心にかけし　青雲を　つひにしらがの　影もはづかし

怀君属秋夜，散步咏凉天；
山空松子落，幽人应未眠。

韦应物《秋夜寄丘员外》

ゆめはまだ　かよはぬまどの　月にあて誰まつのみの　おとをきくらむ

返照入间巷，忧来谁共语；
古道少人行，秋风动禾黍。

耿湋《秋日》

ふるさとへ　いなばのかげは　たのむれど　夕かぜならで　おとづれもなし

松下问童子，言师采药去；
只在此山中，云深不知处。

贾岛《访隐者不遇》

雲ふかく　いりにし人は　かげたえて　たきものの香ぞ　庵にのこれる

1894年东京钟铃堂发行的《一讀了解唐诗选和歌意·五言绝句之部》，是一部几乎被遗忘的唐诗和歌译作。译者手柄山钟三郎名不见经传，所以他的可贵尝试也就少有人提及。译者将自己的译作称为"和解"，即日本译解。他在序言说："斯书编纂唐诗之和解，想让初学者感到有趣而又好懂，了解唐诗有意义之处。先由五言绝句开始，渐已脱稿，恳请大家先生批评，群补大成之后，编为一小册发行，试看世评如何。且唐诗与和歌一样意味深远，自无学如余之辈采择编辑，本难得妥帖，等全部完成之后容当订正精选。"①

骆宾王《易水送别》的"和解"作：

此地别燕丹，壮士发冲冠。
昔时人已没，今人水犹寒。

---

① 〔日〕手柄山鐘三郎譯『唐詩選和歌意』、鐘鈴堂1894年版、第1—2頁。

かねて太子にたのまれて
若武者髮さかたちし
其人たちの死たあと
今に水さへぞつとする

昔燕太子が荊軻にたのみ秦の王を殺さんとするとき易水訖送も荊軻は勇ましく髮もさかだちありし云が實に懷古にたへず別れが恨みじやと云ふ。①

李白《静夜思》的"和解"是：

ねまの前に月みれば
霜の色かと思はるゝ
顏ふり上て月ながめ
又うつむいてものをもひ②

李白《秋浦歌》"和解"作：

ちひろもあらんが白髮
くろしる故にかくながし
かかみのうちをのぞひては
ほんにしもかと思はる③

1917 年刊行的《国调周诗》，是寺内章明的《诗经》选译，每一首诗译为数首和歌。可参见拙作《日本诗经学史》④。

---

① 〔日〕手柄山鐘三郎譯『唐詩選和歌意』、鐘鈴堂 1894 年版、第 3—4 頁。
② 〔日〕手柄山鐘三郎譯『唐詩選和歌意』、鐘鈴堂 1984 年版、第 11 頁。
③ 〔日〕手柄山鐘三郎譯『唐詩選和歌意』、鐘鈴堂 1984 年版、第 13 頁。
④ 王晓平：《日本诗经学史》，学苑出版社 2009 年版，第 271—273 页。

三　王维诗境与子规徘境

正冈子规（1867—1902）出生在伊予（今爱媛县）松山藩一个藩士的家庭里。外祖父大原观山曾担任过松山藩藩校明教馆的教授。江户时代的学校，以江户幕府的昌平坂学问所即所谓昌平黉为最高学府，而主要各藩都有藩校。藩校也是那一地区学问的中心，学习的主要内容，自然便是汉学即中国的古典。所谓汉籍，是这些学校教育的核心内容，学生们在藩校学习"素读"，即开始读中国古书，藩校还是汉籍翻刻的据点，子规的祖父也曾受藩命到江户昌平黉学习，回来后任明教馆教授，后来因学制变化遂辞去教职，自己开办汉学塾。子规从七岁开始便在那里学习。据说因为记性好，很得祖父赏识。

子规九岁的时候，祖父去世了，接着受明教馆土屋久明的指导，据子规后来回忆，十二岁便跟他学汉诗作法了，"带着《幼学便览》去学习调平仄，记得那是明治十一年夏天。从那时起，便每天作一首五言绝句"。在子规编的《汉诗解》中收录了当时所作的一首诗，题作《闻子规》，还注曰："余作诗，以此为始"。

　　　　一声孤月下　　啼血不堪闻
　　　　半夜空欹枕　　古乡万里云

据村上哲见推定，这很可能经过后来的润色，因为除最后一句外，平仄不差，不象出自一个十二岁孩子之手。① 但是为什么子规后来唯独录此一首，便恐非偶然。十一年后即子规二十三岁时，因咯血而始自号子规，他或许感到此诗有诗谶的味道。青年时代他曾与友人一起将所作俳句、和歌、汉诗编为《七草集》交夏目漱石评点，如《墨江侨居杂诗》中的一首："茅庐避名利，河岳（指山水）慰吾曹。眠熟风吹梦，雨晴水没篙。书生从意适，人生只形劳。胜迹簪缨占，凌空画栋高"②，虽然稚拙青涩，但寄情山水、鄙夷权贵、唯求适意，诗多景语的趣味已有显露。

在日本近代文学史上，正冈子规是以他的俳句赢得盛名的，而他的俳句

---

① 〔日〕村上哲见『漢詩と日本人』、講談社1994年版、第23页。
② 〔日〕松本松吉编著『漱石・子规の交友詩歌』、人の森出版1995年版、第32页。

中汉诗的影响十分醒目。如果借用一下寒川秋骨的话说:"回顾正冈子规以前三百年俳谐史来看,振兴俳句最放光彩的时代,或者发起最有意义的作者,都是具有汉诗文的素养,或者汉诗文趣味浓厚的俳人们。"江户时代的与谢芜村就被称为用俳句作汉诗的俳人。子规在进入东京大学国文科之前,喜欢旅行和运动,从得了肺结核咳血以后,改名子规。从1903年开始,他对俳句的热情炽烈如火,与谢芜村去世约一个世纪以后,沉寂的俳坛由于子规的出现,而迎来了一个蓬勃兴旺的时期。他的俳句革新,首先指出了俳句陷于主观的弊病,提倡写生体,倡导回归芜村,这是他感觉芭蕉的俳句主观性大,而芜村则客观性的俳句多。将汉诗的内容、构思、表现技巧大量融合到俳句中来,对于确立俳句作为纯文学短诗的地位,起了不可忽视的作用。他十分讲究吸取方法,化用陶渊明、陈子昂、李白、刘辰翁、杜甫、高适、白居易、张谓、祖咏等许多诗人的名句,或取其境、或取其意、或取其词,而化用之后,俳句的色彩依旧鲜明,不大给人油水分离、形神乖错的印象。中国诗歌的妙处,不一定都能转化为俳句的妙处,关键正在俳人的艺术感觉。

子规在《俳句与汉诗》一文中说:"汉诗中每句意完而具趣味者,王维之诗也。王维诗之特色在于此,之所以称为百代之诗宗,亦在于此。曰精微,曰有禅味,曰意在笔尖。要之,曰脱理窟。脱理窟,故每句趣味深远,故每句可译为俳句。"他将王维的诗句译成俳句,并且认为"俳句若佳者,惟以原句佳也"①。他还赞许陶渊明的"采菊东篱下,悠然见南山"和王维《竹里馆》中的"独坐幽篁里,弹琴复长啸;深林人不知,明月来相照","只二十字中,就精妙地建立起了别一乾坤",并把它称之为"出世间之诗味"。

子规将王维的一句诗译成一首俳句的如:

松风吹解带	脱がんとす帷子を松の風が吹く
山月照弹琴	琴を取つて弾すれば月山を出ず
猎火烧寒原	めいめいに松明を持つ枯野かな
漠漠水田飞白鹭	漠漠たる青田を横に鷺の飛ぶ

---

① 〔日〕正岡子規『子規全集』卷四、講談社、1975年。

将王维两句诗译成一首俳句的有：

三春时有雁，万里少行人。　　帰る雁行く人さらになかりけり
黄云断春色，画角起边愁。　　春らしきものなし只角の声
大漠孤烟直，长河落日圆。　　野の末や霞んで丸き入日影

将王维诗四句译成一首俳句的如：

九州何处远，万里若乘空。向国惟看日，归帆但信风。

旭に向いて空に棹さす秋の風

子规俳句中，出自唐诗名句的极多。"年年花不改，容颜不复在"是取刘延芝《代悲白头翁》"今年花落颜色改，明年花开复谁在"，是去掉了"今年""明年"，可称为截断型，而"江户人，江户生，初夏最早上市的鲣鱼"，"江户人，夸江户，初夏最早上市的松鱼"，鲣鱼、松鱼是一鱼两名，以江户初夏最早上市的松鱼而自豪的江户人，却与旧日邯郸游侠子相似。高适《邯郸少年行》"邯郸城南游侠子，自矜生长邯郸里"正为其源。换邯郸为江户，可称为置换型。"德川之代亡，夏木郁森森"则是陈子昂《蓟丘览古》"丘陵尽乔木，昭王安在哉"化来，可称为化用型。

子规俳句中化用最多的是王维的诗句。不妨随举数句，看子规如何凝诗为句的。

王维《使至塞上》："大漠孤烟直，长河落日圆"，不是通过直接描绘，而是凭籍长河、落日等具有雄奇特征的景象暗示出大漠的苍凉与恢宏，"直"、"圆"是富有传神意味的诗眼，是读者进入意境的中介。当然这种景色只属于大漠。但子规把它们化成了在日本也能见到的画面：

野の末や霞んで丸き入日影

原野尽头

霞光辉映
圆圆落日影

霞光落日,在辽远的原野之中,画面舒展优美。王维《山居秋暝》:"明月松间照,清泉石上流",明月清泉松间石上,有动有静,以清幽明净的景物展示高洁的人格美,而子规只抓住石上清泉作句:

さらさらと石を流るる清水かな

潺潺
是流在石上的清水

有时,王维的诗,子规先后作几句。如王维的《登裴迪秀才小台作》:

端居不出户, 满目望云山。
落日鸟边下, 秋原入外闲。
遥知远林际, 不见此檐间。
好客多乘日, 应门莫上送。

子规所作的两句是:

鳥一羽飛んで秋の日落ちにけり

一鸟展翅
秋日落

末枯や人の行手の野は淋し

枝梢叶落尽
旅人去路

原野何寂寥

王维《酬张少府》：

　　晚年唯好静，万事不关心。
　　自顾无长业，空如返旧林。
　　松风吹解带，山月照弹琴。
　　君问穷通理，渔歌入浦深。

子规取颈联，分作两句：

　　脱がんとす帷子を松の風が吹く

　　松风吹起帷欲翻

　　琴を取って弾くずれば月山を出ず

　　取琴弹之月出山

王维《终南别业》中的"行到水穷处，坐看云起时"，被子规译为如下俳句：

　　遡る夏川細く雲起きる

王维的《过香积寺》也是很有名的一首：

　　不知积香寺，数里入云峰。
　　古木无人径，深山何处钟。
　　泉声咽危石，日色冷青松。
　　薄暮空潭曲，安禅制毒龙。

子规有以下三句，分别融入了王维这首诗的诗境：

道細く人にも逢はず夏木立

小径不遇人
夏木郁葱葱

ひやひやと朝日うつりて松青し

冷冷朝日移
松青青

毒竜を静めて淵の色寒し

镇服毒龙
渊色寒

《诗经》中的《桃夭》也是子规喜爱的诗。他也作过两首俳句取《桃夭》诗意。这位写生派俳人捕捉的是灼灼盛开的桃花和茂密的嫩叶，分别象喻新娘的美貌与新郎的俊逸：

蓁々たる桃の若葉や君娶る

桃树
蓁蓁叶嫩
你把新娘娶过门

我们把俳句再译成汉语时，有时不能不再增添一点色彩，前一首基本意义是女子出嫁吧，桃树正在开放呢。后一首则是桃树蓁蓁，你正娶妻。两首分别为新娘新郎而作。这里，子规有自己的创造，但基本不离原诗，与后来金子兜太的进一步扩大想象不同。

正冈子规虽被后人目为写生派俳人，但他的写生，依然是俳句的写生，而不是不分巨细的照收照录，主要是借用季节性的事物，淡淡地不露声色地吐露俳人真实的瞬间情绪感受。在他咳血而深感死神威胁之后，住在须磨疗养时曾作过一首短歌：

> 须磨之浦
> 旅寐
> 吹起夏衣的
> 秋日初风

切实的生活体验也要将外在的一切琐细的具体事物舍而不言，连与疾病搏斗的日子，也用"旅寐"这样一个词带过。旅寐就是旅途中的睡眠，是旅次、投宿。几死的大病，用解除羁旅劳顿的安歇来表现，这固然不过是沿用和歌常用的说法，但又贯穿着他的艺术观，当然是他有意择用的。在表现方式上，短歌特意避开病床的现实，将病痛的折磨与转辗难眠的长夜都诗化，初秋微凉的风掀起衣衫，诗人从凉衣中意识到季节已经变了，而自己穿着夏衣。

日本学者冈井隆在《正冈子规》（近代日本诗人选集 3，筑摩书房）说过，这或许是出于汉诗作为近代诗失去了生命，其夸张表现手法，与近代诗的自我表现的致密与柔软不相一致。同时冈井又指出，对于子规来说，这种体验、这种情感，显然又是短歌、俳句都难以表现的。

能操两种语言的人，可能都会有这样的体会，在改用另一种语言的时候，绝不仅是词汇与语法的转换，同时常伴随的是语气、表情、姿态的改变，张嘴鼓腮、蹙眉扬眉、闭目瞠目、颔首扬头，这些非语言交际手段，也在随之改变，在其背后，更有把握世界、表现世界方式上的区别。汉诗虽在日本独立发展，日本汉诗并不等同于中国古典诗歌，不过汉诗把握情感、表达情感的方式与和歌、俳谐这些日本诗歌的不同，又是显而易见的。以夸张手法而言，从《诗经》开始，"言峻则嵩山极天，论狭则河不容；说多则子孙千亿，称少则民靡孑遗"，刘勰作《文心雕龙》，专有《夸饰》一篇，主张"夸饰在用，文岂循检。言必鹏运，气靡鸿渐。倒海探珠，倾昆取琰。旷而不涩，奢而无钻"。越是强烈的情感，越需要夸饰的表现。激烈的暴风骤雨的情感既不适合于和歌俳谐，那天马行空似的想象与鹏运鸿渐的语言也在和歌俳谐中十分罕见。这就不难理解李白的《秋浦歌》，改写者俳句或和歌时，改写成无不保留见白发而感叹无常的情调，又不约而同地将"三千丈"的夸饰隐而不见。总之，正冈子规要表达自己在病情平复时回味突然面对死神的惊心动魄，要表达自己寄情诗文创作的强烈意愿，便自然挥笔作诗，并毫不犹豫地写出"怒涛成五彩"这样的诗句。

对于身居东京闹市现代俳人来说，山野荒原，层林落日，月色松泉，都是可常想不可常遇的景物，古代中国诗歌正与他的山野之思相契，同时，人生现代，却毕竟可以找到与古人相近的趣味。江户人的自矜与邯郸人的自矜内含不同而自矜相通。正冈子规以唐诗作俳句，置换也好，化用也好，截断也好，最后已变为有季语、有纤细感受的俳句。这些都是容易找出用语造意的联系的，至于那些采用中国诗人捕捉景物方法而别开生面的俳句，其间的联系虽然可能无语汇上的痕迹可寻，对俳人来说，却是更为重要。

四 《印象》和《译诗小见》的共享译诗论

歌人、美术史家、书法家会津八一（1881—1956），雅号秋草道人、浑斋等，后又改号滋树园。处女歌集为《南京新唱》，这里的南京是指古都奈良。《南京新唱》以醇美的声调，开拓了独特的歌境。他的第二部歌集《鹿鸣集》问世后，声誉鹊起，而他始终保持孤高的姿态，作歌活动更为旺盛。今奈良新药寺等处，仍耸立着他书写的歌碑。新泻县有会津八一纪念馆，早稻田大学有纪念博物馆。他将唐诗改写成短歌的《印象》，收在1923年9月刊行的歌集《鹿鸣集》中，1942年3月27日出版的《改造》9月号刊载了他撰写的短文《译诗小见》，虽然篇幅很短，但是屡屡被后来的译家所引用。

《印象》用和歌译写了韦应物、耿湋、张九龄、王之涣、刘常卿、贾岛、李牧、皇甫冉的诗九首。他的译写一个汉字也不用，完全用五七调，而且每个词都分开来写，用和歌的三十一音来表现绝句的意境。译作是名副其实的"句"。贾岛的《访隐者不遇》："松下问童子；言师采药去；只在此山中；云深不知处"，只取采药深山、山下云深之意成句，韦应物《秋夜寄丘员外》："怀君属秋夜，散步咏凉天；山空松子落，幽人应未眠。"则只留松子落地之意。这究竟算不算翻译。道人自己有序：

> 曾诵唐人绝句，以其意作和歌二十余首，近日从旧抽屉中发现这些旧稿，拿在手中，起鸡肋之思，此录九首，面世或有人见之谓不当称之为翻译，或有人谓之为创作，思此，故暂题为印象。既非翻译，又非创作，究竟为何物，予所欲问之也。①

在《译诗小见》一文中，他再一次对自己的译诗表现出强烈的自信。他说："说既不是翻译又不是创作，就象是一种遁辞。但是，这是因为要回应那常见的非难而摆出的奋不顾身架式，说什么不是一字一句地译写便决算不得翻译云云。而我自己却暗自相信，它作为翻译，应具有某种价值。"②

短歌三十一音，只能容纳瞬间的情绪，一切背景都必须无情地舍去，最多相当于半首五言绝句。要将唐诗绝句的全部信息装进俳句，无疑是纳斗于升，结果既无歌味，又无诗味。秋草道人以歌人的情趣去读唐诗，注重的是声、影、光、形的变换，实际上是力求将两种艺术对接。三十一音的短歌，显然无法再现对仗等技巧的美感，却可以克服字数等分割造成的间断，写成一气呵成的一句，变成地道的日本诗歌。

会津八一不赞成中日国民性情过于特质不同而无法理解对方的诗歌的悲观论点，他承认两国诗歌在容量、表现方式上存在的困难，更相信通过翻译能够传达原诗的情味。但是，即使想把五言绝句译成一首三十一字的短歌，也只有绝望。他请读者想象，假如李白、杜甫出生在同时代的日本，或者相反，柿本人麻吕、山部赤人出生在那时的中国，他们都会写出什么样的作品，由此推导出他的和歌唱和主张：

> 即使是汉诗，不是从文字表面，而是更深入作者的内心，从中间挖掘，和歌还是和歌，把汉诗变为和歌的话，这个问题也会自己打开一条活路吧。③

---

① 〔日〕会津八一『渾齋隨筆』、中央公論社1988年版、第110頁。
② 〔日〕会津八一『渾齋隨筆』、中央公論社1988年版、第116頁。
③ 〔日〕會津八一：『渾齋隨筆』、中央公論社1988年版、第110頁。

会津八一的贡献首先是对江户时代小泽芦庵（1723—1801）、良宽（1758—1821）和千种有功（1796—1854）的中国诗歌和歌译做了考察。他将自己根据中国诗歌所作的和歌以《印象》为题，正是表示并不在乎这叫不叫作翻译，而是看重写出阅读唐诗的独特感受。这种感受是属于他个人的"印象"。试看下面的几首：

　　《送琅琊琛、标二释子》　　　　　　　　　　　　　　韦应物
　　白云埋大壑，阴崖滴夜泉；
　　应居西石室，日照山苍然。①

　　琅琊の二釈子を懐ふ
　つくよよし　たにをうづむる
　しらくもの　ながいはむろに
　つゆとながれむ

　　《登鹳雀楼》　　　　　　　　　　　　　　　　　　王之涣
　　白日依山尽，黄河入海流；
　　欲穷千里目，更上一层楼。

　　鸛雀樓に登る
　うみにして　なほながれゆく
　おほかはの　かぎりもしらず
　くるるたかどの

　　《送灵澈上人》　　　　　　　　　　　　　　　　　刘长卿
　　苍苍竹林寺，杳杳钟声晚。
　　荷笠带斜阳，青山独归还。

---

① 〔日〕會津八一『歌集鹿鳴集』、創元社1946年版。

霊澈上人を送る
たかむらに　かねうつてらに
かへりゆく　きみがかさみゆ
ゆふかげのみち

　　《幽情》　　　　　　　　　　　　　　　　李收（或作牧）
幽人惜春暮，潭上折芳草。
佳期何时还，欲寄千里道。

はるたけし　きしべのをぐさ
つみもちて　すずろにおもふ
わがとほつびと

　　《山館》　　　　　　　　　　　　　　　　皇甫冉
山馆长寂寂，闲云朝夕来。
空庭复何有，落日照青苔。

うらやまに　くもゆきかよふ
ひろにはの　こけのおもてに
いりひさしたり

千种有功曾将《唐诗选》所收全部五言绝句74首，七言绝句165首译作和歌，以"和汉草"为名刊出。《译诗小见》特别举出自己对韦应物《秋夜寄丘员外》、耿湋《秋日》、张九龄《照镜见白发》、贾岛《访隐者不遇》几首名诗的改作，以与前引千种有功《和汉抄》中的相应和歌相对照：

　　《秋夜寄丘员外》　　　　　　　　　　　　　韦应物
あきやま　の　つち　に　こぼるる　まつのみ　の　おとなきよ
ひ　を　きみ　いぬ　べし　や

第七章　中国诗歌的传播与翻译　559

《秋日》　　　　　　　　　　　　　　　　　　　耿湋
いりひ　さす　きびの　うらはを　ひるがへし　かぜこそ　わたれ　ゆくひとも　なし

《照镜见白发》　　　　　　　　　　　　　　　　张九龄
あまがける　こころ　は　いづく　しらかみ　の　みだるる　すがた　われと　あひみる

《访隐者不遇》　　　　　　　　　　　　　　　　贾岛
やまふかく　くすりほる　とふさすたけ　の　きみが　たもとにくも　みつらむ　か

两相对照，可以看出歌人从原诗中捕捉到的东西不尽相同。会津八一认为，这种不同，不应该引向"不可翻译论"，而是应该看到，从艺术活动都是从各自的主观开拓出发的观点来看，这些不同都是不足为奇的。这正与池大雅、司马江汉、葛饰北斋等画家笔下的富士山风采各异是一个道理。绘画与照片、示意图不同，是各自感受、倾心而为之事。各自捕捉自己理解到的东西，各具特色，各有价值，并把它们推向自己心得的地方；在这个过程中还可以不断反思、更新与修正。

在这篇短文中，会津八一还说：

  实际上，即使在今天的日本，也有人一边在用油画材料画着裸体画，一方面还在用水墨画南画。因为也有几个这种人，就会有人能够将两方面的诀窍都很好掌握起来，所以有将汉诗写成和歌的人也就自然得其奥妙，而且在这种场合，就决不会拘泥于枝叶，一定会抓住更深邃的地方。①

可见，会津八一提倡的是各美其美。

---

① 〔日〕會津八一『渾齋随筆』、中央公論社1988年版、第109頁。

会津八一擅长俳句与和歌。斋藤茂吉评他的和歌以万叶调为特色，而又与古调的呆板枯燥大异其趣，声调流动，使人感到如新鲜的果汁。

五 "脱汉字化"的《白居易诗集》

1981年，武部利男（1925—1981）将近30年来发表在杂志上的白乐天诗口语译诗编为《白乐天诗集》一书出版。这部诗集最主要的特点就是不使用汉字，人名、地名这些一般必须使用汉字的，也像翻译欧美人名、地名一样一律使用片假名，其余都用平假名。武部利男还曾与小川环树共译《三国志通俗演义》。

吉川幸次郎为之撰写解说，其中说：

> 这本口语译诗将絮叨繁琐的注释全去掉，而且一个汉字也不用，毅然作了尝试。光是假名的文字不好读，不过武部的译诗却特别好懂，只是固有名词用片假名，对怎样写得好读很下功夫。当然这些都是外形上的，主要因为译诗本身就是好诗，读起来一点也不让人感到是汉诗翻译。据杂志同人的评价，白乐天、武部浑然一体了。虽说如此，译诗几乎没有离开原诗，译语经常是妥帖的、精炼的。笔者也有些译注汉诗工作的经验，被分析说明原诗的意义的工作拖住，紧要的译文拖泥带水就变长了，大体远离了诗歌的意象，由于这样的原因，读者想作为诗歌来鉴赏的话，想作正确读解原诗的训练，常常就这样跑掉了。①

武部利男的方针是，原诗是五言的，译成五七调，原诗是七言的，译成七五调二句，例如：

> 尽日松下坐，有时池畔行。
> まつのした　　ひねもすすわり
> ひけのはた　　ときたまあるく
> （おもいを　　うたう　　220）

---

① 〔日〕武部利男『白樂天詩集』、六興出版1981年版，解說。

病不出门无限时，今朝强出与谁期。

やまいにふして　　やしきから
ずいぶんながく　　でなかった
けさむりをして　　でてみたが
だれをたずねる　　あてもない
（やまいより　　おきあがる　　318）

吉川幸次郎对这样的译文颇为赞赏：

  多少也好，读汉诗的人，一定与原诗相比较来读。然而，武部采用的这种译法，能够适用什么样的汉诗呢？一字一字复杂的微妙含意的密度浓厚的杜甫的诗，特别是他晚年的诗，能译成七五调、五七调吗？回答恐怕是否定的。即使翻译的话，恐怕也只能转达那凝练表达的很少一部分。主要是杜甫的诗，没有译成日本风的。那么李白呢？由武部本人间接作了回答。武部同样作为李白研究的第一人，在李白诗歌翻译中没有采用这样的方法。①

作为京都大学文学部的同事，吉川幸次郎既赞许了武部利男的创新，也没有讳言这种只用声音而放弃文字的作法造成的巨大局限。

小川环树《李白之梦》序中说：

  读这些译诗，感到译者之才笔日臻圆熟，不失原诗飘逸之趣，此六首之译诗伴随着沉痛之音响。最后的《南亭对酒送春》就是如此。我读到末尾八句时，觉得陷入黯然的沉吟之中。这首诗唱出了原作者白乐天晚年优游自适的心境，武部的译诗不是超出原作变成了与平生亲故诀别之辞吗？两者的境致与诗意融为一体，难分难离。②

---

① 〔日〕武部利男『白樂天詩集』六興出版 1981 年版，解說。
② 〔日〕武部利男『李白の夢』、筑摩書房 1982 年版、序。

下面是武部利男翻译的《卖炭翁》结尾部：

　　　ふたりの　おとこが　うまに　のり
　　　ばかぱかぱかと　やってきた
　　　これは　いったい　だれだろう
　　　きいろい　きものの　ちゃぼうずと
　　　しろい　ふく　きた　へいたいと

　　　てに　かきつけを　もっており
　　　くちで　となえる　みことのり
　　　くるまの　むきを　かえさせて
　　　うしを　おいたて　きたへ　やる

　　　くるま　いっぱい　つむ　すみは
　　　せんきんあまりも　あるものを
　　　みやの　つかいが　もっていく
　　　ああ　くやしいが　さからえぬ

《時世粧》诗中的一下四句：

　　　昔闻被发伊川中，辛有见之知有戎；
　　　元和粧梳君记取，髻堆面赭非华风。

武部利男将其译作：

　　　むかしばなしに　イセンには
　　　かみふりみだす　ものがいた
　　　これ　みた　ひとが　いいあてた
　　　ここは　えびすに　とられると

ゲンナの　けしょう　かみかたち
きみたち　おぼえて　おくが　よい
さいづちまげや　あかつらは
チュウゴクふうで　ない　ことを①

为了让汉字彻底消失，译者用片假名"イセン"来取代河名"伊川"、"ゲンナ"来取代年号"元和"，在诗后加注说明。译者将"华风"译成"中国风"，偏避开人所熟知的"中国"二字，写成片假名"チュウゴク"，实在是舍易求难。

一海知义所撰《武部利男与白乐天》说："武部利男是诗人，是最安详的语言魔术师，他编织的语言，决不鬼面惊人，奇想天外，但时而出人意表。"②赞赏武部将李白《赠孟浩然》中的"吾爱孟夫子"译成"我是孟先生的粉丝"（わたしは孟先生のファンである。③）

武部利男的"零汉字"操控，把和歌看成纯粹的声音艺术，弃用汉字的表意功能，这看起来似乎彻头彻尾"和歌化"了，但是这也大大缩小了他语言的表现力，也就缩小了可供翻译的中国诗歌的范围。就连"秦始皇"这样的词语也只能借助注释，那么诗歌中更多的具有历史感的词语便不能不完全改变说法，如《海漫漫》中的"秦皇汉武信此言，方士年年采药去"，便已成了：

シンの　シコウと　カンの　ブテイ
そんな　うわさを　まに　うけて
しゅげんじゃどもに　いいつけて
としごと　くすりを　とりに　やる

日本读者阅读这样的译文，很像中国人读汉语拼音报，即便勉强能读懂大概意思，也很难更多理解其中的深意。在日本，低年级小学生的读物是很少出现汉字的，稍难的文章就无法摆脱汉字。武部利男如果将读者对象限定

---

① 〔日〕武部利男訳『白樂天詩集』、六興出版 1981 年版，第 128 頁。
② 〔日〕一海知义『詩魔———二十世紀の人間と漢詩』、藤原書店 1999 年版，第 239—245 頁。
③ 〔日〕武部利男訳『李白』、筑摩書房 1972 年版。

在完全不懂汉字的读者方面（这实际上人数很有限）的话，那么这种做法有利于白居易诗歌的普及，然而如果要获得更多读者的欣赏，这种"脱汉字"的翻译主张，就显得过于狭隘了。可以想象，他在完成这种译诗的时候，也一定是搜搜枯肠，步步艰辛的。

六 《唐诗唱和》的精神

白云山人安藤孝行的《唐诗唱和》，1987年由明治书院刊行。安藤孝行，冈山大学哲学教授，自称"素有风流癖"，爱好古画，间弄画笔，喜作和歌。他认为，日本诗歌不押韵，只有音节这样极为原始的节律，要想以既有的诗形去再现中国原诗的效果，只能死了这条心。中国诗歌即便能译成欧美诗歌，要想译成日本诗歌也是至难之事。要想真正领会汉诗（这里指中国诗歌），就只有用中国音去读，这对于自己来说，近乎不可能。然而，诗歌是文学的精华，不该死心到底。回头看，中国文化是日本文化的母胎，谈到日本人鉴赏外国诗，不用说，过去仅限于汉诗，其方法就是汉字、假名混用的变形翻译，其效果，如所共知，就是完全破坏了原诗的韵律，变成一种生硬粗暴的散文，艳丽的子夜歌也化为野蛮壮汉的悲愤慷慨，特别是后世产生的诗吟，头上缠上头巾，肩上斜挂上布条，拔出剑，瞪起眼，扯开喉咙，高声大呼，以至于让人一谈到汉诗，就给人杀伐高唱的印象，真是可笑且可悲的错误。可以说，在安藤孝行眼中，训读是翻译的"乱暴派"，而诗吟更是"极端乱暴派"。

安藤孝行同时评论了一些有感于上述弊端而"加上几分和训而增加些柔软性的尝试者"，认为这种企图看似革新，实际上是复古，是《和汉朗咏集》早就采用过的办法。他举出吉川幸次郎的译诗为例，实际上把吉川视为"复古派"。安藤孝行又举出土岐善麻吕、佐藤春夫等人的翻译，说他们的翻译，使唐诗翻译大体达到了完成的境地，与训读全然失去韵律相比，以和歌的节律补充了诗歌的效果，只是译语流于冗漫，有散漫的句子，各句译尽，了无余蕴，印象却淡薄，大体是拘泥于原来诗句的语句，应当百尺竿头，再进一步。可以说，安藤孝行将土岐善麻吕和佐藤春夫看成"不彻底的自由译派"。

安藤孝行主张，唐诗翻译应该顺应日本诗歌简洁的特点，他强调，简洁是日本国民性最喜爱的，这样的国民心理，就确立于短歌、俳句的历史当中。所以只要是异国的诗歌，都应当把主要注意力集中到原诗的趣向上，而不应该拘泥于细枝末节的词句，原诗的韵律一旦破坏了这个特点，就要用本国语言的节律去取代它。安藤孝行在这里对秋草道人的译诗给予了肯定。

也有人认为，秋草道人曾经担心有人会说这些译诗，不该算作翻译，而是创作，因而自己将它们称为"印象"。安藤孝行则为之声援道，这既是创作，也是翻译，翻译妙极臻于创作之域，凡是诗歌翻译，均不能不臻于此种境界。正是出于这样的理由，安腾孝行将自己的六百首译为和歌的作品，名之曰"唐诗唱和集"。他宣称："一切艺术的价值，当由作品来判断，而不必过问其动机和传承。"所以，他也不介意别人把自己的作品视作独创，还是创作、翻译。①

《唐诗唱和》不是翻译，而是以唱和为主旨，如李白《子夜吴歌》译作：

月白く砧の音ぞ身には滲む君征きまして幾たびの秋②

张继《枫桥夜泊》译作：

月落ちて漁火あはき霜の江の枕にひびく遠寺の鐘③

李商隐《无题·相见时难别亦难》译作：

空いろの恋の小鳥よ行きて見よ花のかんばせ露にしをるや④

安藤孝行自作的一首《李白挽歌》寄托了对李白的怀念，由衷的敬意寄寓在李白化为星辰的美丽画面之中。兹先录安藤所作，次录笔者回译：

水の上の月捉へんと溺れたる君明星となりにけむかも⑤

---

① 〔日〕安藤孝行『唐詩唱和』、明治書院1972年版、第17頁。
② 〔日〕安藤孝行『唐詩唱和』、明治書院1972年版、第34頁。
③ 〔日〕安藤孝行『唐詩唱和』、明治書院1972年版、第199頁。
④ 〔日〕安藤孝行『唐詩唱和』、明治書院1972年版、第144頁。
⑤ 〔日〕安藤孝行『唐詩唱和』、明治書院1972年版、第76頁。

你溺死水中
是要捉水上明月
你是否已经
化作了熠熠星辰

歌人把李白描绘的诗境，用和歌捕捉形象的方式，更精炼地再现。如《秋浦吟》二："白发三千丈，缘愁似个长。不知明镜里，何处得秋霜。"而白石山人笔下给人最鲜明印象的是连下不断的白雪：

いづくゆも降りつる雪ぞまそかがみなげきかさねしひとよおもほゆ①

不知是何时
下的这场雪好大
对镜连叹息
人啊这方才觉察

"白发三千丈"这极端情感化的夸张，不适于平缓叙述、重在写实的和歌。歌人用连下的白雪喻白发，正是用了多写风花雪月的和歌常见的意象。见镜中白发那一瞬间的感觉，油然而生的惆怅，倒是和歌易于接纳的。《静夜思》中的"举头望明月，低头思故乡"，一举一低，动作的对比加上对句的呼应，充分体现了汉语对仗之长，而到了歌人手里，"思故乡"显得缺乏形态感。白石山人换之以身着"旅装"的望月者，那吟唱者的羁旅者身份与思乡情绪便在言外：

たびごろも夜半の寝ざめに驚きぬ霜にまがひて照れる月かけ②

身穿着旅装

---

① 〔日〕安藤孝行『唐詩唱和』、明治書院1972年版、第35頁。
② 〔日〕安藤孝行『唐詩唱和』、明治書院1972年版、第32頁。

夜半醒来心怅惘
看象是白霜
原来是满地月光

稍长而意象迭出的诗，到了歌人手里，则抽出最主要的情绪，将诗人接连推出的相关意象全部省去。如《春思》："燕草如碧丝/秦桑低柳枝/当君怀归日/是妾断肠时/春风不相识/何事入罗帏"，燕草、秦桑、春风、罗帏，其实中心是春风，歌人抓住春风来唱和，可谓恰得其要：

春風はひなも都も一すぢに君聴くらむわが胸のおと①

春风吹不断
边鄙京城都吹遍
我胸中心声
或许你能听得见

春风吹遍，应当把自己的心声也吹到边关征夫的耳边。原诗与唱和的歌声均写思妇伤春，表现手法各有千秋。另一首《秋思》："燕支黄叶落，妾望自登台。海上碧云断，单于秋色来。胡兵沙塞合，汉使玉关回。征客无归日，空悲蕙草摧。"写思妇悲愁，登台遥望，想象边关景象，歌人也只以登台为线。秋吟红叶，是和歌的传统。登台的女子，想象情郎所在的边关也会像故乡一样红叶飘落。中国诗歌的边关，是沙场胡风，而日本古代的边关，不与茫漠浩瀚的沙漠相联，而是林木莽茂的山野：

朝夕に臺に登り見はるかす君が方にも紅葉散るらむ②
朝朝与暮暮
登上高台望边陲
你的那一边

---

① 〔日〕安藤孝行『唐詩唱和』、明治書院1972年版、第33頁。
② 〔日〕安藤孝行『唐詩唱和』、明治書院1972年版、第33頁。

红叶可也正飘飞

至于那些哲理性强的诗，更需大动手术。说理与用典，都会与和歌格格不入，只能留下最具形象性、象征性、便于联想的物件。如《庄周梦蝴蝶》："庄周梦蝴蝶，蝴蝶为庄周。一体更变易，万事良悠悠。乃知蓬莱水，复作清浅流。青门种瓜人，昔日东陵侯。富贵故如此，营营何以求。"歌人唱和则是：

周か夢蝴蝶かうつつよしゐやしうつせみの世は常なきものを①

不知是庄周
还是蝴蝶梦中翔
现实如蝉蜕
人世原本便无常

歌人舍弃了"一体更变易、万事良悠悠"的议论和蓬莱水浅、东陵侯种瓜的典故，只取庄周梦蝶这一扑朔迷离、真幻相绞的富于动感的画面，在原歌中"蝉蜕"也可看作枕词，歌中那"是庄周呢还是蝴蝶"的自问似的语气，是极富有日语特色的。

从平安时代的《和汉朗咏集》到现代秋草道人的《唐诗唱和》所贯穿的一条红线，就是正视两种诗歌容量、语言、意境、情趣等差异，不计较其中与所谓翻译的概念是否契合，在吸取中国诗歌某些部分的时候，既不在和歌体式中"归化"也不"异化"原诗，而是两者并存，各品其味。从迄今的实践来看，这样做只适用于那些与日本诗歌"共有项"最多，即与日本传统欣赏习惯最接近的那些中国诗歌，要翻译《全唐诗》等诗歌总集，看来还十分困难。

---

① 〔日〕安藤孝行『唐詩唱和』、明治書院1972年版、第23頁。

第八章

中国散文传播翻译与日本汉文

日本近代以前的评论性、论述性、阐释性文字,绝大多数是汉文写成的,即便是明治时代初期的报刊文体,在语汇和句法上也都明显看出很深的汉文印记。梁启超提倡日文学习法,认为学会简单的语法就能读日文文章,其前提便是其中大量似曾相识的语汇和表达方式。直到明治前期文人的著述,往往也要在书前冠以汉文写的序。这有力地说明了中国散文传播的广度和对日本文学影响的深度。不仅如此,日本文人还适应自身的需要,创造了包括"变体汉文"在内的日本汉文。

室町镰仓时代以来,苏轼之文声誉独高,而苏轼之文中,又以前后《赤壁赋》最受追捧。五山文僧在扇子、屏风上画出赤壁风光,江户文士把日本某地当作东坡赤壁,泛舟同游,饮酒赏景,似与东坡同游共赏。明治大正时代的"东坡迷"长尾雨山(1864—1942)等人还曾在苏轼生日举行"寿苏会"。① 咏唱东坡的诗篇及其《赤壁赋》,赞颂苏轼的政治才干和他在《赤壁赋》中展现的旷达的心胸,"天禀奇才见此公,堂堂策论孰争雄。千秋无尽江山风,攝在当年两赋中。"②(小川博望:《苏东坡》)连埼玉县秩父市不大的荒川也被视为微缩的长江,令汉诗人们想起赤壁美文:"断崖千尺入云连,石石芦芦树倒悬。如此江山思赤壁,文章谁继老坡山。"③(有山泰吾:

---

① 〔日〕池泽滋子:《日本的赤壁会和苏会》,上海人民出版社2006年版,第11页。
② 〔日〕内野悟编『大正五百家絶句』、内野悟1927年版、第3卷第55页。
③ 〔日〕内野悟编『大正五百家絶句』、内野悟1927年版、第一卷第52页。

《游秩父赤壁有作》)

　　日本学者很早就展开了对中国古典散文的研究，这种研究一直没有中断。即便是今天，他们的一些研究成果也在积极与中国国内的研究相互呼应、相互促进。2011年九州大学东英寿（1960—）历时十年对天理图书馆所藏日本"国宝"《欧阳文忠公集》潜心研究，发现96封失传欧阳修书信的成果，一经发表，便引起中国学界密切关注，转年中国便有一定数量相关研究论文发表，这便是散文研究内外互动互补的一个实例。

　　日本文学史中的汉文学，基本是分为汉诗、汉文两类。前者指用汉文创作的诗歌（包括词，即所谓汉词），后者则将汉语写的散文（即汉散文）和小说（即一般所说的汉文小说，即汉小说）等都包括在内。关于日本汉文的发展，神田喜一郎在其《作为汉文作家的吉川博士》一文中有精炼的描述，他说："我国的汉文，江户时代特别是出了宽政三博士①以来，《文章轨范》、《唐宋八家文读本》被奉为金科玉律。一提到汉文，马上就会想到这些书上所载的文章就是唯一典范。柴野栗山、佐藤一斋、赖山阳、斋藤拙堂、盐谷宕阴等以前被视为优秀汉文作家的文章家，全都做那种文体的文章。到了明治时期，连重野成斋、川田瓮江这些有名的汉文作家，也毫不例外。进而到了幕府末年，明末清初的侯雪苑、魏叔子这些作家的作品开始流行起来，赖山阳等人都受到他们的影响。余势波及到明治时代，不仅汉文作家，就连一般知识分子也很爱读。二叶亭四迷私淑魏叔子是很有名的，森鸥外、夏目漱石等青年时代也都背诵过魏叔子的名篇《大铁锥传》。"② 日本撰写的散文研究著述之中，不仅对中国汉唐以来的散文各家发表评论，也有些梳理了日本散文发展的历史，品评名作，提出批评。

第一节　《文心雕龙》在日本的传播与翻译

　　《文心雕龙》越来越受到各国的中国文学研究者的重视，处于不同文化

---

① 宽政（1789—1801）年间活跃的柴野栗山、尾藤二洲、古贺精里三人，皆擅长汉文，对宽正禁异学有所贡献。最初有冈田寒泉、柴野栗山、尾藤二洲三博士之说，后来古贺精里参与学政，变为现在的说法。

② 〔日〕神田喜一郎『敦煌學五十年』，筑摩書房1971年版。

背景而采用多种观点展开研究的成果，不仅使《文心雕龙》赢得了新的读者，而且为它的研究赋予了崭新的意义。

关于《文心雕龙》在日本的传播，已有田杏村、太田青丘、户田浩晓、兴膳宏等学者的论文加以考辨①，他们对《文心雕龙》传播轨迹的挖掘与描述，引起了笔者对历史上日本学人有关中国文学理论容纳摄取倾向的思考，另外，在笔者读到的日本古典文学著述当中，也发现了几则上述论文未曾涉及的材料，以下将这些材料与笔者的看法归纳整理，以供研讨。

一 都良香与《文心雕龙》

上述日本学者的论文都指出，在宇多天皇宽平年间（889—897），藤原佐世辑录的《日本国见在书目录》当中杂家部及别集部均有"文心雕龙十卷·刘勰撰"的著录，这说明九世纪后半叶《文心雕龙》便已东渐日本。实际上，从都良香对《文心雕龙》的引用来看，它传入日本的时间表还应提前。

都良香（844—879）是平安时代初期享有盛名的文坛奎星，文采风流，卓绝一时，青年时代即博闻强记，十七岁为博士，十八岁为侍从，享年仅三十六岁。收于《都氏文集》卷5的《策文章生菅野肖文二条》② 大约写于元庆二年，即878年以前。这是都良香为文章生菅野肖生策问出的题目。其中有一条叫做"辩论文章"。此文旨在考察菅野文学理论水准与鉴赏作品的能力。都良香之所以能这样来提出问题，或许正是得益于他对《文心雕龙》的钻研和思考。

《辩论文章》中提出的问题是：

……夫作文之类，迟速不同；构词之家，巧拙各异。相如则腐毫，

---

① 〔日〕土田杏村『周文学の哲学性研究』第二卷『文学の発生』第八章「批評文学の生孔及び来源」第330頁。太田青丘『日本歌学と中国诗学』、清水弘文堂书房1968年版。太田青丘「六朝诗论與古今集序」、『日本中國學會報』第二册第128頁。戶田浩曉「關於岡白駒文心雕龍的刊刻」、『支那學研究』第二十號、1958年，户田浩晓《文心雕龍研究》，曹旭譯，上海古籍出版社1992年版，興膳宏：《日本對文心雕龍的接受和研究》、《文鏡秘府論裏文心雕龍的反映》、《古今集漢文序劄記》，三篇均收入《中國的文學理論》，筑摩书房1988年版。其中《日本对文心雕龙的接受和研究》有彭恩华译文，载《中华文史论丛》1985年第2期。

② 〔日〕『群書類從』第九輯、卷第百二十九『都氏文集』第五卷。

乃美思之缓也；枚皋则应机，可观思之急也。思之缓者，其感至深；思之急者，其兴微浅。赴于时用，宜有所施，论之人才，何者为胜？①

文思迟速的差异，古人早有注意。《汉书·枚乘传》说枚皋"为文疾，受诏辄成，故所赋者多；司马相如善为文而迟，故所作少而善于皋。"《梁书·张率传》说："率又为待诏赋奏之，甚见称赏。手敕答曰：'省赋甚佳。相如工而不敏，枚皋速而不工，卿可谓兼二子于金马矣。'"陆机《文赋》开始把这作为构思谋篇的两种类型，"或操觚以率尔，或含毫而邈然"。但是，促使都良香以这种角度与方式来提出问题的，应该说还是《文心雕龙·神思》篇：

> 人之禀才，迟速异分，文之制体，大小殊功：相如含笔而腐毫，扬雄辍翰而惊梦，桓谭疾感于苦思，王充气竭于思虑，张衡研京以十年，左思练都以一纪，虽有巨文，亦思之缓也。淮南崇朝而赋骚，枚皋应诏而成赋，子建援牍如口诵，仲宣举笔似宿构，阮瑀据案而制书，祢衡当食而草奏，虽有短篇，亦思之速也。若夫骏发之士，心总要术，敏在虑前，应机立断；覃思之人，情饶歧路，鉴在疑后，研虑方定。机敏故造次而成功，虑疑故愈久而致绩。难易虽殊，并资博练。若学浅而空迟，才疏而徒速，以斯成器，未之前闻。②

都良香提问中的"相如则腐毫，乃美思之缓也；枚皋则应机，可观思之急也"。出于上文，当不必有疑。他在提问中说明不论文思迟速，在实际中都各有所用，不必偏执，两者都应"博练"。这也就是刘勰所说的道理：

> 是以临篇缀虑，必有二患：理郁者苦贪，辞溺者伤乱。然则博见为馈贫之粮，贯一为拯乱之药，博而能一，亦有助乎心力矣。③

---

① 〔日〕中村璋八、大塚雅司校注『都氏文集全释』、汲古書院 1988 年版、第 193 頁。
② 〔梁〕刘勰、范文澜注：《文心雕龙注》下，人民文学出版社 1978 年版，第 494 页。
③ 〔梁〕刘勰、范文澜注：《文心雕龙注》下，人民文学出版社 1978 年版，第 494—495 页。

都良香提出的最后一个问题，是有关才与学的关系：

> 亦夫方圆异器，长短殊能。虽出经籍满腹之儒，难逐文章随手之变。或以为缀属之美，当有天分；或以为裁制之士，唯在人习。若言有天分，则精神不可疲于闲练；假曰在人习，则慈父母须移于爱子。是非之愤，填于我胸；浅深之量，酌于汝意。文之无用者，虽美虽艳，略而剪之；义之有实者，虽米虽盐，细而言之。①

曹丕《典论·论文》说：

> 文以气为主，气之清浊有体，不可力强而致。譬诸音乐，曲度虽均，节奏同检，至于引气不齐，巧拙有素，虽在父兄，不能以移子弟。

这个观点，很可能影响到都良香的才学观，而从"引气不齐，巧拙有素"引出"禀性不同，含气有素"（《辨熏莸论》）②。看来这是早就萦绕在都良香脑海里的问题。这个问题在《文心雕龙》的《事类》《体性》各篇中已反复作过论述。

刘勰突出强调学习的重要性，同时并不否定天资的作用，把才看作内因，学看作外因，两者不可偏废，而且特别强调最初学习、早期教育的奠基功用。在前面提到过的《神思》篇里把"积学以储宝，酌量以畜才"当作写作的必要条件。都良香能够将才与习作为一对矛盾以这种方式把问题提出来，可能与他读过上述论述有关。

都良香以"评定文章生从七位菅野朝臣惟肖对策文第事"为题做出的一篇文字，收在前一篇之后，其中有这样一节：

> 又问云：两班文章之苑，一种共春？
> 对云：班彪著书之业，班固继而易成。
> 今案：刘勰云：旧说以为固文优彪，然则两班词采，既有先炎，而

---

① 〔日〕中村璋八、大塚雅司校注『都氏文集全釈』、汲古書院1988年版、第193—194頁。
② 〔日〕中村璋八、大塚雅司校注『都氏文集全釈』、汲古書院1988年版、第10頁。

对文妄引修史之事实，失所问之旨。①

考官向菅野提出班彪、班固词采优劣的评价问题，而菅野只说出班固继承父业完成《汉书》的史实，故都良香指出他所问非所答。

关于这个问题，《文心雕龙·才略》说：

> 二班两刘，奕叶继采，旧说以为固文优彪，歆学精向；然王命清辩，新序该练，璇璧产于昆冈，亦难得而逾本矣。②

刘勰虽然没有对"固文优彪"的旧说正面反驳，但他认为美玉出产于昆仑山，做儿子的成就要超过由之而来的父辈也不是一件容易的事。在《史传》篇刘勰对班固还有更具体的评价，对仲长统所说的班固的"端绪丰赡之功"与"遗亲攘美之罪"都没有提出异议。都良香认为这些都是考生理应知道的知识。

在都良香的评语中，还对菅野文章的写法提出了意见：

> 凡作文之体，自有定准，其开发端绪，陈置大纲，必须豫论物理，暗含题意，起文于此，会理于彼，取上事以证下事，论后义以足前义。若失比例，体势差爽，而第一对文，发音首词，叙事缀虑，不依题意，虽辛苦于翰墨，而寂寥于事由。作者之病，可谓弥留。亦言贵在约，文不敢多。善合者为难，过繁者为易，而今自谦之词，极为冗长，加之两条之中，闻辞重生，骈枝有损于翰林，附隶不除于文体，况亦病累相仍乖调律。③

这一段话虽没有直接引用《文心雕龙》，但与《文心雕龙》的《论说》《熔裁》两篇的精神大体一致，而"骈枝有损于翰林"，很可能是出自《熔裁》篇所说的"骈拇枝指，由侈于性；附赘悬疣，实侈于形。二意相出，义

---

① 〔日〕中村璋八、大塚雅司校注『都氏文集全釈』、汲古书院1988年版、第205页。
② 〔梁〕刘勰著、范文澜注：《文心雕龙注》下，人民文学出版社1978年版，第699页。
③ 〔日〕中村璋八、大塚雅司校注『都氏文集』、汲古书院1988年版、第206—207页。

之骈枝也；同辞重句，文之疣赘也。"

从以上的引述对照中不难得出结论：都良香对《文心雕龙》曾认真研读，并将它看作指导撰著的重要教材。如果上述策问及评定语是他生命最后几年撰写的话，那么最迟九世纪 70 年代《文心雕龙》在日本贵族文士中已有一定范围的流传。

二 菅原道真与《文心雕龙》

菅原道真（845—903）是平安朝首屈一指的诗人、政治家、儒学实践者，被视为日本的文学之神，教育之祖，至今仍受敬仰。祭祀道真的天满宫、北野神社在日本多达两万余处。这样一位博学多才的文学之士，读没读过《文心雕龙》呢？

图 98 太宰府天满宫藏菅原道真像

《菅家文草》卷 8 收有《问秀才三善清行文二条》，其中有一条是"音韵清浊"：

问：雕龙便手，映风月于鈆（鈆字，一本作铅）松；白凤惊神，缩山河于斧藻。盖以音也成文之称，取诸鼓吹其词；韵惟结格之名，用则玄黄。其句洎于问经汪濊，曹王安吐乖异之讥；濡翰纷纶，萧主独招不悟之叹。彼皆失功笼纽，逐儒林之老聋；忘道浮沈，为文苑之狂瞽者也。然则发枢机以翻铃键，谁家先转推轮？叩五音而押四声，何处始闻命律？霜凝火炽，阴阳非无象声；山厚水柔，南北可有优劣？亦夫列池避汉武皇帝之尊，未详烧章犯文司马氏之讳。焉在吴楚、燕赵、秦陇、梁益之异同，喉中、舌前、牙齿、唇吻之清浊。口谈分字，莫辞蛴（蛴字，板本作蜶，又旁注蠏字）谷之劳，毛举指文，当纵鸟澜之势。①

这里可能引用了各种有关音律的材料，但空海《文镜秘府论》中的《天卷·四声论》与《文心雕龙·声律》应该说是最基本的来源。

例如"洎于问经汪濊，曹王安吐乖异之讥；濡翰纷纶，萧主独招不悟之叹"，曹王萧主之事，皆出于《文镜秘府论·声律》所引刘善经之说：

> 经案……曹植、王粲、孔璋、公干之流，潘岳、左思、士龙、景阳之辈，自诗骚之后，晋宋已前，杞梓相望，良亦多矣，莫不扬藻敷芬，文美名香，颺彩与锦肆争华，发响共珠林齐韵。然其声调高下，未会当今，唇吻之间，何其滞钦！
>
> 经数闻江表人士说，梁王萧衍不知四声，尝从容谓中领军朱异曰："何者名为四声？"异答云："'天子万福'，即是四声。"衍谓异："'天子寿考'，岂不是四声也？"
>
> 以萧主之博洽通识，而竟不能辨之。时人咸美朱异之能言，叹萧主之不悟。②

菅原道真对声律的态度，和《文镜秘府论·天卷·四声论》也或有关涉。空海卒于承和二年（835，唐大和九年），《文镜秘府论·四声论》引《文心雕龙·声律》文，是后人所引《文心雕龙》文中最早的。菅原道真似

---

① 〔日〕川口久雄校注『菅家文草　菅家後集』、岩波書店 1978 年版、第 547 頁。
② 〔日〕遍照金刚：《文镜秘府论》，人民文学出版社 1980 年版，第 24—32 页。

乎不仅熟悉这些引述的部分，而且也读到过《声律》篇。因为他不仅开头就将撰文称为"雕龙"，而且将揭示声律的奥秘说成是"发枢机以翻铃键"，这极有可能出于《声律》篇："故言语者，文章神明枢机，吐纳律吕，唇吻而已"。

《文心雕龙札记》认为："文章下当脱二字，者下一豆，神明枢机字一豆，吐纳律吕一豆。"范文澜案："文章下疑脱'关键'二字，言语谓声音，此言声音为文章之关键，又为神明之枢机，声音通畅，则文采鲜而精神爽矣。至于律吕之吐纳，须验之唇吻，以求谐适，下赞所云吹律胸臆，调钟唇吻，即其义也。《神思》篇用关键枢机字。"① 关键、铃键义近。总之，菅原道真对声律音韵的看法，确有出于《文心雕龙·声律》的部分。

三 斋藤拙堂、太宰春台等与《文心雕龙》

户田浩晓在《文心雕龙研究史》中提到江户时代末期斋藤拙堂（1797—1865）在他的《拙堂文话》（1836年刊）里对《文心雕龙》的引述。《拙堂文话》是作者"忧近世文弊所作"（土井有恪跋）。钱钟书先生曾指出："斋藤论文，每中肯綮"②。《拙堂文话》引述的中国古代论文之著作颇多，其中有可能出自《文心雕龙》的是卷5开头所说的"文章体制，亦出于六经，非唯道理也"。

拙堂征引的《文心雕龙·宗经》篇部分如下：

> 论说辞序，则《易》统其首；诏策章奏，则《书》发其源；赋颂歌赞，则诗立其本；铭诔箴规（户田注：规当作祝），则《礼》总其端；纪传铭檄（户田注：铭当作盟），则《春秋》为根。百家腾跃，终入环内。③

户田浩晓认为，这里的引文可能并非引自《文心雕龙》原书，因为从引用方式来看，总体顺序等均与明代徐师曾《文体明辨》卷首的总论十分相

---

① 刘勰著、范文澜注：《文心雕龙注》下，人民文学出版社1978年版，第556—557页。
② 钱锺书：《管锥编》第三册，中华书局1979年版，第881页。
③ 〔日〕『拙堂文話評』、『日本藝林叢書』第二卷、六合館1928年版。

似,且《文体明辨》的引文中在"则《春秋》为根"以下省略了《宗经》篇中的"并穷高以树表,极远以启疆,所以"十三字,《拙堂文话》中亦同样省略。从以上事实可以断定,《拙堂文话》中的《文心雕龙》引文,是从《文体明辨》一书转引而来的。

在将《文心雕龙研究史》一文收入《文心雕龙研究》中时,户田浩晓增加了补记,其中提到,拙堂在为嘉永五年(1852)京都书林谦谦舍再刻《文体明辨》所写的序里,论及文章的体式时说了下面一段话:

> 且文有天文焉,有人文焉。天文者,日月星辰,森罗万象是也;人文者,典谟誓诰风赋雅颂是也。易云:"观天文以察时变,观人文以化成天下。"夫天文万古不坠,犹且不能无时变,况人文之出修为者乎?

户田浩晓对以上引文分析说,拙堂把文学说成是"人文"与"天文"对比,且肯定"人文"易变,这种论述方法,均与《文心雕龙·原道》篇及《时序》篇有相似之处,但这是不是他直接引自《文心雕龙》,尚须再加考证。

关于"人文","天文"的说法,明显地来源于《易传》。《易传》第二十二卦(即贲卦)的《象传》云:"观乎天文,以察时变;观乎人文,以化成天下。"刘勰在《原道》篇中承继《易经》及其它经籍中的概念,逐步形成了他那世界与人心、心与言、言与文之间的多重对应理论。他将《易传》中的词语稍加凝缩,变为"观天文以极变,察人文以成化"。不过,在同一时代的文人中,刘勰并不是唯一以此来论证文学的重要性的,他的友人昭明太子萧统在《文选序》中也表现了相似的玄学观。

对于日本文士来说,《文选》的影响远在《文心雕龙》之上。① 成书于日本天平胜宝三年(751)的最早的汉诗集《怀风藻》序文中已经有了"天文""人文"相对的观念,序文开头的写法承袭了《文选序》是显而易见的:"逖听前修,遐观载籍,袭山降跸之世,橿原建邦之时,天造草创,人文未作。"② 以"天造"对"人文",文中强调"调风化俗,莫尚于文",可见日

---

① 王晓平:《文选在日本奈良、平安时代》,《文史知识》1985 年第 1 期。
② 〔日〕小岛宪之校注『懐風藻 文華秀麗集 本朝文粋』、岩波书店 1964 年版。

本接受"天人"、"人文"观可以追溯到奈良时代。看来仅从"天文""人文"之说还不能断言拙堂之说出于《文心雕龙》。不过，正如兴膳宏所指出的，《文心雕龙》间接（通过《文镜秘府论》等日本著述）影响拙堂，则是可能的。

太宰春台（1680—1747）的《文论》收入《春台先生紫芝园后稿》卷7，后又收入关仪一郎编的《日本儒林丛书》第十三卷（风出版），是江户时代论述古文的值得注意的文章，可谓《拙堂文话》《渔村文话》的先声。它的第一篇开头便说：

夫天有日月星辰，是谓天文；人有礼乐典章，是谓人文。《易》曰："观乎天文，以察时变；观乎人文，以化成天下。"文之时用大矣哉！①

太宰春台把这看作"君子之道，以文为至"的根据，把"文"看作"小可以修身，大可以治天下国家"的法宝。他说的"文"，当然不仅是言语文章，而且是一种无处不在、须臾不可缺少的"大文"；至于"声诗歌咏，文其情性也"，这些文人之文，只不过是"文"的极小的一部分，知识分子决不能眼中只有"文士之文"，而忽视"人文之文"。太宰春台思想有较强的"经世致用"的色彩，但他对"天文""人文"的表述可能给拙堂以启发，对比一下拙堂为再刻《文体明辨》所撰序文开头的一节，两者的类似是一目了然的。

斋藤拙堂稍后的海保渔村撰写的《渔村文话》（约1852年刊），也没有把《文心雕龙》摆在应有的地位。该书的《锻炼》一节倒是提到了《文心雕龙》：

《文心雕龙》有《练字篇》，极论作文用字之难，其言曰："善为文者，富于万篇，贫于一字"，乃谓能撰万篇宏文之文章高手，却为使用一字而犯难，则如何用字，理当妥贴，难以率而定夺。又言"易字艰于代句"，谓不留一句，取而代之则易，若求下一字安则难矣。②

---

① 〔日〕関儀一郎編『日本儒林叢書』第十二卷，鳳出版『文論』第1頁。
② 〔日〕清水茂、揖斐高、大谷雅夫校注『日本詩史　五山堂詩話』，岩波書店1991年版、第387—390頁。

这里引用的"易字艰于代句",不在《练字》篇,而在《附会》篇。户田浩晓认为:渔村读过《文心雕龙》的可能性是很大的。我这里想补充的是,《渔村文话》还有一处提到刘勰与《文心雕龙》,那就是《左传错举》:

> 《左传》叙事,每错举互书姓、名、字、谥,此乃初未详记其人名某、字某、谥某等,欲行文之间告知也。《史》《汉》之体,皆始道出其人之姓、名等,后世撰写传文撰写碑文、记,多从此例,罕有知《左氏》之妙者。如刘勰反云"左氏缀事,氏族难明"(《文心雕龙·史传》),近来赵翼亦从之,谓"此究是古人拙处"(《陔余丛考》),不知此以氏、族、名、字、爵、邑、号、谥等密布文中,令人一读便了然于心,《左氏》文之绝妙处也。①

这里所引的"左氏缀事,氏族难明",在《史传》篇中是"观夫左氏缀事,附经间出,于文为约,而氏族难明",刘勰并没有否定左氏分别交待这一方法"于文为约"的特点,渔村很难说是全面理解了刘勰对《左传》的看法,从引述的方式来看,这倒有可能从别人引文中转述的。

显然,海保渔村对《文心雕龙》的引述,都与原文有出入,何以如此?极大的可能是他根本没有看到《文心雕龙》原书,只是从其他著述的引述中理解刘勰对某一具体问题的见解。

四 泷川资言与《文心雕龙》

关于《文心雕龙》在近代日本的流传,应当提到一位有名的学者,他就是《史记会注考证》著者泷川资言(1866—1945)。

资言字君山,通称龟太郎,我国学者熟悉他的《史记会注考证》,对他的《纂标四书集注》《纂标古文真宝前后集》《纂评御注孝经》等便不大知道了。资言庆应元年生于松江市,毕业于东京大学古典讲学所汉学科,先后任教于仙台第二高中、东北帝国大学、人东文化学院等。

笔者从《日本汉文学史》上读到他写的《书文心雕龙后》,此文写于

---

① 〔日〕清水茂、揖斐高、大谷雅夫校注『日本詩史 五山堂詩話』、岩波書店1991年版、第397頁。

1918年，现标注如下：

西村子俊评予文曰：骈散相交，气近彦和。予因忆曾购养素本《文心雕龙》，出而读之，漫灭蠹蚀殊多，遂取学堂所藏诸本，参以《御览》《玉海》、三日卒业。

彦和之书，上述《诗》《书》《易》《礼》《春秋》《论语》，下采魏文、陈思，应玚、陆机、虞挚、李充，穷源沿流，记载靡遗。齐颜之推《家训》、唐刘知几《史通》，已袭其语，效其文，则是书之行久矣。（《家训·文章篇》云："文章者，源出五经。诏命策檄，生于《书》者也；序述论议，生于《易》者也，歌咏赋诵，生于诗者也；祭祀哀诔，生于《礼》者也；书奏箴铭，生于《春秋》者也。"与《雕龙·宗经篇》其旨全同。又云："陈思王《武帝诔》，遂深咏蛰之思；潘岳《悼亡赋》，乃怆手泽之遗。"是全袭《雕龙·指瑕篇》语）。后世诗话文论，概皆其子孙也。

《古诗十九首》，《文选》不著作者，《玉台》以其七首为枚乘，而彦和则云《孤竹》一篇，傅毅之词，盖有所传也。

屈原事迹，先秦诸书，一不概见。马迁之传，或疑假托泄其愤懑，而彦和引淮南王《离骚传》云："国风好色而不淫，小雅怨悱而不乱，若《离骚》可谓兼之。"其言全与《史记》同，则可知马迁所本。

彦和又云："丝麻不杂，布帛乃成；经正纬奇，倍摘千里。"遂举谶纬四伪，识见高于郑康成辈数等。

又云："孝惠委机，吕后摄政；班史立纪，违经失实。何则？庖牺以来未有女帝者也，所以防女祸者至矣。"其所言不止文艺。

昔人以读未曾读之书，比于游未曾游之山水，使予得今日之快者，实子俊之赐也，特恨其在数百里外不相会细论是书耳。

子俊名时彦，号硕园，夙执笔《大阪朝日新闻》，今讲书于京都大学，尤善古文。大正七年二月中六夜，君山泷川资言。①

---

① 〔日〕豬口篤志『日本漢文學史』、角川書店1984年版、第641—642頁。原載《東華集》第百五十一集。

这是笔者读到的日本最早的评论《文心雕龙》的文章。泷川资言对《文心雕龙》还谈不上精深的研究，但他在日本学者中也许是第一次看出了《文心雕龙》对中国文学理论发展的重大影响，所谓"后世诗话文话，概皆其子孙也"，对其推崇已无以复加。平安时代的都良香、菅原道真等都只不过是在个别问题上引述《文心雕龙》，而资言却对《文心雕龙》学术价值作了整体的估价，文短意长，日本的《文心雕龙》研究史理所当然应该为泷川资言写上一笔。

《文心雕龙》兼有分析与综合的显著特点。刘勰建立一个完备的理论体系的意图是十分强烈的。在对写作规律的探论中，他"本乎道，师乎圣，体乎经，酌乎纬，变乎《骚》"，而又"囿别区分，原始以表末，释名以章义，选文以定篇，敷理以举统"，体现出追根溯源的历史趣味。在探讨中国人理论思维的特点时，《文心雕龙》应该说是独特而典型的材料。我们对日本人接受《文心雕龙》的过程的描述，也可以引向中日思维方法的对比性探讨。

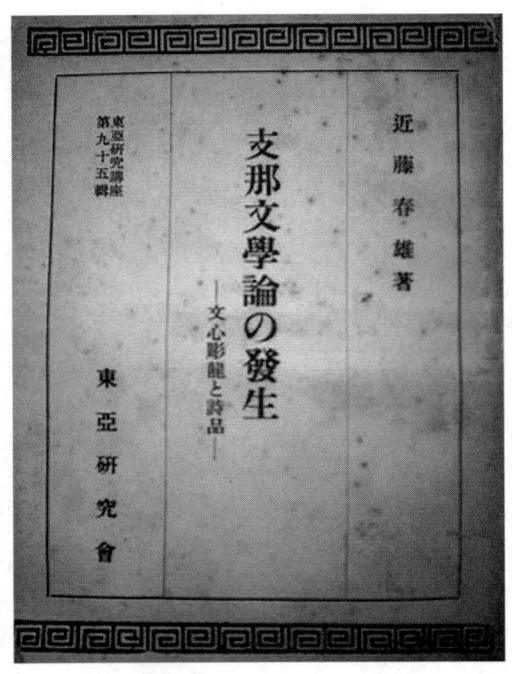

图99　近藤春雄著《支那文学论的诞生——文心雕龙与诗品》

中村元在《比较思想论》中谈到，日本人的思惟无论从哪方面来说，都是非逻辑的，缺乏逻辑的。有条理的思惟能力，逻辑学没有得到发展，其思维是有明显的直观性与情绪性。他们缺乏组织复杂表象的能力、喜欢单纯的、象征性的表现，关于客观规律的知识也很贫乏①。尽管《文心雕龙》早在八世纪便传入日本，但它的理论体系似乎始终没有引起学者们的兴味。日本人大量的诗论诗话、文论文话，都主要把兴趣集中在怎样模仿中国诗文等具体作法上面。显然，日本人不曾全盘接受过《文心雕龙》，而是按照自己的思维方法，接受了自己感兴趣的东西。

第二节　中国散文传播与日本的文话研究

日本江户时代汉学者撰写的诗话多达几十种，而论文之著也有近十种，如荻生徂徕《文变》和《古文矩》、释大典《续文变》、太宰春台《文论》和《文则》、服部南郭《文筌小言》、山县周南《作文初问》、斋宫静斋《初学作文法》、宇都宫由《作文阶梯》、山本北山《作文率》和《作文志彀》、皆川淇园《淇园文诀》、伊藤东涯《作文真诀》等等。从书名就可以看出，虽然其中也不乏涉及到中国散文的翻译等问题，但它们基本都属于谈文录，是讲怎样写出像样的汉文，而且多数带有面向习作者谈论作文诀窍的性质。较多触及中国散文批评而又系统性较强的，则要数斋藤拙堂《拙堂文话》和《续文话》，以及海保渔《渔村文话》和《续渔村文话》了。

值得探讨的是，那些诗话在当时或稍后的中国似乎并没有太引起学人的注意，而《拙堂文话》《渔村文话》却成为清人古文家借邻壁之明以自励的契机。据李元度《天岳山馆文抄》卷26《〈古文话〉序》说："日本国人所撰《拙堂文话》《渔村文话》反流传于中国"，可知同治、道光时古文家已有人读到过这两部文话，而且由此更看到了整理中国文话的意义。两相比较，《拙堂文话》比《渔村文话》内容更为丰富扎实，论文"每中肯綮"② 而且是用汉文写的，比起用日文缀篇而夹杂大量汉语引文的《渔村文话》更为畅达。

---

① 〔日〕中村元：《比较思想论》，浙江人民出版社1987年版，第170页。
② 钱锺书：《管锥篇》（三），中华书局1979年版，第881页。

一 斋藤拙堂与《拙堂文话》

斋藤拙堂（1797—1865）生活在幕府末年，明治维新前夕，是旧学烂熟、新学孕育的时期。他夙抱经世之志，于田赋、法律、本朝典故，必钻研而穷究之。不甘心踵常途之役役，窥陈编以盗窃，而愿在学术上有所创新。《拙堂文话》自序劈头就讲："诗之有话尚矣，四六与诗余亦皆有话，何独遗于文？文而无话，岂非缺典乎？"其实他已知道《明史·艺文志》有闵文振《兰庄文话》、钱谦益《绛云楼书目》有李云《文话》等，不过这些都不曾见到。拙堂"平生读书论古及其它谈话，有关乎文章者即笔之"，辑为《拙堂文话》一书，以补诗话、四六话、词话之外无文话的缺憾。文话之外，他还有经话、史话、诗话、兵话之著①。

文话之著既取法于诗话，则在摘句举篇、设譬论文、明史记轶等方面，多与诗话相关。《拙堂文话》约六万二千余字，分八卷，就中国、日本古文的源流、流派、作家评断议论，鉴赏名篇佳作，总结谋篇遣辞方法。中国古文自先秦直至明清都有涉及，但中心是在唐宋；日本古文自奈良时代圣德太子宪法十七条论至当世名家，中心则是江户时代。

（一）学在于识与无所不学

日本汉语散文即汉文的发展有两个高峰，分别出现在平安时代和江户时代，两个高峰的形成都与唐宋古文运动的影响有关。平安时代菅原道真、都良香等著名汉文学家撰写的《书斋记》《富士山记》等文章，显露出模仿韩柳风格的痕迹，而江户时代荻生徂徕等人追步前后七子标榜文必秦汉的拟古主义思潮，实际上推动了各派汉学者对从秦汉到唐宋古文的钻研。斋藤仁斋生活的时代可以说处于第二高峰的峰巅，有远溯高瞩的学术环境，可以对仿学秦汉以来古文的经验作较全面的总结。自山本北山（1752-1812）引入袁宏道性灵说，对荻生徂徕一派剽窃先秦、模拟盛唐、涂附雷同大加攻伐以来，古文辞派已失去了号召力，于是窠臼尽变，转而为宋元、为袁徐、为钟谭、为李渔袁枚之徒，各奉宗师，发其余窍。而对这种局面，《拙堂文话》必须对应该学谁仿谁以及如何仿学提出自己的答案。

---

① 〔日〕『拙堂文話』卷六案："拙堂文话之外，有经话、史话、诗话、兵话之著。"

拙堂认为，要学好古文，须有两个根本条件，一曰才，二曰识，有才无识或有识无才都达不到佳境。荻生徂徕有才而堕于邪径，太宰春台道途颇正而才气不副，俱为可惜。才识相较，拙堂又说过"学在识，而不在才"。荻生徂徕自言"倚天之宠灵，奉于麟氏之教"，是缺乏醇正的识见，走上了剽窃蹈袭以为古文的邪路。文当以唐宋为门阶，秦汉为阃奥——这就是拙堂指示的学作古文的正路：不以唐宋为门阶，则陷为阃涩；不以秦汉为阃奥，则流为平弱。①李王蔑视唐宋以下，专以模仿秦汉为法，结果所作篇章无法，意脉不贯，因其时世陌远，学秦汉者徒得其影响，而不能得其神髓，因而未若学唐宋之善："盖诸文体裁，至唐宋大备。言秦汉者，亦不得不相沿，且其开阖、起伏，抑扬顿挫诸法，亦易寻求，故学文者不得不由于此"②，这很象罗万藻代人作《韩临之制艺序》所说的"文字之规矩绳墨，自唐宋以下，所谓抑扬开阖、起伏呼照之法，晋汉以上，绝无所闻，而韩、柳、欧、苏诸大儒设之，遂以为家。出入有度，而神气自流，故自上古之文至此而别为一界"。就唐宋与秦汉的关系言，《拙堂文话》和明代的唐宋派有许多共同语言，他们都认为由秦汉之气象以学秦汉文仅成貌似；由唐宋文之门径以学秦汉文，转可得其神韵。《拙堂文话》卷3把这个意思说得更具体：

  左氏之华赡、庄周之荒唐、韩非之峭深、子长之豪荡、子云之古奥，各臻其妙，不能相通。韩昌黎以不世出之才，压倒千载，佐以柳柳州之雄杰，集大成之，以为后世宗师，而秦汉高浑之气亦稍散矣，是风气之变使然也……宋人学之，能出机轴，各成一家，名于后世。盖唐人发之，宋人述之，无复余蕴，后世虽有能者，弗能出其范围矣。故学者作文，宜效宋人由唐而溯秦汉，慎勿如明人弃唐宋直趋秦汉则可。③

---

① 〔日〕齋藤拙堂『拙堂文話』、池田四郎次郎編『日本藝林叢書』第二卷、六合館1928年版、第29頁。
② 〔日〕齋藤拙堂『拙堂文話』、池田四郎次郎編『日本藝林叢書』第二卷、六合館1928年版、第29頁。
③ 〔日〕齋藤拙堂『拙堂文話』、池田四郎次郎編『日本藝林叢書』第二卷、六合館1928年版、第30頁。

正因为如此，《拙堂文话》以极大篇幅论述韩柳欧苏的成就。同时又明确指出，拨乱反正，为事甚难，非一家所能，"天必假数豪杰，先为之驱除，而后真主出矣"，如同汉主、唐宗、明祖之出，则不能抹杀各代举义群雄，拙堂列举了元结、独孤及、李华、萧颖士数人，"即唱古文，矫五代之弊"，又历数柳开、穆修、苏舜钦、尹洙数人唱韩文之功，结论是"诸子草创之力，亦弗可泯也"。

拙堂论文的态度，是不专主一派，认为尊李王的也好，崇袁徐的也好，都是识时务之俊杰，各有其功，然是皆泻下之药不可多服，"今结辖已解，而输泻不止，元气殆受伤矣，宜饭粱食肉以求其复常也"①。所谓饭粱食肉，就是通过唐宋广泛地吸取秦汉文的营养，以提高日本汉文的表现力。江户前期以来的汉学者们在吸收明代各家诗文之说的同时，也把明代"从其说者，称为同调，亲之如兄弟；不从其说者，排之如仇"的风气带进了汉文界，而拙堂对此十分反感，反对自立门户、各宗各派互不相容的作风，不满于那种论甘则忌辛、是丹则非素的作法，而赞赏董江都、司马文园文格不同，同时而不相攻；李、杜、王、孟诗格不同，亦同时而不相攻。在他评价各家各派之时，也基本上做到了取长舍短，功罪各有所归，多有持平之论。这样的态度，表现在学仿对象的选择上便是广搜博采，无所不学，学前人之所遗，以达到无所不有。韩、柳便是无所不学的，苏家父子又学到了韩柳遗而未学的《国策》之雄伟，贾、晁之明快，结果便"纵横俊伟，成一家之言"。韩、柳、欧、苏都是善于仿学的典范。这种无所不学、无所不有的包容精神，体现在拙堂对中日两国历代古文的评价中。

正因为如此，拙堂着重论析了韩、柳是怎样从秦汉六朝文章中汲取语言和艺术手法的。对于《庄子》这部"宇宙间第一奇文"，韩愈《送高闲上人序》纵宕横肆，益得其神髓，"然持论则粹明醇正，见卫道之苦心"，吸取庄文汪洋恣肆、仪态万方的风格，却又坚守儒家卫道者的立场。昌黎《应科目与人书》怪怪奇奇，学《庄子》而克肖，《伯夷颂》，又实学《逍遥游》等篇

---

① 〔日〕齋藤拙堂『拙堂文話』、池田四郎次郎編『日本藝林叢書』第二卷、六合館1928年版、第10頁。

一层进一层的"累棋"之法①,《送李愿归盘谷序》中两宾夹一主的写法也是从此法脱化而来。总之,拙堂始终将"识见醇正"视为仿学的根本,把对儒家道统的忠诚当作重要的准则,主张以此为基础来汇集众长。

(二)学语学句,学法学意

前人对仿学有许多见解,陈龙川便曾提出过"不用古人句,只用古人意"的看法,认为使事要做到"使他事来影带出题意",而非直使本事,进一步说"若夫布置开阖,首尾该贯,曲折关键,意思常新,若方若圆,若长若短,断自有成摹,不可随他规矩尺寸走也",更重要的是"若自得作文三昧,又非常法所能尽也",要仿学而不为仿学所囿。《拙堂文法》认为这些说法"作文之法尽矣",多言从形貌风格上模拟。拙堂在搜罗前人研究韩、柳与韩、柳自己所言有关仿学秦汉方面的看法的基础上,把秦汉唐宋古文的因革继续讲得具体而微:

> 韩《进学解》仿《解嘲》,柳《晋问》仿《七发》,皆有过元不及;韩《送穷》、柳《乞巧》,俱效《逐贫》,而皆过之远甚。韩《张中丞传后序》《毛颖传》与史迁相持。柳《段太尉逸事状》与班椽相持,韩《送李端公序》如《左传》,柳《渔者对》如《国策》,孰谓古今不相及也。②(卷3)

> 韩子《平淮西碑》是学《尧典》,其诗是学《雅》、《颂》。李义山诗云"点窜《尧典》《舜典》字,涂改《清庙》《生民》诗"是已。《画记》是学顾命《考工记》。《毛颖》《杇者》诸传,韩弘、韦丹等墓志、《张中丞传后序》是学《史记》。《董晋行状》、送李端公、石处士,《序》中辞命处,是学《左氏》。《送高闲序》《应科目与人书》,是学庄叟。《进学解》《曹成王碑》是学子云,而风调过之。如《与张仆射书》《争臣论》自《孟子》出。至《原道》《原性》《师说》等篇,直继《孟

---

① 所谓"累棋之法",《拙堂文话》谓《逍遥游》末段,自"知效一官者,进至宋荣子犹有未树矣,进至列子犹有侍矣,更进至神圣之无待终矣,《刻意篇》首宫岿之士,次言平世之士,次朝廷之士,次江海之士,次道德之士,终归圣人之德,皆一层进一度。可参阅《读庄子文艺说》,《昭代丛书》本;罗宗强《读〈庄〉疑思录——有关庄于文艺思想问题的片断思考》,《南开大学学报》,1985年第8期。

② 〔日〕齋藤拙堂『拙堂文話』、池田四郎次郎編『日本藝林叢書』第二卷、六合館1928年版、第36頁。

子》。韩子之于文，可谓集大成矣。①（卷5）

昌黎《贺张仆射白兔状》类终军《白麟奇木对》《谏击毬书》类相如《谏猎书》；《读仪礼》类史迁《孔子世家赞》；《独孤申叔哀辞》类屈子《天问》；《燕喜亭记》中段仿《尔雅》；《守戒》末云："日在得人"，效长沙《过秦论》结尾。柳州《贞符》类子云《剧秦》；班椽《典引》《招海贾》《宥蝮蛇》诸文，类屈宋诸词。《说车赠杨海之》学《考工记》《渔者对智伯》学《战国策》；山水诸记，学《山海经》《水经注》逼真；《自解》诸书学太史公得其风神。可见韩、柳二子于古书无所不学也。②（卷5）

拙堂从文章的类似关系入手，广举篇章，来说明韩、柳于古书无所不学的博取兼资。除涉及秦汉外，还注意到韩、柳与六朝散文的关系。刘熙载《艺概》曾说："韩文起八代之衰，实集八代之成。盖惟善用古者能变古，以无所不包，故能无所不扫也。"还说："郦道元叙山水，峻洁层深，奄有楚辞《山鬼》《招隐士》胜境。柳柳州游记，此其先导耶？"③ 而《文话》认为柳州山水诸记学《山海经》《水经注》逼真。昌黎又曾谓柳州文"雄深徂健，似司马子长"，而《文话》具体指明《自解》诸书学太史公得其风神，从这些评价中不仅可以了解柳州文，而且可知昌黎得于子长处。

古文家对前人之作口沫手胝，进而触类隅反，帅其意，仿其构，借其辞，翻案出新，依傍摹仿，对同一作品，既可有所汲取，也会有所批评，有时严正的诘难，恰是深透钻研的结果，恰与仿学之篇同为孪生并出，因而文家不以皆病为弃取。柳宗元著《非国语》，对《国语》的指摘前所未有，但吕东莱《古文关键》又指出"柳州文出于《国语》"，王伯厚也说过"子厚非《国语》，其文多以《国语》为法"，刘熙载更深入一步，说柳文从《国语》入，不从《国语》出。

---

① 〔日〕齋藤拙堂『拙堂文話』、池田四郎次郎編『日本藝林叢書』第二卷、六合館1928年版、第62—63頁。
② 〔日〕齋藤拙堂『拙堂文話』、池田四郎次郎編『日本藝林叢書』第二卷、六合館1928年版、第63頁。
③ 刘熙载：《艺概》，上海古籍出版社1978年版，第20页。

相似的是，拙堂把金圣叹、李笠翁视为古文的叛臣，说"主张袁、徐，势必至金圣叹、李笠翁"；"袁、陈犹可也，如金、李辈，小说家耳"，甚至讥讽地将"金、李家之文"比喻成"乞儿打莲华"，并对日本有些汉学者（或许是指皆川淇园等公然表示喜爱中国白话小说的人）崇拜李、金加以嘲笑，认为他们丢了日本汉学者的脸："或尊为泰山北斗，可悯笑也，使西人闻之，必曰东方（指日本）无人"①，对金、李的影响侵入古文忧心忡忡。

然而，这些议论并不等于拙堂对金、李一切都排斥。在拙堂对《史记》人物描写作评价时，便很可能接受了金圣叹《水浒传》评点的影响。这一段话，由于《史记会注考证》曾予以引用，我国学者并不陌生：

> 子长同叙智者，子房有子房风姿，陈平有陈平风姿；同叙勇者，廉颇有廉颇面目，樊哙有樊哙面目；同叙刺客，豫让之与专诸，聂政之与荆轲，才一出语，乃觉口气各不同。《高祖本纪》见宽仁之气动于纸上，《项羽本纪》觉喑恶叱咤来薄人。读一部《史记》，如直接当时人，亲睹其事，亲闻其语，使人乍喜、乍愕、乍惧、乍泣，不能自止。是子长叙事入神处。②

这里从同类型人物各自的独特性、人物语言与人物性格的同一性、叙事使读者产生的强烈情感活动和思想活动三方面对《史记》的人物描写加以评论，与金圣叹的《水浒传》评点不无相通之处。金圣叹指出："《水浒》所叙，叙一百八人，人有其性情，人有其气质，人有其形状，人有其声口"（《水浒传》序三），同写人粗鲁处，鲁达、史进、李逵、武松、阮小七、焦挺又各有不同（《读第五才子书法》），并指出《水浒传》"一样人，便还他一样说话"。至于谈到《水浒传》使人产生强烈的情感活动和思想活动的地方就更多了，如"读之令我想，令我哭"（第一回批语）。"使我敬，使我骇，使我哭，使我思"（第五十七回批语）等等。

---

① 〔日〕齋藤拙堂『拙堂文話』、池田四郎次郎編『日本藝林叢書』第二卷、六合館1928年版、第9頁。

② 〔日〕齋藤拙堂『拙堂文話』、池田四郎次郎編『日本藝林叢書』第二卷、六合館1928年版、第71頁。

尽管《文话》没有使用"性格"这个词，而是用了"风姿"、"面目"这样的说法，从评价的几个方面来看，我们仍有理由认为《文话》朦胧地注意到，追叙真人实事的《史记》与臆造人物、虚构境地的《水浒传》在成功地写人传神方面有"不尽同而可相通之处"，或者说他感到金圣叹对《水浒传》人物描写的某些评价也适用于《史记》。《史记》的一些精采篇章，如拙堂所谓"殊为绝佳，是连城之宝也"的那些部分，有声有色，后世小说刻划精能处无以过之。《拙堂文话》谓其"叙事入神"，并非过誉。而这恰是他细致体味子长记事拟言妙处得出的结论，其中一个重要的方法，便是对同事异辞的比较：

> 《史记》叙事议论，淋漓尽致，故有重沓者。《汉书》或删之，以取齐整，此可以见班马之优劣也。《史记·张耳传》极写赵王谨敬之状，曰："朝夕袒韝蔽，自上食，礼甚卑，有子婿礼"，以反衬高祖倨慢；而《汉书》删"袒韝蔽"三字。又写泄公与贯高相问劳之状曰："舆前，仰视曰：'泄公邪'？""泄公邪"三字，极有情致，而《汉书》删去之。《韩信传》叙信出少年袴下曰："俛出袴下蒲伏。""蒲伏"二字，骇状如见，所以反衬他日荣达，而《汉书》又删之。《张良传》叙良进履老人曰："父曰：'履我'！良业为取履，因长跪履之。"极力摹写良之卑屈，所以反衬老人倨傲。而《汉书》尽删之，唯曰"因跪进"而已。如此之类，皆不逮其旧也。①（卷5）
>
> 《史记·张良赞》云："余以为其人魁梧奇伟，至见其图，状貌如妇人女子。"观图起想，有情有色，《汉书》袭之，乃云"以为其貌魁梧奇伟，反若妇人女子"，删去图字，使人殆不晓其故。②（卷5）

《史记》写人，设身处地，依傍性格身分，入情合理，拙堂读之，也能忖度揣摩，遥体人情。对于《左传》的"修饰之善"，拙堂通过《春秋》三传的比较有切实的领会，同时又指出"左氏叙事简古，辞令典丽，非诸子所

---

① 齋藤拙堂『拙堂文話』、池田四郎次郎編『日本藝林叢書』第二卷、六合館1928年版、第66—67頁。
② 齋藤拙堂『拙堂文話』、池田四郎次郎編『日本藝林叢書』第二卷、六合館1928年版、第67頁。

及，但如臧哀伯谏郜鼎、富辰谏襄王伐郑、晏子和同之对、医和淫疾之对，铺张太过，当时本语恐不至此，得无非丘明文饰之过乎？"又对左氏悬想事势，假之喉舌的拟想之辞提出疑问。拙堂其时，包括金圣叹《水浒传》评点在内的白话小说评点已有颇为广泛的流传，借用鉴赏小说的眼光来品味秦汉史传的文章之妙，并非不可能的事。

在语言问题上，韩愈主张陈言务去，辞必己出，这并不意味着摒弃古语，在语言上放弃对前人的学习。这一点也是刘熙载《艺概》讲得最明确①。拙堂又说："陈言之务去，世人多以为去古言，然韩文中用古言，不可以一二数。陈言，谓陈腐熟食，人人能言者，非谓古言也"，并引用欧阳修所谓"第三番来者精意"说与黄宗羲"凿璞见玉"说来说明对语言淘沙见金、刮垢磨光的必要性，并以实例来批评生吞活剥而肯定陶熔点化之功：

> 太史公每用古语，少改面目以为己语。如《伯夷传》用文言"同声相应"，改作"同明相照"，"同气"作"同类"，下省"水流湿火就燥"一句，直接"圣人作而万物睹"句，陶镕点化为己语，与李王生吞活剥不同。②（卷5）
>
> 古人之语相似者多，然字句不尽同，观此可以知点化之法矣。《管子》："海不辞水，故成其大；山不辞土石，故能成其高。"《墨子》用其一句云："江河不恶小谷之满己也。故能大。"李斯又衍之云："泰山不让土壤，故能成其大；河海不择细流，故能就其深；王者不却众庶，故能明其德。"又《管子》："虎豹，兽之猛者也，居深林广泽之口，则人畏其威而载之，故虎豹去其幽而近于人，则人得之而易其威。"司马子长约之云："猛虎在深山，百兽震恐，及在陷井之中，摇尾而求食"，后者皆胜前者，可谓善变矣。③（卷6）
>
> 昌黎用《论语》"吾其被发左衽"曰"服左衽而言侏离矣"，用《孟子》"牛羊茁壮长而已"曰"牛羊遂而已"，皆规以自己权度，未有

---

① 刘熙载：《艺概》，上海古籍出版社1978年版，第18页。
② 〔日〕齋藤拙堂『拙堂文話』、池田四郎次郎編『日本藝林叢書』第二卷、六合館1928年版、第68頁。
③ 〔日〕齋藤拙堂『拙堂文話』、池田四郎次郎編『日本藝林叢書』第二卷、六合館1928年版、第89—90頁。

全袭用者，至用古人意、用古人法者，比比有之，是可谓善用古人矣。彼剽窃古人语，不知用法与意者，为钝贼而已。①（卷7）

拙堂视只知剽窃古语而不知用法用意者为钝贼，这在萱园拟古派已声名转恶之时已不算新颖之见，他所讲的法、意也颇含糊，不过他对秦汉散文表现手法的总结，以及这些手法在唐宋散文中的运用与发展，却多有可取之论，其中涉及到句式的调整、议论的各种手法、篇章结构的创新、修辞手段的运用等等，足见其读书善思而能融汇贯通。

二 斋藤拙堂《续文话》论明代散文

江户时代末期儒者斋藤拙堂（1797—1865）所著《续文话》，是继《拙堂文话》八卷之后又一部重要的有关中日散文研究的著述，初次刊行于天保七年即1836年。我国王水照、吴鸿春编《日本学者中国文章学论著选》（上海古籍出版社，1994）收入此书，在王水照撰写的序言中，引录了富士川英郎《江户后期的诗人们》（筑摩书房版）中对《拙堂文话》的评价："在拙堂的著作中，最应引起重视的不能不说是正、续共十六卷的《拙堂文话》，论诗与诗人的所谓'诗话'，在当时是很多的，而拙堂的《文话》专论中国和日本的古今学者、文人的文章。作为独特的'文话'，在质与量上能出其右者，可以说至少在江户时代是没有的。我们从中可看到拙堂对汉文所作的有趣的考察和所具有的卓见。"②

另外，松下忠《江户时代的诗风诗论》以长达四十页的篇幅，以《拙堂文话》《续文话》为中心，论述了拙堂的诗文观，并指出"（拙堂）在日本汉文史上留下足迹的是'诗文论'……不论是量还是质，都是一方之雄……江户时代诗文论中，正处于一流的地位。遗憾的是，由于明治维新以后汉诗文衰落，其卓越的诗文论被束之高阁，不为世所知。"③ 台湾文津出版社也曾刊行《拙堂文话》。在日本，三重县高等学校（高中）国语科研究会斋藤拙堂小研究会，

---

① 〔日〕斋藤拙堂『拙堂文話』、池田四郎次郎编『日本藝林叢書』第二卷、六合舘、1928年版、第97—98頁。

② 王水照、吴鸿春编，吴鸿春译，高克勤校点：《日本学者中国文章学论著选》，上海古籍出版社1994年版，第2页。

③ 〔日〕松下忠『江戸時代の詩風詩論—明・清の詩論とその摂取』、明治書院1969年版、第730頁。

曾在名古屋大学教授今鹰真指导下轮读《拙堂文话》，斋藤正和撰有《斋藤拙堂传》，这说明《拙堂文话》《续文话》并未因年代久远而失去研究价值。

在《斋藤文话》中已有许多关于明代散文的论述，主要集中在对嘉隆七子"诗则青云白雪，文则汉上套语，陈陈相因"的批评上，同时也肯定了李、王、袁、徐"筚路蓝缕之劳"，使文章"始雅""始真"，评徐渭、袁宏道功过兼及。

在《续文话》中评述的散文家更多，而推重的人物，初期则刘基、高启、宋濂，中叶则李梦阳、王守仁，后期则归有光、唐顺之、王慎之、方苞。卷4总论称："明氏之兴，潜溪、正学始唱古文，其流洪大，及其末路，一失于王、李之模拟，再失于袁、徐之奇衺，三失于钟、谭之纤佻。江河之势，滔滔日下；其间虽有晋江、昆山诸人，力不能回之。于是文章先亡，而明社遂屋矣。然天地之理，剥除复乘，否往泰来，于是有商丘候朝宗、宁都魏冰叔等生于晚明，应清氏勃兴之运，文复反正，文章与国运俱外降，古今如此"①。此将文章与国运紧密相连论明代散文演变。

卷7又说"明氏一代之文，潜溪失于漫，正学失于粗，遵岩、荆川失于冗。如震川之文，号为三百年第一，亦不为无失，失在于枯淡"②。这种批评态度，源于作者论文"必推勘到底，明知其得失而取舍之"的思想，既不仅要举其得而且要举其失以为戒。

拙堂论文，重人重道德，这在他撰写的序文中讲得非常明确，他说"譬之文艺，华也；道德，实也。华之不若实固矣。然亦时有春秋之异，必由华而实，不养其华而俟其实可耶？"在卷8中又说："文章之所以难者何也？苟无其材，虽务学不可强而能也；苟无其学，虽有材不能骤而达也。有其材有其学而非其人，犹不能以有立焉。故文字之能立于世，皆其人行能卓然者也。若徒学其文而不学其人，岂其可耶？"③ 主张材学统一、学文必先学人。在作家作品的批评方面，拙堂始终贯穿这一批评标准。如他对明末终身不仕于清卖画为生的徐枋评价极高，认为他的诗文集《居易堂集》中的作品"皆节义之言"（卷5），连名噪一世的钱谦益也不能与之相提并论，说"赵松雪翰墨卓

---

① 〔日〕齋藤拙堂『續文話』、三都書林刊1835年版、第65頁。
② 〔日〕齋藤拙堂『續文話』、京都出雲寺文次郎等刊、有天保六年（1835）跋、第106頁。
③ 〔日〕齋藤拙堂『續文話』、京都出雲寺文次郎等刊、有天保六年（1835）跋、第111頁。

绝一代。余以为不若一郑思肖；钱虞山文诗震荡一世，余以为不若一徐枋。盖士以节行为本，文艺为末。如二人有艺无节，本之既亡，斯如之何？"① 以"节行为本，文艺为末"的标准出发评文，所以筱崎小竹撰写的《续文话序》说："予谓拙堂话文即话道也"是有根据的。

论及明代散文继承关系时，《拙堂文话》中已对元代古文作了概括，卷2推重元代虞集在文章界倡古文陶铸群材的功绩，认为这种功绩近乎北宋的欧阳修，元代得范椁、杨载、揭傒斯之羽翼，文风一变，而明初宋濂、刘基、明中叶的李东阳，皆渊源于虞集。在《续文话》中，拙堂又次引述虞集论文之语。明代之文，拙堂推刘基、宋濂为一代之宗，特别是刘基，认为他草创之功略盖世，文章垂后，可与诸葛孔明相比，而文章又可与张良、邓禹、王朴、陈搏、苏武五人相配。对王守仁则称其为"朱明第一人"，赞曰"王伯安文章兵法卓出一代"。特别提到"韩昌黎、王阳明皆谏迎佛骨，昌黎之表直切，阳明之疏婉曲。并足戒万世好佛之主矣"②

拙堂论王慎之、唐顺之、归有光，谓为明季文章正路，由三家之正者愈为世所显。

三 斋藤拙堂《续文话》论清代散文

斋藤拙堂《拙堂文话》论及清代散文较少。当时有些作家斋藤因知其人而未读其书还深以为憾。《续文话》则多涉及清人散文。拙堂著述，多利用昌平黉校图书馆藏书，从他所引用的书目也可窥查当时清代文籍流传于日本的部分情况。

清代散文家中，拙堂论及者包括钱谦益、魏禧（1624—1681，字叔子，一字冰叔）、顾炎武、汤斌、汪琬、陆陇其、王宗曦、朱彝尊（1629—1709，号竹垞）、王士祯、毛奇龄、沈德潜、袁枚、刘大櫆、李渔、钱大昕、赵翼、恽敬、阮元、方苞等，推重是魏禧、吴伟业、王世祯、方苞。

清初之文，拙堂最推许魏禧与朱彝尊。卷5说："清初之士，魏勺庭长于文而短于诗，王阮亭长于诗而短于文，兼之者唯朱竹垞乎？《松心日录》云：国初古文诸家，余尤嗜魏冰叔、朱竹垞两先生之文。冰叔之文多论议，竹垞之文

---

① 〔日〕齋藤拙堂『續文話』、京都出雲寺文次郎等刊、有天保六年（1835）跋、第70頁。
② 〔日〕齋藤拙堂『續文話』、京都出雲寺文次郎等刊、有天保六年（1835）跋、第17頁。

多考证；冰叔之文肆多于醇，竹垞之文醇多于肆，而其为言有序，言有物则一也。"①

研究清代散文，不能不触及考据学。拙堂认为，"清人大率以考据为学，所见不能远大，又以此为文章，与古人明道、立言相去远矣。盖考据亦学之不可废者也，比之空言无当者，虽如有胜焉，其所得终不深已"②，又说"清人多祖南丰而祢震川，步趋甚窘，边幅甚狭。南丰、震川别自有妙处而不能学焉。是以其文淡而可厌，平稳而不能动人。夫文不能动人亦无用也。清人之学主考据，其意在实用，而终成无用，不亦异乎？"③ 既指出作为学术，考据学不可废除，而以此为文，则所见褊狭，文章缺乏感人的力量，终归于无所用。在他看来，藻饰之文失于有余，洗炼之文失于不足；其失不同，而其不能动人则是完全一样的。

论方苞则谓"方望溪号为文章大家，万喙一声。盖学术醇正，以道德自任故也"，又论及方苞所言义法，说："望溪于文，常言义法，尔后文士皆效之。"又言"望溪读史之作，皆多发明，所谓言有物也，学者不可不读。""望溪言义法，必称左史，班固以下不取，至唐宋之文独称退之，而不取子厚。""望溪之文极简洁。""望溪书左光斗、黄道周逸事，并足补史传"④，可见对方苞义法论及其实践均颇为重视。同时他又赞同方苞"才不足"的说法。他说"清人号为得文体之正者，唯尧峰、望溪，而皆不能震荡一世，盖二人法有余而才不足也。望溪所得比尧峰更深，但其不能超空行一也。"⑤ "钱大昕痛诋望溪不值一文钱。钱学务该博，其诋望溪，刘贡父所谓欧九不读书之说已，未足病望溪也，然子居所谓不能制货殖之畜者则有之，是亦望溪之才不足也"。

拙堂对小说与古文关系的几处论述，值得注意。他引述汪琬的话，强调小说家与史家的区别，认为前代之文有近小说者，盖自柳子厚始，如《河间》《李赤》二传、《谪龙说》之属皆然。然子厚文气高洁，故犹未觉其流宕

---

① 〔日〕齋藤拙堂『續文話』、京都出雲寺文次郎等刊、有天保六年（1835）跋、第77頁。
② 〔日〕齋藤拙堂『續文話』、京都出雲寺文次郎等刊、有天保六年（1835）跋、第95頁。
③ 〔日〕齋藤拙堂『續文話』、京都出雲寺文次郎等刊、有天保六年（1835）跋、第95—96頁。
④ 〔日〕齋藤拙堂『續文話』、京都出雲寺文次郎等刊、有天保六年（1835）跋、第89頁。
⑤ 〔日〕齋藤拙堂『續文話』、京都出雲寺文次郎等刊、有天保六年（1835）跋、第98頁。

也。拙堂反对"以小说为古文辞",指出"以小说为古文辞,其得谓之雅驯乎?既非雅驯,则其归也,亦流为俗学而已矣"。自述曾读侯朝宗《马伶传》《汤琵琶传》,当时十分喜爱,既而觉其类虞初体,"不敢复读",看来拙堂是严守雅俗之辨的。

不过,他并没有将雅俗之辨绝对化。门人五弓雪窗所著《雪窗清话》谈到,拙堂曾说,稗官小说大抵读者开卷以解颐为主,故其文品轻佻,有劲气者极鲜,然《聊斋志异》则否,雅清雄浑而固不失于圆熟,清人小说中之巨擘也。凡欲叙小事欲简净者,溯学史汉固善,亦不妨模《聊斋志异》等书。把《聊斋志异》也当作学习古文的范本并与《史记》《汉书》相提并论,这又可看出拙堂论文,在重道德气节之外,也并非小视技巧。

《拙堂文话》中有不少关于日本汉文与中日文学交流的记述,如卷1说:"物语草纸之作,在于汉文大行之后,则亦不能无所本焉。《枕草纸(子)》其词多沿李义山《杂纂》,《伊势物语》如从《唐本事诗》《章台杨柳传》来者,《源氏物语》其体本南华寓言,其说闺情,盖从《汉武内传》《飞燕外传》及唐人《长恨歌传》《霍小玉传》诸篇得来。其他和文,凡曰序、曰记、曰论、曰赋者,既用汉文题目,则虽有真假之别,仍是汉文体制耳。"① 由日本汉文的流行与发展,推及中国文学与日本平安时代以来物语文学的关联,盐谷温、吉川幸次郎在论及中日文学关系史时均予以引述,并视为卓见。今天看来,这些说法虽失之简略,未能涉及日本物语文学与唐代散文与传奇文学的差异,但对两者关系的推测仍值得充分注意。

继《拙堂文话》之后的《续文话》在这方面,也有一些颇为精彩的论述。卷8专论各种文体,其中对中国经世之文从贾山《至言》、贾谊《治安策》论至陈亮《上孝宗书》《中兴五论》等,认为它们"皆有关社稷生民,非徒作者",而后说:"如我朝三善清行《意见封事》,比之诸子,亦无愧色,并宇宙间不可磨灭者矣。"② 涉及到平安时代汉文学中经国文学观的代表作。

拙堂往往将两国同类社会现象与文学现象牵连打通以明其共同性,来相互阐发,沟通文理。卷8说:"此邦民间有三日法度之语,言新令不久行也。

---

① 〔日〕齋藤拙堂『拙堂文話』、池田四郎次郎編『日本藝林叢書』第二卷、六合館1928年版、第4頁。
② 〔日〕齋藤拙堂『續文話』、京都出雲寺文次郎等刊、有天保六年(1835)跋、第114頁。

郑介夫《太平策》言定律云：'号令不常，初降随波，遂致民间，有一紧、二慢、三休之谣。京师为四方取则之地，法且不行，况四方乎？'可谓彼此可慨矣。"① 卷2论文体，在论及寿序昉宋而至明始盛后，拙堂谈到日本祝寿散文的情况说："我邦每事后于西土，独祝寿之体先于西土数百年，且以四十为寿之始，其为国故也尚矣，亦事之弗可废者也。"② 其说有助于日本汉语散文的文体研究。

四 《渔村文话》与《渔村文话续》

（一）海保渔村与《渔村文话》

大体与《拙堂文话》刊行的同时，还有一部海保渔村撰写的《渔村文话》。海保（1798—1866），名元备，字纯卿，又字乡老，通称章之助，又号传经庐，生于上总，受业于大田锦城，曾作过幕府医学馆直舍儒学教授。一生着重进行经书研究，著述多以抄本流传。

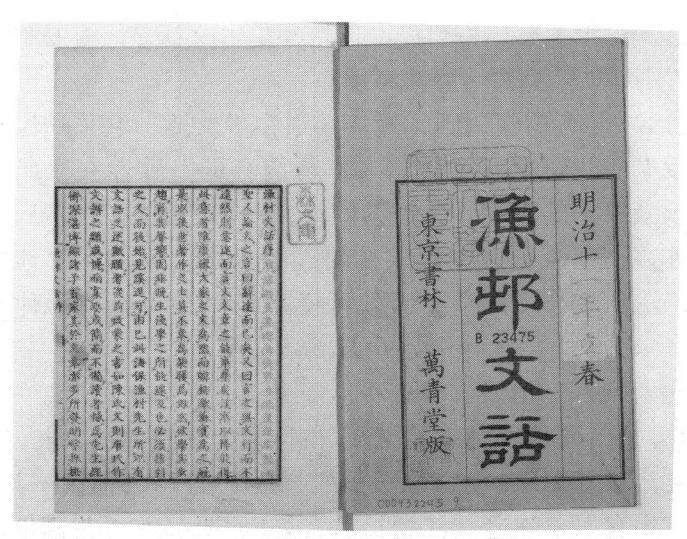

图100　1878年东京万青堂刊海保渔村撰《渔村文话》

---

① 〔日〕齋藤拙堂『續文話』、京都出雲寺文次郎等刊、有天保六年（1835）跋、第118頁。
② 〔日〕齋藤拙堂『續文話』、京都出雲寺文次郎等刊、有天保六年（1835）跋、第23頁。

《渔村文话》与《拙堂文话》不同的是，作者不着眼于随意品评历代古文，而是抽出古文写作与鉴赏的某些基本问题，采撷历代名人论文之语散见于文集、说部中者，参以平生心得之说，加以考证，缀辑融贯，分若干专题分别论述。渔村要著的是指导后学掌握韩柳欧苏古文的概论，给他们提供臻唐宋大家古文作境，擅其胜状的舆马舟筏，使他们熟读而有得，当吮墨挥翰之际，心所欲言，手辄应之，而结构布置，有豁然可观；声响节奏，将犁然有中，以达到圣人所言意达言文的境界。在奉唐宋大家为古文典范这一点上，渔村与拙堂并无不同，不过渔村不讲什么义理教化，只就文章艺术问题发言，在体例上与周振甫《文章例话》有相似处。

　　《渔村文话》有声响、命意、体段、段落、达意、词藻、三多三上、锻炼、改润法、病格、十弊三失、简疏、左传纪事、史传纪事、轻重、正行散行、错综、倒装、缓急、抑扬、顿挫（挫顿）、警策、明意叙事、周汉四家、唐宋八家（十家、三唐人）共二十四则，《渔村文活续》有汉以后源流、唐古文源流、宋古文源流、韩柳文区别、古文有本、圆通、蹈袭（弃染）、争臣论、范增论、放胆小心、官名、左传错举、古文误字、标抹圈点、文章轨范原本共十五则，涉及到古文史与考证。

　　《渔村文话》与《拙堂文话》另一区别在于文体，它采用以汉文训读体为主，其中混杂着日语的日文体，文体与内容的一致性在于研究与启蒙并重，全书不涉及日本的古文，只对共同性的问题感兴趣，这同《拙堂文话》对中日古文作高屋建瓴的审视以求在两国学术史上争一席之地的意图显然不同。《渔村文话》与《拙堂文话》可说是江户诗文论中两种不同类型的代表。

　　（二）《渔村文话》与清人考据

　　尽管如此，并不是说《渔村文话》在学术上无建树。渔村"经术深湛，博综诸子百家，其于文章，亦多所发明"（森蔚·序），他读书甚勤，《渔村文话》引用书中有如宋陈造《江湖长翁文集》、明郝敬《艺圃伧谈》等皆属不易得者，对于清考据学者的著述如焦循《雕菰楼集》、王引之《经传释词》、段玉裁《经韵楼集》等尤为重视，参看众书，考订字句，旁证博引，实乃模仿考据学者的方法。森木宥写的《渔村文话跋》谓其"考证之博，而持论之精且确，皆足以舒人文情，发人文机，为益不细，而其言皆有所依据，论断不敢苟出，则亦足以见其包罗之富，而见闻之夸矣"①，恰道出了渔村与考据学风的关系。如渔村认为谢枋得《文章轨范》行于坊间者，以明治以来俗本，不足据，当以朝鲜板覆刻本为正，又录亲见有谢氏门人王渊济识语的本子，这对于我国今天的研究者仍有参考价值。《文章轨范原本》一则说：

  ……又《四库提要》虽援引门人王渊济之跋，今本皆不载焉。余往岁所睹之本，前有目录。第五卷目录《读李翱文》之后有识语，云："此篇除点抹系先生亲笔外，全篇却无一字批注。"第六卷目录《岳阳楼记》后亦云："此一篇先生亲笔，只有圈点而无批注，如《前出师表》则并圈点亦无之，不敢妄以己意增益，姑乃其旧。渊济谨识。"第七卷目录《归去来兮辞》后亦有识语，云："此集惟《送孟东野序》《前赤壁赋》系先生亲笔批点。其他篇仅有圈点而无批注。若夫《归去来兮辞》则与《种字集》《出师表》一同，并圈点亦无之。盖汉丞相、晋处士之大义清节，乃先生之所深致意者也。今不敢妄自增益，姑阙之以俟来者，门人王渊济谨识。"此即《提要》所引之王跋也。但观《提要》言"言有王守仁序"，其所据之本仍是明刊也。此本尚未经明人之手，真可谓谢氏之原本也。②

  渔村考辨之说，不无可参酌者，如谓韩文《送许郢州序》"下有矜乎能，上有矜乎位，难相相求，而喜不相遇"，喜乃"善"之讹，乃由《诗》"女子善怀"（《载驰》）、《左传》"庆氏之马善惊"，《荀子》"愚而善畏"、《汉书》"岸善崩"之"善"字变化而来；《争臣论》"耳司闻而目司见"本于《左传·昭九年》屠蒯言"汝为君耳，将司明也"，都可聊备一说。渔村作这些考证工作是想澄清对韩愈"陈言务去"、"词必己出"的误解，韩愈"造端置辞，要为不蹈袭前人"（《新唐书》本传），反对为窃词剽贼，并不意味着他

---

① 〔日〕清水茂、揖斐高、大谷雅夫校注『五山詩史　五山堂詩話』、岩波書店1991年版、第463頁。
② 〔日〕清水茂、揖斐高、大谷雅夫校注『五山詩史　五山堂詩話』、岩波書店1991年版、第461頁。

的文章都是"生造而出"。渔村谈他是"字句据经传子史而来者。一一精炼而出，字字融化，浑然天成，无斧凿痕，此乃不可及处"。经韩愈对以往文籍语言的再造处理，原本陈旧的词汇重新陌生化，渔村的工作是一种"出典论"研究，是语汇的还原与溯源。这项工作不限于语汇，也涉及立意。《古文有所本》专门梳理韩文推衍陈说为文之事，在列举了先儒所论之处，又举数条自己的心得：

《讳辨》本于汉应劭《旧名讳议》曰："昔者周穆王，名满，晋厉公，名州满，又有王孙满，是同名不讳。"（《旧名讳议》今不传，此条见于《左传·襄十年》正义所引）此其说在张昭之前。又《北齐书·杜弼传》："法曹辛子炎谘事曰：'须取署'，子炎读署为树。高祖大怒曰：'小人都不知避人家讳！'杖之于前。弼进曰：'礼二名不偏讳，孔子言徵不言在，言在不言徵。子炎之罪，理或可恕。'"韩公盖推衍此等之说，为一篇大文章也。《与于襄阳书》以刘向《新序》孙叔敖曰："君骄士曰：'士非我，无从富贵。'士骄君曰：'君非士、无从安存'"及王褒《圣主得贤臣颂》"圣主必待贤臣而弘功业，俊士亦俟明主以显其德"为祖，生一篇之议论。《后廿九日复上宰相书》以周公起论，本于《后汉书·高彪传》："彪尝从马融欲访大义，融疾不获见，乃覆刺遗融书曰：'……昔者周公旦，父文兄武，九命作伯，以尹华夏，犹挥沐吐餐，垂接白屋，故周道以隆，天下归德，公今养疴傲士，故其宜也'之文。"《代张籍与李浙东书》："盲于心，盲于目"之论，本于《庄子》之"瞽无以与乎文章之观，聋者无以与乎钟鼓之声，岂唯形骸有聋盲哉？夫知亦有之"（《逍遥游》）之文，成一篇之议论。《杂说》："龙嘘气成云，云固弗灵于龙也"以龙比于圣君，以云比于贤臣，自《韩非子》"飞龙乘云，腾蛇游雾；云罢雾霁，而龙蛇与螾螘同矣，则失其所乘也。尧为匹夫，不能治三人，吾以此知势位之足恃"（《慎势》）一段变化而来。此外，欧阳修《朋党论》本于《汉书》刘向之封事。《春秋论》："赵盾非不讨贼，许世子止非不尝药之"论，本于刘知己《史通·惑经篇》。凡此之类，皆有所根据，点化成一篇大文章，令人不觉其迹，所以堪称妙手。①

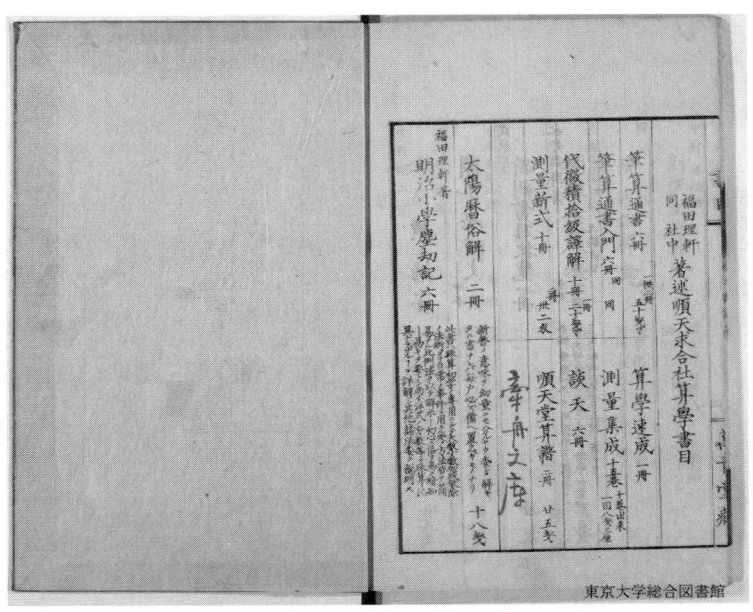

图101　鸥外文库藏《渔村文话》

　　渔村在多家文章的对照中辨明其间的因革关系，看后人如何摹仿前人的文章（包括论点、构思、譬喻、立意、语汇等）而又变化构成自己的面目，从中得到启示。陈兆岑《欧文选序》说欧阳修摹韩，几于寻声得响，望形赴影，而不病其袭，原因正在于欧阳修能在摹仿的继承过程中巧于变革。渔村将韩愈《争臣论》与东坡《范增论》并读，发现两文都采用了通篇深责而结尾作赞叹语尽抑扬之致的写法，其实本于《庄子·天下篇》前极言排击墨子，至其末，以"虽然，墨子真天下之好也，将求之不得也，虽枯槁不舍也，才士也夫"结。韩、苏文之绝妙，虽文家皆知之，其法本于《庄子》，前人尚未论及。渔村这些有关文章点化因革的分析，只要不过于拘泥固执、死守只此一源别无他来，对于探讨唐宋古文与秦汉各代地文的

---

①〔日〕清水茂、揖斐高、大谷雅夫校注『日本詩史　五山堂詩話』、岩波書店1991年版、第440—441页。

渊源继承关系，都应该说是有益的。《渔村文话》引用《避暑录》《容斋随笔》《困学纪闻》等书有关例证数十则，自己的发现显然得益于以上书籍的启发，他的不足在于只讲了韩、欧继承前人文章用意的线索，而缺乏对变化思路的描述。

上面所引《古文有所本》曾引《北齐书·杜弼传》以推寻韩愈《讳辨》脱胎的依据。北朝文籍日本学者历来较少留意，而渔村屡屡引述。为什么渔村关注北朝典籍，或许正出于对韩、柳文章与六朝继承关系的认识。《韩柳文区别》一则他说："盖韩有六朝之学，一扫而空，融其液，遗其滓，此所以复绝千余年也；柳虽有其学，尚不能一扫而空，此所以不及韩也。虽然，两家必相辅而行者，在于俱先从事于东京、六朝。方望溪独宗法韩而不喜柳，此方氏之学涉东京、六朝浅故也。（《国朝诗人微略引·惕甫未定稿》）此可谓公平之论。焦里堂（循）极爱柳文，谓唐宋以来之一人（《研经堂二集·通儒扬州焦君传》）恐非通论。"① 渔村对六朝文章典籍的引述并未具体讲清韩文是怎样"融其液，遗其滓"的，但也为我们提供了不少韩文得益于六朝文的例证。

抑扬

文有抑扬，其发源于《金縢》。其始曰："乃元孙不若旦多材多艺，不能事鬼神"，此"抑"也。其下曰："乃命于帝庭，敷佑四方，用能定尔子孙于下地，四方之民，罔不祗畏"，此"扬"也。皆论一人议一事，或贬抑其过失越度，使其无可逃避云抑，又显彰、引出其人其事有大功迹曰扬。柳子厚《答韦中立论师道书》谓"抑之欲其奥，扬之欲其明"是也。汉、晋间人多形容音调谓之抑扬。蔡邕《琴赋》："左手抑扬，右手裴回"，又云"繁弦既抑，雅韵乃扬"（《初学记》十六）。如《文选》繁钦《与魏文帝笺》曰："遗声抑扬，不可胜穷"；成公绥《啸赋》："响抑扬而潜转"，皆为音调或下伏、或上扬。文气语势之有抑扬，与音调之有抑扬，同一致也。故如周庾信《赵国公集序》云"含吐性灵，抑扬词气"（《初学记》廿一·文章），《晋书·李充传》："雕琢生文，抑扬成音

---

① 〔日〕清水茂、揖斐高、大谷雅夫校注『日本詩史 五山堂詩話』、岩波書店 1991 年版、第 430—431 頁。

也。"又《北齐书·儒林·张雕传》曰"雕论议抑扬,无所回避",《北魏书·甄琛传》:"琛与光书,外相抑扬,内实附会"之类,乃泛就论人上而言也。又韩退之《宿龙官滩》诗:"浩浩复汤汤,滩声抑更扬",形容涛声忽高忽低。《初学记》十五《舞》部,并举"俯仰""仰扬",引蔡邕《月令章句》:"舞有俯仰张翕"与崔骃《七依》"舞细腰以抑扬"也。此抑扬形容舞容也。又《文选》任彦升《为范尚书让史部封侯第一表》云,"或与时抑扬,或隐若敌国",谓随俗上下浮沉为抑扬也。①

顿挫

顿挫之字,始见《后汉书·郑孔荀传》赞,曰"北海天逸,音情顿挫"是也。注云:"顿挫,犹抑扬也。"又《文选》陆机《文赋》曰:"箴顿挫而清壮。"李善注云"箴以讥刺得失,故顿挫清壮",张铣注云:"顿挫,犹抑折也。"先儒解顿挫,或云抑扬之意,或云抑折之义。今考古人每以顿挫,连言抑扬。陆机《遂志赋》曰:"崔、蔡冲虚温敏,雅人之属也;衍抑扬顿挫,怨之徒也。"(《艺文类聚》廿六)谢偃《听歌赋》曰:"乍绵连以烂漫,时顿挫而抑扬"(《初学记》十五)是也。且观绵连、烂漫、同类而异状,可知顿挫亦与抑扬同类而异态也;观顿挫与绵连相对言,亦可证顿挫乃遽然转屈之义。可知文之抑扬,就一人一事而用之时,文之顿挫乃在于一转折之间,就一语一句而显彰之(据《文章一贯》)。陈绎曾曰:"顿挫,立意跳荡,造辞起伏",又王世贞论歌行之言曰:"一入促节,则凄风急雨,窈冥变幻,转折顿挫,如天骥下坂,明珠走盘",又曰:"中作奇语,峻夺人魄者,须上下脉相顾,一起一伏,一顿一挫",皆形容顿挫之状尽矣。又翁正春评李陵《答苏武书》:"命也如何"、"伤已"、"又自悲矣"之三末句云:"顿挫有法。"此等若推类相证,可知顿挫乃形容之词,言下一峻语,则遽然转折,婉屈跌宕,语句急促之情势。以其辞之起伏,古人或解为抑扬、或解为抑折也。钟嵘《诗品》云:"谢朓与余论诗,感激顿挫过其文",杜甫《进雕赋表》:"臣之述作,沈郁顿挫,随时敏捷"(《唐书》本传同),皆形

---

① 〔日〕清水茂、揖斐高、大谷雅夫校注『日本詩史 五山堂詩話』、岩波書店1991年版、第406—407頁。

容文势之起伏转折，谓之顿挫，又杜甫《观公孙大娘弟子舞剑器行序》云："记于郾城观公孙氏舞剑器浑脱，浏漓顿挫，独出冠时"，虽似状舞容，而据《杜阳杂编》云"俄而手足并举，为之蹈浑脱，歌呼抑扬"，此亦当为形容歌声之有起有伏。《荀子·劝学篇》云"若絜裘领，诎五指而顿之"，谢墉校注称"顿，犹顿挫，提举高下之状，若顿首然"。引顿挫之义，喻高下之状时，顿挫乃状声之有起有伏之词，此又当互证。九拜顿首，亦云遽然低首以额触地也（据段氏《释拜》）。《晋书》云："慧体无光，傅日而为光，故夕见则东指，晨见则西指，在日南北，皆随日光而指，顿挫其芒，或长或短"（《天文志》），形容彗星之光芒也。《北齐书》云"尚书令临淮王或言，臣忝冠百僚，遂使一郎攘袂高声，肆言顿挫，乞辞尚书令"（《宋游道传》），顿辱之义也。又云挫顿。《北史》云："假欲挫顿，不过遣向并州耳"（《李幼廉传》）是也。《荀子》："材伎股肱，健勇爪牙之士，彼将日日挫顿，竭之于仇敌"（《王制》），此亦挫败推翻之意。（《孙子》"钝兵挫锐"钝亦同顿。）《名臣言行录后集》云："故虽流落顿挫之余，一话一言，未尝不在君父"（王安石条）《鹤林玉露》："观君子之摧抑顿挫，如湍舟，如霜木，则知其为丧乱之时第一相"之类，颠顿挫辱之义也。①

这里引用了许多包括北朝文章中的例子来探讨抑扬顿挫的含义。抑扬顿挫的手法诗文是相通的。林纾《春觉楼论文·用顿笔》便用了不少篇幅来对古文中顿挫作透彻的说明。顿挫使用含蓄关锁的话做小小的停顿，以使文字摇曳多姿。

　　以上两则都是通过前人对这两个批评术语的运用与解析来推断语义本身，对日本人理解这两种手法具有较强的实际意义。如果我们拿一篇古文，由中日两国学者分别句读，往往会发现日本学者停顿较多。古文的语气，不仅与语义、词义相关，而且牵涉语言习惯。声响、抑扬、顿挫这些需要通过朗诵来领会的艺术特点，恰是日本人学习古文的难点。渔村对这些内容特别提出，正可看出文话写作的针对性，著者是把学习古文急须解决的问题作为探讨对

---

① 〔日〕清水茂、揖斐高、大谷雅夫校注『日本詩史 五山堂詩話』、岩波書店1991年版、第408頁。

象的，在声响一则，也明显地体现了他的意图。

（三）《渔村文话》论声响与警策

> 声响
> 　　文者学古人之语气也，先就古人之文集或选本，数度反复熟读玩味，令其文势语句自然移于我，腾于口浮于心，吾心与古人之文一致。朱子曰："韩退之、苏明允作文，只是学古人声响，尽一生死力为之，必成而后止"（《语类》卅一）。此云"学古人声响"，极妙之语也。文之巧拙，全在于学未学得古人之声响。可知先儒评文章所言轻重、缓急、抑扬、顿挫等，皆为此声响之细目也。沈约《宋书》曰："前有浮声，则后须切响；一简之内，音韵尽殊；两句之中，轻重悉异。妙达此旨，始可言文"（《谢灵运传论》），此所谓音韵，言章句之中有音韵宫羽，非句末所押脚韵（《研经室续三集·文韵说》）。当时之文，尚声律，古文虽其理不同，其实贵文章之声响，虽古文亦同一辙也。韩文公云"言之短长，与声之高下皆宜"（《上于相公书》），即称文章声响之妙也。祁京山（敬）亦云"言语无轻重缓急，尚不可听，况文章乎？"（《艺圃伧谈》）杨名时曰："欲求入门，全在刻刻与古人诗文相浃洽浸渍，目注口吟，心摹手追，庶骨气可变，窾郤可披"（《程功录》）。此教学文之道，只管浃洽古人之文中，目注视之，口吟诵之，心揣摹其模样，手书写之。文骨文气，自然可推移于古人之风格。学古人声响之道，此可谓言尽矣。①

《渔村文话》把"声响"放在第一则，可见渔村对古文语言音乐节奏美的重视。较汉语相比，无声调变化的日语显然不那么富有抑扬顿挫的变化，声律历来是日本汉诗人恼人的难题，平安时代的《作文大体》十分强调声问题，《文镜秘府论》不厌其烦地摘录声韵声病的论述，江户时代中井积善有《诗律兆》之作，谓初学作诗之急务，是"基于依平仄以媲青白"，不过在谈古文的著述中，将"声响"摆在首位，并通过目视口吟来揣摹文章的语气，却又是说出了当时汉学者往往忽略的方面。

---

① 〔日〕清水茂、揖斐高、大谷雅夫校注『日本詩史　五山堂詩話』、岩波書店 1991 年版、第 375 頁。

《渔村文话》对有关文论材料广泛采摭，细心排比，深入浅出地为学习古文者指点门径，"改润法"归纳翻、变、融等十种修改润色的手法，"病格"列举了三十六条文章弊病，都有著者独到的心得。文话中特别强调语言的锤炼与文章的修改，意在指导初学者的实际写作。

> 警策
>
> 文章连累众辞之时，气势必松弛，一篇便不活动，此时忽举片言要语，提起全篇气势，则文意因此而益明，一篇因此而发活动之机。此谓之警策。警策字见于《文选》曹子建《应诏诗》："仆夫警策，平路是由"，吕延济注："言向坂行，故警策也。"又潘安仁《西征赋》："发阌乡而警策"，李善注引曹子建诗证，则警策乃扬鞭策马，提起气势也。假此以评文，始见于陆机《文赋》，曰："立片言而居要，乃一篇之警策"是也。李善注："以文喻马也。言马因警策而弥骏，以喻文资片言而益明也。夫驾之法，以策驾乘，今以一言之好，最于众辞，若策驱驰，故云警策"，则马取长道，行险路，气势松弛之时，加一鞭，提起气力，其势益骏也。文章以一言使众辞活动、其理全同于此，故谓之警策。杨升庵云："六经亦有警策也。《诗》之'思无邪'，《礼》之'毋不敬'，是也。"又云"于诗谓之佳句，如水有波澜，兵有先锋"（《丹铅录》）。今按钟嵘《诗品》曰："陈思、灵运、陶公、惠连，五言之警策"，又其序曰："终朝点缀，分夜呻吟。独观谓之警策，众视终沦平钝"（《梁书》本传）。《大唐新语》："陆余庆孙海，长于五言诗，甚为诗人所重。《题奉国寺》诗曰'新秋夜何爽，露下风转凄。一声竹林里，千灯花塔西'，《题龙门寺》诗曰：'窗灯林蔼里，闻磬水声中。更筹半有会，炉烟满夕风。'人推其警策"之类，皆称诗语逸发之词也。又杜诗曰："尚怜诗警策，犹记酒颠狂"（《戏题寄上汉中王诗》），然警策之名，非独文也。①

这是讲提炼语言的。前人论诗讲究炼字多言警策。平淡乏力的语言会使

---

① 〔日〕清水茂、揖斐高、大谷雅夫校注『日本詩史　五山堂詩話』、岩波书店1991年版、第412頁。

人读来神气索然，再好的思想与情感，也会在语境中衰萎，如同沙漠远足，孤舟长泛，造成情绪低沉，遐想不发。

陆机《文赋》"立片言之居要，乃一篇之警策"，讲的正是要防止文辞的疲软拖沓。马今《南唐书·冯延巳传》说元宗乐府词云："小楼吹彻玉笙寒"，延巳有"风乍起，吹皱一池春水"，皆为警策。渔村举例，皆为诗赋，文章中警策如何运用却未言及，读后令人有掩卷遗憾之叹。

《渔村文话》以古文写作为中心，注重实用，这大概就是青木正儿在《中国文学概说》中把它列在文章学参读书目第一部的原因吧。青木正儿说："海保渔村是幕末的儒者，此书乃论唐宋八家古文之源流及概说古文之作法者。就其要领妥当之点来说，在中国也看不到这样的书。"① 这种说法不免有扬木抑林之嫌，但文话辑录中国历代论文言论，以述为作，现作于述，要言不烦，却不失为一部文章学指南，其中有一些重点放在如何阅读古文的意见也值得重视。

古人误字

古人之文，一经后人误写，作者之意多有不明者。段玉裁说"陶渊明《归去来辞》'或命巾车'之句，当作'或巾柴车'"。其证江文通《杂休诗》有"日暮巾柴车"之句，此诗乃拟渊明而作，引证李善注《归去来辞》"或巾柴车"，则李善所见本，为"或巾柴车"明矣。巾者饰也，为拂试之意。《吴都赋》"吴王乃巾玉辂"同，云拂拭其车以出。若《周礼》之巾车，乃天子诸侯之事，非山野之人可用（《经韵楼集·与张涵斋书》）。又《文章轨范》所载李文叔《书洛阳名园记后》："当秦陇之襟喉，而赵魏之走集盖四方必争之地也"之句，人多漫然读过，不觉其有误。余疑"而赵魏之走集"一句语气无着落，句法不整。思何故也，后取《东都事略·李格非传》所载全文对校，《事略》"而"字作"面"字，因此始悟今本"而"字乃"面"字之误。面者向也，"面赵魏之走集"之句，与"当秦陇之襟喉"句正相对，文义始整齐。"走集"之字，本于《左传·昭公廿三年》"修其土田，险其走集"，杜注："走

---

① 〔日〕清水茂、揖斐高、大谷雅夫校注『日本詩史　五山堂詩話』、岩波書店1991年版、第375頁。

集，边竟之垒壁。"云于敌人进攻入口，士兵驰集之场所也。取此言面向其地枢要之处。由此从前之疑涣然冰释。①

这一节引用了《经韵楼集》的说法。段玉裁去世于嘉庆二十年即公元1815年，渔村时十八岁。段氏之书传入日本为时不长，渔村研读精切，有所发明，而今日治陶诗者对此反有不大留意者。后而谈到《文章轨范》所载《书洛阳名园记后》，取《东都事略·李格非传》对校，又引《左传》以明"走集"之义，以史证文，令人信服。

《渔村文话续》虽有心论及古文历史，却显得视野不阔，只可说是理出大致线索。六经之后，举出左氏、庄周、屈原、司马迁四家，又说韩柳以后虽作者辈出，文之义法，大要不出此四家范围，对宋以后古文的发展更绝少提到，这比起《拙堂文话》的指点东西日汉、褒贬秦汉明清，就只能算是小巫见大巫了。

---

① 〔日〕清水茂、揖斐高、大谷雅夫校注『日本詩史　五山堂詩話』、岩波書店1991年版、第456頁。

国家哲学社会科学成果文库

NATIONAL ACHIEVEMENTS LIBRARY
OF PHILOSOPHY AND SOCIAL SCIENCES

中日文学经典的传播与翻译（下）

王晓平　著

中华书局

第九章

中国史传文学经典的日本传播与研究

中国史传文学在日本的传播，很早便有了教育制度的保障。在日本律令制的大学寮里设立了专门教授历史的学科——纪传道，而其中主要的内容是学习以《史记》《汉书》《后汉书》为中心的中国历史。后来，纪传道与学习汉文学（主要是中国文学）的文章道归并，开始成为教授历史、文学两门学问的学科，而且各自正式名称，学科称为"纪传道"，而博士则各称为"文章博士"，统称"纪传博士"、"文章道"。也有一种说法是在合并当时，还没有使用"纪传道"、"文章道"这样的称谓。在明治以后，也曾经出现过一种误解，说是文章道吸收了纪传道而形成了"文章道"、"文章博士"。按照原本的说法，仍然可以认为，学科称为"纪传道"，博士称为"文章博士"。总之，在律令制的大学寮中，学习中国历史的学科，培养了钻研中国以"三史"为主的人才，文章道、纪传道学科合并之后，更密切了文史之间的关系，在平安时代的文学选集《本朝文粹》当中留下的咏颂史传人物的诗赋，就是当时学人的心得。

中国史传与文学的关联可以从多方面加以说明，毋庸赘言，史书的"小说笔法"，就是其中一端。中国的史书传到日本，中国的修史藏典的制度也曾被移植到日本，不仅由此产生了《古事记》《日本书纪》《六国史》这些以汉文为主的日本历史著述，一时间公私兼有修史之举，而且催生出一批"物语风"的史书和宗教性的史论。中国人重视历史经验的思想也影响过一部分学者文人，林罗山、新井白石乃至江户时代的一些国学者都曾经写出过自己的读史要著①。至于在文学作品中吸收中国史传故事,也可以追溯到奈良平安时代,《日本书纪》中便有根据《汉书》记载改写的日本传说②。现代日本学者研究和翻译中国史书方面,也以《史记》《汉书》《后汉书》这"三史"业绩最著,可以说远绍宁乐(奈良古称)而近亲欧亚,有颇多值得探讨的话题。

第一节 中国史传文学的东渐历程

虽然中国以"三史"为中心的史书很早被称为日本纪传道学人研读的必读书,但是传播中国历史故事的途径绝不只是史书一条。纪传道等学术由于都是世袭相传,所以一般文人就难以登堂入室,他们接触中国历史故事就另有他门。一个重要的门径就是在基础教育阶段接受的《蒙求》教育。《蒙求》以四字韵语概括的历史掌故,凝聚了古代仁人贤士富于个性特征的奇闻逸事,在平安时代便被改编成和歌等艺术形式,对于塑造和传播中国人形象起到了正史起不到的作用。关于《蒙求》的传播,需另作梳理,这里谨以史书的传播和翻译为线,着重分析日本文学家的借用与学人的解读。

一 《左传》

日本的《左传》研究著述,首先要提到的是秦鼎(1761—1831)所著《春秋左氏传校本》30卷。秦鼎为美浓(今岐阜县)人,字士铉,号沧浪、小翁、梦仙。该书于杜注之后附陆德明释文,载先儒之说善者。有丰岛毅增补本,录公羊、穀梁二传。此书20世纪80年代有松云堂覆刻本。其次要提到的是安井息轩(1799—1876)的《左传辑释》24卷。著者为江户末期儒者,日向(今宫崎县)人,名衡,字仲平,号息轩,就学于松崎慊堂(1771—1844)之门。长期仕于日向的饫肥侯,后为昌平黉儒官。该书以杜注为原注,次集汉唐至清儒诸说之善者,更多以独自见解纠杜注之误。在此之后,则有竹添井井(1842—1917)所著《左氏会笺》30卷。

竹添井井为熊本县人,名光鸿,称进一郎,字鸿卿,号井井居士。师事

---

① 〔日〕坂本太郎『日本の修史と史学』、至文堂1978年版。
② 严绍璗、王晓平:《中国文学在日本》,花城出版社1990年版,第111—112页。

安井息轩，仕于熊本藩。明治维新后为天津领事等。本书以宫内厅书陵部现存旧抄卷子本《春秋经传集解》今为底本，广收先儒注释，博取其善者，博引旁证，有《左传》注解集大成之称。会笺用作底本的书陵部卷子本，本为金泽文库本。金泽文库创设者北条实时（1224—1276）跟随清原家八代大儒清原教隆学习清原家累代相传的《春秋经传集解》的秘说时，书写校点了清原家传的集解本，后来实时之子笃时跟随教隆之子直隆（1234—1299）、俊隆（1241—1290）学习时抄写的此本，只是卷14、15、23、26四卷是在笃时之弟显时（1248—1301）跟随俊隆学习时抄写俊隆本的。清原家是平安朝以来的明经博士，以《左传》为家学。这一卷子本为清原家中兴的大儒赖业（1122—1189）的《左传》之学之后的珍本，很有价值，日本训读《左传》的源流实见于本书。它以遣唐使传来的唐写本为基础，今天仍是作为集解本的完本流传下来的最古善本。集解本的残卷，还有石山寺相传为平安时代抄写的集解本卷26、29两卷及东洋文库赖业加点的集解本卷10。

竹添光鸿《左氏会笺》我国已有岳麓书社影印本。

此外，近现代的研究著述，亦有不少。简录如下：

斋藤要《春秋左氏传讲义》3卷，厚生阁，1941年。

竹内照夫《春秋左氏传》，中国古典文学全集2，平凡社，1968年。

镰田正《春秋左氏传》，中国古典新书，明德出版社，1968年。

新城新藏《东洋天文学史研究》，弘文堂书房，1928年。

饭岛忠夫《支那历法起原考》，冈书院，1930年。

津田左右吉《左传的思想史研究》，东洋文库论丛第22，1935年。

重泽俊郎、佐藤匡玄编《左传人名地名索引》，弘文堂书房，1935年。

重泽俊郎编《左传贾服注捃逸》，东方文化学院京都研究所，1936年。

上野贤知编《日本左传研究著述年表并分类目录》，东洋文化研究所，1957年。

镰田正《左传的成书及其展开》，大修馆书店，1963年。

加贺荣治《中国古典解释史·魏晋篇》（第四章《杜预春秋解释的方法、态度》），劲草书房，1964年。

二 《国语》

据大野峻《国语》（新释汉文大系本，明治书院，1988）载，日本有以下多种《国语》研究著述。书末注有"未"字者,乃大野峻所未见。

1.《国语》21 卷 韦昭解,宋庠音,林道真(春)点。日本刻本即所谓和刻本宋庠"音"与宋庠"补音",准确地说乃是明张一鲲本,与宋庠原本大不一样。林道春生于 1583 年,卒于 1657 年。和刻的训点实际上是一种解释,有很大参考价值。

2.《春秋外传国语解删补》2 卷,1763 年刊本,渡边操(1690?—1760?)著。

3.《国语校章》,荻生道济(1703—1776)著。道济乃江户时代著名古文辞派学者荻生徂徕之义子。仕于柳泽侯。

4.《国语雕题》,中井履轩著。抄本。中井履轩(1732—1817)是大阪的大儒,继承父亲甃庵的怀德堂,在京都大阪地区享有盛名。

5.《国语闻书》,3 册,中井履轩著(未)。

6.《国语韦注补正》,2 卷,河野子龙(1742—1779)著(未)。

7.《左国占例考》,片冈基成(1720?—1785?)著(未)。

8.《重刻国语》,21 卷,韦昭解,宋庠补音。明穆文熙编纂,千叶玄之(1726—1792)再校,1786 年刊。到秦鼎的《国语定本》刊行以前,此书十分流行。栏外刻有穆文熙的评、柳宗元的《非国语》等。

9.《国语略说》,8 卷,1792 年刊。关修龄(1726—1801)著。本书被大野峻称为"日本人研究国语的白眉",多为秦鼎《国语定本》所引用。

10.《国语律吕解》,1 卷,1795 年刊,平景教著。

11.《国语考》,户崎允明(1729—1806)著。

12.《国语独了》,2 卷,龟井南冥(1743—1814)著。

13.《增注国语》,21 卷,1801 年刊,冢田虎注。

冢田虎(1745—1832)号大峰,信浓人,仕于尾张藩。颇有见识,宽政年间禁异学时,主张言论自由。秦鼎《国语定本》多引用。

14.《国语考证补遗》,葛西质(1764—1823)著。

15.《国语定本》,21 卷,1809 年刊,秦鼎(1760—1831)著。

秦鼎为尾张藩的儒官,是江户时代研究《国语》最优秀的学者。卷首书韦氏解,宋氏补音,为公序本系的张一鲲本。通过公序本与明道本对校,可知其以公序本为底本而采用了明道本之长,并吸取了黄丕烈札记与关修龄

《国语略说》的许多说法。

16. 《国语考》，蒲坂圆（1775—1834）著（未）。

17. 《左国易一家言》，3 卷，1817 年刊，谷川顺一著。

18. 《国语考》，21 卷，龟井昱（1773—1836），龟井昱为龟井南冥之子。

19. 《国语参考》，3 卷，龟井昱著。

20. 《国语国字解》，21 卷，山义雄著。抄本，著者生平不详，东京教育大学藏。

21. 《标注国语》，帆足万里（1778—1852）著。

22. 《国语解》，东条弘（1778—1857）著（未）。

23. 《读国语》，4 册，蓝泽祇（1791—1860）著。

24. 《标注国语定本》，21 卷，1884 年刊。高木熊三郎题秦鼎定本，中井履轩雕题，高木熊三郎标注。

25. 《国语国字解》，2 册，1917 年刊。桂湖村著，早稻田大学出版部刊行。收于《先哲遗著追补　汉籍国字解全书》第 41、42 卷。以本书为开端。如《汉文丛书》《国译汉文大成》等以日语训译为主、汉文为辅的著述开始流行。本书为桂湖村的力作，叙说约 240 页，还包括解题、各种表、索引、研究参考书。韦昭国语解叙的解释说明。特别是地名一览与索引、注释书解题，用力颇勤。大野峻对桂氏之说虽时有严厉批判，对《国语》传本特别是秦鼎"定本"与本书即《汉籍国字解本国语》的底本抱有很大疑问，但仍充分评价桂氏的功绩，赞赏桂氏的博学；并为本书难于搞到却又再版无望深表遗憾。

26. 《国语》，1 册。中山久四郎著，有朋堂书店 1920 年刊，收于《汉文丛书》。栏外以细字收本文，主体则是日语训读文。

27. 《国语国译》，国民文库刊行会 1923 年刊，林泰辅著，前川三郎解题。收于《国译汉文大成》。以日语训读为主体，加以注解，原汉文以明道本为主，行间注以与公序本、董增龄对校的字句的异同。前川三郎为林泰辅的助手，"国译"完成不久，林泰辅去世，解题完成于前川之手。

28. 《国语》，大野峻著，明德出版社 1969 年刊。收于《中国古典新书》，附解题与原文的摘译、译文既有训译，又有口语译。反映出从训译向口语译推进的过渡形式。

29.《战国策·国语·论衡》，常石茂译，1972 年平凡社版。日语摘译本。现代日语译，未收原文。

大野峻认为，在日本的《国语》传本，以"公序本"中的俗本"张一鲲本"为主流，然而从中国清代嘉庆四年明道本重刊以来，直到现代，则是"明道本"盛行。这种情况也影响到日本。林泰辅国译汉文大成《国语》的凡例中说："《国语》原本可凭信者以天圣明道本为最。世有定评。"不过，大野峻则认为，对"公序本"的真实价值应进行再评价。

现代日本的《国语》研究，除注释外，考证则以林泰辅 1904 年发表于《史学杂志》的《国语考》为最早，1957 年贝冢茂树在《东方学》第 14 辑上发表了《国语里出现的说话的形式》。大野峻是专门研究《国语》的学者，先后发表论文多篇，举其要者，有：

《中国古典〈国语〉、〈论语〉的"语"的意义和〈论语〉的对话分析》，1968 年，《东海大学纪要文学部》第 11 辑，东海大学出版会。

《〈国语〉的诸国与郑语的疑问点》，1969 年，《东海大学纪要文学部》第 12 辑，东海大学出版会。

《〈国语〉公序本的再评价》，1975 年，《东海大学纪要文学部》第 22 辑，东海大学出版会。

《范蠡说话的矛盾与〈国语·越语〉下篇的问题》，1975，《湘南大学》第 9 号。

另外，铃木隆一编有《国语索引》，1934 年由大安出版。

三 《史记》

奈良时代之后，平安时代用日文训读《史记》，则为不可争辩的事实。室町时代五山僧侣爱读《史记》，讲解《史记》的有月舟寿桂的《史记世家抄》、桃源瑞仙的《史记桃源抄》等传世，后来还出了不少注释之著，刊本以嵯峨本、评林本的八尾版与红谷版最为著名。

嵯峨本，承袭宋人元本刊本，元和九年出世的吉田素庵将朝鲜覆刻本以活字版刊行。评林本传承有两种，宝永十三年（1636）京都三条八尾助左卫门刊行的是八尾版，宽永十三年（1673）京都红谷刊行的是红谷版。以上嵯峨本、八尾版、红谷版三种版本之中，八尾版的史记评林最为流行，曾在各处刊印。

  《史记》传入日本的准确时间尚未判明，有学者认为圣德太子十七条中用了出自《史记》的典故。奈良时代制定的圣德太子十七条宪法，《史记》与其他经史子书同时作为引用材料，但当时《史记》是否传来，尚无旁证。《续日本记》卷 29 神护景云二年（768）9 月 11 日有日向国宫埼郡的人大伴人益把赤目白色龟当做祥瑞之兆献上的记载，其时，人益在上奏文中引用了《史记》卷 128《龟策列传》中"神龟者，天下之宝也"以下的一段。另外，《续日本纪》卷 30 神护景云三年（769）10 月 10 日条记载称德天皇应大宰府之乞："府库但蓄五经，未有三史（《史记》、《汉书》、《后汉书》），涉猎之人，其道不广，伏乞给列代诸史，各一本，管内传习，以兴学业"，下旨赐《史记》到《晋书》的历代正史。

  平安时代公私藏书目录都出现了《史记》。藤原佐世奉饬于宽平年间（889—897）编撰的《日本国见在书目录》中著录"《史记》80 卷，裴骃《集解》"。藤原通宪的《通宪书目录》里作为史书之一著录了"《史记索隐》上帙 7 卷、中帙 10 卷、下帙 9 卷"。

  《诸家家业记·儒门·纪传道》说："纪传道以《史记》《汉书》《文选》之类为第一，以诗赋文章为表，经书为里。而儒门以纪传道为第一。古时由菅、江两家及日野南家之人担任，后世则为菅原一族之家业。"① 这说明，平安时代的纪传道将《史记》《汉书》和《文选》等作为最主要的学习与研究内容，而菅原家历代世袭，在纪传道中一花独放，因而至今相传平安时代那些咏唱《史记》《汉书》的诗篇出于菅原家的学人者居多。

  平安时代纪传道对中国史书的重视，不仅促进了日本史书的编撰（如《日本书纪》《类聚国史》《新国史》《日本纪略》《本朝世纪》《扶桑略记》等史书，均多仿中国史书），形成了宫廷修史藏书的传统，而且也大大有助于培育日本重视文化、尊重知识的传统，尽管历经战国、南北朝频仍战事的阻隔，至江户时代以后，这一传统久远地延续下来。尽管学问曾因菅原家、清原家的一家单传而带有不可避免的封闭性与单一性，但借力于中国悠久的历史文化典籍，对中国历史经验和杰出人物事迹的学习与尊重，也深深地浸透

---

① 〔日〕『古事類苑　文學部』五、吉川弘文館 1983 年版、第 354 頁。

到日本前近代的学问之中。

　　平安时代的敕撰三集（《经国集》《凌云集》〔814 年成书〕《文华秀丽集》）〔818 年成书〕）以及诗文选集《本朝文粹》〔1060 年前后成书〕《本朝续文粹》，都载录了文人学士在天皇于宫廷中举办的研读《史记》的宴会之后咏唱的诗赋。

　　平安时代宫廷效仿唐代的宫中博士讲书制度，将宫中讲书当做天皇的修学仪式。讲学的内容有《论语》《孝经》等经书，也有《史记》《汉书》及《文选》等。根据片断保留下来的同类讲书的笔记推断，讲书时博士要精讲原文，对原文加以校勘、训读，并回答质疑。按照惯例，讲学后举行"竟宴"，讲课的博士及听讲者，大抵三十几人，均要出席，并令学人以该书中人物为题赋诗，以展示天皇的尊诗重文，是"崇文"的举措，也为制造识贤爱才、君臣同心的氛围。因而，宴席既从属政坛，又是诗坛。同类的讲书，还有讲述日本自编史书《日本书纪》的，宴会上则咏唱和歌，和歌题目则是《日本书纪》中的人物。

　　从《史记》竟宴咏唱的诗篇中，不仅可以看出哪些是最为当时皇室贵族倾心敬服的中国历史人物，更可以看出当时皇族贵族的治国理政的观念。

　　如果我们暂且将平安时期各个阶段的变化放在一边，仅从与《史记》有关的诗篇来看，它们大致有以下几方面的内容。

　　首先是对《史记》作者司马迁的敬意。

　　《凌云集》载平安前期官吏、汉诗人贺阳丰年（751—815）《史记竟宴，赋得太史公自序传》：

> 宏林承五百，博瞻剑三千。
> 第（一作茅）穴遗文藉，梧嶷古册全。
> 屈（一作灰）中（一作尺）天庆起，识大日官传。
> 张辅称孤秀，且明耻独贤。
> 名高良史籍，身毁妒臣年。
> 美丑悬声价，爱言陵谷迁。①

---

①〔日〕國民圖書株式會社編『日本文學大系』第二十四卷、國民圖書株式會社 1928 年版、第 118 頁。

菅清公，即菅原清公（770—842）有《赋得司马迁一首》，载于《文华秀丽集》：

> 汉史惟司马，高才为代生。
> 龙门初降化，禹穴渐研精。
> 续孔春秋发，基轩得失明。
> 三千犹存眼，五百但嫌情。
> 实录传无坠，洪漪游（一作逝）不停；
> 终令万祀下，长作百王祯（一作桢）。①

其次是对《史记》所载明君贤臣德业的赞颂。天皇赞良臣、臣子颂明君，都是在借描绘心目中崇拜的理想形象来表达对眼前在位的君、臣的赞颂与期待，前者如《文华秀丽集》卷中尚载52代天皇、809至823年在位的嵯峨天皇（786—842）御制《史记讲宴赋得张子房一首》：

> 受命师高祖，英风万古传。
> 沙中义初发，山中（一作里）感愈（一作弥）玄。
> 形容类处女，计划挠强权。
> 封敌反谋散，招翁储贰全。
> 定都是刘说，进宰劝萧贤。
> 追从赤松子，避世独超然。②

"进宰"，《文华秀丽集》卷中作"违宰"，当以"进"为是。

后者如仲雄王尚有《赋得汉高祖一首》。平安前期官吏、汉诗人仲雄王（生卒年不详）是《文华秀丽集》的主撰人，序言的撰写者，其中收有他的作品13首。他曾任大舍人头兼信浓守，与藤原冬嗣、良岑安世、最澄、空海过从密切。

---

① 〔日〕國民圖書株式會社編『日本文學大系』第二十四卷、國民圖書株式會社1928年版、第171頁。

② 〔日〕市河寬齋編、後藤昭雄解説『日本詩紀』、吉川弘文館2000年版、第5頁。

汉祖承尧绪，龙颜应晦冥。
豁如有大度，生来未曾营。
住在中阳里，微班泗上亭。
吕公惊贵相，王媪感奇灵。
望气秦皇厌，寻云吕后停。
经关创汉统，军旅入咸京。
拨乱资三杰，膺天聚五星。
武将穷楚项，轵道降秦婴。
命革登乾极，时平戢甲兵。
绛侯重厚者，刘氏遂安宁。①

岛田忠臣（828—892）是贵族，汉诗人，有《田氏家集》，其中载《于右丞相省中直庐读〈史记〉，竟咏史得高祖，应教》，亦载《日本诗纪》十三：

金刀受命自然名，大泽陂头梦邁精。
龙怪到家频漫醉，蛇灵当径勿妨行。
青山隐迹云还识，紫荇裁冠雨便轻。
腻手多年长握剑，强心报敌拟分羹。
床前倨傲看来客，塞上宽容用义兵。
始约三章关老庆，能言十罪项王惊。
咸阳寝尽秦煨灭，氾水尊成汉火明。
万乘威加新海内，数行泪落故乡情。
任官重厚须安嗣，嫌疗良医不虑生。
圣业弥天终四百，长陵松柏奏风声。②

再次，是对《史记》中人物命运的品味。《史记》中写了很多有故事的

---

① 〔日〕國民圖書株式會社編『日本文學大系』第二十四卷、國民圖書株式會社1928年版、第170頁。

② 〔日〕市河寬齋編、後藤昭雄解說『日本詩紀』、吉川弘文館2000年版、第110頁。

人物。从平安前期这些讲史竟宴赋诗的诗题来看，和当时另外一种讲经竟宴多以经文中的诗句或文句为题不同，多以史传人物为题，从这些题目可以推测，在讲宴上讲说探讨的可能多从《史记》中的《传》部分选择，这也是书中文学性最强的一部分，通过历史人物的事迹去了解和学习历史，可谓最容易被接受、被感染的方式，同时也是诗歌较易表现的内容。这些诗中不难看出六朝初唐咏史诗的影响。

文学博士都良香（834—879），今传《都氏文集》，他作有《得傅说，〈史记〉竟宴》，收于《日本诗纪拾遗》：

> 理在暗投虽可眄，感因冥致拟相思。
> 便搜草野营求去，乍到烟岩趁载归。
> 涧水咽流初泣别，山岚吹送自含悲。
> 酿为麹糵樽醪美，和作盐梅鼎味滋。（《掷金抄》中文学部）①

《史记·平原君虞卿列传》中记述的毛遂自荐故事，写出了一位久遭埋没却勇于担当的士。岛田忠臣《〈史记〉竟宴，咏史得毛遂》：

> 赵胜知士早，毛遂出群迟。
> 客舍三年默，荆楚一旦威。
> 既挥升殿剑，终脱处囊锥。
> 寄语他同辈，如何目击时。②

诗中赞扬毛遂能脱颖而出，最后一句，"如何目击时"，有些费解。或为如何看清时机之意。

良岑安世（785—830）《赋得季札》载于《文华秀丽集》卷中：

> 所谓吴季札，芳名冠古今。
> 交贤情若旧，当让义逾深。

---

① 〔日〕後藤昭雄编『日本詩紀拾遺』、吉川弘文館2000年版、第5頁。
② 〔日〕市河寬齋编、後藤昭雄解說『日本詩紀』、吉川弘文館2000年版，第129頁。

晏子终纳色，孙文不听琴。
还将一宝剑，空报徐君心。①

"芳名"，《日本诗纪》注："一作命。""名"、"命"草书易混，似以"名"字为佳。"纳色"，《日本诗纪》作"邑"，注"一作色"，"色"、"邑"形近，据文意，当作"邑"。《史记·吴太伯世家》载季札去鲁，遂使齐。说晏平仲曰："子速纳邑与政。无邑无政，乃免于难。齐国之政将有所归；未得所归，难未息也。"② 故晏子因陈桓子以纳政与邑，是以免于栾高之难。孙文，指孙文子，事见《史记·吴太伯世家》。

菅原道真（845—903）《〈史记〉竟宴，咏史得司马相如》：

夫子犹司马，相如有旧闻。
官嫌为武骑，曲喜得文君。
苦谏长杨猎，多劳广泽军。
大人今可用，何处不凌云。③

《扶桑集》载纪长谷雄（845—912）《北堂〈史记〉竟宴，各咏史，得叔孙通》：

怀明难照世多艰，直道如谀十主间。
他日遂逃秦虎口，暮年初谒汉龙颜。
光加粉泽洪基贵，道拂风波少海闲。
一代儒宗君第一，于今吾辈仰高山。④

平安诗人还注意到《史记》中那些关于人物性格细节的描绘。如《经国集》载前期官吏、汉诗人仲雄王《杂言巇肩一首》。

---

① 〔日〕國民圖書株式會社編『日本文學大系』第二十四卷、國民圖書株式會社1928年版、第170頁。
② 〔汉〕司马迁撰：《史记》，中华书局1959年版，第1457页。
③ 〔日〕川口久雄校注『菅家文草　菅家後集』、岩波書店1978年版、第131頁。
④ 〔日〕田坂順子編『扶桑集——校本と索引』、櫂歌書房1985年版、第86頁。

> 彘肩肉赤凝脂白，登俎更待庖丁手。
> 鉴刀磨石刃如霜，坐客看之相嚼久。
> 盐梅初和人争嗖，口饱情闲何欲有。
> 君不见汉家一壮士，拔剑宁辞一杯酒。①

《史记·项羽本纪第七》写鸿门宴上刘邦之参乘樊哙为救刘邦，挺身而出，项王与之斗卮酒，哙拜谢，起，立而饮之。项王曰："赐之彘肩。"则与一生彘肩。樊哙覆其盾于地，加彘肩上，拔剑切而啗之。这一细节，写出了樊哙的无畏与豪勇。仲雄王被这一细节所打动，赋诗赞颂"汉家一壮士"的豪情壮举。《经国集》所载此诗中的"挍剑"疑为"拔剑"之讹，"挍"字与"拔"字书写形近易混。

《项羽本纪》中描绘的项羽、虞姬之死，哀婉动人，永远是诗人怅恨的源泉。橘广相（837—890）《咏项羽》有"灯下数行虞氏泪，夜深四面楚歌声"之句②。

还有一些《史记》竟宴所咏的诗，很注意体味古代人物的复杂情感。三善清行《得孔子，〈史记〉竟宴》："徂年难驻心伤凤，至德将衰眼泣麟。"③就着力刻画孔子的悲哀与无奈。

平安时代后期，随着皇族势力的减弱，这种讲经讲史竟宴赋诗活动走完了鼎盛期，主政的藤原氏仍希望从《史记》《汉书》等中国史书中汲取历史经验，咏颂《史》《汉》的诗篇时有所见。其中最值得注意的是藤原忠通的一组读《史记》诗。

公卿、摄政关白太政大臣藤原忠通（1097—1164）作有数首咏唱《史记》之作，如《读〈史记〉赋周本纪》：

> 披书唯考周朝事，三十六王一卷陈。
> 牛放桃林花脆晓，马嘶华山草深春。

---

① 〔日〕市河寛齋编、後藤昭雄解说『日本詩紀』、吉川弘文館2000年版、第56頁。
② 〔日〕市河寛齋编、後藤昭雄解说『日本詩紀』、吉川弘文館2000年版、第106頁。
③ 〔日〕後藤昭雄编『日本詩紀拾遺』、吉川弘文館2000年版、第10頁。

自尊姬旦往事迹，谁教养由旧日尘。
可悦可康治德昔，采诗官定欲知仁。①

藤原忠通又有《读〈史记〉赋秦本纪》：

秦先次第载经史，源起高阳后几程。
宫室若无华饰构，戎夷岂有谤讪情？
放汧春马莫间息，赠晋昔船风底行。
非只武功专赏赐，孝公政令务农耕。②

"莫间息"与"风底行"相对，"莫"当为"草"之讹，放马南山，让战马在草间养息，"莫间息"则不辞。

藤原忠通还有《读〈史记〉赋周公世家》：

姬旦何人邦重器，孝仁才艺盖相并。
披书君洒数行泪，待士吾催三把情。
久佐周年朝市政，更闻洛水晓波声。
成王叔父武王弟，天下被知不赋名。③

藤原忠通《燕世家》，也属于上述一组：

巡行乡邑召公奭，自陕以西司正任。
军徒荆轲持节日，民歌棠树落花阴。
燕王车是二千乘，赵主酒犹五百金。
郭隗若无教已举，万方贤士岂来临？④

---

① 〔日〕市河寬齋編、後藤昭雄解說『日本詩紀』、吉川弘文館2000年版、第443頁。
② 〔日〕市河寬齋編、後藤昭雄解說『日本詩紀』、吉川弘文館2000年版、第443頁。
③ 〔日〕市河寬齋編、後藤昭雄解說『日本詩紀』、吉川弘文館2000年版、第443頁。
④ 〔日〕市河寬齋編、後藤昭雄解說『日本詩紀』、吉川弘文館2000年版、第443頁。

"郭槐",当为"郭隗"之讹。用燕王听郭隗之谏筑黄金台的典故。至今还有不少日本人知道"先自隗始"(ます隗より始めよ)这句话。

藤原忠通所作《管蔡世家》:

> 管氏窃疑周旦仁,武康为相治殷民。
> 楚昭留客两三岁,蔡叔得从七十人。
> 白雁自来田弋日,秋舟屡荡戏游辰。
> 过曹重耳知无礼,何士依之陈后频。①

史载忠通为关白忠实之子,为人谨厚,喜怒不形,好诗歌,最善书法,历仕鸟羽、崇德、近卫、后白河朝,官至关白太政大臣,所著有《法性寺入道集》一卷。从他的诗作中看,佛教色彩浓厚,尚有读白居易《新乐府》组诗,儒家仁政思想贯穿其中。这些诗皆收于《日本诗纪》。

清少纳言《枕草子》中有"文,文集,文选,新赋,史记五帝本纪、愿文、表、博士之申文"。紫式部《源式物语》引用的152处中国诗文中,其中有14处出自《史记》,例如藤壶院决心降身避难出家的场面,令藤壶院想起刘邦宠妃戚夫人"人彘"的故事(第十帖贤木——杨桐)。

南北朝时代,《太平记》中引用中国故事61例,其中30例为出自《史记》中的故事,特别是多取材于吴越、楚汉兴亡的部分,卷28《汉楚战之事付吉野殿被成纶旨事》,以《史记》卷7《项羽本纪》为中心重新编成的楚汉之争的故事长达9千字。

上杉宪实在文安三年(1446)制定的足利学校的学规中说"三注、四书、六经、列、庄、老、《史记》、《文选》之外学校不可讲。"

室町时代五山僧侣爱读《史记》,讲解《史记》的有月舟寿桂的《史记世家抄》8卷、桃源瑞仙的《史记桃源抄》19卷等传世。月舟寿桂的《史记世家抄》亦名《幻云史记抄》,为汉文写成。桃源瑞仙的《史记桃源抄》,1477年12月成书,写本有京都大学图书馆清家文库本(20册)、东洋文库本(1564年写,缺《史记源流》《周本纪》《项羽本纪》,20册)及京都府立图

---

① 〔日〕市河寬齋編、後藤昭雄解說『日本詩紀』、吉川弘文館2000年版,第443頁。

书馆本（江户初期写，14 册）。内阁文库本（室町时代写，14 册）。版本有宽永（1624—1644）古活字版的《史记抄》19 卷（20 册）。

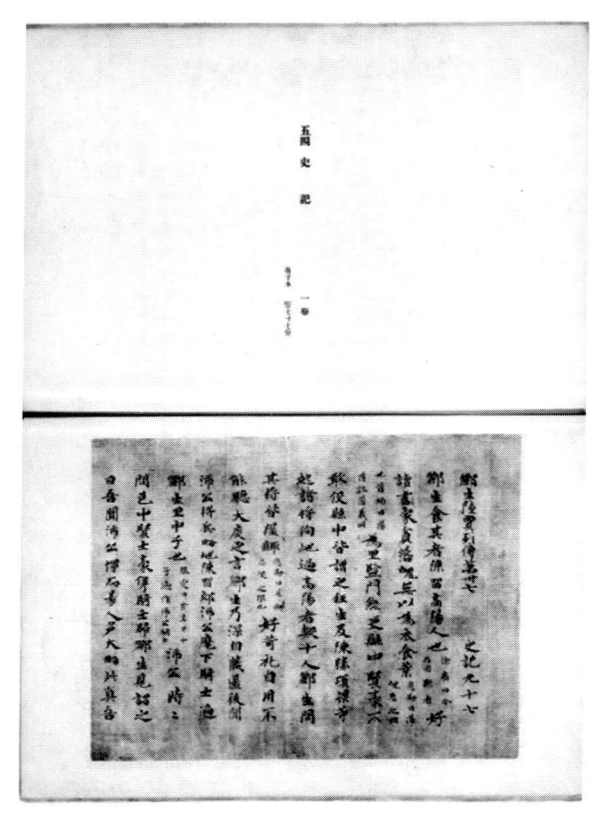

图 102　石山寺写经《史记》

后来还出了不少注释之著，刊本以嵯峨本、评林本的八尾版与红谷版最为著名。

嵯峨本，承袭宋人元本刊本，元和九年出世的吉田素庵将朝鲜覆刻本以活字版刊行。评林本传承有两种，宝永十三年（1636）京都三条八尾助左卫门刊行的是八尾版，宽永十三年（1673）京都红谷刊行的是红谷版。以上峻峨本、八尾版、红谷版三种版本之中，八尾版的《史记评林》最为流行，曾在各处刊印。

江户时代，元和二年（1616）10月，根据德川家康的遗言将家康骏府文库所藏图书转移到江户城内富士见的亭文库一部分。其目录《御本日记》中可见《史记》四十三册，《史记抄》十四册。

德川光圀18岁时读《史记》卷61《伯夷列传》受到感动。光圀传记《义公行实》等有记载。光圀等编纂的《大日本史》是与《史记》同样的纪传体史书。

天皇侍读进讲《史记》的记载散见于各时代的史书。日本现存最古的《史记》是南宋时代出版传入日本的宋版书。1195—1201年建安（今属福建）刊行，有"建安黄善夫刊、于家塾之敬室"的题记。本为妙心寺僧侣所有，让给了直江兼续，其后米泽藩校"兴让馆"保管。与宋版两《汉书》现均为国宝，保存在国立历史民俗博物馆。

今东京大学藏有《史记评林》多种版本

江户时代以来日本流传最广的《史记》版本，是明人凌稚隆在本文之外集录诸家注释并加以评述的《史记评林》本。凌稚隆的《评林》由李光缙加以增补的版本在江户时代的日本被刊行并广泛阅读，版本也颇多。东京大学收录的该书版本既有中国刊行的，也有在朝鲜、日本刊行的。户川芳郎教授曾作《史记评林》版本考证，东京大学图书馆藏有多种版本。现简录如下，以供版本研究者参考。

一、史记评林 一百三〇卷 明吴兴凌［稚］隆辑校 万历（四）［五］年刊本

1. 史记评林 一三〇卷 首二卷 明凌稚隆编 明［万历］刊
2. 史记评林 一百三〇卷 首一卷 明凌稚隆辑 万历中刊本 补配万历中刊李［光］缙增补本 有补抄

二、史记评林（异刻本）百三〇卷

3. 史记评林 一三〇卷 首二卷 明凌稚隆编 明［万历］刊
4. 史记 一百三〇卷 汉司马迁撰 刘宋裴骃集解 唐司马贞索隐 唐张守节正义 明凌稚隆［辑］校 朝鲜肃宗英祖间刊后修本 阙卷第七第八第七十六至第八十（七卷）

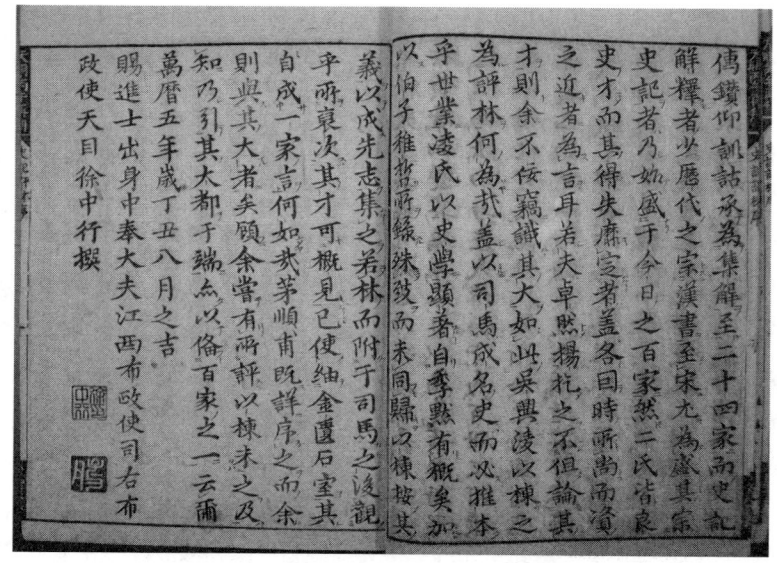

图 103 《史记评林》一百三〇卷 首一卷

5. 汉书评林 一百卷 明凌稚隆编 明万历一一序（叶正华等）

6. 汉书评林 一百卷 明凌稚隆辑校 日本释玄朴训点 明万历四年跋 松柏堂林和泉掾时元据万历九年至十一年吴兴凌稚隆校刊本重刊

三、史记评林 一百三〇卷 明吴兴凌稚隆辑校 温陵〔李〕光缙增补

7. 史记评林 一百三〇卷 首二卷 明凌稚隆编 李光缙补 明〔万历〕刊

8. 史记评林 一百三〇卷首一卷 明凌稚隆辑校 明李光缙增补 万历中建阳熊氏种德堂刊本

四、八尾板史记评林 初刻本

9. 史记评林 一三〇卷 首二卷 明凌稚隆编 李光缙补 宽永一三（1636）刊

10. 史记评林 一百三〇卷补史记一卷首二卷 明凌稚隆辑校 明李光缙增补 宽永十三年京都八尾助左卫门尉据万历中建阳熊氏种德堂刊本重刊同处后印

五、八尾板史记评林 再刻本

11. 史记评林 一三〇卷 首二卷 明凌稚隆编 李光缙补〔宽文十二

（1672）］刊［延宝二年（1674）印重印］

12. 史记评林 一百三〇卷补史记一卷首二卷 明凌稚隆辑校 明李光缙增补 宽文十二年（十三年）京都八尾甚四郎友春重刊本 阙卷 第七十四至第一百六第一百十二至第一百三〇（五十二卷）

六、八尾板史记评林 再刊本

13. 史记评林 一百三〇卷补史记一卷首二卷 明凌稚隆辑校 明李光缙增补 天明六年（1786）京都八尾甚四郎友春覆 宽文十二年（十三年）同处刊本 天明七年（1787）京都林九兵卫义端修本

14. 史记评林（天明六年刊）宽政四年大阪松村九兵卫等修本 ［大阪］广华堂藏版

15. 史记评林（天明六年刊）大阪河内屋茂兵卫等后印本

七、八尾板史记评林 三刻本

16. 史记评林（八尾版校正本） 一三〇卷首二卷 明凌稚隆 李光缙补 明治十八（1880）刊

17. 史记评林 一三〇卷补史记一卷首二卷 明凌稚隆辑校 明李光缙增补 日本八尾友春校正 明治十三年大阪松村九兵卫等三刻本

九、红屋板史记评林（初刻本）

18. 史记评林 一三〇卷首二卷 明凌稚隆编 李光缙编 ［宽文十三年］刊

19. 史记评林 一三〇卷首一卷 明凌稚隆辑校 明李光缙增补 江户刊本

十、红屋板史记评林（再刻本）

20. 史记评林 一三〇卷（卷八至十二缺）首二卷 明凌稚隆编 李光缙补 明和十一年（1774）刊

21. 史记评林 一三〇卷补史记一卷首一卷 明凌稚隆辑校 明李光缙增补 明和七年（1770）刊 天明九年（1789）大阪柳原善兵卫等印本 阙卷第八十七至第一百四（十八卷）

十二、鹤牧藩刻 增订史记评林 全五十册

22. 史记评林 一三〇卷首二卷 明凌稚隆编 李光缙补 明治二年（1869）刊（鹤牧藩）

23. 史记评林　一三〇卷补史记一卷首二卷　明凌稚隆辑校　明李光缙增补　日本田中笃实等校　明治二年（1869）鹤牧藩修来馆重刊本

24. 史记评林　东京上州屋总七等后印本　同后年再修本

十三、奥田遵校正（校字）史记评林　全五十册

25. 史记评林　一三〇卷补史记一卷首二卷　明凌稚隆辑校　明李光缙增补　日本奥田遵校　明治二年至十五年东京别所平七等刊本

十四、修道馆刊行　增订史记评林　全二十七册

26. 史记评林　一三〇卷补史记一卷首二卷　明凌稚隆辑校　明李光缙增补　日本大乡穆伊地知贞馨同训点　明治十四年大阪修道馆　山田荣造铅印本

27. 史记评林　一三〇卷首二卷　明凌稚隆编　李光缙补　大多穆伊地知贞馨点　明治一五年（1882）刊（铅印）

28. 十七史详节　四册　史记　卷十五之二十　三十五册　三国　卷十五之二十

十五、百衲本和刻史记评林

29. 史记评林　一三〇卷补史记一卷首二卷　明凌稚隆辑校　明李光缙增补　宽永十三年（1636）刊本　后修本　阙卷第二十七至第四十第十第六十六至第七十八（二十七卷）

从东京大学所藏《史记评林》各种版本来看，江户时代曾多次翻刻校释，利用这些资料对《史记评林》进行校勘，并进而对各种版本展开研究，了解江户时代的《史记》流传研究，应当说是很有意义的工作。笔者在东京大学访问研究时接触到以上各种版本及有关资料，现摘编如上，望能引起我国《史记》研究者的注意。

南摩羽峰（1823—1909）撰《校订史记评林序》说：

> 余尝访藤泽东畡于浪华，谈及文章历史，东畡举《史记》指教焉，因得闻生平所未闻。既而遇森田节斋于备后，节斋为余讲《史记》，能剖析丝毫，发挥蕴奥，其旨趣文法，炳然如睹者，使人有起太史公于九原，亲耳其口说之思，因大有所悟焉。
>
> 夫太史公学涵（渊）博，备三长之资，挥无前之健笔，以著《史

记》,叙事精简,明如日星,行文灵妙,幽泣鬼神,为古今史编之冠,固不待余本辈喋喋也。而版本行于世者,至数十种之多,皆未免鲁鱼之差,文字之异同,学者病焉。

顷东畡子南岳参照诸本校正之,且折衷诸家注释,著此编,名曰《校订史记评林》,遥寄征序。余细阅之,校正精详,折衷得当,可以为正本。呜呼!南岳之举,可谓善绍述家学而裨益后世矣。抑余闻之,节斋事东畡犹师,屡往来其门,南岳岂亦闻其说,而有所采欤?①

明治维新以后,最值得注意的《史记》研究著述,是泷川龟太郎的《史记会注考证》。泷川龟太郎(1865—1946),松江人,名资言,自号君山,毕业于东京帝国大学古典科,曾任仙台第二高等学校教授,兼东北帝国大学法文学部讲师。《史记会注考证》是他毕业的大著。在他任第二高等学校教授时的1913年,在东北大学图书馆发现《史记正义》的遗佚古抄本,立志研究《史记》二十年间,埋头于纂述。据吉川幸次郎《史记与日本》介绍,泷川每当从学校回到家中,立即埋头于书斋之中,除烟酒外别无嗜好,电影终生不看,写下了六千页原稿。齐藤报恩会曾援助其搜集资料,久保得二在秘阁为他搜校古抄本,藤冢邻博士在北京为他购求各种新旧刊本寄给他。泷川以中日所存古写本为主要资料,加以精心校订,对裴骃、司马贞、张守节三家古注,仍以仅存于日本的古写本古刊本为资料加以校订。特别是对张守节的注,中国流传的是后世的节略本。泷川利用日本古老的资料加补多条。泷川涉猎上万种书,在认真校订本文与古注之后,对过去千年中日两国学者的研究连琐细之点也加以集录,不满意之处则补以己注。1934年《史记会注考证》130卷由浜松开明堂刊行,印行500部,我国古籍出版社曾将其影印出版,是研究《史记》最值得重视的注释著述之一。钱钟书在《管锥编》中曾指出:"泷川此书,荟蕞之功不小,挂漏在所难免。"②

毕业于东京文理科大学汉文科的水泽利忠,发现《史记会注考证》仍有校订不充分的地方。有些日本现存的古抄本、古版本或新发现的资料,还没有利用。如《项羽本纪》所载项羽所歌,原文为"时不利兮骓不行,骓

---

① 〔日〕佃清太郎编『皇朝大家文章典範』,秀美堂1894年版,第24—25页。
② 钱锺书:《管锥编》(一),中华书局1979年版,第249页。

不行兮可奈何。"日本的一种古本中则为"时不利兮威势废，威势废兮骓不行"，这样重要的不同之处，泷川不曾看出。水泽决心一生探寻《史记》，作成详细的同异对照。他东奔西走，北从米泽，西到京都、大阪，图书馆、寺院、藏书家，加以精细寻查，作成《史记会注考证校订》。1956年，在"史记会注考证校补刊行会"的支持下，泷川之著得以再版，并附有水泽的校补。

池田卢洲（四郎次郎，1864—1933）博士的《史记补注》上中下3卷，原来只影印了上卷250部，是其数十年研究的精华。池田博士去世后，未定稿尚存于箧底。该书以集解、索引、正义为基础，采择从贾谊《新书》到民国李笠《史记订补》。日本从青木涣斋《史记赵世家》到皆川淇园《迁史捵舵》3卷、安井息轩《左传辑释》等古今390余人的说解，特别是多收清朝考证学家的成果。综合诸说时则以"胤曰云云"表明看法。上卷收"本纪"与"世家"，中卷收"表"与"书"，下卷收"传"。是《史记》研究的集成本。

《史记》全译本有：

小竹文夫、小野武夫译《史记》，全8卷，筑摩学艺文库，筑摩书房，1995年。

小川环树、今鹰真、福岛吉彦译《史记列传》，全5卷，岩波文库，岩波书店，1975年。《史记世家》，全3卷，岩波文库，岩波书店。

野口定男、近藤光男、赖惟勤、吉田光邦译《史记》，平凡社，中国古典文学大系，1968—1971年。

吉田贤抗、水泽利忠《史记》，明治书院，新释汉文大系。

此外，日本的《史记》研究著述尚有：

冈白驹《史记镌》10卷。

皆川淇园《迁史捵舵》3卷。

恩田仲任〈史记辩误〉5卷。

中井履轩《史记题》23卷。

猪饲彦博《续扁鹊传割解》1卷。

松永国华《史记律历书注》3卷。

四 《汉书》

728年（圣武天皇神龟五年）日本的大学寮设置文章博士、文章道，标志文章道这一独立教育门类宣告成型。文章道以《文选》《尔雅》为主要教材，其中也加上了所谓"三史"，即《史记》《汉书》与《后汉书》。文章道，也称为纪传道，有时也称作史学。769年（神护景云三年），连偏远的太宰府也有了五经，却还没有三史，于是由朝廷授予了《史记》《汉书》《后汉书》《三国志》《晋书》各一部，意在将学史之风进一步强化。此后70年间，连相模、武藏、常陆、上野、下野、陆奥这些偏僻的地区，也都有了三史写本。平安时代，贵族、官人中学史者人数增加，未必踏入学问之门的人，也会寻求读史传、习《史》《汉》的求学门径。当时，宫中讲书是天皇修学的仪式，根据日本史书中有关从弘仁至元旦庆年间有关宫中讲书的15次记载，其中各书讲解次数如下：《史记》2次、《汉书》1次、《后汉书》1次、《晋书》1次、《群书治要》3次、《文选》2次、《御注孝经》2次、《孝经》1次、《庄子》1次、《论语》1次①。不仅宫中讲书中包括《汉书》等，文章院里也有这样的活动。这些活动的情况，反映在那个时代诗人们的吟诵之中。

菅原道真《客舍书籍》诗有"讴咏白氏新篇籍，讲授班家旧史书"之句，可见在他的生活中，《白氏文集》和班固《汉书》占有特殊位置，《菅家文集》中与《汉书》、《后汉书》有关的诗作多达近十首。

两《汉书》竟宴咏史之诗，与《史记》竟宴咏史诗一样，均以历史人物为题。实际都是咏人诗，是诗人用汉语为自己从史书中体味的人物画像或塑像，需要注入情感表达；同时，又是以学问入诗，是在作学问诗。唐代胡曾有《咏史》诗，开史与诗相交之先例。平安时代那些两《汉书》竟宴咏史之作，选取的均是杰出人才，其中既有文臣，亦有武将，还有包括法律专家在内的各类人才，体现了人才立国的人才观。像高凤这样苦学成才的人被咏唱，也显示了贵族间对学问的提倡。

菅原家世袭传承纪传道，菅原道真是为奠基人。他与两《汉书》的因缘之深刻，可以从他写的多首咏史诗中得到明证。菅原道真《八月十五夜，严

---

① 〔日〕坂本太郎『日本の修史と史学』、至文堂1988年版、第40页。

阁尚书授〈后汉书〉毕，各咏史，得黄宪》作于864年（日本贞观六年），收于《扶桑集》，诗前有序。诗曰：

> 黄生未免在人间，千顷汪汪一水闲。
> 逆旅初知师表相，高才更见礼容颜。
> 陈蕃印绶惭先佩，郭泰车銮叹早还。
> 仅就京师公府辟，征君岂出白云山。①

《汉书》载黄宪，东汉慎阳（今河南省正阳县）人，字叔度。世贫贱，父为牛医，而宪以学行见重于时。年方十四，颍川荀叔遇之于逆旅，与语移日不能去，以之为师表，称之为颜子；同郡戴良才高倨傲，及见宪归，茫然若有失，自愧不及；周子居常云："吾时月不见黄叔度，则鄙吝之心已复生矣。"及蕃为三公，临朝叹曰："叔度若在，吾不敢先佩印绶矣。"郭太谓其汪汪若千顷波，澄之不清，淆之不浊，不可量也。宪初举孝廉，又辟公府，暂到京师而还，竟无所就，年四十八终，天下号曰征君。读了《汉书》上如上记载，可以看出，菅原道真的诗在《汉书》中黄宪的记载中抽取了最重要的内容，提炼出一位不凡高士的形象，史书中的路遇荀叔、礼镇戴良、陈蕃不敢先佩之道，以及黄宪的辟公府、暂到京师，去世后天下号之曰"征君"等。都在诗中有所体现。诗人将人物事迹尽可能浓缩，末尾的白云山意象，与开头的茫茫天水相呼应，将黄宪比喻为远离世俗、与天水相融的仙人。

菅原道真多借咏史来描绘自己理想的文士形象。他又有《文章院〈汉书〉竟宴，各咏史得公孙弘》：

> 六十初征八十终，官班博士遂三公。
> 太常对策科为一，丞相招贤阁在东。
> 何忘牧童疲望海，不愁布被耐寒风。
> 后生欲识才名贵，请见孙公我道通。②

---

① 〔日〕川口久雄校注『菅家文草　菅家後集』、岩波書店1978年版、第114—115頁。
② 〔日〕川口久雄校注『菅家文草　菅家後集』、岩波書店1978年版、第399頁。

菅原道真还作有《〈汉书〉竟宴，咏史得司马迁》（百四十）：

少日纔知诵古文，何图祖业得相分？
每思刘向称良史，再拜龙门一片云。①

诗中的"纔"，当做"一"讲。见张相《诗词曲语辞汇释》："纔，犹一也，但也；如其也。"这里是说"少日一知诵古文"。

菅原道真《劝学院〈汉书〉竟宴，咏史，得叔孙通》：

游鱼得水几波涛，命矣孙通遇汉高。
暗记龙颜奇在骨，先知虎口利如刀。
诙言不谢加新印，降见无嫌变旧袍。
太史公虽称大直，犹惭去就甚鸿毛。②

以上三首，都是咏文士兼贤臣的。菅原道真《〈汉书〉竟宴，各咏史，得光武》（百四十四）：

时龙何处在，光武一朝乘。
济县低飞凤，滹沱暗合冰。
将军星有列，历数火相承。
计会无人应，宜哉得中兴。③

菅原道真第五子菅原淳茂（？—926）《北堂〈汉书〉竟宴，咏史得高祖》：

高皇本是布衣人，大度终为黼衮身。
圣体被知求饮客，龙颜应受入梦神。

---

① 〔日〕川口久雄校注『菅家文草　菅家後集』、岩波書店1978年版、第152頁。
② 〔日〕川口久雄校注《菅家文草　菅家後集》、岩波書店1978年版、第219頁。
③ 〔日〕川口久雄校注『菅家文草　菅家後集』、岩波書店1978年版、第179頁。

竹冠时着飞天日，云盖暗随避地辰。
初自斩蛇符已显，漫言逐鹿说宁真。
谶呈氏族金刀旧，盟指河山铁契新。
八难从流谋楚国，三章解网抚秦民。
关中约背功虽废，垓下围成业遂陈。
十二口穷人尚忆，末孙九代继余尘。①

在这些诗中，诗人不仅赞颂史上人物的杰出才干，而且特别拈出最能体现他们精神风貌的事件来突出描绘，既重其功，又尊其德。名曰咏史，实际上也在喻今。作为平安时代最有艺术成就的汉诗人，菅原道真有时还借古人自况，吐一吐内心的郁闷。他虽然是日本历史上唯一以才学高登相位的文士，但对贵族文士圈中的争斗也感同身受，不免将对权争的厌恶，也写进对东汉隐士黄宪隐逸生活的美化之中。

岛田忠臣《菅著作讲〈汉书〉，门人会而成礼，各咏史》：

伊吕非高管晏轻，前修未及仲舒声。
帷深不见三年面，艺极初知六籍情。
帝册隆儒缘笃学，人推王佐为廉清。
家门罢相闲居久，犹怪恩荣不称名。②

岛田忠臣《〈后汉书〉竟宴，各咏史，得蔡邕》：

蔡邕经史有功深，世许宏才又鼓琴。
冢树连柯依笃孝，吴桐余烬遇知音。
皂囊封皮君王见，黄绢题碑客子吟。
汉册几年遗恨久，因从为国大无心。③

---

① 〔日〕市河寛齋編、後藤昭雄解說『日本詩紀』、吉川弘文館2000年版、第213頁。
② 〔日〕市河寛齋編、後藤昭雄解說『日本詩紀』、吉川弘文館2000年版、第112頁。
③ 〔日〕市河寛齋編、後藤昭雄解說『日本詩紀』、吉川弘文館2000年版、第117頁。

第九章 中国史传文学经典的日本传播与研究

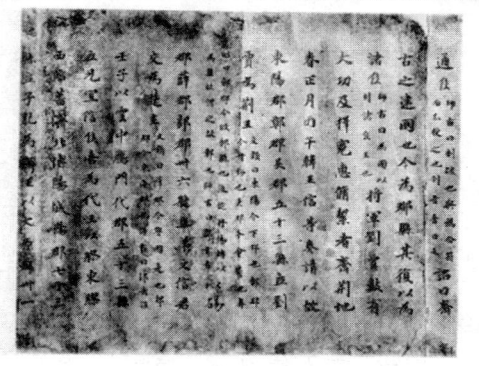

图 104　石山寺写经《汉书》

大江朝纲（886—958）《〈汉书〉竟宴，咏史得扬雄》：

> 远指清风满绿编，寻来遗迹感何专？
> 巫山旧宅孤云细，蜀郡新门一子传。
> 宾客交游耽旨酒，文章滋味□泉甘。
> 阶墀执戟秋霜重，天禄披书晓漏悬。
> 生白室虚唯席月，草玄庭静漫铺烟。
> 怜君三代官无泛，不用才名聒八埏。①

---

① 〔日〕市河寛齋編、後藤昭雄解説『日本詩紀』、吉川弘文館2000年版、第218頁。

橘在列《北堂〈汉书〉竟宴，各咏史，得淮南王刘安》：

问道炼黄上翠微，也曾怀袂弄琴徽。
形骸乍饱朝霞气，齿发长留日月辉。
犬饶云中红桂吠，鸡依天上白榆飞。
步虚唱了君知否，故国秋风露湿衣。①

源顺（911—983）《北堂〈汉书〉，咏史得李广》，收于《扶桑集》：

班史将军谁最良，陇西李广甚强梁。
抱儿直过边沙去，误虎还教卧石佗。
五十年来持汉节，三千里外老胡霜。
终身好悉君王命，不耻朝家与朔方。②

源顺，《扶桑集》写本作源访。诗人认为李广是《史记》与《汉书》中写到的最优秀的将军，无愧于汉朝与胡人。诗中写到李广射石的传说。《史记》中只说，广出猎，见草中石，以为虎而射之，中石没镞。

菅原文时《北堂〈汉书〉，咏史得路温舒》：

文华政理被人闻，钜鹿雄才路长君。
露泽青蒲留鸟迹，烟村碧草从羊群。
汉朝舟泛心中水，山色官寻眼外云。
惆怅春风棠树荫，芳声远播子孙分。③

路温书，字长君，故诗中称"路长君"，西汉钜鹿（今河北平乡西南）人，是西汉著名的司法官。《汉书·路温舒传》载，他初为山邑丞，后官至

---

① 〔日〕市河寛齋编、後藤昭雄解說『日本詩紀』、吉川弘文館2000年版、第227頁。
② 〔日〕田坂順子『扶桑集——校本と索引』、櫂歌書房1985年版、第95頁。
③ 〔日〕市河寛齋编、後藤昭雄解說『日本詩紀』、吉川弘文館2000年版、第235頁。

廷尉奏曹掾、临淮太守。宣帝初即为，他上书，言宜尚德缓刑。上引诗中的"山色"，与汉朝相对，当为"山邑"之讹，写本《扶桑集》中正作"邑"不误①。最后两句所谓"棠树荫"，是联想到《诗经·召南·甘棠》，旧说诗中咏召伯听男女之讼不重烦劳，百姓止舍小棠之下而听断，国人被其德，悦其化，思其人，敬其树。这里以召伯喻路温舒明察善断，声名远播。

纪长谷雄之孙纪在昌生卒年不详，其所作《北堂〈汉书〉，竟宴，咏史得苏武》，载于《扶桑集》。从诗前的序可知，919年11月，"以此书（《汉书》）经国之常典，命翰林学士讲之。"从序对讲学的描述来看，学士有渊深的学养，讲学仪式十分隆重。在讲学之前，有升堂之礼："至夫升堂礼戍，叩钟问发，寻疑关而排扃，待鸡声之晓；渡义渊而彻底，翻牛蹄之涔。"921年春，讲学的学士还因其"有人望之德"而兼拜尚书左少丞。这次讲学持续到922年冬。923年暮春，举行竟宴。序描绘了竟宴乐舞歌诗的场面，饮酒赋诗乃在其后："会而连榻者，金章紫绶之客；唱而整节者，鹍弦凤管之声。"在竟宴上，他所赋诗为：

> 欲言苏武事君忠，奉命龙城不顾躬。
> 抱节多飡边土雪，露襟独对朔天风。
> 三千里外随行李，十九年间任转蓬。
> 宾鸿系书秋叶落，牡羊期乳岁华空。
> 胡庭遂是丹心使，汉阙还为白发翁。
> 非只英名垂竹帛，麒麟阁上记勋功。②

纪在昌又作《劝学诗》，咏高凤事："嗜学从来闻凤久，研精岂是护鸡难。持竿已忘持竿趣，意在书林不在竿。"③

都良香《咏史得汉滨父老》：

> 此翁通遁远烦拏，南北浮云不定家。

---

① 〔日〕田坂顺子『扶桑集——校本と索引』、櫂歌書房1985年版、第94頁。
② 〔日〕市河寛齋編、後藤昭雄解說『日本詩紀』、吉川弘文館2000年版、第243頁。
③ 〔日〕田坂顺子『扶桑集——校本と索引』、櫂歌書房1985年版、第100—101頁。

处贱安知天子贵，出尘唯踏汉滨沙。
虑真胆彻清流底，岁暮鬓分晓浪华。
遗迹悠悠寻不得，如今空问旧烟霞。①

"汉滨父老"当做"汉滨老父"，《后汉书·隐逸传》作"汉阴老父"，皇甫谧《高士传》作"汉滨老父"。汉滨老父者，不知何许人也。桓帝延熹中，幸竟陵，过云梦，临沔水，百姓莫不观者，有老父独耕不辍。尚书郎南阳张温异之，使问曰："人皆来观，老父独不辍，何也？"老父笑而不答。温下道百步，自与言，老父曰："我野人也，不达斯语。请问天下乱而立天子邪，理而立天子邪？立天子以父天下邪，役天下以奉天子邪？昔圣王宰世，茅茨采椽，而万人以宁。今子之君，劳人自纵，逸游无忌。吾为子羞之，子何忍欲人观之乎？"温大惭，问其姓名，不告而去。都良香此诗正咏此事，欣赏汉滨老父的处贱而有胆识。

纪长谷雄作《〈后汉书〉竟宴，各咏史，得庞公》，诗前有序，谈及《后汉书》，称其"名居良史之甲，文坛直笔之华。莫不彰善瘅恶，激一代之清芬；照德塞违，备百代之炯戒。"描述讲学后竟宴场景："促膝者，尽是王公之会；盈耳者，莫非金石之音。于时和风在候，风景不贫。老莺舌饶，语入歌儿之曲；残花跗断，影乱舞人之衣。"讲学这种学术活动搞得如此隆重盛大，其意义早已超过学习《后汉书》本身。其诗曰：

襄阳高士独推君，禄利喧喧岂乱闻。
清虑远虽生产忘，素虚遗拟子孙分。
逃名始得身巢穴，晦迹终辞世垢纷。
应是幽栖家不定，暮归唯宿岘山云。②

庞公，指庞德公，东汉襄阳人。躬耕于襄阳岘山之南，曾拒绝刘表的礼请。后隐居鹿门山，采药以终。孟浩然《夜归鹿门山》："鹿门月照开烟树，忽到庞公栖隐处。"皇甫冉《赠郑山人》："庞公采药去，莱氏与妻行。"上引

---

① 〔日〕市河宽斋编、後藤昭雄解説『日本詩紀』、吉川弘文館 2000 年版、第 105 页。
② 〔日〕田坂顺子『扶桑集——校本と索引』、櫂歌書房 1985 年版、第 91—94 页

诗中"清虑远虽"云云,"远虽"与下句"遗拟"相对,不辞,当为"远离"之讹。这两句诗写庞公不为子孙留家产。

近现代以来的《汉书》全译,以小竹武夫译《汉书》为最早,为筑摩书房1977—1979年出版的现代日语译本。

摘译本有:

高木友之助、片山兵卫《汉书列传》,明德出版社,1991年。

三植克己译《汉书列传选》,筑摩书房,1992年。

铃木由次郎著《汉书艺文志》,明德出版社,1968年。

黑羽英男著《汉书食货志译注》,明治书院,1980年。

富谷至、吉川忠夫译注《汉书五行志》,平凡社,1986年。

第二节 《史记》的现代传播与解读

平安时代的纪传道把《史记》、《汉书》作为重点研读的对象,而后来的贵族和皇族大多数人的中国历史知识多来源于《蒙求》这样的普及性书籍。

《古事谈》中的中国故事很少,只有卷6《亭宅诸道》中的《白乐天等待遣唐使小野篁》这样一篇。《续古事谈》则不同,卷6《汉朝》,全是中国故事,共十六篇,分别是:

1. 淳于髡谏齐威王事。
2. 唐玄宗闻姚崇、宋璟之谏言瘦身之事。附:因杨贵妃而倾国之事。
3. 大国之王气度之事——三皇、五帝、汉高祖与项羽。
4. 尸解仙杨贵妃异闻之事——玄宗。
5. 中国之王男色之事。附:汉成帝与董贤之事。
6. 玄宗之子肃宗帝治世于不孝之事。
7. 尧试舜,嫁娥皇、女英二子之事、斑竹之事。
8. 白乐天遗文任子行之事。
9. 宋弘思糟糠之妻、拒绝王女求婚之事。附:惟成不及其人之事。
10. 汉文帝俭约于谏言之事。附:汉朝帝闻直言、谏言之事。
11. 丞相丙吉守职分、追究牛喘之事。
12. 国王问丞相职掌、周勃迷惑、陈平明言之事。附丞相入道俊宪拟表。

13. 汉土隐者仕官之事——巢父、许由、伯夷、叔齐等。
14. 《南史·隐逸传》之隐者论。
15. 徐孝克之才学及其妻——还俗及王之爱顾。
16. 陆法化教化猛兽与龟之事。①

以上出自《史记》的内容已经不多。江户时代刊行过一些研究《史记》的书。幕府末年，森田节斋在备后为南摩羽峰讲《史记》，南摩羽峰称其"能剖析丝毛，发挥蕴奥，其旨趣文法，炳然如睹火，使人有起太史公于九原，亲耳其口说之思"②，其时《史记》版本行于世者数十种之多，皆未免鲁鱼之差，文字多有异同。藤原东畡（1794—1864）、藤原南岳（1841—1920）父子参照诸本加以校正，折中诸家注释，撰为《校订史记评林》。

近现代也有一些研究《史记》的名家，这里不做详述，只就几个与《史记》流传相关的问题，略作探讨。

一 史传的文学

几乎每个时代，日本都有一些文学家在谈到《史记》和司马迁的时候，都不惜献上最高的赞辞。平安时代的《凌云集》载曾任东宫学士的贺阳丰年所作《〈史记〉竟宴，赋得太史公自序传》称许司马迁"宏材承五百，博赡剑三千"③。江户末期的武士（会津藩士）、教育者南摩羽峰在《校订史记评林序》中说："夫太史公学渊博，备三长之资，挥无前之健笔，以著《史记》，叙事精简，明如日星；行文灵妙，幽泣鬼神，为古今史编之冠。"④ 明治时代诗人、歌人、随笔家、评论家大町桂月（1869—1925）在《文章并非光是指头的活儿》一文中谈到，一切艺术都是人与技的浑然天成，故就文章而言也不出这个道理，人格伟大，才会真有"大文字"，而问到谁是东洋第一大文章家，那还就是司马迁。其理由是，他的胸怀容纳天地，视人生如一，王公将相更为如此。仁人、学者，至于货殖家、刺客，一一领会其

---

① 〔日〕川端善明、荒木浩校注『古事談　続古事談』、岩波書店 2005 年版。
② 〔日〕南摩羽峰「校訂史記評林序」、佃清太郎『皇朝大家文章典範』、秀美堂 1894 年版、下 24 頁。
③ 〔日〕国民圖書株式会社編『校注日本文学大系』第二十四卷、国民圖書株式会社 1928 年版、第 118 頁。
④ 〔日〕佃清太郎編『皇朝大家文章典範』、秀美堂 1894 年版、下 25 頁。

趣,细大不捐,相融纳入,处处有同情,有公平判断,观察敏锐,见识大也①。

吉川幸次郎《史传的文学》(《吉川幸次郎全集》第6卷)对史传的文学价值从中西小说比较的角度加以论述。他指出,西方的近代小说,或者说西方风格近代小说的理想,是通过作品中的人物、人物与人物编织的事件,以及人物的谈吐交谈,来表明作者的思想。换句话说,作者将人面对思想所抱有的思想具体化地写出来,将思想体现在具体行动的人物、事件和对话之中。总之,那是要赋予主格思想的。同时,为了使思想鲜明,就要求事件是不同寻常的。单纯平凡日常事件,则不能表明思想带有重音。正因为如此,非日常性的事件是必要的。事件构成小说,是因为它的思想性而具有的膨胀性。至少近代小说是这样的。然而,在中国,很难认为《三国演义》《水浒传》到《金瓶梅》《红楼梦》这些13世纪以后的通俗小说的演变,是以这种意识而形成的。它们重点仅在于构成异常事件,由事件的异常来刺激读者的好奇心。当然不是说它们所写的全是没有思想的人、不具有思想方向的人。这在那些通俗小说作者来说也不例外,因而便不能说从这些小说中抽不出什么思想。例如《三国志演义》中,不能说没有崇拜英雄的思想。在《水浒传》里,将庶民的生活,特别是把他们简明直截的感情与行动与读书人繁文缛节的生活相对比而加以崇尚,这种心情在书中有力地流露出来,这种心情也不能说不是一种思想。在《金瓶梅》里有着要衡量肉欲在人生活中比重的态度。在《红楼梦》里流动着一种恋爱至上的思想。这些以及这样的思想性,是随着时间而增长的。换句话说,在《红楼梦》乃至《儒林外史》当中,比在《水浒传》里增加了,这是一个事实。然而,这些故事,难以认为是以表明思想或者主张为第一动机而写成的,说《西游记》是为了把三教合一的理想具体化而写成的,则是牵强附会的解释。

吉川幸次郎认为,司马迁《史记》开创的史传文学,在中国文学中相当于西欧近代文学,作为史传文学的支流,以蔡中郎为祖,以韩文公为祢,以后又出现了许多作家的碑志传状文学,它们占有西方小说的位置。只是在西方,作者是为了说明他的人生观、世界观而架空地"创作"新的事件,

---

① 〔日〕三浦叶『明治の漢學』、汲古書院1998年版、第161頁。

而在中国，始终要求事件是实在的经验，人物是实在的人物。这是因为中国文化的倾向是审慎的、切实的。这种文学的创始者就是司马迁。司马迁《史记》中所写的，毕竟是对人的思索、对世界的思索。他写的《伯夷传》《伍子胥传》《乐毅传》，写这些古代英雄的传记，不单单是为伯夷、伍子胥、乐毅立传，而是为了指出在人当中有着伯夷式、伍子胥式、乐毅式的人物，是为众多的伯夷、伍子胥、乐毅立传，而他们的象征就是伯夷、伍子胥、乐毅。至于与司马迁本人命运交错的同时代的人立传，则是最切实、最明了的。

泷川龟太郎的（1865—1946）《史记会注考证》① 在《史记》研究界久负盛名。该书以金陵书局本为底本，用日本自古相传的旧抄本来校订本文，注释除了三家注之外，对江户时期学者之说多有吸收，特别是较之诸版本更多汇集、复原了张守节《史记正义》的佚文，为中日《史记》研究者多瞩目。水泽利忠《史记会注考证校补》② 在考各版本文字异同方面用力之勤，亦早有定评。在介绍泷川龟太郎的《史记会注考证》时，吉川幸次郎再次指出：司马迁写出的许多人物传记，并不是单要写个人的传记，而是要刻画人的种种类型。在小说发达较晚的中国，实际上早就起着与近代小说相同作用的，正是司马迁风格的历史。他开创的历史体，被称为"纪传体"，以后长期为中国史家所继承。他不仅是史家之祖，而且也是这种散文文学的创始者。

吉川幸次郎继续指出，由司马迁开创的由"行事"来对人生与世界的批判，在4、5、6世纪、六朝时的史书中一脉相承。直到11世纪宋代司马温公的《资治通鉴》依然是这样的书。谨严的温公，常常是严密地辨别史实与非史实，而只记载事实。这是使《通鉴》成为"通鉴"的表面上的意愿。然而它的记载又往往带着"重音"，富有小说的有趣性。为什么呢？因为在温公心中常常起伏着对人生命运的希望与不安。吉川同时谈到读日本的《六国史》的不同感受，说自己感到十分无味，文章是极好的汉文，很好地模仿中国的文章，但是它是简单的记录，行事不带"重音"。他认为象《六国史》

---

① 滝川龟太郎『史記会註考証』、東方文化学院 1932—1934 年版。史記会註考証校補刊行会 1956 年版。

② 水沢利忠『史記会註考証校補』、史記会註考証校補刊行会 1957—1962 年版。上海古籍出版社 1986 年版。

这样无味的历史书，在中国是没有的，在这点上赖山阳的《日本外史》则是最中国式的史书。

然而，在中国，社会的固定，使得在史传"行事"的叙述中带有强度的"重音"越来越困难，于是不能不产生新的文学形式。8世纪开始的碑志传状等传记文学就是这样产生。其开创者是唐代的韩愈。明代归震川以其继承者自命，常常在他要作传的人物的一生的行事中，注目于小说式的事件，有着将其郑重叙述的倾向。

二 宫崎市定《话说史记》

在20世纪日本有关《史记》的著述中，作家武田泰淳（1912—1976）的《司马迁——史记的世界》在一般读者中的影响，远远超过同时代那些专业学者所作的注释和论著。这部书也是武田泰淳作品中最受好评的一部书。1937年武田泰淳应征入伍，作为侵略军的一员来到中国。一直厌恶汉学的作者在战地生活中，开始切实感受到历经沧桑岁月依然流传至今的古典的顽强，感受到汉代的历史宛如就在当下。后来他在该书第一版序言中回忆这段经历时说："可以认为，在思考历史的严酷、世界的严酷，也就是现实的严酷的时候，最能够依赖的东西，那就在《史记》里面。"① 1943年出版的《司马迁——史记的世界》，注入了作家对战争、历史、人性以及中国文化的新认知，在贫瘠的文化界获得了许多作家的赞誉。一直到70年代，这本书一版再版。在可读的书籍目不暇接的时候，武田泰淳依然对《史记》倍加推崇，认为书中寄寓了靠着浅易的历史理论和伦理判断搞不懂的非常丰富的"真实"②。

战后《史记》这部书出现了多种译本，并赢得了大批读者，与当年武田泰淳孤独阅读的境况大不相同。武田泰淳这部根据自己阅读札记写出的书，在对《史记》各部分加以评介的同时，也发出了对严酷历史和现实中的人生苦难的叹息，力图描绘一个有血有肉的司马迁的形象。继他之后，20世纪末

---

① 〔日〕武田泰淳『司馬遷———史記の世界』、講談社1997年版、第15頁。
② 〔日〕武田泰淳『司馬遷———史記の世界』、講談社1997年版、第5頁。

的作家宫城谷昌光写出了大量取材于《史记》的作品，且有随笔集《史记的风景》①。

战后文化环境发生巨变，更多学者开始用面向非专业读者的写作来推出自己的研究心得，他们的这类著述也有一个稳定的出版方式，那就是所谓"新书"。历史学家宫崎市定的《话说史记》就是一部有代表性的新书。

宫崎市定（1901—1995）是日本著名的中国史研究家。他在旧制高中读书的时候，《史记通鉴抄》是当时的教材，由此开始接触《史记》。在思考中国史的时候，必须要参照《史记》，因而他始终认为，《史记》是中国古代史"重要的根本史料"，正确阅读《史记》，才能如实地正确理解中国古代史②。

他在《史记》一文中说：

> 因为我读《史记》也是买卖上去读，接着就变成了批判，不能进入读书三昧的无我境地。这作为纯粹的读书精神，不如说是邪道，但是多亏它是杰出的古典，里面充满著者以及产生著者的社会所拥有的丰富的人生经验，拿起它来，就会碰见经过两千年的今天仍使人感悟的名句。
>
> 春秋末期，楚国的伍子胥被平王杀掉了父兄，逃到了吴国，率领吴国攻破楚国，掘开平王之墓，鞭打三百以报仇，有人对此引用当时的谚语："人定胜天，天定胜人。"留在我的脑海里，最频繁地想起的，就是《史记》这句话。
>
> 长话短说。这是无理不久长。去年学园纷争激烈，我数年前工作的京都大学造反学生闹腾很凶，封锁教室，辱骂教授，就像是百鬼夜行，真是人多胜天，但这种无理不会长久。我用这句话勉励同事，而且内心也不曾妥协，坚守节操。
>
> 我自己的情况也是这样。学界这个地方肮脏得出人意料。有些人仗着多数在学问以外的事情上说坏话，经常施行排斥正确学说的语言暴力，

---

① 〔日〕宫城谷昌光『史記の風景』、新潮社 2000 年版。王晓平：《日本中国学述闻》，中华书局，第 85—88 页。

② 〔日〕宫崎市定『史記を語る』、岩波書店 1996 年版、第 3 頁。

但是我在学问上对多数说了算就不敢苟同，或许人多胜天，但时间会给我们一个正确的答案。相信这一点，决不妥协。

　　作为爱书家、读书家来读《史记》的话，像这样寻求效能来利用也是一法。但是，最后我想补充的是，我不是作为历史、作为史料来读，而总是作为买卖来读的邪道的、找茬挑刺的立场，毋宁说反而是更为正确的。①

宫崎市定谈到了作为靠《史记》吃饭的学者（"买卖上去读"）和爱书家（"纯粹的读书精神"）双重身份的人读书的两种态度。

宫崎市定的一些著述在我国已有译本②，但《话说史记》一书尚未见到译本出版。这里从《史记》文学传播的角度，谈谈它的特点。

首先值得一提的是宫崎市定的方法论。宫崎市定身为内藤湖南的学生，以历史学家著称，他读《史记》的着眼点自然也在历史学方面。在谈到中日《史记》研究的异同的时候，他曾经说："在日本所谓文献学者甚少，即便是《史记》，也多是从历史学立场来把握《史记》的。而且这毋宁被看做是理解《史记》的捷径，我想这也是日本的研究方法与中国不同的特色所在。"

对于宫崎市定来说，正确阅读《史记》未必就是钻研透彻里面的一字一句，拘泥于一字一句的意思。在该书《列传》一章中他说："一字一句地考证，即便是细致入微，也未必就是读懂了《史记》。"他从世界历史发展的共性来看《史记》，将《列传》描写的人物世界定义为"古代市民社会的人们"，认为《列传》主要是庶民的记录，其中描写的中国，恰如西方的希腊、罗马所见的古代市民生活的社会。他强调："在中国，存在建立在古代封建制基础上的都市国家。无视都市里的自由市民的生态，就理解不了中国古代史。即便上流阶级摆脱不了饱受封建制束缚的无奈命运，在都市里也有着无视这种压力的自由市民的生活。都市的市民不论在什么世界里，也是些信奉自由

---

① 〔日〕宫崎市定『中国に学ぶ』、講談社 1971 年版、第 130—132 页。
② 〔日〕宫崎市定：《宫崎市定说隋炀帝——传说的暴君与湮没的历史》，杨晓钟、孟简、魏海燕译，陕西人民出版社 2008 年版；〔日〕宫崎市定：《宫崎市定说水浒——虚构的好汉与掩藏的历史》，赵翻、杨晓钟译，陕西人民出版社 2008 年版。

而生存的人们。"①

宫崎市定的这一看法,产生于对日本传统研究方法的思考。从奈良、平安时代的史传道、明经道、文章道等开始,日本学人读解中国典籍,总是以通过训读疏通字句为第一义。近代以来,这种方法仍强烈影响到学校的汉文教育。大学本科或研究生课堂上经常采用"轮读"的方式,即选择一部经典或者尚未充分研究的文献,每人讲读一部分,再由大家提出疑问,展开讨论。这种方法的优点是一字一句不轻易放过,避免不求甚解,在原本似是而非、似懂非懂的地方,挖掘出细微的疑点。不过,这种方法也养成了某些学者止步于资料而放松义理探讨的习惯。日本学者的论文,一般较少"阐释过剩"的弊病,相反而比较普遍的现象是让中国学者觉得"阐释不足",这也与日本学者下工夫的地方不同有关。对于日本学者来说,宫崎市定对《史记》读法的意见,同样也适合于中国很多典籍。

宫崎市定通过《史记》来重新认识中国古代社会,他说:"封建制本来总是要把人们嵌入千篇一律的类型当中去的,然而就是在这种体制里,司马迁汇集了不失都市国家传统的自由精神的、追求富有个性的生存方式而展开行动的形形色色人物形象,将其形形色色描绘出来。汉代以后,中国社会贵族制度、官僚制度彻底普及,这种多样性就荡然无存了。《史记·列传》与后代史书相比,要精彩得多,人物能栩栩如生地描写,正是由于这样的理由。"② 这种说法明显受到西方史学的影响,同时也是宫崎市定从《史记》整体阅读中得出的结论。

宫崎市定身为历史学家,从自由主义的立场从《史记》中发现了一个自由主义者司马迁,同时更从一个单纯读书人的立场,发现了一个有着说故事癖好的写作者司马迁。他认为,司马迁是一位杰出的历史家,但他的癖好,比起政治,更喜欢战争;比起事业,更喜欢故事传说。他几次谈到,司马迁是个喜欢不可思议故事的人。也正因为如此,宫崎市定一方面赞扬司马迁为后人留下史料的巨大功绩,不时又对其中的记载表示怀疑。他甚至说司马迁是个好上当的人。其实,那些他从历史学的角度上紧皱眉头的地方,也许正是文学史上值得光顾的地方。

---

① 〔日〕宫崎市定『史記を語る』、岩波書店 1996 年版、第 152—153 頁。
② 〔日〕宫崎市定『史記を語る』、岩波書店 1996 年版、第 166—167 頁。

再次是对"新书"作用的肯定。日本的"新书"起源于1938年发行的岩波新书。这里的新书主要是指版型为173×105mm或版型与此相近的丛书或单本书籍。几十年中，宫崎市定发表了数量可观的研究《史记》的论文，自己认为其中不乏依照以往的方法无法看透的新发现，然而当岩波书店请他将这些发现写成新书的时候，他还是做了一番认真的选择：一是以已发表的论文为基础来编写，让读者好懂。学术论文就不能指望有很多人也会去读它，将它改写成新书，也绝非毫无意义；二是重新构思，已发表的论文尽量不用，完全从另外的观点起稿，新书这一新容器里装进来的如果不是一开始就按照设想调整好的材料，担心会出现方枘圆凿、不能严丝合缝的情况。尽管前者很容易操作，但宫崎市定还是选择了后者。这当然是出于提升传播效果的考虑。

在日本，享有盛名的新书有岩波新书、讲谈社现代新书、朝日新书、中公新书等。由于篇幅较短、开本较小、便于携带，它们的作用主要在于及时向非专业的读者普及学者的最新人文、社会科学的研究成果。有关《史记》的新书至少也有近三十种，例如中公新书所收贝冢茂树《史记》（1967）、明德出版社《中国古典新书》所收福岛中郎所著《史记》（1972；1984；1996）、收入讲谈社现代新书的加地伸行所著《史记——司马迁的世界》（1978）和杂喉润所著《史记的人学》（2005）、收入清水新书的大岛利二的《司马迁与史记的成书》（1984）、收入中公新书的藤田胜久的《司马迁之旅——追寻史记的古迹》（2003）等等。出版社往往向当时在该领域小有名气的学者约稿，请他们就容易引起读者兴趣的学术题目作文章，所以从这些书中也不难看出《史记》研究者的交替和社会接受《史记》兴趣点的转移。像《司马迁之旅——追寻史记的古迹》这样的书，就是在日本人的中国旅游升温时候的选题。在这众多的新书版的《史记》言说中，宫崎市定的《话说史记》占有醒目的位置。

第十章

元杂剧的传播与翻译

　　从元曲最早为日本学者所关注，到当代日本译者将它们译成现代日语，翻译的方式发生了很大的变化，从短文评介到长篇论著，形式和内容以及言说方式，由简而繁，由浅而深，由粗浅而至厚重；就翻译策略而言，也经过了从"归化"到"异化"等各种阶段。元曲翻译没有像诗歌、小说那样有长期训读的历史，反而更能反映跨国文学交流的一般规律。不论评介还是翻译，评介者和翻译者一方面作为最初的接受者，在其作品中反映出一般接受者最先的关注焦点，一方面也在测度读者反应的过程中精心选择着符合当下文学交流需要的文字表达形式。文学交流的生态是其阶段性发展的坐标，而评介者和译者的文风和文字内容，如果脱离了这种阶段性，便会使得他们的翻译归于无效或事倍功半，而我们对评介者和译者功过的评价，实际上也不应离开各个时段文学交流的阶段性。

　　明治维新以前，日本对元曲的介绍，几乎都集中在《西厢记》上。江户末期远山荷塘《谚解校注古本西厢记》，以王伯良本为底本，参照其他本子，原文加有训点，加上了"送假名"，诚如长泽规矩也在《校本西厢记》的解说中所指出的那样："幕府末年成之，而以汉文写成，此不可不大书特书。"[①] 此书不仅对各本作了校订，而且对各本优劣也有所评述，这是很让人惊异的，与明治以后的《西厢记》译本相比，其开创意义就更清楚了。今天，元曲的很多精品都有了现代日语的译本，我们有必要顺着各个时代

[①] 〔日〕長澤規矩也『校本西廂記』、汲古書院 1977 年版。

文学交流的脉络去寻访当年评介者和译者的足迹，给他们以应有的历史地位。

第一节　前近代学者对《西厢记》和元曲的深情一顾

《西厢记》在1602—1635年这一期间便已入藏御文库。然而，在江户时代的诗话、文话之中，谈到戏曲小说时却多有贬抑之辞。例如加藤良白《柳桥诗话》卷下便说：

> 予妹嫁福田氏者，名菅，尝叹曰："一部《西厢记》，破坏世间许多好女子，恨不能祖龙一火也。"《韵语》亦颇露其意云："碧玉一三四，教裁衣与裳；洞房花月夕，必莫玩《西厢》。"①

这说明元曲的流传曾受到儒家诗文正统派的抵制。

一　新井白石的元曲观

江户时代著名学者新井白石（1656—1725）仕幕府，曾任筑后守，博学多识，有经世之才，所著书并未脱稿者共一百六十余种。《先哲丛谈》第五卷称："古今著述之富，莫若白石焉。"有关文学的有《白石先生遗文》、《白石诗草》、《白石先生余稿》等。他所撰《俳优考》②，堪称日本最早的戏曲论文。文章自殷太甲时宫室恒舞酣歌起，简略追溯了我国由歌舞俳优到戏曲诞生的演进历程，对元曲评价甚高。文中说："戏曲至隋始昌，自此后唐代谓之传奇，宋代谓之戏曲，金谓之院本、杂剧，元代则一统南北（南谓宋、北谓辽金），后此戏曲遂盛。其时大儒名士据金院本、杂剧新作之曲不少。元人之超轶古昔者唯此耳。元曲今世可传犹多。""所谓传奇，乃将古来所有奇事作为词曲而歌舞者也"，"角抵乃我国之所谓相扑也"。

---

① 〔日〕池田四郎次郎编『日本詩話叢書』第六卷、龍吟社1997年版、第464頁。
② 〔日〕新井白石著、市島謙吉编『新井白石全集』（六）、內外印刷株式會社1907年版、第524—535頁。

图 105　新井白石像

白石认为，日本的俳优也就是最初效仿唐朝散乐，转而摹仿元杂剧，逐步发展成能剧的。他具体推断说："猿乐、日乐相并行世，时当镰仓之末、室町御代之初，传奇、杂剧等正在元朝盛行；其时我国人往彼国，彼国人亦来我国。我国人耳闻目睹彼国之杂剧，辗转相传，以田乐、猿乐为业之辈，遂仿彼国之传奇之类，将古来之可惊、可恐、可哀、可喜者、编为歌，制为词，歌之舞之、此古杂乐、散更之余风，其又一变仿元朝传奇、杂剧之体者也。"①

接着，他进一步分析日本猿乐与元杂剧的相同点："异朝（笔者按：指中国）之谓传奇者，乃举古有之奇事作为歌而歌舞者也。其为戏者，有末、净、旦、丑云云，而猿乐中有所谓胁狂言者。彼处上场始必唱诗，此处登台必唱所谓'次第'；彼所谓宾白者，似此所谓'词'；彼所谓词曲者，似此所谓'サシクセ'（sashikuse）；一部猿乐与彼之传奇无异。彼国之俳优皆剃去

---

① 〔日〕新井白石著、市島謙吉编『新井白石全集』（六）、東京内外印刷株式會社 1907 年版、第 533 頁。

头髭须者也,此为便于为男、为女、为僧,我国之所谓田乐法师亦如此。仿彼国之杂剧,当先自田乐始。田乐之歌者,皆如猿乐之歌者,词中述古有之事,如彼国之传奇。"①

在新井白石所写的《进呈之案》中,还曾谈到:"昔本朝(笔者按:指日本)所用神乐,此神代之遗风也;其余有唐乐、新乐之乐。及后世,虽云我国之人所作,是皆据唐乐、高丽、新罗之乐所作也。校之异朝(笔者按:指中国)之书,唐乐皆是指彼国之散乐,至高丽、新罗之乐,皆是夷部之乐也,非所谓先王之乐。我国之舞乐,于今之杂剧譬之,乃如将今之杂剧编成之假妇戏娼舞之稍雅者。唯以其传来久远,人皆以为乃古之乐也。"

在新井白石的这篇文章中,已经提到"金人所作《西厢记》"②。白石认为《元曲选》《元人百首》皆曾传入日本。除了《俳优考》之外,白石在《折焚柴记》卷中记载,作为甲府藩主纲丰的侍读,藩主曾经问起有关今日之散乐是否与"异朝(指中国——笔者注)之传奇、杂戏"一样的问题,白石向他谈到元曲在日本的流传,提及《元曲选》五十六卷③,这显然是研究元曲在日本传播的一条重要资料。

新井白石的这些论述,正如斋藤拙堂对唐传奇与《源氏物语》等平安朝小说的影响关系的论述一样,在当时具有巨大的启示意义,因而堪称中日文学交流史上的重要文献。

比新井白石小十岁的荻生徂徕(1666—1728)在所著《南留别志》中也谈到,能剧是模仿元杂剧而形成的,元杂剧是由入日元僧传授的,而能剧并不是日本人自己独自创造出来的。其文曰:

> 能者,拟元杂剧而作也。当为元僧之来教也。仅此之事,亦非此国人自创出来之技艺。④

---

① 〔日〕新井白石著、市島謙吉編『新井白石全集』(六)、東京内外印刷株式會社1907年版、第533頁。
② 〔日〕新井白石著、市島謙吉編『新井白石全集』(六)、東京内外印刷株式會社1907年版、第526頁。
③ 〔日〕今泉定介主編校訂『新井白石全集』第三卷、東京活版株式會社1906年版、第70—71頁。又,新井白石著,松村明校注『折たく柴の記』、岩波書店1999年版、第173—174頁。
④ 〔日〕日本随筆大成編輯部『日本随筆大成』第二期15、吉川弘文館1995年版、第44頁。

篠崎维章、小林有之、岩井清则三人为《南留别考》所撰《可成三注》言及此说，岩井清则按语说："杂剧者，谓大石调、小石调，"篠崎维章按语说："可以疗知人杀风景之病。"① 可见当时学人对元杂剧的知识颇贫乏。对于徂徕的"能拟人元杂剧说"，著者不详的《南留别考辨》提出反驳：能者，散乐也。猿乐自上代即有，应时而作。见于《新猿乐记》《宇治拾遗》。其艺人即今之狂言师也。能谓之猿乐，乃因自狂言师出也。猿乐于三条院御时俊纲朝臣始完善。见于《江谈抄》。圆光大师行状中，所谓'延年'种种之艺，乃猿乐之因由《太平记》谓之'令延年'。或曰能剧出演之时，人曰'能能'，则得此名。"② 不过，这种反驳只是梳理了日本歌舞演艺的源流文中提到的猿乐、延年等歌舞形态与有剧情、道白的能距离显著，还不足否定能有模仿元杂剧成分的见解。

新井白石和荻生徂徕大体是从元杂剧与日本散乐的共同点和镰仓室町时代两国艺术发展的落差，作出日本散乐、猿乐是在元杂剧影响下形成的结论的，遗憾的是他们均未能就此作更多的探讨。然而从其对元杂剧的描述中，我们可以断言，在17世纪《西厢记》等元杂剧作品已经传入日本，并在读书人当中有一定范围的传播。

在此之后，日本出现了堪称"拟元曲"的汉文作品。18世纪，汉文写作在读书人中盛行起来，不但作汉诗蔚然成风，而且有了很多汉词、汉笑话、汉小说问世，虽然并非所有的作品都能幸运地刻板刊行，但读书人的习作之风依然很盛。

荻生徂徕《徂徕集》卷10将《水浒》《西游》与《西厢》《明月》并举，是否指戏曲不明。

冈岛冠山撰《唐话类纂》（写本，一册，长泽规矩也所藏）卷2，按三字语与十字语等分类列记，十字语末尾附戏台招牌：

> 生旦净丑　他自画开面孔；
> 做去逃不过，祸淫福善；
> 离合悲欢，你且站一定脚跟看完；

---

① 〔日〕日本随笔大成编辑部『日本随笔大成』第二期15、吉川弘文館1995年版、第113頁。
② 〔日〕日本随笔大成编辑部『日本随笔大成』第二期15、吉川弘文館、第156—157頁。

少不得苦尽甘来。

由此可窥徂徕以下萱园之徒接受中国戏曲讲义之一斑。

大观明霞喜欢词曲，文籍有征，而大观之事，不见载录。明霞《绣襦记》之名，则见于一斋所著《俗语解》。《俗语解》有《西厢记注》《元曲百种》《绣襦记》《还魂记》等名。美浓人多湖松江（松本文学，1774年殁，享年66岁）著《杂剧字解》，存否不详。1784年（天明四年）秋水园编撰的《小说字汇》引用书目中列出了《琵琶记》《西厢记》《传奇十种》等。

二 《四鸣蝉》

中村幸彦特别注意到《四鸣蝉》写本，将它影印出来，使我们能够由此看到这样一部由模仿元曲和传奇等中国艺术形式而诞生的"衍生文学"。

1771年（日本明和八年），江户刊行了署名"亭亭亭逸人译、堂堂堂主人训"的剧本《四鸣蝉》，收入日本演剧《惜花记》（原作为谣曲《熊野》）、《扇芝记》（原作为谣曲《赖政》）、《移松记》（原作为《失心吟行零龄宫一中谱》与《寿之门松道行》）、《曦铠记》（原作为《替身踊场》与《大塔宫曦铠》）。这是作者将日本剧本改写成的杂剧作品，全部汉文，旁加训释，人物角色语言悉从元曲。

《四鸣蝉》及其中《填词引》的作者，有冈白驹、都贺庭钟两说，石崎又造《近世日本支那俗语文学史》引西泽一凤《西泽文库脚色余录》二编上卷"冈白驹之狂号也"，又引《典籍作者便览》谓都贺庭钟作[1]。中村幸彦《近世比较文学考》主都贺庭钟说，较为可信。关于"亭亭亭逸人"和"堂堂堂主人"之称，石崎又造据《增订一夕话》谓江西右谕萧大山（达之子，名勋，号大山）乃好奇之士，其亭曰亭亭亭，其轩曰轩轩轩，恐怕是此译训者模仿萧大山的号而起的。这些考证固然值得参考，但并没有点透所出。亭亭亭、堂堂堂是锣鼓声的拟声词，"轩"日语读作"カソ"（kang）或"ちソ"（keng），"轩轩轩"也是锣鼓声的拟声词，作者或以它们象征戏曲开演。

---

[1] 〔日〕石崎又造『近世日本における支那俗語文学史』、清水弘文馆1967年版、第75頁。

《四鸣蝉》及其《填词引》的出现，说明中国元曲的流传与对它的研究，也激发起汉学者研究本国戏曲的兴趣。剧作前有署名为"亭亭亭主人"的"填词引"。这是一篇江户时代文人撰写的中日戏剧交流史文章。

文中谈到中国戏曲的发展时说："如填词之业者，可为而不可成矣哉！吴人传音于上世，而土风不能习熟，时之相逾，亦于汉于和，久远于今也。且元人词曲，根于隋唐，其巧独出于一代，如《琵琶》《西厢》最其尤者也。而声有古今之变，节有南北之差，只不过依谱效韵已矣"①；"夫三代之乐，寥寥乎秦汉，乐官但纪其鼓舞，而不能言其义，乐府起而古乐日隐。调有沿革，部有增减，制作时改，雅俗渐分，教防（坊）之盛乎？唐李（梨）园日进新曲，其名依旧，而词是移焉。至戏曲兴，部乐尚犹衰。宋元名家，竞诗余，逐词曲，绮言绣调，独凑于乐家。若世之诗调，却是浅陋，或勉以不似为得乎？世风有不可已者焉。"②

文中又说：

> 东方所传有唐部之乐，盖是伶官所秘，其详也不可得而知焉。若词与音者，如泯然只见有调声谱于器而已矣。是虽我古代创作之难，与音不行于此之所致也。古调之不移也，幸而免，而孰能为之大？又有瞽者所操之筑紫调者，相传在昔周防之大内氏倚筝而所填也。其为宫也低矣，故有以称方谣，亦断章迁节，不可分别其何调矣。
>
> 国朝有称申乐者，因创之人而得名焉。至今日也，善无所不尽，不流不狎，温重高韵，岂非雅乐与？其乐仿体于杂剧，但乐阕短于彼，小妆（幕间休息——笔者注）分前后词曲也。有男优，有女优，动有淫态艺语，大不似申乐严正且雅训。其脚色虽其犹俗剧之目也，以体格则庶几乎？③

作者明确申乐是接受杂剧影响的产物，接着谈到日本的申乐时，作者又对比了元曲与申乐角色的不同："彼曰生，曰旦，此所谓'为手'也；彼曰

---

① 〔日〕中村幸彦『中村幸彦著述集』第七卷、中央公論社1989年版、影印《四鳴蟬》四②③。
② 〔日〕中村幸彦『中村幸彦著述集』第七卷、中央公論社1989年版、影印《四鳴蟬》四③。
③ 〔日〕中村幸彦『中村幸彦著述集』第七卷、中央公論社1989年版、影印《四鳴蟬》四③。

小生、贴生、小旦、贴旦，此所谓'为手之伴'也。彼曰外，曰末，此所谓'胁手'也。彼曰净、曰丑，此所谓'诨手'也。合取于连，齐取于同，起尾多用迭语，有白有唱，上场必自宣扬，取于彼也矣。"认为在表演上申乐"多有取自元曲者"①。

作者还以元曲的欣赏眼光对江户时代兴盛的"俗剧"即谣曲的结构表演加以审视，说：

> 民间有俗剧者。文禄之际，女妓玖珥为始。当时男优、女优同上场，今只有男优当场耳。似词曲而无宾白，旁话以开其端，观者默而会意，其结末以出意外为得新奇。大氐（抵）生、旦、净、丑之外，有忠脚、有奸脚、有暴脚、有仇脚、有妓脚、妪脚、叟脚、童脚之目。末脚开场，游脚抵阙，而有做不得则忠脚扮奸、旦脚扮生，专从时宜通脚。
>
> 多以科诨取兴。生之科诨也，宜荏而轻；旦之科诨也，宜痴而艳；忠之科诨也，宜微而甘；暴之科诨也，宜卒而㧟（huà，洪大，粗大。——笔者注）；丑之科诨也，宜专在取笑。凡乘观者之喝采而过度者，下工也。
>
> 其扮贵扮贱，以似而赛真为巧，故去雅远矣。勾栏常开，少年子弟自浼以取一时之观也。②

最后作者对净琉璃演出作了描述：

> 又有一种调傀儡者曰净瑠璃调，俗乐也。木偶之技，今也极巧。一偶用二三人。偶头、偶脚，分役而使动。一人主当其偶者，动头与右手，一人管两脚之进退，一人使左手兼整腰，尚有介错听候。傀儡家俱帽乌纱，披缁衫，朦胧出半身，弄偶于画棂之上。观者眼熟，惟见偶而不见人。目色万态，有强梁，有温柔，勇不忙，智不动。贞娴雅艳多容，劳虑使气，喜跃忧沉，神韵丰采，欲逼生人。时或疑讶，心胆五藏者具于

---

① 〔日〕中村幸彦『中村幸彦著述集』第七卷、中央公論社 1989 年版、影印《四鸣蟬》四③。
② 〔日〕中村幸彦『中村幸彦著述集』第七卷、中央公論社 1989 年版、影印《四鸣蟬》四③。

内乎？是又非古代设机之比。实近世出奇之技也。①

文中指出它的特点："其全本奔时好，翻新尖趣，随时俗而移，俗优则优，俗险则险，声亦从之。但俗子不知耳。"②

文中在对中日两国戏曲形式做了介绍之后，说明将这些形式称为"乐家"、"倡家"皆沿袭古代的称谓：

> 若传奇之所演也，狎艺无所不至，故君子不堪玩之。梁王好世俗之乐，惭变色者，何也？然子舆子云，犹古之乐也。可谓宽政之至矣。以上众乐，泛呼之曰乐家，又曰倡家，然是古言已矣。③

末尾引用了《孟子·梁惠王下》孟子（字子舆，故称子舆子）所说的"今之乐由古之乐也"④，说明古乐今乐的传承关系。这篇序言对日本各类戏剧演出形式的描述，对其在角色表演诸方面与中国传奇杂剧的对比，都是很有价值的。特别应当指出的是，作者关注俗乐本身，就是受到中国戏剧研究影响之后的行为。

堂堂堂主人为该书作序说：

> 俗剧创体也。既垂二百年，院本勿充栋乎也。靡徙日究，其初年之翻，痣语嚼蜡，可以无取，中岁亦可以取者，不过数种。大氐（抵）俗乐假体于申乐，其中事则领新，其文传奇，作者不拘调，唱者调而以可始谣，是所以异于彼词曲也。《移松记》也，不求而得焉，后得《曦铠记》，俱是畸篇耳。《扇芝》《惜花》二记也，草造而多不可读矣。初不知何词曲，熟视反复，方得真面目。试训于旁，则如合符，不可读者，相得旁通。标曰才子者，聊取其奇也。刊书不刊，多言无益，鸣蝉何异？

---

① 〔日〕中村幸彦『中村幸彦著述集』第七卷、中央公論社1989年版、影印《四鳴蟬》四③。
② 〔日〕中村幸彦『中村幸彦著述集』第七卷、中央公論社1989年版、影印《四鳴蟬》四④。
③ 〔日〕中村幸彦『中村幸彦著述集』第七卷、中央公論社1989年版、影印《四鳴蟬》四④。
④ 杨伯峻译注：《孟子译注》，上，中华书局1981年版，第26页。

数其篇四焉。题曰《四鸣蝉》也，是之取尔。"①

《四鸣蝉》将日本戏曲改编为中国戏曲，其原作和任务安排以及在改写后的角色转换如下：

1. 雅乐《惜花记》，谣曲《汤屋》（熊野）
生（宗盛）　丑（拏刀）　旦（瑜琊）　小旦（槿红）取笑　末（婢）净（仆）

2. 雅乐《扇芝记》，谣曲《赖政》
生（赖政）　丑（行僧）　取笑　净（土老）

3. 俗剧《移松记》（失心吟行零龥宫一中谱）
歌舞伎《山崎与次郎兵卫道行之段》

4. 傀儡剧《曦铠记》（替身踊场）、浪华义倡谱

关于《四鸣蝉》，周作人曾撰文予以评述。文章发表于1940年12月刊《中国文艺》上，署名知堂，后收入《药味集》。文章中引用序言末尾说明书名的部分之后说："说明书名，颇有意思，唯所谓刊书不知究竟如何，岂百二十中止刊此四耶，惜无可考究矣。"关于作品内容，周作人有如下考证，文字虽然长些，但对于了解《四鸣蝉》的底本，却是很有帮助的，不妨引用一下相关部分，以供讨论：

统观这四篇的内容，不得不说译本的选择很有道理，也很确当。《熊野》是谣曲中之鬘物（女剧），艳丽中有悲哀的气味，《赖政》则是修罗物（战斗剧），行脚僧遇鬼雄化身，后又现身自述，与佛法结缘得度，为照例的结构，而赖政乃是忠勇儒雅的武将，与一般鬼雄不同，剧中所表示者有志士之遗恨而无修罗的烦恼，正自有其特色。《寿之门松》本为净琉璃之世话物（社会剧），大抵以恋受为葛藤，以死为归结，此剧之团圆正是极少的例，"道行"一段在剧中是精采处，即行道中之歌也。《曦铠》则为时代物（历史剧），斋藤忠义之士，而铁石心肠，人情已锻烧殆尽，为刚毅武士之代表，替身一场又是剧中之代表，其简要有力或

---

① 〔日〕中村幸彦『中村幸彦著述集』第七卷、中央公论社1989年版、影印《四鳴蟬》四①。

可抵得过一部《忠臣藏》也。但是选择好了，翻译就更不容易。容我旁观者来说句风凉话，《曦铠记》绝对不能翻，古人已云画虎不成反类狗也，《移松》与《扇芝》次之，《惜花》则较易设法，因情趣较可传达耳。末尾熊野临行所唱数语译文云：

"明日回头京山远，北雁背花向越返。俺便指东去，长袖翻东无馀言。"此可为一例。但此中译得最好的，还是两篇谣曲里的"间"这一部分，殆因散文自较易译，且诙谐之词亦易动人耶。尝闻人言，莎士比亚戏曲极佳，而读一二汉文译本，亦不见佳，可知此事大难，自己不来动手，岂可妄下雌黄，何况此又本用外国文所写者乎。不佞此文，原以介绍此书为目的，偶有评泊，止是笔锋带及，非是本意也，读者谅之。①

原作以"译"自命，实际上是改写。周作人把它当做译作来评论，按照翻译的标准去衡量，自然是无法接受。谣曲与杂剧各为一体，谣曲的小衫小袄，与杂剧的躯体无法配套，改写者两头凑泊，也只能让对白多有点中国戏词的味道。

下引《扇芝记》中的一节，可以看出作者模仿中国戏剧的苦心：

生：今也何苦用隐阕？我是赖政源三位。执新浮沉业海浪，因果现然仍此至。

（生坐墩，面对丑随曲词有手科。）

同：抑且治承年间夏，征罚举事怨相惹。高仓深宫秘云外，晓月微行出金厦。

生：愁指淡海。

同：三井下。既闻平氏，一刻不过，万骑陆续，东关动戈。速逃音羽，山后之阿。山科里，此木幡关。他于是乎初觉旅想忧愁负荷。经宇治道，直向大和。

生：寺与宇治中间朝。

---

① 周作人著、钟叔河编：《知堂书话》下，岳麓书社1986年版，第637—639页。

同：驿马不驯频频超。王家何事失鞍六，想是前夜睡不饶。平等院里假行在，毁闸脱板宇治桥。下赖溪流拒仇敌，仓卒抵备插白标。
　　生：（既而源平士卒，隔溪南北，相对呐喊，声送矢号，浪声混合。惊天动地，间着桥梁，厮杀得紧。）官军个井净妙。（有个一来法师，捷轻惊骇，两军眼目。任你平氏大队奈断桥深水。）从来难济急川流，早卒谁有凭河者。平军自呼又太郎，田原忠纲一队倡。（宇治川进，阵俺为先。）号呼未罢三百余。
　　同：并镳跃水不踌躇，群飞群鸟羽声似。（生照词踏度扑扇，）白波瀰瀰垂鳖鱼。
　　生：忠纲左右令士卒，
　　同：水溅之下岩如庐，劣马下流壮当水。授弓帮漂军功舒，一人指挥托大渡。片甲不失喊登墟。
　　（生下墩剑脱鞘，有厮杀科。）
　　王军不抵难住步，不知不觉阵脚疏。锋刃齐举欲留骸，既而两兵，捉对混战。
　　生：赖政所倚。
　　同：兄弟之尤早已力战，枕藉于丘。
　　生：今也何所倚？
　　同：老身尚壮心。
　　生：家命已到此，
　　同：家命已尽此。平等院庭沚，此芝铺扇止。脱甲刀出鞞，词名世所指。
　　生：芝兰埋兮无人知，不见花兮结果奇。
　　（生起左膝向丑。）
　　同：尊衲丁宁，千万荐冥。虽是邂逅，有缘合萍。今也去扇芝下。
　　（生向台后伏面投扇背后随便起身。）
　　从此现冥，请从此别，遂失此形。
　　（生右旋收场。）①

---

① 〔日〕中村幸彦『中村幸彦著述集』第七卷、中央公論社1989年版、影印《四鳴蟬》四⑩⑪。

《惜花记》中有这样的一节：

　　［千秋岁］旦：纷纷云坠，花前蝶媚。
　　同：金片片柳上莺哆，流速送芳。钟隔寒云，声到何迟。清水寺钟声，迩闻时念；祇园发意，诸行无常。至好即是地主之花，沙罗树事。①

可见，作品虽然模仿了中国戏剧的形式，但在宣扬佛教"诸行无常"思想方面更接近于能剧。

在《四鸣蝉》当中，不难看出李渔影响的痕迹。1771 年（明和八年）八文字舍自笑《役者纲目》，自序"先人自出役者大全（云云）令彼李卓吾、笠翁等之戏台之鉴定家"，译出笠翁传奇十种中的《蜃气楼》第五出《结唇》、第六出《双订》，自笑在安永三年的《役者全书》里也介绍了中华戏场，就其滥觞等做了说明。畠中赖母《唐土奇谈》三卷将笠翁《千字文西厢柳》称为清朝第一流狂言翻译出来，题为《千里柳塘偃月力》（卷1、2）。卷1概述唐土戏曲，列举唐、宋、元、明各时代流行狂言，据内藤湖南说，殆出于陶九成《辍耕录》。

三　荷塘道人及其《西厢记》译注与研究

元杂剧译注始于《西厢记》，远山荷塘的《谚解校注古本西厢记》，推定为文政年间稿本，以王伯良本为底本，参照他本，原文加上训点和送假名，有汉文注释。长泽规矩也在《校注西厢记》中指出："此书成书于幕府末年，而以汉文著，这不能不大书特书。"② 注释不仅做了校定，而且比较了各自的优劣。

1826 年，荷塘道人远山圭一（1795—1832）曾向当时学者朝川善庵等学习《西厢》《琵琶》二记，并作《北西厢注释》。关于荷塘道人的生平，历来记载颇略，青木正儿将《荷塘道人圭公传碑》介绍给学界，才使这位中国古

---

① 〔日〕中村幸彦『中村幸彦著述集』第七卷、中央公論社 1989 年版、影印《四鳴蟬》四④。
② 〔日〕長澤規矩也編『校注西廂記　附譯琵琶記』、汲古書院 1977 年版。

代戏剧研究的开拓者的事迹为后人所知。下面的资料就是根据青木正儿所录①校点的，括号内的校勘、注释文字为笔者所加：

荷塘道人圭公传碑

师讳圆陀，初名松陀，号一圭，又号荷塘道人，姓远山氏，陆奥（今青森县、岩手县、宫城县、福岛县、秋田县的东北部）人。生而岐嶷，夙慧非凡。稍长，崭然若成人，不逐儿童嬉戏，从老人长者游，听其话古谈今，虽终夜无倦色也，人皆异之。一日随众游寺，听僧说法，自觉有省，后借人经论观之，义理融通，一日即领，殆若夙悟然。从此诵经念佛，不复以人事挂念，屡禀父母，求出俗。父母不许，然道心愈固，服头陀行，久而愈勤。

年十七，决志出家。从石卷禅昌住持僧至信浓（今长野县、岐阜县中津川县部分），途中落彩，投诹防温泉寺愿王和尚，受具得度，参究禅学。年二十二，游方遍参，道公益励，其行脚所至，遇住持首座开堂，必横机骋辞，深微锋出，一众为之靡然。

居京摄（今京都、神户一带）之间数年，游历中国，至丰后之日田，寓广濑氏塾，修文字业。无几，去往长崎，卓锡于崇福寺，时年二十六。师素通悉昙之学，兼精声律。于是学唐话于译司周某。未数年，土音方言，莫不通晓。又闻姑苏李邺嗣精于音学，闽中徐天秀妙于梵呗，亦从学之，皆究其精妙。时又有金琴江者，善月琴，师尽得其指法。与江艺阁、朱柳桥、李少白、周安泉诸子交最亲，源源接谈，又数以篇章往来，其传奇、词曲之学，盖得诸其间云。

他若鼓、笛、筝、琶诸技，皆从心语，不必假指授。在崎五年余，再至日田，既而将归信浓，省老师于温泉寺，路次过筑前，访龟井翁（龟井昭阳，1773—1836）。翁一见奇其才，设馆授餐，一家为之斋食。翁即西海宿儒，不苟许可人，而其见欣慕如此，亦可以想其为人矣。

留数月，飘然飞锡，经京摄尾信，年三十一。姑来江户，寓于本所，与余居相距不甚远，故余知师最先。余与大窐行（1767—1837）、宫泽雉

---

① 〔日〕伊藤武雄、青木正儿合箋「傳記小説を講じ月琴を善くじたる遠山荷塘が傳」、『支那学』第三卷第一号，1922年1月。又收入『青木正兒全集』第二卷、春秋社1970年版，第287—293頁。

（1780—1852，"雉谷"作"矩"，当为"雉"。）诸友，设席延致，受《西厢》、《琵琶》二记。

先是江户文人，无精于传奇者，何况词曲乎？若摘月琴者，绝不见其人，而师兼能之，竟以是名家，人亦以是见称之。

师长身玉立，清瘦如鹤，丰度端凝，而志趣高简，真神仙中人矣。然情地夷旷，不作青白眼视人，故虽名人宿儒，亦咸乐折节论交焉。于是交遍一时，名驰四方，其踵门问业者，屡恒满矣。后移居浅草，业日益振。

师学问淹博，内外兼通，至兵法、律例、音韵、声律、兰字（荷兰文）、满文等，靡不包孕而贯穿之，若其唱曲、摘琴抑末耳。又精于攻工，琴、笛、鼓、板诸伎器，手自制造，或使梓人为之，亦一经指画，妙理绝伦，人服其精巧。是其最末也，而犹能如此。虽天性乃尔，亦费精用心，岂不多哉！

又昼则门人也，诸友也，四方之客也，杂沓纷至，应接不暇；夜则一灯荧荧，诵诵自课，鸡鸣始寝，或达旦不瞑，攻苦力学，不肯偷以自暇自逸。体素羸，劳悴不支，竟以促生。天保二年辛卯秋七月朔日，示寂于鸭脚山房，年仅三十七，葬浅草称念寺，呜呼哀哉！

著书满家，率未卒业，其仅脱稿者，《北西厢记注释》、《月琴考》、《胡言汉语考》数部耳。

卒前五日，力起端坐，援笔书小词，以诀诸友，字字活动，如无病者。越二日，病弥滋甚，目无见也，犹引月琴于病床，卧弹漫板流水一回，音节调和，无异平常，又使侍病之人，奏吴歌一阕，破颜微笑曰："好好。"盖永诀之意也。

守村约与师友善，为将立石于墨多之长命寺，以存游迹，以其为其清唱之地，若其唱曲、摘琴抑末耳，固不足以称师，然是犹可传矣。作《荷塘道人圭公传碑》，天保三年（1832）壬辰秋九月，江户，朝川鼎（1781—1849）撰，守村约书，宫泽矩（雉）题额。

远山（冈陀）荷塘注译的《（谚解校注古本）西厢记附译琵琶记——唐话辞书类集别卷》为传抄本（1868年以前版），收入长泽规矩也所编《唐话辞书类集别卷》，东京汲古书院1977年影印，附长泽规矩也解说。

从上面的碑文不难看出，远山圭一不仅是日本《西厢记》最早的研究、传播者之一，而且也是中国音乐、文学的摆渡者。他出生于文化相对落后的东北地区，却一心追寻异域文化，不仅与京都、神州与九州地区的儒者、汉诗人大窒诗佛、龟井昭阳、朝川善庵过从求教，而且在南下长崎之后，向当地的译司（译员）学习汉语，向苏州人李邺嗣学习音学，福建人徐天秀学习梵呗等，与江芸阁等旅日华人唱和切磋。这些记载让我们认识了一位热心研习元杂剧及中国乐器的僧人，也提示了旅居他乡的华人文士在日本民间播撒中国俗文化、俗文学作为的一端。

第二节　近代以来的元曲翻译与传播

明治时期的《西厢记》译注，以金圣叹《第六才子书》为底本，冈岛献太郎《西厢记》（冈岛长英，1894年）、田中参《西厢记讲义》（《东京专门学校讲义录》，1898年）、坂本信次郎《西厢记》（《支那小说译解》所收，1898年）、鹿岛修正《西厢记评释》（青木嵩山堂，1903年）都是注释的形式，训点上加送假名（即在字下表明日语词尾），多为部分译出，只有鹿岛本为全译。

图106　1894年冈岛献太郎译《西厢记》

图 107　1894 年冈岛献太郎译《西厢记》插图

一　幸田露伴的元曲翻译

从江户时代到明治期间的元杂剧译注，几乎全是《西厢记》。但并非没有其他译本出现。幸田露伴作了《忍字记》的摘译，那是在明治二十七年，即 1894 年，幸田露伴应《通俗佛教新闻》报纸约稿，翻译出郑廷玉《忍字记》的楔子（补序幕），因为不是严格的对译，不能断言以何为底本，但将原文与译文对照，可见露伴对杂剧的解读已达到相当水准，当时正是训译鼎盛时代，露伴不采用训译的方式，而用口语译出，也是划时代的创举。

1894 年东京冈岛长英刊行了他本人翻译的《西厢记》二卷。冈岛长英，即冈岛献太郎，编撰《新式和文英译教科书》《中学英语教本》《和英译文教科书》等，对英语素有研究，其对《西厢记》的翻译很可能与他受到的西方文学影响有关。译本由译者个人刊行森槐南（1863—1911）曾作《泳舟冈岛君以国字译元人西厢记索予题辞，戏作二律》：

　　天壤王郎恨不伦，曾经沧海亦迷津。

会真有记空才子，补过为名是忍人。
蒲寺鬘云春瞥眼，草桥眉月梦含颦。
始知实甫《西厢》妙，幻作空华未了因。

明月溶溶花拂墙，几人真个读《西厢》。
老僧三昧秋波转，妙句六朝金粉香。
声亦奚妨存郑卫，咀之不尽是官商。
由来混沌应难凿，劝尔临毫莫孟浪。①

森槐南任帝国大学文科大学讲师，讲授中国文学，主持随鸥诗社，是明治汉文学的核心人物。他的题诗除了感叹《西厢记》的辞章之美之外，也强调了翻译的困难，提醒译者充分领略原作的音乐之美，千万不要像《庄子·应帝王》所讲的南海之帝儵与北海之帝忽因想表达谢意而将混沌凿死那样，毁坏了原作的整体。

在凡例中，冈岛献太郎说明自己的翻译策略，凡例按照中国古书惯例，每一条前以"一"作为这一条单独成文的标识：

一、此书本元时院本，书中往往用某某上下等文字，皆是表示俳优上下舞台。
一、书中低下一段者，词曲也，而唱之者于行右肩以细字示之。
一、原书俚俗之词或杂有元时乡语，脍炙我邦俗人之耳目者甚多，今其难解者概改之，但词曲以押韵唯除其有碍者外，存之。
一、地名、人名等以旁线区别之，但人名以单线，地名依重线。
一、文意断难解者或其繁者等，参照诸书补芟之，勉为易解，故欲悉究其蕴奥赤真者，宜就原书究之，但决无霄壤之差。②

冈岛献太郎的译文虽不免多有夹生未熟之语，但译者跳出训读，尽量口语代的意图十会明显。每一折之后照录李卓吾的总评，栏上还有不少汉文评

---

① 〔日〕冈岛献太郎译『西厢记』、冈岛长英1894年版、第1頁。
② 〔日〕冈岛献太郎译『西厢记』、冈岛长英1894年版、正文前不编頁。

点文字，这些都是译者不忍割舍的，意在弥补译文之不足。冈岛献太郎译本的青涩，显然是初试者难以绕行的路障。九年后的 1903 年，鹿岛修正撰《西厢记评释》①（未见），《西厢记》翻译的难题还期待着新的破解者。

幸田露伴于明治二十八年，即 1895 年曾撰《元时代的杂剧》，文中对如何介绍元杂剧做了探讨。痛感于有调有韵的元杂剧翻译近乎徒劳的艰难，他认为较之粗糙、恶劣、笨拙的翻译，倒不如对原作多多作些介绍，讲清楚妙处究竟在哪里：

> 如何介绍杂剧？这是予首先考虑的事情。有调有韵的文体，至将其翻为异国语，马上失去其兴味，乃必然之势。然则翻译近乎徒劳，且对于翻译一两篇或可也，对数十篇则读者、译者同有生厌倦之念患。单解题即罢，隔帘美人，瓶口美酒，惟令人伤脑筋。然则二者以外，无路可取。予以为欲对少数篇什作不精不确之粗翻译、没兴味之恶翻译，乃至同媒母傅粉徒劳装饰之拙翻译等，不如对尽可能多数篇什作稍微详细之解题，且略指示其妙处，这在令人领会何谓元剧上为优，且一人有数篇者，不管其题目如何，均列举其出于同一手者，于为知其作者有如何之风习，有如何之手段为便。予取此方法，先从《扬州梦》作者乔孟符开始，渐次谈元剧，读者幸以其玉石混淆、佳作拙作为伍。名作凡作之后，不唠唠之，静观其时代之如何作者、如何戏曲。②

幸田露伴首先从乔孟符、杨显之、关汉卿、马致远四人的代表作谈起，名作与凡庸之作一并介绍，回避过分阐释，在他撰写的《关汉卿》中却对关汉卿的艺术成就极为赞赏：

> 元时代戏曲家中，蔚然秀拔者实不过三四，而关汉卿其一也。《窦娥冤》悲壮，《蝴蝶梦》悲酸，《切鲙旦》滑稽，其他大抵属普通喜剧。《切鲙旦》或曰《望江亭》，以美人谭记儿为主人公，叙聪明女子耍弄痴汉之奇话，非美人薄幸而痴汉多情之异光景，有令读者快笑绝倒者，只

---

① 〔日〕三浦叶『明治の漢學』、汲古書院 1998 年版、第 481 頁。
② 〔日〕幸田露伴著、幸田文编『露伴全集』第 15 卷、岩波書店 1978 年版、第 60 頁。

是我笔笨拙，不能依本文一一叙述，以止于其梗概，唯憾不能传原作之佳趣。①

幸田露伴评价《切鲙旦》（《望江亭》）说：

此剧未必甚佳，未必尽汉卿之面目，然予欲稍详说者，乃以此篇与《窦娥冤》一篇，看来自如两个极端，欲详说其两极端而无他。②

对《救风尘》，幸田露伴更是赞叹有加，甚至为只能读到关汉卿的一半作品而不能了解其人其作之全貌而深感遗憾：

《救风尘》一篇，滑稽虽滑稽，然绝无恶谐谑之词，令人自然微微含笑，思世上真多存如斯者，堪称一佳作。吾邦元禄以后，及天明、宽政，至近二三十年前之间，叙花柳之事之小说戏曲皆不为少，然皆陈陈相袭，无如此脱一常套开一生面者。其眼睛一看即为妙者，况精咀细嚼，则隽味浸浸而出，警句奇辞极不少。说《慎鸾交》者，必称笠翁观情具双眼不已，岂不知先后笠翁数百年前，既有此汉卿，《救风尘》一篇，既似其母姊乎？呜呼，元之才人，岂易侮哉！

恨予之不幸，汉卿之作六十，不得见其一半，故不得窥见汉卿为如何之作者，遂不得加以评论。③

幸田露伴还对元曲与日本戏剧的差异发表了自己的看法：

读元剧，吾人不能不记住的一点是。元杂剧与我日本谣曲或净琉璃有时只用有调句法其余与前文稍同大异其趣，其曲调即不能不依句法及平仄定规之烦，与一折通押一韵之苦，盖吾邦人物不能推测之也。此等在作者苦心孤诣之甚，而不能打动异邦读者，被忘却等闲看过，可谓情

---

① 〔日〕幸田露伴著、幸田文编『露伴全集』第 15 卷、岩波书店 1978 年版、第 94—95 頁。
② 〔日〕幸田露伴著、幸田文编『露伴全集』第 15 卷、岩波书店 1978 年版、第 104 頁。
③ 〔日〕幸田露伴著、幸田文编『露伴全集』第 15 卷、岩波书店 1978 年版、第 116—117 頁。

之必然，又于平仄韵调等作者经营而成之巧妙之趣味，异邦读者多难以理会，又即使偶为理会，及将其语于他人之时，恰如同花瓣上之露珠，至于取在掌上移入盘中，则为一滴凡水，再毫无如珍珠如银丸之熠耀风情，可谓妙味马上失去。假如仅想象如何押好险韵、作好难句尚可，苟谈有调有韵之文字，当不可不承认焉。由来所谓"妙"者，存在于不可语之中，语则遂堕第二，堕第三，语妙亦难哉！①

1894年2月幸田露伴发表的《郑廷玉的〈忍字记〉》一文称赞"《忍字记》一篇，着想奇异，用笔周密"②。

几乎与此同时，《西厢记》也开始进入大学课堂。1895年由藤田精一等在神田骏河台设立的东亚学院，入学者百余名。在该校编纂的《帝国文学》二卷二十号上，刊有田中参（从吾轩，1827—1894）的《西厢记讲义》③。田中参尚有《古文孝经》《史记》《四书》《老子》《庄子》《女学》等的讲义传世，多为其逝世后刊行。《西厢记》研究是他晚年涉足的新领域，自然也是日本学界、译界尚待拓展的新土地。

二 宫原民平所译《西厢歌剧》

1914年9月10日文求堂书店刊出金井保三、宫原民平（1884—1944）所译《西厢歌剧》，语词意义大抵据王伯良本。附录有金井所撰《元曲源流》《元曲中〈西厢〉的地位》《〈西厢〉文辞与语法》《〈西厢〉诸本》。有题词曰："以坊间颇易得之陈眉公本为底本，天樵山人（宫原）执笔，樱枫斋主人润饰之。"值得注意的是该书的跋称"吾友宫原天樵君，能通汉土现代语言，又嗜好文学。余曾看其手所成《西厢记》译文一篇，窃称其才学。去年秋初方一夕谈，因天囚西村氏于《大阪朝日》连载之南曲《琵琶记》一事，谈及词曲研究之际，余劝君以续《西厢》译文之前稿。""此书果能为令门外汉登堂之阶梯，如与天囚居士之南曲《琵琶记》再给与感兴，如何？"④

---

① 〔日〕幸田露伴著、幸田文编『露伴全集』第15卷、岩波書店1978年版、第55頁。
② 〔日〕幸田露伴著、幸田文编『露伴全集』第15卷、岩波書店1978年版、第25—31頁。
③ 〔日〕三浦叶『明治の漢學』汲古書院1998年版、第216頁。
④ 〔日〕金井保三、宫原民平訳『西厢歌劇』、文求堂1914年版、跋2頁。

《西厢歌剧》将原作以五七调或七五调为主来译，如《长亭送别》中的莺莺的一段唱词［快活三］："将来的酒共食，尝着似土和泥；假若便是土和泥，也有些土气息、泥滋味。"［朝天子］"暖溶溶玉醅，白泠泠似水，多半是相思泪。眼面前茶饭怕不待要吃，恨塞满愁肠胃。蜗角虚名，蝇头微利，拆鸳鸯在两下里。一个这壁，一个那壁，一递一声长吁气。"译文作：

酒や飯や
土て泥を
かむに似たり

土は土の
泥は泥の
味をあるを

玉杯あなたかき酒も
冷えたる水にさも似たり
おほかた相思の涙よ
目さきにならべるくひもの
ふさがるむねに入らんやは

像"蜗角虚名，蝇头微利"这样的名句，宫原民平采用了意近"一丁点的名利"这样简洁的处理方式，而在展现日语节律美方面却下足了功夫。同一折的［叨叨令］："见安排着车儿、马儿，不由人熬熬煎煎的气；有甚么心情花儿、靥儿，打扮的娇娇滴滴的媚"，译文作：

微ささ名利追はんため
雙の鴛鴦は分たれて
かなたとこなたのふたみち

かはすはくるしき長息①

車よ馬よとて
さわげる聲音には
心もいらだちて
おちゐぬわれいかで
いづかに顔つくり
したたる嬌豔の
すがたを為し得むや②

关于本书的翻译策略，在《凡例》中谈到："本书以意义通达为宗旨，用极平易之辞句，甚至不时用现代一二新语，欲存如悠然自得之貌。"关于句式处理，特别交待说："元剧五宫七调，其各曲牌，谱数总计三百三十五种，现今译为本书之际，仅此我国五七调或七五调，恐过于平板，古试以四四、四六、六七、四八等种种排句法，则虽有五七调，中途变为七五调，非为严格意义上的排句法，致力于忠实原文乃不得已之结果。"③

该书之后所附樱枫斋主人所撰《西厢歌剧附录》，长达52页，条分缕析地介绍了元曲源流、《西厢》在元曲中的地位、《西厢》的文辞与语法、西厢诸本，是日本最早系统研究《西厢记》与元杂剧的近代论作之一④。

宫原民平后来著有《国译汉文大成·文学部第九卷》（国民文库刊行会，1921年）、《支那小说戏曲史概说》（共立社，1925年）等，对《西厢记》介绍良有贡献，对其他作品的翻译有《汉宫秋》（收于《支那小说戏曲读本》）《窦娥冤》《老生儿》《倩女离魂》（均收于《古典剧大系》，都是用平易的口语译出的。

由宫原民平翻译的收于明臧晋叔所编《元曲选》中的马致远的《汉宫秋》，拉开了日本《西厢记》以外的元杂剧翻译的大幕。译作收于《国译汉

---

① 〔日〕金井保三、宫原民平訳『西廂歌劇』、文求堂1914年版、第288—289頁。
② 上書，第281頁。
③ 〔日〕金中保三、宫原民平訳『西廂歌劇』、求文堂1914年版、凡例第2頁。
④ 上書，附録第1—52頁。

文大成》（国民文库刊行会）文学部第十卷，包含科白在内的译文全部以训读为基调，但各幕加上了相当多的词语注释；单靠词语注释还不够的情况下，译文随处加上解说阐明文意，考虑细致周到。解说总数全幕有三十九个地方，在译文前面的"解题"当中，提到 1829 年出版的《汉宫秋》英译本，说它"曲词一笔也没有涉及（中略），让吾人不能不有隔靴搔痒之感"。1935 年文求堂出版的《支那小说戏曲读本》收入的译文，比《国译汉文大成》所收的《汉宫秋》注释更为详尽。

随后，宫原民平以《汉宫秋》翻译为开端，以后又翻译了《元曲选》中的一些剧目。《古典剧大系》第十六卷支那篇（近代社，1925 年），收入了《窦娥冤》《老生儿》《倩女离魂》三剧，与《汉宫秋》不同的是，它们基本上采用了口语译文。

大正期间，另外杨显之《潇湘雨》的部分译文发表在《支那学》（二卷五号，1922 年）。这是青木正儿的工作。1934 年他发表了所译《货郎担》（《汉文学讲座》，共立社），这与他后来的《元人杂剧》有关联。

三 岸春风楼与今关天彭

1916 年岸春风楼新译《游仙窟　牡丹亭还魂记》由东京文教社刊出。对于戏剧翻译，译者谈到："首先，就戏曲之译出可有数法：移之日本直接可以演出者；不以搬上日本之舞台为念，单翻译其曲其词者；加以若干取舍，以日本为舞台亦可上演者而摘译者；戏曲译为押韵之歌，诗译为歌，且述台词，而其诗歌翻译之，却无相当之曲谱，则毫无所用，故将是个改写为日本风格的歌。"译者声明："本会可逐次翻译诸种戏曲，各自改变译出方法，或可为附加注释之直译，或亦可为采原作之意构思，另起炉灶之翻案脚本，或亦有仅述其梗概者。"并说明《牡丹亭还魂记》已试采用以下方法：

1. 俳优所歌之诗歌，简略解说其意义，无歌无曲之用者可也；
2. 重点放在台词，多少加以添削，以作能在日本舞台上演之脚本；
3. 支那演剧无背景，译本亦不载背景，时候与场所则明示之；
4. 各出之分，作为日本演剧则过于烦杂，实际演之，各自要废合安排，译本按原作不变。

岸春风楼认为，押韵之歌辞、台词和简单之举动（动作），乃支那戏曲之构成。故歌辞之翻译、戏曲本身之翻译乃不可或缺者，于普通意义之演剧，只要不是歌剧，就不为其用。《牡丹亭还魂记》以此意，简略其歌辞，详密其台词，尔后可译出《西厢记》《琵琶记》《桃花扇》等，又可采用各自不同译法。《牡丹亭还魂记》之译出，且先将台词作为重点，而于所谓曲者则颇为简单化，是亦不过是一种尝试。

今关天彭（1882—1970）曾作《先儒基田录》《桥本关雪君画序》，任职于朝鲜总督府。所著《支那戏曲集》，1917年由东方时报社刊行。天彭将自己的中国戏曲翻译作为解决"支那问题"的工作来看待，声言当今"莫大之问题支那也，而欲解决之系于日本国民，予之寸劳亦不外此意也。"书中有森林太郎（森鸥外）题辞曰：

云涛万里向幽燕，京洛尚留书几篇。
涉猎夙期穷学海，风涛今见补情天。
高文典册元堪重，艳曲曼声还可怜。
最忆先生命题日，倩来纤手写金笺。

又有竹磎森川键所作《归田乐引·今关天彭摘录传奇数十种之纲领为一卷》：

约取当场耍。读从头，笔尖捋搽。任手闲来写。丽者、又壮者、乐者、哀者，杂剧传奇一齐打。
无端泼濛那，毕竟人间知音寡。一斑窥得雾豹何言假。曲也，又调也；科也，白也，一向无言却萧洒。

书中亦载内藤湖南题辞：

《西厢记》《返魂香》《红楼梦》传奇之名，我国艳说者最广，或亦有一二反（翻）翻译绍者，然西欧艺术于我国风行，又无顾之者也，盖惟为支那文学屹崛聱牙难解。今君拮据经营累岁，选择名曲数十种，略约之示世。

《东方时报》社长东则正为之作序曰：

　　然日支两国之文明，尤铭刻于其国民性之心之作用，于日常生活，于艺术、生活，有漫长混合之历史。现今于泰西思想风行之日，尚且其常住坐卧之言语文章，措两国混合语无可语可作者也。唯邦人多以为支那之雅文即古文学为支那文学之全部，速断其无味单调，一概以置于埒外，唯不解其混合文明之旨趣。汉之艺术岂如此单纯者乎？如日本有义大夫、浪花节，有歌舞伎、演剧，支那亦皆有之。绎其源委，日本之谣曲、义大夫、浪花节、歌舞伎、演剧，皆宗奉支那之俗艺术者也。支那剧于支那之位置，曲尽其国民之复杂之全部特性，近无余蕴，即之所以多信荒唐要眇之秘密结社，之所以颓唐放漫糜乱之两性会同，亦之所以多其无职、无籍之流氓，之所以自其人种夹杂而来之恐怖，即苦于流寇，由戏曲浸润国民性之作用，悉可得知之，而作为其故事之趣味感兴，浪花节里兼有义大夫之美辞丽句。其梗概情节描写，迷信为摇篮之国民性之不安。其中怀疑性之生活，用深酷之心理描法，作为其文学之品格气派，或有足以凌驾我近代新文学者，则当知知戏曲者始解支那，所以贡献于政治、于文学可知也。

四　辻听花《中国剧》

　　辻听花（1868—1931）对京剧的研究，虽然看起来与元曲翻译没有直接关联，但对于改变日本学界对中国戏剧的冷漠颇有影响①。

　　1920年顺天时报社所刊辻武雄（听花）著《中国剧》，分别就剧史、戏剧、优伶、剧场、营业、开锣予以概述，其评述采用一边对照一边介绍的方式。在绪论中，作者首先列出日本人对中国剧的误解："中国绝无戏剧，如胡琴、铜锣、琵琶、箫笛等乐器，自古有之，至所谓戏剧者，决不存在之一理。中国自古已有戏剧，惟性质幼稚，不堪入目，音乐则喧阗噪耳，毫无趣味，且不过东京所演之马鹿囃（一种狂戏）耳。"而作者则认为："中国

---

①　周阅：《辻听花与中国京剧》，《中华读书报》2010年5月19日《国际文化版》。

剧确有特长，且对于世界剧界，或足以放一异彩。"他把研究中国戏剧的价值归结为："关于剧戏内容，及观客方面仔细研究，可以知华人之国民性及其趣向何如矣！次就中国脚本检之，尚有一种软美文学的性质，古时暂置不论，如元代杂剧，文华灿然，洵皆杰作。又如明朝及清初所出之传奇诸本，结构宏丽，措词绚烂，今日剧场普通所用之脚本，虽远逊于杂剧、传奇，尚不无可观者，则中国脚本，有软美文学的性质，决不容疑也。"《绪论》中还说：

> 初游燕京观中国剧二十二年（译者注：自1898），始未通华语，又未知中国戏剧为何物，惟入园观剧，不觉赏心悦目，嗣后久滞江南，不时涉足剧场，与优伶相交接。

在《中剧与日本剧》一节，他说：

> 中日两国之演剧，微有不同。日剧乐手（即场面）所歌者，在中国剧中，则优伶自身或歌或白。又如日剧所演途中之情景，以举动或说白表示切迫之感情者，中剧则优伶亲自歌曲，乐手方面，绝无歌者。惟中剧中名伶之举动、身段、台步，及说白、眼目等，则各脚各剧均有规矩，不能混淆。殊如说白、台步、眼目三点，与日本剧则大同小异。

他着重对中国戏剧的特点加以归纳说：

> 次就中剧与日本之能乐较之（日本语谓能狂言）颇有相似之处。其舞台四方，有二大柱，屹立于前面两隅，不多用戏具。乐手列坐于后方，殆与日本能乐舞台相同。但中国舞台无桥梁之设耳。他如脚本之组织、人物之分配，咸有准绳，不可妄动，颇类日本之能狂言。又如人涕泣时，惟以掌掩眼，与日剧呜咽者大异。又如嗤笑时，其模样与能曲相同。
> 日本近世大儒新井白石、太宰春台，凤以日本古代之猿乐、田乐等（均系乐名，今日能之始祖）多系仿中国元代之杂剧而制者，是论亦不

无可信。

他也对中国戏剧与西方戏剧作了对比:

次就中国剧与西洋剧比较之。中国剧尚有杜拉码(英语演剧之意)之处,然中国戏剧最重歌曲,种种歌词占有主要部分。优伶在台,随音乐奏歌曲,声音清亮,迥异常人。善守规矩,多经锻炼,颇有抑扬顿挫之妙。一曲清歌,感人闻听,大与西洋所谓鹦比拉(即歌剧)相同。人或以中国剧为一种鹦比拉,亦非过言也。试观美人评中国剧者,多谓中国剧之形式,颇似古代希腊之演剧,其由文学史上比较之,两两相似之点,颇不为少。

书中有《概评》,称"中国戏剧(旧剧为主)歌的方面,范围更为广泛,精细分之,则似与日本之能乐、芝居(旧剧)、舞踊及西洋之杜拉码、鹦比拉等多种戏剧互相调和而成者,惟其种类与分量有多寡之差耳。"又有《综评》,说:"试以今日新名词区别之,有悲剧,有喜剧,有史剧,有歌剧,有宗教剧,有教育剧,有家庭剧,有恋爱剧,有滑稽剧,有战争剧,有神仙剧,有牧童剧,有讽刺剧,千差万别,不遑枚举。若以日本旧剧之分类法言之,五代物、时代物、御家物、世话物,均皆有之,惟据敝见,中国戏剧其性质特色,袭用中国古来所用文学上之术语及普通之名词较为妥当,且有趣味。"

《中国剧》刊行之时,陈宝琛、章炳麟、严修、曹汝霖、王揖唐等皆为之作序。日本著名莎士比亚翻译家坪内逍遥也为之作序:

凡一国特殊之戏剧,由脚本上观之,或以诗歌文章考察之,或翻译之,训释之,评论之藉介绍之于外国,东西文坛不乏例,而寻绎戏剧文学的原理,论述戏剧组织及其拙著成一书以饷世人者,迄乎今日,汗牛充栋,然至由实演方面讨寻戏剧,不论学术为何,一切研究,欧美先于东洋颇极擅长,惟戏剧上之实际的研究及乎最近稍有可观,戏剧进步所以迟迟者多基于兹矣。考核阐明综合艺术之真性命者则未多见之,颇为憾事。

中国戏剧历史极古，进化与退化之关系稍脱常规，且其一种乐剧，足为东洋古剧之代表，而与希腊古剧并今日各种歌剧、日本之能乐及旧剧（俗称歌舞伎）比较之，确为良好之资料，颇有研究之价值。然而此剧久为世人等闲视之，殊如实演方面漠然付之，不敢研究，可谓一大缺点矣。兹有辻君听花潜思中剧，有年于兹，研究审精，无出其右者。

听花的中国戏剧研究给后来日本的中国戏剧研究者以启示，并得到中国学者的积极评价①。

久保得二对中国戏剧的传播和翻译也有所贡献。久保得二曾任职于大礼记录编纂委员会，这个机构设在内阁文库，可以自由阅览该文库的藏书，于是他利用公务余暇，抄录了文库中所藏明清时代随笔、杂记之类，作为副产品，撰写了《西厢记解题》（收于《文字禅》）、《西厢记杂考》、《西厢记续撰诸剧》（以上三篇收于《帝国文学》）等论考。1919 年以后，又在《帝国文学》上连载了《西厢记》译文，1928 年他在弘道馆出版的《支那戏曲研究》是其《西厢记》研究成果之集大成，该书分支那剧之发达与戏曲、人物及其描写、词藻、流行、诸本、金圣叹本的价值、《西厢记》续撰诸剧等章节。该书充分吸收了迄今以往的研究成果，并加上自己的见解，是大正时期《西厢记》研究的力作。该书完成于 1925 年，久保得二也因此书而获得了东京帝国大学学士学位。

20 世纪前 20 年出现的翻译，另外还有中村碧湖的《新译西厢记》与岸春风楼的《新译西厢记》（文教社，1916）。杂志《帝国文学》1918 年第二十四卷七月号刊载了盐谷温作的部分翻译，加上简单解题（《绿荫茗话》上），其所著《支那文学概论讲话》也曾载录。

青木正儿所著《中国近世戏曲史》《元人杂剧序说》《元曲概论》（一名《中国戏曲史》）等著作，不仅向日本人民介绍了中国优秀的古代文学遗产，而且其研究方法和成果，特别是对中国戏曲的研究，对我们也有一定的借鉴

---

① 周阅：《辻聴花の中国劇研究》，载〔日〕川本皓嗣、上垣外憲一编『一九二〇年代東アジアの文化交流Ⅱ』，思文閣出版 2011 年版，第 71—93 頁。

作用。青木正儿还曾选译我国古典戏曲名著，集为《元人杂剧》，1957年由日本春秋社出版。他从进行元曲翻译的尝试，到译作的完成，前后达十二三年之久。《元人杂剧》一书共译注了《梧桐雨》《货郎旦》《魔合罗》三个剧本。全书包括解题、剧本、注释三部分。青木正儿在翻译这三个剧本的同时，做了下面三件事：即指疏漏、正典故、辨讹误。如何通过翻译传达"中国之馨香"，即保持原作的民族风格和艺术特色，是青木正儿反复思考、苦心孤诣地进行探索的问题。①

日本有关元曲研究和翻译的参考书目解说主要有：

青木正儿《曲学书目举要》，《支那近世戏曲史》附录，弘文堂，1930年。

宫原民平《支那戏曲の邦译》，《支那语学报》第二号。

田中谦二《戏曲集》（上）解说，《中国古典文学大系》52，平凡社，1980年。

上野惠司《元曲选解题初稿》，《关西大学文学论集》19卷3、4合刊，1970年。

传西章《明刊元杂剧西厢记目录》，汲古书院，1979年。

关于江户时代元杂剧研究史的描述，见于：

田中谦二 A History of Japanese Studies of Yuan Drama（ACTA ASIA TICAY 16, 1969.

吉川幸次郎《吉川幸次郎全集》第十四卷篇上自跋，筑摩书房。

战争中有《西厢记》，深泽暹译，东京，秋丰园出版。该书前言中说：日本与中国是为紧邻，经典正史之外，通过微细管窥惯俗人情完成的名著作品的共同称赞、共鸣，不能不说还很少。

1971年平凡《中国古典文学大系》中的《戏曲集》上，收入了《西厢记》《救风尘》《窦娥冤》《铁拐李》《合汗衫》《酷寒亭》《拜月亭》，下则收入了《牡丹亭》、《桃花扇》，译注者为田中谦二、吉川幸次郎、浜一卫与岩城秀夫。

---

① 王晓平：《日本中国学述闻》，中华书局2008年版，第254—260页。

第三节 盐谷温《歌译西厢记》

盐谷温《歌译西厢记》（以下简称《歌译》），线装，书写影印本，分上、下、附三册，由奈良天理时报社印刷、京都养德社 1958 年 10 月发行，限定 350 部。刊出这一年，盐谷温 81 岁。

《歌译》为原文和译诗对照本。日本战败不久，本书曾由昌平堂刊行过无原文本，限于当时的印刷水平，不可能添上生僻字很多的原文。以下所引，则出自上述蒙天理教中山真柱赞助、由养德社刊出的亲笔影印本。

一 半生西厢缘

盐谷温（1878—1962）曾以《元曲研究》获博士学位，在中国戏曲小说研究上著先鞭于日本学界，有《琵琶记》《桃花扇》《长生殿》（以上收入《日本国译汉文大成》）《日译元曲选》《歌剧》等翻译、研究结合的著述。

盐谷温在学期间曾跟森槐南听过第六才子书的课，到中国留学时得到暖红室覆刊的即空观本，十分高兴。在湖南从师于叶德辉先生，归国后又读到宣统三年（1911）上海国学扶轮社刊行的《陈眉公批西厢记原本》，把它用作大学教材。

日本大正年间的元曲翻译，先前崭露头角的两种倾向，即剧目的多样化和口语翻译有了更进一步的发展。1930 年文求堂出版的《最新支那语研究讲座文学篇》，收入了杉武夫译出的《墙头马上》的口语译文和注释，是《歌译》附册中又作"对译西厢记"。

盐谷温在德国与我国留学期间，省吃俭用，在莱比锡、巴黎、伦敦、北京、长沙等地曾大量购书，其中多为戏曲小说，回国后在东京继续渔书之业，与传家经史子集并存，后专门建造了书库。这些书战后曾做过两次整理，几经辗转，后大部分收藏于天理图书馆。

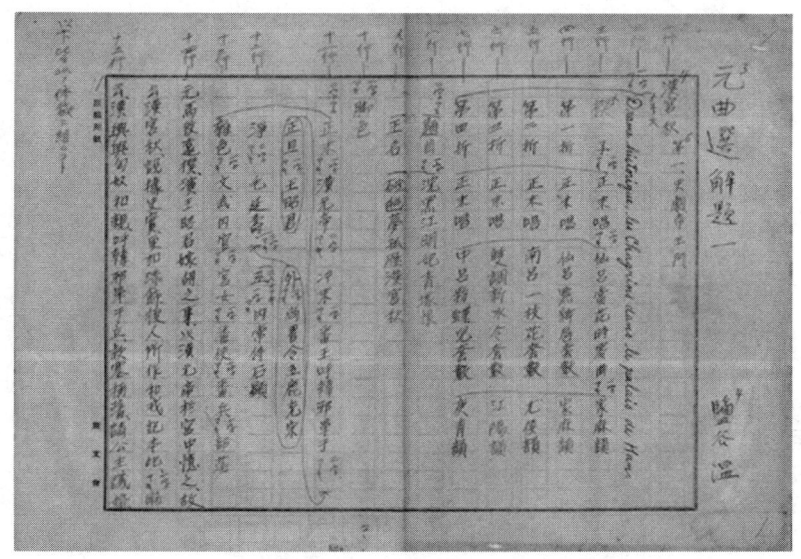

图 108　盐谷温《元曲选解题》草稿

由于宫原民平国译汉文大成采用了即空观本,原本《西厢记》开始在日本流行起来。盐谷温喜欢《西厢记》的绝妙好辞,尝试给它作了训读,并想把它翻译成日本的和歌。在大学任职期间,召集有志者讲读,渐渐过了草创讨论的时期。即使在退官后也不放弃,决心编译《西厢记》拟定本。以内田泉之助、足立原八束为首,聚集在斯文会,举办读书会。正在不断修饰润色之时,战争爆发,曾几次跑到防空洞躲轰炸,备尝艰辛,最终只能粗粗润色了事。战后住在北总牧野,一边照看生病的妻子,一边对译文反复推敲。1947 年动笔,同年终于完成,并由足立原八束加以校正。盐谷温赋诗曰:

元知家国有兴亡,昨是今非梦一场。
暂辍悲歌慷慨笔,风流三昧评《西厢》。①

《歌译西厢记》书后,也载录盐谷温署名为"九九翁节山"的汉诗一首,同样表明,翻译《西厢记》是他晚年最看重的事业:

---

① 〔日〕鹽谷温『歌訳西厢記』附、養德社 1958 年版、第 60 頁。

> 磨穿铁砚老逾坚，拟定《西厢记》一篇。
> 伏枥犹存千里志，鞭驽十驾送残年。①

盐谷温当时参考的，除了《雍熙乐府》（孙氏编）之外，不过王伯良本、即空观本、陈眉公本、毛西河本、金圣叹本等，词曲以《雍熙乐府》本为本，白文则据即空观本，插图从他自己旧藏（后归天理图书馆藏）的《重校北西厢记》（李卓吾批评合像北西厢记皇明万历新岁，书林游敬泉梓）选出。这种书不见于郑氏廿六、吴氏之二十种，田中谦二的解题也没有提到，或许是题名变了的原因。有关注释当初根据明清诸家的释义，后来得到王季思（新文艺出版社，1954）、吴晓铃（作家出版社，1954）的《西厢记》，根据两书对译文作了修改。他认为前者对典故的解释详尽，例证丰富，后者有白话的说解，均是《西厢记》注释的白眉。译文还参考了宫原民平的国译汉文大成译本。

从盐谷温开始着手翻译《西厢记》，到1958年刊出对照本，前后历经半个世纪。他总是把陈眉公本揣在口袋里，不管室内户外，不分车里路上，常苦思沉吟，不辞辛劳。战后既无参考书，研究又诸多不便，字斟句酌，再三修改，使雕琢十年写成《三都赋》的晋人左太冲亦望尘莫及。根据附册中所附录的盐谷温弟子、《西厢记》的校订者足立原八束的文章《写于校正终了》说，盐谷温苦心孤诣寻找着既忠实于原文，而又文意畅达的优美日语，直到一字一句都妥帖为止。半夜脑海浮现妙想，便爬起来在枕边的稿纸上写下来，有时在他喜爱的澡盆里，催促着叫人快拿纸笔来，读到近松门左卫门的语汇，就不由得羡慕起从前文人语汇何等丰富，也常常为汉语中双音词的每一个字所含新意的微妙而感叹。《西厢记》文字的卓越之处，不仅在于"说什么"，更在于"怎么说"，不仅是内容的问题，更是表达的问题。特别是戏曲的语言，较一般文字更为夸张，连普通文字常常都夸张的中国话，将它译成日语是很难的事情。翻译的时候他已经年过七旬。

---

① 〔日〕鹽谷温『歌訳西厢記』附、養德社1958年版、第51頁。

二 《西厢记》拟定本

为《西厢记》确立定本，是盐谷温的夙愿。新中国成立以后，刊印了弘治本《奇妙全相注释西厢记》，盐谷温校勘书写拟定本时尚未见到弘治本，所以在《歌译西厢记》刊行之后，还准备继续以后改定版刊行时附以校勘记。不过，他从王季思、吴晓铃的《西厢记》中获益甚多。日本《大安》杂志1958年6月号卷首刊登了波多野太郎撰写的《古本董解元西厢记与张心逸先生的校勘》，盐谷温读到后"欢喜雀跃，高呼快哉"，准备在研究完王实甫《西厢记》之后，继续研究董西厢，虽年逾八旬，仍不禁老骥伏枥之叹，在《歌译西厢记》的后记的末尾，激动地写道："余亦发愤，返老还童，要把董西厢当做文学界的人造卫星发射出去，继续研究它，为日中文化的向上发展鞠躬尽瘁。"由于这一年苏联发射了世界上第一颗人造卫星，日本如同中国一样，有开创性的事情都被称为"放卫星"，盐谷温要放的文学界卫星是董西厢记研究，可见他对《西厢记》的酷爱之情，贯穿了一生。

盐谷温的两个学生内田泉之助与足立原八束受命参与了校订工作，自1943年夏天起，两人关在汤岛圣堂斯文会的房间里，远宾客，冒暑热，避空袭，桌子上摆满各种不同的本子，一字一句加以探讨。拟定本否定了"王作关续说"，肯定"王作说"，以第二本楔子新立一折，另新定一楔子，全篇拟定为二十一折，又分第五本第三折别立一楔子。盐谷温对各本参校，确定第二本当为五折，并将此结论书于上栏，这正与弘治本相合。虽然新定二楔子不免武断，但盐谷温仍不愧为日本从事《西厢记》原文校订的第一人。《歌译西厢记》（拟定本）刊行之时，足立原八束已经先于其师作古。

在第二本第六折首页栏上，盐谷温用汉文写下了这样一段话说明了分析的依据：

> 此折诸本合第五折，以应一本四折之常则，然一折二调不可也。《弦索辨讹》分为二，曰"求援解围"，《纳书楹曲谱》亦同，曰"寺警、传书"。《太和正音谱》载越调小络丝娘"都只为一官半职阻隔着千山万水"，注曰："王实甫《西厢记》第十七折"，此曲凌本为第四折尾。四本四折，即第十六折，非十七折也，云十七折，则此折分为二明矣。又

凌本则为楔子，但楔子限一二零曲，不宜套数。按《元曲选》中《赵氏孤儿》分五折，固不妨也，故试拟定第二本分为五折。后及见弘治版岳家本，亦为五折，大得吾意，快甚。①

在第二折后的楔子前，栏上又注："此楔子从毛西河所定。杜将军救援事，自是一具名齣剧，况有《仙吕》《端正好》二曲，宜为一楔子也。"② 楔子部分《仙吕》栏上再注："此二曲岳家、陈眉公诸本皆有，王伯良削之，凌初成从之，不可。按《仙吕》《赏花时》《端正好》零曲，楔子所常用也，存之为可。"③ 考据在先，翻译在后，校订文字与翻译并举。如第十八折《商调集贤宾》："虽离了眼前闷，却又在心上有，"栏上注："闷字难读，王本、凌本为衬字，连下句读，毛本无之，暂从《雍熙乐府》本。"④ 盐谷温将唱词训读与译文上下对照排列，译作用正整的小楷书于稿纸上线装影印，上栏时有校勘文字，一笔不苟，一句不漏，译者显然充分享受了研读、翻译、书写的全过程。

三　绝妙好辞的日本歌

《太和正音》评王实甫的绝妙好辞说"王实甫之词如花间美人"。盐谷温认为，《西厢记》文辞之妙，金圣叹已说透。但仍赞叹说：

> 其高华艳丽，如百花烂漫；正大光明，如大山峨峨；豪健雄浑，如长流滚滚；奔放自在，如天马行空；直截明快，如快刀斩乱麻；俊逸奇拔，如寸铁杀人。对偶之妙，骈俪之巧，长短句之运用，无处不佳。⑤

盐谷温最欣赏的是《西厢记》在严整规范的美辞丽句之中随心所欲地穿插进粗笨之俗语、卑近之方言，这恰如锦绣之上缝缀粗布，白璧之中点以顽石，其手法美妙，却平添文采，衬字使全文跃动起来。

---

① 〔日〕鹽谷溫『歌訳西廂記』上、養德社1958年版、第108頁。
② 〔日〕鹽谷溫『歌訳西廂記』上、養德社1958年版、第121頁。
③ 〔日〕鹽谷溫『歌訳西廂記』上、養德社1958年版、第126頁。
④ 〔日〕鹽谷溫『歌訳西廂記』下、養德社1958年版、第156頁。
⑤ 〔日〕鹽谷溫『歌訳西廂記』附、養德社1958年版、第64頁。

《歌译》有盐谷温手书的序言如下：

　　真善美者，道之三面也。穷真为哲学，讲善为道德，说美为文学，各擅其一面而兼之，难矣。
　　《西厢记》本于唐元微之《会真记》，衍于金董解元搊弹词，而成于元王实甫五本杂剧。其事则属才子佳人之风流韵事，固不可以哲学、道德见之也。若夫至其词曲，则绝妙好辞，古往今来，无二之才子书也。宜哉，家弦户诵，艳称于文坛，绝赞于世界也。法、德诸国有译文。余试以国语歌译之。盖取于其美文学也。子谓《武》尽美矣，未尽善也。余于《西厢记》亦云尔。①

所谓"歌译"，就是将唱词都翻译成七五调。
第一本第二折《醉春风》，是张生自叙见到莺莺后魂不守舍心境的一段唱：

　　往常时见傅粉的委实差，画眉的都是谎，今日寡②情人一见有情娘，着小生心儿里早痒痒，迤逗的肠荒，断送的眼乱，引惹的心漾。

《歌译》译作：

　　傅粉のをみな画眉の人
　　見るから羞がし我ながら
　　けふしと一度ゆくりなく
　　有情の乙女に逢ひしより
　　心は早くとむず痒く
　　腸ちぎれ
　　眼はくらみ

---

① 〔日〕鹽谷温『歌訳西廂記』上、養德社1958年版、第1頁。
② "寡"，弘治本作"多"，以"寡"为佳，反衬莺莺的魅力。

　　　　　志どろとどろの胸の中①

　　第一本第四折［雁儿落］张君瑞的"我则道玉天仙离碧霄，元来是可意种来清谯，小生是多愁多病身，怎当他倾城倾国貌"是脍炙人口的名句，《歌译》这样译出：

　　　　みそら離れし天人の
　　　　出現とこそ思ひしに
　　　　いとしき君におはすかや
　　　　多愁多病のこの身にて
　　　　いかで当てんかの人の
　　　　傾城傾国の貌には②

　　"小子多愁多病身，怎当他倾城倾国貌"，盐谷温说："多愁多病、倾城倾国，都是既制熟语，而对称来用的手法真是精彩，张生愁闷之状如在目前，栩栩如生，其痴态当唾弃，而文辞之妙无言可比。真是恼杀人，令人对张生暗自同情。金圣叹评《西厢记》谓可对花读，对月读，对美人读，对禅僧读，实为名言。"③清醮，请僧道为免灾呈祥遂顺如愿而进行的法事活动。译者跳过此语，一步跳入自己倍加赞赏的对句。

　　第四本第三折《满庭芳》：

　　　　供食太急，须臾对面，顷刻别离。若不是酒席间子母每当回避，有心待与他举案齐眉。虽然是厮守得一时半刻，也合着俺夫妻每共桌而食。眼底空留情意，寻思起就里，险化做了望夫石。

　　《歌译》译作：

---

①〔日〕鹽谷温譯『歌譯西廂記』（擬定本）上、養德社、第29頁。
②〔日〕鹽谷温『歌訳西廂記』上、養德社1958年版、第77頁。
③〔日〕鹽谷温『歌訳西廂記』附、養德社1958年版、第65頁。

第十章 元杂剧的传播与翻译

  さし出す餉いぞがしく
  しばし相見るその中に
  やがて程なく別れなん」
  この酒席母の前
  へだて心のいらざれば
  目八分高く膳を挙げ
  女房ぶりにかしづかん
  たべ半刻の間なりとも
  夫婦は共に食ふぐし」
  目と目みあはすばかりしと
  思いなまりてあやふくも
  松浦姫とはなりぬらん①

  译者将中国的望夫石置换为奈良时代的松浦姬。松浦姬，即松浦佐用姬，相传其恋人远征后七日七夜悲泣不止，终化为石。松浦姬传说与竹取传说，羽衣传说并称为日本三大悲恋传说。译者顺手拈来，自然无成。
  第十六折（弘治本第四本第三折）《叨叨令》：

  见安排着车儿、马儿，不由人熬熬煎煎的气；有甚心情花儿、靥儿，打扮的娇娇滴滴的媚；准备着被儿、枕儿，则索昏昏沉沉的睡。从今后衫儿、袖儿，都揾湿做重重叠叠的泪。兀的不闷杀人也么哥，兀的不闷杀人也么哥！久已后书儿、信儿，须索与我栖栖惶惶的寄。

  《歌译》译作：

  車児よ馬児よと引き出せば
  気はいたづらにいらだちぬ
  花児も靥児もうつくしく

---

① 〔日〕鹽谷温『歌訳西廂記』下、養德社1958年版、第123—124頁。

打扮せんの心なく
被児枕児をとゝのへて
うつらうつらと睡るべく
衫児（ながぎ）も袖児も今日よりは
ぬぐふ涙にしめるらん
いかでか悶えざらめやは
いかでか悶えざらめやは
音児も信児もこれよりは
我に寄せてよいそがしく①

　　这一段唱词中译者对车儿、马儿等十个带"儿"的词语一个也不忍割弃，以"儿"为后缀的词连出，颇为女性化。尽管盐谷温刻意要把元曲译成地道的和歌，仍对这些可爱的元曲味十足的连环妙语恋恋不舍，采用江户时代白话小说翻译的故伎，留汉字，加义训，让汉字之妙与汉语之妙两存于译文。

　　第十六折（第四本第四折）《朝天子》：

　　暖溶溶玉醅，白冷冷似水，多半是相思泪。眼面前茶饭，怕不待要吃。恨塞满柔肠胃。蜗角虚名，蝇头微利，拆鸳鸯在两下里。一个在这壁，一个在那壁，则落的一递一口长吁气。

　　《歌译》译作：

もと暖き玉醅の
水の如くに冷ゆるとは
おほかた相思の涙なり
眼のあたりなる茶も飯も
吃せんとする心なく

---

① 〔日〕鹽谷温『歌訳西廂記』下、養德社1958年版、第115—116頁。

第十章　元杂剧的传播与翻译　687

　　恨は腸胃に塞がりぬ」
　　蝸角の虚名蠅頭の
　　微利を争い追けん為
　　双の鴛鴦の中を拆く
　　かれは那壁に
　　これは這壁
　　長吁気はすばかりなり①

"蜗角虚名，蝇头微利"，直以东坡词入曲，像这样高度凝炼的句子一般是很难纳入和歌句式的。盐谷温利用汉语词的丰富性与日语语序的灵活性，保持了和歌的节律。

第十二折（弘治乱本第三本第三折）《清江引》：

　　没人处则会闲磕牙，就里空奸诈，怎想湖山边，不记"西厢"下。香美娘处问花木瓜。②

《歌译》译作：

　　かげにてはよく口きけど
　　詐とこそは知られけれ
　　湖上のあたりよしや君
　　西厢の下を忘れまじ
　　香美娘は花木瓜の
　　実なき男をさばきけり③

花木瓜，宋元戏剧小说中多用，指中看不中用，此指张珙。盐谷温在句中补加了"无实之男"一语，点明此意。《西厢记》中多倒装语、分合语、

---

① 〔日〕鹽谷温『歌訳西厢記』下、養德社 1958 年版、第 125 頁。
② "花木瓜"，弘治本"花"前有"破"字。
③ 〔日〕鹽谷温『歌訳西厢記』下、養德社 1958 年版、第 43 頁。

拆字语、歇后语、断插语、双关语、反意语、打诨语、手势语等①，将这些装入五七句式的和歌体中，是对译者才华严峻的考验，盐谷温"归化"十足的策略也有时不得不或有意向"异化"低头。

四　误译与译者的责任

《歌译》对于今天的翻译者有不少值得借鉴的地方，然而误译也不算少。虽然这些误译并不能全都归咎于译者，但讨论它们却是很有意义的。

首先，译文是否正确，和原本的理解很有关系。第一步是对原本文字、语言和书写惯例的理解。徐沁春《新校元刊杂剧三十种》校记云："女婿张郎——婿原作人。今改。下同。按：本剧元刊本遇笔划较多的字，往往用'一'字'人'字代替。"又云"嫡亲四口儿—'嫡亲'原作'人一'，今改。"孟蓬生归纳说："以'人'为代字符号，盖元剧通例。大约元刊所据，本勾栏戏曲脚本，供演员记诵之用，遇有繁难之字，辄以'人'字（或'一'字）代之，也不会产生误会。后书肆刊刻供人阅读之剧本，此种代字符便一律盖从本字。"并认为《西厢记》第二本第三折〔小梁州〕"乌纱小帽耀人明"中的"人"，本字即为"眼"，而"人"为代字符号。② 这种说法是可信的。盐谷温将"耀人明"译成"てり耀きてみごとなり"。

第十五折（第四本第二折）《幺篇》："世有，便休，罢手。"这是红娘劝老夫人的话，像莺莺和张珙的事，世上不是没有，所以就别管了。《歌译》译作：

　　世に休め得れば、そのままに
　　手をばつけざるためしあり③

第十七折（第四本第四折）《步步娇》："昨夜个翠被香浓兰麝，把身躯儿趄，脸儿厮揾者，仔细端详，可憎的别，铺云鬓玉梳斜，恰似半吐初生

---

① 王季思著：《玉轮轩曲论》，中华书局 1980 年版，第 255 页。
② 首届元曲国际研讨会组委会编：《首届元曲国际研讨会论文集》下，河北教育出版社 1994 年版，第 680—681 页。
③ 〔日〕鹽谷温『歌訳西厢記』下、養德社 1958 年版、第 104 頁。

月。"可憎的别，可爱的特别。别，不一般，不平常，特殊。今内蒙古西部民间仍沿用"别"这一方言词，发音近乎日语的"变"（ヘン）。《歌译》将此译作了"可恨"：

  昨夜はうれしき翠被の中
  蘭麝の香濃に
  珊瑚の枕欹てて
  身をば近よせ臉をなで
  つくづく見れば憎らしや
  雲の鬢づら玉梳の
  斜にさすは三日月の
  半吐けるにさし似なり①

  第一折（第一本第一折）《寄生草》："你道是河中开府相公家，我道是南海水月观音现。"道，以为，今内蒙古西部民间依然保留此方言词。如说："我道是谁，原来是你。"即"我以为是谁呢，原来是你。"《歌译》将"道"直接译作了"说"：

  汝はいふなりここはしと
  河中開府のとのの家
  我は思へりあれこそに
  海南水月観世音②

  王季思认为，大抵前人所谓谑语、嗑语、市语、方语，《西厢记》中所见尤多③。道白难译，唱词更难译。这些密集的难解语之外译，难度似乎不低于中国人之译《尤利西斯》，因而不仅这些奇词妙语有必要专门探讨，就是对如何将它们译成各种语言，也值得专书详论。

---

① 〔日〕鹽谷温『歌訳西廂記』下、養德社 1958 年版、第 136 頁。
② 〔日〕鹽谷温『歌訳西廂記』上、養德社 1958 年版、第 23 頁。
③ 王季思：《玉轮轩曲论》，中华书局 1980 年版，第 257 页。

五　唯美文学观

盐谷温在翻译中参考了不少中国学者的校勘和语言研究成果，但对于《西厢记》思想内容的把握，却存在很大分歧。一个显著的问题，就是他完全不赞同当时中国学者关于《西厢记》反封建意义的阐述，而认为这种分析是"露骨的，煞风景，没有意思"。

解放以来，关于《西厢记》反封建意义的阐述，似乎没有人提出过异议。1963年版刘大杰《中国文学发展史》说："《西厢记》是一部杰出的现实主义作品，它歌颂了青年男女争取婚姻自由、追求幸福生活、反对封建礼教、反对虚伪的禁欲主义的叛逆精神。"① 游国恩等编撰的《中国文学史》也说《西厢记》"歌颂了莺莺和张生为共同幸福而反对封建势力的斗争，并明确提出'从今至古，自是佳人，合配才子'（〔南吕宫·瑶台月〕）的要求，以反对从封建家族利益出发要求门当户对的婚姻。""揭露了封建礼教对青年自由幸福的摧残"，"歌颂了青年男女对爱情的要求以及他们的斗争和胜利"。② 盐谷温对类似的分析十分反感，认为《西厢记》写的是梦想，不能放到现实中去实行，也完全没有必要将崔莺莺看成"革新女性的标本"：

> 中国革命以后，排旧革新思想横溢，每事反对旧道德，特别是最近，自由主义兴盛，文学评论里面也是思想问题吵吵闹闹争论不休，以至于《红楼梦》《西厢记》也被投进漩涡之中。崔、张之事，也不当作风流韵事，而把它挖出来当做思想问题，作为向封建道德弯弓射箭之的，甚至视为自由主义的胜利，这不是有点过分吗？文学书当以义理人情论之，里面是有意思的，若作为思想问题，以冷眼相对，则是露骨的，煞风景，没有意思。说来诗的世界是梦想，而不是现实。把《西厢记》放到现实中去实行是不行的。把千秋绝艳的崔莺莺看成水性杨花的革新女性的标本，是对贵妇人的冒渎，《西厢记》也就不能安坐文坛宝座。如果把莺

---

① 刘大杰：《中国文学发展史》下，上海古籍出版社1984年版，第874页。
② 游国恩、王起、萧涤非、季镇淮、费振刚主编：《中国文学史》，人民文学出版社1964年版，第774—775页。

莺当做妓女，连张生也像是偶人（假装人），这完全是粗暴言论。①

盐谷温与当时中国学者在文学观上存在根本分歧，他对于《西厢记》的思想内容不甚关心，只是欣赏它的"表达技巧和文辞之妙"，认为即便是根据训读，也能品味其文章的妙味：

《西厢记》既然以《会真记》为原本，就不该全然无视史实，自由论评。说来以《西厢记》为思想问题，就像是以《归去来兮辞》说农田开发，离谱得没边，几乎就是说胡话。我之所以赞赏《西厢记》为第一文学书，特别就是因为欣赏它的表达技巧和文辞之妙。我不懂元代的语言风格，对作为耳听的音乐、目观的演剧的价值，自然毫无谈论的资格，但是，就拿文章的妙味，即便根据训读也能明白。司马迁的《史记》、李太白的诗歌、陶渊明的《归去来兮辞》、苏东坡的《赤壁赋》，都是一样。②

盐谷温甚至用赋诗一般的文笔，对《西厢记》的绝妙好辞大加赞赏：

而最不可企及者，乃是在规律严正整然与罗列的美辞丽句之中，漫不经心地配上粗笨的俗语、卑近的方言，恰如锦绣之间缝缀粗布，白璧之中点上顽石，其巧妙的手法却增添更大的光彩。例如："怎当他临去秋波那一转"，"刚刚的打个照面，风魔了张解元"，"胡伶渌老不寻常，偷睛望，眼挫里抹张郎"，"君瑞是个肖字这壁著个立人，你是个木寸、马户、尸巾"（村、驴、屌），由于衬字，全文活动起来。③

如果我们盘点一下20世纪五六十年代日本学者评论中国大陆文学经典研究的论著，就不难发现与盐谷温上述言论相似的评论。白川静在谈及1959年出版的《诗经研究论文集》时，不满其中"强烈的公式主义"："反映贵族生

---

① 〔日〕鹽谷温『歌訳西廂記』附、養德社1958年版、第64頁。
② 〔日〕鹽谷温『歌訳西廂記』附、養德社1958年版、第64頁。
③ 〔日〕鹽谷温『歌訳西廂記』附、養德社1958年版、第64—65頁。

活的，都是腐败的；政治诗、社会诗都是忧国的，农事诗为证实奴隶制而被歪曲，《国风》诸篇，都是劳动人民反抗封建剥削的阶级斗争的反映。不管与其统治原理有什么不同，都让人感到抹杀诗篇的文学性，有与古典经学立场相通的东西。"① 今天看来，这些批评都有一定的合理性，同时从这些议论中也不难读出他们对中国当时文学研究全貌的隔膜。只有有数的中国论著传入日本，盐谷温等对中国学者的生存与心路茫然无知，由此作出的判断难免助长自身的优越感。

在那一时代中国大陆的文学经典的研究论著中，公式主义或称标签主义颇显强势，那是因为给古典文学贴上反封建的标签，为阶级斗争理论提供证据，被视为研究的思想性职能。从另一方面说，日本学者也正是从对中国学者的思考中更进一步明确了自身的话语特色，更偏向摒弃思想阐释而专注于历史主义的考证与唯美主义的赏析的另一极。

诚然，经学阐释的影响源远流长，在中国这种影响依然惯性十足。20世纪70年代以后，一改阶级斗争的公式或标签而为西方文论的公式标签的文字流行一时。不过这种公式主义、标签主义也绝非中国所独有。在日本最盛行的是所谓"先进国——先进文化"、"后进国——后进文化"的标签或公式。一旦被贴上前者，自然追随不殆；反之，如贴上后者，便唯有唾弃了事，而世界文化之多样风貌，又绝非贴上两样标签就能一目了然了的。

第四节　池田大伍的元曲研究和翻译

日本江户时代儒者新井白石、荻生徂徕、伊藤东涯等虽然都曾在自己的著述中提到元曲，那时也出现过远山荷塘《谚解校注古本西厢记》那样的写本②，但直到明治时代，也只有《西厢记》《琵琶记》被翻译成日语。除此之外，明治时代的幸田露伴对郑廷玉的《忍字记》等做过片断的翻译改写，盐谷温等人对元曲的成就做过翻译和研究，直到1939年吉川幸次郎在

---

① 〔日〕白川静『白川静著作集』第十卷、平凡社2000年版、第69页。
② 王晓平：《日本江户时代的中国元曲研究》，载首届元曲国际研讨会组委会编《首届元曲国际研讨会论文集》，河北教育出版社1994年版，第257—260页。

京都大学主持元曲研究班，元曲才开始引起学界的广泛关注①。另外一位元曲研究的先驱青木正儿译注的《元人杂剧》，直到1957年才由春秋社出版②。20世纪30年代的日本，既没有元曲俗语辞典可供查阅，也难找到可以请教的专家。

然而，就在这种元曲少有人道的情况下，却有一位戏剧家、剧作家，完全凭靠自学，完成了五种元曲的翻译。他的译作先是在1934—1936年间发表在一家小刊物《人》上的，在他去世33年之后，又经元曲专家田中谦二校注，于1975年出版。这就是池田大伍的《元曲五种》。

从池田大伍征引的材料来看，只有臧晋叔的《元曲选》和王国维、朱湘等少数几人的著作，仅靠这些来从事翻译，有时无异于瞎子摸象。然而经过长期的钻研，他翻译的准确性，对俗语的悟性，对元曲艺术的理解，都令元曲专家惊叹。他凭靠自己丰富的舞台经验，对元曲的艺术性有了独到的理解，在日本人对元曲了解甚少的情况下，他选择了译中有编、编以代译的策略。不仅他的翻译实践至今仍值得怀念，就是他通过翻译对元曲所作的阐释，也还有值得一读之处。由于他本来的专业是英国文学，后来投身于新歌舞伎改革运动，对中国古典戏曲兴趣浓厚，所以从日本——西方——中国三方比较的角度对元曲艺术提出的见解，就有一些与众不同的地方。

一　走向元曲发现的孤军远行

池田大伍的元曲翻译虽然看来是孤军远行，然而翻译动机的产生却决非偶然。它是新剧运动深入的产物，是池田大伍感受到日本新剧运动的大众化需要而希望从东方古典戏剧中获得改革力量的选择。在他有关元曲的论述中明显看出近代戏曲研究与比较文学研究两股学术潮流的交叉，而这正可以从坪内逍遥在早稻田大学从事的学术活动和戏剧改革活动中找到依据。

---

① 王晓平：《中国古典戏曲在日本》，载孙歌、陈燕谷、李逸津著《国外中国戏曲研究》，江苏教育出版社2000年版，第1—16页。

② 王晓平：《中国古典戏曲在日本》，载孙歌、陈燕谷、李逸津著《国外中国戏曲研究》，江苏教育出版社2000年版，第1—16页。

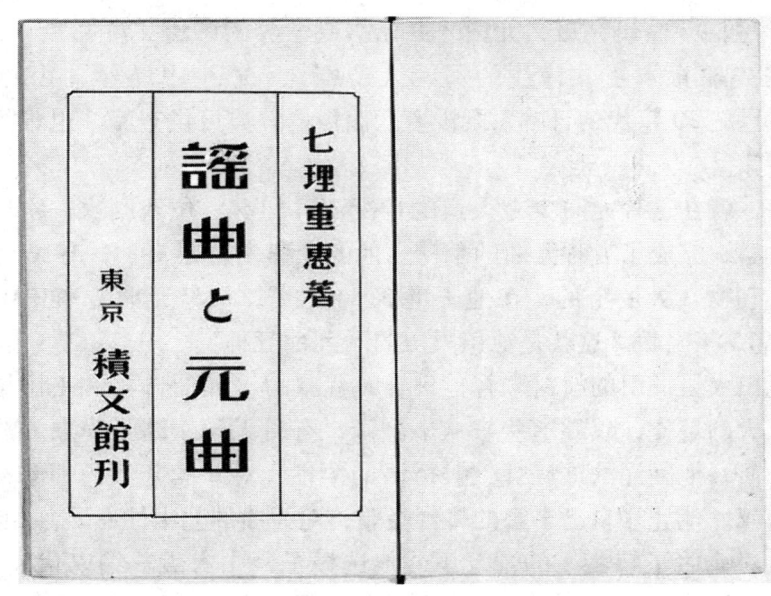

图109　1926年积文堂刊七理重惠著《瑶曲与元曲》

明治维新以后，西方近代戏剧的知识和演出情况逐渐传入日本，引起一批有志于戏剧改革的学者、作家、艺术家的思考。如何吸取西方戏剧的经验以改革自古以来的歌舞伎等古典戏剧，成为他们苦苦探索的课题。日本近代戏剧改革的旗手坪内逍遥（1859—1935）在东京专门学校执教的时候，一方面在评论、翻译、小说和剧本创作等各方面吹进欧美文学的新风，一方面特别致力于演剧革新活动。明治二十七年（1894），他开创了户外剧，发起创立了以江户前期净琉璃、歌舞伎狂言作者近松门左卫门命名的"近松研究会"。明治三十八年（1905）坪内逍遥创立文艺协会，以极大的热情推动野外剧的创作和演出，活跃在演剧界。在早稻田大学任教期间，他讲授"比照文学"课程，这是日本最早在大学开设的比较文学课程，早稻田大学同时也成为日本新剧活动的重镇。早在1873年他在爱知县立成美学校上学的时候，就听外籍教员朗读过《哈姆雷特》的一段，1907年便开始着手翻译莎士比亚的剧作，1915年他从早稻田大学辞去教职，潜心于翻译活动，终于于1928年出版了他翻译的《莎士比亚全集》。几乎与此同时，日本的演剧界也积极行动起来。著名歌舞伎俳优二世市川左团次得到后援者松居松叶的支持，从1906年

12月到翌年8月考察欧美各地演剧的实际情况，回国后便立志改革歌舞伎陈腐因袭的旧习，却遭到失败。另外，小山内熏从1907年开始加入"易卜生会"，在松居松叶的帮助下学习了欧美演剧的知识，1908年退出新派，于是，小山内熏和二世市川左团次合作建立了研究剧团"自由剧场"，主要上演的是西方翻译剧。

坪内逍遥创办的文艺协会和小山内熏、二世市川左团次创立的"自由剧场"，是新剧史上的先驱，在培养新进剧作家、增强对戏剧的重视、确立演出家的地位等方面都立下了不可磨灭的功绩。然而，这些团体都带有研究团体的性质，并没有在大众之中扎根。这些先驱者对西方戏剧的吸取是多方面的，不仅演出的剧目有易卜生等人的剧作，而且团体还采用了英国式的会员制。

池田大伍（1885—1942），原名银次郎，出生于东京银座的商人家庭。其兄热爱戏剧，与剧坛有交往，后来成为池田大伍戏剧事业的理解者、支持者和协助者。池田大伍早年毕业于早稻田大学英文科，参加过坪内逍遥、岛村抱月的后期文艺协会，后与东仪铁笛等组织"无名会"，从事新歌舞伎的创作和演出，其剧本以台词诙谐潇洒而著名。著有《池田大伍戏曲选集》。他留给了我们《元曲五种》，翻译了《杀狗劝夫》《救风尘》《城南柳》《老生儿》《魔合罗》这五个剧本，还将《气英布》等改写为日本剧。

池田大伍在早稻田大学上学期间，就接受到新剧的熏陶，热心投身于创作和演出活动。他既是这场改革运动培育出来的新一代艺术家，继承了前辈的革新精神，又对改革留下的课题感同身受。历经一代学人的努力，日本古典戏剧仍然没有成为大众喜闻乐见的艺术形式，改革在艰难中推进，举步维艰。东方古典戏剧的出路在哪里的问题并没有根本解决。池田大伍师长的目光都集中在西方戏剧那里，关于西方戏剧的翻译和学习可谓硕果可观，而关于东方古代戏剧的知识却十分贫乏。

由于现存有关池田大伍的传记和演剧活动的材料很少，我们很难搞清是什么契机让他与元曲翻译结缘，但从当时戏剧革新活动的现状来分析，他翻译中明确的问题意识和鲜明的借鉴倾向，都不难理解。作为一位剧作家，他不能不把目光更多集中到剧场的演出效果上。在池田大伍论述元曲特点的时候，多次引用莎士比亚的名剧《奥赛罗》《威尼斯商人》等相对照，也举出内容相近的谣曲《弱法师》《钵木》以及歌舞伎的表演形式相比较，自觉运用比较文学的方法对元曲的内容和艺术特色加以阐释，都可以看出其对坪内逍遥学术思想和艺术思想的理解和继承。尽管在日本近代戏剧改革中有过从中国古典戏剧中吸收智慧想法的艺术家不只池田大伍一人，他却是其中唯一通过艰苦努力以翻译改编来付诸实践的艺术家。

池田大伍的《元曲五种》除了每种前都有一篇小序之外，还附有题为《书于〈元曲五种〉之后》的长文。吉川幸次郎称许这篇长文"不单是'元曲'的概说"，对其"表示敬意"[①]，乃是因为其中包含了池田大伍本人对元曲的某些发现。我们今天来读它，还会觉得这些发现不失新鲜。

二 元曲与谣曲的滋味之异

池田大伍在最早发表的《杀狗劝夫》译文小序中说的第一句话就是："我喜欢元曲，已是很久的事情了，其词句之妙，常在梦寐之中，但对于如何将它移植到我国来，却一直拿不出办法。"[②] 这可以看出，他从事元曲研究和翻译的明确目标就在于移植。在《元曲五种跋》中他明确表示，自己想做的并不是对元曲加以研究介绍和评论，因为那是专家的事情，而是"以怎样的形式移植它。如果人们能多少品味它，这对于我国剧坛就会做出某些贡献。这不仅是我对元曲，也是对所有外国文学的想法。这是因为我本是一个贫弱的创作家。即使是搞翻译，也不想单作翻译"[③]。

他认为，元曲的滋味和日本的谣曲不同，也与近松门左卫门的净琉璃不同。元曲与它们用语迥异，文体亦异。首先是缓急不同。在谣曲当中，不论其人物境遇如何，通常都是悠扬不迫的，而元曲主要是北曲，即北方之曲，是所谓北方激越之调，有燕赵悲歌之遗意，因而有咄咄逼人之风[④]。他举出两组剧情有共同点的例子来论述元曲与谣曲的不同。一组是谣曲《弱法师》的盲人俊德丸，在受到谗害后到了天王寺日想观，唱词中吟月叹海，感慨人生虚妄，世路迷茫，而在元曲中同样受到惩处被赶出山寨而致盲的燕青，唱词却高亢有力，壮怀激烈。另一组是谣曲《钵木》中主人公常世踏雪回家

---

① 〔日〕池田大伍譯、田中謙二補注『元曲五種』、平凡社 1975 年版、第 369 頁。
② 〔日〕池田大伍譯、田中謙二補注『元曲五種』、平凡社 1975 年版、第 2 頁。
③ 〔日〕池田大伍譯、田中謙二補注『元曲五種』、平凡社 1975 年版、第 317—318 頁。
④ 〔日〕池田大伍譯、田中謙二補注『元曲五種』、平凡社 1975 年版、第 319 頁。

时，唱词中优雅地赞叹着飞雪之美，而《杀狗劝夫》中的主人公孙华冒雪回窑途中，唱的却是："有那等富汉每，他道是压瘴气，下的是国家祥瑞，怎知俺穷汉每，少食无衣，我则见满天里飞磨旗，半空里下炮石。"池田大伍认为这些都是情与意相似而语调迥异的例子。作为最早将元曲与谣曲加以比较的艺术家，池田大伍敏锐地发现了两者在艺术风格上的不同，而仅从他所举出的两组例子来也可以看出，这里实际涉及到中日戏剧性质和主题的根本不同，而其根源之一，还与两国诗学的基本差异相关。正像他对元曲"富于激情"的发现，是在与谣曲以平淡为美的审美意识的对比中得出的一样，他审视元曲的眼光始终与审视谣曲的眼光同在。

鲜明的问题意识是池田大伍观察元曲的重要特点。他认为，今天的歌剧，已经不是演剧的问题，而是音乐和声乐的问题。他这样分析歌剧发展的趋势：西方歌剧要复兴希腊戏剧，渐以音乐与声乐为主，发展成为今天的歌剧，所以瓦格纳要回归到讲故事。然而，瓦格纳发展音乐故事，不是为了本来的歌剧，不过是让音乐的功能更为有效而已，在音乐上加上近代的声光，而对原来的演剧上什么也没有增加。这样一来，就越来越是"音乐本位、声乐本位"，所以俄罗斯丹琴柯又要强化演剧的职能，歌词要更好听，更好懂，还要讲究表情和动作。对于这样的舞台实践，池田大伍却并不看好。他认为，毕竟是应该让人的声音最为完美，因而在倾注全力去歌唱的时候，还要分心去讲究表情、动作，那就像是右手画圆、左手画方一样，排练的话当然可以，但结果就会两头抵消（他用了"相杀"这种表述）。歌唱和表情动作本来是对立的，歌唱而少表情是当然趋势。然而，以演剧精神为基础，假如要创造歌剧那样的东西，就不是纯粹的歌唱，而是更接近于用歌来说故事。于是，元曲的词章就会给这种新歌词以极大的启示。这是因为元曲的歌词，从其语法上比起纯粹的歌来说，就更接近于说故事，它的词句是奔放的、自在的，这些词句对于新的故事体的启示是巨大的①。

他说："元曲不仅对我国的歌剧有很多启示，而且对我们的舞剧也同样可以这么说。"舞剧与一般演剧相比手法更难，主要在于其取材的狭隘性。在日本虽有舞剧之名，但实际上真正的舞剧极为罕见②。

---

① 〔日〕池田大伍譯、田中謙二補注『元曲五種』、平凡社 1975 年版、第 356—357 頁。
② 〔日〕池田大伍譯、田中謙二補注『元曲五種』、平凡社 1975 年版、第 335—336 頁。

他认为，元曲的词句，更接近于日本的舞剧词句。莎剧本是纯粹的戏剧，元曲半是唱，因而它和莎剧相比，往往更是表现性的，也更是动作性的，所以能够给日本舞剧以极多的启示。一提到舞剧，人们会首先想到西方歌剧，但池田大伍认为，西方歌剧和日本舞剧的发展从根本上不同，因而不能成为日本舞剧的参照。西方歌剧和元曲不同，它是纯粹的"歌本位"、"抒情本位"，其歌词缺乏动的要素，瓦格纳的所谓音乐剧也是一样。

三 元曲一人主唱的现代启示

池田大伍说，元曲是中国文学的国宝。谈到元曲为什么发达，他认为，这是因为元曲是诗歌的嫡系。演剧由史诗民谣发展而来，不论东西古今都是一样的，但是在希腊，索福克勒斯未必是荷马的嫡系，诗歌形式有变更，可以说是旁系。内容精神相同，而形式上却不一样。至于元曲，则把诗歌主观之处一模一样地转化为戏剧的形式，内容、外形都可以说是嫡系。因而，元曲的抒情、叙事、写景、对话，都是通过一个主人公或一位女子的表演去表现，而把其他人物都只放在辅助他言行的位置上，于是不能不对一人倾注心血，通过全曲四折，写得精致入微。这就是元曲人物全都跃动的原因①。

池田大伍说，元曲极其充分地传递了诗歌本来的精神。在这一点上又是与从索福克勒斯到今天的近代剧都把作者称为诗人是相似的。中国的说唱是否相当于伊利亚特的位置，还是个问题，但是两者至少在程序上有相似之处。假如说说唱有它们的内容形式，而缺乏其精神的话，那么关汉卿等人则是继承了从《诗经》到宋词的历代讽咏的精神。他说，元曲是冲破传统文字的堤堰，扬起新感觉的波涛，流进迄今尚未得到培育的戏剧领域的诗歌主流。这就是元曲得以作为文学得到崇高评价的原因，也是它能把历代讽咏精神转化为这种形式最自由地表现出来的原因所在。这样看来，这也无非是由荷马、索福克勒斯所开创而由莎士比亚集大成的戏剧的中枢精神，为人如实写出（从前是歌唱）喜怒哀乐的精神。只不过在莎士比亚那里是客观性的，而元曲是主观性的，而在要把它们高唱出来的精神上却是一样的。因而，元曲中作者对于作品中的人物的同情同感是极为深切的，而莎士比亚极为精彩之处

---

① 〔日〕池田大伍譯、田中謙二補注『元曲五種』、平凡社 1975 年版、第 349—351 頁

也在这里。他对作品中的人物充满着深切的同情①。

池田大伍关于元曲是诗歌的直系的看法,很可能受到王国维的启示。王国维在《曲录自序》中曾说:"粤自贸丝抱布,开叙事之端;织素裁衣,肇代言之体。追原戏曲之作,实亦古诗之流。所以穷品性之纤微,极遭遇之变化,激荡物态,抉发人心,舒轸哀乐之余,摹写声容之末,婉转附物,惆怅切情,虽雅颂之博徒,亦滑稽之魁桀。"② 不过,池田大伍的观点,并非是在深刻理解了王国维这些论断的基础上提出来的,更多的应该是从与日本乃至西方戏剧的比较中得出的结论。

元曲基本是由一人主唱为主,这是怎样形成的?又有什么实际意义?在池田大伍可能读到的书籍中,很难找到有关这一问题的论述。池田大伍在思考日本新歌剧的发展方向的时候,对这一点有了独到的发现。他没有像一般论者强调一人主唱的单调和落后,而是从推想元曲演出的生态出发,试图从中看出有利于剧团生存的因素:

> 诚然,像后来的南曲乃至我国的谣曲,再像西方的歌剧那样,演员全都演唱,在演剧来说是或许很好的。但是元曲是正末一个人唱,也有很大的感染力。开始读元曲,往往会认为这一点是不足,学者们的议论也多认为它不如后来的南曲形态完整。但是,再三阅读玩味就会明白,这种形态看似简素,却有直达人肺腑的妙用。可以认为,本来元曲妙处主要在于抒情的切实性,但这一点不正是源于这种形式的力量吗?毕竟如果演剧的根本在于其中毫无隔膜的直接感染力的话,那么这种形式不就是难以骤然排斥的东西吗?
>
> 今天,我国的歌剧一般都是模仿西方的,好像只有那里才有很多适用的东西,现在却还看不到有什么进展。就是在西方,真正的歌剧也是常常遭到排斥,一流的歌手也多以独唱为主。实际上,那种规模宏大、庞大而无趣的大歌剧,如果没有国家保护的话,早就荒芜了。之所以如此,是因为它毕竟歌唱为主,只是陶醉于好听的旋律而缺乏演剧要素似乎是个主要原因。因而在我国剧团将来真格的歌剧看不到一点起色;同

---

① 〔日〕池田大伍譯、田中謙二補注『元曲五種』、平凡社1975年版、第352頁
② 王国维:《宋元戏曲史》,中华书局2011年版。

时今天的轻歌剧正在设法改进，但如果不做根本性的改造，很难认为它就能成为更富生气的真正为大众欢迎的东西。这样发展下去，元曲的形式十分简单朴素，它的内容里面，包含着确实让今天的大众把握、感动的东西。第一，它好在组织简易，有一个唱得好的歌手和几个助手就行了，而且歌词再讲究些，就有东西精彩上演。当然这样说，并不是想将元曲原样再现，也不是想以之决定将来歌剧形式，只是说其中包含着很多启发罢了。①

在池田大伍看来，从保留至今的台本来看，元曲是正末或正旦一人主唱，其他的"副人物"只从周围来协助其发挥演技，这一点之所以有趣，是因为其中富有对今日演剧上的巨大启示。它对于将来未必是无用的。他认为，戏剧主流的发展在任何地方都是一样的，元曲以前存在的戏，本来是人人都唱的，这发展成后来的南戏，后来的明曲，所以从戏剧来说，这是正当的发展。元曲受到说唱的直接影响，是抒情性叙事诗的戏剧化，这恐怕是极其自然演化的唯一实例，从而，它便有了天然之妙，其形式朴实而具有适宜于戏剧之长的地方。池田大伍一再强调说："只有一人唱是元曲特有的长处。"② 而这一点，恰恰是创造现代戏剧所需要探讨的。

池田大伍还从现代戏剧对主观的回归来说明一人唱的意义。现代演剧主观化倾向在内容上渐为显著，元曲的独有一人唱，最简明地达到了这样的目的。虽然演剧形式以纯客观为佳，但到了近代剧，其主观的倾向渐胜。易卜生发其端，表现派里主张如自报姓名，就是一例。纯客观描写往往容易削弱戏剧效果。有评论说惠特曼的那些作品有弱点，就是因为这一点。这样看来，元曲只有一个人唱，这对将来未必是无用的。谈到表现派，源于它的主张的形式是多种多样的，难以固定，即便有一种力量，至于其效果也未能猝然断定，不如元曲主观形式单一而不芜杂。元曲在形式上也就正好有适于发挥戏剧之长的地方。例如，单独描写主人公的心事境遇，其他人物只作为主人公的对象就是了，这就是自然适于演剧长处的地方。莎士比亚的作品，往往有两个主人公，也有两个角色不相上下的，近代剧里往往有非主人公，即主人

---

① 〔日〕池田大伍譯、田中謙二補注『元曲五種』、平凡社 1975 年版、第 324—325 頁。
② 〔日〕池田大伍譯、田中謙二補注『元曲五種』、平凡社 1975 年版、第 353 頁。

公缺位的作品。池田大伍把这些都当作特殊场合,作为定则,从总体上,一个主人公是正当的。而元曲不期成就了这样的手法。

他指出,元曲中主人公与配角轻重自明,总是把重心放在主人公身上,所以不仅作者的主观最容易贯彻,而且元曲在运用这一特异形式上,尽管简单朴素,却已经具备了一般戏剧概论上讲述的技法,即"主人公集中主义"。结构是简明的,而情味却是复杂的。因而如能得删补之妙,即便不是主人公内心的连续独白,也能有效地表达其主观内容。这样看来,可以说元曲的形式可以给将来的演剧以很大启发。

池田大伍最后解释说,自己决不是固执于一人唱,两人对唱、三人合唱都未尝不可,只是要由主观来统率就是了。像元曲这样最完备的演剧,也是最简单朴素的(即原始的)形态。事物复杂多端,就姑且回归于原始之形,那就是最有基础的。今天的演剧过于多样了,或许该提倡一种还原运动了。池田大伍在《书于〈元曲五种〉之后》关于元曲一人主唱的意义、价值,及其对现代演剧的启迪的论述,特别受到吉川幸次郎的赞赏,认为这是非其人不能道出的卓见①。这种评价是毫不过分的。

四 元曲跃动美之于日本戏曲

池田大伍惊叹,元曲的曲文,不论是动作上,还是精神上,不可思议的是,都有很多动的因素。不仅是曲文,在构思上也都富有动的因素。在这一点上,和莎士比亚作品极富动的因素很相似。在莎士比亚的剧作的对话和构思上,好好琢磨一下,动作就出来了②。

池田大伍通过《救风尘》详尽地分析了主人公赵盼儿唱词中动的要素。第一折对安秀实说花柳生涯,万丈气焰不可阻挡,听说宋引章说有心想嫁之后的唱词,虚虚实实,有道出女人通病之妙。第二折,听说周舍侵凌宋引章后的唱词,冷语冷如冰,热语热于火,最可看出赵盼儿之"真骨头"。称赞这些唱词"冷到底,热到根",皆大得其妙。第三折,一变以前的潇洒扮装为富有色彩的交锋斗智,令人耳目一新。醉态最宜把风月本领表现得淋漓尽致,此时赵盼儿的唱词,足以看出关汉卿的匠心,深得虚中有实之妙谛,最

---

① 〔日〕池田大伍譯、田中謙二補注『元曲五種』、平凡社 1975 年版、第 369—370 頁。
② 〔日〕池田大伍譯、田中謙二補注『元曲五種』、平凡社 1975 年版、第 338 頁。

佳。半路出来宋引章来激周舍的构思，也非寻常作家所能企及。池田大伍特别称赞末段两章节，最是妙绝。其言荡人心腹细腻入微。他分析说，周舍本平康之雄，恶战苦斗之老手，不会轻易上当，赵盼儿以子之矛击子之盾，有妙不可言之处。他想象当时勾栏名家，口唱其词作醉态冶容的情态，如在目前，有恍如神往之感，甚至脑海中浮现出在场的关汉卿倚桌击节，看到演至此处得意独笑的神情。

池田大伍强调，不仅元曲其曲文含有动的要素，而且从剧的结构上，也有很多给舞剧启迪的地方，实际上有着很多动的要素的曲文组成的元曲，自然给予日本舞剧结构很多启迪就是理所当然的结果。而且元曲百种多种多样创作的例子，本身就突破和扩展了日本舞剧取材范围的狭隘性。①

为了说明元曲结构易于改写成日本的舞剧，池田大伍首先对《城南柳》唱词的动感作了重点分析，指出吕洞宾揶揄柳树的唱词，极有轻妙之趣致，显露出吕洞宾的本性，栩栩如生，富有弹力，动作极为有趣，取词句内容，很容易改写为舞剧的词曲。不仅如此，该剧整体上也极似舞剧的构思，在取材上，和日本的舞剧相通。为此，他特意详尽地描述了将其改写为日本舞剧的设想。《城南柳》从题材上就适于舞剧，就是像《杀狗劝夫》这样描写世态风俗的剧目，与舞剧缘分很远，但能够舞蹈化，就是因为其材料就是能够舞蹈化的。池田大伍也对改写后的剧情做了饶有兴味的描述。

池田大伍认为元曲给与日本舞剧首要的启示，就在于将来的舞剧要把坚实的基础放在根本的组织结构上，即置于元曲一人主唱的特色之上，一切皆统率于一个主人公之下，不断将焦点聚集在他的身上，这里有与日本舞剧的本质大相契合的地方。他之所以这样说，是因为在能乐中称为"仕手"的主角和被称为"胁"和"连"的配角都可以唱，而把全曲中心集中到"仕手"身上，但是能乐抒情味道过于浓厚，动的要素则比较缺乏，因而池田大伍认为，这让人感到能乐中能够编为舞蹈的东西大体已经挖掘殆尽。

五　元曲现身日本舞台的构想

池田大伍虽然很早就有翻译元曲的打算，却始终找不到适当的翻译策略。

---

① 〔日〕池田大伍譯、田中謙二補注『元曲五種』、平凡社1975年版、第339頁。

他发现，元曲即便在人物处境有相似之处，而在表达的思想情感和表达方式上，也与近松门左卫门相差很远。与近松门左卫门相比，辛辣而缺少情味，却反而更是事情的真实。这就很难译成近松式的剧本，那样做自会远离原意。元曲与日本谣曲、近松剧南辕北辙，毕竟彼此语言根本不同，只有以原文为基础，创造出某种律调。他始终在探索着如何能把元曲的韵味传达给读者，进行着各种各样的尝试，根据他对每一剧目的分析，五种元曲采用了不尽相同的译法。

对于关汉卿的《杀狗劝夫》，他说，只要读一读，就会看到构思有很多类型化的地方，但是女主人公所说的话等都是爽利干脆、说一不二的，与近松同类作品女性多为"情绪本位"相比别有趣味。对于谷子敬的《城南柳》，池田大伍认为，它造语绮丽，和日本的谣曲相似，却和元曲本色很远。他认为武汉臣的《老生儿》虽然没有名言奇语，却在极其平易通俗的话语中曲尽人情。富翁晚年，不愁吃不愁穿，想要一个孩子，是常人的愿望，没有写什么奇事，构思之巧，描写之妙，到底非平庸之辈之所能为。他还评论说，第一折刘翁因失子而悲痛的场面很精彩，要找可以媲美的例子的话，很像莎士比亚剧中夏洛克放掉了杰西卡的地方，而单从情味来说，这个剧似乎还胜一筹。实际上这个作品，在中外的新剧当中也堪称杰作。

池田大伍根据这些分析，立足于搬上日本舞台的目标，每种译文前他都撰写了一篇小序，对作品加以解说，同时在译文中尽可能模仿原作的情味。田中谦二谈到对照原文来读池田大伍的译文，说其中有译得很松弛的，就像是译者在疲劳与急躁的状态下译出的，但是"准确地传递原文意思而阔达自在的译文，有着与特别是我们这些半拉子专家畏畏缩缩译成的东西不能比拟的味道，特别令人吃惊的是，他在《老生儿》的译文中将唱词的一部分作了移动，在《魔合罗》中大胆把插科打诨改写成日语"①。在这样的地方，译者实际上是在一边翻译，一边创作，脑海中浮现着的是该剧在日本舞台上上演的情景，而不是元曲本来上演的场面。

"翻案"是日本文学中将中国故事改编为发生在日本和日本人身上的故事的一种常见形式，一般在小说中十分常见。池田大伍把这种形式用到元曲

---

① 〔日〕池田大伍譯、田中謙二補注『元曲五種』、平凡社 1975 年版、第 364 頁。

翻译中来。他将《气英布》翻案成《盛衰记上总之卷》，把汉高祖濯足气英布故事，改换为日本源赖朝和上总介广常的事情。当然，在赖朝和广常之间，并不曾发生过这样的事情，只是在"事"和"情"上有相似的地方，池田大伍就来了个移花接木，取现行戏剧的形态，编剧的基本方法一如元曲。

他的又一个改编剧目《老婆禅》，末段的构思变了，大的方面也照元曲处理，希望能在古老的故事中注入新感觉。他愿把它们当作足以说明在元曲技法上多少加以改进就能为今日所用的例证。他相信元曲中有很多作品是可以移植到日本的，并且一再表明，和西方戏剧相比，元曲的思想感情和日本要近得多。《老生儿》就可以当作"二番目"（世态风俗剧）来演，用做"床净琉璃"则最为合适。不过日本没有清明的风俗，扫墓的各种做法只传到了长崎，于是池田大伍就把故事的舞台搬到了长崎，把主人公设计为中国货铺子的掌柜，这样一来就可以按照原作的场面来演出了，由此就有了原来的"二番目"之类里面所没有的雅致。当然，不仅《老生儿》可以这样做，按照池田大伍的说法，元曲中有三四十种都可以进行这样的改编。

王国维说："凡一代有一代之文学：楚之骚，汉之赋，六代之骈语，唐之诗，宋之词，元之曲，皆所谓一代之文学，而后世莫能继焉者也。"元曲对后世大众演剧富有启示是不言而喻的，然而池田大伍却是以一位日本戏剧改革者的目光去发现元曲的。一方面，他确实在竭力运用它对于中国文化的领会，试图对元曲的文化蕴涵进行独有的阐释，一方面也处处不离他改革日本古典戏剧的立脚点。正因为有了前者，他发现"在演剧上，有时有无用之用。即便在元曲里面，关目一再重复，读起来啰啰嗦嗦。这就像西方歌剧的主旋律似的，不断唤起观众的注意，这是出自当时简练的舞台的实际要求"①。出自后者，他读元曲时脑海里始终浮现着演出的现场，而不屑于对其艺术精髓作更深入的考究。

日本自古以来的戏剧理论，都具有很强的实践性，往往是长期艺术经验的总结，而不太用心于抽象的艺术理论探索。不论是世阿弥的能乐论，还是歌舞伎的理论，大都与演出体验、演员培养和剧场实践密切相连。诚如加藤周一所说："日本的艺术论大部分是谈艺录。例如世阿弥的能乐论，迄今为止

---

① 〔日〕池田大伍譯、田中謙二補注『元曲五種』、平凡社1975年版、第334頁。

被确认的有 21 种，其内容大部分为演员心得体会。也有作者的心得，那不过是因为当时的作者同时兼作演员。不仅限于能乐，大藏虎明的狂言论以及后来的包括七部著作的《演员论语》中的歌舞伎论，都可以说是演员以登台演出为目的的心得体会和备忘录。"① 从池田大伍撰写的长篇文章《书于〈元曲五种〉之后》中，我们不难看出其中也有着谈艺录的特点，很多是他研读元曲的心得，更多的是他关于日本新剧改革出路的思考，将元曲略作修改直接移植到日本戏剧舞台，是他翻译和研究最初也是最终的目的。

然而，《元曲五种》的眼界和思路又远远超出了历代谈艺录。池田大伍是在一个文学和戏剧改革的环境中度过自己大学时代的，同窗中有后来成为著名作家的秋田雨雀等人。坪内逍遥博士的戏剧改革活动对他的影响尤深。1907 年坪内逍遥在早稻田大学创立文艺协会演剧研究所，池田大伍很快就加入该所，跟随坪内逍遥学习，开始参与其中的演出。1913 年文艺协会解散之后，他与东仪铁笛、土肥春曙合作亲自发起成立的演剧"无名会"，这被认为是唯一最正确地继承了坪内逍遥演剧精神的组织。1914 年无名会在帝国剧场公演的第一个剧目就是池田大伍创作的《泷口时赖》。无名会解散后，则专注于剧本创作，写出了不少优秀作品，名声渐高。

池田大伍是勤于学习的剧作家，除英语外，他还学习了德语和法吾，特别是对中国文学倾倒尤深。1928 年市川左团次率剧团访问苏联，池田大伍曾作为舞台监督同行，并在莫斯科、列宁格勒演出时多次应邀作有关日本戏剧的讲演，此后继续到德、法、意三国巡回演出。在这个期间，他广泛搜集了西方歌剧的文献，以继承坪内逍遥的演剧精神，摸索日本新歌剧的创造。晚年则专心于早稻田大学演剧博物馆的工作和演剧百科大辞典的编纂。

池田大伍的元曲译作最初发表在《人》（ひと）杂志上，大概只有这份发行量并不很大的读者能够读到，虽然现在很难找到证实当时反响的材料，但是联想到当时演剧界对西方"一边倒"的风气，恐怕很少有人能够深刻理解池田大伍的苦心。三十多年以后，这种杂志都很难找到了。多亏吉川幸次郎找到了他业已发表的全部译作，田中谦二为其作了详尽的补注，编为《元曲五种》，1975 年收入平凡社的东洋文库，才使译作重放光彩。东洋文库在

---

① 〔日〕加藤周一：《谈艺录和口授》，载加藤周一著《日本文化论》，光明日报出版社 2000 年版，第 213 页。

学术界享有极好的声誉，其中收入的很多中国文史研究名家的著述，不仅为大学图书馆所收藏，而且也是学术书店必定经常陈列、读者随时可以买到的常销书。这时的读者，恐怕是30年代的数倍、数十倍了。这是池田大伍临终都不会想到的。

说来像这样外国古典戏剧的翻译，尽管译者在翻译中充分考虑到现代演出的需要而使文字更易为一般读者接受，毕竟不会成为畅销书，更不会使译者名噪一时。尽管池田大伍对元曲和谣曲的比较今天看来已显得相当粗浅，他将元曲直接移植成日本谣曲的尝试甚至没有获得上演的机会，在当时的文化语境中不能不说是一种不合时宜的超前消费，两种戏剧的简单粘贴似的结合也未必行得通，然而却不能说他的探索是毫无意义的。《元曲五种》至今还是日本书店常备的文库本，这本身就说明了池田大伍向往的将元曲和谣曲融为一炉的境界仍然吸引着后来者。

总之，池田大伍翻译的《元曲五种》不仅是20世纪30年代日本元曲翻译传播史上最好的译本，而且也是最早将元曲与日本传统戏剧艺术进行比较研究的优秀成果。他有关元曲对现代戏剧共同性的论述，关于元曲与日本戏剧相异性的论述，关于元曲一人主唱的现代意义的论述，关于元曲是诗歌嫡系的见解，以及元曲可以直接改写为日本舞台剧的见解等，都与积极从元曲中吸收营养以利于日本戏剧改革的目标相关。他通过将元曲翻译成现代日语、改写成可以在日本舞台上上演的剧本以及改编为日本故事的剧作等方式，对元曲的东传做出了贡献，也为今后的元曲翻译改编积累了经验。

今天，我们不能不为池田大伍呕心沥血的翻译表示敬意。同时，我们也不能不看到，池田大伍探索的问题不仅至今在日本仍然存在，而且在中国也有越来越令人忧虑的地方。传统古典戏剧远离观众，特别是青年观众的现象正愈演愈烈，在继续思考池田大伍曾经思考过的问题的同时，我们不会忘记他对元曲在日本传播所付出的心血。

第十一章

中国小说经典的传播与翻译

中国的神话故事、文言杂著、长短篇小说传入日本以后，不仅为当地的文学创作提供了模板与素材，而且刺激着当地学术研究的迅速发展。其影响之深、之巨，是其他国家难以比拟的。显然中国古典小说在东亚文化圈内的传播，以日本最为典型。

日本文学对中国小说的选择颇有意味。在前近代，受到读者欢迎的除了《西游记》《三国志演义》《水浒传》这些中国经典之外，《游仙窟》《剪灯新话》等作品在特定期间也享有众多的读者，并产生颇多仿拟之作，这种历史记忆还影响到今天的译者和研究者。六朝志怪小说、志人小说、唐宋传奇、明清白话小说的很多作品都在日本有悠久的传播和翻译史。明治维新之后依据西方文学概念，以《水浒传》为代表的白话小说获得了很高的评价，这种评价给当时来到日本的中国维新之士很大震动。近代以来，日本根据中国古典小说名著翻案和改写的作品层出不穷，以《西游记》《水浒传》《三国志演义》《聊斋志异》为底本创作的各类影视作品，借用这些作品在日本的声誉，这些作品的译作获得了更多为新一代读者所知晓的际遇。中日两国围绕古典小说的文化互动，是20世纪以来中日文学交流中的亮点之一。

第一节 中国古典小说日本传播史概述

几乎是在诗歌与经史传入日本的同时，唐代以前的各类小说就已经传入日本。奈良文学中，《万叶集》中有《游仙窟》的影响早已是学界的定论，各种《风土记》以及史传文章（如元开所撰《唐大和上东征传》①等）都不乏小说笔法，可以看做汉文小说，《日本灵异记》也可以看成日本最早的汉文小说集。至于后世，中国小说的传播与翻译更积累了极其丰富的资料，这里仅就其大者，择要简述，对其中几个问题略作探究。

一　上代、中古时期（8世纪——1185）

在书面文学产生以前，中日两国均有丰富多采的神话传说口耳相传，而且两国古代的典籍均有所记载。《日本书纪》卷1"神代上"载：

> 古天地未剖，阴阳不分，混沌如鸡子，溟涬而含牙。及其清阳者，薄靡而为天；重浊者，淹滞而为地，精妙之合抟易，重浊之凝竭难。故天先成而地后定。然后，神圣生其中焉。②

这则宇宙起源的神话与我国盘古神话极其相似。后者见于《山海经》，而《日本书纪》成书较晚。如果把神话传说视为小说创作的源头之一，那么两国小说的交流也许发轫于此。

在奈良和平安时期，日本王室加强皇权，排斥豪族，建立了中央集权的统一国家。他们很重视与中国的文化交流，先后曾多次派出遣隋使和遣唐使，来华使者则带回了大量的汉文典籍。与此同时，佛教自6世纪初传入日本，至奈良朝而臻于鼎盛，汉译佛典也随之而来。在中国文学的影响之下，日本记述灵异之事和俗世生活的小说创作便迅速地发展起来。

在流播日本的中国小说中，事涉怪异、语道幽玄的志怪小说占有很大比例。魏晋六朝之际，与佛教兴盛关系甚密的志怪小说便颇多佳作。有些作品，实是将佛经中的某些主题转换为发生在中国的奇闻异事，踵事增华，敷衍成篇的。传入日本之后，它们也成为当地释门文人欣赏、模仿的对象。甚至一些常见母题被逐渐溶入到日本的佛教说话中，与日本民间流传的怪异故事合

---

①〔日〕竹内理三编『寧樂遺文』下卷、東京堂出版1997年版、第895—908頁。
②〔日〕阪本太郎、家永三郎、井上光貞、大野晋校注『日本書紀』（上）、岩波書店2000年版、第77頁。

为一体。这里，浓缩着古代日本僧侣和艺人奇特的想象和心灵的震颤，也凝聚着后世许多作家和艺术家的创造才华和艺术匠心。

奈良、平安两朝，六朝至唐宋记述神怪之事的作品东传日本者，数量极其可观，如《搜神记》《博物志》《灵异记》《拾遗记》《太平广记》等。事实证明，这些作品在当时的知识阶层已广为流传。《今昔物语集》中据《冥报记》等书译写的故事不下三十篇。而记载大江匡房言行的《江谈抄》（1108），则多涉《太平广记》中的志怪小说。这个时期的僧俗文人诵史读传、涉猎杂著，也仿照中国志怪小说的形式，录异闻，话鬼狐。他们所作，从情趣、到构思、到篇章结构，无不带有六朝至隋唐志怪的色彩，完全可以看作是中国志怪的支流。这样的作品，以佛教说话集《日本灵异记》和《今昔物语集》为代表，而它们又被视为日本怪奇小说的源头。《日本灵异记》由奈良右京师沙门景戒编撰，于嵯峨天皇弘仁（810—824）末年成书，共收入故事 116 则。在该书的序言中，景戒说：

> 昔汉地造《冥报记》，大唐国作《般若验记》，何唯慎乎他国传录，弗信恐乎自土奇事？粤起自嚼之，不得忍寝，居心思之，不能默然，故聊注侧闻，号曰《日本国现报善恶灵异记》。①

唐临《冥报记》（成书于永徽年间）所辑，是南北朝至初唐间因果报应的故事。由景戒的序言推测，早在唐代《冥报记》即已传入日本，并对日本的说话文学产生了影响。《灵异记》作者特别标明"日本"二字，意在与中国同类作品并驾齐驱，并强调作品的日本风格。《冥报记》中书生、官僚、名士，到了《灵异记》中便成为山民、渔夫、猎户，这也体现了景戒面向庶民普及佛教的目的。他并非简单地将中国志怪易名、易地，而是将日本的民情风俗、审美观念注入到借用的主题之中，以消除读者与作品的心理距离，增强亲切感和熟悉度，达到心领神会。由于诸如《冥报记》等佛教故事集的传播，在日本短篇小说中也出现了许多放生得报、入冥再生的描写。这些渗透着因果报应、劝善惩恶观念的作品，不仅充斥于奈良和平安时代的日本汉

---

① 〔日〕遠藤嘉基、春日和男校注『日本靈異記』、岩波書店 1978 年版。

文佛教文学，而且给后世文学深刻的影响。

除志怪小说外，唐宋以前以描写俗世为主的小说作品也传入了日本。在《本朝见在书目录》（平安时代编撰）中，已载有《汉武内传》《穆天子传》《燕丹子》《世说新语》等书。平安初期，思想家空海（774—835）来唐学习密教，曾以《相府文亭始读世说新语诗》为题，赠诗菅原清公。他撰写的《三教指归》被称为日本最早的思想小说，作品采用骈俪文体，典故名句迭出，其中引用《世说》部分达十余处。空海著此文时，年24岁，即延历十六年（797）。这说明至少在8世纪末《世说新语》已东传日本。日本还珍藏着平安时代的唐写本残卷，全书当为10卷本，与《隋书·经籍志》所录《世说》（刘孝标注）卷数相同。原书中文人雅士游宴山川、相望江湖的名士风度，尤为日本文人所倾慕，此书一出，立即在知识界倍受青睐，引用《世说》者不乏其人。在《池亭记》中，庆滋保胤所谓"南阮贫，北阮富"，即出自《任诞篇》。他以"尚道异事，好酒而贫"的阮咸自居，表达傲世出尘的情怀。

唐传奇情节曲折，人物生动，并蕴有深刻的儒释道思想，这种作品出现不久即传入了日本，并对奈良平安时代的文学产生了深远的影响。张文成的《游仙窟》，倍受日本人的喜爱，据史书载："新罗、日本使至，必出金宝购其文。"① 《游仙窟》的影响首先反映在诗歌创作领域。日本最早的和歌集《万叶集》卷5载有大伴旅人之诗，名为《游松浦河赠答歌二首并序》。该诗采用《游仙窟》的结撰形式，即以主人公与女子之间的赠答为框架：序→歌→答诗→更赠歌→更报歌。而在《游仙窟》中也有诗、报诗、（更）赠诗等结构模式。大伴旅人在语言上也颇多模仿，如"仆问曰：'谁乡谁家儿等，若疑神仙者乎？'娘等皆笑答曰：'儿等者渔夫之舍儿，草庵之微者。'"诗人把自己比作张文成，把钓鱼女子比作仙窟里的女子，把松浦河比作幽邃的仙窟，由此重新创造出《游仙窟》的文学境界。同《游仙窟》一样，《游松浦河》也带有游戏笔墨的性质。其次，《游仙窟》的影响反映在小说创作领域。

《任氏传》是影响平安文学（尤其是塑造女性形象的作品）的另一传奇。

---

① 《新唐书》卷第一六一《张荐传》附《张鷟传》，中华书局1959年版，第4979页。

在日本作家笔下，任氏不仅是狐妖的代称，还是一个和杨贵妃并称的美女形象。

据研究，《任氏传》最晚在日本平安时代便已传入日本。《新撰万叶集》（日本宽平五年即893年成书）采用的是和歌与相同内容并录的形式，其中两组以任氏为绝代佳人的共名。在平安时代的汉文散文中，大江匡房所作《狐媚记》记述当时京都有关妖狐蛊惑幻化恶作剧的事，文末引九尾狐与郑生任氏以证实自己所叙不过是日本的同类故事，显然是受到《任氏传》的启发写成的。据日本学者研究，任氏这一白衣美女形象与《源氏物语》中《夕颜》卷的和歌意境和情节构思，也有某种联系。也有学者提出日本奈良时代的佛教故事集《日本灵异记》中的狐女离合故事也是在日本民间故事的基础上吸收了《任氏传》中的某些内容写成的，如果此论成立，那么《任氏传》影响日本文学的时间便应推移到平安时代以前了。

日本在广泛借鉴汉文化的同时，也积极培植新的文学类型，并赋予它独特的民族精神和思想内容，平安朝的物语文学即是一例。这种文学吸收了我国志人、志怪小说和唐传奇的某些特点，经过历代作家不断的实践，终于成为日本一种特征鲜明的文学类型。斋藤拙堂（1797—1865）早已注意到这一点。在《拙堂文话》中，他指出：

> 物语草纸之作，在于汉文大行之后，则亦不能无所本焉。《枕草子》其词多沿李义山《杂纂》；《伊势物语》如从《唐本事诗》、《章台杨柳传》来者；《源氏物语》其体本南华寓言，其说闺情，盖从《汉武内传》《飞燕外传》及唐人《长恨歌传》《霍小玉传》诸篇得来。①

10世纪中期，日本出现了第一部物语小说——《竹取物语》。书中所述，是生于竹节的赫映姬，巧设难题，拒绝达官显贵求婚而飞升月宫的奇闻。这种故事也多见于中国六朝的小说，如《搜神记》"董永妻"篇与《搜神后记》"白衣素女"篇。它们均描写仙女下凡，终又返回天庭。末尾"飞升"的情景带有悲剧性气氛，其演进极其明快，把情节的发展推向高潮，整个故事至

---

① 〔日〕斋藤拙堂『拙堂文话』、池田四郎次郎编『日本艺林丛书』第二卷、六合馆1928年版、第4页。

此便戛然而止。《竹取物语》中赫映姬的"飞升",无疑与六朝小说同出一源。不过,前者的"飞升"场面却宏大异常,天庭景色,辉煌艳丽,而且女主人公身披羽衣,足登云车,后有随从护驾,也不再是孤独一人。在此,飞升时的悲剧气氛终被豪华的场面所掩盖。这种天上人间互相交往的壮丽景象,在描写西王母下凡的《汉武内传》中也不难找到,与《竹取物语》的渲染笔法,基本一致。《汉武内传》早在9世纪就传入了日本①,物语作者借鉴中国小说,当是情理中事。

平安朝的另一文学巨著——《源氏物语》,则大量借鉴《白氏文集》,自然也借鉴将帝妃故事小说化的《长恨歌传》。其部分章节如《桐壶》《赛画》《新菜续》《魔法使》《蜉蝣》等,在语言、情节和意境上,均可看出取用与模仿的痕迹。例如,《魔法使》篇关于主人公独坐思人的描写:"天气很热的时候,源氏在凉爽之处设一座位,独坐凝思。看见池塘中莲花盛开,首先想起'人身之泪何其多'的古歌,便茫然若失,如醉如痴,一直坐到日暮。"这也许令人想到《长恨歌传》中唐玄宗对杨贵妃的深切思念。

奈良和平安两朝是佛教文化的鼎盛时代,也是传播中国志怪和传奇小说的黄金时代。日本接受中国古典小说,主要发生在知识界和后宫内帏。在汉文学勃兴基础上,假名叙事文学在后宫悄然兴起。中国小说的传入,为日本的小说创作打开了一个崭新的空间。作家们借鉴外来的题材和样式,另辟蹊径,积极培植本民族的新文学。不过,这一时期日本对中国文学的借鉴,多半集中在创作领域,而就中国小说所做的研究尚未开始。

二 中世、近世时期(1185—1867)

日本中世文学富有浓烈的佛教色彩,在佛教说话故事中,常常吸收中国故事和小说材料,《三国传记》《私聚百因缘集》《宝物集》等书中,都有不少根据中国材料改写的故事。平安时代末期出现的讲述中国历史故事的藤原茂范所著的《唐镜》和根据中国小说和史传故事翻译改写的短篇集《唐物语》,异国色彩鲜明,而谣曲中多有《白乐天》《鹤龟》《唐船》《西王母》

---

① 公元9世纪,藤原佐世奉敕编撰《本朝见在书目录》,著录皇家及官府所藏汉籍,其"杂传家"载有葛洪撰《汉武内传》二卷。

《钟馗》等中国题材的作品，狂言中也有《唐药》《唐人子宝》《茶子味梅》《唐人相扑》等带有中国元素的剧目。

图 110　河锅丰《能乐图绘》中描绘的能乐《张良》

《唐物语》的来源很杂，除了《白氏文集》中的《琵琶记》《燕子楼》《长恨歌》《上阳白发人》等之外，不少出自《蒙求》，如子猷寻戴、贾氏如皋、孟光荆钗、绿珠坠楼等，也有一些出自传入日本的中国小说，如出自《世说新语》《列仙传》《幽明录》等小说中的故事。①

在江户时期，日本的社会生产力有所提高，商品经济有所发展，中央和地方的封建统治也得以强化，以领主城馆为中心，兴起了一种新的封建商业城市——"城下町"。这一时期正值中国的明清两代，中国古典小说的创作进入了繁荣阶段。随着两国商贸的频繁往来，这些小说作品（以及已经流传于世的作品）陆陆续续传到了日本，受到了新兴町人阶层的欢迎。江户时期

---

① 〔日〕小林保治譯注『唐物語』、講談社學術文庫2003年版、第378頁。

是中日文学、文化交流的又一兴盛时期。

在中国通俗小说风行日本之前，明初瞿佑所撰文言小说集《剪灯新话》刊行后未出几十年，便引起日本学人的注意。京都相国寺禅僧景徐周麟（1440~1518）读过这本书，1482年他写了七绝《读鉴湖夜泛记》（载《翰林葫芦集》卷3），诗云："银河刺上鉴湖舟，月落天孙彻夜游。又恐虚名满人口，牛郎今有辟阳侯"，而《鉴湖夜泛记》乃《剪灯新话》卷4中的一篇。

图111　月冈耕渔《能乐图绘》中描绘的能乐《钟馗》

进入江户时期，名儒林罗山（1583—1657）青年时代很爱读《剪灯新话》，撰有《剪灯新话跋》①，在他的随笔《梅村载笔》的"杂"部里可以看到《剪灯新话》书名，他还把该书引用到自己所著的注释中，其注《徒然草》四十二段"变成鬼脸"，提到"载于《剪灯新话》，冯大异入鬼穴变成鬼模样，乡人害怕不敢靠近"。他还作有七绝歌咏《剪灯新话》，所咏之篇为《牡丹灯记》。诗序介绍了他购书、读书之乐：

---

①　〔日〕林羅山『林羅山文集』五十四、ペリカン社1985年版。

昔日山阳才人著《剪灯新话》，其中有曰《牡丹灯记》者。庚子岁余读此记，则知乔生之感淫符女之妖丽，并瞿老之文章也。予始不藏此书，辛丑春见于书肆，而即购之归宅，其后句读焉，朱墨点焉，握玩吟咏焉者久矣。

天文年间，中村某（据说是位年轻僧人）撰写《奇异怪谈集》，译出瞿著中《金凤钗记》、《牡丹灯记》和《申阳洞记》三篇，并收在集内，译名分别是《姐姐魂魄借妹妹身体成亲事》、《女人死后诱男子于棺内而杀之事》、《因弓马之德自申阳洞带三女归娶妻荣华事》。《剪灯新话》的流行，促使了日本怪异小说的兴盛。浅井了意的《伽婢子》、上田秋成的《雨月物语》等书，都深受它的影响。各类通俗读物纷纷以"新话"之名面世，借此以广声闻。那些根据《剪灯新话》"翻案"的故事，不仅将中国风俗抹去，改为日本风俗，而且增添了许多怪异色彩，加强了抒情意味。

历史小说《三国演义》也东传较早，其书见于《罗山文集》附录卷1年谱，为林罗山22岁（庆长九年）既见书目之一种。1692年，湖南文山将该书译为《通俗三国志》，凡50卷，传达了群雄蜂起、连年攻伐的战争场面。其雄伟壮阔，其权谋术数，为日本军记物语所望尘莫及。它在广大读者中，也产生了巨大的反响。

江户时代流行的中国军谈（即军事故事），多依中国史书或兼采历史演义小说编写，主要有：《通俗列国志十二朝军谈》，14卷，李下散人著。《通俗周武王军谈》20卷，清地以立著。《通俗战国策》，18卷，毛利贞斋著。《通俗吴越军谈》，18卷，清地以立著。《通俗汉楚军谈》，15卷，1—7卷为梦梅轩章峰作，8—15卷为称好轩徽庵作。《通俗两汉纪事》，30卷，梦梅轩章峰著。《通俗三国志》，51卷，湖南文山作。《通俗南北朝军谈》，15卷，长崎一鹗著。《通俗北魏南梁军谈》，26卷，长崎一鹗著。《通俗隋炀帝外史》，10卷，烟水散人著。《通俗唐太宗军谈》，20卷，梦梅轩章庵著。《通俗唐玄宗军谈》20卷，村田通信著。《通俗两国志》，26卷，入江兼通著。《通俗英烈传》，20卷，冈岛冠山译。

图 112　《通俗绘本三国志》中的关羽与张飞

图 113　《绘本通俗战国策》插图

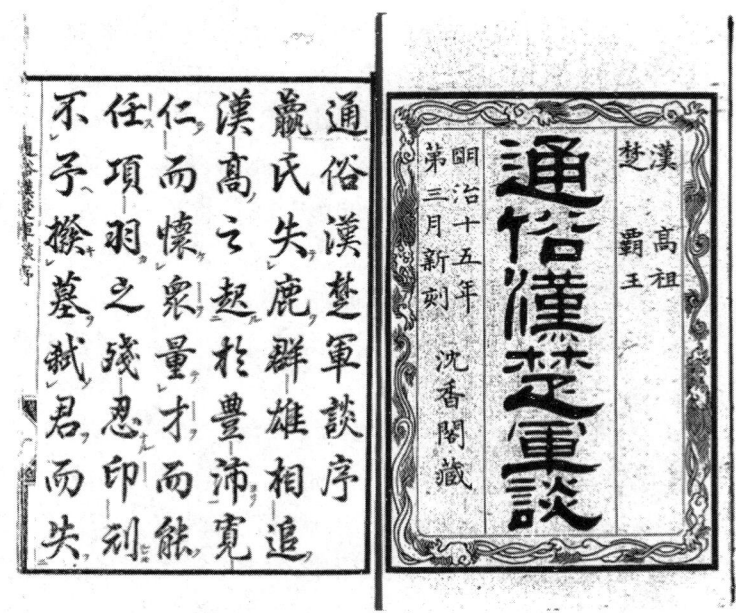

图114　明治时代重刊的《通俗汉楚军谈》

日本文人参照中国的历史典籍和演义故事,译述编缀,创作了一大批"中国军谈"小说。仅仅在数十年间,"中国军谈"已大体完备,所取题材从远古到明清,几乎无所不及。1912年,早稻田大学出版部将中国军谈编为《通俗二十一史》,12册。1929年早稻田大学出版部又刊行《物语支那史大系》,收录江户时代流传的中国军谈。这些中国军谈直至明治年间仍在流行。据早稻田大学《物语支那史大系》(1929)所录,江户时代创作的"中国军谈"共有17部。《通俗三国志》的出现,打破了文言古典文学的一统天下,中国通俗小说开始得到普遍的重视。

《剪灯新话》和《三国演义》的流传,推动了中国其他通俗小说的翻译。此后有许多学者,如冈岛冠山、冈田白驹、泽田一斋,先后致力于这一事业。在18世纪下半叶,中国通俗小说的翻译呈现出了繁荣局面,明清名作如《水浒传》、《西游记》等长篇小说,"三言"、"二拍"等短篇小说,以及《聊斋志异》等文言小说,均已传入日本。

《水浒传》传入日本是在江户前期①。江户人对《水浒》情有独钟，原版书无法满足需要，于是出现了"和刻本"。但不懂中国白话的人，又看不懂和刻本，于是又出现了语体译本。冈岛冠山（1674—1728）是翻译通俗小说的先行者。他以李贽注百回本《水浒传》为底本，译作《通俗忠义水浒传》，于1757年刊出，流传极广。《水浒传》的影响波及日本文学的各个方面。

当时流行的短诗"川柳"，已有不少吟咏《水浒传》的诗句。川柳是一种俗语诗歌，它感知敏锐，专门捕捉瞬间感受，以铸成短句。有一首诗这样写道："定风筝，掌柜想起来，《水浒传》四五员将大名。"《水浒传》的庶民化程度，由此可见一斑。

以《水浒传》的故事和模式来写日本史实的读物，被称为"水浒物"。日本学界一般的说法是：1768年出版的《湘中八雄传》是《水浒传》翻案小说的开端。但有名的翻案小说却是1773年刊行建部绫足（1719—1774）所写的《本朝水浒传》。它将背景定于奈良时代，用古雅文言写成。以后刊行的仇鼎散人《日本水浒传》（1777）、伊圆椿园《女水浒传》（1783）、振鹭亭《伊吕波醉故传》（1794）②、山东京传《忠臣水浒传》（1799），为当时的"水浒热"推波助澜。随着它们的广泛流传，为《水浒》注释、考辨、解释词语的书籍也应运而生。如陶山南涛的《忠义水浒传解》、鸟山石丈的《忠义水浒传抄译》等。

以曲亭马琴（1767—1848）为首的读本作家，不仅在创作中大量吸收《水浒传》的俗语，而且以之为例，来批判月古雅文言写作小说的倾向，不乏真知灼见。

早在奈良平安时期，唐三藏西天取经的传说，便为僧侣所知。而在镰仓室町时期，玄奘又逐渐被神化，这些都构成了日本人接受《西游记》的心理基础。江户前期明刊本《西游记》传入后，中期便出现了通俗译本。西田维则译出《通俗西游记》初篇（1758），其书问世不久，译者逝世，译业终止。《通俗西游记》经数易译者，历七十余年终于出齐，刊于1831年。1772年刊

---

① 目前发现的最早的文字记载是红叶山文库的《御文库书目》，宽永十六年（1639）载有《水浒全传》的书目。

② "伊吕波"，本为平假名四十七字的总称，也有初步、入门的意思，相当于英语说ABC。"醉故传"，音同"水浒传"，为谐音双关。

《书籍目录》,已录有《西游记劝化抄》一书,幸房译,今已不传。

《画本西游全传》一至四编,于1806—1837年由口木山人、吉田武然、岳亭丘山等译校刊出。《西游记》遂逐渐为文人町人所瞩目。《通俗西游记》、《画本西游全传》为当时的"戏作小说"提供了素材。曲亭马琴曾有翻案之作《金毗罗船利生缆》,书中第四篇以后,除人名、地名变更外,大体袭用《西游记》第十三至四十二回的主要内容。初篇至第三篇以《西游记》第一至十三回为蓝本,并将原作改编为日本神话故事,加进傀儡戏的趣味,增添了许多曲折。

图 115 《绘本西游记》武笠三本图

值得注意的是,岳亭丘山于五编卷首"附言",谈到了淮水无支祁与孙悟空的关系:"唐土黄淮合流之处,有淮水之神,号无支祁,形若猿,高额长鼻,青身白首,目光如电火……。此《西游记》之孙悟空乃以无支祁为本,携入三藏之《西游记》而作之也。"这里所说的"三藏之《西游记》",乃指玄奘《大唐西域记》,丘山认为,《西游记》是将无支祁神话装进《大唐西域记》创作而成的。这实际上已开日本考辨《西游记》成书史的端绪。而后又有法桥玉山《绘本西游记》（约 1910 年）。矶部彰《西游记接受史研究》一书附录影印的中村文库版《西游记图说》、富山大学附属图书馆藏棘树三人撰《西游记骨目》、《棘树双目》第十江户时代至明治时代日本人翻译和研究《西游记》的重要文献①。

"三言"、"二拍"的传入，为日本读者带来了另一种文学趣味。据长崎《商舶载来书目》（藏于日本国会图书馆）称，自 1726 年以降，约在百年间陆续有《初刻拍案惊奇》《醒世恒言》《警世通言》《今古奇观》等书东传。最早的翻译者，当属冈白驹和泽田一斋，他们翻译的《小说精言》《小说奇言》《小说粹言》，被称为"和刻三言"。据中村幸彦编《近世白话小说翻译集》载，江户时代"三言"、"二拍"的日译本，尚有《通俗赤绳奇缘》（近江赘士子，即西田维则译，无怀散人序）、《通俗醒世恒言》（东都逆旅主人即石川雅望译，孟春南亩子序，此书译有"和刻三言"之外的篇目）、《通俗绣像新裁绮史》（陇西可一居士述，江东睡云庵主译，底本为《卖油郎独占花魁》，译文略去开头的词与入话）、《通俗今古奇观》（淡斋主人译，棣园主人序）诸本。

此外，《三言》中有不少篇什，还陆续由都贺庭钟、上田秋成、村田春海等人改作为"读本"、"人情本"② 传世。《三言》《二拍》真实地反映了明代市民阶层的生活情趣、人生理想，具有鲜明的时代特征。它们比日本的浮世草子更有艺术魅力，更适于表达庶民的生活感情。读本作家着眼于白话小说，并使之与日本的文化传统、审美趣味相结合，其作品自然会受到日本人民的喜爱。

据《商舶载来书目》，日本明和五年（1768）《聊斋志异》就已由商船输往日本。秋水园主人《小说字汇》（宽政三年即 1791 年刊刻）所引书目亦录其名。都贺庭钟的读本《莠句册》（1786 年刊）第三篇《求冢俗说之异同、冢之神灵问答之话》中，住吉姬与菟原处女争宠的故事，也是由《聊斋志

---

① 〔日〕矶部彰『西游记』受容史の研究』、多贺出版株式会社 1995 年版。

② "读本"是日本江户时期出现的一种小说样式。它的形成与发展，与中国白话小说的输入密不可分，中国小说满足了町人阶级阶层对文学艺术的渴求。诚然，从文学发展来看，读本不过是一种模仿。但作者在再创作的过程中，十分注意吸收本国的和歌俳句、神话传说、物语作品的文学因素，使之与町人传统的历史感与文化观相吻合。上述作家，都是翻案高手。"人情本"是江户末年到明治初年在东京（古称江户）流行的一种写实性的恋爱小说，多以《三言》《二拍》为翻案所本。

异》卷10《恒娘》改写的。森岛中良的《凩草纸》对《聊斋志异》的袭用，又数倍于《莠句册》，全书9篇作品中七篇7《聊斋志异》有关。其中第二篇《横河小圣降服恶灵之话》不仅与《画皮》情节相似，文字也多有相近之处，所增加的只是说明恶鬼出现的原因和武家道德的文字。自明治始，《聊斋志异》影响渐广。关亭传笑的合卷本《妻重思乱菊》（1826年刊）根据《聊斋》卷2的《莲香》改编。

在江户时期，《儒林外史》和《红楼梦》也传入了日本，不过这两部巨著并未得到应有的关注。在它们传入之时，中国通俗小说风靡文坛的时代已经过去。加之《儒林外史》反映的科举制度与日本文化相去甚远，日本人无法理解其中的精义妙言，于是很少有人阅读。直至明治以后，才有译本问世。《红楼梦》内容博大精深，艺术几臻完境，又以北方方言写成，对于汉文功底不深的日本读者而言，很难理解其中深意。《红楼梦》的翻译是从摘译、编译、缩译开始的。这也是进入20世纪以后的事了。

图116　江户时代刊《通俗水浒传》插图九纹龙史进

日本江户时代虽然实行闭关锁国的政策，但仍有固定的口岸与中国通商，中国古典小说还是通过种种渠道，源源不断地传到了日本。因此，中日文学在这时仍然得到了进一步的交流与融汇。由以上所述不难看出，这一时期日本对中国古典小说的接受有以下几个特点：

首先，由于中国小说的大量涌入，日译的范围随之扩大。译笔所及，广涉文白各体作品，如神怪小说、历史演义、世情小说等。就译本的数量而言，也是前所未有的，尤其是一些小说名著，都有多种译本并行于世。中国小说的翻译，也造就了一大批翻译家，如冈岛冠山、冈田白驹、泽田一斋、湖南文山等。喜欢中国小说的学者亦不少。

皆川淇园（1735—1807）曾撰《书通俗平妖传首》，载《淇园文集》卷6，叙述了学子们通读中国小说的情景。文中说："余与弟章，幼时尝闻家大人说《水浒传》第一回魔君出幽将生之事，而心愿续闻其后事，而家大人无暇及之，余兄弟因请其书枕籍以读之。经一年后粗得通晓其大略。及十八九岁得一百回《水浒》读之，友人清君锦亦酷好之，每会互举其文奇者，以为谈资。后又遂与君锦竟共读他演奇小说，如《西游》《西洋》《金瓶》《封神》《女仙》《禅真》等诸书，无不遍读，而皆谓其制构有所穷，而不耐久观也。最后得《平妖传》读之，其奇百出，可以与《水浒》雁行矣。与君锦弟章玩读不已，此距今四十余年前事也。"①

其次，中国通俗小说的传播与翻译对日本文坛产生了深刻的影响，使日本的小说创作滋生一些新的样式，如"中国军谈"、"读本"，或者为原有的小说样式注入了新的内容，如"人情本"②。诚如石崎又造所言："近世小说史上所谓读本这一新形式，是由中国小说学者的翻译或者翻案创造出来的，因而读本大量地吸取中国特有而我国文学缺少的奇谈或怪谈，中国历史演义小说影响的结果，产生出以史实为主要素材的史无前例的长篇作品。"③"翻案"正是这一时期日本小说创作的一个明显标志。

第三，随着小说翻译的深入，这时日本的汉学家、乃至作家开始以学术

---

① 〔日〕中村幸彦编『近世白話小説翻譯集』五『通俗平妖傳　通俗西湖佳話　通俗古今奇觀』、汲古書院1984年版、第7頁。
② 此外，这时的"洒落本"、"草双纸"、"咄本"、"合卷"等，也是深受中国小说影响的文学样式。
③ 〔日〕石崎又造『近世日本的中國俗文學史』、弘文堂書房1940年版、第283頁。

眼光观照中国小说。江户时代的小说批评受中国传统小说批评的影响，多把研究的重点集中在词语注释和典故考证上，偶尔也有从思想与艺术角度来研究作品的实例。训诂与考证，可以《世说新语》的译注为代表。江户时代主要是把《世说新语补》作为研究对象，冈白驹和平贺房父的难句注释、桃井源藏的补注新证，以及多人的订误匡谬、发微抉隐，均是这时期的研究成果。

江户时期的中国小说研究，可以曲亭马琴为代表。他是一位学者型作家，在其序跋和评论中，可明显看到冯梦龙、金圣叹、毛宗岗、李渔等人的影响。他曾经写过《读〈本朝水浒传〉并批评》（1833年撰）一文，这是日本最早的小说批评论文。他的研究，有许多独到的见解。在创作上，他以符合封建伦理道德的"劝善惩恶"观为纲领；在艺术上，则把谢肇淛的"虚实相半"手法引入了演义小说的创作（参见《批为朝外传〈弓张月〉》一文，载《椿说弓张月》）；在语言上，他主张创造一种"雅俗折中，和汉混合"的文体。他断言："稗史野乘之写人情，全不凭俗语，则难以成立。"因为从中日小说的创作实践不难看出其中的道理："唐土以《水浒传》、《西游记》为首，宋末元明之作者，皆以俗语缀篇。在以此编缀以人情为趣旨之草纸物语中，古言自不待言，若言以正文来编缀，罗贯（中）、高东嘉当亦无之。"

此外，他对中国小说里的"怪谈鬼话"，也有自己的看法。他认为，《水浒传》、《西游记》不是为写怪谈而写怪谈，而是在怪谈中寄寓深意，即"隐微"之意。"以怪谈立趣旨"还意味着作者对作品的整体构思，体现了作家对社会生活的看法。所有这些论述，堪称严格意义上的小说研究。

三　明治、大正时期（1867—1925）

1867年的明治维新，是日本历史上的一个转折点。日本政府大力推行"文明开化"政策，旨在脱亚入欧，西方思想如决堤洪水，汹涌而至，冲击着社会生活的各个角落，也动摇了传统的文学观念，日本对中国文化的摄取转入低潮。不过，这时中国文学对日本的影响并未结束。

明治初年，中日两国开始互派使节，一些文学家也怀着访古会文的心情，来到中国，与中国文人进行交往。这个时期中国文学对日本文学的影响，和以往有所不同，它不再表现为某一文学运动、文学流派和文学巨匠对日本新的文学运动的推动，而主要表现为日本文学家的中国古典文学素养对创造日本新文学的影响，表现出一种影响的累积性、综合性和多样性。中国文化巨大的再生能力，在这个时期有突出的表现。就中国古典小说而言，明治以来它继续浸润日本的文坛，森鸥外（1862—1922）在《伊达·赛古丝阿利斯》一文中生动地描述过这种情景：

> 开始借来《梅历》读过以后，汉学者朋友来了，就读《剪灯新话》、读《燕山外史》，读《情史》。对这些书里写的青年男女的浪漫的恋爱羡慕极了，嫉妒极了。而且为自己生来不是美男子，得不到那样的美人，心里痛苦得不得了。不禁寻思，安达是多么愉快，纵令有痛苦，那痛苦也是甜蜜的痛苦，而不是自己心里潜藏的苦涩的痛苦。①

中西参读，形成了一种奇妙的文学体验。不仅如此，在一些作家的笔下，通过借鉴和摹仿，依然透露着浓浓的"支那趣味"。这是因为，近代文学的开创者受中国古典文化潜移默化的熏陶，头脑中都保存着对中国历史、人物事件及风土人情的想象与关照。在他们的创作中，自然也可看到中国古典小说的影响，以及潜藏其中的中国情结。

幸田露伴（1867—1947）是明治时期拟古典主义的代表作家之一。他从青年时代起，即喜爱汉籍，博览群书。他的连载小说《露团团》（载于《都之花》）是一篇构思新颖的作品，人们戏称为"有种子的戏法"。所谓"种子"，便是《醒世恒言》中的《钱秀才错占凤凰俦》。《露团团》中矛盾的起因、高潮、解决矛盾的方式，都与《钱秀才》基本相同。《钱秀才》中择婿相亲、冒名求亲、真相败露、知县明断而各得其所，这些情节都被《露团团》所采用。《钱秀才》小说的骨架，为幸田露伴提供了日本人心目中几种人物类型的活动舞台，将欧化热潮中的日本人对东西方的认识形象化。故事背景、人物塑造和最后结局，都迎合了当时流行于全社会的追慕欧美的心理。

明治初年，抑虚重实的功利主义思潮流行于世，自然主义、现实主义作品得到较高评价。一些作家对于日本传统的物语文学和中国的志怪、传奇和神怪长篇颇多贬抑。而泉镜花（1873—1939）的创作却努力接近江户时代的小说模式和中国的神怪之作。他的小说《高野圣》（1900年刊），以我国志怪

---

① 〔日〕森鸥外『鸥外全集』第六卷、岩波書店1972年版、第141页。

《板桥三娘子》为原本。两部作品的基本框架是：一男子偶然借宿到偏僻人家，女主人都会妖术，将前来投宿的人变为异类，最终由一老人点破其中奥秘。与原作相比，泉镜花还为它注入了象征的意蕴。小说境界是作家心中的人生缩影。被美女变成马的药贩子，象征着富人的卑俗；美女与白痴为伴，是封建包办婚姻的戏剧化表现；崎岖的山路象征了人生苦难的历程。因此，《高野圣》历来被看作明治三十年代的象征主义杰作。

图117　《绘本西游记新译》小杉未醒本图文

1917年，芥川龙之介（1892—1927）的第一部短篇小说集《罗生门》问世，扉页题词是"君看双眼色，不语似无愁"，于此可见这位青年作家对中国古典文学的热爱。他常用欧洲近代小说创作方法，来处理中国古典小说的题材。这些古代故事经他改作，有了新的生命和深刻含义。他的童话小说《杜子春》源于唐代李复言所撰《杜子春传》，但故事结局大相径庭。两篇作品都有主角在接受考验的最后关头张口说话的情节，但两位作者采取了不同的处理方式。李复言对杜子春的爱是否定的。他想要说明的是，人秉七情，爱最执着，爱是去烦恼、求解脱最难的一关。而芥川龙之介则反其道而行之，不仅突出了爱的力量，而且给以高度评价。虽然母子之爱使杜子春失去了成仙的机会，但他从中明白了生活的道理。作者对爱的赞美，与尔虞我诈的现实生活恰成对照。

芥川龙之介的另一篇小说《奇遇》，取材于《剪灯新话》中的《渭塘奇遇记》。作家采用化虚为实、化奇为平的方法，赋予原作以新意。《渭塘奇遇记》写王生与酒肆女的"神契"，以很大篇幅记叙梦境的神奇。先写梦中王生登门入室，所见历历在目。又写室中陈设，二人相会酬诗，各录其咏。细节描写的"实"，更衬出神契之"奇"。《奇遇》开篇，亦极力渲染王生与酒肆女归舟梦会、赋诗酬唱诸事。而在结尾，作品则洗尽了神怪色彩。《渭塘奇遇记》写到两人"于飞而欢"便结束了，而《奇遇》却以写实笔法揭穿了"神契"的奥秘。芥川龙之介以历史或古典文学作品为题材而创作的小说，对历史事实进行了一种新的解释，在古典的氛围中抒发了现代人的生存意识。

从江户时期到明治时期，虽然有国字解、谚解、和译等多种形式出现，也诞生了以口语解译诗歌和白话小说的形式，但它们大都是作为训读的辅助和附属品存在的，多半不能离开训读独自成书，可以说，明治时期承继了训读时代的沉重遗产。直到大正时代，完全意义上的口语翻译才在与中国有直接接触的译者们手中诞生。大正时期的星野苏山1924年将《今古奇观》卷28翻译成当时的日语，由上海的日文出版社至诚堂出版，他翻译的宋代传奇《鸳鸯谱》早于佐藤春夫《支那文学大观》中的口语翻译，在翻译过程中得到中国人许问蓉的帮助。以支那风俗研究家自命的井上红梅（1881—1949）在其苏州人妻子的协助下专注于中国白话小说翻译，相继将《今古奇观》、《金瓶梅》、《儒林外史》、《红楼梦》译成日语。宫原民平等策划1926年刊行的《支那文学大观》收入的《桃花扇》、《牡丹亭还魂记》、《剪灯新话》、《聊斋志异》等作品是口语体翻译的最早选集，在日本中国文学翻译史上具有里程碑的意义。而同时期刊行的《国译汉文大成》虽然加重了口语解说的成分，但基本上仍然延续了训读为主的格局。这两大丛书的并行，是日本的中国翻译转折期的象征。

大正时期的作家与明治时期的新文学草创者不同，他们没有接受过日本化的中国古典文学的熏陶，他们所利用的是中国丰富的史料和充满东方情调的题材。长与善郎的《项羽与刘邦》、武者小路实笃的《在桃源》、伊藤春夫的《李太白》、谷崎润一郎的《苏东坡》等均属这一类作品。

日本的中国小说翻译和研究,进入明治时期以后发生了一些新的变化。明治初年中国小说仍不断传入日本,横滨城的华人书店,也在专门经营各种中国书籍。有的书社还曾计划翻刻《儒林外史》、《三国志演义》、《西游记》等"古今章回小说",以及《镜花水月》、《夜雨秋灯录》等"新奇小说类"。江户时期的中国小说的翻刻本,这时还在陆续出版。据前田爱《艳史、传奇的残照》一文,从1869年到1886年,便有众多训点刻本,包括"拟话本类"(如《小说粹言》、《劝惩绣像奇谈》)、"文言小说类"(如《剪灯新话》)、"长篇小说"(如《通俗演义三国志》、《原本译解金瓶梅》)、"才子佳人小说"(如《燕山外史》、《近代奇观》)和"艳情及杂纂类"(如《秦淮艳品》、《情史抄》)五种类型。

这时,清中叶和晚清问世的小说开始受到了重视。翻译的方式,也灵活多变,除全译外,亦多见摘译、编译、缩译诸法。岸春风楼的《新译红楼梦》(1916年刊),即是摘译与概述相结合的实例。还有一些译者,着眼于中国小说的艺术性,往往抛开已通行的译本,另做翻译,力图传达原著的真实价值。因此,名著翻译层出不穷,各种译风并存于世。小说译作也渐渐受到重视,有的辑入了大型丛书,如幸田露伴和平冈武夫所译《红楼梦》,即是《国译汉文大成》(1920年刊)之一种。

有趣的是,明治时期中国古典小说在以另一种方式产生着影响,这就是西方文学翻译中的"以汉译西"。这种现象的形成,实际有着特定的心理基础。明治初年的翻译者不甘于只完成"将一种语言的文学转换成另一种语言的文学"的职责,他们要作为生活的评判家、读者的引路人、原作的改造者,因而,他们的社会观、政治观和文学观总是在译作中顽强地表现出来。翻译的对象,明显地反映出了译者对社会需要的理解,而且在书名的拟定、对原作的删节、增补和改写上,都毫无掩饰地展示出译者的小说观和文化趣味。正是在这些方面,我们可以清楚地看到中国文学的影响。为译著取名,或用"物语",或用"传"、"史"、"谈"、"话"之类的字眼,如《鲁敏逊全传》(即笛福的《鲁滨逊飘流记》)《泰西活剧春窗绮话》(即司各特的《湖上夫人》)。有些翻译者,还常常改变原作的主题、结构和人物(严格说来,这只能叫改写或缩写），提供所谓的"豪杰译"①。

他们之所以这样做，是因为其思想深处存在着文学应该而且能够直接为政治服务的观念，力求使译著起到"劝善惩恶"的作用，有益于世道人心。而这种文学观念，与其说是日本式的，毋宁说是中国式的。中国传统文论（包括小说理论），即是多强调文学的教育或教化功能。翻译中的"汉文调"，更是中国影响的明显标志。例如，矢野龙溪翻译《自由凯歌》，不仅采用章回小说的文体，即叙事方式与中国的话本、拟话本或长篇评书相似，而且多采用中国小说的类型化方法描写人物。他所译出的女主人公是："鬓影低掩其肩，宛如春柳之丝；面目清秀，有疑秋水涵明月，雁望之惊落，鱼见之沉隐，年方二八，如花似玉。"与此同时，他在叙事中还像中国的小说家那样，时常组织骈体文句，设喻用典，如"青灯无伴，梦里化作望夫石；红泪有痕，身何竟为薄命花！"在此人物外貌的类型化，小说语言的诗意化，与中国传统小说如出一辙。难怪这种译作让西方人看了会觉得素不相识，而中国人却可能感到是旧友重逢。

在研究领域，西学输入日本后，汉学受到了很大的冲击，但日本学者仍然重视中国文学之研究。藤田丰八（1869—1929）等人在《支那文学大纲序》中明确指出了这一研究的价值：

> 故致力于中国文学之研究，非徒恋旧物，实乃参随与我国文学相共而可称作第二"国文学"之中国文学之精髓，以阐明文学之关系，究其所本何如，以新眼光而成新研究，以为攻中国文学之初学者之资，而为研究我古文学者参考，一并而希望为将来日本文学之趋舍有所贡献。②

当然，更值得注意的是，日本学者在西方学术的影响下，其文学观念发生了很大的变化，他们逐渐摆脱了中国传统的小说批评模式，研究日益精深。坪内逍遥的《小说神髓》（1885—1886）是这种学术萌生的标志。

坪内逍遥（1859—1935），幼名勇藏，后又名雄藏，初号春之舍主人，春

---

① 如此命名，或许有译者自命豪杰，挥动大笔，对原作宰割挥斥之意。
② 〔日〕藤田豊八等『支那文學大綱』、大日本圖書1904年版、第5頁。

之舍胧，晚年又号柿叟。少年时，爱好乘马击剑，钻习汉籍，也曾学习过英语。据他自己所述，"自幼嗜稗史，有空便读稗史，耗费宝贵光阴已达十余年，有关古今稗史却看了不少"（《小说神髓》），读的作品多是江户后期曲亭马琴、柳亭种彦等人的"戏作"①（《回忆漫谈》）。青年时代，接触到了大量的西方作品，对文学产生了新的看法。

1885 年 9 月至 1986 年 4 月，坪内逍遥陆续发表《小说神髓》，为文艺理论界吹进了一股新鲜空气。这部论著从文学自身的特点出发，对日本近世"戏作小说"的"惩恶扬善"文学观进行了系统的清算。它虽然不以评论中国文学为目的，但涉及中国小说的部分，实际上代表了那时青年一代的中国小说观。坪内逍遥把"戏作小说"的转相模拟，千人一面，万部一腔，归咎为戏作作者一味崇信李渔的观点（即以"义发劝惩"为小说主脑）所使然。他认为，小说家应该"穿人情之奥"，将人们的善恶正邪之心"描摹殆尽，无复遗漏，周密精到，使人情灼然可见"。以这样的标准来检验"和汉有名稗史者之流"，便可发现，它们只停留在写出"情节之皮相"上了。坪内提倡写实实在在的人，写人类世界的人，反对以心理学的道理为基础来虚构人物。他对小说作品的评价，也自有标准。譬如在《小说裨益》一章，他就"诲淫诲盗"的说法，如此剖析道：

> 唐山（按：指中国）之人，指小说而骂诲淫导欲，此可以评《金瓶梅》或《肉蒲团》等……然而如《金瓶梅》、《肉蒲团》一流猥亵情史，乃似是而非之小说也，不可谓真小说。其故谓何？是等数种小说含有美术最忌讳之鄙猥原素之故也。②

他将《金瓶梅》与《肉蒲团》视同一律，划入"猥亵情史"之类，显然是从艺术角度着眼。在他看来，两书情趣卑劣，与艺术指归背道而驰，因此算不上是真正的小说。《小说神髓》对风行了数百年的小说观作了犀利的批

---

① 指"戏作小说"，这种文体产生于江户末年，至明治初期仍广为流行。它在创作上模拟'读本'作家，宣扬劝善惩恶，多写杀伐之事，虚设人情，拼凑情节，格调低下。

② 坪内逍遥：『小說神髓』第四册、日本近代文学舘 1983 年版、第 33 页。刘振瀛译本，上海译文出版社 2010 年版，第 34 页。

判,但这并不意味着坪内完全漠视中国古典小说。适得其反,在谈到小说可为"文学之师表"时,他高度评价优秀的小说作品对文学语言发展的推动作用,同时提到了中国的《水浒传》和日本的《源氏物语》:

> 师表之裨益,乃小说文章之上裨益也。为小说之大笔者,不特其趣向之奇且巧,其文亦绝妙,句句锦绣,有益于欲学文者不少。观《源语》、《水浒》当思之。①

他把《源氏物语》和《水浒传》尊为文学语言的典范。"句句锦绣"本是金圣叹等明清批评家对《水浒》小说语言美的赞誉,在此成为他立论的基础。

明治以后,日本的史学研究得到了迅速发展,有日本史、支那史和西洋史三足鼎立之说。而所谓的支那史研究渐渐扩展到了中国文学,藤田丰八、笹川种郎、古城贞吉等人是较早的研究家。笹川氏著有《支那历朝文学史》(1898年刊),他虽然未能详述历代小说,但设有专节介绍明清小说及其批评。五年后,这本书被译成了中文,并对我国的文学通史研究起到了促进作用。

四 昭和、平成时期(1925—2013)

昭和以降,日本的中国古典小说翻译和研究,进入了一个新的阶段。这时日本作家继续从中国古典小说汲取营养,为读者大众奉献新的作品;日本学术(包括中国古典小说的译研在内)更是日益繁荣,日益兴盛,以其雄厚的实力和丰硕的成果,在国际汉学界占据着重要的地位。

如上所述,中国古典小说在日本历来拥有广大的读者群,自70年代以来,还时而出现"《水浒》热"、"《三国》热"、"《西游》热"等的热潮。这些作品不断被改编为小说、诗歌、戏剧、电影,以至家喻户晓。而其故事背景被现代作家用作再创作的舞台、其中人物被赋予新的生命的例子,也屡见不鲜。有的作家还专门以新编中国古典小说,而倍受读者喜爱。吉川英治创

---

① 坪内逍遥『小说神髓』第四册、日本近代文学館1983年版、第33页。刘振瀛译本,上海译文出版社2010年版,第37页。

作了《三国志》、《新·水浒传》（后一种是他的绝笔之作），评论家认为这是以吉川英治为代表的日本人领会的《三国志》、《水浒传》。西方小说的传入，自然会促使日本读者进行中西比较，但比较之后，仍有人称赞中国小说。正如武田泰淳就唐传奇所说，它们"与欧洲近代短篇放在一起也并不逊色，是常读常新的艺术结晶"，而且"对照阅读梅里美、霍夫曼·坡等人的短篇，就不能不惊异，传奇小说的技术是怎样的丰富，是怎样的自如，以及经过了怎样的加工提炼"（《唐代小说的技术》）。中国古典小说之所以在日本久传不衰，综合日本学者的论述，大致有以下几种说法。

首先是"规模说"。中国演义小说场面壮阔，豪杰如云，既有"奇想天来"的斗智斗勇的情节，又有夸张淋漓且又细致缜密的笔墨。读之者，无不心惊胆寒，痛快淋漓，无不"血涌肉跃"，拍案叫绝。因此自古以来，日本作家就有感于本国国土空间的狭小，而喜欢翻案这样的小说。吉川英治的改写一反常规，并未把故事发生的舞台换在日本，反而取得了更大的成功。草森绅一评论说："如果你只读一下吉川英治的《新·水浒传》，不会想到是日本风格的，在这样的部分就无意识地接受了作者的气息，原原本本感受到中国大陆的气派，一定像友人一样，认为'《三国志》就是《三国志》啊'地认可这部作品。这正是因为它是'吉川水浒传'的缘故。它的意义并不是熟悉的翻案什么的，在其深处可以看到作者对大陆空间不满足的渴望。"①

其次还有"性格说"。中村幸彦在论述中国白话小说及其理论刺激江户小说的发展时，谈到中国小说的情节构成很巧妙，特别是长篇，日本从来没有作品能够完全与之媲美；中国小说赋予人物以鲜明的性格，并使之很好地融于情节构成之中。而教会日本人作品"性格"这一概念的，是金圣叹的《水浒传》评点；它们不止以情节的巧妙获取一时之乐，而且有触动读书人心情的人情味。中村幸彦的这些分析，是颇具说服力的。

此外，现代读者以新的姿态来阅读中国古典小说，则形成了"共感说"。现在越来越多的人认识到，中国优秀的古典文学作品不仅属于中国，同时也属于世界。因此，不同文化背景的人们可以按照自己的方式去鉴赏它们。诗人土井晚翠（1871—1952）从小崇拜孔明即是一例。他认为"三国时代对愚

---

① 〔日〕『吉川英治全集』44、談講社1981年版。

昧的后主尽其臣节的孔明的态度，真不愧是千岁的纯人"，对于这种人"怎么样来赞颂都不过分"。在其长诗《星落秋风五丈原》中热情歌颂诸葛亮乃"万古云霄一羽毛"，精神不死："梦幻之后／只有'诚'永不消亡／鞠躬尽瘁，成否听凭上苍"。诗人对孔明历史责任感、使命感和献身精神的赞颂，益加给人以更深刻的感染。

正因为日本接受中国古典小说有着主客观方面的多种原因，现代以来，从六朝志怪到明清白话小说，大都有了底本不尽相同、译风各自相异的日译本。其版本之多，已不可胜数。仅就近几十年的情况而言，《水浒传》、《三国演义》、《西游记》、《金瓶梅》、《红楼梦》等名著，就有数种乃至十多种译本流传。而小野忍、增田涉、佐藤春夫、松枝茂夫、小川环树、伊藤漱平等人，均在汉籍日译方面做出了突出的贡献。

以《水浒传》为例，曾经为此作出努力的译者有冈岛冠山、九岐晰、伊藤银月、桃川燕林、今村次郎、村松操、小杉未醒、森槐南、高须梅溪、幸田露伴、曲亭马琴、高井兰山、伊藤银月、山东京山、柳亭种彦、笠亭仙果、松亭金水、杉本达夫、久保天随、立间祥介、陈舜臣、驹田信二、笹川临风、多摩松也、松枝茂夫、弓馆芳夫、大町桂月、平冈龙城、佐藤一郎、寺尾善雄、荒木猛、村上知行、吉川幸次郎、清水茂等。翻介的样式有画传、译编、翻案。在日本很早就有了《水浒传》的摘译本，全译本也有不少，下面仅是其中一部分：

松枝茂夫译本，岩波书店，全13卷，1985年；加上修订，数十年刊行，早已售罄，近年再版。

伊藤漱平译本，平凡社，全12卷，1997年；售罄，近年再版。原版为平凡社《中国古典文学大系》第44、45、46卷，本人修订。

饭冢朗译本，集英社《世界文学全集》第11、12、13卷，1980年，已绝版。

1989年，在经济高速发展的余波和泡沫经济行将破灭的不安之中，日本进入平成时期。大学关于国际化的议论看似依然热烈，而内部却日渐显露出收缩的迹象。经济的低迷和大学改组的冲击，加之少子化的日趋严重，传统的文学学部越来越招收不到优秀的学生。学生人数减少，给私立大学的冲击更为显著，能够闭守书斋、心无旁骛的学者在悄然减少，而奔忙于官场、市场、媒体的人士悄然增加。就是在学术环境风气渐变的时代，仍有很多潜心中国古典小说的学者，为开拓新的研究领域、适应图书市场巨变探索新的翻译方式等尽心尽力。

从20世纪90年代至21世纪的前十年，中国古典小说传播和翻译中一件大事，就是明治书院从2005年至2009年刊行的《中国古典小说选》丛书。这套丛书由竹田晃、黑田真美子主编，为《新释汉文大系》的姊妹篇，是以传奇小说为中心的中国古典小说丛书。每篇作品有原文、随文训读、通释语释（现代语译与解说）、余说、索引，一应俱全。这集中和遵循了日本构建成规模的、追求完美的中国文学译注的一贯做法。所选书目如下，选泽者后括号内注"选"字，其余则为全译：

1. 汉魏：《蜀王本纪》、《列仙传》（汉语版，选）、《山海经》（选）、《穆天子传》、《燕丹子》、《西京杂记》（选）、《神异记》、《海内十洲记》（选）、《洞冥记》（选）、《赵飞燕外传》、《汉武故事》（选）。

2. 六朝1：《搜神记》、《幽明录》（汉语版）、《异苑》等。

3. 六朝2：《世说新语》。

4. 唐代1：《幽明录》（汉语版）、《补江总白猿传》、《游仙窟》。

5. 唐代2：《离魂记》、《古镜记》（汉语版）、《任氏传》、《柳毅传》、《李章武传》、《霍小玉传》、《南柯太守传》、《谢小娥传》、《李娃传》、《三梦记》、《东城老父传》、《莺莺传》、《无双传》、《虬髯客传》、《陈义郎》、《王诸》、《华州参军》、《红线传》、《昆仑奴》、《聂隐娘》、《步飞烟》。

6. 唐代3：《广异记》、《玄怪录》（汉语版）、《宣室志》（汉语版）等。

7. 宋代：《绿珠传》、《杨太真外传》、《李师师外传》、《夷坚志》。

8. 明代：《剪灯新话》。

9. 清代1：《聊斋志异》。

10. 清代2：《聊斋志异》。

11. 清代3：《阅微草堂笔记》（汉语版）、《子不语》（汉语版）、《续子不语》。

12. 历代笑话：《笑林》、《启颜录》、《东坡居士艾子杂说》、《新编醉翁杂谈》、《嘲戏绮语》、《权子》、《雪涛谐史》、《笑赞》、《三台万用正宗》、《笑谑门》、《笑府》。

五　日本中国古典小说传播与翻译的特点

历史悠久、积累深厚的翻译，为日本的中国小说研究提供了坚实的基础。兼之新式教育制度的建立，西方研究模式与研究规范的输入，东西方比较文学与比较文化的开展，也有利于这一研究专业力量的壮大和知识素养的提高。因此，中国古典小说研究是日本整个汉学中相当有成绩的一个部门。综览之下，这一研究具有如下几个特点。

第一，长期以来，日本学者养成了一种扎实、沉潜的治学风格。一方面，他们历来重视资料与工具书的编纂，所编事典、索引、文献目录、词语总汇等工具书种类繁多。日本人本来就有从不忽视细枝末节的性格，甚至可以说越是琐细繁复、点滴微末之处，越可看出其性格的优长。

日本有一些学报，每年均刊载有关中国文学研究的论著论文目录，检索小说研究十分方便。日本的中国小说研究者也很重视工具书的编纂，肯下功夫从事基础工作，例如古田幸一的《游仙窟注引用书目索引》（辑入《书志学》第15卷）、波多野太郎的《中国小说戏曲词汇研究辞典综合索引篇（1）—（9）》、太田辰夫的《京本通俗小说、清平山堂话本语汇索引》、村上哲见的《三国志演义人名索引》、大冢秀高的《中国通俗小说书目改定稿》等。

学者多认为资料积累是做学问的基本要求，所以像太田辰夫等在中国小说研究领域较有影响的学者，也都热心于从事或指导工具书的编纂。与此相关的考证、校订工作，也以严谨缜密著称。前野直彬的《中国小说史考》、泽田瑞穗《宋明清小说丛考》、《剪灯新话》读书会对该书的校订等，均属这方面的力作。中国古典小说在国内失传而在日本保存完好的情况，使日本学者在版本考证方面具有了优越的条件。例如，关于《西游记》成书史（日语称"形成史"）的研究，不少学者取得了丰硕的成果：太田辰夫考察了多种版本；中野美代子多次来华，深入研究泉州开元寺东西塔浮雕，并结合日藏本提出了新说①；矶部彰的《西游记形成史研究》一书，概括了日本关于这部小说的研究史，并对它在日、朝、越、蒙、藏等民族中的流传和接受，做了有益的开拓。

---

① 参见中野美代子：《十八罗汉、梁武帝、目连戏与初期〈西游记〉——泉州开元寺东西塔浮雕考》，载《日中比较文化》第1号（1991）。

第二，以专精求广博，立足专业面向综合的学术思路较为普遍。在日本，终生专擅某一领域以求大成的研究者大有人在。前野直彬的《中国小说史》、高岛俊男的《水浒传的世界》、近藤春雄的《唐代小说的研究》、小野四平的《中国近世短篇小说的研究》、小川环树的《中国小说史研究》、太田辰夫的《西游记研究》、内山知也的《隋唐小说研究》、庄司格的《中国的公案小说》等等，都是积数年之功，广搜博采又紧扣一点。不过，目前在综合研究方面成果颇为突出。

正如竹田晃在致笔者的信函中所说："近年来，日本的中坚研究者中，力图从新的角度来考察中国古典小说的学术团体（中国古典小说研究会）开展各种活动，十分活跃，研究成果引人瞩目。该研究会主张，不要将中国小说单纯视为一种文学体裁，而要在中国的历史——社会史、政治史、经济史等演变中对其加以捕捉，例如进行在'都市的发展'中来集中审视明代小说的研究等。"京都大学的金文京、琦玉大学的大冢秀高、东京大学的大木康助、神奈川大学的铃木阳一等，都是这样一些以新的视点来研究中国古典小说的学者。而这样的研究，在学术上体现了一种专精与广博的调和。

图 118　江户时代刊《通俗水浒传》插图项充

第三个特点与第二个有关，是翻译与研究并重，引人登堂与入室深求结合。例如，竹田晃著有《曹操》、《中国的幽灵》、《中国的说话和古小说》等书，还翻译了干宝的《搜神记》，该书是日本最早的全译本。他考察了志怪小说的产生和变迁，正确地指出了它在中国小说史上所占地位的重要性。此外，他还出版了《世说新语》译注，编译了《中国幻想小说杰作集》，而所编《三国志的英杰》，又辑入了不少有关《三国》和曹操及其周围人物的研究文章。

日本学者撰写的论文，在系统搜集材料方面用力甚勤，引证详尽，同时也常写一些可读性较强的小册子，进行中国古典小说的普及工作。这些书面对的是青年、妇女和一般读者，内容多涉鬼魅情爱，以叙述故事为主，兼顾作品介绍。

第四，重视中日小说的比较研究。由于日本古代小说多受中国小说的影响，日本学者对那些与之相关的中国小说更有研究的兴趣，而他们对中国小说所做的鉴赏批评，又自然受到了日本文学传统的影响。这样一来，在学术界就形成了中日文化比较与文学比较的独特角度。

青木正儿曾发表《〈今古奇观〉与〈英草纸〉、〈蝴蝶梦〉》、《〈水浒传〉在日本文学史上布下的影子》、《冈岛冠山与中国白话小说》等有关中日小说交流的文章；盐谷温也出版了有关"三言""二拍"对江户小说影响的研究论著。1940年10月，石崎又造的力作《近世日本的中国俗文学史》由弘文堂书房刊行问世。这部专著从日本的中国语学的源流、江户时期中国语学的流行、中国白话小说与日本文学的关系三个方面，填补了学术界的空白，是中日文学关系研究的重要著作，对于理解明清小说在江户时期的流传与影响，具有极高的参考价值。书中第五章专论中国白话文学和日本文学，包括诨词小说的介绍、诨词小说的翻案与读本的发生、中国笑话的翻译与汉文笑话的出现等内容，几乎涉及到了俗文学传播的各个方面，但也着重介绍了以中国白话小说为根据的"翻案"之作的梗概与相互间的影响关系。在战后，这一领域的研究进展巨大，

除麻生矶次《江户文学与中国》继续围绕读本做了大量资料调查与深入剖析外，尚有数量可观的论文发表，对明清小说在江户文学中的投影似已大体了然。然而，近世两国小说关系之密切，实出乎意料。德田武所著《日本

近世小说与中国小说》（1988年刊）一书系统探讨了日本江户读本的形成、发展、衰落与中国明清小说的密切关系，将读本与作为粉本的明清小说就结构、情节、趣味、语句、行文、主题、思想等多方面的异同加以详考。主要采用比较文学的方法，而又辅之其他方法。他从译本中挖掘出许多前人未曾发现的明清小说之传播及其影响江户文学的新资料，如读本作者与小说研究者对《金瓶梅》、《聊斋志异》的改编与研究情况，皆通过他对读本及各类文献的研读，得以明了。德田武主持印行的《对译中国历史小说选集》、中村幸彦编辑的《近世白话小说翻译集》，在整理中国小说翻译资料方面都有不小的贡献。

第五，日本学者重视"援西释中"，即借鉴西方现代文学或文化理论对中国古典小说进行阐释，不过就其本质而言，这种做法实际表现为西方视点与东方根基的两相结合。对西方学术思想迅速作出反应，几乎成为日本学术界自明治维新以来的一个传统。往往欧美畅销的新著，时过不久，就会在东京神田街的书店里找到它的日译本。在五六十年代，有些中国文学研究者对欧美和港台的学术成果的关注，甚至超过了对中国大陆学术成果的兴趣。日本翻译西方汉学界影响较大的新著，有时也早于我国，如关于爱德华·谢法《神女——唐代文学里的龙女和雨女》、约翰·毕晓普《"三言"的研究》的翻译①。

中野美代子青年时代运用文化人类学、地理史学、文艺美学与传统考据结合的方法，对小说作品所反映的中国人思维方式进行探讨，固然具有以欧美文学价值观念衡量中国古典小说的不成熟性，但她的这种尝试却使古典小说研究者耳目一新。她很敬佩高罗佩和李约瑟对中国文化研究的开拓精神和不凡见识，写出了数十种有关中国文化的专著和随笔，其中多有涉及中国小说之作，如《掩埋在沙漠中的文字——巴思巴文字的故事》（1971年刊）、《孙悟空的诞生——猴子的民间故事学和西游记》（1980年刊）、《中国的妖怪》（1983年刊）、《西游记的秘密——道和炼丹术的象征意义》

---

① 爱德华·谢法，即美国学者 Edward H. Schafer（1913—1991），其汉名是薛爱华；薛著于1973年出版，1978年由西胁常记译成日文，东海大学出版社刊行。毕晓普（John L. Bishop），亦为美国学者，其著作原名为《中国的白话短篇小说：〈三言〉研究》，1956年出版；同年10月，小川环树即撰写长文在《中国文学报》上加以介绍。

（1984年刊）、《龙居的风景——中国人的空间设计》（1991年刊）、《孙悟空是猴子吗？》（1992年刊）等等。从这些著作中，可以看到她文化学研究的视角。

第六，关于中国小说的"文化阐释"渗透到了非文学领域，而与日本的商业社会结合了起来。现代企业常逢沧桑之变，瞬息万变的商业竞争需要目光远大、处乱不惊、机智多谋、敢闯敢为的人物，一些文化研究者由此找到了秦汉魏晋的乱世与当今时代的对接点，将中国古代看作当今日本商业社会的一面镜子。

有些著作旨在纵观中日古今人物之言语行事，增长个人形象的魅力，磨砺品行，增进才干。一本题为《三国志的统帅学》（松本一男著）的书，借题发挥，由平定黄巾起义引出企业的盛衰问题。其他如《三国志中统帅力的研究》（下村彰义著）、《三国志与人间学》（安冈正笃著）等等，也属此类著作。

除了上述的特点之外，我们还应看到，日本学者很注重对学术研究的反思，以求今后有所改进，有所提高。

日本学者对中国古典文学研究的业绩以考据与比较为长项，这在古典小说研究领域也概莫能外。前者多利用日本现存而中国散佚的版本，后者多立足于日本文化，以"第二只眼"审视西方小说、中国小说。这两类研究皆需功力。一般说来，日本传统以研究方法起于单一，重材料而轻思辨，重师承而轻交流，重细部而轻整体，重文献而轻体验，因而大气磅礴、独辟蹊径之作便殊难产生。一般从大学才开始学习中文的学者，还面临对中日文化传统生疏与中国文化"体感"、"语感"缺失的严重困难，这些都大大限制了眼界与笔力。20世纪90年代以来，大学文科教育萎缩，传统学科面临重组重塑，选择中文与中国古代文学专业的学生减少，外部压力剧增，致使许多名家感叹后继乏人。

第二节　曲亭马琴的《水浒传》翻译和翻案的文化嫁接和传播考量

曲亭马琴（1767—1848）是日本江户时代唯一的文豪，也是最主要的中国小说翻译家和研究者。在 19 世纪上半叶，他对中国小说翻译和研究的贡献不仅在日本，在世界上也是屈指可数的。马琴自己说："余多读华人之稗史小说，择其文之巧致者而仿为之。"他是《新编水浒画传》初编 10 卷（1802 年刊，葛饰北斋插图）的译者，也是《倾城水浒传》25 卷（1825—1840 年刊）的作者，还写出了《水浒略传》第一集，其所作读本《高尾船字文》、《椿说弓张月》、《南总里见八犬传》（以下简称《八犬传》）等都吸收了大量《水浒》元素，同时他还撰写了《诘金圣叹》、《译水浒传辨》、《水浒后传国字评追考》等评论文章。他不仅研究了金圣叹等人的《水浒传》评点，而且对日本那些根据《水浒传》翻案的作品也格外关注，写下了《读〈本朝水浒传〉并批评》等批评文章。

曲亭马琴与《水浒传》的关系如此密切，以至于研究江户时代比较文学的著述都不能不涉及这个题目，日本学者石崎又造①、麻生矶次②、青木正儿③、中村幸彦④、德田武⑤、高岛俊男⑥等人的专论对此皆有阐述，专门研究曲亭马琴或读本的中国学者李树果⑦、崔香兰⑧等人也没有忽略对这个问题的考察。学者们多从曲亭马琴的作品中去发现《水浒传》的影响。笔者在探讨中日文学交流史和曲亭马琴小说观的时候，也多少有所论述⑨。然而，对于曲亭马琴对《水浒传》的翻译和翻案的关系，他的《水浒传》批评的背景和意义，相关评论与《水浒传》传播的关系等问题还没有见到系统探讨。

日中学者关于曲亭马琴的水浒观有很多论述，其中白木直也曾经做了很

---

① 〔日〕石崎又造『近世日本における支那俗語文学史』、清水弘文堂書房1967年版。
② 〔日〕麻生磯次『江戸文学と支那文学——近世文学の支那的原拠と読本の研究』、三省堂1967年版。
③ 〔日〕青木正児「水滸伝が日本文学史に布いてゐる影」、青木正児：『支那文芸論叢』、弘文堂書店1924年版。
④ 〔日〕中村幸彦「水滸伝と近世文学」、『中村幸彦著述集』第八巻、中央公論社1982年版、第215—268頁。
⑤ 〔日〕德田武『日本近世小説と中国小説』、青裳堂書店1986年版。
⑥ 〔日〕高島俊男『水滸伝と日本人』、大修館書店1991年版、第164—201頁。
⑦ 李树果译《日本读本小说名著选》，天津人民出版社2005年版，第1—23页。
⑧ 崔香蘭著『馬琴読本と中国古代小説』、溪水社2005年版。
⑨ 王晓平：《近代中日文学交流史稿》，湖南文艺出版社1987年版，第72—93页；严绍璗、中西进主编：《中日文化交流史大系·文学卷》，浙江人民出版社1996年版，第285—371页。

好的概括,他说:"谈到马琴水浒观特色的精髓,可以说他的态度和见解,就是承认七十回圣叹本为原创本,但不承认它是完本,即是说,它是《水浒传》的原本,而不是正本。说他特异而卓越的水浒观皆出于此也不为过。我认为,马琴把从自身理与事的立场看来有矛盾的七十回本,视为原本而非正本,就把矛盾统一起来了,这正是马琴水浒观的精华。而他事理两面的矛盾,探寻版本的话也都不能不出自他极度刨根问底的性格,懂得了这一点,我们今天更感到马琴是怎样一位自负的人。总之,我确信,我国江户时期由这位并非纯粹的学究但至少是学究气质的戏作者造就出如此个性化的水浒观,这是一个饶有兴味的事实,也是不容忽视的。"① 白木直也指出了曲亭马琴个人性格因素与他那些关于《水浒传》的言说的关系,这是难能可贵的。

图119 曲亭马琴《倾城水浒传》第二编

---

① 〔日〕白木直也「諸本研究の立場より見たる瀧澤馬琴の水滸観——水滸画伝校定原本を中心として」,『日本中国学会報』第二十一集1969年版、第264頁。

不过，曲亭马琴那些议论的背后，还有他有意通过自己撰写的稗史小说来传播本人学问的打算在起作用，有对稗史小说营销的考虑。学究气质和营销考量，正是形成马琴的小说中夹评论的批评形式的原因。

一 "劝惩至上"与"人情本位"的水浒观

曲亭马琴自称江户隐士，而别号甚多。他在其名著《南总里见八犬传》第八辑自序里为自己做了一个清理，说除了那些临时随意使用的以外，平素缀文称著作堂，阅儒书、经书、诸子百家之书时号玄同，自序于稗史小说时号蓑笠，耽戏墨时号曲亭；编儿戏小册子时称马琴。何以他要有这么多名号？如果稍微考察一下这些名号的含义就不难看出，这些名号表明了他对自己的各类著述的不同期许。

我们特别注意到他在稗史小说中使用的别号。他说："下里巴人，其曲不高，和者弥众。是以马琴、曲亭二号，著于世云。"他接着自作注释："曲亭，山名，见《汉书·陈汤传》及《大明一统志》。马琴，取《野相公索妇》词句以命之。相公词曰：'才非马卿弹琴未能，身异凤史吹箫犹拙。'见菅原为长《十训抄》。"① 可见，曲亭、马琴两语，皆有以乐曲喻文之意，而且表明所歌所奏，并非少数人才能接受的阳春白雪，而是引起多数人共鸣的下里巴人。这反映了马琴的平民化创作思想，也是他的翻译思想的核心。

把马琴的《水浒传》翻译放到他著述的一环来考虑，就涉及到两个方面，一是与儒书经书、诸子百家等量齐观的《水浒传》，一是作为稗史小说的《水浒传》。马琴本人对这两种书葆有不同的价值观，所以在他的水浒观里面时常看到左右摇摆。

在对《水浒传》进行翻译以前，马琴早已开始了对这部书的研读。他对它的看法主要集中在《玄同放言》中的《诘金圣叹》一文中。"玄同"一词出自《老子》："塞其兑，闭其门，挫其锐，解其纷，和其光，同其尘，是谓玄同。"苏辙曰："默然不言，而与道同矣。"马琴用这个词不仅取其冥默中与道混同为一的意思，而且包含了《老子》这句话的全部含义，表明以《老子》所说的方式追求《老子》所导引的与道同一的境界。求道而又"放言"，

---

① 〔日〕曲亭马琴：《南总里见八犬传》（二），李树果译，南开大学出版社1992年版，第239页。

即大胆无所顾忌地发言，所言自然不同流俗，必非常言庸言。在这些求道的"放言"中，马琴对金圣叹的小说评点提出诘问，其中赞扬《三国演义》是鲜花，而《水浒传》不过是纸剪刀裁的彩花：

> 由此思之，《三国演义》非自作者胸臆生出之趣向，此乃天作，自然之妙多矣；《水浒传》则自作者肚里作出之趣向，此乃人作，其才亦杰出者。譬如生花与剪裁花。剪裁花之美，实美矣，然不及造化自然之微妙。且思之，小说之批注，毛宗岗《三国演义》之评论，滑稽益多，远胜于金圣叹推理引史之外书。其他诸演义，诚如谢肇淛之所论。《西游记》，尤为妙作，而其事过于怪诞，毫无写情致者，此书难出《水浒传》、《三国演义》之右，当缘此故。①

马琴为《水浒传》《三国志演义》和《西游记》排的座次是《三国演义》第一、《水浒传》第二，而《西游记》第三，又说毛宗岗的《三国演义》评点远胜于金圣叹的评点。同时，在这篇文章中他又多次称《水浒传》为"小说之巨擘"，可见他对《水浒传》还是格外推崇的。

另一方面，马琴又指责《水浒传》甚远于劝惩，即远离了稗史小说"劝善惩恶"的根本原则。他认为"《水浒传》，作者之大义，以草贼为贤，以衣冠为贼，如其笔力写尽人情，实乃小说之巨擘也。但甚远于劝惩，唯其趣向不立、善恶不正、事理不纯，则两贼之奸邪愚讹不足道，废斥《水浒传》可也。""大约小说，若不以劝惩为宗，则不足把玩。《水浒传》，小说之巨擘，今古无敌手。今日议论之多者，乃远于劝惩。"② 也就是说，马琴不满于《水浒传》赞扬了草贼而贬低了"衣冠"，即所谓"朝廷命官"，颠倒了统治秩序，不能教诫读者成为忠臣孝子。

《诘金圣叹》是一篇考察马琴水浒观最重要的文章，文中对当时《水浒观》版本和翻译的状况也有描述。他在后来所著的《南总里见八犬传》的序言中说"《水浒传》、《西游记》之文，奇巧绝妙，句句锦绣，实乃稗史之大笔，和文之锦绣"，又说"举其不足，《水浒传》劝惩过于隐晦，致今无善悟

---

① 〔日〕日本随笔大成编辑部『日本随筆大成』第一期5、吉川弘文館1993年版、第251—262頁。
② 〔日〕日本随笔大成编辑部『日本随筆大成』第一期5、吉川弘文館1993年版、第252頁。

之者，徒观其表不过强人之侠义，甚为可惜。"① 这种"劝惩至上"和"人情本位"的水浒观，与《诘金圣叹》中的观点基本是一致的，所不同的是，将《诘金圣叹》中所说的《水浒传》远于劝惩，修正为"劝惩过于隐晦"，批评的标准并没有很大变化。

二 《水浒传》翻译和翻案的文化嫁接

曲亭马琴《水浒画传初编》（共 10 册，以下简称《画传》）首册开头刊登了他使用的从中国传入的各种本子，其中有：李卓吾评阅一百回（和俗谓之百回本）；金圣叹外书七十回（有二本，谓之圣叹本）；卓吾评点一百一十五回（谓之李卓吾本）；水浒后传四十回（有一本，今谓之四十回本）、翻刻本二十回。

不难看出，马琴在翻译前接触了《水浒传》最重要的版本。在原书序后，还有曲亭马琴的案语：

> 案此书全传百回，或百二十回，别有后传四十回，而今罕传焉。圣叹以为石碣散妖，而终石碣收妖，是以七十回为正也。然而此书终七十回，则阅者尚似有遗憾，是以取全传百回，以金氏批注及两三本彼是校定而编译，应书肆之需云尔。
> 皇和文化乙丑年重阳前五日书于饭岱荒堂　曲亭外史
> 社稷从今云扰扰，吴戈到处闹垓垓。
> 高俅奸佞虽堪恨，洪信从今酿祸胎。
>
> 古人交谊断黄金，心若同时谊亦深。
> 水浒请看忠义士，死生能守岁寒心。②

这两首诗无善可陈，只能算是权当广告词用，第一首用语还有重复。案语强调当时日本的译本少有流传，本书之编译乃是"应书肆之需"，暗示的是读书市场的需求。

---

① 〔日〕曲亭马琴：《南总里见八犬传》（四），李树果译，人民出版社 1992 年版，第 195 页。
② 〔日〕滝沢馬琴、高井蘭山『新編水滸伝』、一二三堂 1892 年版、第 2—3 頁。

《画传》前有曲亭马琴所撰《译水浒辩》，不仅介绍了此书编译的缘起，而且着重谈到他对《水浒传》的评价：

> 予尝读《水浒传》，忘食不厌，秉烛不倦。此书变化之妙，宛转之奇，自然天成。竭作者一生之精神、半世之英气，成文章之一家，与它书不同。①

他决心要超越之前已有的冈岛冠山译本，选择"唯以使妇女童蒙易解为宗"的原则，把译本定向于妇幼读书群，保留其中的文辞优美的精彩部分，而删繁就简，补遗纠谬，进行一番整理，而后达到全书的完整一致：

> 《水浒》一书，自曩有冠山冈岛子翻译之功以来，我俗始知世有此奇编，然妇女童蒙，尚难读懂，以此书宜仿汉文之语调，以片假名标记。即便如此，亦只可译出其意，而不能译出此文之美。此乃冠山老人本来面目乎？我以为实不得已矣。观彼俗子之书，只依旁训而不管字义，有口虽读之而肚不品味、耳闻却感知者。故一人读时，三五人听之，侧耳者不通其意，则悉不解其中之妙，以难解之文对俗说事，我今不知其所为。因之，我今所译，虽渐远于雅，然另编译华本，决非基于冠山老人之笔，唯以使妇女童蒙易解为宗。虽然，艳丽之句，风流之状，尚不忍舍弃，又但见其珠联璧合，想见其时者，不敢遗漏，一一译之，但芟除其繁，补其阙遗，正其讹误，决其疑窦，一统而大成。②

马琴既肯定了先前冈岛冠山的译本的首译之功，又指出他的译本未能译出原文之美，未能做到妇幼皆能懂能解，表明自己翻译的宗旨，是在使妇女童蒙能解的前提下传达原作中的"艳丽之句，风流之状"。

马琴除了翻译之外，还给自己规定了"芟除其繁，补其阙遗，正其讹误，决其疑窦，一统而大成"的任务，在翻译实践中，他的确删去了原作中的诗词和他认为多余的描写，在内容上做了较多调整。虽然他保留了章回体，但

---

① 〔日〕滝沢馬琴、高井蘭山（他）『新編水滸画伝』初編上、法木德兵衛刊1883年版、第1頁。
② 〔日〕滝沢馬琴、高井蘭山（他）『新編水滸画伝』初編上、法木德兵衛刊1883年版、第2頁。

将原作中的一回改为两回。这显然是从日本人的阅读习惯考虑的。正象今天的日本人和中国人对于电视剧的欣赏习惯不同一样，那时的日本画本的读者比起中国读者，更喜欢在较短的篇幅内就出现一个高潮，这一点改动十分重要。

《水浒传》中很多事物，有些是属于文化意象，具有独特的文化含义，但对于日本读者来说却很陌生，如果并不影响对原文整体的理解，马琴便设法用读者身边的事物去代换，以扫清阅读中的障碍，而对于原作中的俚语，则一般不以日本意思相近的俚语去顶替，对于日本没有的事物，则采用保留原字而在字旁加上日语意训的方法，如果靠这样的办法也不能解决问题的话，就采用意译，其结果就造成了古今雅俗语言混杂的情况，马琴以为此乃不得已之举：

> 至如旁训，有无关音训者，譬如读诏书作敕书，读僧人作法师，读金刚作二王，读岳庙作美岳神社，读人氏作住人，读商议作谈合之类，不遑枚举。此旁训为字注也，然则耳闻者难晓谕，且若以我俚语俗言译唐土俗语，则不相平等。又有无和名之物，又有难以施加和训者，其可译者，抄出本文之熟字；其不可译者，操我之私笔，故一篇之文章，古雅与今俗混杂，加之格调不定，此非予之情愿，实不得已耳。①

马琴说明自己是在体会了《水浒传》评点中列举的叙事方法之后来从事翻译工作的，申明这些方法指导了自己的翻译工作：

> 《水浒传》有三十个文法，所谓倒插法、夹叙法、大落墨法、绵针泥刺法、背面铺粉法、引法、獭尾法、正犯法、略犯法、极不省法、极省法、横云断山法、鸾膠续弦法，此也。此事金圣叹《外书》言之甚详也。虽云和汉文章各异，仅承其意译之。②

在《译水浒传辩》中，马琴还用了相当篇幅，重复了他在《玄同方言》

---

① 〔日〕滝沢馬琴、高井蘭山訳『新編水滸画伝』初編上、法木徳兵衞刊1893年版、第1頁。
② 〔日〕滝沢馬琴、高井蘭山訳『新編水滸画伝』初編上、法木徳兵衞刊1893年版、第2頁。

中的《诘金圣叹》一文中对金圣叹的质疑：

> 金圣叹虽锦绣之才子，于以国字翻译之时，其批注却无用。姑且以余之浅见论之，圣叹外书有可取之事，亦有不可取之事。试言其二三。每评其小说，动辄引用圣教经传，是余难以接受，一也；他评《三国志》，谓"吾谓才子书之目，宜以《三国演义》为第一，至评《水浒》，则又大诮《三国志》与《水浒传》，此其二；他又谓《水浒传》不说鬼神怪异之事，是彼笔力过人处，《水浒》如何未言鬼神怪异之事？如洪信开石碣放走百八魔君，宋公明遇九天玄女，受天书，是非未曾有之怪异哉！此其三也。他又谓《史记》与《水浒传》不同，施耐庵无一肚皮宿怨。至后来又谓不知为此书者有何等冤苦，必设百八人言之，此其四也。如此辩论变换不定，至于他又对百八人物，论其贤愚，过于弄假成真，况所称贯华堂所藏古本水浒传施耐庵自序之类，疑为圣叹之伪作乎？若谓何以知之，我看破他《西厢记》外书之序说。此文兹不抄录，自然可知，可翻此书观之。虽如此说，非不取金圣叹外书，彼是校雠翻译集成之事，作答既已言之，为诘难者嘲笑，不复赘言。①

从这些议论中，我们看不出他的"学究癖"对翻译有什么不好的影响，反而觉得这些事先的研究对于翻译是完全必要的。在《诘金圣叹》中就根据"名诠自性"的通例引用《博物志》《南越志》、刘向《说苑·辨物篇》等书籍考证卢俊义之名预示其将溺水而死，就可说是一种"学究癖"。毋宁说马琴的学究癖在小说创作中表现更为明显。在《八犬传》中穿插的一些考据文字，如对山猫、斗牛、鼯鼠、小狗等事物，引用中日各类书籍，分散读者注意力，使结构涣散不整。这在讲究紧凑的中国小说中是忌讳的，而在日本小说中却是先例不鲜的。

马琴《新编水浒画传》的翻译，既难算是"异化"，也算不上"归化"，而是尽量要保留原作的文字语言信息，竭力将两种语言用训读的方式嫁接起来。青木正儿从现代翻译的立场出发，曾经说他在原作汉字旁边注上假名训

---

① 〔日〕滝沢馬琴、高井蘭山訳『水滸伝附西遊記』、國民文庫刊行會1913年版、第3—9頁。

读的方式是"炫耀腻腻歪歪的博识"①，而马琴这样做的初衷却是值得追问的。试看原作第九回鲁智深与林冲分别前给董超、薛霸训话的一段的译文：

> 銀子を收了て既に別れ去んとするを魯智深こやこやと呼び住め汝両個の撮鳥が頭の硬きをこの松の樹に似たるかと問バ二人答て人が頭ハこれ父母の皮肉にて包着たれバ些の骨は候へどもいかでこの松の硬きに及び候はんいひもをはらざるに魯智深禅杖を輪起て彼松の樹を丁と打バ二寸あまり打こみて幹は中よりさつくと折忽地撞と倒るゝとき魯智深一声高く叫び見よや両個の撮鳥どももし悪心を挿ば汝が両の頭も又この樹と一般ならんといひをはり遂に林冲に別を告いへば旧の路へかへり去しかば董超薛覇は舌を吐項を縮て動得ず林冲は二人を見かへり誘ゆくべしといへば両人の公人やゝ身を起しげに莽じき和尚かな只一打にこの大木を打折るを人間枝にはあらじといふを林冲うち笑てかバかりのをは驚くに足らず彼和尚寺にありし日一株の大縁樒を連根拖抜候ひしと物がたるにぞ二人はますます怕れつゝ遂に這里を出てゆへゆへ。②

译文大体能够传达当时的氛围。对于"撮鸟"、"轮起"这样的口语词汇，译者也留字加训，让读者去琢磨其中的意思，可能读者会半通不通，但对把握大意似无大碍。至于"連根拖抜"则是明显的误译，原文为"连根也拔将起来"，译者不明"连……也"句式，结果误"也"为"拖"，语不成句。可见翻译中的问题，首先是俗语研究薄弱，其次是训读这种方法本身的局限，马琴本人还是竭力将两种语言融合在一起的。《画传》这种"应书肆之需"的译作，书商盯住商机下订单，写家要"按期交货"，一路写去，无暇反复推敲，所以以照搬原字以存疑以及漏译、误译、粗译多多，也就不奇怪了。

马琴在翻译之前，就很注意对俗语的钻研，《水浒后传国字评追考》就

---

① 〔日〕青木正兒『青木正兒全集』第二卷、春秋社 1970 年版，第 271 页。
② 〔日〕滝沢馬琴、高井蘭山著（他）『新編水滸画伝』初編上卷九、岡田茂兵衛刊、刊不詳、第 20—21 页。

很像是他学习俗语的笔记，其中考证《水浒传》第三十回中出现的"家火什物"一词，认为"家里的杂物也叫做家伙。《水浒传》第三十回：'家火什物'。"引用多种用例："《金瓶梅》第二回：金莲'便叫迎儿收拾了碟盏家伙'。又工匠的工具也叫做家伙。《水浒传》第五十三回李逵邂逅汤隆，到家李逵看到他屋里'都是铁砧、铁锤、火炉、钳凿家伙'是也。又杂具调度之类，亦称家伙。《金瓶梅》第十四回写分家，花三、花四'分了些床帐家伙去了'。""家伙与伙家易混。"这样的考究，对于翻译应该说是很重要的。

马琴的这些翻译中的考究和钻研，在他创作中就发挥了作用。在《椿说弓张月》等作品中，不难找到借用《水浒传》语言和表现手法的痕迹。下面一节见于《椿说弓张月》第十八回，写为朝一行到琉球后，遇见当地居民的威吓，而为朝向他们大显其威：

> しかれども為朝は、さわぎたる気色なく、従者を尻目に見やりて持したる弓と矢とつておき挟み、「いかに嶋人、水際に立たる巖石と、こゝに立こみたる汝等が、肢體とを比べば、いつれか堅き」と問給へば、嶋人等大に笑て、「そは問るゝまでもなし。吾儕が身體は、血を裹たる皮囊、食を盛る器にひとし。縱三十枚の歯、十二枚の肋といふとも、いかで巖に及ぶべき」といふ。その言いまだ果ざるに、為朝は鏑矢とつて、きりきりと彎固め、高さ一丈に余りて覇王樹めきたる巖の真中を、驃弗と射給へば、李廣が虎と見たるは物かは、巖は中よりさつくと折れ、磊々砦々とわかれ飛で、忽地水中へ撞と落れば、鯨の潮を吹ごとく、浪打かへして陸を浸し、大地も共に震動せり。島人等はこの形勢を見て色をうしなひ、只顧呆れてせんすべをしらず。砂の上に額つきて申けるは、「吾儕眼ありながら、かゝる強弓の壯士ともしらず、あしう待し奉りて、可惜命を喪んといたせし事、悔れどもそのかひなし。倘犯せる罪科を免し給はゞ、何にまれ仰には悖候はじ。あなおそろしの弓勢や」とて、舌を巻て感じをあへりしかば、従者等もやゝ心つよくおぼえ、ますます肘を高く張て、ひゝらき居たるもをかし

かるべし。①

马琴是将鲁智深教训董超、薛霸的方法给了为朝，让他表演了一箭射穿石头的绝技，令岛人心服口服。这里只是借用了李广射虎穿石的变形代换了鲁智深的折树拔柳，以头石比硬代换了头树比硬，人物语言气质则完全对应。这真是一种文化嫁接的结果。文中在估计不会损害读者兴致的前提下，嵌入些生疏的汉字，像形容巨石落水的象声词"砉砉砉砉"，就相当生僻。砉，音红，石落声。清陈鸿《全唐文纪事·奇诡》："唐代文人，多以意造字。"其中就举出"以石声则为砉砉"。砉，音黑，石裂声。《康熙字典》引《五音玉篇》："呼麦切，音黑，石裂声。"这些词读者只能依据马琴的训读揣摩大意。马琴将《水浒传》描写鲁智深侠肝义胆的言语行为用来描写侵入琉球国的武士源为朝，与此对照又将董超、薛霸的窘态安在被威吓的原住民身上，算不得精彩，引在这里只是为了说明戏作者嫁接水浒元素的一种方式。

三　用于自我推销的《水浒传》评论

曲亭马琴关于《水浒传》隐微等观点，一直到晚年都念念不忘。在他暮年所著《八犬传》当中，多次提到《水浒传》，重复着他的一贯想法。这些看法都是在自评自注文字当中表述的。在这部小说中一个值得注意的现象是，除了常见的序跋之外，里面增加了不少诸如自评、附注、自注之类的文字，有的篇幅还很长，作品最后部分还有一篇叙及个人性情和写作感受的《回外剩笔》。这些非叙事文字与马琴一再声称的要使妇幼易懂的原则相背，或对名物加以考证，或对创作思想加以辩解，或回答读者可能提出的疑问，有些甚至像是自卖自夸。

他多次谈到世人看不透《水浒传》的"隐微"，如第九辑卷32卷首附录说："《水浒传》则劝惩过于隐晦，至今无善悟之者，徒观其表不过强人之侠义，甚为可惜。""彼奸夫淫妇耽溺于不义之淫欲中，看官看后岂能慕之哉？此乃与劝惩有关，可猜到作者惩戒奸淫之隐晦用心。"第九辑中帙陈言说："李贽、金人瑞等自不待言，唐山之文人才子中欣赏《水浒传》者虽多，评

---

① 〔日〕曲亭馬琴著、後藤丹治校注『椿説弓張月』、岩波書店1978年版、第268—269頁。

论亦甚详，但无发现隐微者。"曲亭马琴为什么要在书中插入这么多自评，这些自评对于马琴有什么意义？这不能不从他对这些文字的流传期待来分析。

袁无涯说："书尚评点，以能通作者之意，开览者之心也。得则如着毛点睛，毕露神采；失则如批颊涂面，污辱本来，非可苟而已也。"中国古代小说中的序跋不但是帮助读者把握作品的指南，也是商家推销作品的广告。日本江户时代的戏作中的序跋也具有这样的双重价值，所不同的是，日本的戏作本来面向的并非是学问高深的学者，而多为妇孺町人，但有时却附上用汉文撰写的序言。这些序言，显然只有汉字修养较高的人才能读懂，也是写给文人看的。它们的存在固然是模仿中国传来的白话小说，而直接的意义则是向学界那些蔑视稗史小说的人进行自我辩护。马琴那些附加在作品中的自评文字首先就具有这种自我辩护的作用。在《八犬传》第九辑下帙中卷19简端赘言中就说："稗官野史乃卑微之事……余虽不自许己作甚佳，但本传即将进入结局，如不略抒己见，则不免有所缺憾。"表达的正是这种心情。

身为稗史小说的大家，还要为作品的价值申辩，说明他本人心底其实并不坚信稗史小说作为一种文学形式普遍存在的价值，因而需要通过强调本人作品有超越了一般意义上的稗史小说的特殊价值。正是这种心理背景，使他对本人作品的独特性和影响力着力渲染，如在《回外剩笔》中说《八犬传》的流传情况："不仅江户、京都、大阪，连其他县乡，渔浦樵山，凡足迹所至，车船所通之处，或纳年贡之地、贷店铺之所，也可以说凡是能听到鸡犬之声和洪钟之响的所在，只要认识四十七个假名的田翁野媪，或山妻牧童，凡是有精力之人，据说无不爱读此书者。"《八犬传》固然大受读者喜爱，而这段文字则太像漂亮的广告词了。

在这些自注、自评当中，经常提到《水浒传》，除了重复他在《诘金圣叹》中用劝惩至上和人情本位的观点对《水浒传》作整体评价的观点外，也谈到对版本的看法。第九辑卷29卷首赘言就认为《水浒传》七十回后有招安之事与京师故事，一八零八个妖魔变为忠义之士，如果没有这些事，那他们只是聚首于梁山泊的强人，则何以示劝惩？因而马琴确信一百二十回本出自罗贯中一人之手。

但是，《水浒传》大多数场合则被用来印证《八犬传》写法的合理性。《八犬传》从初辑第一卷到第十四卷都写的是八犬出世的情状，与其后各卷年月不相衔接，作者在附注中说明这是整部小说的开场白："比犹中国之《水浒传》，从洪信于龙虎山打开石碣一段始，至林冲等出现，其间数十年无话。"第九辑卷29卷首赘言又谈到《水浒传》开头的放魔和结尾的妖魔成为宋朝忠义之士，认为这是该书的主要情节，作者之隐微即在于此，又说明《水浒传》多鬼话怪谈，来证明《八犬传》中关于鬼语画虎的描写恰到好处。在作者总自评中，又说《八犬传》中写笼山缘连与船虫以及竹林巽与于兔子之情事，均如《水浒传》中写潘金莲与西门庆等之心境一般，欲以之惩戒邪淫。

马琴多次提醒读者注意《八犬传》与《水浒传》不同，以显示自己独创性的，如第九辑中帙附言谈到《水浒传》写人太多，《西游记》主要人物太少，而《八犬传》人数不多不少，即便一般平庸之辈亦皆有始有终，无一人中途自消自灭。在一百四十五回作者附注当中说自己模仿《水浒传》曾经三次写到日本本来并没有过的老虎（即在《倾城水浒传》、《新编金瓶梅》和本书中），但情趣各异，是否有相犯之处，请看官查之。

《八犬传》中的这些附注、自注、自评，都是中国小说中评点的变形，两者最大的不同就是明清小说中的评点是作者以外的学者作的，而《八犬传》则主要由马琴本人担当。造成这种现象的原因很简单，那就是他感到周围无人能胜任这样的工作。他曾经在书简中感叹戏作者没有学问，这吐露了他不相信他们能够真正理解自己的创作思想，而当时懂得稗史小说真谛的儒者更是凤毛麟角。何况探讨评论小说的文章也没有书商愿意拿去刻印赔钱。马琴写的《读本朝小说水浒传》、《水浒后传国字评追考》只有写本而其时没有发表过，这就使得他不能不把自己的看法"塞"进畅销的小说中，让它们多多少少获得与读者见面的机会，结果就造成了作品中夹上自注、自评文字的现象，他也藉此解答读者的质疑，将评点的形式变成作者和读者对话的渠道。另一方面，这也是马琴的一箭双雕之计，既用故事向那些爱读戏作的读者作交代，同时又在用那些自评、自注的文字，向学问作交代，满足自己的评论愿望。作者跳出来喋喋不休地陈述自己的创作思想和意图，今天看来是令人腻味的，而对马琴来说，却是一种不得已的自我推荐机会。

四 学者型作家的后世知己

马琴把自己的写作分为两类，一是主动愿意去写的，我们姑且称为"心仪写作",一类是书贾来要来催的被动写作,姑且称为"订单写作"。第七辑序马琴说自己喜欢的是经籍史传旧记实录之书,这些书书贾不愿刻,书贾求利,来找他写作好卖的稗史小说,十八年来一直靠写稗史小说挣的"润笔"费去购买自己觉得有用书。"宜乎,大声不入里耳。稗史虽无益于事,而寓以劝惩,则令读之于妇幼,可无害矣。且也鬻之者,与书画剞劂刷印制本诸工,咸以衣食于此,抑不亦太平余泽耶?"他说书稿可以为那些书业中人提供衣食,证明他是很在意戏作的商业性质的。

同样的话,还见于本书末尾的《回外剩笔》,他说戏墨是读书之余乐,不是自己真正的事业,而是赖以糊口之计,并用以购买所需要的书籍,自然不认为它是个好的技艺。他这里强调的是,本愿作学者,并不甘心以戏作谋生,也不愿让人把他当做稗史小说之师。

不过,他也并不以为戏作是见不得人的丑事,也不掩饰自己对著述的爱好。在《新编金瓶梅》的序言中他说自己之所以愿意承担《金瓶梅》的翻译,主要是书商的怂恿,其实自己也喜欢著述。在《南总里见八犬传》第五辑序言中,他表明了甘于"游于传奇小说"的态度:

> 若楚狂、接舆游于歌咏,庄周游于寓言,左思、司马相如游于文场,杜甫、李白游于诗词,贯中、笠翁游于传奇小说、虽所游不同,而其乐一致,亦恶踏人之足迹哉。①

这里所说的"游",首先是指与所游之处存在一种依存关系,互不排斥,相得益彰,包容和谐,同时也表明不仅本人将所游之处视为自己的生存环境,而且状态良好,自在、惬意、主动。马琴这里明白道出自己的这种态度来自中国文人的楷模。对他们来说,做自己喜欢做的事情就是一种生活,不论是歌咏还是赋诗作文,撰写传奇小说,乐在其中就好。

高岛俊男(1937—)《水浒传与日本人》谈到曲亭马琴对《水浒传》的批评具有两种截然不同的态度。作为一个中国小说的爱好者,他十分爱读《水浒传》,喜欢那些虚构的故事;同时,作为一位理学家、道学家,他又反

---

① 李树果译:《南总里见八犬传》(一),天津人民出版社1992年版,第399页。

复强调《水浒传》毫无价值①。在《译水浒辩》一文中，他自述"予尝读《水浒传》忘食而不厌，秉烛而不倦。"在《诘金圣叹》一文中又说："如其笔力，写尽人情，实小说之巨擘，后世无出其右者。"与此同时，他又说《水浒传》因远离劝惩而不值一看："大约小说不以劝惩为宗则不足把玩。《水浒传》，小说之巨擘，古今无敌手。今议论之多者，远劝惩也。"② 说到底，马琴的水浒观和金圣叹的水浒批评共同点远远多于相异，基于反对"犯上作乱"的立场去做的社会政治批评，基于纯艺术目的去做的纯艺术批评，两者的统一是十分困难的。

博览群书的状态使马琴深受儒士文人的影响，马琴可以说是汉学界、戏作界的双栖者。他虽然没有机会进入世袭的官学界，但当时朱子学的官方化和在文化界的巨大影响，使他对劝善惩恶的文学思想坚信不疑。中国小说俗语难解，不易读懂，当时日本人多在穿凿字义上花时间，而罕见"细细体会其趣向之巧拙者"，在《诘金圣叹》一文中，马琴便对这现象表示了不满。但他毕竟是长期从事戏作活动的实践者，时常与书商打交道，中国小说看得多，艺术鉴赏的眼光也高于一般戏作者，这就使他的《水浒传》批评很有些思想标准先行，艺术标准也舍不得丢掉的味道。"劝惩至上"加上"人情本位"的水浒观，就这样形成了。

马琴多次谈到"心仪写作"与书商求利的矛盾。江户时代的出版市场已经相当成熟，戏作之盛衰更是受到销售的制约。书商为了射利，除了选择有名的作者和时尚的选题之外，也将营销策略贯穿到各个环节。作为打造戏作整体形象让读者翻开书页就获得好感的一步，书商出于对于书序的推销作用不敢忽略。《八犬传》第四辑序说："刊刻之际，书肆山青堂屡来，而征序甚忙。"对于连续之作的每一册，也要根据对读者阅读习惯的把握，确定适宜的字数。第一辑作者附注中说："动笔前书商于卷数本有规定，页数亦有限制，若每辑超过规定则不便销售。"作者时常不得不为迁就这些规定而推翻最初的构思。他的有些议论在不同场合不尽一致，大致也与是否牵扯"广告效应"

---

① 〔日〕高岛俊男『水浒伝と日本人——江戸から昭和まで』、大修舘书店1991年版、第168—169页。

② 〔日〕高岛俊男『水浒伝と日本人——江戸から昭和まで』、大修舘书店1991年版、第168—169页。

有关。如在《诘金圣叹》中说《水浒传》不过是"剪裁花",在译本序中则称赞其"自然天成",后者就不能不考虑序言的作用了。

后世作家描写曲亭马琴的作品有芥川龙之介的《戏作三昧》,杉本苑子的《泷泽马琴》、平均弓枝的《へんこつ》,森田诚吾的《曲亭马琴遗稿》等,而他孤峭的个性是后人评说的一个要点。明治时期依田学海根据旧有资料撰写的《马琴传》说"马琴少年豪宕不羁,后改行,老益方正刚毅,不与世俯仰。与人友,或一言不合,终身绝交,其孤峭如此。"① 他的孤立无友固然与个性褊狭有关,但他的追求罕有同道,恐怕是更本质的理由。他在《八犬传》第五辑序言中所言,就好像是回答后人的诟病似的,说明本人并非有意孤立,而是孤独乃独立特行者之宿命:

> 盖鸾凤不群飞,葛藤不独立。葛藤也者,吾欲拂之;鸾凤也者,不可得而为友。虽然人世一梦中,其所游非华胥必南柯,寤寐在我,何远之有?能知是乐而后游者,心之欲与不欲,无所不乐。遨乎游乎,余固也久矣。②

这段话很有离群独乐的自负。当然,从另一方面说,他的教训主义文学观,也让他的目光不能转向自己读者的活生生的生活和现实中的喜怒哀乐。周作人说,马琴的书"还不如那些'戏作者'的洒落本与滑稽本更能显出真的日本国民的豁达愉快的精神","从世俗的礼法说来,马琴大约不愧为严谨守礼的君子,是国家的良民,但如果要当文艺道中的骑士,似乎坚定的德行而外还不可不有深厚的情与广大的心。"③ 实际上,也正是马琴的教训主义,使得他在对《水浒传》的理解和模仿中出现了诸多缺失。

应该说,马琴独特的小说观,既与他的学究气质相关,也是江户时代儒家文化和町人文化相互作用的产物。他对《水浒传》的翻译和翻案,都致力于中日两种文化的交融与嫁接,同时包含着对接读者口味、扩大传播、推销

---

① 王三庆、庄雅州、陈庆浩、内山知也主编:《日本汉文小说丛刊》第一辑第一册,学生书局2003年版,第99页。
② 李树果译:《南总里见八犬传》(一),天津人民出版社1992年版,第399页。
③ 周作人著,钟叔和编:《知堂书话》上,岳麓书社1986年版,第74页。

自我的商业因素。

没有如愿成为大学问家的曲亭马琴，在图书市场面前，也曾经有过愿写的出不了、不愿写的却有买主的苦恼，但他终于将《八犬传》这样的著述留在了日本文学史上。20世纪末，根据这部作品改编的大型电视连续剧还曾热播，观众也自然会联想起《水浒传》。如果按照明治时代的自由知识分子山路爱山（1864—1917）在《怀念曲亭马琴》中的说法，这也该是马琴享受到的寂寞之果吧。那么，谨以山路爱山的一段话结束此文吧：

> 马琴无友、无风流、独与书籍亲近，一方面看是气量狭小，而风靡思想世界的《八犬传》也正因为如此才得以完成。世界上虽然有很多将朋友多当做自己势力的人，但也不要忘记没有朋友的孤独生涯也是一种势力。像马琴这样在交际社会中没有任何价值，而从他隐于市的生活中迸发的心泉却滔滔不绝变而为一代潮流。楼上寂静无人，唯有枕边煎茶之声，我一边想到，无友无交亦妙哉，一边写下这样的感受。读到的人请权当无病呻吟，一笑了之。①

---

① 〔日〕山路愛山『愛山文集』、隆文館1908年版、第431頁。

第十二章

《聊斋志异》在日传播与翻译

《聊斋志异》凝聚汉语文言叙事文学之精髓，成为古代短篇小说之王者。它属于往昔，却不乏现代解读；它属于中国，亦多有国际粉丝。国内研究与域外研究的对话与互补，将成为新世纪《聊斋志异》研究的新特点。《聊斋志异》在英、法、俄、日等国都有多种译本，而从翻译、改写以及各种再创作的多样性与丰富性来说，日本都可以堪称首位。

虽然日本也早有各类怪异传说在民间广泛流传，也有文人创作的怪异文学，但随着《聊斋志异》的传入，我国的志怪传奇小说也为不少读书人所熟悉，仍然使江户时代的文人倍感惊喜。无疑书中也有许多与传统日本文学想象异色的描写，例如那些主动而痴情的狐女，便不一定是日本现代男士喜爱的类型，而日本的文学家往往将那些异色搁在一边，而去积极扩展那些与日本人相通的现象，不论是翻译还是翻案都渗透着鲜明的日本文化因素。

第一节 《聊斋志异》日本翻案的跨文化操控

据《商舶载来书目》所载，日本明和五年（1768）《聊斋志异》就已由商船输往日本，也就是说，在青柯亭刻本刊行两年之后，日本读者便已经读到[①]。日本学者对《聊斋志异》与日本文学关系的研究，自上世纪50年代

---

① 〔日〕関西大学東西学術研究所著、大庭脩編『江戸時代における唐船持渡書の研究』、関西大学東西学術研究所集刊1981年版。

以来主要有藤田祐贤的《〈聊斋志异〉的一个侧面——特别是在与日本文学的关联上》①和《〈聊斋志异〉解说》②，大野正博的《〈聊斋志异·黄英〉研究——根据与太宰治〈清贫谭〉的比较而进行的作为考察》③和《关于〈聊斋志异·竹青〉——与太宰治〈竹青〉的比较》④，大冢繁树《太宰治的〈竹青〉与中国文献的关联》⑤和《中国色情小说及怪奇小说与芥川龙之介》⑥、德田武《凧草纸与聊斋志异》⑦。其中涉及到《聊斋志异》在江户时代的翻译和传播的，主要是德田武的考证。德田武的论文后收入《日本近世小说与中国小说》，他不仅详尽分析了都贺庭钟《莠句册》中对《恒娘》一篇的翻案，而且考证出森岛中良《凧草纸》的九篇作品中有七篇全部或部分是《聊斋志异》的翻案。

根据德田武的研究，《莠句册》刊行于1786年，都贺庭钟极有可能是依据青柯亭刻本翻案的，这仅是青柯亭本刊行20年后。德田武的研究重点放在都贺庭钟与森岛中良在翻案中注入了哪些日本元素，属于接受者方面的接受研究。这种研究历来是日本从事中日比较文学研究的重点，在于指出日本作者的独创性。本文拟从发散方的角度，进一步考察《聊斋志异》为江户文学注入了哪些新内容和新手法，并以此为例，对翻案在中日文学交流中的地位与作用加以探讨。

一 《聊斋志异》登陆日本文坛自翻案始

《聊斋志异》书名最早见于1791年刊行的秋水园主人编写的《小说字汇》的援引书目之中，但在此之前，其实它里面的故事已经被"翻案"成为

---

① 〔日〕藤田祐賢「聊齋志異の一側面——特に日本文学との関連において」、『慶應大學創立百年論文集　文学　中国文学』、1958年版。
② 〔日〕藤田祐賢『聊齋志異解說』、平凡社1963年版。
③ 〔日〕大野正博「聊齋志異〈黄英〉研究——太宰治〈清貧譚〉との比較による作為の考察」、『集刊東洋学』二五、1970年版。
④ 〔日〕大野正博「「聊齋志異　竹青」について——太宰治〈竹青〉との比較」、『集刊東洋学』二九、1973年6月版。
⑤ 〔日〕大塚繁树「太宰治の『竹青』と中国の文献的関連」、『爱媛大学紀要人文科学』九A、1963年版。
⑥ 〔日〕大塚繁树「中国の色情小説及び怪奇小説と芥川龍之介」、『爱媛大学紀要人文科学』七—一、1971年12月版。
⑦ 〔日〕德田武「凧草紙と聊齋志異」、『近世文藝研究と評論』六、1970年版。

发生在日本历史上的故事，只不过作者并没有特意明确点名出处，似乎于扩大《聊斋志异》的名声无功。

"翻案"是《聊斋志异》"潜入"日本与"日本文学"的最初手段和形式。何谓"翻案"？《日本国语大词典》中对"翻案"一词的解释是："改换前人作品的趣意，或改变事实述说。"又释"翻案家"一词："以翻案为业的人。"举坪内逍遥《小说神髓》（1885—1886 年刊）"戏作者之辈亦虽不少，大抵皆翻案家。"还收"翻案物"一词："戏剧等借用本国古典、外国小说、戏曲等的情节、内容，改变人情、风俗、地名、人名等加以改编而上演的作品。"综上所述，所谓"翻案"，大体同于我们所说的改编，但在文学交流史上探讨的翻案，则主要关注的是将外国小说、戏剧等作品描写的故事，改编成本国故事。例如，1924 年洪深将王尔德的《温德米尔夫人的扇子》，改编为《少奶奶的扇子》，在上海上演大得好评，就属于我们所说的"翻案"。翻案非日本文学所独有，梁启超曾将德富苏峰的《インスピレーション》一文译作《烟士披里纯》，砍掉了文中的日本古歌和所引朗费罗的诗歌，并将一些日本色彩的比喻，转换成简劲的中国色彩的表述，而文章的主体却是粉本的翻译①。我们可以引入这个概念，来描述不同国家的作者对同一作品的多次改写。

说来翻案一词本出自中国，指诗文中对前人成句或用意反而为之。《汉语大词典》引宋杨万里《诚斋诗话》："杜诗云：'忽忆往时秋井塌，古人白骨生苍苔，如何不饮令心哀。'东坡云：'何须更待秋井塌，见人白骨方衔杯。'此皆翻案法也。"明谢榛《四溟诗话》卷 2："《家语》：曰：'水至清则无鱼。'杜子美曰：'水清反多鱼。'翻案《家语》更有味。"清袁枚《随园诗话》卷 2："诗贵翻案。"我国有些学者见日本学者用翻案一词来指称小说、戏剧中对前人作品的改编，以为翻案是个日本词，放在汉语文章中眼生，何况现代汉语中用作"推翻原定的判决，泛指推翻原来的处分、鉴定、评价等"，当时"文化革命"以后不久，翻案一词常见且特指对"文革"的评价。为不生歧义，便造出一个"翻改小说"来加以描述②。笔者仍然使用翻案一词，时过境迁，这种歧义造成的影响已渐弱化，我们完全可以旧词新用，用

---

① 王晓平：《近代中日文学交流史稿》，湖南文艺出版社 1987 年版，第 276 页。
② 李树果：《日本读本小说名著选》（上），天津人民出版社 2005 年版，第 1 页。

它来描述这一文化交流中自具特色的创作活动和文学现象。

"翻案物"所依据的原作,一般被称为"粉本"(funhon),"粉本"是绘画用语,即画稿,也比喻底本、基础等。粉本一词本来自中国,我们不妨把它请回来,用于翻案研究。本文的研究对象,正是以《聊斋志异》为粉本的日本文学作品。

日本安永二年(1773)刊行的清田儋叟所撰《中世二传奇》卷下的《芦担翁》里面有与《画皮》中乞食道士相关的趣味酷似的人物与情节,如果认为那便是《画皮》的翻案的话,那么,这便是最早的《聊斋志异》"翻案物"。

二 恒娘变身为神代宫廷的一男一女

江户中期的读本作家、儒学者、医师都贺庭钟(1718—1794)有"近世读本鼻祖"之称①。他的短篇小说集《莠句册》刊行于日本天明六年(1786),其中第三篇《求冢俗说之异同、冢之神灵问答故事》,讲说了有关位于摄津国菟原乡的求冢的三种说法,其中第三种说法是全篇的核心,描述后宫住吉姬与菟原处女争宠的传说,就是以《聊斋志异》卷10的《恒娘》为粉本翻案的。作者都贺庭钟对此并不隐晦,在序言中就提到过这一篇的内容:

> 《求冢之后》一篇,以三冢俱为男冢为经,粘于神代之事之白丝为纬,以苏小、狡娘之巧令润色之。②

这里是说,该书的第三篇《求冢之后》(目录作《求冢俗说之异同、冢神之灵问答之话》,话,即故事)是以三冢俱为男人之冢和日本神代故事两条线索交织在一起,并用苏小、狡娘故事的巧妙辞章润色而成的。序言中提到的苏小,《西泠韵迹》中的苏小小;狡娘,即恒娘。在日语中"狡"与"恒"皆读作 kouo,或为音同而记错笔误,其中也可能有作者的意图。

---

① 严绍璗、王晓平:《中国文学在日本》,花城出版社1990年版,第139—156页。
② 〔日〕日本名著全集刊行會編『日本名著全集』第一期『江戸文藝之部第十卷 怪談名作集』、日本名著全集刊行會1927年版、第781—784頁。

《恒娘》翻新出奇，缭曲往复，写活了一场狐女恒娘主导的两女一男的感情争斗，这种中国旧家庭中可谓司空见惯的纠葛，却激活了都贺庭钟对古代日本宫闱权力争夺的想象。《求冢》写与求冢有关的第三种传说，是写后宫住吉姬深得海伯宠爱，而大臣们为削弱住吉对政事的影响，给海伯送去美女菟原处女，海伯遂疏远住吉姬。住吉姬在大臣陈努及其妻璘女的指导下使海伯回心转意。《求冢》的背景虽然被设定在所谓神代，但这种事情却只能在千百年后的平安时代才能找到先例。藤原氏将一族容貌才艺最出色的女子嫁给天皇，作为皇室外戚而控制政治、经济实权，翻案者正想利用读者这样的文化记忆来接受对《恒娘》的移花接木。

粉本中的恒娘，在《求冢》则由陈努和其妻璘女两人分担，下面是璘女为住吉姬作微笑表情训练的一段：

> 明の日陳努の璘女参りて、此やうを聞いて賀して申す、「妃は天然の美質、近つ国を圧すべし。何ぞ菟会女に下らん。歎らくは媚道に疎し。貴人の体にあらずといへども、君子の憐みを求むるには少所あり。」と、二人粧閣にこもりて、姫に教へて目を張弛めて人を視せしめて云ふ、「眥鼙に過ぎたり。」微しく笑はしめて云ふ、「靨、頰前にあれば好し。さもなきは右にゑむべし。左に好からず。」と、秋の波のなゝめに見り、瓢の犀の微しく露るゝまで其巧を悉し、其餘床第の事は自ら人和ありと申す。①

> 半月许，复诣恒娘。恒娘阖门与语曰："从此可以擅专房矣。然子虽美，不媚也。子之姿，一媚可夺西施之宠，况下者乎！"于是试使睞，曰："非也！病在外眥。"试使笑，又曰："非也！病在左颐。"乃以秋波送娇，又鞨然瓠犀微露，使朱效之，凡数十作，始略得其仿佛。恒娘曰："子归矣！揽镜而娴习之，术无余矣。至于床第之间，随机而动之，因所好而投之，此非可以言传者也。"②

---

① 〔日〕日本名著全集刊行會編『日本名著全集』第一期『江戶文藝之部第十卷　怪談名作集』、日本名著全集刊行會1927年版、第781—784頁。

② 张友鹤辑校：《聊斋志异》（会校会注会评本），上海古籍出版社1978年版，第1433页。

《求冢》有关部分的故事线，不离《恒娘》一篇，文中有些文字，近乎训读，也就是一种直译，如"三度呼，可一度纳"、"欢笑动后宫"、"瓠犀微露"，但这种直译不多，逐字逐句的翻译也不甚多，按意改写者占有很大比重，更有多处将中国特色的细节描写改为日本事物，如原作中的化妆、服饰的描写。像璘女指导住吉姬化妆，脱去已非时尚的长袖装，抽丝线，加宽边，教她将红粉浸泡在鸡蛋后涂抹眼圈面颊，都是昔日的日式化妆术的再现。

　　翻案家对原作的增损，既反映了他对本国读者艺术趣味的测度，也折射出他对原作的理解。原作叙述朱氏遵照恒娘所示的一连串行为，同时用宝带的行为反映来衬托，如宝带在被冷落后便"恨洪，对人辄怨谤"，反而更遭厌怒，"渐施鞭楚。宝带忿，不自修，拖敝垢履，头类蓬葆，更不复可言人矣"，这些皆反衬出恒娘"退一步法"的高明，非可有可无之笔，而这些细节被删去，表明都贺庭钟对蒲松龄小说的需简者尽简、需繁者自繁的技巧，尚欠感觉。

　　德田武指出庭钟采择《恒娘》为粉本，当然是想将这种洞穿人情的写法移植到日本小说里，但庭钟不喜欢私的人情描写充溢小说，如果不将公的政治伦理纳入故事，便不能心安理得①。蒲松龄和都贺庭钟都远离权力中心，均从社会的神经末梢去感受政治的变动，不同之处不仅是一个身居乡里，一个身处闹市，更在于对权力中心的态度。身为原创者的蒲松龄，是从更广泛的人生意义上去提升恒娘容身固宠哲学的普遍意义的，而都贺庭钟作为二次创作者，却需要更加贴近主流思潮以放大个人行为的影响。

　　蒲松龄在叙述完故事之后用"纵之，何也"、"毁之而复炫之，何也"两个问答说明恒娘的"易妻为妾"之术的取胜之道在于看清"人情厌故而喜新，重难而轻易"的本质，而采用了"彼故而我新，彼易而我难"的策略，对于当时的作者和读者来说，这一段于全篇至关重要，但明伦评点谓："设问一段，为全文点睛，为通篇结穴。大海回风生紫澜，文境似此。"有了这一段，后面的"异史氏曰"关于"古佞臣事君，勿令见人，勿使窥书，乃知容身固宠，皆有心传也"的议论才不至于突兀。而都贺庭钟将恒娘的故事搬到了宫廷，住吉姬对民有宽而无猛，致使民风懈怠，淫逸成风，群臣为改变海

---

① 〔日〕德田武『日本近世小説と中国小説』、青裳堂書店1987年版、第235頁。

伯的统治术，而令美女菟原处女去海伯处横刀夺爱，这样住吉姬的容身固宠就变成了维护亲民治策的政治行为，而扮演恒娘角色的陈努之臣和璘女，也就不再像恒娘那样仅为邻人的家政美容助理，而是政坛参谋智囊和宫廷形象设计师。

对于作为町人文学的戏作和读本的作者来说，缺的不是观念思想，这些他们与町人们共有就足够了，他们缺的是好故事和新技法。中国传来的新小说正满足了他们的需求。不过，《聊斋志异》谈鬼说狐的技巧，正是作者避开政治风险和道德绳索的智慧。在神龟狐妖的外衣下，蒲松龄演绎着人在七情六欲与现实的冲突中对幻想的追逐，借狐性妖性写人性，家庭以及社会不同身份的爱欲情仇、人际纠葛的描写均少了很多禁忌。《恒娘》中狐的身份，不仅是狡黠的符号，而且也是作者给予预期读者的礼物。都贺庭钟作为翻案者，将狐变成了朝廷重臣及其夫人，这是对原作幻想精神的遗弃。将狐女传奇改为皇家政事，表面上看是放大了社会意义，披上了主流意识的外衣，其实也隐含着艺术上堕入平庸的风险。

三　画皮添乱武士世家

江户中期至后期的兰学（荷兰学）者、戏作者森岛中良（1754—1809）①所撰《凩草纸》（1792 年刊）全书 9 篇，其中有 7 篇出自《聊斋志异》。"凩"是一个日本自造的会意字，为秋末冬天的寒风，所以这个书名也可以译作《秋风草纸》或《寒风草纸》。

据德田武考证，该书出自《聊斋志异》的 7 篇是：

二、《横河小圣降伏恶灵之话》（以下简称《横河小圣》），出自《画皮》（卷 1）②。

三、《水鸟山人以狸为酒友之话》（以下简称《水鸟山人》），出自《酒友》（卷 2）。

五、《梦中之怪三人得疵之话》（以下简称《梦中之怪》），出自《凤阳

---

① 森岛中良（1754—1809），亦名桂川甫粲（katsuragawahosan），字虞臣，号桂林、万象亭，森罗万象、森罗子等。他好兰学，著有《蛮语笺》，戏作师从国学者平贺源内，撰有《真女意题》、黄表纸《从夫以来记》等。

② 以下卷及引文皆据《聊斋志异》（会校会注会评本），上海古籍出版社 1978 年版。

士人》(卷2)。

六、《孝子魂魄成鸡赐福父母之话》(以下简称孝子魂魄)),出自《促织》(卷4)。

七、《松布左市复父之仇之话》(以下简称《松布左市》),出自《龙飞相公》(卷10)。

八、《久含坊仙术诓富民之话》)(以下简称《久含坊》),出自《道士》(卷3)。

九、《蒲生式部以龙宫侍女为妻之话》,(以下简称《蒲生式部》),出自《织成》(卷11)。

德田武研究指出：中良著有三部短篇作品集(《凩草纸》,《月下清谈》、《灯下戏墨玉之枝》),其中,《凩草纸》格外出色。不管是从翻案的锤炼来说,还是粉本的选择来说,都接近于浅井了意、都贺庭钟、上田秋成的水准。中良据以翻案的可能是青柯亭刻本,或者是将全部作品分为孝悌知贞义等26部的珍稀本王金范刻本。前一种刊行于乾隆三十一年(1716),《凩草纸》则刊行于1792年,两者仅相隔26年。

与粉本相比,《凩草纸》中的道德因素大为强化。如德田武所分析的那样,这与前两三年开始的宽政改革①很有关系。森岛中良对于《聊斋志异》中那些涉及性感、性行为的地方格外慎重。《织成》写柳生与织成的相见,写柳生"心好之,隐以齿啮其襪",而据此翻案的部分,则改为安乡(即柳生)衔其衣裾欲其相留。

翻案家与译者不同之处,就在于它不必在意是否忠实原著的批评,因而可以任自己的创作冲动跑马,也不惮对原作削鼻剜眼,以便将生面孔全变成熟面孔。《画皮》中的恶鬼为什么挑中王生来施迷魂术,作品并未交代,而森岛中良不满足于此事了无前因,为恶鬼之来设计的理由是主人公生于世代武士之家,那些死于战场的冤魂在以前各代不敢出来作祟,完全是因为父辈尚武强势,而到了这一代却怠于习武,流于文弱,怨魂便嚣张起来。森岛中

---

① 与幕政时代的享保改革、天保改革并称为三大改革的宽政改革,是在大饥荒与农民骚乱之后以紧缩财政、整肃风纪以稳定财政为目标的改革,在思想领域将朱子学确立为幕府官学,禁止在昌平坂学问所讲授阳明学和古学,通过禁止对幕府进行政治批判、从公家机构彻底废除兰学、禁用奢侈品、禁止在公共浴场混浴、加强出版管制等。

良把恶鬼出场作为对武士耽于和歌文艺而轻于武功的警告，这不仅在根本上改变了原作的主题，而且将原作的神秘色彩褪净。这同曲亭马琴在对中国小说翻案时乐于为人物增添来历同出一辙。这实际上违背了《聊斋志异》艺术中的虚实原则。从中国小说批评的角度上看，将可虚之事坐实，反而破坏了狐鬼神妖去来无踪的神秘性和不可预测性，似有蛇足之嫌，然而从读本劝善惩恶的原则来看，没有这些来历的增补，便不能把善恶之别彰显出来。

对于翻案家来说，重要的不是丢失了什么，而是获得了什么。《画皮》中的人物有王生、狞鬼、王妻陈氏、给王生蝇拂的道士和后来使王生起死回生的另一位乞食道士，在《横河小圣》中，有小弥太、自称名叫歌的恶鬼、其妻绫濑、横河小圣和道人与他们一一对应。《画皮》用于描写狞鬼形象的句子，仅是"面翠色，齿巉巉如锯"数字，而《横河小圣》一篇则扩展为："如夜叉而赤身红体，定睛一看，头似扎满铁针，目如日月双挂而灌朱，齿如栈木交错，全身长毛，疑着猬皮。"《画皮》描写狞鬼画人皮的情景："铺人皮于榻上，执彩笔而绘之，已而掷笔，举皮，如振衣状，披于身，遂化为女子。"《横河小圣》则增笔为："铺开一物，原如皮囊，以胭脂白粉描绘起来，遂手取而罩于头，全身一抖，即变为歌之模样，穿上脱下的衣衫，系好裙带，梳理云鬓"，装出等待小弥太的神情。

《画皮》描写狞鬼闯进王生家掏出他的心吃掉，只用了如下笔墨："但见女子来，望拂子不敢进，立而切齿，良久乃去。少时，复来，骂曰：'道士嚇我。终不然，宁入口而吐之耶！'取拂碎之，坏寝门而入，径登生床，裂生腹，掬生心而去。"试将《横河小圣》相应这一段再译成汉语：

眼看歌就要来，侧耳细听有声响，小弥太心冷如冰一块，蜷身屏息，默而不应。歌怒谓郎君若不出，踏破此门，与汝为伴，戢戢声近，可恨札压于窗，为此神符所碍，不能进入，怒上心头，切齿叫唤。直至落枕欲睡，小弥太方松一口气，一心指望赖此神符威德，吓退恶鬼。歌越发起劲跺地，料此门难入，自窗入则易，乃刮拉刮拉，破窗坏壁，如卷飙风，女身姿，衣露裙掀，跑进屋内。绫濑亦为妖气所袭，遂失正气。小弥太翻身而起，欲取枕刀，歌曰：可憎人心之变，这回让你明白！话音未落，小弥太仰面之时，歌一把揪住，如雕张爪，自胸口直至丹田，嘎喳嘎喳撕裂，伸进手去，掏出心来，以为非但一报昔日仇恨，亦得佳肴美酒矣，只一口吞吃了心脏，接连喝干迸出鲜血，砸吧舌唇，飘然而去。①

在恶鬼破门的紧要关头，翻案增加了小弥太和恶鬼双方的心理较量，并兼顾卷入其中的绫濑被袭的画面。《聊斋志异》的预想读者是读懂文言的读书人，文字间留下了巨大想象空间，而森岛中良写作的读本则是卖给一般町人的通俗文学，鬼餐人心正是引起读者兴致的地方，森岛中良也就不受原作所拘，让自己的笔墨飞洒开来。

森岛中良所选择的几篇故事，在《聊斋志异》中皆有特色，写狐、写鬼、写梦、写人虫之变、写异境，文趣各异。他在将原作故事与日本语境的榫接上颇费脑筋。根据不同情况，有整篇皆出于粉本一篇的，也有将原作故事与本土故事嫁接者，如《松木左市》的前半部分是出自《醍醐随笔》中的松木左市的杀敌故事，中间又穿插了出自《著闻杂杂集》的激战场面，最后部分才粘贴上《龙飞相公》中的落井遇鬼的情节。

《聊斋志异》给了森岛中良一个释放才学的平台。森岛中良充分调动了他的兰学、汉学和所谓国学（日本学）的知识，使翻案呈现出多种文化交织的韵味。在粉本《道士》中写道士有"水晶玉石之器"，"酌以玻璃盏，围尺许"，《久含坊》则写："其时世间罕见，暗厄里亚（即意大利——笔者注）之玻璃盏，取拂郎察（即法国——笔者注）之酒壶以酌之"②。在《水鸟山人》里将原作中的狐，改为狸，用了一段不短的文字来说明狐与狸文学形象的差异，展示了他对中国志怪小说中狐、狸形象的认知："自古狐狸并称，而狐经千岁为淫妇，经百岁为美女，击尾出火，载髑髅为人，听冰渡河，首丘见仁之事，载于古书，智假虎威，学涉群书，诘张华之才。其灵通神，大升一位；其奸魅人，至绝性命。"相比之下，"狸则性痴钝，既无通神之得，亦无伤人之害。"③他不爱狐之智奸害人，而喜狸之痴钝无害，因而便把粉本的狐故事，改写为狸故事。这番议论，很有老庄全身远害、去智取拙哲学的味

---

① 〔日〕德田武『日本近世小說と中國小說』、青裳堂書店1987年版、第339頁。
② 〔日〕德田武『日本近世小說と中國小說』、青裳堂書店1987年版、第360頁。
③ 〔日〕德田武『日本近世小說と中國小說』、青裳堂書店1987年版、第342頁。

道，但作者似乎并非意在讨论个人独到的哲理，而是不情愿原样照搬粉本的全部，而愿有所出新，以更符合町人读者回避浓烈、趋向淡定的口味。

四 翻案的跨文化操控

如果编织《聊斋志异》在日本翻案物的系谱，时间跨度当始于 18 世纪直到 21 世纪初。在江户时代，除了以上探讨的都贺庭钟和森岛中良的翻案之外，宽政九年（1797）刊行的曲亭马琴所著读本《押绘鸟痴汉字名》，是卷 11《书痴》的翻案。① 1826 年刊行的关亭传笑所著合卷本《褄重思乱菊》，是卷 2《莲香》的翻案。日本近代文学家芥川龙之介和太宰治都有以《聊斋志异》为底本创作的作品，芥川龙之介的《仙人》（卷 2《鼠戏》、卷 14《雨钱》）②、《酒虫》（卷 14《酒虫》）③、《落头故事》（卷 3《诸城某甲》）、《仙人》（卷 1《劳山道士》）④ 等，太宰治《清贫谭》（卷 4《黄英》）、《竹青》（卷 3《竹青》、卷 2《莲香》）等，都是以《聊斋志异》故事为基础改写的。其中太宰治《清贫谭》把故事背景放在江户时代的东京附近，虽然加上了很多扩写和情节转换，但从方法来说，当属于"翻案物"，这篇作品还被译成英文发表。另外一种如芥川龙之介的前一篇《仙人》等，仍然将背景放在中国，这是因为"粉本"中作者所看重的那些因素，在日本难以找到类似之物，不如舞台照旧，更显出异国情调。后一篇《仙人》又将《劳山道士》作为大阪趣味来讲述。即使创作比重很大的作品，其中也不乏翻案的部分。这些都不妨看做翻案的延伸。所不同的是，这些作品中直接翻译的成分较之江户时代那些翻案物少了许多，也不一定让粉本隐名埋姓。如太宰治的《清贫谭》开头便说明作品得益于《聊斋》，《竹青》加上了副题《新曲聊斋志异》。至于 20 世纪后半期出现的与《聊斋》相关的作品，则更多利用《聊斋》的主题和幻想元素，《聊斋》语言的影响渐弱，构思方面的影响渐显。如作为"第三代新人"一度与石原慎太郎、开高健、大江健三郎并称的仓桥由美子（1935—2005）的怪奇小说，将背景放在当代日本，思想和

---

① 〔日〕德田武『日本近世小説と中国小説』、青裳堂書店 1987 年版、第 235 頁。向井信夫论文原载『ビブリア』六一号。
② 高慧勤、魏大海主编：《芥川龙之介全集》第一卷，山东文艺出版社 2005 年版，第 21—27 页。
③ 高慧勤、魏大海主编：《芥川龙之介全集》第一卷，山东文艺出版社 2005 年版，第 21—27 页。
④ 高慧勤、魏大海主编：《芥川龙之介全集》第二卷，山东文艺出版社 2005 年版，第 218—223 页。

手法中也注入了更鲜明的现代意识，但《聊斋志异》的影响依稀可见①。

翻案一词虽然出自中国，但翻案作为一种写作方式，在日本却历史悠久。从奈良时代起的《日本书纪》《日本灵异记》等书中，就喜欢将中国故事翻案成日本故事。翻案在日本文学中也最为常见，甚至成为日本文学与外国文学接触初期异常突出的文学现象。古代日本作家喜欢以中国小说（或故事）为粉本，取其主题、情节、人物关系等，换上日本的名称（可谓更名换姓），或改以日本历史环境为背景（可谓偷天换日），重新联缀成篇。翻案的形式室町时代更为盛行，17、18世纪又成为借用中国白话小说以满足江户市民对新文学渴求的应急手段。在长篇读本中，也有部分穿插中国小说翻案的，如曲亭马琴《椿说弓张月》中便利用了《五杂俎》的猴乱故事翻案，篇幅大为扩充；也有整部作品依傍中国小说，以中国故事结合日本史实编写的，如山东京传《忠臣藏水浒传》，是将《水浒传》中高俅林冲的矛盾、武松打虎、鲁智深拳打镇关西、宋江杀阎婆惜、吴用智取生辰纲等故事与日本历史上的赤穗义士的故事糅合在一起写成的。《三国演义》的翻案也很多，有《风俗女三国志》、《三国志画传》、《倾城三国志》、《五虎猛勇传》、《风俗伊势物语》等。连与《西游记》有关的也有《风俗女西游记》、《绘本西游记》、《金昆罗船利生缆》等多种。

从体裁来说，翻案的方法不仅限于小说、戏剧，也见于传统汉诗文。如套用中国诗人描写庐山的诗歌改换数字以写富士风光，与翻案径路相合。从翻案对象来看，明治时代以后以西方文学为粉本的作品也不胜枚举。

翻译是近世戏作者和读本作者中那些翻案家首先要做的事情，因而我们可以从翻译的视角来加以评判。译者作为第一读者，特别是原本陌生的外来作品，需要语言文化多方面知识技能的积累，整个学界处于知识"原始积累"的阶段，译者往往准备不足，甚至不能胜任完好翻译的重任，于是翻案便成为一种过渡的形式。可以说，在都贺庭钟和森岛中良时期，还不具备翻译《聊斋志异》的条件，部分作品的翻案中包含的部分翻译，也就成为了翻译"试水"。对于其时的江户町人来说，读这些翻案，要比读生硬的译作要亲切得多。明治时期《聊斋志异》的少数译作，其中有些含改写成分，因为

---

① 〔日〕倉橋由美子『倉橋由美子の怪奇掌篇』、潮出版1985年版、第191頁。

译者认为逐句翻译会令读者费解或感到无趣。真正的《聊斋志异》摘译是在20世纪20年代，已是几十年后，因而，上述两篇翻案就堪称《聊斋志异》进入日本的先驱。现代日本学者亦感叹《聊斋志异》文字难解，① 何况对于江户时代的读本作家呢？

　　翻案家必须是翻译者，又具有文学剽窃者和创作者的双重性。成为翻案的主观条件是本人谙熟两种文字，因为他要将外国作品不露痕迹地冒充本国产，就必须在翻译中采用"归化"的策略，这一点别无选择；由于他相信没有人会去核对原文，便又可以避开自己和读者看不惯读不懂的某些部分。他要有"贼眼"和好鼻子，能够发现外国作品中哪些是本民族文学当下所需，能够嫁接过来的作品；他手头必须掌握别人尚未看到的原著并秘而不宣，这样才能让读者感到新颖，舍得花钱花时间去触摸自己炮制的成品。这些条件在两种文化或文学接触早期最为完备和典型。当然，只要翻案家能够切实把握眼前文学思潮的需要，也可以将外来作品无休止地翻案下去。中国的很多作品在日本的翻译和传播，始于翻案，而在一定时期里又终于翻案。这些作品，都可以看成所谓"和魂汉才"，即日本气魄精神、中国才思华藻的跨文化操控的产物。

　　日本很多翻案家是抢亲者，他们不管原作者是否乐意，就将原作打扮起来装作本国人，显得蛮不讲理，他们又是玩弄戏法的嫁接工，将外国作品的一部分或者全部嫁接到本国的传统文学样式和欣赏习惯之中，让看不惯外国人眉眼的读者，对那些原本舶来的表述毫无察觉，只当是原存旧有。为了让外国故事适应本国当时的文学风土，翻案者不仅要对人物、地域、风俗进行置换，而且要在保留原有故事线的前提下，对情节和细节作适当遴选、增益或减损，赋予外来故事新的意蕴。在《孝子魂魄》中，森岛中良将《促织》中的宫廷斗蟋蟀改换成斗鸡，不仅是因为日本不曾有过斗蟋蟀的游戏，而且更为了突出对时政的讽谏。他引用《史记》中季氏与郈氏斗鸡引起纠纷酿成乱子的实例②，来提示读者警惕奢华玩物之风。这种改动使作品更能为当时的町人读者理解，也更符合初立为官学的朱子学的精神。

　　江户时代的翻案对原作的操控，第一就是让读者乐于与异国故事相亲。

---

① 〔日〕稻田孝『聊齋志異——玩世と怪異の覗きからくり』、講談社1994年版、第11頁。
② （汉）司马迁撰：《史记》卷三十三，中华书局1975年版，第1540页。

读者对外来的情趣需要一个逐渐熟悉和习惯的过程，翻案避免了眼生不惯的抗拒反映，一来二去，培养起欣赏异国情趣的口味，也就更自然地有了咀嚼和消化新食品的肠胃。后来的，有些作家从这些翻案作品摄取了很多新的构思，在一定时期，翻案作品中的人物较原作中的人物更为知名。学者多将森鸥外的《舞女》与《杜十娘》相比较，而从整体来说，《舞女》的构思可能得益于都贺庭钟根据杜十娘故事翻案的《繁野话·江口游女恨薄情沉珠玉》①。

　　对读本作者来说，翻案固然是谋取"润笔"的捷径，但要想把原本与当下读者心理距离遥远的那些传说，变成他们感可同、身可受的自家中事，作者就不得不设法让它向强劲的主流意识靠拢，经过这样的处理，翻案的作品就成了易消化的快餐。都贺庭钟很可能是先从恒娘身上俘获了灵感，而后为使它在新土壤上获得生存权，便将原作中需要保身固宠顾问的朱氏变成了一位"对外进谏言以补政，对内率嫔妃而养和，临下宽厚"的后宫娘娘。森岛中良《横河小圣》中的男主人公因耽于和歌文艺而疏于习武，而加害于他的恶鬼自名为"歌"，或许也寓有和歌误人武功之意，这些都是粉本中所无，但无疑是粉本让翻案家有了讲给町人听的故事，并慢慢学会怎么讲这类故事。

　　由于翻案带来了新的趣味，催生出新的文学样式和表现手法也就成为可能。江户时代的赤本、黑本、青本都是面向妇女儿童的画书，文少画多，文学表达居于次要地位，而自从根据《黄粱梦》翻案的黄表纸《金金先生荣华梦》问世，文字比重大增，向近世小说迈了一大步；进而都贺庭钟等读本作者，对中国小说，或穿鞋戴帽，或改头换面，或移魂掏心，把从六朝志怪到明清白话小说的名著几乎都翻案过了。

　　钱锺书在谈到翻译的功用时，说："'媒'和'诱'当然说明了翻译在文化交流里所起的作用。它是个居间者或联络员，介绍大家去认识外国作品，引诱大家去爱好外国作品，仿佛做媒似的，使国与国之间缔结了'文学因缘'，缔结了国与国之间唯一的较少反目、吵嘴、分手挥拳等危险的'因缘'。"② 跨文化的文学交流是看不到终点的漫长旅程，作为"媒"和"诱"

---

① 〔日〕德田武、横山邦治校注『繁野話　曲亭伝奇花釵兒　催馬樂奇談　鳥辺山調綾』、岩波書店1998年版、第90—101頁。

② 钱锺书：《林纾的翻译》，载《钱锺书散文》，浙江文艺出版社1997年版，第272页。

的一种形式,翻案在特定条件下也能顶替一下翻译,《聊斋志异》的翻案就是一个例证。

第二节 《聊斋志异》与日本明治大正文化的浅接触

日本的明治大正时期(1867—1925)长达半个多世纪,这是日本文学向现代转型的动荡时期,学人在开放、进取、膨胀的旋流中奋进,也经受着浮躁、焦虑和不知所从的煎熬。诚如加藤周一所指出的:"虽然具体从哪一年不得明言,大约以明治二十年代为界,日本在政治、社会上许多选择中选择其一,明治天皇制官僚国家安定、固定下来,随即收敛于明治的帝国宪法、教育敕语、军人敕谕当中,19世纪末军国性质的天皇制官僚国家完全建立。在政治、社会的巨大框架运转的同时,与之相应的文学定义也就固定了下来,但并非是开辟了众多的选择途径,就文学的定义来说,也产生了集中其一的倾向。我认为,这种倾向至今还在持续。我想,这是一个理应意识到的问题,是非常重要的一点。"① 对《聊斋志异》的引用、评价、文学史描述以及"自由译"都出现于明治二十年代以后,也就不能离开日本政治、社会的选择结果以及与之相应的文学定义的确立来说明。如何看待像《聊斋志异》这样的作品在文学史上的位置,是决定翻译者选择翻译策略的首要因素。

《聊斋志异》在日本江户时期被"隐名"翻案为发生在日本的故事,这是其幕后传播阶段,进入明治大正时代,便逐渐亮相于近代文学的舞台。它的影响首先深入到汉文小说当中,而后在文学史上也获得了评价,还出现了将其部分作品翻译成现代日语的尝试。《聊斋志异》在这一时期的传播和翻译,打上了日本明治大正文化的印记。不论是从评介的粗浅来看,还是翻译中改编因素的浓重来说,都可以看出日本文学家和翻译家寻找《聊斋志异》与现代日本文化接点的切实努力。

一 商家之影:《聊斋志异》之名的广告化

如果说书籍也同人一样存在"气场"的话,明治中期以前,处于《聊斋

---

① 〔日〕加藤周一『日本文学史序說補講』、かもがわ出版 2006 年版、第 246 頁。

志异》气场中的只有依田学海（1833—1888）、菊池三溪（1819—1891）、石川鸿斋（1832—1918）等少数汉学者，到了明治后期和大正时期，才有了小金井喜美子（1870—1956）、国木田独步（1871—1908）、蒲原有明（1876—1952）等接受西方文学影响较深的报刊撰稿人和作家。但是，他们的作品发表和结集出版，都受到近代报刊业和出版业的支持，并开始由市场反映直接对作品的社会效果加以验证，这使得他们的写作和翻译，不能不更加紧密地向书贾的需要靠拢，商业性的增强是不能回避的问题。

书名是首先吸引读者阅读欲的要素，也是刺激购买欲的条件。利用原有名著的声誉来制造卖点，为书贾所惯用。在《聊斋志异》还不太为人所知的时候，张潮的《虞初新志》已在市场大受青睐。1823年大阪翻刻了荒井廉平训点的《虞初新志》，序言中说："《虞初新志》，舶来已久，其事悉奇，其文皆隽，览者莫不拍案一惊，为小说家珍珠船以购之，是以其书日乏而价亦跃，人颇窘焉。浪华（即大阪——笔者注）书肆某等胥谋翻刻之，且欲国字旁译，以便读者也。"① 该书用康熙年间初刻本翻刻，并增补了乾隆刻重镌四篇，由于在汉字旁都加上了训读，即所谓"旁译"，比较好读，因而流传颇广。后来刊行的志怪类书，就多借《虞初新志》的光。1881 年有近藤元弘编辑的《日本虞初新志》刊行，1883 年又有菊池纯所著《奇文观止本朝虞初新志》（以下简称《本朝虞初新志》）问世。后者凡例四中明确说明是仿照《聊斋志异》之体而撰写的：

　　　　此编仿蒲留仙《聊斋志异》之体，然彼多说鬼狐，此则据实结撰，要寓劝惩于笔墨，以为读者炯诚而已。②

该书凡例一、二更加值得注意，说明该书本为四十年前庚夏消暑之作，原稿四十卷，题曰《消息杂志》，今又补近作诸篇，为三卷，改名《本朝虞初新志》，"盖从书估所好也"，意即改名是为了迎合书贾的喜好。③ 那一时

---

① （清）張山來輯評，〔日〕荒井廉平訓點『虞初新志』、浪華河內書屋合梓1823年版、第4頁。
② 〔日〕池沢一郎、宮崎修多、德田武、ロバートゃンベル校注『漢文小説集』、新日本古典文学大系明治編 3、岩波書店 2005 年版、第 401 頁。
③ 〔日〕池沢一郎、宮崎修多、德田武、ロバートゃンベル校注『漢文小説集』、新日本古典文学大系明治編 3、岩波書店 2005 年版、第 401 頁。

期，《虞初新志》的名气远远大于《聊斋志异》，《虞初新志》便成为中国志怪传奇的代名词。

在明治中期出现的一批汉文小说的序跋和评点中，不时提到《聊斋志异》一书，它往往成为证明日本汉文小说精彩好看的垫脚石。仔细分析一下，对其评价的分寸又有所不同：那些为他人作品撰写的序跋，这一点最为突出，也就是带有明显抑彼扬此倾向；其次是为他人作品所作的评点，也往往声言其作大胜《聊斋志异》等中国小说；至于为本人著述撰写的序跋和评点，则侧重于说明与《聊斋志异》的异同而已，抑扬还算有度。

依田学海是明治时代汉文小说的名家，其作《谭海》（亦名《谈海》）曾在我国出版，他还有另一部汉文短篇小说集《谈丛》。1884 年《谭海》刊行，川田刚为《谭海》撰写的序文即称近世所传《聊斋志异》、《夜谈随录》、《如是我闻》、《子不语》诸书，"率多鄙猥荒诞，徒乱耳目"。1899 年《谈丛》问世，书后署名"信夫粲"的跋称："此编为一家言，而寓意其间，以规讽当世，警醒后人，自有不朽者存焉，读者概以为《虞初》、《聊斋》一种，徒称其新奇，大非作者之意也。"① 这些捎带出来的对《聊斋志异》的评价几乎都是贬低的，这一方面说明这些学人对《聊斋志异》还不甚了了，一方面也是出于推销其书的需要，用贬低其他商品的手法来为此种商品做广告。抑人而扬己固然为不地道广告之惯技，而在举国视清国为敌国的氛围中，抑外而扬内还是民族优越感的张扬表现。

即使如此，这些序跋也承认，日本这类汉文小说的出现，都与《聊斋志异》存在仿拟关系。菊池三溪所撰《谈海序》谓《谈海》"盖拟诸西人所著《如是我闻》、《聊斋志异》、《野谈随录》等诸书，别出一家手眼者"②。在眉批等评点文字中多提到《聊斋志异》一书，如《本朝虞初新志·臙脂虎传》眉批："极力描出，笔力如神，'加手鼻孔，以试绝否'八字，何等妙绝。如此文字，虽《虞初新志》、《聊斋志异》，未尝见其片字只语，是先生擅场绝伎。仆尝目先生为当今文章家中菊五郎，言涉不逊，然自言决不谬也。"③ 这些评点，从反面说明《聊斋志异》至少已在一部分汉学者中流传，那些抑彼

---

① 《日本汉文小说丛刊》第一辑《笔记丛谈类三》，台北学生书局 2003 年版，第 261 页。
② 《日本汉文小说丛刊》第一辑《笔记丛谈类二》，台北学生书局 2003 年版，第 44-45 页。
③ 《日本汉文小说丛刊》第一辑《笔记丛谈类三》，台北学生书局 2003 年版，第 381 页。

而扬此的议论，实际上既是汉文学人冬萧瑟时节同人相互以温词热语吹送暖风的表述，更是面对读者起劲的挥手与热切的呼唤。

我国学者很早就注意到小说评点的传播价值和商业价值，指出《聊斋志异》的评点往往因评点家的真知灼见而一语中的，起到"传作者苦心，开读者了悟"的作用，成为沟通作者与读者心灵的桥梁①。江户时代以来书商的广告意识已相当自觉，封底、封面往往有新书刊行的信息，而从广告的眼光看，序跋、自评等如同门前导引，而眉批和行间批语、本文后批语则是随文广告，它们合在一起，就像随团导游，陪伴读者纵览文字胜境。《夜窗鬼谈》中石川鸿斋以"宠仙子"之名，为本文作点评，或说源流，或引类说，或发感慨，都是作者与读者交流的形式。为《本朝虞初新志》撰写序跋评点者以其时名士依田学海为首，竟多达十二人，可谓小说沙龙之总动员。这样看来，那些对于《聊斋志异》的说法，就不能抛开广告效应的考虑来看。

日本那些与《聊斋志异》相关的汉文小说中的评点，依据仍以出自金圣叹等人所作的《水浒传》、《三国演义》等白话小说评点和《古文真宝》等的古文评点为主，还较少见到《聊斋志异》一书但评、何评、冯评的影响。参与评论的汉学者异口同声地贬低《聊斋志异》的鬼谈怪语，而抬高日本仿作的多实少虚、旨在劝惩，如《本朝虞初新志》凡例的眉批：

> 仆读西土人杂著，不独《子不语》、《志异》诸书，乃如醇儒纪晓岚、王子正诸氏，全篇鬼谈怪语，居其七八，间有忠义贤奸事迹、可喜可惊之谈，反使人疑为架空小说。②

与《聊斋志异》相比，日本汉文小说少了玩世诙谐，而多了许多道貌岸然。模仿者和点评者一方面喜欢《聊斋志异》之类能抓来读者，一方面又感到它与时新的追求科学、洋学的风潮相背，也与江户时代以来的读本"劝善惩恶"的创作主旨格格不入。当时汉学者还在众口一辞絮叨着"劝善惩恶"

---

① 盛瑞裕：《〈聊斋〉但评特色之我见》，湖北省水浒研究会编：《中国古代小说理论研究》，华中工业学院出版社1985年版，第340-353页。
② 〔日〕池泽一郎、宫崎修多、德田武、ロバートャンベル校注『漢文小説集』、新日本古典文学大系明治编3、岩波书店2005年版、第401頁。

小说价值观，直到 1885 至 1886 年坪内逍遥的《小说神髓》发表以后，那些"义发劝惩"的套话才从小说序跋中逐渐消失。

如果剥离那些广告语式的虚饰成分，就不难理解《聊斋志异》已经成为这些汉文小说戏作者憧憬和模仿的对象，地位取代了江户时代盛行一时的《剪灯新话》，成为最出色的"怪谈"类小说的代称。盐田泰为《本朝虞初新志》撰写的跋说该书能使"读者倏而笑容，倏而惊，不能不为之色飞肉动。是无他，事既新奇，意到笔随，雕刻事态，模绘物情，嬉笑怒骂，皆能成文，易入人之心脾也。其与《聊斋志异》并传，不朽必矣！"① 大概翻译一下这一段话，那就是写出像《聊斋志异》那样富有动人魅力的不朽之作，已成为这些汉文家的愿景。

二 汉文小说家之变：拟晋唐小说，翻日本怪谈

石川鸿斋醉心于桐城派古文，在东京出版汉籍的著名出版社凤文馆鼎盛的时候，出版了不少他研究传统诗文的著述，其所著《文法详记》据广告称仅三个月便销售五千余部，这在当时是一个相当可观的数字。随着凤文馆的衰落和倒闭，这一类书失去了出版支撑。《夜窗鬼谈·哭鬼》借鬼之口所言："所著述殆等身，每一书脱稿，良工刊之，商贾鬻之，天下书生，喜新睹。争购之，未阙半帙，东阁没尘，竭毕生之力，干瘦神衰，毫无所益于世不如耕半亩之地，种芜菁，助蔬食之为益也。"② 正道其时心境。他转而谈鬼，以谋新路，推出《夜窗鬼谈》和《东齐谐》这样谈鬼说怪的书，可谓华丽转身。后来作家小泉八云等均曾从此二书中汲取素材。

《夜窗鬼谈》和《东齐谐》被认为是与《聊斋志异》关系较为密切的书。石川鸿斋为依田学海《谈丛》写的跋似乎对《聊斋志异》一书有所排斥。他为本人所著《夜窗鬼谈》撰写的序言则说：

> 蒲留仙书《志异》，其徒闻之，四方寄奇谈；袁随园编《新齐谐》，知己朋友，争贻怪闻，于是修其文，饰其语，至绚烂伟丽，可喜可爱，而有计算相违，事理不合者，不复自辩解焉，读者亦不咎焉。游戏之笔，

---

① 《日本汉文小说丛刊》第一辑《笔记丛谈类一》，台北学生书局 2003 年版，第 398 页。
② 《日本汉文小说丛刊》第一辑《笔记丛谈类二》，台北学生书局 2003 年版，第 331 页。

固为描风镂影，不可以正理论也。然亦自有劝惩诚意，聊足以警戒世，是以为识者所赏，不可与《水浒》、《西游》同日而语也。①

这里又明显显露出对《聊斋志异》的欣赏态度。他还为《夜窗鬼谈》各篇写有评点文字，如《祈得金》一篇，写富家子向埋在土中的梵钟祈求钱财，忽有一妇人引导入金库，取金桶而返，倒桶床下，却是粪汁流溢。其篇末有批点曰：

> 尝读《聊斋志异》，有与此相似事。滨州一秀才曾与狐仙亲，乞给金钱，乃与入密室。钱从梁间下，广大之舍，约积三四尺，欲取用之，皆为乌有。秀才失望，颇怼其诳。狐仙曰："我本与君文字交，不谋与君作贼，便如秀才，只合寻梁上君子交，我不能承命。"遂拂衣去。夫金钱者，本人造之物，非神仙所有，而不求诸人，反欲求于神，神岂与夺人间金钱者哉？②

这里提到的是《聊斋志异》卷4《雨钱》一篇，省去了前半部分的狐仙入室，而只取其嘲弄拜金者之意。石川鸿斋《东齐谐》之《灵魂再来》一篇末尾的自评说："宠仙子曰：'随园《新齐谐》及《聊斋志异》、纪晓岚《杂志》等所载幽冥之事，大率与此相同。'"③ 石川鸿斋多处引用《聊斋志异》来为其说作证，说明他对《聊斋志异》曾钻研过。

黑岛川代撰写的《聊斋志异与日本近代短篇小说的比较研究》一文，其中有《聊斋志异与石川鸿斋夜窗鬼谈的比较研究》一章，谈到《夜窗鬼谈·花神》是以《聊斋志异》中的《葛巾》、《黄英》、《香玉》等花精与人的恋爱故事为基础，采用日本文化色彩浓厚的樱花为题材而进行的翻案之作。而加固理一郎则认为，本篇两度赏花的确是故事构成的骨架，但它是以庄重的书生、深闺的小姐在此热闹季节的非日常性的高扬感作为基调的。这种阳光的氛围与《聊斋志异》各篇中孤独爱花的男主人公的世界有很大距离。

---

① 《日本汉文小说丛刊》第一辑《笔记丛谈类二》，台北学生书局2003年版，第323页。
② 《日本汉文小说丛刊》第一辑《笔记丛谈类二》，台北学生书局2003年版，第366—367页。
③ 《日本汉文小说丛刊》第二辑《笔记丛谈类二》，台北学生书局2003年版，第524页。

也就是说，本篇不是《聊斋志异》诸篇的翻案，而是可以看做更为广泛地模仿了中国小说传奇的恋爱故事。这从它不仅是一个传闻记录的框架，而是将才子佳人奇遇的内容以及诗歌等作为预兆的小道具来用这一点，也可以感觉到①。

《花神》从影响源看，当与中国唐宋以来文言小说的梦遇、游仙、观音应验等母题相关，也不排除《聊斋志异》上述各篇的影响。其中主人公洛之书生、北面武士之子樱花树下梦入华胥窟，即《游仙窟》之仙窟一类。"华胥"出《列子·黄帝》："（黄帝）昼寝，而梦游于华胥氏之国。"后用以指理想的安乐和平之境，或作梦境的代称，文中以此暗示梦境之游。梦境里与佳人之交的描写，模仿《游仙窟》的痕迹昭然：

言讫登床，锦衾温柔，绕以六曲屏，短檠照房，金猊吐烟。将睡，女乃著白绫寝衣，缠深红长裈，徐入衾来，曰："由君之厚意，将解孤鸾之恨，君得无非言意相反耶？"生喜出望外，遂相拥，备极缱绻。既而凛风刺肤，东方将白，蘧然梦醒，屋宇全无，只卧樱树下耳。②

鲁迅《中国小说史略》称《聊斋志异》为"拟晋唐小说"，而石川鸿斋之作最重要的特点正是以六朝志怪和唐代传奇的笔法改写日本的怪谈故事，在《花神》中甚至可以看到浦岛子遇仙传说的影子。

《夜窗鬼谈》的第一篇就是《哭鬼》，文末有"宠仙子曰：'藉鬼以述自己感慨，言本漆园，文学昌黎，雄丽奇恣，所谓空中造楼阁手段'"③。自言构思得益于《庄子》而辞章仿拟韩愈的《进学解》之类，但让我们首先想到的却是《聊斋志异》卷1的《鬼哭》，并立即联想到《夜窗鬼谈》中紧接《哭鬼》之后的《笑鬼》实也是《鬼哭》的反仿。

不过，《鬼哭》之哭，乃为兵乱，《哭鬼》之哭，却为学乱，这又是石川鸿斋之独构。石川鸿斋痛惜当时学子醉心西学，号称博学，"而叩其腹笥，或

---

① 〔日〕加固理一郎「石川鴻齋と怪異小說夜窗鬼談東齊諧」、日本漢文小説研究会編『日本漢文小說の世界———紹介と研究』、白帝社 2005 年版、第 161 頁。
② 《日本汉文小说丛刊》第二辑《笔记丛谈类二》，台北学生书局 2003 年版，第 345 页。
③ 《日本汉文小说丛刊》第二辑《笔记丛谈类二》，台北学生书局 2003 年版，第 345 页。

有枵然无一所获者焉",他愿将学问传授给后进,"而后进所志,皆涉多端"。他厌恶文风糜烂,望守雅正,在1884年所著《文法详记》的"谕言"中曾经这样写道:"今观神州之人,或有着鲁服(俄罗斯服饰)、戴佛帽(法国帽子)、穿米履(美国鞋子)、为英语者,道路逢之,不知为何国之人,视其不碧眼赭髯,始识为国人耳。近日文章之弊亦同之。乏于质,而欲富于文,裁为一篇糜烂之文,有碎片驳杂殆不可状者,此岂得谓文谓章哉!"① 面对传统汉学惨遭打压的现实,石川鸿斋转治奇谈怪说,这一行为本身便与苏轼、韩愈、蒲松龄、袁枚等的志怪之书的影响相关,这一点在他的自序中已经明言。他以为谈鬼如果"去旧套,创新意,弃陈腐,演妙案,于是往往有出于意表者",这可以说是从《聊斋志异》等作品中得到的最重要的启示之一。

《夜窗鬼谈》一书,用汉文志怪传奇法改写日本怪谈故事,现不仅有新日本古典文学大系的训点本②,而且还有现代日语译本③。它与《聊斋志异》的比较研究,也仍是可供挖掘的课题。

三 文学史家之说:对《聊斋志异》的最早评述

自1882年末松谦澄著《支那古文学略史》等问世以来,陆续刊出的中国文学史著述达十余种,它们见证了近代文学观念确立的轨迹④。《支那古文学略史》第一次提出"支那文学史"的概念,而其内容,"与其称为进行总体研究的'文学史',不如称为'儒学批评'"⑤,固然不会谈到《聊斋志异》;就是后来堪称世界第一部中国文学史的古城贞吉《支那文学史》(1897年刊行)也没有提到《聊斋志异》;以后几种文学史著述,如笹川临风《支那文学史》(1998)、高濑武次郎《支那文学史》(1901)、中根淑《支那文学史要》(1900)、儿岛献吉郎《支那文学史纲》(1912)等,都没有只言片语论及《聊斋志异》。

---

① 〔日〕ロバーキヤンベル「東京鳳文館の歳月」、中野三敏監修『江戸の出版』、ぺりかん社2005年版。
② 〔日〕池沢一郎、宮崎修多、徳田武、ロバートャンベル校注『漢文小説集』、新日本古典文学大系明治編3、岩波書店2005年版、第263—338頁。
③ 〔日〕小倉齊、高柴慎治譯『夜窓鬼談』、春風社2003年版。
④ 〔日〕三浦叶『明治の漢學』、汲古書院1998年版、第291—310頁。
⑤ 严绍璗:《日本中国学史》第一卷,江西人民出版社1991年版,第350页。

据笔者考，1903年久保得二（1875—1934）所著《支那文学史》，第一次提到《聊斋志异》：

> 辑录琐事、零闻者谓之小说，其最佳者为蒲松龄之《聊斋志异》。此书作者采访钩讨，萃力积功二十年而成，据称目录、编次经数回改删，篇中最多狐妖之话。狐化女子，与人同栖，生儿育女，多与日本所谓葛原相类①。王渔阳题之曰："姑妄言之姑听之，豆棚瓜架雨如丝；料应嫌作人同语，爱听秋坟鬼唱诗。"袁随园不服，著《子不语》，语之妙，事之新，皆逊之焉。②

在当时情况下，久保得二对《聊斋志异》的评说显得十分寂寞，所幸他的书接连修订再版。修订后的叙述又略有增加，谓："中土因袭意义上之小说，主要辑录琐闻、零话，历代多作，《宣和遗事》之后，最可观之者，乃明代瞿宗吉之《剪灯新话》，在清代蒲松龄之《聊斋志异》尤为可取。""篇中固殊多狐妖之事，不过类聚片断性之事实，然文辞圆莹如玉，与之同科者《谐铎》、《西青散记》、《子不语》、《夜谈随录》、《苕兰馆外史》等，至其品下者，汗牛充栋，不足为喻。"第四年版补充了对蒲松龄的介绍③。早稻田大学引领着中国文学研究史研究的新潮，也是最早开设中国文学史课程的大学，久保得二的专著是在讲稿的基础上修订并作为教材使用的，所以，很可能他就是最早让《聊斋志异》进入大学教材的教授。

中国戏剧小说的研究筚路蓝缕，需要博览群籍、精读原作，而后爬梳剔抉、刮垢磨光，才能定位精准、评说允当。1905年早稻田大学出版会出版的宫崎繁吉所著《支那近世文学史》序言中说："至于戏曲传奇及小说一道，文献可征者少，虽有王元美《艺苑卮言》时或论之，不足观也。自非求其书于征学习之，殆无所获。"该书第四章清朝小说及戏曲，仅在《红楼梦及其他小说》中提到："以上列举诸书之外，其他尚有《聊斋志异》、《谐铎》、

---

① 所谓"葛原"，是平安时代流传的狐变为名为葛叶的女子与贵族男子结合，生出阴阳家安倍晴明的传说。
② 〔日〕久保天随（得二）『支那文学史』、人文社1903年版、第431—432页。
③ 〔日〕久保天随（得二）『支那文学史』、早稻田大学出版部1907年版、第647—648页。

《西青散记》、《夜谈随录》、《苕兰馆外史》、《夜雨秋灯》、《啸亭杂录》。自体裁观之，固非小说，而其笔意，则近乎小说，为后世之士所同声赞叹，则藉以饰我文心，亦可也。"①

甲午战争之后，中国文化在日本国民中的既有形象被颠覆，朝野热议所谓"支那问题"，对中国的研究引起空前关注，借对支那再认识之风，千奇百怪的书都乐于冠以"支那"之名。研究中国戏剧小说的新学也被与"何谓支那"的热门话题挂钩。拓殖大学所谓"支那学"的奠基人宫原民平（1884—1944）曾有一句名言："何谓支那？光是汉学不行。读《水浒传》、读《三国演义》，看京剧吧。应当从活的支那学起。"

1926年刊行的宫原民平所著《支那小说戏曲概说》，第二十三章《清代奇谈集》，认为"清初著名的《聊斋志异》是不容忽视的"，指出该书"皆关于怪异妖变者自然之神韵诚有动人者。文体为文言，作者骋其才气，亦多引甚难之典故。但明伦、吕洪恩之加注，有裨益于后人者不鲜。"又谓"各卷前有长故事，后载短小六朝怪异风味者。此书所出妖异之类，多备人情，相当多数颇如常人。作为支那怪谈，确为杰作。"② 该书对《聊斋志异》的续书和同类著述多有介绍，这在日本当时的著述中并不多见。

四 作家之译："自由译"背后融油于水的野心

明治末期开始出现将《聊斋志异》翻译成现代日语的尝试。森鸥外的妹妹小金井喜美子翻译的《画皮》，题名《一层皮》（《皮一重》），收于森鸥外合著的《影草》（《かげ草》）一书，1902年五月刊③。甲午战争后涌入中国的作家国木田独步、木下杢太郎等作家多少接触到中国民间文化，也客串了一把《聊斋志异》翻译，而阅读这些译作的人，很大一部分则是迅速发展起来的近代报纸、杂志的读者。

这些翻译，多为所谓"自由译"。明治时代从"文明开化"浪潮中诞生的翻译热，是急急忙忙将西方文化日本化的加速器，本身也具有快嚼速咽的加速度，一开始盛行的就是对原文轻易大动斧钺的所谓"豪杰译"。借助于

---

① 〔日〕宫崎繁吉『支那近世文学史』、早稻田大学出版会1905年版、第212页。
② 〔日〕宫原民平『支那小說戲曲概說』、共立社1925年版、第272—278页。
③ 〔日〕森鸥外訳『かげ草』、春陽堂1897年版、第393—400页。

这种夹生的译文,当时的读者与原本陌生的西方文学和中国戏曲小说开始了浅接触。同时,由于译者对书中人事生疏,对语言文字尚乏专攻,加上译事匆匆,译文中的讹误就难以避免,木下杢太郎将自己的工作不叫翻译而叫"译述",说译文中有"杜撰"①,就决不只是自谦之辞。

蒲松龄自称"异史氏",以实录异人、异物、异境为使命,许多异人异事实出于对某种事物的迷恋,以及因迷恋的人生不和谐音而生出诸多奇想奇遇。而书中的叙述方法,开篇即报姓氏籍贯,如同戏剧中出场人物先要自报家门,篇末则以"异史氏曰"作结,这实为史赞之变。这让最初的翻译者从提笔就碰到难题,如何能让读者第一眼就引起阅读欲?小金井喜美子似乎认为这样的写法太"不小说",需要上来便把读者引入故事的情境之中,于是她把原作《画皮》的开头:"太原王生,早行,遇一女郎,抱襆独奔,甚艰于步"扩写了一番,将这一部分再译成中文,就展现了这样的画面:

> 秋の日まだほのぐらきに、いたく ひたるにはあらで、さまよき家の窓によりて、庭の草葉にはや置居たる霜の下に、かれべになく蟲の音を、冷なる風にふからつつ、聞き居たる若き男ありしが、やがて庭に下り編戸を開きて立いでつ。近きあたりをそごろあるきするに。まだ往来の人もあらねば、低き声にてからうたうち誦するほとに、後よりいそがはしく来るものありて、つまづき倒れぬれと、立あがりて塵もはらはず、そがに儘走り過ろを見れば女子なり。②

> 秋天的一个傍晚,暮色朦胧,一座尚未好好修缮的摇摇晃晃的屋子,窗外寒风阵阵,飘落在庭院的草叶上露水点点,传出声声虫鸣。一个青年男子听到声音,出了庭院,打开木门,走了出来。他正在附近转悠,周围也没有人走动,这时听到好像低低的吟诵声,有人急急忙忙跟上来。

以下才是女子出场。不论是点缀富有季节感的景物描写,还是特别着笔于人物心境,这都是日本女性作家不假思索就会要出的本领。

---

① 〔日〕木下杢太郎『支那伝説集』、精華書院 1921 年版、第 15 頁。
② 〔日〕森鴎外訳『かげ草』、春陽堂 1897 年版、第 393 頁。

译者将后面的"异史氏曰"删掉，这在原文中当是点睛之笔："愚哉世人！明明妖也，而以为美。迷哉愚人！明明忠也，而以为妄。然爱人之色而渔之，妻亦将食人之唾而甘之矣。天道好还，但愚而迷者不寤耳。可哀也夫！"这里讲了一个与西方的 Fascination 相通的问题。Fascination 不仅仅是迷恋，还有为之兴奋、不可遏制地被吸引、表示对强大诱惑力的不可抗拒感等意思。蒲松龄说画皮、道鬼怪，关注的是迷恋中的人性。译者将这样一段文字删节，从通俗阅读的角度讲，故事讲完，等于阅读过程结束，而对于《聊斋志异》来讲，故事的结束实际上是对人生再思索的开始。而这一段话对于解读其他那些因迷恋而友精怪、伴狐鬼、遇仙逢妖、出生入死的故事都有启示。

从译者来说，还有一个问题，那就是这样的文字算不算文学，或者至少算不算原作不可或缺的部分。反观《聊斋志异》篇幅较长、一篇叙一人一事者，均为叙事与"异史氏曰"两个段落，可见对于蒲松龄来说，文末的议论占有何等位置。

近代中国人熟悉的《经国美谈》的作者矢野龙溪（1850—1931）于1903年创办《东洋画报》，委任作家国木田独步（1871—1908）主持编辑工作。1903年，在该杂志上，独步陆续发表的《聊斋志异》译文有《黑衣仙》（《竹青》）、《舟中少女》（《王桂庵》）、《石清虚》（《石清虚》）、《姐妹俩》（胡四娘）这四篇。矢野龙溪曾任日本驻清公使，在中国期间接触到通俗文化，感到"非常有趣"，国木田独步的浪漫主义文学主张，可能是构成他们将《聊斋志异》翻译到日本的动机之一。[①] 国木田独步相继译出的篇目达五十四篇之多，后编入近事画报社1906年2月至5月出版的两册《支那奇谈集》[②] 一书中。

在国木田独步的影响下，象征派诗人、作家蒲原有明也开始了翻译工作，译文刊载于国木田独步主编的《文艺杂志》的"新古文林"栏目，计有《香玉》（一卷一号）、《木雕美人》、《橘树》、《蛙曲》、《鼠戏》、《红毛毡》、《戏缢》、《诸城某甲》（一卷五号）共七篇。蒲原有明所译，除《香三》以外皆极为短小，是些记叙奇闻异事的短文，与《搜神记》等六朝志怪区别不

---

① 〔日〕稻田孝『聊斎志異———玩世と怪異の覗きからくり』、講談社1994年版、第8-9頁。
② 〔日〕国木田獨步『支那奇談集』（第一、第二編）、近事画報社1906年版。

明显，不足以体现《聊斋志异》对"传奇法"的创造性发展。他们的共同做法，就是删掉"异史氏曰"，这是将《聊斋志异》通俗文学化的选择。《聊斋志异》虽用文言写成，却并不缺乏与近现代通俗文学相通的元素，这使得今天的作家也选择了它；明治大正时期的译者删掉"异史氏曰"，显然有对其时读者期待的考虑：故事落幕，意味着阅读期待完成。

国木田独步翻译的《石清虚》一篇，写的是一位收藏迷，爱石如命，与石共死生。作为一位近代作家的探索，翻译可谓精心。一个重要的贡献，就是一改原文的一事一段，而将其按照西方文学的排列方式，用段落调节叙事速度，使其放缓、过细，对话单列，适当增加解释性语句，以突出话语衔接关系。这看似平常的变动，却大大拉近了原文与近代读者的关系。

　　老叟は靜かに石を撫でゝ、『我家の石が久く行方知ずに居たが先づハ此處にあつたので安堵しました、それでは戴いて歸ることに致しましよう。』
　　雲飛は驚いて『飛んだことを言はるゝ、これは拙者永年祕藏して居るので、生命にかけて大事にして居るのです』
　　老叟は笑つて『さう言はるゝには何か證據でも有のかね、貴君の物といふ歷とした證據が有るなら承はり度いものですなア』
　　雲飛は返事に困つて居ると老叟の曰く『拙者は故から此石とは馴染なので、この石の事なら詳細く知て居るのじや、抑も此石には九十二の竅がある、其中の巨な孔の中には

　　　　いつ　　だう　　　　　　あなた
　　　五 の 堂 宇がある、貴 君は之れを知つて居らるゝか』①

　　叟抚石曰："此吴家故物，失去已久，今固在此耶。既见之，请即赐还。"邢窘甚，遂与争作石主。
　　叟笑曰："既汝家物，有何验证？"
　　邢不能答。叟曰："仆则故识之。前后九十二窍，巨孔中玉字云：'清虚天石供。'"

　　这种分段法，为以后的《聊斋志异》翻译所沿袭。译文几乎为所有的汉字标注了假名，也是切实为汉字水平急剧下滑状态下的一般读者着想，用心良苦，也为后来的译者提供了借鉴。像"夜有小偷入室"一句中的"小偷"这样的俗语词，国木田独步原字照录，而上注"こぬすびと"，希望既保留汉字韵味，又不至难为读者，这样的方法，也为后来的柴田天马所沿用。此句青本作"小偷"，或国木田独步正是据青本译出。
　　象征派诗人蒲原有明所译不多，处理也不如独步之译细腻。②原文中的诗篇，都仅仅原字录出而不加训读，这样的处理方式，即使当时那些汉学修养尚可的学人也很难充分读懂，对汉字逐渐疏远的一般年轻人恐怕就更加半通半不通了。
　　唯美派诗人木下杢太郎（1885—1945）曾将《酒友》、《促织》、《种梨》等译出，和《新齐谐》等一起收入他的《支那传说集》③，纳入《世界少年名作集》丛书，他还曾编译有《和译聊斋志异》。在《支那奇谈集》序中，他明言自己对中国传说的兴趣，是受到西方学者的启发，在中国特别是南方的旅行，对各地及其地方民俗有了更细腻的理解，由此对中国传说更有兴趣。
　　国木田独步、蒲原有明等的译作均先发表于报刊，迎合读者的口味，原文的选择有明显的猎奇倾向。然而，以上这些译作的最大意义，是《聊斋志

---

① 〔日〕国木田獨步『支那奇談集』、近事画報社 1906 年版、第 19—20 頁。
② 原載『新古文林』第一卷第一號、第五號，後收入松村緑『蒲原有明論考』、明治書院 1965 年版。
③ 〔日〕木下杢太郎『支那伝説集』、精華書院 1921 年版。

异》走向了现代日语读者。如果说在江户时代《聊斋志异》还是三五位读本作者手中的密宝，那么到了明治大正时代，《聊斋志异》便已经开始了走进广大近代读者群的旅程。推动它开步上路的，先是承接江户读本传统的汉学者撰写的汉文小说，继而则是接受了西方学术影响将戏曲小说纳入视野的文学史研究者，最后，近代作家也加入了这一行列。尽管他们与《聊斋志异》的接触显得匆忙和草率，对蒲松龄的一面之交也过于浮泛和短暂，将《聊斋志异》等当做"奇谈"、"传说"也打着那一时代文学观念的印记，但他们的种种尝试成为后人进一步前行的基础。正像石川鸿斋等人对《聊斋志异》的接受，离不开他们以前阅读《搜神记》、《游仙窟》和《剪灯新话》的体验一样，后来佐藤春夫、芥川龙之介对《聊斋志异》的兴趣，柴田天马等人的翻译，也都应该说是国木田独步等人跋涉的继续。

翻译过程也在改变着翻译者本人的观念。木下杢太郎曾说，读了中国的那些小说，就懂得原来以为是日本固有的东西，可能正是从中国传来的，由此感到"作为常识，知道见于《新齐谐》的中国传说也是必要的"，深感对日本、中国、印度的传说应该从头开始研究，同时，对本人原本讨厌的鸟兽虫鱼，在观念上增添了"特别的兴味"，开始抱有了特殊的感情①。这种感情变化，正是生在乡村、熟悉大自然的蒲松龄在《聊斋志异》中写下的那些关于动植物的短小篇章，对一位异域作家的馈赠。

在明治大正期间，《聊斋志异》与日本文化虽然只有"浅接触"，却也是《聊斋志异》接受史不可因忽略而随意翻过的一页。

第三节 《聊斋志异》日译本的随俗与导俗

自上世纪以来，《聊斋志异》（以下简称《聊斋》）在日本被多次重译，选译本、全译改写本、编译本一应俱全。

日本翻译家（小说家、中国文学研究家）考量当时新闻界、出版界的运作方式以及读者的阅读倾向等要素来决定自己的翻译策略，并具体感知译作在社会上传播与接受的效果。《聊斋》译本一旦进入图书市场，就自然被纳

---

① 〔日〕木下杢太郎『支那伝説集』、精華書院 1921 年版、第 15 頁。

入日本文学评价体系，并成为日本文学史的考察对象。20世纪前期大众文化崛起，《聊斋》翻译卷进大众文学的潮流，被贴上民俗文学、儿童文学、通俗文学的标签之后呈现在读者面前，译者顺应大众语言和阅读习惯，对原作作了"随俗"的处理，这就形成了译本"随俗"的特征。

同时，这样一部古典名著的翻译，又必须立足于充分研究的基础上才能胜任，译者沉潜于原作的词令之妙，对原作的欣赏和尊重又很容易激发起传达原作精神内涵和古雅风格的冲动，译者不以译语平易为最终目标，不愿以俗乱雅，让读者将译品当做快餐读物一读了事，于是便希望简短的译本序跋、解说和封面广告语能担当起读者阅读导航仪的功用，这样便有了译者所进行的"导俗"工作。

"随俗"特别体现在出版商在对市场营销预测基础上对译作的期待，而"导俗"更多是出于译者的社会责任感和个人喜好。译者不断在雅俗之间探寻着平衡点，向往着随俗与导俗的最佳状态。

20世纪以来出现的《聊斋》最重要译本有田中贡太郎译本①，柴田天马（1872—1963）译本《完译聊斋志异》②，增田涉译本③，增田涉、松枝茂夫、常石茂、吉田敦、稻田孝合译本④，上田学而译本⑤，立间祥介（1928—）编译本⑥，中野美代子选译本⑦，志村有弘选译本⑧，浅井喜久雄选译本⑨，竹田晃、黑田真美子合译本⑩等。另外，还有各种选集收入了《聊斋》译文，如竹田晃《中国幻想小说杰作集》等，数目较多，不遑详列。艺术家根据译本进行的各类艺术形式的再创作也数量可观，如已故著名画家高山辰雄

---

① 〔日〕『支那文學大観』第十二卷『《聊斋志異》』、支那文學大觀刊行會1926年版。『蒲松齡聊斋志異』、明德出版社1997年版。
② 〔日〕『完訳聊斋志異』、角川文庫版1955年。
③ 〔日〕『聊斋志異——中國一千零一夜物語』、角川文庫1951年版。
④ 〔日〕『聊斋志異』上下兩卷、中國古典文學大系40、41、平凡社1970年、1971年版。奇書系列1973年。据"三会"本译出。
⑤ 〔日〕『聊斋志異』上下兩卷、新人物往來社1970年版。
⑥ 〔日〕『聊斋志異』、岩波文庫1997年版。
⑦ 〔日〕『聊斋志異』、バベルの図書10、圖書刊行会1989年版。
⑧ 〔日〕『聊斋志異の怪』、角川書店2004年版。
⑨ 〔日〕『怪と異と奇』、文藝社2004年版。
⑩ 〔日〕『聊斋志異』、中國古典小說選第9、10卷，明治書院2009年版。第9卷為竹内晃譯、第10卷由兩人合譯。

（1912—2007）的《聊斋志异》等①，当另作探讨。

百年间日本的《聊斋》各种重译本，远远超过《红楼梦》，原因不能一语说尽，日本人对短作的喜爱可谓其中一条。诚如很多比较文学专家所指出的那样，日本的古典文学多为短篇，即便长篇也像是诸多短篇的缀合，喜短而厌长的阅读习惯，使《聊斋》这一文言短篇小说之王较之长篇巨制更容易插上一般读者的书架。除了原作内容的平民化和谐趣性之外，各位译者译语应时而变、文体因刊所需的翻译策略，应该说也是赢得读者青睐的妙诀。

本文不以逐一评介这些译者和译本为重点，而是将焦点放在这些译作与20世纪日本文学思潮和日本文学传统的关系上，探讨这些译本在随俗与导俗两者之间平衡的特色。

图120　柴田天马像

一　文体和语言：原文与公众口味的平衡点

日本最早的《聊斋》译本是1887年东京明进堂出版的神田卫民的《艳情异史》，这个本子今已很少见到。明治大正以后有关译作不断见诸报刊。由于原作有长有短，便于选择，故事奇特，宜于在报刊发表，所以《聊斋》的广泛传播能够得益于报刊发行。日本人好读报由来已久，都市中每个家庭几乎至少会订阅一种报纸。两次世界大战期间，是大众小说的鼎盛期②。形同大众小说的《聊斋》译文，被连载在日报与大众性月刊杂志上。报刊读者面广，读者群体大，使得《聊斋》之名深入各个阶层。同时，报刊追求的是发行量，报刊的文字运作方式也对译作的文体、文风不无制约，如时效性、可

---

① 〔日〕『聊斎志異』、溪水社1978年版。『聊斎志異』（限定850部）、光藝出版1978年版。
② 加藤周一『日本文學史序說』、筑摩書房1980年版、第469頁。

读性、作者知名度等。通过报刊，《聊斋》自然进入大众文学的领地，这就使它产生出一部与在中国不同的接受史。

日本明治时代后期的“言文一致运动”以后，用现代日常口语写作成为文化界的共识，研究中国文学的学者也不断探索用口语而不是用文语（古代日语）介绍中国古典文学名著的方法。日本《聊斋》译本最鲜明的特点，就是文体与文风紧随当时文学的发展，与近代日本文学相伴而行。它们几乎全都用当时的语言形式来译，而无一选择用与《聊斋》成书年代相应的江户时代的语言去体现原作古雅的风格，重现原作的年代形式。译本面向当下日本读者，这不仅是因为译者看重原作与传说的关系，而且还由于他们明确将预期读者设定为日渐疏远传统汉学、对中国古典文化不甚了了的一般市民。正因为如此，百年《聊斋》翻译史也就见证了百年日语变迁史，特别是折射出其中汉语词汇衰微和锐减的足迹。

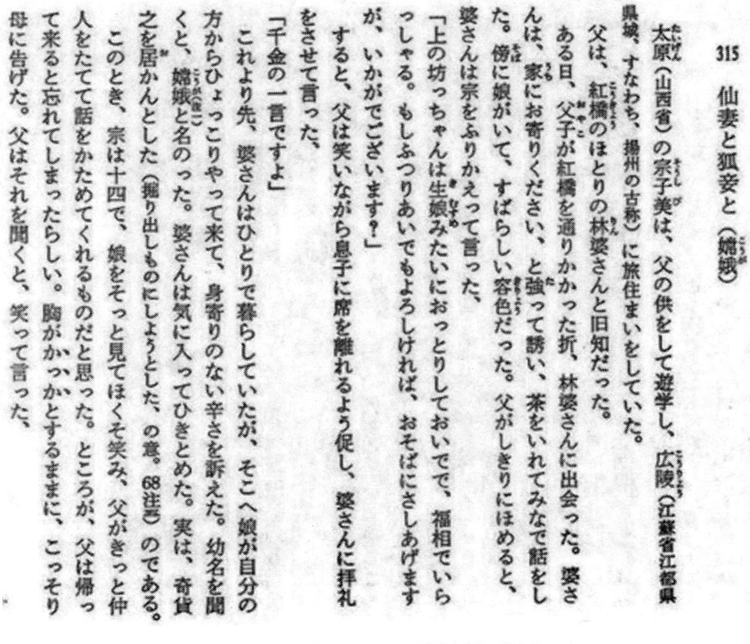

315 仙妻と狐妾と（嫦娥）

太原（山西省）の宗子美は、父の供をして遊学し、広陵（江蘇省江都県県城、すなわち、揚州の古称）に旅住まいをしていた。父は、紅橋のほとりの林婆さんと旧知だった。

ある日、父子が紅橋を通りかかった折、林婆さんに出会った。婆さんは、家にお寄りください、と強って誘い、茶をいれてみなで話をした。傍に娘がいて、すばらしい容色だった。父がしきりにほめると、婆さんは宗をふりかえって言った、

「上の坊っちゃんは生娘みたいにおっとりしておいでで、福相でいらっしゃる。もしふつりあいでもよろしければ、おそばにさしあげますが、いかがでございます？」

すると、父は笑いながら息子に席を離れるよう促し、婆さんに拝礼をさせて言った、

「千金の一言ですよ」

これより先、婆さんはひとりで暮らしていたが、そこへ娘が自分の方からひょっこりやって来て、身寄りのない辛さを訴えた。幼名を聞くと、嫦娥と名のった。婆さんは気に入ってひきとめた。実は、奇貨之を居かんとした（掘り出しものにしようとした、の意。68注二）のである。

このとき、宗は十四で、娘をそっと見てほくそ笑み、父がきっと仲人をたてて話をかためてくれるものだと思った。ところが、父は帰って来ると忘れてしまったらしい。胸がかっかとするままに、こっそり母に告げた。父はそれを聞くと、笑って言った、

图 121 柴田天马《嫦娥》译文

20 世纪前期，中学和大学的文学课程中汉文学还占有一定比重，日语中

保留着汉语词汇还不少,一般"社会人"以及文人还具有不同程度的汉学修养。这一时期的《聊斋》译文,对汉语采用保留原有汉字词汇而加上训读方式的情况还比较普遍。最早出版的全译本即柴田天马译本,典型代表了当时的文体和文风。

柴田天马是一位新闻记者出身的中国文学研究者。1919年在我国长春因病住院,由此接触到《聊斋》,开始了翻译工作,译文连载于东北的日文报纸。1951年至1952年他的全译本《聊斋》问世,并因此于1953年荣获每日出版文化奖。其译本以假名注音的传统方式,赢得许多著名作家、学者的好评,诗人、小说家井伏鳟二(1898—1993)曾撰文推许,作家司马辽太郎(1923—1996)在早期随笔中也自称是柴田译本的粉丝。

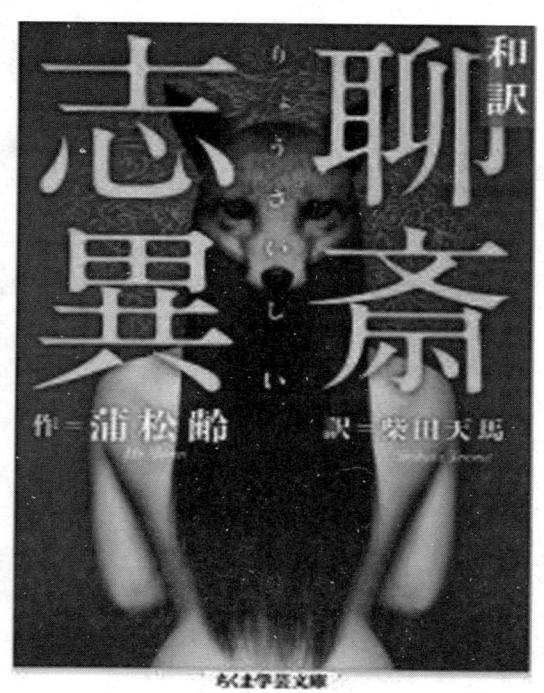

图122 柴田天马译本《聊斋志异》

由于汉语词汇的保留,柴田的译文显得雅致而生动,如《念秧》中描写狐变化的少年与仆人缱绻的一节:

しばらくすると少年は転側（ねがえり）をして、下体（からだ）を僕（しもべ）に睚就（つけ）たので、僕（しもべ）が、移身避（よける）と、少年は又近就（ちかよ）った。滑膩如脂（なめらか）な膚着股際（はだざわり）に僕（しもべ）は心を動かされて与狎（まじわ）って試（み）た。少年は慇懃甚至（こってり）ともてなすのであった。①

少年故作转侧，以下体昵就仆。仆移身避之，少年又就近之。肤着股间，滑腻如脂。仆心动，试与狎，而少年殷勤甚至。②

尽管译文中汉文词语保留很多，像"肤着股间"、"滑腻如脂"、"殷勤甚至"这样的短语甚至一字不改，但从整体来说，当时的读者读起来并不算很困难。这样的译文至今还得到具有一定汉学修养的读者的喜爱，译本也一版再版③。

评介日本《聊斋》译本的文章有时会漏掉田中贡太郎（1880—1941）的翻译，或许是因为他的作品更多被划入编译的范畴，其实翻译仍是核心部分，而且正是他的译作大大提高了《聊斋》的知名度。由于田中一手研究中国志怪传奇，一手研究日本怪谈，二者相辅相成，他的译文就特别吸引了一批对日本怪谈抱有兴趣的读者。以小说家、随笔家、大众文学家著称的田中堪称是将《聊斋》翻译大众文学化的作家。1909年后他开始在《中央公论》的《说苑》栏里刊载情话和怪谈，《聊斋》的译文收入《支那怪谈集》等。

田中喜欢中国的《红楼梦》《剪灯新话》和《聊斋》，特别是后两部书，

---

① 柴田天馬訳『完訳聊齋志異』、角川書店1965—1970年版。
② 张友鹤辑校：《聊斋志异》（会校会注会评本），上海古籍出版社1978年版，第568页。
③ 柴田版譯本有『聊斎志異』（玄文社，1919）、『聊斎志異』（第一書房，1926）、『聊斎志異』1（第一書房，1933）、『聊斎志異』第1—10卷（創元社，1951-1952），角川文庫全8卷（1955），改版全4卷（1969）。『よみやすい聊斎志異抄』（中央文藝社，1933），『彩色豪華版 定本聊斎志異』全六卷（修道社，1967），『ザ・聊斎志異』（第三書館，1967），『和譯聊斎志異』（玄文社），『愛藏版ザ・聊斎志異』全譯一冊（第三書館，2004）。

更是爱不释手，编译过其中多篇作品。他一生热衷于中日传奇志怪的编译和改写，创作和再创作的这类作品多达五百余篇。田中贡太郎虽然已经去世了半个多世纪，但他的作品，特别是他编译改写的那些志怪传奇小说，仍然享有大批读者。从20世纪末刊行的情况来看，日本读者依然怀念这位将中国幻象带入日本大众文学的"反骨文士"。

与柴田译文多保留汉语词汇不同，田中的译文口语化程度很高。他采用放慢叙述速度、改变对话叙述方式、适度删节难解的内容等方式，让译文更加亲近即时的读者。他留意在译文中发挥日语长于描绘细节的特长，以弥补原文信息的流失，增强文字的日本韵味；另一方面，在保留原有篇名、尽量不加添与原文不沾边的议论和情节方面，又体现了对原作的尊重。他的译本至今拥有大量读者绝非偶然。

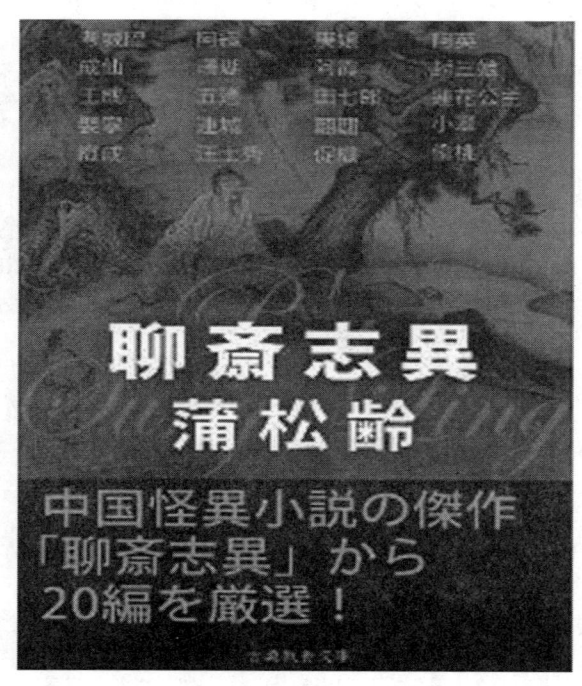

图123　田中贡太郎译《聊斋志异》

试读下面《珊瑚》中有关二成婆媳关系的一段描写，原文是："二成妻臧姑骄悍戾沓，尤倍于母。母或怒以声，则臧姑怒以声。二成又懦，不敢为左右袒，于是母威顿减，莫敢撄，反望色笑而承迎之，犹不能得臧姑欢。"原文颇能体现蒲松龄俗雅兼得、精粗适宜的叙事技巧，把家务事、日常情也写得如诗如赋，而田中的译文则相当口语化：

> その二成の細君は臧という家の女であったが、気ままで心のねじけたことは姑にわをかけていた。で、姑がもし頬をふくらまして怒ったふうを見せると、臧は大声で怒鳴った。それに二成はおくびょうで、どっちにもつかずにおずおずしていたから、母の威光はとんとなくなって、臧にさからわないばかりか、かえってその顔色を見て強いて笑顔をして機嫌をとるようになった、しかし、それでもなお臧の機嫌をとることができなかった。①

田中对叙事方式的改变，还特别体现在对话的精心处理上。日本人日常生活中的对话，男女异调，尊卑异词，最注重不同关系使用不同的语气和表述方式，也更看重在对话中揣摩人情物态，测度人物间复杂的关系变化。中国古代小说对一般对话往往略而不书，只对那些最能体现人物个性的警句式的对话才作声口毕肖的描述。《聊斋》更是如此，往往对对话的描摹极具选择性，过渡性对话多略述或转述。田中译文往往将对话具体化，以增强临场感和声调的可感性。如《胡氏》中看似并非紧要的客人与主人争吵的描写，原文只有十二字："客闻之怒，主人亦怒，相侵益亟"，而田中设计为两人的对话，并分行排列：

客は怒った。	客人发火了
「それは無礼です」	"真是太无礼了！"
主人も怒った。	主人也发火了：
「何が無礼だ」	"怎么无礼了！"
「けしからんことをおっしゃる」	"说的什么屁话！"

---

① 〔日〕田中貢太郎『支那文學大観』第十二卷『聊斎志異』、支那文學大觀刊行會 1926 年版。後收入『聊齋志異』、明徳出版社 1997 年版。現錄入《青空文庫》。

「何がけしからん」	"你说那是屁话？"
「けしからんです」	"就是屁话！"
二人は猛りたった。①	两个人越闹越凶。

原文一节，译文数行的情况屡见不鲜。中国古代典籍较少分段，《聊斋》原文多有一人一事一段的，以往的中国人习惯了这样的阅读。与原文相比，译本段落多至数倍。说来从明治时代的译文开始，译者便开始对文章细加分解。特别是上世纪四五十年代以来，短文主义盛行，译者对原文的处理拆分打散更为定例。日本学者外山滋比古谈到日语特性时说："战后，好懂的文章就算是好文章，短文章就好，就是好文章。……人们开始认为段落也越短越好。据说本来报刊小说空白越多，读者也就越多，也就是分行越多，就给人以越好读的印象。或许日语是喜欢分行的语言。""虽然这样的表达方式未必就好懂，但从受到读者欢迎来看，我们还是可以认为冗长的段落（paragraph）很讨人嫌。于是，段落感觉不发达，也就理所当然了吗？"② 分行分段过勤，大的层次关系反而不明朗，这正是"段落感觉不发达"的表现。这一段话，很有助于理解田中等人的译文对人物对话和行文段落的处理何以会如此细腻乃至细碎。

短篇小说的篇名犹如商铺的招牌和门牌，特别是在作者知名度不足以招来阅读欲或读者持续阅读时间短暂的情况下，篇名是否具有充分号召力就显得更为当紧。近代报刊文章不吝惜在找到好题目、标题上费时间，而文艺类文字的篇名不但要简洁、新颖，有时还需要时尚、尖新、惊人，一看就懂的亲和力更不可少。短篇小说翻译对篇名的锤炼不逊于报刊标题。《聊斋》不少以人名名篇，这乃是与史传文学血缘关系的遗迹，对现代日本读者来说，陌生感是不言而喻的。增田涉等人的全译本、立间祥介译本都在篇名翻译上立足于新与奇：

《聊斋》	増田本	立间本

---

① 〔日〕田中贡太郎『支那怪談全集』、桃源社 1970 年版。『中国の怪談』（二）、河出書房新社 1987 年版。現録入《青空文庫》。
② 〔日〕外山滋比古『日本語の個性』、中央公論社 1995 年版、第 21-22 頁。

考城隍	城隍神試験	冥間登用試験
马介甫	当代切っての女上位	悍　婦
恒　娘	良人に愛させる法	夫操縦術
席方平	暗黒地獄に挑む	冥土の冤罪訴訟
封三娘	情魔の劫	狐の仲人
小　翠	人間改造	玉帝の娘
嫦　娥	仙妻と狐妾と	月官の人
石清虚	石を愛する男	雲の涌く石

　　立间本将《考城隍》译成《阴间选官考》，把《恒娘》译成《操纵老公之术》，把《封三娘》译作《狐媒人》等，可谓颇有时尚感，如同外国电影的配音。立间本未选而增田本中所有的篇目中，篇名也不乏幽默感和新颖性。如将《考弊司》译作《虚肚鬼王》，将《谕鬼》译作《幽鬼禁止令》，将《鬼作筵》译作《冥土料理》等，都可谓别出心裁。

　　篇名的生动固然可以收到抓来读者的功效，从另一方面讲，它又表现为译者操纵翻译这一文化交流行为的主动性。如将《考弊司》译成《虚肚鬼王》，虚肚（kyoto, kyohara），肚里空空之谓也，这一词语不见于《日本国语大词典》、《现代汉语例解辞典》等日本常用词典，亦不见于《汉语大词典》等中文词典，或是译者的妙手偶得，较好地转达和概括了原文的内容。

　　除非译者本人搁笔，报刊读者的好恶变化往往决定连载小说的延续时段，因而译者不能不随时揣摩读者心理。不过，田中贡太郎等译者并没有因此而迎合低俗趣味。一般来说，日本作家对细节描写是敏感而不肯放过的，而《五通》中有两段五通神强暴阎氏的细节描写，都被田中贡太郎删节未译①，这或许是他考虑到读者中有未成年人而对原文进行的操控。这样跳过原文的翻译，表明译者与那些媚俗的色情作家本来就不是一路人。

---

①〔日〕田中贡太郎『支那文学大観』第十二巻『聊斎志異』、支那文学大観刊行会 1926 年版。『聊斎志異』、明德出版社 1997 年版。青空文庫網入。

二 序跋与评价：导俗的价值定位

顺应口语的发展，尊重当时日语惯用表达形式，尽量适应报刊读者的阅读欣赏习惯，这正是《聊斋》译本随俗的一面。这恰如盾之正面。在其背面，则是对文学主流某种意义上的拒逆。明治大正期间，日本外国文学研究的主潮是西方文学，对《聊斋》的关注则属于部分学者怀古趣味与所谓"支那趣味"的投射，应该属于与自然主义主潮疏离的边缘地带，是少数浪漫主义作家的一时偏爱。日本战后各种思潮此起彼伏，致力于《聊斋》翻译的增田涉、松枝茂夫等都曾是早年首批关注中国现代文学研究的"中国文学研究会"的成员，他们对社会的批判始终与主流意识形态有隔，《聊斋》的翻译也与知识界的文化热点无缘。然而，正是在这样的氛围下，译者一边品尝着两种语言、两种文化转换的艰辛，一边步步踏进原作"无心"的境界。常石茂在平凡社版《聊斋》全译本的跋当中，道出了翻译时的心境：

> 在唯有苦痛的翻译工作里面，本书的翻译却是相当愉快的。因为书中出场的，在究极上几乎都是无心的。围棋上有"无心一石"的说法，棒球上也有"无心一投"的说法，这就是无心。
>
> ……
>
> 在这本书里，浪子就是浪子，悍妇就是悍妇，幽鬼就是幽鬼，妖异就是妖异，原原本本写出自身无奈、倒霉性子的命运轨迹。①

在日语中，"无心"具有天真、一心一意、热衷等含义。这种"无心"，就是排除凡夫的一切妄念，本身就是游离于极端追求物质利益的功利主义社会风潮之外，是反俗的一种方式。"无心"既是译者对原作精神的体会，也是译者追求的翻译状态。

短篇小说译者在译文层面对原文的操控，落实在足以引导读者的文字感染力上，而译文之外的序跋、评价等，则是以概括力给读者对原作的整体认识施予影响，甚至书籍的装帧设计，也是引导读者登堂入室的手段。译者通

---

① 〔日〕增田涉、松枝茂夫、常石茂譯『聊齋志異』（下）、平凡社1994年版、第594頁。

过撰写序跋、译文以外的批评形式，来确立作品在日本文学中的地位和价值，以期将足够的信息传达给预期读者。

《聊斋》勾画的是神鬼狐妖的艺术世界，在畸形竞争的资本主义社会，让人从现实中逃逸而遁入虚境，而百年来的日本翻译者却竭力用民俗性、人民性和人间性等作为《聊斋》融入日本文化潮流的"许可证"，并通过对《聊斋》与日本文学亲缘性的揭示，引导读者确认它的现代认知价值，这在一定程度上纠正了明治以来从偏狭的猎奇趣味和所谓支那趣味来把握《聊斋》的倾向。

（一）民俗性

明治年间柳田国男、南方雄楠等民俗学者在法国文化人类学派的影响下，致力于日本民俗调查和研究，对口承文艺、民间传说与民俗的关系多有新见，并将民俗研究与所谓国民思想与"国民性"挂起钩来①。到过中国的作家木下杢太郎谈到自己对《聊斋》的兴趣，正出于对中国传说的兴趣，1938年田中贡太郎也专门写过一篇独幕剧对话体的《凉亭》②，表现蒲松龄在路边凉亭手持纸笔记录过往行人讲述的民间传说，还特意设计了一段李希梅与蒲松龄就传说的文学价值与人生价值观的对话：

> 李希梅：讲的尽是些不知从哪儿来的浮浪人，以后还是躲着这样的人好。这不是犯傻吗？（像拽掉似的把书笈搁到一边，神情凝重地）尽说这些，像先生有这么好学问和文章的人，就做这等事情了此一生，不可惜吗？要到京城去的话，用先生的地方，不是要多少有多少吗？
>
> 蒲留仙：不。你说的意思我很明白。我年轻的时候，也曾想靠儒学立身，想来想去，做大官，做大儒，扬名一时，不知道是不是真于心。你们一看我这样搜集牛鬼蛇神故事，或者是想我是入了魔吧。不过，举个例子来说吧，在这个有黑夜有白天的世界里，学者什么的，都是些只在白天这个单调世界里混迹一生，而不晓得淑奇恍惚的黑夜世界的人啰。
>
> 李希梅：是啊。

---

① 〔日〕柳田国男『柳田国男「口承文藝史考」』、「昔話と文学」、「昔話覺書」、載『定本柳田国男集』第六卷、筑摩書房1974年版、第508頁。

② 〔日〕田中貢太郎『支那文学観』第12卷、支那文学大観刊行会1926年版、第1—14頁。

蒲留仙：我平生要是娶了个狐妻，和鬼交上了朋友，世界将变得多么深邃。

李希梅：啊？

蒲留仙：我觉得，这些就是作为文学也是有意义的，但是，这毕竟是我一家的意思，决不强加于人（像是想起了什么）。今天，我该回家了。叶生讲的《搜神记》里向有法术的人讨瓜吃的故事，我编成了《种梨》这篇故事，回头你们看看吧。①

这里的"白天黑夜"之喻，就是强调文学不仅要面对现实世界，而且应当关注人的灵魂世界，而幻想正是属于后者。田中以《凉亭》来作为《新怪谈集·物语篇》的序言，强调了《聊斋》译文与民间文学的亲缘关系，他以视听形象鲜明的戏剧形式来取代学术性强的序跋，也是觉得比起枯燥的作家作品介绍，更能贴近小说读者的兴趣吧。

（二）人民性

第二次世界大战以后的一个时期，日本社会一部分知识分子中间出现了文化反省思潮，以人民性、先进性的政治标准作为第一刚性尺度的人民文学批评模式也为一些中国文学研究者所部分接受。承担《聊斋》翻译的增田涉等学者开始从作品的社会内容来论述蒲松龄人生与作品的关系。在增田涉、松枝茂夫、常石茂译本（以下简称增田本）的《译者跋》中，引用了增田涉的话："蒲松龄是多次赶考却未及第的落第秀才"，"由于置于不遇之境，便将其不遇看成社会性的东西，由此出发，能够直视其他社会上的弱者受压迫的现实，激发起对被压迫者的同情，对压迫者产生了愤怒。虽说是'孤愤'，他没有从此开始再向前迈进，只有在与狐、幽鬼的世界相结合的地方，才有这位落第秀才的活法。"又引目加田诚的话，认为蒲松龄的"孤愤"是出自自己不能进入官僚机构的不平不满。那种不平不满郁积于内心，而将泄水口朝向幽灵世界。他们将蒲松龄未能站到人民群众一边反抗压迫投入革命作为《聊斋》的历史局限性，该译本初版于1973年，实承五六十年代人民文学批评之余波。相比于当时另一些更为激烈的中国文

---

① 〔日〕田中貢太郎『支那文学観』第12卷、支那文学大観刊行会1926年版、第13—14頁。

学研究者,增田涉、目加田诚的观点尚属温和稳健的。这些评论意在劝说读者关注《聊斋》的社会内容。日本不曾有过清代那样的科举制度,相关篇目也很少翻译,这些关于《聊斋》社会内容的分析,目标是提升读者对这类作品的阅读兴致。

(三) 人间性

经历了激荡的 60 年代,70 年代的日本进入平稳的经济发展阶段,对人本身的关注日渐凸显,"人间学"成为学术界和文学界的流行语。"人间"就是汉语中"人"的意思,不过"人间"一词正说明日本人习惯于从人与人之间的关系来把握人的本质。《聊斋》借异境写人境、以狐妖鉴人心的魅力成为向大众推荐此书的闪光点。岩波书店出版的立间祥介译本将预期读者指定为战后出生的非专业读书人,其上册封面上印有:"中国清初作家蒲松龄从民间传承取材,以驱使丰富的空想力和古代典籍的教养的巧妙构成,交错起怪异世界与人间的世界,是出色表现了凌驾写实小说的'人间性'的中国怪异小说的杰作。"下册封面则印有:"一经笔者之手,现实中不会发生的故事,一读就放射出如在目前的光彩。尽管作者享有俊才的声誉,却在世俗中度过不遇的一生,他一定是了不起的'人间通'。"这里所说的"人间世界"、"人间性"、"人间通",就是"人世界"、"人性"、"人通"的意思,这是对以往翻译中的偏狭的猎奇趣味更深入的纠正,将读者的注意力引向对《聊斋》惊奇的想象力和洞察力的理解,引向对《聊斋》与现代人生存启迪的思考。

与明治时代以来将《聊斋》归入所谓"怪谈"、"传说"等不同,上世纪 50 年代以后的学者更多从文学特性出发来考虑《聊斋》的世界文学定位,将它视为"幻想文学"(The Fantastic)。根据 Todorov Tzvetande 的用法,所谓幻想文学是指情节(Plot)里出现的事情读者很难解释是源出自然物呢,还是超自然物呢。竹田晃所著《中国幻想小说杰作集》收录的《聊斋》15 篇,占全书很大篇幅,在跋里说:"不论怎么说,名副其实的'幻想小说'、展示高完成度的作品,正是清初蒲松龄的《聊斋》。在此之前,中国看成幻想小说小说、怪异小说杰作的作品,也有数种,但在具有强烈浪漫主义与幻想这一点上,则无出《聊斋志异》之右者,人的纯粹无瑕的'痴心'与可爱的妖怪之间斑斓的浪漫世界,赢得了被称为'聊斋癖'的狂热粉丝。"译者使用富有时尚感、现代感的语言来对作品加以评论,意在争取青年读者,拉近《聊斋》与现代生活的关系。

　　日本一般文学青年对西方文学的熟悉度远超中国文学，因而《聊斋》的译者也时有喜欢套用西方话语诠释《聊斋》者。稻田孝在《聊斋志异——玩世与怪谈的西洋镜》中谈道："蒲松龄不仅依据来自古书、传说里面的材料，而且把接收天线朝向他生活的那个社会的各个角落。自己接收器中的故事，对我们具有何等意义呢，在诉求着什么呢。蒲松龄一个一个确实地阐释、把握，在这一点上，用现代说法的话，他具有擅长收集信息的记者的眼光，或者就像是法国的伦理学家（Moralist）——虽然表达的文体很不一样，但对自己周围的姿态，使人想起那些对人性与社会生态、习惯、状况的卓越观察者、或者批评家。"这样的表述，意在冲淡原作的历史感和闭锁意识，引领读者去领略《聊斋》里与步入国际化时代的现代人共鸣的部分。从世纪初的"支那趣味"到世纪末的"国际化解读"，可以说是日本《聊斋》几代译者跟踪日本文化的世纪之变的标志语。

图124　唯美的《聊斋志异·瑞云》插图　　图125　立间祥介译《聊斋志异》

12卷本《中国古典小说选》丛书中竹田晃、黑田真美子所译的《聊斋志异》是最新的选译本。竹田晃所著《中国小说的形成》、《中国小说史》对志怪传奇小说的描述超过白话小说。在两书中他都指出，《聊斋》尽管多涉怪异，但是即便是取材于既有的故事，也经作者之手，增强了时代色彩和社会性，成为作者独自完成度很高的作品。它是具有浓烈浪漫主义的世界，展现出作者深入"从自身体验中产生的对科举制度的批判、对中国旧式家庭存在种种矛盾的讽刺，劝善惩恶价值观等，社会、人生问题的姿态"，强调《聊斋》"在虚构之中展现浪漫世界，而且具有强烈诉诸人心的现实性这一点上，赢得怪异文学之极致、文言小说之精粹的评价，享有广大狂热的爱读者"①。

（四）与日本文学的亲缘性

各种译本的序跋反复强调的还有《聊斋》等中国志怪传奇小说对日本文学的影响。早期译本如木下杢太郎《支那传说集》序便突出强调了《今昔物语集》等日本物语文学接受的中国传说的影响。田中贡太郎在《〈黑影集〉序词》，就格外突出中国志怪传奇对日本文学的影响：

　　我写东西，有趣的构思出不来，情节编排不好的时候，就去读六朝小说。那就是晋唐小说六十种，是一部搜集了当时的短篇小说六十种丛书。里面有历史故事，有怪谈，有奇谈，都各有其趣。

　　总之，六朝小说是支那文学的源泉，它演为小说、戏曲、诗歌，它演为《搜神记》、《剪灯新话》、《西湖佳话》、《聊斋志异》这些怪谈小说，今天仍在讲述着。②

他如数家珍列举这些作品对日本上田秋成等作家的影响。2006年明治书院推出《中国古典小说选》全12卷，《周刊读书人》上发表的译者竹田晃等的对谈，以《日本怪谈故事的原典》为题，历数从六朝志怪、唐明传奇直到《聊斋》与日本文学的因缘，特别指出在既无网络又无传真的时代，蒲松龄

---

① 〔日〕竹田晃『中國小說史入門』、岩波書店2002年版、第178頁。『中國における小說の成立』、放送大学教育振興会1999年版、第445頁。内容大体相同。

② 〔日〕田中貢太郎『黑影集』、新生社1921年版、第1頁。

以各种途径搜集了庞大的资料，"他是中国的精英，是屈指可数的大知识分子，其读书量、知识量已经相当丰富"，"具有了不起的知识量"①。《中国小说的成立》、《中国小说史》都是为大众撰写的书，这些要点式的描述，对读者阅读《聊斋》的译本具有引导作用。

加藤周一说："若想理解现状，就有必要理解文化传统。文化传统不仅是知性的逻辑，还包括感情、进而感觉方面的心理。怎样才能理解文化传统呢？为此最有力的手段之一。就是日本文学史分析。这样政治经济现实的世界与文学艺术世界的接点，就显现于其中，不能不显现于其中。"② 日本《聊斋》的百年翻译史，与日本文学的百年发展史有着不解之缘，乘大众文学之风而起，射公众阅读之的而作，同时，翻译者又不断用序跋、评论等来引导读者，从单纯的猎奇好怪，到逐步理解原作的精神。先前的译本培养出后来的译者，这后来的译者又通过新的译本培养出新的读者，20世纪出现这么多《聊斋》的重译本，使得《聊斋》成为继"四大奇书"之后最受欢迎的中国古典小说，谱写了中日文学交流的新篇章。尽管现存的译本还存在很多问题，改善空间依然甚大，在引导读者方面更有很多事情可做，但他们在追随《聊斋》研究前沿的同时，紧跟现代日语的发展、顺应公众阅读习惯的努力确实没有白费。他们对原文的处理方法对我国的《聊斋》今译也不无启发，比如对冗长的叙述适当分段，转变叙述方式等等，思路先开，取长舍短，因文变体，《聊斋》今译也会出现更多读者喜爱的上品。

《聊斋》是一个多面体，其中至少有两面让人一读不忘。它的肌体中流淌着民间底层的血液，容色中呈露出质朴、天真和对宇宙间万事万物的好奇与喜爱，无庙堂气，无矜骄气，这是它的"俗根"；另一方面，它又散发着文人情致、文人气质和文言的精约传神，具有鲜明的文人小说特征，堪与绘画中的文人画为伍，这是它的"雅魂"。以往的日本翻译总体上更加倾向于呈现前者。随着《聊斋》研究的深入，译者在更大的空间施展自己的才华，读者也就有可能读到更加多样的《聊斋》译本。

---

① 福原義春、竹田晃、林家正雀『日本の怪談噺の原典となる』、『週刊讀書人』、2006年6月30日第一、三版。

② 加藤周一『日本文學史序說補講』、かもがわ出版2006年版、第270頁。

图 126　陈舜臣《聊斋志异考》

第四节　《聊斋志异》异人幻象在日本短篇小说中的变身

　　亲近并受到过《聊斋志异》（以下简称《聊斋》）启迪的日本近现代作家知多少？尽管我们无法用调查问卷作百年考察，但仍然可以拉出一个长长的名单。20世纪《聊斋》被改编成广播剧、电影、漫画等各种文艺形式，得到广泛流传；① 日本作家、艺术家从各方面对《聊斋》元素加以挖掘利用，借用《聊斋》的声誉扩大作品影响。视《聊斋》为创作源头并有相关评论或著述的作家，不仅有近代日本文学史上赫赫有名的森鸥外（1862—1922）、尾崎红叶（1867—1903）、国木田独步（1871—1908）、木下杢太郎（1885—1945）、芥川龙之介（1892—1927）、佐藤春夫（1892—1964）、太宰治

---

①　王枝忠：《近50年〈聊斋志异〉在日本的传播和研究》，《福建师范大学学报》（哲学社会科学）2006年第6期，第109-113页。

(1909—1948)、安冈章太郎（1920—2013）①等作家，而且有森敦（1912—1989）②、霜川远志（1916—1991）、伴野朗（1936—2004）③、手冢治虫（1928—1989）、杉浦茂（1908—2000）④等现代诗人、画家，以及诸星大二郎（1949—）⑤、小林恭二（1957—）⑥等战后出生的新一代文化人和研究家。引用根据《聊斋》翻案的作品加以创作的作家，也有涩泽龙彦（1928—1987）、小泉八云（1850—1904）等文化名人。日本作家和艺术家除了介入对《聊斋》的翻译之外，还通过改编或翻案对其进行再创作；通过撰写随笔，写出对《聊斋》故事的个人解读。仿照日本的习惯，我们可以将这些所有与《聊斋》有亲缘关系的作品，统称为"聊斋物"。在这个文学系列中，最值得注意的当是一批融入了《聊斋》幻象酵素的短篇小说。

　　加藤周一说："短篇小说可以切开流动人生或历史的断面展现给我们，或许它可以捕捉人物性格，却不能描写性格变化；或许可以提供一种解释，却不能从其他解释来说明区别其他解释的理由。作者根据自己的美学、自己的逻辑来截取人生与社会，但是不能把读者引向另一种人生，在其中发现另一种现实。既然人生是持续的，现实置于流转位相之下，就不得不由长篇小说去再现它的持续，追寻流转的轨迹。短篇小说中，没有人生，有的是人生的断面与截取这一断面的作者——即文体。"⑦这里特别谈到了短篇小说与生活的关系和文体问题的重要性。尽管《聊斋》长短不一，有些不一定符合现代短篇小说的概念，但也有相当一部分可以说颇具小说性。日本的短篇小说家爱读《聊斋》，正是愿意以此来丰富自己的想象力和表现力。

　　《聊斋》中描写的异人异兽、异国异境，是蒲松龄对古代现实世界构图

---

①〔日〕安冈章太郎『花祭　私說聊斎志異』、岩波書店 1986 年版。『私說聊斎志異』、『朝日新聞』、1975 年。『私說聊斎志異』、講談社 1980 年版。
②〔日〕森敦『私家版聊斎志異』、新潮出版社 1979 年版。
③〔日〕伴野朗『私本・聊斎志異』、祥傳社 1991 年版。
④〔日〕杉浦茂『まんか聊斎志異』、コア出版 1989 年版。
⑤〔日〕諸星大二郎『諸怪私說聊斎志異』（一）『異聞錄』、雙葉社 1959 年版。『諸怪志異』（二）『壺中天』、雙葉社 1991 年版。『諸怪志異』（三）『鬼市』、雙葉社 1991 年版。『諸怪志異』（四）『燕見鬼』、雙葉社 2005 年版。
⑥〔日〕小林恭二『本朝聊斎志異』、集英社 2004 年版。
⑦〔日〕加藤周一「芥川龍之介小論」、『加藤週一自選集』（1）、岩波書店 2009 年版、第 216—217 頁。

的加工,也是他洞察力和想象力的结晶,它们和《聊斋》独有的文体一起构成了一个神秘王国。对于现代人来说,异人异兽、异国异境更多的不再是宗教观念或迷信意识的体现,而是一种与现实相对独立的似有实无的幻象或者幻影。这些幻象,通过翻译跨越了文化屏障,被近现代日本短篇小说家所吸收。日本文学家从单纯的改头换面,到洗净其中的中国趣味,用以表达现代日本人的情感,他们对幻象的借用越来越让人看不出哪些是来自《聊斋》,就像我们吃着松软的馒头,却分不出哪些是放在里面的酵母。《聊斋》幻象林林总总,这里只讨论"异人"在日本短篇小说的变身。

图127 小林恭二《本朝聊斋志异》

所谓"异人",就是那些与平常的人形貌别样的"异形者",以及由动植物和器物幻化而成的"异质者"或"异类",它们往往被称为精、妖或怪,而日本学者井波律子则把它们叫做"仿人"(人間もどき)①。

---

① 〔日〕井波律子『中國的大快樂主義』、作品社1998年版、第127頁。

一　幻像发酵的空间

《聊斋》受到芥川龙之介等作家的喜欢，这和他们本人接受了西方浪漫主义思潮的影响不无关联。加藤周一在谈到日本近代文学的主潮时说："一般说来，日本文学笼统来看可以说是流产的浪漫主义，浪漫的特征很明显，后来扭曲增大，一旦有了扭曲，就出现了回归的动向，所谓自然主义就是扭曲过程的代表。白桦派代表了扭曲回归，芥川龙之介属于后者的动向，我认为在他们之中，比较鲜明地呈现出浪漫的性质。其具体的内容就是反俗的精神。"① 他又说："不幸的是，在明治大正文学中，除芥川龙之介以外，再没有人可以看成短篇小说家。"②

另外，在西方文学强势影响独占天下的大潮中，力求通过对中国文化的新发现在文坛抢占一隅的作家们，也加入到《聊斋》的翻译行列中。佐藤春夫（1892—1964）的译文收进他的中国短篇集《玉簪花》（1923）、《支那童话集》（1929）、《支那文学选》（1940）和《百花村物语》（1948）。柳田泉（1894—1969）的译文收入《世界短篇小说大系　支那篇》③。《聊斋》中《偷桃》、《促织》等篇被作为儿童文学、短篇小说、传说等介绍过去④，可见那时的作家已不再仅将《聊斋》视为谈鬼说狐以劝善惩恶之书，而是已经将它们与新文学概念中的短篇小说、儿童文学对号入座。

俞樾曾说："蒲松龄，才人也，其所藻绘未脱唐人小说窠臼。"日本作家接受《聊斋》是江户时代中后期以后的事情，但他们对与《聊斋》具有传承关系的中国志怪传奇小说却早已并不陌生。平安时代的贵族已在阅读唐人小说，室町时代还有根据《李娃传》翻案的《李娃物语》⑤，后来更有《剪灯新话》等的流行。江户时代初期林罗山译编的《有绘怪谈全书》更收录了

---

① 〔日〕加藤周一「龍之介と反俗的精神」、『加藤周一自選集』（1）、岩波書店 2009 年版、第 327 頁。
② 〔日〕加藤周一「芥川龍之介小論」、『加藤週一自選集』（1）、岩波書店 2009 年版、第 216-217 頁。
③ 〔日〕『世界短篇小說大系　支那篇』、近代社 1926 年版。
④ 〔日〕佐藤春夫著、宮田重雄繪『百花村物語』、湘南書房 1948 年版、第 78 頁。
⑤ 〔日〕平山鏗二郎編校訂『室町時代小說集』、精華書院 1908 年版、第 71—116 頁。

《马头娘》、《鱼服》、《欧阳纥》、《板桥三娘子》等多篇作品①。这些都可以说是《聊斋》日本接受史的"前接受"。对《聊斋》感兴趣的作家，很多原本就是中国志怪传奇小说的粉丝。

大众作家田中贡太郎（1880—1941）一边写作了大量短篇小说和随笔，一边从事《聊斋》的翻译改写，他是怎样处理二者关系的呢？在他 1921 年撰写的《〈黑影集〉序词》中说：

> 我对传奇物语抱有兴趣，经常阅读支那笔记小说。虽说是阅读，因为本来是读来消闲的，所以读也就是兴之所至、目之所及，几乎没有逐篇通读过。然而时间长了，所读也是相当可观了，有时也就动笔写这样的东西，已经编作《怪谈》小书，但驳杂不统一，从哪里来说也是缺陷很多，因而，后来又写成了些同种类的材料，也是从怪谈中汲取素材，且抽取了一些收在其他书里的篇目，编作一册，虽说算不上纯粹，但比起当初那本书，内容还是丰富多了。
>
> 书中的物语，有创作、半创作、传说、梗概等等，汗颜的是，离堪称大正时期的《雨月物语》还差得很远……②

后来在《话说怪谈小说》一文中，他说得更为直接："我写故事的时候，在有趣的构想冒不出来，或者情节安排不好的时候，就去读六朝小说。那就是《晋唐小说六十种》。"他还历数上田秋成《蛇性之淫》、泉镜花《高野圣》、小泉八云《无耳法师》等与唐明小说的因缘③。他毫不隐晦自己通过阅读中国志怪传奇抓取创造灵感的事实，对自己的作品还赶不上上田秋成的《雨月物语》而抱憾，这正表明他志在成为大正时期的上田秋成，一边吸取中国小说的营养，一边写出为日本人喜闻乐见的短篇小说来。他对《聊斋》的摄取，正是对晋唐小说摄取的继续。

---

① 日本名著全集刊行會编『日本名著全集』第一期『文藝之部第十卷　怪談名作集』、日本名著全集刊行會 1927 年版、第 381—434 頁。
② 〔日〕田中贡太郎『黑影集』、新生社 1921 年版。『伝奇ノ匣　田中貢太郎日本怪談事典』、学研 M 文庫、学習研究社 2003 年版。青空文庫録入。
③ 〔日〕田中貢太郎『怪譚小說の話』、『新怪談集　物語篇』、改造社 1938 年版。『怪奇・伝奇時代小說選集 3　新怪談集』、春陽文庫本、春陽堂書店 1999 年版、青空文庫録入。

《怪谈》一书有"创作、半创作、传说、梗概",正反映了田中贡太郎吸取中国志怪传奇方式的多样性。和他一样,太宰治对《聊斋》的摄取,也并不在乎这样的作品到底叫不叫创作。太宰治还特别坦露自己一边读着《聊斋》,一边浮想联翩,激发出色彩斑斓的想象。他根据《黄英》翻案的《清贫谭》是这样开头的:

> 以下写录的是《聊斋志异》中的一篇。原文只有一千八百三十四字,写在我们平常用的四百字一张的稿纸上只有四篇半,不过是极短小的短篇,但是读起来各种幻想便涌上心头,觉得就像是畅饮美酒。我想把这四篇半的种种幻想如实记录下来。这样的工作到底是不是创作的正路,或许会有人拿来议论。然而我想《聊斋志异》的故事,与其说是文学古典,不如说更近于故乡的口碑。以这个古老的故事为框架,20世纪的日本作家调度自己不安分的幻想,以寄托自己的感怀,就是创作,向读者来推荐,就未必是什么了不起的罪过。我的新体制也不在发掘浪漫主义之外。①

太宰治这里叙述的正是《聊斋》的幻象在自己头脑中初步发酵的过程,《聊斋》让他想到"故乡的口碑",由背景在中国的故事,自然联想到日本相关的事物。而在由《黄英》激发的联想背后,就有菊花在日本社会生活中是一个象征性文化符号这样一种意识,而他的想象可以算是一种文化环境的置换。同时,也只能说是一种置换,而不是升华。

《黄英》中的三个人物马子才、陶三郎和三郎的姐姐黄英,在《清贫谭》中变身为日本人马山才之助、陶本三郎和黄英。前两人其实不仅是国籍和人名的改变,更是人物精神内涵的改变,而身为菊精的黄英虽然姓名未变,精神内涵却并非同一。诚如稻田孝注意到的,《黄英》篇末的"异史氏曰":"青山白云人,遂以醉死,世尽惜之,而未必不自以为快也。植此种于庭中,如见良友,如对丽人,不可不物色之也。"青山白云人是远超世俗的人,不慕权势,不以出人头地为意,既不贪恋清贫,也不憧憬富贵,既不贪生,亦不

---

① 〔日〕太宰治「清貧譚」、『太宰治全集』第四卷、筑摩書房 1989 年版。青空文庫網錄入。

求死,是永不"被俘"的人。《黄英》中的陶三郎正是这样的人,蒲松龄最喜欢这种不知"被俘"的人物形象。太宰治想起的则是江户平民区下町的町人,恐怕带有现实的味道,是真正的市井(这或许有太宰治想写的地方),离青山白云很远。《清贫谭》中陶三郎所说"种菊花,我是种够了"之类的话,稻田孝评论说这只能算"贫困生活中饮酒作乐的蠢话。是让人感觉被赶进市井憋闷角落的话,这不能不感到就是'被俘'的本身,太宰治的场合,或许也是这样"。蒲松龄的场合,明明不是像私小说那样写自己身边,进入他视野的,是自己所属的读书人阶级与其周围生龙活虎地开始活动的新阶级的不同。那新阶级比自己这些读书人阶级自在得多,"不被俘"地活动着①。

稻田孝的这些分析很好地说明幻象并不意味着意境的等同。他这里所说的"被俘"(とらわれ),也可以译成被擒、被拿、被俘获,是指身不由己、无奈地屈从于环境而毫无精神自由可言的状态,这无疑也是众多现代人心中常常涌起的窘迫无奈的生活体验。可以说稻田孝对《黄英》的解读也极富现代色彩。在他看来,两个名字相同的黄英,其实境界大异,蒲松龄笔下的黄英和陶三郎,拥有灵魂的自由;而太宰治笔下的黄英等,还是现实的被俘者。

类似的《聊斋》幻象的初步发酵,常常表现在环境描写上。和现代小说相比,中国古典小说不屑于详尽的环境描写,短篇小说尤为如此。佐藤春夫等小说家禁不住要对此锦上添花,即使是翻译也忍不住技痒,不时补上几笔日本风情的描绘。佐藤春夫将《偷桃》一篇,改题为《偷桃的孩子》,增加了故事发生场面的描写,那情景不是中国的庙会,而是日本神社或寺院的祭日,有神乐在那里演奏,有商人们精心装饰的山车,而那表演偷桃的孩子长相像是日本传说中一种水陆两栖名叫河童的动物②。20世纪50年代以前,《聊斋》幻象在日本作家那里大半是被咀嚼着、品尝着,用舌端与日本风情搅拌着,那些说不清是创作还是半创作的短篇,就记录着复制、半复制的过程。置换风景易,而推升境界难,幻象的空间不能不受到语境的制约。

20世纪60年代以前,作家与《聊斋》因缘有深有浅,较长时间兴趣不减的,有的是从蒲松龄的"孤愤"中读出了自己。田中贡太郎早年因与早期

---

① 〔日〕稻田孝『聊斋志异——玩世と怪異の覗きからくり』、講談社1994年版、第120—121頁。
② 〔日〕佐藤春夫著、宮田重雄繪『百花村物語』、湘南書房1948年版、第90—95頁。

社会主义者有过交往而险遭不测，又曾师从自称"志大才疏，鼓瑟空立齐王之门；眼高手低，怀珠犹哭昆山之下。懒放不耐俗，狷急多违世"的田冈岭云。他为人耿直，土佐脱藩志士、原宫内大臣田中光显口录笔录的《维新风云回忆录》问世的时候，田中贡太郎撰文公开批评他"为招人高看而为自己涂脂抹粉"。由于这样的个性，田中赢得了"反骨文士"的称号。惟其有反骨，更敏感于污风浊雨；惟其多违世，更不屑于说凡道庸，能借译写《聊斋》为自己也为读者构建一个与险世恶情瞬间隔断的幻想世界。

芥川奖等多种奖项的获得者小说家安冈章太郎通过太宰治的《清贫谭》，开始了解《聊斋》，并著有《私说聊斋志异》，从1973年至1974年在《朝日杂志》（《朝日ジャーナル》）上连载。新潮社《新潮现代文学》所载鸟居邦朗《解说》谈到，安冈将自己的落榜生活与蒲松龄生涯中的落第生活重叠，把自己的作品看成落第小说变奏曲。同时，战争沉淀于日常个人的怨痛之中，安冈将这种怨痛用"我的虫豸"来表述，其"虫豸"与蒲松龄的"鬼狐"有某些相通之处，说是它"让我烦人地落第、失恋、患病、背信弃义等等"，因而鸟居邦朗认为安冈的文学不是"弱者"的文学，而是"刚毅的虫豸的文学"。

战后成长的作家有了更大的生活和写作空间，《聊斋》阅读与个人体验的联系，不再是坎坷的人生经历，而是对种种"现代流行病"的个性化观察，而对《聊斋》幻想的汲取也就变得更为复杂和多样了。

二 《聊斋》与日本怪谈之交

现代日本作家受到《聊斋》某一幻象的触动，笔下生花，写出别具风味的作品，书中那些与日本传统文学已有关联的情节或构思往往受到青睐。这样的情节元素和构思方式就形成了接受的连续性，后来利用它们写出的作品可能从表面上和《聊斋》毫无连带关系，然而实质上却有着所谓"看不出影响的影响"。关于"落头蛮"幻象就是一个例证。

蒲松龄《聊斋自志》中谈到世间异事，特别提到飞头国："人非化外，事或奇于断发之乡；睫在眼前，怪有过于飞头之国。"《博物志》、《拾遗记》、《搜神记》、《酉阳杂俎》等书中均有关于飞头国、落头民的描述，这些描述使飞头之说成为奇民异国的象征。刑天头落犹在战斗的传说，《国殇》中

"首身离兮心不惩"的诗句,都用肉体残缺与灵魂健在来显扬精神力量可以超越生命而存在。而在那些关于落头民的传说中,也展现出一种对奇民异俗的理解和宽容。

"落头民"或"落头蛮"的传说后来传入日本,在那里多被称为"飞头蛮",但日本人不接受"天性说",而是把这类人视为妖怪附体,还加上了落头夜间会飞出去觅食虫蚁的怪癖,原本只有落头异于常人的异民,变成了异类和非人,这种转化的痕迹在中日落头故事中依稀可见,而二者的不同,实际也正折射出潜意识中对他者认知的差异。

《聊斋》中至少有两篇写身首异相的。《美人首》写客舍女子探首,不见其身;《诸城某甲》写落头复位,后因一笑而头复落。这两篇都是较早被翻案或翻译成日语的。

图128　石川鸿斋《夜窗鬼谈》

依田学海《谭海》卷1《辘轳首》说中国的飞头蛮故事载于明末文人邝露[①]所撰《赤雅》,接录占城尸头蛮故事,最后才记叙江户辘轳女子事,文后的"野史氏曰"还提到江户浅草寺的飞头木偶表演。这里所说的《赤雅》是古代壮瑶等南方民族民间文学之集大成者,其中收录的主体是先秦至明代中原各史书所载南方各族神话、传说、故事。《谭海》的引用不仅为我们提供了飞头故事传入日本的多条路径,而且证实江户时代的文人中已经有了《赤

---

① 邝露,字湛若,《譚海》作"邝湛露",不确。

雅》这部被誉为明代《山海经》的读者。

《辘轳首》已将中国的落头故事与日本的辘轳首传说编织在一起①，后来石川鸿斋《夜窗鬼谈》又转录了他这一篇。文中对"辘轳首"的解释是："盖辘轳，井上转器也，谓其头如瓶之从绳上下。汉土谓之'飞头蛮'。或云：'昼间如常，熟睡则延长数尺，逾梁出牖，而不自知也。'"写江户一女子，半夜其夫"乍见颈延二三寸，既而五六尺，旋转良久，止于屏上，皓齿粲然，见婿一笑。婿大叫，眩晕绝息。女亦惊觉，依然其头如故。"②

《聊斋》上述两篇作品，由于与日本的辘轳首传说相近，很早就引起翻译者的兴趣。《诸城某甲》由诗人蒲原有明1905年译出③，国木田独步1906年出版的《支那奇谈录》第二编第一篇就是《美人首》，又把《诸城某甲》改题为《落头》收入集中④。

小泉八云有翻案之作《辘轳首》⑤，写出家为僧的武士回龙，袈裟之下，武士之魂不变。当他在密林深处的小屋里看到四人围炉取暖，夜里看到他们横卧的身体，却皆无头颅，他们的头飞出屋外群飞：加上屋主人在内的五颗头在树后飞旋，一边飞翔，一边谈笑，觅食着树间的虫子。这里不仅将头之独飞发展为群飞，而且大写飞头与回龙的诉讼。

芥川龙之介1917年发表的《落头故事》则写甲午战争中的清兵何小二被日军砍下的头颅复位，后一次与人发生口角，头复落不得归位⑥。文中特别点到："落头之事，载于《聊斋志异》，也不能不说真有像何小二那样的事。"何小二头落而头颈相合，复因意外有落，完全是《诸城某甲》的套路，是复制《聊斋》幻想的，然而落头却被作为中国离奇古怪、不可思议

---

① 〔日〕依田学海：《辘轳头》，王三庆、庄雅州、陈庆浩、内山知也主编《日本汉文小说丛刊》第一辑《笔记丛谈类二》，台北学生书局2003年版，第65-66页。
② 王三庆、庄雅州、陈庆浩、内山知也主编：《日本汉文小说丛刊》第一辑《笔记丛谈类二》，台北学生书局2003年版，第413页。
③ 〔日〕蒲原有明「聊斎志異より」、『新古文林』第一卷第五号。松村緑『蒲原有明論考』收入、明治書院1965年版。又見於青空文庫網。
④ 〔日〕國木田獨步『支那奇談集』第二編、近事畫報社1906年版、第7-8頁、第136-137頁。
⑤ 〔日〕小泉八雲著、田部隆次訳『ろくろ首』、『小泉八雲全集』第八卷、第一書房1937年版、青空文庫網錄入。
⑥ 〔日〕芥川龍之介「首が落ちた語」、『筑摩全集類聚芥川龍之介全集』、筑摩書房1971年版。《芥川龍之介全集》二收入、筑摩書房1986年版。青空文庫網錄入。

的例证。中译本《芥川龙之介全集》没有收入这篇作品,正是认为它"内容欠妥"①。

三 《聊斋》与西方文化的异地邂逅

《聊斋》受到日本文化人瞩目之日,正是西方文化与文学观念在学界的影响加深之时。它不仅被按照西方文学的"小说"纳入文学范畴,而且还获得了世界文化和文学眼光的观照。

日本二战之后,伴随消费文化的兴盛,纯文学与大众文学的交融更为明显,作家对《聊斋》汲取的姿态也有所变化,从对其作背景置换式的翻案,发展为将其中情节构件置于现代社会重新结构故事,更多地与西方文学元素熔为一炉。战后第三代新人、小说家、作家仓桥由美子(1935—2005),本为法国文学出身,其作品中希腊人、日本人、中国人彼此同处,西方的吸血鬼和东方的鬼魂同台亮相,呈现出国际化社会的生活画面。短篇小说集《仓桥由美子之怪奇掌编》,从选材和篇幅来说与《聊斋》的短作颇为相近。所谓"掌编",实际很像今天所说的小小说或微型小说,其中与落头幻象有关的有《阿波罗之头》和《飞首女》等。

《阿波罗之头》中出现的阿波罗是希腊罗马神话中的帅哥之神,是医药、诗歌、音乐、艺术之神。作品中描写的美少年阿波罗的头被置于水盘中,头顶开起了如梦初醒的花朵。"数不清的花,像仙人掌似的缤纷怒放,而整体上看分明还是男子的头。"《首飞女》描写K氏战败后从中国大陆带回一位十七岁的少女阿丽。一夜,K氏钻进了她的卧室,看到的却是无首的睡态。K氏拥其躯体而眠。一日,阿丽告诉养父K氏,自己找到了心上人,每夜都梦见与他相会,却不能与之结婚,因为那是一位有妇之夫。作品描写女首飞回的情景,两耳像翅膀一样煽动,发出牛虻一样的巨响。归来的头满面兴奋、喜气洋洋。K氏用衬衫蒙住了她的脖腔,美女首困惑地在上面盘旋,却没有乞求的表情,而是一脸苦闷。

在仓桥由美子的中篇里,《坡坡意》也写落头幻象。《坡坡意》的主人公——一位帅哥涉入一桩恐怖事件,他被砍掉的头颅,由于希腊神话中的

---

① 高慧勤、魏大海主编:《芥川龙之介全集》第一卷,山东文艺出版社2005年版,第4页。

冥王相助而得以复活，被起名为坡坡意。故事在医生与头颅的奇妙对话与交流中推进。头颅在被教会读书、写作与欣赏音乐的过程中，与医生讨论起有关三岛由纪夫剖腹事件等热门话题。其中就涉及美学、哲学等内容。例如：

> 问："尼采是谁？"
> 尼采的主要著作，坡坡意说他都没有读过。
> "读读吧。"
> "不行，我可没有工夫。我的头脑里，从宇宙所有地方不断有宇宙信息和光、宇宙线一起降落下来，这是些从宇宙意识里放射出来的东西，我的脑细胞因此而活性化，而且我必须处理这些信息，用语言传达给你们。这是忙得很哩。"[①]

一颗来自古希腊帅哥的头颅，让现代和古代、西方和日本的超时空对话得以实现。泰纳《英国文学史导论》说："文学作品既不是一种单纯的想象游戏，也不是狂人头脑的孤立思想，而是时代风尚的副本，是某种思想的表征。"仓桥由美子的这些作品，可以说是现代日本版的"仿聊斋"，谈的是现代鬼，说的是日本式的阴阳界，反映的是日本现代人的精神不自信、不安全感。《圣家族》一篇用的是死后巡游冥府而后复活的古老母题，却为回归阳间找到一个纯现代的理由：不仅是寿数未到，而且因为那里既没有好工作，日子又不好过。现代人的生存恐慌、缺乏互信，都用《聊斋》式的人鬼混杂、阴阳交错的构思象征性地展现出来。

如果说佐藤春夫等作家曾将《聊斋》"儿童文学化"的话，那么仓桥由美子可以说走的是相反的路线，即将它回归到文人化。《无鬼论》一篇写当有人谈到所谓"志怪奇谭小说"的读者中数女孩子们最会读的时候，作者借人物的口说：

> 那可不是啊。六朝时代流行的怪奇文学，是文言，也就是文语体写

---

① 〔日〕仓桥由美子『ポポイ』、福武書店1987年版、第138—139頁。

的。它的读者层是士大夫阶层。宋代以后白话写的讲谈风格的通俗小说盛行起来，但读者是商人等一般庶民中识字的人。而到了清代，出了有名的《聊斋志异》以后，就有了文言志怪了。《子不语》、《阅微草堂笔记》等都出于诗坛、文坛的盟主，是些精彩的文章，从一开始就不是以女孩子为对象的。①

"儿童文学化"的倾向是将《聊斋》变得平易好读，而文人化则是要让它深刻而富有人生感悟，由此注入更多的人生哲学思考。仓桥由美子《兽梦》一篇写"我"回到故乡，看到的人都长着一张野兽的脸。世上的人全是野兽、爬虫、昆虫，不由让"我"想到只有自己还是人？在"我"跑到洗手间端详着镜子中自己的脸的时候，作者窥见了"我"的内心：

> 镜子里面映照的不是我的脸。不，应该说那是我真正的脸吧。当然那不是人脸，那里活生生映照出的既不像禽兽，也不像鱼类、昆虫的动物的脸，它的邪恶和可厌，催人呕吐，我不由得呕出一些酸水。
> 这时走廊有人叫我，虽然想是孩子们的喊声，却像是蒙着兽皮似的声音，怎么也不像是人在说话。不过，我明白那是要说什么。我一边想长得人模人样的东西交谈的语言归根结底不过是"鴃语"（鴃，音 jué，鸟名，即伯劳。鴃语，即鸟语——笔者注），一边看镜子里的我，就是我，那边浮现出淡淡的邪恶的笑意，全都是兽和虫的时候，我也是同类，这不也是没办法吗？
> 出了厨房，小耗子、小狗崽子、小兔崽子都像是在说着什么，在等着我。②

作品让人感受到作者心目中的环境认知困扰或者自我认同的迷惘，这是写兽群之中难做人？还是从众的羊群心理？还是自我嫌厌的情感？自可仁者见仁、智者见智，但它无疑采用的是人兽逾界的构思，而又突破了人兽变形的套数，人身兽面被赋予了新的象征意义。

---

① 〔日〕倉橋由美子『倉橋由美子の怪奇掌篇』、新潮出版社 1985 年版、第 191 頁。
② 〔日〕倉橋由美子『倉橋由美子の怪奇掌篇』、新潮出版社 1985 年版、第 61 頁。

仓桥由美子不仅将《聊斋》的幻象酵素作文人化的处理，而且将西方著名的童话也加以重写。短篇小说集《为成人写的童话》就是将安徒生、格林等"无毒"著名童话加以颠覆，面对成人，写这些童话背后隐藏的人性桎梏的恶念、猥亵的欲念，还原现实的冷酷。每篇故事后面有一句教训的话，用以警示读者。白雪公主的故事没有完美的结局，而是写愚蠢的白雪公主上当吃了毒苹果，富有同情心的王子也受了白雪公主那美丽聪明的继母的诱惑，最后留给读者的警示是："愚蠢的人不会幸福。"从走取材旧书、面对人生的"从书本到现实"① 路线方面来说，蒲松龄、芥川龙之介和仓桥由美子的这些作品，可以说都同属文人文学的一种类型。

日本学者井波律子在谈到《黄英》时说，《聊斋》固然是出于蒲松龄心底像磷火一样燃烧的"孤愤"的作品，但是在这反面，他又在尽情享受与那些出没于幻想世界的妖怪们的嬉戏。《聊斋志异》所描绘的"仿人"的幽默的妖怪变化群像，可以说是蒲松龄嬉戏心情的表现。② 这些"仿人"带有某些"物性"，而又与人言行相交，发生各种纠葛，使世界变得格外多彩多变。仓桥由美子从《聊斋》中体会到的，更多的正是蒲松龄与自己所创造的"仿人"的亲密关系。她创造的坡坡意等形象，和日本传说中可畏可厌、只宜远避的异类不同，而是像《聊斋》中的异人一样可爱，可以说正是自己希望找到的对话者。

四 《志异》之为文体通名

加藤周一说："在短篇小说中，在与可视电话不同的意义上，文即是人，文体即是作者，是作品不可缺少的要素。正因为如此，短篇小说不是量性的，而是质性的，与长篇小说不同。优秀的短篇小说家全部是极有意识地写作散文，用独特的文体打动人，这不是偶然的。"③ 《聊斋》对于日本作家来说，采用的是一种特性鲜明的文体。20世纪后半期日本喜爱《聊斋》故事的读者渐多，诞生了以"志异"为名的各类作品，"志异"一词成为那些交接神鬼

---

① 〔日〕芥川龙之介：《大导寺信辅的半生》，高慧勤、魏大海主编：《芥川龙之介全集》第二卷，山东文艺出版社2005年版，第513页。
② 〔日〕井波律子『中國の大快樂主義』、作品社1998年版、第127頁。
③ 〔日〕加藤周一「芥川龍之介小論」、『加藤周一自選集』（1）收入、岩波書店2009年版、第216-217頁。

狐妖、出入阴阳两界故事的通名。

　　作家、评论家、发明家朝山靖一（1907—1979）1976年在《幻影城》杂志上连载《蜻斋志异》。日本古有"蜻蛉国"之称。"蜻斋"是作者创造的富有日本传统文化特色的幻境。作者以"蜻斋"比"聊斋"，而情色味道浓重。诸星大二郎的漫画系列《诸怪志异》①系列，以中国为背景，设立了五行道士及其弟子阿鬼等人物，按照日本传统和现代混搭的审美意识，借用各类神鬼狐妖的仿制品，用仿中国神怪故事的形式，秀出离奇的故事，以此颠覆日常的价值观和世界观，将现代人日常的不安形象化。

图129　《杨逸读聊斋志异》

　　小林恭二《本朝聊斋志异》，共收短篇小说54篇，最初在《小说すばる》上连载，2004年出版单行本。舞台从日本平安时代到现代，富于变化，情节、框架，大抵一读就让人感到似曾相识于《聊斋》故事，其中也有让人

---

①〔日〕诸星大二郎『諸怪志異』（一）『異界録』、雙葉社1989年版。（二）『壺中天』、雙葉社1991年版。（三）『鬼市』、雙葉社1991年版。（四）『燕見鬼』、雙葉社2005年版。

觉得是初次相见。作者擅长文字表达,是对话描写的达者。不少故事,虽有《聊斋》的影子,而绝大部分却为作者新构,《聊斋》元素在新的材料中发酵。

　　有些从篇名就可以看出与《聊斋》的关系,如该书中的《碁狂》《莲の香》《蛙神》《蟋蟀合わせ》《酒友》,显然有得益于《聊斋》中的《碁鬼》《莲香》《青蛙神》《促织》《酒友》的部分,但内容却差别很大。其中第二篇《鹔鹴娘子》(原文作《鸠姫》),将粉本《西湖主》中故事发生的西湖,改为日本著名风景区琵琶湖,最主要的改动是将原作中的猪婆龙(扬子鳄)改为鲤鱼,而且用诗一般的语言描写鲤鱼"身上包裹着燃起一般的鲜红,简直就像是一团火焰假鲤鱼之形而燃烧";"鳞片也像磨光的钢镜一样闪闪发光。然而,最让人感动的还是那鲤鱼的风貌,它那高贵而优雅的面孔,让人想到这果真是鱼类吗?"这些以"志异"为名的作品,或以中国为背景,或以日本为背景,描写的时代有古有今,但它们都早已不是蒲松龄的"孤愤"之书,而是日本作家和艺术家为现代日本大众批量生产的解压剂和消闷汤。

图 130　《聊斋志异·画皮》插图

任何华丽的想象，都还需要对世界的洞察力来支撑。《聊斋》幻象进入日本作家笔下之后，便被用来呈现各不相同的时代风尚，表述各种光怪陆离的思想观念。正像《水浒传》在日本声名大振之后衍生出的各类"水浒传日本造"作品一样，书名叫"志异"的"日本造"也与原作在思想内容和艺术趣味上越来越远，以异类、异境来将当下社会的人境以及与之相关的价值观、世界观相对化，以此娱乐现代人、分散或消解现实中的苦闷，获得片刻挣脱现实枷锁的感觉，却是多数这类作品的共同点。其中有些作品获奖和畅销，原因大体就在这里。这些作品自然都是根据《聊斋》的日本译本或改编本来领会《聊斋》精神的。《聊斋》的幻象酵素在新的作品中发酵，而从形式到精神却越来越不像《聊斋》，其中或许正可看出《聊斋》魅力延伸的巨大可能性。

随着《聊斋》传播越来越广，袭用"志异"的名声也就成为一种商业行为，有些书名叫"志异"的作品与《聊斋》情致迥异，这样的作品以后还会增多，这是可以想象到的。

第十三章

翻译中的卡点——俗语问题

不论译者持何种翻译理念，也不论译者有多么高妙的翻译技巧，有多么惊人的语言创造力，正确地读解原文是翻译活动的基础。吕叔湘曾经说："要做好翻译工作，必须对于原文有彻底的了解，同时对于运用本国语言有充分的把握……了解原文的第一步，不用说，是获得足够的词汇和文法知识。"[1]

也正是因为这个道理，翻译研究，特别是翻译实践研究，也就不能抛开对译者语言能力的考察。翻译家江枫也指出："忠实的文学翻译，通过忠实的文本再现，在传递原作认知信息的同时，传递原作的审美信息，如果原作多解，忠实的译作同样多解，原作可以兴，可以怨，译作，亦当如是。""一切事物和现象之间，存在着普遍联系，翻译的根本任务是克服语言文字的障碍，实现不同语言文字族群或个人的交际，对翻译的研究可以从多层次、多维度出发，但是任何一种'转向'，也不该舍本逐末。"[2] 译者为了忠实地传达原作的信息，需要以极大的耐心和努力去攻破语言障碍，才能深入体味原作字里行间的奥秘，研究者对这种努力的正确评价，就是对翻译者辛勤劳动的尊重，也是对翻译行为真实意义的尊重。

中国小说从语言上分类，有文言、白话之分。前近代日本的中国文学翻译可以说也经过了两次"语言大学习"时期，前者是奈良平安时代的"文言大学习"，所谓"读法神授"、"读法鬼授"的传说就说明了这次"语言大学

---

[1] 吕叔湘：《吕叔湘语言论集》，商务印书馆1983年版，第278页。
[2] 江枫：《江枫翻译评论自选集》，武汉大学出版社2009年版，第4页。

习"的艰苦。后者是江户时代冈白驹等对中国白话的学习,所谓冈白驹的白话知识皆源于《肉蒲团》的传言,说明了这场学习非正规的特点。

这后一次学习,除了对白话词汇语法的钻研以外,核心就是对俗语,或广义上的口语的学习。当时的学习者只有极少数人能够在长崎获得与中国人或担任口译的日本通事面对面学习的条件,其余的人只能以传入日本的白话小说为课本,触类旁通,半是领会,半是猜测,通过不完整信息获得翻译俗语的知识,边翻译,边学习,翻译也正是学习的过程。

20世纪以来,可以说进入了第三次"语言大学习"时期。日本学者有了到中国留学、旅行、常住的机会,增田涉、吉川幸次郎、驹田信二、中野美代子等译者都有了中国生活的经历,他们出自自己对中国普通人生活体验产生的对俗语的关注,既表现在他们的译作中,也表现在他们撰写的有关翻译的随笔中。

俗语,有民间流传的说法、通俗流行并已定型的语句、方言土语三种含义,不论哪种意义,对于译者来说都有值得深入研究的内容。

第一节 日本翻译家的俗语考证

不论何种语言的翻译,俗语、俚语既是一般译者的难题,也是译者施展才华的天地。直到江户时代日本译者接触的多是文言作品,中国白话小说的传入改变了他们对中国语言的认识,也促使他们中的一些人对知识结构进行调整。这里所说的俗语,包括口语、方言以及我们平常所说的俗话等含义,而对于江户时代的学者来说,中国白话小说是一个新的知识源,它既是学习中国语言的教材,也是重新理解中国文化的窗口。

中村幸彦在谈到汉籍在日本江户时代的和刻、翻译、注释和翻案情况时,对注释的情况作了这样的描述:

> 为了读懂用俗语写作的书而编写的语解,也是一种注。早先冈岛冠山编写的很多唐话参考书,都是语言学习用书,不称为注释。《经学字海览》(1725年刊)对《朱子语类》中的俗语加以解释,有些注释的味道。这一类里还有1697年刊行的《语录字义》。留守希夷著有写本《俗

语释义》,连带头巾气的朱子学者也认为要读《朱子语录》,就有必要给俗语作注。①

中村幸彦文中提到了一些热衷俗语研究的学者和他们的著述,其中《忠义水浒传解》等书,今收于《唐话辞书类集》②。

图131　《绘本西游记全传》,手冢盛寿绘

关于江户学者对俗语的研究,中日学者多有阐述,但从语言研究和翻译需要的角度加以考察者尚不多见。这里仅就冈白驹、陶山南涛、清田儋叟、曲亭马琴等人编写的俗语著述予以评述。研究证明,日本的中国古典小说翻译之路,不是由翻译家们所开拓的,而是一些对外来的新文学——中国白话小说感到兴趣的儒学者开拓的,是他们将白话小说的语言当作新的学术研究对象,并把这些小说作为打开口语语义的钥匙,开始了翻译和创作的尝试。

---

① 〔日〕中村幸彦『中村幸彦著作集』第八卷、中央公論社1982年版、第387頁。
② 〔日〕長沢規矩也編『唐話辭書類集』第一至二十集、汲古書院1969—1976年版。

这种做法的影响一直延续到现代，像吉川幸次郎等对《水浒传》的翻译，也将为口语史研究做贡献视为动机，便是与这种语义学和翻译实践并举做法一脉相承的。

一　冈白驹《小说三言》的俗语考证

江户中期儒者冈白驹（1692—1765，字千里，号龙洲）是中国白话小说训译的先锋人物。身为儒者，他著有《皇朝儒臣传》等著述，对中国白话小说却十分喜爱，将它们作为研读汉语口语的课本使用。雨森芳洲《橘窗茶话》卷之上："冈岛援之只有《肉蒲团》一本，朝夕念诵，不顷刻歇。他一生唐话，从一本《肉蒲团》来。"[①] 江户时期刊行的《小说字汇》（天明四年序）中的《援引书目》、《舶载书目》都传递了《肉蒲团》传入日本的信息。《肉蒲团》序言中将这一类作品称为"风流小说"，大体接近于现代欧美文学中的"情色小说"的概念。《肉蒲团》传入日本后，1705年青心阁刊行过倚翠楼主人的训译本，1757年敦贺屋又出刊了陶山尚善训点本，还被翻案成《风流六女竞》等作品[②]。雨森芳洲关于冈白驹的语言知识来自《肉蒲团》的说法十分有名，日本学者大体无异议。从当时中国小说的流传情况来说，儒者能够直接看到的从中国新输入的白话小说是十分罕见的，自然奉为瑰宝，在没有白话教科书的情况下，通过小说中用词的语境去揣摩语义，是自学口语的唯一方法。冈白驹将这种学习的收获既用在工具书的编纂上，也用在训译白话小说的翻译实践中。

垣内全庵为冈岛冠山所著《唐话纂要》所撰写的序言中说："唐话者，华之俗语也。彼土人虽燕居晤语，必有熟字成语，而四声五音，清浊轻重，相应于其间不紊乱。言语易简，文字调停，焕然可观。盖俗一变则可以之于雅，雅一变则可以至于道，唯在学者变通如何焉耳。"[③] 序言谈到语言的俗雅转化，这本是江户中期伊藤仁斋等学者反复讨论的问题，俗语的价值渐渐受到重视，这为儒者染指中国白话小说的翻译提供了精神支持。

[①]　〔日〕日本随笔大成编辑部『日本随笔大成』第二期7、吉川弘文馆1994年版、第365页。
[②]　〔日〕太田辰夫、饭田吉郎编『中國秘笈叢刊』全二卷别卷一、本文篇下卷、汲古书院1987年版、第5页。
[③]　〔日〕中村幸彦『中村幸彦著作集』第八卷、中央公论社1982年版、第203页。

1727 年 36 岁的冈白驹写成了《水浒传译解》，此书是由冈白驹对书中词语逐一讲解再由弟子加藤艮斋记录整理的，以写本流传，影印本收入《唐话辞书类集》。37 岁那一年，他训译的《忠义水浒传》前十回问世，乃《水浒传》流行之先声。冈白驹是白话文学训译的积极开拓者，训译作品有《训译开口笑语》、《小说三言》等，而他的俗语研究成果在这些译本中得到了验证的机会。

《小说精言》中卷 1 至卷 4 卷末有"译义"，对原作中出现的一些词语、短语予以解释，说明所采取译法的理由。"译义"共解释了 164 条。冈白驹的"释义"工作就是用日语相近的俗语来解释小说中的俗语，如：

瓦罐不离井上破：同"河上长大的河里玩完"（川タチ川デハツル）。

"川タチ川デハツル"，亦作"川だちは川で果てる"，大意同"淹死的都是会水的"。①

具体来说，包括如下几个方面：

（一）说明语义：

1. 麻头上：都会之地，叫马头。（178 页）
2. 悔亲：变更事情，以后悔而引起之故也。俗语里变更事情云悔。（237 页）
3. 下酒：谓酒菜。饭菜云下饭。因此把酒下、把饭下之谓也。（238 页）
4. 胡说：谓胡乱之说也。呵斥之辞。（59 页）
5. 一觉：从睡到醒为一觉。（57 页）

（二）说明语言习惯：

1. 有个官人：有一个官人也。省"一"字之语也。凡"个店"、"个所在"，皆省语也。官人，非官爵之官，凡衣冠之门裔、巨族豪富之人，皆尊称云官人也。又初次见面者，亦不知姓字之时，且但称官人，称儿子为小官人，称旅人为客官。皆尊称也。

---

① 〔日〕尾形仂解説、岡白駒、西田一齋施訓『小説三言』，ゆまに書房 1976 年版、第 59—60 頁。

2. 推一推：稍推一下。凡二字相叠中插入"一"字，皆此意也。"看一看"，即看一下。"走一走"，即"走一下。"（57页）

3. 好不欢喜："好不"，常用语。"好不大风"，即好大风。"毕竟好不欢喜"，即"毕竟好欢喜"也。（137页）

4. 可又来（マダイフカ）："可"字无意义。同"可曾"、"可怜见"之"可"。"又来"，责怪又来说同一件事情之辞也。或者另有毛病，那种毛病又出现了，谓之"又来了"。（58页）

（三）以雅语释俗语：

1. 和哄着："和"字，同雅语"与"字。（58页）

2. 再过几时：俗语之"几"，与雅语之"数"字同。三以上七以下之辞也。"几时"，数时也。"几日"，数日也。"几年"、"几代"皆同。（57页）

（四）说明翻译依据：

1. 一字儿：如说"拉开一字"，故译作"ヒトナガレ"。（178页）

2. 磕头：注："磕，击也。"因头碰，故译作"ウチタヲス"。（179页）

3. 耍（ナブル）：注："耍，戏也。"故译作"ナブル、ザレ"。（137页）

4. 端详：注："端，审也。"审物必细看，故译作"ナガム"。（179页）

5. 不合："不合如此"之省语也。故译作"アルマジキ"。（59页）

（五）以音释义

1. 家火：家货之转音。碗碟等诸器物之称。又作"家伙"，义同。（57页）

2. 勾搭："勾"，同"钩"。（238页）

3. 干纪：同"干系"。（238页）

4. 没巴鼻：谓人做事无据作"没巴鼻"，"巴"，音通"把"，云"没把臂"之义。（59页）

（六）象声词：

1. 吸力豁剌：谓用力吸，势速也。豁，空谷虚敞之义，意为"サハリナキ"，剌，以刃刺物，故译作"スラスラ"。（178页）

2. 匹力扑六的：文字无义，但斩声也。（179页）

3. 骨都都：文字无意义，其声也。（238页）

4. 嗳哟：叹息声，又吃惊时亦云"嗳哟"。（179页）

在冈白驹之前，白话小说翻译几近于零起点，很少成功的经验可以借鉴，又没有白话辞典可以查阅，一字一词皆需要靠比照琢磨。"释义"可以说是本人的语义研究的心得，也是在向读者作交代。可惜这项工作并没有做到底，在该书后半部分不再有"释义"的内容。译者或许别有所为，放弃了这一很有意义的工作。

二 陶山南涛《忠义水浒传解》

陶山南涛（1700—1766），名冕，号尚善、廷美等。其所撰《忠义水浒传解》于1757刊行，小本一册，收有从《忠义水浒传》第一回到第十六回的词语译释，对所解各词均注明唐音，同时也纠正前人解释的谬误。

对于陶山南涛的小说研究，中村幸彦《古义堂的小说家们》曾有评介[1]。陶山南涛曾在伊藤仁斋开办的古义堂读书，这里聚集了一些通过中国小说学习汉语的人们。南涛在《寄秦君》诗序中说："往年，余友尝有松峡秦虞臣、玖珂晁德济者，夙服华学，染通声音，且好读野史小说，其平生之柬帖应酬辄于是，坐谈谐谑辄于是，非敢炫奇淫僻者。要之，习惯熏陶也。时冕弱冠，兄事二子，乃亦诱掖冕从事于斯，始觉有资于读书。"[2] 可见，青年时代南涛在与秦虞臣、晁德济等师兄相处的过程中，深受他们酷爱汉语的影响，由此走上研究白话小说语言的道路。古义堂的学子通过小说钻研口语，并在日常生活中学以致用，形成习惯。中国白话小说正是靠这些无师自通、自学成才的翻译者推向市场的。

陶山南涛在《忠义水浒传解》叙中说："言有雅俗……俱是中华之音，脉络贯通无有间。唯其所异者，皮膜外之肥瘠妍媸耳。苟能通乎其俗，于雅何有？"芥川丹邱为之作序称："世之读陶君此解者，无目以崎阳之学，则识君专精苦心，超出崎阳之学，千里悬绝矣。"[3] 当时的"崎阳之学"，即长期使用流行的汉语口语，由于多半是由具体场景去推断语义，缺乏对语言的科学研究，所以实际上是一种"推量俗语"。可以设想，这种语言有很多地方会与旧上海流行的"洋浜英语"相近，或者当今盛行的"中式英语"（Ch-

---

[1]〔日〕中村幸彦『中村幸彦著作集』第七卷、中央公論社1982年版、第194—213頁。
[2]〔日〕中村幸彦『中村幸彦著作集』第七卷、中央公論社1982年版、第200頁。
[3]〔日〕中村幸彦『中村幸彦著作集』第七卷、中央公論社1982年、第227頁。

inglish）相似，词汇来自外语，而语法特别是语序多本于本土语言。这种"崎阳之学"是荻生徂徕等学者所提倡的，在学习汉语口语的初级阶段，可以发挥急用先学、立竿见影的效用。然而对于文学翻译来说，则是远远不够的。冈白驹、陶山南涛等的语言研究正是应翻译的需要而出现的。

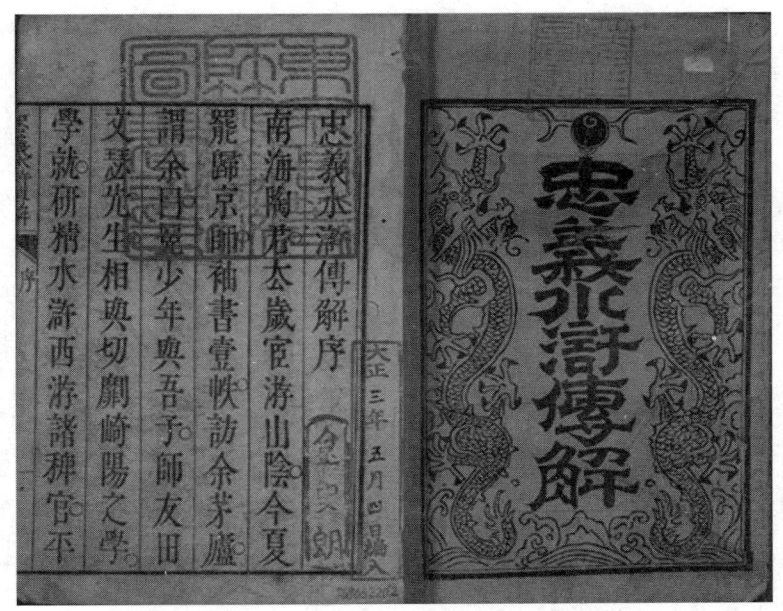

图132　《忠义水浒传解》

该书的"凡例"前三条如下：

　　一如那、这、了、着、把、将、什么、甚么、怎地等数语，初回既已详解之，故逐回不赘，览者须记得初回。
　　一从来世人读得与否，各难因其才，而大抵生字艰解者，叮咛诤之，但平稳易解者，不烦细译。
　　一第一回至第十回囊者冈岛援之，既已句读旁译以行于世间，有谬译者今解中正之，余岂敢好驳前辈之疵瑕？①

---

① 〔日〕『唐話辞書類集』第3集『忠義水滸伝解・忠義水滸伝抄訳他』、汲古書院1970年版。

《忠义水浒传解》只收入了前十六回的语释，1784年有鸟山石丈所撰写本《忠义水浒传解》，将语释扩展到第十七回至第三十六回（收于《唐话辞书类集》第十三集，题作《忠义水浒传〔语解〕》，以后相关的类似著述有：

《忠义水浒传考》，写本，收于《唐话辞书类集》第13集，题作《忠义水浒传〔语释〕》

《水浒传字汇外集》，写本，收于《唐话辞书类集》第13集。

《水浒传摘译》，写本，据七十回本译出。

《水浒传抄解》，写本，收于《唐话辞书类集》第20集。

《圣叹外书水浒传纪闻》，卷下，写本。

《读水浒传》，藏于九州大学图书馆。

中村幸彦指出："陶山南涛著有《忠义水浒传解》（1757年刊，是《忠义水浒传》第一回到第十六回的语释。后来1784年鸟山石丈的《忠义水浒传抄译》问世，是该书第十七回到第三十六回的语释。原来南涛的语释写本也到百二十回，其中有中村僧邻、篠崎小竹所书部分。据称石丈也有百二十回。一直到幕府末年，《水浒传》一直都很流行，讲解这部书的有清田儋叟也不足怪。冈本况斋写本《读水浒传》也是其中之一。最流行的是某人所作的《水浒传译解》。《水浒传考》的著者某所著写本《水浒传抄译》是据金圣叹本所译。写本《圣叹外书水浒传纪闻》连金圣叹评语中的话也都做了解释。"①

三 孔雀道人《照世盃》：《读俗文三条》

中村幸彦把清田儋叟（1719—1785）称为"被隐蔽的批评家"，对他在中国小说研究方面的业绩大为肯定。清田儋叟确实发表过一些独到见解，如他说："《水浒》一书曲尽人情，但其记战斗悉如儿戏。其他通俗书亦皆然，凡战斗文章唯正文可观，通俗文不足观之。"在当时儒者重经史而轻稗史小说的风气下，儋叟不但亲自训译了《照世杯》，而且仿照中国白话小说，创作了小说《中世二传奇》②。

清田儋叟《孔雀楼笔记》第三卷一边将《水浒传》定为"微不足道"之书，一边又称道其"心匠超群"，看似羞羞答答地肯定《水浒传》的文笔，

---

① 〔日〕中村幸彦『中村幸彦著作集』第七卷、中央公論社1982年版、第388頁。
② 〔日〕德田武解説、清田儋叟施訓『照世盃 附中世二傳奇』、ゆまに書房1976年版。

吐露出儒者对白话小说这一新来的"精彩之书"的矛盾心理：

> 吾国也好，唐土也好，写得精彩的书，不管如何，首先心匠卓越。寓言之书，若是心匠不当，纵然语言再妙，亦不足观焉。《庄子》自不用说。《水浒传》虽为微不足道之书，然心匠超群。吾国语言之书，依我之见，《源氏物语》当为第一。彼所谓心匠之甚。《夕颜》之卷，有源氏中将者，此中将意义甚深。像样官员中，此时必出源氏中将。初任中将时，已伏河原院妖怪一段。①

高润为《孔雀楼笔记》所撰序言中说："仆辈受业之书，曰《书经》、《论语》、《史记》、《通鉴三编》、《明纪事本末》、《韩文》、《历代小史》及《鹤林玉露》、《辍耕录》、《五杂俎》、《水浒传》，清先生皆为之校雠批评者。"② 可见儋叟的兴趣相当广泛，对中国小说的训译只是他学术活动的一部分。身为学者的儋叟，首先是将白话小说作为自己的学术资源来看待的，而后才把它们视为创作的样本。

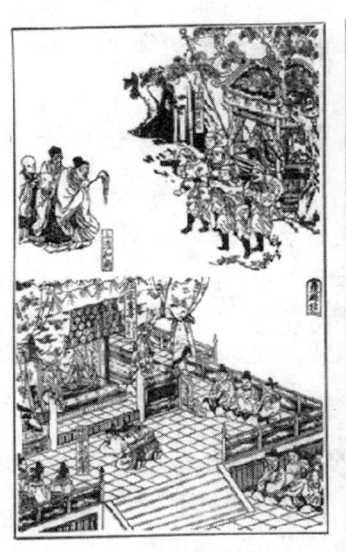

图 133　山东京山等译歌川国芳绘《稗史水浒传》（1829—1851）

---

① 〔日〕中村幸彦、野村贵次、麻生磯次校注『近世随想集』、岩波书店 1976 年版、第 317—318 页。
② 〔日〕中村幸彦、野村贵次、麻生磯次校注『近世随想集』、岩波书店 1976 年版、第 264 页。

儋叟训读的《照世杯》中载有他撰写的读小说的心得《读俗文三条》，现摘译其前半部分如下；

> 译俗文之书，逐句施译，定训正义有无，谓译是之大本领。譬如"斯文"，是译作"优雅"（キャシャ），还是译作"风流"（風流），因所在而定，亦译作"行义"。"喜得"为人所熟知之字，译则为"喜悦"（ウレシカル）、"高兴"（ウレシク），因其所在，亦译作"喜"（シ）。唯亦有义虽相合，而文势改变之时。"感激"，可译为"感佩"（有難レ），亦译作"感谢"（辱ナレ）。"央"译作"央告"（タノム），亦译作"雇用"（ヤトウ）。"老实"，可以译作"说实话"（ジッテイ），亦译作"厚道"（ヲトナシク）。举二三推千万可知也。若必做板定之译，拘于字训，则失本义多矣。
>
> 读俗文之书，虽然称呼文义等，若一二之义不得解，即便想译，若非有艺文之本事，吃透其书之全旨，必招来深重非议。譬如多储金银而器物不足，即便唯以考究为事，而无本事，自由取其书辗转而为，则如穷乏之人，从诸方借来器物先予备足。正文之书尚且如是，当知俗文之书更甚矣。
>
> 俗文之书虽多，能读懂《水浒传》，其余则势如破竹。何哉？《水浒》文面之外，尚有真《水浒》。有宋一代，收入一部之中。晁盖者，太祖；宋江者，太宗；吴用者，赵普；关胜者，魏胜；张横、张顺者，张贵、张顺；一丈青者，杨妙真云云，大有助于正史。浔阳楼之反书、还道村之玄女等，自宋、吴二人密谋秘计所巧出者，或为作者穿鼻，其余文面外有深意奥旨者甚多。……①

儋叟关于《水浒》皆为映射宋史的见解，出于"小说乃史之余"的观念。《读俗文三条》结尾强调的是"经学之次，史学为重，诗文、博物，乃至俗文之书，亦历史之助，此不可胜数"。以俗书可为经史之助为自己的小说翻译创作做辩护，这是因为在儒者之中，小说翻译毕竟是一种"余兴"。

---

① 〔日〕清田儋叟施訓、德田武解説『照世盃 附中世二傳奇』、ゆまに書房、第11—14頁。

同时，儒者的治学习惯又使他对语言文字不予小视，懂得在翻译前搞懂每一字，否则便会招来诟病，而在执笔翻译时又不能拘泥于一字之训，否则又会辞不达意。这些看法与今天的翻译理论也有相通之处，是他训译实践的经验之谈。

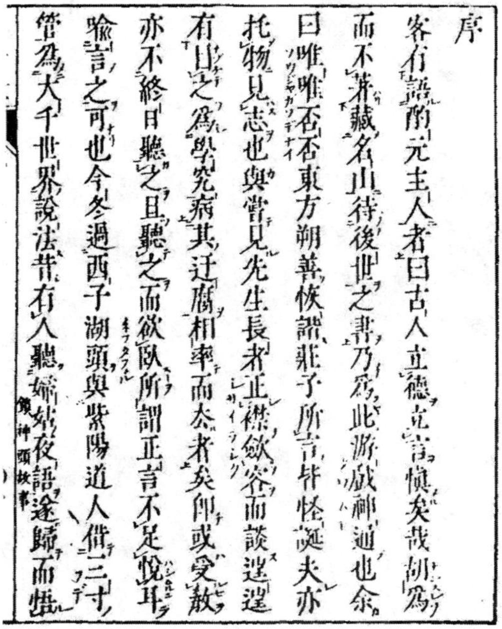
序
客有語酌元主人者曰古人立德立言愼矣哉胡爲
而不藏名山待後世之書乃爲此游戲神通也余
曰唯唯否否東方朔善恢諧莊子所言皆怪誕夫亦
托物見志也與嘗見先生長者正襟斂容而談迂遢
有目之爲學究病其迂腐相率而去者矣卽或受教
亦不終日聽之且聽之而欲臥所謂正言不足悅耳
喻言之可也今冬過西子湖頭與紫陽道人借三寸
管爲大千世界說法并有人聽婦姑夜語遂歸而悟
傚神頭故事

图 134　《照世杯》训译本

江户中期之后，中国小说的语汇研究渐深入。中村幸彦指出：“写本《小说西游记和解》，开头作‘清丘长书西游记字义’，对《西游记》难解语汇做了训解。这里还要加上《金瓶梅译文》。只限于戏曲语汇的，也有《戏语审译》。附带说一下，《小说字汇》于 1791 年刊出，虽然是尚未完善之书，但也说明了小说、俗语流行的情况。”① 前人筚路蓝缕开拓出来的道路上，走来众多的追随者。曲亭马琴的出现，将中国小说的翻译推向了高潮。

曲亭马琴的翻译、创作和评论活动都异常活跃，而且往往把它们放在一

① 〔日〕中村幸彦『中村幸彦著作集』第八卷、中央公論社 1982 年版、第 387—388 頁。

部作品之中。在自己创作的小说中,不乏翻译改写的段落,而又把评论放在序跋乃至叙事的文字之中。他也有一些关于俗语的考证文字,虽然并未发表,也可以看出他对俗语的理解。《马琴评答集》中收入的几篇手稿《水浒后传国字评追考》中,就对"伙家"一词做了考证:

> 郓哥道:"伙家甚是得罪。"其鳌头注当削去。愚评谓伙家当为俺家之省文,此臆说,为愆。
>
> 再按:伙家当为火家之俗字,俗语里有"家伙"一语,亦作"伙家",见于《水浒后传》(新旧二本均作"伙家")。"火家"之"火"与"夥"同音。"夥家",乃是同伙中人。《水浒后传》第五十七回,孙亮向宋江求援兵,李立到酒店来问起到梁山伯之路一段,李立道:"既是来寻宋头领,我这里有分例。便叫火家快去。""火家"即是。《后传》加上"亻",作"伙家"。郓哥言:"伙家甚是得罪",是指称自己。
>
> 愚评作蛇足之辩,此鳌头评当速削。又,"家伙"当指家具。何哉?家内之杂具,称作家伙。《水浒传》第三十回:"家火什物。"又,《金瓶梅》第二回武大管待弟武松一段,金莲云云,"便叫迎儿收拾了碟盏家伙",亦同。又职人之道具,亦云家伙。《水浒传》第五十三回,李逵邂逅汤隆,到其家一段:"李逵看他屋里,都是铁砧、铁锤、火炉、钳、凿家伙",是也。又杂具调度之类,亦云家伙。《金瓶梅》第十四回花子虚对花大嗷诉,分散家财一段:"这花大、花三、花四分了些床帐家伙去了",是也。①

虽然曲亭马琴只是采用了归纳的方法对词意作分析,而没有条件采用"因声求义"的办法多方论证,但他对这个词意的结论应该说是正确的。

江户时代另外一个对白话抱有浓厚兴趣的学者是雨森芳洲(1668—1755),他对如何学习白话有自己的见解。他认为:"我东人欲学唐话,除小说无下手处,然小说还是笔头话,不如传奇直截,平话只恨淫言秽语,不可把玩,又且不免竟隔一重靴,绝不如亲近唐人耳提面命之为切矣。若以我东

---

① 〔日〕曲亭馬琴『馬琴評答集』、八木书店、第491—498頁。

人为师，则北辕适越，不独字音已也。"① 冈岛冠山（字援之）是当时精通"唐话"的名人，雨森芳洲的随笔集《橘窗茶话》曝料说他的"唐话"都是从《肉蒲团》中学来的，并把这当作读书在精不在多，由白话小说学汉语的典型。他说："冈岛援之只有《肉蒲团》一本，朝夕念诵，不顷刻歇。他一生唐话，从一本《肉蒲团》中来。"②《橘窗茶话》多处谈到自己学习"唐话"的：

余用心唐话五十余年，自朝至夕，不少废歇，一如抟沙，难可把握。七十岁以上，略觉有些意思，也是毡上之毛了。二三子用工，亦当如此。③

传奇即嘴上话，学唐话者朝夕诵习可也。若要做文字，当由小说，此亦不可废也。若大文字不在此例。④

或曰：学唐话须读小说可乎？曰：可也，然笔头者文字，口头者说话，依《平家物语》以成话人，肯听乎？⑤

料想、宁可、不合、只听、竟、更、却还、了、着、呢、哩、吓、咄、呀等类，不可枚数，有国语之有帝二波，必也个个明白，方可成语。南京和尚曰："刘某昨来，讲话，一日竟不知所说是何事。"盖刘某大狄鞑也，讲出语句无一字而非唐话，惟助语过语时，或失度，故唐人莫得而晓也，不可以不谨。⑥

本国话有用汉言而失其本义者，皆语转而为之。如"风闻"为"沙汰"，"辞让"为"时宜"，"疏远"为"如在"，"欢喜"为"珍重"类是也。⑦

我国人发语，对尊长则曰"茂於之"，即禀字也。⑧

---

① 〔日〕日本随笔大成编辑部『日本随笔大成』第二期、吉川弘文馆1994年版、第376页。
② 〔日〕日本随笔大成编辑部『日本随笔大成』第二期、吉川弘文馆1994年版、第365页。
③ 〔日〕日本随笔大成编辑部『日本随笔大成』第二期、吉川弘文馆1994年版、第416页。
④ 〔日〕日本随笔大成编辑部『日本随笔大成』第二期、吉川弘文馆1994年版、第401页。
⑤ 〔日〕日本随笔大成编辑部《日本随笔大成》第二期、吉川弘文馆1994年版、第365页。
⑥ 〔日〕日本随笔大成编辑部『日本随笔大成』第二期、吉川弘文馆1994年版、第355—356页。
⑦ 〔日〕日本随笔大成编辑部『日本随笔大成』第二期、吉川弘文馆1994年版、第401页。
⑧ 〔日〕日本随笔大成编辑部『日本随笔大成』第二期、吉川弘文馆1994年版、第397页。

> "天留保宇"，即"光棍"二字。"天留"是光，"保宇"是棍。俗呼"登吕保宇"，讹唐话有光棍，还将这光棍打恶人，须待我恶人么的话。①

十分可贵的是，雨森芳洲对各种语言采取平等的态度，主张相互学习汲取。这种思想也与在江户中后期新汉语——口语通过白话小说为更多的学者接受的背景相关。

江户学者将口语研究与小说翻译结合的做法，是那一时代学者接触中国白话伊始的必然现象。白话知识是阅读新文学的必备条件，而当时又缺乏接受白话教育的最基本条件，少数接触过"崎阳之学"的人并不能满足翻译的需要，学者不得不自己去探索。这种语义学与翻译并举的方式，在一定意义上说，至今也没有过时。吉川幸次郎在所译《水浒传》第四册的跋中，直言不讳地谈到自己翻译《水浒传》的动机之一就是研究中国古代的口语，他说："我之所以决定翻译这部小说，就是因为在这部中国古老口语的文章中，它的语言有不少已经早已成为死语而意义难以把握。在科学的操作之下，解决一些问题，对中国口语史研究多少做些贡献，这是我的一个动机。"② 在他为各册撰写的序跋中，详尽地讨论了一部分俗语的含义和自己的翻译③。驹田信二在翻译过程中，也将自己碰到的口语问题记录下来，将考证写成《关于见于〈水浒传〉的"趓"字的译语》④、《关于关羽的"重枣"》⑤，专门谈论口语的翻译问题。

今天，《诗词曲语辞汇释》《小说词语汇释》等辞书可以大大方便小说翻译者，然而也不能说口语、俗语的所有疑点都已经解决，很多仍然需要译者去探究。

余光中在《翻译和创作》中曾说："翻译原是一种'必要之恶'，一种无

---

① 〔日〕日本随笔大成编辑部『日本随筆大成』第二期、吉川弘文館 1994 年版、第 397 頁。
② 〔日〕吉川幸次郎『吉川幸次郎全集』第二十六巻、筑摩書房 1986 年版、第 375 頁。
③ 〔日〕吉川幸次郎「『水滸伝』訳者はしがき及びあとがき」、『吉川幸次郎全集』第二十六巻、筑摩書房 1986 年版、第 271—426 頁。
④ 〔日〕駒田信二「『水滸伝』に見える「趓」の訳語について」、『対の思想』、岩波書店 1992 年版、第 140—155 頁。
⑤ 〔日〕駒田信二「関羽の顔「重棗」について」、『対の思想』、岩波書店 1992 年版、第 156—163 頁。

可奈何的代用品。好的翻译已经不能充分表现原作,坏的翻译在曲解原作之余,往往还会腐蚀本国文学的文体。"① 这种说法看似没有把翻译托举得那么高,却是叫译者更为慎重地对待自己译笔下的每一个字。除了为翻译鼓与呼之外,提高翻译质量是提升翻译地位最确实的措施,而这里面就包括了对语言坚持不懈的钻研。

图 135　曲亭马琴《新编水浒传》主要人物图

本文多涉及《水浒传》的口语。现将《水浒传》主要日译本列于下,以供进一步研究:

九岐晣(号竹外逸士)译《通俗水浒后传》,文语译,由己社,1882年版。

松村操编译《通俗水浒后传》,全 8 卷,文语译,兔屋诚,1882—1885年版。

森槐南译《水浒后传》,全 18 册,全译《水浒后传》,庚寅新志社。自 1893 年起 18 个月间陆续刊出。

---

① 罗新璋编:《翻译论集》,商务印书馆 1984 年版,第 747 页。

桃川燕林口演，今村次郎速记《绘本通俗水浒传》，全 8 卷，三新堂，1897 年版。

高须梅溪译《水浒传物语》，口语译，富山房，1903 年版。

伊藤银月译《新译水浒传》，44 回，口语译，日高又伦堂，1908 年刊。

佚名训点《李卓吾批点忠义水浒传》，2 卷，共同出版，1908 年版。

伊藤银月译《水浒物语传》，100 回本，文语译，铃木书店，1911 年版。

小杉未醒译并插图《新译绘本水浒传》（节译），70 回本，左久良书房，1911 年版。

山东京山、柳亭种彦、笠亭仙果、松亭金水译，歌川国芳插图《稗史水浒传》，原书于 1829 年后余二十余年陆续刊出，后 1917 年又有再版本。

久保天随译补《新译水浒全传》，上下册，120 回本，至诚堂，1912 年版。

曲亭马琴、高井兰山译，葛饰北斋插图《新编水浒画传》，全四卷，《通俗忠义水浒传》，江户时代原刊本，1927 年再版本，有朋堂。

曲亭马琴、高井兰山译，葛饰北斋插图《いてふ新编水浒画传》，全四卷，《通俗忠义水浒传》，江户时代原刊本，三教书院。

曲亭马琴、高井兰山译《新编水浒传》，1892 年刊《新编水浒画传》的再版本，无图本，一二三堂。

曲亭马琴、高井兰山译，葛饰北斋插图《新编水浒画传》，集文馆。

大町桂月著（编译）《水浒传物语》，49 章，新潮社，1933 年版。

平冈龙城译《标注训译水浒传》，全 15 卷，金圣叹第五才子书，近世汉文学会刊，1930 年版。

幸田露伴译《水浒传》，国译汉文大成，上中下三卷，120 回本全译，国民文库刊行会。

幸田露伴校定《新订水浒传》，新译日本文学丛书，120 回本的前三十三回，中央出版，1929 年版。

笹川临风译《水浒传》，世界大众文学全集，改造社，1930 年版。

笹川临风译《水浒传》，世界大众文学全集，改造社，1939 年版。

弓馆方夫译《水浒传》，第一书房，1940 年版。

多摩松也译《世界名作选传奇小说集》，紫文阁，1940 年版。

佚名译《物语近世文学　水浒传》（节译），全 2 卷，雄山阁 1941 年版。

冈岛冠山译（？）《忠义水浒传》，100 回本，战后重印，共同出版。

冈岛冠山译（？）《绘本忠义水浒传》，上下两卷，1883 年刊本的再版本。

《国译汉文大成　宣和遗事》，全一卷，东京文化协会，1956 年版。

平山高知译《圣叹外书水浒传》，文政十二年（1829）刊本重印，青木嵩山堂。

佐藤春夫译《新译水浒传》，全 12 卷，120 回本全译，中央公论社，1952—1953 年版。

松枝茂夫、驹田信二译《红楼梦　水浒传》（节译），《水浒传》由驹田信二译出，世界名作全集 6，平凡社，1961 年版。

松枝茂夫编译《水浒传》，全 3 卷，岩波少年文库，岩波书店，1972 年版。

驹田信二译《水浒传》，全 8 卷，120 回本。平凡社，

驹田信二译《水浒传》，全 8 卷，120 回本。世界文学全集 20，研秀社。

《水浒传》，中国古典文学全集 7，平凡社，1956 年版。

吉川幸次郎、清水茂译《水浒传》（改定版），全 10 卷，100 回本，岩波书店。

吉川幸次郎、清水茂译《水浒传》，全 13 卷，100 回本，岩波书店。

村上知行译《ザ・水浒传》，全 1 卷，71 回本，第三书馆。

村上知行译《水浒传》，全 9 卷，71 回本，修道社。

村上知行译《水浒传》，全 3 卷，71 回本，河出书房。

村上知行译《水浒传》，全 4 卷，71 回本，角川书店，1973 年版。

立间祥介译《水浒传》，全 1 卷，70 回本，讲谈社。

立间祥介译《水浒传　三国志》，全 1 卷，70 回本，少年少女心世界文学全集 34，《水浒传》由立间祥介译出，讲谈社。

陈舜臣译《物语水浒传》，全 1 卷，70 回本，朝日新闻社。

陈舜臣译《水浒传》，上下两卷，中国古典系列，朝日新闻社，1975 年版。

荒木猛编译《叛逆者群像　水浒传》，全 1 卷，日中出版。

今户荣一编译《新·水浒传》，光荣社。
寺尾善雄译《水浒后传》，秀英书房。
寺尾善雄译《水浒后传》，平凡社。
佐藤一郎译《水浒传　金圣叹》，全译本，集英社。
佐藤一郎译《水浒传　金圣叹》，全译本，集英社。
鱼返善雄译《水浒传》（节译），新制社。
杉本达夫、中村愿译《中国の古典文学　水浒传》，上下册，さ·え·ら书房，1977年版。

第二节　中野美代子译本《西游记》俗语翻译中的语际转换

　　幸田露伴在《语言》一文中说："古语云：'语言乃一国之标志也。'其意是说北国人使用北国的语言，南方人使用南方的语言。可以说通过语言将欲隐反显的本国呈现于他人面前。古谚至今犹有力量。一个人的语言更能表明这个人的故里家乡。"①

　　《西游记》七十五回唐僧四众行近狮驼洞，太白金星报妖精拦路。孙行者欲邀猪八戒相随打妖，云："兄弟，你虽然无甚本事，好道也是个人。俗云'放屁添风'，你也可壮我些胆气。"钱钟书在《小说识小》一文中，引出这一段，称赞孙行者所道"放屁添风"一语："俗谚云云，大是奇语。"遂引巴阙立治名著《英国俗语大词典》中的"撒尿海中以添水"，《淮南子·诠言训》"犹忧河水之少，泣而益之也"，曹子建上书请免发诸国士息曰"挥涕增河"，谓"皆意同而词气之生动不及"。再引古罗马戏剧家泼洛脱斯形容财房欲浣濯而惜水，则挥泪以增之，田艺衡《玉笑零音》云"海为地之肾，故水咸"，更彰显出悟空所言俗语的特有风趣②。俗语在小说中固然是"小"语"小"句，但如果使用得好，对表现人物个性、创造特殊氛围，却有独到的效果。

　　《西游记》全译本的译者中野美代子（1933—）历来把《西游记》当

---

① 幸田露伴：《幸田露伴散文选》，陈德文译，百花文艺出版社2004年版，第95页。
② 钱钟书：《小说识小》，《钱钟书散文》，浙江文艺出版社1997年版，第510页。

做自己思索的"悦乐之园"①。她说过:"《西游记》有趣,研究《西游记》也很有趣。如此说来,传播《西游记》的趣味也是一种趣事。"② 正是带着这样愉悦的心情,她写出了一系列剖析《西游记》趣味的书。不过,虽然她早就说过,《西游记》的趣味是多种多样的,这个故事逐步形成的过程很有趣,成书之后作品的结构也很有趣③,而且不断努力试图揭开其结构之谜以及其中无数的文化之谜,却似乎还没有来得及多谈其语言之谜。在她长达 19 年的翻译经历中,一定对其中语言之趣深有体会,或许只不过还没有加以系统总结。

　　钱钟书《林纾的翻译》一文说:"我们研究一部作品,事实上往往不能够而且不需要一字一句都透彻了解的。对有些字、词、句以至无关重要的章节,我们都可以'不求甚解';一样写得出头头是道的论文,因而挂起某某研究专家的牌子,完全不必声明对某字、某句、某典故、某成语、某节等缺乏了解,以表示自己严肃诚实的学风。翻译可就不同,只仿佛教基本课老师的讲书,而不像大教授们的讲学。原作里没有一个字可以滑过溜过,没有一处困难可以支吾扯淡。"④ 较之写作论文,翻译是对字词句的无知无以躲闪的行业,这的确道出了翻译之"苦"。不过,反过来说,翻译之乐也正在这里。翻译,特别是名著的翻译,往往能发现迄今研究的缺失和疏漏,甚至提出新的研究课题。对于集学者、作家兼翻译家于一身的译者来说,正可以做到翻译和研究相得益彰。

　　译者需要面对复杂而有趣的语言现象,而俗语是其中难点之一。我国俗语包括谚语、习(惯)用语和口头上常用的成语等,结构相对固定,反映较长时期群众的生活经验、愿望及各地不同的风俗习惯。理想的翻译不仅要传达有关方面的知识背景,而且还要传达其简练的形式和生动活泼的情趣。但更大的困难,则是没有网罗一切俗语的辞书可以参照。《西游记》中,那些出自孙悟空、猪八戒以及各种妖怪口中的俗语,激活了各自的性格,搅动了

---

① 王晓平:《梅红樱粉——日本作家与中国文化》,宁夏人民出版社 2002 年版,第 379—399 页。
② 〔日〕中野美代子:《〈西游记〉的秘密(外二种)》,王秀文等译,中华书局 2002 年版,第 448 页。
③ 〔日〕中野美代子:《〈西游记〉的秘密(外二种)》,王秀文等译,中华书局 2002 年版,第 448 页。
④ 钱锺书:《钱锺书散文》,浙江文艺出版社 1997 年版,第 286 页。

场景的气氛，给读者带来会心的微笑。不管译者是理解的错误还是表达的缺失，都会给译作造成遗憾。

在文学翻译中，句子的双语转换是全部双语转换行为的关键，句子是意义转换的最大的基本单位。小野忍在谈到《西游记》的翻译情况时曾指出，当时面向一般读者的节译本有两三种，在那些译本中，原作的细部，例如对话细部里面表现的东西，还找不到。《西游记》所有的妙味在于讽刺与谐谑，特别是细腻之处（detail）充满了这种趣味，把它们删掉的话，这部小说的趣味就减半了①。这本来是小野忍说明《西游记》选某些章回全译优于摘取各部拼合译出的理由，却也说明了翻译《西游记》转达人物对话情趣的重要性。

这种情趣许多是通过插入对话中的俗语来表达的。

第八十二回，唐僧被金毛白鼠精摄入无底洞中，同游果园。孙行者化身红桃，妖精采而食之，行者一骨碌滚入妖精肚内。"妖精害怕道：'长老啊，这个果子利害！怎么不容咬破，就滚下去了？'三藏道：'娘子，新开园的果子爱吃，所以去得快了。"钱钟书《小说识小》说："'爱吃'二字，体会入微。食物之爱人吃者，几不须齿快。"②并引海涅《旅行心影录》第一章所云，极乐世界中，惟哺啜是务，汤酒开河，糕点遍野，熟鹅口衔蘸汁之碟，飞来飞去，以被吃为喜，即"爱吃"之意。钱钟书对"爱吃"一语的分析可谓见微知著，援西解中。

唐三藏口中的"爱吃"，还别有一番风趣。三藏之说，本是语似窥得熟桃心意，意在解除妖精疑心。汉语多将被动意以主动句叙述，"爱吃"实为"爱被吃"之意，如果这句译错，那就情趣全无。试看中野美代子对三藏一句的译文：

「果園で最初に熟した果物は、はつものとして食べられたいので、さっさとおなかに行ってしまうんですな。」③

---

① 〔日〕小野忍「中国小说の翻訳―『西遊記』翻訳ノート」》，雜誌『文学』編輯部編『翻訳』、岩波書店1982年版、第125—129頁。
② 钱钟书：《钱钟书散文》，浙江文艺出版社1997年版，第511页。
③ 中野美代子訳《西遊記》九、岩波書店2005年版、第91頁。

译文恰如其分地传达了原文的意思,也如实再现了三藏的语调。从这一句的翻译就可以看出,中野美代子对汉语有很高的修养,对俗语的翻译也十分用心。

本文试从鉴赏中野本《西游记》中的俗语翻译入手,用中日语际转换的四种方式来对这些翻译加以解读。

一 中国俗语和日本谚语(ことわざ)

日本谚语(ことわざ)指自古以来广泛使用,含有讽刺、教训意义的短句。很多是在江户时代庶民之间产生的,不仅表现了人们的喜怒哀乐,而且有对人与自然的关系的认识和动植物生态的描绘。一言以蔽之,是人们生活智慧的结晶。它们不仅见于文字,更是口耳相传,世代相继,并不识文断字、熟读诗书的农商妇孺,也能直观地理解。它们不用去推理、辨析、考究,而是将长期积累的智慧一语道破,不容置辩。它们也决不是仅有人生教训、处世哲理。由于多在江户时期底层农商工匠之间产生和流行,因而直到今天也还有不少被使用。社会变化不论多么剧烈,只要人没有彻底与传统绝交,那么那些凝聚人生真实体验的语句,就会自然适时而脱口而出,同时也会有一些新的语汇和表述方式加入进来,谚语也处在不断产生、淘汰的流动过程之中,但总有一些表现

图136 中野美代子译《西游记》(一)

出极其顽强的生命力,在人们的交际中,用来表达警示、提醒、教训、说服、自省等作用,为谈话增加分量、色彩、幽默等不同的情调,发挥转换、联想、调节等功能。日本谚语有些是通过中国经典的翻译和流传而进入生活领域的。其中有些出自中国的寓言、故事、典故,如"尾生の信"、"老馬の智"、"背

水の陣"、"盃中の蛇影"、"虎の威をかる狐";有些是出自中国的经典,如"大智は愚の如し"、"大道廃れて仁義あり"、"千里の堤も蟻の穴から"、"千里の行も足下に始る"、"泰山は土壤を讓らず"、"水は舟を載せ亦舟を覆す";有些出自诗文,如"鹿鳴の宴"、"老驥枥に伏す"、"白髪三千丈"等,还有的可能是通过口语交流传入日本的,如"夜長ければ夢見る"、"耳を掩うて鐘を盜む"等。有些本来是中国的成语,转化为日本的谚语时,就采用了更为精炼的形式,如"如虎添翼",就变成了"虎に翼"。

江户时代、明治时代很多来自中国的谚语,一般庶民是耳熟能详的,近现代很多受过汉文教育的人,对"先ず隗より始めよ"、"管鮑の交わり"等谚语也能一听就懂。近几十年来,随着中小学里古代汉文教育的退场,日本人理解这些古谚的能力自然下降,人们对它们便越来越陌生。

这样的语言文学交流史的背景,对于中野美代子来说,首先给予的方便就是那些日本谚语中已经有了对应的说法的,就直接借用过来,如:

随乡入俗。(第三十回)	郷に入っては郷にしたがえ
烂板凳,高谈阔论。(第十六回)	長っ尻の長談義
与人方便,自己方便。(第三十回)	情けは人のためならず

后面所列均为日本原有的谚语,这样对应的译法在全部译文中并不多,因为《西游记》中的俗语太多了,很多是找不到本土语言来对应的,那些从日本风土中产生的谚语不在译者的选择范围之内。

如果没有现成的日本谚语可以对应,中野就按照日本谚语简洁的特点,创造最具有日本谚语情调的短句来译出,采用尽可能省略动词等方式,做到词汇精炼,结构简明,一看就像是谚语:

万事从宽(第八十三回)	よろず、寛大が肝腎。
易如燎毛(第三十五回)	易きこと毛を燎くが如し。
买一个,又饶一个(第二十回)	ひとつ買えば、おまけもひとつ。
中看不中吃(第二十回)	見た目はいいが役たたず。

第十三章 翻译中的卡点——俗语问题

一日为师，终身为父（第二十回）	一日おそわりゃ一生おやじ。
好借好还，再借不难。（第十六回）	借りたら返せば、お次は楽
女貌男才（第三十回）	女は器量、男は才知。
不冷不热，五谷不结。（第二十回）	寒さ暑さがないならば、五穀もたわわに実らない。
单丝不线，孤掌难鸣。（第三十回）	一本の糸では糸撚れぬ、掌ひとつじゃ音は出ぬ。
仙体不踏凡地。（第三十三回）	神仙は俗界の地を踏まず

如果三两个词汇不能表达原来俗语的意思，也不因追求简洁而牺牲意义的完整，如：

请将不入激将。（第三十一回）
將じお出ましいただくにゃ將を怒らせるのが一番だ。

人逢喜事精神爽，闷上心来瞌睡多。（第三十五回）
嬉しいときには気も晴れようが
心ふさいで憂々すれば眠くなる。

正担好挑，偏担儿难挨。（第三十三回）
きちんとかつげば支えやすいが、片方だけなら難しい。

救人一命，胜造七级浮屠。（第三十三回）
人ひとりの命を救うことは、七重の塔を建立するに勝る。

长他人志气，灭自家威风。（第三十三回）
他人の志気を長め、自己の威風を滅める。

星星之火，能烧万顷之田。（第十六回）
星星の火、能く万頃の田を焼く。

不难看出，虽然中野美代子部分使用了日本原有的谚语来翻译书中的俗语，但是她基本上没有使用那些日本色彩鲜明的谚语，而是尽可能地保留原来的韵味，当属于一种"异化"处理。她之所以这样做，很可能是出于更为准确全面地传达原文信息的考虑，同时像前人通过翻译将汉语典故转化为日本谚语一样，借以丰富日语的表达形式。

二 语际转换的四种方式

一般把语际转换分为四种类型，即对应式转换、平行式转换、替换式转换和冲突式转换。

对应式转换的目的是寻求并获得对应体。这是中野美代子最常采用的类型，她总是尽力选用与汉语所指同一、句法关系相应、思维表达形式上基本对应的汉语形式，来传达原有俗语的含意。

众毛攒裘。（第六十九回）　积少成多。
たくさんの毛を集めて裘ができる。

世上无难事，只怕有心人。（第二回）　只要立志坚持去做，人间没有什么困难的事情。
世上には、やる気しだいで難事なし。

赊三不敌见（现）二。（第三回）　许愿不如马上兑现，今人多说"赊三千不如现八百"。
商いは、即金二円が売り掛け三円よりまし。

放了屁儿，却使手掩。（第七十二回）　捅出漏子想补救而不得法。
おならをしといて、手で隠す。

平行式转换，指双语中对同一意义实体的不同的习惯表现方式，属于"异曲同工"，好在各自发挥了自己的优势。平行式往往能加强语言效果，比如可以实行形象转移，以保留语言的形象效果，即以"形象"换"形象"，因此在功能上各胜一筹。这也是中野美代子较多采用的类型。较之对应式转换，它更多考虑日语的表达习惯。虽然并非每一词语均与汉语所指同一，句法关系与思维表达形式却相差不远，不至于因为词语难以对应而损害可读性。

  为人须为彻。（第二回） 好事要做到底。
  どうせやるならしまいまで。

  起头容易结梢难。（第九十六回） 开头容易收场难。
  初め易しく、締めるが困難。

  留得在，落的怪。（第九十六回） 把客人留住了，却招来埋怨。
  好意で引き止め、恨みを買う。
  "怪"，责怪，埋怨之意。

  好汉子不赶乏兔儿。（第七十一回） 英雄好汉不会乘人之危。
  好漢は弱いものいじめせず。

乏，疲倦，无力。乏兔儿，累垮了的兔子。以"弱者"代"乏兔儿"，是以抽象换具象。

  三人出外，小的儿苦。（第七十二回） 一起共事，年轻的多受累。
  三人で出かけりや、若僧が苦労。

  鸡儿不吃无工之食。（第四十七回） 没有用处的事情不干。
  鶏も玉子を産まなきや餌ついばめぬ。

用"不生蛋之食"代"无工之食"，是具体换抽象。

  槽里吃食，胃里擦痒。（第九十六回） 骂人是畜生的话。
  かいば桶に首をつっこみ、そのかいばで胃のなかの痒みをこする。

替换式转换，是极重要的变通手段，也是最常用的语际转换样式。所谓"替换"，指广泛的调整、变通，以替换原语的措词或语句结构样式。有时这种转换给译文带来一种难得的幽默感。中野美代子有时"易词而译"，有时"易序而译"，但总以最大限度，保留原俗语在含意与形式上的特色为重。

猫咬尿泡空欢喜。（第十七回）　空欢喜一场。
「膀胱にかぶりついた猫」みたいに、ぬかよろこびなのでした。

粗柳簸箕细柳斗，世上谁见男儿丑。（第五十四回）
でかい唐箕もチビ升も、男は男だ、美醜は問わぬ。

这妖精真个是"糟鼻子不吃酒——枉担其名"。（第三十九回）
この化けもんは、《ざくろ鼻の下戸》ってやつで、見かけだわし、だな。

吃了饭不挺尸，肚里没板脂。（第九十四回）　吃了饭不睡觉，身上不长肉。板脂，板油，脂肪。
飯を食っても寝腐れなけりや、腹に脂はのりにくい。

滚汤泼老鼠，一窝儿都是死。（第七十二回）　全部杀死，一个不剩。
熱湯をねずみにぶっかけると、一族みな殺し。

冲突式转换目的在于求得语义实质上的对应而舍弃对语言形式结构的考虑。在日语与汉语无法实现以上三种形式的"对应换码"时，中野美代子有时采用改换语言形式结构的方法以求变通。如反说变正说，直说换比喻，肯定变否定等等。

干鱼可好与猫儿作枕头？（第五十五回）　非出事不可，不会相安无事。
魚の干し物は猫の枕にちょうどよい

来说是非者，就是是非人。（第二十九回） 爱说是非的都是些搬弄是非的人。

もめごとを知らせに来たひと、もめごとの主。

行动有三分财气。（第六十八回） 动一动有好结果。
犬もあるけば棒にあたる。

"犬もあるけば棒にあたる"，字面上的意思是"狗要迈步也要挨棒子"，但是实际上多数用于积极意义。呆着不动什么事也没有，不过也落不着好事；动一动可能挨打，忍过去了说不定还会碰上机会。这和"行动有三分财气"意思很靠近。

三　语际转换的强化与弱化形式

中国谚语同西方各国以及日本谚语一样，都没有固定的形式，但是不同的是，中国俗谚有韵之例甚多，而无韵之俗谚却很少，而日本俗谚以无韵无调为常。据幸田露伴研究，日本俗谚具押韵之法者少，而叠声之法者则不少。他对这种文化现象还多有考索，分析说：大凡中国不属散文之物，皆于无些许检束拘泥之处制作而成，一句之内平仄交互而成抑扬，二句以上者后句与前句其抑扬之法相反相贴，调声成致。事实上应该说，此乃取决于中国人民之天性聪于音，以至于此也。日本以歌人自任之士，一面感到应重视声训，一面又漠然置之，终不能据此标榜声调成美之法而指示之。他说："对照此可悲之事实，对于我邻国之文学，吾人不能不致以几分敬意。然而长此以往，人民之俗谚自然解消其一样节奏的作用，及至后世，渐渐脱却其故有之美衣，只换着'叠声成趣'之粗服，聊存奇异之感矣。世运渐移，人欲愈进，已无'其言有文，其辞有调'之余裕。"各国无不皆然。其押韵成调之事转而为叠声成趣之法而存者，可谓犹足多矣。①

中野美代子为了突出这些俗语的效果，采取了一些措施，其一便是强化：单独排列，以求醒目：

---

① 〔日〕幸田露伴：《幸田露伴散文选》，陈德文译，百花文艺出版社2004年版，第293—294页。

珍馐百味，一饱便休，只有私房路，那有私房肚。(八十五回)
　　　どんなすごいごちそうも
　　　鱈腹食ったらおしまいだ
　　　内緒の道路はあるけれど
　　　内緒のお腹あるはずない

或用日语文章中极少使用的《》括号起来，以引读者的关注：

　　　断送一生惟有酒。又云：破除万事无过酒。(七十一回)
　　《人生を棒に振るのも酒のせい》ても《悪とり除くには酒が一番》ても言ていまぜ。①

　　在相反的情况下，中野美代子又采用了一些办法，来弱化原有俗语的效果。她省略了"俗语"、"常言"等俗语标志性语言，而直接将俗语的意思融合在叙述中。如第八十五回，小妖建议妖王从长计议，定好计策再去对付悟空等，原文中的"常言道：'事从缓来。'"被直接译为："ことはそうせっかちに起こるものではありません"。
　　第五回崩、芭二将道："大圣在天宫，吃了仙酒、仙肴，是以椰酒不甚美口。常言道：'美不美，乡中水。'大圣道："你们就是'亲不亲，故乡人。……'"译者结合当时饮酒的场景，将"美不美，乡中水"，变通为"美不美，乡中酒"：

　　　崩、芭の二将が、
　　「大聖さまは天界で仙酒・仙肴ざんまいでしたから、こんな椰子酒なんかお口にあわないのでしょうがね、しかし、こんなことわざがありますですよ、《味はよくともわるくとも、やはりおいしい故郷の酒》
　　「ふむふむ。それじやおまえたちは、《仲がよくともわるくとも、やはりなつかし故郷の人》ってことだな。……」②

---

① 〔日〕中野美代子訳『西遊記』八、岩波書店2005年版、第10頁。
② 〔日〕中野美代子訳『西遊記』一、岩波書店2005年版、第193頁。

第三十三回行者让小妖"装天"，小妖道："要装就装，只管'阿棉花屎'怎的？"这里的"阿棉花屎"，"阿"同"屙"，是拖延、磨蹭的意思，特用于嗔怪对方拖拉总也出不了门，或慢慢腾腾不出活儿。今四川方言中还有"屙连绵屎"等类似说法。小妖这句话译本简译为催促对方快干的意思，淡化了原文的粗俚色彩：

「やるならさっさとやってくださいよ。なんだってぐずぐずしてるんですか」①

第三十九回："那魔王在金銮殿上闻得这一篇言语，唬得他心头撞小鹿，面上起红云。"心头撞小鹿，喻指心中乱跳，情绪十分紧张。译文作：

殿上にてこれをきいた魔王は胆をつぶし、胸のなかは小鹿がピョンピョンはねるよう。たちまち顔をまっ赤にしたかと思うと、身をひるがえして逃げようとしたのですが、あいにく武器のもちあわせがありません。②

东晋翻译理论家僧睿曾说："烦而不简者，贵其事也；质而不丽者，重其意也。"译者对源语简化或繁化、弱化或强化的不同处理，体现出本人对该源语跨文化价值的判断。作为出版过多部小说与剧体的作家，中野美代子对《西游记》中的俗语的喜爱乃至偏好，也体现在她对每一俗语的精心处理上，她有时甚至沿用江户时代翻译者照搬个别原字而注上训读的方法，意在保存源语的韵味，尽可能复制原俗语的表达方式，却并非一一逐字死译，毋宁说更看重全句的整体感觉，这颇与佛家所谓"依义不依语"的说法相近，她对每一个俗语个案的不同处理，正出于她对该表达方式的不同判断，看来新异而富有中国文化色彩的，有益于扩展日语表现力的，竭力予以强化，反之，则适当弱化。

---

① 〔日〕中野美代子訳『西遊記』四、岩波書店 2005 年版、第 133 頁。
② 〔日〕中野美代子訳『西遊記』四、岩波書店 2005 年版、第 371 頁。

四 与读者分享翻译的甘苦

前苏联学者苏卡连柯在《译文中的对应变体》一文中说："当译文中没有用一个词表示的等价物时，可以采用解释和翻译相结合的方法。"① 汉语中的俗语、歇后语、俏皮话、隐语等多用谐音双关等修辞方法，俗语涉及一些中国人特有的生活经验，这些都是用语句对应的方法难以译出的，勉强对译也会大失其趣。另外，译者也会面对一些用尽办法也尚未彻底搞通的俗语，译出后疑窦未消，不忍敷衍；还有一种情况，是译者认为需要向读者介绍一些辅助知识或链接某种信息，或译者妙手偶得，禁不住想与读者分享双语转换之乐，这些都是附文注释盛装不下的。中野美代子采用了书末译注的体例，译注的大部分属于对俗语翻译的说解。每册书后的译注正是一个译者与读者对话的平台。这也是一般日本中国小说翻译采用的办法。下面是《西游记》译本中一些补注的例子：

> 和尚拖木头，做出了寺。（第八十三回）
> 坊主が材木を引きずっているようなもので
> 注釈：直訳すると、「和尚が材木を引きずって（運んで）、寺をつくりあげる」であるが、「寺（sì）」と「事（shì）」を、同音ではないがひっかけて「做出了事」と読みかえると、「たいへんなことをしでかす」「えらいことになる」となる。中国人の大好きな歇後語（しゃれことば）のひとつ。②

有某些方言中，"寺"发音同"事"，这姑且不论。更多的情况，是为了追求轻松、俏皮避免一本正经的效果，有意采用不正确发音，将"寺"重读以谐"事"。译者如能说清此趣，或许更会增加读者阅读的兴趣。

> 手插鱼篮，避不得腥。（第86回）
> 魚籠に手をつっこめば、手が腥くなるのはあたりまえ。

---

① 〔俄〕苏卡连柯：《译文中的对应变体》，《词典学论文选译》，商务印书馆1981年版，第198页。
② 〔日〕中野美代子訳『西遊記』九、岩波書店2005年版、第432—433頁。

「腥（xīng）」の同音「刑」に読みかえて、「避不得刑」とすると、「刑罰を受ける、嫌疑を受けるのは避けられない」となる。①

"手插鱼篮，避不得腥，"指身处染缸，不可能保持净洁，也多用于既然要做事，就不要怕牵连的意思。中野美代子认为"腥"谐"刑"，意为逃不开刑罚，或属偏移。

　　癞毛猪专赶金毛狮子。（第八十九回）
　　かさぶた病みの雌ブタが、金毛獅子を追っかけまわす。
　　身のほど知らずの妄想で、高嶺の花をほしがること。②

译者在译文中没有直接以日语俗语"想要山顶的花"来对译，足以见译者对原本俗语再现的执着。

　　留得五湖明月在，何愁没处下金钩。（第八十二回）
　　明月を五湖に留めておけば金の釣鉤いつかはおろせる。
　　「明月」は、ここでは三蔵。三蔵を五湖（太湖およびその周辺の湖。ここでは手近なところの意）に放っておけば、いつでも釣りあげられるの意であるが、同時に、月さえ照っていれば、男はいつでも釣れる、と表面では言っている。③

　　三钱银子买个老驴，自夸骑得。（第九十三回）
　　ただ三文で老いぼれ驢馬を買う―乗れもしないのに乗れると自慢。
　　使いものにならない安い老いぼれ驢馬を買う――（ほんとうは馬になぞ乗れないのに）馬に乗れるふりをする、といった意味。④

---

① 〔日〕中野美代子訳『西遊記』九、岩波書店2005年版、第436—437頁。
② 〔日〕中野美代子訳『西遊記』九、岩波書店2005年版、第443頁。
③ 〔日〕中野美代子訳『西遊記』九、岩波書店2005年版、第430頁。
④ 〔日〕中野美代子訳『西遊記』十、岩波書店2005年版、第422—423頁。

望山走倒马。（九十八回）又说：望山跑死马。　看来不远，实际远得很。

山が近くに見えても遠いもの。

山は近くに見えるので馬を走らせたが、馬がくたびれて倒れても、山はまだ先にある、の意。①

走了马脚，识破风汛，躧匾秤铊。（第三十回）

馬脚をあらわしやがって。でも、正体を見破れば、それだけ値づもりできるってことだ。

「躧匾」とは、よくわからないが、おそらく「踏んづける」。「秤鉈」とは、はかりにかける、値踏みするの意。②

"躧"，踏，踩；"匾"，同"扁"。"躧匾"就是踏扁。《水浒传》第九回："〔鲁智深〕只拿了桌上金银酒器，都踏匾了，拴在包裹。"

却莫要现出原嘴脸来，露出马脚，走了风汛，就不斯文了。（第三十回）

正体がばれて、馬脚をあらわしたら、せっかくの優雅な文人ふうも、ふっ飛んでしまうのよ。

馬脚をあらわしやがって——原文は「走了馬脚」。いつも馬の役をしている龍太子が、たまに龍にもどってこう言ったとは、笑えますね。③

风汛，风声，消息。文中的"走了风讯"漏译。走了风汛，就是走了风声。

第八十七回悟空要求葛仙翁进去通报，遭到葛仙翁的拒绝，两人的对话是："行者笑道：'该与不该，烦为引奏引奏，看老孙的人情何如。'葛仙翁

---

① 〔日〕中野美代子訳『西遊記』十、岩波書店 2005 年版、第 435 頁。
② 〔日〕中野美代子訳『西遊記』三、岩波書店 2005 年版、第 442 頁。
③ 〔日〕中野美代子訳『西遊記』三、岩波書店 2005 年版、第 442 頁。

道:'俗语云:'苍蝇包网儿,好大面皮。'"

《はえが頭巾で頭を包む——まったくずうずうしい》という、ことわざがあったわいのう。
　はえは頭が小さいので、頭巾（網児）をかぶりたいときは、顔は大きいふりをする、の意。力量もないのに、あるふりをしている人をからかうことわざ。①

吃了磨刀水，秀气在内。（第六十七回）
刀を研いだ水を飲んだやつ
原文は「吃了磨刀水的秀气在内里」。「秀気」は「銹気」と同音。銹は外にあっては醜いが、内にあっては聡明であるの意。②

积水养鱼终不钓，深山喂鹿望长生。（第八十三回）
水溜で魚を養えば終には釣らず
深山で鹿を飼うのは長生のため
放生（生きものを逃がし功徳を積むこと）の功徳を具体的に述べたもの。寺院の前にはいまでもたいてい「放生池」があり、「積水」（ここでは池のこと）は、そのことを指している。③

功到自然成。（第三十六回）
功到れば自ずから成る
この功は「工夫（日本語の「くふう」ではない）」と同じで、「時間」とか「手間ひま」の意。そこで「手間ひまかければ、ことは自ずから成就する」となる。④

---

① 〔日〕中野美代子訳『西遊記』九、岩波書店 2005 年版、第 440 頁。
② 〔日〕中野美代子訳『西遊記』七、岩波書店 2005 年版、第 432 頁。
③ 〔日〕中野美代子訳『西遊記』九、岩波書店 2005 年版、第 432 頁。
④ 〔日〕中野美代子訳『西遊記』四、岩波書店 2005 年版、第 433—434 頁。

五　俗语研究的课题

《西游记》中很多趣味横生的俗语，都出自孙悟空、猪八戒之口，这与两个形象的平民身份与阳光个性极为一致。这些俗语为全书营造出诙谐、快活、好玩的氛围，稀释了文脉中的宗教语汇的粘稠度，使阅读度得顺畅轻松。俗语是构成《西游记》语言风格的重要元素。可以说，如果俗语翻译不成功，就很难说译文成功。只要《西游记》还要重译与修订，俗语翻译的话题便不会失去内容，由于俗语至今生命力极强，许多出自孙悟空、猪八戒之口的俗语至今还是活的语言材料，所以对其俗语翻译的探讨，就是与现代日汉翻译研究相关的事情。对于中野美代子的俗语翻译，也可以与明清小说俗语研究结合在一起。

第七十二回写天气炎热，众女妖在洗澡，猪八戒也要下水，那怪见了，作怒道："你这和尚，十分无礼！我们是在家的女流，你是个出家的男子。古书云：'七年男女不同席。'你好和我们同塘洗澡？"八戒道："天气炎热，没奈何，将就容我洗洗儿罢。那里调甚么书担儿，同席不同席。"

这一段译本作：

> 女妖ども、カンカンに怒って、
> 「この坊主ったら、なんちゅう無礼なやつなんでしょう。あたしたちは在家の女、あんたは出家した男。《男女七歳にして席を同じゅうせず》って言われているのに、あたしたちと同じ湯船に浸かる気？」
> 八戒、
> 「なにしろ、こう暑くちゃね、しょうがねえよ。わいらの入浴おゆるしを。どこやらの本に席を同じゅうすだか、せずだか、書いてあったって、わいらは知らんぜ。」①

猪八戒所说的"调甚么书担儿"，其实就是"掉甚么书袋儿"。猪八戒讽刺女妖卖弄学问。"掉书袋"，亦作"掉书语"、"掉书囊"，也还有"掉文"、

---

① 〔日〕中野美代子訳『西遊記』八、岩波書店2005年版、第85—86頁。

"掉文袋"等说法，都是说喜欢引证古书，卖弄渊博，俗称"拽文儿"。

第四十七回写三藏法师一行来到车迟国元会县陈家庄，那里的妖怪一年一次祭赛，要一个童男，一个童女，猪羊牲醴供献他。他一顿吃了，保百姓风调雨顺；若不祭赛，就来降祸生灾。书中写行者向老者问起妖怪的情况："那老者跌脚捶胸，哏了一声道：'老爷啊！虽则恩多还有怨，纵然慈惠却伤人。只因要吃童男女，不是昭彰正值神。'"

这一段，译本作"すると老人、胸をたたき、じだんだ踏んで、うめくように、「旦那さまよ、ところがです——恩も多いが怨みも負けぬ、慈悲を装おい人傷つける、子ども食うが好きだとは、正しい神とはよう言えぬ。」"①

这里将"哏"译成"うめくように"似乎不能转达原文中老者的情绪。"哏了一声"中的"哏"当是象声词，表达的是老者的愤怒。这个词在《西游记》第十九回也出现过，那是妖怪向孙悟空叫阵时候发出的愤恨之声：

那怪道声："哏！你这诳上的弼马温……今日又来此欺人！"

译本将这一段译作："化けもの、「ヘッヘッヘ！お上をたぶらかしたこの弼馬温めか！」"②

这两个"哏"，意思是完全一样的，不同的只是作者采用引语的形式。"哏"，又写作"哏"，都读作"很"。清刘省三《跻春台·亨集·平分银》："江见是这样，蹬足曰：'哏！你咳你呀！'殷氏曰：'我灶内还烧得有一根，你拿起你的去哏。'江气急曰：'哏！天咳天呀！这样的人都有了！'"和《西游记》的两例一样，"哏"（或"哏"）的出现都伴随着捶胸顿足之类激烈的情绪。现代作品中常用"哼！"来表示，《汉语大字典》引鲁迅《故事新编·起死》："哼！你自己还不明白？"巴金《春》十一："哼，看不出你还会撒娇。"这里的"哼"都是表愤怒、不满、轻蔑的词，而不同于"哼哼"的"哼"。

第五十四回写三藏法师一行到了西梁女国，那里人都是长裙短袄，不分

---

① 〔日〕中野美代子訳『西遊記』五、岩波書店 2005 年版、第 289—290 頁。
② 〔日〕中野美代子訳『西遊記』二、岩波書店 2005 年版、第 336 頁。

老少，尽是妇女，正在两街上做买做卖，忽见他四众来时，一齐都鼓掌呵呵，整容欢笑道；"人种来了！人种来了！"慌得那三藏勒马难行。须臾间就塞满街道，惟闻笑语。八戒口里乱嚷道："我是个销猪！我是个销猪！"

对猪八戒的这一句话，译本中译作："おいらはブタだぜ！売りに出ているブタなんだぜ！"① 也就是把"销"理解为"销售"之"销"。那么，猪八戒面对着喊叫"人种来了"的妇人们，为什么要喊"我是正在卖的猪"呢，莫不是还要吸引她们过来吗？书中接着写行者道："呆子，莫胡谈，拿出旧嘴脸便是。"于是八戒真个把头摇上两摇，竖起一双蒲扇耳朵，扭动蓬蓬吊搭唇，发一声喊，把那些妇女们唬得跌跌爬爬。八戒原来的意思也当是要驱散围观的人群才是。如果"销猪"的意思是"卖猪"的话，总有些前后不搭。

笔者以为"销"当读作"劁"。"劁"，骟，割去牲畜的睾丸或卵巢，"销猪"就是"劁猪"。《汉语大字典》引郭澄清《大刀记》："这里，有两个人正在忙着劁猪。""劁"，《广韵》：昨焦切，平宵，从"销"。《广韵》：相邀切，平宵，心。猪八戒正是想用这样的话，让那些喊着"人种来了"的妇人失望而散，结果那些围观的人，不在意耳闻而更相信眼见，没被八戒自白唬跑，而是让他八戒的嘴脸给吓跑了。读者也不能不被作者有趣的想象逗乐。

第二十三回写八戒对悟空说："哥啊，我闻得古人云：'龙能喷云嗳雾，播土扬沙；有巴山捐岭的手段，有翻江搅海的神通'，怎么他今日这等慢慢而走？"

译本将八戒的这段话译作："兄貴、むかしの人も言ってるぜ。《龍は能く雲を噴き霧を吐き、土を播き沙を揚ぐ。山に爬り嶺を越ゆる霊力あり、江を翻し海を攪る神通あり》ってな。それなのにあいつ、今日はなんだってのろのろとあるいているんだ？"②

译者将"巴山捐岭"译作"爬山越岭"显然是有所依据的，《西游记词典》、《明清小说辞典》等都是这样解释的。只有周志锋《明清小说俗字俗语研究》另有说法。他认为"巴山捐岭"不是爬山越岭而是撼山摇岭的意思。"巴"在元明时期有摇动意。元马致远《荐福碑》第三折："振乾坤雷鼓鸣，

---

① 〔日〕中野美代子訳『西遊記』六、岩波書店2005年版、第41頁。
② 〔日〕中野美代子訳『西遊記』三、岩波書店2005年版、第93頁。

走金蛇电影开。他（指雷电）那里撼岭巴山，搅海翻江，倒树摧崖。"认为"《西游记》中的'巴山掲岭'犹《荐福碑》的'撼岭巴山'，都是撼山摇岭的意思"。① 此说言之有据，切合文义，可从。

尚有个别疑为讹误者。第二十九回："道高龙虎伏，德重鬼神钦。"译成："德高くして龍虎伏し、德重くして鬼神も欽う"② 前面的"德"为"道"之误。

幸田露伴在谈到中国俗谚的材料时曾说："其书愈俗，其含俗谚愈多。"特别举出《西游记》等书。他还说："西洋诸国不乏搜集俗谚之书。西洋诸国之士未必出于好事，实在因为深知俗谚之可爱可重，不轻侮之，不搁抛之。"③ 他还亲自就元杂剧、传记中摘记，编为《元时的谚语》④，开中国谚语研究之风气。中野美代子虽然没有写出中国俗语研究的著述，但她通过《西游记》的翻译，无疑有利于日本读者理解中国口语的魅力。与幸田露伴相同的是，中野美代子也是一位作家兼杂家。她对地理学、美术、文字学、文化人类学等都兴趣颇浓，而且兴致盎然地将不同学科的知识链接到一起，这对于她历经多年终于完成《西游记》这样一部难译的巨著，都是恰如其分的准备。

---

① 周志锋：《明清小说俗字俗语研究》，中国社会科学出版社2006年版，第86—87页。
② 〔日〕中野美代子訳『西游记』三、岩波書店2005年版、第357页。
③ 幸田露伴：《幸田露伴散文选》，陈德文译，百花文艺出版社2004年版，第294页。
④ 幸田露伴：《幸田露伴散文选》，陈德文译，百花文艺出版社2004年版，第297—304页。

下 编

第十四章

日本古典文学翻译的"前翻译"

中国的译者在翻译日本古典文学作品的时候，除了原著文本之外，主要参考的是日本历代学者的校注和现代日语译文，这是顺理成章的事情。不过，有时这些校注和译文似乎并不能为我们提供可信而圆满的源语依据。

《日本灵异记》卷下《女人滥嫁饥子乳故得现报缘第十六》开头的第一句：

> 横江臣成刀女　越前国加贺郡人也

岩波书店远藤嘉基、春日利男校注本是这样训读的：

> 横江臣成刀女（なりとじめ）は、越前の国加賀の郡の人なり。①

这里首先遇到的一个问题，是"成刀女"是什么意思，参看栏上注释：

> 臣は姓、成刀女が名。（刀は普通名詞ではあるまい。）「刀」は、刀と自の合字。

根据这个注释，我们知道"成刀女"是名字，而"刀"是"刀"和

---

① 〔日〕遠藤嘉基、春日和男校注『日本靈異記』、岩波書店1978年版、第359頁。

"自"的合字。

然而，这样一句简单的话，在我们译为中文的时候，还是有伤脑筋的事情，岩波校注本并没有为我们提供足够的解决办法。那就是"刟"字不见于任何汉语辞书，似乎中国没有这个字，莫非它属于日本的"国字"？为了译好这样一句话，需要译者作一番考据工作，而不是照搬一下汉字就算万事大吉。

《倭名类聚抄》人伦部第二男女部有"屓"字，读作"トシ"，并下注"俗作刀自"，下引刘向《列女传》云："古语谓老母为屓也。今案：和名度之，俗用刀自二字者，讹也。"①

这里的"屓"字，即"负"，为"负"字的俗字。"负"字上面的"刀"字写连笔了，就很容易看成"尸"字。敦煌文献 P.2524《语对》："披裘屓薪"②，就是披着裘衣，背着柴火。《倭名类聚抄》中的这个读作"トシ"的"屓"字，实际上就解决了《日本灵异记》中的"刟"字的问题。"刟"字就是"负"字，是"负"字被写丢了下面的两点，而分成了"刀"、"自"两个字，"トシ"的读音就源于此。所以，岩波校注本的注释把"刟"说成是"刀"、"自"的合字，恰恰与《倭名类聚抄》是一种现象、两种表述。

那么，校注本注释为什么还要特别注明这个字不是普通名词呢？这就可以从《倭名类聚抄》中得到说明。因为根据刘向《列女传》的用例，"负"是"老母"的意思。"负"、"妇"同音。古或假"负"为"妇"（参见《说文通训定声·颐部》）。如《史记·高祖本纪》有"武负"，即"武妇"。

经过这样的考证，可以断定，上引的一句中的"成刟女"，就可以写作"成负女"，这里的"负"不是当"妇"人的"妇"讲，只作人名用字。

我们在翻译之前，实际上已经进行了一种翻译，就是将原文的古代日语翻译成现代日语（将"刟"翻成"负"），这是日本学者没有完成的工作，我们翻译时必须完成。由于翻译，我们发现了研究中遗留的问题，当这些问题解决之后，正确的翻译才有可能。可以说，这是我们翻译的"前翻译"。

---

① 〔日〕『國立歷史民俗博物館藏貴重典籍叢書文學篇第二十二卷（別卷）』、臨川書店1999年版、第52頁。

② 黄征：《敦煌俗字典》，上海教育出版社2005年版，第118页。

中日两国的文学就是这样翻译来、翻译去。日本古代文学历来分汉文学、和文学即假名文学两个不同的领域进行研究，实际上在两者之间存在一个宽阔的交叉或中间地带，即用变体汉文撰写的，或者是包含大量汉文化元素的作品。要翻译这些古典文学作品，就必须了解全部翻译流程的特点。

一般说来，翻译者在从事翻译活动之前，首要的工作就是选择最好的底本作为原本，这一步完成后，就可以进入实际翻译操作阶段。然而，在翻译日本古典文学作品，特别是奈良、平安时代的作品，这第一步的工作并非那么简单。这是因为这些作品在相当长的历史阶段，是以写本的形式流传的，今天我们看到的印本则是经过反复整理而成的，而整个整理和流传过程就已经伴随着不同形式的翻译活动了。这样说来，我们从事的将其翻译成现代汉语的工作，只不过是以往这些翻译活动的继续和延伸而已。

由于每一次翻译都是译者的操作，因而明确我们此次翻译之前的翻译轨迹就是很有意义的了。这里姑且把前人的这些翻译活动都简称为"前翻译"。我们不妨大概梳理和描述一下奈良、平安时代作品的前翻译的轨迹。

实际上，日本上代和中古的作者在写作之时，就开始了翻译活动。因为他们那时是用汉字来书写的，这无疑是一种外来的文字，当他们要表现自己独特的生活的时候，不得不大量借助于汉语词汇，可以说，他们的写作活动就是与翻译活动合二为一的。这姑且看成是第一次翻译。

后来的读者在阅读他们的写本时，无疑也是一种复杂的思维活动。读者要将汉字还原为日常的语言来理解。这是读者的翻译，他们能够借助的是训读这样一种有效的方式，训读的方式一直延续至今，使得我们还能够理解那些作品的大意。训读本身就是翻译的初级形式。这可以看作第二次翻译。

进入江户时代以后，很多写本有了印刷成书的机会。那时的学者开始利用各种写本来做校勘工作。原来的写本保留了古代的俗字和书写习惯，需要清理，而不同时期的抄写者为了更快书写，常常忽略笔划的细节，在偏旁或部件上仓促从事，结果写本上就爬满了俗讹字。写本的清理者正是在和这些俗讹字的较量中，整理出今天我们可以作为翻译原本的书籍来的。从写本到刻本，这已经是第三次翻译了。

不过，大多数情况下，中国的翻译者并不是主要依据江户时代的刻本翻译的，也就是在第三次翻译之后，还有一个阶段，那就是日本近现代研究者对这些古代印本的注释和现代日语翻译。不仅将古代日语翻译成现代日语，贯穿着译者的操作，而且那些注释本身，也深深影响了我们面临的翻译活动。从古代刻本到现代日语译作，这是第四次翻译。

这样说来，我们将以上翻译之后的原本翻译成现代汉语的活动，只能算是第五次翻译了。而每一次翻译，都离不开对汉语和日语的相互关系的理解，都离不开各个翻译阶段译者对写本的认识。我们受惠于前人翻译和研究的成果，也必须面对他们的误读和误译。从这种意义上说，我们一方面对前人解读的智慧表示敬意，一方面作为研究者也要尽可能对尚有疑义的说解加以探讨，以保证我们的译文减少错误，更加接近于原作者的本义。

要之，这每一层翻译都与译者的文字功力有关，每一层翻译都有可能出现误读误解，将差错留给下一层译者，因而每一层翻译都可能有得失可论。

今天的译者享受着前四层翻译的财富，也有责任减少既有的误解。译者要对原作负责，也要为译作负责，他不仅有义务在这一层翻译中减少差错，而且还享有纠正前面四层翻译不妥的机会。为此，他就有必要在翻译之前，对前四层翻译做一番考察，有可能的话还要对现存写本加以研究

第一节　翻译者的文字学功课

由于中日文字有很多共同的成分，对于翻译来说，本来是好事情，相同的汉字，具有历史的渊源，可以帮助以此追溯两国的文化联系。但是，如果译者因此而放松自身的文字学修养，甚至望文生义，误用今天中文的字意去揣测日文古代的字意，那么就会弄巧成拙，中冠日戴，难免不出误译。在翻译之前和翻译过程中，译者从以下几方面来不断强化自身的文字学修养，显得格外重要。

一　熟悉文字流变，提升文字学修养

日本文字，包括汉字和假名，都有一个历史沿革的过程，现代文字和古代文字是有区别的，特别是写本时代以及根据写本整理出来的刻本，还有一个识读的问题。因而，熟悉各时代的文字特点，准确识读，不仅是古典文学

研究者的基本功,而且是翻译者的基本功。翻译者的文字学素养影响译文精准度,这是毫无疑义的。一般来说,选择权威性的日语现代语译本作为底本,这个问题基本可以解决,然而,距离当前多么近的日语现代语译本,也都是"过去时"的,即不可能反映眼前最新的文字学研究成果,对于前人的现代日语译本还有一个"知其然"并"知其所以然"的问题。

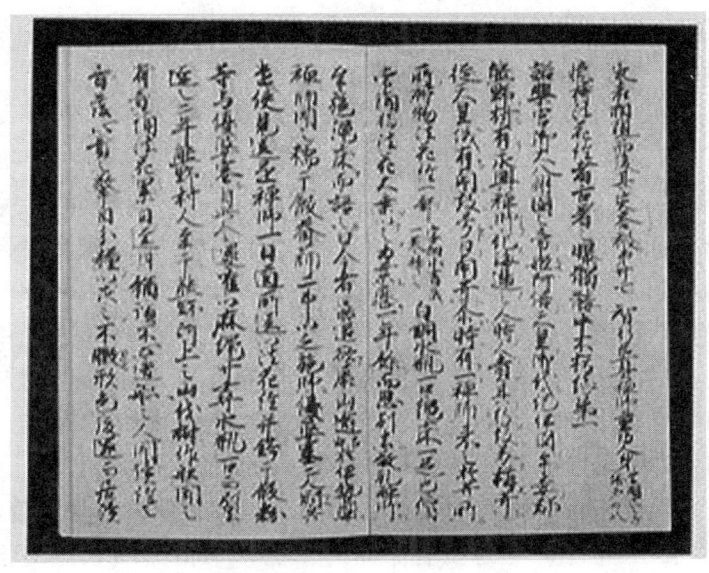

图137　前田育德会藏《日本灵异记》写本

例如,《日本灵异记》下卷《依妨修行人得猴身缘　第廿四》有这样一句话:

　　此村籾多有　此乎充我供養料　令讀經
　　此の村に籾多有り。此を我が供養の料に充てて　経を讀ま令めよ

岩波书店校注本注释:籾,《名义抄》、《字镜集》:モミ。《日本国语大辞典》解释其指未脱壳的稻米,或指稻壳,稻皮。《现代汉语例解辞典》认为这是"国字",会意字。米+刃。

但是"籾"并不是所谓"国字"。《隶篆万象名义·米部》:"籾,拏教反。杂饭也。"，杂饭之意，读作 róu。杨宝忠《疑难字考释与研究》认为这个字可能是"粗"字俗讹，书中有详考①。《说文》七篇上米部："粗，杂饭也。从米，丑声。"《玉篇·米部》："粗，女救切、杂饭也。糅，同上。"《篆隶万象名义·食部》："飳，女久反。杂也，糅字，粗也（字）。"同书《米部》"粗，挐救反。杂饭也。"

由此可知，"籾"在中日文字中是一个同形异义字。在汉语中同"糅"，是杂饭的意思，而在日语中用作稻子、稻谷之意。它不是日本"国字"，《现代汉语例解辞典》的说法不确。

中日汉字你中有我、我中有你而意义转换复杂的现象，常常使译者产生"认你为我"的错觉。两国语言中不仅存在着大量"同形词"（亦有人主张以名为"同字词"为好），而且还存在日语用俗字、汉语用正字（如日语的"渊"，为我国唐代的俗字，汉语繁体字为"淵"），日语用繁体字，汉语用简化字（如日语用繁体字"兒"，汉语用简体字"儿"等）同字异形现象，容易让人很容易把日语写法带进汉语中来。日语中还有一些所谓"和字"和特殊的省代号、标注符号，也是需要译者作出相应处理才能为读者扫清阅读中的障碍。在需要利用新发现的写本资料来对原本进行研究的时候，研究者和译者的文字功力就是能否让这些资料发挥效力的关键了。

对于任何翻译来说，吃透原文都是第一步。著名翻译家傅雷曾经说："事先熟读原著，不厌其详，尤为要著。任何作品，不精读四五遍决不动笔，是为译事基本法门。第一要求将原作（连同思想、感情、气氛、情调等等）化为我有，方能谈到迻译。"② 古语说："文心之细，细如牛毛。"中日文学皆讲究简洁含蓄，字内字外，含义隽永者颇多。可以说，一字不通，不可轻译，因为字皆不明，何谈思想、感情、气氛、情调？文字不通，焉有"善译"？译者在动笔之前，要对每一个字符好好"相面"。误译很多出在对原文理解上，其中一部分，就是译者在文字学上欠功夫，所以动笔前做好文字学功课很有必要。

文字学功课的内容，既有汉字，也有假名。写法上有草书、楷书等书法上的不同。相关知识越丰富，译者的阅读速度和准确率越高。要读懂原著，

---

① 杨宝忠：《疑难字考释与研究》，中华书局2005年版，第572页。
② 傅雷：《论文学翻译书》，收于罗新璋编《翻译论集》，商务印书馆1984年版，第695页。

就要会认各个时代的原本，这是再明白不过的道理。文字学功课成绩的优劣，会直接反映到译本语言上。

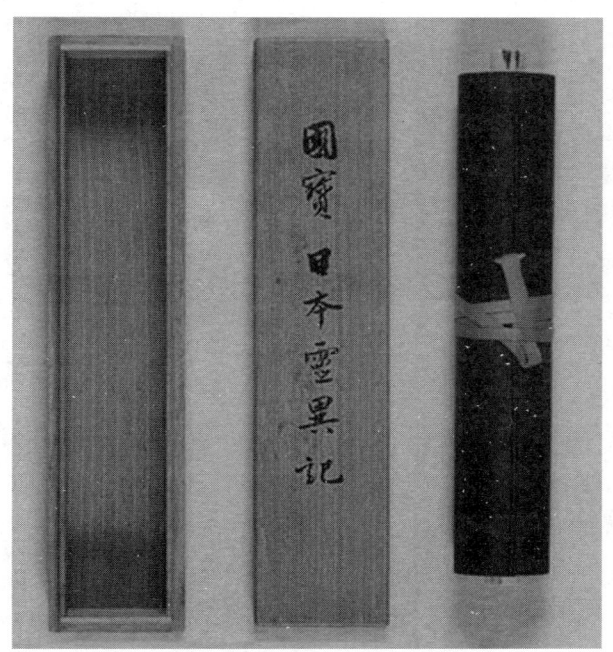

图 138　日本"国宝"兴福寺写本《日本灵异记》

日语文字与中国文字相比，有明显的"存古现象"。日语中保留着一些写本时代的书写习惯，这些习惯相沿已久，从古至今变化不大，而中国情况却不尽相同，很多写本时代的书写习惯已不多见。其中最常见的是日语还保留着几种重文号，如"々"、"ゝ"等。张涌泉《敦煌写本省代号研究》中列举的省代号和重文号有"=、々、ゝ、ヽ、〱、〻"等形式①，在今天的日语文章和训译中基本都可以找到。如人々、山々、津々浦々、夜々、所々、区々等。

人民文学出版社校注本《今昔物语集》卷第14第六篇《越后国々寺的僧人为猿猴写〈法华经〉》，题目中的"々"是重文符号，题目原文中作

---

① 张涌泉：《敦煌写本省代号研究》，载《敦煌研究》2011年第1期，第88—93页。

"ヽ",在现代汉语中不用"ヽ"或"々"来做重文的标记,一般应改为本字,所以应该为《越后国国寺的僧人为猴子写〈法华经〉》。新星出版社出版的北京编译社本题目作《越后国乙寺僧人为猿猴抄写〈法华经〉》,是误将"ヽ"看作"乙",遂使语义不通。

现存各种写本对同一字可能写法不一,译者的文字学知识可以帮助他理解各种写法产生的原因,对译文作出正确处理。《日本灵异记》真福寺本下卷《南怨病忽婴身同之受戒行善以现得愈病缘第卅四》写巨势咨女颈上长有瘦肉后因诵经:"至於延暦六年丁卯冬十一月廿七日之辰時,瘦䐴癰疽,自然口開,流出膿血,平復如願也。"其中的"瘦䐴癰疽"的"䐴"字,原写本篇末训释:"䐴:恶血肉集也。音息反。"据文意,当为"音息",而"反"字为衍文,是说它当作"恶肉集"讲,读作"息"。根据校记,前田家本和《群书类从》本这个字均作"膃"。校注本注释:"前、类本'膃'同'瘜'。《集韵》:'寄肉。'《和名抄》:'䐴肉 阿万之ヽ(アマシシ)。一云古久美(コクミ)。《名义抄》作'アマシシ'。皆为头部的肿瘤。'癭','疽'皆肿瘤。"这里只解释了"䐴"字,是"肉瘤"的意思,却并没有直接对"䐴"作出明确的解释。

考慧琳《一切经音义》:"膃肉,《方言》作'膃',同思力反,《说文》:'奇肉也。'《三苍》:'恶肉也。'"《龙龛手镜》肉部:"膃,音息,膃肉也。"同书疒部:"瘜,音息,瘜恶肉也。""瘜",同"膃",而"䐴"则是"膃"的讹别字。可以推测,上述篇末的训释:"䐴:恶血肉集也",很可能就是出于"恶肉也"的解释,"血"字和"集"字都是在流传过程中后人为明晰文意而增添的衍文。

上引一句中的"平復如願"的"願"字,前田家本作"故",依文意,以前田家本为佳。那么这一句就可以顺畅地翻译了。具有一定的文字学修养,就可以随时将新的研究成果吸取到翻译中来,否则就可能对前三层翻译的疑点视而不见,破疑解难那就更谈不上了。

二 为前三层翻译补课

江户时代整版印刷的书籍,往往保留着当时的书法,近现代影印的书刊,也使我们能够看到原件。这样,我们就有机会直接阅读底本,揣摩作者的真意。我国学者在翻译这些作品时，往往依据近现代日本学者的释读和译文。如果我们具有较好的文字修养，就不难发现这些释读中的错误，从而保证译文的正确性。错误产生的原因是多方面的，由于原文时常间杂草书，文多俗字，稍一疏忽，便会臆测误读。

例如，收入日本名著全集刊行会所编的《日本名著全集》的建部绫足所著《漫游记》，书前有拙古老人所撰序言，书中影印宽政年间刊本的原文，栏上有释读文字①。如果不看原文，只依照释读文字去译，便会将错就错。如原文中的"自号寒叶斋"，被释录为"自号寒柴斋"，因"葉"与"柴"形近而错认。"寒叶"，寒天草木的枯叶，语出南朝宋鲍照《过铜山掘黄精》："蹀蹀寒叶离，瀁瀁秋水积。《魏书·彭城王勰传》："比缠患经岁，危如寒叶。"建部绫足之号，寓意明晰，由此知栏上释读不可从。紧接下一句原文为"所辑画谱画帖，迬〻见於世焉。""迬"是"往"的异体字②，即俗字，"〻"是重文号，则"迬〻"即"往往"，"迬〻见于世焉"，就是说世面上常常看得到。而该书栏上释读将这一句作"輯むる畫譜畫帖、迨々世に見はる。"，将"往往"释录为"迨迨"，遂致文意不通，化易为难。栏上释译甚至将执笔者"拙古老人"，写成了"拙古山人"，很可能是粗心所致，盖不会到了不识"老"草体的地步。总之，中国翻译者文字学功夫深一点，就可避免盲从，谙熟原文"真面目"，做到心底有数。

明治大正时期学者将原本雕版印刷的江户小说整理出版的本子，除时有删节之外，在释读上多有错误，需要找到江户时代的原本加以对照，才会减少错误。如 1912 年博文馆刊行的《忠臣藏文库》，收入了山东京传的《忠臣水浒传》，前编末尾东兆雄的题跋不长，录文错误却有好几处：

> 海内谁是不知君，洛阳桥南混市居。（"是"当作"人"，出自唐代诗人高适《别董大》："莫愁前路无知己，天下谁人不识君。"）
>
> 浑于世情无不通，英豪品搭自无穷。（"豪"，当为"言"，"搭"当为"格"之讹）

---

① 〔日〕日本名著全集刊行會編『日本名著全集』第一期『江戶文藝之部』第十卷『怪談名作集』、日本名著全集刊行會 1927 年版、第 921—926 頁。

② 〔日〕難字大鑒編輯委員會、山田勝美監修『異體字解読字典』、柏書房 2008 年版、第 78 頁。

请看《忠臣水浒传》，深显积恶称不忠。（"不"当为"至"之讹。"不忠"岂能称扬？）

世上雷同剿说法，巧唱经术育稚童。（"法"，当作"徒"，"雷同剿说徒"是指那些惯于抄袭、拾人牙慧、不知独创的人）

果哉山东主人情，舍彼取此助世教。①（"教"当作"功"。作"教"则不韵。）

相比之下，李树果的译文较接近于原文，只有"英豪"句，李树果译本作"英言品搭自无穷"②。"品搭"词不可解，"搭"当为"格"字形近而讹。短短跋文，竟有这样多的讹误，明治大正时期的整理本之粗糙，可见一斑。

李树果先生长期从事读本研究和翻译，在艰苦的条件下，甘守寂寞，译出了《南总里见八犬传》和《日本读本小说名著选》，译文又经南开大学中文系教授审阅，其深钻细研的精神令人钦佩。不过，由于按计划出版，不得不"赶工期"，也有来不及推敲之处。

都贺庭钟《繁野话序》中，译文有如下一段：

以上凡九卷，虽近乎长谈，但如只述稗说忆谈、名区山川、古老传闻、土人口碑，恐世人厌倦，乃予以演义，以备长日之娱。③

从当时的观念来看，《繁野话》就是稗史小说之类，不当有"只述稗说忆谈"之说。查阅底本，江户时代刊本序言影印原文作"卑说臆谈"，这是指那些卑俗的话题和故事，而都贺庭钟则以注入劝善惩恶的思想性与之相区别。新古典文学大系本亦录作"卑说臆谈"不误④，可见译文已认"卑"为"稗"，认"臆"为"忆"，与原意有所背离。

同书山东京传《忠臣水浒传》后编自序中，作者谈到罗贯中和紫式部都因著稗史小说而遭受恶报，而后说：

---

① 〔日〕饗庭篁村校訂『忠臣藏文庫』、博文館1912年版、第584頁。
② 李树果译：《日本读本小说名著选》上卷，天津人民出版社2005年版，第214页。
③ 李树果译：《日本读本小说名著选》上卷，天津人民出版社2005年版，第59页。
④ 〔日〕徳田武、横山邦治校注『繁野話　曲亭伝奇花釵児　催馬楽奇談　鳥辺山調綾』、岩波書店1998年版、第3頁。

虽以余之弗类,噬脐于既逞,惢鉴于不远,而今而后,余将钳啄矣哉。①

文中的"钳啄",当为"钳喙"之讹。"啄"、"喙"因形近而讹。"喙",嘴,特指鸟兽的嘴。"钳喙",同"钳口"、"钳嚼",就是闭嘴不说。这里是说自己该接受罗贯中、紫式部的教训,不再借著述以言说,"钳啄"则不辞。

以上差错或者"非善译",责任并不全在今天的译者,有些是前三层翻译留下的没有解好的习题。如果译者有能力做好"补课"的事情,那么译作就不仅为中国读者提供了可读的好书,而且也是对日本古典文学研究的贡献。

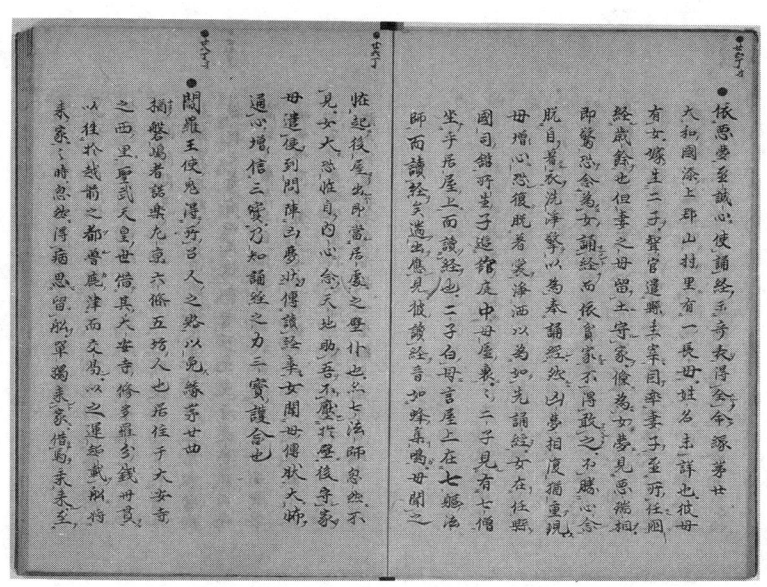

图139　京都大学图书馆藏《日本灵异记》写本

---

① 李树果译:《日本读本小说名著选》下卷,天津人民出版社2005年版,第223页。

特别是有些原作中没有读出来的"盲字",译者不妨通过研究,提出解决的设想。现以《日本灵异记》为例,说明"补课"的可能性。

1. 厷

　　僧景戒　發慚愧心　憂愁嗟言　嗚呼恥哉厷哉　生世命活　存身無便

　　僧景戒、慚愧の心を發し、憂愁へ嗟きて言はく「嗚呼恥しきかな、丞しきかな、世に生まれて命を活ひ、身を存ふること便無し」①

下卷《災與善表相先現而後其災善答彼緣　第卅八》

"厷哉"二字,前田本无,类从本作"丞"。岩波书店校注本注释:"本文、训释皆据类从本「丞」,「吞」的古体。《广韵》:"鄙啬也。"《名义抄》:ヤサシ。"

若将"恥哉厷哉"解释成"可羞呀,吝啬呀",很让人费解。

笔者认为"厷",即"尤"字。敦煌文献中俗字"尤其"之"尤"多可无"、",《正字通》"尢,尤本字"即指此情况。日本《异体字解读字典》"尤"字列"尢"为异体字。"厷"为"尢"字之讹。

尤,责备,怪罪,"怨尤"之"尤"。《论语·宪问》:"子曰;'不怨天,不尤人,下学而上达,知我者其天乎?'《左传·昭公二十九年》:"尹固之复也,有妇人遇之周郊,尤之曰:'处则劝人为祸,行则数日而反,是夫也,其过三岁乎?'"《老子》:"夫唯不争,故无尤。"即意为"とがめる、とがめ"。

这里是景戒嗟叹之词,下面写为活在世上无法养活妻儿等窘况而羞愧,怨尤的是"我先世不修布施行,鄙哉(我)心,微哉我行。""恥哉尤哉",就是可羞呀,可恨啊。

2. 懺

　　若我後世違勅詔之者　天神地祇　憗嘆而被太災　破身懺命

　　若し我、後の世に、勅詔に違はば、天つ神、地つ祇、憗み嘆りて

---

① 〔日〕遠藤嘉基、春日和男校注『日本靈異記』、岩波書店1978年版、第437頁。

太きなる災を被り、身を破り、命を滅さむ。①
下卷《災與善表相先現而後其災善答彼緣 第卅八》

校注:"'破身忏命'之'忏',类从本为'灭'。《考证》:意改。"
考"懺(忏)"字当为"殲(歼)"字之形近而讹。歼,意同灭。

3. 叐

夫力人叐繼世不絕　誠知　先世殖大力因　今得此力矣
　　夫れ力人は、もち繼ぎ世に絶え不。誠に知る、先の世に大力の因を殖ゑて、今此の力を得たることを。②
中卷《力女捔力試緣 第四》

篇末训释:"叐,持也。"校注本注释:"强力者代代不绝。'叐',《考证》引北氏说:'支'字之讹,《玉篇》:'支,持也。'"
将"叐"解为"支",又解为"持也",迂曲不畅。《新集藏经音义随函录》有"叐"字,为"友"字的讹别字(59/959a),也不通。笔者以为,此实为"之力"二字被误认。原文当为"力人之力,继世不绝",下接"诚知殖大力因,今得此力矣",是说大力士的后人的力气也都很大,世代如此,这都是因为这些后代的先人把力气传给了他们,才得到这样的力气。

4. 倪

明知　是人　作主截我四足　祀庙乞利　賊贈食肴　今如切倪　猶欲屠啗
　　明かに知る、是の人、主と作り我が四足を截りて、廟に祀り利を乞ひ、膽に賊りて肴に食ひしを。今倪を切り如くに、猶し屠チテ啗はむと欲ふ。③
中卷《依漢神祟殺牛而祭又修放生善以現得善惡報緣 第五》

---

① 〔日〕遠藤嘉基、春日和男校注『日本靈異記』、岩波書店1978年版、第430頁。
② 〔日〕遠藤嘉基、春日和男校注『日本靈異記』、岩波書店1978年版、第430頁。
③ 〔日〕遠藤嘉基、春日和男校注『日本靈異記』、岩波書店1978年版、第186頁。

倪，校注本训为"ナマナ二"，这一句前人提出多种说法，都很牵强。

笔者以为"倪"当为"免"字之讹。免，释放，《春秋·僖公三十一年》："夏四月四卜郊不从，乃免牲。"杜预注："免，犹纵也。"又赦免，宽宥罪愆。《周礼·秋官·乡士》："若欲免之，则王会其期。"郑玄注："免，犹赦也。"《左传·成公十七年》："君讨有罪，而免臣于死，君之惠也。""切免"，就是急着放掉它。这句话是说：现在如果马上就饶恕它，它还会去杀生。

三 确保文字识读不出或少出错误

王新禧所译《雨月物语 春雨物语》是一个语言流畅耐读的译本，细细读来，可见译者运笔的匠心。不过读到《春雨物语》中的《海盗》中，发现了一个问题。这一篇写海盗给纪贯之寄去一封信，可以说是一篇《菅公论》，发表的是海盗对平安时代的名臣和文坛巨匠菅原道真的独特见解，其中对比吉备真备与菅原道真的一段，译文中有这样一节：

> ……由是思之，吉公当妖僧立朝之际，持大器而不倾殆，建勃平之勋矣。今也，公以朝之宠遇道之光华，与左相公有郁，终所贬黜。故虽兼幸，亦不免不幸也。①

文中"与左相公有郁"，语义不明。看来是叙述与左相公的关系，而"有郁"似乎是写个人的情绪。试看原文：

> ……由是思之、吉公当妖僧立朝之眈、持大器而不倾殆、建勃平之勳矣。今也、公以朝之宠遇道之光煒、与左相公有釁、终所贬黜、故雖無幸、亦不免不幸也。②

这一段为汉文，文字通顺，意思明确，文中的"眈"字，日本校注本注

---

① 王新禧译：《雨月物语 春雨物语》，新世界出版社 2010 年版，第 185 页。
② 〔日〕中村幸彦校注『上田秋成集』、岩波書店 1959 年版、第 169 頁。中村幸彦、高田衛、中村博保校注『英草紙 西山物語 雨月物語 春雨物語』、小學館 1979 年版、第 509 頁。

释:"旹,同时。"实际上"旹"是"时"的一个俗字,见《异体字解读字典》①。

这段文字重新标点后,更好读些:

……由是思之,吉公当妖僧立朝之时,持大器而不倾殆,建勃平之勋矣。今也,公以朝之宠遇、道之光烨,与左相公有釁,终所贬黜。故虽无辜,亦不免不幸也。②

原来王新禧本由于将"有釁"误改为"有郁",遂使意义乖离。《汉书》颜师古注:"釁谓间隙也。"有釁就是不和。或许译者误将"釁"与"郁"的繁体字"鬱"想混,故使译文有失。译文中将"光烨"改为"光华","无辜"改为"兼幸",不知何据。

图140　《雨月物语》多次被改编为电影,图为一剧照。

原文的意思是很清楚的,那就是说海盗认为,吉备真备在妖僧道镜当朝

---

① 〔日〕難字大鑒編輯委員會編、山田勝美監修『異體字解讀字典』、柏書房2008年版、第131頁。
② 王新禧译:《雨月物语　春雨物语》,新世界出版社2010年版,第135页。

的时候，保住国体而不致倾覆，建立了周勃、陈平那样的功绩；而今天菅原道真得到朝廷宠遇和大道的光焰，和左大臣不和，终于被贬谪。所以虽然是无辜的，但不免是不幸的。在作品中这一段出自海盗的文字，实质上是写出了上田秋成本人的"孤愤"。如果离开了对原文文字的理解，也就很难全面体会作者的用心。

四 改俗字为正字

江户时代以前的文学基本由写本流传，江户时代的文学也有以写本流传的作品，现在我们看到的江户时代以前的作品，很多是由写本整理出版的。我们的翻译大多是根据日本学者的现代译文去理解原文的，精通日本古代日语的学者还人数不多，这种状况使我们对前近代日本文学的翻译面临的第一个问题，就是对原文的理解，首先就是对文字的理解。

了解东亚写本的特征，有利于我们对日本前近代文学原本的文字理解。张涌泉在谈到敦煌写本的特征时，归纳出分卷不定、符号不定、内容不定、用字不定、文多疏误四个方面①。日本现存前近代文学原本虽然经过历代学者的清理，大都认定了比较权威的形态，中国翻译者一般依据这些比较权威的整理本就可以进行翻译。问题在于日本校注本对于每一个存在不同写法的注释未必详尽，如果翻译者不明原委，就可能理解出现偏差，另一方面，日本学者的注释也未必能够及时反映当前最新的写本文字研究成果，因而，涉及写本的时候，翻译前的第一节功课，便是确认原本的文字。

《古事记》卷下记述仁德天皇看到国内贫穷，决定三年赦免人民的一切赋税和徭役，在宫廷中实行节俭。宫殿虽然损坏了也不花钱修理。下面谈到宫中漏雨的情景。周作人的译本是：

> 以是大殿破坏，虽悉漏雨，都不修理，但以水溜承其漏雨，迁避于不漏的地方。②

---

① 张涌泉：《敦煌文献的写本特征》，载《敦煌研究》2010年第1期，第1—10页。
② 周作人译：《古事记》，中国对外翻译出版公司2001年版，第136页。

文中的"水溜"没有注释,"水溜"同"水霤",是屋檐下接雨水的水槽,以竹或铁皮制成的纵剖筒状,上仰,雨水由此经由水管下流。《古事记》虽然记述的是传说,但在奈良时代是否有这样的东西,或者说当时的日本人是否想象中存在这样的东西,却不见考证。

吕元明的译本则这样表述:

> 因此,宫殿虽然破坏了,漏进雨水,也不加以修理,而用盛东西的器皿来接漏进来的雨水,或者躲避到不漏的地方去。①

这里是写"用盛东西的器皿"来接漏水。两种译本略有不同,铢量寸度,对照原文哪一种更为确切呢?原文是:

> 是以大殿破壞,悉雖雨漏,都勿脩理,以䉼受其漏雨,遷避于不漏處。②

文中盛水的器具是"䉼",周作人似乎是不明为何物,故以中国南方常见的水溜来代替了。这个字各种《古事记》写本和版本写法不一,即:
《古事传》本文和古训本本文作"掝";
真福寺写本作"減";
前田家写本、猪熊写本、宽永刊本作"稢";
延佳别本和田中赖庸《校订古事记》本作"䉼"。

岩波书店出版的仓野宪司、武田祐吉校注本(以下简称岩波本)虽以《古事记传》本文和古训本本文为底本,但在此处采用了延佳本和田中赖庸的说法,作"䉼",笔者认为这是正确的,不过岩波本注释没有充分说明理由,只说是器物之意,今天来说,是桶、洋铁水桶、洗脸盆之类。

---

① 吕元明译:《古事记》,人民文学出版社 1979 年版,第 137 页。
② 〔日〕仓野宪司、武田祐吉校注『古事記』、岩波書店 1982 年版、第 266 頁。

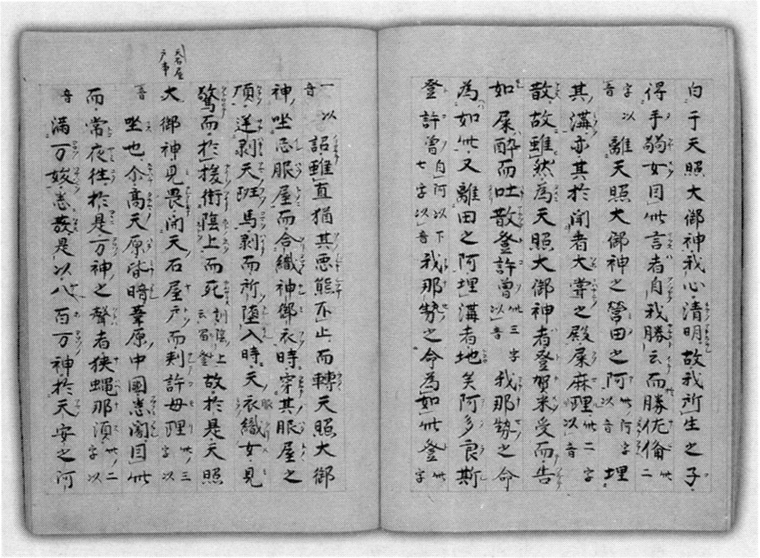

图141 《古事记》写本

"械",读作 jiān,泛指杯、箧等器具。《方言》第五:"械……桮也……自关而东赵魏之间曰械。"桮,即杯。这样看来,械就是杯盆一类盛水器的通称。原文是说,一漏水就用杯盆去接,接不胜接就躲。由于在写本中偏旁"禾"、"木"、"礻"易混,"威"、"咸"字形相近易混,所以原写本中出现了"搣"、"祴"、"秡"等不同写法,它们都不离敦煌讹别字的通例。通过这样的分析,我们对原文的理解和对译文的判断就更有了把握。就此处而言,吕元明本的译法要比周作人本略胜一筹。值得注意的是原文说大殿"悉虽雨漏,都勿修理",悉、都,都是全的意思,作者强调的是大殿漏处之多和仁德天皇态度的坚持,可以想见大雨滂沱之时,处处漏雨,杯盆碗盏齐上阵的情景。

对于文字语言的过细分析,能够给译者提供表达的信心。

五 改俗字和日本"国字"为规范汉字

译文必须使用规范的简体字,这是不容置疑的。除了特殊需要之外,原文中的古今字、俗字、通假字,在译本中都应该改为规范的简体字,除了特殊需要之外，这是译者必须进行的工作。

在我们的译本中，时常会看到一些不规范的字。这种情况多是原文使用了俗字，而我们的译者还对此比较陌生。如人民文学出版社译本《古事记》上卷《迩迩艺命》第二节的"猨田毗古神"中的"猨"，第四节的"猨女君"①，"猨"为"猿"的俗字，当改。《天照大御神与速须佐之男命》第二节中的"道尻岐闬国造"中的"闬"，原文为"閗"②，是"閇"（闭）的俗字，当改为"闭"。

《源氏物语》第四十二回篇名中有一个"匂"字，这一回篇名原文作"匂宫"，丰子恺本、康景成本译作"匂皇子"，林文月本径直作"匂宫"，郑民钦本作"匂兵部卿亲王"，《汉语大词典》、《新华字典》没有收入这个字。《源氏物语》的译本照搬汉字，读者需要去查阅古代汉语词典后才知道，《龙龛手镜·勹部》："匂，盖，葛，一音。"读作"gài"，而这种读法有悖于原文的意义。宋文军《日文汉字中的"和字"和它的音译问题——关于"和字"汉语读音办法的倡议》谈到它，说："读作'匀'（yùn），因为日文训读作'におい'，香味之意，来自'匀'字的改写，'匀'是'韵'的古字。如'酒匂川'（さかわがわ）可读作'酒匀川'。"为了在译文中避免出现与现代汉语规范相悖的情况，译者可以直接用"酒匀川"来译"酒匂川"，而《源氏物语》中应该也可以直接写作"匀中将"。

一般日本的辞书，注明"匂"是日本"国字"，是"韵"字的省旁字。其实这个字并非"和"字，在中国古无"韵"字，"韵"皆写作"匀"，也写作"匂"，"韵"是后起字。

《浮世澡堂》二编卷上《老太婆的对话》中出现了"鰹鱼"，"鰹"，《汉语大辞典》未收此字。周作人译本译作"松鱼"，注释说："松鱼沿用日本旧称，通常写作鱼旁坚字，系取会意。与古文解作大乌鱼的原字不同。日本将此鱼分片蒸成晾干，刨片用作调味料，坚硬如木，故制此名，中国亦遂称为木鱼。"③"鰹"字并非日本和字，鰹一般指大乌鳢，中国的"鰹"和日本的"鰹"属于同字异物，所以周作人才特意详加注解。以下还对此鱼的味道介

---

① 邹有恒、吕元明译：《古事记》，人民文学出版社 1979 年版，第 47 页。
② 邹有恒、吕元明译：《古事记》，人民文学出版社 1979 年版，第 47 页。
③ 周作人译：《浮世澡堂》，中国对外翻译出版公司 2001 年版，第 144 页。

绍了自己的感受。作为处理方式之一种，很值得参考。

六 为"和字"注音

日本人自造的字，称为"和字"（わじ），或称作"倭字"（わじ）或"国字"（こくじ）。这一类字，在表述日本人名、地名或难以意译的特有事物不得不按字照搬的情况下，由于中国字书中查不到，出现在日本文学作品时，译者有必要注明读音，以方便读者，并避免乱猜各行其"读"的混乱。

日语界的老前辈宋文军先生曾撰文讨论日文汉字中的"和字"和它的音译问题，指出我国对日文专有名词的翻译习惯，一向采用搬用汉字的办法，而汉语中没有的字按照日语读法来译，则与一般翻译习惯相违，因而"和字"亟须解决读音问题。

他具体提出以下的倡议：

1. 为了不给我国汉字增添不必要的负担，只选现代人名、地名中十三个"和字"，赋以汉语读音。对于一般的"和字"，不需要另加汉语读音。

2. 对日本人名、地名中的"和字"已有音读或另有汉语读音的字，也不另赋以汉语读音。

3. "和字"既大都是会意字，是利用已有的汉字组成的，为了我国读者识读的方便，尽可能参照一般形声字的读音方法，利用"和字"的主要构成部分进行读音。

4. 对个别的难读字，本着具体问题具体分析的原则，按意义读音。如"峠"，读作"巅"（diān），因为日文训读作"とうげ"，山巅之意。读作"山"或"上"、"下"均不妥，只好按汉语同义词读音。如"安房峠"可读作"安房巅"。

宋先生提出了日文翻译中一个不能不解决的问题，并且提出了简单易行的解决方案。他提出的现代日本人名地名中的十三个"和字"，在日本古典文学中也不难见到。以下分类举例加以分析：

1. 畠——宋先生建议读作"tián"。这个字样既见于人名，也见于地名。日本辞典都注明是所谓"国字"。笔者所考，这个字实际很可能是中国已有的字。《倭名类聚抄》田部，引《续搜神记》云"江南之畠种豆"，《续搜神记》是中国一部佚书，旱田为"畠"。《倭名类聚抄》还注明："畠，一云陆田，和名波太介，或以白田二字作一字者，讹也。《日本纪》云陆田种子波多介豆毛乃也。今案：《延喜内膳式》：'营瓜一段，种子四合五夕也。'"

根据以上材料，"畠"读作"tián"，可从。

2. 麿——读作"麻"（má）。宋先生认为它虽是复合字，但在日本人中也有单独读作"ま"。笔者以为在多数情况下，为了避免处理上的麻烦，将复合字分写成"麻吕"更为简便。《万叶集》歌人柿本人麻吕，就不必写作"柿本人麿"了。这也不违汉字翻译的习惯，因为它也不失为日语中常见的写法，那么"麻吕"，读作"mǎlǚ"就可以了，就其产生来说，当时"麻吕"的合写，很像《战国策·赵策》的名篇《触詟说赵太后》中的"詟"字，自《古文观止》以后的选本包括中学语文课本无不选入，且一直用"触詟"不疑。尽管乾嘉学者如王念孙、黄丕烈等均考证"詟"字是"龙言"二字之误，但直到 1974 年长沙马王堆出土的帛书《战国策》，以实物证明为"龙言"，才算有了定论。周作人在《谈日本文化书》中对浮世绘画家喜多川麿人名的处理就受到称道①：

> 日本浮世绘师本来是画工，他们却至少能抓得住艳羡，只须随便翻开铃木春信、喜多川麻吕（末二字原系拼作一字写）……的画来看，便可知道。

周作人这样处理，是在读者对这个字还很陌生的情况下采取的。当我们在书刊上多次出现这样的处理之后，读者就会渐渐习惯"麻吕"的处理方式，不加注释也不会出现误解。像阿倍仲麻吕就早已经是熟悉日本文化的人熟知的名字了。

3. 榊——读作"神"（shén）
4. 込——读作"入"（rù）
5. 鞆——读作"丙"（bǐng）。见于《万叶集》。
6. 辻——读作"十"（shí）。

---

① 萍庵：《杂说"麿"字》，《中华读书报》，2011 年 9 月 21 日（国际文化版）。

7. 笹—读作"世"（shì）

8. 雫—读作"下"（xià）

9. 栃—读作"厉"（lì）

10. 樫—读作"坚"（jiān）

11. 硲—宋先生主张读作"谷"（gú）。日本《现代汉语例解辞典》："国字。谷あいの意。はざま。さと。"

但是，这个字并非和字。元代编撰的《金史·完颜匡传》中有"白石硲"这一地名。《汉语大辞典》注："硲，同峪。"即当读作"yù"，山谷之意。笹原宏之《国字的位相与展开》对何以"硲"字会被误当作和字有考证。① 因此，此字宜从和字表中删除。在日本人名地名中遇到这个字的时候，直接换之以"峪"，或者写作"硲"，注音 yù，均可。

在宋先生列出的十三字之外，古典文学作品中还有一些字多见，需要明确其来历和读法。如"驒"，可读作"tān"。《今昔物语集》中有关于飞驒国的故事，石川雅望著有《飞驒国物语》。飞驒（ひだ），为东山道之一国，驒在汉语中有 tuó、diān、tān 三种读音，《现代汉语例解辞典》只注了"tuó、tān"两种，日语读音有"ダン"（吴）、"タン"（汉）、"ダ"（吴）、"タ"（汉）四种。易记为主，多方考虑，以读作"tān"为宜，在汉语中有"驒騱"（亦作驒騱）一词，为野马名。

和字常用以表现日本特有而中国没有的事物，作为海洋和森林大国，用以表现特有鱼类和树木的和字尤多。在长期翻译实践中，译者摸索出处理这些译名的不同方法，在转达特有文化氛围和减少新字负担之间谋求上策。

汉字造词方法以至于用于西语为源语的英文和译，一方面体现了日语对汉语的依赖程度，同时也反映出汉字的造词能力之强。就英文和译也采用汉字造词的原因问题，柳父章先生有充分的论述，他认为："也就是说日语原本名词很少，所以历来由汉字造名词是很盛行的，之所以能够这样做，是因为自接受汉字以来历史上名词造词的任务就是由汉字来完成的。汉字承担着造名词的主要作用，这是日本的独家发明。"②

---

① 〔日〕笹原宏之『国字の位相と展開』、三省堂 2007 年版、第 375 頁。
② 〔日〕柳父章『近代日本語の思想——翻訳文体成立事情』、法政大学出版局 2004 年版、第 184 頁。

日语中的名词有其独自的特点，它可以造出很多动词、形容动词等，所以表面上看汉字造出的是名词，实际上绝非仅仅如此，在日语中汉字的创造力极强。柳父章用"汉字创造了日本近代"①的说法来充分肯定汉字对日本的贡献，汉字在日语的形成、发展的各个阶段，以至于在接受西方文化中都发挥了极大的作用。对于今天的汉译者来说，可通过这些汉字的研究和翻译，更深入地理解日本文化。

理解文字的义项，可以借助辞典和各种参考书，而对文字以外的其他含义，则仍然需要译者参照原文的背景、上下文的联系，以及译者自己的文化修养去判断。当我们的古典文学研究和翻译紧密结合起来，出现了许多高质量译本的时候，说不定日本学者在做古典今译的时候，也会找来我们的译本做参考。

第二节　日本古典文学校注中的"汉语结"
——以《句双纸》为中心

日本著名中国思想史研究家町田三郎在接受中国记者采访时谈到："想要研究日本的思想史，就绝不能仅仅研究日本的神道、神社等，而是必须将日本思想史放到中国古代思想在东亚的传播这一大背景中去加以研究，所以从某种意义上来讲，对汉学的研究实际上也是对日本自身的研究。"② 町田三郎的看法，从一个侧面说明了中日两国学术的特殊联系。他从自身研究领域中日思想史研究的角度说明，研究日本思想史是离不开中国思想史在东亚传播的大背景的，这一结论同样也适合于日本文学史的研究。

町田三郎的看法很有见地，但现有的学科分类却与之有所抵牾。研究日本思想史的专家很难分出更多时间和精力去关注中国思想史的研究成果，同样日本文学史和中国文学史的情况也相似。不论是思想史还是文学史，都离不开语言文字的研究，而这属于另外的学科。虽然有比较文学、比较语言学

---

① 〔日〕柳父章『近代日本語の思想——翻訳文体成立事情』、法政大学出版局 2004 年版、第 1197 頁。
② 谢宗睿：《"汉学研究就是对日本自身的研究"——专访日本九州大学名誉教授町田三郎》，《光明日报》2013 年 8 月 19 日国际新闻版。

这样的新兴学科的兴起，但这些领域的发展也面临着与各相关学科沟通等诸多问题。从教育的角度来说，还有一个能够在东亚文化大背景下来研究东亚学术的学者，到底该由谁来培养的问题。

如果说汉学研究就是对日本自身的研究，那么日本研究也是中国研究不可或缺的一部分。日本文学研究对于中国文学研究来说，提供的不仅是中国文学域外传播的丰富资料，而且还有近在身边的来自他者的参照系。由于中国文学特有的广泛内涵和外溢效应，以及与汉学——中国学不可分割的紧密联系，日本文学研究也就自然成为汉学——中国学研究值得特别关注的领域。同在汉字文化圈的中国的日本文学研究，有着不同于日本国内与欧美的日本文学研究的特色，对汉字、汉语的熟悉程度和认知水平有别是其中一个重要原因。

现在，日本国内的"国学"，和中国国内的"国学"都很热，在这种热气蒸腾的氛围中也需要一些冷思考。这两种学术之间并没有万里长城或大海相隔。由于现代学术体系中学科细分，在中国，日本文学属于外国文学领域，而研究国学的则是中国文学、历史、哲学领域的学者。最近，在主张以经学为国学中心的学者当中，也有人认为应该打破文史哲的分界，设立"国学"学科。在日本研究中，那些涉及到中国的资料也更多地引起了中国国学学者的注意，例如流传到日本的中国文学资料，对日本古抄本的研究等等，都被与中国文学的海外传播这一热点问题联系起来。这是一个值得注意的新动向，随着研究的深入，这种倾向或许会逐渐加强。对一个出身于中国文学的学者来说，研究日本文学就如同研究本国文学一样亲切、踏实，随时可以找到自己感兴趣的课题。

当前谈论文化越境与他者表象问题的学者，或许关注的重心，是一种文化进入另外一种文化后发生的误读、变异等复杂现象。不过，这里我想探讨的是另一方面的问题，那就是在中日之间，由于具有长期共同使用汉字的历史，这种越境就具有某些特殊性。充分关注这种特殊性，可能会对中日之间的文化交流方式产生更全面的认识。所谓书籍之路，也可以说是汉字之路。汉字通过写本、刻本到现代的互联网传播，将两种文化紧密地联系到了一起，正因为如此，现代中日两国学者就有可能在研究对方文化的同时，更有效地反观自身文化，也更有可能在研究对方文化方面做出不同于欧美学者的贡献。

日本人对中国文化的认识和感情，仅从文化层面来讲，跟汉字在当时日本的境遇密切相关。与此相关，如果一般说来在本土从事他者文化翻译和研究的人，本土文化的教养是必须的，那么作为中国的日本文化研究者，这种必要性就显得格外突出，特别是古代文化研究者，对于汉字、汉语和汉文化的素养，就有更高的要求。

今天，走进日本的学术书店和中国的学术书店，看一看日本人在读哪些有关中国的书，中国人在读哪些有关日本的书，是一个很有意思的事情。很显然，在日本，有关中国古典的译作、改写和研究著述，远远多于有关中国现代文化的书；而在中国，相对于村上春树、渡边淳一等当代文学的译作接二连三，几种日本古典名著的译作则备显冷清。这一现象本身，就反映出两国对对方认识的偏差值，其深刻的历史和现实原因值得探讨。对于中国人来说，不仅需要对现实日本的了解，也需要对传统日本的了解。这里，不妨避热就冷，专门说一点日本古典文化研究的问题。谨以日本文学校注中的汉语问题为例，来探讨一些中日两国学者在文学研究中进一步合作的可能性。我们还是从享有盛名的《日本古典文学大系》等说起。

全世界研究日本文学的人，恐怕很少有人不知道岩波书店出版的《日本古典文学大系》（1957—1967）、《新日本古典文学大系》（1989—2005）、《新日本古典文学大系明治编》（2001—2013）的。这些书做的主要工作就是由权威学者为日本古典文学作了校注。此外还有小学馆的《日本古典文学大系》（1970—1976）、明治书院的《新释汉文大系》（1960—2013）、筑摩书房的《日本现代文学大系》（1960—1970 年代）、等。它们重要的学术功绩就是为几百部日本文学作品作了体现一个时代学术水平的校注和解说。校注，包括校勘和注释，实际上是校勘学、注释学研究的内容。这些校注对于传承日本传统文化，建全和传播日本文化体系，发挥了不可低估的作用。国外的日本文学研究者，可以通过这些书了解日本比较近期的权威性的研究成果，一册在手，大可安心；反之，别书再多，无此一种，也会深感缺憾。这样看来，在让日本文学走向世界的文化事业中，它们的作用也是不可小觑的。

这些校注本由于一般出自对该书研究造诣很深的顶级学者，至少校注者对该书有长期的关注和研究，所以往往选用的是最好的本子，并以新发现的资料作参校，对文字精心考校，对史实、人物、地名、词语、句意、出处等的注释一丝不苟，对疑难字句往往罗列诸说，旁征博引，综析详辨，对存疑之处又能存疑待质，不强作解，绝少臆说武断，因而值得信凭，成为该书研究的标志性书籍和里程碑。令人遗憾的是，中国还没有类似的大系。我们对这些大系校注本的研究，也就具有了极为重要的参考价值。

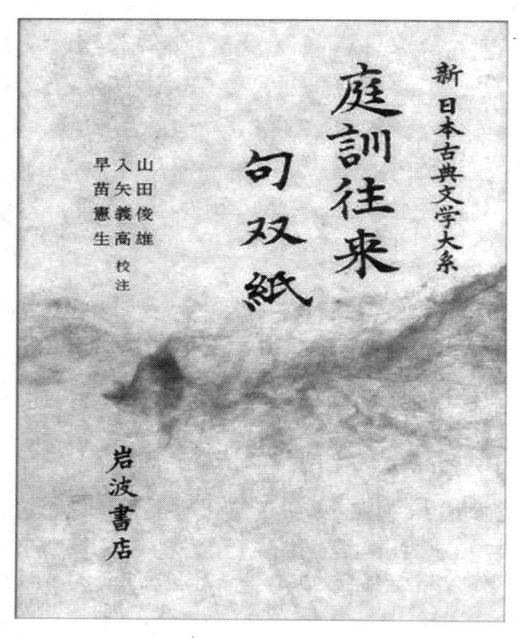

图142　新古典文学大系校注本《庭训往来　句双纸》

不过，以上大系似乎也有一个看来还相当普遍的问题，那就是对一些汉语没有找到恰当的解释，可以称之为"汉语盲点"；还有一些在汉字识读、汉语解释以及有关汉语句意方面存在的瑕疵，按照中国学界习惯的说法，这属于"硬伤"，也可以说是"汉语伤"。中国学者在碰到汉语的时候，也容易因为掉以轻心而出现误译误解。究其实，这种"硬伤"又与学科过于细化及学者个人汉语修养的轻视有关，这其实又是"软伤"的问题了。如果说"硬伤"是指材料问题的话，那么"软伤"就是指价值观、方法论、问题意识等见识问题了。中国的日本文学翻译中存在的同类问题，也与此有某种连带关系。"汉语盲点"和"汉语伤"，都构成阅读中的"汉语结"，这样的"结"不解开，犹如血流梗阻，就可能造成对原作的不完全阅读；"结"一解开，则会词意畅达，文脉得通，犹如轻舟过三峡，顺流而下，一路到底。

本文拟以《句双纸》为中心，对校注中比较常见的"汉语伤"的几个方面略加归纳，以引起对这一问题的重视与探讨。不论对字还是句的理解都可以见仁见智，应该特别说明的是，指出这一问题并不是本文的目的，探索提高校注水准，让日本文学研究真正成为新文化构建的材料才是我们的目标。加强中日文学研究的互动与互补，我们还有很多事情可以做。

一 《句双纸》与俗语东渐

谈到中国俗语在日本传播这一课题的时候，很多人首先想到的是江户时期通过长崎为窗口的人员交流和通过明清白话小说的传播激起的对中国口语的研究，却常常忽略五山以来僧侣在研读禅籍时对元明俗语的钻研。

双纸，小册子，亦作草纸、草子，是简便编写成的著述、编写书籍的总称。《句双纸》，编者不详。据推测是室町时期到江户初期的无名禅僧。有的写本载有编写的禅僧的姓名，但多数为无名禅僧所为，成书于室町中期至江户初期，汇集当时禅林一般使用的汉语语句，即所谓禅语。而这些禅语中有许多中国的成语、谚语、诗句、俗语等。其中不仅有日本历代学者熟悉的汉唐先贤的格言警句，而且包含大量宋元明清时代的俗语。前者有自奈良平安时代学者积累的研究积淀，而后者则属于日本学者全新的知识。《句双纸》的编撰，可能是不断添加、整理的流动过程。在相互传抄的过程中，有些还补充上某些注释，还有的为每句标明出处，题为"禅林句集"在僧众中流传，甚至有的还被刻板刊行，广为阅读。甚至到明治时期，仍有相当范围的流传。夏目漱石就曾经说过，他很喜欢读这样的书。

最新的校注本，是收入《新古典文学大系》中《庭训往来 句双纸》一书中的《句双纸》校注，这是根据从未公开刊行的名古屋市蓬左文库所藏古写本为底本整理的。底本虽然不能说完好地保存了此书的原初风貌，但较之江户时期的本子还是更多地保存了这类书籍的旧貌。

该校注本的著者是京都大学禅文化研究所教授、著名的中国文学研究家入矢义高〈いりや よしたか，1910—1976〉，日本鹿儿岛市人，中国思想史学者，被誉为禅宗文献的权威。入矢义高毕业于京都大学，早年从事敦煌文献与语言学的研究，中年开始研究禅宗文献，并为其作注解。他曾经编有《禅学辞典》。校注本最大的贡献就是从 150 余部禅书中，为《句双纸》所收录的 1219 个词语中的绝大部分找到了出处。这无疑是一个堪称浩大的工程。原书按照一字、二字、三字直至七言长句（两句十四字）的顺序排列词语，一二字共收 64 条，校注本从三字开始标注出处，其中只有 29 条注明"未详"，也就是说，标明了出处的占了三字以后的词句总数的 97% 以上。这为中国学者对这些词句展开研究提供了很好的参考。

禅僧利用俗语、成语、谚语、格言、诗句等阐明禅理是十分常见的，它们是阅读禅籍必备的知识。《句双纸》收录的许多谚语名言，至今还在民间广泛使用。下面举例对这些词语加以讨论，引证序号后面的数字是校注本原文中的编号。

1. 905 **不入虎穴，争得虎子？**（虎穴に入らずんば、いかでか虎子を得ん。）

2. 980 **不行尊贵路，争透上头关？**（尊貴の路に行かずんば、いかでか上頭も関を透らん。）

3. 993 **若不垂芳饵，争知碧沼深？**（もし芳餌を垂れずんば、いかでか碧沼の深きことを知らん。）

4. 995 **不因樵子路，争到葛洪家？**（樵子の路によらずんば、いかでか葛洪が家に到らん。）

以上四例，蕴含的生活哲理，至今不变。而用字却带有唐代的印记。张相《诗词曲语辞汇释》："争，犹怎也。自来谓宋人用怎字，唐人只用争字。"

日本禅僧领会中国俗语，不可能从语言运用的实际场景中学习，又没有可以借助的辞书，多数只能利用训读的方式。训读尤其是此书主要采用的音训，只能说是一种反刍式的翻译方式，也就是首先了解其读音或大致的意思，而后在遇到这一词语时再从其语言环境中去推测。因而，重复便是十分必要的。在《句双纸》中不难发现这种通过重复来理解的痕迹。有些词语曾在书中不止一次出现，如"精魂汉"一语，四字中有"433 弄精魂汉"（せいこんをろうするかん），五言中也有"639 犹是弄精魂汉"（なほこれせいこん

をろうするかん)。又如"捋虎须"一语，四言中有"182捋虎须"(こしをなづ)，六言中有"641第二回捋虎须"(だいにくわいにこしをなづ)、"612入虎穴捋虎须"(こけつにはいってこしゅをなづ)，七言中有"759收虎尾分捋虎须(こびををさめ、こしゅをなづ)。广集用例无疑是一种具有一定科学性的推断词意的方法。捋虎须，撩拨强有力的人，冒险。《水浒传》卷7："那厮却是倒来捋虎须，俺且走向前去，教那厮看洒家手脚。"《岳传》卷6："那好汉怒道：'谅你有何本事，敢来捋虎须！'"

日本禅僧学习汉语俗语，虚词是一个难点。例如1158"云在岭头闲不彻，水流涧下太忙生"(雲は嶺頭に在つて閑不徹、水は澗下に流れて太忙生)，太忙生，就是太忙，生无实义，训读将三字作为一词看待。

5.83 作么生（そもさん）

张相《诗词曲语辞汇释》："生，语助辞。用于形容语辞之后，有时可作样字或然字解。""作么，即作甚么之省文，犹怎么也。"又有作么生一语，熟语也。生为语辞，杨万里《秋雨叹》："晓起穷忙作么生，雨中安否问秋英。"又《佚老堂》诗：'只言此老浑无事，种竹移花作么生。'""凡云作么生，义与作么同。"①

室町时代的僧侣在诗文中使用这样的俗语还比较少，江户时代的良宽就较多用俗语入诗了。如他的《寒山拾得》就用了"作麼生"：

拾得手中帚，	拾得手中の帚
拂颠尘埃，	顚の塵埃を拂ふも
转拂转生；	轉拂へば轉生ず。
寒山授时经，	寒山時に經を授く
终年读不足，	終年讀んで足らず。
古今今今无人善贾，	古も今も人の善く買ふもの無し
所以天台山中长滞货。	天台山中長く滯貨たる所以
毕竟作么生，	畢竟作麼生

---

① 张相：《诗词曲语辞汇释》上，中华书局1979年版，第381页。

待当来下生慈氏判断。當来下生慈氏の判斷を待つ。①

《句双纸》中与"作么生"中的"么"用法相同的还有：

6. 84 **与么去**（よもにさん）

7. 85 **不与么**（ふよも）

8. 98 **与么来**（よもにきたる）

张相《诗词曲语汇释》："又有以生字承太字者，诗词中颇习见。"举出"太愁生"、"太瘦生"、"太清生"、"太粗生"等。

9. 101 **太忙生**（たいばうせい）

杨万里《过五里径》诗："野水奔来不小停，知渠何事太忙生。"

10. 102 **太高生**（たいかうせい）

11. 92 **太麄生**（たいそせい）

刘辰翁《最高楼》词《咏雪》："唤起老张寒簌簌，好歌白雪与君听。但党家，人笑道，太粗生。"

良宽的《腾腾》诗中的"只么"，犹云只此或只如此，与上述数词用法上有联系。这里的"腾腾"也是俗语，等于说悠悠，或描写动作之悠闲，或描写动作之迟缓。腾腾本身是形容词而不是词尾②。这里的腾腾，蒙胧，迷糊貌。腾腾兀兀，犹言昏昏沉沉，恍恍惚惚。

腾腾

裙子短兮褊衫长，	裙子短く褊衫長し
腾腾兀兀只么过。	腾々兀々只麼に過ぐ。
陌上儿童忽见我，	陌上の児童忽我れを見
拍手齐唱放毬歌。	手を拍ち齊しく唱ふ放毬の歌。③

12. 587 **悬羊头，卖狗肉**（羊頭を懸けて狗肉を売る）

今天常说的"挂羊头，卖狗肉"，意思不变，均指所兜售的东西与实际

---

① 〔日〕大島花束、原田勘平訳註『良寬詩集』、岩波書店1977年版、第292頁。
② 王瑛：《诗词曲语辞例释》，中华书局1980年版，第101页。
③ 〔日〕大島花束、原田勘平訳註『良寬詩集』、岩波書店1977年版、第261頁。

大相径庭。良宽所作《余持钵到新泻,逢有愿老人说法白衣舍,因有偈二》之一诗前两句用到这一俗语。诗中的优优,安逸闲适之意;休休,安闲貌,安乐貌:

似欲割狗肉,	狗肉走割かがんと欲して
当阳挂羊头;	當に陽に羊頭を掛くるに似たり。
借问逐臭者,	借問す臭を逐ふ者
优优卒休休。	優ろ卒に休ろたり。①

从上面的例子可以看出,日本僧侣遇到不熟悉的中国俗语,就将其摘录下来,通过对读音的训读,首先使自己能够读出来,遇到相近的词语,也将其摘录下来,而后在阅读中去体会其用例。这是一种完全是借助于多次阅读经验来体会词意的方法,和现代的词汇研究也有形似之处。只是在《句双纸》中还看不到归纳、整理的痕迹,今天我们则可以利用这些语料,做进一步的分析概括。

二 俗字识读

不过,在入矢义高校注本出版之后,中国的汉语研究有了很大进展。特别是敦煌语言文字研究,对俗字俗语研究提供了丰富的成果,今天我们有可能对该校注本作些补正了。例如

13.314 **作家宗师**(さつけのしゅうし)

14.315 **作家眼目**(さつけのげんぼく)

15.767 **作家曾共弁来端**(さつけかつてともにれいたんをべんず)

16.962 **多年寻剑客,今日逢作家**(たねんけんをたづね、こんにちさつけにあふ)

以上四例中的"作家",到底是什么意思呢?入矢义高皆未注。此语在现代汉语的含义与唐宋时含义大不相同,蒋礼鸿《敦煌变文字义通释》释为"内行,高手"②,举《佛说阿弥陀经讲经文》、宋僧道原《景德传灯录》卷

---

① 〔日〕大島花束、原田勘平訳註『良寬詩集』、岩波書店 1977 年版、第 187 頁。
② 蒋礼鸿:《敦煌变文字义通释》,上海古籍出版社 1981 年版,第 37 页。

12等书中的句例,细绎详辨,深文周纳,正可用以解说上述四例中的"作家"一词。作家,亦作作者。《句双纸》"533 作者知机变(さくしゃきへんをしる)",句中的"作者"以内行、高手之意。入矢义高将其译为"練達した禅者",大体近之。

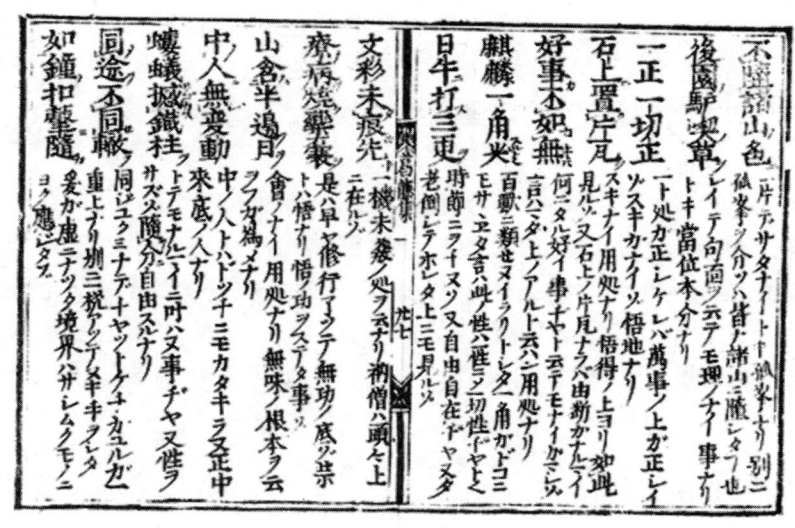

图143　花园大学国际禅学研究所藏《禅林句集》刻本

那么,近三十年来汉语俗语研究的新知识,到底可以帮助我们解决《句双纸》中的哪些问题呢?

首先是文字识读问题。胡适说:"治古书之法,无论治经治子,要皆当以校勘训诂之法为初步。校勘既审,然后本子可读;本子可读,然后训诂可明;训诂明,然后义理可定。"(《胡适文存》二集卷1《论墨学》)乾嘉学派的先师以及今天的敦煌学者以文字音韵为方法,而以合于文法词气为归趋,故能令人怡然理顺,涣然冰释。

17.15 団(くわ)

《龙龛手镜》《敦煌俗字典》《疑难字考释与研究》等皆无此字,日本《字镜》、《新撰字镜》亦不收此字。団,音 huò,一为拉船纤的呼号声。《康熙字典》力部:"《玉篇》:'户卧切,音和,牵船声也。'"又犹咄。《正字通·力部》："囡，一说梵言'囡地一声'，同'咄。'""囡地一声"，佛家谓参禅而顿悟见性之状。元普度《莲宗宝鉴》卷 10："宗门多言此字，盖寻师访道之人，参究三二十年，忽然心花发现，会得此事，不觉囡地一声，如失物得见，庆快平生。"《句双纸》中选取此字，当是这一含义，故可将上述句例补入注释。

18.213 **密々通風**（みつみつふうをつうず）

《禅林类聚》十七、《禅林颂　古联珠通集》十七、《贞和类聚　祖苑联芳集》八："绵密不通风"；《大慧语录》五："密不透风"；《无门关》二十六则、《瞎堂慧远语录》三："绵绵密密不通风"。从以上句例，"々"或为"不"字形近而讹，原文当做"密不通风"。《句双纸》"494 密室不通风（みつしつかぜをつうぜず）"亦可视为旁证。

19.915 **左顾无瑕，右眄已老。**（さこきずなく　うはんすでにおいたり）

语出《景川和尚语录》。良久云："左顾无瑕，右眄已老。腊朔初祖忌上堂。达磨大师曾于少林藏身。今日……端的也无。"眄，即盼。故训读作はん。这一句当为"左顾无瑕，右盼已老"。古抄本中"盼"、"眄"多相混。曾良《俗字及古籍文字通例研究》列出"'盼'、'眄'、'眊'相混例"[1]，举证丰富，不需赘引。陈才《眄、盼、眊互讹琐谈》[2]专文探讨这种互讹现象的源流，《句双纸》中的这一条，可为之作补。

三　俗语解释：由训读的反刍式摄取到现代释义

杨树达曾经指出："前人于训诂之学有一大病焉，则不明句例是也。大言之，一国之文字，必有一国之句例；小言之，一书之文字，必有一书之句例。然古人于此绝不留意，但随本文加以训诂，其于通例相合与否，不知顾也。故往往郢书燕说，违失其真。"他特别强调"明句例"的重要性。句例是在尽可能多地积累语言材料的基础上分析归纳的结果，否则就会陷于片面，以偏概全。

20.308 **不唧嚼汉。**（ふしつりうのかん）

入矢义高在该条的注释中说："不机灵的人，稀松的人。'唧嚼'后面常

---

[1] 曾良：《俗字及古籍文字通例研究》，百花洲文艺出版社 2006 年版，第 146—149 页。
[2] 《中国文字研究》第十八辑，上海书店出版社 2013 年版，第 217—221 页。

跟着否定词使用，几乎没有仅此二字用的。见于《云门广录·下大慧语录》二十。"（『ぱっとせぬ奴。だらしない奴。「唧嚼」は常に否定詞を付けて用いられ、この二字だけで用いられること殆どない。雲門広録・下大慧語録二十。』）他认为"唧嚼"常后续否定词，这可能是根据辞典列举的句例得出的结论，不过这种结论排除了更多的不后续否定词的句例。

张相《诗词曲语词汇释》举出唧嚼、唧溜、㘃嚼，即溜、即留，并说："唧嚼，有伶俐义；有漂亮义；有精细义。唧亦作㘃或鲫或即；溜亦作溜或留。"① 也就是说，尽管写法不同，以声取义，这些写法意思是相同的。即溜，灵活，元曲中亦有之。《乞英布》一折白："曹参，你去军中精选二十个即溜军士，跟随何出使九江去者！"此引申为机敏伶俐义。《挂枝儿》卷9 谑部："大脚儿生得忒即溜；剪一双弓鞋，费了一匹潞绸。"王瑛《宋元明市语汇释》（修订增补本）："按此系用反语相嘲。'即溜'实为'秀'之反面，即'粗蠢'之意。"②

白话小说中《警世通言》十五："那一夜我眼也不曾合，他怎么拿得这样即溜。"亦作㘃溜。《董西厢》四折【斗鹌鹑】曲："把个㘃溜庞儿为他瘦损，减尽从来稔腻风韵。"《后西游》三十三："小行者看见婆婆手脚㘃溜，也自欢喜道：'亏你！亏你！率性奉承你几棒吧。'"亦作鲫溜。秀气；机敏。《梨园市语》："杭人有以二字反切一字以成声者，如以秀为鲫溜……"金董解元《西厢记诸宫调》卷3："怪得新来可唧嚼，折到得脸儿清瘦。"以上句例，都是后面并不接续否定词，在今天的口语中，即溜也不一定后续否定词。入矢义高关于"唧嚼"句例的说明，可以删除。

杨树达《中国文法学小史》谈到"文法问题"，说："夫所谓文法者，文字词句组织先后次序之习惯规则及其活用之现象也。"③ 明句例是专注文法的一个方面。其另一方面就是所谓"审词气"。朱熹解经，以涵泳本文，审核词气匡汉儒诂鞫之病，清代王念孙、引之父子，义诂之深彻，既能抗手汉儒，而又兼承朱子审核词气之美，其所著《经传释词》一书，实其审核词气之结晶也。水以合流而大，学以兼受而精，王氏兼采汉宋之长，故其训诂学之成

---

① 张相：《诗词曲语辞汇释》下，中华书局1979年版，第721页。
② 王瑛：《宋元明市语汇释》（修订增补本），中华书局2008年版，第58页。
③ 胡道静主编：《国学大师论国学》，东方出版中心1998年版，第356页。

就，实超越汉宋两朝诸儒而上之，良非无故也。"① "词气"是对词语在具体语言环境中的语音、含义、语感、感情色彩等的总称。《句双纸》中的语句虽然没有上下文可以作为考察"词气"的依据，但俗语、谚语等都有约定俗成的用法，可以通过大量语料将各种词素的内涵分辨得更清楚。

21.588 贼不打贫儿家（賊は貧児の家を打せず）

入矢义高对此条注释是："盗贼不进穷人家。并非是有怜悯之心，而是知道没有收获，进就要进有钱人家。"（『盗賊は貧乏人の家には押しこまない。なさけ心はあるからというのではない、収穫がないと分かっているから、押し入るなら金持ちの家だ。』）注释首句作为翻译，可以说是无懈可击，不过作为词语注释，后面尚可有些补充。打，为捕捉、猎取义。打家劫舍之义，谓到人家里抢劫财物。良宽（1758—1830）的《逢贼》诗，就用到了这一意思，诗中的"把将去"，就是拿走就是了：

逢贼
禅版蒲团把将去，　　禅版蒲團把つて將き去る
贼打草堂谁敢禁？　　賊草堂を打つ誰れか敢て禁ぜん。
终宵孤坐幽窗下，　　終宵孤坐す幽窗の下
疏雨萧萧苦竹林。　　疏雨蕭々苦竹林。②

"贼打草堂"就是盗贼到草堂来打劫。

22.964 剑握甑人手，鱼在谢郎船。（剣は甑人の手に握り、魚は謝郎が船にあり。）

入矢义高仅注明出自宋代晦岩智昭所编《人天眼目》卷1③，而没有对其意思做出注释。这里要补充的是，所谓"甑人"正出自从平安时代佛教故事集《今昔物语集》中就已改写收载的眉间尺故事。《祖庭事苑》卷第三"甑人"条，写干将之子眉间尺遭到楚王追捕，逃亡在外："有客曰：'子得非眉间尺耶？'曰：'然。'客曰：'吾甑山人也，能为子报父仇。'尺曰：'父昔无

---

① 胡道静主编：《国学大师论国学》，东方出版中心1998年版，第352页。
② 〔日〕大島花束、原田勘平訳註『良寬詩集』、岩波書店1977年版、第256页。
③ 收于『大正藏』第四十八册，『禅宗全書』第三十二册。

辜枉被荼毒，君今惠念，何所须耶？'客曰：'当得子头，并子剑。'尺乃与剑并头。"甑人带着眉间尺的头和剑，终于为其报了杀父之仇①。"谢郎船"。宋代诗人苏洞《悟前生》："谢郎船上鱼新买，贺监湖边酒细倾。七十三分今过二，且然无忤白鸥盟。"释如净《偈颂三十八首》："连雨初晴九月一，日头依旧东边出。照见五蕴皆空，衲僧参学事毕。一尺水，一尺波，谢郎船上唱山歌。"亦作"谢公船"。谢公、谢郎，原均指谢灵运。皎然《送陆判官归杭州》："明朝富春渚，应见谢公船。"《佛光国师语录》亦作"鱼在谢郎船，剑握甑人手"。

23.1188 是非已落傍人耳，洗到驴年也不清。（是非すでに傍人の耳に落つ、洗つて驢年に到つてもまた清からず）

入矢义高对此条的注释是："你的坏名声，已经传到第三者的耳朵里。即便永远洗衣耳，也洗不掉了。所谓'驴年'，本义只是年头，指实际没有内容的年头。十二支里没有驴年，这不过是俗语的说法。"（『そなたについての（悪い）評判は、すでに第三者の耳にまで届いている。永遠にその耳を洗いつづけても、洗い落とせはしないぞ。「驢年」とは、年数がたっただけで実は無内容な年齢のことをいうのが本義。十二支にはロバがないから云々というのは俗語説にすぎない。』）这样的注释大体是准确的，也符合日本注释不参杂议论的习惯，不过从"审词气"的角度讲，仍可以有所补正。

"驴年"之说，属于连类及彼的俏皮话。驴年，不可知的年月。《古尊宿语录》："这痴汉汝与么搅驴年去，任经尘沙劫，无有见期。"《景德传灯录·古灵神赞禅师》："钻他故纸驴年去。"

24.1195 遍界乾坤皆失色，须弥倒卓半空中。（へんかいけんこんみないろをしつす、しゆみたうたくはんくうのうち）

入矢义高解释"倒卓"说："下句的'倒卓'亦可训读为'倒立'"（『下の句の「倒卓」は「倒（さかしま）に卓（た）つ」とも訓む。』）

卓，停，停留。唐温庭筠《思帝乡》词："花花满枝红似霞，罗袖画帘肠断，卓香车。"五代薛昭蕴《浣溪沙》词："记得去年寒食日，延秋门外卓金轮。"倒卓，犹言倒立，倒竖，宋王禹偁《酬安秘丞歌诗集》诗："又似赤

---

① 〔日〕西義雄、玉城康四郎監修『新纂大日本續藏經』、国書刊行会1986年版、第350頁。

晴干萨一阵雹，打折琼枝倒卓。"《宋史·苏绅传》："绅与梁适同在两禁，人以为险诐，故语曰：'草根木脚，陷人倒卓。'"《水浒传》第八三回："可怜耶律国珍，金冠倒卓，两脚镫空，落于马下。"

25.1163 **大抵还他肌骨好，不涂红粉自风流**。（大抵は他の肌骨の好きに還す、紅粉を塗らず自づから風流）

入矢义高注释："上句正确当读为'大抵让她会回到肌骨好'，也就是让她恢复生就的美丽的意思。即便不刻意打扮，也风情万种。'他'是第三称代词，不分男女，单数。复数均可。"（『上の句は正しくは「大抵他（かれ）に肌骨の好きを還せ」と読むべきである。「つまりは彼女にその生まれつきの姿態（みめ）の美しさに戻ってもらうことだ」という意。「べつにおしろいを付けなくても、もともと風情ゆたかなのだから」。「他」は三人称名詞、男女の別なく、また単数にも複数にも用いる。』）入矢义高对底本中有些不尽符合原意的训读都作了纠正，不过这一条，纠正之后仍值得商榷。

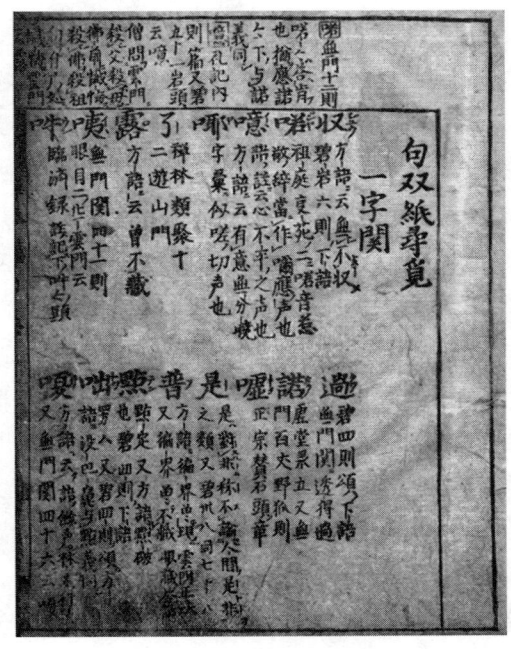

图144 《句双纸寻觅》

训读的意思，认为"还"是恢复之意，而入矢义高的注释则认为它是"让其恢复"之意，也就是说，还是让他（她）回复生就的美貌。这两种解释都是将"还"看成动词，读作"huán"，属于《汉语大词典》里所说的"恢复；还原"这一义项。笔者认为，这里的"还"是副词"还"，是口语，读作"hái"，相当于"还是"，意思是还是他（她）长得到好，所以不化妆也漂亮。《水浒传》第三回形容妇人漂亮："若非雨病云愁，定是怀忧积恨。大体还他肌骨好，不搽脂粉也风流。"意思是一样的。

从上面的例证分析来看，《句双纸》的注释，在充实出典考察的基础上，还可以在文字语言研究方面更上层楼。在这方面，中日两国学者完全可以取长补短，展开合作。同时，不仅《句双纸》这样的书值得这样做，《日本古典文学大系》和《新日本古典文学大系》中其他一些书也可以这样做。

四 中国的日本文学研究和日本的文学研究的互补与互动

《句双纸》这样一部禅宗佳句集锦，请研究中国文学和禅宗的专家来做校注，可以说是找到了最佳人选。入矢义高为我们罗列出全书1219条词句的绝大多数的禅籍出处，并且为其中的485条作了有关词义、句义的注解，尤其可贵的是他尽可能涉及到相关词语在《水浒传》等文学作品中的用法。在日本文学研究中，这似乎已经跨界了。当然，如果他还能为我们列举其在日本室町和江户文学中被采用的情况，那就更为理想。本文指出的是，对这样一部书，还可以从语言、文字学方面去挖掘利用，也还可以从中日语言文字交流的角度去审视。这样做，就可以在文化史上真正找到这部书的文化价值。

现代学科划分，已经为我们设置了各种界标。随着学科划分越来越细，学者要在某一领域占有一席，必须对"界内"工作倾力投入，难得有余力旁顾他界。虽然早有比较文学、比较文化研究者不断提倡跨文化、跨学科研究，但他们的成果有多少已经获得各界内专家的普遍认可，并且产生深远的学术影响，却是一个耐人寻味的课题。界标有大有小，跨度有大有小，跨入有深有浅。所谓一级学科、二级学科是篱笆栅栏、城墙铁网，跨越已属不易，而不同国家的学术对话，则更有各种国情与文化语境的差异，远远大于高山大海的阻隔。小的跨越，具有一定本土学养和对方文化的素养，或许就可以办到，而对于今后的学者要说，这恐怕就远远不够了。中国研究国学的学者已经注意到，国学的整体思维，要求打破文史哲的界限，加强以小学（语言、文字、音韵）为基础的全面学术训练，并且改进过于注重纠正"硬伤"局部的评价体系，这种意见很值得倾听。在日本文学研究领域，这一问题似乎有些超前，但当各部分研究深入之后，对整体研究的思考也会引起更多学者的关注。

　　《句双纸》中虽然也收入了一些描述性而并没有特别意思的词语（如"宝剑在手"、"已相见了也"），但多数谚语、佳句、格言等，反映了中国人的心理、生活哲学和观察思考问题的方法，很多至今还在民间广泛流传（如"贼无空手"、"强将手下无弱兵"、"好儿不使爷钱"等）。禅籍中的宋明俗语至今还没有深入研究，而日本僧侣所编的《句双纸》恰为这一研究提供了很好的线索和资料，因而《句双纸》的研究就不仅是日本文学的课题，也可以说也是中国文学研究的课题。本文谨提出几个"汉语结"来加以探讨，向前辈学者入矢义高表达敬意。日本文学研究，日本虽然算是"本店"，但日本以外国家的研究，也具有独特的价值，而在日本国内，对外国人的研究成果的介绍还不能算很多。作为方法论的敦煌学，在两国写本乃至东亚写本研究中的"船"与"桥"的作用，还有待于进一步发挥。今后，如何加强中日两国日本文学研究界的互动与互补，我们寄希望于两国文化界的有识者。

第十五章

《今昔物语集》汉译的文字学研究

苏曼殊在《与高天梅论文学书》中说过:"衲谓凡治一国文学,须精通其文字。"① 不论是将本国古代文学翻译成现代语言,还是将外国文学翻译成本国语言,精通其时代其民族之文字都是一个大前提。由于日本文字中存在大量汉字,不仅翻译界外部常有人误认为日本文学翻译似乎要比其他国家容易些,就是翻译者本身,也难免有时遇见汉字偷一偷懒,见了"熟面孔",便认作自家人,忘记了日本汉字与中国今天的汉字很多早就不是一回事了,结果郢书燕说,反而堕入五里雾中。

日本汉字是从中国传过去的,但两者的关系却并不是那么简单。有的汉字传入日本以后,意义和用法发生了变化,和今天中国的同一个字不一样了;还有的是原来两者字形是一样的,后来在中国字的意义、写法变了,而传到日本的那个字则相沿已久,始终未变,结果两者模样不同,让人莫名其妙。有些是日本根据汉字形声搭配的原理,满足表述独特文化的需要自造了一些字,它们更是汉字中的新面孔。大体翻译者对于这些新面孔比较经意,还较少出误译。相比之下,前两者因为看上去似懂非懂,稍不留意,便容易上当,一马虎,便被熟悉的词语误导。值得警惕的是,翻译出来的句子如果不认真琢磨,还觉察不出其中的别扭。对这种司空见惯的因为汉字出现的翻译错误,很有必要提出来认真作一番分析。

---

① 舒芜等编选:《中国近代文论选》,人民文学出版社1981年版,第465页。

第十五章 《今昔物语集》汉译的文字学研究 899

　　文学作品中的汉字，往往就像一盏灯，拨亮一盏，照亮一片。但是，灯光炫目，也会找来困惑。本来汉字是我们自己的文字，照理说我们是不该"栽"在自家门口的，可偏偏会有这样"不该发生的故事"。这就是所谓"汉字之痒"。容易出错的原因，恰恰是因为在日本文字中，平假名、片假名、还有所谓"国字"，我们都会比较小心，拿不准就会去查一查，而汉字是我们最熟悉的，也最容易成为理解的盲点。相反，如果我们对中日汉字古今意义的演变有足够丰富的知识，那么对于理解日本文学，特别是古代文学，那是很有裨益的。

　　本章拟以金伟、吴彦翻译的《今昔物语集》卷6第十三《震旦李大安依佛助被害复活的故事》①为中心，兼及前十卷译文中的汉字语汇翻译，意在说明对于日本文学翻译者来说日语汉字也是一门重要的学问，需要费大力气去学习，同时也想对当前中日比较文学中脱离原著单纯对译文加以比较就得出结论可能出现的某些问题，提请同好予以注意。

第一节　日本文学翻译中的"汉字之痒"

　　《今昔物语集》之引起文学家的特别关注，是在20世纪之后，中国读者对这部佛教说话集的好感，在很大程度上来自于芥川龙之介的声誉。芥川龙之介对于这部书评介的文化意蕴和融汇东西的表述，颇得中国译者的共鸣。他在《关于〈今昔物语〉》一文中说："《今昔物语》的艺术生命并不仅仅止于鲜活的气息。借用红毛人的话讲，那应该是'brutality（野性）'之美，或者说是距离优美、纤细等最远的美。"② 这种评价恰与五四以来提倡俗文学的风潮相契合，因而选择这部书来翻译的译者也就不止一人。周作人校北京编译社译本、张龙妹校本和金伟、吴彦译本在不长的几年中相继问世，为我们从对比中学习翻译提供了很好的文本。

---

① 金伟、吴彦译：《今昔物語集》（一），万卷出版社2006年版，第269—270页。
② 高慧勤、魏大海主编：《芥川龙之介全集》第4卷，山东文艺出版社2005年版，第322页。

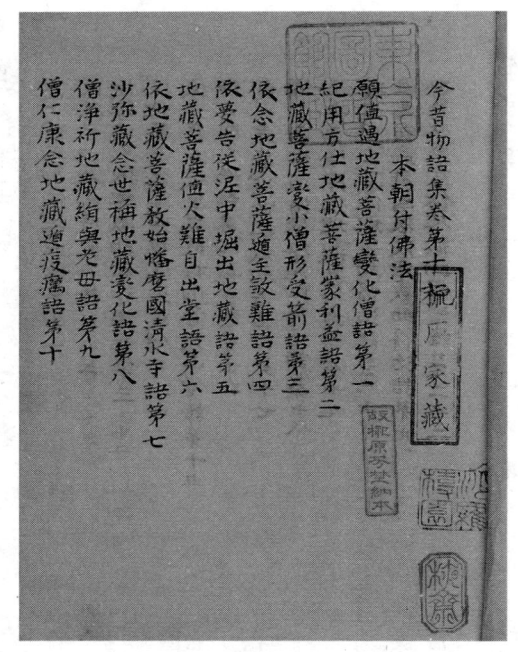

图 145　国会图书馆藏《今昔物语集》抄本

一　篇名中的"依"为何义？

卷第六第十三《震旦李大安依佛助被害复活的故事》，原文为"震旦李大安、依仏助、被害得活语"，原文中的"依"当是做"因"讲，而"被害得活"被断开，表明是作为一个词组来使用。这个题目如果翻译为"震旦李大安被害因佛助而活命"，似乎就更符合汉语的表达习惯了。

"依"，作"因"讲，在奈良、平安时代的文献中屡见不鲜。如《东大寺讽诵文》："不奉造佛写经者，依何为报德之由？不悬幡严堂者，（依）何为送恩之便？"（第230行）①"依"作因"讲"，依何为就是因何；"某佛不出现世者（间），依何奉某经"（第177行），"依何"，即"因何"："依是思维，自然得出家功德"（第180行）②。又如圆仁《入唐求法巡礼记》："依准判官藤原贞敏卒而下痢，诸船于此馆前停宿。"（卷1，开成三年七月廿四日）

---

① 〔日〕中田祝夫解說『東大寺諷誦文稿』、勉誠社1976年版、第59頁。
② 〔日〕中田祝夫解說『東大寺諷誦文稿』、勉誠社1976年版、第49頁。

"但公私之物无异损,依无迎船,不得运上。"(卷1,开成三年七月廿四日)"即此圆仁蒙恩,依少故,诣展不获。"(卷3)再看《参天台五台山记》:"辰时,依西风吹,不出。"(卷1)"其后依酒乱,客人二人都乱,闭室不见。"(卷1)"依驿马不足,山马五匹军马用之。"(卷5)以上各例中的"依",皆作"因"讲①。

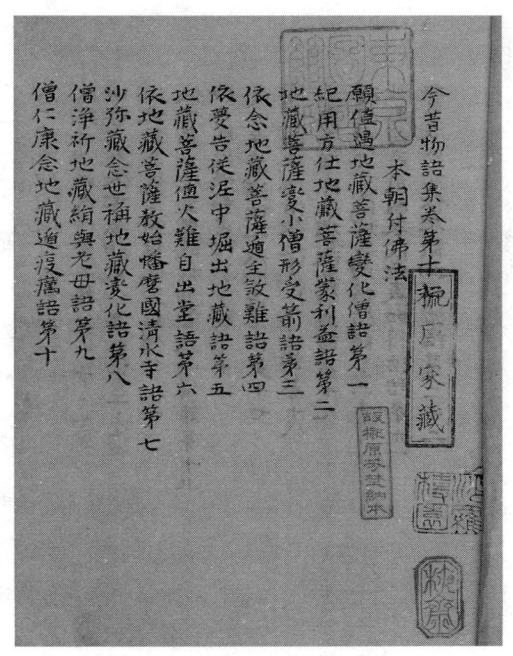

图146 国会图书馆藏《今昔物语集》写本

奈良、平安时代"依"的这种用法,实际上是保留了我国唐代的口语。如吐鲁番文书64TAM35:29(A)武周载初元年(公元689年)史玄政牒为请处分替纳逋悬事(3—496):"今年依田忽有科税,不敢词诉,望请追征去年佃人代纳。"②

在《今昔物语集》中的篇名中,有不少"依"字作"因"讲。在周作人

---

① 董志翘:《〈入唐求法巡礼记〉词汇研究》,中国社会科学出版社2000年版,第70—71页。
② 王启涛:《吐鲁番出土文书词语考释》,巴蜀书社2005年版,第670页。

的校订本中，翻译成"因"的，如卷20第十四篇《摂津国殺牛人依放生力従冥途還語》，周作人校订本译作"杀牛人因放生得还阳"，而金吴译本作"摄津国杀牛人依放生冥途得返语"，"依"字语义不甚清晰。周作人本也有未将"依"字之意译出的，这可能是因为这个译本书成众手，对此字理解不尽一致，或许也有不译出也很明白的情况。如卷17第二十《但馬前司口口国挙、依地藏助得法語》，周作人校本译作《但马前任国守举蒙地藏救助死而复生》。不过，明白了"依"字作"因"讲，在翻译时会译得更为主动。

以下是金、吴译本对"依"的翻译和原文的对照：

译文	原文
婆罗门依醉不意出家的故事（卷一第二十八）	婆羅門依醉不意出家語
舍卫国胜义依施舍得富贵的故事（卷一第三十二）	舍衛国勝義依施得富貴語
老妇依迦叶教化生天报恩的故事（卷二第六）	老母依迦葉教化生天報恩語
婢女依迦旃延教化生天报恩的故事（卷二第七）	婢、依迦旃延教化生天報恩語
天竺人依烧香得口香的故事（卷二第十六）	天竺、依燒香得口香語
天竺国王依鼠护打胜仗的故事（卷五第十七）	天竺国王、依鼠護勝合戦語
震旦唐虞安良兄依释迦像复活的故事（卷六第十一）	震旦唐虞安良、兄依造釈迦像得活語
震旦疑观寺法庆依造释迦像复活的故事（卷六第十二）	震旦疑観寺法慶、依造釈迦像得活語

以上各篇名中的"依"都是作"因"讲，"依醉出家"就是因喝醉而出家，"依施舍得富贵"就是因施舍得富贵，"依造释迦像得活"就是因造像而得活命，这样的例子还有很多。将"依"保留不译固然能通，但不如明确译为"因"更为明晰。《今昔物语集》仅卷9便有一些篇名中的"依"字作"因"讲，兹录于此，可为我国中古语言研究作旁证：

隋代、李寛、依殺生得現報語第二十五
　　　周武帝、依食雞卵至冥途受苦語第二十七
　　　隋大業代、獄吏依惡行子身有疵死語第四十
　　　河南人婦、依姑令食蚯蚓羹得現報語第四十二
　　　晋献公王子申生、依継母麗姫讒自死語第四十三

二　作书者谁

卷6第十三《震旦李大安依佛助被害复活的故事》讲的是李大安被侍从谋杀，因为其妻子造了佛像而得以起死回生的故事。读金伟、吴彦译文，发现其中有几处不甚通畅。先看李大安被杀的一段：

　　　有侍从想趁黑夜杀害大安，大安对此全然不知。侍从见大安睡着了，悄悄来到大安的房间，用刀刺穿了他的头颅，尖刀扎在床上拔不下来，侍从丢下刀逃走了。大安惊呼侍从，侍从赶来，将刀拔下来时他已经死了。侍从取来纸笔记录此，为大安告官，又将大安及诉状送到官府。县官立刻审理此案，清洗刀伤，确认大安已死。①

这里前后出现的"侍从"显然本非一人，而译文没有区别，造成理解上的波折。"侍从赶来，将刀拔下来时，他已经死了"，和后面的"县官立刻审理此案，清洗刀伤，确认大安已死"，语义重复。对照原文，原本表达比较清楚：

　　　而ルニ其ノ従者ノ中ニ、大安ヲ殺サムト思テ、夜ニ至テ眠ルヲ伺フ者有リケリ。大安、此レヲ不知ズシテ眠ル時ニ、彼ノ従者、窃ニ寄テ刀ヲ以テ大安ガ頭を刺シ洞ス。刀ヲ床ニ突付テ不抜ズシテ逃ゲヌ、其時ニ、大安驚キ悟テ従者ヲ呼ブ。従者寄テ此レヲ見テ、刀ヲカント為ルニ、死ナムトス。従者、先ヅ紙筆ヲ取テ、此ノ事ヲを記シテ懸ノ

---

① 金伟、吴彦译：《今昔物语集》一，万卷出版社2006年版，第270页。

官ニ訴ヘムガ為ニ大安ニ告ゲ。大安、書ニ記シテ懸ノ官等即チ来テ此レヲ見ル。其ノ刀ヲ抜テ瘡ヲ洗テ、薬ヲ以テ付ルニ、大安既ニ死入ヌ。①

原文中的"其ノ従者ノ中ニ"，对大安所带侍从不止一人的表述更为明确，所以不至于妨碍后面叙述的理解。译文中"有侍从"的表述虽然也有暗示为其中一个的意思，但如果在后面改变一下译法，就可能读来更顺畅。原文中"従者寄テ此レヲ見テ、刀ヲ抜カント為ルニ、死ナムトス"，是说跑来一看，一拔刀，大安就会死，所以"先ヅ紙筆ヲ取テ、此ノ事ヲ記シテ懸ノ官ニ訴ヘムガ為ニ大安ニ告ゲ"，文中很清楚说明是县官来了才拔刀，那时大安才死去的："懸ノ官等即チ来テ此レヲ見ル。其ノ刀ヲ抜テ瘡ヲ洗テ、薬ヲ以テ付ルニ、大安既ニ死入ヌ。"原文叙述合情合理，而译文将县官来"其ノ刀ヲ抜テ"省去未译，让读者读来费解。

我们再看这个故事所依据的《冥报记》，是否与原文一致。金本已注"此话出自《冥报记》中卷（前田家本〔8〕、高山寺本〔11〕、《太平广记》九十九也引用了同话。类话见于《三宝感应要略录》上卷。下面的引文出自前田家本《冥报记》：

  其奴有谋煞（杀）大安者，候其睡，就夜以小釰（剑）刺（刺）大安项洞之，刃著于床，奴因不拔而逃。大安惊觉，呼奴，其不叛奴婢至，欲拔刃便死，先取纸笔作书。奴仍告主人诉至县官。大安作书毕。县官亦因为拔刃，洗疮加药，大安遂绝。②

《冥报记》原文中"其不叛奴婢至"，就是为了区别谋杀者与后至者。

特别值得注意的是，当"不叛奴婢"赶来，想到要拔刀主人会要死，于是先取纸笔让大安写状子。《今昔物语集》中原文"従者、先ヅ紙筆ヲ取テ、此ノ事ヲ記シテ懸ノ官ニ訴ヘムガ為ニ大安ニ告ゲ。大安、書ヲ記シテ"，是

---

① 〔日〕小峯和明校注『今昔物語集』二、汲古書院1999年版、第37—38頁。
② 〔日〕前田育德会尊經閣文庫所藏、説話研究会編『冥報記の研究』第一巻、勉誠出版1999年版、第50頁。

这一段的翻译，意思并未大变，都是写状子在前，拔刀在后，状子都是大安写的。译者没有看懂原文，又没有查阅原文所依据的原典，结果译文成了侍从拔出刀来，大安死去之后，侍从取来纸笔记下当时的情景去告官，与原文细节大不相同。

三 "负"为何作"捉弄"讲

其实大安并没有死，而是进入了梦境。我们接着看下面的译文：

> 大安恍惚如在梦中，看见一个长一尺有余、厚四五寸、形如红肉团一样的东西，此物离地二尺许，由屋外至床前。有声音道："快还我肉来。"大安说："我从来不吃红肉，你为什么捉弄我？"门外有声音道："不对，错了。"声音刚落，那个肉团一样的东西又退到门外①。

大安明明不吃猪肉，肉团却要他还肉，大安本应申辩，但只责怪对方捉弄自己，两者对话逻辑关系不明。试看原文：

> 大安、夢ヲ見ルガ如シ。一ノ者ヲ見ル。長サ一尺余許、弘ク厚キ事四五寸、其ノ形赤クシテ肉ニ似タリ、地ヲ去レル事二尺許シテ、外ヨリ入来テ、床ノ前ニ至ル。其ノ者ノ名ニ音有テ云ク、「忽ニ我ガ肉ヲ返セ」ト。大安ノ云ク、「我レ、更ニ赤キ肉ヲ不食ズ。何ニ依テカ、汝チ、我レニ負スル」ト。其ノ時ニ、門ノ外ニ音有テ云ク、「此、錯レリ。非ザル也」ト云フニ、此ノ者返テ門ヨリ出デ、去ヌ。②

大安原来说的是："何ノ依テカ、汝チ、我レノ負スル"。这里的"依"字作"因"讲，"负"则是"亏欠、拖欠"之意。这正是回应找他还肉的要求。全句是说："我本来不吃红肉，怎么会欠你的？"小峰和明校注《今昔物语集》注此句："私のせいにするのか"，亦不甚确切。

看《冥报记》原文意思一目了然：

---

① 金伟、吴彦译：《今昔物语集》一，万卷出版社2006年版，第270页。
② 〔日〕小峯和明校注『今昔物語集』二、汲古書院1999年版、第37—38頁。

> 忽如梦者，见一物长尺余，阔厚四五寸，形似睹（笔者按：猪字的异体字）肉，去地二尺许，从户入来，至床前，其中有语曰："急还我肉！"大安曰："我不食睹肉，何缘负汝？"即闻户外有言曰："错，非也。"此物即还，从户出去。①

"何缘负汝"，正是反问对方，我本来不欠你的，怎么你来讨要！《今昔物语集》中的"何ニ依テカ、汝チ、我レニ負スル"，正是出自"何缘负汝"，只是意思表达不甚准确。译文中用了"捉弄"一词，似乎对"负"的本义不甚了了。

四 背上如何"缀"着个"红色的袈裟"

这一篇还有因未看懂汉文而造成的误译。是写李大安死后梦境的部分，先看译文：

> 他（笔者按：李大安）仔细一看，发现水池的西面有一尊金佛像，高五寸，佛像随即变大化成一位僧人，身着清新的绿色袈裟，对大安说道："你的身体已被伤害，我来为你去除伤痛。你痊愈回家后，速念佛修善。"说着用手抚摸大安头上的伤口。大安记住了僧人的模样，还看到僧人的背上缀着个红色的袈裟，宽只有寸许，非常醒目。②

问题是这一段靠后的部分，"大安记着了僧人的模样，还看到僧人的背上缀着个红色的袈裟，宽只有寸许，非常醒目。"僧人身穿袈裟，怎么会"背上缀着个红色的袈裟"，而且还"宽只有寸许"呢？我们仍然先看日语原文：

> 此レヲ見ルニ、目出タシ。池ノ西ノ岸ノ上ニ金ノ仏像在マス。高サ五寸也。即チ、漸ク大キニ成リ給テ、化シテ僧ト成リヒヌ。緑ノ袈裟ヲ新ク清気ナル給ヘリ。即チ、大安ニ語テ宣ハク、「汝ガ身、既ニ被

---

① 〔日〕前田育德会尊經閣文庫所藏，説話研究会編『冥報記の研究』第一卷、勉诚出版 1999 年版、第 50 頁。

② 金伟、吴彦译：《今昔物语集》一，万卷出版社 2006 年版，第 270 页。

傷タリ。我レ、今、汝ガ為ニ善ク痛ミヲ令去ム」ト。「汝ヂ平愈シテ家ニ返テ、速ニ仏ヲ念ジ善ヲ修セヨ」ト宣テ、手ヲ以テ頭ヲ疵ヲ撫デ、去リ給ヒヌ。大安、即チ其ノ形ノ有様ヲ記スルニ、僧ノ背ヲ見ルニ、紅ノ繒ヲ以テ袈裟ヲ綴レリ。弘サ、方寸許也。甚グ鮮ニ見ユ。①

原文中这一部分是："大安、即チ其ノ形ノ有様ヲ記スルニ、僧ノ背ヲ見ルニ、紅ノ繒ヲ以テ袈裟ヲレリ。弘サ、方寸許也。甚グ鮮ニ見ユ。"提到僧人袈裟的部分是说："紅ノ繒ヲ以テ袈裟ヲ綴レリ"。"紅ノ繒"是红丝线，"綴レリ"有"つづる、つなぐ、つくろう、つらねる"等义项，以及"とじる、糸で縫いつける"义项，在这里是最常见的"缝补"一义。"紅ノ繒ヲ以テ袈裟ヲ綴レリ"就是用红丝线缝补袈裟，后面的"弘サ、方寸許也。甚グ鮮ニ見ユ"正说的是红丝线的补丁。我们再来看《冥报记》中相关的部分：

> 大安仍见庭前有池水，清浅可爱。池西岸上有金佛像，可高五寸。须臾渐大，而化为僧，被绿袈裟，甚新净，谓大安曰："被伤耶？我今为汝将痛去。汝当平复，还家念佛修善也。"因以手摩大安头疮而去。大安志其形状，见僧背有红缯补袈裟，可方寸许，甚分明。②

《冥报记》中的"见僧背有红缯补袈裟，可方寸许，甚分明"，可见，《今昔物语集》对原文作了忠实的翻译。"缀"在中文中也是缝补的意思。译文只是把"缀"照录，竟然成了"僧人的背上缀着个红色的袈裟"。

五 "婢使"何来？

问题还没有结束，对原文更大的误解是在故事的结局部分。大安终于起死回生了，是谁搭救了他？在他醒来后，向家人说起他的梦境，他的侍女告诉了其中的奥妙。仍然先看译文：

---

① 〔日〕小峯和明校注『今昔物語集』二、汲古書院1999年版、第37—38頁。
② 〔日〕前田育德会尊經閣文庫所藏、説話研究会编『冥報記の研究』第一卷、勉誠出版1999年版、第50頁。

有一侍女听完大安的话说道："主人出门后，婢使为了主人的安全，到佛像师那里造了一尊佛像，造好后发现佛像背上误画了一点红色。婢使随即返回佛像师那里，请求消除这一点红色。佛像师不肯，佛像的背上依然有那点红色。方才听了主人的话，我想一定是此佛在保佑主人。"大安和妻子家人一起去看那尊佛像，果然和梦中所见的一样，背上有一点醒目的红色。①

译文中两次出现了"婢使"一词，"婢使"，《汉语大词典》注："婢妾，使女。《三国志·魏志·公子瓒传》：'进军界桥'裴松之注引三国魏文帝《典略》：'绍母亲为婢使，绍实微贱，不可以为人后。'"笔者最初推测译者是查阅了《汉语大词典》才使用这样的译语的，感到这一词与全文的白话风格不甚协调，不如直接翻译成"婢女"或者丫鬟。不过，与原文对照之后，发现译者可能对原文有误解。请看原文：

其ノ時ニ、一人ノ従女有テ傍ニ居テ、大安ガ語ル言ヲ聞テ云、「君出給テ後、君ノ御為ニ、家室在マシテ、婢使トシテ仏師ノ許ニ遣テ、仏ヲ令造メキ。既ニ造リ畢テ、依ヲ画スルニ一点ノ朱筆、誤テ仏ノ御背ノ上ニ付ケリ。即チ、仏師ノ許ニ遣テ、此ノ一点ノ朱筆ヲ令消ムルニ、仏師、此レヲ不受ズシテ不消キ。然レバ、猶、其ノ朱点、仏ノ御背ニ有リ。此レヲ思フニ、「君ノ語リ給フヲ聞キ合スルニ、偏ニ此ノ仏ノ助ケ給タル也ケリ」ト思フ也」ト云フヲ聞テ、大安、妻子並ニ家ノ人ト共ニ詣デ、仏象ヲ見ルニ、夢ニ見エシ所ノ如シ。其ノ背ノ朱点鮮ニシテ、綴レリシ所違フ事無シ。②

上文婢女开始就说："君出給テ後、君ノ御為ニ、家室在マシテ、婢使トシテ仏師ノ許ニ遣テ、仏ヲ令造メキ。"这句话的主语是"家室"，即大安的妻子，全句是说大安走后，其妻派我到佛像师那里去，让为大安造佛像。可见"婢使"并不是作为一个名词出现的。译文中的"婢使为了主人的安全"，

---

① 金伟、吴彦译：《今昔物语集》一，万卷出版社2006年版，第270页。
② 〔日〕小峯和明校注『今昔物語集』二、汲古書院1999年版、第37—38頁。

岂不是贪女主人之功为己功？以客代主，颇不合情理。对照《冥报记》原文，就更清楚了：

> 有一婢在旁闻说，因言："大安之家初行也，安妻使婢诣像工，为安造佛像。像成，以绿画衣，有一点朱污像背上。当遣像工去之，不肯。今仍在，形状如郎君所说。"大安因与妻及家人共起观像，乃所见者也。其背朱点宛然补处。①

"安妻使婢诣像工，为安造佛像"，与《今昔物语集》不同的只是一个是"像工"，一个是"仏師"，而大安妻派婢女这一点却是毫无二致的。

译文没有看懂"婢使トシテ"是"婢女被派去，婢女作为派去的人"的意思，将两字连在一起看成了一个名词，并且在译文中两次出现这个词，很可能是译者因这两个字太熟而不假思索所致。本书的出版得到日本国际交流基金的资助，必须在其规定的时间内出版全书，这对译者来说是极大的压力，这样一部鸿篇巨制，是难以在短暂的时间内高质量完成翻译的。译者恐怕根本没有时间做精细的审校，出现这样的问题也就不足为奇了。

六　"恋母"与"恋父"

将古典文学作品翻译成现代汉语，译者经常要碰到的问题，是古代的单音词语如何准确转换为现代语汇，在这一点上，翻译日本古典作品与翻译中国古典作品道理是相通的。只有对古今词义演变有清醒的认识，才可能减少语言的时空错位。一般来说，除了跳出原文的所谓"超译"以外，夹入现代特有的名物和观念的做法是不可取的。不过，如果无视现代人对词语的惯有感觉，也会造成歧义，译者不能不顾及当下读者对词语的联想和理解。上面提到的例子，实际上都与对古今汉语的理解和转换有关系。下面再举几个例子，说明现代汉语表述的重要性。

金伟吴彦本《今昔物语集》卷第九有三篇题名中都有一个"恋"字：

---

① 〔日〕前田育德会尊經閣文庫所藏、説話研究会编『冥報記の研究』第一卷、勉誠出版1999年版、第52頁。

第六震旦张敷见扇悲恋母亲的故事
第七会稽州曹娥恋父投江的故事
第八欧尚恋亡父墓旁造庵居住的故事

对照原文，题名中也都有"恋"字：

震旦張敷、見死母擅恋母語
会稽州曹娥、恋父入江死自亦投江語
欧尚恋死父墓造奄居住語

这三个故事有一个共同点，讲的都是子女对死去的父母的怀念。一岁丧母的张敷，十岁时向家人索取亡母的遗物；十四岁的曹娥在父亲落水的地方投江；欧尚在父亲墓旁结庐居住。原文中将这种感情称之为"恋"，译文照录，似乎未背原文。但是，我们读来仍然感到别扭。因为在现代汉语中，"恋"有两种含义，一是恋爱，一是思念不忘，不忍分离。一般说到"恋父"、"恋母"的时候，则指一种对父母超乎寻常的爱慕的情感，和这里所说的对亡人的思念不能说是一回事情。原文中的"恋"都读作"こひ"，即"こい"，《日本国语大辞典》对这个词列举了四个义项：

对人、土地、季节等的思慕、眷念。
对异性（有时是同性）感到特别的爱情而思慕。恋爱、恋慕。
和歌、连歌、俳谐中以恋爱为题材的作品，以及分类。
情人、情妇。

上述各篇原文中的"恋"，显然与主要指异性之爱的第二项，作为和歌、连歌、俳谐分类的第三项以及指情人的第四项都不切合，只能理解为第一项。结合原文的故事，正与现代汉语中"想念不忘，不忍分离"相接近。如果将三个题名中的"恋"字用"怀念"、"思念"等来表述，可能就给人更为明晰的印象，而不至于产生歧义了。

七 "腮肉搭在肩上"

因同是汉字而掉以轻心，常常造成语义不清，难以理解，卷第九第四十一《隋大业时狱吏依恶行子身有疵而死的故事》中写某酷吏对囚犯十分凶残，因而生一子"腮肉搭在肩上，如同枷锁，没有脖子"。腮肉如何搭在肩上？不好想象。原文此处是：

> 一ノ子ヲ令生タリ。其ノ子ヲ見レバ、頤ノ下、肩ニ肉有リ。枷ノ如シ。亦、頭・頸ノ間、惣テ無シ。①

原文是说，颐下肩上有肉。小峰和明还有注释："首かせのような肉塊ができていた。"

这个故事原出《冥报记》下卷，其原文很短，兹录于下：

> 隋大业中，京兆郡狱吏失其姓名，酷暴诸囚，囚不堪困苦，而狱吏以为戏。狱卒以后生一子，颐下肩上有肉如枷，都无头颈，数岁不能行而死。②

《今昔物语集》这一部分是对《冥报记》如实的翻译。"颐下肩上有肉"，实际上就是俗话所说的大脖子病，医学上讲是甲状腺肿大。狱卒之子患有严重的甲状腺肿大，以至于无法行动而死亡。译者将"颐下肩上有肉"，翻译成"腮肉搭在肩上"，很可能是漏看了一个"下"字。因为前面的"颐"这个字很明白，一眼看过，提笔就译，忘记了深思其间的情理。

八 "遇字照录"的陷阱

《今昔物语集》是平安时代佛教文学的集大成，是日本说话文学的翘楚，也是中日古代文学交流结出的最重要的硕果之一。在已经出版的《今昔物语

---

① 〔日〕小峯和明校注『今昔物語集』（二）、汲古書院1999年版、第269頁。
② 〔日〕前田育徳会尊經閣文庫所藏、説話研究会編『冥報記の研究』第一卷、勉誠出版1999年版、第105—106頁。

集》中译本里面，只有金伟、吴彦译本是全译本。新星出版社出版的北京编译社译、周作人校本和人民出版社出版的北京编译社译、张龙妹校注本都是从卷第十一开始的。要读卷第一、第二、第三、第四、第五、第六、第七、第八、第九、第十，就只有读金伟、吴彦译本。同时，这一部分与佛典和中国文学的关系更为密切。所以，这个译本的出版，是一件可喜可贺的事情。可以预料，研究日本文学和中日比较文学的学者会把它作为深化佛教文学和中日比较文学研究的重要资料加以参照，或许还会有很多青年学子以此为参照完成自己的学位论文。不过，如果有人要以我们上面举出的那一篇译文去论证《今昔物语集》对《冥报记》如何接受、转换、变异的话，尽管说得头头是道，高深莫测，那得出结论的可信程度也会遭到熟悉原著的学者质疑吧。

　　近代以来，日制汉字语汇对中国的语言曾经发生过不小的影响。许多现在使用的词汇，是当时的翻译者采用照录的方式引进我国的。对于日语原文中的汉字，"遇字照录"是最省事的办法，却也可能是最危险的办法。即便全是汉字，我们也不能掉以轻心。特别是日本奈良、平安时代的作品，多用唐以前汉字之古义，而与后世，尤其是现代汉语中的用法不尽相同。我们在翻译这些作品时不能不了解其字义与现代汉语含义的微妙区别。这一点对于常用字显得格外重要。

　　例如"谤"字，现代汉语多用作"诽谤、毁谤"意，而古代却有"指责别人的过失"和"诽谤、毁谤"两种用法。《国语·周语上》："厉王虐，国人谤王。"就是说厉王暴虐，人民都指责他，而不能翻译成"国人都诽谤他"。这里的"谤"就不是"诽谤、毁谤"的意思。类似的是《今昔物语集》卷第十第二十九《震旦国王愚斩玉匠手的故事》说下和两次献宝，都被斩手，而第三次献宝得到褒奖。译文最后一段说："世人因此诋毁先前的两个皇帝，赞誉现在的皇帝。"① 原文是："此二依テ、世ノ人、前ノ二代ノ天皇ヲバ皆、謗リ申ケリ。"② 对于原文中的"謗リ申ケリ"，小峰和明注释为"非難申し上げた"，是很恰当的，也就是"非难、责难"的意思。汉语的"诋毁"，则是"诬蔑、毁谤"的意思。这一句翻译成"世人因此指责先前的两个皇帝"就切合原文了。

---

① 金伟、吴彦译：《今昔物语集》（一）、万卷出版公司2006年版，第420页。
② 〔日〕小峯和明校注『今昔物語集』二、岩波书店1999年版、第348页。

还有一种情况，就是古代意义相同或者相通的字，现代已经明确分工，碰到这种情况，也不宜"照录"。卷第十第三《高祖罚项羽始为汉代帝王的故事》，题目原文作"高祖、罰項羽始漢代為帝王語"①，其中的"罰項羽"，读作"かううをうちて"，说明"罰"作"讨伐"的"伐"讲，这是"罰"字的古义之一，而在现代汉语中，"罚"则主要用作"惩罚、处置"等义。译者在本文的翻译中，将"罰"皆翻译成"征伐、讨伐"，而题目中的"罰"字却没有译出，或许另有考虑。

古代汉语单音词多，一词多义，日语中保留了很多古代汉语的用法。当我们把它们翻译成现代汉语时，时常需要用双音词把意思明确下来。或许我们阅读时已经感到意思很明白，但当我们要用娴熟的现代汉语来表达的时候，就会感到还有很多似懂非懂的地方。这些地方如果轻易放过，就会造成译文语义含混，格调不统一，毕竟"以己昏昏，使人昭昭"是很难做到的。

《今昔物语集》卷第九第四《鲁州人杀邻人不负过的故事》和同卷第十一《震旦韩伯瑜负母杖悲泣的故事》中的"负"字，译文都照录原字，而在原文中两个字的意思并不尽相同。《今昔物语集》卷第九第四《鲁州人杀邻人不负过的故事》和同卷第十一《震旦韩伯瑜负母杖悲泣的故事》中的"负"字，译文都照录原文，而在原文中两个字的意思并不尽相同。前者原文是"魯洲人、殺隣人不負過語"，②"不負過"读作"とがをおはぬ"，后者原文是"震旦韓伯瑜、負母杖泣悲語"，③"負母杖"读作"ははのへをおひて"，看起来用的是一个字，读法也一样，但意思却有区别。"负过"之"负"是"承受、担负"意，"不负过"就是不承担过失；"负杖"之"负"是"遭受、蒙受"意，"负杖"就是挨杖子打。译者本意是把《今昔物语集》译成白话，而在句中没有译出"负"字，不仅含义不明，而且看上去有文白夹杂之感。其实，日语两个"负"字的用法正来自中国古代汉语，只要用心查阅一下就可以明确两者的区别。

"遇字照录"有时也会造成节外生枝。卷第六第三十《震旦沙弥念胎藏界遁难的故事》首段"沙弥十七岁时因事缘乘船前往新罗"，前者原文是

---

① 〔日〕小峯和明校注『今昔物語集』二、岩波書店1999年版、第292頁。
② 〔日〕小峯和明校注『今昔物語集』二、岩波書店1999年版、第183頁。
③ 〔日〕小峯和明校注『今昔物語集』二、岩波書店1999年版、第194頁。

"事ノ緣有ルニ依テ、此ノ沙彌、船ニ乗テ新羅ニ流ル間"①，其中的"事ノ緣有ルニ依テ"，小峰和明注释"事情があって。理由は不明。説話発生の契機。"可见这句话的意思只是说沙弥有事情，和我们平时说有点事出门并没有两样。"緣"只是缘故、理由的意思，而译成"有事缘"，似乎"事缘"是一个固定的有特定含义的词语。

至于那些涉及宗教等专门知识的地方，"汉字照录"也可能出错。因为如果专业知识不足，有时也会录出问题。卷第六第三十四《震旦空观寺沙弥观莲藏世界复活的故事》中引用了一段偈颂：

归命华严不思议
若人题名一四句
能排地狱解脱业
缚诸地狱器皆为②

四句偈颂看起来像是七言诗，然而第三句的"解脱业"，不知何义，而第四句也不知所云。试读原文：

帰命華厳不思議　若人題名一四句　能排地獄解脱業縛　諸地獄器皆為云云③

原文后两句是"能排地狱解脱业缚，诸地狱器皆为云云"，即"缚"字上属，且句末有"云云"二字。"业缚"，同"业系"，佛教认为业犹如绳，缚众生之身而系于三界之牢狱，故曰"业缚"或"业系"，所以"业"与"缚"不当分开。"解脱业缚"是为一句。其次，小峰和明注释中已经说明出自《要略录》："归命华严，不可思议。若闻题名，一四句偈。能排地狱，解脱业缚。诸地狱器，皆为花严。"由于引用中少了最后的"花严"二字，属于不完整引用，所以后面的"云云"是不能删节的。原文没有断句，译文

---

① 〔日〕小峯和明校注『今昔物語集』二、岩波書店1996年版，第64頁。
② 金伟、吴彦译：《今昔物语集》（一），万卷出版公司2006年版，第287—288页。
③ 〔日〕小峯和明校注『今昔物語集』二、岩波書店1999年、第71頁。

可作：

> 归命《华严》不思议，若人题名一四句。能排地狱，解脱业缚，诸地狱器，皆为云云。

金伟、吴彦译出而北京编译社有关的两个本子没有译出的部分，由于主要材料来源于汉译佛经、中国的志怪小说等佛教文学以及史传文学，可以说是探讨中国文学在日本传播和影响的重要资料，其将受到中国文学研究者的关注，是顺理成章的。不论译本质量如何，要探讨这些问题不应该躲开原本，单纯以译本来进行比较研究，如果在观念、思想等方面还可能得出某些令人信服的结论的话，在语言艺术等方面要作深入的探讨，就不能不把译者的因素充分考虑在内。即便原文是汉文体或者是变体汉文的译文，译者的因素也都是不可忽略的。因而，在我们展开比较研究之前，对我们研究对象涉及设计的译者、译本翻译与翻译相关的诸多因素作一番考察，就显得十分必要了。

资深的日本文学翻译家大都对汉字词语的翻译持审慎的态度，深知半通不通的未被充分消化的"夹生"日语汉字词语会使译文大失韵味的道理。因而，除为了特意保存原作的日本情味或者该词汇确有新异独到之处外，一般不轻易照录入译文。不论是原文照录还是用现代汉语已有的语汇来表达，都应以确实弄懂日语原意为前提。当我们提笔为文的时候，对原文信息可能难以做到"全部转移"，深知可以有益取舍，但在阅读阶段却不能无视原文的每一个字符，当然就包括其中的汉字。

事实上，当我们对日本文学翻译做过较全面的调查之后就会发现，对日文中汉字处理轻率，绝不是仅仅增添了几处误译的问题，由于没有吃透原文，译文中夹杂太多似懂非懂、似熟非熟的词汇，结果造成语义含混、情味索然、文白夹杂、生造词语的情况也时有所见。这所谓的"汉字之痒"，就不仅是"痒"一处，而是"痒"一片。这种情况，在西方文学翻译中反而相对少些。说到底，是中日两种语言文字的功力问题。三十年前，日本文学经典的翻译还是屈指可数的著名翻译家和人民文学出版社等大社的事情，随着中日文化交流的深化，从事日本文学翻译的译者和出版日本文学的出版社越来越多，提高翻译质量，加强翻译研究就是当务之急。这种研究，不仅具有实践意义，而且可能成为理论创新的契机。中日语言文字关系的复杂性和特殊性本身，就给两国间的翻译提出了不同于西方文学翻译的诸多问题。

前面讨论的《震旦李大安依佛助被害复活的故事》原文不过千余字，译文也不过八百余字，译文所反映的问题却值得重视。《今昔物语集》几种译本的对比还启发我们，由于中日两国文学的久远渊源，日本古代文学中的文字和语言都保存了很多中国古典作品的现象，有些资料还是现存中国典籍中不多甚至是失传的。例如，"依"作"因"讲的用例，除了汉译佛典和敦煌吐鲁番文献之外，其他典籍所见不甚多，而在《今昔物语集》中，仅篇名中便多达数十例。这对于丰富我们对古代俗语的认识是有益的。这个事实启示我们，日本古典文学翻译者也不能不随时关注中国古代语言文字研究的新进展，同时，中国古典文学研究者有时也可以从古代日本文学中找回一些有关中古时期语言文字的旁证。

第二节　《今昔物语集》翻译研究中的俗字问题

日本奈良和平安时代初期的遣唐使从中国带回日本的，是和敦煌写卷有诸多相似之处的写本，那时的文字还保留着六朝和初唐俗字满眼的面貌。《颜氏家训·杂艺》中所说的写本中俗字"遍满经传"的现象，不仅见于从中国带回的汉籍，而且也见于日本人自己写作的各种文献。而唐朝清理文字的工作取得普遍成效，恰恰是遣唐使中断之后的事情。保存至今的日藏汉籍唐抄本和敦煌写卷的文字状况，差别不甚大。奈良和平安时代的文学作品，原本也是靠写本流传的，它们的文字很大程度上保留着遣唐使时期学习中华文化的结果。从《万叶集》到《源氏物语》当初无不是和敦煌写卷一样，靠着人们的抄写而在贵族文士和后宫女子之间流通的。这样一个基本事实，就使得今天日本的古典文学研究，也能分享敦煌写本研究的成果。

问世于数百年乃至千年以前的日本古代文学作品，虽然经过了无数学者呕心沥血的研究，然而由于人们对这样一段被尘封的交流史的隔膜，至今仍面临着很多值得继续探索的问题。不论是那时的汉诗集，还是《源氏物语》这样的假名文学，都还存在训释问题。抄写中因形近、音近、字迹混乱、求快求便而造成的讹误,以及当时大量使用而今天相当陌生的俗字,都是造成误读的原因。然而,笔写的汉字是文学记载的最主要工具,讹误和俗字使用都是有规律可循的,很多过去的疑点也有可能在新研究成果的光照下迎刃而解。

《今昔物语集》虽然采用的是汉字和片平假名混用的文体,与从中国传入的汉籍不同,但是汉字无疑是文章的核心,片假名更多的是体现语法意义,因而我们完全可以在考虑其日语特点的前提下,对其俗字进行与汉籍俗字相近的分析。

《今昔物语集》中保留着相当数目的唐代俗字,对这些俗字的正确解读,是透彻读懂原文的一个重要方面。对书中俗字的分析,既是文学研究中的课题,也是翻译中无法回避的工作。我国六朝和唐代写本俗别字通例,很多也适用于分析《今昔物语集》中的俗字,帮助解决迄今尚未得出精当结论的训释问题,也可用于纠正汉译中存在的相关误译。笔者尚未读到有关的专论,仅撰此文,以期与《今昔物语集》译者和爱读者共同探讨。

一 翻译中俗字研究的必要性

《今昔物语集》日本最新整理本是收入岩波书店日本古典文学大系的校注本。这个本子的校注者小峰和明、池上洵一、森正一等都是研究《今昔物语集》最有权威的学者。校注广泛吸收了前人研究成果,注释详尽,考证严谨,结构周密,代表了当代最高水准。对敦煌研究的成果,校注者也有所吸纳,可以说研究日本佛教史和文学史的学者,都无法绕过这套书。在我国,《今昔物语集》也有了三种译本,即北京编译社译、周作人校的新星出版社本,北京编译社译、张龙妹校注的人民文学出版社本,以及金伟、吴彦翻译的万卷出版社本。

日本校注本分别以东京大学文学部国语研究室藏红梅文库旧藏本(东大本)和京都大学附属图书馆藏铃鹿家旧藏本(铃鹿本)为底本,以东北大学附属图书馆藏新宫城旧藏本(东北大本)等多种本子参校,经过精细的注释,解决了很多疑难。

不过,这并不能说日本读者和中国的翻译者就能轻松阅读原作了。例如卷第九《震旦睦仁蒨、顧知冥道事語第三十六》中写鬼向主人公睦氏作自我

介绍："我ガ姓ハ成、名ハ置トナム云フ。本ハ弘豊農ニ恎セリ。"① "恎"，校注本在字旁注读音"てい"，小峰和明页下注说："冥報記にあり。"也就是说，只告诉我们这个字读作"てい"，依据是《冥报记》中的训读，而这句话是什么意思却没有说明。"恎"是一个在现有辞书里面很难找到的疑难字。"本ハ弘豊農ニ恎セリ"一句语义不明，很有必要对这句话的出处作一番考证。

前田育德会尊经阁文库所藏《冥报记》（即前田家本）这句话作"本恎肱豊農"，并在"恎"字右旁注有「てい」②。《法苑珠林》卷第六《感应缘》收录的《唐睦仁蒨》作"本弘农"③，《太平广记》二九七所收后多一"人"字，则这句话当作"本弘农人"，前田家本《冥报记》脱一"人"字。写本先是受"肱"（弘）字的影响，衍生出一个"恎"字（"弘"字偏旁"弓"与"弓"形近），后又受"農"字的影响衍生出一个"豊"字，又因"恎"字释为"伍（低）"字，所以为"伍"标上"てい"的读音，于是便将本来意思很明白的"本弘农人"，变成了不知所云的"本恎肱豊農"。

《今昔物语集》中的"本ハ弘豊農ニ恎セリ"，不过是将《冥报记》中"本恎肱豊農"这一句的训读改写成了日语，连脱字也没有发现。今天的校注者不把来龙去脉捋清，读者也只能跳过文字往下看。汉译本译成"原是弘农县人"，意思是不错，但恐怕也是跳过一两个字译出来的，不见得已经了解了原文的意思。

这个例子说明，《今昔物语集》的校注，是不能离开对写本俗别字书写特点来把握的；同理，要将《今昔物语集》翻译成汉语，也需要通晓原本书写和传播的特点。

《今昔物语集》天竺、震旦部的人名、地名多有与汉译佛经和中国典籍不相一致的写法，其中俗字引起的误用或者后代传抄者对俗字的生疏而引起的误解，是产生这种现象的一个重要原因。有些是原本写了俗字，抄写者因形近而写走样的。如第六卷第二十四篇《震旦夏侯均造药师像活命》中出现

---

① 〔日〕小峯和明校注『今昔物語集』二、岩波書店1999年版、第256頁。
② 〔日〕説話研究会編『冥報記の研究』（一）、勉誠出版1999年版、第65頁。
③ 〔唐〕释道世撰，周叔迦、苏晋仁校注：《法苑珠林校注》，中华书局2003年版，第196页。

的"勇洲",《法苑珠林》八十九作"冀州"①。"冀"字与"勇"字看来相差很远,很可能"冀"字原本写的是俗字"葉",顶部连写。很像"勇"字的上部,抄写者目不识"葉",写成了熟识的"勇"字。

第二十卷第二十篇《延兴寺僧惠脒因恶业而变成牛》中出现的惠脒,《日本灵异记》中作惠勝②。这可能是原来《日本灵异记》或相关传本中"勝"写的是俗字"勝",《新集藏经音义随函录》(以下简称《随函录》):"勝:勝"(59/738c)③。手写者求快求便,而目读者误将右边看成"末",遂与原文背离。第九卷第四十五篇《震旦厚谷用计劝导父亲中止不孝之举》中的主人公"厚谷",在故事的底本《孝子传》中作"原谷"。这种变化的原因则是"原"的俗字"白"上本无点,写作"原",草写后近"厚",因而被改了姓。

因为字形相近而写错是最普遍的现象。将"洛州"误写成"浴州"(第九卷《侍御史遫迥璞依冥途使錯従途帰語第三十二》:"其レヨリ帰ル間、浴洲ノ東ノ孝義ノ駅ニ至ルニ"④,当属俗字流传中常见的形近而讹;将"济州"写成"齐州"(第六卷《震旦安樂寺惠海、画彌陀像生極樂語第十六》:"其ノ時ニ、齐洲ノ僧、道領有テ"⑤),将"婺川"写成"務州"(第九卷《索胄、死沈裕夢告可得官期語第十六》:"務洲ノ治中ト成レリ"⑥)则属于减笔。第七卷《震旦都水使者苏长妻靠法华经免除祸害的故事》写苏长于武德年间任"己洲"刺史,"己洲",在前田家本《冥报记》中作"巴州",高山寺本《冥报记》中作"邑州",亦非本来面目,《法华传记》中作"巴州",尚未变样。"己洲"乃"巴州"之形近而讹。

这些因为字形相近而搞错的情况,相对来说还是比较容易看出的,因读音相同或相近而写错的,就稍微难辨别一些。《今昔物语集》中为印度和中国改地名、人名,有一些就是属于音近而讹的情况。第十卷第九篇《臣下孔子路上遇见童子相互问答》讲述的孔子的故事,但叙述中孔子之名突然变成

---

① (唐)释道世撰,周叔迦、苏晋仁校注《法苑珠林校注》,中华书局2003年版,第2590页。
② 〔日〕遠藤嘉基、春日和南校注『日本靈異記』、岩波書店1978年版、第218頁。
③ 郑贤章:《〈新集藏经音义随函录〉研究》,湖南师范大学出版社2007年版,第630页。
④ 〔日〕小峯和明校注『今昔物語集』二、岩波書店1999年版、第243頁。
⑤ 〔日〕小峯和明校注『今昔物語集』二、岩波書店1999年版、第144頁。
⑥ 〔日〕小峯和小明校注『今昔物語集』二、岩波書店1999年版、第204頁。

了"共子"①,"共子"与"孔子"读音同为"くじ",错写而未能更改,一直沿袭至今。第九卷《索胄死沈裕梦告可得官期》写"至舒洲,忽奉诏书,授沈裕五品",实将"徐州"变成了"舒洲","徐州"和"舒洲"都读作"じょしう",也是写了读音相同的字,而与原来所传相乖。

当然,越是不熟悉的事物,越容易为其名称加减笔画或改字换名。《今昔物语集》中多给中国行政区划单位"州",添加"水"旁,是以为这些地名皆源于地形特征,而不明州县的上下关系。不论是因为形近还是音近,都具有避生就熟、避难就易的特点。

可见,《今昔物语集》中出现的有些中国地名和人名,是中国历史上从来没有过的。出现这种现象,很多都是写本传抄"捣的鬼",如果缺乏有关俗字通例和写本流传的知识,就很可能当成日本人接受或再创造的特色来阐释一番;而明白了汉唐俗字的普遍特点,这些现象的奥秘也就容易理解起来了。

有些今天看起来字形相差很远不容易搞错的字,原来写作俗字,特别是俗字草写的时候,却很容易出现讹互。后人抄写整理的时候,由于不熟悉过去的俗字,有意无意地改写之后,也可能与原来面目全非。卷第六《震旦悟真寺惠镜造弥陀像生极乐》出现了一个叫做"溜洲"②的中国地名,《大正新修大藏经》本《三宝感应要略录》上第七中作"淄州"③。"淄"、"溜"看来不易混淆,而"溜"的俗字作"㴍",很可能先前的抄写者将"淄"看成了"溜"的草体,后来的人又将其照葫芦画瓢写出来的"㴍"改写成了"㴍"的正字"溜",于是"淄州"就变成了"溜洲"。同样,第七卷《震旦宝室寺法藏诵持金刚般若活命》中的"鄘洲",这个故事在尊经阁文库本《三宝感应要略录》卷中第五十七还是"鄘州"④,本不误,到了《今昔物语集》的抄本中"鄘"字和"州"字都变成了增笔字,中国本不存在的地名也就诞生了。

以上我们都是通过与《三宝感应要略录》、《日本灵异记》、《法苑珠林》

---

① 〔日〕小峯和小明校注『今昔物語集』二、岩波書店1999年版、第313頁。
② 〔日〕小峯和明校注『今昔物語集』二、岩波書店1999年版、第142頁。
③ 〔日〕高楠順次郎編『大正新脩大藏經』第五十一卷史傳部三,大藏出版株式會社1990年版,第829頁。
④ 〔日〕小林保治、李銘敬『日本仏教説話の源流』(研究篇·資料篇)(二)、勉誠出版2007年版、第180頁。

这些书中的同类故事来印证《今昔物语集》中的俗字。有些至今还找不到原本的故事，我们也可以根据俗字通例和写本的特点尝试分析讹互的经由。第十卷第二十五篇《高凤任算洲刺史迎旧妻》①出处不详，说高凤曾任算洲刺史。《蒙求》中有"高凤漂麦"一节。"算洲"看似无所据。高凤是今河南人，"算洲"原当出自河南一带的地名。考"算"的俗字中有写作"卞"，见《随函录》："算：卞"（59/671c）②，也有写作"笒"的，见《随函录》："算：笒"（59/621c/707c）。当"汴"字的"水"旁脱落之后，就很容易被误读为"算"的俗字"卞"，后来人试图将其改为正字的时候，"汴州"遂混为"算洲"。

以上仅就人名、地名中的俗字加以分析，试图说明辨明俗字对于正确理解原文的重要性。上述不见于中国典籍的人名、地名，在日本读者阅读原文时因为不了解反而不会当成问题，而中国读者在阅读译文的时候就不免"对号"，因而疑问丛生。对于因俗字而造成的讹误，译者如果能够在注释中给以简洁的说解，不仅会解开读者阅读过程中的疑团，而且还会增加阅读的趣味。至于原文中还保留着的相当多的俗字影响着对原文的理解，这就需要进一步作分类探讨了。

图147 芥川龙之介根据《今昔物语集》中的故事创作的小说《罗生门》，多次被拍成电影，此为黑泽明导演的影片《罗生门》的海报。

---

① 〔日〕小峯和明校注『今昔物語集』二、岩波書店1999年版、第341页。
② 郑贤章：《〈新集藏经音义随函录〉研究》，湖南师范大学出版社2007年版，第641页。

二 "不读语"及其翻译

小峰和明等校注的《今昔物语集》是目前最好的校注本。其中小峰和明所编《今昔物语集索引》一书的"不读语一览"中列出了12个"不读语"①，所谓"不读语"就是尚无确解、不知读法的词语。这些"不读语"，很多与写本的误书和俗字的写法有关。根据俗字的通例，这些"不读语"大部分似乎并不那么难读。下面便试作解读。

这12个"不读语"，分别是"胏"、"胏胵"、"促シテ"、"重其貞素要"、"移リ"、"廚掩賊"、"握テ"、"禦阪"、"然レ"、"然レヲ"、"粹テ"和"檪"。其中只有"然レ"和"然レヲ"与俗字没有直接关系，这里不作讨论。

卷第十一第二十四篇《久米仙人始建久米寺》（「久米仙人、始造久米寺」）写久米修炼成仙，当他正飞升上天的时候，有个年轻女子站在河边洗衣，这女子为了洗衣方便将衣服撩了起来，结果久米看到女子雪白的皮肤，当时心生欲念，于是便从天上落到了女子的面前。这一段文字的问题是女子将衣服撩到"小腿"还是"腿上"。原文是："吉野河ノ辺ニ、若キ女衣ヲ洗テ立テリ。衣ヲ洗フトテ、女ノ胏胵マデ衣ヲ搔上タルニ、胏ノ白カリケルヲ見テ、久米心穢レテ、其女ノ前ニ落ヌ。"②

池上洵一校注本页下注："'胏'未详。'胏'是'脛'的异体字。作熟语的训未详，或为'胀脛'（腓，腿肚）之意。《缘起集》作'胏胵'，《流记》作'股'。"这里还可以补充的是，大江匡房《本朝神仙传·久米仙事第八》川口久雄校注本是根据《和州久米仙人经行事》补入的，其中这一部分原文是"仙はその股の色を見て、愛心忽ちに発り、通力立ちどころに滅えて、大地に落ち畢てつ。"③ 此见于收在《日本古典全书》的《古本说话集 本朝神仙传》 总之，各种版本说法不一，很值得讨论。

首先《今昔物语集》原文中的"胏"，是"脛"的俗字。《龙龛手镜·肉部》（高丽本）："胏，俗；脛，正，经郢反，胆也。前曰脛，后曰项。又

---

① 〔日〕小峯和明编『今昔物語集索引』、岩波書店2001年版、第505頁。
② 〔日〕池上洵一校注『今昔物語集』三、岩波書店1999年版、第68頁。
③ 〔日〕川口久雄校注『本朝神仙傳』、朝日新聞社1973年版。

胡定反，脚胫也。""胫"是"脛"的俗字。"脛"，人的小腿，也泛指人或者禽兽的腿。《庄子·骈拇》："是故凫胫虽短，续之则忧；鹤胫虽长，断之则悲。"孔融《论盛孝章书》："珠玉无胫而自至者，以人好之也，况贤者之有足乎。""胫"皆不仅指小腿。

"肼"字不见于各种常见字书。从"女ノ肼胫マデ衣ヲ掻上タルニ、肼ノ白カリケルヲ見テ"的用法来看，第一次出现"肼胫"，像是一个复合词，第二次只出现一个"肼"，前后意义当无差别，均指腿部。有一种可能性是原本文中只有一个"胫"字，第一次出现的"肼胫"中后一个"胫"，仅仅是注明"肼"同"胫"，所以后面才只有"胫"字了。意思是说洗衣女把裙子撩了起来，久米窥见了她雪白的腿。

促シテ 第二十六卷第十四篇《陆奥国守的家臣发现黄金致富》（「陸奥守人、見付金得富語第十四」）写家臣看到河底的白砂，便在那里信手用鞭杆翻挖砂土，突然发现砂土中露出一个黄色的东西，便用鞭杆将黄物周围的泥土拨开，一见是个圆圆的小坛子（「主此ヲ見ニ、可為方覚エザリケレバ、底ハ白砂ニテ、浅キ小河ノ流タリケルニ下立テ、鞭ノ崎ヲ以テ、水ノ底ノ砂ヲ此彼掻立リケレバ、鞭ノ崎ニ黄ナル物ノ有ケルヲ、何ゾト思テ掻廻ケレバ、和ラ砂ヲ掻去テ促レテ見ニ、小瓶ノ口ニ見成シツ。」①）

森正人校注本《注释》说文中的"促シテ"："未勘"，并说根据《名义抄》试训作「ちかづかれ」「うながされ」「もよほれ」，但都难讲通。在第二十六卷第七篇中《本朝部》出现的"促"字，根据《名义抄》和《字类抄》还读作「つづまる」。

笔者认为这里也当作"靠近、迫近"讲，"促"有靠近、迫近义，如"促坐"就是靠近坐。"促レテ見ニ"就是凑到跟前去看，凑上去看，形容家臣拨开砂子后把头凑到瓶子跟前全神贯注地去观看的专注神情，可训为"ちかづカレ"。

重其貞素要 第七卷第十七篇《震旦会稽弘明转读〈法华经〉捉鬼的故事》（「震旦會稽弘明転読法花経縛鬼語第十七」）写元嘉年间弘明收到孟顗的器重，弘明离开新安，住在了道树精舍（「亦、元嘉ノ間、平生孟顗、重

---

① 〔日〕森正人校注『今昔物語集』五、岩波書店1996年版、第62頁。

其貞素要、弘明、新安ニ出デ、道樹精舎ニ止ル。」①）文中的"重其貞素要"，小峰和明校注本的《注释》只注"貞素"为"まじめなこと。真素とも"。

此句断句有错误，"要"字当下属，即"平生孟顗、重其貞素，要弘明、新安ニ出テ"，也可能是原来的本子此句不明原意，采用训读而在"要"字后面脱落了一个表示返读的"レ"所致。这个故事还见于《法苑珠林》卷第二十八、《弘赞法华传》六、《法华传记》四、《法华灵验传》和《太平广记》。其中《法苑珠林》和《法华传记》中没有涉及到这一段有关弘明与孟顗关系的事情，而《弘赞法华传》这一段作"元嘉中，郡守平昌孟顗，重其貞素，恶明出新安，止道树精舍。"② 《大正大藏经》本下注："恶＝要（甲）"，意思是说"恶"字，有的本子作"要"。"恶明出新安"，文义不通，"恶"字的俗字作恶"，"要"字与之形近，因而被误写成了"恶"，在写本变为印本时，又被改成了正字"恶"。

"要"，迎候、迎接之义。《汉语大词典》引《楚辞·离骚》："巫咸将夕降兮，怀椒糈而要之。"这里说孟顗看重弘明人品好，就把他接出新安住到道树精舍来。

移リ 第二十六卷第十七篇《利仁将军少时携五位大夫离京赴敦贺》（「利仁将軍若時、従京敦賀将行五位語第十七」）形容五位"长着个高鼻子，鼻尖发红，鼻孔湿淋淋，仿佛是两筒鼻涕永未擦干"（「鼻高ナル者ノ、鼻崎ハ赤ニテ、穴ノ移リ痛ク湿バミタルハ、洟ヲ糸モ巾ヌナメリト見ユ」③）

关于"移リ"，森正人校注本页下注称："根据《名义抄》训'メクル'读作'めぐり'也无不可，或为误写。《宇治拾遗物语》作'あたり'。"按《名义抄》训"移リ"为"めぐり"，《宇治拾遗物语》作"あたり"，皆为表方位的名词，而"移"字一般用作动词。未见类似的用法，"移リ"的读法还需要继续探讨。一种可能是从"移动"的基本义引申为"巡游""围绕"

---

① 〔日〕小峯和明校注『今昔物語集』二、岩波書店1999年版、第119頁。
② 〔日〕高楠順次郎編『大正新脩大藏経』第五十一卷史伝部三、大蔵出版株式會社1990年版、第28頁。
③ 〔日〕森正人校注『今昔物語集』五、岩波書店1996年版、第69頁。

义，名词化用来表示"周边"的意思，不过这也尚缺乏足够的例证来支撑，故不妨存疑问。

厨掩贼　第九卷第二十八篇《震旦遂州总管孔恪修忏悔》（「震旦遂洲捴管孔恪、活修懺悔語第二十八」）写弟弟和孔恪的一段对话，其中出现了"厨掩贼"这样一个词（弟ノ云ク、「孔恪、厨掩賊ヲ招テ、弟ヲ以牛ヲ令殺メテ、厨掩賊ニ令食メキ。然レバ、兄ガ命ヲ奉テ殺セル也、自ラ殺セル非ズ」ト。孔恪ガ云ク、「弟ヲ使トシテ牛ヲ令殺メテ、厨掩賊ニ令会ム。其ノ功ヲ以テ、汝ヂ、官賞ヲ得テ、己ガ利トセトキ。何ゾ、国事也ト云フ」ト。①）

这个故事见于《冥报记》下第十九篇、《法苑珠林》七十一、《太平广记》三八一。其中《法苑珠林》七十一《唐遂州参军孔恪暴病死一日而稣验》文义最顺，兹录于下："弟曰：兄前奉使，招慰獠贼，使某杀牛会之。实奉兄命，非自杀也。恪曰：使弟杀牛会是实，然国事也，恪何有罪焉？官曰：汝曰：汝杀会獠，以招慰为功，用求官赏，以为己利，何云国事也？"②《今昔物语集》中出现的"厨掩贼"，原文全句当是"兄前奉使招慰獠贼，使某杀牛会之"，即孔恪先前奉命去招抚獠人，让某人杀牛去宴请他们。那么，又怎么变成了「孔恪、厨掩賊ヲ招テ、弟ヲ以牛ヲ令殺メテ、厨掩賊ニ令食メキ。」即孔恪招待厨掩贼，让弟去杀牛给厨掩贼食用呢？原因这是因为故事改写者没有看懂传本中的俗别字。

前田家本《冥报记》这一句作"兄前奉使㧟慰俺贼，使厶敓牛会之"③。原本中的"獠"字，被写成"俺"字，并非"俺"字（高山寺本《冥报记》作"俺"），是"獠"的俗字的讹变。《随函录》："獠：㭊"（60/553a），传抄中又将"俺"误写成"掩"，"獠贼"再误写成"掩贼"，同时又脱落了"厶"和"慰"字下的"心"字，"厨"、"尉"形近而讹。在这一连串的误写之后，全文遂不得其解。更有甚者，还将原文中的"会"字也改成了"食"字。于是全句就成了"孔恪招厨掩贼，使杀牛食之"，这样再翻译成日文，就成了现在传本的样子。

---

① 〔日〕小峯和明校注『今昔物語集』二、岩波書店1999年版、第228頁。
② 〔唐〕释道世撰，周叔迦、苏晋仁校注：《法苑珠林校注五》，中华书局2003年版，第2106页。
③ 〔日〕説話研究會編『冥報記の研究』（一）、勉誠出版1999年版、第124頁。

堀テ 第十六卷第十六篇《山城国女人信观音得免蛇难》(「山城国女人、依観音助遁蛇難語第十六」) 写人们为了拯救那条毒蛇的苦痛和帮助那许许多多螃蟹解脱罪报,便在该地挖掘了一个土坑,将毒蛇的尸体埋葬起来,并在墓上修建了一座寺庙,塑铸佛像,另外还抄写经卷供奉起来(「其ノ後、蛇ノ苦ヲ救ヒ、多ノ蟹ノ罪報ヲ助ケムガ為ニ、其ノ地ニ堀テ、此ノ蛇ノ屍骸ヲ埋テ、其ノ上ニ寺ヲ立テ、仏像ヲ造リ、経巻ヲ写シテ供養シツ。」[1])

池上洵一校注本《注释》称"堀"的训和语义不详,《法华验记》作"此蛇死骸,穿埋此地"。"堀"字不见于各种通行字书。笔者认为它是"掘"的俗字"握"的讹变。"握",既读作"wo",有"执持"义,又读作"jue",是"掘"的俗字。《随函录》:"掘:握"。(59/764a) "扌"旁、"土"旁相乱,就写成了"堀",是"挖"的意思。这里是说挖地把蛇埋了起来,正是《法华验记》中"穿埋此地"的意思。因而"堀テ",当训"ホリテ"。

御坂 第二十八卷第五篇《越前国守为盛对付六卫府讨俸粮的官员》(「越前守為盛、付六衛府官人語第五」) 写老管家对官员们的一段话里,谈到国守顾念众官员在烈日暴晒之下,必然口干舌燥,因而准备隔帘接见各位,对大家说明情由,管家本人打算背地里请各位喝杯水酒(「此ク熱キ程ニ無期ニ被炮給ヒ又ラムニ、定テ御咽共モ乾ヌラム。亦、物超シニ対面シテ。事ノ由ヲモ申シ侍ラムト思給ルヲ、忍ヤカニ御坂ナド参セムト思フ」[2])

关于"御坂",森正人校注本《注释》说:"诸本多如此,丹鹤本作'坏',或当从之。或是出于出典资料的假名标记「さかつき」的误写和误读。笔者认为"御坂"就是"御坏"的误写。"御坏"还多次出现在本篇后面,如"御坏遅々""御坏参ラス"。"坏"是"杯"的俗字,《随函录》:"杯:坏"。(60/400c) 敦煌文献 P.2299《太子成道经》:"倾坏不为诸余事,大王男女相兼乞一双。""坏"字通常为"坯"的俗字,此处则为"杯"的俗字[3]。《今昔物语集》中"杯"多作"坏","御坏"就是杯子。"坏"、"坂"草写形颇相近,故抄写者误将"坏"写成了"坂",遂令后人费解。故

---

[1] 〔日〕池上洵一校注『今昔物語集』三、岩波書店1999年版、第511頁。
[2] 〔日〕森正人校注『今昔物語集』五、岩波書店1996年版、第202頁。
[3] 黄征:《敦煌俗字典》,上海教育出版社2005年版,第13页。

"御坂"训当同"御坏"。

稡 第二十五卷第一篇《平将门谋反伏诛》(「平将門発謀反被誅語第一」)写有个伪称是八幡大菩萨的御使,说大菩萨有旨:将帝位授予荫子平将门,尔等应速备鼓乐相迎(一人有テ、憤テ、「八幡大菩薩ノ御使也」ト稡テ云ク、「朕ガ位ヲ蔭子平将門ニ授ク。速ニ音楽ヲ以テ此ヲ迎ヘ可奉シ」ト。①)

文中的"稡"字,小峰和明校注本说:"文意不通,或为'誥'(つぐ)之误写。"笔者赞同此说。"誥"误写成"稡",属于"言"、"禾"偏旁相乱。"誥"有责骂、诘问、谏诤、告知等义项,又为呵斥之词。这里为告知义,故可训为"つぐ"。

樸 第五卷第十三篇《三兽行菩萨道兔子烧身》(「三獣行菩薩道菟燒身語第十三」)写猴子上树摘下很多果子,其中有"樸"(「猿ハ木ニ登テ栗、柿、梨子、棗、柑子、橘、苺、椿、樸、郁子、山女等ヲ取テ持来リ、里ニ出テハ、苽、茄子、大豆、小豆、大角豆、栗、稗、黍ビ等ヲ取テ、好ミニ随テ令身シム。」②)

关于"樸"字,今野达校注本《注释》说"从字形看是'栗'的增笔字,不过,栗子已经出现过了,古典大系本中椿樸并列,也同训作'榛、榛子ハシバミ',或为字形类似的楝(桑の異体)等讹变。在今野达提出的这几种可能性中,以为"榛"字误写的可能性最大。这种意见比较合理。

这一段文字中出现的"苺"字,亦作"苺"、"苺",猕猴桃。"稗"是"稗"的类化增笔字。

三 动笔译前先需心头透亮

由于《今昔物语集》涉及到千百年的印度、中国和日本的宗教和世俗的知识,翻译的过程就不能不变成繁难的研究过程,任何一个环节的知识不足或者疏忽,都可能背离原意,或者造成读者理解上的困难。反过来说,由于原文中便有不得确解的内容,翻译中发现和解决了问题,也就会使《今昔物语集》向前推进。这里便举两个涉及到俗字的翻译问题。

---

① 〔日〕小峯和明校注『今昔物語集』四、岩波書店1994年版、第490頁。
② 〔日〕今野達校注『今昔物語集』一、岩波書店1999年版、第425頁。

首先是俗字转换为现代简化字的问题。第六卷第二十五篇《震旦巂惠造阿閦佛往生欢喜国》，篇名原作"震旦巂惠造阿閦仏生歓喜国語第二十五"，故事的主人公就是一个叫"巂惠"的人。金伟、吴彦将其译为"双慧"①，是将"巂"读作"雙"，简化字写作"双"。这并不正确。因为"巂"是"俊"的俗字，这个人的名字应该译作"俊惠"。

小峰和明本页下注说这个故事的出典是《三宝感应要略录》卷上第二十一篇，同类故事还有《三国传记》卷10第二十三篇。日本尊经阁文库本《三宝感应要略录》卷上《释儁惠造阿閦佛像感应第二十一》故事的作"儁惠"。"俊"《随函录》："儁：巂"（59/1032a/1033c）。《今昔物语集》中的"巂"字则是"巂"字的增笔字。所以，原文作"俊惠"是可以推断出来的。

最有力的证明是收于《大正新修大藏经》的《三宝感应要略录》，其卷之上的篇名正是《第二十一释俊惠图造阿閦佛像感应》，可惜在文中也已经误作"雙惠"②。（第832页）这些其实只要认真查阅一下是不难搞清楚的。中译本应该将"双慧"改为"双惠"。在汉语中"慧"、"惠"并不相通，所以译者改"惠"为"慧"也缺乏依据。

其次是俗字表达的语义的问题。明白了俗字会减少翻译的盲目性，译文表达更为准确。第一卷第四篇《悉达太子出城入山的故事》（「悉達太子出山城入山語第四」）写太子吩咐车匿快返回宫去禀告，车匿大哭，犍陟悲伤落泪（「太子車匿ニ宣ハク、「汝ヂ速カニ宮ニ返テ、具ニ我ガ事ヲ可申シ」ト。然レバ車匿ハ啼ヒ涕ビ、揵陟ハ悲ビ泣テ道ノマヽニ帰リヌ。」③）

文中的"啼"，即"號"字。它不是"號"字的类化字，而是"號"的俗字"啼"的类化字。《随函录》载多个"號"的俗字，如啼（60/436b）、踮（59/1091a）、骔（59/636c/1020c）等。日本金泽文库本《群书治要·诗·小雅·青蝇》："载啼载呶"④。"啼"，今本作"號"。"號"受后面"涕"的影响而类化为"啼"。"涕"，为"啼"的俗字。《随函录》："啼：

---

① 金伟、吴彦译：《今昔物语集一》，万卷出版社2006年版，第279页。
② 〔日〕高楠順次郎编『大正新脩大藏経』第五十一卷史伝部三、大蔵出版株式会社1990年版、第832頁。
③ 〔日〕今野達校注『今昔物語集』一、岩波書店1999年版、第21頁。
④ 〔日〕尾崎康、小林芳規解題『群書治要』一、汲古書院1988年版、第189頁。

渧。（59/725a）因而，"睇ヒ渧ビ"以正字写即"號啼"，同"號泣"、"號哭"，号咷大哭。译文作"车匿啼号，犍陟悲鸣"，意思不差，略感气氛不足。

古代文学经典最理想的译者，最好是精通原著而又具有极高文学修养和语言能力的人，也就是学者和作家两栖的外语人才。达到这个目标的最好办法就是不断更新我们的知识。特别是像《今昔物语集》这样学术含量极高的作品，译者对原著的咀嚼、消化和探讨，可以说是无止境的，在翻译过程中，我们常常因为学识的缺陷或者时间的限制而没能找到最好的表达方式，这就需要通过经常的翻译批评和探索，来发现问题，共同寻求解决的途径。从这一点说来，俗字只是这种研究的一个方面。

第三节　敦煌俗字研究与日本平安时代佛教文学写本的校读

——以《今昔物语集》中的俗字为例

敦煌文献国际研究积累的丰硕成果，不仅扩展了我国传统学术的空间，而且必将推动东亚文化及其相关研究的深化。在敦煌石窟发现以前，学者们很难想到将诞生于日本平安时代末期的佛教故事集《今昔物语集》和遥远的敦煌联系起来。然而，当敦煌文献的研究一步步深入下去之后，那些被历史尘埃所遮蔽的古老的文学交流的痕迹，便逐渐显现出来了。不仅《今昔物语集》收录的1059个故事中有些是与敦煌所藏佛经写卷有源流关系的，而且书写的形态也有很多相似之处。

《今昔物语集》分天竺、震旦、本朝三部分，以佛教故事为主，兼及世俗故事，全书编撰盖非一时完成，最后成书大约在12世纪初。原书31卷，其中第8、18、21这3卷散佚不存。日本最新整理本是收入岩波书店新日本古典文学大系的校注本。这个本子的校注者小峰和明、池上洵一、森正一等都是研究《今昔物语集》最有权威的学者，校注广泛吸收了前人研究成果，注释详尽，考证严谨，结构周密，代表了当代最高水平。对敦煌研究的成果，校注者也有所吸纳，可以说研究日本佛教史和文学史的学者，都无法绕过这些书。

校注本分别以东京大学文学部国语研究室藏红梅文库旧藏本（东大本）

和京都大学附属图书馆藏铃鹿家旧藏本（铃鹿本）为底本，以东北大学附属图书馆藏新宫城旧藏本（东北大本）等多种本子参校，经过精细的注释，解决了很多疑难。本文所引，均据上述日本新古典文学大系本。

图148　福永武彦《今昔物语》今译本

对于传入日本的俗字的研究，近年已引起一些学者的注意，特别是研究日本保存的佛经音义与相关典籍的学者，已在各种专著中有所涉及。不过，像我国出版的《汉字标准字典》等字书和辞书中，误将我国历代俗字判为"日本汉字"的现象还颇为多见①。而在日本各类辞书中，将我国历代俗字判为日本独有的"国字"的情况，则是其根源之一。因而，对于方兴未艾的日本汉字研究来说，与敦煌俗字的比较研究就显得格外重要。另一方面，翻译日本古典文学作品离不开对古代文字的透彻理解，为日本汉字追根溯源必不可少。这种比较研究无疑有益于提高日本古典文学的翻译质量。当前，敦煌吐鲁番文献研究的影响，早已超出了敦煌学、吐鲁番学本身，其成果不断扩宽东亚各国文献研究的领域，其根本原因就在于汉字文化发展自古以来的内在联系和共同规律。

对于日本写本与敦煌写卷中的俗字比较研究，中日两国均有待深入。本文拟对《今昔物语集》中的俗字举例分类整理，梳理俗字在奈良和平安时代流传的轨迹，为进一步探讨敦煌俗字与日本写本俗字的关系提供基础数据。

关于俗字的分类，蔡忠霖《敦煌汉文写卷俗字及其现象》第四章第三节

---

① 何华珍：《日本汉字研究导论》，载中国文字学会、河北大学汉字研究中心编《汉字研究》第一辑，学苑出版社2005年版，第25—30页。

《敦煌俗字写卷俗字之类型》分为混用、误用、增形、省形、改换、类化、位移、书法变化、书体改易和合文十类①，而黄征《敦煌俗字种类考辩》分成了类化、简化、繁化、位移、避讳、隶变、楷化、混用、准俗字这样十类②。根据《今昔物语集》中俗字的情况，本文仅将其中的俗字分为六类举例说明。为便于对照，特将日语篇名和引文的原文录于括号内。

一 混用例

混用被认为是俗字产生最常见的方式。所谓混用，是指一些文字因偏旁或部件形体相近，因而混同者，如偏旁"木"和"扌"（手）、"艹"与"竹"等。

1. 秡（はらへ）

第二十四卷第十五篇《贺茂忠行传道其子保宪》（賀茂忠行、道伝子保憲語）写有人请忠行祓除不祥，当他动身离家的时候，十来岁的儿子缠着要一起去，忠行不忍峻拒，便带他一起去了（「而ルニ人有テ此忠行ニ秡ヲ為サセケレバ、忠行秡ノ所ニ行カムトテ出立ケルニ、其忠行ガ子保憲、其時ニ十歳許ノ童ニテ有ケルニ、父忠行ガ出ケル、強ニ恋ケレバ、其児ヲ車ニ乗セテ具シテ将行ニケル。秡殿ニ行テ忠行ハ秡ヲ為ルニ、児ハ其傍ニ居タリ、秡畢ヌレバ、秡ヲ為スル人モ返ヌ。」③）

早在奈良时代问世的《万叶集》中已经出现了"秡"字。卷第十一 2403 咏唱男子为心爱的女子而到河中洗浴，祓除不祥："玉久世　清川原　見秡為　斎命　妹為"，今读作"たまくせの　きよかははらに　みそぎして　いはふいのち　いもがためこそ"，或写作"玉くせの　清き川原に　みそぎして　斎ふ命は　妹がためこそ"，"山背の　く世の川原に　みそぎして　斎（いは）ふ命は　妹がためこそ"，其汉字原文中的"秡"字，当是"祓"字。《干禄字书》："秡，祓：祓除字，音废，亦音拂，上俗下正。" "禾"、"示"二旁形似，或有相换造成俗字者，如"祕"或写作"秘"、

---

① 蔡忠霖：《敦煌汉文写卷及其现象》，文津出版有限公司2002年版，第127-176页。
② 黄征：《敦煌俗字种类考辩》，《古文献研究集刊》（第一辑），凤凰出版社2007年版，第27-43页。
③ 〔日〕小峰和明校注『今昔物語集』四、岩波書店1994年版、第410頁。

"秩"或写作"袟"①。《万叶集》中的"祓"写作"秡",为此又添一例。

上述《今昔物语集》引文中的六个"秡"字,也都是"祓"的俗字,属于"禾"、"示"混用例。第十九卷第三篇《内记庆滋宝胤出家》中的"纸冠ヲシテ抜ヲス"②中的"抜"字,也是"祓"的俗写,此则是"扌"、"示"相混。日本东洋文库藏镰仓时代写本《字镜》第廿八卷禾部:"秡",旁注:"祓,正作。"③认为"秡"字正字是"祓",另外还有一个"秡"字,乃"祓"的讹变字,旁注亦有"福也,从示"。以上皆说明"秡"正字作"祓"。

2. 瘋 （くぐせ）

第五卷第十三篇《三兽行菩萨道兔子烧身》(三獸行菩薩道、菟燒身語)写兔子决心去找灯,它竖起耳朵,驼着背,睁大眼睛,缩起前腿,张开屁眼,东南西北到处找也一无所获(菟ハ励ノ心ヲ発シテ灯ヲ取リ、香ヲ取テ、耳ハ高ク瘋セニシテ、目ハ大キニ、前ノ足短カク、尻ノ穴ハ大キニ開テ、東西南北求メ行ルケレドモ、更ニ求メ得タル物ナシ。④)

文中"菟",是"兔"的增笔字。"瘋"是"伛"的俗字,这在小峰和明校注本页下注中已经指出,并说是弓着背、弯腰驼背的意思。《龙龛手镜》(高丽本)疒部:"瘋,俗;于矩反,正作伛"。《新修藏经音义随函录》:"伛:瘋"(59/586b/761c/1070a)

金伟、吴彦中译本将这一段译成"可是兔子的耳朵又高又弯,眼睛睁得大大的,前足短后胯大开"⑤,把"瘋セ"译成形容耳朵的词语,原文把兔子的形态写得很传神,也有"野性"的特色,译文未能充分传达。

3. 迊ル （めぐる）

第十卷第三十六篇《老妪每日见塔见血》(妪每日見卒堵婆付血語)写年轻人看到老妪爬上山绕塔转圈,感到奇怪(卒堵婆ノ許ニ上リ来テ、卒堵婆ヲ迊テ見レバ、只、卒堵婆ヲ迊リ奉ルナメリト思フニ、卒堵婆ヲ迊ル事

---

① 曾良:《俗字及古籍文字通例研究》,百花洲文艺出版社 2006 年版,第 165 页。
② 〔日〕小峰和明校注『今昔物語集』四、岩波書店 1994 年版、第 112 頁。
③ 〔日〕築島裕解題『字鏡』(世尊世本)、汲古書院 1980 年版、第 228 頁。
④ 〔日〕今野達校注『今昔物語集』一、岩波書店 1999 年版、第 426 頁。
⑤ 金伟、吴彦译《今昔物語集》(一),万卷出版社 2006 年版,第 225 页。

ノ怪シケレバ①)

文中的"迊"是"匝"的俗字。《随函录》:"匝:迊"(59/971b/985a)。曾良《俗字及古籍文字通例研究》列"'匚'俗写作'辶'例",谓古籍中对"匚"旁的第二画"乚",往往俗写作"辶",并具体指出"匝"的俗字作"迊",出现很早②。其中引《艺文类聚》卷61《居处部》一"总载居处"条引班固《西都赋》:"列卒周迊,星罗云布。"又卷64《居处部》四"道路"条引《三辅故事》曰:"桂宫周迊十里,内有复道,横北渡,西至神明台。""迊"便是"匝"字。《艺文类聚》是很早就传入日本的类书,对奈良时代和平安时代的文人影响很大,"迊"字的写法正是通过这一类汉籍进入日本文学的。《万叶集》中已有"迊"字。

奈良时代文献中多将"匚"写作"辶",《万叶集》卷二100"荷向篋乃","篋"一本作"遬"。江户时代成书的《万叶集误字愚考》曰:"或考'遬',篋之误也。愚按皇国(按:指日本)古有'匚'作'辶'之例,而当误。"又卷七1240"珠匣",一本作"珠遱",《万叶集误字愚考》:"'遱'乃'匣'之误,既已言之。"卷十一2678"玉匣",一本作"玉遱",《万叶集误字愚考》:"'遱'乃'匣'之误。"③ 以上皆出于将"匚"写作"辶"而产生的现象,可见日本奈良时代的这种写法源头还是在中国。

《今昔物语集》中尚有"辷"字,见于第十九卷第三十八篇篇名《比叡山大鍾、為風吹辷),作滑动、滚动讲,实亦源出"匚"的俗写。日本辞书多将其视为日本"国字",如小学馆《现代汉语例解辞典》:"国字,会意,辵+一,在物体上平滑移动,滑动之意",皆误将其看成日本所制之字。

4. 坏(つき)

第十二卷第三十五篇《神名山诵经圣僧睿实》(神名睿实持経者语)写圣僧过了一会儿拿来一个提盒,里面放着一碗饭,一壶汤,另外还带有筷子(暫許有テ、外居ニ飯一盛指入テ、坏具シテ、提ニ湯ナド入レテ持来ヌ④)。

---

① 〔日〕小峯和明校注:『今昔物語集』二、岩波書店1999年版、第373—374頁。
② 曾良:《俗字及古籍文字通例研究》,百花洲文艺出版社2006年版,第110頁。
③ 〔日〕正宗敦夫編『日本古典全集』所収『萬葉集私考 萬葉集誤字愚考』、日本古典全集刊行會1930—1947年版、第1—95頁。
④ 〔日〕池上洵一校注『今昔物語集』三、岩波書店1999年版、第181頁。

文中的"坏"是"杯"的俗字。《万叶集》中大伴旅人有名的一首和歌用的正是这个俗字。卷三 338《大宰帥大伴卿赞酒歌》十三首之一："驗無物乎不念者　一坏乃　濁酒乎　可飲有良師"（驗なき　ものを思はずは　一坏の　濁れる酒を　飲むべくあるらし）文中的"坏"字，即"杯"。这是奈良、平安时代很普遍的写法。

《敦煌俗字典》引 P.2299《太子成道经》："拨棹乘船遇大江，神前倾酒数千瓯。倾坏不为诸余事，大王男女相兼乞一双。"并说明："此字通常为'坯（pi）'之俗字，此处则为'杯'字。别卷 P.2999、S.2682 则分别从'亻'旁和'酉'旁。"① 考《龙龛手镜》（高丽本）土部："坏，通俗；坯，正。普杯反。坏，未烧瓦坏也。"认为"坏"是"土坏"、"瓦坏"的"坏"的俗字。写本中多用作"杯"字。

二　讹变例

讹变或称误用，乃指偏旁或部件并不相似，却因本身书写太快、求便而误作他形。写本文字，有些抄写者对底本的草体字辨认不清，时有误认，一人认错，后来抄写者以讹传讹，结果便生出郢书燕说的故事。《今昔物语集》中的有些字，不见于中日两国字书，很容易被看成是日本独自创造的所谓"国字"。不过由于有自古相传的训读，我们今天仍然可以分析出它们的来龙去脉。

1. 鈴ム　（あはれむ）

第十二卷第十八篇《河内国八多寺佛像入火不焚》（河内国八多寺仏、不燒火語）写画师为一个女人一心供奉佛像的行为所打动，便和这位女施主同发心愿，画成佛像并供奉起来（絵師モ此ノ事ヲ鈴テ、願主ノ女人ト共ニ同ク心ヲ発シテ、此ノ仏ヲ写シテ令供養メツ②）。

池上洵一校注本《注释》认为"鈴"为"矜"之误书，训作"あはれみ"（怜，怜悯怜爱）。并引《日本灵异记》"画师矜之，共同发心"为证，还举出《灵异记训释》："矜：　女久祢"，《字类抄》："矜恤　アハレメクム"。

---

① 黄征：《敦煌俗字典》，上海教育出版社 2005 年版，第 13 页。
② 〔日〕池上洵一校注『今昔物語集』三、岩波書店 1999 年版、第 130 页。

池上洵一所言是，文中的"鵿"是"矜"的俗字"矝"的讹变。《龙龛手镜》（高丽本）："矝，正，矜，今，居陵反，怜也，愍也，尉也，恤也。""矛"与"弟"的草体"㐧"形近。《今昔物语集》以前的文献中，"矛"、"茅"与"弟"相混的现象便已存在。《万叶集》女歌人"狭野弟上娘子"，一本作"狭野茅上娘子"。《万叶集》写本中还有将"矝"写作"鵿"的。①卷九 1740"鯛釣矝"，"矝"一本作"鵿"，《万叶集误字愚考》："'鵿'，'矝'之误，读'ほこり'欤。""ほこり"为矜夸、自豪之意。可见奈良时代"矛"旁误作"弟"旁或"㐧"旁的现象便已出现。

2. 鵯（ひ）

第九卷第三十四篇《震旦刑部侍郎宗行质到阴间》（震旦刑部侍郎宗行質行冥途語）写宗行质到了阴间，看到西边近城的地方，有一块高一丈宽二尺的木牌，上面写着几个大字（亦、西ニ城近ク、一ノ丈木ノ鵯有リ。高サ一丈、広サ二尺許也。其ノ鵯ノ上ニ、大キニ書ケル文有リ、「此レハ此レ、勘当シテ過ニ擬セル五人」ト書ケリ②）。

关于文中的"鵯"，小峰和明校注本页下注："或为大木的告示。'鵯'，垣。高山寺本作'牌'，《冥报记》有训读。"

笔者认为，"鵯"为"牌"之误书。《法苑珠林》卷七十九《唐刑部郎中宋行质》中相关部分："西近城有一大木牌，高一丈二尺许，大书牌上曰：此是勘当拟过主人。"③"牌"字的"片"旁，俗字多写作"忄"，"阜"的俗字作"昗"或"卑"，"忄"、"卑"相乱，"牌"遂被写作"鵯"。前田育德会藏尊经阁本《冥报记》已误作"鵯"，右旁注标记训读"ヒ"，乃依"卑"旁作训。

3. 瘂（おふし）

第十六卷第二十二篇《哑女因石山观音搭救会说话》（瘂女、依石山観音助得言語）写哑女长得很漂亮，却生来不会说话，父母朝夕叹息，一筹莫展（形ハ極テ美麗ニシテ、生ケルヨリ瘂ニテゾ有ケレバ、父母明暮此ヲ歎

---

① 王晓平：《俗字通例研究在日本奈良写本考释中的运用——以〈万叶集〉汉诗文为例》，载《天津师范大学学报》2010 年第 8 期。
② 〔日〕小峯和明校注『今昔物語集』二、岩波書店 1999 年版、第 249 頁。
③ 〔唐〕释道世撰、周叔迦、苏晋仁校注：《法苑珠林校注》五，中华书局 2003 年版，第 2323 页。

キ悲ムト云ヘドモ、甲斐無シ①）。

池上洵一校注本页下注解释为"不会说话的人，哑巴。底本与各本多作'瘂'，但后文作'痘'。第七卷第四十二篇可以见到字体'瘖'。"

"瘂"为"痙"的俗字"痘"的讹变。《随函录》："痘：痙"（59/726a/968a）痘，同"哑"。《敦煌俗字典》引敦研 031（5—4）《大般涅槃经》："或有聲哑，亦见如来有聲哑相。"哑，《大正藏》作"瘂"。可见这里的"瘂"通"痘"，铃鹿本作"瘖"，不确。日本东洋文库藏镰仓时代写本《字镜》病部："痘，焉下反，於加反。瘖也。"

4. 醒　（さむ）

第二十卷第十三篇《爱宕护山僧人险遭野猪暗算》（愛宕護山聖人、被謀野猪語）写僧人看到猎人杀死了想要暗算自己的野猪，不再悲痛。（聖人此ヲ見テ、悲ビノ心醒ニケリ。②）

案："醒"训为"さむ"，是视为"醒"的俗字"醒"之讹变。《新集藏经音义随函录》："醒：醒"（59/850a）。"皇"误作"呈"，而"酉"误作"甬"。俗写"酉"作"囲"，与"甬"形近。《敦煌俗字典》引 S. 462《金光明经果报记》："雇人抄写未毕，妻便醒悟。"其中"醒"作"醒"。

三　增笔例

增笔字或称增形字，是指偏旁及部件增笔和繁化。这种增笔或繁化，有时是为了使意义突显而增加部件，有些则只有装饰作用。如"崎"写作"嵜"之类（见第一卷第十三篇）。

1. **燋ス**（こがす）

第十四卷第二十六篇《丹治比经师抄写〈法华经〉不敬身亡》（丹治比経師、不信写法死語第二十六）写经师即使淫兴大发，心焦似火，在写经期间也应该自己克制（此レヲ思フニ、経師譬ヒ婬欲盛ニシテ発テ心ヲ燋スガ如クニ思フトモ云フトモ、経ヲ書奉ラム間ハ可思止シ③）。

池上洵一校注本页下"燋"字无注。"焦"字本从"隹火"，俗字又在左

---

① 〔日〕池上洵一校注『今昔物語集』三、岩波書店 1999 年版、第 531 頁。
② 〔日〕小峯和明校注『今昔物語集』四、岩波書店 1994 年版、第 255 頁。
③ 〔日〕池上洵一校注『今昔物語集』三、岩波書店 1999 年版、第 331 頁。

旁加上"火"以突显其意。P.2160《摩诃摩耶经卷上》:"譬如猛火,烧于热铁,若有触者,身心燋痛。"颜元孙《干禄字书》;"燋焦:焦烂字。上通,下正。"

2. 悪ガル （にくがる） 悪（にくさ）

第二十五卷第十一篇《藤原亲孝之子被盗人掠为人质因信之言幸免于难》（藤原親孝為盗人被捕質依頼信言免語）写国守向家将说起贼人的事,说不该怪罪他（悪ガルベキ事ニモ非ズ①）。

小峰和明校注本页下注释这一句是"不用恨他"。（憎むほどのことでもあるまい。）

《今昔物语集》中有"悪"字的词语还有:"悪気（にくげ）"、"悪サ（にくさ）"、"悪（にしさ）"、"心悪（こころにく）"、"心悪ガル（こころにくがる）"、"心悪シ（こころにくし）",等。

《龙龛手镜》（高丽本）心部:"悪,乌故反。"《新集藏经音义随函录》:"恶:悪"（59/759）

"悪",今写作"恶",读"wù",为"憎恶"、"厌恶"之"恶",而非"凶恶"之"恶"。《中华字海·忄部》（604）:"悪,同恶。"《随函录》卷6《大净法门经》:"悪难,上乌故反,下奴叹反。"（59/759a）西晋竺法护《佛说大净法门经》卷1:"吾身如今不畏欲尘,亦无所难、所以者何？我晓欲尘本悉净故,又被菩萨大德之铠,勇猛精进,无所悪难。"（T17,P0819c）郑贤章《〈新集藏经音义随函录〉研究》谓"'悪难'即'恶难',其中'悪'即'恶'字。根据文意,'恶'即'恶'字。'恶难'即畏惧困难之意。'恶'表'畏惧'之义,语义与人的心里有关,故俗增'忄'旁而作'悪'。由于构件'恶'可俗作'恶','悪'亦相应可作'悪'。"②

3. 鈩（おの）

第六卷第十四篇《震旦幽州都督张亮遇雷因佛救助活命》（震旦幽洲張亮值雷依仏助存命語）写张亮看那根木柱被雷电击成两半,像被人用斧子劈开一样（柱ヲ見ルニ、其ノ木半ラハ裂ケテ地ニ落チタル事、人ノ態ト鈩ヲ

---

① 〔日〕小峯和明校注『今昔物語集』四、岩波書店1994年版、第525頁。
② 郑贤章:《〈新集藏经音义随函录〉研究》,湖南师范大学出版社2007年版,第286页。

以テ裂キ砕ケルガ如シ①）。

文中的"鉌"是"斧"的增笔字。《随函录》："斧：鉌。"（60/6b）

4. 城都 （じやうと）

第九卷第九篇《震旦禽堅从夷域迎父孝养》（震旦禽堅、自夷域迎父孝養語）开头写蜀郡成都有人名禽堅（今昔、震旦ノ蜀郡ノ城都ニ禽堅トニフ人有ケリ②）。

文中的"城都"，当为"成都"之讹。"城"为"成"的增笔字。日人因不熟悉中国之事，为地名、人名增减笔画者颇多，《今昔物语集》中多见。

四 减笔例

减笔字或称省笔字、省形字、缺笔字，是指偏旁或部件省笔和简化，是俗字中的简化字。这种省略或简化，大致可以看出与正字之间的联系。在俗字中，可以最直接看出求省求便的取向。

1. 瘾 （ちちぼみ）

第二十四卷第八篇《某女子赴医师家治疮愈后逃走》（女行医師家治瘡逃語）写长官用手一摸，在女子大腿根上有个疙瘩（然レバ、頭、手ヲ以テ其ヲ捜シバ、辺ニ糸近ク癮タル物有リ③）。

《龙龛手镜》（高丽本）疒部："瘾，通；癮，正。音隐。癮胗，皮下小起也。"《随函录》："瘾：癮癮。"（60/512）癮胗，即瘾疹。《医宗金鉴·痘疹心法要诀·瘾疹》："心火灼肺风湿毒，隐隐疹点发皮肤"注："瘾疹者，乃心火灼于肺金，又兼外受风湿而成也。发必多痒，色则红赤，癮癮于皮肤之中，故名曰瘾疹。"瘾疹，即荨麻疹。《字镜》第九疒部有"瘾"字，乃"癮"字之变，有旁注："皮外小起。""外"疑为"下"字之讹。

2. 涎 （よだり）

第一卷第六篇《天魔要想妨碍菩萨成道》（天魔、擬妨菩薩成道語）描写三位天女突然变成的老妪，头发白了，满面皱纹，豁齿垂涎（頭白ク面皺

---

① 〔日〕小峯和明校注『今昔物語集』二、岩波書店 1999 年版、第 41 頁。
② 〔日〕小峯和明校注『今昔物語集』二、岩波書店 1999 年版、第 191 頁。
③ 〔日〕小峯和明校注『今昔物語集』二、岩波書店 1999 年版、第 191 頁。

ミ、歯落テ涎ヲ垂ル①)。

文中的"涎"字，是"涎"的省笔字。今野达校注本页下注说"涎"的正字是"涎"。所言是。《龙龛手镜·水部》谓"涎"乃"次"的今字，并说："似延反，口液也。"

3. 尉斗　（のし）

第二十六卷第十二篇《能等国凤至孙获得宝带》（能登国鳳至孫、得帯語）写仆人跟凤

至孙说，海面上正像熨斗的底面一样平，波涛不兴，哪有什么巨浪（只今、海ノ面尉斗ノ尻ノ様ニテ、浪モ不候ニ、此ク被仰ハ、若物ノ託カセ給ハシ②)。

"尉斗"，就是"熨斗"。森正人校注本页下注引《和名抄》："熨斗，所以熨衣服也，和名乃至。"《字类抄》："熨斗，ノシ。"底本有旁注"熨欤"，但《名义抄》则注："熨或尉。"上文形容海面平静，波澜不惊，如同被熨斗熨烫过一样平展。"尉斗ノ尻"，熨斗的底面。

4. 耆　（し）

第一卷第三篇《悉达太子在城受乐》（悉達太子在城受楽語）记叙净居天变成的病人回答悉达太子"为什么会有病人"的问题，说病人就是由耆嗜好而饮食造成各种症状（病人ト云ハ、耆ニ依テ飯食スレド噊ル事無ク、四大不調ズシテ、彌ヨ変ジテ百節皆苦シビ痛ム③)。

文中的"耆"为"嗜"的减笔字，省去了"口"旁。"噊"则是"愈"（治愈之意）的增笔字，增加了"口"旁。

五　换形字

换形字或称改换字、代换字，是指替代了构字偏旁的形符或声符的字。这样的代换通常是为了使形体及字音更易写易记，书写起来更为便捷。

1. 噁厶　（つかむ）

第二卷第三十七篇《满足尊者到饿鬼界》（満足尊者至餓着鬼界語）写

---

① 〔日〕今野達校注『今昔物語集』一、岩波書店1999年版、第28頁。
② 〔日〕森正人校注『今昔物語集』五、岩波書店1996年版、第55頁。
③ 〔日〕今野達校注『今昔物語集』一、岩波書店1999年版、第12頁。

饿鬼口唇垂如野猪，身体宽高各一由旬。一只手攥着另一只手，高声嚎叫着东奔西跑（又唇・口垂シテ野猪ノ如シ。身体ノ縦広一由旬也。手ヲ以テ自ラ手ヲ歐テ、音ヲ挙テ嗟エ叫テ東西ニ馳走ス。①）。

今野达校注本页下注释"手ヲ以テ自ラ手ヲ歐テ"是"一只手抓住另一只手"，又引《法苑珠林》下面是"手自抓歐（掴）"，认为由此看来，是用手身上乱抓的意思，文意易通。

文中的"歐"是"攫"的俗字。《龙龛手镜》（高丽本）："歐，歐，二俗，居碧、居缚二反，正合作攫字。"玄应《一切经音义》卷1释《大方广佛华严经》第五十八歐裂："歐，宜作攫。九缚、居碧二反，《说文》：攫，爪持也。攫，执也。《仓颉篇》：攫，持也。《淮南子》云兽穷则攫是也。"徐时仪《玄应〈一切经音义〉所释俗字考》亦认为"攫，据玄应所释，俗作歐、掴。"②

第五卷第十四篇《狮子同情猴子割肉给鹫》（師子哀猿子、割肉与鷲語）写狮子看见对面树上有一只鹫，正抓住两只猴崽准备吃掉（向ナル木ニ一ノ鷲居テ、此ノ猿ノ子二ツヲ左右ノ足ヲ以テーヅヽ歐ミ取テ、抑ヘテ既ニ喰テムトス③）。"歐ミ取テ"，攫住。

第十七卷第四十二篇《但马古寺毗沙门天王降伏牛头鬼救出僧人》（於但馬国古寺毘沙門、伏牛頭鬼助僧語）写恶鬼一把攫住老僧，猛然大嚼起来，老僧虽高声喊叫，但无人前来解救，终于被吃掉了（鬼、僧ヲ歐ミ刻テ忽ニ噉フ。老僧、音ヲ挙テ大キニ叫ブト云ヘドモ、助クル人無クシテ、遂ニ被噉ヌ④）。

"歐ミ刻テ"，死死攫住。这一句汉译译作"恶鬼来到跟前，一把抓起老僧，剥开衣服立刻大嚼起来，老僧虽高声喊叫，但无人前来解救，终于被恶鬼吞食了。""鬼、僧ヲ歐ミ刻テ"就是鬼死死攫住和尚的意思。

2. **皺ル**　（ふくる）　膧レ延ブ　（ふくれのぶ）

第二十八卷第二十篇《池尾禅师珍内供鼻长过人》（池尾禅师珍内供鼻

---

① 〔日〕今野達校注『今昔物語集』一、岩波書店1999年版、第12頁。
② 徐时仪《玄应〈一切经音义〉所释俗字考》，《汉字研究》第一辑，学苑出版社2005年，第252页。
③ 〔日〕今野達校注『今昔物語集』一、岩波書店、1999年版、第429頁。
④ 〔日〕小峯和明校注『今昔物語集』四、岩波書店1994年版、第80頁。

语第二十）写内供长着一个长鼻子，约有五六寸，直垂到颚下，颜色红得发紫，上面长满疙瘩，就像大橘子皮（然テ、此ノ内供ハ、鼻ノ長カリケル、五六寸許也ケレバ、頤ヨリモ下テナム見エケリ。色ハ赤ク紫色ニシテ、大柑子ノ皮ノ樣ニシテ、ツブ立テゾ皺タリケル）。又写熏烫过后两三天，鼻子又感到刺痒，照旧臃肿膨胀起来（亦二三日ニ成ヌレバ、痒リテ皺延テ、本ノ如ク腫テ大キニ成ヌ①）。

《龙龛手镜》（高丽本）皮部："皺，通，皺，正，古文。布教、补角、蒲角、疋角四反。今作爆，火裂声。""皺"，在上文意为肿起的疙瘩，今写作"包"。"皺レ延ブ"，即起包，肿胀起来。《汉语大词典》失收。

4. 嬈乱（ねうらん）

第十二卷第三十八篇《葛木山天台宗僧人圆久听仙人念偈》（天台円久、於葛木山聞仙人誦経語第三十八）写圆久心想，这一定是前来搅扰诵经人的恶鬼（此レ定メテ持経者ヲ嬈乱セムガ為ニ、悪鬼ノ来レルカ②）。

嬈，同扰。嬈乱，同扰乱。晋法显《佛国记》："魔王嬈固阿难，使不得请佛住世。"《维摩经·菩萨品》："非帝释也，是为魔来嬈固汝耳。"唐玄应《一切经音义》卷8：《摩登伽经》作扰蛊，言此魔作扰乱厌蛊也。"嬈固，同扰蛊，嬈乱同扰乱。第七卷第十五篇《僧人被罗刹女扰乱因法华力存命的故事》（僧、為羅刹女被嬈乱依法花力存命語第十五語）"被嬈乱"，即"被扰乱"。文中说僧人忽然为鬼所扰，既娶鬼为妻（僧、忽ニ鬼ニ被嬈レテ、既ニ女鬼ト娶ヌ）。"被嬈"，即"被扰"。

5. 樵木（たきぎ）

第七卷第四十八篇《震旦华州张法义因忏悔死而复生》（震旦華洲張法義依忏悔活語第四十八）写法义死后因家贫无棺木葬身，被草草埋在荒野，以柴填塞（家ノ人、貧シキニ依テ、棺ヲ不儲シテ、法義ガ身ヲ野ノ中ニ埋ツ。樵木ヲ以テ此ヲ塞ゲリ③）。

"樵"，"薪"。因薪柴属木而换"艹"旁为"木"旁。

---

① 〔日〕森正人校注『今昔物語集』五、岩波書店1996年版、第230頁。
② 〔日〕池上洵一校注『今昔物語集』三、岩波書店1999年版、第189頁。
③ 〔日〕小峯和明校注『今昔物語集』二、岩波書店1999年版、第170頁。

六 类化字

所谓类化字，是指文字受上下文或字义影响而别加或更改偏旁，使得该字与其上下文或同类字偏趋于一致，以使文字更好记好写。

1. 撗ム （つむ）

第二十卷第四十二篇《女人因性情清净而感应成仙》（女人依心風流得感応成仙語第四十二）写女子终于自然产生感应，一年春天，她到郊外去挖野菜时无意中吃了仙草，结果飞升天界（遂ニ自然ラ其ノ感応有テ、春ノ野ニ出テ、菜ヲ撗テ食スル程ニ、自然ラ仙草ヲ食シテ、天ヲ飛ブ事ヲ得タリ①）。

"撗"，"採"，采集之意，因采草采菜而加上"艹"旁。

2. 騏 （き）

第九卷第四十三篇《晋献公之子申生因继母丽姬谗言自尽》（晋献公王子申生、依継母麗姫讒自死語）写晋献公为一女赐姓并立为后，女子为"騏"氏，名丽姬（其ノ時ニ、父ノ王、一ノ女ヲ以姓ヲ賜テ后トス。騏ノ氏、此レ也。名ヲバ麗姫ト云フ②）。

騏，音读作"キ"，"骐"字的讹变。宫内厅书陵部藏金泽文库本《群书治要》卷第三十六《尸子》："覆巢破卵，则凤凰不至焉；刳胎焚夭，则"騏驎不往焉，竭泽漉魚，则神龍不下焉。"③ 騏驎即骐驎。骐字增笔作騏，騏字读作"き"。根据中国史书记载，晋献公打败骊戎，而获骊姬。

3. 美灑 （びれい）

第四卷第四十篇《天竺贫女书写法华经》（天竺貧女、書寫法花経語）写贫女端正美丽，举世无双（其ノ子、端正美灑ナル事並無シ）。第十三卷第十篇《春朝诵经者经卷显灵》（春朝持経者、顕経験語）写检非违使厅长官又梦见一个气度高雅、容貌端正美丽的童子，头上挽着两个发髻，冠带整齐，走过来跟他说话（亦、非違ノ別当ノ夢ニ、気高クシテ端正美灑ナル童、鬢ヲ結テ束帯ノ姿也、来テ）。第十九卷第四十三篇《某女子抱养贫女之子》

---

① 〔日〕小峯和明校注『今昔物語集』四、岩波書店 1994 年版、第 305 頁。
② 〔日〕小峯和明校注『今昔物語集』二、岩波書店 1999 年版、第 272 頁。
③ 〔日〕尾崎康、小林芳規解題『群書治要』五、汲古書院 1989 年版、第 397 頁。

（貧女棄子取養女語四十三）开头写不知哪朝哪代，某女御身边有个宫女，年轻貌美，秀外慧中，人人看了都喜欢（今昔、何レノ時ニカ有ケ、女御ニテ御ケル人御許ニ、童ニテ候ケル人ノ、若クシテ形チ美瀮ニ、有様微妙クシテ、極タル色好ニテ、人ニ被愛ナドシテ有ケルガ①）。

同样一个"丽"字，与上例不同，这里被繁化，加上了一个"水"字旁。日本人自古不养羊，所以也很难接受中国古人以"羊大"为美的概念。"端正美丽"虽然是佛经中形容靓女俊男的常套语，但两国古人的联想却不尽相同。日本人心目中的"美丽"与"洁净"是不可分离的，所以"美丽"和使万物洁净的水就有了自然的联系。同时，日语中"灑水"的"灑"另有说法，不会由"灑"产生歧义，因而将"美麗"写成"美瀮"也就多起来了。

4. 逊　（そん）

第九卷第三十二篇《侍御使孙迥璞因阴间来使搞错苏生归来》（侍御史逊迥璞依冥途使错従途帰語第三十二）篇名中的"逊迥璞"，"逊"字因受下字"迥"的影响而多加了"辶"。

七　移位字

移位字或称位移字，是指偏旁和部件都与正字相同，而位置有所更动的字。这类字和正字差异不大，多只是在偏旁或部件书写顺序或者结构上有所变动，能从字形上一眼看出。

1. 魤ル　（おもねる）

第二十卷第十八篇《赞岐国女子到阴间借尸还魂》（讃岐国女行冥途、其魂還付他身語第十八）写阎王派小鬼来拘拿病女，小鬼跑累了，看见祭奠的饭菜，就厚着脸皮饱餐一顿（而ル間、閻魔王ノ使ノ鬼、其ノ家ニ来テ、此ノ病ノ女ヲ召ニ、其ノ鬼走リ疲レテ、此ノ祭ノ膳ヲ見ルニ、此レニ、魤テ、此膳ヲ食ツ。②）

"魤ル"，小峰和明校注本页下注："阿谀，谄媚。可见这个鬼的相貌极像人样。"

---

① 〔日〕小峯和明校注『今昔物語集』四、岩波書店1994年版、第212頁。
② 〔日〕小峯和明校注『今昔物語集』四、岩波書店1994年版、第264頁。

第二十卷第三十七篇《父母贪财女儿被鬼吃掉后悔》（耽財、娘為鬼被噉悔語）结尾说由此看来，为人切不可贪财，父母悲悔交加，说都是自己贪财害了女儿（此レヲ思フニ、人財ニ耽リ魌ル事無カレ。此ノ財ニ魌ルニ依テ有ル事也トテゾ、父母悔ヒ悲ビケルナム語リ伝ヘタリトヤ①）。

"魌"，"靦"的左右位移字。《篆隶万象名义》："靦，他殄反，厚颜也，始也。"吕浩《〈篆隶万象名义〉研究》："'始也'为'姡也'之误。《尔雅·释言》：'靦，姡也。'"② "魌"，同"靦"，死皮赖脸。这里形容贪得无厌。

2. 儥用　（とくよう）

第二十卷第二十二篇《纪伊国名草郡人作孽变牛》（紀伊国名草郡人、造悪業受牛身語第二十二）写牛吐人言，说自己前世借了庙里用来卖钱购药的二斗酒，没等偿还就死了（我前世ニ此ノ寺ノ薬ノ料ノ酒二斗ヲ儥用シテ、未其ノ直フ償シテ死キ③）。

小峰和明校注本页下注说"儥"是"贷"的俗字。《日本灵异记》作"貸用"，《今昔物语集》中无其他用例。

"儥"，"贷"的部位位移字。《随函录》："贷：儥"（59/1091a）。敦煌文献中"贷"作"儥"者，如 S. 189《老子道德经》："夫唯道善儥生成。" S. 6825 想尔注《道德经》卷上；"道德常在，不从人儥。" "龚子容成之法悉欲儥。" 宫内厅书陵部藏金泽文库本《群书治要》卷第二十《晋书下》："主者，众事之本，故身而所处，当多从深刻，至乃云恩儥当由上出。"④ 恩儥，即恩贷。

3. 劈テ　（きさげて）　劈開（きさげあく）

第二十六卷第十四篇《陆奥国守的家臣发现黄金致富》（付陸奥守金得富語第十四）写家臣发现了泥土中埋的小坛子，打开坛盖一看，只见里面装了满满一坛金砂，满面愁云立刻消散（構テ劈開テ瓶ノ内ヲ見ニ、金ヲ一瓶入テ埋ケルヲ見付テケレバ、侘シト思ツル心モ忽ニ晴テ）。又写他回到住

---

① 〔日〕小峯和明校注『今昔物語集』四、岩波書店 1994 年版、第 298 頁。
② 吕浩：《〈篆隶万象名义〉研究》，上海古籍出版社 2006 年版，第 288 页。
③ 〔日〕小峯和明校注『今昔物語集』四、岩波書店 1994 年版、第 271 頁。
④ 〔日〕尾崎康、小林芳規解題『群書治要』四、汲古書院 1989 年版、第 415 頁。

所，打开皮匣，启开小坛，取出百两黄金，面交国守（然テ居所ニ返テ、皮子開テ、小瓶ノ口ヲ觿テ、金百両ヲ取出シテ持行テ、守ニ取セタルケレバ①）。

"觿"是"觽"的移位字。觽，古代解结的用具。《诗经·卫风·芄兰》："芄兰之支，童子佩觽。"朱熹《集传》："觽，锥也，以象骨为之，所以解结。"《龙龛手镜》（高丽本）列出"觽"的俗字有"觿"、"觿"等。《随函录》："觽：觿。"（60/318b）

《今昔物语集》中还有"觿"字，此乃"觿"字的讹变。"觿開"，即"觿开"。

第二十六卷第七篇《美作国猎人巧计制猿神永绝淫祀》（美作国神、依猎师谋止生贄語）写猎人把长箱撬开一道缝，从里面向外窥看，只见正位上坐着一只身高七八尺的猴子，露出雪白的牙齿，面部和臀部通红（男、長櫃ヲ塵許觿開テ見レバ、長七八尺許ナル猿、横座二有リ。歯ハ白シテ顔ト尻トハ赤シ②）。

与"觿"形近的"嘴"则为"觜"的俗字。《龙龛手镜·口部》（高丽本）将"嘴"列为"觜"的六个俗字之一。正字亦作"觜"，鸟喙也。

第九卷第二十六篇《震旦隋代李宽因杀生得现报》（震旦隋代、李寬。依殺生得現報語）李宽妻子怀孕足月生一男孩，嘴如鹰喙，篇末议论说李宽孩儿嘴如鹰喙是他多年杀生得到的现报（月満テ既ニ産スルヲ待ツ程ニ、男子ヲ生ゼリ。其ノ子ノ口ヲ見レバ、鷹ノ嘴也。此レ、偏ヘニ年来ノ殺生ノ咎ニ依テ現報ヲ致セル故ニ、鷹ノ嘴ヲ具セル男子ヲ令生メタル也トナム語リ伝ヘタルトヤ③）。文中的"鷹ノ嘴"，即鹰觜、鹰喙。

《今昔物语集》中保留的六朝初唐俗字数目相当可观，以上仅就部分俗字作了分类分析。

大体说来，在《今昔物语集》中的俗字中，混用字、讹变字、增笔字、类化字数量较多，而减笔字、换形字、移位字则少些，没有避讳字。关于俗字出现和运用的规律，很有必要继续探讨。

---

① 〔日〕森正人校注『今昔物語集』五、岩波書店1996年版、第62頁。
② 〔日〕森正人校注『今昔物語集』五、岩波書店1996年版、第31頁。
③ 〔日〕小峯和明校注『今昔物語集』二、岩波書店1999年版、第224頁。

对于这些俗字的深入研究，最直接的用途便是以此来检验我们的中译本。如果对俗字的来源和意义不明，贸然"望文生义"，就不免会出现误译或译文不到位的情况。上面谈到"娆乱"，意同"搅乱"，日语训读为"ねうらん"，是为音读，《名义抄》、《字类抄》明其义为"ナヤマス"、"ワヅラハス"，正取"搅乱"之意。第二十卷第七篇篇名"染殿后、为天狗被娆乱语"，意思就是染殿后被天狗纠缠的故事。北京编译社译本译为"染殿皇后为天狗所缠绕"①，显然是将"娆"读成了"绕"，遂与故事原意不尽相符。这说明，加强对日本古典文学作品中的俗字研究的确是很有必要的，而在这种研究中，敦煌写卷无疑是重要的参照资料。

第四节　敦煌俗字研究方法对日本汉字研究的启示
——《今昔物语集》讹别字考

阅读日本古典文学作品，常常会碰到一些与规范写法不同的字，即一般称为"异体字"。在校注本的注释不能提供令人信服的说法的时候，认读这些字当然首先可以利用日本学者的研究成果。杉并つとむ（TSUTOM）编著的《异体字研究集成》②仅第一期和第二期就达20册，难字大鉴编辑委员会所编《异体字解读字典》③则更简便，更易于查询。即便如此，也仍然未必能解决所有问题。在这种情况下，就不妨借用敦煌写卷研究的经验，展开独自的探索。

敦煌俗字研究无疑推进了中古俗字研究，也拓宽了传统文字学研究的视野。不仅如此，它还对东亚写本研究提供了可贵的方法论启示。东亚写本是解读东亚文化的最基础的材料之一，是尚待开拓的学术资源。日本江户时代以前的文学作品，大都依据写本整理定型，写本多沿袭中唐以前的书写习惯。今本《今昔物语集》保留的俗字，即可借鉴敦煌俗字研究的方法，对其考释中的误读误释加以匡正。

《今昔物语集》分天竺、震旦、本朝三部分，以佛教故事为主，兼及世

---

① 北京编译社译、张龙妹校注：《今昔物语集》，人民文学出版社2008年版，第624页。
② 〔日〕杉並つとむ『異体字研究集成』、雄山阁出版1995年版。
③ 〔日〕難字大鑒編輯委員會『異體字解讀字典』、柏書房2008年版。

俗故事，全书编撰盖非一时完成，最后成书大约在12世纪初。原书31卷，其中第8、18、21这三卷散佚不存。这部内容丰富的佛教故事集在近代以前并没有引起文学史家的注意，历来主要以写本流传。明治维新以后，芳贺矢一等学者对其与印度、中国佛经和佛教文学的渊源关系作了详尽考察，得到芥川龙之介等作家的肯定，才逐渐确立了在日本中古文学中的独特地位。

日本最新整理本是收入岩波书店新日本古典文学大系的校注本。这个本子的校注者小峰和明、池上洵一、森正一等都是研究《今昔物语集》最有权威的学者，校注广泛吸收了前人研究成果，注释详尽，考证严谨，结构周密，代表了当代最高水准。对敦煌研究的成果，校注者也有所吸纳，可以说研究日本佛教史和文学史的学者，都无法绕过这些书。

校注本分别以东京大学文学部国语研究室藏红梅文库旧藏本（东大本）和京都大学附属图书馆藏铃鹿家旧藏本（铃鹿本）为底本，以东北大学附属图书馆藏新宫城旧藏本（东北大本）等多种本子参校，经过精细的注释，解决了很多疑难。本文所引，均据上述日本新古典文学大系本。这些校注本对汉字的注释一般比较简略，多只有简单的说明而佐证材料不详，读者只能了解校注者的解读而不能都知其所以然。

在这部佛教故事总集中，不仅收录了改写自《史记》、《汉书》、《大唐西域记》、《经律异相》、《冥报记》等中国典籍的作品，而且大量借用了中国典故、语汇和表述方式。书写形式主要采用汉字夹杂表示语法关系的假名的形式，汉字可以说是其文意的核心。这些汉字沿用了遣唐使时代的书写习惯，普遍保留着初唐时期流行的写法。最有力的证据就是大量使用了《干禄字书》所列俗字、通字的写法。因而，我国学者确立的尊重原卷、精通俗字、熟悉书写符号、寻求确证等方法，都有利于对日本写本的认读和日本汉字的研究。

台湾学者蔡忠霖总结自己的研究方法，简单概括为分析（分析俗字的偏旁及构字部件之增损、改易，以求出其书写现象）、归纳（归纳出每个时期之书写风格、习惯，进而探究其俗字结构之特色）、比较（比较南北朝、初唐、五代各时期之俗字字形与结构的变易，试为敦煌汉文写卷俗字之演变寻找出脉络，并进一步推求其书写现象与类型）、佐证（校诸同时期字书及文献所载之俗字，以证明不同时期中俗字之间的联系，并藉而定其书写现象）等①。日本写本汉字的研究大体也可以采用类似的方法。在辨析日本写本汉字的时候，同敦煌俗字一样，也可以参考辽代释行均《龙龛手镜》，刘复及李家瑞《宋元以来俗字谱》等书。另外，日本学者的相关研究也值得重视，其中太田辰夫《唐宋俗字谱》等尤具参考价值。在借用敦煌俗字研究方法的时候，还必须切实考虑日语音训的影响，探讨中日各时期对同一汉字使用时音形义的细微差异。

下面以《今昔物语集》中的讹别字为例，对其中的俗字与敦煌文献中的用例加以对照，并对其在日本奈良、平安时代文献中的用例加以分析，以说明敦煌俗字研究方法在东亚写本研究中的普遍意义。

一　参照多个写本，分析俗字偏旁及部件的增减改易

1. 搵槞（カコフ）

第十六卷第十四篇《御手代东人祷告观音求得财富》（御手代東人、念観音願得富語）写"女子的父母闻听女儿爱上了东人，极为恼怒，立即将东人捆缚关了起来（その後、父母此の事ヲ聞テ、テ東人ヲ捕ヘテ、搵槞ニ籠テ居ヘッ②）。

池上洵一校注本注释："东北本作'構槞'，《灵异记》兴福寺本作'捜槞'。同类从本作'楼槞'，同兴福寺本训释作'揞操　二合加己不（カコフ）'。据上所述，或为牢笼，即为牢狱之类。"这里所说的东北本，即东北大学附属图书馆藏新宫城旧藏本。池上洵一特别注意到《日本灵异记》各写本中的不同写法。

这个故事出自《日本灵异记》上卷第三十一篇《殷勤归信观音福分以现得大福德缘》写粟田朝家的女子爱上了一位名叫东人的男子，被女子的父母发现，父母抓住东人，将他关押起来。《日本灵异记》的写本有兴福寺本、真福寺本、国立国会图书馆本（国本）、群书类从本（类本）、前田家本、彰考馆藏延宝本、《东大寺要录》所引的本子。岩波文库《日本灵异记》校注

---

① 蔡忠霖：《敦煌写卷俗字及其现象》，文津出版有限公司2002年版，第15—17页。
② 〔日〕池上洵一校注『今昔物語集』三、岩波書店1999年版、第133頁。

本上卷用兴福寺本为底本，原文为："亲属系之东人，闭居搆㯓。"① 该书对"搆㯓"的注释介绍了主要各写本的情况："底本《训释》：'搗撰'中，上字底本作'搗'，国本'楣'，类本'楼'，各本字体不一，意思亦不明，由训释'カコウ'逆推，想到《字类抄》'搆　カコウ'，恐作'搆櫟'。'櫟'，《说文》：'泽中守草楼'，即泽中监护之处。（非为'撰'，彼为打击之意。不过，由于'木'、'扌'通用，取其意，亦可为'撰'。在这种情况下，《训释》将'搗撰'解作'カコウ'就有些不好理解。"

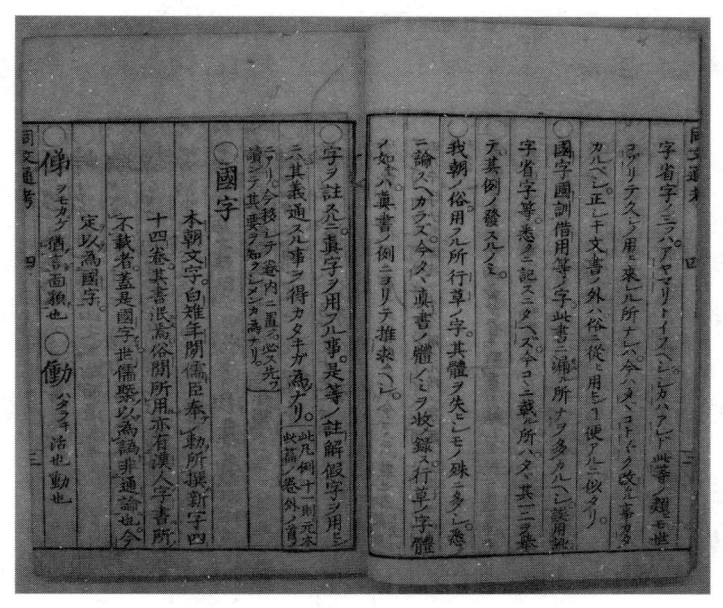

图 149　新井白石《同文通考》江户刻本

按：原文当释为"搆巢"，即搆木为巢。"搆"的俗字右上部作"云"，如可洪《新集藏经音义随函录》："搆：搞。"（60/475c）s.388《正名要录》："搆：造。""古本音虽同，字义各别例。"②〔6〕（P132）"云"因形近而误写成"白"，右下部"冉"因形近而误写成"母"或者"女"，便成为见于底本的"搗"、见于国本的"楣"。"白"字因形近而误作"勹"，则成为

---

① 〔日〕遠藤嘉基、春日和男校注『日本靈異記』、岩波書店1978年版、第146頁。
② 黄征：《敦煌俗字典》，上海教育出版社2005年版，第132页。.

"擣"。由于"搜"字不常见,再被误认为较常见的"樓"字也完全是可能的。《日本灵异记》和《今昔物语集》将上字读为"構",注意到"木"、"扌"混用的规律,是完全正确的。由于各部件皆有可能被误认,一个"構"字就衍生出"搜"、"擣"、"樭"、"樓"等多种讹别字。

关于第二字,《日本灵异记》与《今昔物语集》有三种写法:"樔"、"擤"和"褋"。两书注释为"樔",对其义未作说明。实际上,这三种写法都是"巢"的俗字。《龙龛手镜》(高丽本)木部:"樔:锄交反,鸟穴居也;又网也。"《新集藏经音义随函录》(以下简称《随函录》)列"巢"的俗字:"樔:褋。"(59/1066a)同时又列出"樔:擤。"(59/772c)①"樔"是"巢"的增旁字,这是属于俗字中常见的"木"、"扌"、"衤"三旁相混的现象,也可以看成是受到前面"構"字影响而出现的类化字。

《日本灵异记》兴福寺本训释作"擣擤 二合加己不(カコフ)"。这里的"二合加己不(カコフ)",意为此两个字合在一起,当读作"加己不",即"カコフ","加己不"是用汉字为日语表音。"カコフ",今写作"カコウ",汉字写作"架構",《国语大辞典》的解释是"用木片搭架建造起来的东西",即木结构的棚子或笼子(材片を結び合わせて組み上げた構造物)。这正与以上所说的"構巢"的意思相符。可见,《日本灵异记》兴福寺本的训释,正是对"構巢"的注释。

总之,以上各本中的"構樔"、"搜褋"、"樓樔"、"擣擤",均为"構巢"之讹变。"構巢",为"构木为巢"之缩语,出《韩非子·五蠹》:"上古之世,人民少而禽兽众,人民不胜禽兽虫蛇,有圣人作,构木为巢以避群害,而民悦之,使王天下,号曰有巢氏。""構巢",就是架木而造的棚子。

《日本灵异记》和《今昔物语集》原文的意思就是女子的父母将东人关在木头屋子里。这样的解释,不仅较之将其解为"牢狱"更有文字根据,而且也更为合理。粟田朝家并非是私设牢狱,而只不过是把不中意的女婿禁闭到不住人的木棚子里面。北京编译社译、张龙妹校注本将这一段译为:"事后,女子的父母闻听此事,极为恼怒,立即将东人捆缚起来,关在牢房之

---

① 郑贤章:《新集藏经音义随函录》,湖南师范大学出版社2007年版,第522—523页。

中。"① 最后一句虽其意大体得之，如果更精确一些，似乎可以改为"关进木棚子里"。

二 从中国中古字书与佛经音义中寻找字例

2. 呧ル（ねぶる）

第四卷第十八篇《天竺国王以醉象杀罪人的故事》（天竺国王以醉象令殺人語）写再次灌醉大象，大象只是低头舔着犯人的脚，连一个人也没有伤害（此ノ象ヲ令醉テ前々ノ様ニ放チ合スルニ、象這ヒ臥テ罪人ノ踵ヲ呧テ、敢テ一人ヲ不害ズ②）。

按：文中的"呧"是"舐"的俗字。"呧"，敦研 311《修行本起经》卷下："謇特长跪，泪出呧足。""呧"，即"舐"。《随函录》："舐：呧"（59/611b/1063b）（60/44c）又《龙龛手镜·口部》有"呧"字，注曰："旧藏作呱，音孤，啼声也。"乃为小儿啼哭"呱呱"之"呱"。这里则用作"舐"字，是转换意符，将"舌"旁更换为"口"旁而构成。

《今昔物语集》中尚有一个"胡"字，亦是"舐"字的讹别字。此字见于第十四卷第二十九篇《橘敏行发愿自阴司还阳》（橘敏行発願従冥途返語）写敏行从门向里一望，瞧见刚才路上遇见的那些兵丁一个个瞪着眼睛，咂着舌头（門ヨリ見入レバ、前ノ軍共眼ヲカラカシテ、舌胡ヅリヲシテ③）。关于这句话中出现的"胡"字，池上洵一标注的读音是"なめ"，并注释："'胡'的读法，是由《宇治拾遗物语》读作'したなめづりをして'推定出来的。'胡'本是'甜'的异体字，这里似用作'舐'的异体字。"

"胡"当是"舐"字的讹变，在《今昔物语集》中仅有一例。在《今昔物语集》中尚有"舌嘗"一词，共有三例，同"舌胡"同训为"したなめづり"，都是"用舌头去舔，品尝"的意思。第十四卷第三篇《纪伊国道成寺僧写〈法华经〉救蛇》和第十六卷第六篇《陆奥国捕鹰男子蒙观音敖助活命》都是用以描绘蛇伸出信子的情态，第二十卷第十五篇《摄津国杀牛者因放生还阳》则是以"舌嘗ヲシテ唾ヲ吞テ"描述七个鬼卒想要吃人时馋嘴的

---

① 北京编译社译、张龙妹校注：《今昔物语集上》，人民文学出版社 2008 年版，第 386 页。
② 〔日〕今野達校注『今昔物語集』一、岩波書店 1999 年版、第 337 頁。
③ 〔日〕池上洵一校注『今昔物語集』三、岩波書店 1999 年版、第 336 頁。

表情。北京编译社译文作"咂着舌头，流着馋涎"，译得十分传神。

前面所引第十四卷第二十九篇，"舌刮"一词，实际上同样是用于描写阴间鬼卒的馋相："眼ヲカラカシテ、舌刮ヅリヲシテ、皆我ヲ見テ、「疾ク将参レカシ」ト思タル気色ニテ俳個フ。"是描写阴间的饿鬼看到美食，情不自禁地咂嘴，迫不及待地想吃的馋相，瞪眼咂舌，一副如饥似渴的模样，和后面所写"快带上来"的表情相一致，都是暗示等人下口。而北京编译社译本将此译为"一个个横眉立目，咬牙切齿，瞧见敏行，露出一副迫不及待的神情。""横眉立目、咬牙切齿"强调的是愤怒，与原文意思不符，不如译成"瞪圆双眼，咂着嘴巴"。金伟、吴彦译本作"先头的那些士兵舔着舌头瞪着眼睛盯着敏行"，似乎也欠一点火候。

由此也可以说明"舌刮"和"舌甞"意思和用法完全相同，"刮"同"舐"。

3. 柾（あう）

第十一卷第三十篇《天智天皇的皇子始建笠置寺》（天智天皇御子、始笠置寺語）写皇子的马匹紧随着鹿尾奔驰，正当他两脚踏住马镫，拉开弓箭的时候，鹿突然不见了（鐙ヲ蹈ミ柾テ弓ヲ引ク程ニ、鹿俄ニ失ヌ①）。关于其中的"柾"字，池上洵一注释："或为'抵'（おしあげる之意）的异体字'拞'变化的字体。"

"抵"有多种写法。《龙龛手镜·手部》（高丽本）："扺、扷：二俗；扺：通；拞、抵：二正，丁礼反。拒也，触也。"将"扺"列为"抵"的第一个俗字。"氏"的部件连笔快写，笔势就会看上去与"丘"字十分相近。此处取"触"之意。"蹈抵"（蹈ミ柾テ），即"踏抵"，就是"蹬住"的意思。

4. 燻（けむり）

第十二卷第二十篇《药师寺食堂失火大殿未焚的故事》（薬師寺食堂焼不焼金堂語）写药师寺失火，天近拂晓，人们看到三大缕黑烟从火烬中直冲天空（夜モ皆暁ル程ニ、大キニ黒キ燻三莭許火ノ跡ノ内ヨリ高ク登テ見ユ②）。

---

① 〔日〕池上洵一校注『今昔物語集』三、岩波書店1999年版、第82頁。
② 〔日〕池上洵一校注『今昔物語集』三、岩波書店1999年版、第133頁。

池上洵一校注本页下注认为"爌"是"煙"的异体字,并说明烟逐渐变白,是火焰被控制的征兆,但未能提供例证。

第四卷第三十五《佛弟子田间遇翁》(仏御弟子、值田打翁語)写比丘问:"他的母亲还在吗?"老翁说:"在。就在那座炊烟升起的大山里(翁ノ云ク、「母ハ侍リ。棲ハ彼ノ爌リ立ッ山本也」と云フ。①)对这后一句,金伟、吴彦译本作"就在那座有雾的大山里"。"爌"到底是"雾",还是"烟"呢?

按:"爌",为"煙"的俗字。"《异体字难解字典》收入"爌"字,并注明为"煙"的俗字。前一篇中的"黑キ爌",就是黑烟。后一篇中"爌リ立ッ山本",就是升起炊烟的山脚下。今野达本注释认为:"'爌'同'煙',指从人家里升起的炊烟之类。"其说不误。下面写他们寻此找到人家,更有生活情趣。

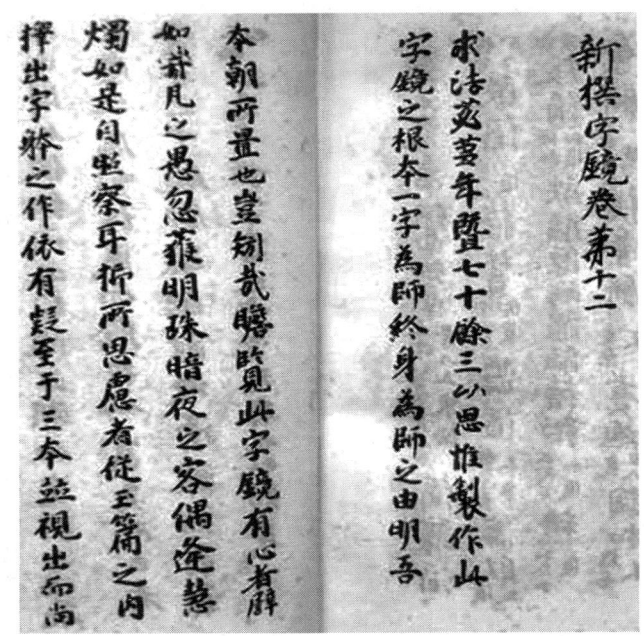

图 150 日本编写的字书《新撰字镜》写本

---

① 〔日〕今野達校注『今昔物語集』一、岩波書店 1999 年版、第 371 頁。

三 以草书楷化通例为佐证

5. 瞹（あかす）晤（あく）

先看"瞹"字。第四卷第十一篇《天竺罗汉比丘遇见山里人打孩子的故事》（天竺羅漢比丘値山人打子語第十一）写旅行的人们不堪风寒，宿于树下，都聚在一起，烧起篝火，等待天亮（火ヲ焼キテ、皆夜ヲ瞹ス①）。

第十九卷第一篇《头少将良峰宗贞出家的故事》（頭少将良峰宗貞出家語第一）写到天光破晓，宗贞在人们步出礼堂的时候看见了担任东宫警卫的乳娘的儿子（夜モ瞹方ニ成ヌレバ。此ノ詣タル人〻出ヅトテ、礼堂ノ方ヨリ歩ビタルヲ見レバ、男ハ、我ガ乳母子ニテ帯刀ニテ有リシ者ケリ②）。

再看"晤"字。第十二卷第二十篇《药师寺食堂失火大殿未焚的故事》（薬師寺食堂焼不焼金堂語）写药师寺失火，天近拂晓，人们看到三大缕黑烟从火烬中直冲天空（夜モ皆晤ル程ニ、大キニ黒キ燻三莭許火ノ跡ノ内ヨリ高ク登テ見ユ③）。又写天亮以后，众人好奇地围拢开看，哪里是什么黑烟，原来有无数只鸽子，成群结队绕着食堂和两座佛塔，飞翔不停（夜晤ヌレバ、諸ノ人此レヲ怪ムデ集リ寄テ見ルニ、燻ニハ非ズシテ、金堂ト二ノ塔ト二鳩ノ員不知ズ多ク集テ飛ビ廻リツ④）。

按：以上出现的"瞹"字和"晤"，实际是都是"曙"字的讹变。校注本都读作"あかす"、"あく"，并说明"瞹"可能是出于"暁"的草体的字体，天亮的意思，"晤"同"瞹"，也是出于"暁"的草体。

"瞹"、"晤"是天亮的意思，但与"暁"的草体相差较大，当是"曙"字草体之讹。"曙"，亦读あく、あけぼの。"曙"字常见的草体写法 𣇄、𣇄、𣇄、𣇄、𣇄，其字形很容易被误认为"瞹"或"晤"。

《异体字解读字典》录"晤"字，注明此为"曙"的"同字"，即通用的字。"晤"实际上就是出自"曙"的草体。该字下面即录"曙"字的草体"𣇄"，标音"よあけ、あかつき"。"晤"和"𣇄"均与"瞹"、；"晤"的

---

① 〔日〕今野達校注『今昔物語集』一、岩波書店1999年版、第104頁。
② 〔日〕小峯和明校注『今昔物語集』四、岩波書店1994年版、第104頁。
③ 〔日〕池上洵一校注『今昔物語集』三、岩波書店1999年版、第133頁。
④ 〔日〕池上洵一校注『今昔物語集』三、岩波書店1999年版、第133頁。

写法相近而易混。这样看来，准确地说，《今昔物语集》中的"睹"和"晴"皆本为"曙"字的讹变。

7. 続（うむ）

第三十一卷第十五篇《北山狗娶人为妻》（北山狗人為妻語）写女子在狗旁边披麻纺线（苧トゥフ物ヲ続テ、狗ノ傍ニ居タリ①）。校注本正文中的"続"字，当为"續"字之讹。

关于文中的"続"字，森正人校注本注释说："诸本作'續'，或'績ウム'（《名义抄》）之讹。又。《字类》："續ウム"，旁书"續软"。

按：原文中的"續"，校注本改为现代日本汉字"続"，而"續"是"績"字的讹变。"績"的常见草书写法绩、绩、绩、绩等，"續"的常见草书写法绩、绩、续、续、续、续等，两者的相似度很高，很容易看错。上文中写的是编结苎麻，故当为"績"字，在正文中不必代之以"続"字。

在《今昔物语集》中尚有第十卷第三十五篇《国王造百丈石塔谋杀工匠》（国王、造百丈石卒堵婆擬殺之語）最后写工匠的妻子领会了工匠的意思，回家取来绳子编结在丈夫放下来的细绳子上（妻、此レヲ見テ、「然レバコソ」ト思テ、家ニ走リ行テ、続ミ置タル口取リ持来テ、前ノ糸ニ結ヒ付ケツ②）。文中的"続"，也当作"績"，是编结的意思。

四 以书中同字和日本同期或之前写本同字为佐证

7. 完食 （ししじき）

第十九卷第六篇《见野鸭生死恋情感而出家者的故事》（鴨雌見雄死所来出家人語）写杂役的妻子临盆，产后很想吃肉，可是家里穷，买不起肉（而ル間、其ノ口産シテ専ニ完食ヲ願ヒケリ。夫身貧クシテ、完食ヲ難求得シ③）。

文中口，或脱一"妻"字。"完食"，即"肉食"。

第十七卷第三十六篇《文殊菩萨化身行基看破女子歹意的故事》（文殊、生行基見女人悪給語第三十六）结尾出议论说虽然凡人看不见猪油有色，圣

---

① 〔日〕森正人校注『今昔物語集』五、岩波書店1996年版、第477頁。
② 〔日〕小峯和明校注『今昔物語集』二、岩波書店1999年版、第373頁。
③ 〔日〕池上洵一校注『今昔物語集』三、岩波書店1999年版、第119頁。

僧却明眼看出血光（此レヲ思フニ、凡夫ノ肉眼ニハ油ノ色ヲ見ル事無シ。聖人ノ明眼ニハ宍血ヲ見ル事顯也①）。

按：文中的"宍血"，即"肉血"，也就是"血肉"的意思。日语与汉语语序不同，意思一样的。

这是因为"肉"字的俗字写作"宍"，与"完"字形近，因而被误写成"完"。在《今昔物语集》中，便有"肉"写作"宍"的用例，如第二十六卷第八篇《飞弹国僧人除猴神永绝淫祀的故事》（飛彈国猿神止生贄語第八）写主人叮嘱僧人多吃，说"男子汉一定要长得肥肥胖胖才好"（男ハ宍付キ肥タルコソ吉シ②）。这里的「宍付キ」，就是身上肉多的意思。

在奈良时代的文献中，已见"宍"误作"完"者。西本愿寺本《万叶集》卷七1292"次完也物"，《万叶集误字愚考》："完，宍之误也。"③"宍"，即"肉"，日语读作"しし"。《万叶集文字辨证》"宍之作完"条，引《万叶集》写本6例，且引《倭名抄》、真本《新撰字镜》、《类聚名义抄》、《天台六十卷音义》等字书中的字解以及《日本书纪》、《太神宫仪式帐》、《日本灵异记》等文献中的字例，④此不备录。

8. 花筥　（はなばこ）

卷第十七第二十三篇《蒙地藏救助复生后塑造六地藏佛像》（依地蔵助活人、造六蔵語）写惟高看到的六位小僧中有一人手执锡杖，一人手提花篮（一人ハ錫杖ヲ執シリ、一人花筥ヲ持タリ⑤）。小峰和明注释："花筥。底本作'花筈'。'花筥'的误写或异体字。放进散花用的莲花的花篮。"

按："花筈"，即"花筥"，就是花篮。敦煌俗字中，凡从"口"之部件者多写作"厶"，简四笔为三笔。《今昔物语集》中也多见这类现象，特别是在"口"字在字的上部或中间部位时，这种现象更为多见。"筥"为圆形的盛物竹器，中间部分的"口"被简省为"厶"，遂与"鞭筈"之"筈"字形相同，实为"筥"之俗写。

---

① 〔日〕池上洵一校注『今昔物語集』三、岩波書店1999年版、第70頁。
② 〔日〕森正人校注『今昔物語集』五、岩波書店1996年版、第36頁。
③ 〔日〕正宗敦夫『萬葉集私考　萬葉集誤字愚考』、日本古典全集刊行會1930—1937年版、第32頁。
④ 〔日〕木村正辭『萬葉集文字辨證』上卷、早稻田大学出版部1904年版、第57——58頁。
⑤ 〔日〕小峯和明校注『今昔物語集』四、岩波書店1994年版、第41頁。

同样的写法尚见于第十二卷第二十九篇《沙弥所持〈法华经〉遇火不焚》写沙弥将抄写的《法华经》供养之后，做了一个漆匣子，将《法华经》装在里面（漆レル筥ヲ造て）。池上洵一注释曰："筥，底本'笒'为'筥'的异体字。同一篇中出现的"經筥（キヤウバコ）"就是盛放写经的匣子。"經筥"一词，尚见于第十二卷《奉入法華経筥、自然延語第二十六》，底本中皆作"經筥"。卷第十六《陸奥国鷹取男依観音助存命語》中的"經筥"一词，池上洵一注："底本字体作'笒'。从《字类抄》；'苔埼　ハコサキ'用例来看，判断为'筥'的异体字。"《字类抄》所举"苔"字，即"笒"的再次讹变，属"艹"、"竹"偏旁混用，也是匣子、盒子、小圆筐之义。

9. 搵（きわめる）

第十九卷第四篇《摄津国守源仲满出家》（摂津守源満仲出家語）写源信僧都见到觉云、院源二位圣僧，邀请二人同去摄津，二人闻听，都道这是一桩极大的好事，三人相从往摄津去了（二人ノ人此ヲ聞テ、「猛テ善キ事也」ト云テ、三人相ヒ具シテ摂津ノ国ヘ行ヌ①）。根据小峰和明的注释，文中的"猛"，底本中作"搵"，诸本作"極"，小峰和明推断"搵"和"極"皆是误写，而认为当作"猛"。

按："搵"是"極"的俗字"㮣"或"撫"的讹变。《龙龛手镜》（高丽本）木部："㮣，㮣，二渠救反"《随函录》："㮣（59/841a）（60/148b/175a）撫（60/432a）。"除了"㮣"或"撫"字形相近容易误写成"搵"之外，《今昔物语集》中多见与"極テ善キ事也"相似的用法，在上述一篇中里后半部分源信的话中就有"真是可贵之极"（極テ貴キ事也）这样的用法。相反，既不见"搵テ善キ事也"类似的用法，也没有"搵"的另外的用例。

五　以中古俗字讹互通例推其讹变现象

10. 厐（せつ）

第十一卷第一篇《圣德太子在本朝开始弘扬佛法》（聖德太子、於此朝、始弘仏法語）中有一段汉文"敬礼救世大悲観音菩薩妙教：流通東方日国、四十九歳伝灯演説"②），其中的"说"字，原文作"厐"，这是一个不见于

---

① 〔日〕小峯和明校注『今昔物語集』四、岩波書店1994年版、第119頁。
② 〔日〕池上洵一校注『今昔物語集』三、岩波書店1999年版、第7頁。

字书的字。

池上洵一注释："底本'㒠'或为'说'字草体之变，信友本、《三宝绘》作'说'。"

按：楷体"說"与"㒠"字形相差较远，池上故引草体为证。"说"字有几种写法。据《随函录》："說：袦。"（60/150a）"說：说。"（60/476a）显然前者写快以后很容易被看成与"㒠"相近的字。

11. 臄（まつげ）

第二十卷第九篇《祀天狗的某僧传术与人》（祭天狗法师、擬男習此術語）写男子一看，是一位长眉老僧，气宇非凡，令人尊敬（見レバ、年老テ臄長ナル僧ノ、極テ貴気ナル出来テ①）。小峰和明校注本页下注认为"臄"是"睫"字的误写。

按：小峰和明所言极是。"睫"俗写成"䁲"，"庚"与"鹿"字形相近。《随函录》："睫：䁲。"（59/1051c）《龙龛手镜·目部》将"䁲"作为"睞"的今字。并注明："睞，正，音接，目睫，目旁毛也。""睞"，今写作"睫"。

12. 莭（すじ）

第十二卷第二十篇《药师寺食堂失火大殿未焚的故事》（薬師寺食堂燒不燒金堂語）写药师寺失火，天近拂晓，人们看到三大缕黑烟从火烬中直冲天空（夜モ皆曉ル程ニ、大キニ黒キ燼三莭許火ノ跡ノ内ヨリ高ク登テ見ユ②）。校注认为底本字像"莭"或许是"筋"的异体字。

按："莭"当是"筋"字之讹。以写本中"艹"旁与"竹"旁混用，故本作"竹"头的"筋"和"節"，写作了"莇"和"莭"。

六 以中古偏旁形近兼意近混用通例为佐证

《今昔物语集》中有不少文字混用、通用的现象，如"密"与"蜜"、"赘"与"替"、"任"与"妊"、"列"与"烈"、"畿"与"幾"、"逐"与"遂"、"幡"与"播"、"良"与"郎"、"弊"与"幣"、"讃"与"譛"、"陸"与"睦"、"藍"与"濫"、"傳"与"傅"、"夷"与"姨"、"崇"与

---

① 〔日〕小峯和明校注『今昔物語集』四、岩波書店1994年版、第241頁。
② 〔日〕池上洵一校注『今昔物語集』三、岩波書店1999年版、第133頁。

"祟"、"免"与"兔"、"星"与"皇"等。

敦煌俗字和六朝碑别字中多见从"宀"之字改作"穴"者，《今昔物语集》中也有一些这样的用例。

13. 嗯（おろか）

第四卷第二十六篇《无着、世亲二菩萨传法》（無着世親二菩薩伝法語）写无着立即来到世亲的身边说：你要割掉舌头，这是很愚蠢的事情（即来ル傍ニ立テ、無着世親ニ教ヘテ宣ク、「汝ガ舌切ラムト為ル事、極テ嗯也。」①）。今野达校注本页下注认为"嗯"可视为"愚"字的增笔。

按："嗯"，即"愚"。因为是与口舌相关的愚蠢之举，所以就加上了"口"旁。在日语汉字中类似的情况如"責"字，在表示"指责"、"责备"义时，增："口"旁而写成"嘖"。

14. 旱颰（かんばつ）

第五卷第二十四篇《龟不信鹤教落地破甲》（亀、不信鶴教落地破甲語）开头写天竺遭遇旱魃，天下绝水，寸草不生（今昔、天竺ニ世間旱魃シテ天下ニ水絶テ、青キ草葉モ無キ時有ケリ②）。

按：文中的"旱颰"当为"旱魃"之讹。颰，为疾风之意。《玉篇·风部》："颰，疾风。"又为风疾速貌。《龙龛手镜·风部》："颰，疾风貌。"在佛经中"颰"多用于音译字。

这里则是"魃"字的讹变。此字未收入《异体字解读字典》，可补。

15. 賑（にぎはひ）

第二十八卷第二十篇《池尾禅珍内供鼻长过人》（池尾禅珍内供鼻語）写寺内总是住满僧人，十分热闹。浴室每日按时烧水。供寺僧们沐浴，显得热闹繁盛（寺ノ内ニ僧坊隙マ無住賑ハヒケリ。湯屋ニハ、寺ノ僧共、湯不涌サヌ日無ケシテ、浴喧ケレバ、賑ハヽシク見ユ③）。文中的"賑"，森立人校注本注释："人多，热闹的样子。底本、内阁林本。东北本、黑川本作'賑'。东北本、黑川本旁书'賑'。东大本作'賑'，内阁享和本作'贍'。'賑'为'賑'的异体字。下面的'賑'也一样。"

① 〔日〕今野達校注『今昔物語集』一、岩波書店1999年版、第353頁。
② 〔日〕今野達校注《『今昔物語集』一、岩波書店1999年版、第457頁。
③ 〔日〕森正人校注『今昔物語集』五、岩波書店1996年版、第229頁。

按：汉语中"赈"有"富、多、繁盛"意。《汉语大词典》引《文选·张衡〈西京赋〉》："郊甸之内，乡邑殷赈。"薛综注引《尔雅》："赈，富也。"又左思《蜀都赋》："尔乃邑居隐赈，夹江傍山，栋宇相望，桑梓接连。"刘逵注："隐，盛也；赈，富也。"在日本汉文学中，"赈"多作"富"讲，如明历二年《天曹地府都状》："登高台，视人烟之盛；悦民灶之赈。"①"赈"与"盛"相对，正取"富、多、繁盛"之意。日语中有此引申，用"赈"表示"热闹"（にぎやか）之意，自古一直延续至今。"赈"与"賬"形近。上引"賬"字疑为"赈"字误书，为"繁盛、热闹"之意。此写法未收入《异体字解读字典》，可补。

以上16例，在读解中多借用敦煌俗字研究之结论，特别是运用了敦煌俗字的研究方法。黄征在谈到敦煌语言文字学的研究方法时曾强调，必须具备深厚扎实的训诂学根底；必须具备俗语文字材料的考证能力；必须注意敦煌文献与传世文献的互相证发；必须精通敦煌写本的书写、校勘符号系统等②。这些方法，对于研究日本写本和日本汉字也大体适合。当然，对于日本写本和汉字研究来说，仅有这些仍然是不够的，还必须对日本的训点和训点资料足够熟悉，对古代日语和日本文献有一定造诣，才能够找到解决那些前人存疑问题的办法。在敦煌研究和日本汉字研究之间架设一座沟通的桥梁，《今昔物语集》中的许多问题就可以迎刃而解。

第五节 《今昔物语集》难解词语字源考

《颜氏家训·杂艺》曾经谈到写本中俗字"遍满经传"，实际上这种现象一直延续到初唐以及以后。日本遣唐使和遣唐僧到达中国以后接触的书籍，就是这种俗字满纸的写本。作为外国人，他们学习中华文化，必须从掌握文字开始，最初学习的当然是《千字文》这样的蒙学书，现在看来，当时就是这种书籍的写本也是俗字多多。有趣的是，他们把这些写本原原本本带回国以后，认真地研究和世代传授，并用它们来撰写自己的作品，许多唐代俗字的写法至今保留在日本汉字当中，也就不足为怪了。从另一方面讲，有些传

---

① 〔日〕村山修一『日本陰陽道史総説』、塙書房2000年版、第229页。
② 黄征：《敦煌语言文字研究》，甘肃教育出版社2002年版，第2—36页。

入日本的俗字，躲过了大陆文化的与时俱进，一直保持着千多年前的面目，成为我们研究唐代文字的参照。

不仅日本保存至今的古老辞书如《原本玉篇》、空海的《篆隶万象名义集》等，对于研究唐代俗字极具意义，就是奈良、平安时代那些用汉文和半汉文写作的文学作品，也因为与唐代文字的同源和时代相近而可能成为考察的旁证。平安时代成书的佛教故事集《今昔物语集》便是一部值得注意的作品。该书搜集了当时流传的来自印度、中国和日本本土的四千个故事一千余篇，反映了世俗各界广泛的社会生活，也是中日文化，特别是佛教文学交流的结晶。岩波书店新古典文学大系的校注本，由今野达、小峰和明、池上洵一、森正人四人分别完成，集历代研究之大成，是迄今最权威的本子。不过，对于文字的注释，有些稍嫌简略，其中有些出处，尚未确指，也有些俗字未明原委。而这些问题，正可以借用敦煌写卷和其他有关唐代文字研究的新成果，获得较为明确的答案。反过来说，《今昔物语集》中的俗字用例，也可以用作唐代俗字研究的补充，因为不论是俗字用法还是误书误读，两者毕竟有很多地方具有相似性，有些规律可以说是共同的。

本文对《今昔物语集》中的疑难词语加以考察，主要从俗字研究的角度寻找答案。文中多引用我国学者有关敦煌俗字和其他中古俗字研究的成果。汉字在走出国门以后，发生了那些变化？汉字对东亚各国文化的发展到底起到过哪些作用？这一系列问题都必须从各该国的文献研究出发，才能获得扎实的成果。将我国的汉字研究扩展到东亚各国的汉字研究，并进一步加强这一方面的学术交流，是很有必要的。东亚古典文学研究，将是这种跨国汉字研究首先收益的领域。

下面首先举出疑难词语在《今昔物语集》中的用例，而后以敦煌写卷俗字或魏晋南北朝碑别字等来印证。括号内注明日语原文，以便对照。《今昔物语集》使用的是汉文和标明语法的平假名混用的书写方法，较多地使用了汉字原文，这对于考察语义和俗字极为有利。

1. **喋付**（すひつく）

第二十卷第十七篇《赞岐国人死后还阳》（「讃岐国人、行冥途還来語第十七」）写一位进谗言的家人的家里，一个以钓鱼为生的家眷。有一天，渔人在海边钓鱼，钓丝吸住了十个牡蛎（「而間、此讒スル者ノ家ニ、釣ヲ業

トスル者在リ。海ニ行テ釣ヲスル間ニ、釣ノ縄ニ喋付テ、蜿十貝上タリ。」①)

文中的"喋",意为咀嚼。《说文·口部》:"喋,噍也,从中集声,读若集。"《敦煌变文集·韩擒虎话本》:"博啥之间,并乃倾尽。"徐复《敦煌变文词语研究》:"'博啥'应作'嚊喋'。《说文·口部》:'嚊,噍貌。''嚊'就是'吃东西'的意思。""喋"在这里是"咬"的意思,"喋付"就是"咬住"。

2. 唼ヒ噉フ(すひくらふ)

第十三卷第四十四篇《定法寺方丈听〈法华经〉获益》(「定法寺別当聞説法得利語」)写方丈的亡魂附在他妻子的身上,痛哭流涕地说,死后变成了一条大毒蛇,身体炽热似火,鳞甲中还藏着无数小毒虫,刺咬得他难以忍受(「亦、多ノ毒ノ小虫、我ガ身ノ鱗ノ中ヲ棲トシテ、皮・肉ヲ唼スヒ噉フニ、難堪シ。」②)

文中的"唼",读作"zā",吮吸;咬,吞食。"噉",吃。"唼噉"是同义连文,为"吃东西"的意思,同"唼食"。《百喻经·治秃喻》:"其有一人,头上无毛,冬则大寒,夏则患热,兼为蚊虻之所唼食。" 文中说毒虫"皮・肉ヲ唼スヒ噉フニ",北京编译社译本译作"刺咬",很形象。

3. 燋リ糙ム(いりもむ) 煎リ糙ム(いりもむ)

第十六卷第五篇《丹波国郡司雕塑观音佛像》(「丹波国郡司造観音像語」)写郡司想念黑马之情一时抑制不住,急得坐立不安(「片時思ヒ延クモ非ズ、燋リ糙ム様ニ」③)文中的"燋リ糙ム",即"燋糙",译文作"坐立不安"。

第十六卷第三十篇《贫女侍奉清水观音得佛帐》(「貧女仕清水観音給御帳語第三十」)贫女满怀怨恨急切地对观音祷告:"我纵然前世有孽,也应该赐我一条生路"(「泣々ク観音ヲ恨ミ奉テ申シテ云ク、「譬ヒ前世ノ宿報拙シト云フトモ、只少シノ便ヲ給ラム」ト、煎リ糙テ申シテ」)文中的"煎リ糙ム",即"煎糙",译文作"急切",意同"燋糙"。

---

① 〔日〕小峯和明校注『今昔物語集』四、岩波書店1994年版、第262頁。
② 〔日〕池上洵一校注『今昔物語集』三、岩波書店1999年版、第277頁。
③ 〔日〕池上洵一校注『今昔物語集』三岩波書店1999年版、第550—551頁。

"燋糙",同焦躁,焦急而烦躁。《汉语大词典》引宋·朱熹《答黄子耕书》:"随处操存,随处玩索。不妨自有余乐,何至如此焦躁耶?"亦作焦燥。《汉语大词典》引宋无名氏《张协状元》戏文第三出:"几番焦燥,命直不好,埋冤知是几宵。"

4. **嚞哭ク**（ひひめきなく）

第十七卷第三十七篇《行基菩萨指点某女舍弃亲生恶子》（「行基菩薩、教女人悪子給」）写女子不忍心将亲生儿子抛弃,仍然抱着孩子听法。第二天,女子又抱着他来听法,这个孩子还是哭叫不休,听法的人被哭闹声所扰,听不出教义所在（「母慈ビノ心ニ不堪ズシテ、子不棄ズシテ尚抱キ持テ、法ヲ聞ク。明日、亦此ノ女、子ヲ抱テ来テ法ヲ聞ク。子尚嚞哭ク。聞ク者、皆此ノ子ノ音ノ器キニ依テ、法ヲ聞ク事不詳。」①）

嚞,音 tà,又音 zhí,吵闹。嚞哭,即哭闹不止。《原本玉篇·言部》:"嚞,徒答反。《方言》:'嚞,各谤也。'郭璞:'日谤为噂嚞也。'《说文》:'疾言也。'《仓颉篇》:'言不正也。'声类或为嗒字,野王案:嗒嗒,相对谈也。在口部。"《汉语大词典》未收"嚞哭"一词。

5. **拷ズ**（りょうず）

第十九卷第十四篇《赞岐国多度郡源大夫闻道出家》（「讚岐国多度郡五位聞法即出語」）写源大夫和众家丁下马以后,众人不明白他到底要做什么,猜想说不定他会把讲师凌辱一番,这个讲师可要倒霉（「此ハ何ナル事セムズルニカ有ラム。講師ナム拷ゼムズルニヤ。不便ノ態カナ。」②）

文中的"拷",小峰和明校注本页下注,推断是粗暴、粗鲁、暴戾;蛮横、蛮不讲理的意思（「乱暴する」）。

第二十卷第二篇《震旦天狗智永寿越海来本朝》（「震旦天狗智羅永寿、渡此朝語」）写日本天狗对从中国来的天狗智永寿命吹嘘得道诸僧都是自己手下败将,如果你想凌辱他们,简直易如反掌（「拷ゼムト思へバ、心ニ任テ拷ジツ。」③）

文中的"拷",小峰和明校注本页下注推断是痛加斥责、百般折磨、蛮

---

① 〔日〕小峯和明校注『今昔物語集』四、岩波書店 1994 年版、第 71 頁。
② 〔日〕小峯和明校注『今昔物語集』四、岩波書店 1994 年版、第 154 頁。
③ 〔日〕小峯和明校注:『今昔物語集』四、岩波書店 1994 年版、第 222 頁。

横不讲理的意思（「せめさいなむ。乱暴する」）

这里的"拨"，是"凌"的类化字。本来有凌驾、侵犯。欺凌等用法。在用作这些意义时，与"陵"相通，"陵"也有侵犯、欺侮、暴烈、凌驾的意思。由于这些行为，都与挥动拳脚的暴力倾向有关，故被换作"扌"旁。

第二十六卷第七篇《美作国猎人巧计制猿神永绝淫祀》（「美作国神依猟師謀生贄語」）写猿神附在一个神官身上，保证不再要活人祭祀，也不再杀害生灵，对于为难自己的人，和那个指定为牺牲的姑娘以及她的父母亲属，也绝不报复危害（「亦、此男、我ヲ此拨ジツトテ、其男ヲ錯犯ス事無カレ。亦、生贄ノ女ヨリ始テ其父母・親類ヲ不云不可拨ズ。」①）

这里的"不可拨ズ"就是不能侵凌。《今昔物语集》中带有"拨"的词语还有「拨ジニ拨ズ」（りょうじにりょうず）、「拨ジ持テ遊ブ」（りょうじもてあそぶ）、「可拨シ（りょうすべし）」、「被拨ル（りょうぜらる）等，这些词语中的"拨"皆为"凌"的类化字。

6. 拨ジ蔑ル（りょうじあなづる）

第二十三卷第十八篇《尾张国女子索还麻衫》（「尾張国女取返細畳語」）写女子对嘲讽自己的船主说，你无缘无故嘲弄我，我要把你的船拖上岸来。为什么大家都要这样来羞辱我呢（「礼無キガ故船ヲ引居ヘツ。何ノ故ニ諸ノ人我ヲ拨ジ蔑ルゾ」②）

文中的"拨蔑"，同"凌蔑"，轻慢之意。《汉语大词典》引《南史·柳元景传》："神情懒恨，凌蔑将帅。"唐玄奘《大唐西域记·弗栗特国》："恃其族姓，凌蔑人伦；恃其博物，鄙贱经法。"

"凌蔑"，亦作"陵懱"。《汉语大词典》引《说文·心部》："懱，轻易也。《商书》曰：'以相陵懱。'"段玉裁注："今《商书》无此文，读如在上位不陵下之陵。"

7. 拨躒（りょうりゃく）　不可拨躒ズ（りょうりゃくすべからず）

第十四卷第三十五篇《极乐寺僧人诵〈仁王经〉显示灵验》（「極楽寺僧、誦仁王経施霊験語」）写一位大人向僧人说起自己的梦境，他梦见身旁

---

① 〔日〕森正人校注『今昔物語集』五、岩波書店1996年版、第32頁。
② 〔日〕小峯和明校注『今昔物語集』四、岩波書店1994年版、第360頁。

第十五章 《今昔物语集》汉译的文字学研究

许多极其可怕的恶鬼,把他掀倒在地,非常狠毒地殴打,正在这时,从中门外走进一个头挽一双发髻、容貌端正的童子,用他手中那根细长的树枝,驱打魔鬼。这些恶鬼被打,尽皆逃跑(「我レ、只今夢ニ、我ガ当リニ極テ怖シ気ナル鬼共有テ、取〻ニ我ガ身ヲ拶躒シツル程ニ、端正ナル児童ノ鬘結タル、楚ヲ持テ中門ノ方ヨリ入来テ、此ノ鬼共ヲ楚ヲ以テ揮ヒツレバ、鬼其皆逃テ去ヌ。」①)

第二十三卷第十七篇《尾张国女子制伏服美浓狐》(「尾張国女、伏美濃狐語第〔十七〕」)写尾张国女子听说美浓狐在小川市抢客商欺压行人,便有心与它较量一番,于是用船装了五十石文蛤,运往小川(「其女、彼美濃狐ガ小川ノ市ニシテ、人ヲ拶躒シテ商人ノ物ヲ奪取ル由ヲ聞テ、試ムト思テ、蛤五十石ヲ船ニ積テ、彼市ニ口ル。」②)

"拶躒",同"凌砾"、"凌轹",欺压,压倒,超过。《汉语大词典》引《晏子春秋·谏上》:"足走千里,手裂兕虎,任之以力,凌轹天下,威戮无罪,崇尚武力,不顾义理,是以桀纣以灭,殷夏以衰。"又引唐白居易《赋赋》:"所谓立意为先,能文为主,炳如缋素,铿若钟鼓,郁郁哉溢目之黼黻,洋洋乎盈耳之《韶》、《濩》,信可以凌砾《风》、《骚》,超轶今古者也。"

与"拶躒"相关的词,《今昔物语集》中尚有"不可拶躒ズ"(りょうりゃくすべからず)的两个用例。一个是第十七卷第四十一篇《僧贞达因普贤搭救脱险》的末句:"然レバ、譬ヒ重キ咎ガ有ト云トモ、僧ヲバ強ニ不可拶躒ズトナム語リ伝ヘタルトヤ"③,北京编译社译本将"強ニ不可拶躒ズトナム"译作"千万不可强加鞭挞"。

另一例是第十三卷第十篇《诵经僧春朝的经卷显灵》中写许多寺院派人到检非违使厅长官那里求情,说春朝是多年诵读《法华经》的僧人,"専ニ不可拶躒ズ",北京编译社译本将这一句译作"请不要让他在狱中受苦",较之原文,采用了委婉的侧面说法。明确了上述"拶躒",均出于"凌砾"、"凌轹",在翻译中就可以做到更加准确到位。

---

① 〔日〕池上洵一校注『今昔物語集』三、岩波書店1999年版、第348頁。
② 〔日〕小峯和明校注『今昔物語集』四、岩波書店1994年版、第357頁。
③ 〔日〕小峯和明校注『今昔物語集』四、岩波書店1994年版、第79頁。

8. 軯訇ル（ののしる）

第十卷第三十三篇《国王废除活人祭祀平定国家》（「立生贄国王、止此平国語」）写祭祀活人的一天，热闹异常，人们铺设锦缎，装饰璎珞（「然レバ、国ノ内軯訇テ錦ヲ張リ、玉ノ瓔珞ヲ以テ荘レリ。」①）

小峰和明校注本页下注说明「軯訇ル（ののしる）」是哄闹、喧嚣的意思，与国人稀少荒凉的状况稍有不符。这样的写法仅此一例。一般写作"喤"。

軯訇（penghong），并作"軯鍧"，形容声音巨大。《汉语大词典》引唐欧阳詹《福州南涧寺上方石像记》："惊飙环骇，軯訇杳冥。"在上文「軯訇ル（ののしる）」用来形容再祭祀之前全国上下都被卷进来的场面，众声喧哗，吵吵嚷嚷，轰轰烈烈闹腾起来。金伟、吴彦译本没有把这个意思译出来。

"喤"，亦为声音洪亮之意。出《诗经·小雅·斯干》："乃生男子，载寝之床，载衣之裳，载弄之璋，其泣喤喤。"高亨注："喤喤，形容婴儿哭声洪亮。"又《文选·左思〈吴都赋〉》："諠哗喤呷，芬葩荫映。"吕向注："諠哗喤呷皆声也。"以上故事中没有采用常见的"喤"字而特别采用"軯訇"的写法，或是作者用不寻常之字渲染不寻常的气氛的选择。

9. 銅鐡（どうせん）

第十六卷第十四篇《御手代东人祷告观音求得财富》（「御手代東人、念観音願得富語」）写一位叫做御手代东人的人，进入吉野山中修行佛法，祈求发财，特别向观音菩萨祷告说"南无铜铁万贯，白米万石，好女多得。"（「殊ニ観音ヲ念ジ奉テ申サク、「南無銅鐡万貫白米万石好女多得」ト。」②）

文中的"銅鐡"，出处《日本灵异记》写本作"銅錢"。故池上洵一校注本页下注推测"鐡"通"錢"，并说明《日本灵异记》兴福寺本作"銅錢"，《群书类从》本作「铜铁」。

考"鐡"非与"錢"通。"铜鐡"实"铜錢"之讹。"錢"的俗字有"銭"，见（《随函录》："钱：銭。"（60/450a）被误看成"鐡"的俗字"鐡"。《随函录》："鐡：鐡。"（60/534c）"鐡"字乃"鐡"的讹变。"鐡"

---

① 〔日〕小峯和明校注『今昔物語集』二、岩波书店1999年版、第362頁。
② 〔日〕池上洵一校注『今昔物語集』三、岩波书店1999年版、第502頁。

又写作"鐡"（60/173b）、"鐵"（60/349a），皆与"錢"相距不远。从文意看，亦以"钱"字为当。

10. 茶垸（ちゃわん）

茶垸，同"茶碗"。《龙龛手镜·土部》："垸，或作；埦，正。胡贯反，漆骨垸也。"

《龙龛手镜·木部》："椀，乌管反，器物也。""椀"是碗的异体字。见曾良《俗字及古籍文字通例研究》。

"梡"，《龙龛手镜·木部》："胡官反，木名，出苍梧，子可食。《玉篇》：'又音完。'义同。又苦官反，器名也。"

第二十四卷第八篇《某女子赴医师家治疮愈后逃走》（「女行医师家医疗逃语」）写长官见治疗有效，心想让女子将养几天，问明身世后再送她回家。他见如今已不再需冰镇，只在碗里调些药面，每天用羽毛涂敷五六次也就行了（「今暫クハ此テ置タラム。其ノ人ト聞テコリ返サメ」ナド思テ、今ハ氷ス事ヲバ止メテ、茶垸ノ器ニ何薬ニテカ有ラム、入ヌル物ヲ、烏ノ羽ヲ以テ日ニ五六度付ク許也。」①）文中的"茶垸"，即"茶碗"。

《今昔物语集》中又有"鋺"和"鋎"，均训作"かなまり"，即金属制的碗，亦写作"金椀"。此亦为"宛"旁与"完"旁互通例。

11. 穙（いなづか）

第二十四卷第九篇《医师诊治与蛇交的女子》（「嫁蛇女医師治語」）写女子的父母按照医师吩咐，把三束黍秸，烧成灰烬（「其後、医師ノ云フニ随テ、穙ノ藁三束ヲ焼ク。」②）

文中的"穙"字，小峰和明校注本页下注："《日本灵异记》作'稷'。本意是稻草，在本集中近于稻垛、稻丛，指收获后堆积起来的稻秸。"

"穙"字是"穆"的俗字的讹变。《随函录》的俗字有"穙"（59/897b），右旁易混作与"爰"。从文意看，亦当作"穆"。

12. 噦（ねずなき）

第二十七卷第三十三篇《西京人见应天门上发光》（「西京人見応天門光物語」）写哥哥看见应天门门楼上有一团蓝光，由于天黑看不清是什么东

---

① 〔日〕小峯和明校注『今昔物語集』四、岩波書店 1994 年版、第 398 頁。
② 〔日〕小峯和明校注『今昔物語集』四、岩波書店 1994 年版、第 400 頁。

西，只听见像是老鼠叫似的吱吱的笑声（「暗ケレバ何物トモ不見エヌ程ニ、囁ヲ頻ニシテナム、カト咲ケル。」①）

文中的"囁"字，读作"zhi"，老鼠的叫声。《龙龛手镜·口部》（高丽本）："囁，俗。囁，正。子廉、将焰二反。囁取不廉，又资悉反，鼠声也。"②《汉语大词典》未收此字，当补。

《今昔物语集》中"囁"亦作"鼠鳴"。

第二十九卷第三篇《行踪诡秘的女盗》（「不被知人女盗人語」）写一天傍晚，家丁路过某地和某地之间，从一家落下半截的板窗里，传来老鼠叫似的声音，接着就伸手召唤他（「夕暮方ニ、口ト口トノ辺ヲ過ケルヲ、半蔀ノ有ケルヨリ、鼠鳴ヲシテ手ヲ指出テ招ケレバ。」③）文中的"鼠鳴"也读作"ねずなき"。

13. 銛（たがね）

第十二卷第十三篇《和泉国尽惠寺的铜佛为盗贼所毁》（「和泉国尽惠寺銅像、為盗人被壊語」）写随从走到墙边，由墙洞往里一看，屋里仰面倒一尊铜佛，手脚都已被砍掉，一个人手拿着钢凿，正在砍佛像的头（「従者寄テ壁ノ穴ヨリ臨ケバ、屋ノ内ニ銅ノ仏ノ像ヲ仰ケ奉テ、手足ヲ剔欠キ、銛ヲ以テ頸ヲ切リ奉ル。」④）

这篇故事出自《日本灵异记》中卷第二十二篇："奉仰佛铜像，剔缺手足，以锭鍗颈。"。关于文中的"锭"字，池上洵一校注本页下注说《日本灵异记》作「錠」，训释读作「多加爾（たがに）」，鏨（たがね），是用于切割金属、岩石或穿孔雕刻的钢铁制的凿子。

池上洵一的注释没有说明《日本灵异记》中作"锭"，为什么这里作"銛"。笔者认为，这并不意味着东西有什么不一样，而是写本中的讹变现象。"锭"右边的"定"，俗写求快，多写作"㝉"，"锭"就写作"銛"。《随函录》："锭：銛"（59/980c）。"锭"字连笔之后，更易看成"銛"。

《今昔物语集》本篇中的"銛"字即"锭"字之误。

---

① 〔日〕森正一校注『今昔物語集』五、岩波書店 1996 年版、第 153 頁。
② （辽）释行均编：《龙龛手镜》（高丽本）、中华书局 2006 年版、第 268 页。
③ 〔日〕森正一校注『今昔物語集』五、岩波書店 1996 年版、第 292 頁。
④ 〔日〕池上洵一校注『今昔物語集』三、岩波書店 1999 年版、第 121 頁。

14. 潗湁（しふちふ）

第二十八卷第三十七篇「東人、通花山院御門語」开头写有个东国人骑马从花山院门前经过，被带到中门，花山院听到吵嚷声，问起何事喧哗，有人告诉他有人骑马闯进来（中門ノ許ニ、乘セ乍ラ此彼潗湁（しふちふ）トテ喧ルヲ、院聞食テ、「何事ヲ喧ルゾ」ト問ハセ給ヒケレバ、「御門ヲ馬ニ乘テ渡ル者ヲ、乘セ乍引入レテ候フ也」ト申ケレバ）、关于文中的"潗湁"，森正人校注本页下注谓"未勘"。

潗湁（しふちふ），水波腾涌貌。《汉语大词典》引《文选·木华〈海赋〉：》"葩华踧沑，顲浐潗湁。"张铣注："顲浐、潗湁，并蹙聚沸腾之貌。"一说水波腾涌声。李善注："潗湁，沸声。"

15. 噉ル（いゆる）

第一卷第三篇《悉达太子在城受乐》（「悉達太子在城受樂語第三」）记叙净居天变成的病人回答悉达太子"为什么会有病人"的问题，说病人就是由着嗜好而饮食造成各种症状（「病人ト云ハ、耆ニ依テ飯食スレド噉ル事無ク、四大不調ズシテ、彌ヨ変ジテ百節皆苦シビ痛ム。」[①] ）

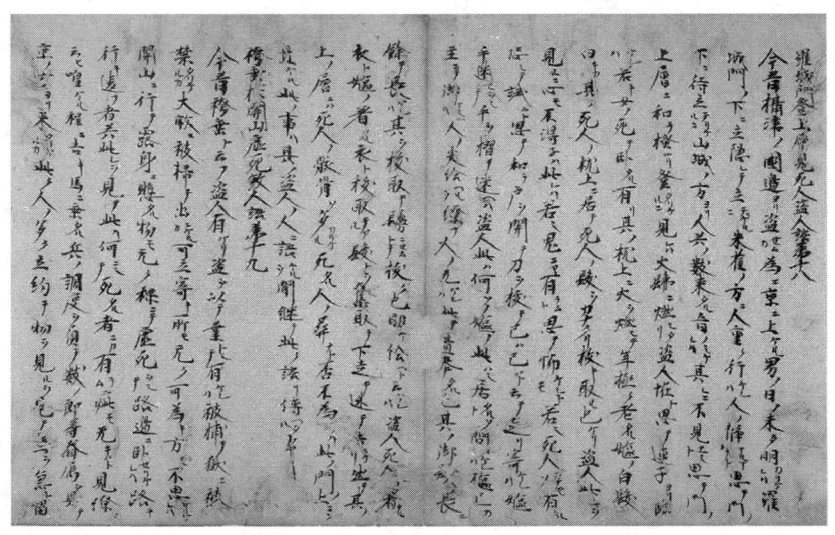

图 151 《今昔物语集》写本

[①] 〔日〕今野達校注『今昔物語集』一、岩波書店 1999 年版、第 12 頁。

第十四卷第三十六篇《伴义通请人读诵〈方广经〉两耳复聪》（「伴義通、令誦方広経開聾語」）开头写从前有个伴义通，由于身患重病，两耳突然失聪，并且遍体长满恶疮，经久不愈（「今昔、伴ノ義通ト云フ人有ケル。身ニ重キ病ヲ受テ忽ニ二ノ耳聾ヌ。亦、悪キ瘡身ニ遍シテ年月ヲ経トイヘドモ喩ル事無シ。」①）

前例文中的"耆"为"嗜"的减笔字，省去了"口"旁。两例中的"喩"则是"愈"（治愈之意）的增加笔字，增加了"口"旁。

16. 平喩（へいゆ）

第四卷第十二篇《罗汉比丘告知国王太子已死》（「羅漢比丘、教国王太子死語」）写有一神灵附于巫觋身上说："国王回去的时候太子的病就会痊愈，国泰民安，天下皆大欢喜（「御子ノ御病ハ、国王還ラセ給ハムマヽニ平喩シ給ヒナムトス。国ヲ持タセ給テ、民モ安ク、世モ平カニ、天下・国内皆喜ヲ可成シ。」②）

第六卷第十三篇《震旦李大安被害因佛搭救起死回生》（「震旦李大安依仏助被害得活語第十三」）写佛像所化僧人告诉李大安，身体痊愈回家之后，要快快念佛修善，我来为你去除伤痛（「汝ヂ平愈シテ家ニ返テ、速ニ仏ヲ念ジ善ヲ修セヨ。我レ、今、汝ガ為善ク痛ミヲ令去ム。」③）

以上两例中的"平喩"和"平愈"，均是平复痊愈之意。《汉语大辞典》引《东观汉记·光武记》："〔刘秀〕四月二日车驾宿偃师，病差数日……行黎阳，兵马千余匹，遂到章陵，起居平愈。""喩"是"愈"的增傍字。

17. 爛（ただる）

第六卷第六篇《玄奘三藏到天竺传法归来》（「玄奘三蔵渡天竺伝法帰来語」）写玄奘在路上遇见一位病人，自述为女人，身上生疮，从头到脚都已腐烂，腥臭无比，因此被父母遗弃深山，只是大限未到，还没有死（「玄奘三蔵渡天竺伝法帰来語第六」）写「我レハ此レ、女人也。身ニ瘡ノ病有テ、首ヨリ趺ニ至ルマデ隙無、クシテ身爛レ、鯉テ臭キ事ノ難堪キニ依テ、我ガ父母モ不知ズシテ、カク深キ山ニ棄タル也、然而モ、命ハ限リ有リケ

---

① 〔日〕池上洵一校注『今昔物語集』三、岩波書店1999年版、第349頁。
② 〔日〕今野達校注『今昔物語集』一、岩波書店1999年版、第322頁。
③ 〔日〕小峯和明校注『今昔物語集』二、岩波書店1999年版、第39頁。

レバ、不死毕ズシテ有ル也。」①）

文中的"燗"字，小峰和明校注本页下注："同烂。""燗"，亦写作"爛"，为"烂"的俗字。《龙龛手镜·火部》（高丽本）："燗，俗；烂，正，郎旦反，火热也，又灿烂也。"

18. 仔ナム （きたなむ）

第三十一卷第五篇《大藏省书吏宗冈高助疼爱女儿》（「大蔵史生宗岡高助、傅娘語」）说他家上上下下的佣人都经过精心挑选，所以都是一表人才（「下仕・半物、心ニ任セテ形チ・有様ヲ撰勝ケレバ、敢テ仔ナム者無カリケリ。」②）

森正人校注本页下注："诸本如此。一说，读作「きたなむ」，一说，为'片'的异体字，读作「かたはなむ」「はしたなむ」。东北本注异本作'片'、'行'。"

"行"俗字写作"行"。S.6825V 想尔注《老子道经》卷上；"俗人不能积善，行死即真死，属地官去也。"③ "行死"即"行死"。敦煌写本"片"多作"斤"，与"行"多相乱。池田温《中国古代写本识语集录》148/330.4："宗涂浩汪，不可以行辞尽妙极之理；篇目繁，不可以以章括幽玄之旨。"其中的"行"，当与"片"形近而讹。

19. 肭フ（くはふ） 令肭ム（くはへしむ）

第五卷第二十四篇《龟不听鹤的指教落地摔破甲壳》（「亀不信鶴教落地破甲語」）写鹤对龟说，即使你不说我也想把你带到水边，可是我既不能背你，也不能抱你，更不能叼着你。如果你我各衔住一根树枝的两头，我就可以带着你飞了，可是你生来就太爱说话（「然レバ、汝ガ不云ザル前ニ水ノ辺ニ将行ムト思フ。但、我レ汝ヲ背ニ負ニモ能ズ、抱カムニモ力無シ、口ニ肭ヘムニモ便リ無シ。只可為キ様ハ、一ノ木ヲ汝ニ令肭メテ、我等ニシテ木ノ本末ヲ肭ヘテ将行カムト思フニ、汝ハ本ヨリ極テ物痛ク云フ物也。」④）

---

① 〔日〕小峯和明校注『今昔物語集』二、岩波書店1999年版、第22頁。
② 〔日〕森正一校注『今昔物語集』五、岩波書店1996年版、第446頁。
③ 黄征：《敦煌俗字典》，上海教育出版社2005年版，第459页。
④ 〔日〕今野達校注『今昔物語集』一、岩波書店1999年版、第458頁。

文中有"肟"和"仒肟"，两个"肟"字，小峰和明校注本页下注："尚无旁证，因语义相符，故从传统训作「くはヘム」（咬，衔）。"

"肟"字见于《康熙字典》："《广韵》：都历切，音的，腹下肉也。《类篇》：胁也。又《广韵》、《集韵》并北角切，音剥。《广韵》：同筋。《集韵》：豕腴。《博雅》：肟谓之肿。《释文》：百草反。又《集韵》：必历切，音壁，指节声。《玉篇》：手足指节之鸣。又《集韵》：逋约切。肟鸣，或从竹作筋。""肟"有的、剥、壁等读法，皆与上引"咬、衔"之义无涉。

《旧杂譬喻经》下作"鹄啄衔之，飞过都邑上。""肟"作"啄衔"讲，不见于各种大型辞书。笔者疑"肟"即"叼"字的换旁字。待考。

20. 斦（あしがなへ）

第十五卷第六篇《比叡山颈上生瘤的僧人往生极乐》（「比叡山頸下有瘿僧往生語」）写僧人普照坐在厨房的一只铁鼎旁边，为众僧煮粥，突然间满山香气扑鼻，天空也响起了美妙悦耳的音乐（「其ノ粥ヲ煮ムガ為ニ、一夜湯屋ノ斦ノ辺ニ有ルニ、俄ニ艶ズ馥シキ香山ニ満テ、微妙音楽ノ音空ニ聞ユ。」①）

文中的"斦"是"鼎"的俗字。《随函录》："鼎：斦"（60/497a）"斦"，同"斦"。"鼎"作"斦"，亦作"斦"，见世尊寺本《字镜》②。在平安时代的写本中还写成"斦"。如大江匡房《江都督纳言愿文集》卷2："日月无光，望金河而焦思；风烟无迹，顾斦湖而断肠。"③"斦湖"，即鼎湖。鼎湖，指帝王崩逝，出《周书·静帝纪》。

21. 笔櫡（ふでつか）

第三十卷第一篇《平定文热恋本院大臣的侍女》（「平定文、仮借本院侍従語」）写平定文恍然大悟，发觉桶里装的水，原是用丁香煎熬过的，而漂在上面那三截东西，则是把用熏香蜜饯过的山芋，再用粗笔管故意做成屎橛的样子（「今一ツノ物ハ、野老・合セヲ蘗ニヒチクリテ、大キナル笔櫡ニ入レテ、其ヨリ出サセタル也ケリ。」④）

---

① 〔日〕池上洵一校注『今昔物語集』三、岩波書店1999年版、第385頁。
② 〔日〕築島裕解題『字鏡（世尊寺本）』、汲古書院1980年版、第7頁。
③ 〔日〕六地藏寺編『江都督納言願文集』、汲古書院1984年版、第133頁。
④ 〔日〕森正一校注『今昔物語集』五、岩波書店1996年版、第396頁。

文中的"笔欛",森正人校注本页下注:"笔轴,「欛つか」(《名义抄》、《字类抄》)"

欛,今写作"把",器物的柄。《敦煌曲子词·酒泉子》:"三尺青蛇,斩新铸就锋刃刚;沙鱼里欛用银装,宝贝七星光。"笔欛,就是笔管、笔杆。

22. 燭（ほそくづ）

第三十一卷第八篇《影入灯火而死的女子》(「移灯火影死女語」) 末段写据说遇到人影映入灯光中时,必须把剔落的灯芯给本人服下(「然レバ、火ニ立テ見エム人ヲバ、其ノ燭ヲ掻落シテ、必ズ其ノ人ニ可ロロキ也。」①)

森正人校注本页下注指出"燭"是灯芯。"燭"(和名保曽久豆)余炭也(《和名抄》)"燭 ホソクツ"(《名义抄》、《字類抄》)。

"燭",音 jie。《龙龛手镜·火部》(高丽本):"燭,音节。烛余也。又音即。"今大型辞书失收。

23. 撻（まつらう）

第二十四卷第十六篇《安倍晴明随忠行学道》(「安倍晴明随忠行習道語」) 写安倍晴明说,杀人当然不是一件易事,但稍施一些法力,就能杀死。至于杀死虫豸之类,更是容易。只是目前还没有复活的方法,要触犯杀生之罪,是无益的事情(「安クハ否不殺。少シカダニ人テ撻ヘバ必ズ殺シテム。虫ナドヲバ塵許ノ事セムニ、必ズ殺シツベキニ、生ク様ヲ不知バ、罪ヲ得ヌベケレバ、由無キ也。」②)

小峰和明校注本引丹鹤本作「候」,说或为误写。古典全集视为「掬」「抄」的借用,有"撂倒"(「すくい投げる」)之说。《宇治拾遗》:"用劲要杀"(「力を入れて殺してん」)。

笔者认为文中的"撻",是"捺"的俗字。《随函录》:"捺:撻。"(59/1116b) "捺"有强制、强迫、压制义。这里是说,硬要去杀,也就杀死了。

24. 辶（まろぶ）

第十九卷第三十八篇《比叡山大钟被狂风吹走》(「比叡山大鐘、為風被吹辶語」) 写永祚元年(己丑)八月十三日,突然狂风大作,各处殿堂宝塔

---

① 〔日〕森正一校注『今昔物語集』五、岩波書店 1996 年版、第 457 頁。
② 〔日〕小峯和明校注『今昔物語集』四、岩波書店 1994 年版、第 414 頁

以及门窗都被刮倒，大钟也被吹翻，滚落到南山谷里（「而ル間、永祚元年己丑八月ノ十三日、大風吹テ、所々ノ堂舎、宝塔、門ヰ戸ヰヲ吹倒シケルニ、此ノ大鍾ヲ吹辷バシテ、南ノ谷ニ吹落シテケリ。」①）

篇题和上文中出现的"吹辷"，就是"吹翻"、"吹滚动"。"辷"字，日本《现代汉语例解辞典》："国字，会意，辶+一（たいら），在物件上滑行。"此说不确，"辷"不是日本独创而只在日本使用的字，而属于"和训"字，即将中国汉字赋予日本意义的字，作"在物体上滑行、翻滚、滚动"讲。

25. 潙（ただよう）

第二卷第三十一篇《微妙比丘尼》（「微妙比丘尼語」）写大老婆面对小妾杀子的指斥辩解说，我没有杀你的儿子，如果是我杀的，今后世世代代，如果我有丈夫，就叫毒蛇咬死；有孩子，就叫大水冲走，叫狼吃掉（「若シ汝ガ子ヲ殺サラバ、我レ世々ニ夫有ラバ蛇ノ為ニ蛰シ殺サレ、子有ラバ水ニ潙ヒ、狼ニ噉レム。」②）

文中的"潙"是"漂"的增旁字。《随函录》："漂：潙。"（59/799c）

26. 跶壊（くゑやぶる）　跶躓（くゑつまづく）

第十二卷第一篇《越后国神融圣僧缚雷建塔德故事》（「越後国神融聖人、縛雷起塔語」）写正待开光的时候，突然雷电交加，雷将宝塔击倒，升空而去（「供養セムト為ル間ニ、俄ニ雷電霹靂シテ此ノ塔ヲ跶壊テ雷空ニ昇ヌ。」）又写再建的宝塔落成又遭雷击，继而三建宝塔（「亦供養セムト思フ程ニ、前ヰノ如ク雷下テ跶壊テ、遂ザル事ヲ歎キ悲ムテ猶改メテ塔ヲ造ツ。」③）

文中的"跶"，池上洵一校注本页下注说明，将其中训为「くゑやぶる」是根据《字类抄》：「蹴クエル」。"跶"字不见于古辞书，而所有偏旁表音（くヱ），或为与"蹴"同义的字。同一字还有「跶躓テ」。第十六卷第二十八篇《朝拜长谷寺的男子蒙观音保佑致富》（「参長谷男、依観音助得富語」）写穷汉走到可怜他的僧人房中，要了些食物，吃罢便向寺外走去，刚走到佛寺大门，一跤跌倒，伏卧在地（「其後、哀ビケル僧ノ房ニ寄テ、物

---

① 〔日〕小峯和明校注『今昔物語集』四、岩波書店 1994 年版、第 208 頁
② 〔日〕今野達校注『今昔物語集』一、岩波書店 1999 年版、第 178 頁。
③ 〔日〕池上洵一校注『今昔物語集』三、岩波書店 1999 年版、第 100 頁。

ヲ乞テ食テ出ヅルニ、大門ニシテ跊躓テ低フシニ倒ヌ。」① ）

"跊"，读若"ê"，大跛。《龙龛手镜·足部》（高丽本）："跊跴，上五禾反，下徒禾反。跊跴，大跛也。"《康熙字典·足部》："跊，《篇海》：'五禾切'，音讹，大跛。"《今昔物语集》中训同"蹴"。"跊躓"训同"蹴躓"（くゑつまづく），就是载倒、跌倒、绊倒。

27. 掍ル（をこつる）　棍ル（をこつる）　掍リ誘フ（をこつりこしらふ）　棍リ云フ（をこつりいふ）　掍問ふ（をこつりとふ）

第二十八卷第一篇《近卫舍人参拜稻荷神社巧遇妻子》（「近藤舎人共稲荷詣、重方値女語」）写重方满脸赔笑，对妻子说："快别生那么大气了，你说的都对。"他虽然一个劲哄她，她还是不依不饶（「重方、「物ニナ不狂ソ。尤モ理也。」ト咲ツ、棍云ヘドモ、露不許ズ。」② ）

文中的"棍云フ"，森正人校注本页下注释为"讨好"。

第十一卷第六篇《玄昉僧正赴唐传来法相》（「玄昉僧正亘唐伝法相語」）写由于吉备是个通晓阴阳法术的人，用阴阳法术保护自身，毫不畏惧，冤魂终于不再作祟（「吉備陰陽ノ道ニ極タリケル人ニテ、陰陽ノ術ヲ以テ我身ヲ怖レ無ク固メテ、懃ニ掍リ誘ケレバ、其霊止マリニケリ。」③ ）

文中的"掍リ誘フ"，北京编译社本译作"虔诚的祷告和祭奠"。

第二十六卷第八篇《飞骅国僧人除猿神永绝淫祀》（「飛騨国猿神止生贄語」）写僧人用好言哄着妻子，想从她口中探问出真相来，妻子虽然露出要说的神情，但是始终没说出究竟来（「妻ニ掍問ドモ、物云ハゞヤトハ思タル気色乍ラ、云事モ無シ。」④ ）

"掍"，"棍"，音义同"混"。《汉语大词典》引《方言》第三："掍，綷，同也……。宋卫之间曰綷，或曰掍。"又引《文选·班固〈西都赋〉》："凌隥道而超西墉，掍建章而连外属。"李善注："《方言》：曰：'掍，同也。'音义与'混'同。"

在以上各例中，"掍"皆有"哄"意。"掍ル（をこつる）"就是哄，好

---

① 〔日〕池上洵一校注『今昔物語集』三、岩波書店1999年版、第543頁。
② 〔日〕森正一校注『今昔物語集』五、岩波書店1996年版、第186頁。
③ 〔日〕池上洵一校注『今昔物語集』三、岩波書店1999年版、第25—26頁。
④ 〔日〕森正一校注『今昔物語集』五、岩波書店1996年版、第37頁。

言使之信从;"棍云フ"就是哄人说,说哄人的话;"掍リ誘フ"就是哄骗,诱导;"掍問"就是哄人说实话。"掍",与今天所说的"忽悠"大体近之。

28. **摛ム**(つむ)

第十九卷第八篇《西京饲鹰人得噩梦忏悔出家》(「西京仕鷹者、見夢出家語」)写饲鹰人在睡梦中只觉得自己在墓穴居住多年,当时刚过寒冬,他想何不趁此大好春光,出门去晒晒太阳,也好摘些野菜,于是带着妻儿走出墓穴(「其ノ墓屋ニ我レ年来住テ、妻子共引烈テ有、ト思フニ、冬極テ寒クシテ過ハ程ニテ、春ノ節ニ成テ、日ウテ、カニテ、「日ナタ誇モセム。若菜モ摛ナム」ト思テ、夫、妻子共引烈テ、墓屋ノ外ニ出ヌ。」①)

第二十八卷第二十八篇《尼姑进山迷路吃蘑菇起舞》(「尼共、入山食茸舞語」)写尼姑自述因采花献佛,一起进山,谁知迷了路,走不出山,被困多日,后来发现一个地方长着很多蘑菇,就摘来吃了(「但シ、我等ハ其ヶニ有ル尼共也。花ヲ摛テ仏ニ奉ラムト思テ、朋ナヒテ入タリツルガ、道ヲ踏ミ違ヘテ、可出キ様モ不思デ有ツル程ニ、茸ノ有ツルヲ見付テ、物ノ欲キマ、ニ」②)

以上两例中的"摛",均为"摘"的俗字。"摘"作"摛",如《齐民要术·种棠》:"八月初,天晴时,摘叶薄布,晒令干,可以染绛。(必候天晴时,少摘叶,干之)"其中的"少摘叶",缪启愉校释云:"摘,北宋本等如字,明本作'摛',字同。"又桂馥《札朴》卷4"摘"字条云;"《淮南子·经训》:'摛蚌蜃。'高注:'摛犹开也,开以求珠也。'馥案:''摛'当为摘。"

29. **呎ク**(はく)

第七卷第四十七篇《震旦邵师辩复活持戒》(「震旦邵師弁、活持戒語第四十七」)写邵师辩从梦中醒来,口吐腥臭的血污,他急忙叫侍从来看,自己嘴里满是血块,腥臭难闻(「其後、口ノ中ヨリ腥キ唾ヲ呎キ、血ヲ出ス。忽ニ従者ヲ呼テ、此レヲ令見ルニ、口ノ中ニ凝ル血満テ、極テ腥シ。」③)

上文中的"呎"字,今野达校注本页下注:"此字读作'ハナシ'是中

---

① 〔日〕小峯和明校注『今昔物語集』四、岩波書店1994年版、第133頁。
② 〔日〕森正一校注『今昔物語集』五、岩波書店1996年版、第244頁。
③ 〔日〕小峯和明校注『今昔物語集』二、岩波書店1999年版、第168頁。

世末期的事。本来是拟声词（表音语）'トツ'。"

"呿"字，"吐"的讹变俗字。这种写法见于佛经。叶贵良《敦煌道经写本与词汇研究》说解颇详，兹摘录于下。《随函录》卷22《旧杂譬喻经》卷1："呿出，上他古反，正作吐也。又都骨、都括反，非。"（60/234b）吴康僧会译《旧杂譬喻经》卷1："作术吐出一壶，壶中有女人，与于屏处作室家，梵志遂得卧。女人则复作术，吐出一壶。"（T04，P0514）《随函录》"呿出"即《旧杂譬喻经》的"吐出"，其中"呿"即"吐"字之讹。"吐"字盖受下字"出"的影响类化换旁从"出"而作"呿"的。所言极是。叶贵良还指出，这种类化俗字属于纯形体上，不符合汉字理据的变化，与意义读音都无涉。"呿"在字书中本音"丁骨切"，意义为"叱"，而在《随函录》中乃"吐"字之讹，两者恰巧同形，"呿"一体实际上代表了两个不同的字。

由此看来，上文中的"呿"，很可能是因为不识"呿"为"吐"的讹变，而把它当成了一种正确写法而加以使用的。

30. 痓（よそはし）

第二十卷第六篇《天狗附女体惑乱佛眼寺仁照阿阇梨》（「仏眼寺仁照阿阇梨房託天狗女来語」）女子对阿阇梨说，我听人说，圣僧品德可钦，情愿侍奉左右，像缝补衣服之类的事，我都能做好。说了些好听的话，即行离去（「阿阇梨ニ奉テ云フ様、「自然ラ承ハレバ、「貴ク御マス」聞テ、仕ラムノ志テ参ル也。御帷ナド痓メテ奉ラム事ハ安ク仕テナムト事吉ク云テ、返リ去ヌ。」① ）

文中的"痓"字，为"庄"字之误写。《随函录》："庄：荘。"（59/688b）（60/426a/547c）"痓"乃"荘"增笔而成。

31. 龂（はしし）

第二十八卷第二十一篇《左京大夫口得诨号》（「左京大夫口、付異名語」）描写左京大夫的外貌薄薄的嘴唇缺少血色，笑时能够望见鲜红的牙床（「唇ハ薄ク色モ無クテ、咲バ歯ガチナル者ノ、龂ハ赤ナム見エケル。」② ）

文中的"龂"，同"龈"，牙龈、牙床之意。《龙龛手镜·齿部》（高丽本）："龂、龈，语巾反，齿根肉也。下又康很反，啮也。又起限反，齿声

---

① 〔日〕小峯和明校注『今昔物語集』四、岩波書店1994年版、第232頁。
② 〔日〕森正一校注『今昔物語集』五、岩波書店1996年版、第232頁。

也。"此字大型辞书失收。

32. 膕（よほろ）

第二十二卷第七篇《高藤内大臣》（「高藤内大臣語第七」）写公子从背影看到姑娘的头发长达腿弯（「其後手、髮房ヤカニ、生末膕計ハ過タリト見ユ。」①）

第五卷第一篇《僧迦罗五百商人同到罗刹》（「僧迦羅五百商人、共至羅刹語」）写有人告诉商人们，虽然女人们无限恩爱，但是其他商船来了以后，她们就会把先前的丈夫幽闭于此，割断筋骨作为食物（「無限ク相思テ有ゾト云ドモ、他ノ商船寄ヌレバ、古キ夫ヲバ如此ク籠メ置テ、膕筋ヲ断テ日ノ食ニ充ル也。」②）

第十五卷第五十四篇《仁和寺观峰威仪师的侍童往生极乐》（「仁和寺観峰儀師従童、往生語」）写泷丸身穿粗布衣衫，夏天只穿一件长达膝盖的无袖单褂，冬天也只套上两件衣衫（「夏ハ袖モ無キ衣ニシテ、長ハ膕本ニシテ、冬ハ二ツ許、夏ハ一ツ着セテゾ仕ヒケル。」③）

上文的"膕"字，为腿弯之意。《龙龛手镜·肉部》："膕，古麦反。脚曲皃也。"一般指膝盖前后。"膕筋"，就是腿筋，"膕本"汉语俗称大腿跟儿。"膕"字不见于今日大型辞书。

33. 嗶衣（ひとへきぬ）

第二十卷第七篇《染殿皇后为天狗所纠缠》（「染殿后為天宮被嬈乱語第七」）写皇后身上仅仅穿着一件薄衫，一阵清风把锦帐吹动，圣僧从幔隙间隐约望见了皇后（「后御嗶衣許ヲ着給テ御ケルニ、風、御几帳ヲ吹キ返シタル迫ヨリ、聖人髣后ヲ見奉ケリ。」④）

文中的"嗶"，单的增笔俗字。

34. 慥力（たしか）㥲力（たしか）愫力（たしか）憻力（たしか）

"慥"，《广韵》、《集韵》、《韵会》并七到切，音造。慥慥，笃实貌。《中庸》："言顾行，行顾言，君子胡不慥慥尔？"朱熹集注："慥慥，笃实

---

① 〔日〕小峯和明校注『今昔物語集』四、岩波書店1994年版、第332頁。
② 〔日〕今野達校注『今昔物語集』一、岩波書店1999年版、第390頁。
③ 〔日〕池上洵一校注『今昔物語集』三、岩波書店1999年版、第463頁。
④ 〔日〕小峯和明校注『今昔物語集』四、岩波書店1994年版、第235頁。

貌。"《玉篇》："守实言行相之貌。"《篆隶万象名义校释》："愊，七到反，言行相应也。"正据"言行相应之貌"而来。《龙龛手镜·心部》："愊，七到反，言行急也。""急"似为"相应"之误。在日语中，"愊"作"确实"、千真万确、不容怀疑讲，正源于"笃实"之意。

第十七卷第四篇《某僧遵地藏教示离镇西移往爱宕》（「依念地藏菩薩遁主殺難語」）写藤原文时吩咐家丁，快把那个倔强的东西抓起来，带到津坂，一定将他杀掉，不许违背自己的命令（「汝ヂ速ニ彼ノ不調ヲ致ス男ヲ召搦テ、津坂ニ将至テ、愊カニ可殺シ。敢テ此ノ事ヲ不可違ズ」①）文中的"愊"，表坚决、不容含混之意。

第十九卷第二篇《三河国守大江定基出家》（「参河守大江定基出家語第二」）写寂照嘱咐儿子远去震旦，能否生还还很难说，我们今晚的会面怕是最后一次了。今后你要好好在山中修道，千万不可荒废（「返リ来ラム事ハ難キ事ナレバ、相見ム事ハ只今夜許也。汝ヂ愊ニ此ノ山シテ、行ヒ・学問怠ル事ナム可有シ。」②）文中的"愊"，表坚决、不可动摇之意。

"愊"，又因形近而误写为"愸"。第四卷第三十五篇《佛弟子田间遇老翁》（「仏御弟子値田打翁語」）写比丘问老妪，父亲看见独生子死在眼前而不惊慌，我感到奇怪，便急忙来告诉孩子的母亲，可是母亲也不惊慌，这是什么缘故，你要好好跟我说说（「父ノ翁ノ、目ノ前ニ一子ノ死ヌルヲ見テ不驚ズ。極メテ怪シク思テ母ガ許ニ忽来テ告ルニ、姪亦不驚ス。若シ故ノ有ルカ、如何。若シ故有ラバ、愸ニ聞ムト思フ。」③）文中的"愸"是"愊"的讹变，表好好、切实之意。世尊寺本《字镜》："愸，タタカウ、シメル、タシカ。"④ 其最后的"タシカ"，正是"确实、切实；可靠，一定"之意，同"愊"。《万叶集》中已有"愊"作"愸"用例，《万叶集文字辨证》有详考⑤，此不备录。

"愊"，因形近还误写为"愻"。第四卷第十五篇《天竺舍卫国发起长者》（「天竺舍衛国髪起長者語第十五」）写老夫妇依次使三千余人全都得到供养

---

① 〔日〕小峯和明校注『今昔物語集』四、岩波書店1994年版、第10頁。
② 〔日〕小峯和明校注『今昔物語集』四、岩波書店1994年版、第108頁。
③ 〔日〕今野達校注『今昔物語集』一、岩波書店1999年版、第371頁。
④ 〔日〕築島裕解題『字鏡（世尊寺本）』、汲古書院1980年版、第96頁。
⑤ 〔日〕木村正辞『萬葉集文字辨證』下卷、早稲田大学出版部1904年版、第59—60頁。

（「如此ク曳ッ、員ニ依テ慥ニ三千余僧供ヲ曳ク事畢ヌ。」①）"慥"为"慥"之讹变，表确实、不容怀疑之意。

"慥"的右边"造"，与"遣"的草体形近，故又被讹变为"憓"。第二卷第三十三篇《天竺女子不传父母财宝》（「天竺女子不伝父財宝語」）写商人心想将辛辛苦苦带回来的钱财还回一大笔是很难做到的事情，就说："数目已经记不清了，等打听一下再说吧（「辛クシテ買ヒ持来タル財ヲ返サム事ノ員多カレバ、甚ダ難ク」思エテ、答テ云ク、「未ダ其物ノ員憓ニ不思エズ、今尋テ可申」ト云ヘバ」②）文中的"憓"，为"慥"的讹变，确实、确实之意。

35. 軅（やがて）

"軅"历来被视为日本国字。日本《现代汉语例解辞典》："軅，国字，会意，身+应，立即以身相应对处之意。"注明有马上、立刻、于是、结果等义项。笔者认为，"軅"可能出自"应"的俗字。《随函录》："应：軅（59/577a）。

第二十三卷第十四篇《左卫门尉平致经护送明尊僧正》（「左衛門尉平致経、送明尊僧正」）写大臣吩咐说，僧都今夜要去三井寺，还要在当夜赶回，一路上你要小心侍候（「此ノ僧都、今夜三井寺ニ行テ、軅而立返リ、夜ノ内ニ此ニ返リ来ランズルガ様〔ノ〕共慥ニ可候キ也」③）文中的"軅"，即"应"，表立即之意。"軅"亦不属于日本"国字"，而属于"和训字"。

36. 脪リ（ひり）

"脪"，腹泻，拉稀。今写作"稀"。各大辞书未见此类用法。

第十九卷第十八篇《三条天皇太后出家》（「三条大皇大后宮出家語」）写圣僧在西配殿南面套房的廊沿上，撅起屁股出起恭来，仿佛用水壶倒水一般（「西ノ対ノ南ノ放出簀子ニ築居テ、尻ヲ掻上テ、楾ノ水ヲ出スガ如ク脪リ散ス。」④）文中的"楾ノ水ヲ出スガ如ク脪リ散ス"就是说像水壶倒水

---

① 〔日〕今野達校注『今昔物語集』一、岩波書店1999年版、第331頁。
② 〔日〕今野達校注『今昔物語集』一、岩波書店1999年版、第187頁。
③ 〔日〕小峯和明校注『今昔物語集』四、岩波書店1994年版、第347頁。
④ 〔日〕小峯和明校注『今昔物語集』四、岩波書店1994年版、第164頁。

一样拉起稀来。"脬"的动词读作"ひる","痢"的动词亦读作"ひる",两者通用。

虽然不能说《今昔物语集》出现了日本平安时代所有的唐代俗字,但从以上例证已经充分说明,其中唐代俗字、古今字是相当可观的。其中还有很多的唐代俗字以上没有谈到。仅从《今昔物语集索引》就可以再举出腊(猪)、颷(魃)、蓟(蓟)、媚(媚)、窂(牢)、菟(兔)、苽(瓜)、蒱(葡)、儿(貌)、恠(怪)、礤(矶)、壻(婿)、聟(婿)、撰(选)、瀼(瀼)、苅(刈)、菌(园)、蕀(棘)、簗(梁)、獦(猎)、閑(闭)、瘧(疟)、崎(崎)等。

我们可以得出如下结论:

首先,平安时代的文学文献中有些后来被当做"国字"(即中国没有,而由日本人自己创造的汉字)的字,实际上原来是唐代的俗字,或者是那些俗字的讹变。还有一些字,属于汉字的和训,即赋予与中国汉字不同的意义来使用,如"暖",训作"なぐさむ",意同"慰"。"譡"训作"おもしろ",意为"有趣"。《新撰字镜》:"譡,心乐也。于毛志吕之。"是否有根据,尚未考。这些字的来源和意义转换轨迹,则另需探讨。

其次,《今昔物语集》中的不少俗字,和敦煌俗字、中国字书中的俗字是完全一致的。其中有些迄今在中国文献中还没有发现用例,《今昔物语集》等日本文献中的用例,对唐代俗字研究具有一定的参考价值。对于大型汉语字典的编撰的意义,也值得探讨。如第十一卷第二十八篇出现的"馥"字,意为香气。此字不见于《龙龛手镜》、《篆隶万象名义》、《康熙字典》、《汉语大词典》等大型辞书,而《龙龛手镜·香部》:"馥,蒲木反,香气也。"《篆隶万象名义》:"馥,扶末(木)反,大香也。"馥、馥、馥三字当通用。又如"铰",作"挍",亦误作"挼"。

再次,《今昔物语集》中的俗字存在的增笔、减笔、类化等现象,讹变亦多。如写"饷"作"餉",写"赞"作"替",写"责"作"债",写"列"作"烈",写"卷"作"拳",写"杓"作"杓",写"冲"作"仲",写"笑"作"喋",写"睦"作"陆",写"饶"作"饶",等等。不论是形近、日语读音相近还是受上下文影响而写错,都和敦煌俗字产生的规律大同小异。敦煌俗字研究得出的结论,有些也可以用于对平安时代前后文献的解读。同时，在研究日本俗字的时候，也要充分考虑日本人书写和唐人书写的不同。如关于中国人名、地名的误写率可能远大于中国写本。

最后，汉字既然融合了以汉族为主体的各国各族人民的创造，那么汉字学作为一门学问，就有可能走出国别研究的藩篱，迈向更广阔的天地。在这个进程中，各国汉字字书的研究和各国文献中汉字的研究、汉字理论的研究，三方面都很重要。

第十六章

《万叶集》在华传播与翻译

　　国际文化交流发展到今天,一个民族的文学经典再也不是仅属于这一民族研究者的专利,各国各民族的研究者参与到同一经典的研究中,就必然给这一经典带进五花八门的阐释方法和闻所未闻的新鲜结论。日本古典民族诗歌的开篇《万叶集》的研究也跨进了这样一个时代。在日本国文学研究中的"国际派"努力将其纳入东亚文学、世界文学的范畴展开新探索的同时,操着各种语言的外国研究者也在不断拿出非日语的《万叶集》版本和日本人没听惯的新说。

第一节　《万叶集》研究中的中国话语

　　中国学者(包括旅日学人)的研究,和日本"国际派"研究者,常常把探讨《万叶集》与中国、中国文化与中国文学的关系当成共同的课题。我们可以把与此相关的论说,简单称之为"中国话语"。

　　《万叶集》中"中国话语"的出现,首先乃是其诞生时中日文化交流的历史态势使然。集中收录的作品,其作者既有直接接触过大唐文化的遣唐使和随行文士,也有更多阅读过来自大唐典籍的贵族。这样一段文化交流史,被封存在四千余首和歌和数十篇汉文中。正像昔日相处过的人,各自保存着对这一段共同经历的另样记忆,当久别重逢的时候,不免要从对方的忆旧中捡回些过去交往细节的回忆一样,日本学者在汉唐歌吟中听出了奈良歌人相似的旋律,而中国学者则从《万叶集》中听到了某种类似乡音的变奏。《万叶集》既是日本的文学遗产，同时由于其中潜藏有8世纪前中日两国文化交流历史的结晶，就有可能成为中日两国共同珍视的文化桥梁。

《万叶集》和中国、中国文化以及中国文学深刻的联系，不仅在于标记和歌的万叶假名，较之后来的假名与中国文字有更为紧密的联系，而且特别表现在其中收录的汉诗文中。我们展开对这些问题研究，往往具有日本文学与中国文学研究的双重意义。从日本文学研究来说，它既然已经成为日本文学血肉的一部分，便不失为理解早期日本文学必不可少的一个侧面；从中国文学来说，其中封存的唐文化的某些方面，有些在我们的文学记忆中曾被淡忘，有些获得了彼此不同的评价，这恰为我们提供了异位的视角。

要论述《万叶集》研究中的"中国话语"，不能不提到它的汉语版，即它的汉译。就是这个问题，事实上也受到其中汉诗文的影响，因为译者不能不考虑译诗与中国同时代文化的关系，顾忌译诗与集中的诗文风格是否统一的问题。我们把这些问题放在一起来思考，正是为了整体把握中日学者《万叶集》研究的现状与问题，而这些问题在我们对日本文学和中日比较文学研究问题中，还具有某种普遍性。

一 "源泉论"中的汉唐文化考古

谈到《万叶集》研究的中国话语，首先必须提到的就是小岛宪之的《上代日本文学与中国文学——以出典论为中心的比较文学考察》①。小岛宪之将自己的研究定位为"源泉论"，认为"既然要探讨我国上代文学的中国要素的确实性，探讨其表达方式，那么首先就要追究两国文学的影响关系，即上代人为了抒发情愫而接受了的那一源泉"。小岛宪之深究的不仅在于出典原据，而且也将考证的范围扩大到文学样式、文体、媒介者、发信者与受信者的关系。这样，小岛宪之在彻底的文献学的实证主义的基点上将江户时代本居宣长等人的研究大大向前推进了。

他对《万叶集》汉文与和歌接受中国文学影响的绵密考证，特别着重于奈良时代传入日本的《论语》等经书，以及《左传》、《国语》、《史记》、《汉书》、《文选》、《玉台新咏》、《游仙窟》，甚至包括某些敦煌文献，从这

---

① 〔日〕小岛憲之『上代日本文學と中國文學——出典論を中心とする比較文學的考察』、塙書房1964年版。

些典籍来考察万叶歌人每一作品中隐匿的中国影响。长达三巨册的这一著述，涉猎文献多样，穷其所有，细大不捐，考订细密，不避繁琐，唯恐有漏。今天不仅研究《万叶集》的人不能不读此书，就是研究中日文学交流史的人，也不能避开它去谈论汉唐文学在日本的流布与接受。作为一部长达近两千页的专业性极强的学术著作，从1964年出版以来，至1988年便重印了5次，不难说明日本学界对实证主义研究的偏爱。

敦煌文献的发现，又为《万叶集》出典论的研究提供了新的可能性。近年出版的增尾伸一郎的《万叶歌人与中国思想》①、芳贺纪雄的《万叶集中国文学的接受》②、佐藤美知子的《万叶集与接受中国文学的世界》③等。它们把目光投向小岛宪之来不及深究的敦煌道教遗书、愿文、书仪以及佛典与山上忆良等歌人作品的关系，其中还特别强调对《万叶集》汉诗文源泉的考证的必要性。藏中进④、东野治之⑤、菊池英夫⑥、藏中诗罗芙⑦等人的研究对《王梵志诗集》、《千字文》等敦煌蒙书等和佛教经典在《万叶集》中的影响各有发明。他们持论不尽相同，却也都各自成理。

研究《万叶集》的中国学者，理所当然对那些把《万叶集》当成日本文化纯粹性象征的论调不屑一顾，他们对源泉论的兴趣是天然的。同时对有些日本学者对每一出典必定强调其创造性和日本特色的做法，也未必由衷赞同。旅日学者孙久富的《万叶集与中国古典的比较研究》⑧和胡志昂的《奈良万叶与中国文学》⑨都致力于发微补阙，各有新获。他们的成果有得益于身在日本的资料之便的因素，但对中国古典文学的热爱与理解和日本国学实证主义学风的熏陶则可能起更大的作用。因为在某些更加热心于所谓理论突破和

---

① 〔日〕増尾伸一郎『萬葉歌人と中國思想』、吉川弘文館1997年版。
② 〔日〕芳賀紀雄『萬葉集における中國文學の受容』、塙書房2003年版。
③ 〔日〕佐藤美知子『萬葉集と中國文學受容の世界』、塙書房2002年版。
④ 〔日〕日本文化交流史研究會：『杜家立成雜書要略——註釋と研究』、翰林書房2004年版。
⑤ 〔日〕東野治之『遣唐使と正倉院』、岩波書店1992年版。東野治之：『正倉院文書と木簡研究』、塙書房1998年版。
⑥ 〔日〕菊池英夫『山上憶良と敦煌遺書』、『國文學 解釋と教材の研究』28-7，1983年版；菊池英夫『中國古文書故寫本學と日本——東アジア文化圈の交流の痕跡、唐代史研究會編『東アジア古文書の史的研究』、刀水書房1990年版。
⑦ 〔日〕藏中しのぶ『奈良朝漢詩文の比較文學的研究』、翰林書房。
⑧ 孫久富『萬葉集と中國古典の比較研究』、新典社1991年版。
⑨ 胡志昂『奈良萬葉と中國文學』、笠間書院1998年版。

创新的学者看来，源泉论、出典论只能属于低层次的研究，他们对文献资料无论怎样执着和处理细腻，也不免缺乏普遍的理论意义。

诚然，这些著述的理论支持可以说是相当单纯的，绝没有花样翻新的术语和连篇累牍的阐述。与那些满篇外来理论术语的论著相比，这样拘泥于作品出典与接受史的研究，意义似乎只属于《万叶集》一部作品，不能对文学研究整体产生巨大推动。然而，也正是这样深入的基础性个案研究，为中日文学交流史的理论思考提供了扎实的依据。尽管至今仍有人没有耐心把它们读懂就忙于"超越"和"突破"，但谁也没有理由将它们从20世纪《万叶集》比较文学研究代表作中删除掉。

其实，小岛宪之等人并没有穷尽源泉论、出典论研究，由于国文学者更多只能通过翻译成日语的中国文学作品去寻觅《万叶集》的出典，新发现的文献很难径直进入他们的视野，所以要搞清万叶歌人的中国文化修养和阅读体验，还有某些领域尚存空白。汉译佛典和中国佛教文学就是其中留待深掘的重要方面。虽然芳贺纪雄等人的论著已有所涉及，但遣唐僧和山上忆良等歌人接触的汉译佛典及中国佛教文学与其创作的关系，仍存疑甚多。试看卷5山上忆良《日本挽歌》前的一首汉诗："爱河波浪已先灭，苦海烦恼亦无结；从来厌离此秽土，本愿托身彼净刹。"

关于这首诗，论者多追寻其中净土思想的影响，而未注意到其与偈颂在形式上的联系。《大智度论》卷第二中写诸阿罗汉渡老病死海，心念言："已渡凡天恩爱河，老病死卷已裂破；见身箧中四大蛇，今入无余灭涅槃。"

两者之间在精神与表达方式的相近，启示我们对山上忆良文学的佛教文学来源的研究，还有颇大空间①。山上忆良这首诗不仅与七言诗东传的研究相关，而且提示我们注意佛经汉译与七言诗的关系。

源泉论、出典论研究对《万叶集》的精细考证，几乎让人感觉到了无一语无来处的地步，而日本文化功劳者白川静的《诗经》与《万叶集》的比较研究，则将两者均定位为以农耕社会为基础的古代氏族制崩溃期的歌谣，认为两者虽相隔千年，却具有堪称亚细亚式的类同性，以此来寻找两者作为古代歌谣构思和表达方式的同质性②。白川静以甲骨文、金文研究为依托，以

---

① 王晓平：「敦煌の歌辭」、万叶古代学研究所：『萬葉古代學研究所年報』第4集、2004年版。
② 〔日〕白川靜『白川靜著作集』第11卷『萬葉集』、平凡社2000年版。

原始宗教观、自然观、文艺观为中心展开的构思与表达方式的比较，扩展了中日诗歌源头比较研究的思路，但也时出用日本民俗与"镇魂说"套用中国古代风俗的方圆不周之说，略有郢书燕说之嫌，实与葛兰言《诗经》研究得失相近。

二　形成学中的中国思维合理延伸

20世纪《万叶集》比较文学研究另一部领军之著，是日本文化功劳者称号获得者中西进的《万叶集比较文学研究》。

中西进对将比较文学引入到传统国文学研究的意义有独到的理解。他说："今天，对他国文学不屑一顾的本土文学研究，完全被当成明日黄花，比较文学研究作为开拓未来的旗手而崭露头角。至少如果不把文学作为世界性的文化现象来把握，体味其本质的话，我们甚至不能触摸到它文学的一鳞半爪。不，比较文学研究要开阔视野的话，怎么也不能一味谈论他国如何如何。"他的研究，首先力图从理论上打开局面，前提不是把比较文学当作交流的研究，而是当作一种研究方法，同时将《万叶集》在东亚文学中定位。明确地将重点置于《万叶集》本身的研究上，并以介入东方文学史为目标。这和他对东亚比较文化、东亚比较文学的一贯积极倡导，是完全一致的。与小岛宪之的著述同样，《万叶集比较文学研究》虽然书名中只出现了《万叶集》，实际上涉及了包括日本最早的汉诗集《怀风藻》及其他同时代的汉文作品。他们都是通过《万叶集》来论述一个时代的文学，一个时代的东亚文化，所以其意义也就超出了单纯的作品研究。

较之小岛宪之的研究，中西进的著述明显具有较强的理论色彩，但是这种理论色彩，既不是对西方比较文学理论套用《万叶集》研究实例的简单操作，也没有动辄制造包医比较文学研究百病的术语，而是切实从8世纪中日文学关系的实际出发的理论思考。中西进认为，深化《万叶集》比较文学研究必然进入历史的研究，因而他以后的著述《万叶史的研究》①《万叶集形成的研究》、《万叶的世界》、《万叶集原论》② 等。《万叶史的研究》进一步将

---

① 〔日〕中西進『萬葉史の研究』、櫻楓社1969年版。
② 〔日〕中西進『中西進萬葉論集』、講談社1995年版。『萬葉集の比較文學的研究』、櫻楓社1968年版。

《万叶集》放在当时中国、朝鲜、日本生机勃勃的文化交流大潮中确立它的位置，阐述它的特点，把人们带回到那个奋力吸取大陆文化的时代。特别是对其与最早的汉诗集《怀风藻》与其他汉文学的关系，展开了深入论述。

研究《万叶集》的著述早已汗牛充栋，而长期以来，对其中汉文学的研究却是最为薄弱的。这正是汉文学整体在近代倍遭冷落的命运的一个缩影。正如石川忠久所说："战后汉文被认为是落后于时代而遭到轻蔑，丧失了汉文训读的素养，因而国文学研究者不去搞日本汉文学研究，而另一方面研究中国文学的人又认为搞并非是中国古典的日本汉文路子不对，结果今天日本人的汉诗文就成了'弃儿'。"① 较之处于汉文学高峰期间的平安汉文学、五山汉文学和江户汉文学，《万叶集》中的汉文学就更多些遭遇白眼的理由，其内容不丰、用语稚拙，且夹杂于和歌之间，甚至看不出独立成篇的价值。

《万叶集》是一部什么样的书？以日本最具影响的几种大词典为例，几乎都没有给足汉文学的地位。《大辞林》说是"歌集"，《日本古语大辞典》说它是"现存最古的和歌集"，长达数百字的词条，竟然对汉诗文只字未提。《日本古典文学大事典》说："和歌集，但也收录了少数汉诗文。"即便中国学者，对于《万叶集》中汉文学的研究价值认识也不充分。王三庆在《日本汉文小说丛刊》的序言中曾经对日本汉文学在日本文学中的地位作了如下阐述：这些汉文作品纵使以中国文字为肌肤，脉络中流动的却是日本人的意识形态和血液，在文化和文学的传承转化当中，曾经以思想前卫、引领一代风骚的姿态，走向未来，没想到遭受双方如此的排斥，弄得两面不是人，也真无可奈何。陈庆浩等学者还在继续编选《日本汉文小说丛刊》，该丛书如果没有收入或提到《万叶集》中的《游松浦河序》将是一个遗憾。因为这段文字虽以歌序的形式出现，而实际上却是奈良文士在《游仙窟》影响下创作的日本最早的汉文小说之一，谈论日本小说、尤其是汉文小说的发端，是不能舍此顾左右而言它的。

不仅中国的诗词歌赋、书翰及游戏笔墨曾经是万叶歌人模仿学习的对象，而且《千字文》这样的蒙书，也是某些歌人的案头之书。笔者《敦煌文学与万叶集》一文中曾以"戚谢欢招"的解释为例，来说明今已散佚的李暹《千

---

① 〔日〕石川忠久『日本人の漢詩——風雅の過去へ』、大修館書店2003年版、第3頁。

字文注》在《万叶集》中的投影。卷五863吉田宜书状中，作者吉田宜在赞美友人的和歌之后，写到自己吟读后的感受：耽读吟讽，戚谢欢怡。最近出版的伊藤博《万叶集释注》，说"戚"字是"慽"字的假借字，当亲切讲。"戚谢欢怡"就是"感谢而喜悦"。检索历来各种《万叶集》注释本，对此句的解释，大体可以归为两类。一类是"发自内心的感谢"（《日本古典文学全集》本、《新潮古典文学集成》本、《新日本古典文学大系》本等），另一类则是"感激"，依据是"戚谢"或本作"感谢"，其说始于契冲《万叶代匠记》，又见泽泻久孝《万叶集注释》、《万叶集集注》。"戚"的本义是悲伤，这两种解释都不能说清吉田宜在读完友人的和歌之后何以会产生悲伤之情。笔者看到，《校本万叶集》此处作"戚谢欢招"，而这恰是《千字文》中的一句：欣奏累遣，戚谢欢招。李暹《千字文注》："累者，尘累也。谢，往也。逍遥以退，累则往也。戚既去，欢乐招而至也。"这句话是说喜悦能够驱遣尘世的烦恼，悲伤过去而招来欢乐。吉田宜在序中正是说，读了友人的和歌，排遣了郁闷，和歌给自己带来了欢乐。这里他原封不动地使用了《千字文》的句子，在同一书状中，还有他将《千字文》的句子稍加变换嵌入句中的。那就是"耽读吟风"和"怀故旧而伤志"（《千字文》："耽读玩世"、"亲戚故旧。"）①。

诚如东野治之所指出的那样，奈良时代的人们已经看到了李暹《千字文注》，著名高僧善珠撰写的《法苑义镜》已引用了这部书②。这里还要补充的山上忆良《沉痾自哀文》中的"老病相催"一句，也是借用了李暹注对"年矢相催"的注释。这说明，要想搞清万叶歌人汉文化教养的全部内容，就不应只盯住已知的当时传入日本的文学作品。事实上，他们阅读的范围远比我们今天从已知书目和想象那些典籍大许多。甚至经书的传笺也在影响山上忆良的文学形式。在他的《沉痾自哀文》中，行中穿插着一些小字传注。这种自作传注的行为后面，是他为了想让后人能准确体察自己内心的期望，或者说恐怕后人误读的担忧，这无疑是在精读了古人的文章，有感于后人理解其真意之难后才可能采取的做法。同时，这又不是一种单纯的文学形式，而是

---

① 王晓平：『敦煌文學と萬葉集』、王敏编：『「意」の文化と「情」の文化』、中央公論新社2004年版、第95—117頁。

② 〔日〕東野治之『遣唐使と正倉院』、岩波書店1992年版。

一种诗文创作和学问并重的形式。这种形式，恰恰表明了那一时代汉文学的一个鲜明特点，那就是为"文"与为"学"的不可分离。这虽是域外汉文学共同的特点，但在山上忆良这样有过大唐生活体验的歌人身上就表现得更加突出。可以说，有不讲学问的歌人，但绝没有不把学问融入作品的汉文家。

在研究《万叶集》与汉文学的关系方面，还存在另一方面的问题，那正如中西进所指出的："频频将任意的汉诗句与《万叶集》的和歌放在一起，说这是比较研究。"我们对这种"拉郎配"似的比较似乎司空见惯，而中西进认为："在这种情况下，汉诗句如果不是背负着一个体系的东西的话，那就只不过是些单一的碎片。因为偶尔捡来的碎片照不出扎根于文化的文学的本质，所以也就称不上是什么比较研究。"有些汉诗与和歌的比较研究，多忽略歌人构思与想象的歌人因素，而将两者的不同皆归结为民族文化的差异，也有的仅停留于语汇的类似的比并。而中西进等学者所关注的则是歌人在何种程度上吸取了中国思维，或者说中国思考方式，即日语"思考样式"。

中西进曾借用《文心雕龙》的论述，揭示《万叶集》中对中国史书语汇引用中的引喻意义①。中国文学研究者松浦友久用中国诗词的双关修辞来说明《万叶集》书名中的"万叶"具有"万世"和"万首秀歌"的双重意义，从从来彼此对立的两种意见找到了统一认识的可能性②。中西进的学生辰巳正明继续了这一方向，在其著述《万叶集与中国文学》、《万叶集与中国文学·第二》和《万叶集与比较诗学》中特别探讨中国的文学理论与万叶歌人文学理念的关联，在《诗的起源——东亚文化圈的恋爱诗》③、《萬葉集と中國文學·第二》④、《詩の起原——東アジア文化圈の戀愛詩》⑤ 更引进了类似平行研究的方法，从中国西南少数民族和日本南部诸岛恋歌文化的分析中发现其中存在某种可称为"歌路"的定式，并以此来说明恋歌何以成为日本民族文化的基础。辰巳正明以"恋歌文化"来概括日本文化草创时代的独特

---

① 〔日〕中西進『萬葉と海彼』、角川書店1990年版。中西進：《水边的婚恋——万叶集与中国文学》，王晓平译，四川人民出版社1995年版。
② 〔日〕松浦友久『萬葉集という名の雙關語———日中詩學ノート』、大修館書店1995年版。
③ 〔日〕辰巳正明『萬葉集と中國文學』、笠間書院1987年版。『萬葉集と比較詩學』、笠間書院1998年版。
④ 〔日〕辰巳正明『萬葉集と中國文學·第二』、笠間書院2002年版。
⑤ 〔日〕辰巳正明『詩の起原——東アジア文化圈の戀愛詩』、笠間書院2000年版。

性，很可能受到中国学者将中国古代北方文化概括为"史官文化"、将南方楚国文化概括为"巫文化"的启发，在强调中国影响的同时，更着重于阐明日本文化的民族特性。

中西进等"国际派"学者在研究中审慎地辩明《万叶集》中的"中国思维"的影响，这实际上也就是借鉴了中国古典文学与文化研究的某些成果，是将"中国思维"合理地延伸到这部古代经典的解读中。不仅如此，他们还积极展开与各国学者的合作研究，在万叶古代文化研究所中组织了有研究中国、印度等国古代文学的学者参加的"万叶集与欧亚大陆"的共同研究，在彼此碰撞中力图找出东方古典诗歌形成过程中的共性，深化东方诗歌形成学的研究。这种研究的意义，就不仅局限于《万叶集》研究本身，而是对东方诗歌学建树的尝试。中国的学者积极参与到这种合作研究中，王晓平、刘雨珍、勾艳军、孟彤、沈琳等学者的论文，既涉及到敦煌歌辞、汉魏乐府等与《万叶集》的比较研究，也论及上田秋成《万叶集》研究与中国文化等万叶研究史方面以及翻译学的课题①。这种参与使得中国学者更加熟悉了日本学术特有的重资料尚考证的传统，也使日本学者了解了来自中国的独特视角与视点，是学术交流中追求"双赢"的探索。

三　汉语版的多种形态

即使是对于中国的日本文学研究者和翻译工作者来说，国学修养也是至关重要的，何况是对于研究与中国汉唐文学关系极其密切的《万叶集》来说，这种重要性就更为突出。当然，缺乏日本古典语言文化修养，其研究则更可能浮于表层或隔靴搔痒，因为仅从中国古典文学的眼光来看，很容易将它们视同于中国作家的三四流作品，而轻看了它们在日本文化和文学发展奠基时代的历史作用，漠视其中异于中华文化的日本因素。今天中国的古典文学研究者和日本文学研究者当中，都有热心于日本汉文学研究的学者，两方面的研究可以互相补充与启发，但双方都不能忽略对这两方面修养的"充电"。

如何表现与当今中国审美意识差异颇大的万叶歌人的情感，并使其为中

---

① 其论文分别刊载于『万叶古代学研究所年报』第二辑（2002）、第三辑（2003）、第四辑（2004），第五辑（2005），奈良：万叶古代学研究所。

国读者所鉴赏，中国的翻译家进行了艰苦的摸索。钱稻孙注目于《万叶集》是同《诗经》一样的民族诗歌源头，用以四言诗为主体的文言去译，译诗虽有苦苦推敲的痕迹，而过于古奥，反而失去原有口语的韵味；杨烈注目于《万叶集》中六朝诗歌的影响，用汉魏以来盛行的五言诗去译，虽句式整齐划一，但却又有背于古万叶并非全部皆为定型诗的基本形式；李芒注目于《万叶集》的多样化，兼用杂言，而又基本整齐，惜未完成全译；赵乐甡则两者兼顾，既注重句式的大体整齐，而又变化。这些博采日本各家注释之长的译本，是20世纪《万叶集》外译本中引人注目的佳作。21世纪之初，更有新锐学者，正奋笔疾书，在对《万叶集》全译发起新的挑战。

与此相关，自80年代以来，对《万叶集》及和歌翻译的讨论和研究便在时断时续地向前推进。讨论吸引了较多关心中日诗歌比较研究的学者，其缺憾是多侧重于翻译的形式与技术问题，而尚未将其深入到中日翻译研究的理论层面。其中不乏用现代诗翻译的主张，却尚未见到完整的成果。王晓平曾再次提出将《万叶集》译为现代白话诗的问题，期待见到用优美的现代汉语译出的中国版本[①]。让有较高中外古典文学修养的读者有古雅的译本读，而一般读者也有鉴赏的机会，恐怕是应该能办到的。而这样一部古典名著，缺少在深入研究基础上的注释本，一般读者便难知其妙，也难以理解其与中国文学、中国文化的关系，这无论如何也是中国的日本文学研究者的憾事。

当我们的《万叶集》研究选题不再仅为日本学者课题的扩展，而是从中国文化、中国文学的理念提出的新问题，当《万叶集》的汉语版能够成为不懂日文的中国读者理解日本文化和中国文化切实之一助，那么，像《万叶集》这样一部与中国文学、中国文化大有因缘的古典名著，就溶进了中国文化建设的资源，就会成为中日文化交流大桥中的砖石。而要达到这样的目标，就绝不是"论文拼盘"和"论文译编"就可以奏效的，等待着我们的是21世纪更富于理性的文化交流和更为深刻的学术竞争。

第二节　钱译万叶论

中国传统翻译理论体系中，有案本说、求信说、神似说、化境说等极富

[①] 王晓平：《钱译万叶论》，《日本研究集刊》1996年第二期（总第7期），第45-50页。

价值的观点，这些观点既各自独立，而又互相联系，渐次发展，从而构成整体。它们的共同特点之一，是要求译文既不能乖离原文的精神姿致（如古代翻译家提出的趣不乖本，现代翻译家主张的信达雅），又成为流畅精采，不露翻译痕迹的美文（如傅雷所说的"仿佛是原作者的中文写作"，钱钟书所说的译本"读起来不像译本"），给现代翻译影响最大的莫过于严复的译事三难信达雅之说。

钱稻孙所译《汉译万叶集选》实际上遵循的正是严复的翻译理论。他为了将《万叶集》译成古雅的中国诗歌而苦心孤诣地摸索，使译诗成为拟古诗的上品。《汉译万叶集选》作为我国最早的《万叶集》译本，在介绍与研究日本古典诗歌方面的业绩是不可抹杀的，同时，从三四十年后的今天来看，其中也存在一些值得探讨的问题。

说《汉译万叶集选》是现代中日文学交流史上一部有独特意义的译著，恐怕无人提出异议，然而对钱氏的用心与真意，对钱译万叶的成就与遗憾，却未见专论。特拟通过钱译万叶与《万叶集》在声律和意象方面的比较，就日本古典诗歌翻译中的摄取诗化问题，作一初步探讨。

一 关于再现其时代与风格

中日学者都好将日本的《万叶集》与中国的《诗经》相比，然而中国人对《万叶集》的介绍与研究却实难与日本人对《诗经》所做的工作相提并论。虽然《万叶集》在相当于我国唐代时便已成书，但在中国书籍中出现《万叶集》这一书名，恐怕已到清代道光年间了。僻居穷乡的文士翁广平（1760—1843）撰写过一部《吾妻镜补》，该书卷24（艺文志七）著录了《万叶集》等一百多种日本书籍。半个多世纪以后，黄遵宪的《日本杂事诗》卷里才有一首诗以和歌为题："弦弦掩抑奈人何，假字哀吟伊吕波。三十一字都惝绝，莫披万叶读和歌。"① "悲"被视为和歌的主调。

明治三十五年，有个叫姚鹏图（1871—1913）的唯新之士，在去东京参观日本博览会时咏诗一百零八首，后编成《扶桑百八咏》，其中也有一首咏到《万叶集》："一场歌泣不分明，子夜愁闻百感生，行行秋蚓读难成"②。诗

---

① 〔清〕黄遵宪：『日本雑事詩』、早乙女要作1880年版，卷2第12—13页。
② 〔清〕姚鹏图：《扶桑百八吟》，云在房1925年版。

中不难看出黄遵宪视和歌为悲歌的影响，又着重强调了《万叶集》的难于悉解。本世纪初，中国人对万叶也就只有这样浮光掠影似的了解。近代治日本文学者虽也偶有论及此书的，但大都简略，令人难窥全豹。从这个意义上说，十数年苦心翻译《万叶集》的钱稻孙，可谓劳矣，可谓勤矣！

钱稻孙在40年代便开始在《北平近代科学图书馆馆刊》上发表《万叶集抄译》。他从《万叶集》中选取长短歌44首，尚有古今名和歌民谣共百五十首，周作人为此撰写了《钱译〈万叶集〉跋》，称其"选择既广，译又复极雅正，与原诗对照，可谓尽善矣。"又说："稻孙先生此选，以谨严的汉文之笔，达日本文的情意，能使读之如诵中国古诗，无论文情哀乐如何，总之因此引起其感兴，多得知人情之味，此正是所谓胜业，亦复功不唐捐者也。"该跋发表于1941年4月3日《新中国报》，未收入周作文自编文集①。

50年代在《世界文学》上刊载了他的选译之作，1959年在日本学界的长老佐佐木信纲、新村出、铃木虎雄以及吉川幸次郎四博士的协助下，得到日本学术振兴会的资助，在日本出版了《汉译万叶集选》②。

钱稻孙在序言中谈到了自己的翻译意图和出版经过：

> 日本古典，《古事记》与《万叶集》尚焉。比之我之《书》与《诗》纂辑，当我李唐世，而未有文字也。假我汉字以名其言，或假夫字音，或假诸义训，所谓假名。固犹未省偏旁而为片假名，亦未效草体以为平假名也。《古事记》假名间入汉文，《万叶集》则通篇假名，故假名之未为片若平者，亦曰万叶假名。
>
> 集凡二十卷，收古歌四千五百有余首。上自仁德天皇之代，当我东晋之初，下逮天平宝字之年，当我唐肃宗时，其间四百有余载。作歌者自天皇以至于庶民，遍布其域中，且多莫考姓氏。题曰万叶，炫其歌什之繁，亦寓传世之意。顾辑之非出一手，厘定未统于一尊。异本兼收，雷同重出，体例殊不一贯。歌之古者，或发句于三言、四言，要以五、七言交迭取调，不押韵脚，此日本韵律之本基。至今歌谣曲唱，鲜离其

---

① 周作人著、钟叔河编订：《知堂序跋》，中国人民大学出版社2011年版，第388—389页。
② 〔日〕佚名著、錢稻孫譯『漢譯萬葉集選』，日本學術振興會刊1958年版。

宗也。

体有长短，旋头、佛足迹之目，长歌累五七之句无定限，末复以七言为结，集载二百五十余首。长歌之后，往往继以短歌，多或至于五六章，或括长歌之意，或又足之以余思，谓之反歌，犹我骚赋之殿以乱辞。短歌叠五七而遽结，合长歌首尾以成章，所谓三十一文字，为后世和歌之型范，集载四千二百余首。旋头歌者，骈五七七都六句为一章，集载才五十许首。佛足迹体似短歌，而重七为结，亦六句，源出奈良药师寺传存之佛足迹石刻赞，集载不及十首。

夫古典难读，缘时代既隔，语言与政俗俱迁，万叶则假名又为厉阶，重以转写滋讹，传承歧派。值我宋元而降，彼中代有笃学校注，明治以还，考证益臻细密。近则专学名家，蔚然文献，有图谱、索引、年表、传考、方志、舆图、辞典、语释，乃至植物有专园，博物有专馆，而犹有读不成言之句、悬莫得解之篇。间尝凭藉注释而进窥其概，则信乎其朴质遒劲，迥非后世和歌之比。史事有可徵焉，风俗有可见焉，方言传说有可玩焉，尤多与我一脉相通者。

窃惟日本我近邻，我之通其文者且济济，而浏览罕及其古典，将知彼之谓何？爰不自揣，妄试韵译，以拟古之句调，庶见原文之时代与风格。然而初未能切合也。乃有客见而许之，传闻于彼邦，于是其万叶学泰斗佐佐木竹柏园先生名信纲，为选集中英华二百八十许篇，晜予成之，遂逐译所选各歌，录其原汉文之题与跋，而略加疏说，别以己意，增选二十余章，合为三百余篇，稿成，寄俟其国汉学大师市村瓉次郎先生为之核正，十余年不复闻问。比得竹柏翁书，则昔邮竟未达，而市村先生已作古矣。因复检我旧箧，居然残存当年草底若干束，重加理董修补，再寄海外，承彼邦汉诗巨伯铃木豹轩先生权诸原文，定所未定。豹轩名虎雄，夙知名于我文学界。至是而业成于既废，实海东三老有以终始之，不可不志也。顷者排印有期，用粗述万叶面貌，并记选译之始末于端，以贡我国之览及此书者。

一九五六年中华人民共和国钱稻孙识于北京时，年七十①。

---

① 〔日〕佚名著、錢稻孫譯『漢譯萬葉集選』，日本學術振興會刊1958年版，第1—3頁。

书后，刊载了佐佐木信纲（1872—1963）的《汉译万叶集选缘起》、新村出（1876—1967）的《后语》、吉川幸次郎的《跋》。

书中收录的选自《万叶集》二十卷的三百余首和歌韵译，这本书在国内恐怕只有少数专家收藏，由于译诗采用拟古句调，对于一般读者来说，要想读懂还需要注释，钱译万叶可谓知音盖寡。四十年前，吉川幸次郎对日本人冷漠地对待钱先生的劳苦深表遗憾乃至愤慨，至今钱氏为给古老的和歌注入新的生命而进行的种种尝试，还少有评说，让人不能不感到一位学"洋"习"古"的现代学者深深的寂寞。

诚如吉川幸次郎所说，钱稻孙可说是翻译《万叶集》最合适的人选了，钱氏出身于世代书香门第，是在日本接受的从小学到高等师范的教育，后又在欧洲上过大学，难怪吉川说他是具有中日与西洋三方面修养的学者，关于翻译《万叶集》的目的与宗旨，钱氏在《日本古典万叶集选序》中说：

> 窃惟日本我近邻，我之通其文者且济济，而浏览罕及其古典，将知彼之谓何？爰不自揣，妄试韵译，以拟古之句调，庶见原文之时代与风格。①

韵译、知彼、拟古，是钱译之要，而他追求的目标，则是再现原文的时代和风格。韵译之谓者，是将原本只讲节律不讲押韵的和歌，译为押韵的汉语诗歌。对于中国译者来说，日本古典和歌的翻译无疑是困难重重，因为中日诗歌在表现方法、艺术形式、审美趣味诸方面的差异，远远大于寻常人们的理解。逐句的翻译几乎是不可能的，因而按照汉语诗歌的形式要求进行韵译，不失为一种明智的选择。

钱氏为了传达原文的时代和风格，刻意以拟古之句调译万叶和歌。因为他看到：《万叶集》所载和歌"上自仁德天皇之代，当我东晋之初，下逮天平宝字之年，当我唐肃宗时，其间四百有余载"，或许是出于时代/诗体的对应意识，并考虑到其时中日诗歌交流中的"时间差"，钱氏主要用汉魏六朝流行的诗体来译。下面是《汉译万叶集选》中各种诗体的大致情况：

---

① 〔日〕佚名著、錢稻孫譯『漢譯萬葉集選』，日本學術振興會刊1958年版，第2页。

类别	四言为主体的《诗经》调	六或七言的《楚辞》调	五言诗	七言歌行	七言诗	杂言诗	合计
诗数	100	6	155	7	31	4	303
比率%	33	1.9	51	2.3	10.2	1.3	100

从表中不难看出，最多的五言诗，其次是四言为主体的诗经调，接着是七言诗。不论钱氏本人是否意识到，这与汉魏六朝至初唐时期中国诗歌诗体构成的总体倾向有一致之处。这一时期，五言诗处于实际制作的中心，而各朝郊庙歌辞、燕射歌辞、舞曲歌辞、应诏应教类诗歌，以及公开场合的赠答诗等，仍广泛使用四言诗体。《汉译万叶集选》所用诗体的比率决不是偶然的。

风格与时代相关。对所译和歌，钱氏首先充分体会它具有何种风格特色，而后决定选择采用何种诗体去译。我们不妨对各种诗体的选用作点具体分析。

五言诗。明人胡应麟在《诗薮》中曾说过："四言简质，句短而调未舒，七言浮靡，文繁而声易杂。折繁简之衷，居文质之要，盖莫尚于五言。故三代而下，两汉以还，文人艺士，平生精力，咸萃斯道。"① 日本奈良平安时代诗人爱读的《文选》、《玉台新咏》等诗文集中五言诗无疑处于显要的位置。一般学者把万叶和歌分为四个时期，钱氏都有用五言诗译出的，其中与文人艺士风格相近的和歌，多译为五言诗，模仿古诗十九首或《文选》其他五言诗的痕迹依稀可辨。大伴旅人之作有"文人歌的尝试"之说，他的《赞酒歌》十三首译诗便颇有雅士之风，如第一首（三 338）：

験なき　物を思はずは　一坏の　濁れる酒を　飲むべくあるらし②

忧思良无益　何如忘诸怀　忘忧惟浊酒　似宜饮一杯③

---

① 〔明〕胡应麟：《诗薮》，上海古籍出版社 1979 年版，第 22 页。
② 〔日〕小島憲之、木下正俊、東野治之校注、訳『萬葉集』(1)、小学館 2003 年版、第 207 頁。
③ 〔日〕佚名著、錢稲孫譯『漢譯萬葉集選』，日本學術振興會刊 1958 年版，第 62 頁。

表现爱情的相闻歌，译诗则力图追求南朝民歌的韵味，下面是卷八1456 与 1457：

藤原朝臣广嗣樱花赠娘子歌一首
この花の 一よの内に 百種の 言そ隠れる 凡ろかにすな①

托将一瓣花　寄我百种意　丁宁在其中　幸勿轻见弃②

娘子和歌一首
この花の 一よの内に 百種の 言持ちかねて 折らえけらずや③

果然一瓣花　荷将百种意　无奈不胜负　断枝先自弃④

　　四言诗。以四言为主体的《诗经》调，在中国诗史上堪称最古老最基本的诗体，自《诗经》开创重章迭句的四言为主体的这种诗体以来，它便被看作最雅润典范的诗型。胡应麟所谓"四言正体，雅润为本"，所谓"四言典则雅淳，自是三代典范"⑤，讲的都是这个意思。六朝以来，四言诗的制作并未衰歇，它既是与朝廷有关的乐府乐章时常采用的主要诗型，又是那些倡导复古，复兴风雅兴寄传统的诗人拟古仿古的对象。而《汉译万叶集选》译作以四言为主体的《诗经》调的有以下几种情况：

　　一、时代古老的。《万叶集》卷 1 开头的五十四首是最早的作品，有"原万叶"之称。《汉译万叶集》译出前十二首，皆为四言诗。这些都属口头流传时代或刚脱离口头流传时代的作歌，极为古朴。

　　二、御歌、太后御歌、行幸时的献歌、应诏歌、储作歌（即提前作好以备应诏的歌）。

---

① 〔日〕小島憲之、木下正俊、東野治之校注、訳『萬葉集』(2)、小学館 2003 年版、第 207 頁。
② 〔日〕佚名著、錢稲孫譯『漢譯萬葉集選』、日本學術振興會刊 1958 年版、第 88 頁。
③ 〔日〕小島憲之、木下正俊、東野治之校注、訳『萬葉集』(2)、小学館 2004 年版、第 306 頁。
④ 〔日〕佚名著、錢稲孫譯『漢譯萬葉集選』、日本學術振興會刊 1958 年版、第 88 頁。
⑤ 〔明〕胡应麟：《诗薮》，上海古籍出版社 1979 年版，第 4 页。

三、乞雨歌、贺雨歌、颂赞歌、祭祀歌等仪礼歌。

四、恋歌、七夕歌、相闻歌。

五、哀歌、悲别赠答歌、贺歌。

以上五类，都与《诗经》四言诗风格相近，钱氏译文前三类近乎《颂》与《大雅》。第四类近乎《风》，第五类近乎《小雅》。他还有意使用《诗经》中的语词来强化译诗的古雅色彩。如"维橘之枝，霜降而益滋，亦且其实只，亦且其花只，亦且其葉只"。（六1009）"我君子兮，毋忧思兮，苟有事兮，火兮水兮，我无不之兮"。（四506）"云霓见止，布在天止，雨其降乎，足予望乎。"（十八4123）这些译例中的"只""兮""止"是《诗经》中常见的句尾语词，无义，译者使用它们，完全是为了使今天中国读者产生如同今天的日本读者读到《万叶集》时具有的那种古朴的感觉。

七言诗。六朝民间歌谣及谣谚多为"体小而俗"的七言诗，鲍照因为积极试作七言诗而受到"颇伤清雅"、"险俗"、"动俗"之类的非难，说明七言诗原本被认为具有"俗"的特点。有些作者不详的和歌，钱氏用基本每句押韵的七言歌行去译，读来颇得原作神韵。如十三3314：

つぎねふ　山背道を　他夫の　馬より行くに　己夫し　徒步より行けば　見るごとに　音のみし泣かゆ　そこ思ふに　心し痛し　たらちねの　母が形見と　我が持てる　まそみ鏡に　蜻蛉領巾　負ひ並め持ちて　馬買へ我が背①

山背道上岭连冈　他人夫婿并乘黄　徒步厭有我家郎　吾每见之涕浪浪　思念及之涕浪浪　思念及之心痛伤　慈母遗念有明镜　蜻蛉帔子我空藏　何如付与两携将　往易乘马良人良

译者注：山背又作山城国，谓今京都府②。

总之，钱译充分利用中国拟古诗的形式，语言和技巧，以反映《万叶集》的时代跨度和多样风格。他把叙事长歌译为五言或七言歌行体诗，用四言六句去译旋头歌，都出于再现原作特有风格的苦心。不过，从另一角度看，

---

① 〔日〕小島憲之、木下正俊、東野治之校注、訳、『萬葉集』(3)、小学館2004年版、第434頁。
② 〔日〕佚名著、錢稲孫譯『漢譯萬葉集選』，日本學術振興會刊1958年版、第110頁。

这种力图忠实再现原作时代的处理方法本身又并不忠实。因为万叶和歌大都是七五音交替的无韵诗,在形式上本没有译诗那样多歧。

那么,我们应当怎样看待钱译在诗型上对《万叶集》的背离呢?传统翻译理论确是把翻译的重点放在语言的表现形式上的,而新的翻译理论则认为,不应当把语言的表现形式作为翻译的重点,而更应重视读者对译文的反应,还应把这种反应和原作读者对原文所可能产生的反应进行对比[①]。尽管钱译万叶中并非每支和歌的时代与风格的把握和传达都堪称准确,但他的尝试决不是没有意义的。

二 "知彼"与异国情调的创造

周作人是把钱稻孙的《万叶集》的翻译看成文化交流的实绩来看待的,他说:"日本与中国,本非同种亦非同文,唯以地理与历史的关系,因文化交流之结果,具有高度的东亚共通性,特别在文艺方面为多,使中国人容易能够了解与接收,其阻隔只在言语一层上,若有妙手为之沟通,此事即可成就。"[②] 然而,也正是因为中日两国文化这种"本非同种,亦非同文"的现状,两种文学沟通实际上面临的困难,要远大于一般人的想象。

上乘的译品,不应该放弃吸取异国特有的表现方法的使命,在再现原文信息的同时,不排斥异国情调的创造。钱稻孙把介绍与研究日本古代文学与"知彼"联系起来,"知彼"可以理解为了解日本,了解日本文化,这样的认识使他比较重视摄取和歌独特意象和其他艺术手法。这恰是一般日本文学翻译尚未成功解决的问题。

首先来看钱译万叶对枕词的处理。所谓枕词是指和歌中冠在某些词语前面用以修辞或调整语调的词。诚如中西进博士指出的那样,枕词对于和歌的表现来说,并不是毫无意义的、单纯的修辞,因为它们承引着下面词语的意象、古典和歌采用的是一种首先表现映象(image)而后叙述实在内容("实体")的表现手法。它们虽然没有实在的意义,却反映了古代人对映象的格

---

① 谭载喜编译:《奈达论翻译》,中国对外翻译出版公司1984年版。
② 周作人著文、钟叔河编订:《知堂序跋》,中国人民大学出版社2011年版,第388页。

外重视，因而，中西进博士把枕词称为"象与意的联合表现"① 是很有道理的。由于枕词与和歌的抒情内容似乎没有什么直接关系而只具有套语的性质，所以在译成汉语时多不译出。但是钱译万叶根据枕词在作品中的不同情况而采取了三种处理方式。

第一种是将其作为修辞成分译出。如（三 239）是长皇子游猎路池时柿本人麻吕作的一首颂歌。译诗开头是：

やすみしし　我が大君　高光る　我が日の皇子の②
君八极兮吾王　承天日兮高光③

这里的"君八极""高光"分别是据冠于"吾王""天日"前面的枕词译出的。钱氏自注："柿本词藻堂皇典雅，极颂赞之能事，亦频用枕词。此译曲为运用，固不可以为例也。"钱氏看来感到枕词的运用并不是与颂赞皇子游猎的主题不相干的，故而译为赞美性的修饰语，同时又认为并不是所有的枕词都应照此办理。

第二种是作为比兴或比喻译出。赤冢忠曾指出，枕词与中国诗歌的比兴有某些类似之处④。枕词与后面的词语虽然没有"像""如"之类的比喻词相连，但枕词里出现的事物无疑会唤起相关的联想。钱译作为比兴译出的如（三 264）；

もののふの　八十宇治川の　網代木に　いさよふ波の　行くへ知らずも⑤
菏戈八十氏　氏河水荡荡　回旋当鱼簄　逝莫知所往⑥

---

① 〔日〕中西进、王晓平：《智水仁山——中日诗歌自然意象对谈录》，中华书局1995年版，第102—106页。
② 〔日〕小島憲之、木下正俊、東野治之校注、訳『萬葉集』(1)、小学館2003年版、第169頁。
③ 〔日〕佚名著、錢稲孫譯『漢譯萬葉集選』、日本學術振興會刊1958年版、第169頁。
④ 〔日〕赤塚忠『赤塚忠著作集』第六卷、研文社1986年版、第473—497頁。
⑤ 〔日〕小島憲之、木下正俊、東野治之校注、訳『萬葉集』(1)、小学館2003年版、第179頁。
⑥ 〔日〕佚名著、錢稲孫譯『漢譯萬葉集選』、日本學術振興會刊1958年版、第179頁。

钱氏自注:"首句为常用成句,氏河之枕词也。八十言众多,非谓定数,今直取其词,以为比兴。"原文枕词以"武士"之象担引出"八十"(众多)之意,以"荷戈"译出,大体近之,译诗先言武土以引起所咏之辞氏河,与中国诗歌中的比兴异曲同工。译为比喻的例子如(十三3280):

　　　　待君君不至　仰天空望之　玄夜如乌玉　其亦已深矣①

"如乌玉"出自枕词"乌羽玉乃",这个枕词放在黑夜夕、月、暗、今宵、梦、寝等词语前面,它的原意是一种植物的种子,圆而黝黑,普遍用于修饰黯黑的事物。古代和歌以植物为象的枕词甚多,这反映了古代日本人与自然的密切关系。这里将"乌羽玉乃"与后面的"夜"合译,枕词起比喻作用。只是应辅以注释,因为"乌玉"很容易让人误解成"乌黑的玉",这就失去了原作的山野气息。

熔铸枕词与后面的词语,译出象喻的含义,是第三种情况。例如,在《万叶集》中"真葛乃""玉葛乃"是多见的枕词,或以葛蔓延伸远方,象喻时日弥久,直至永恒万世;或以葛蔓无限伸展的映象,象喻相思悠远不知所往;或以葛藤枝叶伸长而后遇合的形态,象喻今后与情人重逢再会。上面提到的(十三3280)柿本人麻吕所作的一首和歌中便有最后这种用法。钱氏译作:

　　今更に　君来まさめや　さな葛　後も逢はむと　慰むる　心を持ちて　ま袖もち　床うち払ひ②
　　今君不复来　延蔓更他时　此心勉自抑　举袖拂床帷③

"延蔓"正是将原文的枕词"真葛乃"(さなかづら)的"象"与日后相逢的"意"结合起来,以对葛藤形态的描写代替枕词中的没有指示联想方向的植物映象,虽然译诗中没有出现枕词"真葛乃"的译语,但是译者并没

---

① 〔日〕佚名著、錢稲孫譯『漢譯萬葉集選』,日本學術振興會刊1958年版,第179頁。
② 〔日〕小島憲之、木下正俊、東野治之校注、訳『萬葉集』(3)、小学館2004年版、第415頁。
③ 〔日〕佚名著、錢稲孫譯『漢譯萬葉集選』,日本學術振興會刊1958年版,第108頁。

有舍弃枕词的"象"与"意"。

图152　2006年本书作者与著名作家、评论家、保卫和平宪法的"九条会"成员加藤周一（右一）

钱译万叶也有跳过枕词不予译出的情况，译出来的处理结果也并非无隙可击，然而以上几种尝试为今后的译者提供了借鉴，不仅《万叶集》中有枕训，而且其他古典和歌中也有枕词，在译诗中如何处理显然是不可回避的问题。枕词具有套语的性质，在许多作品中反复出现。但是，译者不能因为嫌弃它们的重复，为提高译诗的可读性而满不在乎地丢掉它们。尽管根据读者对象的不同应当允许译者对枕词之类的问题作出各自的处理，然而忽略它们势必使原文古朴的本色过多减损。

下面，我们再来看一看钱译万叶对其他特有把握事物方式的摄取。每一民族的诗歌，在自己不同的发展阶段，都会有许多描绘与表现事物的独特语汇，这些语汇归根结底反映了各个民族不同于其他民族的思维方式。钱译万叶对和歌中颖异认识与把握事物的诗歌语汇的注意，表明译者常常在用比较的眼光审读原文，并且对于将新颖的表现手法吸收到译文中抱着热情。（二210）柿本朝臣人麻吕妻死之后泣血哀恸作歌二首之二译诗中出现了"绿婴"一语：

  鳥じもの　朝立ちいまして　入日なす　隠りにしかば　我妹子が
   形見に置ける　みどり子の　乞ひ泣くごとに　取り与ふる　物し
なければ①
  晨鸟一去忘归向　落日西沉遂不光　遗念绿婴犹在襁　皇皇泣乳我何当②

  钱氏自注："绿婴日本古语，绿之言嫩也。在我曰赤子，在彼曰绿婴。颇觉颖异，今故仍之。"万叶歌人将新生婴儿呼作绿婴，言其像绿叶一样鲜嫩。古代中国人和日本人都以颜色形容婴儿，一言赤，一言绿，这也是两国诗歌反映的色彩感觉相异的一个例证。
  中国诗人赞美秋天的红叶，歌唱"霜叶红于二月花"，诗歌中出现黄叶会使人联想到枯萎，衰败，趋向死亡，而《万叶集》里歌人们赞赏的却是"黄叶"而没有红叶一语，这反映了其时人们认识色彩的局限和不同于中国诗人的审美情趣。当然，译者完全可以对这些看来细微的地方采用灵活的译法，钱氏在另一首和歌的译文中便没有保留"绿婴"的说法，对万叶和歌小新奇的比喻，钱氏十分注意在译诗中的再创造。
  （二 199）高市皇子尊城上殡宫之时柿本人麻吕作的一首歌，译诗中有这样的译句：

  まつろはず　立ち向かひしも　露霜の　消なば消ぬべく　行く鳥
 の　争ふはしに③

---

① 〔日〕小島憲之、木下正俊、東野治之校注、訳『萬葉集』（1）、小学館2003年版、第141頁。
② 〔日〕佚名著、錢稻孫譯『漢譯萬葉集選』，日本學術振興會刊1958年版，第48頁。
③ 〔日〕小島憲之、木下正俊、東野治之校注、訳『萬葉集』（1）、小学館2003年版、第133頁。

不臣犹敢抗　隼斗欲竞雄　霜露顷刻尽　甘心与同终①

埴安の　御門の原に　あかねさす　日のことごと　鹿じもの　い這ひ伏しつつ　ぬばたまの　夕に至れば　大殿を　振り放け見つつ　鶉なす　い這ひもとほり　侍へど　侍ひ得ねば②

埴安官门外　鹿伏尽日恸　暮来仰高堂　鸣鹑哀躃踊③

钱氏自注："歌中用语颇异于我。若隼斗，若鹿伏，若鸣鹑，所以喻伏者，皆力存其奇。"隼斗喻敌军的拼死顽抗，鹿伏与鸣鹑同喻悲痛欲绝之状，前者言其失魂落魄，不可言状，后者言呼天抢地，痛不欲生。以上三个比喻皆以兽禽喻人。柿本人麻吕对狩猎的熟悉与对兽观察，是这类比喻的基础，而抽去了这样栩栩如生的比喻，译诗无疑会大失光彩。

最后，看一看钱氏万叶对不同于中国诗歌的某些意象的处理。鉴赏不同民族的诗歌，不难发现其中表现同一事物的诗语常常拥有不同的联想指向、情感氛围和象喻内涵。观念的联想，文脉的联想，声音的联想是鉴赏活动的重要内容，也给翻译带来很大难度。观念的联想，如中国诗歌中的杨柳常使人想到别离，唐代有折柳以赠离人的习惯；而日本和歌则没有这样的联想。反之，日本和歌中的海藻常使人联想到女性柔弱的姿态，寄寓着相思或对男子的依恋，中国诗歌则没有这样的联想。由于两国诗歌都有极强的暗示性，同"象"异"意"的例子俯拾即是，译者稍不留意便容易此冠彼戴。正是出于这样的原因，译者要努力协助读者，引导他们去理解异域诗歌的观念联想体系。钱氏万叶显然没有忘记这一点。

试看译诗中的海藻意象：

飛ぶ鳥　明日香の川の　上つ瀬に　生ふる玉瀬は　下つ瀬に　流れ触らばふ　玉藻なす　か寄りかく寄り　なびかひし　夫の命の　た

---

① 〔日〕佚名著、錢稻孫譯『漢譯萬葉集選』，日本學術振興會刊 1958 年版，第 44 頁。
② 〔日〕小島憲之、木下正俊、東野治之校注、訳『萬葉集』(1)、小学館 2003 年版、第 134—135 頁。
③ 〔日〕佚名著、錢稻孫譯『漢譯萬葉集選』，日本學術振興會刊 1958 年版，第 45 頁。

たなづく　柔肌すらを　劍大刀　身に副へ寝ねば①

　　粼粼飞鸟川　靡靡河中藻　延连中下游　左右同漂摇　绸缪共一处
君子宜偕老　岂意肌肤柔　不复亲怀抱②

（二 194）

石橋に　生ひなびける　玉藻もぞ　絶ゆれば生ふる　打橋に
生ひををれる　川藻もぞ　枯るれば生ゆる　なにしかも　我が
大君の　立たせば　玉藻のもころ　臥やせば　川藻のごとく　な
びかひの　宜しき君が　朝宮を　忘れたまふや　夕宮を　背きた
まふや③

　　梁间靡华藻　断又生青苍　桥下茂蘋蘩　枯还生新芳　翳维我
小君　相得配贤王　夙兴比藻华　倚依同一方　夜寐似蘩蘋　相与
不离将④

（二 196）

　　身居岛国的日本人与海洋生物的密切关系在《万叶集》中有多种多样的反映，而在中国的《诗经》和其它古代诗集中很难找到那样丰富的描绘，更没有那种与情爱和女性相关的多样的联想。

　　《万叶集》中以不同种类的水藻比喻柔弱温顺的或强健爽快的女性的用例富有海洋生活的气息，而藻在《诗经》中仅三见（即《采蘋》："于以采藻"，《鱼藻》："鱼在在藻"，《泮水》："薄采其藻"），《诗经》中也有采蘩采蘋之咏，但都不是直接和与女性同寝共枕相联系。钱氏借来《诗经》中的富有颂赞意味的蘋蘩的意象，来翻译原文里的"川藻"、"玉藻"，又将原文中比较含蓄的表达方式变为抒情意味浓郁的描述，译者的再创造应该说是成功的。

---

①　〔日〕小島憲之、木下正俊、東野治之校注、訳『萬葉集』（1）、小学館 2003 年版、第 127 頁。
②　〔日〕佚名著、錢稻孫譯『漢譯萬葉集選』、日本學術振興會刊 1958 年版、第 41 頁。
③　〔日〕小島憲之、木下正俊、東野治之校注、訳『萬葉集』（1）、小学館 2003 年版、第 128—129 頁。
④　〔日〕佚名著、錢稻孫譯『漢譯萬葉集選』、日本學術振興會刊 1958 年版、第 42 頁。

不过，里面加入了"君子宜偕老"这样明显为中国人的观念而又出自《诗经》的句子，大大冲谈了译文的异国情调，不能不说是白璧微瑕。

所谓文脉上的联想，是指由于某些熟知的文学作品在读者心中唤起的感受和联想。这种联想时常给读者的鉴赏活动以积极而不易察觉的影响。译者当然也是外国文学作品的最初也是最投入的读者，以往阅读体验也难免会参与了阅读过程，这种参与通过译文也会对读者的联想起引导作用。

（十七 4000）的《立山赋》描写山中片贝河的一句钱译为"周流片贝川如带，不舍昼夜奏清商"①，后面的《敬和立山赋》中描写河流的一句又译为"逝水汤汤千万世，可不传言付久长"②，译文显然附加了《论语·子罕》"子在川上曰：'逝者如斯夫！不舍昼夜。'"登高怀远，临水叹逝是中国诗人咏唱了两千年的古老旋律，中国诗人称河川（多特指长江）为"逝水"、"逝川"，说明水的意象与历史观念的迭合。《万叶集》中虽然也有一处将流淌的河水以"逝川"来标记，但日本歌人以水喻时、以水喻史的意识淡薄得多。上面的河水描写可以说与历史寓意、时间象征无关。

所谓听觉上的联想，是指由于谐音或相近读音引起的联想。如同中国诗歌里有谐音双关的修辞方法一样，谐音联想在《万叶集》的鉴赏中常有重要作用，这是因为万叶歌人更多不是把和歌写在纸上而是口头吟诵的。但是，在将和歌译为汉语时很难创造出同样的联想效果。对这一复杂的问题，姑且留待以后讨论。

钱氏"力存其貌""力存其存"的翻译策略，还表现在他译诗"零标点"的处理上。和歌句中句尾皆不使用标点，五字、七字之间。略有停顿，构成节律，一呼一吸，字语连贯，中加标点，恐生断裂。我国的话诗歌运动以来，引录古典诗歌往往要加上标点，钱氏特意"去标点"，不是疏忽或有意复古，可能认为加上标点，反为蛇足，不能体现和歌韵味。在现代诗中标点是诗歌形式重要组成部分，译者加不加标点，怎样加标点，当然反映了他对原作节律的认知与再现形式美的考量。

总的来说，钱氏在尽量调动中国诗歌表现手法的同时，也注意到"力存其貌"、"力存其奇"。既要"存其貌"、"存其奇"，又要做到如同歌人在用

---

① 〔日〕佚名著、錢稻孫譯『漢譯萬葉集選』，日本學術振興會刊1958年版，第147頁。
② 〔日〕佚名著、錢稻孫譯『漢譯萬葉集選』，日本學術振興會刊1958年版，第148頁。

汉语作诗，译者便不能不为之呕心沥血。一般中国读者对日本古代文学受到中国文学影响的一面印象深刻，相反却对日本文学的独特性了解较少，甚至存在误解，觉得古代日本文学离开中国影响便一无所有或所剩无几。中国的日本古代文学翻译工作者在"力存其貌"、"力存其奇"上多下功夫，显然会有助于消除这样的误解。

三 "学问译"的短长

关于《万叶集》翻译的意义和翻译之难，周作人曾做过这样的阐述：

> 日本有《万叶集》，犹如中国之《诗经》也。虽然从我们看去，其艰深难解或比《诗经》更甚，又其短歌不尽意，索解尤不易。但如邮而通之，使我们如读中国的古诗一样，则其所得亦将无同。所可惜这五人肯任此胜业耳。翻译之事不易言，妙手如什师，尚言有如嚼饭哺人，长行如是，倡颂尤可知矣。①

他又举出英译《万叶集》的例子作参照："往见《万叶集》英译，散文者全不像诗，韵文者又不像诗，称为英诗而非复是和歌，此中盖各有得矣，皆非译诗良法。"实际上英译《万叶集》没能提供成功的经验，他便从小泉八云等人的西诗日译中寻找启发："小泉八云文中多引罗马字对音之原诗，再附散文译其词意，此法似较佳。华顿等人编希腊女诗人萨坡逸稿，于原诗及散文译之后，依附列古今各家韵文译本，庶几稍近于理想欤？"② 这里所提出的例子，都是在原诗后附录不同译文，对于学术研究来说，自然有益，但对于一般不懂原文的读者来说，仍然不得不主要依靠译语去理解原作。《万叶集》到底如何翻译为好，其实并没有太多可以借鉴的样板，需要从头探索。从这种意义上讲，钱稻孙译本就很值得研究。

钱译万叶的读者对象看来必须是具有较高中国古典文学修养的知识分子。译诗中既有两周语，如（一4）"崇朝驰践"的"崇朝"出自《诗经·卫风·河广》"谁谓宋远，曾不崇朝"等。又有六朝语，如（二十4511）"况

---

① 周作人著文、钟叔河编订：《知堂序跋》，中国人民大学出版社2011年版，第388页。
② 周作人著文、钟叔河编订：《知堂序跋》，中国人民大学出版社2011年版，第388页。

后马醉鲜晶晶白花"的"晶晶"出自陶渊明诗"昭昭天宇阔,晶晶川上平"。还有唐宋语,如(八1427)"生憎昨日雪,今日又霏霏"的"生憎"为唐宋诗常见语,卢照邻《长安古意》诗"生憎帐额绣孤鸾,好取门帘帖双燕"。钱译可称为《万叶集》的"学问译",应该说,钱译万叶很适合一部分读过较多古书而又希望了解日本古代文学的人的口味的。因为钱氏始终是在拟古与"力存其貌"、"力存其奇"之间寻求平衡的。

也是正因为如此,今天遭到"读不懂"的非议也是势所必然。

《万叶集》从在日本和世界文学史上的地位来说,本来属于这样的书:如果要使每一个读者都能理解译文内容,就必须从词汇和语法结构的难度出发,做出几种不同水平的翻译。好的不同的译本不是相互否定的关系,而是互相补充,共同成为中国的《万叶集》。其中特别不可缺少的是用现代汉语译出的白话万叶。虽然这样的译本可能会使一些专家学者摇头,但却会让更多的中国人开始阅读与了解《万叶集》。

我国古代文学家创造了丰富多彩的词汇,有些甚至具有现代词汇无法达到的简洁明快的表达效果,将它们适当吸收到域外古典文学的翻译中来,可以突出年代感,提升表现力。不过如果"死语"成堆,造成阅读中的"红灯"不断,也会让青年读者敬而远之。如能做到古语今语水乳交融,不隔不堵,明白晓畅而又雅俗得体,当然是读者的期待。奈达下面这段话是值得一读的:

> 作家的服务对象是那些与他们同时代的读者,而不是几千几百年后的读者,所使用的语言在当时是不会有太多的古味的。由于译作的服务对象也应是与译者同时代的读者,因此没有必要在译文中保留过时的词语。①

第三节 万叶集译者的文化认知与表述

《万叶集》在我国是重译最多的日本古典诗歌作品,也是重译最多的日

---

① 奈达著、谭载喜编译:《奈达论翻译》,中国对外翻译出版公司1984年版。

本文学作品之一。从最早出现单篇译诗到最新的全译本，其间经过了几十年，译者几代人，呕心沥血，字斟句酌，这期间中国的文学思潮几变，译者的文学观、翻译观各不相同，这些都在译本中留下深深的痕迹。《万叶集》这部日本文学经典的翻译，实际上折射出中国学人对日本文学特性的把握，《万叶集》的翻译史，可以说是中国学人理解、传达日本文化特性进程的一个个案。

一 "比于《诗》"

《万叶集》的中国译者是怎样说明《万叶集》的文学价值的呢？这种说明与中国的深层文化有什么关联呢？我们不妨作一点对比考察。

钱稻孙（1887—1966）的《汉译万叶集选》是"归化"、"异化"并举的译本。

钱稻孙的祖父钱振伦曾为六朝诗人鲍照和唐代诗人李商隐的骈文作注，叔父钱玄同是音韵学的大家，父亲钱恂曾担任晚清政府派遣的留日学生的督学，有《史目表》等著述，母亲也有关于清代闺门诗人的著述。钱稻孙本人9岁随父赴日，毕业于成城学校、庆应义塾中学和高等师范，回国后不久又随担任公使的父亲到意大利和比利时，在此期间学了意大利文和法文。曾在大学专攻医学，学习德文。他除了选译了《万叶集》之外，还翻译过近松门左卫门、井原西鹤的作品。

钱稻孙译诗注重神韵、富于文采，这一点得到过茅盾的好评。茅盾《〈茅盾译文选集〉序》："译诗而保留神韵的，有个比较老的例子：苏曼殊用古体诗（此所谓古体是中国诗中与近体相对尔言的古体）翻译拜伦的诗，钱稻孙用离骚体翻译《神曲》的《地狱篇》的前几段。在我看来，他们的译文在文采方面，都是很好的。后来《神曲》有了白话的译本，大家可以比较比较究竟何者为好。从而也可以探讨用白话文译诗如何保留神韵的问题。"① 这里虽然没有直接提到钱稻孙的《万叶集》译文，但钱稻孙用古体诗翻译外国古典诗歌的策略是基本相同的，所以也不妨用来评价他的《万叶集》译作。

茅盾将苏曼殊、钱稻孙的译诗视为有益的探索。苏曼殊在《〈拜轮诗选〉

---

① 罗新璋编：《翻译论集》，商务印书馆1984年版，第520—521页。

自序》中说:"尝谓诗歌之美,在乎气体;然其情思幼眇,抑亦十方同感。"他说自己所翻译的拜伦诗"按文切理,语无增饰;陈义悱恻,事辞相称"①。用这些话来对照钱稻孙的日本古典文学翻译,也会产生同感。

文杰若曾举出钱稻孙所翻译的近松门左卫门的《曾根崎鸳鸯殉情》中的一段文字:

> 露华浓,夏虫清瘦;
> 情真处,配偶相求。
> 好不俊俏也风流!
> 粉蝶儿双飞双逗,
> 这搭那搭,旖旎温柔;
> 东风里,翩翩悠悠。
> 人家彩染的春衫袖,
> 却当作花枝招诱;
> 并起双翅,悄立上肩头,
> 恰好似,仙蝶家纹天生就。

文杰若认为译文韵字的安排,长短句形式的结构,以及化俗为雅、俗中有雅的风格,不禁令人联想到我国的元杂剧、明清传奇。②

1956年钱稻孙撰写的《日本古典万叶集选译序》一开始便将《万叶集》与我国的《诗经》相提并论:"日本古典《古事记》与《万叶集》尚焉,比于我之《书》与《诗》。"序言中只谈到《万叶集》产生的时代和形式特点,称许"其朴质遒劲,迥非后世和歌之比",而对于内容和特色基本没有提到。这与《汉译万叶集选》是在日本出版有关,也与译者兴趣集中于译文有关,同时译者自身当时的政治处境,也不宜于多发议论。他的翻译实际上开始很早,一直延续着追求神韵的译风,既不断希望用中国的古代诗体(四言诗、五言诗、杂言诗等)来体现原作或古奥、或朴质的风格,一方面又随时传达富有异国情调的表达方式,译者兼采"归化"、"异化"策略的苦心可见一

---

① 罗新璋编:《翻译论集》,商业印书馆1984年版,第193—194页。
② 文洁:《我所知道的钱稻孙》,《读书》1991年1月号。

斑。他的《万叶集》翻译是在远离当时政治风浪中进行的，更是在异国出版，从选诗到译诗，都带有唯美的倾向。

　　从翻译的社会效益观出发，任何翻译活动都必须服从于社会，使社会受益，因此社会效益是检验翻译的意义、翻译的质量和翻译价值的标尺。现代翻译理论强调目的语的文风时尚性原则，即为了适应社会交际的需要，坚持社会效益观，翻译的目的语应该与当代文风时尚相适应，与当代读者的可读性标准相适应，而不应置当代于不顾，与当代文风的基本特征和体式格格不入。后人对钱稻孙译本的质疑出自对其可读性的疑问。翻译目的语的可读性原则，所谓"可读性"，指书面语词组合、章句及至语篇的可读程度，不论从哪一方面说，钱译都有可以改进的空间。同时，不应忘记的是，钱稻孙曾经作过各种尝试，例如卷一150《天皇崩时妇人作歌一首》，原文是：

　　　うつせみし　神にたへねば　離れゐて　朝なげく君　放れゐて
わが恋ふる君　玉ならば　手に巻き持ちて　衣ならば　脱ぐ時もなく
わが恋ふる　君ざ昨夜　夢に見えつる①

钱稻孙的第一种译文比较古奥：

　　　邈绝神天攀莫及　尘埃仰慕但朝夕　若为珠玉缠臂亲　倪是衣巾着体袭　萦回想念我君王　梦见昨宵当伫立②

他的另一种译文掺进了白话：

　　　现世的凡人，攀不上天神；
　　　朝朝隔界哭吾君，遥遥离着恋吾君。
　　　如若是珠玉，缠在臂上亲；
　　　如若是衣裳，永远不离身。

---

① 〔日〕佐佐木信綱編『新訓萬葉集』上、岩波書店 1964 年版、第 83 頁。
② 〔日〕佚名著、錢稻孫譯『漢譯萬葉集選』、日本学術振興會刊 1958 年版、第 35 頁。

我恋君主，君王昨夜梦中临。①

茅盾在对苏曼殊、钱稻孙的"古诗古译"给予评价的同时，也提出了白话译诗如何保留神韵的问题。钱稻孙显然也想做出些这方面的尝试。不过，"古诗今译"较之"古诗古译"，要做到神韵不改而又文采斐然，似乎有更长的路要走，不论"古诗古译"，还是"古诗今译"，尊重原著，深化对原著理解都是第一步。

二 "现实主义画面"

晚年的钱稻孙置身于社会文化的浪潮之外，他的特殊身份反而成为一道抵挡风潮的屏障。比他年轻的杨烈却没有这份幸运。杨烈（1912—2001），四川自贡人，1934 年毕业于四川大学外文系，1935 年赴日留学，就读于东京帝国大学研究生院，1937 年"卢沟桥事变"后归国，在大后方高校从事教育工作。1952 年起在复旦大学外语系任教。曾与孙大雨、林同济等组成翻译小组，准备用古诗来翻译莎士比亚。

杨烈的《万叶集》是在 20 世纪 60 年代翻译的，在《万叶集序》中，他说："60 年代对我来说是寂寞的年代，那时翻译此书只是为了消遣。为了安慰寂寞的灵魂，根本没有想到要出版。"② 在《古今和歌集序》中也说："我在 60 年代先后译完《古今和歌集》和《万叶集》。六十年代对我来说是寂寞的年代，住在斗室之中以翻译吟咏为事，每每译出得意的几首，便在室内徘徊顾盼，自觉一世之雄，所有寂寞悲哀之感都一扫而光。"③ 这一段充满酸楚的文字，令我们想到那个"以阶级斗争为纲"的年代一位普通知识分子深深的迷茫和不遇的无奈。

尽管他只是把《万叶集》翻译当作一种自娱，但有人听到他这样做，便说这是"封建余孽"。出版此书的 80 年代的政治气候虽然与 60 年代有很大不同，但杨烈仍然需要通过拔高《万叶集》的思想价值来为自己辩护，因而，他强调"日本的《万叶集》好似中国的《诗经》"，强调通过《万叶集》可

---

① 钱稻孙译，文洁著编，曾维德辑注：《万叶集精选》，上海书店出版社 2012 年版，第 71 页。
② 杨烈译：《万叶集》湖南文艺出版社 1984 年版，第 4 页。
③ 杨烈译：《古今和歌集》，复旦大学出版社 1983 年版，第 2 页。

以了解日本古代居民上下的思想感情，最后归纳说："《万叶集》是日本古代人情风俗、思想感情的表现，是现实主义的画面。总之，阅读《万叶集》，使我们接触到无数纯真、优美、善良的灵魂，使我们向人生最崇高的目标追求，使我们得到高尚的艺术享受。"① 他虽然没有明说《万叶集》是"现实主义"，但也用"现实主义的画面"表明它是与当时流行的现实主义批评标准不相违背的。至于爱情这个日本古典和歌"最首要和最重要的主题"，在序言中只有轻描淡写。

杨烈决定采用五言诗翻译《万叶集》的全部和歌，这一决定本身，就是省略或者忽略原作形式上的差异将其一刀切，不问原歌是旋头歌、短歌，还是长歌，都采用中国诗歌中最常见又较与和歌节律相近的五言诗形式去传情达意。在对枕词等特殊表现形式的处理方面，也一般不作精细处理。他的翻译，可以说是"大归化"，这与它在序言中力图拉近与中国诗歌的联系在精神上是一致的。当时，钱稻孙的译本一般中国读者根本看不到，《万叶集》是一个相当陌生的书名，杨烈的翻译策略正是在这样的背景下产生的。

对上引卷一150的《天皇崩时妇人作歌一首》，杨烈的译文颇得五言诗之妙：

> 人间现在身，不能事鬼神。
> 自君离我后，朝朝叹息频。
> 君虽别我去，我爱仍真纯。
> 君如白玉钏，缠手似家珍。
> 君如好衣裳，时时穿在身。
> 昨夜我恋君，得见梦中人。②

1993年由香港亚洲出版社出版的《万叶集选译》是檀可（1952—）与赵玉乐合译的。檀可翻译出版过《日本古诗一百首》、《日本古典俳句诗选》、《日本童话选》等，并合译《世界名诗鉴赏词典》。两人都曾到日本学习。译者表示要"尽量本着信、达、雅的原则，将此日本和歌译成古色古香的中国

---

① 杨烈译：《万叶集》上，湖南文艺出版社1984年版，第8页。
② 杨烈译：《万叶集》上、湖南人民出版社1984年版，第39页。

诗歌",这明确了译者的"归化"策略。

关于《万叶集》翻译的文化价值,檀可归结为"了解古代的社会历史风土民情,以及君民上下的生活习惯思想感情",而译者译出的意图也在于"在中日文化交流以及沟通中日人民思想感情等方面"做出贡献。译者的成长时期正是70年代以来中日关系的"蜜月期",译者将《万叶集》翻译与中日"友好"的事业联系在一起。不过,在对《万叶集》文学价值的阐述上,译者基本沿袭了杨烈的观点,在前言中说:

> 《万叶集》是日本古代之人情风俗的表现,是现实主义的画面,它描绘及反映了日本古代人民的现实生活及思想感情。①

"现实主义的画面"云云,正出于杨烈的表述。不同的是,檀可对《万叶集》艺术价值多了些描述。他认为,阅读《万叶集》,"可使我们了解日本古时的历史情况风土民情,认识到日本文化的精湛技艺瑰丽成果,接触到无数纯真、优美、善良的灵魂,从而使我们得到高度的艺术享受"②,这种表述,不可能出现在小心翼翼地独自从翻译中寻找安慰的钱稻孙、杨烈的笔下,而放在80年代末90年代初"文化热"当中却是毫不奇怪的。

译者在对《万叶集》认识价值的描述中,给予较高评价的仍然是山上忆良的《贫穷问答歌》、防人歌等,但已有较多文字涉及到恋歌。他举出了狭野弟上娘子的两首:

> 阵阵相思苦,夜夜不能眠。
> 日日将君待,终无一见缘!
>
> 昨日复今日,待君不可逢。
> 相思浑无计,只在哭声中。③

---

① 檀可、赵玉乐译:《万叶集选译》,香港亚洲出版社1993年版,第4页。
② 檀可、赵玉乐译:《万叶集选译》,香港亚洲出版社1993年版,第6页。
③ 檀可、赵玉乐译:《万叶集选译》,香港亚洲出版社1993年版,第6页。

说由此"可以看到日本古代青年男女不能自由恋爱,被迫生离死别的悲惨情况",又显然有点将日本当时贵族的婚姻形态等同于五四之后追求"自由恋爱"时反对的"包办婚姻"之嫌。

要把《万叶集》译成"古色古香的中国诗歌",杨烈译本自然是为先例;同样译为五言诗,檀可选本明显可以看出杨烈译本的影响,有些甚至语句相近。上面所引两首,原文分别是:

狭野弟上娘子
3771 宮人の 安眠も寝ずて 今日今日と 待つらむものを 見えぬ君かも①
3777 昨日今日 君にあはずて する術の たどきを知らに ねのみしぞ泣く

杨烈分别译作:

家中人不寝,夜夜不安眠。
日日将君待,终无一见缘。

昨日复今日,待君不可逢。
不知何术有,只在哭声中。②

檀可还引用磐姬皇后思念天皇的一首:

君行日已久,不识几时归?
欲迎行不得,欲待又觉悲!③

认为这一首"写出了她身为皇后,既不能擅自出游,又觉着无法等待的

---

① 〔日〕佐佐木信纲编『新訓万葉集』下、岩波書店 1964 年版、第 157 页。
② 杨烈译:《万叶集》下,湖南人民出版社和 1984 年版,第 656—657 页。
③ 檀可、赵玉乐译注:《万叶集选译》,香港亚洲出版社 1993 年版,第 4 页。

矛盾心情"。这一首原文作:

> 第 2 卷 85
> 君が行き　日長くなりぬ　山尋ね　迎へか行かむ　待ちにか待たむ①

与杨烈所译对比一下,两者相似是一目了然的:

> 君行日已久,不识几时归。
> 欲待无从待,欲迎又觉非。②

这种近似的译诗并不少见。不妨再看前言中引用的大伯皇女为大津皇子送行时的两首:

> 吾弟别离去,行将返大和。
> 夜阑独立望,晓露湿衣多。
>
> 两人行一道,犹觉路程难。
> 秋山君独越,如何不冷单?

原文为:

> 大津皇子窃下于伊势神宫上来时大伯皇女御作歌二首:
>
> 105わが背子を　大和へ遣ると　さ夜ふけて　暁露に　わが立ちぬれし
> 106二人行けど　行き過ぎがたき　秋山を　いかにか君が　ひと

---

① 〔日〕佐佐木信綱編『新訓万葉集』上、岩波書店1964年版、第71頁。
② 杨烈译:《万叶集》上,湖南人民出版社1984年版,第24页。

り越ゆらむ①

杨烈译本作：

> 别矣云吾弟，行将返大和。
> 夜深吾独立，晓露湿衣多。
>
> 二人行一道，犹觉进行难。
> 独越秋山去，如何不寡欢。②

两者的相似说明在对诗意的理解和表达上的相近。虽然檀可译本对每首诗都做了简短的说明，在编排上也充分考虑了一般读者的需要，但在翻译上很难说比杨烈译本向前走了多远。

三 关于日本文学的特性

李芒（1920—2000）在中国社会科学院文学研究所早年从事日本无产阶级文学研究，80年代以来集中进行和歌俳句翻译，积极促进中日两国学界的交流。作品曾获新闻出版总署首届全国优秀外国文学评奖三等奖、1993—1996年鲁迅文学奖、全国优秀文学翻译彩虹奖荣誉奖。1998年人民文学出版社出版的李芒所译《万叶集选》，是20世纪的中国《万叶集》翻译的圆满句号。

尽管90年代"人民性"云云不再经常挂在青年批评家口头，但李芒仍然在竭力挖掘《万叶集》的思想意义，不过，按照"阶级斗争"和"人民性"的批评标准，实在难以在《万叶集》中找到太多的实例，译者只能就少数几首和歌重点深掘细挖：

> 《佚名作者歌》在《万叶集》中所占比重较大，卷七、卷十到卷十四等六卷中基本上均未注明作者和作品年代。这类作品至少有二千首以

---

① 〔日〕佐佐木信纲编『新訓万葉集』上、岩波書店1964年版、第75頁。
② 杨烈译：《万叶集》上，湖南人民出版社1984年版，第28—29页。

上，大概都是民间歌谣和曲艺说唱等的采录，比较特异的一例是卷十六中的两首《乞食者歌》（16—3885、3886）。这两首长歌中的前一首是《为鹿述痛》，后一首是《为蟹述痛》。《为鹿述痛》的前半篇为乞食说唱的叙述，后半篇是鹿的自述，《为蟹述痛》则全篇皆为蟹的自述。这两首长歌，表面上都极力表示了自己肉体的各个部分都将变成天皇的饮食，狩猎等等美味食品和精美的装饰品，读来无不感到切肤之痛，泛起对最高统治者的愤恨之情。在《万叶集》中，除了山上忆良的《贫穷问答歌》之外，当属此二歌富有人民性了。①

李芒的译诗虽然仍以五言诗为主，但根据自己对原作节律的理解，形式上较为灵活些。特别值得一提的是，他发起并提倡的关于和歌翻译的讨论，不仅推动了当时的和歌翻译研究，而且也对日本文学研究的兴起推波助澜。在80年代兴起的日本文学研究和中日比较文学风潮中，套用中国文学批评模式来对日本文学展开评论的方法颇为流行，对于这种不顾日本文学特点的现象，李芒曾经多次撰文予以批评。他引用吉田精一关于日本文学中"激烈的怒吼和祈祷、雄壮的崇高的风物与人事，殆无所见"和加藤周一关于和歌中几乎没有对于社会风俗的批判，在假名书写的物语中极少的说法，要求批评者正视中日文学的差异。例如他谈到，《万叶集》少数歌在一定程度上反映了当时日本各阶层人民的生活和痛苦。痛苦无法解脱，就常常表现为"祈祷"。为此举出卷十九4245的《遣唐使诗》，说它可以说是专为远行人做祈祷的。"不去激发战狂风斗恶浪的气概，而侧重于抒写祈求上苍佑护的虔诚，这恐怕也是日本文学的重要特点之一"②。

李芒的这些论述，不仅对于匡正当时那种肤浅的"比较"十分重要，就是在今天看来也不失其意义。认知不同文化的差异是走向相互理解的出发点，那些简单地挪用自家模式去套用他者的思路有着根深蒂固的影响，这不仅是因为这种办法可以不去深入了解对方，省去了辛劳，而且特别迎合廉价的民族文化优越论，在一定的语境下省力又讨好。而要认知这种差异，则需要认真辨析，精思覃训，甚至稍不注意就会搞错。

---

① 李芒：《万叶集》，人民文学出版社1998年版，第7页。
② 李芒：《投石集》，海峡文艺出版社1987年版，第17页。

前面引述过的卷一150《天皇崩时，妇人作歌一首》李芒译诗虽同样是五言诗，但由于用韵和造句不同，与杨烈译文相比，仍有特色：

> 人身不得忤，
> 至上是神灵。
> 遥遥朝夕仰，
> 唯我大王躬。
> 日日徒悲叹，
> 不见大王容。
> 如为珠玉钏，
> 融融缠御臂。
> 愿为身上衫，
> 偎依永不离。
> 恋慕大王姿，
> 昨宵入梦席。①

我国现代出版物引录古典诗歌时，一般采用两句一行的排列方式，杨烈译本也是这样做的。而李芒译本则改为一句一行，这反映了译者对短歌节律的理解，意在放慢读者的阅读速度，以免产生过于单薄、不经一读的感觉。这种排列方式也为后来的赵乐甡译本所采用。只是李芒的《万叶集》翻译，没有摆脱"大归化"的思路，特别是反对追求"形式美"，对用白话翻译更不予支持，不免偏颇。

四 "民族诗歌发展的源头"

翻译家、吉林大学教授赵乐甡（1942—2007）是《吉尔伽美什》和《石川啄木》的译者。

赵乐甡《万叶集》译本问世于21世纪，不再需要举起"人民性"的大旗，虽然也提到"我们一向习惯地称《万叶集》为日本的《诗经》"，但强

---

① 李芒选译注：《万叶集选》，人民文学出版社1998年版，第25页。

调的是"两者都是自己民族文学发展史上的第一部诗歌总集,广泛而真实地反映了各自的社会生活面貌,深刻地影响了各自民族的文化发展,成为民族诗歌发展的源头"①,作为 90 年代兴起的"文化热"的延续,译本封底以"文化"作为关键词,说:"本书被称为日本的《诗经》,作者上至皇王贵族,下至农樵渔猎,表现了 4 世纪至 8 世纪之间的男女情爱、祭吊追悼以及行旅风物,是日本社会从奴隶制向封建制过渡,建成了天皇专制统治国家的社会生活的写照。"② 与上个世纪对《万叶集》的理解和对日本文化的认知相比,一脉相承的依然是强调与中国文学的对应关系,但对文化本身的兴趣值得关注。

对于上引卷一150《天皇崩时妇人作歌》,赵乐甡用四言诗来译,或意在传达原歌的宗教情调与祝祷风格:

现世为人,岂能逆神。
幽明相隔,朝夕叹君。
永别而居,我则思君。
如是宝玉,绕腕持存。
如是衣衫,无时离身。
思恋如我,昨夜梦君。③

对上引磐姬皇后的一首,赵乐甡译本译作:

君行日久,几时可归来?
登山迎迓去,抑或只等待?④

对于上引大伯皇女的两首,赵乐甡译本作:

---

① 〔日〕佚名著,赵乐甡译:《万叶集》,译林出版社2009年版,第1页。
② 〔日〕佚名著、赵乐甡译:《万叶集》,译林出版社2009年版,封底。
③ 〔日〕佚名著,赵乐甡译:《万叶集》,译林出版社2009年版,第45—46页。
④ 〔日〕佚名著,赵乐甡译:《万叶集》,译林出版社2009年版,第29页。

阿弟去大和，夜深露多。
伫立天晓，湿透衣衫薄。

你我相伴，路行尚难，
而我如何去，茕茕越秋山。①

赵乐甡强调，"要了解日本，研究日本社会和文学（尤其是古代的），要了解他们创造和建立自己民族传统的诗歌及文化，要了解中日文化交流的历史，学习日本人民的智慧和艰苦奋斗精神，不妨读读《万叶集》"②。因而也格外注意在译诗中传递和歌的特有文化气息。

五 《万叶集》的文学价值观

2008年人民文学出版社出版的金伟（1962—）、吴彦合译的《万叶集》不仅是我国21世纪第一部《万叶集》全译本，而且也是第一部白话译本。经过近20年的讨论，终于有了这样一部现代汉语译本，这种尝试就值得大书特书。

可贵的是，译者在《译序》中第一次从文学史意义上对《万叶集》给予了较为全面的评价。译者认为《万叶集》不仅为后人记录下了色彩纷呈的和歌作品，也提供了有关那个历史时期的日本社会的政治、文化、风俗等方面的情况和信息"，接着说：

> 更为重要的是，从文学史的角度看，它具有承前启后的意义。从古代歌谣口头咏唱和集体创作的模式中逐渐分离出来，和歌在汉文化的强烈影响下不断成长与发展，从表现形式和咏唱题材等多方面出现了飞跃性的突破，最终形成了万叶和歌特有的艺术风格与审美特征。③

功能学派语言学家马丁内说："每一种语言都按自己特有的形式来组织和

---

① 〔日〕佚名著，赵乐甡译：《万叶集》，译林出版社2009年版，第34页。
② 〔日〕佚名著，赵乐甡译：《万叶集》，译林出版社2009年版，第5页。
③ 金伟、吴彦译：《万叶集》上，人民文学出版社2008年，第1页。

它相对应的经验材料",因为"一种语言和另一种语言的词汇意义和功能的分布情况是各不相同的"。从钱稻孙到赵乐甡的译本,用古代汉语来体现原文的语言年代,部分实现了两种语言之间的一种对应,以文体的古风引导读者与现实语言隔离,去领会原文的"古色古香"。同时,这种古风却只能满足那些对"古风"有鉴赏能力的读者,而不能满足多数读者的需要。他们的译本之所以在较长时期内得到读者的认可,也正是依赖今天中国人欣赏古典诗歌的传统。面对古典诗歌逐渐淡出一般公众生活的情势,采用现代汉语的译文可能拥有更多的读者,因为它采用的是普通读者熟悉的语言形式;而要真正实现这种可能,还要看译者的功力,看他是否译出了原诗的"诗味儿"。

金伟、吴彦译本除采用现代口语体外,还特意在译诗中不使用标点,译诗成为无标点诗。这或许是因为译者感到,短歌长歌的语句都是连贯的,并非如汉语的单句相接续,原来和歌中的五言、七言中间的停顿,小于汉语中逗号所标示的停顿,加上标点会破坏原诗的连贯性。金伟、吴彦这样做,也可能受到上世纪 80 年代翻译的西方无标点诗的启发。如:1—28

　　春過ぎて　夏来にけらし　白たへの　衣ほしたり　天の香具山
持統天皇①
　　春天已过去
　　夏日正来临
　　碧绿的香具山下
　　晾晒洁白的衣裳②

3-318
　　田子の浦に　うち出でて見れば　真白にぞ　不盡の高嶺に　雪はふりける③

　　经过田子浦

---

① 〔日〕佐佐木信綱編『新訓万葉集』上、岩波書店 1964 年版、第 51 頁。
② 〔日〕佚名著,金伟、吴彦译:《万叶集》上,人民文学出版社 2008 年版,第 23 页。
③ 〔日〕佐佐木信綱編『新訓万葉集』上、岩波書店 1964 年版、第 127 頁。

去望富士山
白皑皑的山峰
正在降雪花①

1777 播磨娘子（はりまのおとめ）的一首，常用来与《玉台新咏》中的诗歌对比：

君なくは　なぞ身装はむ　むくしげなる　つげの小櫛も　取らむとも思わず②

你不在身边
为什么要打扮
梳妆匣的黄杨梳
无心拿在手中③

十一 2403：

玉くせの　清き河原に　身祓して斎ふいのちは　妹がためこそ④

在清澈的久世河岸
为了阿妹净身祓禊⑤

例如卷十五 3724 卷十五狭野弟上娘子的一首：

君が行く　道の長路を　繰り畳ね　焼き亡ぼさむ　天の火もがも⑥

---

① 〔日〕佚名著，金伟、吴彦译：《万叶集》，人民文学出版社2008年版，第164页。
② 〔日〕佐佐木信纲编『新訓万葉集』上、岩波書店1964年版、第388頁。
③ 〔日〕佚名著，金伟、吴彦译：《万叶集》上，人民文学出版社2008年版，第643页。
④ 〔日〕佐佐木信纲编『新訓万葉集』下、岩波書店1964年版、第10頁。
⑤ 〔日〕佚名著，金伟、吴彦译：《万叶集》下，人民文学出版社2008年版，第774页。
⑥ 〔日〕佐佐木信纲编『新訓万葉集』下、岩波書店1964年版、第153頁。

杨烈译本作：

> 君行是长路，如席卷成团；
> 愿有天来火，焚烧此席完。①

李芒译本作：

> 君行千嶂里，艰险又迢遥；
> 欲卷关山路，祈来天火烧。②

金、吴译本作：

> 你走的漫漫长路
> 想叠起来用天火烧掉③

以上我国出版的各种《万叶集》译本对《万叶集》文学价值都有所涉及，但其论述却因时代而不尽相同。早年译本多主要强调《万叶集》与《诗经》之"同"，而后逐渐增加对"异"的渗透。从这些表述中我们不难看出译者对日本文化理解的发展轨迹。同时，译者的表述并不能反映其理解的全部，还应该考虑到文化环境对译者表述方式的制约。

文学翻译的使命，当然不仅在于为本国文学寻找"模仿秀"，更重要的是将其作为异国文化的特征呈现给今天的读者。对于中国译者来说，首先是"知同"，进而要"明异"，还要将这种"同"、"异"用适当的语言形式传达出来。不说明《万叶集》中那些恋歌与《诗经》有哪些不同，就不能算说明了两者之"异"。万叶人的求爱和婚姻与桑间濮上的对唱和放歌不同，和歌技法的发展是以交往和婚后的男女别居、夜往晨归的幽会密切相关的。无论

---

① 杨烈译：《万叶集》下，湖南人民出版社1984年版，第650页。
② 李芒选译注：《万叶集选》，人民文学出版社，1998年版，第206页。
③ 〔日〕佚名著，金伟、吴彦译：《万叶集》下，人民文学出版社2008年版，第1056页。

男女，都要严守秘密，连自己现在有否固定配偶，都不会让人知晓。恋人之间彼此传情最重要的方法正是和歌赠答，相闻是和歌的根本，也正是既要隐瞒自己的恋爱状况，又要对恋人用一种类似暗号的语言去传情达意。它们刻意模糊主语，或省略主语，不直接叙述事物，而是使用比喻或暗示徐徐渗透，甚至巧妙模糊恋歌的内容，只是单纯刻画四季风景和自然界景物之美①。如何尽可能将微妙的"异"传达给读者，恐怕是《万叶集》翻译者都乐意追求的事情。

第四节　短歌汉译形式美讨论和实践

20世纪70年代以后，在中日关系正常化的大背景下，中国的日本文学研究枯木逢春，甘霖润物，进入播种希望的季节。《日本文学》和《日语学习与研究》的创刊，为热心日本文学研究的学人准备好一块举趾扶犁的田地。为数不多的老学者余兴正高，初生牛犊的青年人乐在参与，日本文学研究迈出了学术化的第一步。这一时期，关于和歌、俳句翻译的讨论，犹如百鸟闹春，为播种的季节带来了满天生机。

关于和歌的讨论，源于李芒等发表的有关和歌翻译的文章，罗兴典、沈策、王晓平等踊跃响应，在《日语学习与研究》上接连刊出，并引来实藤惠秀等日本学者的加盟。讨论围绕着和歌翻译能不能讲究形式美、和歌现代汉语诗翻译的可能性两大问题展开。争论双方各执己见，实际以各自保留看法终结。虽然卷入这场讨论的学者并不多，因为当时对日本古典文学满怀兴趣的人数就相当有限，但这场讨论的影响却十分深远。三十年来，中国的翻译家们一直在探索着和歌、俳句的翻译问题，竭心尽力，努力实践，期待着更好的译作出现。

日本文学翻译和研究，是我国外国文学研究中最年轻，也是发展最快的部门。因为年轻，所以脚步轻盈；因为年轻，所以胸襟宽阔。有了和歌翻译的讨论，才会有后来的中国和歌俳句研究会，有了和歌翻译的讨论，才会吸引一批年轻人加入日本文学队伍，并终生以此为乐。这场讨论面对的问题还

---

① 〔日〕大冈信：《日本的诗歌》，尤海燕译，安徽大学出版社2010年版，第112页。

没有答案,也不需要谁去做结论,但是,三十年的翻译实践早已对那时的一些议论打了一个阶段性分数,前人充满踌躇、徘徊、苦恼、无奈的探索心路也可以给我们一些启示。

《万叶集》中以短歌为主,和歌也主要指短歌而言,这里着重讨论短歌翻译的形式问题。

一 形式美否定论

1979 年李芒在《日语学习和研究》杂志创刊号发表《和歌汉译问题小议》,对当时存在的各种译法及其主张加以介绍,并提出自己的主张,因而引起中日学者参与的比较广泛的讨论,后来李芒在自己的文章中将和歌译法归纳为以下四种:

一、"原形汉译"。即将短歌三十一音,"五七五七七"五节,译为三十一个汉字,也按照五七五七七节式排列;俳句的十七音三节,照样移译。沈策、全海建、安达明等持此主张。反对者有实藤惠秀等,理由是它掺杂水分,容易给人一种硬凑的感觉,有时类似古诗今译。

二、减字"原形汉译"。即短歌译为三五三五五,俳句译为三五(或四)三节式,以克服"原形汉译"的缺点,并符合原作节奏。几位日本学者提倡此说。李芒认为:"此种主张除短歌字数节式稍嫌零碎之外,俳句的译法具有较多合理性。但认为此乃惟一译法,则有绝对化之嫌"。

三、译文定型化汉译。即短歌译为五言四句或七言四句或两句,俳句则译为五言两句或四句以及七言两句。实践之例有杨烈的《万叶集》和《古今和歌集》、葛祖兰《正冈子规俳句选译》、彭恩华《日本俳句发展史》等。

四、从原作的内容、节奏、分节等等不同特点出发,采取形式上灵活多样的译法。

李芒举出的实践者有钱稻孙、周作人、林林、张香山、刘德润①。

李芒既是这场讨论的倡导者,也是它的终结者。他发表的文章最多,先后在《日语学习与研究》上发表了《和歌汉译问题小议》、《和歌问题再议》、《和歌汉译问题三议》、《日本古典诗歌汉译问题》等文章,《"物のあわれ"

---

① 李芒:《采玉集》,译林出版社 2000 年版,第 270 页。

汉译问题》、《阿倍仲麻吕〈望乡歌〉汉译问题》等也申述了他的翻译主张。这些文章后来收入他的《投石集》①中。作为日本文学研究会的创始人和主要实际领导人，他热心发现和扶植青年学人，以他们为挚友，他的翻译主张也给了那时学习翻译的学人不小的影响。

李芒是和歌古体诗翻译的提倡者和实践者，他对罗兴典、沈策等人提出的将和歌译为五七调和现代诗的主张很不以为然，对"形式美"的追求也视为虚妄，理由是这与"忠实于原作"的前提相违背。

在《日本短歌的翻译及汉歌——1998年4月初在中日两国短歌研讨会上的发言》中把将和歌译成五七调，视为青年学者的"美好愿望"，认为这是很难做到的：

> 一部分同行，特别是较多的青年学者，从美好的愿望出发，主张按照短歌和俳句的原作音数句式进行翻译，就是说，短歌要译成五七五七七五句，俳句要译成五七五三句，否则就是缺乏'形式美'。当然，这种观点显然是难以说服人的。译诗不是写诗，译诗要以忠实于原作为前提，实行再现原作的再创作。
>
> 短歌，特别是现代短歌，有不少作品已经突破了古典短歌的音数句式，计入译文还在一律恪守古典短歌的音数句式的格律，那难度必然不小。主要是因为中日两国文字差别很大，同是三十一字（日本只是三十一音，有的三、四音才能组成一个字）包容量中文远远大于日文，于是短歌（包括俳句）译成同样字数的中文，势必要超出原作很多，外加不少词语，这当然是非常冒险的做法，加错了，就违背了原作，即便加得大致不差，也把原作拉长，失去原有的精炼性。②

在《再说翻译，再现原作的再创作——答许钧先生问》一文中，李芒把注重形式美也作为"主要带倾向性"的一个问题，他说：

> 日本文学翻译中主要带倾向性的问题，其一是不分具体情况把一节

---

① 李芒：《投石集》，海峡文艺出版社1987年版。
② 李芒：《采玉集》，译林出版社2000年版，第285页。

原文整个打乱，重新加以组合（如果确实有此必要的话，当然并无不可），或者为了凑足译者理想的形式，随意外加词语，称之曰："再创作"。这样，译得好些的，充其量只能做到同原作大体上差不太多。假如译者误解了原文，再创作的结果就不堪设想了。"差不太多"，也是差；"不堪设想"，那就离谱过远了。①

在这篇文章中，李芒对将"物哀"、"余情"等词原封不动地夹杂在自己的译文和著作中的"硬搬"现象提出批评，坚持"词语中无有相近或相似的汉字，势必要苦心寻觅相应的语词加以表现，绝不容许照搬以塞责的事情发生"。他对翻译中懒惰现象的批评，意在提醒青年学者以翻译质量为重，无疑是语重心长。不过，在日本文学翻译的讨论中各种意见、各种尝试本来是可以平等竞争、平行发展的，主张注重"形式美"也未必已经构成"带倾向性"的问题。80年代"不破不立，立也就在其中了"的思维模式还很盛行，将"形式美"也当成"破"的对象，才会看得如此严重。

李芒《和歌汉译问题再议》认为："今天，我们论翻译，主要应该立足于一个'信'字，从主体思想到艺术特点诸如语言和风格等等都要以'信'字为前提，从'信'字出发，最后的检验标准也归结为'信'字。"同时他又说：

> 当然，翻译无论多么"信"，也终不能如同照相一般，同原作毫无二致。正是为了达到高度的"信"，译文必须有一定度的灵活性。特别是诗歌的翻译，因为形式美是它极为重要的组成部分，在翻译上必须容许有较大的灵活性。然而，这个灵活性必须有个前提，或者说有个原则。这就好似译者首先必须考虑要千方百计地避免或最少限度地使用灵活性，要力争在各个方面，在可能范围内如实地译成原作，只有万不得已的情况下，才适当地运用灵活性。一句话，运用灵活性要避免主观随意性，不能在运用灵活性的名义下，随便进行"创作"。②

---

① 李芒：《采玉集》，译林出版社2000年版，第336—337页。
② 李芒：《投石集》，海峡文艺出版社1987年版，第169页。

经过三年多的讨论，李芒在《日本古典诗歌汉译问题》一文中将自己的看法概括为：

> 总的精神是在采取灵活多样的形式和方法的基础上，逐步增多地采取适当的定型化的译法。具体做法是：短歌更多地译成五言四句、七言三句，俳句更多地译成四、七、三、七、七，四句式等。语言方面，一方面采取古典诗词的格调，尽可能照顾到平仄规律，如五言四句能译成绝句的，七言三句能译成半阕《浣溪沙》的，都尽力做去，实在译不成者也在适当照顾到平仄规律的前提下译成古诗、长短句等，一方面既采取古典诗歌的形式，又照顾到便于今人阅读，适当采用较之原歌原句平易的词语，避免过分古雅难懂。①

在讨论过程中李芒也吸收了持不同意见的学者的一些看法，在他撰写的《万叶集选译序》中除了继续批评"有人照搬原作的音数句式，由于中日文结构迥异，这样译成中文，必然比原文长出不少，就难免产生画蛇添足的现象"之外，也肯定了"大家都为我国的《万叶集》欣赏与研究作出了贡献"②。他的翻译"参考了上述种种译作，采取了表达内容上求准确，在用辞上求平易，基本上运用了古调今文的方法，以便于大学文科毕业、喜爱诗歌，又有些常识的青年知识分子，个别词查查字典就能够读懂"。

1983年出版的《外国诗》，收入了李芒编译的《〈万叶集〉和歌选译》③，1998年他的《万叶集选译》出版，译诗中体现了他最大限度在内容上忠实原歌的主张，忠实原歌的形象（imege）和节奏，并充分注意和歌的淡雅、含蓄和简洁等形式特点。除非不得已，不外加词语，必须外加时，极力避免明说原歌的言外之意，不采取原歌所无的重沓句法。④

二 旧诗无体说和新诗不宜说

杨烈在《万叶集》译本的序言中谈到的主张，与李芒相当接近，至少在

---

① 李芒：《投石集》，海峡文艺出版社1987年版，第214页。
② 李芒译：《万叶集选》，人民文学出版社1998年版，第8页。
③ 外国文学出版社编：《外国诗》1，外国文学出版社1983年版，第217—250页。
④ 外国文学出版社编：《外国诗》1，外国文学出版社1983年版，第219页

并不赞成译成五七调这一点上，是站在同等立场上，不过，他强调的不仅是"不好办"，更明确断定"无必要"。

他不赞成将和歌译成五七调的主要理由是中国无此格式，同时也"无此必要"：

> 我在翻译的时候，曾经考虑过如何处理这种五七调，把五七调翻译成中国的五言七言诗句，则中国旧诗无此格式，且无此必要。所以我决定翻译成五言；长歌翻译成七五言古诗（个别的译成七言古诗），短歌则译成五言绝句。旋头歌极少，有时译为五言绝句，有时译为七言绝句。①

他还引证说："英文译者在译《万叶集》时也很难保持这种五七调。"他用自己的实践为五七调的翻译投了弃权票，同时也给白话诗译投了反对票：

> 那么我为什么不翻译成现代汉语的新诗呢？我考虑到《万叶集》的和歌作于4世纪到8世纪，这些年代正是日本天皇们由飞鸟、近江、藤原迁都时代进入奈良定都的时代，正当中国南北朝、隋唐时代，把当时日本的和歌译成当时中国的诗体，气氛更为合适。而且，自隋、唐以来，中日使节往来频繁，中日文化交流愈益密切。日本派遣到中国的留学僧生颇多。且有在中国长期留住做官的，他们正擅长中国文学和诗歌，和中国诗人作朋友，并时有唱和。当时中日文化如此融洽，气氛如此相似，如定要把当时的和歌译成今日的汉语，就有似叫古人穿西装那样的不调和。这当然是我个人的看法和喜爱，在这儿也不过是说明我把《万叶集》和歌译成旧诗的过程而已。至于如果有别的人以别的原因一定要译成现代汉语，那当然他也是有其自由的。②

杨烈之所以用五言诗来译《万叶集》，就是因为五言诗与《万叶》时代在年代上接近，都属于过去的诗体，是相近年代的语言形式。他试图以五言

---

① 杨烈译：《万叶集》上，湖南人民出版社1984年版，第3页。
② 杨烈译：《万叶集》上，湖南人民出版社1984年版，第7页。

诗去回应《万叶集》，首先在年代形式上与原文对应，译者感到会是理想的"等值"译文，读者或许也会意识到原作是日本古人的语言和诗作，会联想到诗歌的年代，进而间接体会原作的古风。杨烈的初衷正是希望中国读者从阅读中品味到今天的日本读者阅读古老的《万叶集》的感觉。

檀可、赵玉乐《万叶集选译》的翻译策略几乎与杨烈一致，甚至在阐述自己主张的时候，也借用了杨烈的表述，那就是译为五七句"无此必要"，并且列举了两条理由：

> 一、那样翻译不符合中国人对于古典诗歌的审美习惯，因为它既不像中国的诗，又不像中国的词，也不像中国的曲。如果一定要把日本的短歌翻译成那样五七五七七的形式的话，大部分的中国人是很难接受及欣赏的。
>
> 二、在日文中大多是由几个音节组成的一个词（当然也有一个音节即为一个词的），而在中文中大多是一个音节即为一个字，所以一首五七五七七的日本短歌共计三十一个音节，若要硬译成中文的三十一个字的话，则必然是译诗字数太多，显得繁琐庞杂，不够简练。①

接着译者又说明自己之所以将日本的短歌译成五言绝句或七言绝句，将日本的长歌译成五言古诗或七言古诗，是"因为日本的古典诗歌和中国的古典诗歌有许多共同之处，都是言简意深，意境幽雅，词清句丽，余味不绝"，所以多次地讨论、反复推敲的结果，是"认为译成古色古香的古典诗歌为好"。译者再次强调了中日文化交流的历史也是这种选择的理由：

> 再者《万叶集》的和歌作于四世纪到八世纪，自日本仁德天皇到淳仁天皇之间……那些年代正相当于中国的南北朝、隋、唐时代，而且自隋唐以来，中日互派使节往来频繁，中日交往如此融洽，文化如此相似，所以我们把日本古代的和歌译为古色古香的中国式的古典诗歌，我们觉得也许是比较适当的吧。②

---

① 檀可、赵玉乐译注：《万叶集选译》，香港亚洲出版社1993年版，第1—2页。
② 檀可、赵玉乐译注：《万叶集选译》，亚洲出版社1993年版，第3—4页。

不难看出，檀可、张玉乐综合和重复了李芒、杨烈的观点，他举出译为五言诗或七言诗的理由，依然是年代相近、中日文学交流的频繁，而不宜译为五七言交错形式的理由也是中国原来没有。

译诗的诗体，一定要中国原有，那样读起来才叫做诗，这种逻辑在别国诗歌的翻译中并不一定能够成立。但在中国的日本古典诗歌翻译中却一直没有见到反驳的言论，这说明当时的日本文学研究圈子独具封闭性。外行不能置喙，内行不看外边，遂听不到反对的声音。试想，如果将马雅可夫斯基的诗歌不翻译成阶梯诗，而翻译成中国已有的某种诗体，会有贺敬之等人的政治抒情诗吗？为什么荷马史诗和印度的《罗摩衍那》没有人想到一定要用中国相应年代的诗体去翻译呢？

当然，李芒、杨烈是有充足的理由来说明日本诗歌的特殊性的。那就是先生们一再强调的中日文学交流的历史。《万叶集》时代开始，中国诗歌的影响本来就非常强烈，在《万叶集》中就有七言汉诗，如果将和歌译成现代诗，和原本中的古体诗和古风汉文放在一起，就容易让人产生古今杂陈感觉。相反，如果用那个五言诗去译，不仅能唤起今天的读者吟诵古代和歌的感觉，而且可以让它们回顾古代中日诗人唱酬的历史。

然而，奈良时代的歌人吟诵和歌的感觉是否可以并只能用五言诗再现，并不是问题唯一的选项。《万叶集》中的和歌，句句口语，不施典故，不涉经史，即事抒情，炼语为歌，其内容与格调很难与中国某种诗体强行对号。如果一定要说出相似点更多的中国诗歌的话，毋宁说其中大多数长歌与短歌，更接近于汉魏乐府、南朝宫体诗与唐代的白话诗。奈良歌人吟诵和歌的感觉是否与他们阅读五言诗的感觉相近，不过是今人的假想。即便今天中国的译者也多是根据《万叶集》今译去理解原文的，今天的读者能否从译出的五言诗中体会《万叶集》，中间还有许多因素。从读者来讲，是否具备鉴赏五言诗的能力是一方面；从译者来讲，能否用五言诗传达原来和歌的情味又是一方面。

今天的译者，每天说的是现代汉语。将《万叶集》译为五言诗对于他们来说，并不是容易的事情，从达意的角度讲，比译为现代诗更难，那么他们为什么还要舍易就难呢？这实际上是一个与中国诗歌历史传统相关的问题。悠久的古典诗歌传统养育的诗歌感觉使我们陶醉，而现代白话诗至今还很难取代它们。译者如果本人不是现代诗人,译出来的诗歌也会没有诗味。古诗今译往往读来平淡如水,反而更让人怀念古诗的隽永和凝练。中国的古典诗歌翻译者不愿意让读者把读《万叶集》当成读古诗今译,看起来是深思熟虑的产物。

不能够忘记的是,用五言诗来再现和歌的情味,正如用现代诗去译一样,有些原来和歌的信息是不易传递的,而五言诗受到字数、句式的限制更为严格,有时甚至诗味越浓,而距原来的"歌味"越远。例如卷十五3762《中臣朝臣宅守与狭野弟上娘子赠答歌》中的一首:

　　我妹子に　逢坂山を　越えて来て　泣きつつ居れど　逢ふよしもなし①

杨烈译作:

　　越来逢坂山,哭泣泪潸然;
　　欲与妹相见,终无一见缘。②

原文和歌中的"逢坂山"是一个重要的文化符号,既然山以相逢、重逢的"逢"字命名,就该是相爱的人相逢的地方,翻山越岭而来却见不到日夜思念的阿妹。译诗很好传达了原歌的意境,读者却可能看不透"逢坂山"的深意一读而过,因为在中国诗歌中并没有这样一个意象。越是把译诗当成中国诗歌来读,便越难进入一个新的诗境,这是阅读习惯所致,而非译者的能力不够。

1983年出版的杨烈所译的《古今和歌集》,采用了同样的翻译策略。尽管五言诗在篇幅上最与和歌接近,但译者为了凑足音节,有时仍然要加字来译,无法避免"蛇足"。如卷2春歌下中的这一首:

　　花の色は　移りにけりな　いたづらに　わが身よにふる　ながめ

---

① 〔日〕小島憲之、木下正俊、東野治之校注、訳『萬葉集』(4)、小学館2004年版、第176頁。
② 杨烈:《万叶集》下,湖南文艺出版社1984年版,第651页。

せしまに①

杨烈译作：

  花色终移易， 衰颜代盛颜；
  此身徒涉世， 光景弹指间。②

  五言诗虽短小，但四句承担着起承转合的不同任务，而和歌的节律中各句并没有这种关系。在将和歌译为五言诗的时候，就自然赋予了各句这种关系，如果按照那种"加字"必劣的批评标准来看，译诗中的"弹指"就不合规格了，因为即使同样表达时光的短暂，"弹指"就在译者无意中为译诗增添了佛教色彩。

三 "古趣"辨

  钱稻孙、杨烈和檀可等译者以中国诗歌的古风去再现古代和歌的情调，根本上是希望"借力"于中国古诗典雅的魅力。但是，只有译者本人具有较高的古典诗歌造诣，才能在一定程度上达到预期效果，而译者在缤纷的中国古典诗歌中采用哪种诗体，还是与他们对和歌艺术特征的理解有关。

  几乎是在同时，丰子恺在翻译《源氏物语》的时候，也需要面对其中数目众多的和歌怎么译的问题，他根据和歌内容的容量，主要选择了七言两句来译。他的译法，得到大陆多数译者的认同，而台湾林文月翻译的《源氏物语》则创造了一种近似楚歌体的诗体来译书中的和歌，就显示了与丰子恺、杨烈等人不同的理解。

  林文月在《回顾与自省——关于〈源氏物语〉中译本》中说："我译《源氏物语》，索然采用白话文体，但是在字句的斟酌方面，也努力避免陷于过度现代化，尤忌外来语法的渗入，以此试图制造比较典雅的效果。也就因为这个缘故，全书中共出现的七百九十五首和歌，避免采用白话诗的译法，而自创三行、首尾句押韵的类似楚歌体型式。如此，在白话散文序中时时出

---

① 〔日〕小沢正夫校注、訳『古今和歌集』、小学館1974年版、第97頁。
② 杨烈：《古今和歌集》，复旦大学出版社1983年版，第29页。

现比较古趣的诗歌，或者可以使人在视觉与听觉上，有接近原著的典丽感受。"

　　林文月的"楚歌体"，并不是完全模拟楚辞，而只是吸取了楚辞多用"兮"字和三言、七言的句式，基本为七言，而句数有一定的灵活性，本来楚辞是杂言诗，其中也用五言，而林文月所译则句式整齐，只是句数偶有增减，更重要的是，她采用了降阶梯式的排列，以与中国的楚辞相互区别，表明这是一种别样的诗体。

　　下面所引，是《源氏物语》第一帖《桐壶》中的几首和歌，左边是林文月的译文，右边是丰子恺的译文，两相对照，不难看出情调微妙差异。

　　首先看桐壶病中面对前来探望的皇上所咏的一首：

　　　　かぎりとて別るる道の悲しきにいかまほしきは命なりけり①
　　　　生有涯兮离别多　　　　　　　　面临大限悲长别，
　　　　誓言在耳妾心苦　　　　　　　　留恋残生叹命穷。
　　　　命不可恃兮将奈何！

　　下面是转递给皇上的信函中的一首：

　　　　宮城野の露吹きむすぶ風の音に小萩がもとを思ひこそやれ②
　　　　秋风起兮露华深　　　　　　　　冷露凄风夜，深宫泪满襟。
　　　　宫城野外多幼荻　　　　　　　　遥怜荒渚上，小草太孤零。
　　　　安得稚儿兮慰朕心

　　命妇的一首和歌：

　　　　鈴虫の声のかぎりを尽くしてのながき夜あかずふる涙かな③
　　　　荒郊外兮秋虫鸣　　　　　　　　纵然伴着秋虫泣，

---

① 〔日〕山岸德平校注『源氏物語』（一）、岩波書店1996年版、第17頁。
② 〔日〕山岸德平校注『源氏物語』（一）、岩波書店1996年版、第22頁。
③ 〔日〕山岸德平校注『源氏物語』（一）、岩波書店1996年版、第22頁。

贵人将去不稍待　　　　　　哭尽长宵泪未干。
老妇独处兮泪纵横

尋ねゆくまぼろしもがな傳にても魂のありかをそこと知るへく①
悲莫悲兮永别离　　　　　　愿君化作鸿都客，
芳魂何处难寻觅　　　　　　探得香魂住处来。
安得方士寻娥眉

雲のうへも涙にくるゝ秋の月いかですむらん淺茅生の宿②
云掩翳兮月朦胧　　　　　　欲望宫墙月，啼多泪眼昏。
清辉不及荒郊舍　　　　　　遥怜荒邸里，哪得见光明。
独有一人兮怀苦衷

　　两相对照，自有千秋，一一比较，各有粗精之分，不好一律评价。仅从形式来讲，林文月的七言三句更具有灵活性。为了在熟识的句式中略显一点陌生感、新鲜感，译者未使用标点。由于五言诗和七言诗都不能在第三句结束，就有可能为凑句而强增字句，林文月的新楚歌体特意以一、三句押韵的方式，在第三句就造成结句的语感。有时根据内容，译诗中还加入了解释性元素，如命妇的一首。
　　她所译的《枕草子》③，书中的和歌也采用了这样的译法，如：

もとめてもかかる蓮の露をおきて憂き世にまたは帰るものかは④
君难求兮促侬归
莲花瓣上露犹泫
何忍离斯俗世依

　　　　　　　　　　　　　　　　　　　　　　（四一、菩提寺）

---

① 〔日〕山岸德平校注『源氏物語』（一）、岩波書店1996年版、第27頁。
② 〔日〕山岸德平校注『源氏物語』（一）、岩波書店1996年版、第27頁。
③ 林文月译：《枕草子》，译林出版社2011年版。
④ 〔日〕松尾聰、永井和子校注、訳『枕草子』、小学館1974年版、第116頁。

郭公鳴く音たづねにきみ行くと聞かば心を添へもしてまし①
子规啼兮卿往寻
早知雅兴浓如此
愿你相随兮托吾心

(一○四．五月斋戒精进时)

四　定型不易说

赵乐甡所译《万叶集》出版于2009年，而译者对《万叶集》翻译的思考和实践却由来已久。在他为自己的全译本撰写的序言中从短歌的特点出发，说明限定字数的翻译是困难的：

> 日本的短歌总共三十一个字母（音），一定要用二十个汉语词就很难处理。何况有的地点、人名等，不仅是字数问题，甚至组成诗句都难，限定字数的体式不妥。另外，更重要的是短歌的表现特点。多数的短歌只提出几个主要诗素，给读者留下了充分的想象的余地。②

赵乐甡根据自己几十年的翻译实践，指出短歌翻译存在的问题是：

一是古奥。以为古歌要用古语，因此译得比《诗经》还难懂，当时日本人的语文也不见得那么古。

二是添加。"戏不够，神来凑"似的字数不够硬要凑，便添加了一些原歌没有（不可能有）的词，甚至改变了歌的主旨或意趣。

三，打扮。本来是些朴实无华的作品，却有意尽量选用一些华丽的词藻，浓施粉黛，打扮得花枝招展，似乎这才是"诗"。

四，改装。不论原作的表现特点如何，一律纳入起承转合的四句里，倒也像"诗"，只是不是那首"歌"。

赵乐甡指出后三者大约和采用了固定的体式有关，如五（七）言四句等。至于有的因循五七五七七字数，或者借题做自己的诗的，可不加讨论。

---

① 〔日〕松尾聰、永井和子校注、訳『枕草子』、小学館1974年版、第224—225頁。
② 赵乐甡译：《万叶集》，译林出版社2009年版，第3页。

只要对照原文，看看其实践就可以明白。

于是，译者在译短歌时，大胆地将自己过去用的五（七）言的体式改了。他认为，这样可能在接受上也许差一些，但比较容易如实地表现歌的内容和面貌①。

具体来说，他采用了这样的译法：

首先，用三行分写，在断句时再注意"顿"的乐感作用，旋头歌用四行。

其次，以直译为主。在原歌的基础上尽量不添加"诗素"。

再次，用现代口语，使用一点书面语言，或不难理解的古词语，带点古旧感。

最后，打破原歌的音数律，用了原歌所无的脚韵，有的甚至是词曲的，有韵更符合我国读者的接受习惯。

这样，格式灵活，更容易表现原作，让人容易懂些。②

赵乐甡在译作中始终贯穿了自己的翻译策略，将古奥的译诗大为解放，向白话现代体大大迈进了一步，由于打破了五言四句、七言两句的模式，使得原来必须变形的人名、地名翻译不再为难，语句接近于古代白话诗、词、曲，既有些古代的韵味，又避免了晦涩难懂的弊病，他创造的三行。四至五句的形式，也可算是"半定型半文言体"。

这种形式留下的最大遗憾，是原有和歌最明显的形式特征"五七言"不复存在，而和歌的特有语气也不甚明显，似乎是简约有余而细腻不足。值得讨论的是，用原作中容量一样的语言，是否能够传达原有和歌的情味呢？对于浸润于古代和歌传统中的读者，可能依靠这样的语句就能领略歌人的寸断柔肠，对于异国今天的读者，能够唤起诗情的感动吗？在如何作到译诗和原有和歌"等效"方面，仍是一道没有解完的题目。

我国的俳句译者，也多以三行半文言去翻译俳句，这样对于一般读者来说，短歌和俳句并没有形式上的差别，好像和歌、俳句在容量上、节律上毫无区别，很难明白为什么同样的诗体，还有和歌、俳句之别，这个疑问，译者怎样用自己的译作来回答呢？

---

① 赵乐甡译：《万叶集》，译林出版社2009年版，第4页。
② 〔日〕佚名著、赵乐甡译：《万叶集》，译林出版社2009年版，第5页。

五 白话诗实践派的多样尝试

罗兴典曾说:"'和歌'正如'和服''和食''和式庭园'同样,是日本民族所具有的珍品。"他说:"她的独具特色的形式就是'五七五七七'五句三十一字。"沈策对此表示基本赞同,并将罗兴典所说的形式美理解为和歌的格调,即日本样式、日本风味,由此推论出和歌的形式美的特点主要在于它的格调。主张运用口语进行翻译时,应该把格调放在战略地位,把语言放在战术地位。格调是极少有通融余地的,偶有一字的通融也可说是一个刺目的变化或缺点。格调对于语言起着支配和控制的作用。因而它和语言不能处在同等的地位①。

在同一篇文章中,沈策还说:"以《万叶集》为例,这部歌集基本上是用当时的口语写成的。""实际上那些歌在当时的读者中,听起来是很容易明白和欣赏的。"

他举出《万叶集》卷一15:

わたつみの　豊旗雲に　入日見し　今夜の月夜　さやけかりこそ②

钱稻孙译作:

沧海靡旌云　叆叇映斜曛
占知今夜月　辉素必可欣③

沈策认为这种译法从格调和句式上看,都和原作有明显的差别,用口语翻译这些差别则显然减少。他提出了自己的译案:

汪洋的大海上,

---

① 沈策:《也谈谈和歌汉译问题》,《日语学习与研究》1981年第3期,第32页。
② 〔日〕小岛宪之、木下正俊、東野治之校注、訳『萬葉集』(1)、小学館2003年版、第33頁。
③ 〔日〕佚名著、錢稻孫譯『漢譯萬集選』、日本學術振興会刊1958年版、第16頁。

旗帜般的彩云中，
透射着夕阳；
看来今天的月亮，
一定格外地清凉。①

李芒认为，沈策的观点"不外是单从同原作的句式和音数是否保持一致，同原作有否差别角度评论译文的优劣"，"这种论断同实际情况并不相同"，从语言、风格和节奏等等来看，钱稻孙的翻译更接近原作，而沈策的译法在形、神两方面都和原作差距较大，"仿佛是一首古诗的白话今译，诗味不浓"。

李芒指责的主要是"诗味不浓"，并进一步分析说："况且这首译文在持有同样主张者的译文中，还算比较好的，可见这种颇不全面的主张造成了多么大的负面影响。不止如此，竟有人把这种译法誉之为追求译诗的'形式美'！不说这种主张在实践上根本难以创造出优美的译文，在理论上，恐怕也难说有什么高明的地方。"尽管李芒对这种译法持否定态度，但在他为《日本文学杂志》编选《〈万叶集〉选译》的时候，沈策已经去世，李芒仍然选入了他的译作以资纪念，并称他为"我国采用'五七五七七'形式译和歌较早的一位"②。

1. 半文言定型诗。

即保留"五七五七七"句式，多用文言结构。

现任筑波大学教授的梁继国在他的《万叶和歌新探》一书中翻译了350首《万叶集》和歌，基本采用的是半文言五七五七七的译法，如序言中提到的卷二208：

秋山の　黄葉繁を繁み　惑ひぬる　妹を求めむ　山道知らずも
（一に云ぶ「路知ウずして」）③

深秋高山上，

---

① 沈策《也谈谈和歌汉译问题》，《日语学习与研究》1981年第3期，第32页。
② 《日本文学》1983年第4期，第79页。
③ 小島憲之、木下正俊、東野之校注、訳『萬葉集』（1）、小学館2003年版、第140页。

黄叶茂密路难行，
身陷迷途中。
欲寻妻子情甚切，
只叹不识险路程。①

卷十 2107
ことさらに　衣は摺らじ　をみなへし　佐紀野の萩に　にほひて居らむ②
大地换秋装，
其间定有我一裳，
无须再染浆。
佐纪野原翻两袖，
胡枝子下泛红光。

卷七 1193
背の山に　直に向かへる　妹の山　事許せやも　打橋渡す③
妹山之处所
直对背山美景多。
可许背山说：
两山之间筑一桥，
你来我往多快活？

注：歌中以背山、妹山象征一对青年男女，用以表现男方向女方的求爱心情④。

2. 定型白话诗。

沈策认为："日本的语言风味具有很大的温润性，在古诗文中也是如此。

---

① 梁继国：《万叶和歌新探》，苏州大学出版社1994年版，第3页。
② 小岛宪之、木下正俊、東野之校注、訳『萬葉集』(1)、小学館2003年版、第101頁。
③ 小岛宪之、木下正俊、東野之校注、訳『萬葉集』(2)、小学館2004年版、第217頁。
④ 梁继国：《万叶和歌新探》，苏州大学出版社1994年版，第70页。

运用我国的口语进行翻译，也可以在很大程度上保持和歌语言的这种温润性。"基于这种认识，他对口语翻译保有信心。

王晓平曾经谈到："今天的广大读者，特别是青年，能读懂古体诗的只占一部分，更多的人愿意读到他们熟悉的语汇和句法写出的东西。如果有了《万叶集》的新诗译本，可能使更多的人了解和喜爱它。同时，在我们对古典诗词的表现手法不能达到应用自如、左右逢源的境界时，也可以用现代汉语把诗译得更准确。"① 他建议"文白分家"，或者译成古体诗，或者译成白话诗，认为"在准确表达原意的目标下，认真安排节奏、韵律，讲究语汇、句法，便会更利于意境的传达。诗翻译过来，还需是诗。而是之为诗，除了内在质素——想象和情绪之外，毕竟更在于恰当的安排——语言文字的音乐化、艺术化。"②

在《风格美，形式美，音乐美》一文中，王晓平谈到了三者的关系：

> 风格美、形式美和音乐美是不可分割的。在译作中，单纯强调某一方面，都可能会使人感到"失真"，强调这三者，都是为了传达原作的思想情感和艺术特色，增强译作的艺术魅力，都是为着准确、完美地重现原作的内在活力、因而，决不能离开原作去追求风格美、形式美、音乐美。如果单纯强调风格美，抛开形式和节奏的需要，其结果很可能连风格美也受到损伤。当然，要兼顾三者，是相当困难的；但是，读者提出这样的期待却是合理的。③

在和赵怡、隽雪艳合译的《日本诗歌的传统——七与五的诗学》中，王晓平对有些和歌就采用了五七五七七句式的白话体。当然，本书作者将和歌学称为"七与五的诗学"，如果译成了别的样式，读者就会连书名都难以理解。

如《万叶集》卷十二 2901：

---

① 王晓平：《贫穷问答歌五种译文》，《日语学习与研究》1979 年第 2 期。
② 王晓平：《风格美，形式美，音乐美》，《日语学习与研究》1981 年第 2 期，第 58—60 页。
③ 王晓平：《风格美，形式美，音乐美》，《日语学习与研究》1981 年第 2 期，第 58—60 页。

あかねさす　日の暮れぬれば　すべをなみ　千度嘆きて　恋ひつつそ居る①
　　待一见夕阳
　　心头便没了主张
　　万般都无力
　　叹气千遍又万遍
　　听凭它相思熬烫②

《万叶集》卷四 602：

夕されば　物思増さる　見し人の　言問ふ姿　面影にして③
　　一到天黄昏
　　相思就四面相加
　　那见过的他
　　就像到我眼跟前
　　跟我说着暖心话④

《古今和歌集》卷五 777 佚名：

来ぬ人を　待つ夕暮の　秋風は　いかに吹けば　かわびしかるらむ⑤
　　料他不再来
　　偏偏傻等心不动

---

① 小島憲之、木下正俊、東野之校注、訳：『萬葉集』(3)、小学館 2003 年版、第 305 頁。
② 〔日〕川本皓嗣著：《日本诗歌的传统——七与五的诗学》，王晓平、隽雪艳、赵怡译，译林出版社 2004 年版，第 33 頁。
③ 小島憲之、木下正俊、東野之校注、訳『萬葉集』(1)、小学館 2003 年版。
④ 〔日〕川本皓嗣：《日本诗歌的传统——七与五的诗学》，王晓平、隽雪艳、赵怡译，译林出版社 2004 年版，第 33 頁。
⑤ 〔日〕小沢正夫校注、訳『古今和歌集』、小学館 1974 年版、第 300 頁。

黄昏的秋风
怎么吹都没有用
吹不走寂寞重重①

《古今和歌集》卷一545佚名：

夕されば　いとど干がたき　わが袖に　秋の露さへ　置き添はりつつ②
一到了黄昏
难干的是我的衣袂
一滴接一滴
揩不干的相思泪
还沾上秋日露水③

书中隼雪艳、赵怡译的和歌，也多采用了这样的形式。

3. 准定型白话诗

所谓"准定型"，就是采用句数确定，而字数相对灵活。1988年9月人民文学出版社将周作人所译《枕草子》与王以铸所译《徒然草》合刊为《日本古代随笔选》，这是周作人1964年译出的。沿袭他一贯的白话翻译方针，而又采用了三行诗的形式。例如前面引用过的两首和歌：

好不容易求得的莲花法露，
难道就此放下了不去沾益。
却要回到浊世里去吗？④

（三二、菩提寺）

---

① 〔日〕川本皓嗣著：《日本诗歌的传统——七与五的诗学》，王晓平、隼雪艳、赵怡译，译林出版社2004年版，第31页。
② 〔日〕小沢正夫校注：『古今和歌集』、小学馆1974年版、第233页。
③ 〔日〕川本皓嗣：《日本诗歌的传统——七与五的诗学》，王晓平、隼雪艳、赵怡译，译林出版社2004年版，第32页。
④ 〔日〕清少纳言：《枕草子》，周作人译，中国对外翻译出版公司2001年版，第47页。

听说你是听子规啼声去了，
（我虽是不能同行，）
请你把我的心带了去吧。①

（八七、听子规）

4. 白话七言诗

楼适夷（1905—2001）用白话诗翻译《防人歌》，发表时未附原作：

  那个家伙太狠心，我正害着疝气病，偏偏点了我的名，硬派我去当防人。

此为卷二十下野国防人部进歌十一首中的一首，编号为4382，原文训作：

  布多富我美悪しけ人なり　あたゆまひ　我がする時に　防人に差す
  筑波山头百合花，亭亭玉立吐清华。正如娇妻方夜眠，白日迢迢也想她。②

赵乐甡译作"两个差官，一对恶棍；我正患疝病，拉来做防人"。
此外卷二十4369

  筑波嶺の　さ百合の花の　夜床にも　かなしけ妹そ　昼もかなしけ

这一首赵乐甡译作："妹如筑波岭上百合花，夜里褥上爱，白昼也怜她。"

---

① 〔日〕清少纳言著、《枕草子》，周作人译，中国对外翻译出版公司2001年版，第156页。
② 《日本文学》1983年第4期，吉林人民出版社1983年版，第91页。

5. 菱形体诗

郑民钦在《和歌的魅力——日本名歌赏析》中对和歌采用了七言两句、五七两句等形式，有意思的是对有几首和歌采用了五七五的形式，而将三句排列为菱形，这里姑且称为"菱形体诗"。如上引小野小町的一首就排列为：

  花色渐褪尽
 此身徒然过俗世
  长雨下不停①

6. 文白双举

刘德润《小仓百人一首》（外语教学与研究出版社，2007 年，第 29 页）"采用五言四句的形式翻译和歌，一来为适应我国读者的欣赏习惯；二来五言四句的 20 个汉字与 31 音的和歌在容量上没有大的出入，在内容上不至于过多地省略与增加，尽可能地忠实于原作"②。石川忠久主张用唐诗的格律音韵来翻译和歌，而刘德润考虑到中国诗歌音律有古今南北之变，故无法过分拘泥于格律与平仄，他的译诗百分之八十基本合于平仄，部分不合平仄，目的是为了更好地忠实于原作，让现代的中国读者更准确地理解日本的古典和歌。

他曾参考了日本名家所著多种版本的《小仓百人一首》。为了保留日本和歌的原貌，最后还有现代风格的译文。100 首和歌每首都有原歌、现代日语译文、词汇与语法、汉诗翻译、作者介绍、文学鉴赏、现代诗翻译。

如小野小町的一首：

花の色は　うつりにけりな　いたづらに　わが身世にふる　ながめせしまに

 忧思逢苦雨，　人世叹徒然。
 春色无暇赏，　奈何花已残。

---

① 郑民钦编著：《和歌的魅力——日本名歌赏析》，外语教学与研究出版社 2008 年版，第 5 页。
② 刘德润编著：《小仓百人一首——日本古典和歌赏析》，外语教学与研究出版社 2007 年版，第 8 页。

啊，樱花褪了残红，
人生恍然如梦。
岁月无情流逝，
凝视这满地落英
更哪堪苦雨蒙蒙。①

又如蝉丸的一首：

これやこの　行くも帰るも　別れては　知るも知らぬも　逢坂の関

远去与相送，　离情此地同。
亲朋萍水客，　逢坂关前逢。

远去的游子啊，
送行的亲人，
都感到别情难忍。
相识的人啊，陌生的人，
都相会在逢坂关的大门。②

对于这些译诗，读者可能仁者见仁、智者见智，然而至少可以说明，这些译者都不认为所谓"形式美"与内容上的忠实两相对立的，它们都很重视如何在忠实原有形象和节律的前提下，尽可能还原原歌的某些特征。上面所举，仅是这种尝试的一部分，已足以看出我国译者的创造性。这种创造不仅有益于和歌翻译，而且有益于中国新诗品种的丰富。

六　形神兼备为上乘

问题的焦点实际在两个层面，一个是如何体现和歌的根本特征，一个是

---

① 刘德润编著：《小仓百人一首——日本古典和歌赏析》，外语教学与研究出版社 2007 年版，第 31 页。
② 刘德润编著：《小仓百人一首——日本古典和歌赏析》，外语教学与研究出版社 2007 年版，第 35 页。

如何让现代中国读者实感这些特征。这两个问题在和歌的汉语形式上统一成了一点。应该看到，将和歌的全部特征都体现在译文中，毋宁说是不可能的，郑民钦从自己的翻译实践中深切感受到重现和歌音乐要素的困难所在：

> 无论多么高明的翻译家，翻译诗歌都很难保留原诗的民族文艺特性，尤其很难重现抽象的音乐要素。翻译和歌，对其音数、枕词、叠句、对句、格助词、节奏、缘语、挂词等独特的表现手法，往往无法找到贴切准确的对应词语。另外，翻译也破坏了对和歌的"句切"（类似于"断句"）形成的律动感的感受，很难再现这种诗体的特征。①

然而，身为译者，总希望让这些特征的失落能够少一些。在探讨是否保持和如何保持五七五形式之前，实际上需要明确的是五七五对于日本诗歌有何种意义的问题。

松浦友久在《汉诗——美之形》一文中指出，正如诗人有其性格、个性一样，"诗型也有其中性格与个性。"他说："想来短歌与五七五七七、俳句之五七五，或绝句的五言四句、七言四句、律诗的五言八句、七言八句，都是经历了千数百年、数百年的漫长历史的日中诗歌的主要定型。"他用了较长篇幅来论述这个问题，由于对于我们的翻译颇有启发，不妨列举如下：

> 这些主要的定型诗形成而被继承下来，并不是任何权力者强制的结果，也不是任何法律、道德、宗教等强制的结果。它们只是在就其语言的性格进行的各种尝试当中选择出来的感觉最自然、最美的语言形式，它们由以这种语言为母语的人们共通的美的感觉所制成，经过漫长的时日而走到今天。不被美感支持的诗型，即便流行一时，也会明显缺乏继承性。
>
> 在这种意义上可以认为，代表各国漫长诗歌史的主要定型，是真正与其语言特色——音声、发想的特色相一致的根源性的东西，因而可以说它是作为其语言"美的形态"而存在的。正如美术、音乐、建筑各有

---

① 郑民钦编著：《和歌的魅力——日本名歌赏析》，外语教学与研究出版社2008年版，第5页。

其美的形态一样，不消说，诗歌也有由语言构成的"美的形态"。①

他还指出：

> 五言诗与七言诗的节律感的不同，与日本诗歌中五七调的重厚、典雅与七五调的流丽、畅达的节律不同，是极为相近的。②

松浦友久指出："古代日本的歌的基本音，是由短的（五）与长的（七）一对组合的连续结构"，"这种基本音被认为是古代存在的歌谣的歌体。那时的五音是咒词，七音则表明意义内容"。③ 这就是说离开了五七、七五句式，便不成其为和歌。日本语培育了五七、七五的诗歌形式，而这种形式也持续了日本人的诗歌感觉和审美情趣。中国的译者不宜无视这种形式的存在。

当我们的眼光从日本诗歌翻译移开，读一读我国翻译家对内容与形式关系的阐述，或许能开拓我们的思路。

朱生豪在《〈莎士比亚戏剧全集〉译者自序》中说："余译此书之宗旨，第一在求于最大可能之范围内，保持原作之神韵，必不得已而求其次，亦必以明白晓畅之自居，忠实传达原文之意趣；而于逐字逐句对照式之硬译，则未敢赞同。凡遇原文中与中国语法不合之处，往往再四咀嚼，不惜全部更易原文之结构，务使作者之命意豁然呈露，不为晦涩之字句所掩蔽。"④

许渊冲在《译诗研究》中开门见山地说："翻译是用一种语言形式表达另一种语言形式已经表达的内容的艺术，主要解决原文的内容和译文的形式之间的矛盾。""译诗除了传达原诗的内容之外，还要尽可能传达原诗的形式和音韵。"他引用了鲁迅在《自文字至文章》中所说的一段话："诵习一字，当识形音义三：口诵耳闻其音，目察其形，心通其义，三识并用，一字之功乃全。其在文章，……遂具三美：意美以感心，一也；音美以感耳，二也；

---

① 〔日〕松浦友久『漢詩———美の在りか』、岩波書店 2002 年版、第 159 頁。
② 〔日〕松浦友久『漢詩———美の在りか』、岩波書店 2002 年版、第 183 頁。
③ 〔日〕辰巳正明『短歌学入門———万葉集から始まる〈短歌革新〉の歴史』、笠間書院 2005 年版、第 46 頁。
④ 罗新璋编：《翻译论集》，商务印书馆 1984 年版，第 457 页。

形美以感目，三也。"许渊冲因而认为译诗不但要传达原诗的意美，还要尽可能传达它的音美和形美①。

江枫《翻译，应该有中国学派的理论——在第六届中国诗歌翻译研讨会上的主题发言》中说："诗歌，几乎都是用比喻写成的，则把整个一首诗及其组成部分全都视为比喻，而设法忠实、准确地使之在译文中落到实处，就能够成功或接近于成功，这就叫形似而后神似。"②他还肯定地说："译诗，我通过自己的尝试和对他人成果的研读，深深体会到——但并不强求别人接受——不求形似，但求神似而获得成功者，断无一例。"江枫认为："译诗，应该力求形神皆似，而力求形神皆似的道路永无止境。""译诗，在指导思想上不求形神皆似，其结果往往是形神皆失。"③

读完这些论述，再回头看短歌的特征，那么就会看重如下因素：即使在奈良时代，它也是属于口语的，而不是文言的，它谢绝古奥的典故，我们不宜将中国古代诗歌的典雅去复制和歌的风格；短歌是定型的，而不是西方式的自由诗。如果译诗背离了这些特征，那么就会使读者误解和歌的艺术性。和歌的含蓄，是用自然景物和物件达意，这并不意味着晦涩，因为这些事物仍然就在日常生活中，只不过采用了音律稳定的非日常表述方式。因而，把它译成完全直白的"大白话"，也会失去诗味。译者将这诸多的元素尽可能传达得多些，准确些，就是值得肯定的，而提升自己语言的表现力，正是不可松懈的课题。

第五节　俗字通例研究在日本写本考释中的运用
——以《万叶集》汉诗文为例

日本江户时代以前的文学作品，绝大多数以写本流传。江户时代以来才陆续根据写本整理成书。虽然不断有新的汉文典籍传来，但是作者一般都秉承遣唐使时代的文字记忆，沿用着我国六朝和初唐俗字的写法。从这一点出发，今天我国敦煌吐鲁番写本的研究，对于这些典籍的解读仍然具有参考价

---

① 罗新璋编：《翻译论集》，商务印书馆1984年版，第839页。
② 江枫：《江枫翻译评论自选集》，武汉大学出版社2009年版，第5页。
③ 江枫：《江枫翻译评论自选集》，武汉大学出版社，第95页。

值。日本最古老的和歌集《万叶集》，其中很多汉文作品，依然存在尚未确切释读的问题，解决这一问题，也正可借助近年我国敦煌俗字和古籍文字通例研究的成果。

《万叶集》诞生于日本奈良时代末期，日本学者常将其与中国的《诗经》相比拟。这部收集了四千多首和歌的诗歌集，全部由汉字写成。这些汉字包括两个部分，一是作者用汉文撰写的诗题名、书状、诗歌、序言和题记，这一部分当然是以汉语诗文为规范写成的；另一部分则是用汉字来记录日语的"万叶假名"，汉字的作用是记录日语，因而有的表音，有的兼表意，这一部分大部分用汉语难以读通，不像前一部分那样懂得古汉语的人也能看懂。尽管如此，由于这两部分都是汉字写成的，好在《万叶集》的古写本就基本或部分保存了其诞生的奈良时代日本人使用的汉字的原貌。由于当时日本人使用的汉字师从唐人，也就在很大程度上投射出同时代或稍靠前时代大陆汉字的情况。由于《万叶集》汉字与敦煌写卷文字存在这种内在联系，《万叶集》也就自然进入今日汉字研究者的视野。

现代日本的《万叶集》研究者，大多根据经过历代学者根据古写本整理的印本来展开研究，这些本子中的和歌，都是已经由奈良时代的汉字翻译成了今天的日语，而非原初的汉字本。对汉字的读解，本来就关系到对原诗诗意的理解。所以，对《万叶集》汉字的研究，是一切阐释和鉴赏的基础。正像研究《诗经》不能只看今人的注释本一样，真正读懂《万叶集》，不能不学习万叶假名和其中的汉诗文。

江户时代的学者对《万叶集》作了很多考证，其中一项内容就是对其写本文字的考辨。他们注意到，写本中存在误字和很难读通的字。《万叶集误字愚考》[①]（以下简称《愚考》）《万叶集文字辨证》[②]（以下简称《辨证》）等都是试图对文字的误读误解做出澄清的书。它们提出的一些看法，至今还影响着一些研究者。然而，由于作者不可能见到敦煌写卷的俗字资料，所以，他们往往将其中的俗字一律当作"误字"，而不知道它实际上正是唐人普遍采用的写法。

---

① 〔日〕正宗敦夫『萬葉集私考　萬葉集誤字愚考』、日本古典全集刊行會 1930—1937 年版、第 1—5 頁。
② 〔日〕木村正辭『萬葉集文字辨證』、早稻田大學出版部 1904 年版。

第十六章 《万叶集》在华传播与翻译 1053

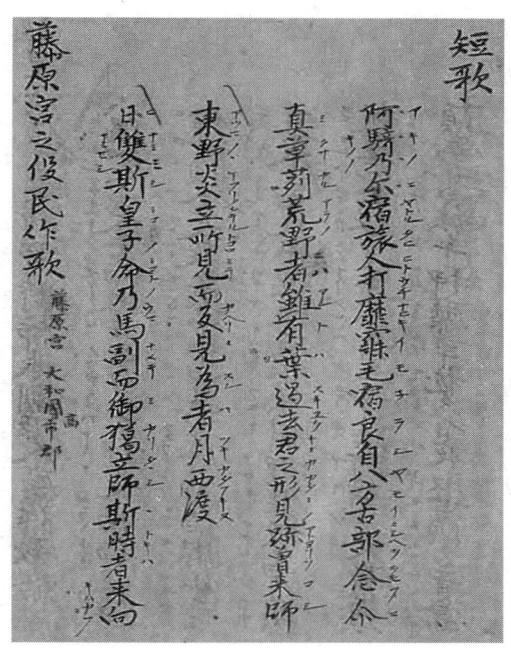

图 153 京都大学藏《万叶集》写本

日本研究《万叶集》的著述可谓汗牛充栋，但是，由于研究日本国文学的学者，涉猎中国文学不深，而研究汉文学的学者也较少涉及写本文字，因而，历经千年传抄的写本中存在的误识误读问题，至今仍然不能说不再存在。本文仅就其中的汉诗文的疑难文字提出一些新解，至于万叶假名中的文字问题，非作专门考证不可，这里就暂不讨论了。

一 《万叶集》中的俗字与俗语

《万叶集》的汉诗文和万叶假名中，有很多与敦煌俗字和我国六朝唐代相同的俗字。

《万叶集》中的汉字，有些写法和意义均与敦煌写卷相同。例如卷十六3836《谤佞人歌》中的"佞"字，见于多种敦煌写卷。"佞佞"，S.388《正名要录》："右正行者揩（楷），脚注稍讹。"颜元孙《干禄字书》："佞佞：上俗下正。"歌题中"佞"用的是"佞"的俗字，"谤"用的是"谤"的古义，作"指责、责难"讲。又如卷五853《游松浦河序》："不胜感应，辄陈欿曲。"伊藤本注释谓欿乃款的俗字①"欸",388《正名要录》:"从土(士)。""右各依脚注。""欿",S.462《金光明经果报记》:"问辩答欿,著枷被锁。"颜元孙《干禄字书》:"欿款:上俗,下正。"

这一类俗字数目很多。下面所列,只是西愿寺本《万叶集》②中的一部分俗字:

髙(高) 亰(京) 竸(競) 恠(怪) 煞(殺) 逈(迥) 餝(飾) 閇(閉)
皷(鼓) 悮(誤) 皃(貌) 伇(役) 羇(羈) 鳩(雉) 胷(胸) 埿(泥)
伍(低) 䫿(睹) 樑(梁) 覔(覓) 鷰(燕) 筭(算) 舡(船) 舩(船)
虎(虎) 桒(桑) 庿(廟) 総(綜) 霶(霂) 樻(櫃) 曽(曾) 姧(奸)
渕(淵) 尒(爾) 徃(往) 蒹(兼) 熟(熟) 埶(熱) 磋(磯) 裵(裹)
弁(辨) 臂(臂) 壶(壺) 氐(氏) 叫(叫) 万(萬) 与(與) 洂(淑)
㮣(楯) 岡(崗) 迳(逕) 廷(庭) 迊(匝) 夘(卯) 剋(剋) 飃(飄)
飜(翻) 悮(誤) 舼(船) 怨(怨) 猲(獵) 葱(葱) 猒(厭) 嬢(娘)
瘖(瘖) 儛(舞) 涕(涕) 縵(縵) 慇(殷) 懃(勤) 橃(筏) 疹(疹)

根据江户时代文化九年书写署名光枝的《万叶集误字愚考》,光枝看到的《万叶集》写本还有一些不见于上表的字,如燋(磯)、篚(篚)、匛(匜)、庭(庭)、眷(督)等,讹互之字颇多,如恠(恠)、矜(矜)、旗(旗)、狭(狭)、定(定)、噲(噲)、启(啓)等。有些讹互的现象和敦煌写本十分相似。

《万叶集》中有不少属于繁化俗字。如幸(幸)、梓(梓)、友(友)、耆(耆)、縵(縵)等,它们繁化的规律与敦煌俗字大体相同,如增加笔划者,凡从"辛"都加横③,增加部件者,"瓜"字作"苽"。有些属于日本专用名词,如"婇女","采"左增"女"旁,乃为增强其为女性的意义。卷第十六3806《女子窃接壮士其亲呵啧壮士悚惕时娘子赠与夫歌一首》:"时有女子,不知父母,窃接壮士也。壮士悚惕,其亲呵啧。稍有犹预之意,因此娘子裁作斯,与其夫也。"其中"不知","知"乃"告"之误。"呵啧",即呵

---

① 〔日〕伊藤博『萬葉集釋注』三、集英社2001年版、第128页。
② 〔日〕鶴久、森山隆『萬葉集』、櫻楓社1988年版。
③ 蔡忠霖:《敦煌俗字中的繁化现象试析》,载《转型期的敦煌学》,上海古籍出版社2007年版,第599—606页。

责。"啧"为"责"的增旁字，受前"呵"字的影响，且因"呵责"为口所为，增添"口"。

简化现象亦较常见，如尓（尔）、迊（迹）、祢（祢）、伇（役）、姆（娒）、欤（歟）、纙（纙）、枣（棗）、俓（徑）等。值得注意的是，这些减笔字和正字往往混用。

虽然经过世代学人的整理，《万叶集》写本中仍然保留了一定数目的形误字，如紉（紐）、䏻（能）、羊（年）、埣（埼）、秡（祓）等。卷第十一2403"玉久世 清川原 見秡為 斎命 妹為"，今读作"たまくせの きょきかははらに みそぎして いはふいのち いもがためこそ"，或写作"玉くせの 清き川原に みそぎして 斎ふ命は 妹がためこそ"，"山背の く世の川原に みそぎして 斎（いは）ふ命は 妹がためこそ"，其汉字原文中的"秡"字，当是"祓"字。"禾"、"示"二旁形似，或有相换造成俗字者，如"祕"或写作"秘"，"秩"或写作"袟"①。《辨证》："《干禄字书》：'秡祓：上俗下正：此外偏旁ネ作禾者甚多。同书尚有'秘祕：上俗下正'、'稧禊：上俗下正'等。《日本书纪》卷12：'令秡禊'，同书卷29：'各田秡柱'等。《灵异记》中卷《训释》：'秡：波良遍'，《字镜集》亦作秡（ハうへ）。我国古多用俗体，祓作秡也。"②《万叶集》中的"祓"写作"秡"，为此又添一例。

《万叶集》中出现的"嚊"字也很值得讨论。此见于卷十一2637"嚊鼻乎曽鼻嚊 鶴 劍刀 身副妹之 思来下"，今读作"うち鼻ひ 鼻をぞひつる 剣大刀 見に添ふ妹し 思ひけらしも"，或"咽（しはぶか）ひ 鼻をそ嚊（ひ）つる 剣大刀 見に添ふ妹が思ひけらしも"，"嚊"，有的本子写作"哂"读作"うちすすり"（塙），或"うちゑまひ"（全注）。《龙龛手镜·口部》："嚊。经音义作嚏。 丁計反，鼻嚏也。在普曜经第五卷。又俗音血。"关于这个字，郑贤章《〈可洪音义〉俗字札记》有详考，其结论是《新集藏经音义随函录》以为"嚊"为"咽"字之讹，其说较为合理，

---

① 曽良：《俗字及古籍文字通例研究》，百花洲文艺出版社2006年版，第165页。
② 〔日〕木村正辞『萬葉集文字辨證』下卷、早稲田大學出版部1904年版、第14頁。

"呬"意义与"嚔（嚏）"相同①。在同一首和歌中，用了表示同一意义的两个不同的字，作者显然是为了避免用字重复。

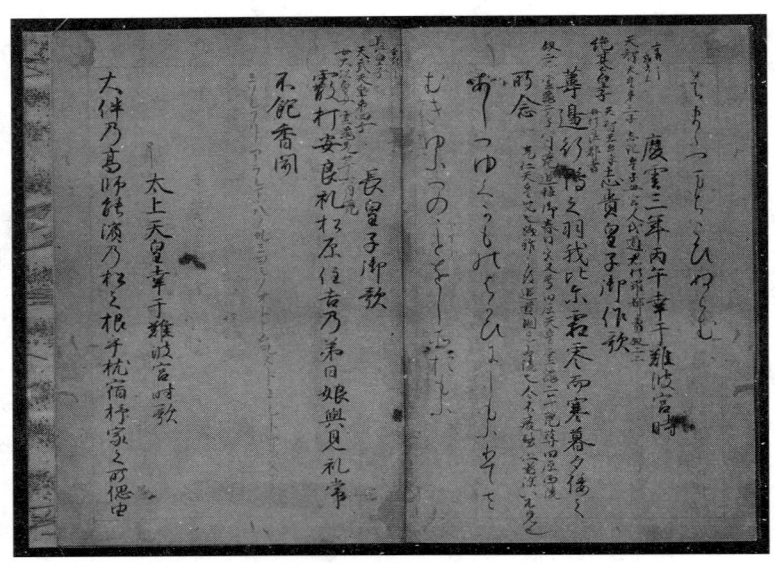

图154　东京国立博物馆藏元历校本《万叶集》

和其他奈良时代的文献一样，《万叶集》中还有极少常见字书的俗字，如卷第十九4217歌题《霖雨晴日作歌》中的"晴"字，据文义，当为"霁"的俗字。关于"霁"的俗字，《龙龛手镜·雨部》："晴也，雨止也"，只列出"霏"、"霽"，《新集藏经音义随函录》也未见"晴"字。《辨证》："各本均作晴，故非传写之误。卷19题词'霖雨晴日作歌'之'晴'字，元本、官本、温本皆作晴。雨止随即日出，则变雨冠而从日。晴当为皇国古人制造之文字，联想合一而如晴字之从日。"此为一说。《万叶集》中的这个"晴"字，当来源于六朝与初唐写本，可录以备考。

卷第五813《山上臣忆良咏镇怀石歌一首》："并皆堕圆，状如鸡子。其美好者，不可胜论。"其中的"堕圆"，"堕"今作"椭"。

---

① 郑贤章：《〈可洪音义〉俗字杂记》，《汉字研究》第一辑，学苑出版社2005年版，第299—300页。

《万叶集》中有用唐代俗语者。卷第五 894《好去好来歌》是山上忆良在遣唐使丹比真人出发时所作的饯行歌，祈愿遣唐使一行一帆风顺，和愿文异曲同工，其歌题中的"好去"、"好来"为唐时送行盼归时常用的俗语。唐代文献中，"仍"有作"乃、便"讲的①，《万叶集》以下题名中，"仍"即作"乃、便"讲：

于时益人怜惜，不歐之归，仍作此歌。（卷第六 1004《桉作村主益人歌一首》）

但郎女独留，葬送屍柩既讫，仍作此歌，赠入温泉。（卷第三 461《大伴坂上郎女悲叹尼理愿死去作歌一首并短歌》）

《万叶集》中保留的六朝初唐俗语的用法，可以为中古俗语研究提供旁证。例如卷 5 山上忆良作《沉痾自哀文》："至若榆柎、扁鹊、华他、秦印、和缓、葛稚川、陶隐居、张仲景等，皆是在世良医，无不除愈也。追望件医，非敢所及。"句中的"件"字属唐代俗语。件，上述，每一。"件医"，上述良医。蒋绍愚指出："'件'在六朝时已经发展为量词，《行记》中常'前件'连用，指导前述之人或物。也可单用'件'。"董志翘亦认为："单用'件'表示'上述'义，《行记》中有数例。"② 王启涛发现吐鲁番文书中"件"单用的现象很多③。在日本奈良和平安时代的写本中，"件"作"上述、每一"讲的用例不胜枚举。奈良时代的愿文在列举供奉物品之后，多用"捧上件物"总括。如天平感宝元年闰五月廿日《圣武天皇施入敕愿文》："以前，捧上件物，以《花严经》为本，一切大乘小乘经律论抄疏章等，必为转读讲说，悉令尽（书）竟。"④ 天平胜宝元年润五月廿日供奉水田一万町的愿文中也有"以前，捧上件物，远限日月，穷未来际，敬纳三宝分，依此发愿"云云。"捧上件物"，就是呈献上述物品之意。平安时代阴阳寮申请物

---

① 蒋绍愚：《〈入唐求法巡礼行记〉中的口语词》〔J〕，《近代汉语研究》，商务印书馆 1992 年版，王启涛《吐鲁番出土文书词语考释》〔M〕，巴蜀书社 2005 年版。
② 董志翘：《〈入唐求法巡礼行记〉词汇研究》，中国社会科学出版社 2000 年版，第 62—65 页。
③ 王启涛：《吐鲁番出土文书研究》，巴蜀书社 2005 年版。王启涛：《吐鲁番出土文书词语考释》，巴蜀书社 2005 年版，第 289—291 页。
④ 〔日〕東京大學史料編纂『大日本文書編年』第三、東京大學出版會 1968 年版、第 240 頁。

品的文书《申请造历用途物》在列举了所需物品后，总括谓："右写来万寿三年历料，用度杂用料，依例阴阳寮所请如件"，"右结政半帖、长帖、料物等，依例扫部寮所请如件。"① "如件"，就是"如上述所列"的意思。同卷阴阳寮的文书后还有"右明年正月三日立春正月节，然则从彼日，可用件"。"可用件"，就是可采用上述做法的意思。山上忆良这里是说，上述良医，都是自己无法遇到的。

《万叶集》中还有仿六朝初唐俗语而创造的日本词语，如卷第四 512《草孃歌一首》，草孃不知何人，而"草孃"之称谓，无疑是仿照汉语俗语构成的新词。

《万叶集》有多种写本流传，这些写本大都存在很多误书而造成的郢书燕说的情况。例如卷 5 吉田宜书状前文，是吉田宜收到《梅花歌》而写的一封回信，心中说自己对来信反复诵读："耽读吟诵，戚谢欢怡。"迄今各种注释本对"戚谢欢怡"一句都不得确解。或认为"戚"为"感"之误书，本句作"感动欢欣"解；或认为"戚"为"感动"解，"欢怡"就是"欢喜"之意。笔者考证，此实用《千字文》之成句"欣奏累遣，戚谢欢招"的后半句，说读到对方送来的和歌之后，悲伤消散，欢欣到来②。问题是各种本子多误将"招"字写成了"怡"字，结果招来各种猜测。而这正是敦煌写本中也很常见的"忄"、"扌"易混现象。由此可见，对《万叶集》中汉诗文中的汉字加以全面清理，实属必要。

这项工作的直接意义，在于有益于对《万叶集》的翻译介绍。我国出版的选译本自不待言，三种全译本均对其中的汉诗文原文照录，不加注释，自然沿袭着日本原版的错误。更有甚者，对原文采用中日两类标点混用的做法（既停顿而非表示并列处不用中文标点的逗号，而照搬日文标点的顿号），这无疑不利于读者对原文的理解。

二 《万叶集》俗字误字的特点

《万叶集》中山上忆良等歌人，由于曾经作为遣唐使的随员到过中国，

---

① 〔日〕近藤瓶城编『改定史籍集覧』第十八册、临川书店 1984 年版、第 295—296 页。
② 王晓平：『敦煌文学と萬葉集』、『「意」の文化と「情」の文化』、中央公論社 2004 年版、第 95—111 页。

他们就不仅从典籍上接触过中国的俗字俗语，而且曾经有机会直接看到俗字俗语在中国使用的情况。这种情况反映到他们的作品中世很自然的。卷5山上忆良作《沉痾自哀文》："若逢圣医神药者，仰愿割刳五藏，抄探百病，寻达膏肓之隩处，欲显二竖之逃匿。"隩同"奥"，抄探，把手伸进或插入去查找探求。抄，就是俗语。卷第十六3786《有由缘并杂歌》："昔者有娘子，字曰樱儿也。于时有二壮士，共誂此娘。""誂"，挑逗，诱引，后多作"挑"。同卷3788《三男共娉一女，娘子叹息，沉没水底时，不胜哀伤，各陈心作歌三首》："或曰，昔有三男，同娉一女也。"娉、娉，皆指男方向女方求婚，今通作"聘"。《说文·女部》："娉，问也。"段玉裁注："凡娉女及聘问之礼，古皆用此字……而经传概以'聘'代之。"以上例证，有利于我们了解奈良时代的文士如何接受和使用中国俗语的。

　　《万叶集》的汉文之作，无疑是稚拙的，尽管作者竭力模仿中国典籍的语言，但有的语句明显不符合当时汉语的表达习惯。如卷第二127《大伴宿祢田主报赠歌一首》序："已提堝子，而到寝侧，哽音蹢足，谘曰"中的"哽音蹢足"，当是"哽咽顿足"之意。"蹢"同"蹄"，"蹢足"不如"顿足"义明。不过，语言稚拙主要表现在语汇的贫乏和结构不符汉语习惯等方面。这种稚拙，主要是由于当时的作者汉语写作不够娴熟。那些作者在提笔写作的时候，很自然地感觉到词不达意的困窘。也正因为这样的原因，他们不能不老老实实地读那些当时中国普通读书人看的"菟园册子"，不以模仿《千字文》和书仪那样的写法为耻，所以我们从中发现敦煌蒙学书的语汇也就不足为奇了。唯其稚拙，所以在用语上就求有来历，不敢生造词语。也就是说，他们缺少的是表现力，而不是严谨性，语言上的缺陷，主要是结构性的，而不是根源性的。恰同我们学习了不少单词，还不能自如地用外语写作的情况一样。所以，我们在考释《万叶集》的汉文的时候，就要一字一句搞清楚它们的出典，而不要在此之前就轻易断言此为讹误，彼为独创。

　　《万叶集》中的俗字，有些见于其他奈良时代写本文献。卷十六3835《献新田部亲王歌一首》："水影涛涛，莲花灼灼。恟怜断肠，不可得言。""恟怜"，即"可怜"。"可"因受"怜"字影响而繁化增添"忄"旁。奈良平安时代文献多将"可怜"写成"恟怜"。如《东大寺讽诵文稿》："含慈相咲（笑），红皃（貌）今见；抚首扣背，忻（可）怜音今闻。"①《辨证》："忻怜当作可怜，仿下怜字而增旁为忻怜。《仁贤记》十八：'弱草吾夫何怜矣'。《游仙窟》：忻怜娇里面'，可知自古有此写法。②

由于有些和歌是文士唱酬的作品，《万叶集》中保留了一些他们之间的书状。这些书状的写法明显模仿敦煌书仪中的《朋友书仪》等，所以其中有不少见于敦煌书仪的字句。卷第十六3857《恋夫君歌一首》："传云：佐为王有近习婢也。于时宿直不遑，夫君难遇，感情驰结，系恋实深。"驰结，多见于敦煌书仪，不遑枚举。如《新集吉凶书仪·与四海稍尊书》，同书《与四海极尊书》、《内外族吉书》、《吉凶书仪》中皆有"伏增驰结"一语。《新集书仪·与和尚书》有"无任驰结"一语。《愚考》谓"感，戚之误；驰，既之误"，不足信。卷十七3965《大伴家持赠大伴池主悲歌二首》序"忽沈枉疾，累旬痛苦，祷恃百神，且得消损"，明显套用书仪句式。此外，《万叶集》书状里出现的"倾延"、"芳猷"等，皆是敦煌书仪中多见的词语。

《万叶集》中的讹变字和敦煌写本俗字存在着共同规律，了解了这一点，对于释读原作具有特殊意义。例如，在敦煌写本中多见的"辶"俗写作"辶"，"竹"、"艹"旁不别，"旦"、"且"相混，"天"、"夭"不别，"木"旁、"扌"旁不别，"弗"、"予"不别，"尔"、"参"相通等现象，在《万叶集》中都很容易找到。卷第五864吉田宜书状中的"鄙怀除袪，若披乐广志天"中的"袪"字，"袪"当作"袪"，是"去除"之意。这就属于"衤"、"礻"不别例。

三　以敦煌俗字通例解《万叶集》疑文难句

由于《万叶集》的作品年代横跨数百年，记录和歌的的方法不同，所以《万叶集》中的汉诗文和万叶假名都留下很多疑问。历代学者经过不断辨识认读之后，将写本的汉诗文，"翻译"成通用汉字书写的汉诗文，将万叶假名翻译成汉字假名混用的现代文字，才有了今天人们阅读的《万叶集》。要想彻底解决《万叶集》理解中的所有问题，当然离不开对写本的深入分析。

---

① 王晓平：《从〈东大寺讽诵文稿〉看日本愿文的仁孝礼佛说》，《艺术百家》2009年第4期，第101页。

② 〔日〕木村正辞『萬葉集文字辨證』下卷、早稲田大学出版部1904年版、第62页。

敦煌写本和中国古籍俗字研究的成果，为《万叶集》疑文难句的解读提供了新的思路。主要是利用从敦煌写本总结出的文字讹变（形误）以及相通、相混的规律，来对《万叶集》写本的文字进行分析。

首先，可以用俗字知识校正汉字讹误。

《万叶集》中存在因俗字与某字形相似而造成的错误。如第十六 3821《儿部女王嗤歌一首》："此娘子不听高姓美人之所誂，应许下姓媿士之所誂也。""媿"，"醜"之误。后句"下姓"（卑贱之姓）与"高姓"（高贵之姓）相对，"醜士"（醜男子）与"美人"（美男子）相对。"醜"、"媿"形近。

又如卷第十九 4248《七月十七日越中守家持迁任少纳言作悲别歌赠贻朝集使掾久米广绳是馆二首》："既满六载之期，忽值迁替之运。於是别旧之悽，心中鬱结，拭涕（涕）之袖，何以能旱？因作悲歌二首，式遗莫忘之志。"旱，"干"之误。"干"，通"乾"。

再如，卷五 812《中卫大将藤原卿报歌一首》序："跪承芳音，嘉懽交深。乃知龙门之恩，复厚蓬身之上，恋望殊念，常心百倍，谨和白云之什，以奏野鄙之歌。房前谨状。"这是藤原房前收到大伴淡送来的《梧桐日本琴》之后的回信。伊藤博注释："嘉，以词藻为美的感情；懽，以情谊为喜的感情。"又说："白云之什，来自白云重重相隔的筑紫的歌之意。'什'，诗篇。称对方者以'什'表尊，称本人者为'歌'表谦。"① 此说需进一步探讨。《愚考》："嘉，喜之误。白云，白雪之误。见《汉书·司马相如传》。"此说大体可从。

"白雪之什"与"野鄙之歌"，前者为高雅的诗作，用以对对方的作品表敬，后者为粗俗之作，用以对自己的唱和之作示谦。"白雪"出《文选·宋玉〈楚王问〉》"阳春"、"白雪"之说，后人多以此指称高雅的诗词。《汉语大词典》引唐罗隐、前蜀韦庄诗，稍晚。

卷第五 897 山上忆良作《沉痾自哀文》："窃以朝夕佃食山野者，犹无灾而得度世（谓常执弓箭，不避六斋，所值禽兽，不论大小，及孕与不孕，并皆煞食，以此为业者也）。"《愚考》："愚案：佃，田之误乎？田食，狩猎

---

① 〔日〕伊藤博『萬葉集釋注』三、集英社 2001 年版、第 73 頁。

者。"伊藤本注释："佃，此同畋，狩猎。食，食鸟兽。"

《汉语大词典》："谓以耕营田地为生。《书·多方》："畋尔田"唐孔颖达疏："治田谓之畋，犹捕鱼谓之渔。今人以营田求食谓之畋食。"此"佃食"之"佃"，为"田"的增旁字，当作"田"，狩猎之义。语虽出《书·多方》，而非指耕营田地为生者，乃指打猎为生者。

其次，运用俗字知识辨析前人说解。

《愚考》对《万叶集》误字提出很多新说，有些没有引起今天研究者的注意。我们可以从俗字的角度，予以分析。例如，卷第五806《大宰帅大伴卿相闻歌二首》序："伏辱来书，具承芳旨。忽成隔汉之恋，复伤抱梁之意。唯羡去留无恙，遂待披云耳。"《愚考》："羡，冀之误。"此说可从。羡，羡慕，希望得到。这里原来可能写的是"冀"的俗字"兾"，与"羡"字形相近。

又如：卷第五815《梅花歌三十二首并序》："曙岭移云，松挂罗而倾盖；夕岫结雾，鸟封縠而迷林。"《愚考》："对，一本作'封'。"伊藤本注释："縠，原文据矢、京等，底本之'縠'，误。"① "封"，一本作"对"。从文义看，以"对"为佳。"縠"，原本作"縠"，当为"縠"之讹。"縠"指雾气。出自"雾縠"一词。《文选·宋玉〈神女赋〉》："动雾縠以徐步兮，拂墀声之珊珊。"李善注："縠，今之轻纱，薄如雾也。"司马相如《子虚赋》亦有"垂雾縠"之语。以上皆是以雾喻纱，而《万叶集》以纱喻雾。"鸟对縠而迷林"，对"松挂罗而倾盖"，鸟与松同为行为主体。

再如，卷第五864吉田宜《奉和诸人梅花歌一首》序："架张赵于百代，追松乔于千龄。"《愚考》："架，《或考》：驾之误。"架，有"超越、胜过"意，通"驾"，而非"驾"之误。《汉语大词典》引南朝孔稚珪《北山移文》："笼张赵于往图，架卓鲁于前箓。"又引南朝梁钟嵘《诗品·总论》："于是士流景慕，务为精密，襞积细微，专相陵架。""陵架"，意同"陵驾"。

卷第五864《奉和诸人梅花歌一首》："类杏坛各言之作，疑衡皋税驾之篇。"《愚考》："疑，或为拟之误。"此说非也。疑字不误。疑有类似、好像意。《汉语大词典》引《列子·黄帝》："用志不分，乃疑于神。"张湛注：

---

① 〔日〕伊藤博『萬葉集釋注』三、集英社2001年版、第86頁。

"分犹散。意专则与神相似者也。"南朝梁庾肩吾《奉春夜应令》:"月皎疑非夜,林疏似更秋。""疑衡皋税驾之篇",此句之"疑"与上句之"类"相对,均为相像、相似之意,即可以与古代这些传世名篇相媲美。

卷第十六 3791《竹取翁偶逢九箇神女贖近狎之罪作歌一首并短歌序》:"昔有老翁,号曰竹取翁也。此翁季春之月,登丘远望,忽值煮羹之九个女子也。百娇无俦,花容无止。于时娘子等呼老翁嗤曰:'叔父来乎?吹此烛火也。'""烛火"不可用于煮羹,"烛"字有误无疑。《愚考》:"《或考》:烛,锅之误。愚案:煨之误乎?煨火,モエヒ。""モエヒ",灰烬。"煨",熟灰。《说文·火部》:"煨,盆中火。"煨火,燃起炭火,《汉语大词典》引元耶律楚材《和邦瑞韵送行》:"幸有和林酒一樽,地炉煨火为君温。"此为"煨火"作动词例。"煨"、"烛"字草书字体相近。"煨火",作名词用,即盆中火。"吹此煨火"较"烛火"为优。

第三,运用俗字讹变知识对难句提出假说。

卷第五 897 山上忆良作《悲叹俗道假合即离易去难留诗一首》序"旦作席上至主,夕为泉下至客。白马走来,黄泉何及?"《愚考》:"及,去之误。""及"、"去"字形相差较大,不易混淆。此"及"字疑为"反"字之误,"及"、"反"字形相近易混。"反",同"返",即说黄泉一去不返。上句"白马走来",则出《玉台新咏·徐陵〈别毛永嘉诗〉》:"白马君来哭,黄泉我讵知?"①"白马",即"白马素车",送葬的坐骑。

卷第十六 3786《有由缘并杂歌序》:"昔者有娘子,字曰樱儿也。于时有二壮士,共誂此娘。而捐生挌竞,贪死相敌。"挌,当作"各"。"捐生各竞,贪死相敌","各"与"相"相对,因受前后文"捐"、"竞"字影响和文意理解而类化增"扌"旁。"各竞"对"相敌",都是说各不服输,相互对抗。中译本和日本各注本皆读作"挌竞"。

卷第十六 3869《筑前国白水郎歌十首》之十:"于是荒雄许诺,遂从彼事。自肥前国松浦县美祢良久埼发舶,直射对马渡海。登时忽天暗冥,暴风交雨,竟无顺风,沈没海中。因斯妻子不胜犊慕,裁作此歌。"

《愚考》:"不胜犊暴","犊,特之误。暴,慕之误。""犊"与"特"字

---

① 〔日〕大谷雅夫『「万葉集」と漢文学』、『文学集刊』第 10 巻第 4 号、岩波書店 1997 年版、第 33—43 頁。

形相距较远，且"特慕"一词，不知所据。疑"犊慕"为"积慕"之误。"积慕"，乃同"积怨"、"积恨"、"积懑"、"积郁"等六朝词语构词方式相同，"积"亦有郁积于心之意。《汉语大词典》引《金史·后妃传上》："海陵篡立，尊大氏为皇太后，居永乐宫。每有宴集，太妃坐上坐，大氏执妇礼，海陵积不能平。""犊"与"积"草书字形易混。"积慕"即郁积的思慕，纠结的思念。

卷第十七 3976 大伴池主《七言一首》问题较多，兹录于下：

> 杪春余日媚景丽，初巳和风拂自轻。
> 来燕衔泥贺宇入，归鸿引芦迥赴瀛。
> 闻君啸侣新流曲，禊饮催爵泛河清。
> 虽欲追寻良此宴，还知染懊脚跨趼。

"拂"，《愚考》："抑之误。"此说不必从。"衔"，未见各种大型字书，或为"衔"之误。"啸侣"，《愚考》："侣，吕之误乎？"此说不可从。啸侣，呼唤同类；召唤同伴。三国魏曹植《洛神赋》："尔迺众灵杂遝，命俦啸侣。或戏清流，或翔神渚，或采明珠，或拾翠羽。"嵇康《赠兄秀才入军》："鸳鸯于飞，啸侣命俦，朝游高原，夕宿中洲。"

"还知染懊脚跨趼"，《愚考》："此句难得，愚按'还知染陶聊酩酊'之误乎？"此说考虑的是，此诗为大伴家持以下七言诗的和诗：

> 余春媚日宜怜赏，上巳风光足览游。
> 柳陌临江缛祓服，桃源通海泛仙舟。
> 云罍酌桂三清湛，羽爵催人九曲流。
> 纵醉陶心忘彼我，酩酊无处不淹留。

"染陶"，熏染、陶冶，呼应家持诗中的"陶心"之说。"还知染陶聊酩酊"，也是整体上对"酩酊无处不淹留"的回应。此可备一说。不过，此与上句"虽欲追寻良此宴"的联系不明。从全文看，三月四日大伴池主收到三日家持送来的《七言晚春三日游览一首》之后，曾写回信表示赞赏，五日又写下这篇《七言一首》，最后一句当是表示当时虽然向往三月三日的游宴，却未能成行，颇感遗憾。从这一点出发，"还知染懊脚跨趵"可做如下解释。

"还"，表转折，相当于"却"、"反而"。"懊"，烦乱。烦闷。"染懊"，沾上懊恼，碰上烦心事。

"跨趵"，脚瘦细貌。《汉语大词典》引宋赵叔向《肯綮录·俚俗字义》："脚细曰跨趵。"《龙龛手镜·足部》："跨，吕贞反，跨趵也；又郎丁反，亦行不正皃。""趵，尹庚、勑贞、中茎三反，皆跨趵，行不正也；又细长皃。""跨趵"，读作 lingding，走路歪歪扭扭，或足细弱貌。这里是说腿脚不好。所以这最后两句是说，虽然曾经很想去赶赴昨日的游览饮宴，却因为碰到麻烦腿脚不便而未能成行。

又，《正字通·足部》："跨，跨趵，独行貌。别作跨、伶行"。跨趵，即伶仃、跨趵，孤独貌。则此句中之"脚"，或为"却"字之讹。后句可读作"还知染懊却跨趵"，由对方盛宴的热闹，感叹自身的寂寞。

下面这些疑文难句，是属于作者独特的表达方式，还是书写传递中出现的讹变，还很难断定。历来的解读是否得当，尚需进一步考证。这里提出的解释，仅供参考。

卷十七 3873 三月三日大伴宿祢家持《七言晚春三日游览一首并序》："上巳名辰，暮春丽景。桃花昭脸以分红，柳色含苔而竞绿。于时也，携手旷望江河之畔，访酒迥过野客之家。""昭脸"，疑当为"照脸"，意同"照面"，为"人面桃花相映红"之意。"含苔"，当为"含笑"。在奈良时代已传入日本的中国文献中，可以见到以桃花喻笑脸的例子。如《杜家立成杂书要略》中的《知故成礼不得往看者与书》形容新娘的美貌："辄想芬芳香气，遂吹帐前；照灼金花，连披扇后。春桃隐叶，讶对脸红；秋月藏云，为惭眉色。"①

卷第三 461《大伴坂上郎女悲叹尼理愿死去作歌一首并短歌》："惟以天平七年乙亥，忽沈运病，既趣泉界。于是大家石川命妇依饵药事，往右间温泉，而不会此丧。""运病"，伊藤博注释本："盖天运难以逃脱之病。可以认为是老衰与疫病。""运病"之说，不知何据。"运"或为"尪"字之讹。

---

① 〔日〕高城弘一编『樂毅論·杜家立成雜書要略』、天來書院 2002 年版、第 43—44 页。

第十六 3786《有由缘并杂歌序》："其两壮士不敢哀恸，血泣涟襟。""不敢哀恸"，不文，"敢"疑为"胜"之误，当作"不胜哀恸"。同卷 3788 前序有"不胜哀颓之至"。涟，当做"连"，因受"泣"字影响而增加"氵"旁。"连襟"，连到衣襟。

第十七章

俳句汉译与汉俳

从 19 世纪末年，日本的俳句开始介绍到国外，最早将俳句介绍给英语国家的是明治时代曾经担任过英国外交官的 W. G. 阿斯顿（1841—1911）。从那时起到今天，俳句不仅被翻译成各国文学，而且在美、英、加、意、澳等许多国家俳句和本土诗歌结合培育出一种叫做 haiku（俳句）的新型短诗体。在很多国家都有俳句协会和俳句杂志①。俳句从 20 世纪 20 年代介绍到中国之后，与方兴未艾的白话诗运动相呼应，促成了一个波澜不惊的"小诗运动"，到 80 年代初，又乘当时的文学观念、文学思潮变革之风，将汉俳推向求新求变的诗坛。俳句的汉译和俳句的催生，在 20 世纪后半叶中国诗坛中虽没有掀起飓风狂澜，却也是一件不能不留下一笔的新事。

第一节 俳句翻译的言文雅俗之选

我国的俳句研究，除周作人等早期的零星介绍外，彭恩华（1945—2004）的《日本俳句史》堪称首功。该书 1983 年 7 月由学林出版社出版，而据作者称，其初稿成于 1966 年，字数约 40 万字有余，但在十年浩劫中连同所藏珍本俳籍散失无遗；尤其是历年来在中外书刊中所见有关俳句资料，亲自抄录而成五大卷笔记者亦一并罹殃。此书乃二稿。"本书略论俳句沿革，于古今大

---

① 〔日〕内田園生『世界に広がる俳句』、角川書店 2005 年版、第 13 頁。

家之俳论及句作叙述较详，卷末兼论俳句之东渐，以见其国际性。"① 《日本俳句史》不仅是我国俳句系统研究之始，而且是我国俳句翻译探索之第一作。书后附录"古今俳句佳作一千首"，包括上至江户时代，下至当代著名俳人的佳句，日汉对照，尽收译者的各种尝试。

5个月之后，湖南文艺出版社又推出林林编译的《日本古典俳句选》，选译了松尾芭蕉，与谢芜村、小林一茶三位江户时代最富盛名的俳人的佳句。

30年中，坚持日本古典诗歌研究的学者，陆续也有俳句翻译发表，其中汇集成书的则仅有李芒的《山头火俳句集》②《金子兜太俳句集》③《藤木俱子俳句随笔集》④，叶宗敏所译松本杏花的俳句集《千里同风》⑤等。有关俳句的研究著作中无疑也对俳句翻译进行了各种尝试。郑民钦的《日本俳句史》⑥《日本民族诗歌史》⑦等。在处理所引述俳句的翻译中，明显可以看出对前人翻译经验的思考和弃取。与此同时，林林等人对汉俳也进行了有益的探索，并与日本俳人展开积极的创作交流，北京举行的"迎接新世纪短诗交流会"上有86位中日人士吟诵短诗，日本俳人的俳句，全部由王军合、郑民钦、徐一平三人译出。⑧

上述俳句汉译和汉俳，既有不拘字数的自由体，也有坚持五七五句式的；既有译作文言的，也有译作白话的；既有形同我国绝句的，即可用"诗"相称的，也有仅为一句，有句无篇，即名副其实的"句"的。汉俳之形，亦皆然。这样看来，俳句如何翻译，就不仅是日本俳句的翻译问题，也是俳句式的短诗如何才能植入中国诗坛的问题。对俳句怎么鉴赏，对俳句美怎样把握，就在很大程度上决定了对俳句译文风格的选择。俳句汉译和汉俳创作，都不过是日本这种独特的语言艺术中国化的过程。

恰好在这同一时期，也正是俳句在各国逐渐被本土化的时期，在英语国

---

① 彭恩华：《日本俳句史》学林出版社1983年版，序1页。
② 李芒译：《山头火俳句集》，浙江文艺出版社1991年版。
③ 〔日〕金子兜太著、李芒译注《金子兜太俳名选译》，译林出版社1995年版。
④ 李芒、李丹明译：《藤木俱子俳名·随笔集》，中国社会出版社1996年版。
⑤ 〔日〕松本杏花：《千里同风》，叶宗敏译，人民文学出版社2010年版。
⑥ 郑民钦：《日本和歌俳句史》，京华出版社2000年版。
⑦ 郑民钦：《日本民族诗歌史》，燕山出版社2004年版。
⑧ 〔日〕今田述、林岫编『迎接新世紀中日短詩集』，葛飾吟社2001年版。

家就有俳句的英译和英俳的出现。英语国家的haiku和汉俳，异同之中，更映衬出中国文化语境对短诗选择的强烈干涉。我们的研究，不是为了判定怎样译或怎样作更好些，而是为了辩明我们的俳句移植者为什么会这样译和这样作。

一 对日本俳句佳句的选择

林林曾经说："由于民族，时代的不同，读者的审美观不同，在日本公认是佳句，未必能译得好，纵然译得不错，也未必能引起读者的同感叫好。"[①] 也正是这样的原因，尽管俳句这种形式被许多国家翻译移植，但考其数量和类型，真正为外国人欣赏的俳句，其实是很少的一部分。

俳句之所以为俳句，当然在于其短，其小。而这样的语言形式在日本得以产生和延续，离不开日本封闭的文化语境。这样短小，又没有任何解释的余地，一切背景皆被略去，如果没有作者与鉴赏者高度的沟通，那么就变成了不知所云的谜语。唯其如此，便自然产生出"俳句不可译论"。诗人荻原朔太郎写过一篇随笔，题目就叫《俳句不可翻译》，他说：

> 为了理解俳句的诗趣，至少住要住在日本纸糊窗的房子里，坐要坐在踏踏米上，吸溜着酱汤，喝着绿茶，而且生活在祖先时代的文化中，否则就不行。在西方那空气干燥，不长霉不青苔的干乎乎的气候中，欧美的人，住的是石头和金属造的房子，他们不管怎么也不会理解俳句。从这一根本问题上来说，俳句翻译就绝对是不可能的。[②]

荻原朔太郎这里只谈到自然界的气候，这当然是首要的。他举出松尾芭蕉的名句"雪間より薄紫の芽独活かな"和"奥飛騨の仏事に泊まるとろろ汁"。仅这些日本的特色风物，就是以难倒外国的俳句译者。

有些西方译者感到很难翻译的俳句，中国译者却很有兴趣。像林林翻译的"鸿胪馆，白梅翰墨香。"注：写在鸿胪馆与唐使节吟诗作文的交欢。西方译者或许对鸿胪馆一词的翻译颇费脑筋，而中国译者却不难由此联想到不

[①] 林林译：《日本古典俳句选》，湖南人民出版社1983年，第157页。
[②] 〔日〕芳賀徹编『翻訳と日本文化』、山川出版社2000年版、第115頁。

同民族的使节友善交往的画面。

自然风物不同。英美各国很多地方没有蝉，有的话也不像日本的蝉那么吵人，当然也就与《万叶集》以来咏蝉的诗歌无缘可谈，英美的读者也就不能产生和日本人同样的感受。但是，这并不妨碍英美的译者将咏蝉的俳句译成英语。林林翻译的"知了在叫，不知死期已到"对于中国读者来说，在理解上更无障碍，因为在中国诗文中，昆虫历来是被视为季节性的、生命短促的意象。

林林谈到他选择的三个标准是：

一、意境别致，感情真挚，艺术手法较高；

二、能够反映社会生活，并有一定情调和理趣的；

三、可以看到和汉诗的某种联系的。

他认为，至于宗教气味浓厚或人情风俗及其事物，不容易为我们读者所领会的，怕注释一多，读者乏味，只好割爱。①

这样的选择标准，自然还带有20世纪思想解放时期的烙印，今天看来，越出这个范围也还有一些俳句可能译好并为今天的读者接受，那些富有生活情趣、玩赏自然风物的俳句，或诙谐，或取笑，或录下片刻感受，甚至带有某些佛教色彩的，都不妨做些尝试，以更多展现俳句的多样风貌。

二 "以古雅的词藻翻译古典俳句"的得失

围绕如何翻译俳句，中国的日本文学研究者展开了讨论。

德国翻译理论家伽达默尔认为，翻译过程本质上包含了人类认识理解世界和社会交往的全部秘密。翻译是隐含的预期，从本质上预先把握意义以及被预先把握之物的明白确立这三者不可分的统一②。他还说："在对某一文本进行翻译时，不管翻译者如何力图进入原作者的思想感情或是设身处地地把自己想象为原作者，翻译都不可能纯粹是作者原始心理过程的重新唤起，而是对原文本的再创造，而这种再创造乃受到对文本内容的理解所指导，这一点是完全清楚的。"③

---

① 林林译：《日本古典俳句选》，湖南人民出版社1983年版，第156页。

② 〔德〕H-G. 伽达默尔：《语言在多大程度上规范思想》，曾晓平译，严平编选：《伽达默尔集》，上海远东出版社2003年版，第182页。

③ 〔德〕H-G. 伽达默尔：《真理与方法——哲学诠释学的基本特征》，洪汉鼎译，上海译文出版社2004年版，第498页。

周作人在《闲话日本文学》中说："俳句，虽中国的读者不能深解，但于俳人的心境则当是还能理会。"他介绍过小林一茶、松尾芭蕉，傅仲涛则写过松尾芭蕉和与谢芜村①。

他说："但，虽说俳句不能了解，因其与中国的'词'、'绝句'总有几分相似的趣味，所以和西洋人比较起来想还是易于了解的。从负载的事象中，把他的精华把握着，而以简单的形式表现出来这一点，则是与中国的诗共通的。只是，为什么只限于十七字，即理解不来了。"②

那么，到底用何种诗体来翻译俳句最为有效呢？彭恩华做过这样的比较："古体诗较易概括，特别适宜以古雅的词藻翻译古典俳句，但在译现代俳句时有时会感到比较牵强，词曲体可能会使中国读者认为俳句没有固定格式，一句古体诗则似欠稳妥，只能偶一为之，一般是无法曲尽整首俳句句意的；十七字体（尤其是按五、七、五格式译的）则因优于形式，对每一节的处理难度较大，有时得敷衍些多余的话，有时有非得言简意赅不可。"③ 他又说："因为日语中复音词很多，一首俳句虽有十七个音，实际上独立构成意义的词（包括名词、助词、形容动词等）可能只有十个左右，而汉语基本上由单音字构成，十七个字各具意义，很难译得恰如其分，如果有意地用一些复音词来译，就更须多加推敲了。"④

在这里，彭恩华提出的"以古雅的词藻翻译古典俳句"是译者重要的翻译策略。这一观点不仅主导着译者本人的俳句翻译，而且在一个时期是很多译者毫不怀疑地采用的翻译策略，因为他们认为，既然是古典俳句，那么就一定是典雅的，也就必须用典雅的词藻去表现。在很多讨论俳句的文章中，将俳句典雅作为一个不需赘言的前提，并以是否典雅作为判断俳句翻译优劣的一项标准，译者也在追求俳句的典雅上多费琢磨。

与这些姑且可戏称为"典雅派"的主张不同的，则是钟敬文的"俗白"主张。他在《日本古典俳句选序》中说：

---

① 周作人：《周作人精选集》，燕山出版社2006年版，第283页。
② 周作人：《周作人精选集》，燕山出版社2006年版，第283页。
③ 彭恩华：《日本俳句史》，学林出版社1983年版，第3页。
④ 彭恩华：《日本俳句史》，学林出版社1983年版，第3页。

我个人粗浅的想法，采用口语和散文体，尽管有它的缺点，如不能取得原诗格律化的特点，其次，是不大符合中国读者对诗歌的传统审美习惯。但是，它却另有两点值得注意的好处：

（一）它可以尽量保存原文所有的那些表示感情的感叹词，如ヤ、カナ等。在这种小形抒情诗里，这类感叹词的存在是重要的，它往往有着传神的作用。在另一种译法里，这种词一般就被删去了，它不能不是一种损失。

（二）如果说文言和传统诗词句调的运用，能照顾到读者的审美习惯，但用白话和自由诗，却能产生一种异国情调，它原本是一种外国诗呀！我向来不大喜欢那些用中国五、七言古体诗形式去译西洋近代诗人的作品的做法。这也许是个人的偏见，但我想它也有一定的道理。①

钟敬文提到初期的白话诗人如康白清、俞平伯、徐玉诺、汪静之等，都作过这种受日本俳句等影响的小诗。②

在俳句翻译中，"典雅派"属多数派，周作人、钟敬文等人的"白话派"只能算是少数派。林林是二种兼用，对芭蕉、芜村用文言、四句调，对一茶则多用白话和自由体，意在区别原作的风格。这样做的结果，显然放大了两者语言的差异，让人感到它们原来不像一种诗体似的。

像芭蕉那首"古池や蛙とびこむ水の音"，彭恩华译成"蛙跃古池内，静潴作清响"刻意用"静潴"这样颇为古典的词汇来译"古池"，以便体现"鸟鸣山更幽"的意境。关于这首俳句的翻译，不下二三十种，下面是金中对这些译文的分类：

1. "五七五"型

1. 幽幽古池畔，青蛙跳破镜中天，丁冬一声喧。 陈德文译（引自王树藩，1981，47）

2. 悠悠古池畔，寂寞蛙儿跳下岸，水声，——轻如幻。 王树藩译（1981，48）

3. 古池秋风寒 孤伶伶蛙纵身跃 入水声凄然 宁粤译（2000，36）

---

① 林林译：《日本古典俳句选》，湖南人民出版社1983年版，第13页。
② 林林译：《日本古典俳句选》，湖南人民出版社1983年版，第12页。

4. 幽幽古池塘　青蛙入水扑通响　几丝波纹荡　陈岩译（2006，30）

2. "四七"型

5. 古池幽静，跳进青蛙闻水声。　李芒译（1987，49）

3. "三四三"（三七）型

6. 古池塘，青蛙入水，水声响。　某华侨译（引自李芒，1982，19）
7. 古池塘，青蛙入水，发清响。　李芒译（1982，19）
8. 古池塘，青蛙跳入水声响。　林林译（引自李芒，1982，19）
9. 古池塘，一蛙跳进闻幽响。　李芒译（1999，47）

4. 五言二句型

10. 蛙跃古池内静潴传清响　彭恩华译（1983，141）

5. 五言绝句型

11. 苍寂古潭边，不闻鸟雀喧。一蛙穿水入，划破静中天。　姜晚成译（引自王树藩，1981，46）

12. 古池幽且静，沉沉碧水深。青蛙忽跳入，激荡是清音。檀可译（引自姚文清，2001，118）

金中本人主张以"一词一句"来译俳句，他的译文是："古池，蛙纵水声传。"语言虽然不那么古奥了，但仍然把"典雅"的语言风格作为自己追求的目标。

与这些典雅的译文形成对比的是周作人发表于《新青年》第十二卷第五号的翻译："古池呀——青蛙跳入水里的声音。"这当然与周作人对这首俳句的理解有关。周作人说："这并不是其中有什么奥妙，不过真写实写景，暗示一种特殊的意境，现出俳句的特色。"①

林林的译文"古池塘呀，青蛙跳入水声响"可以看出与此大体相同的理解。②

李芒在《翻译，再现原作的再创作——1996 年 4 月初在香港中文大学翻译学术研讨会上的发言》中认为："周作人的译文对原作最为忠实准确，对不懂日文的诗人和研究家来说，可以帮助他们真切地了解原作的用词和结构，是会受到欢迎的。但是，这个译文也存在着可以商榷的地方，首先，它用的

---

① 周作人：《日本的诗歌》，《新青年》第十二卷第五号。
② 〔日〕松尾芭蕉等：《日本古典俳句选》，林林译，湖南人民出版社1983年版，第27页。

是白话，但要说明原作是古文，也是允许的。此外，'古池'下面加了个破折号，就使得白话译文更加突出，难免有些不自然的感觉。假如改破折号为逗号，是否会显得更自然些？"①

这里李芒对周作人译句的第一印象，就着眼于"它用的是白话"，虽然马上补充说"要说明原作是古文，也是允许的"，但从根本上对白话译古典俳句不甚以为然的态度是不需掩饰的。这首俳句虽然作于几百年之前，但实际上并没有什么古奥的语汇，甚至可以说和今天的日语几乎没有大的区别，构成全句的"古池""跃入""水声"三个意象用词，今天也能一听就懂，结构也相当简单，对于这样一句只要有俳句基本知识的人一听就懂的俳句，刻意追求译文的典雅，是否有此必要另当别论，译者们争先追求"典雅"原因究竟在哪里呢？

原因当然是两方面的。译者首先是着眼于表现自己对俳句性质的认识，认为俳句既然是日本古代的作品，自然就该用典雅的语言才能传达原句的韵味，如果用白话或者直白的语言去译，就会背离原句的风格。更重要的是，译者还考虑到今天中国读者的反映，担心用白话译出，会让读者产生俳句没有诗味的误解。李芒已经谈到，不懂日文的人可能会欢迎周作人那样的翻译，而读过日语原文的人就更觉得那些古雅一点的翻译更中意。问卷调查也表明，懂得日语的人和不懂日语的人对译文的选择是有很大区别的。

问题是这样的认识是否符合俳句的性质。俳句的历史并不长，诚然，典雅派曾倾向于"雅"，但从本质说来，俳句是一种"俗"文学。从我国翻译较多的松尾芭蕉来说，也就相当于我国的清代，而俳句本身并不是书斋的产物，语言更接近于生活，所以过于典雅的语言反而无法传达俳句特有的"俗"味。中国的翻译者不论是"白话派"还是"典雅派"，恐怕考虑更多的还是读者的因素。说到底，前者对白话译文更有信心，而后者则对白话译文持保留态度，这背后有着对中国白话诗的不同看法为依据。

三 白话俳句的翻译实践

周作人所译俳句，大都以浅近的文字，试图传达淡淡的情味。试将原句

---

① 李芒：《采玉集》，译林出版社2000年版，第280页。

与他的译句对照，我们不妨把原作找出来，和他的译诗做些对照：

  明月や池をめぐりて夜もすがら   （芭蕉）
  望着十五夜的明月，终夜绕着池走。

  痩蛙まけるな一茶これに有   （一茶）
  瘦瘦虾蟆，不要败退，一茶在这里。

  これがまあ終の棲か雪五尺   （一茶）
  这是我归宿的住家么，雪五尺。

  秋風やむしりたかり赤い花   （一茶）
  秋风——从前撕剩的红花（拿来作供）

  周作人曾以中国诗歌中与俳句风格相似的名句来作比较，指出俳句有忌讳一言说尽的特点，"漠漠水田飞白鹭"这样与俳句意境极为接近的诗句，由于七个单音太仓促，不能将其印象深深印入人的脑里，又展发开去，造成一个如画的诗境，所以"只当作一首里的一部分，仿佛大幅山水画的一角小景，作为点缀的东西。日本的诗歌，譬如用同一的意境，却将水田白鹭作中心，暗示一种情景，成为完全独立的短诗。"[①] 他在译俳句的时候，也就不刻意将原句的空白填满，更不添加道破情感的"孤独"、"寂寞"之类的字眼，原句没有画面感的也不多加一笔，甚至尽量不改变原句的语序，把想象的空间尽量留给读者。

  枯枝に烏とまりけり秋のくれ   （芭蕉）
  枯枝上乌鸦的定集了，秋天的晚。

我们还可以将周作人的译诗与林林所译做些对照，来看两位诗人的取舍：

---

① 周作人：《日本的诗歌》，《新青年》第十二卷第五号。

つかもうごけ我泣く声は秋の風　　　（芭蕉）
坟墓也动罢，我的哭声是秋的风。

林林译成："坟墓也震动，我的哭声似秋风。"

旅に病んで夢は枯野をかけまわる　　（芭蕉）
病在旅中，梦里还在枯野中奔走。

林林译成："病中吟，旅中正卧病，梦绕荒野行。"

周作人和林林都对古典俳句的白话翻译做了尝试。所不同的是周作人不仅用语上使用白话，而且句式上也不遵守古代诗歌习惯采用的五七句式，完全像是现代人在说话。

有意思的是，他们的这种做法在俳句翻译中并没有形成主流，许多译者仍然认为白话很难体现俳句的韵味。与他们将古典俳句译成不受长短限制的白话诗相反，对于现代俳句反而有译者用颇似古诗诗句的形式来翻译。下面所引，为叶宗敏翻译的当代俳人松本杏花的俳句：

千里同風夏の海峡潮満つる
海峡西和东
千里同风两相荣
夏日潮满平①

みずからの唐詩朗誦秋気澄む
自身激情涌
唐诗汉语来朗诵
秋韵天地澄②

在我们盘点日本俳句汉译的代表作的时候，不能不感受到中国古典诗歌

---

① 松本杏花：《千里同风》，叶宗敏译，人民文学出版社2010年版，第1页。
② 松本杏花：《千里同风》，叶宗敏译，人民文学出版社2010年版，第40页。

影响力的强大。译者完全可以根据自己对俳句的理解并选择自己所擅长的诗体去再现俳句的韵味，今天也没有必要限定只有哪一种翻译是最佳选择。不过，从这些翻译中我们还是可以看出它们的共同点。今天的俳句翻译者和五四时代的翻译者在知识结构和文化素养上有很大的不同。周作人、楼适夷等老一辈译者的古典诗歌修养或许远在今天某些译者之上，而他们处于现代白话诗蓬勃兴起的时代，内心充满白话诗的创作欲望，而今天的多数译者很少能在青少年时代接受足够的古典诗词教育，同时脑海中更缺乏优秀现代白话诗的库存，他们多是古典诗歌的爱好者，总觉得古典诗歌更有诗味。他们把自己的这种感觉投射到对日本俳句的认识中也不足为奇。如果将俳句译成现代白话，即使意思不走，也容易带来"这是诗吗"的质疑。俳句的翻译，就这样与现代诗歌的命运联系到了一起。

在我们分析俳句汉译的时候，还可以放开眼界，不仅从中国诗歌的现代发展来看待这个问题，还可以从现代翻译学的角度来审视它。17世纪英国翻译家大都主张译作应千方百计再现原作精神。这一点有时被当做任意活译的借口，因为只要能再现原作精神，可以不计较采用的是什么手段。当时著名翻译家兼诗人、文学批评家约翰·德南姆（John Denham，1615—1669）采用以诗译诗的方法于1632年翻译出版了维吉尔的《伊尼特》。译文讲究诗的韵律效果。他在译本序言中提出的观点是："我认为，在译诗中讲究什么忠实性是一种庸俗的错误观点。要讲究忠实性，就让那些翻译纪实和宗教作品的人去讲究吧！谁要在译诗中讲究这一点，那就正如在寻求他不需要的东西一样，他会永远也找不到他所寻求的东西，因为他的任务不单是把一种语言译成另一种语言，而且还必须把一首诗译成另一首诗：诗的意味非常微妙，因此将它从一种语言移入另一种语言时，它会全部消失；如果在转移过程中不添加一种新的意味，那留下的只是些无用的渣滓了。"

德南姆要求自由使用流畅方法翻译，使译本更加自然、轻松（naturaly and easily），让读者产生幻觉：即维吉尔使用英语来创作。"如果维吉尔必须讲英语，那他不仅必须讲这个民族的英语，而且还必须讲这个时代的英语。"德南姆指出，要成为优秀翻译家，不能选择逐字逐行依样画葫芦的羊肠小道，因为这是盲从着行径，译出的不是诗，而是令人痛苦的东西，不能启发思想，燃起激情，而只能教人咬文嚼字，步入毫无生机的死胡同。

约翰·德莱顿（John Dryden，1631—1700）的翻译实践和理论是 17 世纪翻译史上最高峰。他善于将古文归化为地道英文，翻译风格因人而异，文字平易流畅。他主张掌握原作特征的翻译艺术，即使可以借用外来词，也必须考虑读者接受。他把翻译分为三类：逐字译（mataphrase）；意译（paraphrase）；拟作（imatarion）。逐字译和拟作是两个极端，都应加以避免。他主张折中，采取介于过分随便与过分呆板之间的意译。在意译中，译者重意不重词。一般来说，原作者意思不可侵犯，有时可以有所补充，但任何时候都不能更改。但在词语表达上，译者可以有某种自由。

我们读这些发生在西方的翻译理论，并不是主张原样搬到俳句汉译中来，这些理论也并非全部适合中日两种语言文化的互译。不过，我们仍然可以从中受到启迪。中国译者，不论是五四以来的周作人，还是当代的叶宗敏等，在忠实于原作和考虑读者接受方面，可以说并不存在根本分歧，两者的不同在于对读者接受的判断。如何将俳句转化为地道汉语，我们的译者还有巨大的空间。

第二节　汉俳的中国现代诗歌本色与异色

汉俳是仿照日本俳句的形式，以中文创作的韵文，是五四新文化运动后，中日文化交流的产物。最初的汉俳是依照日本俳句句式翻译的作品，后来又出现直接用中文创作的汉俳，1980 年由赵朴初定型。现在汉俳已为中日诗人和学术界认可，日本也出版了《现代俳句·汉俳作品选集》。

俳句这种形式在由日本传到岛国之外以后，在世界五大洲衍生出一种被称为 haiku 的新诗体[①]。汉俳经过中国诗人 30 年的苦心培育，几乎成为这一时期扎根中国诗坛的唯一外来诗体，它出现的意义在学术上理应得到评价，它能否继续得到中国诗人的青睐也颇值得关注。

本文谨通过对汉俳代表作的回顾，对汉俳发展的轨迹略作梳理，并从对俳句特点的认知出发，对今后汉俳发展的走向做初步的思考。

---

① 〔日〕内田園生『世界に広がる俳句』、角川書店 2005 年版。

一 汉俳与"言志"

俳句不属于暴风骤雨的时代,更不是激情燃烧的诗体;俳句不属于焦躁心态,更与熏心的利欲保持距离。俳句是一种轻生活,也是一种淡心境。不是澎湃心潮造就俳人,而是谛观彻悟酿造秀句。那些心底宁静如水的人,可能更喜欢和懂得俳句。

20世纪80年代俳句赢得了脱胎转世落户中国的契机。从俳句翻译到汉俳的出世与长大,得益于作品和人员两方面的交流。中日邦交正常化后,两国的学者、诗人交往频繁,促进两国文化交流,亦让更多中国人知道了俳句。1980年5月30日,中日友好协会首次接待大野林火为团长的"日本俳人协会访华团"。日方送来了松尾芭蕉、与谢芜村、正冈子规等古代俳人的诗集。

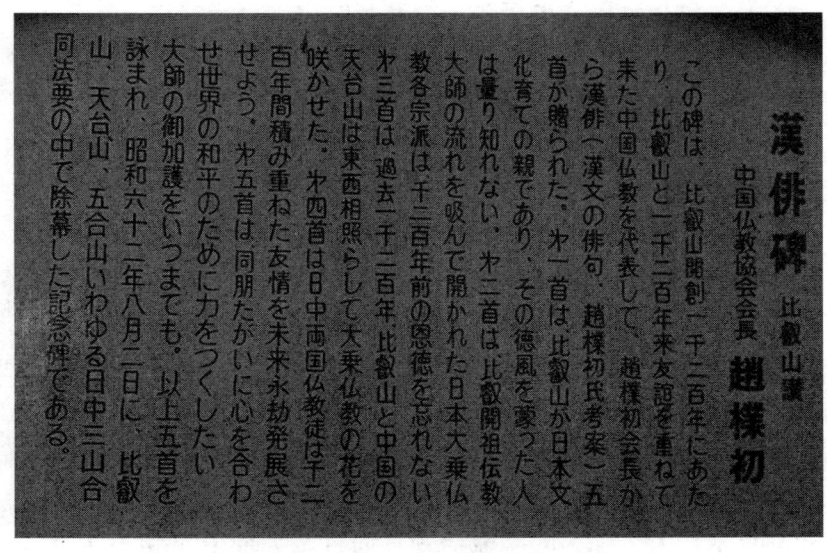

图155 赵朴初《汉俳碑 比睿山赞》

从作品交流来讲,早在1966年彭恩华便完成了四十多万字的《日本俳句史》初稿,但在十年浩劫中书稿连同所藏珍本俳籍,散失无遗,尤其是历年来在中外书刊中所见有关俳句资料，亲自抄录而成五大卷笔记也一并罹殃①。直到1983年，他所著《日本俳句史》才由学林出版社出版。1986年学林出版社还出版了他所著《日本和歌史》。在《日本俳句史》一书之后，附录作者所译俳句千首。彭氏将俳句已译成唐诗风格的五言两句、七言两句或五言四句。在当时来说，无疑给荒凉的中国诗歌界带进来一种新的声音。

在欢迎日本俳人协会访团的会上，赵朴初诗兴勃发，参照日本俳句十七音，依照中国传统诗歌创作的声法、韵法、律法等特点写了三首短诗，就是中国诗歌史上的第一组汉俳。当天在北海仿膳宴席上，林林也即兴创作了两首汉俳《迎俳人》。

1981年4月，林林（1910—2011）和袁鹰（1924—）应日本俳人协会之邀访问日本，在日本《俳句》杂志上发表《架起俳句与汉俳的桥梁》一文，"汉俳"亦随之定名，正式成为一种韵文体裁。当年中国《诗刊》第六期亦公开发表以上三人的汉俳。1982年5月9日《人民日报》也发表了赵朴初（1907—2000）、钟敬文等人的汉俳，引起当时中国诗坛关注。

"绿荫新雨来，山花枝接海花开，和风起汉俳"②。赵朴初在会上吟诵的这首俳句，其中的"和风"，明指春风，是俳句中不可缺少的季语，又有日本之风（和为日本简称）、和平之风之意，明显带有歌颂中日友好的寓意。如果允许尽情引申的话，"和"还可以理解为平和之意，有了平和的心态，才能欣赏俳句。可以说，无平和，不俳句。

"汉俳"出现在80年代初，除了当时"中日友好"的口号通过媒体和各种官方渠道深入人心之外，一些著名诗人的推动起到了引领潮流而又推波助澜的作用，带动了其他诗人都来尝试，而那些具有一定日本古代诗歌修养的作者如一直担任中国佛教协会会长的赵朴初、从事对外文化交流领导工作的林林、日本文学研究会副会长李芒等人的作品更具有示范作用。在他们的带动下，还先后成立了中国和歌俳句研究会、中日和歌俳句研究会等同仁组织，积极推动与日本歌人、俳人的交流活动，而日本方面更是相当主动，如葛饰吟社数年如一日开展与中国歌人、俳人的面对面交流。2000年，由葛饰吟社和中国诗人在北京共同举办了迎接新世纪中日短诗交流会，参加的中日诗人

---

① 彭恩华：《日本俳句史》，学林出版社1983年版，序。
② 林岫主编：《汉俳首选集》，郑民钦日译，青岛出版社1997年版，第9页。

有30余人，刊行了《迎接新世纪中日短诗集》，是为汉俳诞生20年的里程牌。这20年，可以视为汉俳的童年期。书法家王俊丹（1953—）的《吟汉俳》："秋爽月如弓，神州处处起俳风，拾翠亦题红"，写出了诗人对汉俳的喜爱和期待。

这一期的诗人们做了各种短诗的尝试。由于中文为单音节语言，与复音节的日语不同，多数汉俳改俳句的十七音为十七字，同样分三句，为"五七五"的体制。句子节奏参照五言和七言近体诗，五字句的节奏一般为二三式、三二式、一四式；七言句的节奏一般为二五式、三四式、四三式，个别的还有一六式等。汉俳分自由体和格律体两种。无论是自由体还是格律体都有季语（又称"季题"），即表示季节的词语，但要求没有日本俳句那么严格，季语通常放在首句。

这一期的主要诗人，大都具有较好的古典诗词的修养，所以他们的代表作读起来很有词中小令的味道，也比较重视季语：

平山郁夫画赞（五首之一）
塔高秋树静，
群星俯视庄严境，
万叶故乡情。①

林岫

咏"八阵图"
吴蜀起干戈。
阵石盛传诸葛谋，
兴亡任评说。②

纪鹏

夜渡太湖
帆牵艳霞隐，

---

① 林岫主编：《汉俳首选集》，郑民钦日译，青岛出版社1997年版，第17页。
② 林岫主编：《汉俳首选集》，郑民钦日译，青岛出版社1997年版，第107页。

浪敲一夜几回醒，
归梦伴流萤。①   冰夫

    窗前
细雨润山城，
瘦竹轻摇听有声。
窗前次第青。②

                                        陈大远（1916—1994）

    老诗人即便是用白话来作，也不忘遵循五七五句式的规则，对季语也尽量予以照顾：1997年林岫编选的《汉俳首选集》出版，封面上的两句话集中了汉俳开创者们的自我评价："十四年来中华诗坛萌生之新体新诗，两千年来中日文化交流之新花新果。"诗集中收录了33位诗人的俳句，全部采用的是五七五句式三行排列的形式，文言或半文言居多，间有白话。这本诗集的出版，标志着汉俳作为一种继"法俳"、"英俳"、"美俳"等之后的新俳句登上了世界诗坛③。

    不过，将这些汉俳与日本那些著名的秀句相比，两者的不同是显而易见的。现代中国诗人对"诗言志"理念的执着，流露在字数不多的诗句中。尽管关于"诗言志"的理解多种多样，但多数中国诗人的潜意识中都会遵循诗要有人生感悟、家国情怀之类的东西的原则，强调要有普遍性，而这恰好是日本俳句所不擅长的。中国诗人以诗为俳，不仅为俳句开辟出一片新天地，而且创造了一个新的生命个体——汉俳。

二 从"小诗运动"到白话汉俳

    "汉俳"得名虽然是20世纪80年代的事情，但孕育汉俳却要追溯到六十年前。在新文学运动兴起以后不久出现的"小诗"可以说是"汉俳"的前身，或称"前汉俳"。

---

① 林岫主编：《汉俳首选集》，郑民钦日译，青岛出版社1997年版，第136页。
② 林岫主编：《汉俳首选集》，青岛出版社1997年版，第50页。
③ 林岫主编：《汉俳首选集》，青岛出版社，第228页。

1922年俞平伯在《诗》创刊号上曾撰文说："日本亦有俳句，都是一句成诗。可见诗本不见长短，纯任气声底自然，以为节奏。我认为这种体裁极有创作的必要。"呼吁以中文仿照日本俳句创作新体裁的诗，但回响不大。20世纪20年代中国诗坛兴起"短诗热"，一些作家写了一些具有俳句特征的短诗，表现瞬间感觉，形式凝练简洁，例如汪静之、潘漠华、应修人、冯雪峰四人自费出版了《湖畔》，汪静之著有《蕙的风》，徐玉诺著有《将来的花园》、潘漠华、应修人、冯雪峰著有《春的歌》，何植三著有《农家的草紫》等。如何植三的《夏日的农村杂句》：

清酒一壶
独酌
伴着荷花①

又如潘漠华的《小诗》：

七叶树呵
你穿了红的衣裳嫁与谁呢

周作人在他题为"论小诗"的讲演中，谈到受到泰戈尔诗歌和日本俳句短歌影响而产生的小诗的时候，说"这一派诗的要点在于有弹力的集中在汉诗性质上或者是不很容易的事情，所以这派诗的成功比较的为难了。"② 他虽然指出中国原不能对俳句"依样的似作"，但也相信"这多含蓄的一两行的诗形，也足备新诗之一体，去装某种轻妙的诗思，未始无用"，③ 似乎在他的想象中已将这样一种与日本俳句有亲缘关系的新诗体裁种在渴望百花盛开的新诗苗圃之中。

周作人定义的小诗，是指20年代"流行的一行至四行的新诗"④。但这

---

① 何植三：《农家的草紫》，上海亚东图书馆1929年版。
② 周作人著，止庵编：《周作人讲演集》，河北人民出版社2004年版，第77页。
③ 周作人著，张丽华编：《我的杂学》，北京出版社2005年版，第205页。
④ 周作人著，止庵编：《周作人讲演集》，河北人民出版社2004年版，第73页。

些短诗只能说是受了日本俳句篇幅短小和某些创作特点的影响,不算是汉语的"俳句"。

在所谓的小诗运动中,有一位年轻的诗人似乎被人遗忘了,而他的作品颇得俳句的枯瘦。那就是胡适的侄子胡思永,胡适曾为其诗集《胡思永的遗诗》作序。因而有评价说,其诗明白清楚,注意意境,能剪裁,有组织,有格式,如果新诗中有胡适之派,这便是胡适之的嫡派。

胡适序言中说:"但思永中间也受过别人的大影响,如《南社》中的《不中肯的慰问》,他自己对我说是受了太谷尔(今译泰戈尔——笔者注)的诗的译本的影响。又当周作人先生译的日本小诗初次发表的时候,思永日夜讽诵那些极精彩的极隽永的小诗,所以他在这一方面受的影响很不少。南归中有短歌十九首,其中颇有是很好的。"①

胡适举出了的佳句有:

请你宽恕我,照前一样的待我——这两日的光阴真算我有本事过去。
但愿不要忘了互相的情意,便不见也胜过常见了。

我们再从思永所作的短歌四十九首中选出一些,看这位五四时期的年轻诗人怎样借助富有季节特征的景物去述说单相思和失恋的痛苦:

相隔只不过五尺路,除了眼睁睁的望着,连叹气都不敢啊。
我咬着牙关来想拔去我的情根,只恨已种得太深了。
假装成不再相看了,这痛苦比刀割还难受呢。
桃花啊,垂柳啊,你们一年一会,我们呢?
黄色的油菜花里,飞着双双的白蝴蝶,我们不及他们多了。
在塘边衔泥的燕子,飞去又复飞来了,他们虽劳碌,但是有伴侣啊。

思永和唐代的李贺一样,都是多才而短命的诗人。他虽然没有留下什么知名的作品,但他汲取俳句以开拓新诗境界的尝试是很有意义的。胡思永在

---

① 胡思永:《胡思永的遗诗》,上海亚东图书馆印行1934年版,第3页。

自序中说："我做的诗却不像白棣的诗一样，十首就有八首含有努力的意思、前进的意思，也不像泽涵一样，十首就有八首含有安慰的意思。我的诗要表出我的感触，我的意思，我的所见。"又说："一个做诗的人，无论是做寓意的诗，写实的诗，都应该用自然的景色做个根底，都应该多多的接近自然的景色。"他强调写出"我的感触，我的意思，我的所见"，而且要"用自然的景色做个根底"，就与俳句着力表现的个人性和自然元素相关。

茅盾在《译诗的一点意见》一文中指出，借外国诗的翻译可以感发本国诗的革新。他说："我们翻开各国文学史来，常常看见译本的传入是本国文学史上一个新运动的导线；翻译诗的传入，至少在诗坛方面，要有这等的影响发生。"① 小诗的出现是译诗影响新诗的一个缩影，但是这个缩影的存在又是十分短暂的。周作人在《闲话日本文学》一文中说："俳句之于中国诗，虽稍有影响之处，可是诗的改革运动并未成功。虽说有'小诗'这样的名称，可是无论如何诗若无韵，感动是引不起来的。或者无韵是对的也未可知，但于今还总是不行。所谓'小诗'运动也曾有过，结局是失败了。但，这个运动虽然是失败了，影响则像是还残留着。即如遇到表现事象的时候，俳句式的把握之方法仍在应用着。"②

"小诗"运动的失败，原因是多方面的。在长达几十年的社会动荡、政治激变、文化氛围紧张、诗人创作天地窘迫的时代，像俳句这样自我陶醉似的诗体很难出生，即使有写的人，恐怕报刊也难得肯于给它留一块版面。就这样，汉俳从怀胎到降生，整整经过了60个年头。

20世纪80年代的汉俳和20年代的小诗的不同，首先就是情调各异。与那些细微的自我的"小情小叹"不同，80年代的诗人即使在小诗中也很少"个人性"。一种数首相连的汉俳形式，就是希望能将自己的思绪表达更充分些。

钟敬文的白话汉俳可谓独具特色，他不仅主张用现代语言翻译俳句，而且自己在汉俳中追求一种明白如话的语言效果：

> 赠别日本老舍著作爱好者访中团（二首其一）
> 你们的热情，

---

① 罗新璋编：《翻译论集》，商务印书馆1984年版，第345页。
② 周作人：《周作人精选集》，燕山出版社2006年版，第283—284页。

会使故人的亡灵
复活起来呀！①

在白话汉俳的发展史中，不能不提到香港诗人晓帆的贡献。晓帆身上，可以数出几个"第一"来。他第一个出版了歌人汉俳集《迷朦的港湾》，第一个出版了日汉对照俳句集《晓帆汉俳选集》，出版了第一部汉文俳论《汉俳论》，第一个在国际诗坛上报告汉俳的诞生，即在1994年第十五届世界诗人大会上发表了有关汉俳的讲演。他的俳句集还有《南窗集》。而这一切都与他那些看似语言平淡的汉俳作品有直接联系。

诗人海子（1964—1989）对俳句的关注来自于他的诗歌理想，他曾经说："我的诗歌理想是在中国成就一种伟大的集体诗，我不想成为格律诗人，或一位戏剧诗人，甚至不想成为一名史诗诗人。我只想融合中国的行动，成就一种民族和人类的结合，诗和真理合一的大诗。"② 为了成就自己前所未有的"大诗"，他不择细流，对小小的俳句也热心尝试。在短短的25年的生涯中，他只写过九首汉俳，但这九首汉俳，不仅使很多爱好诗歌的人与汉俳结缘，而且成为他本人诗歌生涯中的代表作。下面是其中五首：

河水
亡灵游荡的河
在过去我们有多少恐惧
只对你诉说

草原上的死亡
在白色夜晚张开的身子
我的脸儿，就像我自己圣洁的姐姐

西藏
回到我们的山上去

---

① 林岫主编：《汉俳首选集》，郑民钦日译，青岛出版社1997年版，第3页。
② 海子著，西川编：《海子诗全集》，作家出版社2011年版。

荒原高原上众神的火光

风吹
茫茫水面上天鹅村庄神奇的门窗合上

黄昏
在此刻　销声匿迹的人　突然出现
他们神秘而哀伤的马匹在树下站定①

  像海子这样的小诗，有人将其视为汉俳中的自由体，这种汉俳又被称为散体、新诗体，即无任何平仄和押韵规定，可用白话文写作，近似新诗。
  也许有人会反对将这种没有季语又不符合五七五句式的小诗称为汉俳，在日本神户举行的学术会议上，笔者介绍这些汉俳时便有人提出这样的疑问。不过，海子的的确确把自己的这些作品称为汉俳也不是没有理由的。这些汉俳虽然在句式上不像五七五句式那样长着俳句的模样，但在表现孤寂情绪、瞬间感受方面比某些汉俳更接近于俳句。汉俳诗人、理论物理专家李淼在自己的博客中就坦言自己受到海子这些俳句的影响。

三　汉俳的过去时与"未来性"

  在很多汉俳诗人中，汉俳是指其中的格律体，即规定平仄和押韵的诗体，这一概念的本身就是中国化的，因为日本的俳句并不存在这样的要求。在大多数汉俳作者心目中，汉语的发音较日语复杂，为了顾及音乐性而要规定格律。用文言写作，近似词的小令，所以亦可视为一个词牌。但现代诗韵又与唐诗宋词时代有别，因而多数场合采用的规则，只要求句子本身符合丙平两仄相间。只要符合基本条件，便被视为不离汉俳宗旨。下面是见于百度网的有关汉俳特征的归纳：
  第一，体裁短小。全诗共十七字，可即事即情即感成诗，立马可就，易咏易记，雅俗皆宜。
  第二，抒情为主。体式虽小，但要情长味浓，使人读后深感芳郁酒前，

---

① 海子著，西川编：《海子诗全集》，作家出版社2011年版，第406—407页。

爱不释手。

第三，措辞妍巧。以言浅意雅为高，情境幽美为佳。

第四，句子整炼。全诗十七字，三句段。第一句五字为首，第二句七字为腹，第三句五字为尾。五七五谱式，次序不可变。

第五，音韵和谐。一般要句句用韵，一韵到底。也有只在首句与尾句押韵的。

以上五条，代表了多数汉俳作者的认识。汉俳的体裁日渐广泛，涉及到社会生活的很多方面，如董积福（1929—）的《排传英雄郎平》：

场上好风流！
东打亚洲西打欧，
谁敌"铁榔头"？①

表现手法也更为多样化，如下面两首都写钓鱼，而诗境不同：

鱼吟
岸上的钓者，
你钓起的不是我，
是水的寂寞。②

王俊丹（1975—）

观钓
观钓逸兴添，
半天不见咬钩尖，
鱼更比人廉。③

高勇（1931—）

---

① 〔日〕葛飾吟社編『迎接新世紀中日短詩集』、葛飾吟社2001年版、第67頁。
② 〔日〕葛飾吟社編『迎接新世紀中日短詩集』、葛飾吟社2001年版、第16頁。
③ 〔日〕葛飾吟社編『迎接新世紀中日短詩集』、葛飾吟社2001年版、第55頁。

21世纪以来，网络大兴。手机和网络成为汉俳传播的最新渠道。那些以汉俳为名传播的新诗，大多以这样的条件作为创作目标。段乐三（1944—）于2001年在湖南长沙创办第一份汉俳杂志《汉俳诗人》，这标志着汉俳已由北京、上海等超级城市走向地方城市。山西、湖南建立了汉俳协会，而段乐三讲自己的俳句集称为"第一部手机俳句集"，也预示着俳句这种新兴诗体渗透于现代生活的方向。

下面的作品，就出自网络：

其一：年先到北京，万家围着央视听，子夜一声钟。
其二：佳肴摆桌上，小康莫忘菜根香，儿女细思量。
其三：新春第一天，邻里相唤赏春联，美俗年年添。

图156　加藤隆三译著《薰风涛声——短歌型和歌汉译与汉歌》

汉俳之兴甚至引起了中国政治家的兴趣。2007年4月12日，中国国务院总理温家宝在日本进行访问期间以汉俳形式表达访日感想；同日，日中文化交流协会会长辻井乔创作汉俳酬唱，成为这次"融冰之旅"以文会友的一个富有东方特色的节目。

温家宝：和风化细雨，樱花吐艳迎朋友，冬去春来早。
辻井乔：阳光满街路，和平伟友来春风，谁阻情信爱。

辻井乔的酬唱，上承温家宝的"细雨"而转为阳光灿烂之景象；第二行巧妙地以"和风"藏头收尾；"伟友"表示对"朋友"的敬意；结句则上承"融冰之旅"的精神表达坚定信念。

后来日中两国人士继续酬唱联句。如：

交友信当先，和风华雨两邦欢，同赏百花妍。（中国汉俳学会会长刘德有）

同赋诗怀贤，初夏长江流天边，谈笑又不尽。（日本著名科学家、前文部大臣有马朗人）

妙音越海响，友情温馨人生暖，谢意舞满天。（日本著名影星栗原小卷）

银幕传友情，光影艺术话人生，共谱颂和平。（中国电影导演谢晋）

寸寸胶片情，枚枚棋子盘生辉，日日为人生。（日本导演佐藤纯弥）

手谈黑白围，中原情笃和天地，山河一局棋。（棋手吴清源）

联句最后一位作者是日本前首相村山富市："春辉满天樱，融雪温馨照世界，杖莫如信也。"村山富市任首相期间在纪念二战结束50周年时曾表示："古话说：杖莫如信。在这值得纪念的时刻，我谨向国内外表明我的誓言：信义就是我施政的根本。"

上面汉俳联句以现任中国总理的汉俳句开头，以日本前首相的汉俳句结束。最后一首特意用了"温"字，与第一首的作者温家宝呼应，构成一个温暖的循环。在日本，政治家在政治活动中引用俳句，是很少见的。

在这些俳句中，多采用双关的修辞方法，栗原小卷句中的"谢意"，既暗含导演谢晋之姓，又有感谢之意。吴清源句中的"中原"，既指代自己的祖国，也暗含自己夫人的姓氏。这种手法就是利用汉语一词多义的特点，唤醒读者的多面发散联想，取得词少意丰的效果。

　　汉俳的出世之后同时也引起了日本俳人的关注。1993年由现代俳句协会编辑出版了《（对译）现代汉俳作品集》，2005年又创立了汉俳协会。本部设在千叶县的葛饰诗社，一直热心于汉俳交流，身为社长的今田述，在"迎接新世纪中日短诗交流会"的发言中谈到，他期待日本短诗诗人感受到中国新诗体的刺激，持有宽广的视野，超越结社主义，本身也增加诗形，参加国际舞台，确立富有个性的、自由畅达的现代诗①。内田园生所著《走向世界的俳句》一书对汉俳做了专门介绍，认为汉俳多抒情性强，内容上不少接近短歌②。

　　法国诗人青眼（Laurent MABESOONE）曾说："不论从法语圈的哪一地域来看都可以清楚看出，俳人们非常重视自己的个性、地域性、构想自由这一特长。这一点或许有经常陷入党派主义的日本俳坛可以学习的地方。反之，从日本来看，也希望法语圈各国进一步普及俳句的基础知识，产生出与百年前欧洲艺术'日本趣味'（Japonisme）的作品，推进意义深远的俳句交流。"③他甚至主张，就像18世纪的欧洲曾经将意大利语作为歌剧的公用语言一样，为了做好俳句，欧洲人也要用日语来做俳句④。这固然看起来不具有普遍意义，也说明了加强俳句翻译和研究的重要性。

　　算到21世纪第一个十年，汉俳正式有了名字也不过才三十岁，今天要预测它的未来，谈论它降生的意义还为时过早。不过，还是可以从它出生的背景来作一点评价。俳句无疑是20世纪七八十年代中日亲密时期的产儿，它曾经和当时风靡一时的日本电影、日本小说翻译的流行一起，掀起过一阵"日本文化热"，伴随那股"和风"来到中国诗坛的。还不应忘记的是，那也正是中国诗坛复苏的时节。模仿西方诗歌而问世的自由诗没有涌现什么惊世的传世佳作，而模仿马雅可夫斯基诗歌"阶梯诗"的政治抒情诗也不再合那

---

① 〔日〕今田述、林岫编『迎接新世纪中日短诗集』，葛饰吟社2001年版，第89頁。
② 〔日〕内田園生『世界に広がる俳句』、角川書店2005年版、第201—206頁。
③ 〔法〕マブソン・ローマン（青眼）『詩としての俳諧　俳諧としての詩——茶・クローデル・国際ハイク』、永田書房2005年版、第172頁。
④ 〔法〕マブソン・ローマン（青眼）『詩としての俳諧　俳諧としての詩——茶・クローデル・国際ハイク』、永田書房2005年版、第172頁。

些听惯口号式的激情澎湃的号角的人们的口味，俳句式的抒情便乘虚而入，在讴歌中日友好的大旗下，竟然聚集了一批名气颇大的诗人。其中出了那些对日本文化有一定造诣的赵朴初、林林、钟敬文、李芒等人之外，还吸引了时任《人民日报》文艺部部长的袁鹰、被称为"部队诗人"的李瑛（1926—）、著名诗人公木、邹荻帆（1917—1995）等，也都加入到汉俳的创作队伍之中。他们在有意无意中为汉俳接生，让这种"小众诗体"取得了合法的身份。

汉俳是可以说是中国化的俳句，只能诞生于百花待放、百鸟思鸣的80年代初的天候。它在30年间，逐渐生长起来，形成这一期间唯一新增的外来诗体，在中国新诗发展史上占有一席之地，这不仅是中日文化交流史、文学交流史上的佳话，也是中国新诗史上值得一书的事件。

然而，仅仅作为一种政治需要就产生的诗体，是难以具有旺盛的生命力的。日本的汉诗是受到中国诗歌影响而诞生的日本诗，之所以能延绵千载，也在于它进入日本文化后转化成了一种自由诗而为短歌等诗体发挥补阙作用。在中国诗体中，原本没有这样表达瞬间情绪的诗体，汉俳的出现可谓聊补无体之缺。俳句打破了中国当代通行的诗歌概念，即使与中国最短的词中的十六字令相比，在体式上也更为短小，在这种"形"的差异之外，更有"意"的不同。诗庄、词艳、俳谐，情趣本不相同。概言之，俳句是瞬间艺术，套用时尚的说法，可以说是一种"秒杀艺术"，聚焦于细部，忽略整体；沉浸于感受，回避哲思；止步于独吟，不擅呐喊。虽然传统俳句的那种幽寂淡泊并不适合表达乐天的中国人的情怀，但中国诗人还是选取了它的形式来为己所用。迄今为止，汉俳总体还是以借用传统诗语和传统修辞方法来构成诗情，不过三五行的短诗毕竟宜于掌握，对于繁忙焦躁的都市人来说，并不需要投入过多研习成本，所以三十年来低唱短吟的汉俳还能不绝于耳。

俳句有句无篇。汉俳之所以能够为中国诗人所接受，还应该归功于中国诗学中的欣赏佳句的传统。六朝的批评家，常采用摘句举篇的形式来评诗，唐代便有专门搜集佳句的诗选，更有一些以一两首诗或佳句而享有盛名的诗人。唐代诗人郑谷《鹧鸪诗》中的脍炙人口的一句"相呼相应湘江阔，苦竹丛深日向西"，使他赢得了"郑鹧鸪"的美名。陈言腐语，难称佳句。汉俳和俳句一样，能否入秀句之列，根本在于其是否有写出谐趣横生的新鲜诗语。

在中国也有对汉俳投不赞成票的诗人，悠哉就是其中一位。他在《海子诗歌研究》一书中谈到汉俳和绝句的区别：

> 中国绝句历来脍炙人口，短短四句里可以包含丰富的内容，可以绘出鲜明的意象，看起来清秀而隽永，短小而饱满。改为日本俳句后，不但没有了多余的"枝蔓"，主干完整性也受到威胁，产生结构性折裂。日本人追求的这种禅寂，和"日本国粹"如茶道中的"和清敬寂"基本一致，与中国文化中的禅意区别颇大。①

在中国诗人看来，俳句是一种未完成的诗体。

悠哉直截了当地表达了对汉俳的不屑，他说："诗人悠哉不赞成中国作家写'汉俳'。因为，中国古代有'绝句'、'小令'等，足可驰骋才智，如果舍弃它们另外创造，一来放弃了自己守护中国诗歌精神的立场，二来也搞不出大名堂来。"②悠哉还引用了爱伦·坡的一段话来作为依据："写得太简略，诗会成为警句似的东西。一首篇幅很短的诗，尽管有时候会产生动人的强烈效果，但绝不可能产生深刻而持久的效果。"③悠哉还说："俳句通过刻意的剪裁删削，以追求孤寂空旷的日本禅味，像这般无头无尾的俳句，能达到的境界也是有限的。质言之，它属于日本人耍小聪明，缺乏宏大气魄。"④悠哉的结论自然是由他所读到的汉俳得出的，这与我国对俳句的翻译面的狭窄和研究方面的肤浅不无关系，不过由此导出汉俳有害无益的结论也为时尚早。

中国化的汉俳不长于倾述满怀豪情，不会出现洪钟大吕，而一概封闭于一时叹息，就会变成鸡零狗碎，不值一顾；过于追求警彻，也会变成格言警句而失去俳味。今后汉俳是否能够走出"小众"，关键看是否有更多把握俳句特长的佳作问世。如果没有创造出自己的诗歌语汇，那么三言五语的汉

---

① 悠哉：《海子诗歌研究》，百花文艺出版社2009年版，第458页。
② 悠哉：《海子诗歌研究》，百花文艺出版社2009年版，第460页。
③ 爱伦·坡，董衡巽编：《美国十九世纪文论选》，上海译文出版社1991年版，第63页。
④ 悠哉：《海子诗歌研究》，百花文艺出版社2009年版，第460页。

俳也会因千篇一律而花败叶黄。从发展趋向来讲，汉俳只有真正"俳"起来，即用汉语写出了独有的俳趣、俳味、俳情，才会更有生命力，也就是说，汉俳除了有中国文化特色之外，还需要一点"异色"。如果仅仅写成了五、七、五句式的绝句或小令，那么汉俳就真会少有人问津，甚至不免名存实亡。

图 157　京都比睿山汉俳碑

现代中国诗歌之园，天高地广，土沃水肥，容得下汉俳这样的嫩草柔花。加强对俳句的研究，包容各种创新，不拘文言白话，不问散体律体，让风格多样的小诗都有人研究有人读，恐怕是有益的选择。不论是古代俳句还是现代俳句，提高白话翻译的水准都是必要的，对于现代俳句来说，这种必要性更为突出，希望今后有更多的，富有现代气息的俳句名译出现。这不仅是中日文学交流的事业，也是有益于中国新诗繁荣的事业。如果有更多的诗人学者关注汉俳的发展，写出中国人喜爱的汉俳来，让它不只是怀旧复古思绪的泽畔自吟，也能唱出新潮新浪中的心声，那就能为中国现代诗歌的百花园再添一树新花。

第十八章

互读与共享——开创中日互译研究的新生面

翻译的地位随着人们对文化交流意义的认知而沉浮。法国翻译家瓦莱利（Valéry Panl）（1871—1945）说："翻译家不引人注目，他坐在末席，他只以施物生活，他甘于最下贱的职务，起最不起眼的作用，为他人效劳是他的标语，他不为自身谋求任何东西，他忠实于自己选择的老师，在忠实于让一己知性人格绝灭的程度时，赌上他一切荣光，而且世上无视他这样的人，拒绝对他的一切敬意。多数场合，人们非难他背叛了他想要翻译的东西，只在毫无根据地非难他的时候才举出他的名字。他埋头工作满足了我们的时候，人们还在轻视他。"然而，当互联网把世界联成一体的今天，轻视翻译便成为不合时宜的态度了。同理，对翻译研究的轻视也会越来越被看成是缺乏智慧的傲慢。

对翻译的敬畏，也就是对经典的敬畏。傅雷《翻译经验点滴》充满对文学经典的敬畏，也充满对翻译的敬畏。他说："因为文学家是解剖社会的医生，挖掘灵魂的探险家，悲天悯人的宗教家，热情如沸的革命家；所以要做他的代言人，有的象宗教家一般的虔诚，象科学家一般的精密，象革命志士一般的刻苦顽强。"① 面对这样的翻译家，翻译研究怎能不抱有同样的虔敬？

另一方面，翻译还是一项具有无穷乐趣的工作。译者以及翻译研究者是在两种文化的海洋中穿梭游曳的泳者，是能品味两种语言之妙的美食家，是

---

① 罗新璋编：《翻译论集》，商务印书馆1984年版，第628页。

借火者，是传薪者。他也许算不上动人的原唱，但他的翻唱也足以动人；他也许不能在一种文化的舞台上做光彩熠熠的巨人，但也能在互读共享的土壤上种出绚烂的花朵。翻译研究与翻译同样，面对的至少是两种语言、两种文化，是名符其实的互读共享的工作。

日本文学经典的翻译和研究，在中国历史虽然不长，但却发展迅速，成果丰硕，有着很大的伸展空间，还有一批文学佳作没有翻译过来，也还没有出版过一套权威的日本古典文学全集或精选丛书，译者和研究者如能同心协力完成这样一项工作，将大有助于日本文学经典在中国的传播；同时提升翻译水平，加强对翻译各环节的研究，也会有助于为今后的翻译提供更高的台阶。

第一节　翻译中的注释

吕叔湘说："必要的注释应该包括在翻译工作之内。鲁迅先生译书就常常加注，也常常为了一个注释费许多时间去查书。当然，注释必须正确，否则宁可阙疑。"[1] 这些话对于中国的日本古典文学翻译，仍然具有启迪意义。

如果说在译文中译者只能享受有限的自由的话，序跋和注释则可以获得相对的解放。从文化移植的角度讲，译者撰写的序跋和评论，都被看做是对原作的操控，而从译者的角度讲，序跋、注释和他撰写的各类评论文字，都可以称为"译者的文学"。尤其在对外国古典文学的翻译中，注释就是作者研究的直接成果。不容置疑的是，承担任何他国古典的翻译，译者就不能不承担相应的研究任务，而译本就不仅是单纯语言翻译操作的产物，而应该是译者研究心血的结晶。如果译者在翻译之前，对所译作品做过相当的研读，就决不会对撰写序跋和注释的工作掉以轻心。

一　古典文学翻译学术性与文学性

山冈洋一曾对明治以后百多年来日本翻译人员的构成进行过分析，他惊呼"当今时代翻译和学术研究脱节了。翻译紧跟学术研究的时代结束了，研

---

[1] 吕叔湘：《翻译工作与"杂学"》，罗新璋编《翻译论集》，商务印书馆1984年版，第530页。

究人员不从事翻译，翻译人员不从事研究的时代到来了。"他把明治维新至今分为两个阶段：明治维新后百年即到20世纪70年代和80年代后。

第一阶段的百年专业人员就是翻译人员。他认为这一时期，甚至可以把翻译比作几乎所有学术之母。在各个领域都要吸收欧美先进科学技术和知识的那个时代，翻译起到了把发表在各个领域先进的研究成果传递到日本无可替代的作用。

当时的翻译是由知名大学教授承担的工作，也是他们应该做的工作。以至于娱乐性小说都翻自大学知名教授之手。这种状况一直延续到20世纪70年代。

第二阶段是20世纪80年代至今。这是专业学者和翻译工作者脱节的时期。历经明治以后的上百年日本翻译人员——专业学者的努力奋斗，日本终于达到了和欧美各国平起平坐，并能够在科技尖端进行竞争的水平。由于专业研究人员从事的是尖端科学研究，所以翻译人员已无法涉足。

图158　《源氏物语》英译本

翻译和学术研究分离是当今的真实状况。也可以说人们要吸收的知识量急剧增加,造成了需要翻译的量的急剧增加,专业研究人员急于吸收大量的研究成果而无暇顾及需要花费很多时间的翻译,他们只得把大量的翻译工作交予翻译人员。

80年代后应当由谁来担任翻译工作呢?从把翻译作为一个职业的角度来看,译者的活动空间扩大了,到10年前为止,人们觉得在自然科学、社会科学、人文科学等大多领域,面向一般读者的书应由知名大学的教授来翻译。在翻译和学术研究分离的过渡期,学者中几乎有近半数的人都把翻译工作交给学生或研究生来做。一部书由几个学生或研究生分别来翻译,译出的书质量就不可能高,常使人感到关键部分译得不如人意。一部书虽有学者的指点和订正,但翻译有其连贯性,如同一根绳索,学者不把翻译当作自己的本行,单凭给学生订正修改是决不会译出好作品的。

在进行了如上分析之后,山冈洋一明确提出反对翻译专业化的看法:

> 翻译和学术是不可分的,从这个角度来看,翻译又不应该专业化。反过来讲,无论哪个领域,都正是由于其专业化的进一步提高,才更需要这样的翻译家,即他们要具有专业人士所没有的宽广视野和综合的视点。①

上面是山冈洋一对日本翻译界一般情况的分析。

具体到中国文学研究来说,明治维新以后的很多中国文学研究者,就是他所研究作品的翻译者,这种情况一直延续到今天。研究什么,就在大学讲坛上讲授什么,也就翻译什么,是这些学者选择原作的原则。可以举出一批这样的学者和译作。当然也有把主要精力放在翻译工作上的学者。20世纪末以来,这种情况有了变化,一些并非研究者的文学家进入了中国古典文学翻译的行列,不过从总体上,这种情况还不算太多。那些质量较高的译品,大都出自研究者之手。然而,翻译和学术脱节的现象依然值得注意。

和日本的情况大不相同的是,在20世纪中国的古典文学翻译者人数很少,翻译作品也都相当集中,译者几乎都是大学教师或社会科学院的研究者。

---

① 〔日〕山冈洋一『翻訳についての断章』、『翻訳家の時代』2007年5月号。

情况的变化只是最近些年的事。一些热爱日本古典文学的作家、诗人、自由撰稿人的译作渐多。当翻译成为社会上的一种职业的时候，谁都可以选择它。其实，根本问题并不在于译者的职业，问题在于译者是否对原作进行过系统的研究和咀嚼。在中国，由于大学里培养的日本文学硕士、博士数量还不多，由他们译出初稿而由导师定稿的现象尚不普遍，这样做虽然也有培养人才的实效，但山冈洋一提出的看法也足以引起我们警惕。

译者对原作的研究是多方面的，其内容甚至比不从事翻译的研究者还要丰富。没有深入的研究，就没有精彩的译本，这几乎是所有成功译者的经验之谈。著名翻译家曹靖华在《关于文学翻译的若干意见》一文中把翻译者对原作的了解分为两个方面："一方面要了解原作的内容，要透彻、深入地掌握原作的思想内容，可靠的办法是走翻译与研究相结合的道路。翻译什么就研究什么，或者说研究什么就翻译什么。最好翻译应是研究的成果。"① 江枫说："翻译的成果也该是研究的成果。""好的翻译成果，也必然是研究的成果。"②

反过来说，翻译也是一种深化研究的途径。朱光潜在《谈翻译》中说："翻译是学习外国文的一个最有效的方法。他可以训练我们细心，增加我们对于语文的敏感，使我们透彻地了解原文。"③ 吉川幸次郎在所译《水浒传》第四册的跋中谈到自己翻译的动机时说：

> 我决心将这部小说译为日文，因为在中国古老口语文章中，它的语言已经成为死语，不少已难以把握，我想在科学手段之下解决它几分，对中国口语语义研究，多少作出些贡献。这是我翻译的一个动机。④

他继续谈到，《水浒传》的语言是南宋经元到明初，即13世纪中国的市井语言，关于同时代的别的口语文献的元代戏曲，他与同事多年来尝试解读，已经取得相当的成果，因此自己想用同样的方式来处理《水浒传》，读解元

---

① 罗新璋编：《翻译论集》，商务印书馆1984年版，第898页。
② 江枫：《江枫翻译评论自选集》，武汉大学出版社2009年版，第132页。
③ 罗新璋主编：《翻译论集》，商务印书馆1984年版，第448页。
④ 〔日〕吉川幸次郎『吉川幸次郎全集』26卷、筑摩书房1986年版、第375页。

代戏曲积累的相似口语的知识，相信会使这部小说的读解容易一些。然而真正读解起来，事情却并非如此简单。这是因为对于严肃的翻译者来说，翻译就意味着每一字、每一句都无法绕过，只要还有疑点，就意味着对原作曲解的可能，翻译者每前进一步，就是对作品的理解前进一步。

译者不仅要有源语国与译语国的文字学、语言学、文化学的造诣，而且还要钻研翻译学、文艺学。可以说，好的研究者不一定是好的翻译者，而好的翻译者一定不能在这几门功课上不及格。译者对作品钻研得怎么样，打分的主要依据应该是译文本身，而他所撰写的序跋是人云亦云、套话连篇，还是情理相彰、逗人开卷，也很见功夫。曹靖华说："广采百花，搜集关于原作品和原作者的一切材料；把研究的心得写在'前言'、'后记'、'序'、'跋'……里。这不仅是指引读者们的钥匙，而且也是译者提高水平的切实途径。"①

对于古典文学翻译来说，还有一件要紧的工作，那就是注释。注释可以说是翻译的补充，有时甚至就是翻译本身。

二 注释的动机：译者对读者接受度的揣测和判断

对于初次登陆本土的外国作品，译者有必要对原作加以介绍，如同对于陌生人，只有通了姓名，才好交谈。序跋和注释就担当着介绍人的角色，在江户时代的中国小说翻译中，开始有的将序言和注释放在一起，以拉近读者与原作的距离。

成书于17世纪前期的《奇异杂谈集》中收有两篇《剪灯新话》的译文。《奇异杂谈集》中的《姐姐魂魄借妹妹身体与夫成亲》是这样开头的：

> 新渡有《剪灯新话》之书，网罗奇异故事之书也。今取二三条，载录于此。剪灯，剪去蜡烛灯芯，言讲于深夜。新话，前有《剪灯夜话》一书，故讲说新事，谓之新话也。兹软化唐之言语，而以日本语言记载之。

> 金凤钗记，钗，簪也。插于发中，簪之谓也。唐国男女皆发长，束

---

① 罗新璋编：《翻译论集》，商务印书馆1984年版，第898页。

发，钗长四寸，横插发根之中，发在钗中盘绾而不散，如日本所谓贱女之筋曲。钗，有以金、银、铜、铁、锡、铅、骨、角、竹、木等制成者，钗端作花鸟之状，以为装饰。所谓"金凤钗"，乃以金制成凤凰状。日本所谓簪，乃天冠也，见于能剧《杨贵妃》之中，是文字有别乎？"记"者，记金凤钗之物语也。

唐之死者，并非有剃发、着黑衣之事。唯如平生，整好鬓发，着好衣，直至鞋袜，皆如常，入柩。柩较棺长，长如体卧，内涂黑漆，盖亦同样涂黑漆，外面亦涂黑漆，无处不覆被不露，合上盖亦涂黑漆，钉上钉子，严丝合缝。①

图 159 　《奇异杂谈集》插图中描绘的妖怪"火车"

译者将自己的翻译称为"软化唐之言语"。在这一段文字中，既有对原作内容的介绍评价，也有解题，还有对中国风俗的介绍。这种介绍不是孤立

---

① 〔日〕吉田幸一编『近世怪異小説』、古典文庫·近世文藝資料 1955 年版、第 255—256 頁。

地说明题名意思了事，而是在与日本风俗的比较中进行，读者不仅从介绍中获得了知识，而且感到新鲜有趣。可以说这是一种序言注释的结合体。

该书根据《牡丹灯记》译写的一篇，题作《女人死后将男人拉入棺内》，前面也有一段文字：

> 唐正月十五日夜，家家点燃各种异形灯笼，悬挂门口，男女众人观赏，游乐至晓，如同日本之盂兰盆节。此夜为三元下元之日。天帝一年之内三度自天而降，记录人之善恶之业。正月十五为上元，此夜亦称元宵或元夕，七月十五为中元，十月十五为下元，因而上元之夜家家户户张灯结彩，迎接天帝。即相当于七月否卦十五迎接鬼灵之日也。①

这一段文字着重介绍了中国元宵节的习俗，译者认为这对于理解原作十分重要，不厌其烦加以说明，而后才出现译文。比起原文的开头，读者要感觉亲切得多。

现代日本的中国古典小说译者，很多对注释相当精心。注释的方式可以分为两种，随原文置于译文同页或者单篇之后的，可以称为"必要注释"，就是对于理解作品最必要的知识，而那些需要详尽说明出处，或者存在争议的问题，或者译者个人的考证、研究、翻译心得，可以称为"补充注释"，多以"补注"之名，置于全书最后。这些补注按原作先后排列，与译文编号对应，这是面对专门研究者的注释。将它置于书后，是为了不给一般读者的阅读造成间歇，而又给研究者方便。像今村与志雄翻译的《酉阳杂俎》，书后大量的"补注"，成为研读的完整资料。

注释详略依预期读者的需要而定。面对一般读者的译作，十分注意在注释中说明与在日本文学的关系，这也是日本译本的一个重要特色。今村与志雄《唐宋传奇集》（下）译注沈俶所作《我来也》，题作《怪盗我来也》，在注释中比较详细地谈到这篇故事在日本江户小说中的影响：

> 江户时代《西湖游览志余》传入日本，"我来也"故事，被翻案成

---

① 〔日〕吉田幸一编『近世怪異小説』、古典文庫・近世文藝資料 1955 年版、第 271—272 頁。

读本、草双纸，创造出"自来也"或"儿雷也"这样的人物，作法行窃。还被改编为歌舞伎。据《浮世绘类考》中的《戏作者略传》(《日本随笔大成》第二期十一卷）戏作者鬼武（通称前野曼助，文化四五年卒）曾作《自来也》（读本，北马画），近松德叟曾把它改编成歌舞伎《栅自来也谈》(やえむすびじらいやものがたり）,文化四年曾由大阪角之芝居剧团上演。还有合卷《儿雷也豪杰传》，天保十年至明治元年刊行。以其中部分情节做基础，河竹默阿弥创作演出的《儿雷也豪杰谭话》，也大受好评。参看伊原敏郎《近世日本演剧史》，《日本古典文学大辞典》第三卷该条目。①

《我来也》写一个自称"我来也"的盗贼从牢狱逃出的故事，日语中的"自来也"，意同"我来也"，这是因为日语中多以"自"自称，"自来也"读作"じらいや"（jiraiya），"儿雷也"读音与此相同。用不同的汉字来表示，表示是一个与"自来也"不尽相同的人物。幸田露伴在《少年时代》一文中回忆自己那时的读书经历，就写到自己从十一岁的时候，就读过不少通俗小说，他列举了从亲戚家借的那些书名，第一本就是《儿雷也物语》，说读了那些书，"一个人自得其乐"②。

在《中国的扫灰娘——叶限》一篇，今村与志雄注释中对南方熊楠《西历九世纪支那书中所载扫灰娘故事》予以介绍，属于"扫灰娘故事"（Cinderella），现在中国民间故事里叫"灰姑娘"，日本御伽草子里面有"鉢かづき"（市古贞次校注《御伽草子》上，岩波文库）③。

这样的注释，是以译者对原作吃透为前提的。倪永明《中日〈三国志〉今译与中古汉语词汇研究》对中日《三国志》译本加以对比研究，明确指出，无论对中古汉语词汇的翻译，还是今译体例，日译本的质量都明显高于中文今译本。如日译本用随文注和卷末注的形式，提出了二百余处疑问（主要是是对中古汉语词语的疑问），就充分反映了日译本作者扎实严谨、实

---

① 〔日〕今村與志雄譯『唐宋傳奇集』下、岩波書店，第356—357頁。
② 〔日〕幸田露伴《幸田露伴散文选》，陈德文译，百花文艺出版社2004年版，第221页。
③ 〔日〕今村與志雄譯『唐宋傳奇集』下、岩波書店，第313頁。

事求是的科学态度,同时也为中古汉语词汇研究提供了新的线索。① 该书中的《余论——〈三国志〉日译本研究价值再思考》第一节谈到日译本研究可以全面提升《三国志》本体研究水平,分类予以说明,包括异文考释、标点正讹、引文求证、修辞解读、官制探讨、干支辩讹六个方面,这些其实大部分在译者的注释中有所体现。而该章第二节更集中论述了日译本可以为汉籍多语种注释起到示范作用,主要就日译本作者非常重视语句的出处,以研究和发现的眼光进行注释两个方面②,归纳了日译本注释的特点。这些论述,不仅适合于《三国志》的日译本,而且也基本适合收入日本权威性中国文学译著丛书的多数日译本。

对待注释,不同的译者有不同的处理。有些译者比较倾向于慎用注释,如著名翻译家思果说:"这不是学术著作,可以有许多详尽的注。小说是给读者欣赏的,不能给他上课,注要又少又简。必要时在译文里想办法,译里夹了解释,还要不显露痕迹,好让读者一口气读下去。不过遇到作者暗中引用古人诗文,就要查出出处,告诉读者,增加他阅读的趣味。"③ 有的译者则对注释不厌其多。尽管有些译者主张不作注释,纯粹依靠译文来传达原文,但是对于日本古典文学作品翻译来说,大多数译者还是不肯放弃注释的效果。这既出于对于读者理解度的判断,也是对自身传达力的自知之明。林文月《回顾与自省——关于〈源氏物语〉中译本》一文中说:

> 翻译《源氏物语》,实在是困难重重的一件工作,对于译者而言,也是一大考验与挑战。因为书中随处可见中日古典,乃至佛经典故,无形之中增加了译者的负荷。一般的日文现代语译本,多有眉注以助了解,圆地本则坚持不加注文的立场,故往往不得不擅作添加润饰以求明白。④

林文月对于日本文学历史方面的典故,只是在附注中记其出处,或稍作

---

① 倪永明:《中日〈三国志〉今译与中古汉语词汇研究》,凤凰出版社2007年版,第14页。
② 倪永明:《中日〈三国志〉今译与中古汉语词汇研究》,凤凰出版社2007年版,第331—337页。
③ 思果:《译路历程——我译大卫考勃菲尔》,载金圣华、黄国彬主编《因难见巧》,中国对外翻译公司1998年版,第47页。
④ 林文月:《回顾与自省——关于〈源氏物语〉中译本》,《联合报》1979年1月5日第12版。

说明而已,但是,对于典出于我国经史子集者,则尽量查明出处,并抄录原文的上下部分。她对此说明:"我之所以不厌其烦地做此还原工作,乃因为在翻译过程中,为求忠实无误,这些典故都须经常翻查典籍,而既然典故出处及文字已经把握到,觉得弃之可惜,遂将其保留下来,以供读者参考。"[1] 在她看来,"《源氏物语》不仅是一部可读性甚高的日本古典文学作品而已,在学术上也应该极具研究价值。可能日后会有人以此书为研究对象,则于翻译之余代为查证这些典故来源,一举两得,或者不无助益。当然,我个人才学有限,而全书之中又典故浩瀚,有少数问题仍未能圆满解决,便只好在附注中存疑,一待重整时再考。"[2]

在《枕草子简体版序言》中林文月再次谈到注释问题:

> 我的中译本诸书,虽然采取白话文,但是仍有许多地方非译文本身所能传达清楚,或者表现原文的巧妙之处,则不得不借助些注释。注释之中,特别值得注意的是,原著里引用日本的古老诗歌或隐喻,乃至于唐代以前的中国古诗文,因此对于中国读者而言,明白了这些道理,就会觉得既陌生而又熟悉,格外亲近动人。[3]

读过这一段话,不难体会译者对注释的苦心,也会觉得那些注释简直就是译文不可分割的一部分了。从理解原文的立场出发,适当的注释也如同译文本身,它可以让译语阅读者更多理解源语的背景。如果将原作比作乐曲,那么有了这些注释,阅读者就不愁听不懂弦外之音了。

除了译文中的注释之外,有的译者也以随笔、札记等方式继续翻译的探讨工作。驹田信二曾撰写《关于见于〈水浒传〉的"趓"的译语》[4] 专门对比各种日译本对白话小说中"趓"字译法的得失,又撰写了《关于关羽面之"重枣"》,探讨"重枣"一语的确切含义[5]。

---

[1] 〔日〕紫式部:《源氏物语》,林文月译,译林出版社2011年版,第28页。
[2] 〔日〕紫式部:《源氏物语》,林文月译,译林出版社2011年版,第28页。
[3] 〔日〕清少纳言:《枕草子》,林文月译,译林出版社2011年版,第3页。
[4] 〔日〕驹田信二『対の思想』、岩波书店1992年版、第140—155页。
[5] 〔日〕驹田信二『対の思想』、岩波书店1992年版、第156—163页。

三 译者对注释内容的确定

哪些需要注释，哪些需要详注，那些需要略注，这当然是由译者根据预期读者的需要做决定的。如果预期为一般读者，就不仅要考虑注释的内容，而且要考虑注释的方式。梁实秋说："从事翻译的人若不自己先彻底明白他所翻译的东西就冒昧的翻译起来，那是不负责的行为。遇到引经据典的地方，应该不惮烦的去查考，查出来应加注释，使读者也能明白。"① 那些"引经据典"的部分，是译者不可轻易滑过的，对于面对一般读者的书的这方面注释，不仅要考虑详略深浅，还要考虑注释语言是否平易好懂。

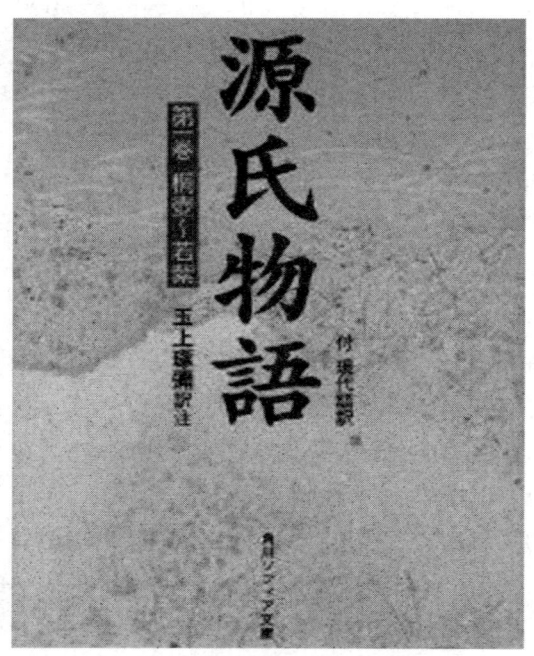

图 160 《源氏物语》现代日语译本

在我国的日本古典文学翻译中，哪些是应该在注释中尤其值得注意的，注释中存在哪些问题呢？

首先，由于现代读者对古代宗教知识的欠缺，对日语中的概念常常进行

---

① 梁实秋：《翻译之难》，见黎照编《鲁迅梁实秋论战实录》，华龄出版社 1997 年版，第 617 页。

现代式的置换，造成理解上的偏差，所以在涉及到这方面的词语时，特别是与宗教关系密切的作品，还是以适当注释为好。

其次，对于原文中出现富有民族特色的事物，或者富有时代特色的事物，如译文中找不到最接近的表述方式时，可以借助注释。金伟、吴彦译本《今昔物语集》出现过"打衣"一词。金伟本卷第二十四第三《小野外宫大飨九条得绢衣的故事》，原文为"小野宫大饗九条大臣、得打衣語"，周作人校本作"在小野宫宴席上九条大臣得砑光红裳"。故事中原文中的"打衣"，金伟本译作"砧打的绢衣"显然出自注释"砧で打つた光沢のある絹布"，却语意不甚明了。周作人校本借用古语作"砑光红裳"。考《汉语大词典》："砑光，用光石碾磨纸张、皮革、布帛等物，使紧密光亮。"并举唐韩偓无题诗"锦囊霞彩烂，罗袜砑光匀。"周作人校本如能补上简明的注释，将有利于读者理解"打衣"的华贵。

再次，译文中保留古代用语而在现代汉语中一般很少使用的语汇宜加注释。

金伟本《今昔物语集》卷第六第二十七《震旦并州常愍渡天竺礼毗卢舍那的故事》开头说"从前有鬼神恼乱人民，天下荒废"，其中"恼乱"一词不是现代汉语词，译者是借来那个原文中的汉字词照搬入译文的：

昔シ、其ノ国ニ鬼神有テ人民ヲ悩乱ス。此レニ依テ、国荒レ廃ル。①

恼乱，烦扰，打扰。《汉语大词典》引《百喻经·野干为折树枝所打喻》："复于后时遇恶知识恼乱不已，方还师所。"又引白居易《和微之十七与君别及陇月花枝之咏》："别时十七今头白，恼乱君心三十年。"日语中也有这个词，《日本国语大辞典》："なやみ苦しんて心が乱れること。もだえ苦しむこと。また、人の心をなやまし乱れすこと。"据此，"人民ヲ悩乱ス"就是骚扰百姓的意思。

在同卷第二十九《震旦汴州女礼拜金刚界复活的故事》中也出现了"恼乱"一词。译文有"她五十七岁时身患重病，身边无人照顾，恼乱而死，但

---

① 〔日〕小峯和明校注『今昔物語集』二、岩波書店1999年版、第61頁。

是没有被人发现。"原文是：

> 而ル間、年五十七卜云フ年、身ニ病ヲ受テ、日来重ヶ悩乱シテ終ニ死スト云ヘドモ、相ヒ副ヘル人無ガ故ニ、此レヲ見ル人無シ。①

"恼乱"就是困扰，是说汴州女为病所困扰，疾病缠身。

如果保留"恼乱"一词，这句话这样翻更接近原义："她五十七岁那一年患病。病情日益加重，终于恼乱而死。当时由于身边无人，所以没人发现。"

在作品中有特别意义的文化现象有必要注释。《英草纸》第一卷第一篇《后醍醐帝三挫藤房谏》是根据《警世通言》汇总的《王安石三难苏学士》翻案的，其中后醍醐帝一难藤房谏故事中，涉及到一首和歌：

> あづま路にありといふなる逃水のにげかくれても世を過すかな②

李树果译本将它译作：

> 东途有逃水，远见近却无。
> 如此将身隐，偷生实有术。③

以下的情节均和这首和歌的理解有关系。号称博学的藤房自以为是挑剔起和歌的内容："逃水一词臣实不解，虽似指他之姓，但曰逃水究为何意？且速水之速字并无逃逸之意。"由此引得后醍醐帝很不高兴，遂让藤房去亲历一下东国的歌枕。后来藤房果然到了武藏野，看到那里的海市蜃楼，于是明白了"逃水"的真正含义。

然而一般读者对于这一段的理解，很可能带有疑问。因为不明"逃水"

---

① 〔日〕小峯和明校注『今昔物語集』二、岩波書店 1999 年版、第 63 頁。
② 〔日〕中村幸彦、高田衛、中村博保校注『英草紙　西山物語　雨月物語　春雨物語』、小學館 1979 年版、第 78 頁。
③ 李树果译：《日本读本小说名著选》上册，天津人民出版社 2005 年版，第 4 页。

一词的意思，以及与藤房所说"似指他之姓"究竟是什么关系，所以也就不明白由此触犯龙颜的原因。如能加上注释，说明"逃水"在日语中是指一种陆地上的海市蜃楼现象，远看有河流，近看又移向远方，同时说明，日本有"速水"这样的姓。那么读者就会明白，藤房是只知道有"速水"一姓，而不知道古歌枕词中所咏的"逃水"现象，因而搞不懂"逃水"的歌枕从何而来，大放厥词。

必要的考证，宜在注释中反映。金伟、吴彦译本《今昔物语集》卷第七第四十四《河东僧道英知法的故事》有一段与道慧的对话：

> 日暮时，道英求食。道慧说道："看不出圣人想吃东西，是随便说说吧？"道英听后笑道；"让你的正心惊跳不已，何必挨饿自苦？"道慧听此言感叹不已，后来死去。①

道英的话不知是有字录错，还是本来如此，"正心"不知何指。对于道英的话，道慧为何感叹不已，从上下文看不出来，"后来死去"是指道英还是道慧，也不明确。从这一句主语当为"道慧"看，似乎是指道慧，从全文的主人公来看，似乎又指道英。为什么道英求食一句话就让道慧"正心惊跳不已"，文中毫无交代。

查原文是：

> 日暮ニ及テ道英食ヲ求ム。道慧ガ云ク、「聖人ハ食ヲ要シ給フ事無シトニヘドモ、機嫌ノ為ニ求メ給フカ」ト。道英、此レヲ聞テ、咲テ云ク、「君ハ遂ニ心馳驚キテ、暫モ休ム事無クシテ、餓テ自ラ苦シマムトス」ト云フ。②

很明显，译者将文中的"暫モ休ム事無クシテ"与上句连在一起，结果漏译了。日暮时分，道英是看出道慧疲劳过度，饿得心慌，饥肠辘辘，该用饭了，却因为陪着自己而强忍饥饿，于是张嘴找他要吃的，告诉他不必忍饥自苦。

---

① 金伟、吴彦译：《今昔物语集》（一）、万卷出版公司2006年版，第334页。
② 〔日〕小峯和明校注『今昔物語集』二、岩波書店1999年版、第161頁。

译文中的"道慧",原文作"道懋",这或者是根据书后的人名注释:"道懋,高山寺《冥报记》'道县',《珠林》:'道慧',河东虞县人。"考前田本《冥报记》作"道懋",《法苑珠林》卷33作"道逊",且言:"河东沙门道逊,高德名僧,素是同学,祖习心道,契友金兰。""懋"、"逊"同音形近。从这些用例来看,遵从原文译作"道懋"较为稳妥。

读译文,作者为什么要记述这样一段对话,故事要说明的是道英和朋友是怎样的关系。"機嫌ノ為ニ求メ給フカ",小峰和明注释:"忌み嫌う。あえて人から嫌われるために食を乞われるか、の意。"从原文看,道懋在听说道英要东西吃的时候,表示奇怪,说:"听人说圣人是不吃东西的,你是为遭讨厌才这么说吧?"道英说:"我是说,你已经心跳过速了,还没有歇息一会儿,何必要饿着肚子难受呢?"这是说两个朋友性格不同,道英猜出了朋友肚子饿了,替他说出了感受,所以让道懋很服气。这样一个故事,通过两个僧侣朋友之间的一件小事,写他们之间的友情。

前田本《冥报记》的这一部分是这样的:

> 日晚求食,懋谓曰:"上德虽无食相,宁不为忌讥嫌?"英咲答曰:"懋公心方驰惊,不暂休息,而空饥饿,何自苦也。"道懋叹服。①

值得注意的是。《冥报记》中的"讥嫌",和《今昔物语集》中的"机嫌"意思是不同的。《冥报记》这句话是说:"您虽然没有要吃饭的意思,这样说莫不是为了免得别人不高兴?""讥"、"机"形近,这可以说是《今昔物语集》作者的误读。

有一种现象需要注意,中国译本对于有关中国的掌故却往往忽略了注释,基本原因是译者本人对作者使用掌故的用意缺乏分析判断和理解,同时也可能认为中国读者已经了解而不需要注释。其实,这些地方往往是作者用以制造异国情调和丰富描写内容的节点。

上田秋成《春雨物语》中的《樊哙》一篇,以项羽、刘邦鸿门宴上生死相争中的一个关键人物樊哙为题,本身是富有深意的,其中还出现了"樊哙

---

① 〔日〕說話研究会编『冥報記の研究』第一卷、勉誠出版卷上第20頁。

排闷"的典故。对此若加上注释，说明典故和原意、转换意，会使读者受益。

对于原文中的汉文，译者往往忽略，可能认为中国人都能读懂，且不说今天的读者与古代汉语的距离加大，单说日语汉文并不等同于中国古代汉语，对这样的文字适当加注，就不为无功之劳。《春雨物语》中《海盗》一篇，海盗来信的第一封全用汉文写成，其中涉及到不少典故，汉译本均无注释，补上才能使现代读者读得顺畅。

四 注释的准确性和扼要性要求

准确性和扼要性是读者对注释的最基本期待，而对原著的研究却是难以穷尽的。译者关注最新的研究成果，才能使注释更为完善。

《万叶集》卷 2 山上臣忆良追和歌 145 后注"右件歌等、虽不挽柩之十时所作、准拟歌意、故以载于挽歌类焉"。金伟、吴彦译本注："准拟，考虑的意思，用语出自白居易《不准拟二首》。"这里，"出自"一语不当。《万叶集》编成的时代，白居易的诗歌还没有传到日本，山上忆良生活于 660 年至 733 年，白居易还没有出生，自然不会有《万叶集》的词语"出自《白氏文集》"之理。将"出自"改为"见于"就更好些。"准拟"：料想；打算；希望。白居易《不准拟二首》诗之一："不准拟身年六十，上山仍未要人扶。"言没料到六十的人还能爬山。又同题之二："不准拟身年六十，游春犹自有心情。"是说没想到六十的人游春还有这样的好心情[1]。所以所引白诗，为"料想"意，与上文并不完全吻合。

我们也可以从六朝和初唐的文献中找出用例来说明出处。蒋礼鸿《敦煌变文字义通释》释"准拟"等："有两类意义，一类为打算、希望、料想，一类是准备、安排，而两类意义之间原来就有一定的联系。"[2] 所引词例有初唐者，不过与《万叶集》中上述用法有微妙的不同。

对于一千多年中诞生的日本古典文学作品，尽管历代学者呕心沥血，世代相继，予以解读，但存疑与误读之处依然颇多。特别是奈良、平安时代以写本相传的作品，由于讹字、别字、脱字等丛生，至今仍有读不成句的现象。译者无不希望译文不再留下空白，如何处理这些原文，便是伤脑筋的问题。

---

[1] 魏耕原：《全唐诗语词通释》，中央社会科学出版社 2001 年版，第 361 页。
[2] 蒋礼鸿：《敦煌变文字义通释》（增订本），上海古籍出版社 1997 年版，第 125—128 页。

试读《万叶集》卷四 655：

　　思はぬを　思ふと言はば　天地の　神も知らむ　邑礼左変①

歌中的"邑礼左変"，当怎样读，历来众说纷纭。小学馆本将这首和歌解作：

　　愛しても、ないのに　愛していると言ったら　天地の　神罰が当りましょう　邑礼左変②

伊藤博译注本则解作：

　　私は空虚なことを言っているのではない。あなたを思っていもしないのに、もし口先だけで思っていると言ったら、天地の神々もお見通しのはず、邑礼左変。③

两本实际上都采用了存疑的处理。
汉译本的处理因译者而异。杨烈译作：

　　心中无念意，口说常相思。
　　天地神灵在，诸神共鉴之。④

杨烈译本总体注释较少，这里也没有注释。
赵乐甡译本作：

　　本未相思，却说正相思；
　　天地神祇知，

---

① 〔日〕小島憲之、木下正俊、東野治之校注、訳『萬葉集』(1)、小学館 2003 年版、第 335 頁。
② 〔日〕小島憲之、木下正俊、東野治之校注『萬葉集』（一）、小學館 2004 年版、335 頁。
③ 〔日〕伊藤博釋注『萬葉集釋注』（二）、集英社 2000 年版、第 574 頁。
④ 杨烈译：《万叶集》（上），湖南文艺出版社，1984 年版，第 148 页。

村神也如此。①

页下注:"原文句末'邑礼左变',训义未详,从一译之。"
金伟、吴彦译本作:

如果没有爱
偏说要有爱
被神灵察觉
会设置疆界②

页下没有注释。"会设置疆界",有些费解。

以上各种处理方式,译者可能心中都抱有遗憾,而读者也似懂非懂。对于这种原文存疑的情况,译文存疑虽然也非良策,但比起种种臆测来说,效果并不差。加上注释,说明前贤未解,可能是稳妥的办法。

在处理注释方面,周作人的做法有值得借鉴之处,他自称自己有"注释癖",常常将注释看做翻译重要的部分来处理。在《浮世澡堂》一书的后记中,他开头就说:

我译《浮世澡堂》两编四卷,是当作日本古典文学作品办理的,竭力想保留它原来的意味,有时觉得译文不够透彻,便只好加注说明。这四卷书里,一共有了注六百条,真是太多了,虽然我自己觉得有地方还有点不够,这里我想解说一句,读者中间有只要看故事的,走马看花的读一遍就好,这些注没有用处,就请跳过去好了,若是想要当作外国古典作品去了解它的读者,在译文中碰着不大明白的地方,查一下注解可以得到一点帮助。③

他的注释内容详尽丰富,或考证,或引述,或对比,或谈论自己的见解

---

① 赵乐甡译:《万叶集》,译林出版社2009年版,第165页。
② 金伟、吴彦译:《万叶集》上,人民文学出版社2008年版,第285页。
③ 〔日〕式亭三:《浮世澡堂》,周作人译,中国对外翻译出版公司2001年版,第209页。

和感受，随心所欲，毫无框框，有时顺便就介绍了日本相关的文化知识，文字灵活多变，毫无一般注释文字的辞书腔，仿佛他所借注释谈论的一切都已烂熟于心，只不过顺手从大口袋里抖落出些货色，就够让人感到可喜。

对于翻译者来说，他的注释还有几点值得注意，一是随时介绍原文是什么，自己为什么会这样译，特别是不得不采用意译或转译的时候，他的处理方案的优劣得失，可以为其他译者提供借鉴。《浮世澡堂》《浮世理发馆》里涉及很多俚俗之言、谐音双关之语，原文原意为何，此译由何考虑而来，是否得当，交给读者品评。如《浮世澡堂》前编卷上特意说明自己用"台基"来译"茶屋"① 不很确切，原文只是茶屋，但这在吉原却并不是吃茶的地方，旧时游客先到茶屋，召集艺妓等人，酒宴歌唱之后，由茶屋的人送到妓馆去，有些高级妓女专在茶屋接客云。其实也可译作"拉纤的茶馆"，但很易误会，所以索性改为意译了②。对于今天的读者来说，"台基"也相当陌生，似乎还有再注的必要，辗转为注，不胜繁琐，如能另选词语译出，最为理想。

二是对一般译者可能不太重视的典故，甚至一般觉得不一定需要介绍的内容也点到，有涉笔成趣之妙。这些当然都得益于他对日本文化多方面的知识和文笔的娴熟。

三是以鉴赏的态度去读每一句话。滑稽本的滑稽在哪里，戏作语言有哪些特点，都在注释中介绍。《浮世理发馆》中的《后序》开头：

> 长的东西，曰飞头蛮的呕吐。这是仿佛清女的笔下的"东西是什么"的常用语。但是比这还要长的，乃是不佞三马的随便包工。③

在注释中，不仅介绍了"长的东西"的游戏内容，"飞头蛮"传入日本后的演变，清少纳言《枕草子》与《义山杂纂》的关系，而且特别指出杂引古典文学作品为滑稽资料，此系游戏文章的常态。原文中用的"不佞"这样的汉语古文，"下接俗语，亦是戏作手法"。这是将鉴赏溶于注释的手法，对

---

① 〔日〕神保五弥校注『浮世風呂　戯場粋言幕の外　大千世界楽屋探』、岩波書店1989年版、第119页。
② 〔日〕式亭三马：《浮世澡堂》，周作人译，中国对外翻译出版公司2001年版，第41页。
③ 〔日〕式亭三马：《浮世理发馆》，周作人译，中国对外翻译出版公司2001年版，第213页。

不只想看故事的读者，无疑是解渴的。

周作人值得羡慕之处，在于当时他有充裕的时间，边译边记下翻译过程中的心得，享受译中兼学、学译结合、相得益彰的乐趣，后来的译家便多没有这样幸运。在"赶工期"式的翻译中，注释就不得不求简求过得去。

第二节 误译与"非善译"论

成就斐然的翻译家，多对译文苛刻有加。傅雷在《〈高老头〉重译本序》中评价自己的这部译著："《高老头》初译（1944）对原作意义虽无大误，但对话生硬死板，文气淤塞不畅，新文艺习气既刮除未尽，节奏韵味也没有照顾周到，更不必说作品的浑成了。"特别是在"大误"一词之下，自注："误译的事，有时即译者本人亦觉得莫名其妙。例如近译《贝姨》，书印出后，忽发现原文的蓝衣服译作绿衣服，不但正文错了，译者附注也跟着错了。这种文字上的色盲，真使译者为之大惊失'色'。"[①] 这可以看做译者以一种特殊方式在向读者道歉。误译之易生，可以说防不胜防，而负责任的译者就不能对之置若罔闻。

其实，除了误译之外，更多的还有让译者感到遗憾的译法，那就是没有能充分表达原文信息的译案。在翻译中，做到尽善尽美似乎是不可能的事情，但译者总希望能够做到"尽善"，但是译完之后，审视译文，总会发现有很多与原文相比不够确切、妥帖、完整的表述。马建忠曾对"善译"下了一个很好的定义，他说："夫译之为事难矣，译之将奈何？其平日冥心钩考，必先将所译者与所以译者两国之文字，深嗜笃好，字栉句比，以考彼此文字孳生之源，同异之故，所有相当之实义，委曲推究，务审其音声之高下，析其字句之繁简，尽其文体之变态，及其义理精神奥折之所由然。夫如是，则一书到手，经营反覆，确知其意旨之所在，而又摹写其神情，仿佛其语气，然后心悟神解，振笔而书，译成之文，适如其所译而止，而曾无毫发出入于其间，夫而后能使阅者所得之益，与观原文无异，是则为善译也已。"[②] 在翻译活动中，或因为没有把原文吃得太透，或因为一时找不到最佳表述，都可能做不

---

① 傅雷：《傅雷谈翻译》，当代世界出版社2006年版，第4页。
② 马建忠：《拟设翻译书院议》，见《适可斋纪言纪行》卷四，张岂之等点校本，中华书局1960年版。

到"与观原文无异"。如果没有达到这个标准,那自然就是"不尽善译"或"非善译"了。在翻译研究中,对这样的"不尽善译"或"非善译"加以探讨,也是一项重要的内容。

一 翻译研究的永不过时的题中之义

著名翻译家江枫指出:"翻译是社会行为,只有忠实和力求忠实的翻译,才具有社会价值。翻译的本质功能是,而且只能是,通过载体或者媒介的转换传递信息,其他的功能,都由此派生,不能成为标准多元化的理由,翻译的最高标准,是绝对忠实,最低标准,是力求忠实——力求忠实,是翻译工作者的道德底线。"[1]

误译研究是翻译中问题意识最经常与最集中的体现,是是否具有常态化的翻译批评的标尺。关注误译,科学地分析误译产生的根源,并对"不尽善译"或"非善译"也加以探讨,是翻译批评不可绕过的阵地。

翻译质量常常不只是翻译者本身的问题,社会对翻译位置的认识和评价有时拥有举足轻重的影响。吉川幸次郎在《支那语的不幸》一文中,把所谓"同文思想",即认为中日"同文同种",因而产生的轻视汉语的强大习惯势力作为"支那语"的第一大不幸。与此相联系的,是错误地认为,汉语是最好学的外语。在这种思想的底层,还有明治以来就存在的一种认识,那就是中国文化比起欧洲文化要低几等,而且这种认识逻辑上还跳跃到差等文化的语言也就是好学的[2]。

在《翻译的伦理》一文中,他批评现代日本人对他人的语言非常冷漠,可以认为这是当今社会的普遍现象。翻译之糟糕,是其中的一种表现。支那语翻译之糟糕,更是其中表现之一。现代日本人之所以对他人语言的冷漠,是源于急于实现自我的人生态度。急于自我实现的人,就会对他人的人生冷漠,既然对他人的人生冷漠,就没有空闲去光顾他人的语言[3]。

吉川幸次郎1941年曾经就日本翻译中国文学的现状撰写了《翻译的伦理》一文,是一篇至今值得重读的文章,它不仅对当时的日本翻译切中时弊,

---

[1] 江枫:《江枫翻译评论自选集》,武汉大学出版社2009年版,第5页。
[2] 〔日〕吉川幸次郎『吉川幸次郎全集』第十七卷、筑摩书房1985年版、第422—436页。
[3] 〔日〕吉川幸次郎『吉川幸次郎全集』第十七卷、筑摩书房1985年版、第422—436页。

而且文章指出的问题，对于中国的日本文学翻译也不乏参考价值。

其中分析中国文学翻译错误频出的原因，首屈一指是社会对中国的毫无关心，接着尖锐地指出，明治维新以来日本支那学所犯的"巨大的牵强"（大きな無理），那就是，支那学作为科学，历史很短，急急忙忙要求建立一个科学体系，结果就导致了读书方法的粗略。科学体系的建立，是要建立在静谧考证，即静谧读书的基础上的，这与粗糙的读书方法是矛盾的，南辕北辙的。在感情上，错误地认为，精细读书是旧时代读书的延伸，必须打倒古老的学问，树立新体系。附属于古老学问上的东西全都不行。精细读书就是附属于古老学问上的，理应加以排斥。学界对这样粗略的学风缺乏反省，也就造成了翻译界的误译横行。

这种弊害最大的地方，就是归于对单词的偏重，其结果，就是对由单词复合而产生的观念的纹理的注意力显著放松。偏重单词是急于树立体系的学问自然而然会陷入的陷阱。他说：

> 在性急地树立体系的场合，首先必要的，就是搜集事项。单词的搜集，正是搜集事项的捷径，从而也被当成树立体系的捷径。在这个方向上，不能不说明治以来的支那学取得了辉煌的业绩。史学的许多业绩，主要是以根据单词的事项搜集为基础，文学史方面各种体裁的历史，特别是辨明通俗文学体裁的变迁，正是得益于根据单词的事项搜集。对于披荆斩棘的先驱们，学界的感谢是亘古不变的吧。

搜集事项伊始，建立体系毕功，这是在欧美现代学术影响下形成的新的学术范式。日本研究者在熟悉了某一领域新的理论之后，便着手从中国文学府库中搜集相关材料，梳理分析，由此产生了一批不同于传统经学体系的研究著述，特别在对传统学术漠视的小说、戏剧的研究中这种范式的贡献更为杰出。然而，如果将这种学术模式视为文学研究的唯一"正宗"，并以此来衡量包括文学翻译在内的研究活动，那么中国文学传统的研究方法、对作品的深入品味与鉴赏等便难有立足之地，重学术操作的"外包装"甚于对"内核"的理解就会司空见惯。为此，吉川幸次郎指出：

然而，弊害正在这里。读书时候的注意，专集中在少见的事项上，从而也就只集中到显示它的少见的单词上。换句话说，书籍这种东西，为了搜集事项而涉猎，只变成了那种东西，不再是读的东西了。一本书要从头读到尾，便是傻透顶。传说明治中期的一位哲学大家训斥他的弟子："读书什么的，你就成不了博士啦！"传说归传说，真伪不敢保证，但这种态度很有势力却是事实。在人才缺乏的支那文学界，更是公认很有势力的。这种流弊发展到极点，就是与对单词注意力极度紧张形成反比例，对单词与单词编织而成的观念的纹理，对其加以随心所欲的解释，而且作为为这种行为辩护的口实，就是连支那语没有文法，所以怎么读都行的说法，也高喊起来。①

吉川幸次郎指出，明治以来的支那学，就这样懒于长久修炼。其中结果，就出现了论文的数量每月数十、数百地产出，而全然没有误读、误译的论文却屈指可数的现象②。他谈到的现象，对于中国译者也并不陌生。

这里所说的单词，与我们所说的术语意近。术语挂帅，套装事项，就谈不上洞察文心，更不用说产生独到的理解了。半个世纪前吉川幸次郎文中谈到的有些问题今天已不复存在，中国、中国文化、中国文学在日本的位置早已不是文中所说的样子，然而文章中谈到的社会上不利于平等文化交流的思潮、学界的偏见以及学术方法上的偏差等，依然变换着形式，阻碍着中国文学经典的翻译与传播。反观我国，日本文学经典的翻译与传播筚路蓝缕，一路风尘，却依然存在译者队伍小、底子薄、功力弱的窘况，而最迫切的问题，还是将这种工作与中国文化建设事业对立或割裂起来的态度时常来干扰我们的行动。日语是小语种，但文学无大小。我们在翻译日本文学经典的时候，同时也在丰富我们自身的语言、思维和文化，扩大我们的精神空间，这一点是不会因相互关系的远近与世风的变迁而根本改变的。翻译时认真处理原著的每一个字符，就是理解日本文化，同时也在理解中国文化。

梁启超在《翻译文学与佛典》一文中曾说："盖译家之大患，莫过于羼

---

① 〔日〕吉川幸次郎『吉川幸次郎全集』第十七卷、筑摩书房 1985 年版、第 525 页。
② 〔日〕吉川幸次郎『吉川幸次郎全集』第十七卷、筑摩书房 1985 年版、535 页。

杂主观的理想，潜易原著之精神。"① 傅雷在《论文学翻译书》中说："事先熟读原著，不厌求详，尤为要著。任何作品，不精读四、五遍绝不动笔，是为译事基本法门。第一要求将原作（连同思想、感情、气氛、情调等等）化为我有，方能谈到迻译。"② 傅雷也谈到，有时候不知什么原因，就出现了误译。这正是译家真言。错误往往就出在未知处、不觉处，有时甚至在不可能出现错误的地方，稍一疏忽，便出纰漏。即使小心翼翼地对付原文的每一个字符，错误也可能不知不觉就发生了。重要的是在错误发现之后，译者所不能缺失的自省态度。

二 误译的普遍性与特殊性

关于《万叶集》的误译，沈琳在《中国的万叶集翻译》一文中，谈到四种情况，即附加原文没有的意思，改变了原文的意象，由译诗中附加的词语使译诗的意象与原文意象不同；因为枕词、序词等没有译出，原文的意象某种程度被削减。③ 沈文发表时，有些译本还没有出版，这里以 21 世纪初新版的《万叶集》译本为例，说明容易出现误译的几种情况。

首先来看金伟、吴彦译本《万叶集》。卷 1 第 15 首原文和小岛宪之等校注本的现代日语译文如下：

  わたつみの　豊旗雲に　入日見し　今夜の月夜　さやけかりこそ
  大海原の　豊旗雲に　入日を見たその　今夜の月は　清く明るく
あってほしい④
  海面上的暧霭
  落日映照生辉
  但愿今天夜里
  月光清澄明亮⑤

---

① 罗新璋编：《翻译论集》，商务印书馆 1984 年版，第 59 页。
② 罗新璋编：《翻译论集》，商务印书馆 1984 年版，第 695 页。
③ 沈琳『中国における「万葉集」翻訳』、日本『万葉古代学研究所年報』第 4 号、2006 年版、第 65—80 页。
④ 〔日〕小島憲之、木下正俊、東野治之校注『萬葉集』(1)、小学館 1995 年版、第 33 页。
⑤ 金伟、吴彦译：《万叶集》上，人民文学出版社 2008 年版，第 14 页。

瑷璷，云盛貌。《汉语大词典》引清洪昇《长生殿·剿寇》："不断征云瑷璷"，引申为浓盛貌。又树木茂盛貌。元顾瑛《碧梧翠竹堂》诗："高堂梧与竹，瑷璷排空青。"译文似将其作名词处理了。尽管诗题中词性活用是常见的修辞手法，从更准确地传达原文情境的角度看，似还有推敲的余地。

同样的问题还见于卷三 321：

　　富士の嶺を　高み恐み　天雲も　い行きはばかり　たなびくものを
　　富士の嶺が　高く恐れ多いので　天雲も　進みかねて　たなびくのです①
　　富士山的山峰
　　高耸令人敬畏
　　天云也难行
　　延伸成瑷璷②

如能对原文进一步体会，可能找到更好的译案。又如卷 1 第 147 首原文和译文如下：

　　天の原　振り放け見れば　大君の　御寿は長く　天足らしたり
　　大空を　振り仰いで見ると　大君の　お命は　とこしえに長く　空に満ち溢れております③
　　抬头仰望苍穹
　　祝愿大君的寿命
　　能充满天空④

这是一首祝寿歌。"祝愿大君的寿命，能充满天空"，费解。"寿命"

---

① 〔日〕小島憲之、木下正俊、東野治之校注『萬葉集』(1)、小学館 1995 年版、第 200 頁。
② 金伟、吴彦译：《万叶集》上，人民文学出版社 2008 年版，第 166 页。
③ 〔日〕小島憲之、木下正俊、東野治之校注『萬葉集』(1)、小学館 1995 年版、第 109 頁。
④ 金伟、吴彦译：《万叶集》上，人民文学出版社 2008 年版，第 85 页。

如何"充满天空"？原文中明确是祝愿大君"寿命天一样长"，译诗中丢了重要的"長く"，遂使意义晦涩。"天足らしたり"是喻其长。译者盖忽略了"長く"一词，造成了译诗意义的残缺。

再看卷1第198首的原文、小岛宪之校注本的现代日语译文与金伟、吴彦译本的译文：

　　明日香川　明日だに（一に云ふ、「さへ」）見むと思へやも（一に云ふ、「思へかも」）　我が大君の　御名忘れせぬ（一に云ふ、「御名忘らえぬ」）

　　明日香皇女に　せめて明日だけでも（また「明日も」）お逢いしたいと毎日思い暮しているせいでか（また「思うからか」）　わが皇女の　御名を忘れることがない（また「御名が忘れられない」）①

　　如同明日香川
　　哪怕明日见上一面
　　每日都在思念
　　难忘大君的名字②

"如同明日香川"，乃比喻之词，与"哪怕明日见上一面"的联系不分明。实际上是借河名"明日香川"之"明日"起兴，谓河水徒有"明日"之名，而人却不能明日相见。与前一首明日香川上打杭相呼应。

钱钟书在《管锥篇》中对字之多义与情之多绪详加分析，又有"圆喻之多义"一则，对"圆"之比喻的多义现象深入分析，指出使用这种比喻存"喻柄同而喻边异者"，也有"喻柄异而喻边同者"，提醒读者和翻译者认真辨析比喻在不同场合的不同喻意③。在《万叶集》中也存在一喻多柄的现象，需要译者随文辨识。如"石桥"这一形象就有两种相反的喻意。如第卷四597首：

---

① 〔日〕小岛宪之、木下正俊、东野治之校注『萬葉集』(1)、小学館1995年版，第131页。
② 金伟、吴彦译《万叶集》上，人民文学出版社2008年版，第105—106页。
③ 钱锺书：《管锥编》第一册，中华书局1979年版，第921—930页。

　　　　うつせみの　人目を繁み　石橋の　間近き君に　恋ひ渡るかも

小岛宪之校注本的现代日语译文是：

　　世間の　人目を憚り　（石橋の）　間近にいらっしゃるあなたに
逢えず恋しく思い続けています①

伊藤博释注本的现代日语译文是：

　　この世間の人目が多いので、それをはばかって、飛石の間ほど
の近くにおられるあなたを、逢うこともなく恋い続けている私
です。②
　　世人众目睽睽
　　像桥墩那么接近
　　也只能暗暗思恋③

　　译诗中"桥墩"是作为两物靠近的比喻出现的。对照原文，显然是枕词"石橋の"的译语。据小学馆本注释为："川の浅瀬に渡した飛び石。その間隔が狭いところからかけた。"

　　伊藤博译注本注释为："'間近き'の枕詞。川の浅瀬に渡した飛石の間が狭い意。"两本都说明"石橋の"就是小河沟过河时脚踩的石头，两块石头相距也就是一步的距离，抬脚就到了，用以比喻相距不远。所以，译诗中译为"桥墩"，当属误译，改变了原文的意象。

　　据《万叶集词语事典》，"いしばしの（石走）"在《万叶集》中有六例，用作枕词，置于"淡海"、"間近き"、"遠き"之前，枕词以外，还有"石橋"、"石椅"、"石走"四例。石桥，是为过河而摆放的石头。由此可知，同样是过河石，因观察者感受不同，既可以喻两者之近，也用于喻两

---

① 〔日〕小島憲之、木下正俊、東野治之校注『萬葉集』(1)、小学舘1995年版、第317頁。
② 〔日〕伊藤博『萬葉集釋注』二、集英社2000年版、第513頁。
③ 金伟、吴彦译《万叶集》上，人民文学出版社，2008年版，第270页。

者之远。喻其远者，见于卷十一2701，把两颗不能相通的心，喻为过河的两块石头：

　　明日香川　明日も渡らむ　石橋の　遠き心は　思ほえぬかも①

这一首金吴译本译作：

　　明日渡明日香川
　　不管会遇到什么②

将"石橋の"枕词的意象略去了，原文的意趣多失。

"石橋"，在金吴译本中也有被译为"渡石"的，大意近之，由于汉语中原来不见这种说法，略感生疏。见于卷七1126：

　　没经过多少岁月
　　明日香河的渡石
　　如今已不见踪影③

小岛宪之等校注本原文及现代日语译文是：

　　年月も　いまだ経なくに　明日香川　瀬々ゆ渡しし　石橋もなし
　　何ほども年月が経っていはないのに　明日香川の　瀬に渡しておいた　飛び石もなくなっている。④

又如卷四683言

---

① 〔日〕小岛宪之、木下正俊、東野治之校注『萬葉集』(3)、小学館2004年版、第251頁。
② 金伟、吴彦译：《万叶集》下，人民文学出版社2008年版，第820页。
③ 金伟、吴彦译：《万叶集》上，人民文学出版社2008年，第452页。
④ 〔日〕小岛宪之、木下正俊、東野治之校注『萬葉集』(2)、小学館2004年版、第201頁。

ふことの　恐き国そ　紅の　色にな出でそ　思ひ死ぬとも

小学馆本的译文是：

うっかりものを言うと、怖い国です　（紅の）口に出さないでください　たとい恋死しても①

伊藤搏译注本的译文是：

他人の噂のこわい国からです。だから思う気持ちを顔色に出してはいけません、あなた、たとい思い死にをすることがあっても。②

金伟、吴彦译诗第一句出现了"言灵"：

忌讳言灵的国度
红色不露颜色
即使思念而死③

而原文中并没有涉及这个概念。"言霊"、"事霊"，读作"ことだま"，即言语的神灵，影响现实的语言的力量，是表示威灵的词语。在《万叶集》中有三例，与本首无关。

译者译诗后说明："第二句'红色不露颜色'的表达方式在《万叶集》常见，意为将心中真实的意愿表达出来，或是没有隐藏好，让别人有所发现。"译文意将枕词"红"的含义也传达出来。

"红色不露颜色"和以上说明，仍是一团雾水。伊藤搏译注本的译文最为明晰。"红"，是指脸红，在注释中也说明"色"是指脸色（顔色）、表情。日语中的"顔色"是指脸色，心有所思，脸红了，就让人看出来了，在人言

---

① 〔日〕小岛宪之、本下正俊、東野治之校注『萬葉集』（1）、小学馆2003年版，第343页。
② 〔日〕伊藤搏『萬葉集釈注』二、集英社2000年版、第603页。
③ 金伟、吴彦译：《万叶集》上，人民文学出版社2008年版，第292页。

可畏的地方，就只好掩饰自己的真情，不露声色，更不能开口说出来。这里只是说人言可畏，不得随便想说什么就说什么，不能把真心话说出来。"紅の"枕词与后面的句子，意思就是相思至死也别说，想人想死也别露声色。让人看出脸红都可怕，人言之可畏可谓让人惊心。如果能将这样的情绪传达出来，那么歌人之怨闷，和歌的情趣也就不必多言了。

"紅の"，是"色に出づ"的枕词，因为红色格外醒目而来。"紅"（くれない）是"吳（くれ）の藍（ない）"的紧缩，从吴国传来的蓝草，夏天开红黄色的花，可提取作染料和口红。以此来比喻少女透出鲜丽、红润的脸色，可见歌人体物之妙。汉语中也有"羞红了脸"之类的说法，看来也不难理解"紅の　色にな出でそ"——别让脸红让人看出来的意思。

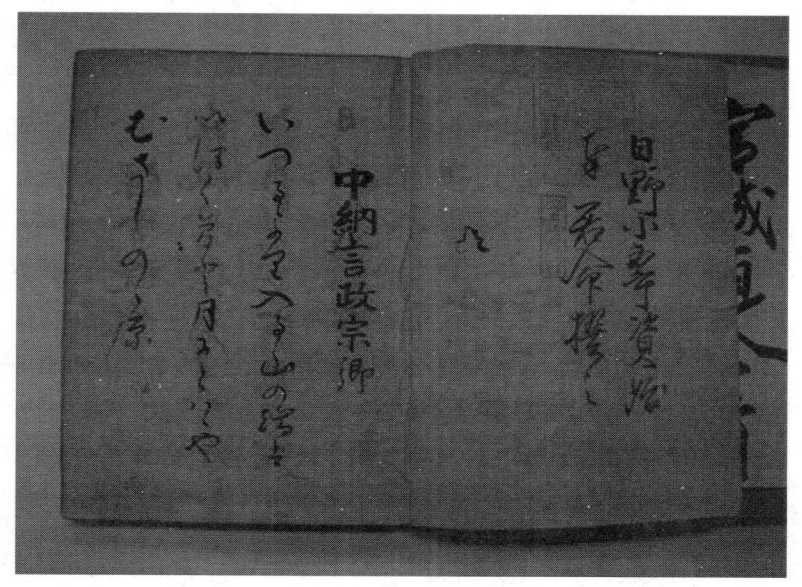

图161　《小仓百人一首》写本

对于原诗意义不确定的部分，是将其"化开"，给读者以明确的信息，还是保留疑问，让读者自己去思考，在翻译中可能有不同的选择。江枫就主张"尽可能保存有多解可能的原作的多解性，而不必勉强作出抉择。"① 但是，

---

① 江枫：《江枫翻译评论自选集》，武汉大学出版社2009年版，第210页。

对于原文读者来说，原是诗本来具有明确意义的信息，译者便没有必要使之含糊起来。和歌中以"色に出る"表示情形于色并不罕见。如《小仓百人一首》中所收平兼盛的一首：

　　　忍ぶれど　いろに出にけり　我恋は　ものやおもふと　ひとのとふまで①

《小仓百人一首赏析》的译者将这首诗译作"紧缩深情藏于心，无端流露在眉睫；心本不看相思苦，却被他人问于今。"② 译得颇有诗味，正是抓住了相思流露于脸色的核心内容。

金伟、吴彦译本《今昔物语集》卷7第十九《震旦僧行宿太山庙诵法华经见神的故事》写僧人云游求宿太山庙，庙中人告诉他庙堂廊下虽然可以住，但先前住在那里的人都死了。这位僧人说："死亡之事随道也，我无所谓苦。"③ 僧人这句话中的"随道"，不明何意，是随天道，还是随便说，与后面的"我无所谓苦"是何关联，都无法明确。考原文是：

　　　僧ノ云ク、「死セム事、遂ノ道也。我レ、苦ブ所ニ非ズ」ト。④

所谓"遂ノ道"，即"ついの道"，《日本国语大辞典》："人が最後には行かなければならない、あの世への道、死出の道、ついに往（ゆ）く道。"也就是说"凡是人最后都要走的道儿、往阴间的道路，最终要走的道儿"。按照这个意思，可以有各种译法，只要表达出死是谁最后都要走的路，或者谁能不死的意思，就算讲得通。

金伟本《今昔物语集》卷第十第三十五《国王造百丈石塔谋杀工匠的故事》写国王准备将为他造塔的工匠全都杀死，其中一位工匠在妻子的帮助下脱险。故事末尾，译文是："工匠为国王造塔有功。因此举世指责此事。"似

---

① 〔日〕『小倉百人一首』、湯浅春江堂1914年版、第40頁。
② 武萌、李晶主编：《小仓百人一首赏析》，大连理工大学出版社2009年版，第116页。
③ 金伟、吴彦译：《今昔物语集》（一）、万卷出版公司2006年版，第316页。
④ 〔日〕小峯和明校注『今昔物語集』二、岩波書店1999年版、第122頁。

乎作品的主题是国王不该谋杀为他造塔的工匠。这一句的原文是：

> 彼ノ卒堵婆造リ給ヒケム国王、功徳得給ヒケムヤ。世挙テ、此ノ事ヲ謗ケムトナム語リ伝ヘタルトヤ。①

关于前面一句的意思，小峰和明的注释是完全正确的，"卒堵婆を造った善行の報いははたして得られただろうか。主題は危機を脱した夫婦のきずな、機転にあるが、「国史」の巻主題にそって再び視点を王に戻す。"国王造塔，本为善行，却想杀人灭迹，那么他还能功德圆满吗？文末把视点放在国王目标和行为的尖锐矛盾上提出质疑，而不是单纯强调工匠有功而不该杀。译者或许将佛教术语"功德"理解成一般的"功劳"了，又没有看清全句的主语是国王而不是工匠。

翻译家江枫曾说："有点翻译体会的学者都明白，中国译者译不出中国人听得懂的中文，一定是没有读懂原文。"② 他将卞之琳的翻译主张概括为："亦步亦趋，刻意求似，以似求信"③，首先强调的就是译者吃透原文。这的确道出了译者时时不能忽略的宝贵体验。

三 纠正误译的途径

研究和吸收翻译家们的经验，是较少误译的途径之一。朱光潜在《谈翻译》中说：

> 翻译上的错误不外两种，不是上文所说的字义的误解，就是语句的文法组织没有弄清楚。这两种错误第一种比较难免，因为文字意义的彻底了解需要长久的深广的修养，多读书，多写作，多思考，才可以达到；至于语句文法组织有一定规律可循，只要找一部较可靠的文法把它懂透记熟，一切就可迎刃而解。所以翻译在文法组织上的错误是不可原恕的，

---

① 〔日〕小峯和明校注『今昔物語集』、岩波書店 1999 年版、第 372 頁。
② 江枫：《江枫翻译评论自选集》，武汉大学出版社 2009 年版，第 159 页。
③ 江枫：《江枫翻译评论自选集》，武汉大学出版社 2009 年版，第 3 页。

但是最常见的错误也起于文法上的忽略。①

　　自纠，是译者减少误译最好的办法。在这方面，吉川幸次郎有自己的做法。口语、俗语未解与难解曾是吸引吉川幸次郎着手《水浒传》翻译的重要原因，虽然他对日本历来的《水浒传》译本都有所研究，但是原著中大量缺乏准确注释的俗语依然让译者大伤脑筋。译作一本本依次出版，也不断发现原来多译不尽妥当的地方，特别是作家出版社出版了增加注释的新本之后，原译文中的一处处欠准确的地方，在译者心中挥之不去。吉川幸次郎边译边清理，在新译出来的一册中，对上一册的误译采用了果断的自纠方式。即在跋中，一一列出上一册误译的地方，提醒读者和学者注意。下面是第六册跋中他本人提出的部分误译：

　　第七回写听得门外有老鸦哇哇的叫，众人有扣齿的，齐道："赤口上天，白舌入地。"当时翻译的时候，不懂"扣齿"是何意，照字面译成了"歯を叩き出す"，读注释知叩齿为敬神许愿的规矩。

　　第十六回黄泥岗智取生辰纲里面的"江州车"，为手推独轮车。

　　第二十四回王婆与西门庆的对话，王婆哈哈笑道："我又不是影射的"，根据注释，"影射——这里指奸识的男女"，译文将"影射"译成了"代替"之意。

　　以下继续就同卷"抱腰""也会取小的"、"捱光"等词语的误译或拙译对照注释予以说明，对注释中没有提到的仍然存疑的"谷树皮"等词也提出来，希望有识者予以指教②。

　　译本的对比研究，是纠正误译的好方法。

　　云南人民出版社出版的《竹取物语》一书收入的《春雨物语》中的《海贼》一篇，海贼信函中谈到纪贯之名字的出处和读法，着重表现的是海盗的学问：

　　　　国守大名据"一以贯之"一语而来，所以"贯之"两字应读为"つろめき"。"之"字本为语助，并无意义。将"之"字读作"めき"的例

---

① 罗新璋编：《翻译论集》，商务印书馆 1984 年版，第 453 页。
② 〔日〕吉川幸次郎『吉川幸次郎全集』第 26 卷、筑摩书房 1981 年版、第 399 頁。

子虽在《诗经》三百篇中多次出现，但那都是据文意而加以训读的。大人虽善咏歌，但少读汉文，以至也有误解误读。①

译文中关于"贯之"的解释令人费解，《诗经》训读中也没有将"之"读作"めき"的，恐为"ゆき"之讹。"つろめき"，当为"つらぬき"之误，查一下原作，果然如此：

汝が名、以一貫之と云ふ語をとりたる者とはしらる。さらば、つらぬきとよむべけれ。之は助音、之には意ある事無し。之の字、ゆきとよむ事、詩三百篇の所々にあれど、それは文の意につきて訓む也。汝歌よめど、文多くよまねば、目いたくこそあれ。②

关于"贯之"的读法，显示了海盗渊博的学识和独特见解。日本的《诗经》训读中将"之"读作"ゆき"，著名的是《桃夭》中的"之子于归"，这首诗在日本自古有名，所以许多人看到"之"字就很容易想到该读作"ゆき"，将这种读法也用到了"贯之"之名的读法中，而"贯之"出自"一以贯之"，在日语训读中，这个"之"字被看做助词，无实际意义，只有语法作用，也就不读了。这一段文字中涉及到日语训读的知识。上述译文很可能错在校对，但也可能是译者对这些知识不够完备。

即使我们没有与原文对照，从《春雨物语》的其他译本中我们也可以推测译文的精粗。下面是王新禧的译文：

大人名讳"贯之"，当据"一以贯之"而来，所以"贯之"应读作"つらぬき"。"之"为助音，本身无意义。把"之"读作"ゆき"的例子，虽然在《诗经》三百篇中频频出现，但那是对照文意，加以训读的。大人以和歌圣手身份，却不谙汉书，遂有误读错解之谬。③

---

① 曼熳译：《竹取物语》，云南人民出版社2002年，第341页。
② 〔日〕中村幸彦、高田衛、中村博保校注訳『英草紙　西山物語　雨月物語　春雨物語』、小学館1979年版、第509—510頁。
③ 〔日〕上田秋成著，王新禧译：《雨月物語　春雨物語》、新世界出版社2010年版、第135—136页。

这一段译文，文意清晰，如果对其中的日语采用表音的方法，那么更有益于不懂日语的读者。

我国的日本文学经典翻译从 20 世纪初叶举步上路，历经几代翻译家的艰辛跋涉，健步走向了第二个百年。在百年开拓者周作人、丰子恺、林文月、杨烈、赵乐甡、李芒、彭恩华、陈德文、郑民钦、姚继中、叶宗敏、刘德润、王向远、王新禧、金伟、吴彦等人的实践中，逐步形成了尊重原著、尊重中日文化交流的历史、尊重既往研究成果、尊重中国文化传统的鲜明特色。面对国际文化交流的新态势，深刻反思是再出发前的必修课。历代翻译家曾经面临的困境各不相同，但共同的遭遇便是译作问世后"以水投石"的无声反响。几乎所有的译作在问世后的几年甚至十几年都很难在翻译界、文学界形成话题，引起关注，在或长或短的时期里濒临被"默杀"的危险。政治环境、文化氛围、评价机制中都潜伏着"默杀"的杀手。文化经典翻译必然会因时而变，经典的重译不可避免，上一百年开拓者的初译本也必然会被一代一代的译者拿来评说，开拓者、初译者收获的赞誉是相似的，接受的批评却会各不相同。翻译的成长需要评论的支持，正如新苗需要施肥与剪枝。我国的日本文学经典翻译不仅期待兼有学者、创作者素养的勇于探索的翻译家就位，而且期盼实力派的翻译评论家、研究家上岗。只有这两种队伍形成合力的时候，中国的日本文学经典传播与翻译，才会在中国文化建设、国际文化交流事业中尽显身手。

第三节　日本汉文学与文化翻译
——以论《源氏物语》诗为中心

亚汉文学，即亚洲汉文学正不断受到中国学界的重视，汉诗文和汉文小说出版也日渐增多，这是中外文化交流中一件可喜的事情。《域外汉籍珍本丛刊》已出版两辑，数超百种，其中不乏汉文学作品；广西师范大学出版社出版的《日本汉文丛书》除了收入《本朝见在书目录》等目录学著述之外，更收入了伊藤仁斋、荻生徂徕等从古代至近代日本学者的汉诗文，这对于亚汉文学研究的深化具有重要推动作用。卢盛江《文镜秘府论汇校汇考》、赵季《箕雅校注》、陈福康《日本汉文学史》等一批专著的问世，更是标志着中国学界对亚汉文学已投之以热眼，报之以微笑。

中国是汉文化的发祥地和主体所在，和各国学者一起努力加强汉文学的文献整理，是中国学者份内之事。由于这些汉文著述是用汉文撰写的，不懂外语的学者也基本可以读懂，这使它们的价值超越了语言和国境，进入到中国学者的视野中，在新时代的国际文化交流中获得新生。同时，我们也应该看到，真正认识它们的文化意义，也还需要从它们本来的写作和被阅读的"原生态"去加以探讨。认清汉文学的双重属性和翻译性，才可能对它有全面的理解。

既然亚汉文学特指域外作者用非母语的汉语创作的文学作品，那么从文化传递和文化移植的角度看，它们不仅在效果上与翻译异曲同工，而且其过程也必然有翻译的介入。由此，对域外汉文学进行翻译研究的尝试，也就不无可能性。最能证明亚汉文学翻译性的好材料，就是其中那些描写本国风物的作品。这里仅以日本作者创作的论《源氏物语》诗为例来看一看其中的汉文化和本土文化交织的情况。它们是中国文学在日本传播的连锁反应，是日本在接受了中国文学熏染后激发的模仿效应，也是两国文化深度交流的直接证明，是汉文学的"中国文学性格"与"日本文学性格"合流的典型材料。

一 日本汉文学的双重性格和翻译的介入

关于日本汉文学的双重性格，神田喜一郎在《日本汉文学》一文中有一段简明的论述：

> "日本汉文学"不单是日本人采用中国文字、遵照中国语法创作出来的单纯性质的东西。它与中国文学的关系极其密切。可以认为两者之间事实上从文学上、历史上都不能截然划出一条"国境线"。在某一点上，不如认为是从属于中国文学，也是妥当的。而且这样也才能够理解它。总之，在"日本汉文学"里有着这样一个双重性格。正是这种双重性格，也无非是"日本汉文学"与生俱来持有的宿命性的显著特质。[①]

---

① 〔日〕神田喜一郎『墨林閒話』、岩波書店 1977 年版、第 129 頁。

神田喜一郎的议论，具有很强的针对性。他之所以强调日本汉文学的双重性格，正是因为在日本国文学领域，曾经有一种将汉文学边缘化，甚至试图将其驱逐出境的倾向，原因是说它是外来文学，甚至是"殖民文学"，因而他强调日本汉文学本质上无疑属于日本文学，因为它的作者是日本人，其装进内容里面的当然是日本人的思想感情。而在中国文学研究领域，也因为它不是正宗的中国文学而加以轻视，因而他又同时指出不能否定"日本汉文学"还是从中国文学这一浩大流水中分出来的一股支流。日本人从中国文学一传进来就把她当做先进文学予以崇敬，追逐她的新倾向，致力于模仿拟作。"日本汉文学"的双重性格，招致了近代以来伴随本国文学和外国文学学科细分带来的双重冷漠。这种现象，延续了若干年，至今尚未完全消除。

神田喜一郎的上述论述，清楚说明了中国文学在日本的传播与汉文学发生发展的关系。没有中国文学的种子，就没有日本汉文学的枝繁叶茂，而如果没有汉文学的诞生和壮大，中国文学传播的规模和效果便会大为缩水，绝对形成不了今天看到的丰厚历史积淀。汗牛充栋的汉文学作品，是中国文学传播最显赫的见证和标志。汉文学作者，就是中国文学最热忱的接受者和创作实践者。

亚汉文学是当时中国以外其他民族的作者用不同于它们日常生活中使用的民族语言写作和阅读的，作者是非母语写作者，写作从本质上说是一种双语操作。它们是外国人创作的"华文文学"，理所应当纳入华文文学的研究范畴。这种写作和阅读过程都伴随着不同语言之间的翻译，是一个跨文化的过程。这种翻译如同训读一样，不仅是一种语言的转换，而且是一种文化移植、文化融合的过程。这样写出来的作品，一定是两种文化兼容的产物，不是单纯的汉语文化，而是具有双重文化身份。可以说，亚洲汉文学的双重文化性格，规定了它与翻译研究的联系。

亚汉文学和欧洲各国的拉丁语文学不同之处，正在于这里的作者日常并不一定是操汉语的，而是通过掌握训读这种独创的汉文阅读方法，从无数次的阅读体验中熟悉了汉文的写作规律，开始运用汉文这种书面语从事写作的。也就是说，多数作者并不会说汉语，汉语不是他们直接思维的工具，汉诗文写作是在头脑中经过翻译过程才得以实现的。经过多年的积累和训练，他们可以写出和汉族作者相差无几的作品，这些作品甚至足以抹掉翻译的痕迹，认为作者也和中国作者一样只是在那里用汉语抒情表意。从形态上说，是属于中国文学的。然而，根本上表现的仍是日本的文化风土和日本人的思想感情，因而从内涵上说，又是属于日本文学的，是不熟知日本文化便无法深刻理解的。这种形态和内涵上的矛盾，常常为文字的表面所遮蔽，也容易被两国研究者从不同的方面轻易忽略。

在日本方面，训读和写作的训练，甚至也会产生一种误解，那就是好诗好文，只要经过训练，谁都可以做出来；而在中国方面，似乎读懂了文字，就领略了深意。我们揭示汉诗文写作的翻译本质，就可能更切实理解汉文学在国际交流中的真实意义。充分认识汉文学的双重性格，就是既看到它的"中国文学性格"，又看到它的"日本文学性格"，这两种性格不是截然分离、各自对立的，而是以中国文学的面貌和形式，承载着日本人的情感精神，奇妙地融汇混杂在了一起。

从"中国文学性格"来讲，汉文学的发生就是中国文学传播和影响的果实。然而，尽管中国文学在日本的传播历史之悠久和规模之宏大罕有类例，但这种传播绝不是现代建筑整体平移式的照搬，也不是"集装箱式"或囊括卷包式的照单收取，由于文化交流的不完全、不平衡、不对等规律，中国文学被"散装邮寄"，并经过历代学者的随性以取、应需而变，因而，流传并影响于日本文学的中国文学具有很强的日本特色。汉文学同文异读的特点，如果去掉了表明读法的种种训点标记，在外观上有时与中国诗文无异，这时其"日本文学性格"就变为"隐性"特征了。对于谙熟训读的日本学人来说，看到它就能以日语读出，其"中国文学性格"也似乎隐而不显，当然，对于今天一些没有训读知识的日本人来说，它们也可能被看做纯粹的外国文学。

亚汉文学与中国人作品根本的不同是它属于一种同文两读的文学，即日本汉文学日本人用日语去读，中国人用汉语去读，韩国汉文学韩国人用韩语去读，中国人仍然是用汉语去读。也就是金文京所说的"同文异读"。在中国人这里，汉语读写是统一的；而在日本人那里，读写存在尖锐的矛盾。不仅汉字读音多歧，而且写出来的语序和诵读的语序乖离。江户时代学者伊藤东涯在他的《训蒙用字格》中说："汉土言语与日本言语，其次第不同。"[①]

[①] 伊藤长胤『訓蒙用字格』、平安文泉堂1734年版、第5页。

他举例说，汉语中"修身"和"身修"、"知人"和"人知"意思是不一样的，所以以日语读汉土文字，须上下反复理解其义，非如汉人之直读，因是写文章，文字之置多有谬误，解书时错误领会义理。当写"修身"处，写成"身修"；当写"知人"处，写成"人知"。这些实际上都是日本人在写作的翻译过程中出现的母语干扰。日本人在阅读汉文的时候，要颠倒来读，即改变原文的语法读作日语文章；而在写作的时候正好相反，先按照日语语序去思维，而在成文时要写成汉语语序，前者可以用训读符号做到目光上下移动自然读出，后者则需要长期训练，才能习惯，做到前后过程的统一无误。文字和语言的矛盾在写作过程中就是靠翻译去克服的。

二 《赋光源氏物语诗》：外字、外句与外习

荻生徂徕《萱园随笔》谈到日本的"和习"问题，所谓"和习"，就是日本人作汉文时，受日语影响而出现的独特的癖好、用法。他把以和训而误解字义的，称为"和字"，把"语理错综，位置上下失则者"称为"和句"，把既非"和字"，又非"和句"，而"语气声势与中华不纯者"称为"和习"①。日本人用并非本民族的语言——汉语，写作本来属于外国文学的汉诗文，受到本国语言的影响，是不言自明的事。

荻生徂徕这里所说的"和字"，比一般所说的"和字"、"倭字"、"国字"意义更为宽泛，是指日本特有而不同于中国的字义，而一般所说的"和字"（倭字、国字），连字的本身也是唯日本所有而中国不曾存在的，那就更是荻生徂徕的诗文观所排斥的了，然而却存在于日本汉诗文中。从日本汉诗文来说，有和字、和句和和习。类似的是，朝鲜半岛的汉诗文，也会有韩字、韩词和韩习。韩字，也就是古代朝鲜为了表示自己特有的人名、地名、特有事物名而仿照汉字造字规律自制的字，在那里被称为"固有汉字"。类似的情况，在越南也存在。

那么，我们为了研究方便，不妨给这些中国以外民族创造的汉字一个统一名称，叫它们为"外字"，以与中国本土汉字相对照。同样，把中国不存在而这些国家自创的词语，称为"外句"，"外句"里面，还包括他们在汉诗

---

① 〔日〕今中寛司、奈良本辰也编『荻生徂徕全集』1，河出书房新社1973年版、第193—211頁。

文中创造使用的本国典故，也可以称为"外典"。除此之外，那些不同于中国的情调，也不妨称为"外习"。这样，描述起相关的现象，就方便一些了。

神田喜一郎曾写过一篇《和习谈义》①，谈到日本人为了写出纯粹的汉语诗文，是怎样不断努力清洗"和习"的。江户时代儒者清田儋叟在他的《艺苑谈》中曾经主张不说"倭习"，而说"俗习"，因为汉语中也有通俗语言。他主张"辨主客，去俗习，诫轻薄"，认为"不去俗习，则无真文章，若给唐土人观，则当相传取笑"②。儒者坚持汉文学理应用纯粹的汉语去写，而不应该掺杂日语的表达方式，这种努力对于提高汉诗文的水准是很有意义的，如果没有这样的努力，很可能江户时代的汉诗文还停留在奈良时代的水准上。正是由于一代又一代作者的艰苦磨砺，才会有平安、江户两大汉诗文的高峰。

然而，当日本学者用汉诗文来描写自己的生活、抒发自己的情感的时候，他们写作中的翻译就会遇到极大的困惑，那些中国没有的事物和情绪该如何表述？是保留原有样态和情味，还是将其彻底转化为汉文化模式？这样的问题和翻译过程中的"异化"、"同化"就不无共同点了，只不过方向不同而已。何况有些事物和情感，是很难用汉语一一对应的，也就是在一定的文化交流层次几乎"不可译"。不论是有意存异，还是无奈存异，汉诗文中都可能出现些"异物"——即我们所说的"外字"、"外句"和"外习"。

从翻译学的角度来看，所谓"外字"、"外词"和"外习"都是翻译的痕迹，是在将本国作品译成外语时产生的新字、新词、新习。具体来说，就是将本国语言转化为外国语言的时候，遇到外语不能表达时不得已使用的本国自造字、自造句和特有义，或者是为了突出本国特征而使用的本国自造字、自造句和特有义。如果从一切遵从译语的原则出发，就会将它们视为译语不纯熟、不彻底的表现，像荻生徂徕那样主张予以清除；如果从文化传递的观点出发，则会承认它们中的一部分存在某些合理性。

平安时代诞生的世界第一部长篇小说无疑是最具"日本文学性格"的作品之一，那以后的汉诗人是怎样看待这样一部在汉唐文学中还未见先例的作品的呢？

《群书类从》第九辑所载《赋光源氏物语诗》，根据写本整理，文末注明：

---

① 〔日〕神田喜一郎『墨林閑話』、岩波書店 1977 年版、第 99—115 頁。
② 〔日〕池田四郎次郎編『日本詩話叢書』第九卷、龍吟社 1997 年版、第 2—4 頁。

"右赋源氏物语诗以冈室正定藏本书写，他日亦得一本校合了。"据其短序，当作于正应年间（1288—1293），时当平安时代，作者多处将紫式部与白居易相提并论，是白诗流行时代的产物，为《源氏物语》五十四帖，每帖赋诗一首。这篇由五十四首诗歌构成的组诗的"中国文学性格"，最重要的就表现在作者力图将《源氏物语》纳入汉唐思想文化体系当中，援用中国儒家和佛家的理念和术语，对《源氏物语》的价值加以提升，认为该书中叙述的故事"皆追圣代圣治之法度，莫不可左史右史之书纪"，符合正史的标准，而且具有"论政理"、"述畋游"、"敬灵神"的思想观念，从中可以领略到"南华之梦"即老庄思想，另一方面又表现了佛教的无常思想，突出了"显教密教之奥旨意"，依据的是"灵山世尊之法华"①，这种批评的基础，正是儒道佛统一融合的思想体系。组诗三十二韵全都用到，遵照的是也是中国韵书的规范。

与"中国文学性格"相比，其"日本文学性格"则显得隐晦，我们不妨先从遣词造句切入。由于组诗是以《源氏物语》为吟咏对象的，每一帖的题名就都保留原文方式，这实际上也就把日语带进了汉诗之中，诗歌出现了和字、和词和和习，即外字、外词和外习。

图 161 《源氏物语》绘卷

---

① 〔日〕塙保己一编『群書類従』第九辑、平文社1992年版、第270页。

今天的翻译者面对这些"外字",也有一个选择问题,不妨将诗中引用的篇名与丰子恺、林文月译本的译名做一个对照(见表1):

表1:《赋光源氏物语诗》与丰子恺译本、林文月译本译名比较

《赋光源氏物语诗》篇名	丰子恺译本篇名	林文月译本篇名
第十帖,诗题作"榊"(今本作"贤木")	杨桐	贤木
第十七帖	绘合	赛画绘合
第二十一帖未通女(今本作"乙女")	少女	少女
第二十八帖	野分	朔风野分
第三十帖藤袴	兰草	藤袴
第三十一帖"柀木柱"(今本作"真木柱")	真木柱	真木柱
第三十四帖若菜	新菜	若菜(上)
第三十五帖若菜	新菜续	若菜(下)
第三十九帖御法	法事	御法
第四十二帖匂宫	匂皇子	匂宫
第四十六帖椎本	椎本	柯根
第五十三帖手习	习字	手习

以上所列,有"外字",如"榊"(さかき)是一个日本"国字"。诗中的"和字",如《榊》:"野宫旅馆榊枝有,良夜凌晨感几多。"用到"榊"字。又如《蓬生》:"见花便入蓬蒿径,非椙犹寻松柳门。"其中的"椙"(すぎ)字,《现代汉语例解辞典》认为是"国字",是"杉"字的俗体。再如《槿》:"蓬杣夜风吹雪乱,槿篱朝雾锁花深。"其中的"杣"(そま)字,《现代汉语例解辞典》也注为"国"字,意为砍柴火的山。

更多是"外词"。《赋光源氏物语诗》帖名全部保留日语词,而林文月也尽可能保留了日语词,只有"少女"一词,改用了汉语词,基本属于"异化"处理,尽管她估计读者不一定能理解词语的准确含义,也就让他们在篇名神秘色彩的笼罩下迈进作品,而丰子恺显然更多倾向于"归化"处理。《赋光源氏物语诗》把日语词原原本本带进汉诗,从日本文学的角度上

说，是内容的需要并绕开翻译的困难；对中国文学来说，则是引进了新的词语。

《赋光源氏物语诗》的作者为了凝缩和表达《源氏物语》中富有鲜明民族特色的内容，在诗歌语汇上，苦思冥索。第五十帖《东屋》（丰子恺本译作《东亭》），描写薰君二十六岁秋天与东国女子浮舟的相会，题名"东屋"（アヅマヤ，即アズマヤ），是一个双关语，东国，即"吾妻"（アヅマ），既是地名，也有穷乡僻壤之意。薰大将与浮舟有这样的对话：薰大将问浮舟："你常住吾妻地方，吾妻的琴总会弹吧？"浮舟答道："我连那大和词也不大懂得，何况大和琴。"① 东国的琴名曰"吾妻琴"，薰大将故意称为"吾妻的琴"，而"大和琴"即"吾妻琴"，"大和词"即"和歌"，浮舟一语双关，回答很巧妙。《赋光源氏物语诗》咏这一帖：

　　四阿厢里敷兹宿，有葎有蓬人未芟。
　　花色和秋山下草，藻词恋昔水边岩。
　　月明共白三君扇，露湿渐红大将衫。
　　东海修良谁作婿，蔗缄引出袖中缄。②

开头两句就别有深意。作者在"四阿"三字右旁注"アヅマヤ"，即此三字就是"东屋"之意。"アズマヤ"，可以写成汉字"四阿"、"东屋"、"阿舍"三种形式，诗中特别选用"四阿"，诗中不用"东屋"，除了与诗题"避复"（避免重复）的效果考虑之外，更以"四阿"——四面山阿（大丘陵，山坡）两个更突出偏远感觉的汉字突出荒凉旷远，与下句"有葎有蓬人未芟"相呼应，而"有葎有蓬人未芟"又暗喻"深草"，令人想到深草的故事。原典见于《古今和歌集》杂下和《伊势物语》第一百二十三段，说在原业平与一女子住在伏见地方的深草村庄，渐渐感到厌倦，要想离她而去，便咏了一首和歌："这村庄/我久已住惯/待我弃它而去/这里莫不会/变为深草荒

---

① 〔日〕紫式部：《源氏物语》（四），丰子恺译，人民文学出版社1983年版，第1151页。这一段林文月译本将两人的对话分别译作"既然是在东土生长，所谓'可怜吾妻'应该知道一些才是"、"人家连'大和言语'都没有学好，更遑论'吾妻'琴艺了。"见林文月译本（四），译林出版社2010年版，第163页。

② 〔日〕塙保己一编『群書類従』第九辑、平文社1992年版、第279页。

原?"那女子便咏歌答道:"假如它变成了荒原/我就变成一只鹌鹑/一天天/忧伤地叫个不停/直到你狩猎来打鹌鹑。"于是,业平便决定不再离去。川本皓嗣认为,这里的深草村庄,不光是野草丛生的乡下的意思,那爱是温馨的,还带有漂浮者爱的遗香的意思①。上引诗中的"有苇有蓬人未芟",正是源于"深草"的意象,还有以在原业平暗喻薰大将之意。如果我们仅从汉语字面上去解释,便容易忽略诗人的匠心。

外句,就是日本式的句子。如《篝火》:"被伴水声心更冷,从看云鬓思弥添。"在中国诗歌中很少见到这种被动句式,"被伴""从看"是日本表达方式的汉译。

外习,就是日本元素。前有短序,开门见山,称《源氏物语》为"本朝神秘书也",浅见寡闻者把它当作"游戏之弄",深思好学者把它当作"谆诲之基",作者则认为它是与《古事记》那样的记载神代、人代历史的书籍不同,也与"成一家之言"的《史记》有异,而是描写男女情事,融合中国日本两国典籍的独特的文体——物语的佳作:

> 载神代之事,述人代之事,孰与舍人亲王之华篇?总百家之书,编一家之书,其奈司马子长之实录。谁谓花鸟之媒,即通和汉之籍,此《物语》之为体也。②

作者既强调《源氏物语》的独特性,而又看重与中国典籍的联系,将作品看成两者融会贯通的结晶。最后将《源氏物语》的主题归结为"以文治世,其义云明;一部之要,只在此事"。序言既赞许作品的文采,又竭力突出其中的儒佛思想:

> 呜呼!东吴王孙,西蜀公子,假名显实之文粲然;长者朽宅,迷人化城,以喻利人之教卓尔。匪写儒林风雅之言叶,兼依灵山世尊之法华。

---

① 〔日〕川本皓嗣:《日本诗歌的传统——七和五的诗学》,王晓平、隽雪艳、赵怡译,译林出版社2004年版,第85页。
② 〔日〕塙保己一编『群書類従』第九辑、平文社、1992年、270頁。

义通内外，词暗（谙）古今，著作之趣，不其然乎!①

这种"和汉并茂"的态度，可以说是平安时代以来汉文学的传统。然而，作者将《源氏物语》与《古事记》和司马迁的《史记》同样推崇的态度本身，便是同时代中国文学中不曾有过的，就具有鲜明的"日本文学性格"。

对民族诗歌——和歌，作者极为重视，也就特别看重紫式部对和歌的态度。最后一首，赋物语作者紫式部：

> 智女越州循吏女，椒园劳绩更非仇。
> 浅香山井藻词胜，武藏野原草号严。
> 蔡琰文章无混俗，惠班书纪争称凡。
> 彼皆汉室此和国，笔海舣舟共举帆。②

在"浅香山井藻词胜"一句的行间注中，作者特别赞赏紫式部对日本和歌创作的贡献，说她的歌集中"有浅香山井之篇，以采女咏为本歌。且如《古今》、《新古今》序者。彼采女一首者，为和歌之大体之由所见也。式部依酌山井之流，专染邦国之风，岂不感乎？"是说紫式部咏唱浅香山井的和歌，是所谓"本歌取"，即吸取前人和歌的歌句（本歌）加以创造的，本歌见于《和歌大体》一书，作者赞赏紫式部能够发扬和歌传统，令人感佩。全诗既推崇紫式部是可以与蔡琰、班昭争辉的才女，又具有与之别样的不可替代的价值。

《赋光源氏物语诗》作者不详，而全篇以中国儒佛两家思想阐释《源氏物语》。其中是否得当姑且不论，实际上是代表了汉文学的"义通内外，词谙古今"的兼收并蓄的根本态度。所谓"义通内外，词谙古今"，在语言方面，也就意味着广泛汲取两国的语言材料。《赋光源氏物语诗》的作者可以说是最早具有比较文学意识的诗人之一。

---

① 〔日〕塙保己一编『群書類従』第九辑、平文社 1992 年版、第 270 頁。
② 〔日〕塙保己一编『群書類従』第九辑、平文社 1992 年版、第 280 頁。

三 《读紫史》：女性文学的早期发现

以诗论诗，不必远溯，在我国唐代就已多见，杜甫《戏为六绝句》最为后人称道，而上述《赋光源氏物语诗》则可谓日本以诗论小说之滥觞。这样的作品在以后的时代也可以找到，这里只谈江马细香的一首。

江户末期女汉诗人、画家江马细香（1787—1861），名裊，字细香，美浓人，著有《湘梦遗稿》二卷。俞樾《东瀛诗选》说她孝事父母，终身不嫁。当时诗名甚著，往来京师，与诸名公交，远近乞书画者踵其门，名达藩侯，赐以章服，俞樾称其为"奇女子"。曾师事著名汉学者赖山阳。

图162　江马细香遗墨

她曾作过一首《读紫史》：

> 谁执彤管写情事，千载读者心如醉。
> 分析妙处果女儿，自与丈夫风怀异。
> 春雨剪灯品百花，惜香怜玉自此始。
> 银汉暮渡乌鹊桥，仙信晓递青鸟使。

> 匏花门巷月一痕，蝉蜕衣裳灯半穗。
> 夏虫自焚投焰身，春蝶狂舞恋花翅。
> 狸奴无赖缃帘扬，嫦娥依稀月殿邃。
> 尤云殢雨寸断肠，冷灰残烛偷垂泪。
> 五十四篇千万言，毕竟不出情一字。
> 情有欢乐有悲伤，就中钟情是相思。
> 勿罪通篇事涉淫，极欲说出尽情地。
> 小窗挑灯夜寂寥，吾侬亦拟解深意。①

江马细香以女性的敏锐，触及了《源氏物语》作为女性文学的本质："分析妙处果女儿，自与丈夫风怀异"，正是说这部作品具有和以往所有男性写作所没有写出的异样"风怀"。可贵的是，她还将这部作品的主题归结到一个"情"字，虽然这很可能与冯梦龙《情史》或同类作品在日本的流传有关，但这种看法更多的也是出于细香本人对生活的体验。她虽然并没有出来否认作品"通篇事涉淫"，但明确表示这是不该怪罪的，因为作者是要极力写出情的极致。

江马细香虽不曾出嫁，但并非无情之人，传说她曾是赖山阳的恋人。她曾作《唐崎松下拜别山阳先生》："侬立岸上君在船，船岸相望别愁牵。人影渐入湖烟小，骂杀帆腹饱风便。踌躇松下去不得，万顷碧波空渺然。二十年中七度别，未有此别尤难说。"② 将别情写得缠绵悱恻，联系她关于《源氏物语》描写的种种情感中"就中钟情是相思"的评价，也不难看出，她之所以不赞成某些儒者将《源氏物语》当做"淫书"加以排斥，也是因为自己与紫式部描写的故事有深深的共鸣。

在《源氏物语》诞生以后的很长时期，中国学人仍很少有人知道这部旷世杰作。明治时期的菊池三溪曾在所著《译准绮语》中译出《空蝉》等少数部分，希望像《三国演义》、《水浒传》等中国小说在日本流传一样，《源氏

---

① （清）俞樾著、〔日〕佐野正巳编『東瀛詩選』、汲古書院 1981 年版、第 551 頁。
② 〔日〕山岸德平校注『五山文學集　江戶漢詩集』、岩波書店、1978 年版、第 340 頁。

物语》也能为中国人所熟知和欣赏①,然而中国人真正读到《源氏物语》全译本,已是他去世将近百年之后。算起来《源氏物语》诞生后从日本远渡沧海抵达中国,竟然走过了长达数百年的历程,翻译之路,可谓长矣。

钱钟书在《林纾的翻译》一文中曾谈到17世纪一个英国人赞美造诣高的翻译,比为原作的"脱胎转世"(the transmigration of souls),躯体换了一个,而精神依然故我。钱钟书解释,这是说一本对原作应该忠实得以至于读起来不像一本,因为作品在原文里决不会读起来像翻译出的东西②。本雅明在《译作者的任务》一文中曾说译作"依据的不是原作的生命,而是原作的来世。翻译总是晚于原作,世界文学的重要作品从未在问世之际就有选定的译者,因而它们的译本标志着它们生命的延续。(中略)如果译作的终极本质仅仅是挣扎着向原作看齐,那么就根本不可能有什么译作。原作在它的来世里必须经历其生命的改变和更新,否则便不成其来世。"③ 这两种说法在精神上有颇为类似的东西。如果我们承认日本汉文学具有翻译性的话,那么也可以把那些出色的汉诗文视为日本假名文学的"来世"或"脱胎转世"。

亚汉文学是跨文化研究的典型材料。对于中国文学来说,那些由外字、外句和外习构成的"外意",即异国元素,在某种意义上为汉文学大家庭增添了新成员、新气象。以上两种作品,在采用中国文学批评术语、批评标准的同时,无疑也注入了很多日本文学特有的元素。可以说,对《源氏物语》艺术价值的肯定,本身就与同时期的中国文学有所区别。

今天的文学研究,不论是古代文学还是现代文学,都是现代人对文学的思考,从这种意义上说,一切文学都是当代文学,日本汉文学研究也概莫能外。既然日本汉文学具有双重性格,那么我们就当以两只眼睛去看它,一只是中国文学眼,一只是日本文学眼,有时还必须用第三只眼,即欧美文学眼去看。打通中国文学和日本文学,日本汉文学研究是一条碧水潋滟的渠道,而将它的成果引入中国文学文献学、翻译学、比较文学乃至汉字学的研究当中,都会带来新的知识。

---

① 王三庆、庄雅洲、陈庆浩、内山知也主编:《日本汉文小说丛刊》第一辑笔记丛谈类一,台北学生书局2003年版,第417—418页。
② 钱锺书:《钱锺书散文》,浙江文艺出版社1997年版,第270页。
③ 阿伦特编:《启迪——本雅明文选》,张旭东译,三联书店2008年版,第85页。

结　语

看一个人把什么判定为经典，可以管窥他信奉什么；看一个时代把什么视为经典，可以管窥这个时代统治阶级意识形态的结构；看一个民族选择什么作为自己的经典，可以管窥这个民族有别于其他民族的个性特征。经典关乎信仰，经典关乎精神。

文学在中华文化中占有极为重要的位置，而诗歌又是汉民族文学的基础。诗歌具有先发展的优势，同时又给以后兴盛起来的文学以显著的影响。日本接受了汉唐诗歌，并由仿作而催生了独有的汉诗文化。我国的文学经典以民族形式传递了人类基本的思想感情，在域外担当本土文化全天候的文化使节。中国文化经典在被训读、翻译、改写的过程中被按照日本文化的需要日本化，成为日本文化肌体的一部分。

文学经典的域外传播与翻译问题，不是中国文学一方的问题，而是一个跨文化问题。因而，互读，即两种文化解读就是解决这个问题的"船与桥"。互读才能对中国文学经典在日本的日本化过程进行具体的动态考察，互读才能深入思考中国的日本文学研究怎样才能走向更加有益于中国现代文化建设、有益于增进两国文化理解与共赢方向的问题。互读才能双知（知彼知己），双知才能共享。

百年中国学术体系的发展，是中西文化交融的结果，而分科过细形成的某些"死角"，可以用打通来弥补。在中国文学研究内部，打通语言学、文字学、文学史学、鉴赏学，这有助于对中国文学与亚汉文学的整体认知。同时，也有必要在国学与海外汉学之间架设起沟通的桥梁。国学不是封闭的自留地，需要与各国学术展开对话，而对话的前提就是对于对话对手文化的理解。

亚汉文化（或称东亚汉字文化）、亚汉文学（或称东亚汉文学、域外汉文学）研究说到底都是汉字文化研究。汉字是中华民族对东亚文化的重大贡献之一，也是对世界文化发展的一大贡献。它在世界文化的贡献度、知名度和影响力，比起中国的四大发明并不逊色。中国与西方的文化交流，有著名的"丝绸之路"，而对于东亚历史上的文化交流，我国已有学者提出"书籍之路"一说，以说明东亚文化交流注重精神产品的特征。那么，我们是否可以进一步说，"书籍之路"从根本说就是"汉字之路"。因为传入周边各国各地区的中华典籍，不论是写本、版本还是电子书，汉字是所有精神成果的载体。周边各国正是通过汉字书写的典籍（包括汉译佛经和汉译洋书），不仅学习和理解中华文化，而且学习和理解其他国家的文化。这些国家和地区的人民，不仅利用汉字思维自创了部分文字以供实用，而且写作了汗牛充栋的汉诗文、汉小说，建造了汉文学和汉文典籍的大厦。也正是这样的汉字因缘，汉字文化圈的中国研究被赋予了许多不同于欧美的特点和内容。

一 汉字与周边国家的文明进程

《日本书记》记载，公元374年，倭军渡海大破新罗，平定比自炵以下伽那七国，进而占领忱弥多礼（济州岛）并移交给百济。三年后的372年肖古王献来七支（枝）刀一振和七子镜一面等种种宝物。据称现存于奈良县天理市石上神宫的七支（枝）刀，就是那时的赠品。学界公认它来自中国，是东晋时代的制品。值得注意的是，那上面刻的文字，既有金文，也有六朝的俗字，显示了传入日本的汉字的多样性①。

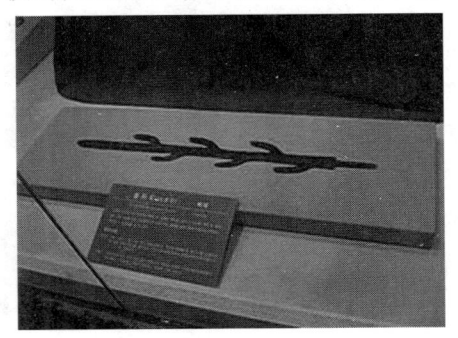

图163 刻有金文的七支刀

汉字的跨国传播并非是一次性完成的，而是如同长河流水，延绵不绝。随着中国典籍的外传，汉字的各种面孔也就相继出现在各国文献中，但是中国经过的几次统一汉字的运动却并没有在那些地区原本重演，因而，域外汉

---

① 大島正一『漢字伝来』、岩波文庫2006年版、第19頁。

字和禹域汉字可以说是大处算一家，小处各秉性；何况汉字一入他民族之口，便各有其读，音声不通。然而，也正是因为汉字的可塑性和融通性，传入域外的汉字才担负起同在国外投胎转世的崇高任务。这种转世，使一些原本无文字的民族变成了有文字的民族。

日本使用汉字至少已经超过一千六百年，而且是迄今唯一使用汉字的非汉民族为主体的国家。前国际比较文学会会长川本皓嗣在《在文化交流之中——汉字与假名》一文中指出："纯粹的日语，本来的大和言叶，与中国语相比，语汇要少得多，因而使用同一语汇（例如'ひと——人'），它的用法就渐渐扩大，开始担负起广泛的意义。另一方面，汉语具有极其丰富的语汇，换言之，极为多样的精密的含义区别和分类体系。因而，日本人将汉字输入进来，便不是单单获得了文字，而是掌握了中国文明庞大而精细的认识世界的手段。没有这样致密而大规模的认知、知识体系的引进，日本文化将会与今日大相径庭吧。不管我们怎样为日本文化深感自信和自豪，这也是决不能忘记的事实。"[①] 他还说："日本文化达到某种高度，得益于汉字、汉文进来，得益于中、韩、日的文化交流。过分炫耀教养另当别论，紧紧抓住汉字还是好事情。汉字有很多美点。属于所谓汉字文化圈的各种文化，不管字音如何，由于看到字形就能意思相通，由于汉字这种好处，大大加深了相互理解。在日本等东亚各国的近代化过程中，汉字的造词能力对于翻译西方新奇的概念做出了何等的贡献，无需赘言。这些新创造的汉字翻译语，从法律、政治、经济、社会、科学、哲学，广泛深入到文学、艺术等一切领域。"[②]

如果我们将汉字和非汉民族在汉字思维影响下创制的所谓"仿汉字"看做一个"全汉字"家族的话，这个家族的成员还真不少。不仅我国历史上的契丹文、女真文、西夏文等采用了汉字式的笔画交错的方块字形，而且越南的字喃、韩文中的"固有汉字"、日本的"国字"等，也没有摆脱兼顾音义的特点。笔者曾以中国汉字为视点，将朝鲜李朝汉字分为内汉字族（传播到域外的中国汉字）、近缘汉字族（根据表述本国文化的标记人名、地名、官职名、专用物名的特殊需要而自造的字）、仿汉字族（与汉字有较大区别的

---

① 〔日〕川本皓嗣等著『交流する文化の中で』大手前大学 2005 年版，第 23 頁。
② 〔日〕川本皓嗣等著『交流する文化の中で』大手前大学 2005 年版，第 30 頁。

字)、非汉字符号族①。这种分类大体也适合日本、越南过去的文字系统。如果把这个"全汉字"家族都纳入我们的视野，我们或许会对东亚的文明进程有一个新的认识。在学术领域内，我们应当首先欢迎这个"全汉字"家族的成员早日团圆。

图 164　契丹文 　　　图 165　女真文（仿契丹文） 　　　图 166　西夏文

在汉字研究中，当下已有学者从汉字传播史研究的角度，注意到日本、朝鲜半岛和越南的文字，也有对各国文字独立展开研究的课题，但是真正树立起"全汉字"的观念来考察汉字文化圈的著述还罕有所见。打破国别文字界限，从汉字思维的整体规律来对各国各时期的汉字加以清理，是汉字文化研究的新课题。丰富的汉字资源正有待开掘。

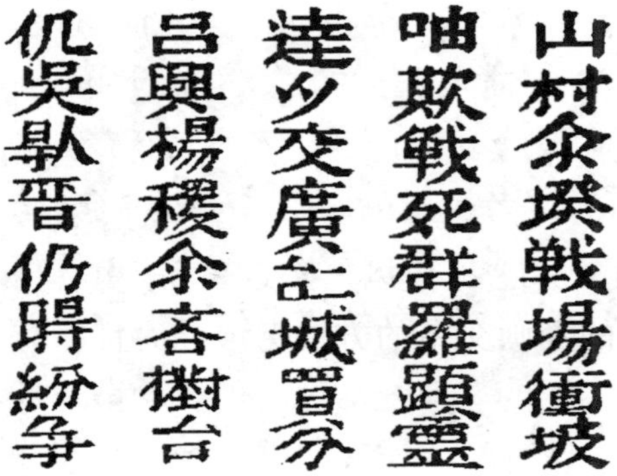

图 167　字喃与汉字混用

事实上，《干禄字书》《玉篇》《广韵》《龙龛手镜》等中国字书和韵书很

---

① 王晓平：《朝鲜李朝汉文小说写本俗字研究》，《上海师范大学学报》，2013 年第 2 期，第 66—75 页。

早就成为各国学者研读汉字的教材。历史上各国学者不仅注重从中国传入的字书的出版和学习，而且独自综合中国和本国的资源编写过一批有价值的字书和辞书。如朝鲜半岛的《日用集》《才物谱》《事文类聚抄》，日本有《字镜》《新撰字镜》等。也有一些本国学者撰写的研究汉字和本国文字的著述，如日本江户时代的新井白石撰写的《同文通考》，对日本国字、讹字、误用、省文等文字现象如数家珍。从这些字书看，不仅我国汉唐俗字大量传入周边各国，而且通过包括明清小说在内的各类图书，宋元以来的俗字也大量传入周边国家和地区，并对当时及后来的书写和文化传播发生过巨大影响。除了字书以外，分散在官府、寺院及各地民间的尚未充分调查和清理的无数写本，也是保存这类文字材料的宝库，而其中所记载的历史文化资料，也正依赖于文字研究的突破而期待全面解读的可能。

图 168　韩文人名用字

由于日本文化与汉字的深刻渊源，日本学者对汉字研究具有与欧美学者不同的感觉，在接受了欧美研究方法之后，在汉字研究方面也有较多的积累。铃木修次（1922—1989）认为，汉字具有融通性、经济性，他力图揭示汉字令人惊异的表现力、情报力和经济力①。著名文字学家白川静（1910—2006）除著有字书三部作，即《字统》（1984）、《字训》（1987）、《字通》（1996年，以上均为平凡社出版）之外，还有《甲骨金文学论丛》《金文通释》等皇皇巨著。为高中生、大学生以上的读一般读者编撰的字书有《汉字字典》《常用字解》《人名字解》等，为非专业知识分子以轻松易懂的笔调讲述文字知识的《文字逍遥》《文字游心》《汉字白话》等，白鹤美术馆收藏了不少从殷商时代到春秋战国期间的青铜器，白川静生前长年在那里举办的讲座做讲演。白川静有日本"汉文世代最后的硕学"之称。的确，尽管近年日本也出现一批很有价值的著述，如笹原宏之所著《国字的位相与展开》等，但是从日本汉文教育当下的培养模式和教学现状来看，很难指望在近期再出

---

① 〔日〕铃木修次『漢字再発見　その驚くベキ表現力・情報力・経濟力の秘密』、PHP 研究所 21 世纪圖書舘 1983 年版。

现像白川静这样功底深厚、写下如此众多文字学大著的学者。白川静将汉字（主要指汉字）看成古代的百科全书，通过汉字研究考察古代中国社会文化以及人的精神信仰等问题，提出了颇多新说。尽管他的著述中有很多值得商榷的地方，他对解放后的中国学术不是没有偏见，以日本引申猜想中国的结论也时有所见，但对于汉字文化研究来说，他的著述无疑是一笔丰厚的遗产。这些成果，从根本上说是得益于日本战后和平道路所创造的安定、开放、包容的学术环境、日本汉字文化的历史积淀和他个人的文字天赋及独特的学术追求。

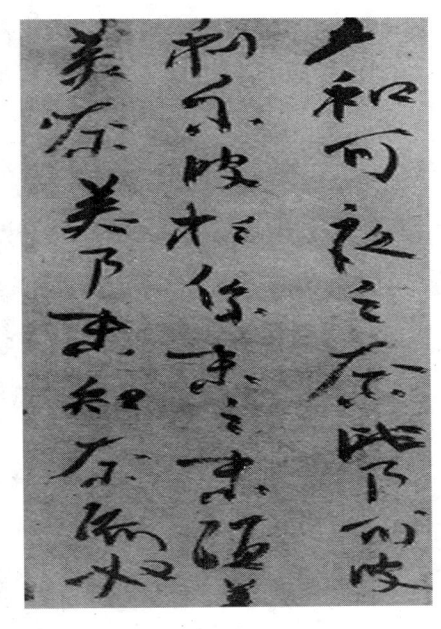

图169　日本用汉字表音义的万叶假名写本

汉字虽然是一种书写记录的工具，然而在中华民族漫长的历史发展中，它早已超越了单纯的记录符号的功能，与中华民族的文化抉择联系在了一起，也与周边各国各民族的思想走向、文化构想和精神追求联系在了一起。汉字不仅在延续与建立中华文化体系的过程中发挥过不可低估的作用，而且在传播中华文化、形成汉字文化圈的共同文化元素方面建立了无与伦比的历史功绩。这种作用和功绩并不会因为过度民族主义的抵制而黯淡无光，也不会因为某些时期某些人的语言暴力、践踏损伤或不当评价而失去魅力，更不会因为计算机文明的突飞猛进而无声无息。19世纪后期以来，各国有关汉字的政策、改造方案和理论探讨，已经积累了相当丰富的经验，它们让我们懂得：汉字决不仅是可以随心所欲打扮的少女，更不是可以随时毁约、随意抛弃的情人，在决定如何面对它的时候，需要考虑好认快写，要兼顾其在文化传承中的功用。

齋 斋的异体字　　偺 佛的古字　　遧 日进斗金

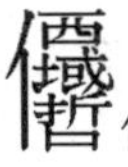

图170　见于日本文献的汉字异体字

诚如白川静所指出的那样，在日本，由内阁颁布的缩减汉字用量的《当用汉字表》已经施行了几十年，但真正严格执行者，只有检定教科书和纸质媒体。综合性报刊、学术论著甚至面向大众的读物，由于这个字表远远不敷其用，人们多半采用对其置之不理的态度。这个字表尤其不能适用于历史文化的学术研究和文化传播。因而，早有学者呼吁对过时的文字政策进行反省。白川静指出，认为汉字是借用品而加以歧视的看法是根本性的错误，日本以音训方法来使用汉字，并不是借用品的用法。他相信："汉字由于其表现上丰富的可塑性，在信息时代，恐怕要担负更为重要的功能。因为作为符号的文字，还没有具备高度功能的文字能够代替它。"①

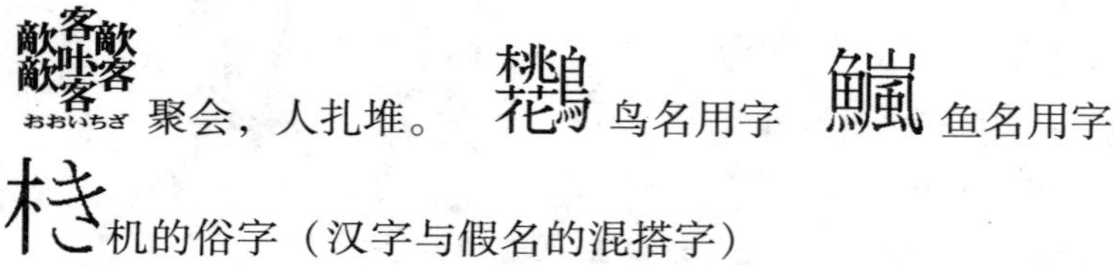

聚会，人扎堆。　　鸟名用字　　鱼名用字

机的俗字（汉字与假名的混搭字）

图171　见于日本典籍中的"国字"奇葩——合字

在我国，简化汉字的使用已经非常普遍，这给书写带来极大的便利，但计算机的使用对书写文化的冲击也不可忽视，明清时代的碑文对多数旅游者来说如同天书，甚至有些古典文学研究生也过不了古文关。有鉴于此，有学者呼吁对大学生进行繁体字教育。另一方面，出于提高书写速度的理由，也有学者提出汉字进一步简化的主张。这些不同主张的出现，正说明了思考和研究汉字问题已是一个非常现实的问题。解决这个问题之前，不仅要对计算机时代汉字使用的情况进行调查，也应该深入研究"全汉字"家族的历史与现状，分析汉字政策的得失。

应　宪（由"警"的读音）

庆应　馆　寮

图172　近代以来日本出现的汉字与西文混搭

---

① 〔日〕白川静『漢字百話』、中央公論社2002年版、第241頁。

二　汉文学·国际中国学·新国学

汉字文化圈各国研究中国古代文化，与欧美的研究相比，具有更强的延续性。对于历史上曾经对本国文学发生过较大影响的作家和作品具有更大的兴趣。如朝鲜半岛对于陶渊明、杜甫、苏轼以及《剪灯新话》的研究，日本对于白居易、朱子、王阳明的研究，越南对于《金云翘传》等小说的研究，都是持续关注，著述众多。另外，这些国家保存的中国散逸文献，不仅吸引了本国研究者，也对中国的文学研究提供了新的内容。

在日本、朝鲜、韩国、越南的中国学中，还有一个欧美中国学不曾有过的研究领域，那就是这些国家的汉文学。20世纪日本许多中国文史研究家，如内藤湖南、青木正儿、吉川幸次郎、神田喜一郎、长泽规矩也、冈村繁、户田浩晓、兴膳宏、清水茂等，都写过研究日本汉文学的著述，因为他们都认为，汉文学是化成了本国文学血肉的中国文学。也正是因为同样的理由，日本研究国文学和比较文学的大家，如佐佐木信纲、津田左右吉、小西甚一、加藤周一、中西进、川本皓嗣等，对汉文学的历史作用也抱积极肯定的态度。韩国、越南情况不同，但近来来学界对汉文学的关注也渐有回温之势。

户田浩晓在《日本汉文学通史》中写道："与中国文学相比，在日本汉文学里有两点值得留意。其一，就是日本汉文学保留的文学形式，毕竟不过是对中国文学形式的模仿，未曾产生过新的独有的文学形式，但内容上却公认存在着从模仿向自主的转换。其二，在纯粹的汉文之外，还创造了混杂日本语法的变体汉文（也有人学者把它称为"准汉文"）。也就是说，日本汉文在文体上几乎没有产生新形式，而是在年代上稍后输入了中国兴起的文体，但江户时代中叶以后，接受了朱子学、阳明学等的影响，诞生了以尊皇爱国的内容的诗文，形成了日本汉文学的一个特征。另一方面，也就出现了同时既非国文、亦非汉文的混血儿式的文章，它特别见于日记、笔记、论文等体裁之中，这主要是文法及语法的问题，而并不具有在汉文学的问题分类上宜独立出来的性质。尽管如此，准汉文绝不是国文，所以依然应当纳入日本汉文学当中。"[①]

[①]〔日〕戶田浩曉『日本漢文學通史』、武藏野書院1980年版、第2—3頁。

亚洲汉文学，亦称东亚汉文学、域外汉文学，特指古代朝鲜半岛、越南、日本以及琉球等地区的各非汉民族作者用汉文创作的各类体裁的文学作品。从20世纪中叶，陈庆浩、王三庆等学者便提出对这一类作品进行整体研究的倡议，笔者在90年代出版的《亚洲汉文学》第一次使用"亚洲汉文学"的说法，希望打通周边各国独自对本国汉文学孤立研究的局面，着手厘清中国文学主流和各地区汉文学之流的关系。二十多年来，我国学者对周边各国汉文资料的整理和研究大步迈进，投入此项研究的青年才俊不断涌现。王宝平在近来出版的《东亚视域中的汉文学研究》后记中对此多有梳理[①]。不过，至今仍没有一个统一的称谓来指代这些作品。在笔者为天津师大学报主持《亚汉文学研究》专栏时，使用了"亚汉文学"这一术语，希望引起学界讨论。简洁的名称可能更有利于称说，但名称问题毕竟无碍大局，更重要的是，这一范畴的研究是否能够为新国学欣然接纳，并正式为它登记"学籍"。

如果允许我们把以汉学、宋学和清学为阶梯的国学称为传统国学的话，那么我们应该感谢正统儒家之外那些坚信"一事不知，儒者之耻"而具有开放、包容精神的人们，是他们首先将周边的汉学和汉文学信息传进禹域。清末身居僻壤的翁广平撰写的《吾妻镜补》已经载录了日本汉文学著述，《四库全书》收入了山井鼎撰、物观补遗的《七经孟子考文补遗》等，都是周边国家汉学和汉文学越境入华的标志性事件。后来的《丛书集成》收入了朝鲜李朝李齐贤的《益斋集》等。不过，这些都未能改变传统国学对少数民族文化和域外文化研究的缺失，学者对这两类文化认知的汗漫不精是毋庸讳言的。然而，从梁启超、王国维、鲁迅等先驱者以来，国学早已开窗纳风，敞门迎客，并且再也不可能紧闭门户，隔世独守。20世纪学术家庭最响亮的名字，除了国学或中学之外，还有西学，后来又有了东方学，在这些"大腕"之外，南亚学、日本学、印度学、阿拉伯学、非洲学等等新成员也在悄然登场，可谓"人才济济"却常常不相往来。从国际化时代的学术交流来看，还会有更多的成员登场，然而从学术格局来看又存在着诸多不和谐音。中学、西学对峙已不足反映未来学术发展的趋势，中学、西学和东方学三足鼎立也不能

[①] 王宝平主编：《东亚视域中的汉文学研究》，上海古籍出版社2013年版，第478—479页。

让所有成员和谐于一家。其实，从世界文化的大势来看，各民族文化都不过是世界文化之林的秀木，作为国人的研究对象，作为中华文化的"他者"，其研究价值无关乎经济实力、国际关系一时的亲疏和与自身地理意义上的距离远近。从学术对象来说，研究域外文化的学问看起来是"外学"，而作为其根本属性，即属于中国学人对世界的认知来讲，无疑也是国学的延伸。当然，在某一时期，某些地区、国家、民族的文化研究或许更为时需，然而随着中国人足迹走遍世界，中国文化走出国门，对域外各个角落文化的理解对我们来说越来越重要。对于周边国家的理解和交流，是其中的一环。历史遗留的汉字纽带，使亚汉文学研究和新国学联系更为紧密。亚汉文化和文学的研究，也就可能为新国学提供崭新的学术资源。

邻家虽近，相知却难。就目前我国对亚汉文学、亚汉文学研究的"现在进行时"而言，现有成果及正在从事的课题集中在三块土地的垦拓。

一是文献学研究，其中以与中国关系密切者最火。由于亚汉文学本身具有的双重性格，《韩国汉文小说全集》《越南汉文小说丛刊》《日本汉文小说丛刊》等，堪称华人学者对各该国文学研究与我国学的双重贡献。在域外汉籍研究的框架内，我国学者对朝鲜诗话和日本诗话的整理和研究，赵季《箕雅校注》、张伯伟《东亚汉籍研究论集》、卢盛江《文镜秘府论汇校汇考》、刘玉珺《越南汉喃古籍的文献学研究》等，站在传统国学的肩膀上，而又志存高远，水平甚高。王晓平《日本诗经学文献考释》和即将问世的《日本诗经学写本刻本汇编》忝附骥尾。《域外汉籍研究丛刊》广聚贤才，扶持新锐，打通内外，为斯界所重。

二是比较研究。青年学者所从事的朝鲜《燕行录》中的中国形象研究、越南汉文小说中的儒家观念研究、日本汉文小说比较研究、日本中国学者的个案研究等，将比较文学、形象学、神话学、文化人类学、流散诗学等新观念引入亚汉文化、亚汉文学的研究中，透视两种或多种文化在亚汉文化、亚汉文学中的碰撞，揭示中国文化在周边各国的遭际和命运，借助西学，广纳新声。

三是汉文学史和学术史的研究。严绍璗的《日本中国学史》、李庆的《日本汉学史》、陈福康《日本汉文学史》、王晓平《日本诗经学史》等，均意在从整体上发出与国外学者不同的声音。人们常说"不识庐山真面目，只缘身在此山中",和我们一样,外国学者既呆在自家的"庐山"里,不免也会有不识"真面目"的时候,何况还会有虽识了"真面目",还有不便说、不敢说、不想说的时候呢。建立在扎实文献基础上的学术自信,是这一类著述出现的条件之一。

以上三类著述,虽然涉及亚汉文化、亚汉文学的角度不同,但既属于国际中国学的新花,何尝不会是新国学的果实?

以上粗粗归纳了一下斯学之"现在进行时",迎接"将来时"则还是要从正视缺欠开始。文献研究只要拓宽视野,空间就会豁然洞开;比较研究最好剥去西方文论的机械套装,真正进入汉文学的文化深层,而文学史、学术史的研究则还等待更丰厚的积累。国际中国学研究也好,亚汉文化、亚汉文学研究也好,对国外学术资源评介和梳理也好,将这些资源转化为自身文化体系中的血肉也好,都要求对本民族以及相关民族文化的多种理解和多角度认知。我们的语言能力、国际交往能力、对他文化的认知能力和本领,往往不仅限制了我们他川引水的规模,而且捆住了中国学术出远门的脚步。文献整理姑且不论,比较研究和文学史、学术史研究的题目,很多时候,不是没想到,而是没做好。在周边各国汉学研究萎缩的情势下,数量膨大的汉籍还等待我们从头读起,对它们深入的比较研究和历史学研究还只能说开了一个好头,那么,我们还是一起从重建自身的语言体系和认知体系起步,切切实实一步一步往前走吧。

三 汉字写本学的天空

在域外汉文化文献中,海外发现的各种中国失传的刻本,从清末开始便被视为国学的新材料而备受关注。从那时的《古逸丛书》《古逸丛书补遗》到今天的《域外汉籍珍本文库》《日本和刻本中国古逸书》丛刊的刊行,中国学者域外访书的硕果累累。在失而复得的典籍中,刻本占绝大多数,很多书籍来自日本。与此同时,随着敦煌学的兴盛,汉籍写本的整理和研究自然也就提上了日程。

这里说的汉籍写本,包括周边各国现存中国典籍写本与其本国人用汉字书写的典籍写本两大类。仅被收入日本"国宝"和"重要文化财"的这两类写本,就多达数百通,前者多保存中国国内已散逸的宝贵文献,后者则是中国文化影响东亚文化发展的直接见证。是研究古代中国与周边各国关系的第一手材料。从世界范围看，不论就保存汉字写本资料的量还是质来说，日本都仅次于我国敦煌石窟。

为了实现建设优秀传统文化传承体系，弘扬中华优秀传统文化的目标，我们不仅需要利用保存在国内的文化资源，也需要利用流散到国外的文化资源。在现今国际学术界，域外汉籍写本研究已不仅是一个单纯的文献问题，它关系到中华文化历史贡献的国际评价。要言之，其价值和意义有以下七端：

一、汉字手书是汉字文化圈特有的文化现象。中国古代文化的传播大致可分为写本传播和印本传播两大阶段。古传写本，或称抄本，是古籍中的"元老"和珍品。保存在域外的汉字写本折射出中国文化独特的发展模式与传播方式。我国散佚文献写本是研究我国历史、文学与语言文字的重要资料，让这些资料回归故里是中国学者自清代以来数百年的心愿。

二、写本的文献价值是不可替代的。我国唐代以来汉字写本现存于域外的，以日本所藏为最。日本遣唐使从中国带回的书籍都是写本，由于其特殊的历史条件，有些幸存至今，其中包括中国早已失传的《群书治要》《文馆词林》《雕玉集》《赵志集》等文学典籍；还有很多写本保存了唐代典籍的原貌，如《史记》《白氏文集》写本与今本多有不同；今人尊崇的《文选》宋刊本讹误颇多，其学术价值也远不如日本所藏古写本。从清末以来，杨守敬、罗振玉、张元济等人相继根据所获部分日藏写本翻刻，但由于当时技术条件和古日语知识欠缺，不仅删去了原本的假名标记，而且误改错释严重，多失写本原貌。日藏写本中还保留了大量中日文化与文学特别是佛教文学交流的"原生态"材料，由于敦煌文献的发现，这些材料的价值方为世人所知。国内虽有日藏写本零星影印刊行，但总括性的整理研究尚未铺开。

三、写本中蕴藏艺术瑰宝。汉字写本兼有传递信息和审美两大功能，很多写本不仅是珍贵的文献，而且是不可再得的书法极品。日藏从中国传入的"唐抄本"和日本人的重抄本，以及日本人编撰的字书《倭聚类名抄》等，保留了包括则天造字和六朝初唐俗字在内的珍稀文字材料，对于研究汉字演进和日本汉字的形成，研究汉字书法艺术，都是原始资料。将这些资料利用现代科技手段保存下来，与敦煌写本进行对比研究，将对东亚文化交流史和汉文化研究的突破带来新的机遇。

四、写本面临失传的危机。以日本为例，日本接受了中国的写本文化，根据草书创制了平假名，根据楷书创制了片假名，遂以之承载本国历史文化，江户时代以前的文史作品，多以汉字写本形态流传。现代日本奉为经典的文史资料，很多是江户至明治时代根据写本整理而成，但学者汉文水准偏低，释读错误多见。近代以来，汉字文化更饱受挤压而被边缘化，遂使日本汉籍写本研究停滞不前，如《本朝文粹》《本朝续文粹》等珍贵汉文总集写本至今尚未全文点校注释，文献价值不得展现。我国内学者对日韩越所藏这两类写本多是徒闻其名，见不到真面目，更无从利用，它们亟需审定整理，以摆脱磨损蚀坏、无由再见的厄运。

五、抢救古代汉字写本是一代中国学人的使命。近来日本民族主义思潮强劲，贬低中国文化影响，轻视汉文化，致使日本文史研究几失半壁江山；汉籍写本研究不为所重，加之整理工作的难度，使这两类写本仅有部分整理出版。其中日人著述汉文写本虽然出自日人之手，但其创造力的源头之一是在中国，是中国文化原创性的延伸。中国学者有责任以完美的图像、精准的解读和科学的阐释，将汉字文化的魅力展现给世界，并将这一笔文化遗产留给后人。

六、中国学者是汉籍写本研究的中坚与核心。中国传入的写本和各国文史写本，不仅使用文字大体相同，而且体例、书写规则等都相同，不仅与敦煌写本同源，而且多属同一时期文献。写本整理需要精通中外古代语言文字和文献，写本研究早已不是一块亟待开垦的处女地，敦煌写卷研究建立的丰厚写本学基础，为这一研究提供了最好的参照，可以利用现代科技手段对日藏中日汉籍珍稀写本进行全面整理。

在韩国和越南，有很多古人的汉文著述没有机会刻版刊行，只以写本流传或秘藏，随着这些写本的损毁，将失去很多历史文化资料。

写本一失，永无补救，其唯一性与学术价值为学界所公认，包括日本、韩国、越南在内的域外汉籍写本的整理，不仅具有抢救我国文献的重要意义，而且对于古籍校勘与拓展域外汉字及汉字文化研究也多裨益；由于可以充分发挥我国学者的学术优势，在周边文化和文学研究方面也具推动作用。

七、为推进汉字写本学理论和汉字学理论提供材料支撑。

由于写本对各国文化发生与形成的重大影响，近年来西方写本学大兴，而域外汉籍写本这一罕见文献宝库的研究却正待开发，因而其成果备受国际学界瞩目。日本京都大学等已设立"敦煌写本与日本古写本工作坊"等研究机构，我国学者应集结各方优势，早出高质量系列成果，在汉字写本研究中不落人后，展现中国学术实力，切实参与国际学术对话与竞争，了却中国学者百年心愿，贡献于后代学术。

20世纪我国学术体系是在西方影响下建立的，分门别院的研究，科学分析的方法，决定了文化、文学研究的基本面貌。然而，正像在大地上人们为了遮风避雨、家人安居各自修建的住宅，毕竟经常要面对同一场风、同一阵雨。国际中国学好比在国学与"外学"（姑且以此称谓中国人研究外国的学术）等各种门类之间建立一条长廊，让各家各户可以自由来往。30余年前，国学、亚汉文学和国际中国学等曾经一起进入我们的视野，我们自然把它们视为一家，而当时所能读到相关研究的论文，不过是屈指可数，让人倍感寂寥，今日众学齐兴的盛况，正是当时的梦想。

平面均衡结构被称为"电视文字"的方块汉字，既凝缩了汉民族的思维特点和审美意识，也影响了汉民族的思维和审美。在今天，汉字已成为中国文化最易认出的文化名片，它印在服饰上，穿在了各种肤色的人们身上，甚至作为刺青刻在了各色皮肤上。遗憾的是，汉字之美与趣，还有太多的人不知道，国内外对汉字文化的研究也还显得滞后。面对今天的汉字文化研究，可谓亦喜亦忧。喜其才俊如云，忧其各守围城。笔者无学，书此浅见，只为驽马自励自勉。

附录一

日本中国文学主要大型丛书一览表

(一)《近世白话小说翻译集》,中村幸彦编,汲古书院,1984—1988年版

1. 第一卷　《通俗醉菩提全传》(明)天花藏主人著,碧玉江散人译,桃花庵主人序(原序),1759年平安玉江散人跋,1759年京师书肆青云馆版行。

《通俗隋炀帝外史》(明)齐东野人编,近江赘世子译,1760年烟水散人书序,1760年11月平安书林刊。底本为《新镌全像通俗演义隋炀帝艳史》(44回12册),齐东野人编演,不经先生批评、"咲痴子书于咄咄居"叙等。

2. 第二卷　《通俗赤绳奇缘》大本4卷4册(明)冯梦龙编,近江赘世子译,1761年春无怀散人书序,1761年4月平安书林刊。原本为《醒世恒言》第3卷《卖油郎独占花魁》。

《通俗金翘传》,5卷7册。(清)青心才人编述,西田维则译,无序跋,1763年1月。原本《金云翘传》。

《通俗孝肃传》半纸本5卷5册。(明)无名氏撰,纪泷渊译,1760年8月朴庵高硕序,1760年仲春。原本《龙图公案》选出六话译出。

3. 第三卷　《通俗大明女仙传》大本12卷12册。(清)吕熊著,沧浪居主人译,1780年9月沧浪居主人序。原本《女仙外史》100回20册,译者为三宅啸山。

4. 第四卷　《通俗醒世恒言》半纸本4卷5册(明)可一居士(冯梦龙)编,京都逆旅主人(石川雅望)译,1790年孟春南亩子(太田南亩)

序，1789年初秋石川雅望跋，江户刊。

《通俗绣像新裁绮史》写本1册。陇西可一居士述，江东睡云庵主译。底本为《醒世恒言》第3卷《卖油郎独占花魁》。

5. 第五卷 《通俗平妖传》大本10卷10册。（元）罗贯中编，（明）张无咎校，本城维芳译，1797年季夏。筿斋皆川愿《书通俗平妖传首》。原本为罗贯中著，冯梦龙增订《天许斋批点北宋三遂平妖传》44回。

《通俗西湖佳话》半纸本4卷4册。（清）墨浪子著，十时赐（梅厓）《通俗西湖佳话序》（汉文），1805年初春，书肆大阪敦贺屋、京都、江户、尾张刊。原作为《西湖佳话古今遗迹》十六话。

《通俗古今奇观》大本5卷5册。（明）抱瓮主人著，淡斋主人译，棣园主人序（汉文），1814年仲秋淡斋主人小序，1814年仲秋尾阳书房，风月堂孙助（刊）。原本为《今古奇观》40卷。收三篇：《庄子休鼓盆成大道》、《赵县君乔送黄柑》、《卖油郎独占花魁》。

6. 第六至十一卷 《通俗忠义水浒传》大本，上中下拾遗四编57卷79册。

7. 第十二、十三卷 《通俗西游记》从初编刊行到最后五编刊行，历时73年。包括初编、后编、三编（后编二）、四编（续后编）、五编。初编，1758年刊。

（二）**《对译中国历史小说选集》，德田武主编，ゆまに书房，1983，1984年版**

1. 《刻按鉴通俗演义 列国前编十二朝》神宫文库藏本，原本《新刊按鉴编纂开辟衍绎通俗志传》6卷80回。

李下散人译《通俗列国志十二朝军谈》14卷14册，正德二年（1712）大阪敦贺屋清助等刊。

2. 《新镌陈眉公先生批评春秋列国志传》12卷，国立公文书馆内阁文库所藏本，1至4卷（《通俗廿一史》第1、2卷）。

《通俗列国志传》前后编 明治四十四年，早稻田大学出版部。

《新镌陈眉公先生批评 春秋列国志传》12卷中卷，国立公文书馆内阁文库所藏本，5-8卷。

《通俗列国志传》前后编（《通俗廿一史》第1、2卷，明治四十四年，早稻田大学出版部。

《通俗列国志传》前后编（《通俗廿一史》第1、2卷，明治四十四年，早稻田大学出版部。

3.《新镌剑啸阁批评西汉演义传》8卷，国立公文书馆内阁文库所藏本。

《通俗汉楚军谈》15卷，明治四十四年早稻田大学出版部，1-4，上卷。

《通俗汉楚军谈》15卷，明治四十四年早稻田大学出版部，5—8，下卷。

4.《李卓吾批评三国志》百二十回，蓬左文库。

《通俗三国志》50卷（《通俗廿一史》第四、第五卷）明治四十四年早稻田大学出版部，共6卷。

5.《精绣通俗全像梁武帝西来演义》10卷，国立图书馆本。

《通俗南北朝梁武帝军谈》15卷。

《通俗北魏南梁军谈》23卷（《通俗廿一史》第8卷）明治四十四年早稻田大学出版部。

《通俗北魏南梁军谈》23卷，（《通俗廿一史》第8卷）明治四十四年早稻田大学出版部。

6.《新刻按鉴演义企像唐国志传》，宫内厅书陵部所藏本。

《通俗唐太宗军鉴》20卷，（《通俗廿一史》第9卷）明治四十四年早稻田大学出版部。

《通俗唐太宗军鉴》20卷，（《通俗廿一史》第9卷）明治四十四年早稻田大学出版部。

7.《新刊出像补订参采史鉴 南宋志传通俗演义题评》10卷，国立公文书馆内阁文库所藏本。

《通俗宋史太祖军谈》20卷（《通俗廿一史》第10卷）明治四十五年早稻田大学出版部。

8.《新刊大宋中兴通俗演义》10卷，国立公文书馆内阁文库所藏本。

《通俗两国志》26卷（《通俗廿一史》第11卷）明治四十五年早稻田大学出版部。

《通俗两国志》26卷（《通俗廿一史》第11卷）明治四十五年早稻田大学出版部。李下散人译。

(三)《物语支那史大系》早稻田大学出版部编， 早稻田大学出版部刊，1929—1930 年版

1. 十二朝军谈　列国志前编
2. 列国志后编　汉楚军谈
3. 西汉纪事　东汉纪事
4. 三国志上
5. 三国志下
6. 续三国志
7. 续后三国志　续后三国志后编
8. 南北朝军谈前后编　隋炀帝外史
9. 唐太宗军谈　唐玄宗军谈
10. 五代军谈　宋史军谈
11. 两国志宋元军谈
12. 元明军谈明清军谈　近世治乱谈。

(四)《国译汉文大成》，国民文库刊行会编，国民文库刊行会刊，1920—1929 年版

《国译汉文大成》的主要特色，收录了包括思想、历史、诗歌、文章在内的中国重要古典，由第一线研究者执笔，进行了详尽易懂的解说，每一种皆由原典本文、训读、翻译、注释构成，索引齐备。

1. 第 1—2 卷经子史部第 1 辑
   四书・孝经（小牧昌业等）
   易经・书经（宇野哲人）
   诗经（释清潭）
   礼记（安井小太郎）
   春秋左氏传（儿岛献吉郎）
   国语（林泰辅）
   老子・列子・庄子（小柳司气太）
   管子（公田连太郎）

晏子春秋·贾谊新书·公孙龙子（藤田剑峰等）

2. 第3—4卷经子史部第2辑

荀子（笹川临风）

墨子（小柳司气太）

韩非子（宇野哲人）

商子（小柳司气太）

吕氏春秋（藤田剑峰）

七书（儿岛献吉郎）

鬼谷子（儿岛献吉郎）

陆贾新语（儿岛献吉郎）

淮南子（后藤朝太郎）

战国策（宇野哲人）

史记本纪（公田连太郎）

史记书（公田连太郎）

史记世家（公田连太郎）

史记列传（箭内亘）

3. 第5—6卷文学部第1辑

文选（冈田正之等）

楚辞（释清潭）

唐诗选（释清潭）

三体诗（释清潭）

唐宋八家文（笹川临风）

西厢记（宫原民平）

琵琶记（盐谷温）

还魂记（宫原民平）

汉宫记（宫原民平）

4. 第7—8卷文学部第2辑

桃花扇传奇（盐谷温）

长生殿传奇（盐谷温）

燕子笺（宫原民平）

晋唐小说（盐谷温）

剪灯新话（盐谷温）

剪灯余话（盐谷温）

宣和遗事（盐谷温）

水浒传（幸田露伴）

红楼梦（幸田露伴等）

5. 第9—10卷续经子史部第1辑

资治通鉴（加藤系等）

《国译汉文大成》

6. 第11—12卷续经子史部第2辑

资治通鉴（加藤系等）

7. 第13—14卷续经子史部第3辑

贞观政要（公田连太郎）

宋名臣言行录（公田连太郎）

二十二史札记（笹川临風）

读通鉴论（公田连太郎）

资治通鉴目录（加藤系等）

8. 第15—16卷续文学部第1辑

陶渊明集·王右丞集（释清潭）

李太白诗集（久保天随）

杜少陵诗集（铃木虎雄）

9. 第17—18卷续文学部第2辑

白乐天诗集（佐久节）

白乐天诗后集（佐久节）

高青邱诗集（久保天随）

10. 第19—20卷续文学部第3辑

韩昌黎诗集（久保天随）

苏东坡诗集（岩垂兼德等）

（五）《新释汉文大系》

由明治书院从1960年开始推出，网罗汉文基本原典原文，在本活字的原文上加上清新的解释和详密的注解，让丛书里留给后世，与中国文化重要的古典的原型与索引并用，起助益研究和引导阅读的作用，以期为弘扬日本传统文化做出贡献。

1. 论语　　　　　　　　吉田贤抗　　　　　1960
2. 大学　中庸　　　　　赤塚忠　　　　　　1967
3. 小学　　　　　　　　宁野精一　　　　　1965
4. 墨子　　　　　　　　内野熊一郎　　　　1966
5. 荀子　上　　　　　　藤井专英　　　　　1966
6. 荀子　下　　　　　　藤井专英　　　　　1969
7. 老子　庄子　　　　　阿部吉雄　　　　　1966
8. 庄子　下　　　　　　阿部吉雄　　　　　1967
9. 古文真宝　前集上　　星川清孝　　　　　1967
10. 古文真宝　前集下　　星川清孝　　　　　1967
11. 古文真宝　后集　　　星川清孝　　　　　1963
12. 韩非子　上　　　　　竹内照夫　　　　　1960
13. 韩非子　上　　　　　竹内照夫　　　　　1964
14. 传习录　　　　　　　近藤康信　　　　　1961
15. 文选（诗篇）上　　　内田泉之助　　　　1964
16. 文选（诗篇）下　　　内田泉之助　　　　1964
17. 文选（赋篇）上　　　中岛千秋　　　　　1977
18. 文选（赋篇）中　　　高桥忠彦　　　　　1994
19. 文选（赋篇）下　　　高桥忠彦　　　　　2001
20. 文选（文章篇）上　　原田种成　　　　　1994
21. 文选（文章篇）中　　竹内晃　　　　　　1998
22. 文选（文章篇）下　　竹内晃　　　　　　2001
23. 文章轨范（正篇）上　前野直彬　　　　　1961
24. 文章轨范（正篇）下　前野直彬　　　　　1962
25. 续文章轨范　上　　　猪口笃志　　　　　1977
26. 续文章轨范　下　　　猪口笃志　　　　　1977
27. 唐诗选　　　　　　　目加田诚　　　　　1964

28. 十八史略　上	林秀一	1967	
29. 十八史略　下	林秀一	1967	
30. 列子	小林信明	1967	
31. 易经　上	今井宇三郎	1987	
32. 易经　中	今井宇三郎	1993	
33. 易经　下	今井宇三郎	堀池信夫　间岛润一	1993
34. 书经　上	加藤常贤	1983	
35. 书经　下	小野泽精一	1985	
36. 礼记　上	竹内照夫	1971	
37. 礼记　中	竹内照夫	1977	
38. 礼记 下	竹内照夫	1979	
39. 春秋左氏传　一	镰田正	1971	
40. 春秋左氏传　二	镰田正	1974	
41. 春秋左氏传　三	镰田正	1977	
42. 春秋左氏传　四	镰田正	1981	
43. 楚辞	星川清孝	1970	
44. 孝经	栗原圭介	1986	
45. 孙子　吴子	天野镇雄	1972	
46. 近思录	市川安武	1975	
47. 史记（本纪上）	吉田贤抗	1973	
48. 史记（本纪下）	吉田贤抗	1973	
49. 史记（十表一）三　上	寺门日出男	2005	
50. 史记（八书）四	吉田贤抗	1995	
51. 史记（世家上）五	吉田贤抗	1977	
52. 史记（世家中）六	吉田贤抗	1979	
53. 史记（世家下）七	吉田贤抗	1982	
54. 史记（列传一）八	水泽利忠	1990	
55. 史记（列传二）九	水泽利忠	1993	
56. 史记（列传三）十	水泽利忠	1996	
57. 史记（列传四）十一	青木五郎	1996	

58.	管子　上	远藤哲夫	1989
59.	管子　中	远藤哲夫	1991
60.	管子　下	远藤哲夫	1992
61.	唐代传奇	内田泉之助	1971
62.	日本汉诗　上	猪口笃志	1972
63.	日本汉诗　下	猪口笃志	1972
64.	战国策　上	林秀一	1977
65.	战国策　中	林秀一	1981
66.	战国策　下	福田襄之介　森熊男	1988
67.	墨子　上	山田琢	1975
68.	墨子　下	山田琢	1987
69.	孔子家语	宇野精一	1996
70.	淮南子　上	楠山春树	1979
71.	淮南子　中	楠山春树	1982
72.	淮南子　下	楠山春树	1988
73.	蒙求　上	早川光三郎	1973
74.	蒙求　下	早川光三郎	1973
75.	玉台新咏　上	内田泉之助	1974
76.	玉台新咏　下	内田泉之助	1975
77.	诗经　上	石川忠久	1997
78.	诗经　中	石川忠久	1998
79.	诗经　下	石川忠久	2000
80.	文心雕龙　上	户田浩晓	1974
81.	文心雕龙　下	户田浩晓	1978
82.	国语　上	大野峻	1975
83.	国语　下	大野峻	1978
84.	论衡　上	山田胜美	1976
85.	论衡　中	山田胜美	1979
86.	论衡　下	山田胜美	1984
87.	唐宋八大家文读本一	远藤哲夫	1976

88.	唐宋八大家文读本二	星川清孝	1976
89.	唐宋八大家文读本三	远藤哲夫	1996
90.	唐宋八大家文读本四	田森襄	1989
91.	史记（列传五）十二	青木五郎	2007
92.	唐宋八大家文读本五	向山岛成美　高桥明郎	2004
93.	唐宋八大家文读本六		预定 2011 年 3 月刊
94.	唐宋八大家文读本七	泽口刚雄、远藤哲夫	1998
95.	世说新语　上	目加田诚	1975
96.	世说新语　中	目加田诚	1976
97.	世说新语　下	目加田诚	1978
98.	中国名词选	马岛春树	1975
99.	贞观政要　上	原田种成	1978
100.	贞观政要　下	原田种成	1979
101.	白氏文集　二　上	冈村繁	2007
102.	白氏文集　二　下	冈村繁	2007
103.	白氏文集　三	冈村繁	1988
104.	白氏文集　四	冈村繁	1990
105.	白氏文集　五	冈村繁	2004
106.	白氏文集　七　上	冈村繁	2008
107.	白氏文集　六	冈村繁	1993
108.	白氏文集　九	冈村繁	2005
109.	白氏文集　十二　上	冈村繁	2010
110.	大戴礼记	栗原圭介	1991
111.	史记（十表二）三　下	寺门日出男	2008

（六）《新编汉文选》

《新编汉文选》为《新释汉文大系》的姊妹篇。

1.	吕氏春秋　上	楠山春树	1996
2.	吕氏春秋　中	楠山春树	1997
3.	吕氏春秋　下	楠山春树	1998

4. 列女传　上	山崎纯一		1996
5. 列女传　中	山崎纯一		1997
6. 列女传　下	山崎纯一		1997
7. 五行大义　上	中村璋八	古藤友子	1998
8. 五行大义　下	中村璋八	清水治子	1998
9. 晏子春秋　上	谷中信一		2000
10. 晏子春秋　下	谷中信一		2001

（七）《中国诗人选集》

由岩波书店于1958年开始出版　吉川幸次郎编辑、校阅：

1. 诗经国风　上　　　吉川幸次郎
2. 诗经国风　下　　　吉川幸次郎
3. 曹植　　　　　　　伊藤正文
4. 陶渊明　　　　　　一海知义
5. 寒山　　　　　　　入矢义高
6. 王维　　　　　　　都留春雄
7. 李白　上　　　　　武部利男
8. 李白　下　　　　　武部利男
9. 杜甫　上　　　　　黑川洋一
10. 杜甫　下　　　　　黑川洋一
11. 韩愈　　　　　　　清水茂
12. 白居易　上　　　　高木正一
13. 白居易　下　　　　高木正一
14. 李贺　　　　　　　荒井健
15. 李商隐　　　　　　高桥和巳
16. 李煜　　　　　　　村上哲见

别卷　唐诗概说　总索引

（八）《中国古典小说选》，竹田晃、黑田真美子编　明治书院。

《中国古典小说选》追寻中国古典小说的演进，选择各时代作品，构成系列整体，意图在于构建中国古典小说史；除掉极为短小的短篇之外，每一作品的前面，都设立"梗概"一项，介绍各篇作品的概要、特点，作为理解作品内容的导言。"现代语译"采用平易近人的日语，重点放在鉴赏方面，考虑到读者即便只阅读现代语译文，也能够懂得作品内容的有趣性。原文忠实于原典，附加以返点，将此与"書き下し文"上下分排，便于读者阅读。

1. 穆天子传　汉武故事　神异经　山海经　他（汉魏）　竹内晃　梶村永高芝麻子　山崎蓝
2. 搜神记　幽明录　异苑　他（六朝Ⅰ）　　　佐野诚子
3. 世说新语（六朝Ⅱ）　　　　　　　　　　　竹内晃
4. 古镜记　补江总白猿传　游仙窟（唐代Ⅰ）　成濑哲生
5. 枕中记　李娃传　莺莺传　他（唐代Ⅱ）　　黑田真美子
6. 广异记　玄怪录　宣室志　他（唐代Ⅲ）　　沟部良惠
7. 绿珠传　杨太真外传　夷坚志　他（宋代）　竹田晃
8. 剪灯新话（明）　　　　　　　　　　　　　竹田晃　小塚由博　仙石知子
9. 聊斋志异（1）（清代Ⅰ）　　　　　　　　　黑田真美子
10. 聊斋志异（2）（清代Ⅱ）　　　　　　　　 古田岛洋介
11. 阅微草堂笔记　子不语　续子不语　　　　　黑田真美子　福田素子
12. 美林　笑赞　笑府　他（历代笑话）　　　　大木康

附录二

中国文学经典在日本传播与翻译年表

勾艳军

公历	中国	日本	中国文学经典在日本的传播与翻译
404	东晋 元兴三年	应神十五年	百济王派遣学者阿直岐赴日，日本天皇又根据阿直岐举荐招来王仁："十五年秋八月壬戌朔丁卯，百济王遣阿直岐，贡良马两匹。……阿直岐亦能读经典，即太子菟道稚郎子师焉。"（《日本书纪》卷10）
405	义熙元年	应神十六年	王仁可能是生活在朝鲜半岛的汉族移民或移民后裔，"十六年春二月，王仁来之。则太子菟道稚郎子师之，习诸典籍于王仁，莫不通达。"（《日本书纪》卷10） 王仁赴日之际，携带有《论语》、《千字文》。（《古事记》）
513	梁 天监十二年	继体七年	百济向日本贡献五经博士段杨尔，并于继体十年要求以五经博士汉高安茂替换段杨尔。自此，继体、钦明年间五经博士交替赴日，《尚书》、《周易》、《诗经》、《春秋》、《礼记》等典籍也随之传入日本。
593	隋 开皇十三年	推古元年	厩户皇太子向博士觉哿学习儒教。（《日本书纪》）
600	开皇二〇年	推古八年	日本第一次派遣遣隋使。（《隋书》）
604	仁寿四年	推古十二年	圣德太子颁布《宪法十七条》，作为立国的政治准则和官僚的行为规范。《宪法十七条》多参照中国儒佛道及法家思想，文献措辞亦多借鉴于《诗经》、《尚书》、《论语》、《孟子》、《孝经》、《左传》、《礼记》、《管子》、《墨子》、《荀子》、《韩非子》、《史记》、《文选》等。 （《日本书纪》第三十二卷）

续表

公历	中国	日本	中国文学经典在日本的传播与翻译
626	唐 武德九年	推古三十四年	朝廷建立弘文馆,在国子监树立孔子碑。
630	贞观四年	舒明二年	日本开始向中国派遣遣唐使,遣唐使对将中国文化远播日本起到了重要的桥梁作用。遣唐使共计十九次(实际成行十五次),截止到宇多天皇宽平6年(894),前后历时长达264年。
672	咸亨三年	弘文元年	大友皇子(648—672)没。所作《侍宴》诗"皇明光日月,帝德载天地。三才并泰昌,万国表臣义",其中"载天地"出典或为《庄子·天道》。 (《怀风藻》)
678	仪凤3年	弘文8年	朝廷将《老子》列于上经,要求贡举之人研读。
701	长安元年	大宝元年	根据大宝律令建立大学国学,以《孝经》、《论语》为必修课,《易》、《书》、三礼、《诗》、《左传》为选修课。 (《续日本纪》)
718	开元六年	养老二年	《养老律》和《养老令》颁布,这是百年来封建新政的法典化著作。《养老令》把儒家经典分为正经和旁经,规定大学课程分为"大经"、"中经"、"小经"三类,大经为《礼记》和《春秋左氏传》,中经为《毛诗》、《周礼》和《仪礼》,小经为《周易》和《尚书》。
720	开元八年	养老四年	《日本书纪》(二十卷)完成,全部以汉文书写,且大量引用中国文献典籍。该书卷1首先表达天地形成的观念,直接从《淮南子·天文训》推演而来。
730	开元十八年	天平二年	抄本杂用账中发现有《三礼仪宗》三帙、《方言》五卷、《离骚》三帙十六卷、《论语》二十卷等书名。 (正仓院)
733	开元二十一年	天平五年	《游仙窟》据推断在733年之前已传入日本。

续表

公历	中国	日本	中国文学经典在日本的传播与翻译
731	开元十九年	天平三年	万叶歌人大伴旅人（665—731）没。生前作《梅花歌并序》，在篇章布局、遣词造句等方面均受到王羲之《兰亭集序》的影响。
735	开元二十三年	天平七年	入唐学生下道真备向大学学生400人传授五经、三史、明法、算术、音韵、籀篆等六道。　　　　（《本朝文粹》） 唐人袁晋卿跟随遣唐使来到日本，他精通《文选》、《尔雅》，相继被封为"大学音博士"、"大学头"，后获封姓氏"清村"。　　　　（《续日本记》）
744	天宝三年	天平十六年	日本出现《文选》抄本的记录。　　　　（正仓院）
748	天宝七年	天平二十年	天平年中，读诵考试姓名簿中有"读《毛诗》上帙《论语》十卷诵《毛诗》三卷《孝经》、《骆宾王集》一卷"的记载。　　　　（正仓院）
751	天宝十年	天平胜宝三年	日本最古老的汉诗集《怀风藻》问世。
756	至德一年	天平胜宝八年	皇室向东大寺献纳天皇及皇太后等抄写的《杂集》、《孝经》、《杜家立成》、《乐毅论》等。　　　　（正仓院）
759	乾元二年	天平宝字三年	《万叶集》编集完成，收集有从仁德天皇时代（5世纪前叶）到奈良时代淳仁天皇时代759年的和歌4500余首。《万叶集》广泛摄取汉文学，其五七调受到中国五言诗、七言诗的启示，游宴诗和赠答诗等体裁受到中国公宴诗、唱韵诗等的影响。具体引用的中国典籍包括刘伶《酒德颂》、陶渊明诗、王羲之的《兰亭记》、《游仙窟》、《洛神赋》、《高唐赋》、《抱朴子》等。
760	乾元三年	天平宝字四年	《藤氏家传》问世，其中将苏我入鹿的统治批判为如同"董卓之暴慢"，说明三国故事中董卓奸臣的印象已经形成。
769	大历四年	神护景云三年	朝廷赐太宰府《史记》、《汉书》、《后汉书》、《三国志》、《晋书》各一部。　　　　（《续日本纪》）

续表

公历	中国	日本	中日文学经典在日本的传播与翻译
775	大历十一年	宝龟六年	吉备真备（695—775）没。作为遣唐使两度入唐，精通经史诸艺，曾为孝谦天皇讲解《礼记》和《汉书》，整备"释奠"（古代在学校设置酒食以奠祭先圣先师的一种典礼）的器物和仪容。
797	贞元十三年	延历十六年	空海著作《三教指归》问世，书中大量引用《世说新语》的词语和典故。
798	贞元十四年	延历十七年	朝廷规定所有读书人都使用汉音，十六岁以下有志于明经的大学生要学习《毛诗》之音，有志于史学的要学习《尔雅》、《文选》之音。（《史记抄》）
811	元和六年	弘仁二年	空海抄写《刘希夷集》4卷，与《王昌龄诗格》、《贞观英杰六言诗》、《飞白书》一同进献天皇。（《性灵集》）
823	长庆三年	弘仁十四年	嵯峨天皇作成《和张志和渔歌子》5首，在写作手法、韵律、命意上都受到张志和《渔歌子》的深刻启示，成为日本词学的开端。
824	长庆四年	天长元年	改元，典出自《老子》"天长地久"。（《元秘抄》）
838	开成三年	承和五年	藤原岳守检验唐船货物时得到元稹、白居士的诗集，这是《白氏文集》传入日本最早的正史记载。（《文德宝录》卷3）
842	会昌二年	承和九年	天皇命令相模、武藏、常陆等国抄写《史记》、《汉书》、《后汉书》等。（《续日本后纪》）
844	会昌四年	承和十一年	文章博士春澄善绳等引用《左传》、《尚书》，就"物怪"（附在人身上作祟的鬼魂或活人的冤魂）、筮进行上表。（《续日本后纪》）
847	大中元年	承和十四年	遣唐僧圆仁返回日本，并带回《翻梵语》、《碎金》、《加五百字千字文》、《王建集》、《诗赋格》、《白家诗集》等书籍。（《续日本后纪》）
851	大中五年	仁寿元年	春澄善绳侍讲《文选》。（《文华秀丽集》）

续表

公历	中国	日本	中国文学经典在日本的传播与翻译
858	大中十二年	天安二年	滋野安成为天皇侍讲《老子》、《庄子》。（《文华秀丽集》）
860	咸通一年	贞观二年	释奠，苅田安雄讲解《毛诗》。（《三代实录》）
862	咸通三年	贞观四年	释奠，讲《左传》。（《三代实录》）
865	咸通六年	贞观七年	释奠，讲《论语》。（《三代实录》）
867	咸通八年	贞观九年	释奠，讲《孝经》，诗题"资事父事君"。（《三代实录》）
868	咸通九年	贞观十年	释奠，讲《毛诗》，诗题"发言为诗"。（《三代实录》、《菅家文草》）
869	咸通十年	贞观十一年	释奠，讲《周易》，诗题"鹤鸣在阴"。（《三代实录》、《菅家文草》）
875	乾符二年	贞观十七年	皇太子初读《千字文》。（《三代实录》）
877	乾符四年	元庆元年	释奠，讲《论语》，诗题"听《论语》赋有如明珠"。（《三代实录》、《扶桑集》）
879	乾符六年	元庆三年	大春日雄继侍讲《论语》。（《三代实录》）
882	中和二年	元庆六年	释奠，讲解《古文尚书》。（《三代实录》）
883	中和三年	元庆七年	清内雄行没（？～883）。他曾在文德天皇东宫之时，侍讲李峤咏物诗120首和《孝经》。（《日本纪略》）
885	光启元年	仁和元年	菅原道真为藤原基经讲解《世说新语》。（《菅家文草》）
887	光启三年	仁和三年	释奠，助教净野宫雄自《春秋》出题，文章生赋诗。（《三代实录》、《菅家文草》）
890	大顺元年	宽平二年	释奠，讲《论语》，诗题"为政以德"。（《田氏家集》）
891	大顺二年	宽平三年	晋代志怪小说集《搜神记》在891年以前已传入日本。
893	景福二年	宽平五年	释奠，讲解《古文孝经》，诗题"以孝事君则忠"。（《菅家文草》）
895	乾宁二年	宽平七年	释奠，讲《论语》，诗题"为政以德"。（《菅家文草》）
896	乾宁三年	宽平八年	文章博士纪长谷雄讲《文选》，旁听学生380人。（《日本纪略》）

续表

公历	中国	日本	中国文学经典在日本的传播与翻译
898	光化元年	昌泰元年	《本朝见在书目录》编纂完成（后人改称《日本国见在书目录》）。《日本国见在书目录》记录有《诗经》的14部相关著作，如郑玄的《毛诗谱》、唐代孔颖达的《毛诗正义》、晋陆玑的《毛诗草木虫鱼疏》等。
899	光化二年	昌泰二年	文章博士藤原菅根侍讲《史记》。（《类聚符宣抄》）
910	后梁 开平四年	延喜十年	藏人所侍讲《汉书》后设宴赋诗。（《西宫记》）
916	贞明二年	延喜十六年	博士八多贞纪在大学讲《春秋穀梁传》。（《日本纪略》）
917	贞明三年	延喜十七年	大藏善行在东宫侍讲《汉书》。（《政事要略》）
919	贞明五年	延喜十九年	文章博士菅原淳茂开始侍讲《汉书》。（《扶桑略记》）
921	龙德元年	延喜二十一年	皇孙庆頼降生，天皇赐《孝经》、《论语》及绢绵等。（《西宫记》）
922	龙德二年	延喜二十二年	文章博士菅原淳茂侍讲《汉书》。（《本朝文粹》）
923	后唐 同光元年	延长元年	因疫病改元为"延长"，典出自《文选》白雉诗。（《西宫记》）
930	长兴元年	延长八年	醍醐天皇（897—930在位）没。平安时代最著名的"三笔"之一，曾在诗末自注云："平生所爱，《白氏文集》七十卷是也。"（《菅家后草》卷13）
939	后晋 天福四年	天庆二年	文章博士大江维时侍讲《文选》。（《日本纪略》、《本朝文粹》）
942	天福七年	天庆五年	释奠，讲《古文尚书》。（《北山抄》、《江家次第》）
948	后汉 乾祐元年	天历二年	藤原良佐训点《汉书·杨雄传》。 藤原高光在御前背诵《文选·三都赋》序。（《九历》）

续表

公历	中国	日本	中国文学经典在日本的传播与翻译
950	乾祐三年	天历四年	皇子诞生，儒者纪在昌侍读《孝经·天子章》，文章博士三统元夏侍读《古文孝经》，大学头橘敏通侍读《史记·黄帝本纪》等。（《北山抄》）
956	后周 显德三年	天历十年	大江朝纲、菅原文时遵照敕令推荐《白氏文集》最佳诗作，两人均举出《送萧处子游黔南》和《问江南景物》的诗句。（《江家次第》）
957	显德四年	天德元年	因水旱怪异而改元为"天德"，语出自《易·乾卦·文言》"飞龙在天，乃位乎天德"。（《一代要记》）
960	北宋 建隆元年	天德四年	为平亲王开始阅读《御注孝经》。（《日本纪略》）
961	建隆二年	应和元年	因皇居火灾及辛酉革命，改国号为"应和"，语出自《晋书·律历志》中"鸟兽万物莫不应和"。（《日本纪略》）
963	乾德元年	应和三年	中纳言大江维时没。博闻强识，曾为醍醐、朱雀、村上三代天皇侍讲《白氏文集》、《老子》、《游仙窟》、《洛中集》等。（《日本纪略》）
964	乾德二年	康保元年	由于甲子的禁忌，改国号为"康保"，典出《尚书·康诰》"用康保民弘于天"。（《日本纪略·改部》）
991	淳化二年	正历二年	具平亲王著《弘决俗典抄》（其中列举有《周易》、《文选》等经史子集的书目）。（《弘决俗典抄》）
1000	咸平三年	长保二年	天皇命文章博士大江匡衡进献《文选注》。（《权记》） 约于此年问世的随笔《枕草子》有如下表述："书即为文集、文选、新赋、史记……"。（《枕草子》）
1002	咸平五年	长保四年	藤原行成授予藤原为忠《毛诗》二卷三章。（《权记》）
1004	景德元年	宽弘元年	因灾害改国号为"宽弘"，典出《汉书·元帝纪》"宽弘尽下，号令温雅，有古之风烈"。（《元秘别录》）

续表

公历	中国	日本	中国文学经典在日本的传播与翻译
1005	景德二年	宽弘二年	紫式部（约973~约1014）在此年或宽弘3年入宫，担任一条天皇的中宫彰子的女官。紫式部根据宫中生活体验创作的长篇小说《源氏物语》，广泛摄取了《诗经》、《论语》、陶渊明诗、《昭明文选》、刘梦得诗、白居易诗文、《战国策》、《孝经》、《汉书》、《史记》、《古诗十九首》、《述异志》、元稹诗、《游仙窟》、《长恨歌传》、《李娃传》、《任氏传》、《章台新柳》、《周秦行纪》等中国典籍。
1006	景德三年	宽弘三年	藤原行成赠藤原道长《新乐府》一卷。（《权记》）
1007	景德四年	宽弘四年	藤原行成抄写《汉书》进献天皇，天皇当日赐藤原行成《淮南子》。（《权记》）
1008	大中祥府元年	宽弘五年	中宫产下第二皇子（后一条天皇），儒者藤原广业等诵读《毛诗》、《史记·鲁世家》、《礼记·文王世子》篇、《汉书·文帝纪》、《周易》第一乾卦、《后汉书·明帝纪》等。（《御堂关白记·产部》）
1010	大中祥府三年	宽弘七年	藤原行成抄写《乐府》、《坤元诗录》等进献天皇。（《权记》） 藤原道长架藏三史、八代史、《文选》、《文集》、《御览》、《日本记》等书籍二千余卷。（《御堂关白记》）
1011	大中祥府四年	宽弘八年	藤原行成归还宣阳殿御本《千字文》、《乐毅论》、《黄庭经》等。（《权记》）
1012	大中祥府五年	长和元年	改元为"长和"，典出自《礼记·冠义》"君臣正、父子亲、长幼和、而后礼义立"。（《御堂关白记》）
1017	天禧元年	宽仁元年	改元为"宽仁"，典出自《尚书·仲虺之诰》"克宽克仁，彰信兆民"。（《改元部类》）
1021	天禧五年	治安元年	改元为"治安"，典出自《汉书·贾谊传》"因陈治安之策"。（《日本纪略》）
1028	天圣六年	长元元年	改元为"长元"，典出自《六韬》"长久在其元"。（《改元部类》）

续表

公历	中国	日本	中国文学经典在日本的传播与翻译
1037	景佑四年	长历元年	改元为"长历",典出自《春秋》。　　　　　　（《行亲记》）
1040	康定元年	长久元年	改元为"长久",典出自《老子》第七章"天长地久"。 （《春记》）
1041	庆历元年	长久二年	藤原正家为《白氏文集》加点（为汉文加以训点）完毕。 （书陵部藏元亨四年《新乐府》识语）
1043	庆历三年	长久四年	文章生大江佐国等奉敕命召集学生进行才学和薪酬的考试。前者题目为"礼义为器",要求七言十韵,且每句都要有前汉儒士的名字；后者题目为"善以为宝",要求七言十韵,且每句都要有《礼记》的篇名。
1044	庆历四年	宽德元年	因疫病及干旱,改元为"宽德",典出自《后汉书·杜林传》"海内欢欣,人怀宽德"。　　　　　　（《改元部类》）
1046	庆历六年	永承元年	改元为"永承",典出自《宋书·礼志》"宜奉宗庙,永承天祚"。　　　　　　　　　　　　　　（《改元部类》）
1053	皇祐五年	天喜元年	因天地异变,改元为"天喜",典出自《抱朴子》"生有通,则嘉祥并臻,此则天喜也"。　　　（《改元部类》）
1058	嘉佑三年	康平元年	改元为"康平",典出自《后汉书·梁统传》"文帝宽惠温克,遭世康平"。　　　　　　　　（《改元部类》）
1065	治平二年	治历元年	改元为"治历",典出自《尚书·泰誓》"君子以治历明时。然则改正治历,自武王始矣"。（《改元部类》）
1069	熙宁二年	延久元年	改元为"延久",典出自《尚书正义·君奭》"故我以道惟安宁王之德,谋欲延久"。　　（《改元部类》）
1073	熙宁六年	延久五年	大江家国抄写《史记·吕后本纪》等。 （毛利家藏《史记·吕后本纪》识语）
1076	熙宁九年	承保三年	释奠,讲《礼记》,诗题"比德于玉"。　　（《水左记》） 释奠,诗题出自《毛诗》"四方来贺"序。（《水左记》）

续表

公历	中国	日本	中国文学经典在日本的传播与翻译
1079	元丰二年	承历三年	在善仁亲王的御汤殿，文章博士藤原正家、大学头藤原有纲侍读《史记·五帝本纪》，助教中原定俊侍读《孝经》。（《水左记》）
1080	元丰三年	承历四年	释奠，诗题出自《尚书》"德洽民心"序。（《水左记》）
1081	元丰四年	永保元年	改元为"永保"，典出自《尚书·仲虺之诰》"钦崇天道，永保天命"。（《水左记》）
1083	元丰六年	永保三年	白河天皇命左大臣源俊房加点《白氏文集》。（《水左记》）
1084	元丰七年	应德元年	源俊房训点《白氏文集》进献天皇。（《水左记》）
1087	天佑二年	宽治元年	改元为"宽治"，典出自《礼记·祭法》"汤以宽治民"。（《改元部类》）释奠，讲《尚书》，诗题"野无遗贤"。（《本朝世纪》）
1090	天佑五年	宽治四年	藤原师通向大江匡房学习《汉书》、《后汉书》。（《御二条师通记》）
1092	天佑七年	宽治六年	释奠，诗题出自《周易》"天地养万物"。（《中右记》）
1094	绍圣元年	嘉保元年	改元为嘉保，典出自《史记·始皇本纪》"人乐同则，嘉保太平"。（《中右记》）
1095	绍圣二年	嘉保二年	大江匡房侍讲《左传》。（《中右记》）
1096	绍圣三年	永长元年	藤原师通与大江匡房谈论《礼记》、《三国志》。（《御二条师通记》）
1098	元符元年	承德二年	释奠，诗题"平秩东作"，出自《尚书》。（《中右记》）释奠，诗题"以道事君"，出自《论语》。（《中右记》）
1101	建中靖国元年	康和三年	藤原家行参照《史记》秘本，将家藏本与《吕后本纪》、《孝文本纪》、《孝景本纪》进行对照。（毛利家东北大学大东急纪念文库收藏该书之识语）
1103	崇宁二年	康和五年	宗仁亲王诞生，御汤殿儒者讲《史记·五帝本纪》、《孝经·天子章》、《礼记·中庸篇》。（《为房卿记》）

续表

公历	中国	日本	中国文学经典在日本的传播与翻译
1104	崇宁二年	长治元年	大江通国自《白氏文集》、《新乐府》中挑选20句诗句作为歌题,作新乐府二十句和歌题并序。（《朝野群载》）
1106	崇宁五年	嘉承元年	因奇星出现,改元嘉承,典出自《汉书·礼乐志》"嘉承天和,伊乐厥福"。（《中右记》）
1108	大观二年	天仁元年	改元天仁,典出自《文选》卷6"大晋统天,仁风遐扬"。（《中右记》）
1109	大观三年	天仁二年	藤原敦宗侍读《史记·五帝本纪》。（《江家次第》）
1110	大观四年	天永元年	大学寮考试,考察13名学生阅读《五帝本纪》。（《永昌》）因彗星天变,改元"天永",典出自《尚书·召诰》"欲王以小民受天永命"。（《改元部类》）
1111	政和元年	天永二年	释奠,讲《毛诗》。（《中右记》）
1112	政和二年	天永三年	释奠,讲《论语》。
1113	政和三年	永久元年	因天变疫病而改元"永久",典出自《诗经·小雅》"来归自镐,我行永久。"（《长秋记》）
1118	重和元年	元永元年	释奠,诗题"贵德而尚齿"。（《中右记》）
1120	宣和二年	保安元年	释奠,讲《周易》,诗题"仁以行之"。（《中右记》）释奠,讲《左传》,诗题"养民如子者"。（《中右记》）
1124	宣和六年	天治元年	读书官为第二皇子通仁诵读《古文孝经》、《后汉书·明帝纪》、《毛诗·大命篇》、《孝经》、《史记·五帝本纪》、《汉书·孝文皇帝纪》。（《永昌记》）
1126	靖康元年	大治元年	释奠,讲《尚书》,诗题"政在养民"。（《永昌记》）
1127	南宋建炎一年	大治二年	惟宗康俊抄写《史记·孝景本纪》。（山岸德平收藏该书识语）天皇开始阅读《御注孝经》。（《中右记》）
1129	建炎三年	大治四年	释奠,讲《尚书》。（《中右记》）
1130	建炎四年	大治五年	释奠,讲《周易》,诗题"照明德"。（《中右记》）

续表

公历	中国	日本	中国文学经典在日本的传播与翻译
1131	绍兴元年	天承元年	改元天承，典出自《汉书·匡衡传》"圣王之自为动静周旋，奉天承亲。" （《长秋记》）
1132	绍兴二年	长承元年	中原师元援引《礼记》等经书，论述天下的疫病。 （《朝野群载》） 改元长承，典出自《史记·始皇本纪》"长承圣治，群臣嘉德"。 （《兵范记》）
1133	绍兴三年	长承二年	释奠，讲《尚书》，诗题"五典克从"。 （《中右记》） 释奠，讲《论语》，诗题"远者来"。 （《中右记》）
1134	绍兴四年	长承三年	释奠，讲《周易》，诗题"上下应之"。 （《中右记》） 释奠，讲《左传》。 （《中右记》）
1135	绍兴五年	保延元年	改元保延，典出自《文选·鲁灵光殿赋》"保延寿而宜子孙。" （《长秋记》）
1139	绍兴九年	保延五年	藤原赖长读完《古文孝经》、《西京杂记》、《立身诚》、《洞冥记》、《荆楚岁时记》、《金谷园记》、《列仙传》、《帝范》、《臣轨》、《六军镜》、《续齐谐记》。 （《台记》）
1140	绍兴十年	保延六年	藤原赖长读完《尚书》、《毛诗》、《御注孝经》、《老子》、《庄子》、《后汉书》、《李善注文选》、《新乐府》、《鬼谷子》、《高才不过传》、《汉武故事》、《王子年拾遗记》、《颜氏太公家教》、《素书》、《注千字文》、《咏百咏》、《贞观政要》、《孔子家语》、《居易别传》。 （《台记》）
1141	绍兴十一年	永治元年	改元永治，典出自魏文帝《典论》"永治长德，与年丰"。 （《改元部类》） 藤原赖长读完《尚书正义》第一卷、《尚书音释》、《周礼》、《仪礼》、《礼记》、《左传》、《公羊传》、《穀梁传》、《三国志·帝纪》、《晋书·帝纪》、《晋书·载记》、《南史·帝纪》、《北史·帝纪》、《新唐书·帝纪》、《尔雅》、《兼明书》、《孟子》等。 （《台记》）

续表

公历	中国	日本	中国文学经典在日本的传播与翻译
1142	绍兴十二年	康治元年	藤原頼长对比阅读《左传·哀公》与《公羊传》。（《台记》） 藤原頼长读完《孝经述义》、《孝经去惑》、《尚书正义》、《论语皇侃疏》、《五行大义》。（《台记》） 改元康治，典出自《宋书》"以康治道"。（《台记》、《本朝世纪》）
1143	绍兴十三年	康治二年	藤原頼长读《春秋经传》、《左氏释文》、《毛诗正义》、《春秋左氏正义》、《孝经》、《文选》、《礼记》、《穀梁传》、《三国志》帝纪十卷等。（《台记》）
1144	绍兴十四年	天养元年	藤原頼长释奠，讲《周礼》。年内先后讲解《仪礼》、《毛诗》、《尚书》、《周易》、《论语》。（《台记》） 改元天养，典出自《后汉书·郎顗传》"焉有应天养人为仁为俭而不降福者哉。"（《元秘别录》）
1145	绍兴十五年	久安元年	藤原頼长悬挂老子像，为学生讲授《老子经》。（《台记》）
1148	绍兴十八年	久安四年	藤原頼长释奠，先后讲授《毛诗》、《尚书》、《周易》、《论语》、《孝经》、《左传》。（《台记》） 藤原頼长按照儒者的建议，根据《玉篇》、《说文》、《尚书》、《诗序》，给女儿取名"多子"。（《台记》）
1150	绍兴二十年	久安六年	藤原頼长官邸释奠，讲《穀梁传》、《礼记》、《周礼》、《仪礼》、《毛诗》。（《台记》）
1151	绍兴二十一年	仁平元年	改元仁平，典出自《后汉书·孔奋传》"政贵仁平。"（《台记》）
1152	绍兴二十二年	仁平二年	释奠，讲《左传》、《孝经》。（《本朝世纪》）
1153	绍兴二十三年	仁平三年	释奠，讲《礼记》，诗题"必得其寿"。（《本朝世纪》）

续表

公历	中国	日本	中国文学经典在日本的传播与翻译
1154	绍兴二十四年	久寿元年	平信义参加大学寮考试，诵读《史记》中的《高祖本纪》、《萧相国世家》、《张仪传》等篇章。（《兵范记》） 藤原赖长释奠，先后讲解《仪礼》、《毛诗》、《尚书》、《周易》、《论语》。（《台记》）
1155	绍兴二十五年	久寿二年	藤原赖长释奠，讲《左传》，年内先后又讲解《公羊传》、《穀梁传》、《礼记》。（《台记》）
1159	绍兴二十九年	平治元年	改元平治，典出《史记·夏本纪》"天下于是太平治。"（《改元部类》） 政治家藤原通宪没。曾编著《通宪入道藏书目录》，为本人藏书目录，除儒学经典和史书外，还收藏有《游仙窟》两部，以及诗集《寒山诗》、《罗隐诗》、《杜荀鹤诗》等，但没有发现唐代李白与杜甫的诗集。
1160	绍兴三十年	永历元年	改元永历，典出自《后汉书·边让传》"永历世而太平"。（《改元部类》）
1161	绍兴三十一年	应保元年	改元应保，典出自《尚书·康诰》"乃服惟弘王应保殷民"。（《改元部类》）
1162	绍兴三十二年	保元二年	释奠。（《释奠》）
1165	乾道元年	永万元年	改元永万，典出自《汉书·王褒传》"雍容垂拱，永永万年"。（《山槐记》）
1166	乾道二年	仁安元年	改元仁安，典出自《诗经·周颂》"行宽仁安静之政以定天下"。（《改元部类》）
1168	乾道四年	仁安三年	天皇招侍读藤原永范讲解《后汉书·明帝纪》。（《兵范记》）
1169	乾道五年	嘉应元年	天皇阅读《史记·五帝本纪》。（《兵范记》） 清原赖业校订《春秋左氏传》。（《续鉴》） 改元嘉应，典出《汉书·王褒传》"天下殷富，数有嘉应"。（《兵范记》）

续表

公历	中国	日本	中国文学经典在日本的传播与翻译
1174	淳熙元年	承安四年	释奠，讲《毛诗》，诗题"受天之佑"。（《吉记》）
1175	淳熙二年	安元元年	释奠，讲《尚书》，诗题"庶尹允谐"。（《玉叶》） 释奠，讲《论语》，诗题"之人者静"。（《玉叶》）
1179	淳熙六年	治承三年	释奠，讲《论语》，诗题"以学文"。（《玉叶》）
1181	淳熙八年	养和元年	改元养和，典出自《汉后书·台佟传》"佟幸得保终性命，存神养和"。（《改元部类》）
1182	淳熙九年	寿永元年	藤原以业抄写《文选》。（东山御文库藏九条家《文选》识语） 改元寿永，典出自《诗经·周颂》"以介眉寿，永言保之，思皇多祜"。（《寿永》） 释奠，讲《论语》，诗题"信以成"。（《吉记》）
1184	淳熙十一年	元历元年	释奠，讲《礼记》，诗题"子庶民"。（《山槐记》） 改元元历，典出自《尚书·考灵曜》"天地开辟，元历纪名"。（《玉叶》）
1186	淳熙十三年	文治二年	释奠，讲《论语》，诗题"泰而不骄"。
1187	淳熙十四年	文治三年	释奠，讲《左传》，诗题"政如农功"。 天皇读《汉书·孝文本纪》。（《玉叶》）
1188	淳熙十五年	文治四年	藤原良经学习《论语》。（《玉叶》） 释奠，诗题"千禄百福"，典出《毛诗》。（《吉记》）
1192	绍熙三年	建久三年	菅原以业讲授《文选》。（东山御文库藏九条家本《文选》第十五识语）
1195	宁宗庆元元年	建久六年	释奠，讲《毛诗》，诗题"有德"。（《三长记》）
1199	庆元五年	正治元年	改元正治，典出自《庄子》"天子、诸侯、大夫、庶人，此四者自正，治之美也"。（《猪隈关白记》）

续表

公历	中国	日本	中国文学经典在日本的传播与翻译
1201	嘉泰元年	建仁元年	改元建仁,典出自《文选·圣主得贤臣颂》"夫竭智附贤者,必建仁策"。（《改元部类》）
1202	嘉泰二年	建仁二年	释奠,讲《毛诗》,诗题"德音是茂"。（《猪隈关白记》）
1204	嘉泰四年	元久一年	源实朝初读《孝经》。（《吾妻镜》） 改元元久,典出自《诗经·大雅·文王正义》"但文王自于国内建元久矣"。 藤原长兼加点《周易》。（《三长记》）
1211	嘉定四年	建历一年	改元建历,典出自《后汉书·律历志》（上）"建历之本,必先立元"。（《改元部类》）
1212	嘉定五年	建历二年	释奠,讲《礼记》,诗题"大德必得其名"。（《玉藻》）
1213	嘉定六年	建保元年	改元建保,典出自《尚书》"亦惟天丕建,保乂有殷"。（《猪隈关白记》）
1215	嘉定八年	建历三年	释奠,诗题"忠以成之"。（《建保三年记》） 释奠,讲《孝经》,诗题"保其爵禄"。（《建保三年记》）
1229	绍定二年	宽喜元年	藤原定家讲《史记·留侯世家》。（《明月记》） 藤原定家讲授《文选·西京赋》、《文选·月赋》等。（《明月记》）
1231	绍定四年	宽喜三年	丰原奉重抄写《白氏文集》。（久原柏木氏藏该书识语）
1233	绍定六年	天福元年	改元天福,典出自《尚书》"政善天福之"。（《民经记》）
1234	端平元年	文历元年	改元文历,典出自《唐书》"掌天文历数"。（《迎阳记》）
1238	嘉熙二年	历仁元年	菅原为长侍讲《史记·孝文本纪》。（《菅儒侍读年谱》）
1239	嘉熙三年	延应元年	改元延应,典出自《文选·为贾谧作赠陆机》"廊庙惟清,俊义是延,擢应嘉举"。（《迎阳记》）

续表

公历	中国	日本	中国文学经典在日本的传播与翻译
1241	淳祐元年	仁治二年	日本禅宗著名诗人辩园园尔（圣一国师）从中国返日之际，带回经籍数千卷，收藏于京都东福寺的普门院。其中，重要典籍有《周易》、《尚书》、《毛诗》、《礼记》、《春秋》、《周礼》、《孟子》、《论语精义》、《庄子疏》、《东坡词》、《东坡长短句》、《说文》、《白氏文集》、《老子经》、《庄子》、《太平御览》、《大学》、《玉篇》等。 （1353年编集《普门院经论章疏语录儒书等目录》）
1242	淳祐二年	仁治三年	中原师弘传授《古文尚书》秘说。（书陵部藏该书识语） 菅原为长侍讲《史记·五帝本纪》、《贞观政要》。 （《菅儒侍读年谱》）
1244	淳祐四年	宽元二年	菅原淳高侍读《后汉书》，藤原经范侍读《史记》。 （《妙槐记》）
1246	淳祐六年	宽元四年	藤原经范侍读《汉书》。（《叶黄记》）
1247	淳祐七年	宝治元年	藤原兼经宅邸讲读《史记》。9月13日悬挂白乐天像，讲《史记·夏本纪》，作咏史诗、咏月诗。（《叶黄记》）
1249	淳祐九年	建长元年	改元建长，典出自《后汉书·殷频传》"建长久之策"。 （《荒凉记》）
1253	宝祐元年	建长五年	清原直隆校对《论语》考证本。（正和本《论语》识语）
1256	宝祐四年	康元元年	清原教隆校订《古文尚书》。（神宫征古馆该书识语）
1257	宝祐五年	正嘉元年	改元正嘉，典出自《艺文类聚》"肇元正之嘉会"。 （《经俊卿记》）
1259	开庆元年	正元元年	改元正元，典出自《毛诗纬》"一如正元，万载相传"。 （《荒凉记》）
1265	咸淳元年	文永二年	释奠，讲《礼记》。（《深心院关白记》）
1266	咸淳二年	文永三年	后嵯峨天皇读《尚书》、《古文孝经》；宫内定期开讲《论语》；宫内讲读《尚书正义》。（《外记日记》） 藤原信国侍讲《后汉书·皇后纪》。 （宫内厅书陵部藏元版后汉书识语）

续表

公历	中国	日本	中国文学经典在日本的传播与翻译
1267	咸淳三年	文永四年	清原良季等侍讲《尚书正义》。（《外记日记》）
1273	至元十年	文永十年	清原良季侍讲《毛诗》。（《吉续记》）
1282	至元十九年	弘安五年	藤原相房校订抄写《文选》。（东山御文库藏九条家本该书识语）
1286	至元二十三年	弘安九年	藤原兼仲侍讲《史记》；藤原兼忠宅邸阅读《尚书》。（《勘仲记》）
1287	至元二十四年	弘安十年	菅原在嗣侍讲《史记》；菅原在兼侍讲《后汉书》。（《伏见》）
1288	至元二十五年	正应元年	改元正应，典出自《毛诗》"德正应利"。（《勘仲记》）
1293	至元三十年	永仁元年	改元永仁，典出自《晋书·乐志》"永载仁风，长抚无外"。（《伏见院御记》、《改元部类》）
1299	大德三年	正安元年	改元正安，典出自《孔子家语·观乡射》"此五行者，足以正身安国矣"。（《伏见院御记》、《师守记》）
1303	大德七年	嘉元元年	改元嘉元，典出自《艺文类聚·天部》"嘉占元吉"。（《伏见院御记》）
1306	大德十年	德治元年	改元德治，典出自《尚书·大禹谟》正义"俊德治能之士并在官"。（《实躬卿记》）
1308	至大元年	延庆元年	改元延庆，典出自《后汉书·列传》"以功名延庆于后"。（《改元宸记》）
1311	至大四年	应长元年	释奠，讲《毛诗》，诗题"福禄绥之"。（《园太历》）菅原在辅侍读《五帝本纪》；天皇召菅原在辅讲解《后汉书》。（《花园院宸记》）
1313	皇庆二年	正和二年	菅原在辅侍讲《汉书》、《后汉书》；藤原俊范侍讲《文选》。（《花园院宸记》）

续表

公历	中国	日本	中国文学经典在日本的传播与翻译
1317	延祐四年	文保元年	清原宗尚侍讲《尚书·盘庚》；清原教光侍读《尚书》序；藤原公时侍讲《史记·孔子世家》。（《花园院御记》）
1318	延祐五年	文保二年	菅原在兼侍读《史记·五帝本纪》；菅原在辅侍讲《后汉书·明帝纪》。（《菅儒侍读年谱》）
1321	至治元年	元亨元年	花园上皇读《荀子》。（《花园院御记》）
1322	至治二年	元亨二年	花园上皇谈论《尚书》，读《毛诗》。（《花园院御记》）
1323	至治三年	元亨三年	玄惠法印讲解《韩昌黎文集》；花园上皇读《礼记》、《文选》。（《花园院御记》）
1324	泰定元年	正中元年	花园上皇读《鬼谷子》、《礼记》、《毛诗》。（《花园院御记》） 大江闲时抄写菅原为长考证本《白氏文集》。（书陵部藏南北朝时代写本白氏文集识语） 花园上皇年内阅读的书目包括《左传》、《礼记》、《汉书》、《鬼谷子》、《淮南子》、《毛诗》、《尚书》、《孝经》、《论语》、《孟子》、《后汉书》、《老子》、《庄子》、《荀子》、《帝范》、《臣轨》、《贞观政要》、《文选》等。（《花园院御记》）
1325	泰定二年	正中二年	菅原家高为花园上皇讲解《三国志》。（《花园院御记》） 花园上皇年内阅读书目包括《汉书》、《三国志》、《晋书》、《公羊传》、《榖梁传》等。（《花园院御记》）
1329	天历二年	元德元年	改元元德，典出自《周易·乾》"元者善之长，谓天之元德，始生万物"。（《改元部类》）
1331	至顺二年	南朝元弘元年；北朝元德三年	改元弘元，典出自《艺文类聚·天部》"嘉占元吉，弘无量之佑，隆克昌之祚"。（《改元部类》） 菅原公时侍读《史记·五帝本纪》。（《菅儒侍读年谱》）

续表

公历	中国	日本	中国文学经典在日本的传播与翻译
1332	至顺三年	南朝元弘二年；北朝正庆元年	改元正庆，典出自《周易》"以中正有庆之德，有攸往也"。（《花园院御记》）
1342	至正二年	康永一年	一条兼通讲解《论语》。（《玉英记抄》） 改元康永，典出自《汉书》"海内康平，永保国家"。（《中院一品记》）
1344	至正四年	康永三年	释奠，讲《尚书》。（《师守记》） 花园上皇宫殿内讨论《礼记》、《中庸》，光严上皇警戒勿掺入佛教。（《园太历》）
1349	至正九年	康永五年	释奠，讲《礼记》。（《园太历》）
1350	至正十年	观应元年	改元观应，典出自《庄子·天地疏》"以虚通之理，观应物之数，而无为"。（《园太历》）
1353	至正十三年	文和二年	加贺能美郡在大日寺抄写《游仙窟》。（宝生院图书目录）
1355	至正十五年	文和四年	东坊城长纲侍讲《史记》。（《菅儒侍读年谱》）
1356	至正十六年	延文元年	东坊城长纲侍讲《后汉书·明帝纪》。（《菅儒侍读年谱》） 改元延文，典出自《汉书·儒林传》"延文学儒者数百人"。（《愚管记》）
1358	至正十八年	延文三年	东坊城长纲侍讲《史记·孝文本纪》。（《菅儒侍读年谱》）
1359	至正十九年	延文四年	近卫道嗣让禅僧讲解《韩愈文集》。（《愚管记》）
1360	至正二十年	康永五年	在近卫道嗣宅邸曾先后讨论《韩愈文集》、《庄子》、《左传》。（《愚管记》）
1361	至正二十一年	康安元年	文章博士菅原亲朝解读《后汉书·明帝纪》。（《愚管记》） 二条良基讲解《毛诗》、《玉屑》。（《进献记录抄纂》）
1362	至正二十二年	贞治元年	改元治贞，典出自《周易·象下》"利武人之贞，志治也"。（《愚管记》）

续表

公历	中国	日本	中国文学经典在日本的传播与翻译
1363	至正二十三年	贞治二年	东坊城长纲侍读《史记·孝文本纪》。（《菅儒侍读年谱》）
1364	至正二十四年	贞治三年	东坊城长纲侍讲《史记·孝景本纪》。（《菅儒侍读年谱》）
1368	明 洪武元年	应安元年	改元应安，典出自《毛诗》"四方既已平服，王国之内幸应安定"。（《愚管记》） 禅僧在近卫道嗣府邸讲解《东坡诗集》。（《愚管记》）
1369	洪武二年	应安二年	梦岩祖应讲解《孟子》，民众倾听者众多。（《空华日用工夫略集》）
1371	洪武四年	应安四年	后円融天皇开始阅读《汉书·明帝纪》。（《菅儒侍读年谱》）
1375	洪武八年	永和元年	五山僧人中严円月（1300—1375）没。曾于1325年赴中国元朝学习，1332年返日后开始讲授《三体诗》。
1376	洪武九年	永和二年	和刻本（日本早期翻刻的汉籍）《集千家注分类杜工部诗》25卷7册（宋徐居仁编、黄鹤注）刊印。
1380	洪武十三年	康历二年	义堂周信讲《中庸》；义堂周信劝说足利义满阅读《孟子》。（《空华日用工夫略集》）
1381	洪武十四年	永德元年	东坊城秀长侍讲《后汉书》。（《菅儒侍读年谱》）
1382	洪武十五年	永德二年	义堂周信为足利义满讲解《论语》。（《空华日用工夫略集》）
1384	洪武十七年	至德元年	改元至德，典出自《孝经·开宗明义》"先王有至德要道，以训天下"。（《元号记》《迎阳记》）
1387	洪武二十年	嘉庆元年	改元嘉庆，典出自《毛诗正义》"将有嘉庆，祯祥先来见也"。（《元号记》、《迎阳记》） 翻刻《昌黎先生文集》、《春秋经传集解》。（《古刻》）

续表

公历	中国	日本	中国文学经典在日本的传播与翻译
1389	洪武二十二年	康应元年	改元康应，典出自《文选·七启》"国富民泰，神应休臻"。（《元号记》、《迎阳记》）
1390	洪武二十三年	明德元年	改元明德，典出自《大学》"在明明德，在新民"。（《元号记》、《迎阳记》）
1392	洪武二十五年	明德三年	细川赖之没，生前曾熟读《杜少陵集》。（《高野山过去帐》、《明德记》）
1401	建文三年	应永八年	菅原秀长讲解《后汉书》。（《菅儒侍读年谱》）
1403	永乐元年	应永十年	僧人岐阳自明朝归化日本，带来《诗经》、《四书集注》。（《皇年代略记》）
1404	永乐二年	应永十一年	菅原秀长讲解《后汉书》。（《菅儒侍读年谱》）
1406	永乐四年	应永十三年	菅原秀长讲解《史记》。（《菅儒侍读年谱》）
1418	永乐十六年	应永二十五年	清原良贤讲解《论语》、《礼记》。（《康富记》）
1423	永乐二十一年	应永三十年	清原良贤讲解《庄子》。（《康富记》）
1429	宣德四年	永享元年	改元永享，典出自《后汉书》"能立巍巍之功，传于子孙，永享无穷之祚"。（《建内记》）
1433	宣德八年	永享五年	中原康富侍讲《孝经》、《论语》。（《看闻御记》）
1434	宣德九年	永享六年	清原业忠侍讲《孟子》。（《看闻御记》）
1438	正统三年	永享十年	中原康富为后花园天皇讲解《大学》、《中庸》；中原康富在伏见宫家开始讲释《孟子》。（《看闻御记》）
1439	正统四年	永享十一年	清原业忠侍讲《礼记》。（《建内记》）
1442	正统七年	嘉吉二年	足利义胜向清原业忠学习《孝经》。（《建内记》）
1443	正统八年	嘉吉三年	文章博士东坊城益长侍读《史记·五帝本纪》。（《菅儒侍读年谱》）中原康富组织讨论《论语》；中原康富为贞长亲王讲解《尚书》和《毛诗》。（《康富记》）

续表

公历	中国	日本	中国文学经典在日本的传播与翻译
1444	正统九年	文安元年	改元文安，典出自《尚书·尧典》"放勋钦明，文思安安"。（《康富记》） 中原康富讲解《大学》、《中庸》、《孟子》、《尚书》、《左传》等。（《康富记》）
1447	正统十二年	文安四年	中原康富讲释《孝经》、《孟子》。（《康富记》）
1448	正统十三年	文安五年	中原康富讲解《左传》、《孟子》、《孝经》等；清原业忠讲解《毛诗》；清原业忠讲解《庄子》。（《康富记》）
1449	正统十四年	宝德元年	清原业忠为后花园上皇讲解《毛诗》、《尚书》；中原康富讲解《论语》、《孝经》、《孟子》、《尚书》等。（《康富记》）
1450	景泰元年	宝德二年	清原业忠为足利义政讲解《论语》；中原康富讲解《孝经》、《论语》。（《康富记》）
1451	景泰元年	宝德三年	中原康富讲完《孟子》。（《康富记》） 瑞溪周凤讲解《杜诗》。（《卧云日件录》）
1452	景泰三年	享德元年	改元享德，典出自《尚书·微子之命》"世世享德，万邦作式"。（《公卿补任》、《看闻御记》）
1454	景泰五年	享德三年	中原康富讲《孟子》、《论语》。（《康富记》）
1455	景泰六年	康正元年	中原康富讲《尚书》、《左传》、《礼记》、《史记》。 改元康正，典出自《史记·宋微子世家》"平康正直"。（《康富记》）
1457	天顺元年	长禄元年	改元长禄，典出自《韩非子·解老》"其建生也长，持禄也久"。（《纲光公记》）
1459	天顺三年	长禄三年	清原业忠开讲筵讲解《论语》、《尚书》、《左传》，清家学问由此振兴。（《碧山日录》）
1465	成化元年	宽正六年	足利义视命清原业忠讲解《大学》。（《蜷川亲元日记》） 东坊城益长为天皇讲解《史记·五帝本纪》。（《菅儒侍读年谱》）

续表

公历	中国	日本	中国文学经典在日本的传播与翻译
1468	成化四年	应仁二年	平等院讲《尚书》。（《后法兴院政家记》）
1469	成化五年	文明元年	改元文明，典出自《周易》"文明以健，中正而应，君子正也"。（《广光卿记》）
1475	成化十一年	文明七年	三条西实隆为胜仁亲王讲解《论语》。（《实隆公记》） 清原宗贤为胜仁亲王讲解《中庸》。（《实隆公记》）
1477	成化十三年	文明九年	三条西实隆为胜仁亲王讲解《孟子》、《论语》、《大学》；三条西实隆抄写并献上《长恨歌》、《琵琶行》。（《实隆公记》）
1481	成化十七年	文明十三年	横川景三为足利义尚抄写并讲授《论语》。（《缕水集》）
1482	成化十八年	文明十四年	禅僧景徐周麟完成《读〈鉴湖夜泛记〉》诗一首，可以推断《剪灯新话》在1482年之前已传入日本。
1484	成化二十年	文明十六年	三条西实隆抄写《东坡诗》绝句。（《实隆公记》）
1485	成化二十一年	文明十七年	将军足利义尚将《东坡文集》、《方兴胜览》、《韵会》、《李白诗》、《玉篇》五书放入东求堂书院。（《阴凉轩日录》）
1487	成化二十三年	长享元年	改元长享，典出自《文选·为曹公作书与孙权》"喜得全功，长享其福"。（《亲长卿记》、《御汤殿上日记》）
1488	弘治元年	长享二年	三条西实隆为河野季纲讲解《东坡诗》。（《实隆公记》） 足利义尚在阵地阅读《史记》、《汉书》、《左传》。（《阴凉轩日录》）
1489	弘治二年	延德元年	三条西实隆为正平版《论语集解》加点。（《论语集解》识语）
1490	弘治三年	延德二年	皇宫内讲释《蒙求》；三条西实隆开始抄写《蒙求》。（《实隆公记》） 僧人一勤讲解《论语》。（《后法兴院政家记》）

续表

公历	中国	日本	中国文学经典在日本的传播与翻译
1491	弘治四年	延德三年	三条西实隆训点《千字文》；僧人一勤在皇宫讲解《中庸》。（《实隆公记》） 僧人一勤在近卫官邸讲解《大学》。（《后法兴院政家记》） 僧人一勤在姊小路官邸讲解《孝经》。（《实隆公记》）
1492	弘治五年	明应元年	改元明应，典出自《文选·橄吴将校部曲文》"德行修明。皆宜膺受多福"。（《后法兴院政家记》）
1494	弘治七年	明应三年	三条西实隆开始讲释《论语》，并与中原师富一起校对《论语》。（《实隆公记》）
1497	弘治十年	明应六年	僧人一勤在皇宫讲解《大学》。（《实隆公记》）
1498	弘治十一年	明应七年	三条西实隆阅读《汉书》。（《实隆公记》） 僧人一勤在皇宫讲解《左传》。（《实隆公记》）
1499	弘治十二年	明应八年	景徐周麟为《东坡大全》加点，读《老子经》。（《鹿苑日录》） 胜仁亲王赐三条西实隆《杜子美集》。（《实隆公记》） 三条西实隆向东大寺欢西堂借阅《毛诗大全》三册。（《鹿苑日录》）
1501	弘治十四年	文龟元年	改元文龟，典出自《尔雅·释鱼》"五曰文龟"。（《东山御文库记录》、《后法兴院政家记》）
1502	弘治十五年	文龟二年	中原师富向三条西实隆借阅《大学》、《中庸》。（《实隆公记》） 高辻章长讲解《毛诗》。（《后法兴院政家记》）
1503	弘治十六年	文龟三年	三条西实隆讲解《孟子》。（《实隆公记》）
1504	弘治十七年	永正元年	三条西实隆购入《左传》、《资治通鉴》；实隆自东福寺购入《白氏文集》、《白氏六帖》、《文选》。（《实隆公记》）
1505	弘治十八年	永正二年	三条西实隆从《白氏文集》中抄写五言句，熟读《蒙求》并校点完毕。（《实隆公记》）

续表

公历	中国	日本	中国文学经典在日本的传播与翻译
1507	正德二年	永正四年	三条西实隆宅邸释奠，诗题出自《尚书》"政贵有恒"；三条西实隆得到三册《世说新语》，并开始抄写《汉书》，后开始朱批《文选》。　　　　　　　　　　（《实隆公记》）
1508	正德三年	永正五年	三条西实隆宅邸释奠，诗题出自《周易》"枯杨生华"；三条西实隆获赠《老子》、《唐才子传》、《黄粱梦记》等。　　　　　　　　　　（《实隆公记》）
1509	正德四年	永正六年	三条西实隆宅邸释奠，诗题"话迎文翰宾"；三条西实隆借阅《毛诗》大全本、《杜子美集》批点本。（《实隆公记》）
1510	正德五年	永正七年	三条西实隆宅邸释奠，诗题"杏坛迎春"；三条西实隆向大有和尚借阅《史记》；三条西实隆借阅《游仙窟》。　　　　　　　　　　（《实隆公记》）
1511	正德六年	永正八年	三条西实隆借阅并抄写《庄子》。　　（《实隆公记》）
1512	正德七年	永正九年	三条西公条在神光院讲解《论语》。　（《实隆公记》）
1513	正德八年	永正十年	清原宣贤抄加点唐本《毛诗郑笺》。　　　　　　　　　　（静嘉堂文库藏该书识语）
1514	正德九年	永正十一年	清原宣贤抄加点唐本《古文尚书》。　　　　　　　　　　（京都大学图书馆藏该书识语）
1516	正德十一年	永正十三年	清原宣贤侍讲《古文尚书》。　　　　　　　　　　（梅仙禅师自笔《古文尚书》）
1517	正德十二年	永正十四年	清原宣贤为知仁亲王讲解《孟子》。　　　　　　　　　　（清原宣贤自笔自点《孟子》）
1521	正德十六年	大永元年	清原宣贤侍讲《左传》。　　　　　（《二水记》）
1523	嘉靖二年	大永三年	三条西公条阅读《礼记》。　　　　（《实隆公记》）
1524	嘉靖三年	大永四年	清原宣贤为足利义晴讲解《论语》。（《实隆公记》）
1527	嘉靖六年	大永七年	三条西公条讲解《蒙求》，借阅《杜诗》千家注本。　　　　　　　　　　（《实隆公记》）

续表

公历	中国	日本	中国文学经典在日本的传播与翻译
1528	嘉靖七年	享禄元年	三条西公条侍讲《汉书》。（《御汤殿上日记》）
1529	嘉靖八年	享禄二年	三条西实隆借阅岩栖院本《杜诗》。（《实隆公记》）
1530	嘉靖九年	享禄三年	三条西公条侍讲《蒙求》。（《二水记》）
1532	嘉靖十一年	天文元年	改元天文，典出自《尚书·舜典孔传》"舜察天文，齐七政"。（《公卿补任》）
1532—1555	嘉靖十一年—嘉靖三十四年	天文元年—弘治元年	《奇异杂谈集》问世，其中三篇翻译自《剪灯新话》。
1541	嘉靖二十年	天文十年	禅僧策彦周良回到日本，他在入明记《策彦和尚初渡集》中记载，曾在1540年10月在宁波私费购买《剪灯新话》和《剪灯余话》两册。
1545	嘉靖二十四年	天文十四年	清原宣贤侍讲《中庸》。（《御汤殿上日记》）
1559	嘉靖三十八年	永禄二年	三条西公条在宫中讲解《帝范》。（《往年记》）
1560	嘉靖三十九年	永禄三年	侍读高辻长雅讲解《史记·五帝本纪》。（《菅儒侍读年谱》）
1570	隆庆四年	元龟元年	改元元龟，典出自《毛诗·鲁颂》"元龟象齿，大赂南金"。（《言继卿记》、《改元部类》）
1573	万历元年	天正元年	改元天正，典出自《文选》"民以食为天，正其末者端其本"。（《改元部类》、《东山御文库记录》）
1582	万历十年	天正十年	水成濑兼成讲解《长恨歌》。（《晴丰公记》）
1583	万历十一年	天正十一年	舟桥枝贤在宫中讲解《大学》；舟桥枝贤在近卫宅邸讲解《孟子》。（《兼见卿记》）
1586	万历十四年	天正十四年	舟桥枝贤在宅邸讲解《孝经》。（《兼见卿记》）
1596	万历二十四年	庆长元年	改元庆长，典出自《毛诗·大雅·文王》疏"文王功德深厚，故福庆延长也。"（《元秘别录》）《剪灯新话句解》经过训点后在庆长（1596—1614）年间翻刻出版。

续表

公历	中国	日本	中国文学经典在日本的传播与翻译
1599	万历二十七年	庆长四年	德川家康听《毛诗》讲义。　　　　　　　　（《言继卿记》）
1602	万历三十年	庆长七年	舟桥秀贤讲解《大学》。　　　　　　　　　（《庆长日件录》）
1603	万历三十一年	庆长八年	后阳成天皇选定《白氏文集》中的《上阳人》、《陵园妾》、《李夫人》、《王昭君》诗以及《长恨歌》，编为《五妃曲》，命人以"一字版"（活字排印版）刊刻百部，此《五妃曲》在日本版刻史上属于"庆长敕版"。（《庆长日件录》）
1604	万历三十二年	庆长九年	汉学家林罗山的《林罗山先生集》的附录年谱中，有庆长九年阅读《剪灯新话》、《剪灯余话》、《三国志演义》的记录。 内阁文库现收藏的《三国志演义》版本包括：万历十九年刊本（旧枫山文库）、万历三十三年刊本（旧枫山文库）、万历三十八年刊本（旧林家），还保存有明刊李卓吾批评本（旧天海藏）、明刊本（骏河御让本）等。
1607	万历三十五年	庆长十二年	舟桥秀贤侍讲《孝经》、《大学》、《汉书》、《论语》、《孟子》等。　　　　　　　　　　　　　（《庆长日件录》） 铜板活字版《六臣注文选》问世，1625年重刊。
1609	万历三十七年	庆长十四年	舟桥秀贤撰写《论语》序说一卷。　　　　　（《论语年谱》）
1611	万历三十九年	庆长十六年	舟桥秀贤为天皇讲解《尚书》。　　　　　　　（《骏府记》）
1612	万历四十年	庆长十七年	舟桥秀贤侍讲《大学》。　　　　　　　　　（《言绪卿记》）
1614	万历四十二年	庆长十九年	德川家康召林罗山讲解《论语·为政篇》。 　　　　　　　　　　　　　　　　　　　　（《德川实记》） 德川家康赠德川秀忠《周礼》、《战国策》、《楚辞》、《淮南子》、《晋书》、《李白集》、《二程全书》、《朱子大全》、《朱子语录》、《理学编》等古书三十部。（《德川实记》） 《毛诗》、《大学章句》、《孟子》、《史记》、《论语集解》、《长恨歌琵琶行》和刻本刊印。
1618	万历四十六年	元和四年	白居易诗文的和刻本问世，即"元和活字本"，共计75卷，由江户初期著名汉学家藤原惺窝的弟子那波道园刊刻完成。

续表

公历	中国	日本	中国文学经典在日本的传播与翻译
1624	天启四年	宽永元年	改元宽永,典出自《毛诗》"宽广永长"。
1628	崇祯元年	宽永五年	和刻本《孝经大义》、《汉书》刊印。
1632	崇祯五年	宽永九年	林罗山命人绘制伏羲、神农、黄帝、帝尧、帝舜、大禹、成汤、文王、武王、周公、孔子、颜子、曾子、子思子、孟子、周子、张子、程伯子、程叔子、邵子、朱子等21幅画像。（《罗山年谱》）
1633	崇祯五年	宽永十年	《寒山诗》刊印。
1634	崇祯六年	宽永十一年	浙江杭州人陈元赟在明亡抗清失败后定居日本,他将公安派文学传播到日本,《袁中郎集》开始对日本汉诗人产生重要影响。
1636	崇祯九年	宽永十三年	京都的八尾助左卫门刊刻《史记评林》（明代凌稚隆编、李光缙补）,之后不断修订重刻。
1639	崇祯十二年	宽永十六年	红叶山文库的《御文库目录》中记载有《水浒全传》,此目录现藏内阁文库。
1643	崇祯十六年	宽永二十年	式部大辅长维等为天皇讲解《史记·五帝本纪》、《汉书·高帝纪》、《后汉书·明帝纪》、《文选》等。（《续史愚抄》） 明代《杜律集解》的和刻本刊行。
1644	清 顺治元年	正保元年	改元正保,典出自《尚书》"先正保衡佐我烈祖,格于皇天"。（《德川实记》）
1647	顺治四年	正保四年	《东坡先生诗集》刊印。
1648	顺治五年	庆安元年	《剪灯新话句解》刊印。

续表

公历	中国	日本	中国文学经典在日本的传播与翻译
1651	顺治八年	庆安四年	《楚辞集注》、《杜工部七言律诗分类集注》、《杜句五言赵注句解》刊印。 训读本《注解楚辞全集》刊印。 《杜工部集》大约在镰仓时代末期传入日本，虎关师链的《济北集》曾提到其中诗句。 明代薛益《杜工部七言详诗分类集注》和刻本刊印。 元代赵汸撰《杜律五言赵注律解》和刻本刊印。
1652	顺治九年	承应元年	和刻本《六臣注文选》、《游仙窟》刊印。
1653	顺治十年	承应二年	《孝经本义》、《古列女传》、《新续列女传》《老子翼·庄子翼》、《大唐西域记》、《陆放翁诗集》刊印。
1656	顺治十三年	明历二年	德川家康召林罗山讲解《大学》。（《德川实记》） 山鹿素行完成《四书句读大全》。（《先哲年表》） 《东坡先生诗集》、《杜少陵先生诗分类集注》刊印。
1658	顺治十五年	万治元年	改元万治，典出自《史记·夏本纪》"众民乃定，万国为治"。 和刻本《白氏长庆集》刊印。
1660	顺治十七年	万治三年	《四书大全》、《唐韩昌黎集》刊印。
1661	顺治十八年	宽文元年	改元宽文，典出自《荀子·致仕》"生民宽而安，上文下安，功名之极也"。 和刻本《五杂俎》刊印。
1663	康熙二年	宽文三年	和刻本《易经集注》、《礼记集注》刊印。
1664	康熙三年	宽文四年	和刻本《四书集注》、《唐柳河东集》刊印。
1666	康熙五年	宽文六年	和刻本《朱子年谱》刊印。 浅井了意的假名草子《御伽婢子》问世，全书67篇故事中17篇取材于《剪灯新话》，2篇取材于《剪灯余话》。
1668	康熙七年	宽文八年	和刻本《穀梁传》、《朱子语类》、《帝范》、《性理群书句解》刊印。 元代虞集注《杜工部集》和刻本刊印。

续表

公历	中国	日本	中国文学经典在日本的传播与翻译
1669	康熙八年	宽文九年	德川家纲命人向宫中进献《四书五经大全》、《二十一史》、《二程全书》、《朱子语类》、《太平御览》等。（《德川实记》）
1670	康熙九年	宽文十年	和刻本《三国志》刊印。
1671	康熙十年	宽文十一年	德川幕府在孔庙释奠。（《昌平志》） 和刻本《周易》刊印。
1673	康熙十二年	延保元年	1673年至1681年间，《二刻英雄谱》（《水浒传》和《三国志演义》的合订本）传入日本。现在铃木虎雄文库收藏的《二刻英雄谱》是最早传入日本的本子，据铃木虎雄考证，此本为清初刊本，青木正儿则认为，此本属于明刊本，因其版式与《燕居笔记》万历刊本相同。
1679	康熙十八年	延保七年	长崎人山行八右卫门从中国商人手中得到110回本《水浒传》，是日本现存古本之一，后由铃木虎雄珍藏。
1680	康熙十九年	延保八年	林凤冈为德川纲吉讲解《大学》。（《德川实记》）
1681	康熙二十年	天和元年	净琉璃《通俗倾城三国志》在1670至1681年间上演。
1685	康熙二十四年	贞享二年	林凤冈为德川纲吉讲解《诗经》。（《德川实记》）
1688	康熙二十七年	元禄元年	唐书书商田中清兵卫的《唐书目录》中有《五才子水浒传》的记录，可知清金人瑞批《第五才子书水浒传》已传入日本。
1689	康熙二十八年	元禄二年	湖南文山翻译《通俗三国志》，共五十卷（根据罗贯中《三国演义》，并参考陈寿《三国志》），作为这部小说最早的通俗翻译作品，在日本引发读者的强烈兴趣，至1692年陆续刊印面世。
1690	康熙二十九年	元禄三年	德川纲吉讲解《大学》，诸老臣倾听，以后每月一次成为惯例。（《德川实记》） 林凤冈讲解《论语》。（《德川实记》）

续表

公历	中国	日本	中国文学经典在日本的传播与翻译
1693	康熙三十二年	元禄六年	德川纲吉先后讲解《中庸》、《周易》、《论语》等。（《德川实记》） 清代顾宸《杜诗注解》和刻本刊印。
1694	康熙三十三年	元禄七年	松尾芭蕉（1644—1694）没。一生尊崇杜甫，遗物中有《杜子美诗集》。
1697	康熙三十六年	元禄十年	和刻本《四书集解》、《酉阳杂俎》刊印。
1699	康熙三十八年	元禄十二年	德川纲吉讲解《大学》、《中庸》，命臣下讲解《孟子》、《孔子家语》等。（《德川实记》） 和刻本《搜神记》、《抱朴子》刊印。
1700	康熙三十九年	元禄十三年	德川纲吉讲解《论语·述而篇》。（《德川实记》）
1701	康熙四十年	元禄十四年	德川纲吉讲解《中庸》。（《德川实记》）
1704	康熙四十三年	宝永元年	和刻本《庄子》刊印。
1705	康熙四十四年	宝永二年	德川纲吉讲解《论语·宪问》、《论语·泰伯》、《论语·阳货》。（《德川实记》） 荻生徂徕赠送中野谦《西厢》、《明月》、《水浒传》，作为学习汉语的教材。
1706	康熙四十五年	宝永三年	德川纲吉讲解《孟子》。（《德川实记》）
1707	康熙四十六年	宝永四年	《三国志》一部两套传入日本。（大庭修《江户时代唐船携来书研究》）
1709	康熙四十八年	宝永六年	书商青木鹭水在怪谈小说集《新玉栉笥》序言中写道："水浒西游之怪诞，著闻十训之艳丽。"
1710	康熙四十九年	宝永七年	林凤冈侍讲《论语》。（《右文故事》）
1712	康熙五十一年	正德二年	伊藤仁斋的《论语古义》刊印。

续表

公历	中国	日本	中国文学经典在日本的传播与翻译
1713	康熙五十二年	正德三年	文章博士为天皇讲授《史记·五帝本纪》、《后汉书·明帝纪》。（《续史愚抄》） 《金瓶梅》、《女仙外史》、《水浒传》经商船载入日本。（《商舶载来书目》）
1715	康熙五十四年	正德五年	和刻本《明诗选》、《朱舜水先生文集》、《千字文注》刊印。
1716	康熙五十五年	享保元年	改元享保，典出自《后汉书》"享兹大命，保有万国"。
1717	康熙五十六年	享保二年	和刻本《韩非子》刊印。 须字号船载《水浒传》一部两套到日本。（《商舶载来书目》）
1719	康熙五十八年	享保四年	1719年到1760年的四十年间，仅长崎一地就从中国进口了七种版本的白居易诗集，如《白乐天集》五种十套、《白乐天诗集》一种两套、《白香山诗集》一部七本等。（《长崎官府贸易外来船只登记文书》）
1721	康熙六十年	享保六年	第五才子书《水浒传》一部两套由商船载入日本。（《商舶载来书目》）
1724	雍正二年	享保九年	根据《三国志演义》情节，义太夫净琉璃《诸葛孔明鼎军谈》编成并上演。 最晚在1724年，《西游真诠》一部两套已由明代商贸船携入日本。（大庭修《江户时代唐船携来书研究》）
1725	雍正三年	享保十年	《三国志》五部各两套二十本传入日本。（大庭修《江户时代唐船携来书研究》） 《西游记》一部两套传入日本。（宫内厅书陵部藏《舶载书目》）
1726	雍正四年	享保十一年	德川吉宗命室鸠巢讲解《大学》三纲领。（《右文故事》） 《西游真诠》四部各两套二十册传入日本。（宫内厅书陵部藏《舶载书目》）

续表

公历	中国	日本	中国文学经典在日本的传播与翻译
1727	雍正五年	享保十二年	发现"享保十二丁未年……《三国志演义》一部两套"的记载。（《商舶载来书目》）
1728	雍正六年	享保十三年	京都人林九兵卫翻刻李贽评点百回本《忠义水浒传》（十回，共五册），冈岛冠山为该书加上日本假名来标注读法。 发现"享保十三戊申年……《第一才子书三国志》一部二十四本"的记录。（《商舶载来书目》） 儒学者荻生徂徕（1666—1728）没。他重视明代古文辞派，高度评价《唐诗选》，从而使其大为流行，弟子服部南郭注释的《唐诗选国字解》颇负盛名。
1731	雍正九年	享保十六年	和刻本《文心雕龙》刊印。 《西游证道奇书》一部二十六本由明代商船带入日本。（宫内厅书陵部藏《舶载书目》）
1732	雍正十年	享保十七年	德川幕府举办曲水之宴，命群臣进献诗歌。（《右文故事》） 和刻本《孝经》、《老子道德经》刊印。
1733	雍正十一年	享保十八年	和刻本《王昌龄诗集》刊印。
1736	乾隆元年	元文元年	改元元文，典出自《文选·景福殿赋》"武创元基，文集大命"。 中御门上皇命清原宣通讲解《大学》、《论语》、《孟子》、《中庸》。（《续史愚抄》）
1739	乾隆四年	元文四年	和刻本《孟浩然诗集》、《诗品》刊印。
1741	乾隆六年	宽保元年	"第五才子书《水浒传》一部二套二十本，序雍正甲寅上伏日勾曲外史书"；"《忠义水浒全书》一部二套二十，小引，楚人凤里杨定见"；"《水浒传》一部二套二十本"；"《水浒传》二部四套"；"五才子《水浒传》一部二套二十四本"。（《舶载书目》）
1743	乾隆八年	宽保三年	冈白驹选编刊行《小说精言》四卷。

续表

公历	中国	日本	中国文学经典在日本的传播与翻译
1744	乾隆九年	延享元年	改元延享，典出自《艺文类聚》"圣主寿延，享祚元吉。"
1745	乾隆十年	延享二年	和刻本《荀子》刊印。
1748	乾隆十三年	宽延元年	改元宽延，典出自《文选·圣主得贤臣颂》"开宽裕之路，以延天下之英俊也"。
1749	乾隆十四年	宽延二年	和刻本《楚辞补注》刊印。 大阪儒医都贺庭钟创作了《古今奇谈·英草纸》，这是一部由九个短篇组成的小说集，其中八篇都借用了《警世通言》、《古今小说》中作品的构思。
1751	乾隆十六年	宝历元年	祇园南海（1676—1751）没。他生前非常推崇李白的诗文，曾感叹道："君不见青莲骑鲸天随仙，六如之外先生耳。"（《赠乌石处士》）他论诗时力主雅俗之辩："因论观古诗犹医处方：诗格卑者，须观岑李诗；语俗者，须读李白、孟浩然；病于寒瘦者，须观王维、昌龄；病于恒757777[病于恒灵]者，须观高适、张谓。"　　　　　　　　　（《湘云赘语》卷上） 宝历年间（1751—1763），一部六本《绣像真诠西游记》、二十本《西游真诠》、二十本《西游记》、十本天花才子评点《后西游记》传入日本。 　　　　　　　（宫内厅书陵部藏《舶载书目》） 日本现存《西游记》最古老的版本，是明万历壬辰二十年（1592）金陵世德堂刊本，分别收藏于日光慈眼堂、天理大学图书馆。
1753	乾隆十八年	宝历三年	冈白驹选编刊印《小说奇言》五卷。其中，卷1《唐解元玩世出奇》源自《警世通言》卷26、卷2《刘小官雌雄兄弟》源自《醒世恒言》卷10、卷3《滕大尹鬼断家私》源自《喻世明言》卷10、卷4《钱秀才错占凤凰俦》源自《醒世恒言》卷7、卷5《梅岭恨迹》源自《西湖佳话》卷40。
1755	乾隆二十年	宝历五年	泽田一斋选编刊行《小说粹言》五回，均取材于《警世通言》和《拍案惊奇》。
1757	乾隆二十二年	宝历七年	《通俗忠义水浒传》出版，是李卓吾批点《忠义水浒传》百回本的翻译本，共三编，分三次刊出，中编刊印于1772年，下编刊印于1784年。

续表

公历	中国	日本	中国文学经典在日本的传播与翻译
1758	乾隆二十三年	宝历八年	木口山人翻译刊印《通俗西游记》初编，之后该书三易译者，总共刊印至五编三十一卷。《通俗西游记》属于意译，促使《西游记》的影响扩展到民间。
1764	乾隆二十九年	明和元年	改元明和，典出自《尚书·尧典》"百姓昭明，协和万邦"。
1765	乾隆三十年	明和二年	入江忠圃（南溟）没（1678—1765）。译著《唐诗句解》（七册）来源于李攀龙的《唐诗选》。
1766	乾隆三十一年	明和三年	都贺庭钟刊印读本小说集《繁野话》，其中三篇分别取材于唐传奇《任氏传》、《喻世明言》之《陈从善梅岭失浑家》、《警世通言》、《今古奇观》之《杜十娘怒沉百宝箱》。
1772	乾隆三十七年	安永元年	改元安永，典出自《文选·东京赋》"寿安永宁。"
1773	乾隆三十八年	安永二年	建部绫足率先创作《本朝水浒传》，开启了江户时代《水浒传》模拟作品的先河。
1776	乾隆四十一年	安永五年	上田秋成（1734—1809）的怪异读本小说集《雨月物语》问世，素材多取自《古今小说》、《警世通言》、《醒世恒言》、《剪灯新话》。
1777	乾隆四十二年	安永六年	仇鼎山人创作《日本水浒传》十卷。
1779	乾隆四十四年	安永八年	山本北山的《作诗志彀》问世，袁宏道的诗歌理论对其影响深刻。
1781	乾隆四十六年	天明元年	改元天明，典出自《尚书》"顾諟天之明命"。
1783	乾隆四十八年	天明三年	伊丹椿园创作《女水浒传》四卷。
1784	乾隆四十九年	天明四年	大阪书林为方便读者阅读明清小说，编辑中国俗语辞书《小说字汇》，收录了流传于世的以白话小说为主的通俗文学159种，主要包括《水浒传》、《金瓶梅》、《西游记》、《后西游记》、《痴婆子传》、《三国志演义》等。

续表

公历	中国	日本	中国文学经典在日本的传播与翻译
1786	乾隆五十一年	天明五年	都贺庭钟出版《莠句集》,其中翻改了《聊斋志异》卷的"恒娘",成为日本翻改《聊斋志异》的开端。
1788	乾隆五十三年	天明八年	图画读本《画本三国志》刊印。
1789	乾隆五十四年	宽政元年	改元宽政,典出自《左传·昭公》二十"残则施之以宽。宽以济猛;猛以济宽,政是以和"。
1793	乾隆五十八年	宽政五年	《红楼梦》九部十八套从浙江乍浦到达日本长崎。
1797	嘉庆二年	宽政九年	本城维芳翻译完成《通俗平妖传》,友人皆川淇园为该书作序,序言中描述了《水浒传》、《西游记》、《金瓶梅》、《女仙外史》等明清小说在日本的流行情况。
1798	嘉庆三年	宽政十年	山东京传创作《忠臣水浒传》十卷。
1801	嘉庆六年	享和元年	改元享和,典出自《文选》"顺乎天而享其运,应乎人而和其义"。
1803	嘉庆八年	享和三年	"亥七号船"载《绣像红楼梦》(袖珍)二部各四套抵达日本。
1804	嘉庆九年	文化元年	改元文化,典出自《周易》"观乎人文,以化成天下。" 好花堂野亭创作《新编女水浒传》。 田岛咏舟译《西厢记》得以再版,为线装本二册。 市河宽斋出版《全唐逸诗》三卷,收集了《全唐诗》遗漏的唐诗。
1805	嘉庆十年	文化二年	《三国志》袖珍三部各二十四本传入日本。 (大庭修《江户时代唐船携来书研究》)
1806	嘉庆十一年	文化三年	加入插图并融入假名文字的《绘本西游全传》四编四十卷刊印。
1814	嘉庆十九年	文化十一年	1814年到1879年间,岳亭定冈、知足馆松旭、友鸣吉兵卫三人先后创作完成《俊杰稻神水浒传》一百四十卷。

续表

公历	中国	日本	中国文学经典在日本的传播与翻译
1816	嘉庆二十一年	文化十三年	芝屋芝叟刊印的《卖油郎》五卷，改编自《醒世恒言》卷3《卖油郎独占花魁》。
1818	嘉庆二十三年	文政元年	改元文政，典出自《尚书》"舜察天文，齐七政"。
1824	道光四年	文政七年	1824年至1831年刊印的曲亭马琴（1767—1848）的合卷《金毘罗船利生缆》，是日本最著名的《西游记》模仿作品。
1825	道光五年	文政八年	《十七史蒙求》、《唐人选唐诗》刊印。 1825年至1840年，曲亭马琴创作《倾城水浒传》二十五卷。 1825年刊印的十返舍一九的《英草纸通俗卖油郎》，改编自《醒世恒言》卷3《卖油郎独占花魁》。
1826	道光六年	文政九年	和刻本《说文解字》、《续齐谐志》刊印。
1830	道光十年	天保元年	改元天保，典出自《尚书》"钦崇天道，永保天命。" 天保元年至六年，合卷《三国志画传》刊印。
1831	道光十一年	天保二年	曲亭马琴著《新编金瓶梅》由甘泉堂刊印，全书共十册，直至1847年陆续刊印问世。
1835	道光十五年	天保六年	津阪东阳的《杜律详解》刊印。
1836	道光十六年	天保七年	平假名书写且附有插图的《绘本通俗三国志》问世。
1840	道光二十年	天保十一年	和刻本《陶渊明文集》刊印。
1842	道光二十二年	天保十三年	曲亭马琴的长篇历史读本《南总里见八犬传》（1814—1842）最终完成。《南总里见八犬传》广泛汲取了《水浒传》、《三国志演义》等明清小说的情节。此外，马琴的《椿说弓张月》受到《水浒后传》的影响；《三七全传南柯梦》受到《搜神记》、《南柯记》、《琵琶记》的影响；《新编金瓶梅》是《金瓶梅》翻译和改写；《朝夷巡岛记》受到《快心编》的启示。
1844	道光二十四年	弘化元年	改元弘化，典出自《尚书》"贰公弘化，寅亮天地"。
1846	道光二十六年	弘化三年	《周易述义》、《中庸大全》刊印。

续表

公历	中国	日本	中国文学经典在日本的传播与翻译
1847	道光二十七年	弘化四年	天皇赐书学习院，包括《四书正文》、《四书朱注》、《论孟古义》等。（《十二朝纪闻》） 大泽雅五郎在学习院讲解《论语》。（《言成》）
1849	道光二十九年	嘉永二年	学习院讲解《论语·卫灵公》。（《实丽》） 和刻本《资治通鉴》刊印。
1850	道光三十年	嘉永三年	泽雅五郎在学习院讲解《论语·学而》。（《菅家万叶》）
1854	咸丰四年	安政元年	清原宣谕奉敕命抄写进献《大学章句》、《中庸章句》。（书陵部藏该书识语）
1860	咸丰十年	万延元年	改元万延，典出自《后汉书·马融传》"丰千亿之子孙，历万载而永延"。
1861	咸丰十一年	文久元年	改元文久，典出自《后汉书·谢玄传》"文武并用，成长久之计"。
1865	同治四年	庆应元年	改元庆应，典出自《文选·汉高祖功臣颂》"庆云应辉，皇阶授木"。
1869	同治八年	明治二年	大学头东坊城任长等侍讲《论语》。（《宫内厅记录》）
1870	同治九年	明治三年	中沼了三侍讲《汉书》。（《宫内厅记录》）
1873	同治十二年	明治六年	元田永孚侍讲《大学》"大学之道，在明明德"一节。（《宫内厅记录》）
1876	光绪二年	明治九年	元田永孚侍讲《论语·为政》。（《宫内厅记录》）
1877	光绪三年	明治十年	元田永孚侍讲《大学》"新民"一节。（《宫内厅记录》）
1878	光绪四年	明治十一年	元田永孚侍讲《论语·道千乘之国》。（《宫内厅记录》）
1879	光绪五年	明治十二年	元田永孚侍讲《论语·颜渊》。（《宫内厅记录》）
1880	光绪六年	明治十三年	《儒林外史》（1-2回）刊行，高田义甫训点。
1882	光绪八年	明治十五年	元田永孚侍讲《书经·大禹谟》篇"人心惟危道心惟微"之章；西村茂树侍讲《礼记·坊记》篇"子云有国家者"之二节；西尾为忠侍讲《礼记·曲礼》篇首三节。（《宫内厅记录》） 松村操意译《原本译解金瓶梅》问世。

续表

公历	中国	日本	中国文学经典在日本的传播与翻译
1883	光绪九年	明治十六年	元田永孚侍讲《论语·为政篇》。（《宫内厅记录》）《劝惩绣像奇谈》面世，服部抚松纂评，九春社刊印。四篇小说均出自《古今奇观》，分别为《三孝廉让产立高名》、《杜十娘怒沉百宝箱》、《李汧公穷邸遇侠客》、《玉娇鸾百年长恨》。
1884	光绪十年	明治十七年	瓢瓢舍千成的《天魔水浒传》出版。
1885	光绪十一年	明治十八年	元田永孚侍讲《书经·益稷》。（《宫内厅记录》）
1887	光绪十三年	明治二十年	神田民卫翻译《聊斋志异》，以《艳情异史》为名由东京进明堂刊印。
1888	光绪十四年	明治二十一年	元田永孚侍讲《中庸·天下达道》一节。（《宫内厅记录》）
1889	光绪十五年	明治二十二年	元田永孚侍讲《大学·平天下洁矩》之章。（《宫内厅记录》）
1890	光绪十六年	明治二十三年	宫崎处子（1864-1922）刊印《归省》，第一至第七章收录有陶渊明的诗，包括《归田园》（第一、二首）、《归去来辞》（部分）、《杂诗》（第一首）、《桃花源诗》（部分）。
1892	光绪十八年	明治二十五年	4月，《红楼梦》最早的节译本问世，即《城南评论》第二期《红楼梦序词》，署名"槐梦南柯"（森槐南）。翻译从《红楼梦》第一回"甄士隐梦幻识通灵，贾雨村风尘怀闺秀"中的"此开卷第一回也"开始，到"满纸荒唐言，一把辛酸泪！都云作者痴，谁解其中味"结束。 6月，岛崎藤村在《女学生杂志》321号发表根据《红楼梦》第十二回节译的《〈红楼梦〉之一节——风月宝鉴辞》
1893	光绪十九年	明治二十六年	北村透谷发表小说《宿魂镜》，人物构思受到《红楼梦》中贾瑞与王熙凤的启示。
1899	光绪二十五年	明治三十二年	土井晚翠发表新体诗《星落秋风五丈原》，继承了汉诗以三国志人物（特别是诸葛亮、关羽）为忠臣加以赞颂的传统。
1900	光绪二十六年	明治三十三年	三岛中洲侍讲《大学·絜矩之道》。（《宫内厅记录》）

附录三

日本文学典籍在中国传播与翻译年表

公历	中国	日本	日本文学典籍在中国的传播
8世纪中叶以后			圣德太子著《法华经义疏》与《胜蔓经义疏》、石上宅嗣著《三藏赞颂》、淡海三船著《大乘起信论注》、最澄著《显戒论》，由遣唐使和入唐僧携入中土。
约752	天宝十一年	天平胜宝四年	日本东大寺僧人圆觉入唐时，将淡海三船撰《大乘起信论注》赠与越州龙兴寺僧人。（《金刚寺本龙论抄》）
约777	大历十二年	宝龟八年	石上宅嗣将自撰《三藏赞颂》送往东土。（《延历僧录》之"芸亭居士传"）
804	贞元二十年	延历二十三年	804年至806年间，空海作为遣唐使一员在唐求法，并作有四首汉诗，即七言《过金心（山）寺》、七言《留别青龙寺义操阿阇梨》、七言《在唐观昶法和尚小山》、五言《在唐日示剑南惟上离合诗》。
827	太和元年	天长四年	最澄《显戒论》传入中国。（《天台霞标》初篇卷之一）
926	后唐同光四年	延长四年	僧人宽建入华，携带四家诗集（菅原道真《菅家后集》3卷、纪长谷雄《纪家集》3卷、橘广相《橘广相家集》2卷、都良香《都氏文集》1卷）。（《扶桑略记》卷24）
983	北宋太平兴国八年	永观元年	奝然入宋，携带《职员令》、《年代纪》各一卷。（《宋史》之《日本传》）

续表

公历	中国	日本	日本文学典籍在中国的传播
987-989	北宋雍熙四年——北宋端拱二年	永延元至三年	源信将自撰《往生要集》以及先师良源的《观音赞》、庆滋保胤的《十六想观诗》和《日本往生传》、源为宪的《法华经赋》，托朱仁聪和齐隐带往宋朝。（《源信僧都传》）
1072	北宋熙宁五年	延久四年	源隆国编纂《安养集》10卷，由成寻携入宋朝。
1072	北宋熙宁五年	延久四年	成寻携带圆仁的《金刚顶经书》7卷和《苏悉地经书》7卷、圆真的《普贤十愿释》3卷、《大般若经开题》1卷等入宋。
1664	康熙三年	宽文四年	镰仓时代史籍《吾妻镜》入藏明代进士高承埏的稽古堂。
1732	雍正十年	享保十七年	德川幕府将山井鼎撰写的《七经孟子考文》送往中国。
1809	嘉庆十四年	文化六年	荻生徂徕《论语征》传入中国，多被学者参考。
1814	嘉庆十九年	文化十一年	清人翁广平撰成《吾妻镜补》三十卷，一名《日本国志》，是中国最早的日本研究集大成之作。其中所引日本书目包括《辨名》、《古语拾遗》、《论语古义》、《续日本纪》、《宏仁式》、《论语征》、《日本风土记》等。
1823	道光三年	文政六年	市河宽斋（1749-1820）编纂的《全唐诗逸》，被收入鲍廷博之子鲍志祖编《知不足斋丛书》第三十集，正式与中国读者见面，翁广平为之作跋。《全唐诗逸》是康熙年间《全唐诗》问世后的第一部补遗之作，早在天明七年（1787）便已编集完成，在经历种种周折后，于文化元年（1804）在京都刊印。市河宽斋之子三亥拜托唐通事颍川仁十郎设法将该书带入中国，颍川将此书托付给中国客商张秋琴，张秋琴回国后如约将其交给中国诗人学士。《全唐诗逸》最终为鲍廷博所有，中间曾经过翁广平之手，翁广平在《吾妻镜补》中征引或言及《全唐诗逸》多达11处，在所引41种典籍中位居第五。《知不足斋丛书》版本的《全唐诗逸》又东传回日本后，三亥据此于文政十一年（1828）在江户予以重新翻刻后刊印。（蔡毅《日本汉诗论稿》）

续表

公历	中国	日本	日本文学典籍在中国的传播
1882	光绪八年	明治十五年	陈曼寿编辑完成《日本同人诗选》，并于次年即1883年在大阪正式刊出。刊印人土屋弘在为该书所作跋文中说，这应该是海外人士游历日本并编集的第一本日本诗集。 （蔡毅《日本汉诗论稿》）
1883	光绪九年	明治十六年	晚清学者俞樾（1821—1907）编辑完成《东瀛诗选》（正编四十卷，补遗四卷），共收录日本汉诗人548人，诗作5297篇。参考书籍包括从日本友人处获赠的青山延于的《皇朝史略》、赖山阳的《日本外史》、江村北海的《日本诗选》、北方心泉的《净土真宗》等。
1889	光绪十五年	明治二十二年	俞樾在《春在堂随笔》中，记录曾阅读过盐谷世宏的《宕荫存稿》、安井息轩的《管子纂诂》、林春信的《梅洞集》等书籍。

附录四

主要参考书目

中文版

《东亚文学经典的对话与重读》，王晓平著，复旦大学出版社，2011年。
《法苑珠林校注》，［唐］释道世撰，周叔迦、苏晋仁校注，中华书局，2003年。
《佛典　志怪　物语》，王晓平著，江西人民出版社，1990年。
《傅雷谈翻译》，傅雷著，当代世界出版社，2006年。
《浮世理发馆》，式亭三马著，周作人译，中国对外翻译出版公司，2001年。
《浮世澡堂》，式亭三马著，周作人译，中国对外翻译出版公司，2001年。
《冈村繁全集》，［日］冈村繁著，华东师范大学东方文化研究中心编译，上海古籍出版社，2002年。
《古今俗语集》，温端政主编，山西教育出版社，1996年。
《古今和歌集》，纪贯之等撰，杨烈译，复旦大学出版社，1983年。
《古事记》，安万侣著，邹有恒、吕元明译，人民文学出版社，1975年。
《古事记》，安万侣著，周作人译，中国对外翻译出版公司，2001年。
《梁山泊——〈水浒传〉一〇八名豪杰》，佐竹靖彦著，韩玉萍译，王鉴审译，中华书局，2005年。
《梅红樱粉——日本作家与中国文化》，王晓平著，宁夏人民出版社，2002年。

《明清俗字俗语研究》，周志锋著，中国社会科学出版社，2006年。

《南总里见八犬传》，[日]曲亭马琴著，李树果译，南开大学出版社，1992年。

《汉籍外译史》，马祖毅、任荣珍著，湖北教育出版社，2003年。

《和歌的魅力——日本名歌赏析》，郑民钦编著，外语教学与研究出版社，2008年。

《〈红楼梦〉伊藤漱平日译本研究》，丁瑞滢著，花木兰文化出版社，2013年。

《黄遵宪题批日人汉籍》，郭真义、郑海麟编著，中华书局，2009年。

《江枫翻译评论自选集》，江枫著，武汉大学出版社，2009年。

《芥川龙之介全集》，高慧勤、魏大海主编，山东文艺出版社，2005年。

《金子兜太俳句选译》，金子兜太著，李芒选译，译林出版社，1995年。

《近代中日文学交流史稿》，王晓平著，湖南文艺出版社，1987年；香港中华书局，1987年。

《近代中日关系史研究》，王晓秋著，中国社会科学院出版社，1997年。

《近代中日文化交流史》，王晓秋著，中华书局，2000年。

《近代中日启示录》，王晓秋著，北京出版社，1987年。

《今昔物语集》（上中下），北京编译社译，周作人校，新星出版社，2006年。

《今昔物语集》（上下），北京编译社译，张龙妹校注，人民文学出版社，2008年。

《今昔物语集》，金伟、吴彦译，万卷出版公司，2006年。

《京都学派汉学史稿》，刘正著，学苑出版社，2012年。

《狂言选》，周作人译，中国对外翻译出版公司，2001年。

《空海与文镜秘府论》，卢盛江著，宁夏人民出版社，2005年。

《日本东京所见小说书目》，孙楷第著，人民文学出版社，1981年。

《日本读本小说名著选》（上下），李树果译，天津人民出版社，2005年。

《日本读本小说与明清小说——中日文化交流史的透视》，李树果著，天津人民出版社，1998年。

《日本汉诗选评》，程千帆、孙望选评，江苏古籍出版社，1988年。

《日本汉诗发展史》，肖瑞峰著，吉林大学出版社，1992年。

《日本汉诗撷英》，王福祥、汪玉林、吴汉樱编，外语教学与研究出版社，1995年。

《日本汉诗与中国历史人物典故》，王福祥著，1997年。

《日本汉文学史》，陈福康著，上海外语教育出版社，2011年。

《日本汉学史》，李庆著，上海外语教育出版社，2002年。

《日本红学史稿》，孙玉明著，北京图书馆出版社，2006年。

《日本历代女诗人评介》，陈岩、刘利国主编，大连理工大学出版社，2005年。

《日本奈良兴福寺藏两种古抄本研究》，黄华珍著，中华书局，2011年。

《日本古典俳句选》，林林译，湖南人民出版社，1983年。

《日本俳句史》，彭恩华著，学林出版社，1983年。

《日本俳句史》，郑民钦著，京华出版社，2000年。

《日本古代汉文学与中国文学》，后藤昭雄著，高兵兵译，中华书局，2006年。

《日本诗歌的传统——七与五的诗学》，川本皓嗣著，王晓平、隽雪艳、赵怡译，译林出版社，2004年。

《日本中国学史》（第1卷），严绍璗著，江西人民出版社，1991年。

《日本考》，［明］李言恭、郝杰编撰，汪向荣、严大中校注，中华书局，1983年。

《日本文化论》，［日］加藤周一著，叶渭渠、唐月梅译，光明日报出版社，2002年。

《日中文化交流史》，［日］木宫泰彦著，胡锡年译，商务印书馆，1980年。

《日本文学翻译论文集》，北京日本学研究中心文学研究室编，人民文学出版社，2004年。

《日本汉籍研究——以宋元版为中心》，黄华珍著，中华书局，2013年。

《日本汉文小说丛刊》第一辑共五册，王三庆、庄亚洲、陈庆浩、内山之也主编，学生书局，2003年。

《日本三家词笺注》森槐南、高野竹隐、森川竹磎著，张珍怀笺注，黄山书社，2009年。

《日本四书》，〔美〕本尼迪克特、〔日〕新渡户稻造、戴季陶、蒋百里著，线装书局，2007年。

《日本随笔经典》，叶渭渠编选，上海文艺出版社，2006年。

《日本学者中国文章学论著选》，王水照、吴鸿春编，吴鸿春译，高克勤校点，上海古籍出版社，1994年。

《日本谣曲狂言选》，申非译，人民文学出版社，1985年。

《三国志在日本》，邱岭、吴芳龄著，宁夏人民出版社，2005年。

《诗歌三国志》，〔日〕松浦友久著，加藤阿幸、金中译，西安交通大学出版社，2005年。

《书史导论》，〔英〕戴维·芬克尔斯坦、阿利斯泰尔·麦克利里著，何朝晖译，商务印书馆，2012年。

《水边的婚恋——万叶集与中国文学》，中西进著，王晓平译，四川人民出版社，1995年。

《四季的情趣》，宗诚编选，中国社会科学出版社，1993年。

《宋词研究》，〔日〕村上哲见著，杨铁婴、金育理、邵毅平译，上海古籍出版社，2012年。

《宋集传播考论》，巩本栋著，中华书局，2009年。

《唐诗语汇意象论》，松浦友久著，陈植锷、王晓平译，中华书局，1992年。

《唐土的种粒——敦煌传衍的佛教故事》，王晓平著，宁夏人民出版社，2005年。

《平家物语》，周启明、申非译，人民文学出版社，1984年。

《平家物语》，周作人译，中国对外翻译出版公司，1984年。

《全彩图解源氏物语》，紫式部著，康景成译，陕西师范大学出版社，2008年。

《万叶集》，杨烈译，沈佩璐、张勤、施小炜、郑强校，湖南人民出版社，1984年。

《万叶集》，佚名著，金伟、吴彦译，人民文学出版社，2008年。

《万叶集》，佚名著，赵乐甡译，译林出版社，2009年。

《万叶集精选》增订本，钱稻孙译，文洁若编，曾维德辑注，上海书店出版社，2012年。

《万叶集选译》，檀可、赵玉乐译注，香港亚洲出版社，1993年。

《万叶集选》，李芒译，人民文学出版社，1998年。

《小仓百人一首——日本古典和歌赏析》，刘德润编著，外语教学与研究出版社，2007年。

《小仓百人一首赏析》，武萌、李晶主编，大连理工大学出版社，2009年。

《〈西游记〉的秘密（外二种）》，中野美代子著，王秀文等译，中华书局，2002年。

《幸田露伴散文选》，幸田露伴著，陈德文译，百花文艺出版社，2004年。

《亚洲汉文学》，王晓平著，天津人民出版社，2001年；修订版，2008年。

《迎接新世纪中日短诗集》，今田述、林岫编，葛饰吟社，2001年。

《伊势物语》，佚名著，林文月译，译林出版社，2011年。

《雨月物语 春雨物语》，上田秋成著，王新禧译，新世界出版社，2010年。

《远传的衣钵——日本传衍的敦煌佛教文学》，王晓平著，宁夏人民出版社，2005年。

《源氏物语》，紫式部著，丰子恺译，人民文学出版社，1980年。

《源氏物语》，紫式部著，姚继中译，深圳报业集团出版社，2006年。

《源氏物语》，紫式部著，郑民钦译，北京燕山出版社，2006年。

《源氏物语》，紫式部著，殷志俊译，范林森审，远方出版社，2005年。

《源氏物语》，紫式部著，林文月译，译林出版社，2011年。

《源氏物语与白乐天》，中西进著，马兴国、孙浩译，中央编译出版社，2001年。

《郁曼陀陈碧岑诗抄》，郁风编，学林出版社，1983年。

《阅读纸草，书写历史》，〔美〕罗杰·巴格诺尔著，宋志宏、郑阳译，上海三联书店，2007年。

《枕草子》，清少纳言著，周作人译，中国对外翻译出版公司，2001年。

《枕草子》，清少纳言著，林文月译，译林出版社，2011年。
《中国古代图书流通史》，李瑞良著，上海人民出版社，2000年。
《中国近世戏剧史》（上），青木正儿著，王古鲁译，上海商务印书馆，1930年。
《中国人留学日本史》，实藤惠秀著，谭汝谦、林启演译，三联书店，1983年。
《中国文学概说》，青木正儿著，郭虚中译，上海商务印书馆，1936年。
《中国文学概说》，青木正儿著，隋树森译，重庆出版社，1982年。
《中国与21世纪》，加藤周一著，彭佳红译，中华书局，2007年。
《中华名物考》，青木正儿著，范建明译，中华书局，2005年。
《知堂书话》（上下），周作人著，钟叔河编，岳麓书社，1988年。
《竹取物语》，佚名著，曼熳译，云南人民出版社，2002年。

日文版
『アジア歴史事典』、東京：平凡社、1984.
『アジア歴史研究入門』、東京：同朋社、1983.
『藍川三体詩』、高橋藍川、黒潮吟詩、1979.
『青木正児全集』第四巻、青木正児著、東京：春秋社、1983.
『異域の眼』、興膳宏著、筑摩書房、1995.
『異文化理解』、青木保著、東京：岩波書店、2001.
『伊藤仁斎　伊藤東涯』、吉川幸次郎、清水茂校注著、東京：岩波書店、1971.
『宇治拾遺物語　古本説話集』、三木紀人、淺見和彦、中村義雄、小内一明校注、東京：岩波書店、1990。
『歌訳　西廂記』、塩谷温訳、奈良：天理時報社、1958.
『易占と日本文学』、山本唯一著、東京：清水弘文堂、1976.
『江戸時代』、大石慎三郎著、東京：中公新書、1976.
『江戸の翻訳家たち』、杉本つとむ著、東京：早稲田大学出版会、1995.
『江戸文学と出版メデイアー近世前期小説を中心に』、富士昭雄編、東京：笠間書院、2001.

『江戸川柳で愉しむ中国の故事』、若林力著、東京：大修館書店、2005.
『江戸の出版』、中野三敏監修、東京：ぺりかん社、2005.
『江戸文学と支那文学——近世文学の支那的原拠と読本の研究』、麻生磯次著、東京：三省堂、1946.
『絵本通俗三国志』、湖南文山文、葛飾戴斗挿画、落合清彦校訂、東京：第三文明社、1982.
『絵巻の歴史』、武者小路穰著、東京：吉川弘文館、1990.
『怨霊と修験の説話』、南里みち子著、東京：ぺりかん社、1997.
『王維詩集』、小川環樹、都留春雄、入谷仙介訳、東京：岩波書店、1999.
『荻生徂徠——江戸のドン・キホーテ』、野口武彦著、中央新書、1993.
『奥野信太郎全集』、奥野信太郎著、東京：福武書店、1984.
『折口信夫全集　第四巻　口訳万葉集（上）』、折口信夫著、中央公論社、1976.
『折口信夫全集　第四巻　口訳万葉集（上）』、折口信夫著、中央公論社、1976.
『折口信夫全集　第八巻　国文学篇2』、折口信夫著、中央公論社、1976.
『女大学集』、石川松太郎編、東京：平凡社、1977.
『大河内文書——明治日中文化人の交遊』、実藤恵秀編訳、東京：平凡社、1994.
『王朝漢文学論考』、大曽根章介著、東京：岩波書店，1994.
『王朝漢文学表現論考』、本間洋一著、大阪：和泉書院、2002.
『王朝貴族物語』、川口博著、東京：講談社，1994.
『大江匡房』、川口久雄著、東京：吉川弘文館、1995，
『奥野信太郎全集』、奥野信太郎著、東京：福武書店、1984.
『怪奇鳥獣圖卷』、伊藤靖司解説、成城大學圖書館藏、東京：工作舍、2001.
『怪談牡丹灯籠』、三遊亭円朝著、東京：筑摩書房、1985.
『加藤周一自選集1』、加藤周一著、東京：岩波書店、2009.

『加藤周一、中村真一郎、福永武彦集』、加藤周一著、東京：筑摩書房、1971.

『加藤周一を読む——「理」の人にして「情」の人』、鷲巣力著、東京：岩波書店、2011.

『貝原益軒　室鳩巣』、荒木見悟、井上忠校注、東京：岩波書店、1970.

『懐風藻——漢字文化圏の中の日本古代漢詩』、辰巳正明著、東京：笠間書院、2000.

『懐風藻全注釈』、辰巳正明著、東京：笠間書院、2013.

『河上肇詩注』、一海知義著、東京：岩波書店、1977.

『河上肇評論集』、原四郎著、東京：岩波書店、1987.

『漢語と日本人』、鈴木修次著、東京：みすず書房、1978.

『漢詩--美の在りか』、松浦友久著、東京：岩波書店、2002.

『漢詩と日本人』、村上哲見著、東京：講談社、1994.

『漢詩漫録』、秦泉寺茜雲、京都：竹林舘、2002.

『漢詩の鑑賞と吟咏』、志賀一郎著、東京：大修館書店、2001.

『漢詩をたのしむ』、林田慎之助著、東京：講談社、1999.

『漢字白話』、白川静著、東京：中央公論社、2002.

『漢籍輸入の文化史——聖徳太子から吉宗へ』、大庭脩著、東京：研文出版、2006.

『漢文小説集』、池沢一郎、宮崎修多、徳田武、ロバート・キャンベル校注、東京：岩波書店、2005.

『漢文と東アジア——訓読の文化圏』、金文京著、東京：岩波書店、2011.

『漢文脈の近代清末＝明治の文学圏』、斎藤希史著、名古屋：名古屋大学出版会、2005.

『觀世流百番集』、觀世左近著、京都：檜書店、1957.

『観音のきた道』、鎌田茂雄著、東京：講談社、1997.

『屈原詩集』、黒須思彦著、東京：角川書店、1973.

『完訳三国志』、小川環樹、金田純一郎訳、岩波書店、2011.

『完訳聊斎志異』、柴田天馬訳、角川書店、1955.

『宮廷詩人菅原道真——〈菅家文草〉、〈菅家后集〉の世界』、波戸岡旭著、東京：笠間书院、2005.

『京都大学藏実隆自筆和漢聯句譯注』、京都大学国文学研究室、中国文学研究室編、京都：臨川書店、2006.

『近世後期儒家集』、中村幸彦、岡田武彦校注、東京：岩波書店、1972.

『近世日中文人交流史の研究』、德田武著、東京：研文社、2004.

『近世日本漢文学論考』、水田紀久著、東京：汲古書院、1987.

『近世文学と漢文学』、和漢比較文学叢書第七卷、和漢比較文学会編、東京：汲古書院，1986.

『近世日本に於る支那俗语文学史』、石崎又造著、清水弘文堂書房、1967.

『近代大阪の出版』、吉川登編、大阪：創元社、2010.

『近代日本と漢学』、村山吉広著、東京：大修館書店、1999.

『近代日本の翻訳文化』、亀井俊介編、東京：中央公論社。1994.

『近代中日思想交流史の研究』、徐興慶著、京都：朋友書房、2004.

『近代の詩人・別卷・訳詩集』、加藤周一編、東京：潮出版社、1996.

『近代文学における中国と日本』、伊藤虎凡、祖父江昭二、凡山昇編、東京：汲古書院、1986.

『狂雲集　夢閨のうた』、柳田聖山著、東京：講談社、1982.

『狂言集』、北川忠彦、安田章校注、東京：小學館、1972.

『訓読論——東アジア漢文世界と日本語』、中村春作、市来津由彦、田尻祐一郎、前田勉編、勉誠社、2010.

『源氏物語　歴史と虚構』、田中隆昭著、東京：勉誠出版、1993.

『黄河海に入りて流れる』、武田泰淳著、東京：勁草書房、1986.

『黄泉の国の考古学』、辰巳和弘著、東京：講談社、1996.

『江談抄　中外抄　富家語』、後藤昭雄、池上洵一、山根對助校注、東京：岩波書店、1997.

『空海と靈界めぐり伝说』、上垣外憲一著、東京：角川書店、2004.

『倉橋由美子の怪奇掌篇』、倉橋由美子著、東京：潮出版社、1985.

『遣唐使と正倉院』、東野治之著、東京：岩波書店、2002.

『源氏物語』、山岸徳平校注、岩波書店、1996.
『源氏物語と白楽天』、中西進著、東京：岩波書店、1998.
『孔子』、和辻哲郎著、東京：岩波書店、1994.
『孔子を語る』、山下龍二著、東京：NHK 出版、1994.
『孝思想の受容と古代中世文学』、田中徳定著、東京：新典社、2007.
『校訂本中山詩文集』、上田賢一編、福岡：九州大学出版会、1998.
『講孟余話』、吉田松陰著、広瀬豊校訂、東京：岩波書店、2006.
『江南春』、青木正児著、東京：弘文堂書房、1941.
『五山詩史の研究』、蔭木英雄著、笠間書院、1977.
『古代文化の展開と道教』、野口鉄郎、中村璋八編、東京：雄山閣、1997.
『渾斎随筆』、会津八一著、東京：中央公論社、1988.
『紅楼夢新論』、合山究著、東京；汲古書院、1997.
『紅楼夢―性同一性障害者のユートピア小説』、合山究著、東京；汲古書院、2010.
『今昔物語集』、小峯和明校注、東京：岩波書店、1999.
『西游記受容史の研究』、矶部彰著、多贺出版、1995.
『西遊記――トリックワールド探訪』、中野美代子著、東京：岩波書店、2000.
『西遊記』（1-10）、中野美代子譯、東京：岩波書店、2005.
『斉藤拙堂伝』、斉藤正和著、三重県：三重県良書出版会、1993.
『三教指帰・性靈集』、渡辺昭宏、宮坂宥勝校注、東京：岩波書店、1976.
『三訂平安朝日本漢文学史の研究（上）王朝漢文学の形態』、川口久雄著、東京：明治書院、1968.
『三訂平安朝日本漢文学史の研究（下）王朝漢文学の斜陽』、川口久雄著、東京：明治書院、1969.
『三国志の英傑』、竹田晃著、東京：講談社、1990.
『三国志』、吉川英治著、東京：講談社、1991.
『三国志演義』、井波律子著、東京：岩波書店、1994.

『三国志享受史論考』、田中尚子著、東京：汲古書店、2007.

『三国志と日本人』、雑喉潤著、東京：講談社、2002.

『三十三年の夢』、宮崎滔天著、宮崎龍介、衛藤瀋吉校注、東京：平凡社、1985.

『子規の宇宙』、長谷川櫂著、東京：角川書店、2010.

『菅家文草・菅家後集』、川口久雄校注、東京：岩波書店、1978.

『菅原道真事典』、神社と神道の会編、東京：勉誠社、2005.

『詩をどう読むか』、テリー・イーグルトン著、川本皓嗣訳、東京：岩波書店、2011.

『詩歌の森へ――日本詩へのいざない』、芳賀徹著、東京：中央公論新社、2002.

『詩経の翻訳』、張建墻著、東京：明治書院、1973.

『詩としての俳諧　俳諧としての詩――茶・クローデル・国際ハイクー』、マブソン・ローマン（青眼）著、東京：永田書房、2005.

『詩の起原』、辰巳正明著、東京：笠間書店、2000.

『詩心――永遠なるものへ』、中西進著、東京：中央公論社、2006.

『史記学五十年――日中「史記」研究の動向』、池田英雄著、東京：明徳出版社、1995.

『史記を語る』、宮崎市定著、東京：岩波文庫、1996.

『史記と日本人』、安野光雅、半藤一利、中村愿著、東京：平凡社、2011.

『史記正義の研究』、水澤利忠著、東京：汲古書院、1994.

『儒教とは何か』、加地伸行著、東京：中央公論社、1990、2003.

『儒教の精神』、武内義雄著、東京：岩波書店、1939、1982.

『小説三言』、岡田駒、沢田一斎嗣施訓、尾形仂解説、東京：ゆまに書房、1976.

『小説神髄』、坪内逍遥著、松月堂版、東京：ほるぷ出版、1983.

『蕉堅稿全注』、蔭木英雄著、大阪：清文堂、1998.

『正倉院』、東野治之著、東京：岩波書店、1988.

『正倉院文書と木簡の研究』、東野治之著、東京：塙書店、1998.

『上代日本文学と中国文学』、小島憲之著、東京：塙書店、1988.
『逍遥遺稿』、笹川臨風、金築松桂訳、東京：岩波書店、1939.
『駿台雑話』、室鳩巣著、森銑三校訂、東京：岩波書店，1996.
『隨筆三国志』、花田清輝著、東京：筑摩書房、1970.
『神仙思想』、下出積興著、東京：吉川弘文館、1995.
『新訂一茶俳句集』、凡山一彦校注、東京：岩波書店、1991、2001.
『水滸伝と日本人——江戸から昭和まで』、高島俊男著、東京：大修館書店，1991.
『水滸伝——曙光の章』、北方謙三著、東京：集英社、2000.
『西学東漸と中国事情』、増田渉著、東京：岩波書店、1979.
『西域の虎——平安朝比較文学論集』、川口久雄著、東京：吉川弘文舘、1970.
『西遊記の研究』、太田辰夫著、東京：研文出版、1984.
『支那小説戯曲史』、狩野直喜著、東京：みずず書房、1992.
『新訓万葉集』（上下）、佐々木信綱編、東京：岩波書店、1964.
『清末小説閑談』、樽本照雄著、東京：法律文化社、1983.
『世界に廣がる俳句』、内田園生著、東京：角川書店、2005.
『世界文学と比較文学』、渡辺格司著、東京：第三書房、1972.
『世界の翻訳家たち——異文化接触の最前線を語る』、辻由美著、東京：新評論、1995.
『清俗紀聞』、中川忠実著、孫伯醇、村松一弥編、東京：平凡社、1974.
『禅と文学』、柳田圣山編集、解説、東京：ぺりかん社、1997.
『漱石全集』第九巻、夏目漱石著、東京：岩波書店、1966.
『漱石全集』第十二巻、夏目漱石著、東京：岩波書店、1997.
『曹操——三国志の奸雄』、竹田晃著、東京：講談社、1996.
『徂徠学派』、頼惟勤校注、東京：岩波書店、1972.
『宋明清小説叢考』、澤田瑞穂著、東京：研究出版、1982.
『続訓読論——東アジア漢文世界と日本語』、中村春作、市来津由彦、田尻祐一郎、前田勉編、東京：勉誠社、2010.
『隋唐小説研究』、内田知也著、東京：木耳社、1977.

『泰山——中国人の信仰』、シャヴアンヌ著、菊地章太訳、東京：勉誠出版、2001.

『大正新修大藏經』第二十四卷律部三、大正新修大藏經刊行會、東京：大藏出版、1989.

『対の思想——中国文学と日本文学』、駒田信二著、東京：岩波書店、1992.

『太平記の比較文学的研究』、増田欣注、東京：角川書店、1976.

『田岡嶺雲全集』第五集、田岡嶺雲著、東京：法政大学出版社、1969.

『武田泰淳エッセンス』、石井恭二編、東京：河出書房、1998.

『知の巨匠　加藤周一』、菅野昭正著、東京：岩波書店、2011.

『中華名物考』、青木正児著、東京：平凡社、1988.

『中国往還』、加藤周一著、東京：中央公論社、1972.

『中国学の歩み——二十世纪のシノロジ』、山田利明著、東京：大修館書店，1999.

『中国近世戯曲小説論集』、井上泰山著、大阪：関西大学出版部、2004.

『中国近世における短篇白話小説の研究』、小野四平著、東京：評論社、1978.

『中国古典の人間学』、守屋洋著、東京：新潮文庫、1988.

『中国古典文学の享受——傳説と新意』、龍沢精一郎著、栃木市：吉本書店、1981.

『中国幻想小説傑作集』、竹田晃編、東京：白水社、1990.

『中国幻想物語』、井波律子著、東京：大修舘書店、2000.

『中国思想を考える——未来を開く伝統』、金谷治著、東京：中央公論社、1993.

『中国小説史の研究』、小川環樹著、東京：岩波書店、1968.

『中国小説論集』、志村良治博士著作集Ⅱ、志村良治著、東京：汲古書院、1986.

『中国人の機智——「世説新語」を中心として』、井波律子著、東京：中央公論社、1983.

『中国人の思考樣式』、中野美代子著、東京：講談社、1974.

『中国人の宗教意識』、吉川忠夫著、東京：創文社、1998.

『中国人論理学の――諸子百家から毛沢東まで』、加地伸行著、東京：中央公論社、1977.

『中国古典の人間学』、守屋洋著、東京：新潮社、1988.

『中国に学ぶ』、宮崎市定著、東京：朝日新聞社、1971.

『中国の自伝文学』、川合康三著、東京：創文社、1996.

『中国の道教』、小林正義著、東京：創文社、1998.

『中国の大快樂主義』、井波律子著、東京：作品社、1998.

『中国人の道教意識』、吉川忠夫著、東京：創文社、1998.

『中国人の美意識――詩、ことば、演劇』、岩城秀夫著、東京：創文社、1992.

『中国の民間信仰』、沢田端穂著、東京：工作社、1982.

『中国文学の底に流れるもの』、林田慎之助著、東京：創文社、1992.

『中国文学の比較文学的研究』、古田敬一編、東京：汲古書院、1986.

『中国名詩選―美の歳月』、松浦友久著、東京：朝日新聞社、1992.

『長安の春』、石田幹之助著、榎一雄解説、東京：平凡社、1982.

『展望俳諧の文学』、榎坂浩尚・桜井武次郎編、東京：双文社、1991.

『電脳中国学』、漢字文献情報処理研究会編、東京：好文出版、1998.

『唐詩选』、目加田誠著、東京：明治書院、1991.

『唐詩唱和』、安藤孝行著、東京：明治書院、1972.

『東洋学の系譜』、江上波夫編、東京：大修館書店、1992、1993.

『東洋学の系譜』（第 2 集）、江上波夫編、東京：大修館書店、1994.

『道教と日本思想』、福永光司著、東京：德間書店、1985.

『道教と日本人』、下出積興著、東京：講談社、1975.

『徳川思想小史』、源了圓著、東京：中公新書、1984.

『杜甫への道』、土岐善麿著、東京：光風社書店、1963.

『奈良・平安朝の日中文か交流――フックロードの視点から』、王勇、久保木秀編、農文協、2001.

『奈良万葉と中国文学』、胡志昂著、東京：笠間書店、1998.

『日中交流史話――江戸時代の日中関係を読む』、大庭脩著、大阪：燃燒社、1993.

『日中比較文学の基礎研究——翻訳説話とその典拠』補訂版、池田利夫著、東京：笠間書店、1988.

『日本歌学と中国詩学』、太田青丘著、東京：清水弘文堂、1968.

『日本漢学年表』、斯文会著、東京：大修館书店、1977.

『日本漢詩』、猪口篤志著、東京：明治書院、1987.

『日本漢詩・古代篇』、本間洋一編、大阪：和泉書院、1998.

『日本漢文學史』增訂版、岡田正一著、東京：吉川弘文館、1996.

『日本漢文小说の世界——紹介の研究》、日本漢文小说学研究会編、東京：白帝社、2005.

『日本近世小说と中国小说』、德田武著，東京：青裳堂書店，1987.

『日本詩紀』、市河寛斎編、後藤昭雄解説、東京：吉川弘文館、2000.

『日本詩紀拾遺』、後藤昭雄編、東京：吉川弘文館、2000.

『日本詩史　五山堂詩話』、清水茂、揖斐高、大谷雅夫校注、東京：岩波書店、1991.

『日本詩話叢書』、池田四郎次郎編、東京：文会堂書店、1934-1936.

『日本儒教史』（一、上代篇）、市川本大郎、東京：汲古書院、1991.

『日本儒教史』（二、中古篇）、市川本大郎著、東京：汲古書院、1991.

『日本儒教史』（三、中世篇）、市川本大郎著、東京：汲古書院、1992.

『日本儒教史』（四、近世篇上）、市川本大郎著、東京：汲古書院、1994.

『日本儒教史』（五、近世篇下）、市川本大郎著、東京：汲古書院、1994.

『日本人の中國觀』、安藤彦太郎著、東京：草書房、1971.

『日本藝林叢書』、池田四郎次郎編、東京：六合館、1928.

『日本中国学会創立五十周年記念論文集』、日本中国学会創立五十周年論文集編集小委員会編、東京：汲古書院、1998.

『日本にわける老莊思想の受容』、王迪著、東京：国書刊行会、2001.

『日本中世禅林文学論攷』、中川德之助著、大阪：清文堂出版、1991.

『日本の近世と老莊思想——林羅山の思想をめぐって』、大野出著、東京：べりかん社、1997.

『日本の近代と翻訳』、硅晶俊介著、東京：中央公論社，1994.

『日本の修史と史学』、坂本大郎著、東京：至文堂，1988.

『日本の翻訳論——アンソロジーと解題』、柳父章、水野的、長沼美香子編、東京：法政大学出版社、2010.

『日本文化史——日本の心と形』、石田一良著、東京：東海大学出版会、1989.

『日本文学史序説』（上下）、加藤周一著、東京：筑摩书房、1980.

『日本文学史序説補講』、加藤周一著、京都：かもがわ出版、2006.

『日本文学と漢詩——外国文学の受容について』、中西進著、東京：岩波書店、2004.

『日本文学と老荘神仙思想研究』、大星光史著、東京：桜楓社、1990.

『日本文人詩選』、入矢義高著、東京：中央公論社、1983.

『白氏长庆集諺解』、森孝太郎、尾崎知光編、大阪：和泉書院、1987.

『人間詩話』、吉川幸次郎、東京：岩波書店、1957.

『馬琴評答集』、天理図書館善本叢書和書之部編集委員会編集、東京：八木書店、1973.

『馬琴読本と中国古代小説』、崔香蘭著、広島：渓水社、2005.

『芭蕉と杜甫——影響の展開と体系』、広田二郎著、東京：有精堂、1990.

『花の宴——日本比較文学論集』、川口久雄著、東京：吉川弘文舘、1970.

『晩国仙果Ⅱ 中国古典期』、森亮訳、東京：小沢書店、1990.

『東ァジア往還——漢诗と外交』、村井章介著、東京：朝日新闻社、1995.

『比較文学の理論』、講座比較文学第8巻、芳賀徹等編、東京：東京大学出版会、1976.

『比較文明』、伊東俊太郎著、東京：東京大学出版社、1989.

『蒲松齢伝』、前野直彬著、東京：秋山書店、1977.

『平安時代文学と白氏文集——句題和歌、千載佳句研究篇』、金子彦二郎著、鎌倉：芸林舎、1977.
　『平安初期における日本漢詩の比較研究』、菅野禮行著、東京：大修館書店、1988.
　『平安朝漢文學論考』、後藤昭雄著、東京：勉誠社、2005.
　『平安朝文学と漢詩文』、新間一美著、大阪：和泉書院、2003.
　『平安朝文学と漢文世界』、渡辺秀夫、東京：勉誠社・1991.
　『平安朝日本漢文學史の研究』、川口久雄著、東京：明治書院、1988.
　『仏教にわける誓願』、日本仏教学会編、京都：平楽寺書店、1995.
　『仏教文學概説』、黒田彰、黒田彰子著、大阪：和泉書院、2004.
　『ポポイ』、倉橋由美子著、東京：福武書店、1987.
　『本朝文粋抄』、後藤昭雄著、東京：勉誠出版、2006.
　『本と中国と日本人』、高島俊男著、東京：筑摩書房、2004.
　『翻訳家列伝』、小谷野敦編著、東京：新書館、2009.
　『翻訳学入門』、ジュレベー・マンテイ著、鳥飼玖美子監訳、みすず書店、2009.
　『翻訳と日本文化』、芳賀徹編、東京：山川出版社、2000.
　『翻訳とは何か　職業としての翻訳』、山岡洋一著、東京：日外アソシエーツ株式会社、2001.
　『翻訳の思想』、柳父章著、東京：平凡社、1977.
　『翻訳の方法』、川本皓嗣、井上健一編、東京：東京大学出版会、1997.
　『松浦友久博士追悼記念中国古典文学論集』、松浦友久博士追悼記念中国古典文学論集刊行会、東京：研文出版、2006.
　『万葉集』、小島憲之、木下俊、東野治之校注、訳、東京：小学館、2004.
　『万葉集釈注』（一）、伊藤博著、東京：集英社、1999.
　『万葉集釈注』（二）、伊藤博著、東京：集英社、2000.
　『万葉集釈注』（三）、伊藤博著、東京：集英社、2001.
　『万葉集』、鶴久、森山隆編、東京：桜楓社、1988.
　『万葉集の歴史——日本人が歌によって築いた原初のストリ』、辰巳正明著、東京：笠間書院、2010.

『万葉集と中国文学』、辰巳正明著、東京：笠間書店、1992.

『万葉と海彼』、中西進著、東京：角川書店、1990.

『「万葉集」という名双關語——日中詩学ノ—ノ』、松浦友久著，東京：大修館書店、1995.

『万葉集の誕生と大陸文化——シルクロードから大和へ』、山口博著、東京：角川書店、1996.

『万葉集にわける中国文学の受容』、芳賀紀雄著、東京：塙書房、2003.

『明治詩話』、木下彪著、東京：文中堂、1943.

『明治の漢学』、三浦叶著、東京：汲古書院、1998.

『明清時代の女性と文学』、合山究著、東京：汲古書院、2006.

『室町時代古抄本「論語集解」の研究』、高橋智著、東京：汲古書院、2008.

『夢の浮橋』、倉橋由美子著、東京：中央公論社、1971.

『森鷗外の漢詩』、（上、下），陳生保著，東京：明治書院，1993年。

『頼山陽詩抄』、頼成一、伊藤古三訳注、東京：岩波書店、1997.

『頼山陽日本外史』、安藤英男著、東京：近藤出版社、1982.

『頼山陽文集』、安藤英男著、東京：近藤出版社、1981.

『聊斎志異』（上、下）、増田渉、松枝茂夫、常石茂、古田敦、稲田孝訳、中国古典文学大系40，41、東京：平凡社、1970－1971年初版、1995年再版.

『聊斎志異』（上、下）、増田渉、松枝茂夫、常石茂訳、奇書シリズ、東京：平凡社、1973年初版、1998年初版第16回刷。

『聊斎志異——中国千夜一夜物語』、増田渉訳、東京：角川書店、1951.

『聊斎志異』、立間祥介編訳、東京：岩波書店、1998.

『聊斎志異——玩世と怪異の覗きからくり』、稲田孝著、東京：講談社、1995.

『聊斎志異研究文献要覧』、藤田祐賢、八木章好編、東京：東方書店、1985.

『聊斎志異考——中国の妖怪談義』、陳舜臣著、東京：中央公論社、1994.

『リズムの美学——日中詩歌論』、松浦友久著、東京：明治書院、1991.

『論語の世界』、加地伸行編、東京：中央公論社、1992.

『論語の新しい読み方』、宮崎市定著、砺波護編、東京：岩波書店、1996.

『論語漫画』、森哲郎著、東京：明治書院、1999.

『靖献遺言講義』、近藤啓吾著、東京：図書刊行会、1987.

『柳橋新誌二編』、成島柳北著、東京：ほるぷ社、1980.

『楊貴妃——大唐帝国の栄華と暗転』、村山吉広著、東京：中公新書、1997.

『謡曲の詩と西洋の詩』、平川祐弘著、東京：朝日新聞社、1975.

『よくわかる孟子——やさしい現代語訳』、永井輝著、東京：明窓出版社、2005.

『読切り三国志』、井波律子著、東京：筑摩書房、1987.

『わが幻の国』、川西政明著、東京：講談社、1996.

『和漢比較文学叢書』、第 1 期、和漢比較文学会編、東京：汲古書院、1986.

1. 『和漢比較文学研究の構想』
2. 『上代文学と漢文学』
3. 『中古文学と漢文学』（1）
4. 『中古文学と漢文学』（2）
5. 『中世文学と漢文学』（1）
6. 『中世文学と漢文学』（2）
7. 『近世文学と漢文学』
8. 『和漢比較文学研究の諸問題』

『和漢比較文学叢書』、第 2 期、和漢比較文学会編、東京：汲古書院、1986.

9. 『万葉集と漢文学』
10. 『紀記と漢文学』
11. 『古今集と漢文学』
12. 『源氏物語と漢文学』

13. 『新古今集と漢文学』
14. 『説話文学と漢文学』
15. 『軍記と漢文学』
16. 『俳諧と漢文学』
17. 『江戸小説と漢文学』
18. 『和漢比較文学の周辺』

『和漢比較文学論考』、仁平道明著、東京：武藏野书院、2000.

『和刻本漢詩集成』，長沢規矩也編、東京：岩波書店、1978.

『和刻本漢籍文集集成』，長沢規矩也編、東京：岩波書店、1978.

『和刻本資治通鑑』，長沢規矩也編、東京：岩波書店、2001.

『和刻本経書集成』，長沢規矩也編、東京：岩波書店、1983.

『和刻本類書集成』，長沢規矩也編、東京：岩波書店、1977.

『和刻本漢籍随筆集』，長沢規矩也編、東京：岩波書店．

『和刻本正史』，長沢規矩也編、東京：岩波書店、1984.

『和刻本諸子集成』，長沢規矩也編、東京：岩波書店．

附录五

初出一览

序号	论文名	书刊及出版时间	备注
1	钱译万叶论	《日本研究集刊》1996 年第 2 期	
2	关于《文心雕龙》在日本的传播与影响	《中国文化研究》1994 年秋之卷	
3	楚辞东渐与日本文学传统	《中国楚辞学》第四辑学苑出版社 2004 年 1 月	
4	敦煌文学文献与《万叶集》汉文考证	《中国文化研究》2004 年第 4 期	
5	万叶集研究中的中国话语	《外国文学研究》2005 年第 6 期	
6	域外"异系千字文"举隅	《中国文化研究》2005 年冬之卷	
7	亚洲汉文学史中的《千字文》	《中国比较文学》2006 年第 2 期	
8	《诗经》日藏古本的文献学价值	《天津师范大学学报》2006 年第 5 期	
9	论日本古代的"诗经现象"	《天津师范大学学报》2007 年第 5 期	
10	敦煌《诗经》残卷与日本《诗经》古抄本互校举隅	《敦煌研究》2008 年第 1 期	
11	从《镜中释灵实集》释录看东亚写本俗字研究	《天津师范大学学报》2008 年第 5 期	
12	喔字考	《汉学研究》第 11 集 2009 年学苑出版社	
13	从点与圈出发的诗歌解读史——训读的精神遗产	《东亚诗学与文化互读》2009 年中华书局	
14	借敦煌俗字破日藏汉籍写本释录之疑	《敦煌研究》2009 年第 1 期	

续表

序号	论　文　名	书刊及出版时间	备注
15	日本奈良时代对策文与唐代对策文学研究	《中西文化》第16期 2009年12月	
16	中国学と日本学との握手	《日本文化研究の過去・現在・未来》日本国際文化研究中心 2009年	
17	亚洲汉文学文献整理和一体化研究	《天津师大学报》2010年第1期	
18	俗字通例研究在日本写本考释中的运用——以《万叶集》汉诗文为例	《天津师大学报》2010年第6期	
19	日本汉籍写本俗字研究与敦煌俗字研究的一致性	《艺术百家》2010年第1期	
20	日本文学翻译中的"汉字之痒"	《日语学习与研究》2010年第5期	
21	日本现存《诗经》古写本与当代诗经学	《社会科学战线》2012年第3期	
22	敦煌俗字研究方法对日本汉字研究的启示	《天津师范大学学报》2011年第5期	王晓平
23	《日本灵异记》上卷疑难词语考辨	《日语学习与研究》2011年第2期	
24	《聊斋志异》日本翻案的跨文化操控	《山东社会科学》2011年第4期	
25	《聊斋志异》与日本明治大正文化的浅接触	《山东社会科学》2011年第6期	
26	《聊斋志异》日译本的随俗与导俗	《山东社会科学》2011年第8期	
27	《聊斋志异》异人幻象在日本短篇小说中变身	《山东社会科学》2011年第11期	
28	日藏汉籍与敦煌文献互读的实践	《艺术百家》2010年第4期	
29	仓石武四郎的《口语译论语》	《海外中国学评论》第四辑 2012年1月	
30	《论语会笺》解说	《论语会笺》2012年4月凤凰出版社	
31	《毛诗会笺》解说	《毛诗会笺》2012年凤凰出版社	
32	日本古典文学翻译的"前翻译"	《日语学习与研究》2012年第2期	
33	日本汉文学《诗经》元素举证	《汉学研究》第12集 2010年4月	

续表

序号	论 文 名	书刊及出版时间	备注
34	日本江户时代中日翻译研究的杰作——荻生徂徕的训读批判	《汉学研究》第 14 集 2012 年 8 月	
35	文化嫁接与传播考量——论曲亭马琴的《水浒传》翻译和翻案	《国际汉学》第 23 辑	
36	日本上代文学和习问题研究方法论刍议	《日语学习与研究》2012 年第 5 期	
37	从日本朝鲜写本看敦煌文献省代号研究	《敦煌研究》2012 年第 6 期	
38	文化交流史中翻译之位相	《跨文化对话》第 26 辑 2010 年 7 月	
39	日本汉文学与东传汉语词汇的多源性——《日本灵异记》双音节词探源	《西南地区日本学的构筑》重庆出版社 2011 年 8 月	
40	日本汉文学与文化翻译——以论《源氏物语》诗为中心	《天津师范大学学报》2013 年第 1 期	
41	日本僧传中的超自然幻想——《本朝神仙传》研究	《佛教神话研究——文本、图像、传说和历史》中西书局 2013 年	
42	朝鲜李朝汉文小说写本俗字研究	《上海师范大学学报》2013 年第 2 期	
43	中野美代子《西游记》俗语翻译中的语际转换	《问学集》二十一世纪出版社 2013 年	
44	日本现存诗经古写本与现代诗经学	《诗经研究丛刊》第 23 辑学苑出版社 2013 年 11 月	
45	从庞德、韦利至日译唐诗中的自由译风	《汉学研究》第 16 集 2014 年学苑出版社	
46	中国学と日本学の握手	日本文化研究の過去・現在・未来——新たな地平を開くためシンタ——国際日本文化研究 2009 年ヤニタ	日文
47	漢俳三十年	比較詩学と文化の翻訳日本思文閣出版 2012 年	日文

续表

序号	论 文 名	书刊及出版时间	备注
48	日本古典文学校注中的汉语研究	《东北亚外语》研究 2014 年第 1 期	
49	日本翻案文学中的中国文学经典传播	《比较文学与比较文化研究丛刊》第一辑中央编辑出版社 2014 年 1 月	

图书在版编目(CIP)数据

中日文学经典的传播与翻译/王晓平著.—北京:中华书局,2014.4
(国家哲学社会科学成果文库)
ISBN 978-7-101-10030-3

Ⅰ.中… Ⅱ.王… Ⅲ.①比较文学－文学研究－中国、日本②文学－文化交流－中国、日本③文学翻译－对比研究－中国、日本　Ⅳ.①I206②I313.06

中国版本图书馆 CIP 数据核字(2014)第 034532 号

书　　名	中日文学经典的传播与翻译(全二册)
著　　者	王晓平
丛 书 名	国家哲学社会科学成果文库
责任编辑	王　勇
出版发行	中华书局
	(北京市丰台区太平桥西里 38 号　100073)
	http://www.zhbc.com.cn
	E-mail:zhbc@zhbc.com.cn
印　　刷	北京瑞古冠中印刷厂
版　　次	2014 年 4 月北京第 1 版
	2014 年 4 月北京第 1 次印刷
规　　格	开本/700×1000 毫米　1/16
	印张 79½　插页 8　字数 1000 千字
印　　数	1—2000 册
国际书号	ISBN 978-7-101-10030-3
定　　价	234.00 元